当代中国文论热点研究

A Study of the Key Issues of
Contemporary Chinese Literary Theory

高建平　等著

中国社会科学出版社

图书在版编目(CIP)数据

当代中国文论热点研究/高建平等著. —北京：中国社会科学出版社，2016.4
ISBN 978-7-5161-7623-8

Ⅰ.①当… Ⅱ.①高… Ⅲ.①中国文学—当代文学—文学理论—研究 Ⅳ.①I206.7

中国版本图书馆 CIP 数据核字(2016)第 032701 号

出 版 人	赵剑英
责任编辑	郭晓鸿
责任校对	李 莉
责任印制	李寡寡
出　　版	中国社会科学出版社
社　　址	北京鼓楼西大街甲 158 号
邮　　编	100720
网　　址	http://www.csspw.cn
发 行 部	010-84083685
门 市 部	010-84029450
经　　销	新华书店及其他书店
印刷装订	北京君升印刷有限公司
版　　次	2016 年 4 月第 1 版
印　　次	2016 年 4 月第 1 次印刷
开　　本	710×1000　1/16
印　　张	44.5
插　　页	2
字　　数	803 千字
定　　价	158.00 元

凡购买中国社会科学出版社图书，如有质量问题请与本社营销中心联系调换
电话：010-84083683
版权所有　侵权必究

国家社科基金后期资助项目
出 版 说 明

后期资助项目是国家社科基金设立的一类重要项目，旨在鼓励广大社科研究者潜心治学，支持基础研究多出优秀成果。它是经过严格评审，从接近完成的科研成果中遴选立项的。为扩大后期资助项目的影响，更好地推动学术发展，促进成果转化，全国哲学社会科学规划办公室按照"统一设计、统一标识、统一版式、形成系列"的总体要求，组织出版国家社科基金后期资助项目成果。

全国哲学社会科学规划办公室

目　　录

中国文学理论的凝结、坚守与突进(代序) ……………………（1）

上　　编

第一章　新中国建构文学理论的话语资源 ……………………（3）
　　第一节　政治权威话语——毛泽东文艺思想 ……………（5）
　　第二节　学术权威话语——苏联文学理论 ………………（12）
　　第三节　边缘话语——中、西方文论传统 …………………（19）

第二章　关于"胡风文艺思想"的讨论与批判 …………………（26）
　　第一节　胡风文艺理论的关键词及思想逻辑 ……………（27）
　　第二节　间隙初生：重庆座谈会 ……………………………（30）
　　第三节　批判序幕：香港《大众文艺丛刊》…………………（32）
　　第四节　批判渐次升级：1949—1955 ……………………（39）

第三章　"黑八论"批判及反思 …………………………………（51）
　　第一节　"黑八论"产生的历史文化语境 …………………（51）
　　第二节　"黑八论"的出笼及其主要内容 …………………（54）
　　第三节　"黑八论"评述 ……………………………………（56）

第四章　"文化大革命"时期的文学理论
　　　　　——"样板戏"与"三突出"的历史教训 ……………（75）
　　第一节　"八个革命样板戏" ………………………………（75）
　　第二节　从"两结合"到"根本任务"论 ……………………（80）
　　第三节　"主题先行"和"三突出"论 ………………………（85）

第四节　政治与文学的双重迷误 …………………………（93）

第五章　关于文学艺术批评标准的讨论 ……………………………（100）
　　第一节　毛泽东的《讲话》与新中国文艺批评标准的确立 ……（100）
　　第二节　文艺理论家对《讲话》精神的解读 …………………（105）
　　第三节　新时期对文艺批评标准问题的反思与重建 …………（115）

第六章　人性、人道主义问题大讨论 ………………………………（123）
　　第一节　五六十年代关于人性与文艺关系的探索 ……………（124）
　　第二节　七八十年代关于人性、人道主义与文艺关系的探索 ……（128）

第七章　"形象思维"说的发展、终结与变容 ………………………（145）
　　第一节　"形象思维"概念的提出 ………………………………（145）
　　第二节　"形象思维"讨论在中国的兴起 ………………………（148）
　　第三节　改革开放与"形象思维" ………………………………（154）
　　第四节　对"形象思维"的反思 …………………………………（158）
　　第五节　"形象思维"论的三个发展 ……………………………（162）
　　第六节　从形象思维到符号思维 …………………………………（165）

第八章　文学主体性的超越与局限 …………………………………（170）
　　第一节　文学主体性的哲学来源 …………………………………（171）
　　第二节　文艺学自身的历史脉络 …………………………………（176）
　　第三节　"文学是人学"的来龙去脉 ……………………………（179）
　　第四节　文学主体性的意义 ………………………………………（184）
　　第五节　"文学主体性"的局限 …………………………………（190）

中　编

第九章　"古代文论的现代转换"：渊源、争论、泛化与变异 ………（199）
　　第一节　"转换"说问世的历史与现实 …………………………（200）
　　第二节　"文论失语症"与"重建中国文论话语"："转换"的
　　　　　　场域和语境 ……………………………………………（207）
　　第三节　"古代文论的现代转换"：古今、中西视域中的中国
　　　　　　文论建构 ………………………………………………（228）

第四节 "转换"说的变异与反思 …………………………… (259)

第十章 文艺与意识形态 ………………………………………… (270)
    第一节 20世纪五六十年代关于文艺与意识形态关系的
           探索 ………………………………………………… (270)
    第二节 20世纪70—90年代关于文艺与意识形态关系的
           探索 ………………………………………………… (272)
    第三节 新时期关于"审美意识形态"的讨论 ………………… (282)

第十一章 文学人类学及其在中国的发展 …………………………… (293)
    第一节 民族文学、比较文学、文学人类学 ………………… (293)
    第二节 文学人类学的学科建构：西方与中国 ……………… (298)
    第三节 神话学、原型批评与文化阐释派的崛起 …………… (307)
    第四节 中国的文学人类学派之前景展望 …………………… (319)

第十二章 科学方法论在文学研究领域的历险 ……………………… (324)
    第一节 "老三论"在文学研究中的运用 …………………… (324)
    第二节 "新三论"及其他科学方法论在文学研究领域中的
           历险 ………………………………………………… (332)
    第三节 科学方法论的反思 …………………………………… (336)

第十三章 新时期文艺与政治、经济关系的重组与文论范式的转型 …… (340)
    第一节 文艺与政治、经济的关系与文论转型 ……………… (340)
    第二节 围绕通俗文艺、金庸经典化、文艺商品化、大众文化等
           问题的论争 ………………………………………… (344)
    第三节 "人文精神"论争与钱中文等的"新理性精神"建构 …… (353)
    第四节 重新审视文艺审美自主化及其与政治、经济的关系 …… (364)

第十四章 文学本体论研究的理论思考 ……………………………… (369)
    第一节 文学本体论研究的历史描述 ………………………… (370)
    第二节 文学本体论研究的历史价值 ………………………… (383)
    第三节 文学本体论研究的不足及其前景 …………………… (388)

第十五章 "后"语境中的文学理论研究 (393)
- 第一节 选择与借鉴:"后"语境与中国当代文学理论的接受取向 (394)
- 第二节 转折与变革:"后"语境下中国当代文学理论范式的转变 (401)
- 第三节 扩张与批判:中国当代文学理论研究的现代性立场 (406)
- 第四节 危机与重建:"后"语境与中国当代文学理论重构 (412)

第十六章 文化研究对文学研究的挑战 (417)
- 第一节 文化研究之兴起 (417)
- 第二节 文化研究对文学理论的挑战 (421)
- 第三节 困境与机遇 (429)

第十七章 新媒介的出现及对文学理论的挑战 (431)
- 第一节 媒介的概念与文学新媒介 (434)
- 第二节 媒介研究现状与文论发展动向 (442)

下 编

第十八章 马克思主义文艺理论研究的当代发展 (459)
- 第一节 马克思主义文论研究概述 (459)
- 第二节 马克思主义文论研究的若干问题 (463)

第十九章 新中国文艺政策的建构、演变和发展 (482)
- 第一节 第一次文代会与新中国文艺政策的建构 (482)
- 第二节 《纪要》与新中国文艺政策的挫折 (485)
- 第三节 20世纪80年代文艺政策的调整 (488)
- 第四节 20世纪90年代文艺政策的转型 (491)
- 第五节 新世纪文艺政策的发展 (494)

第二十章 中国当代美学的发展与文学理论研究 (500)
- 第一节 从世纪初的草创到20世纪前50年中国美学的两条主线 (501)
- 第二节 从50年代到60年代前期的美学大讨论及其意义 (505)

  第三节 70年代末至80年代前期的"美学热" …………… (511)
  第四节 美学的复兴与新的做美学的方式 ……………………(518)

第二十一章 60年外国文学理论的译介与中国文学理论的建构 ……(522)
  第一节 20世纪50—60年代:全面借鉴苏联文艺理论 ………(522)
  第二节 20世纪80年代:西方文论的大规模输入 ……………(532)
  第三节 新世纪:走向多元对话 …………………………………(542)

第二十二章 60年代文学理论教学与教材建设 …………………… (548)
  第一节 民国时期文学概论教学概述 …………………………(548)
  第二节 新中国成立初期到"文化大革命"期间的文学理论
      教学和教材建设 ……………………………………(551)
  第三节 新时期文学理论教学与教材建设 ……………………(558)
  第四节 面向21世纪的文学理论教材建设 ……………………(565)

第二十三章 台湾当代文学思潮略论 …………………………………(570)
  上篇 范式的转移:20世纪50—80年代的台湾文论与美学 ……(570)
  下篇 思想的复调:20世纪90年代以来的台湾文学思潮 ………(591)

附录 当代中国文学理论大事记(1949—2008) ………………………(612)
后记 …………………………………………………………………………(670)

中国文学理论的凝结、坚守与突进(代序)

高建平

在这本书中,我们心存一个重要的任务:总结过去,展望未来。这是一项艰难的工作。众多学界的前辈经过艰苦的努力,积累了大量的研究成果,对此,我们该如何总结?中国大陆的社会状况、思想潮流、学术环境,以及由此影响下的文学理论本身,在过去60年中发生了几次大变化、大转折,对此,我们应该如何描述?新的世纪带来了新的视野,也带来了新的眼光,我们又如何适应?带着这些问题,我们进行思考,从而写出了这本书。

写史的人,都喜欢重复一句老话:一切历史都是当代史。这句话可以作各种各样的解释。我在一篇文章中提出了一个想法:文学史写作中,有着一种双向互动关系。历史本来都是根据时间的顺序发生的,我们当然需要按照事件发生的时间顺序来写史;不仅如此,历史不能只是给历史事件提供一个编年记录,而需要记载和分析在时间中发生的历史事件间的因果性——因此,无论是在前一个意义上,还是在后一个意义上,历史都有其时间性。文学史也是如此,它发生于时间之中。这里的时间,既指物理的时间,也指前后因果性意义上的时间。但是,文学史与一般意义上的历史相比,是一个专门领域的历史,因此有着更进一步的复杂性。当我们说到文学的进步时,至少可以从两个方面作解释:第一是文学随着社会的发展而发展,因此一个时代有一个时代的文学;第二是后代人读前代人的书,有所借鉴,有所发明创造,在文学题材、体裁、技法等方面也有了进步。我们说伟大的文学家写出的是里程碑式的作品,说的是文学史像一条大路,伟大的文学作品构成了这条大路上的里程碑。路不断地向前延伸,就不断地出现新的里程碑。后一个里程碑并不贬低前一个里程碑的意义,它们各自竖立在属于自己的历史之路的路段上。

然而,在我们谈论历史和文学史时,也指历史的写作。在历史的写作中,会出现另一个顺序,这就是说,后来的人,会站在一个新的历史和理论的高度，重读过去的历史，从而给历史以新的解读、阐释和叙述。一个时代有一个时代的历史观，从而有一个时代的历史新著。站得高，就看得远。新的历史学家不断出现，新著写得超过旧著，新史写出旧史所没有达到的新时代的新水平。文学史的写作也是如此。文学史需要不断重写，原因就在于，新的时代带来了新的文学观念，以此来审视过去的文学，就会有新见解。历史已经放在那里，成了被研究的对象，文学史也是如此。后人所做的是，并不只是续写前人未写的文学史，而需要带着新的理论眼光，以新的角度、新的选择范围、新的评价标准来重写全部文学史。于是，历史和文学史的写作，就有了新的向度①。带着这个观点来看理论的历史，也会给我们带来新的启发。在21世纪第二个十年中，作出符合时代要求的理论回顾，是我们的努力方向。

一　文学理论的性质

让我们从一个似乎是最简单的问题开始：什么是文学理论？回答这个问题最直观的方法是，看一看那些被我们当作文学理论的既有文字材料，具有什么样的性质。

如果我们找一本文学理论资料集，就会发现，被当作文学理论资源的材料，是多种多样的。例如，我们翻开曾经有过很大影响的伍蠡甫先生等主编的《现代西方文论选》，从目次上可以看到：

　　［德］里普斯《移情作用、内摹仿和器官感觉》、《再论"移情作用"》
　　［英］佩特《文艺复兴：艺术与诗的研究——结论》
　　［法］瓦莱利《纯诗》、《诗与抽象思维》
　　［比］梅特林克《卑微者的财富》
　　［爱］叶芝《给威雷斯莱夫人的信》
　　……②

这里面有心理学家里普斯的论述，有一些诗人、剧作家的论述。在接下去的两页里，我们可以看到意大利的马里内蒂和博乔尼为未来主义绘画

---

① 参见高建平《论文学艺术历史书写中的双向互动关系》，《中国社会科学院研究生院学报》2007年第4期。
② 引自伍蠡甫、林骧华主编《现代西方文论选》，上海译文出版社1983年版，"目录"第Ⅰ页。

所作的宣言，哲学家柏格森的生命哲学观点，精神分析家弗洛伊德的关于白日梦与艺术关系的论述，如此等等[①]。不仅现代文论是如此，古代、中世纪、近代欧洲的文论也都是如此。古希腊的文学理论，可以从柏拉图、亚里士多德的著作中找到，但荷马史诗、一些著名的悲剧和喜剧诗人，也留下了精彩的论述。文艺复兴时，但丁、达·芬奇所留下的文字，与阿尔贝蒂和卡斯特尔维屈罗同样重要。作家和艺术家的创作谈，他们关于自己的文学观和艺术观的宣言、通信，他们为作品所写的序跋，以至他们在作品中通过人物之口说出的关于文学的见解，等等；批评家关于作品的评论，他们对文学风格和流派的描述与文学史的书写中所体现的文学主张，他们在对作家和作品及其与时代、社会和历史关系进行评述时所体现的方法；哲学家与美学家的成体系的思考，他们在理论构建时为文学所安放的位置，他们对哲学和美学上关键概念的阐释和论证——所有这一切，都能成为文学理论的重要内容。除此之外，在苏联和中国的文学理论资料集中，还包括重要政治家关于文学的讲话、文章和批示等文字。

那么，文学理论是什么？它可以包括作家所发表的创作经验谈，他们对文学的思考，对自己的或者所向往的艺术的艺术风格的理解，面对批评所作的辩解，这些都可以是文学理论的材料。一部《歌德谈话录》，对中国文学理论研究者的影响，可能比许多本文学理论教材还要大。它也包括批评家在文章中体现出的他们对一位作家，一个作家群，一个时段的文学见解和反应。批评家可以帮助读者理解作品，也可以从接受者的角度对作品作出反应，并将文学与美学、时代、社会、政治等联系起来，从而使文学的意义得到阐发。一篇别林斯基的《1847年俄国文学一瞥》，包含着许多理论的生长点。文学理论正是从中萌发出来的。哲学家们在努力建构体系，并在其中努力为文学艺术安放位置，这些当然更是文学艺术理论的重要组成部分。无论是康德的《判断力批判》，还是黑格尔的《美学》，都成为文学理论研究者的必读书。在近代和现代，心理学家、人类学家，以及其他的一些自然科学和社会科学家、人文学者，以至于社会各界的人士，也对文学艺术发表各种各样的言论，这些言论也常被放入文学理论的论述之中。

于是，人们很自然地就会产生这样一种看法：文学是一个复杂的研究对象，因此，需要从多重视角来研究它的多个方面。上面所列举的种种情

[①] 引自伍蠡甫、林骧华主编《现代西方文论选》，上海译文出版社1983年版，"目录"第Ⅱ、Ⅲ页。

况，正是说明了文学理论的丰富性。文学理论正是由这来自各方面的文字资料组合而成的。

这种常见的说法，似乎符合人们的常识。但是，它不能解释一种现象，即在古代，无论在西方还是在中国，实际并不存在一个可被称作文学理论、文学批评学或者文艺学的学科，也没有人试图写作文学理论或批评的历史。我们不能说，文学理论从德谟克利特或柏拉图开始，尽管他们提到了摹仿的思想①。我们也不能说文学理论从《尚书·尧典》开始，尽管其中有"诗言志"这一朱自清所说的中国诗论的"开山的纲领"②。理论的形成，并不只是各方面的资料积累到一定程度自然形成的。相反，恰恰是由于理论在此后的发展，才使在此之前的言论被选取出来，获得新的解读，从而成为文学理论的一部分。文学理论的历史，与众多的理论史一样，都有着一个双向发展的关系。一方面，资料的积累，对一现象认识的发展，使新理论的形成成为可能，或者说，这时会出现理论认识上的飞跃时期，一下子就出现了一种全新的理论框架；另一方面，这种新的理论会带来对过去资料的重新审视，从而形成对过去资料的新的解读、新的选择，以及新意的赋予。这种理论与历史的相互制约关系，或者说理论史书写中的双向互动关系，是一种不断发生的过程。如果说要打一个通俗易懂的比喻的话，我们可以从个人成长史来设喻。个人成长史，是知识积累的历史，也是理解能力，人生境界不断发展的历史。这也许相当于皮亚杰所说的"格局"（schema），"格局"同化外来刺激以丰富主体，而主体要通过"自我调节"使"格局"得到发展③。我们有了新的人生境界，过去的经验就会被重新审视，并获得新的意义。对于个人来说，这是一个不停顿的过程。当孔子说"三十而立，四十而不惑，五十而知天命"④ 时，他说的是这种境界的变化，而不是知识量的积累。对于人类的历史来说，也是如此。站在历史的新高度来反观过去，点点滴滴过去的史料就可能获得新的意义。

这是一个不断的过程，人们不断地走向历史的新高度，对历史的认识也就不断产生新内容。但是，谈到文学理论历史时，我们不能只是套用这

---

① 伍蠡甫主编《西方文论选》（上海译文出版社1979年版）的第一条即选了德谟克利特的著作残篇。
② 参见郭绍虞主编《中国历代文论选》（上海古籍出版社1979年版）第一条《尚书·尧典》，及此条后的"说明"。
③ 参见［瑞士］皮亚杰《发生认识论原理》，商务印书馆1981年版。
④ 杨伯峻：《论语译注》，中华书局1980年版，第12页。

种双向互动的关系。严格意义上的文学理论，是在现代才出现的。我们一般说现代文论、当代文论，以区别于古代文论。实际上，这里面有一个根本的区别。当我们说现代文论和当代文论时，是指有了文学理论这个学科，它在学科意识指导下，在学科体制中的自身发展。古代文论则不一样，古代没有称某些材料是文论，它们是依照现代文论的模式被寻找和挑选出来的。

在论述中国20世纪文艺学学术史的时候，学界一般都很重视发生于20世纪初期的转型。杜书瀛先生在为《中国20世纪文艺学学术史》一书所撰写的"全书代序"中提出：

> 我想突出强调：中国20世纪文艺学学术史，是由古典文论的传统的"诗文评"学术范型向现代文艺学学术范型转换的历史，是现代文艺学学术范型由"诗文评"旧范型脱胎出来，萌生、成形、变化、发展的历史；也可以说是中国传统文论在外力冲击下内在机制发生质变、从而由"古典"向"现代"转换的历史，是学术范型逐渐现代化的历史（现在正处在这个现代化的历史过程之中）。这是中国文论历史性的转变和发展。这是近代以来中国文化危机中强制性的选择，同时也是从不自觉到自觉的选择。因此，应该紧紧盯住近百年来从古典文论到现代文艺学的历史发展中学术范型转换这个最显著的特点。[1]

作者在这里指出，从20世纪初起，中国的文艺学（文学理论）出现了"范型的转换"。作者说了三层意思：一是古代只有"诗文评"，而20世纪初开始有了"文学理论"或"文艺学"；二是在说明转换的原因时，作者强调是从传统的"诗文评"脱胎生长出来与"外力"的冲击下所发生的"质变"；三是对于这种范型转换，作者强调是一个过程，"现在"仍处在这一过程之中。这里的三点观察，都是很准确的。对从古代向现代转换的这种描述，今天已经成为理论界的共识。

在以上描述的基础上，我想作进一步的探讨，说明几个关键的概念：现代意义上的文学理论、文艺学、文学、艺术乃至美学是怎样诞生的？它们的诞生具有怎样的意义？

让我们从"美学"和"艺术"这两个概念谈起。在18世纪的欧洲，

---

[1] 杜书瀛、钱竞：《中国20世纪文艺学学术史》第1卷，上海文艺出版社2001年版，第23页。

出现了两个具有重要意义的词,这就是"美学"和"美的艺术"。"美学"(aesthetics)这个词由德国哲学家鲍姆加登提出,原意是"感性学"。当然,美学这个学科的建立,并非仅仅是由于有人创立了这个词,为这个学科确定了一个名称。在整个 18 世纪,英国的夏夫茨伯里、哈奇生、博克和休谟,意大利的维柯,以及法国和德国的许多哲学家、思想家和作家,都为这个学科的最终形成作出了贡献,而直到 18 世纪末的康德、席勒等人那里,这门学科才得到确立,并在 19 世纪得到发展。[①]

与美学这个概念联系在一起的,是 18 世纪法国人夏尔·巴图提出的"美的艺术"(les beaux arts)的概念,将诗、绘画、音乐、雕塑和舞蹈放在一起,认为它们是对"美的自然"的模仿,从而可以将它们归结到模仿这个单一的原因。这个概念由于被《百科全书》(即著名的《科学、艺术和工艺详解百科全书》)采用,而迅速得到广泛流传。[②]

夏尔·巴图的这个概念,"也许是人类历史上第一次将'美的艺术'定义为一个特殊的范畴"[③],这对于文学艺术理论的形成和发展来说,具有划时代的意义。它的意义至少有以下几点:

第一,认定像诗歌、音乐、绘画这样一些不同的人类活动,可以组合在一起,并可将它们称为"美的艺术"或简称为"艺术"。在此以前,人们考虑过诗与画的联系,考虑过诗乐舞的联系,但将诗、画、乐三者联系在一起,进而将上述五种艺术联系在一起,这还是第一次。这标志着现代艺术体系的诞生。进一步说,当这种体系诞生以后,就进而促使人们认为,像诗歌、音乐、绘画这些活动,是同一类可被称为"艺术"的活动的不同分支。

第二,既然这五者都是"艺术",因此,它们就被认定必然有某种共同的特点,并且,这种特点是艺术之所以成为艺术的本质特点。巴图在提出"美的艺术"概念时就已经将它们归结为一个共同特点:它们是对"美的自然"的"模仿"。后来的人们批评巴图,认为艺术所模仿的不一定是"美的自然",不美的自然也可以模仿,艺术反映现实,现实中的一

---

① 参见高建平《"美学"的起源》,载《外国美学》19,江苏教育出版社 2009 年版,第 1—23 页。
② 有关现代美学体系,请参见〔美〕克里斯泰勒《现代艺术体系:美学史研究》,载《思想史杂志》(Journal of the History of Ideas)第 13 卷第 1 期,1952 年 1 月号。有关巴图的艺术一元论观点形成的过程和影响,请参见〔美〕门罗·比厄斯利《西方美学简史》,高建平译,北京大学出版社 2007 年版,第 135—137 页。
③ 〔美〕门罗·比厄斯利:《西方美学简史》,高建平译,北京大学出版社 2007 年版,第 136 页。

切都可以获得艺术的表现,生活丑可以转化为艺术美,如此等等。还有的人直接对"模仿"概念本身提出挑战,认为各门艺术间的共同点,或者说艺术的本质特点,不一定是"模仿",它还可以是"情感表现"、"有意味的形式",等等。然而,寻找不同门类艺术间的共同特点的尝试,毕竟是从巴图开始的。这种寻找共同特点的尝试,对于艺术概念的发展,具有重要意义。本来,"美的艺术"及其简称"艺术",只是一种命名。它不一定是一种实体性的概念,而只是在各种给人提供了愉悦的活动及其结果之中,选取一些高雅的,与当时法国的贵族上流社会的欣赏相适应的部分,形成的一种结合。因此,这种区分和结合,本来主要应该从社会和历史方面找原因,但是,寻找不同艺术门类之间的共同特性,从而确立"美的艺术"或"艺术"是由于对象所具有某种特点,这必然会导致一种艺术的本质主义倾向,仿佛有一种独特的特点存在于所有的艺术品之中,只要有了它,该物就成了艺术品。

第三,根据既有的艺术门类组合所形成的艺术实践,以及与此相对应的对艺术共同特性的认识,使我们可以进而发现新的艺术门类,使艺术的家族得到不断壮大。于是,从诗歌到小说、散文等其他文学形式,从音乐、舞蹈到各种表演艺术,从绘画、雕塑、建筑到各种造型艺术,再加上戏剧这样的综合艺术,以及从这里发展而出现的电影、电视剧等艺术,直到今天巨大的艺术家族,都是从这五种艺术发展而来的。这就是说,艺术的家族形成以后,就人丁兴旺,形成多个分支,并随着现代社会的形成而发展壮大。

第四,"美的艺术"概念所具有的另一个巨大的理论和实践意义在于,它强化了对艺术与非艺术的区分,强化高雅艺术与民间和通俗艺术之分。艺术与非艺术,本来是纠缠在一起的。一般的儿童或成年人的涂鸦之作与名画家的经典画作,作为一般装饰的雕塑与经典的雕塑艺术作品,实用的普通房屋建筑与建筑名作,日常书写与书法,等等,我们到处都可以看到划界的困难。什么是艺术?什么程度时是艺术?要回答这些问题,似乎从感觉上说也不太难,但是,只要认真一想,你就会发现,要想分清楚很不容易。划界的困难随处可见。"美的艺术"概念的提出和被普遍接受,表明这一时期,人们开始进行这样的努力,要在艺术与非艺术之间进行划分。本来,"美的艺术"概念,是在法国艺术的新古典主义气氛中提出的。对于这一时代的艺术家与理论家而言,"美的艺术"或"艺术"主要是指"高雅艺术"或"精英艺术"。对于那个时代的人来说,民间和通俗艺术不是艺术。对于民间的和通俗的艺术的承认,则是在

"美的艺术"概念得到确立以后很久,随着与现代艺术体系相适应的现代艺术制度形成以后,才逐渐出现的现象。甚至可以说,承认民间与通俗艺术,是对既有的现代艺术体系的突破,它以对艺术体系的接受和牢固确立为前提。

我们今天对文学的理解,也必须以此为基础。现代艺术体系形成后,文学就成了艺术的一个分支,是语言的艺术。这时,人们开始了对文学与其他艺术门类之间的共性与文学作为语言艺术的个性的思考。这是文学的自觉,也是文学理论的自觉。现代文学理论,就是在这种理论自觉的基础上建立起来的。这时,文学就不再是文章,诗不再仅仅是由于它押韵。

现代艺术体系的建立,与美学作为一个学科的形成有着密切的关系。前面说过,作为一门现代学科的美学,是从康德开始的。康德采用了一种方法,就是先列举审美判断不是什么,说明审美判断的愉悦不同于利害的和善的愉悦,不同于概念的认识,没有目的,具有普遍性,与他人共通,等等,从而确立一种纯粹美。然后,他再将种种的不纯粹的美从后门放进来。现实生活中的美和艺术中的美,都很难纯粹,知识性的、功利性的和道德性的因素,都会混杂其间。但他认定,这种纯粹美是存在的。这是美的更为本质方面。要理解美,就必须从这种纯粹美开始。他的美学体系,正是在这个基础上建立起来的。康德的这种思路,对此后的美学发展,以至对美学作为一门学科长期所具有的主导倾向,都产生了深远的影响。于是,从康德开始,"审美无功利"和"艺术自律"的倾向,就得到了确立。

与这种"审美无功利"和"艺术自律"的美学不同,强调审美与艺术服务于社会改造的美学,作为美学的另一种倾向,也很早就出现了。现代艺术体系的建立以及因此而来的"艺术自律"的理论运动确立了艺术在社会生活中的独特地位,这是艺术发展的重要的一步。由于这种地位得到确立,与这种艺术概念相适应的艺术制度、机构和体制得到发展,也相应地出现了一些思想家怀着社会改造的目的来对待艺术,从而产生了重视艺术的社会改造功能和艺术家的社会责任的理论。脱胎于康德美学的席勒美学,就已经提出了通过审美教育来改造社会的方案。法国的空想社会主义者圣西门、傅立叶、蒲鲁东、莫里斯等社会主义者们都认为,艺术与美对于社会进步具有重要的意义。雨果赞同这样的观点:"为艺术而艺术也许是好的,但为进步而艺术是更美的。"法国的左拉、英国的罗斯金、俄国的列夫·托尔斯泰、美国的爱默生,以及其他众多的19世纪末和20世纪初的作家、艺术家，都是这一倾向的重要代表①。美学的这一发展，并非仅仅是回到"审美无功利"和"艺术自律"的理论提出以前的状态，而是在现代艺术体系形成后所出现的新的发展。马克思主义美学，也将这种社会改造的目的放在极其重要的位置。有学者提出美学上的从康德经席勒再到马克思的线索，其逻辑性可从这里见到。马克思主义美学从马克思、恩格斯的著作、手稿和通信中可以见出，在20世纪被发扬光大，并进入文学艺术的理论和批评领域与大学教育之中。

正如文学已经成为艺术的一个分支一样，文学理论，至少是其中的一部分，也就有了成为艺术理论（或作为艺术哲学的美学）的一个分支的趋向。我们所说的文学理论的现代转型，其根源就在于此。从这个意义上讲，历史上的种种文学理论的资料，不是被叠加在一起，成为现代文学理论。现代理论与古代资料的关系，是文学理论研究者们在现代的立场和观点的基础上，重新审视古代资料，并选取当代理论的古代对应物而已。

二 当代中国文学理论资源

中国现代文学理论的形成，也显示出与欧洲从18—19世纪的美学与文学理论发展相似的过程。只是由于中国的现代化具有输入的特点，从而这一从古到今的转化在一个特殊的背景下展开。从19世纪末20世纪初起，一批思想界的先贤们，引进西方学术，整理古代资料，进行理论建构。中国现代文学理论，正是从他们开始的。

其中最重要的代表，应该是梁启超和王国维。梁启超在戊戌变法失败后逃亡日本，带着改造中国的强烈愿望，接触西洋文化。他倡导的"诗界革命"，主张以"新意境"、"新语句"，并以"古人之风格入之"②。他倡导小说界革命，其志在"新民"，通过小说，达到在道德、宗教、政治、风俗、学艺、人心、人格等方面进行革新的作用③。所有这一切，都与当时的社会革命联系在一起，具有用文学改造中国的目的。

与梁启超强烈的社会和政治功利性相比，王国维对引进西方美学理论，在中国建构现代形态的美学和文学理论方面，作出了很大的贡献。王

---

① 参见［美］门罗·比厄斯利《西方美学简史》，高建平译，北京大学出版社2007年版，第271—286页。
② 参见梁启超《夏威夷游记》，有关段落可参见王运熙《中国文论选》近代卷（下），江苏文艺出版社1996年版，第286页。
③ 见梁启超《论小说与群治之关系》，原载《新小说》1902年第1号。见郭绍虞《中国历代文论选》第4卷，上海古籍出版社1980年版，第207—211页。

国维在思想上受康德、叔本华等人影响，引入审美无功利的观念，并使它在中国确立下来。① 佛雏记录他当年求学经历时曾写道："回忆最初读静安先生《红楼梦评论》……为那种大气包举、义论新锐、文采流丽的高格调惊服不已，觉得这才是我国近代第一篇真正的文学批评，自有'红学'以来所未有。"② 另有论者说，王国维在 1904 年发表《红楼梦评论》，"标志着一个新的文学理论时代的到来"③。

梁启超开风气之先，大声疾呼文学为社会改造服务，王国维致力于现代文论的建构，完成了一个对立的统一。中国自古就有学问上的入世与出世之说：入世者遵循儒家道统，知其不可而为之，要救国于危亡之际，救民于水火之中；出世者援引释道，修身养性，关注日常生活，回归个人心灵。入世与出世之说构成互补关系。然而，20 世纪初他律与自律的文学思想的倡导，并非只是新的一次轮回而已。在这时，现代艺术体系的思想引入了中国。如果说，在梁启超等人那里，"谈论的方式，理解的方式，乃至著书体例、使用术语等，仍不脱什么'自有章法'、'有主脑在'之类，实际上与传统的小说评点的眼光相去未远"④ 的话，那么，王国维通过认真地研读康德、叔本华等人的著作，并介绍了从古希腊到近代英法德俄各国的哲学和文学家的思想，使现代美学和艺术（王国维将之译成"美术"，其含义不同于今日之美术，而相当于"美的艺术"）观念在中国得到了牢固的确立。

经历了世纪之初的草创阶段，现代美学和文学理论就在中国发展起来了。20 世纪前期，中国的大学里，就陆续开设了文学理论类的课程。1912 年，原来具有书院色彩的京师大学堂正式更名为北京大学，开始了现代教育制度的建立。"它的文学门中也增设了哲学概论、美学概论、伦理学概论、语言学概论、希腊罗马文学史、近代欧洲文学史等现代化课程。……此后，1917 年 12 月 2 日是《北京大学日刊》登出的《改订文科课程会议记事》中，第一次在中国文学门科目中列入了文学概论，并排在第一位，课时为两单位，且为必修课。"⑤ 这是在中国大学首次决定开

---

① 见聂振斌《王国维美学思想》，辽宁大学出版社 1997 年版，第 78 页："王国维对美和美的范畴的论述，始终贯穿一个最基本的观点就是美的无利害性。"亦参见该书其他各处。
② 佛雏：《王国维诗学研究》，北京大学出版社 1999 年版，第 462 页。
③ 辛小征、靳大成：《中国 20 世纪文艺学学术史》第二部上卷，上海文艺出版社 2001 年版，第 114 页。
④ 同上书，第 113 页。
⑤ 程正民、程凯：《中国现代文学理论知识体系的建构——文学理论教材与教学的历史沿革》，北京大学出版社 2005 年版，第 6 页。

设此课程。可能是由于一时难以找到合适的教员，直到1920年，才由周作人开始在该校讲授此课程①。从1920—1949年这30年中，文学概论类的书籍逐渐在中国发展起来。其中主要有马宗霍的《文学概论》②、刘永济的《文学论》③、姜亮夫的《文学概论讲述》④、程会昌的《文论要诠》⑤ 等一些将传统文论与现代文论结合起来的著作，也有一些翻译引进的书籍，如本间久雄的《文学概论》和厨川白村的《苦闷的象征》，温彻斯特的《文学评论之原理》、韩德的《文学概论》，等等⑥。从总体上讲，这些著作都对文学理论作为一个学科的建设，起了重要的作用。在这一段时间里，朱光潜出版了他介绍西方美学的《文艺心理学》和用西方诗学理论研究中国古诗的《诗论》，宗白华也发表了许多关于中国文论和画论的文章。

与这种以大学教学为主，注重学科特性和理论自身的特性，以及对欧美理论介绍和引进为主的理论倾向相反，以报纸杂志为主要阵地，面向文学的创作与批评的理论，与社会有着更为紧密的联系。20世纪前半期的中国社会，是一个处于大变动，人们充满着焦虑感的社会。无论是救亡还是启蒙，文学的社会功利性都被放在了第一位。鲁迅在日本求学期间，受现代美学影响，有着一种对艺术自律的要求，而到了30年代，则翻译普列汉诺夫和卢那察尔斯基的著作，成为审美功利性和通过文学艺术来实现人的改造，从而实现社会改造的理论的最坚定捍卫者。如果说，过去的人重视文章，还有立言以求不朽的追求的话，鲁迅则放弃文学本身的独立价值，主张以速朽的文学实现社会的改造。30年代左翼文学兴起，左翼作家们更重视理论建设，从而形成以媒体为阵地，与大学的文学理论相对立的理论倾向。

新中国的文艺理论，是共产党根据地文学理论的继续。这种理论从40年代就开始了。1940年，毛泽东发表了《新民主主义论》；1942年，

---

① 周作人是否是第一位在中国大学讲授"文学概论"课的学者，这有待考证。这里仅根据《中国现代文学理论知识体系的建构——文学理论教材与教学的历史沿革》一书，说明可能是周作人最初在北京大学讲授此课。在友人的提醒下，笔者发现，梅光迪于同一年在南京高师暑期学校也讲授过"文学概论"课程，今有油印讲义存世。
② 马宗霍：《文学概论》，商务印书馆1932年版。
③ 刘永济：《文学论》，商务印书馆1934年版。
④ 姜亮夫：《文学概论讲述》，北新书局1931年版。
⑤ 程会昌：《文论要诠》，开明书店1948年版。
⑥ 这里的描述参考了程正民、程凯《中国现代文学理论知识体系的建构——文学理论教材与教学的历史沿革》一书的第11—44页。

发表了《在延安文艺座谈会上的讲话》，这是建立新中国文艺理论形态的起点。1949年新中国成立以后，以这两部著作为代表的毛泽东文艺思想在全国范围内大普及。此后，知识分子的思想改造运动，一系列文艺方面的论争和批判，高等学校文艺学教学体系的争论，以及苏联文艺学教学体系的引入，都是这种文艺思想建设的延续。因此，主导和批判，改造与被改造，始终是明确的。参与者和卷入者走到一起，为建立新中国文艺学而开始了相互磨合的过程。在这个过程中，一些理论建设起来了，一些理论被批判了。与此相对应，一批新的文艺理论家出现了，一些人挨批了，一些人改行了，一些人不再研究文艺学，改而从事古代文学或其他学问的研究了。当然，还有一批人被彻底打倒，"靠边站"，或遭遇其他更糟的结果。

1949年7月2—19日，北平召开了中华全国文艺工作者代表大会（史称"第一次文代会"）。在这次会议上，周扬代表"解放区"作了《新的人民的文艺》的报告，茅盾代表"国统区"作了《在反动派压迫下斗争和发展的革命文艺》的报告，再由郭沫若作了《为建设新中国的人民文艺而奋斗》的总报告。在历史上，这次会议被称为"会师"的大会。一些来自原"国统区"的作家，与一些来自原"解放区"的作家，在那个战场上胜负已定，新政权即将成立的前夕，相聚在即将成为新政权首都的北平，召开这样一次大会，必然具有重大的意义和深远的影响。一些研究者将这次大会看成是中国当代文学的起点，这当然是有其充分理由的。这次大会成立了中华全国文学艺术界联合会（简称"文联"）和中华全国文学工作者协会（简称"文协"），开始了对全国文学艺术工作的领导。

既然这次会议被确定为中国当代文学的起点，那么，将之看成是当代中国文艺学的起点，也未尝不可，尽管当时并没有成立一个全国文艺学的组织。不过，文艺学作为一种理论建设，还是有其独特的特点。新中国的文艺学建设，并不能简单理解为两方面的人合到一起，并开始共同工作，而要从思想脉络上进行探究。

20世纪50年代的文艺学，正是在上述的动态过程中形成的。毛泽东文艺思想，作为革命的文艺思想，与五四新文化运动所代表的文艺思想，有着继承关系。包括毛泽东在内的当时的领导人，都是五四精神影响下投身革命的一代青年。但是，在此后的革命运动，特别是根据地斗争的经历，使他们身上具有了与五四新文化运动不同的思想因素。

在《新民主主义论》中，毛泽东指出，五四新文化运动，"当时还没有可能普及到工农群众中去。它提出了'平民文学'口号，但是当时的所谓'平民'，实际上还只能限于城市小资产阶级和资产阶级的知识分子，即所谓市民阶级的知识分子"①。毛泽东还指出，五四以来的革命文艺运动对于革命有"伟大贡献"，也有"许多缺点"②。根据这一看法，《在延安文艺座谈会上的讲话》（简称《讲话》）则提出了一系列对根据地文艺的看法。其中最重要的一条，就是"为什么人的问题"。毛泽东认为，革命的文艺应该为四种人，这就是工人、农民、士兵和城市小资产阶级。五四新文化运动只为第四种人服务，即为"城市小资产阶级和资产阶级的知识分子"服务，这些人只是"革命的同盟者"。文艺服务的主要方向，还应该是工农兵，这些人是革命的主力军。说到了这里，我们就更能理解这样一句话的真实分量了："为什么人的问题，是一个根本的问题，原则的问题。"③ 这句话是《讲话》全文的总纲。毛泽东认为，当时的实际情况是，许多作家，特别是那些来自像上海这样的大城市的亭子间的作家，人到了延安，立足点还没有转变过来，"灵魂深处还是一个小资产阶级知识分子的王国"④。他们只熟悉城市小资产阶级，习惯于为他们服务。因此，通过延安文艺座谈会，就要解决这种作家在延安对工农兵"不熟，不懂，英雄无用武之地"的问题，从而形成为工农兵服务的立场。在此基础上，毛泽东提出了在普及与提高的关系上的为工农兵而普及，从工农兵基础上提高的思想；提出了为政治服务，包括在党内，革命文艺是革命机器上的"齿轮和螺丝钉"，党外关系上，以统一战线，即以抗日、民主和社会主义的现实主义这三个共同点为基础进行团结的思想；以及在批评标准上以政治标准第一，艺术标准第二的思想。对于《讲话》，有许多研究者认为，这是战时文艺思想，也就是说，要联系1942年的延安这一特定的时间地点来思考这一著作。这当然是有道理的，任何著作的写作，都离不开作者写作的时间地点。但是，这一著作所提出一些基本观点，例如，使文艺从属于政治，成为向工农兵进行政治动员和进行社会动员的工具，以集体主义取代个人主义，通过阶级分析区分朋友和敌人，从而在手法上决定对朋友赞美和歌颂，对敌人暴露讽刺和打击，等等，与历史上的左翼文艺思想传统有着传承关系，体现出一整套对文学艺术的系统性要求，因而是一种理论上具有说服力的文艺主张，而绝不是临时政策性措施。新中国成立后，这种思想就成为主导思想而推向全国。

---

① 《毛泽东选集》第2卷，人民出版社1991年版，第700页。
② 《毛泽东选集》第3卷，人民出版社1991年版，第853页。
③ 同上书，第857页。
④ 同上。

50年代文艺学的建构，还有一个来源，这就是俄苏文学理论的引入。近年来，对于俄苏文学理论在中国50年代理论中所起的作用，有很多争论，实际上，俄苏文学理论对中国的影响，可以分成两个方面来理解。

第一个方面，是这种俄苏理论对50年代中国文学理论本身的影响。毛泽东的文艺思想在形成过程中，受到来自苏联的文艺思想多方面的影响。在《讲话》中，就至少两处明确引用列宁在《党的组织与党的文学》中的观点。一处用列宁文学"为千千万万劳动人民服务"的思想论证为工农兵服务的方向，另一处用列宁关于无产阶级文学艺术是革命机器上的"齿轮和螺丝钉"思想论证文艺为政治服务的观点。这两处对于《讲话》来说，都是最关键之处。50年代是一个中苏友好的时代，大批的俄罗斯文学作品被介绍到中国，在一个相对封闭的时代，俄罗斯文学成为中国人通向外界的一扇明亮的窗户，众多的俄罗斯文学作品，也成为当时中国人最重要的精神食粮。在一个封建主义的（传统的）和资本主义的（西方的）被打倒，而反对修正主义的（俄苏的）口号还没有提出来时，俄苏文学普遍为中国读者所喜爱，也成为一代中国作家效仿的对象。与此同时，一些俄国作家理论家关于文学理论的论述，从别林斯基、车尔尼雪夫斯基、杜勃罗留波夫到普列汉诺夫、高尔基、卢那察尔斯基，俄国文学理论对当时的中国文学理论的建构产生着积极而深远的影响。从今天的眼光看，我们当然可以指出，文学理论上的"一边倒"限制了我们的视野，但这个责任不能由俄苏文学理论本身来负，"一边倒"是我们的选择，而不是由这些理论的提供者所强加的。如果我们历史地看待这个问题的话，我们可以看到，俄苏文学理论对当时的中国文学理论建设所起的作用，从总体上来说，是积极的。从这些论述中，我们学习了民主进步的思想，学习了对艺术规律的尊重，学习了现实主义的创作方法，也学习了"文学是人学"这一闪耀着人性光辉的思想。到了60年代，中国人是在"反修防修"的口号声中进入"文化大革命"的，这也从反面证明了俄苏文学理论对中国文学艺术的积极意义。

第二方面，是俄苏文学理论教学体系对中国文学理论教学的影响。共和国建立以后，共产党人从根据地带来了毛泽东的《在延安文艺座谈会上的讲话》。《讲话》是以领导人讲话的形式出现的一个有关文艺的纲领性文献。怎样给既有的文学理论研究者们所熟悉的许多的问题以一个全面的回答？怎样解决文学创作和批评实际上所碰到的许多更为具体的问题？怎样给大学的文科教学课堂提供新的文学理论体系？这些都是迫切需要解决的问题。

1950年8月，教育部颁发《大学教学大纲（草案）》，对文艺学提出了要求："应用新观点、新方法，有系统地研究文艺上的基本问题，建立正确的批评，并进一步指明文艺学及文艺活动的方向和道路。"① 从1951年11月到1952年4月，《文艺报》展开了文艺学教学大讨论。讨论中对山东大学吕荧的文学理论课程的问题进行批判，北京师范大学黄药眠也自我检讨。无论是吕荧还是黄药眠，都在新形势下，为了适应对课程的新要求，做了巨大的努力，但这种努力仍不能达到政治上正确。于是，1953年，出现了查良铮翻译的季摩菲耶夫的《文学原理》。1954年春天，苏联专家毕达可夫来到中国，在北京大学中文系的文艺理论研究班讲授文艺学，他的讲稿后来以《文艺学引论》为书名出版。这两本书给中国文学理论带来了一个基本框架，给中国以后的教材体系产生了深远的影响。程正民先生在总结苏联文艺学教材时，指出它有五点正面影响：一是阐明文学的本质及其在社会生活中的地位和作用，即形成关于文学属于上层建筑的意识形态的理论；二是阐明文学的特性和文学创作的原则，即关于文学的形象、典型和形象思维理论；三是阐明文学作品的构成及内容与形式的关系，对文学构成的诸要素进行了说明；四是阐明文学发展客观规律，即说明文艺起源和发展规律；五是阐明评价文学作品的一系列重要范畴。他同时也指出其四点负面影响：一是教材内容的政治化和哲学化；二是思维方式的简单化；三是理论自身的狭窄化；四是研究方法的单一化②。这就是说，这种教学体系的引入，在当时有积极的意义，但也带来了许多的问题。它的积极意义，是在当时与中国既有的文学理论相比而见出的，而它的负面影响，则主要是在80年代的改革开放的大气氛中显露出来的。

根据地的文论与俄苏文论，是从20世纪50—70年代文学理论建构的两个最主要的理论资源。当然，除了这两个资源以外，另外三个资源则是隐性的：这就是20世纪初以来，特别是五四以来所发展起来的现代中国文学理论，中国古代的文学思想，西方的文学理论。正如我们在前面所讲到的，理论的发展，不是前后叠加。

毛泽东在《新民主主义论》中，用三个形容词为新民主主义文化作了限定，这三个形容词就是：民族的、科学的、大众的。这部著作对这三个形容词分别作了解释：说它是民族的，就是说，对外国文化（主要

---

① 原文藏教育部档案室，转引自程正民、程凯《中国现代文学理论知识体系的建构——文学理论教材与教学的历史沿革》，北京大学出版社2005年版，第89页。
② 参见程正民、程凯《中国现代文学理论知识体系的建构——文学理论教材与教学的历史沿革》，北京大学出版社2005年版，第125—134页。

指西方文化）要像对待食物一样，经过消化，吸收精华，去其糟粕；说它是科学的，就是反对封建迷信，清理古代文化（指中国文化传统），同样像对食物一样进行消化吸收；说它是大众的，就是要为全民族百分之九十以上的劳苦群众服务，而不是像五四时期的"平民文学"那样，只服务于城市小资产阶级和资产阶级知识分子。① 这三个形容词决定了当时面对不同的思想资源时的理论立场。

前面所谈到的理论与历史的双向互动关系告诉我们，一个时代的理论立场必然影响到该时代的人的理论视野，因此，一切外来影响之所以能够实现都是由于当时当地的自身文化需要这种影响，一切对古代的和过去的文化的看法，都是从当代的理论观点出发的，是当代文化的延伸。本来，这种实际上会出现的情况，是在复杂的历史运动中体现出来的。从事文化工作的人，使用过托古改制，使用过借用外来影响对文化全盘改造，各种各样的策略，在文化发展中留下各种各样的痕迹。像《新民主主义论》中这样将这一道理如此明确地表述出来，并将之当成一项文化政策，则完成了一种对外来影响和古代传统的清晰的切割。此后的文化政策就是这样建构出来的。

前两个资源与后三个资源，在 50 年代时处于不同的层面，起着不同的作用。前两个资源，对于 50 年代的理论研究者来说，是可靠的，可直接接受的，"自己的"理论，后三个资源，只是包含了经过"消化"可以被我们"吸收"的"营养"而已。

历史的发展，根据地的文学理论与俄苏的文学理论，在 50 年代教学中逐渐磨合，形成各种各样的体系。但是，随着中苏关系的破裂，文化上反修防修，俄苏文学理论的影响就逐渐被剥离。从"社会主义现实主义"到"革命现实主义与革命浪漫主义"创作方法的过渡，"标示了中国与苏联文艺理论的疏离关系。……在它的引导下，中国文艺学陷入了更加政治化的境地之中"②。从此，文艺学更加走向激进，与通向"文化大革命"的中国政治结合在一起。

三 文学艺术：作为意识形态还是作为社会文化现象

1949 年以后占据着主体位置的文艺学，是以一个对文学本质的基本认识为基础的，这个认识就是：文学艺术属于上层建筑的意识形态。

---

① 《毛泽东选集》第 2 卷，人民出版社 1991 年版，第 706—709 页。
② 孟繁华：《中国 20 世纪文艺学学术史》第 3 部，上海文艺出版社 2001 年版，第 115 页。

关于经济基础与上层建筑及意识形态关系的理论是马克思主义的一个基本理论，在马克思恩格斯的著作，以及此后的众多的马克思主义重要作家那里，都有论述。

马克思的这种观点在《〈政治经济学批判〉序言》中得到经典的表述："人们在自己生活的社会生产中发生一定的、必然的、不以他们的意志为转移的关系，即同他们的物质生产力的一定发展阶段相适合的生产关系。这些生产关系的总和构成社会的经济结构，即有法律的和政治的上层建筑竖立其上并有一定的社会意识形式与之相适应的现实基础。"[①] 在进一步表述什么是上层建筑时，马克思写道："在考察这些变革时，必须时刻把下面两者区别开来：一种是生产的经济条件方面所发生的物质的、可以用自然科学的精确性指明的变革，一种是人们借以意识到这个冲突并力求把它克服的那些法律的、政治的、宗教的、艺术的或哲学的，简言之，意识形态的形式。"[②] 根据这种观点，艺术属于意识形态，作为艺术的一个门类的文学，也属于意识形态，它是一种上层建筑。

马克思和恩格斯曾多次谈到基础与上层建筑的关系，强调基础与上层建筑，特别是与意识形态关系的复杂性，努力消除这种思想所可能产生的误解。

马克思的这种观点，可以给文学艺术的研究者带来这样一些认识：

1. 精神生产随着物质生产的改造而改造，因此，必须用人们的存在说明他们的意识，而不是用人们的意识来说明他们的存在。

2. 我们必须将文学艺术放在一定的历史环境中理解，说明包括文学艺术在内的人的一切思想的产物，归根到底与社会发展的一定阶段相关。

但是，后来的马克思主义者总是试图从这一公式中解读出更多的东西。例如，在文学理论界，斯大林的一段话，就产生过很大的影响。斯大林以下面这种简单而直接的方式，表述了基础与上层建筑的关系：

> 基础是社会在其一定发展阶段上的经济制度。上层建筑是社会的政治、法律、宗教、艺术、哲学的观点，以及同这些观点相适应的政治、法律等设施。

> 任何基础都有同它相适应的自己的上层建筑。封建制度的基础有自己的上层建筑，自己的政治、法律等等观点，以及同这些观点相适

[①] 《马克思恩格斯选集》第2卷，人民出版社1995年版，第32页。
[②] 同上书，第33页。

应的设施;资本主义的基础有自己的上层建筑;社会主义的基础也有自己的上层建筑。如果基础发生变化和被消灭,那么它的上层建筑也就会随着发生变化和被消灭。如果产生新的基础,那就会随着产生同它相适应的上层建筑。①

在20世纪80年代的中国,文艺学界曾围绕着马克思与斯大林的异同产生过一个争论。强调马克思与斯大林的观点不同的是朱光潜先生。他提出要"坚决反对在上层建筑和意识形态之间画等号"。他认为,上层建筑指"政权、政权机构及其措施",而意识形态则指政治、法律、哲学、宗教,也包括艺术的观念。他认为,马克思、恩格斯早期在表述中也曾用"上层建筑"既指国家政权机构,也指意识形态,但他们一直强调两者之间的分别,而为了避免引起误解,他认为:"意识形态即有专名,何必僭用上层建筑这个公名,以致发生思想混乱呢?"②

针对朱光潜先生的这篇文章,吴元迈先生写了一篇商榷文章,他引证马克思和恩格斯的多篇文章,证明马克思和恩格斯没有把"意识形态"排除在"上层建筑"之外,同时,他也论证,斯大林的观点与马克思和恩格斯没有什么不同③。

这场争论出现后,有许多研究者参加讨论,各自提出了自己的观点。朱光潜此前就曾在与李泽厚和洪毅然的辩论中,写过一篇文章,取名为《美必然是意识形态性的》,论证他关于美是主客观统一的观点④。这即已反映出了他对"意识形态"这个词的理解。这时,在改革和思想解放的1979年,他通过论证"意识形态"与"上层建筑"的区别,力图说明美与文学,不一定与经济活动和政治运作等有着直接而密切的关系,这反映了他作为一位美学家关于美学和文学艺术的观点的表达。他所力图要做的,是这样的工作:我们今天应该怎样读马克思恩格斯的著作?作为一位美学家怎样从中读出对于发展美学和文艺有益的意义?与此相比,吴元迈则更愿意回到文本,试图对马克思恩格斯,以及斯大林的语义进行还原,并从中找到关联点。

---

① 《斯大林选集》下卷,人民出版社1979年版,第501—502页。
② 参见朱光潜《上层建筑和意识形态之间关系的质疑》,载《华中师院学报》1979年第1期。
③ 参见吴元迈《也谈上层建筑与意识形态的关系——与朱光潜先生商榷》,载《哲学研究》1979年第9期。
④ 朱光潜:《美必然是意识形态性的》,原载《学术月刊》1958年第1期,见《朱光潜全集》第5卷,安徽教育出版社1989年版,第111—123页。

朱光潜在那个思想解放的年代提出这样一种观点，代表着重新构建美学和文艺学的一次重要尝试。然而，在"基础与上层建筑"理论已经被普遍接受的情况下，他的这种尝试在理论上力量不足，在此后的文艺学研究中，也没有产生大的影响。

从"基础与上层建筑"出发，研究者进一步引用马克思主义关于阶级斗争的理论，指出："到目前为止的一切社会的历史都是阶级斗争的历史。"① 以及"统治阶级的思想在每一个时代都是占统治地位的思想"②。这种思想，与上述斯大林的论述结合在一起，从而在中国出现了对文学艺术进行阶级分析的理论，并且使这种理论深深地嵌入到当时占据着主导地位的文艺学之中。

这是新中国成立以后文学上的一个"大理论"。很多理论家们作出了许多努力，力图减少这种理论所带来的负面影响。例如，强调现实主义精神使作者可以摆脱自己的阶级局限，强调人性人道主义具有超越阶级局限性的能力，强调不同的阶级之间也有共同美，如此等等。这些理论都曾经起着积极的作用，但千变万化，都不能违背基础与上层建筑这一基本的逻辑。而根据这一逻辑所形成的文学理论，对过去文学的理解，没有说服力，对当代文学的指导，又起着阻碍的作用。

我们在讲文学是意识形态时，存在着这样一种简单化的方法：先确定什么是意识形态的本质，再根据意识形态的本质推导出文学的本质。既然根据革命导师的语录，意识形态从属于上层建筑，而上层建筑又是由经济基础决定的。因此，意识形态就是经济关系的反映，特别是阶级斗争的反映。这种思想带来了很大的弊端。

关于基础与上层建筑，我们有这样一些想象：

第一，按照前面所说的斯大林的表述，是：基础与上层建筑。下面是基础，上面是建在基础上的房子。这些房子是按照种种"观点"建起来的，但"观点"本身不能构成一个层次，而只是建造这些房子时的思考和方案。

第二，基础、上层建筑与意识形态。意识形态是"更高的即更远离物质经济基础"的，如哲学和宗教，"在这里，观念同自己的物质存在条件的联系，越来越错综复杂，越来越被一些中间环节弄模糊了。但是这一联系是存在着的。"③ 根据这一描述，我们也许可以为这座房子加一层楼，

---

① 《马克思恩格斯选集》第1卷，人民出版社1995年版，第272页。
② 同上书，第98页。
③ 《马克思恩格斯选集》第4卷，人民出版社1995年版，第253—254页。

即在基础之上,有第一层楼,是物质的上层建筑,第二层楼,是意识形态。

也许,这两种不同的想象,能够说明朱光潜与吴元迈两位先生的不同点。然而,这两种想象,只是众多马克思主义者的众多想象中的两种。细致地分析各种想象,应该是一件有意思的事,但我们这里无法一一道来。我们可以看一个最著名的,会对我们有启发意义的想象——俄国著名的马克思主义理论家普列汉诺夫这样写道:

> 如果我们想简短地说明一下马克思和恩格斯对于现在很有名的"基础"对同样有名的"上层建筑"的关系的见解,那末我们就可以得到下面一些东西:
> (一)生产力的状况;
> (二)被生产力所制约的经济关系;
> (三)在一定的经济"基础"上生长起来的社会政治制度;
> (四)一部分由经济直接所决定的,一部分由生长在经济上的全部社会政治制度所决定的社会中的人的心理;
> (五)反映这种心理特性的各种思想体系。[①]

这就是著名的普列汉诺夫的五层次说。与前面所说的两层小楼相比,这座五层大楼有这样几点新意:第一,"基础"是经济关系,即我们所说的生产关系,它受再下面的一层,即"生产力的状况"所制约。第二,加上了"社会中的人的心理"这一层面,指出"思想体系"是生长在这种"心理"之上的。

对于是"基础"下面还有一个更"基础"的东西即生产力,还是"生产力"与"生产关系"共同构成"基础",专家们可以作进一步的分析。我们这里所关注的,是这个第四层,即"社会中的人的心理"。普列汉诺夫认为,"思想体系"建立在"心理"之上。他所说的"心理",是一种社会性的普遍的精神倾向。他举的例子是,由于浪漫主义的时代心理,就出现了浪漫主义的文学、音乐和绘画[②]。这种对"心理"的理解,是将它看成了一定时代的普遍精神趋向,或者某种不可言传的"时代精

---

① 普列汉诺夫:《马克思主义的基本问题》,载《普列汉诺夫哲学著作选集》,生活·读书·新知三联书店1962年版,第195页。
② 同上书,第196页。

神"。这种理解显然是很狭窄的。

普列汉诺夫的五层次说指出了经济活动与思想体系（意识形态）之间存在着中介，并通过"心理"这个概念，将前此人们只是抽象地表述过的中介具体化。从生产生活到人的各种观念体系，这中间的各种各样复杂的关系，并不是一个五层次模式所能穷尽的。恩格斯写道："如果不把唯物主义方法当作研究历史的指南，而把它当作现成的公式，按照它来剪裁各种历史事实，那么它就会转变为自己的对立物。"[①] 对于普列汉诺夫的表述，我们也只能取参考的态度。

让我们从两个词的区别开始。我们所说的"意识形态"（德语 ideologie，英语 ideology）指的是成体系的思想，它来自于 Idee 或 idea，即人的意识、观念、主意、想法。从构词上看，我们所说的"意识形态"一词具有"观念学"、"意识学"，即对"意识"和"观念"等进行研究，从而形成相对于它们的专门学科的含义。在马克思、恩格斯，以及普列汉诺夫、列宁的著作中，常常具有两个译法，即"意识形态"和"思想体系"。这两个词取不同的译法，原因在于，"意识形态"一词有时有贬义，指虚假的、幻想的思想，而"思想体系"的意思比较中性。马克思、恩格斯在写作《德意志意识形态》时，就是把德意志的"意识形态"当作批判的对象的。在阶级社会里，一个阶级需要以全社会的代表的身份出现，制造有益于自身统治的幻想，于是需要意识形态，而阶级消灭以后，是不是就不再需要这种"意识形态"了？马克思说："哲学家们只是用不同的方式解释世界，而问题在于改变世界。"[②] 解释世界需要"思辨哲学"，需要"意识形态"，而改变世界则需要"实践哲学"，需要当作"指南"而不是当作"教条"的唯物史观。当然，马克思和恩格斯在不同的情况下，对这些词的使用也不相同，把精力放在这种词义辨析上也许是需要的，但在这里，不是我们所要完成的任务。

既然"意识形态"是关于"意识"的思想体系，那么，它显然与"意识"是不同的东西。在各种各样的生活和生产活动中，到处都存在着人的意识和观念。马克思说，人与蜜蜂不同之处在于，蜜蜂虽然造出的蜂房构造精美，但蜜蜂没有意识。人在制造房子之前，就已经有了关于房子的设想，这是动物所没有的。如果是这样的话，那么，人在造房子时，就

---

① 《马克思恩格斯全集》第 37 卷，人民出版社 1971 年版，第 410 页。
② 马克思：《关于费尔巴哈的提纲》，《马克思恩格斯选集》第 1 卷，人民出版社 1995 年版，第 18—19 页。

有了意识。实用的科学技术活动，也是这种"意识"的发展。它们与具体的生产生活活动联系在一起。农民在种田时，牧民在放牧时，都要有关于种田或放牧的知识，有关于天气的知识。这些知识有的以口诀和谚语的形式口耳相传，更多的则在生产生活过程中跟着长者或长辈照样去做。这些知识可以代代相传，也可以是在新的情况下不断有新的发现发明。在劳动生活中学习知识，在劳动生活中得到验证，化成为他们的劳动能力。所有这些知识，都只属于"意识"而不是"意识形态"。

现代的实用技术，由于它们与生活的紧密结合，也不是那种漂浮于经济基础之上的"意识形态"，而是人们的经济生活的组成部分。当我们说科学技术是生产力时，绝不能只是狭义地将之理解为对科学技术的强调，而是说，当科学技术不是为科学而科学，而是以推动生产力的发展为目的时，它就不是离开经济基础而漂浮其上的"意识形态"，而是"生产"这个大过程的一部分。同样，不仅这种人与物的关系，而且在人与人的关系中，也是如此，家庭、爱情、友谊，等等，都是日常的生活情感，它们是社会凝聚的基础，而不是漂浮于社会之上的东西。忠贞、勇敢、诚信等道德，融化在文化的深处，通过传统的传承而形成，这是文化凝聚力之所在。

我们过去的理论，将国家、民族、阶级之间的斗争深入到意识的各种层面，实际上，这里面有不同的层次。处于最基本的层面的生产和生活，本来并没有与国家、民族、阶级之间的斗争联系起来。这些观念只是在社会发展到一定程度才出现，并在一定的历史时期才被激化的。生产活动，怎样种好庄稼，放好牛羊，直到造机器，生产飞机火车，它自身与斗争无关。即使造武器，它本身也是一个专门的技术。在生活中也是这样，家庭、社会中，人与人交往过程，出现各种各样的爱恨情仇。所有这一切，都是伴随着人的活动的意识和心理，它们都不是意识形态。研究它们，对它们加以区分，要求人们要共同地对谁爱、对谁恨，并说明这方面的理由，这时，意识形态就萌芽了。

意识形态是由于物质产品生产与精神产品生产的分工而形成的。在人类进入到文明社会之后，人划分为阶级，形成了政治权力结构，也有了一批专门制造体系的理论制造者。这些理论体系，包括离政治运作比较近的政治与法律理论，和离政治运作比较远的宗教和哲学理论。这种远和近，是从政治运作这个坐标系出发来决定的。如果换一个坐标系，就可以作出另一种描绘。例如，哲学（例如在希腊社会早期）离科学更近；日出而作，日落而息的古代老百姓，可以离皇权很远，对法律也不了解，但他们可能离宗教却很近。这些可以称为"意识形态"的东西，由于其"学"（—ology）特点，随着分工的发展和现代社会的形成而获得专门发展的机会。从马克思恩格斯他们所举例子来看，所谓"意识形态"主要是由这样一些社会和人文学科的理论组成。这些理论，部分是对社会上普遍存在的各种"意识"的总结、整理和发展，但更多的是被人们制造出来，以试图对人们的意识产生影响的，甚至纠正人们的日常意识的，成体系的思考。人们运用法律的意识形态影响人们关于权利和义务、合法与非法的意识，运用伦理和宗教体系影响人们关于善与恶的意识。

这些被称为意识形态的理论，可以有很强的自己的继承性，从事各种不同的思想、理论和精神方面工作的人，从自身的传统出发，借助这种传统的力量，并在此基础上作出自己的发挥，试图反映并影响人们的意识。因此，意识形态并不是一个时代的人的意识的总和，而只是有关人的意识，甚至是试图作用于人的意识的思想体系而已。

从这里，我们回到文学艺术上来。文学艺术本身并不是思想体系，因此，也不是上面所说的"意识形态"。文学艺术固然是作家艺术家有意识地制作出来的，但是，正像科学技术不是意识形态一样，并非所有有意识地制作出来的东西，就是意识形态。文学艺术渗透到我们生活的各个方面，可以包含各种类型的生活内容。前面说过，按照与经济关系的距离，哲学与宗教，比起政治与法律，要更远一点，但按照与人们生活的贴近程度，哲学与宗教又可能会比政治与法律，离普通人的生活更近。熟悉生活哲学的人可能会比懂得政治和政府运作方式的人，要多得多。一个普通的信徒进教堂的次数，肯定要比去法院多得多。这个道理运用在文学艺术中，就完全呈现出另一种情况。文学艺术贴近人们的生活，它可以接近但不必然与政治需要结合在一起，它可以与经济生活有联系，但它的内容一般都与经济生活相距较远。

从一首爱情诗到一幅风景画，一曲田间小调，都是艺术。其中充满着人对生活，对世界的感悟，但这些不一定都具有意识形态性。我们会有意识地写诗、作画、谱曲、跳舞、唱歌，也会有意识地种田、狩猎、盖房子、造机器，所有这些，都不一定构成所谓的"意识形态"，或者说，用"意识形态"这个词，并不能很好地概括它们的本质。在当代社会，我们将电影、电视、戏剧、歌舞称为娱乐业。我们还提出了"文化产业"、"创意产业"等概念，将许多艺术品的生产划归其中，表明它们本身就是经济活动。另有一些艺术门类，从建筑到室内的设计，再到从书籍设计到产品设计的巨大的行业，成为实用艺术。原本的精英艺术也受到来自先锋艺术和通俗大众艺术的挑战。在艺术经历了种种巨大的变化以后，如果再将它称为"意识形态"，就会使我们有恍若隔世的感觉。文学也是这样，我们有着各种各样的文学作品，它们反映生活，表现情感，给人以启示或愉悦，其中绝大多数并不与一定时期的经济政治构成对应的关系。

在今天，如果有人继续宣称文学和艺术属于意识形态，除了重复过去的旧教条以外，可能是想借此对艺术有所要求。这当然是文学评论者的一种选择，但这并非是对文学"本质"的揭示。同样，对于其他门类的艺术也是如此。说它们是意识形态性的，是希望它们起意识形态的作用。我们可以希望某些文学和艺术作品更具有意识形态性，从而运用文学和艺术作品进行意识形态宣传。我们还可以针对文学艺术上的一些不良的倾向，强调艺术要体现出对生活的认识，具有思想内容，对精神文明的建设起作用。在国家危亡时，要求有救亡文学，在阶级斗争尖锐时，要求文学为这种斗争服务，并不等于它是意识形态，而是说，我们呼吁它在意识形态领域起作用。

文学艺术曾经在人的启蒙、社会的变革和改造中起过、并将继续起到重要的作用。它们都是一些重要的社会文化现象。近年来，人们谈论"艺术终结"，这种观点来源于黑格尔，按照黑格尔的体系，艺术与宗教和哲学放在一道，成为理念显现的三种形式。我们的许多将艺术看成意识形态的观念也来源于此。如果艺术是理念显现的一种形式，它就必然要终结。同样，如果艺术是一种意识形态，它也难逃被终结的命运。但是，艺术只是人类生活过程中的一种意识、意志、情感的凝结，只要人类存在，这样的艺术都会存在。如果说艺术要终结的话，那么，所终结的，只是它的意识形态功能而已。如果说终结以后还会有艺术存在的话，原因也恰恰在于，艺术只是在特定的时间地点，由于特定的语境影响，才被赋予意识形态的功能。

按照前面所提供的对意识形态的解释，有一门与文学艺术相关的学科，应该更具有意识形态性，这就是美学。我们关于"美学"（aesthetics）这个学科，有两种理解，一种是广义的，指从古希腊毕达哥拉斯开始直到今天仍存在，并被不断发展着的美学。许多西方美学史，例如，鲍桑葵的《美学史》和门罗·比厄斯利的《美学：从古希腊到现代》（中译书名为《西方美学简史》），都是这么写的，朱光潜的《西方美学史》也从古希腊写起。另一种是狭义的，指的是从夏夫茨伯里，经鲍姆加登，再到康德，覆盖西欧各国，占据整个18世纪的美学创立过程。严格意义上的美学，是在这一过程中形成的。这是资产阶级登上历史舞台的时期，在这一时期，它创立着自己的"意识形态"，也包括美学。马克思、恩格斯所说的"德意志意识形态"，包括康德及他以后的一些哲学家在内。但是，"意识形态"的复杂性，恰恰在这里表现了出来。"美学"作为一门学科的形成，并非是当时处于上升时期的资产阶级观念的体现。相对于霍布斯等人提出，在17世纪与18世纪之交流行的"心理学上的利己主义"，夏夫茨伯里提出了审美的无功利静观的美学理论。① 相对于沃尔夫的理性主义的本体论，鲍姆加登强调感性独立性。现代美学的建构，在康德那里完成。康德所主张的，是审美无功利和艺术自律。② 最早的美学家们在资产阶级与封建贵族的斗争中，常常站在贵族的一边，赞美他们的高雅，但恰恰是他们的理论，后来为附庸风雅的资产阶级所接受。

与强调审美和艺术无功利的美学思潮相反，强调艺术的社会责任感的一派，也同样是一批对资本主义持批判态度的美学家们。从康德的信奉者席勒开始，就试图通过美育来改造社会。圣西门、孔德、罗斯金、莫里斯等众多的思想家们，都对资本主义的现存秩序持批判的态度。

文学理论的现代形态，正如前面所说，也是从这两条线索开始的。如果说它是上层建筑的意识形态的话，那么，它一方面可以被称为是资本主义社会的意识形态；另一方面，它又从一开始就与资产阶级的意识形态持格格不入的态度。

四 文艺学定位的寻找

最后，让我们回到一个话题：理论何为？人们常常习惯于一个假定，即我们已经有了一个现代学科概念。根据这个学科概念，我们又有了科学研究管理部门和教育管理部门关于学科的种种分类，比方说，确定什么是一级、二级、三级学科，等等。我们还有了图书馆和书店关于图书分类系统，将图书分成一些大类，再分成一些小类，并将同类的书放在一道。图书分类固然是为了检索的方便，一个人的私人藏书可以按照自己的愿望进行分类或者干脆不分类，只要记得自己的书在哪儿就行。但是，当图书馆要采用或设立一个图书分类法时，则或多或少体现人们对于知识分类的共识。各种各样的与学科和知识的分类有关的操作，在不断强化我们的学科概念，强化学科边界。这种关于学科和知识的分类，由于涉及对人的岗

---

① 参见门罗·比厄斯利《西方美学简史》，北京大学出版社2007年版，第155—157页。
② 参见高建平《"美学"的起源》，载《外国美学》第19辑，江苏教育出版社2009年版，第1—23页。

位设立和工作分工，就有了更为复杂的因素。比方说，大学的教学职位的设立、研究经费的分配，等等，一旦设立，就有着自身的延续性。当学科的重要性与从事该学科的人的地位联系在一起时，该学科的地位，就成了一种利益关系，会有一些人对此加以维护。从根据社会需要和知识分类的状况形成的学科分类，发展到出现一些人以某学科为专业进行工作，以此为事业。从这里再往前走一步，已经出现的，被归属于某一专业，按照这个专业被训练出来，并已经有了一些学科范围的这些人，开始按照自己的方式从事研究和思考。这时，该学科的对象、范围就依照他们的关注点而决定。这时，就出现学科研究对象漂移的现象。

根据学科划分，我们确定了这样一个学科的存在，这个学科就叫文艺学或文学理论。但是，学科划分绝不像科研管理部门设定了一个二级学科，图书馆里为这门学科的书籍留几格书架那么简单。我们可以为文艺学下各种各样的定义，但依据前面所说的意思，我们起码可以从两个方面来理解：一是关于文学的理论，这是这门学科建立时人们对它所作的规定，以及科研管理者不断从外部给它所进行的制约；二是文艺学家或文学理论的研究者实际上所研究的对象，包括过去的研究者通过自己的研究形成的学科传统和当下的研究者的兴趣所在。研究者是通过阅读前人的书，以及与同行对话的过程中进入到自己的学科的，于是，一门学科的研究者，有着自己的学科"路径"，包括学科传统、流行的做法、对本学科所面临的问题的理解，也包括对本学科现状的种种不满，等等。对一个学科的限定，化成了一种类型的人的活动。属于这个学科的人，有着自己的学术组织，会跨越千山万水走到一道来对话，会相互关注所思考和写作的内容，会相互争吵或呼应。不属于这个学科的人，哪怕共事多年，也没有真正的学术对话；哪怕邻居多年，也仅限于见面打一声招呼。这一切，都是活的事实，它绝不能由外部对这个学科的某种限定所穷尽。

这时，我们就面临着一个悖论：一方面，一个学科的存在，是由于它有明确的研究对象，它在现代知识体系中有自己的位置，在社会大分工中有自己的功能。社会规定由一部分人研究文艺学或文学理论，必然有它的理由。另一方面，文艺学作为一个学科，是在一个动态的历史过程中，由研究者创造出来的，它在自身的发展过程中寻找和确立自己的定位。因此，我们不能简单地根据外在的功能来确立一个学科的固定位置，而要看到，一个学科在自己的发展过程中不断创立和调整自己的位置。

我们曾经有过对于文艺学的最高期待，即认为学会了理论，就可以创造出作品来。这是一种从世界观，经由创作方法，再通过创作技巧，从而生产出作品的思路。文艺学可以规定作者表现什么样的主题思想,这种主题思想反映了什么样的世界观;文艺学也可以规定作者到什么地方去寻找素材,怎样将生活中的素材转化为作品中的题材;如此等等。这时,文艺学有着崇高的位置。这个学科的研究者仿佛是在设计文学艺术创作工厂,规定这个创作工厂需要什么部门,什么流程,从哪里取得原料,到哪儿去销售产品。当作者生产出作品以后,他们还可以有一套标准进行评判,判定作者在创作过程中是否操作规范,从而产品合格。这似乎是文艺学的黄金时期,但是,这又恰恰是文艺学对文学创作构成最大限制的时期。文艺学在这时做了超出它的能力应该做的事。

我们也有过对文艺学的最低期待,它认定文艺学无用,不要干预文学创作。文艺学只是对已有的文学作品进行描绘,说明它们是什么。例如,出现这样的叙事理论,对文学作品进行篇章结构的研究,像研究语法学一样,研究文学作品的语法。知道了这种种方法,对于文学创作没有任何帮助。再如,出现这样的美学理论,只对艺术批评中所使用的术语进行概念分析,而对艺术的创作与欣赏持间接的态度。美学家不告诉人们什么是美的,什么是丑的,也不对什么是好的作品作判断,而只关心是否用词准确。

当然,上述两种情况,都是对文艺学与文学创作关系的最极端的规定。实际上,任何时候的文艺学,都是介乎两者之间的。在对文艺学作最高规定时,文艺学方面的从业者们也不忘记保护作家艺术家"绝对自由"的呼吁,并且通过"形象思维"这个概念给作家艺术家留下有限的空间。在对文艺学作最低规定时,那些主张对艺术的创作与欣赏持间接性态度的人也力图对文学艺术施加影响。例如,叙事理论力图给叙述水平以某种标尺,给人物的塑造、时间和空间的把握、视点的使用,等等,提供可计量的规定性;再如,对批评术语进行概念分析时,尽管具有间接性,但通过诸如对"艺术"等术语下定义的手段,对什么是艺术提出见解,并由此使一些艺术获得被论述的权利和机会。

关于60年文学理论的分期,学界有一个普遍接受的说法,这就是"三十年河东,三十年河西"。在这个粗略的,格言式的表述背后,人们试图说明一个基本的事实,这就是,从1949—1978年,文学理论以苏联影响为主体。这包括在俄苏文论思想影响下形成的根据地文学理论,也包括20世纪50年代对苏联文学理论体系的引进。正如前面所分析的,这两者之间有一些差别,并且这种差别所引发的斗争,与"文化大革命"时代的文学理论的形成,有着直接的关系。但从总的倾向来看,可共同归入

"河东"的范畴。从 1979—2009 年，文学理论上呈现出"百花齐放"的局面，欧美影响逐渐取代了俄苏影响。

在这 60 年中，出现了两个理论的黄金时代，这就是 20 世纪的 50 年代与 80 年代。理论研究者总是从事拓荒或者奠基的工作。批评模式大转型之时，就是理论研究活跃之时。

50 年代是一个新理论的建构时期。文学理论受到了从国家领导人到文学艺术研究者、工作者，许多相邻的学科的研究者，以至于一般公众的普遍关注。不断出现的文学批判运动，吸引了社会关注的焦点。文学理论作为一个学科，也在这一时期成型。20 世纪前期的理论引进和发展，在这一时期形成了完整的体系。这一时期，以根据地理论和俄苏理论为主体，对其他理论采取"古为今用"与"洋为中用"的"借鉴"态度，形成了理论体系以及相应的教材体系，并随着国家意识形态的作用和大学教育的标准化，从而得到了大普及和大发展。这一时代所定型的文学理论，在 60 年代受到日益激进化的政治实践的冲击，但基本模式仍被保留了下来，在"文化大革命"时代被推导到极端，从而走向荒谬，也走向了 70 年代末的反弹。

80 年代则是一个理论大发展时期。在改革开放的大形势下，中国人用了十年的时间，让国外一百多年的文学理论的各种潮流在中国走了一遍。这时，出现了翻译介绍热，旧有的定型被打破，新的理论涌入中国。在这个时代出现了理论的多元化的倾向，出现了各种各样的探索。对于研究者来说，这是一个理论狂欢的时代，他们为一些新的概念所激动，不断拥抱新潮流，力图走在时代前列。但对于理论教学者来说，这也是一个困惑的时代。旧的教材过时了，新的体系还没有形成。80 年代的翻译和引进热，包含着国门刚打开的狂喜和焦躁情绪，也包含着借此进行"思想解放"的意识形态动机。在此后的几十年，这种倾向处于发展和被修正之中。新的体系建构，一直是中国文艺学研究者所关注的焦点。

我们再次回到这个问题上来：理论何为？

理论是帮助我们创作的，这包括使我们学会创作，或者使我们改进创作。理论家就像体育教练一样，不一定是最优秀的运动员，但一定是能够让运动员得到更好训练的人。因此，理论家与作家艺术家，如果能构成一种类似运动员与教练员的关系，那是很理想的。当然，这种关系能否构成，还得看是什么理论，理论做得怎样。

理论是有益于批评的。在文学的创作和被接受过程中，批评家起着很重要的作用。文学批评家需要有文学的知识，有批评的标准，他们通过对文学艺术作品的及时反馈,影响作家的创作,也影响读者对作品的反应。批评家们需要有各方面的知识,需要了解时代,了解社会,了解作家。比起作家来,批评家更需要理论。尽管没有理论,批评家也能形成对作品的感受和体验,但是,这种感受需要理论去捕捉和凝固。

理论是有益于文学史的写作的。我们在前面曾谈到过历史与理论的双向互动关系。理论的发展改变着人们的文学观念,从而改变着人们的文学视野,改变着人们的审美价值观,也不断形成新的对文学史的看法。因此,文学理论的历史直接影响着文学史的写作。

理论还被人们赋予了另一个功能,这就是通过文学来进行社会问题的介入。这当然不是一个新问题,而是一个老问题。五四新文化运动时,关于文学的理论,就已经成为关于社会的理论的一个组成部分。在当代学术界,这种思想被归为艺术对社会生活的"介入"的思想。作家艺术家带着社会责任感来写作,而理论家通过文学艺术的研究,实现对社会的参与。

前些年,国内学术界有过一次大讨论,与文艺学可不可以"越界"有关。一些学者认为,要严守学科边界,认为这代表了一个更为严肃的学术态度,一些学者认为,文艺学可以"越界"从而"扩容",这代表着新时代的要求。记得我曾在一篇文章中作过一个比喻:一个可以自由地走进走出的常住地是"家",一个走进后不可自由地走出的常住地是"牢"[①]。这个比喻可以表示两层意思,一是可扩大研究范围,从多方面多角度对与文学有关的对象进行研究;二是不能失去文学之根,从而出现文学研究者研究一切,就是不研究文学的状况。取这个态度,可以将这一争论引向积极一面,从争论中获取对文学理论发展有益的成果。

所有这一切,都是在说,文学理论是有所作为的。在"三十年河东,三十年河西"之后,下一个 30 年又开始了。据说,我们迎来了一个"全球化"的时代。面对全球化,出现了两种态度,第一种是"西化"或者拥抱"全球化",接受普世主义价值观;第二种是"中化"或者拒绝"全球化",寻找纯粹的中国性。两者之争,在文学理论中也有所体现。接受现代理论,了解当代理论的最近发展,这是我们必需的事,但这不能取代独立的创造。研究古代理论,在现代社会中吸收古代理论中的有益之处,这当然不可以避免,但是,要想回到古代,是不可

[①] 参见高建平《文学理论有明天吗?》,原载《中华读书报》2004 年 2 月,收入高建平《全球与地方:比较视野下的美学与艺术》,北京大学出版社 2009 年版,第 127—130 页。

能的,我们回不去。当代文学理论之源,不能在西方找,不能在古代找,而应该建立在当代文学和文化实践之上。

现代会取代古代,文明会战胜野蛮,但这不等于走向"西方中心"。文化的传承与文化的更新,在失去文化主体性时,就变得相互对立;但只要有了这种文化主体性,就成了同一件工作的两个方面。这种文化的主体性,就是当代的文化实践。

建立现代的、中国的文学理论,不仅是可能的,而且是必要的。这有一个从引进到创造的过程。我想用三个最常用的,人们最熟悉的关键词,来说明这一立场。第一是"拿来主义",继续引进和学习外来文化和学术理论;第二是"实践标准",要从当代实践出发,从文学艺术的实际出发,而不能从一种虚拟出来的"中国性"出发;第三是"自主创新",在当代实践的基础之上,创造出既是现代的,也是中国的文学理论来。

上编

第一章　新中国建构文学理论的话语资源

如果说中华人民共和国的诞生是以1949年10月1日天安门广场上的开国大典为标志的话，那么新中国文学的诞生则应该以1949年7月召开的"第一次中华全国文艺工作者代表大会"为标志。在这次大会上，即将被选为"文联"主席的郭沫若在他的"总报告"中自豪地宣告，五四新文学经过30年发展，到新中国即将成立时，"代表地主阶级的封建文艺已经在理论上解除武装"；"代表大资产阶级的国民党法西斯文艺"也已经"受到全国文艺界和全国人民的唾弃"；"欧美没落资产阶级文艺影响之下的为艺术而艺术的文艺理论已经完全破产"，"曾经在这种为艺术而艺术的资产阶级文艺思想影响之下的许多文学家艺术家，也逐渐改变了他们的人生观和艺术观，接受了无产阶级文艺思想的领导"；"无产阶级文艺思想领导的为人民服务的文学艺术，队伍日益壮大，方向日益明确，因此就日益受到广大人民群众的欢迎和拥护"。而在此之后，新中国文学的历史使命就是以毛泽东的文艺思想为新文艺的基本方针，"充分地吸收社会主义国家苏联的宝贵经验"，"为建设新中国的人民文艺而奋斗"①。

郭沫若此时对文学史的描述，洋溢着胜利者的乐观与自信。中国共产党支持和领导下的左翼文学，自产生以来，发展十分迅速。到了20世纪40年代，在几次短兵相接的较量中，其声势不仅盖过了直接为国民党统治服务的官方右翼文学，而且也压倒了曾经颇有影响的自由主义文学。随着新政权的建立，反共的右翼文学及其代表人物已经不可能再在大陆发出自己的声音；本来就处于边缘地位的商业文学、现代主义文学、复古派文学也基本上失去了存在的空间；自由主义阵营的作家与理

---

① 郭沫若：《为建设新中国的人民文艺而奋斗》，载中华全国文学艺术工作者代表大会宣传处《中华全国文学艺术工作者代表大会纪念文集》，新华书店1950年版，第38—42页。

论家，要么远离文学，要么开始向左翼文学靠拢。因此，新中国文学直接承继的是以延安文学为正统的左翼文学传统，而新中国文学理论建设的目标只有一个，那就是以毛泽东文艺思想为指导的中国化马克思主义文学理论。这一理论体系的话语资源，首先是毛泽东的文艺思想，这是新中国文学理论建构中绝对权威的话语；其次是苏联文论，这种话语资源在许多理论家那里与毛泽东文艺思想可以相互阐释，但同时，在另外一些理论家那里，它们成为试图填补毛泽东文艺思想留下的理论空白、突破毛泽东文艺思想的理论局限、校正毛泽东文艺思想的理论偏颇时，唯一能够借用的话语资源。在马克思主义文学理论内部，由于理论家革命经历不同，接受马克思主义文学理论的途径不同，对马克思主义文学理论理解的侧重点不同，特别是在左翼文学内部所处的位置不同，在20世纪40年代产生了不同的理论立场，形成了以周扬为代表的作为毛泽东延安文艺思想代言人的力量、以茅盾为代表的试图维护五四现实主义文学传统的力量、以胡风为代表的试图坚守鲁迅文学精神的力量。它们之间曾经就一些文艺问题有过论争，但到40年代后期，后两种力量也已经开始向第一种力量认同，被第一种力量所改造。50年代一些文艺问题的论争，大部分是40年代的延续，而代表延安文艺方向的理论家的正统地位与话语权则在新中国成立后得到了进一步的巩固与加强。中国古典文论与西方文论作为一种边缘形态的理论话语，也介入了新中国文学理论的建构过程，但它们是在被主流话语汰选改造之后，以"洋为中用"和"古为今用"的名义，从中提取出一些符合主流话语需要的概念与命题，从而参与这一过程的。

  为了还原历史语境，本章作者以洪子诚编选的《二十世纪中国小说理论资料》为样本进行了一次文本调查。结果发现，在该书所选的1950—1959年十年间发表的46篇文章（包括领导人讲话、作家创作谈、小说理论、小说批评、座谈会纪要几种类别，有些是节选）中，作为正面论据直接引用别人理论观点的有34处，其中涉及毛泽东15处，涉及俄苏文论家14处（高尔基4处，马林科夫3处，法捷耶夫2处，列宁、日丹诺夫、杜勃罗留波夫、加里宁、卢那察尔斯基各1处），其余涉及鲁迅3处，恩格斯1处，周扬1处。这一结果从一个侧面证实了本书关于新中国成立初期文学理论建构过程中使用的话语资源的一些基本判断。

第一节　政治权威话语——毛泽东文艺思想

一　毛泽东文艺思想的主要内涵

毛泽东是一个政治家，一个革命领袖。他一生著述颇丰，但真正涉及文学问题的文字并不是很多，新中国成立前的有关论述更少。在中国化马克思主义文学理论建设过程中，周扬于1944年出版的《马克思主义与文艺》一书对于马克思主义文学理论的普及起到过十分重要的作用，许多20世纪40—50年代成长起来的中国当代文学理论家都曾谈到过这本书作为马克思主义文学理论的入门读物对他们的重要影响。而这本分不同专题以语录形式编选的读物，涉及毛泽东的文章一共只有三篇：《新民主主义论》、《反对党八股》和《在延安文艺座谈会上的讲话》（以下简称《讲话》）。其中，《反对党八股》一文只在"高尔基、毛泽东论文学语言"的题目下出现过一次，摘选了一个段落，不到700字；《新民主主义论》一文也只在"毛泽东论近代中国的文化变革，新民主主义的文化只能接受无产阶级的文化思想即共产主义思想去领导"和"列宁、毛泽东论文学应成为党的文学，文学应当属于人民的"两个题目下各出现过一次，共摘引12个段落，约2900字。除此之外，其余入选《马克思主义与文艺》的毛泽东语录全部摘自《讲话》，内容涉及"文学的阶级性"与"人性"、"文学与政治的关系"、"文艺应当为工农兵服务、熟悉工农兵"、"文艺的普及与提高"、"文艺的统一战线"、"文艺的歌颂与暴露"、"作家应当学习马列主义和学习社会"、"文艺批评的政治标准和艺术标准"等论题，共40个段落，12000多字（1953年编入《毛泽东选集》第3卷的《讲话》全文为19000多字）。① 对周扬来讲，他在40年代所理解的毛泽东文艺思想主要就是毛泽东《讲话》这篇文献，而这种理解既基本符合毛泽东文艺思想的真实状况，也代表了新中国成立前人们对毛泽东文艺思想认识的水平。

毛泽东《讲话》是在延安整风这一特定的历史条件下产生的历史文献。抗日战争爆发以后，大批青年知识分子怀着纯洁的政治热情从敌占区和国民党统治区来到延安，其中不少是文艺工作者。对于这批文艺工作者

---

① 毛泽东《在延安文艺座谈会上的讲话》有多个版本。新中国成立后通行的版本是毛泽东在新中国成立初期根据1943年《解放日报》上发表的版本修改而成的。这个版本最早出现在1953年出版的《毛泽东选集》第3卷中，之后成为通行的版本。

而言，如何处理知识分子所要求的主体意识及艺术创作的独立性与党的事业发展所要求的纪律性及文学的党性之间的关系、如何解决知识分子的审美趣味与工农群众欣赏水平之间的矛盾、如何从他们普遍接受的五四现实主义文学传统与鲁迅的国民性批判主题转向接受延安所倡导的"文艺为政治服务"的文学观念，成为一些很现实的问题，令他们当中的许多人感到困惑与迷惘。而这些问题如果不加以解决，他们将很难融入革命队伍当中，甚至会使自己发出的声音成为革命队伍中异样的、不和谐的声音。毛泽东敏锐地意识到这些问题的严重性，召开延安文艺座谈会，要解决的就是这些问题。

在《讲话》中，毛泽东明确提出了"以政治标准放在第一位，以艺术标准放在第二位"这一判断文学艺术作品价值的标准。一方面，毛泽东强调，他所说的政治性在当时主要是指是否有利于抗战，"一切利于抗日和团结的，鼓励群众同心同德的，反对倒退、促成进步的东西，便都是好的；而一切不利于抗日和团结的，鼓动群众离心离德的，反对进步、拉着人们倒退的东西，便都是坏的"[1]。另一方面，他又指出，对于过去时代的文学艺术作品，也有政治上是否正确的问题，"也必须首先检查它们对待人民的态度如何，在历史上有无进步意义，而分别采取不同态度"[2]。在毛泽东看来，那些艺术性很强而内容反动的作品，应该引起人们更大的警惕，因为"内容愈反动的作品而又愈带艺术性，就愈能毒害人民"。因此，尽管毛泽东也指出了"缺乏艺术性的艺术品，无论政治上怎样进步，也是没有力量的"，"我们既反对政治观点错误的艺术品，也反对只有正确的政治观点而没有艺术力量的所谓'标语口号式'的倾向"[3]，但他显然是从文艺的政治影响力这个角度去强调其艺术性的，相对于政治标准而言，艺术标准只具有"附庸"的地位。毛泽东这一思想对新中国文艺影响深远，到新中国成立之后，"文艺为政治服务"，"政治标准第一，艺术标准第二"成为中国文学理论界长期遵奉的"金科玉律"。

毛泽东《讲话》的另一个重要内容是要求文艺工作者"到工农兵当中去，向群众学习，改正自己的小资产阶级思想"。在座谈会开始的动员报告和座谈会结束时的总结报告中，毛泽东都把"文艺服务的对象"这一问题作为一个十分重要的问题提了出来并加以论述。尽管他认为"城

---

[1] 《毛泽东选集》第3卷，人民出版社1991年版，第868页。
[2] 同上书，第869页。
[3] 同上书，第870页。

市小资产阶级劳动群众和知识分子"与工农兵一样也是革命文艺服务的对象，但由于作家本人多属于"小资产阶级"这一群体，因此，他认为解决"文艺服务对象"问题的关键，是文艺家如何改变自己的小资产阶级立场，以自己的作品为工农兵服务。他批评一些文艺家兴趣"主要是放在少数小资产阶级知识分子上面"，"灵魂深处还是一个小资产阶级知识分子的王国"，"偏爱小资产阶级知识分子的乃至资产阶级的东西"[①]；要求作家"到工农兵当中去，向群众学习"，在这个过程中，熟悉人民的语言与人民群众的生活，纠正作品脱离群众、内容空虚，语言无味的毛病，同时"把自己的思想感情来一个变化，来一番改造"，使之和工农兵大众的思想感情打成一片。[②]

毛泽东认为，小资产阶级改造无论对党来讲，还是对知识分子自身来讲，都是一个十分艰难的过程。他甚至断定："小资产阶级出身的人们总是经过种种方法，也经过文学艺术的方法，顽强地表现他们自己，宣传他们自己的主张，要求人们按照小资产阶级知识分子的面貌来改造党，改造世界。"[③] 因此，与小资产阶级的斗争被毛泽东认为是文艺战线一项长期的、艰巨的任务。毛泽东在这里表达的观点在新中国成立后曾经被极为频繁地引用，他对"小资产阶级知识分子"文艺态度的判断，成为 50 年代文艺界开展思想斗争的最重要的理论依据之一。

在《讲话》中，毛泽东还极有针对性地对"从来的文艺作品都是写光明与黑暗并重"、"从来文艺的任务就在于暴露"、"我是不歌功颂德的；歌颂光明者其作品未必伟大，刻画黑暗者其作品未必渺小"等观点进行了严厉的批判，要求文艺家"真正站在人民的立场上，用保护人民、教育人民的满腔热情来说话"，歌颂人民，歌颂无产阶级、歌颂共产党、歌颂新民主主义和社会主义。他说，"对于革命的文艺家，暴露的对象，只能是侵略者、剥削者、压迫者及其在人民中所遗留的恶劣影响，而不能是人民大众。"[④] 他把"不愿意歌颂革命人民的功德，鼓舞革命人民的斗争勇气和胜利信心"作为"小资产阶级的个人主义者"对于人民的事业缺乏热情的表现，认为歌颂谁与暴露谁体现的是阶级立场问题："你是资产阶级文艺家，你就不歌颂无产阶级而歌颂资产阶级；你是无产阶级文艺

---

① 《毛泽东选集》第 3 卷，人民出版社 1991 年版，第 857 页。
② 同上书，第 851 页。
③ 同上书，第 875 页。
④ 同上书，第 872 页。

家，你就不歌颂资产阶级而歌颂无产阶级和劳动人民，二者必居其一。"①

如何理解现实主义文学的精神实质，一直是把现实主义作为自己的一面旗帜的左翼文学面对的一个重大理论问题，20世纪30—40年代，左翼文学内部在这一问题上有不同的立场，也有激烈的争论。《讲话》发表之后，一些观点与立场由于与《讲话》精神不相符合，而逐渐失去了自己的合法性。新中国成立后到"文化大革命"前的"十七年"，虽然受苏联"解冻"时期一些文学观念的影响，类似"歌颂与暴露"这样的问题曾经被再次拿出来讨论，但在这一问题上，《讲话》的立场一直难以被突破。

讲话同时还对文学与生活的关系、普及与提高、文艺的大众化、如何对待民族的与外来的文化、人性论等一些左翼文学长期争论的问题进行了论述，提出了"人类的社会生活是文学艺术的唯一源泉"、"普及基础上的提高"与"提高指导下的普及"、"继承一切优秀的文学艺术遗产，批判地吸收其中一切有益的东西"等理论命题。这些理论命题，经过40年代中后期周扬等人的进一步阐发，作为一些基本的文学原则被确立下来，成为新中国文艺学进行理论思考时的重要支点。

二 毛泽东文艺思想的来源

理解毛泽东的文艺思想，必须首先联系他独特的政治身份：与一般的文艺理论家不同，他是站在一个政治家的立场上，以中国革命的具体实践为历史背景，为解决中国革命中遇到的现实问题而思考文艺问题的，而他的文艺思想的巨大影响，也始终与他革命领袖的身份相关。

虽然毛泽东在早年的著述中，也有一些零星的谈论文学艺术问题的文字，但真正集中思考文学艺术问题，并逐渐形成自己的文艺主张，是在延安时期，也就是在他成为中国革命的领袖之后。1936年11月，中国共产党领导下的第一个全国性文艺团体——中国文艺协会在陕西保安县成立，毛泽东在这个会议上发表了一个演讲，提出中国共产党领导的事业实际上是在"文武两个战线上"展开的，只有"发扬苏维埃的工农大众文艺，发扬民族革命战争的抗日战争文艺"，才能够争取抗战的胜利。②把文学艺术和军事并列称为"文武两条战线"，这一看法毛泽东不仅在《讲话》中重提，而且贯穿了他领导中国革命的全部实践过程当中。从把文艺作为革命的一条"战线"这一逻辑起点出发，就不难理解为什么他极为关注文

---

① 《毛泽东选集》第3卷，人民出版社1991年版，第873页。
② 毛泽东：《毛泽东文艺论集》，中央文献出版社2003年版，第3页。

艺界的思想动向与文艺家的政治立场，以及为什么他在新中国成立后常常亲自介入具体的文艺问题的争论，并多次主动发动起对文艺界"错误倾向"的批判运动。显然，他极为看重的是文学艺术在革命与建设过程中统一全党思想、发动群众、引导舆论方向方面的功用。

毛泽东文艺思想中另一重要内容——对民族形式的强调，同样是在延安时期逐渐明确起来的。这一观点的产生，源于他对"马克思主义中国化"这一对中国革命来讲更具根本性问题的思考。1938年，毛泽东在党的六届六中全会上作的报告中曾指出："马克思主义必须和我国的具体特点相结合并通过一定的民族形式才能实现"，必须"使马克思主义在中国具体化"，使之成为"新鲜活泼的、为中国老百姓所喜闻乐见的中国作风和中国气派"①。到了1940年，毛泽东在《新民主主义论》中，把"民族形式"引进了文化领域。他说，"中国文化应有自己的形式，这就是民族形式"，"民族的形式，新民主主义的内容——这就是我们今天的新文化"②。而之所以在这个时候提出文化的民族形式问题，又与抗日战争需要以民族利益为号召这一时代背景密切相关。新中国成立后，毛泽东进一步发挥了这一思想，使之成为毛泽东文艺思想当中另外一个具有标志性的内容。

从理论根源上讲，毛泽东文艺思想中的许多命题，直接来源于列宁，而不是马克思或者恩格斯，这显然与他们身份的相近有关：同样是作为一个革命政党的领袖，列宁的许多主张更能够在毛泽东那里产生"共鸣"。毛泽东在写文章时，极少像专业的马克思主义理论家那样到经典作家那里去寻章摘句，但在《讲话》中，他有两处直接引用了列宁的话以支持自己的观点，一次是在提出"文艺为什么人"这一问题之后，他说："这个问题，本来是马克思主义者特别是列宁所早已解决了的。列宁还在1905年就已着重指出过，我们的文艺应当'为千千万万劳动人民服务'。"③ 另一处是在提出"党的文艺工作和党的整个工作的关系"问题之后，他说："无产阶级的文学艺术是无产阶级整个革命事业的一部分，如同列宁所说，是整个革命机器中的'齿轮和螺丝钉'。"④

我们发现，毛泽东引证列宁的两处文字，涉及的是在他的《讲话》中最关键的两个问题。这两处引证都出自列宁的《党的组织与党的文学》

---

① 《毛泽东选集》第2卷，人民出版社1991年版，第534页。
② 同上书，第707页。
③ 《毛泽东选集》第3卷，人民出版社1991年版，第854页。
④ 同上书，第866页。

(后改译为《党的组织与党的出版物》)。显然,毛泽东对这篇文献相当熟悉。另外,列宁关于两种民族文化的论述、对知识分子动摇性的批判以及在人性论问题上的立场、要求作家表现工农大众、表现新生活的主张,都进入了毛泽东的文艺思想体系当中,二者之间的继承关系是很明显的。

毛泽东文艺思想,也吸纳了20世纪20年代以来中国左翼文学发展的理论成果。"文学是宣传","文学是一个阶级的武器"这些都是创造社成员在1928年从日本引入中国的文艺主张。尽管这些主张一开始受到了茅盾、鲁迅等"五四"作家的质疑,但还是进入了毛泽东的文艺思想体系当中。"文艺大众化"问题曾经在30年代被左翼文学家热烈地讨论过,而且他们还在"大众化"还是"化大众"的问题上一直争执不下。毛泽东的《讲话》实际上认同了大众化讨论中以瞿秋白等人为代表的认为知识分子必须先"取得大众的意识,学得大众的语言",然后才能创造大众文学的观点。而这种观点的进一步引申,便与知识分子的思想改造问题联系在一起。

三 毛泽东文艺思想的阐释与权威地位的确立

以《讲话》为代表的毛泽东文艺思想的权威地位,是逐渐确立的。据考证,1942年5月,即延安文艺座谈会召开的当月,"七七出版社"就曾印行《讲话》的记录稿本[①],讲话的内容还迅速被传达到解放区与国统区的文艺工作者当中。1943年10月19日,即鲁迅逝世7周年这一天,《解放日报》隆重推出了经胡乔木整理、毛泽东本人修改后的《讲话》文稿,并配发编者按。《讲话》正式发表前后的两年时间里,中国共产党的机关报《解放日报》还集中发表了一系列学习讲话的文章,包括刘少奇的《实现文艺运动的新方向的讲话》(1943年3月13日),舒群的《必须改造自己》(1943年3月31日),何其芳的《改造自己,改造艺术》(1943年4月30日),刘白羽的《读毛泽东同志〈讲话〉笔记》(1943年12月26日)。1944年3月,周扬出版了他的《马克思主义与文艺》一书,在本书的"序言"里,周扬一开始就给予《讲话》很高的评价,认为它"给革命文艺指示了新方向","是中国革命文学史、思想史上一个划时代的文献","是马克思主义文艺科学与文艺政策的""最通俗化、具体化的概括",是学习马克思主义文艺的"最好的课本"[②]。

---

① 刘金田、吴晓梅:《〈毛泽东选集〉出版的前前后后》,中共党史出版社1993年版,第39页。
② 周扬:《马克思主义与文艺》,作家出版社1984年版,第1页。

毛泽东文艺思想成熟与传播的过程，正是中国共产党领导的革命事业不断发展壮大的过程，毛泽东本人在党内的威信也在随着这一过程而日渐提高。在延安文艺座谈会之后，解放区文学就是沿着《讲话》的方向发展的，而文学界开展的关于民族形式问题的论争、与胡风文艺思想的斗争，最终都更加巩固与加强了《讲话》的权威地位。到1949年7月"第一次中华全国文艺工作者代表大会"召开时，周恩来、周扬、茅盾、郭沫若的报告，都给予毛泽东《讲话》以极高的评价。周恩来在报告中讲："我们应该感谢毛主席，他给予了我们文艺的新方向，使文艺也能获得伟大的胜利。"[1] 周扬在报告中讲："毛主席的《讲话》规定了新中国的文艺的方向，解放区文艺工作者自觉地坚决地实践了这个方向，并以自己的全部经验证明了这个方向的完全正确，深信除此之外再没有第二个方向了，如果有那就是错误的方向。"[2] 茅盾的报告在总结"国统区"文艺成绩的同时，更多的是对比《讲话》精神对国统区文艺中的错误倾向进行检讨，而郭沫若干脆以一个诗人的热情，在报告的结尾喊出了"伟大人民领袖，人民文艺的导师毛主席万岁"的口号。

这一切，都以十分确定的方式预示了一个新的文艺时代——毛泽东文艺时代的到来。

从《讲话》发表一直到"文化大革命"前，周扬在毛泽东文艺思想的阐释与其权威性的维护方面作出了别人无法代替的贡献。在左翼阵营中，周扬具有比较深厚的文学理论修养与美学修养，早年的文艺思想深受车尔尼雪夫斯基、普列汉诺夫等人的影响，他本人曾翻译过车尔尼雪夫斯基的《生活与美学》[3]。30年代初周扬在上海领导过"左联"的工作，1937年秋到达延安，其理论才能得到毛泽东的赏识，被委任为陕甘宁边区教育厅长，负责边区的群众文化与教育工作。从1940年到抗战胜利，周扬一直主持延安鲁迅艺术学院的工作。毛泽东的《讲话》发表后，周扬以其马克思主义文艺理论家的敏锐眼光，认识到了《讲话》的划时代

---

[1] 周恩来：《在中华全国文学艺术工作者代表大会上的政治报告》，载中华全国文学艺术工作者代表大会宣传处《中华全国文学艺术工作者代表大会纪念文集》，新华书店1950年版，第32页。

[2] 周扬：《新的人民的文艺——关于解放区文艺运动的报告》，载中华全国文学艺术工作者代表大会宣传处《中华全国文学艺术工作者代表大会文集》，新华书店1950年版，第70页。

[3] 该书俄文原名直译应为《艺术与现实的审美关系》。周扬的中译本原根据柯根（S. D. Kogan）的英译本转译，英文名即《生活与美学》，1942年由延安新华书店出版。1957年人民文学出版社出版该书时，根据俄文对此书作了校订和增补，1979年该社再版时，恢复了俄文原书名。

意义。他一方面在鲁艺的课堂上向学员宣传《讲话》的精神，另一方面还写下了大量研究、阐释《讲话》精神的理论文章，并主持编辑了"中国人民文艺丛书"，共计53种，178部，全面反映了解放区文艺创作的成就。同时，他还以推广群众性的秧歌剧、进行平剧（京剧）地方戏改革的方式，践行讲话精神。在40年代左翼内部关于民族形式、"主观性"等问题的论战中，周扬都因代表了毛泽东文艺路线的立场而立于不败之地。在第一次文代会上，周扬不仅得以代表解放区作报告，而且当选文联副主席。50年代，周扬一直是主管文艺的中宣部副部长，是党在文艺战线上最直接的领导者，在文艺理论工作者中具有极高的政治威信，对践行毛泽东文艺思想发挥了举足轻重的作用。

在毛泽东文艺思想的阐释与权威地位的确立方面，还有一些理论工作者起到了重要作用。这其中有些是像周扬这样兼具理论家与中共文艺战线领导者身份的人，如邵荃麟、何其芳、林默涵等人，有些是像蔡仪、以群、黄药眠这样的主要以学者与文化人身份而闻名的左翼理论家。在《讲话》发表以后，他们自觉地以讲话精神指导自己的学术研究，与各种违背马克思主义基本原则的错误观点和思潮进行斗争，在毛泽东文艺思想的理论化、系统化、学术化方面做了大量的工作，对中国化马克思主义文学理论的建构作出了独特的贡献。其中像蔡仪这样的理论家，早在40年代就已经形成了自己的以"反映论"与现实主义为核心的美学与文艺学理论体系，出版了成熟的文艺理论与美学著作，如《新艺术论》（商务印书馆1943年）、《文学论初步》（生活书店1946年）、《新美学》（群益书店1947年）等。《文学论初步》、《新艺术论》等文艺理论著作还在新中国成立后修订再版。作为中国学者的马克思主义文学理论研究成果，这些著作在新中国文学理论建构中发挥了自己的积极作用。

第二节　学术权威话语——苏联文学理论

一　新中国成立前对苏联文论的引介

中国学者对苏联（包括19世纪俄国）马克思主义文学理论的介绍，始于五四时期。1921年《小说月报》出的《俄国文学研究专号》上，就发表有郭绍虞的《俄国美论与其文艺》一文。之后，随着中国左翼文学的发展，俄国19世纪马克思主义文学理论家的理论与批评著作，列宁关于文学艺术的讲话、文章及相关言论，20世纪20年代以后苏联的许多文学思潮与流派的观点和学说，便源源不断地被介绍到了中国。

现代文学史上第一个译介苏联文论的高潮，出现在20世纪20年代中期。1924年，由苏联回国的太阳社成员蒋光慈在《新青年》季刊第3期上发表了《无产阶级革命与文化》一文，该文的主要观点取自苏联的"无产阶级文化派"与"岗位派"。1925年，任国贞编辑的《苏俄的文艺论战》一书，收入"列夫派"褚沙克的《文学与艺术》、"岗位派"阿卫巴赫的《文学与艺术》、沃隆斯基的《认识生活的艺术与今代》以及1925年7月联共（布）《关于在文艺领域内党的政策》的决议。这一时期列宁《党的组织与党的文学》（一声译）及《托尔斯泰与当代工人运动》（郑超龄译）等文章也首次被翻译了过来。对苏联文论的译介，成为之后国内"革命文学"论争的诱因之一。

在"革命文学"论争过程中，鲁迅、冯雪峰、陈望道、冯乃超、林伯修等人更是翻译了大量的俄苏文艺理论著作。1929—1930年，鲁迅翻译了卢那察尔斯基的《艺术论》和《文艺与批评》，普列汉诺夫的论文集《艺术论》。冯雪峰在1927—1930年这几年时间里，先后翻译了普列汉诺夫的《艺术与社会生活》、卢那察尔斯基的《艺术之社会的基础》、沃罗夫斯基的文学批评文集《作家论》、梅林的《文学评论》、列宁的《科学的社会主义之梗概》（即《卡尔·马克思》）、《论新兴文学》（即《党的组织和党的出版物》）等一系列苏联的马克思主义文艺理论著作。通过这些翻译活动，普列汉诺夫、托洛茨基、卢那察尔斯基、波格丹诺夫、弗里契等俄苏文艺理论家的名字以及他们的文学思想开始为中国的文学理论界所熟悉。

1932年，联共（布）中央作出决议，解散"拉普"，成立"全苏作家同盟"。在同年10月底至11月初召开的"全苏作家同盟"第一次大会上，批判了拉普的"唯物辩证法的创作方法"，正式提出了"社会主义现实主义"的口号。当时中国的"左联"迅速在自己的刊物上对此进行了报道。一年之后，周扬发表《关于"社会主义的现实主义与革命的浪漫主义"》一文，依据吉尔波丁在全苏作家同盟第一次大会上的报告，对"社会主义现实主义"的内涵进行了阐释。之后，"社会主义现实主义"成为一个被中国的文学家反复讨论的极为重要的概念。

马克思、恩格斯等人关于现实主义的文艺通信，在此之后，也从苏联译介进入了中国。在这一过程中，瞿秋白发挥了重要作用。

1932年，瞿秋白完成《"现实"——马克思主义文艺论文集》这部著作。此书包含了《恩格斯论巴尔扎克》、《恩格斯论易卜生的信》，还包括在苏联理论家相关文章基础上撰写的《马克思、恩格斯和文学上的现实主义》、《恩格斯和文学上的机械论》等文章。[①] 1933年4月，瞿秋白的《马克思、恩格斯和文学上的现实主义》一文发表于《现代》杂志。该文把马克思、恩格斯对"现实主义"创作方法的论述系统介绍到了国内，对国内纠正"左联"时期的一些错误认识，深化左翼理论家对现实主义文学精神的理解，起到了十分关键的作用。

20世纪30年代中期以后，随着中国文学理论研究的深入，一大批学术性较强的苏联文艺理论著作与教材被翻译介绍到了国内。据后来的学者统计，这一时期翻译的苏联学者的文艺学论著有罗达尔森的《世界观与创作方法》（孟克译，上海光明书店1937年版）、伊佐托夫的《文学修养的基础》（沈起予、李兰译，上海生活书店1937年版）、米尔斯基的《现实主义——苏联文艺百科全书》（段洛夫译，上海朝锋出版社1937年版）、维诺格拉多夫的《新文学教程》（楼逸夫译，上海天马出版社1937年版，以群译，重庆联营书店1946年版）、西尔列索的《科学的世界文学观》（任白戈译，上海质文社1940年版）、顾尔希坦的《文学的人民性》（戈宝权译，香港海洋书局1947年版）。[②] 另外，华西里夫的《社会主义的现实主义》、爱拉娃卡娃的《苏联文学新论》、高尔基的《苏联的文学》、阿·托尔斯泰的《苏联文学之路》等著作，也都是在这一时期被介绍进来的。这些翻译的理论著作，对于当时中国的文学理论研究与教学产生了十分重要的影响。

二 中国化马克思主义文论建构中的"苏联"背景

在中共内部，从建党起一直到20世纪30年代中期，曾经有着严重的把"共产国际"的领导绝对化，把苏联经验神圣化的倾向。苏联的文学理论，尤其是其文艺政策，在党内也往往被教条化，奉为圭臬。"左联"时期，这方面的问题表现得极为突出。随着抗战的爆发，民族矛盾上升为主要矛盾，建立"抗日民主统一战线"成为中国共产党的重要工作内容。在左翼文学内部，"革命文学"的论争也让位于对"文学大众化"、"民族化"问题的关注。毛泽东《讲话》发表之后，作为中国共产党自己的文

[①] 此书当时并未出版，而是在1936年由鲁迅辑入《海上述林》上卷《辨林》，并改副题为《科学的文艺论文集》。参见《瞿秋白文集·文学编》第4卷"编者附记"，人民文学出版社1986年版，第2页。

[②] 参见傅莹《外来文论的译介及其对中国文论的影响》，《暨南学报》（哲学社会科学版）2001年第6期。

艺纲领,《讲话》的政治权威性在左翼文学内部迅速确立。但是,苏联文论在左翼文学内部的权威性依然存在,它主要是作为具有权威性的学术话语资源被使用的。40年代左翼文学理论家探讨的问题,如典型问题、文学的真实性与倾向性问题、生活真实与艺术真实问题、艺术概括问题、创作方法问题,甚至包括文艺的大众化问题与民族化问题,都是苏联文论界曾经十分关注的问题,中国学者在这些问题上的大部分观点也都来自苏联。当时产生的一些文学理论命题,如文学是社会生活的反映、文学是语言的艺术、文学的形象性、文学的阶级性与党性原则,消极浪漫主义与积极浪漫主义的区别,等等,也都带有深深的苏联文论的烙印。而这些概念、范畴与理论命题的确立,是中国马克思主义文学理论研究的重要理论成果,也是新中国文学理论研究与教学活动借以展开的理论基础。

新中国成立初期,由于特定的历史原因,政治上采取了"一边倒"的策略,在全国上下各行各业、各条战线都在"向苏联学习"的氛围中,苏联文论的学术权威地位被进一步强调,使得苏联文论在新中国文艺理论建设的初期,发挥了更大的作用。

谈到苏联文论在新中国成立初期的影响,标志性的事件是1954年北京大学举办的"文艺理论进修班"。进修班的学员主要是各个综合性大学中文系教师及北大正式招收的研究生班的学生,授课人是苏联专家毕达可夫。这个进修班的成员毕业后,成为当时高校文艺学教学与学术研究的一支重要的新生力量。

50年代在中国产生很大影响的还有两本苏联学者编著的文学理论教材:季摩菲耶夫的《文学原理》和毕达可夫的《文艺学引论》。毕达可夫是苏联文艺理论家季摩菲耶夫的学生。1953年,季摩菲耶夫的《文学原理》已经由查良铮(即穆旦)翻译成中文。毕达可夫在北大的讲稿经过翻译,后来也由高等教育出版社以《文艺学引论》为书名出版。尽管毕达可夫并非是一位著名的学者,他的《文艺学引论》与其老师三卷本的《文学原理》内容上并不完全一致,理论深度上也无法相比,但是在整体框架上,都将文学理论分为"文学本质论"、"文学作品构成论"、"文学发展论"几大板块;就文学的本质而言,它们都强调文学是一种特殊的意识形态,同时论及文学的形象性与艺术性;就文学作品构成而言,都采用二分法,把思想、主题、个性等作为文学的内容,把结构、情节作为文学作品的形式,同时强调文学创作中内容和形式的统一;发展论则涉及风格、潮流、方法和文学的类型等问题。这两部文艺理论教材对新中国文艺理论体系的建立产生了巨大影响。就文艺学教材而言,不仅50年代国内学者自编的教材大多以此为参照,"文化大革命"前由中宣部组织编写的两部文艺理论教材（蔡仪主编的《文学概论》与以群主编的《文学的基本原理》）同样受到它们的深刻影响。在它们的基础上,甚至形成了中国当代文学理论教学与研究的"苏联模式",这一模式在80年代以后的许多理论家都力图摆脱而又无法完全摆脱。

由于新中国成立之初中苏之间特殊的关系,苏联文艺界的创作动态与理论动态能够被迅速地介绍到国内,从而对国内的文学创作、文学批评与文艺理论研究发生及时的影响,这成为当时苏联文论介入中国文艺理论建构的重要方式。比如,1956年由《文艺报》发起并引导的关于"典型"问题的讨论,就有着明显的"苏联"背景。

1952年,马林科夫在苏共19大报告中对"典型"进行了狭隘的解释,认为"典型不仅是最常见的事物,而且是最充分、最尖锐地表现一定社会力量的本质事物","典型是党性在现实主义艺术中表现的基本范畴","典型问题经常是一个政治问题"[①]。之后,苏联学术界围绕马林科夫的观点进行了持续几年的争论。当时,中国文联的机关报《文艺报》对此高度关注,多次进行报道。比如,1952年第21期的《文艺报》以摘录的形式译介了马林科夫报告中关于文学艺术的部分;1953年第15期的《文艺报》刊发《苏联文艺界讨论典型问题》的消息,1954年第14期、第20期的《文艺报》还对相关论争进行了连续的报道。1955年,苏联《共产党人》杂志第18期发表《关于文学艺术中的典型问题》的论文,对马林科夫在苏共19大报告中对典型的看法进行了激烈的批评,1956年第3期的《文艺报》全文译介了这篇文章。接下来,1956年第8—10期《文艺报》开设了"关于典型问题的讨论"专栏,发表了张光年、林默涵、黄药眠、陈涌、巴人等人的文章,就典型问题进行了热烈的讨论。在50年代的学术讨论中,关于典型问题的讨论是开展得比较充分、比较深入的一次。《文艺报》的编者按说,发起这次讨论的目的是要"克服创作中的公式化、概念化和自然主义倾向",克服"文艺理论、批评、研究中的庸俗的社会学倾向",并认为"对典型问题的简单化的、片面的、错误的理解,对马克思列宁主义美学缺少认真的、系统的研究",是出现以上错误倾向的"主要原因之一"。《文艺报》编者按为讨论定下的这样的思

---

① 《苏联共产党（布）中央委员会书记马林科夫在苏联共产党（布）第十九次代表大会上所作〈苏联共产党（布）中央委员会的报告〉关于文学艺术部分的摘录》,《文艺报》1952年第21期。

想基调，显然受到"解冻时期"整个苏联文学艺术界思想氛围的影响。在发起国内讨论的过程中，作为对国内讨论的一种推动，1956年第10期的《文艺报》还译介了塔马尔钦科的《个性与典型》这篇文章。

除了典型问题的讨论外，50年代国内文艺理论界关于真实问题的讨论、"两结合"创作方法的提出、"形象思维"问题的讨论、"文学是人学"这一命题的提出，关于"如何塑造英雄人物形象"的论争，也都受到了苏联文论界新的文学思潮的影响。

三 苏联文论对毛泽东文艺思想的补充与校正

在左翼文艺阵营内部，相当长的时间里，毛泽东文艺思想的权威性与苏联文艺理论的权威性都是不容怀疑与否定的。对于许多人而言，两者之间完全一致，可以互相阐释。1944年周扬在他的《马克思主义与文艺》序言中就讲，《讲话》"一方面很好地说明了马克思、恩格斯、列宁等人的文艺思想，另一方面，他们的文艺思想又恰好证实了毛泽东同志文艺理论的正确"[1]。然而，事实是，毛泽东的文艺思想既不与马克思、恩格斯的文艺思想完全重合，也不与列宁的文艺思想完全重合，更不可能与本身就有多种立场与观点，不断变化与发展着的整个苏联文论完全兼容。

就经典文论的层面讲，毛泽东文艺思想直接受到列宁文艺思想的影响，比较多地从工具论的角度看待文艺问题，与马克思，特别是恩格斯文艺思想中的现实主义立场有一定的距离。而与列宁的文艺思想比较起来，毛泽东文艺思想中工具论的色彩更加浓厚。在《党的组织与党的出版物》这篇文章中，列宁一方面强调"写作事业应当成为社会民主党有组织的、有计划的、统一的党的工作的一个组成部分"；另一方面也承认"写作事业最不能作机械划一，强求一律，少数服从多数"的要求，"在这个事业中，绝对必须保证有个人创造性和个人爱好的广阔天地，有思想和幻想、形式和内容的广阔天地"[2]。而毛泽东的《讲话》在引用列宁的观点强调文学的党性原则时，则忽视了列宁在艺术创作活动特殊性问题上的看法。

毛泽东文艺思想有其自身的立场与自身的逻辑，从这个角度讲它是自成体系的。但是，由于毛泽东本人不是专业的文艺理论家，他主要是站在一个政党领袖的立场上，以要求文艺为政党的政治目标服务的功利态度思考文艺问题的，这必然使他在文艺问题上的许多结论带有很大的局限性。

---

[1] 周扬：《马克思主义与文艺》，作家出版社1984年版，第1页。
[2] 《马克思恩格斯列宁斯大林论文艺》，人民文学出版社1987年版，第183—184页。

同时，在有限的关于文艺问题的论著中，毛泽东文艺思想所涵盖的理论领域也是相当有限的，它不仅对许多文艺内部的具体问题如文艺体裁、文艺风格、创作心理与接受心理等问题缺乏学术性的论述与探讨，就是对马克思主义文艺理论的一些最基本的问题，如新旧现实主义之间的关系问题、文学的审美性与意识形态性之间的关系问题、典型的共性与个性之间的关系问题、文学艺术的起源问题，等等，也要么只简单地提出了本身就有很大局限性与片面性的原则，要么根本就没有涉及。因此，中国化马克思主义文艺理论的建构，不可能完全依托毛泽东文艺思想这一理论资源。而苏联文论，恰好可以弥补毛泽东文艺思想留下的许多理论空白。

苏联文论承接的是以别林斯基、车尔尼雪夫斯基等人为代表的19世纪俄国文论传统，这一传统又是与整个欧洲学术传统相衔接的。因此，在20世纪，苏联产生了普列汉诺夫、托洛茨基、卢那察尔斯基、波格丹诺夫、弗里契等一大批具有相当理论深度与理论个性的文艺理论家，同时还出现了一批像季摩菲耶夫、顾尔希坦这样的富有理论成果的专业的理论工作者。他们对许多具体的文艺问题，都有深入细致的思考与探索。在西方现代主义文论与欧洲19世纪资产阶级文论受到怀疑与批判的情况下，苏联文论成为中国马克思主义文艺理论工作者能够借助的最理想的理论资源。

另外，以《讲话》为代表的毛泽东的文艺论著当中，有些内容具有很强的政策性与时效性，与战争环境与特定的历史阶段中国共产党需要解决的具体问题有关。用一种毛泽东本人也认可的说法，叫"有经有权"[①]。新中国成立后，在新的历史条件下，对毛泽东延安文艺思想的机械的理解与运用，给文艺事业带来了许多不利的影响。而苏联文论，从1953年之后已经进入了"解冻时期"，开始就一些马克思主义文艺理论中十分重要的命题，如文学中的人性问题与人道主义问题，如何深化文学的现实主义精神问题，如何更好地处理文学的党性原则与作家的创作自由问题等，进行讨论与反思。在50年代，中苏之间文化交流的信息是十分通畅的，这一时期苏联文艺界的理论动态与思想动态都能够很快地传播到国内。苏联文艺界对这些问题的论争与思考，对国内的文艺理论界有直接的启发。50年代，苏联文论还具有理论上的合法性与学术上的权威性，它们因此成为

---

① "有经有权"，即有经常的道理，也有权宜之计。据胡乔木回忆，《讲话》正式发表不久，毛泽东对他说：郭沫若和茅盾发表意见了，郭说："凡事有经有权。"毛泽东很欣赏这个说法，认为得到了一个知音。参见胡乔木《胡乔木回忆毛泽东》，人民出版社1994年版，第269页。

国内的理论工作者试图纠正毛泽东文艺思想在实践中出现的一些偏差时，唯一能够借用的话语资源。

第三节　边缘话语——中、西方文论传统

一　中国古典文论传统

中国古代有着与中国古典文学一起生长的丰富多彩的文论传统，产生了以刘勰、钟嵘、司空图、叶燮为代表的一大批文艺理论家和数不清的文艺理论著作，但是却鲜有站在特定的高度上对这条文论传统进行清理与总结的理论成果。通过"五四"新文化运动建立起来的新文学，疏离了中国古典文学传统；"五四"后建立起来的新的文学理论，也同样疏离了中国古典文论传统。在"五四"一代学人那里，急于与旧的传统决裂的心态使大多数人把主要的精力放在了外来理论的引介上。以建构的心态反观中国古典文论传统，发掘其中积极的因素，以用来作为新文学建设的理论资源，这一工作在"五四"新文化运动退潮之后才逐渐展开，到20世纪30—40年代，产生了一批具有很高学术价值的理论成果。

中国古典文论研究方面的成果，首要的当属产生了以郭绍虞的《中国文学批评史》（商务印书馆，上册1934年，下册1947年）、罗根泽的《中国文学批评史》（包括《周秦两汉文学批评史》、《魏晋六朝文学批评史》、《隋唐文学批评史》、《晚唐五代文学批评史》四卷，商务印书馆1943年）和朱东润的《中国文学批评史大纲》（开明书店1944年）为代表的几部中国古代文学批评史著作。这些著作以"文学批评"这种来自西方的新的文学观念为依托，在中国古代浩如烟海的诗文评点以及其他分散在经、史、子、集的文献资料中，归纳清理出了一条中国自己的文学理论与批评传统。而对这一代学人来讲，他们从事这项工作的目的，则不仅仅是要"阐明过去"，而是希望它同时可以"阐明现在，指引将来的路"。[①] 1949年之后，这批学者成为新中国古典文论研究领域的中坚力量；这一时期的批评史著作大多也都得以修订再版，成为后来的学者在相关领域里开展进一步研究的基础。

20世纪30—40年代古典文论研究的另一方面重要成果，是对中国古典文论中一些重要概念的阐释。中国古典文论有自己一套独立的概念体

---

① 朱自清：《诗文评的发展》，《朱自清选集》第2卷，河北教育出版社1989年版，第354页。

系，但是由于古典诗文评多建立在感悟的基础上，许多核心概念虽长期袭用却内涵模糊，处在"只可意会而不可言传"的状态之中。有些概念如"比"、"兴"在历史上虽然也有解释，然而多是经学家在儒家经典研究过程中的注疏，与文学比较隔膜且常常牵强附会。因此，以现代学术的要求为标准对古典文论的一些核心概念进行清理，就成为20世纪中国古典文论研究的一项重要任务。这方面的研究在30—40年代已经形成了对以后影响深远的三条路径：第一条路径是通过历时的考察与相关概念的比较，梳理一些核心概念发展与变化的轨迹，辨析这些概念与其他相关概念之间细微的差别，从而拨开附着在这些概念上的历史迷雾，廓清其理论内涵。虽然这种研究仍然不可避免地引入了一些现代的诗学观念，融入了一些现代意识，但基本上依托的是中国古典文论自身的文化传统。这方面具有代表性的成果是朱自清的《诗言志辨》。第二条路径是借助西方的哲学、美学、心理学等理论，对中国古典文论中的一些核心概念进行解释。这种思路在解释诸如意象、趣味、境界这些被中国古典文论家搞得玄之又玄的概念时，常常能够收到快刀斩乱麻的效果。朱光潜的中国古典诗学研究基本上走的是这条道路。第三条路径是将东西方的文论术语放在同一个平面上进行对比，让中西方的文学观念在相互比较、相互参证中互相阐释，互相发明。这种建立在"东海西海，心理攸同；南学北学，道术未裂"① 假设之上的研究，以钱钟书的《谈艺录》最具代表性。

20世纪30—40年代在中国古典文论研究领域作出较大贡献的许多学者，如郭绍虞、罗根泽、朱东润、钱钟书等人，在新中国成立后都延续了自己的学术生命，甚至在这一领域作出了新的引人注目的贡献。但是，在新中国成立初期，古典文论这一学科像其他涉及古代史的学科一样，被认为存在很多问题，需要在学术方法上进行深刻的改造。加上各种不断出现的文艺批判运动，使得这一领域内正常的学术活动受到很大冲击，正如有学者在回忆录中所说："即使有研究，也只能是悄悄地、偷偷地自己搞。"② 有些理论家的文章、著作甚至文艺理论教材中，有时候也会出现对中国古典文艺理论著作中某些观点的引用，但这种引用多是用来给当下的理论、特别是给主流的话语作注脚，经常断章取义，任意引申。在这种情况下，古典文论参与主流文学理论话语建构的可能性与空间是十分有限

---

① 钱钟书：《谈艺录》（增订本）序，中华书局1984年版，第1页。
② 张文勋、李世涛：《关于北京大学文艺理论进修班（1954—1956）的回忆——张文勋先生访谈录》，《文艺理论研究》2007年第2期。

的。因此，古典文论话语在50年代是一种被严重边缘化的理论话语。60年代，古文论研究曾经出现了一个小小的热潮，但是不久就又因为"文化大革命"而中断。中国古典文论研究的复兴，以及作为一种不可替代的话语资源受到重视，都是发生在20世纪最后20年的事情。

二 五四文论传统

"五四"是一个十分特殊的时代，在这个时代里，许多看似矛盾的东西奇妙地结合在了一起。"五四"先驱们一方面强调西方近代以来科学理性主义对于中国的意义，努力尝试着以科学的态度去面对自然与人生；另一方面，他们也接受了西方现代非理性主义思潮的影响，以一种激进的态度与传统决裂，以一种浪漫的乌托邦理想去勾画社会的未来。一方面，民族、国家的前途与命运始终萦绕在他们的心怀，为民族与国家献身成为他们一种挥之不去的情结；另一方面，个人中心主义观念对他们又有着不可抗拒的吸引力，对于作为一个个体的人的价值，他们怀有坚定的信仰。反映现实人生之"真"与表现自我之"真"，在西方文学理论中本是两种不同的文学观念，在许多时候它们是相互对立的。然而，在许多"五四"作家的观念中，再现与表现并不构成直接的对立，新文学的"真"与古典文学的"伪"才是一对水火不相容的概念。在反对"矫揉造作"的古典文学时，要求文学真实地反映现实人生与真实地表现自我成了可以不加区别的同一种声音。正因为如此，"五四"以后，似乎任何一种以张扬"五四"精神为旗号的文学主张都可以从"五四"文学中找到认同自身的根据，而任何一种打着超越"五四"、反思"五四"、批判"五四"旗号的文学主张，也都可以在"五四"文学中找到自己的对立面。

在左翼文学内部，"革命文学"论争时期、左联时期、大众语运动时期，不少人对"五四"文学采取了批判与否定的态度。"革命文学"这个概念本身就是针对"文学革命"而言的，"小资产阶级文学"是年轻的太阳社、创造社成员对"五四"文学的最基本的阶级定性。而以瞿秋白为代表的主张文学大众化的人，则提出要发动"第三次文学革命"来纠正"五四"文学的偏颇。毛泽东在他的《新民主主义论》与《讲话》中，对"五四"文学采取了基本肯定的态度，不过他是重新对"五四"新文化运动进行界定之后，从它代表了"新民主主义性质的文化，属于世界无产阶级的社会主义的文化革命的一部分"[①]这个角度去进行肯定的。在

[①]《毛泽东选集》第2卷，人民出版社1991年版，第698页。

这种对"五四"精神重新界定的过程中,正如有学者所说的,"诸如革命、爱国主义、俄国十月革命的影响等,被不成比例地扩大;而另外一些与自由主义相关的思想,如个性主义、思想自由等,则被淡化,甚至忽视了"①。就文学而言,在左翼文学的视野里,包含在"五四"文学中的启蒙立场、审美主义倾向、现实主义精神被弱化了,而"五四"文学中的功利主义态度、工具论立场则得到了充分的展开。

但是,在20世纪40—50年代,左翼文学内部也存在另外一种试图纠正对"五四"文学精神的片面理解,还原"五四"精神中被主流话语遮蔽了的内容的努力,这些努力首先是将左翼文学的合法性概念"现实主义"作为自己的旗帜,同时,一些人还打出了鲁迅这面旗帜。

在中国现代文学史上,鲁迅是一个巨大的存在。虽然在"革命文学"论争时期,一些左翼理论家曾经把批判的矛头对准过鲁迅,但这种极不明智的做法立刻受到中共中央的干预。鲁迅去世之后,毛泽东把他树为中国无产阶级文学的一面伟大旗帜,使他在中国左翼文学中的地位,可以与高尔基在苏联文学中的地位相媲美。但是,鲁迅思想与文学倾向的深刻性与复杂性,又不是毛泽东的有关论述能够全面涵盖的。这就使左翼文学内部一些试图突破主流文学观念束缚的人,从鲁迅那里寻找理论支持成为可能。这方面最突出的代表就是胡风。胡风一直以鲁迅精神的直接继承者自居,而他的"现实主义文学理论"所拟构的那种以"主观战斗精神"切入存在深层的认识主体,确实含有鲁迅那样孤独的"五四"启蒙者的影子。尽管胡风的文艺思想在40年代后期就被作为左翼文学中一种异己的声音承受着很大压力,进入50年代不久即被彻底否定,但鲁迅这面旗帜仍然具有极大的吸引力,试图借助鲁迅接通"五四"文学传统的努力也始终没有完全中断。我们从冯雪峰、丁玲这些经历过"五四"的作家50年代的有些言论中,甚至从刘绍棠这样被周扬称为"不知天高地厚"的年轻人的有些言论中,都能听到它的余响。

左翼文学内部另外一种试图纠正对"五四"文学精神的片面理解的声音,是以茅盾为代表的一批理论家发出的,他们打出的是"真实"这面旗帜。在中国20世纪文学史上,尤其是20年代以后,随着现实主义文学理论越来越被放在独尊的地位上,出于意识形态的需要,其内涵常常被阐释得面目全非。而茅盾则在各种情况下都试图维护现实主义文学理论最

---

① 魏绍馨:《历史的重估——胡适与五四新文学运动》,《中州学刊》1999年第1期。

初的精义，这与他早年对现实主义文学理论的深入研究与准确把握是分不开的。茅盾在倡导现实主义文学理论时，受法国19世纪理论家丹纳、左拉等人的影响，把实地观察、客观描写作为其第一要义。在他看来，正是客观描写与实地观察给现实主义的"真"提供了保证。而文学创作的过程，就是把作者自己对生活的观察真实细致地描写出来。现实主义文学揭露现实黑暗的主张以及"为人生"的目的，都必须建立在这一基点之上。在接触马克思主义文学理论之后，茅盾轻易地把他理解的"现实主义"转换成了马克思主义的文学观念。这一转换并非是对马克思主义的曲解，然而却与后来的"社会主义现实主义"有着不一致、不协调之处。进入50年代之后，茅盾的理论态度是极具代表性的：一方面，他尽量使自己接受主流的文学观念，特别是使自己的话语向主流的话语形态靠近；另一方面，他又难以摆脱或者不愿摆脱自己原来的文学立场。一有合适的时候，他就会发出与主流话语不太一样的声音。20世纪50年代，当自由主义话语已经彻底噤声，胡风的文学思想也被冠以反革命的罪名之后，主流话语之外，就只剩下要求文学的"真实性"这种声音还可以合法地存在。在新中国文艺理论建构过程中，这种声音是"五四"现实主义传统介入的一种重要方式。只是，相对于主流话语而言，它显得十分微弱，而且常常因为政治形势的骤然紧张而把发出这种声音的人置于十分不利的位置上。

三 西方文论传统

中国现代文学观念，基本上都是从欧美移植过来的。虽然有些经由日本转译进来，但其根源还在欧美。马克思主义文学理论，开始时不过是从欧美进来的新的文学观念中的一支。但是，随着中国共产党领导的革命事业的发展壮大，以至后来夺取政权，马克思主义文学理论最终成为支配性的话语。除马克思主义文学理论之外，"五四"以后从欧美移植的文学观念还包括西方20世纪的其他文学理论，比如以象征主义为代表的现代主义文论、以白璧德等人的理论为代表的西方新古典主义理论以及英美新批评理论，等等。另一部分从欧美引入的文艺理论是20世纪以前的文论，包括欧洲的批判现实主义文论、德国古典美学、浪漫主义文论直至古希腊亚里士多德等人的文艺理论。

在新中国成立初期，由于以美国为代表的西方资本主义阵营对新中国的敌视，迫使新政权在政治上采取向苏联"一边倒"的政策，学术思想领域对西方文化基本上是持否定态度的。这使得曾经作为西方文艺理论代言人的理论家的命运,也受到影响。不但离开大陆的胡适、梁实秋等人被列入了反动文人的行列,就是朱光潜、李健吾这样留在大陆的理论家,也不断地对自己曾经持有的"资产阶级唯心主义文艺观"进行检讨,并受到批判。实际上,文艺界主流话语对西方资产阶级文艺思想一直怀有极大的警惕。第一次文代会上,茅盾在总结"国统区"文艺的教训时,就把"漫无批判地'介绍'乃至崇拜西欧资产阶级古典文艺的倾向"作为需要纠正的一种错误提了出来。① 到1953年第二次文代会召开时,周扬的报告仍然认为,"在文学艺术战线上,我们必须对西方资产阶级思想的各种表现继续进行批判的工作",并把"盲目崇拜西方资产阶级文化,轻视自己民族的传统"视为"资产阶级思想的典型表现之一"。② 这种政治氛围,是不利于对欧洲古典主义文学理论传统进行客观的认识与研究的,对其文论中合理性成分的借鉴就更加困难。

当然,欧美的"资产阶级文论"与现实政治的联系也是有远有近,有直接有间接的。因而不同理论的命运也不完全相同。现代主义文论、新古典主义理论以及英美新批评理论等20世纪文论,由于被认为是当代资产阶级没落文艺的最直接的代表,而且有些文论流派在其国内就往往与无产阶级文学对立,因而在新中国成立前就被左翼文学排斥,新中国成立后基本上完全在中国大陆销声匿迹。20世纪以前的西方古典文论的命运则与此不太相同。由于有些理论是理解马克思主义哲学、美学与文艺理论的背景(如德国古典美学与艺术理论)、有些属于俄苏文学的传统(如托尔斯泰等人的文论)、有些对于理解马克思主义的现实主义文学理论有直接的借鉴意义(如19世纪英法的现实主义文学理论)、有些与世界无产阶级文学运动有直接或间接的关联(如浪漫主义文论),因而作为一种学术话语,还保留了一点存在的空间。而古希腊亚里士多德等人的文学理论,尤其是那些被认为有着现实主义倾向的文学理论,其自身与政治意识形态的关联很少,作为一种理解西方文学理论发展线索的知识传统,也有自己一定的存在空间。只是对这些理论的研究,只局限在学院派极个别理论家那里,因而很难作为一种有效的力量介入到当代中国文学理论的建构过程之中。而且,这种有限范围内的研究也有明确的价值选择,需要对其中可能对主流话语构成威胁的"异质理论"有高度的警惕与苛刻的批判。只

---

① 茅盾:《在反动派压迫下斗争和发展的革命文艺》,载中华全国文学艺术工作者代表大会宣传处《中华全国文学艺术工作者代表大会纪念文集》,新华书店1950年版,第61页。
② 周扬:《为创造更多的优秀的文学艺术作品而奋斗》,载中国文学艺术界联合会《中国文学艺术工作者第二次代表大会资料》,1953年内部印行。

要是与唯心主义沾上边的古典文艺理论家,从柏拉图一直到黑格尔,其文艺立场往往是被否定的。在这种简单地以唯物还是唯心给西方文艺理论家划界的思维模式下,许多理论家的理论贡献很难得到公允的评价,其理论中的合理性成分也就往往被掩盖了。

第二章 关于"胡风文艺思想"的讨论与批判

　　胡风是中国现当代文艺理论发展史上一位重要而独特的理论家。重要是由于他对文艺创作规律的敏锐认识,对现实主义创作方法及其意义的深刻分析,对"五四"传统终其一生的坚守;独特是由于他特有的诗化的理论概念和范畴、欧化的长句的表达方式以及曲折悲怆的命运。胡风文艺思想成熟于20世纪40年代,并以对抗毛泽东《在延安文艺座谈会上的讲话》而在当时引起讨论,这个讨论一直延续到新中国成立以后。

　　关于一个理论家思想的讨论属于学术问题,本应该在学术范围内获得自由、平等的论争机会,以争取理论的发展和创新。然而,在胡风文艺思想的讨论中,学术讨论的边界从一开始就被突破了,逐渐演变为一场悲剧性的政治事件。尽管在整个讨论和批判中有难以避免的历史积怨、有纷繁复杂的人事纠葛、有由来已久的宗派主义、有个人性格的因素等,但从本质上说,关于胡风文艺思想的讨论和批判是"五四"传统与革命传统的碰撞,是学术话语与意识形态话语的交锋。其结果,后者以绝对的强势形成了对前者的挤压、霸权:在讨论问题的态度、提出问题的角度、分析问题的深度上都表现出非学术化的倾向。因此,这场讨论和批判没有显现出更多的引人注目的理论价值。

　　但是,这场批判折射出中国当代学术发展的曲折性、复杂性和历史特点,具有重要的历史价值。它启发人们深刻反省中国当代学术发展的路径、曲折与动荡,从而为中国学术的未来发展提供思想借鉴和警示。本章以此为出发点,通过梳理胡风文艺思想讨论和批判的来龙去脉,追寻事件背后的文化动因和历史逻辑,探究"五四"传统与革命传统、学术话语与政治话语在当代中国纠葛、碰撞的性状、影响,以及它们各自的边界和相互作用的方式等。

第一节　胡风文艺理论的关键词及思想逻辑

胡风的文艺思想自成体系、一以贯之。所谓自成体系，是指他的现实主义文艺理论有一系列独特的概念、范畴，有独特的论证方法和表达方式。胡风的概念、范畴、论证方法和表达方式必须放在他的思想框架内理解才具有有效性，一旦抽离出原有的语境，将会导致消极的误读。所谓一以贯之，是指胡风的核心文艺思想辐射到文艺现象、文艺活动的各个层面。胡风所主张的主客观化合论能够统摄其他各种理论问题，是其文艺思想的原点。胡风终其一生都没有改变主客观化合论的理论主张。因此，回到胡风文艺思想讨论和批判的历史现场，必须首先通过胡风文艺思想的几个关键词，解读他的基本观点。

一 "主观战斗精神"

"主观战斗精神"是胡风主客观化合论的核心范畴，可以涵盖胡风文艺思想中的一组相关概念，如主观、主观精神、搏斗、突入、自我扩张、人格力量等。在胡风文艺思想体系中，"主观战斗精神"是一个理论原点，具有生发和扩散意义。

胡风是马克思主义反映论和认识论的信仰者，在文学与生活的关系上，主张文学应当真实地、历史地反映现实生活。这是胡风文艺思想的一个基本前提。他认为："文艺的内容是从实际生活取来，它的内容以及表现那内容的形式都是被实际生活决定的。"[①] 然而，这种反映不是机械地、被动地反映，不是生活的复写，而是"必须站在比生活更高的地方，能够有把生活向前推进的力量"[②]。如何才能够做到这一点？如何从现实生活进入到文学作品？关键在于创作主体的枢纽作用。一边是生活经验，一边是作品，如果"这中间抽调了'经验'生活的作者本人在生活和艺术中间受难（passion）的精神"[③]，就会造成艺术的悲剧。

所谓受难精神，即主观战斗精神。就创作主体与现实世界的关系而言，就是创作主体饱含着对生活的热爱，对理想的忠诚，全身心地投入到

[①] 胡风：《文学与生活》，《胡风全集》第2卷，湖北人民出版社1999年版，第293页。
[②] 同上书，第318页。
[③] 胡风：《略论文学无门》，《胡风全集》第2卷，湖北人民出版社1999年版，第429页。

现实人生当中，同那里的人们一起爱、一起恨，体验他们的心灵世界，进而获得深刻的现实认识和饱满的创作冲动。胡风十分认同 A. 托尔斯泰所坚持的创作原则："写作过程——就是克服过程。你克服着材料，也克服着你本身。"① 胡风进一步解释了这个原则："这指的是创造过程上的创造主体（作家本身）和创造对象（材料）的相生相克的斗争；主体克服（深入、提高）对象，对象也克服（扩大、纠正）主体，这就是现实主义的最基本的精神。"② 为了实现这个基本精神，作家"在现实生活上，对于客观事物的理解和发现需要主观精神的突击"③。

就创作主体与艺术世界而言，就是创作主体以自己的全部情感与人物共同生活、成长，体悟他们的欢乐、痛楚、悲哀，使人物成为一个鲜活的生命个体。胡风同样赞赏 A. 托尔斯泰以下的结论："艺术家是和自己的艺术一同成长的。他的艺术是和他反映的人民一同成长的，艺术家是和他所创造的英雄一同成长的。"④ 因此，作家就必须"把他的全部精神力量注向对于对象的追求上面，要设身处境地体会出每一个情绪转变的过程。写妓女，他就得自己变成那个妓女，写强盗，他自己就得出没在深夜的原野和丛林……就像上帝无处不在一样，在作家所创造着的艺术世界里面，作家自己也是无处不在的"⑤。换言之，"在诗的创造过程上，客观事物只有通过主观精神的燃烧才能够使杂质成灰，使精英更亮，而凝成浑然的艺术生命"⑥。

这就是胡风的"主观战斗精神"。在胡风文艺理论体系中，所谓"主观战斗精神"及其涵盖的术语群，是就创作过程而言的。作为一个文艺理论家，胡风执著于从文学活动自身的角度，探讨创作规律。胡风认为，文学应该以文学特有的方式实现对社会人生的认识、传达现代的思想观念。这种独特方式从思维方式上来说即形象思维——文学"是在可感的

---

① 胡风：《人道主义和现实主义的道路》，《胡风全集》第 3 卷，湖北人民出版社 1999 年版，第 237 页。
② 同上。
③ 胡风：《关于题材，关于"技巧"，关于接受遗产》，《胡风全集》第 3 卷，湖北人民出版社 1999 年版，第 79 页。
④ 胡风：《人道主义和现实主义的道路》，《胡风全集》第 3 卷，湖北人民出版社 1999 年版，第 238 页。
⑤ 胡风：《关于创作发展的二三感想》，《胡风全集》第 3 卷，湖北人民出版社 1999 年版，第 15 页。
⑥ 胡风：《关于题材，关于"技巧"，关于接受遗产》，《胡风全集》第 3 卷，湖北人民出版社 1999 年版，第 79 页。

形象的状态上去把握人生、把握世界,这就非得作家的意识上'再三感觉到'不能胜利"①。作家的"再三感觉",在胡风特有的表意体系中就是"和历史进程结着血缘的作家的认识作用对于客观生活的特殊的搏斗过程"②。没有这个过程,文学就不成为文学。没有这个过程,现实主义就会丧失生命。

二 "精神奴役的创伤"

"精神奴役的创伤"是胡风文艺思想启蒙意识的独特体现。如果说"主观战斗精神"是一个职业文艺理论家对文学创作过程的考量的话,"精神奴役的创伤"则是一个"五四"传统的继承者对文学思想深度的洞察。胡风是文学功利论的同道者,主张文学要为人生,服务于现实社会的斗争。但是,这种为人生的功利追求孕育在"五四"精神传统中。胡风始终坚守"五四"反帝反封建的思想传统,坚守人道主义和民主的追求。他认为,"五四"的历史意义即在于"人的发现";"五四"的精神即在于"不但用被知识分子发动了的人民的反抗帝国主义的意志和封建、买办的奴从帝国主义的意志相对立,而且要用'科学'和'民主'把亚细亚的封建残余摧毁"③。因此,胡风的文学思想中一直贯穿着强烈的启蒙意识,保持着对封建主义思想的高度警惕。

"精神奴役的创伤"是胡风对在封建主义思想长期统治下人民的精神世界的洞悉。胡风认为,文学所表现的人民并非是抽象想象中的"优美"存在,而是负担着千百年来封建思想的压抑和束缚。创作主体首先要在战斗的实践立场上将人民当作感性的存在,"那么,他们的生活欲求或斗争生活,虽然体现着历史的要求,但却是取着千变万化的形态和复杂曲折的路径;他们的精神要求虽然伸向着解放,但随时随地都潜伏着或扩展着几千年的精神奴役的创伤"④。因此,作家就不能被这种感性存在的海洋所淹没,而要具备"和他们的生活内容搏斗的批评的力量"⑤。

这种对封建主义的决绝反抗,使胡风在民族形式的创造上表现出了鲜

---

① 胡风:《今天,我们的中心问题是什么?》,《胡风全集》第 2 卷,湖北人民出版社 1999 年版,第 613 页。
② 同上书,第 612 页。
③ 胡风:《文学上的五四》,《胡风全集》第 2 卷,湖北人民出版社 1999 年版,第 622 页。
④ 胡风:《置身在为民主的斗争里面》,《胡风全集》第 3 卷,湖北人民出版社 1999 年版,第 189 页。
⑤ 同上。

明的现代立场。胡风坚决反对民间形式中心源泉说,主张民族形式的创造应当建立在"五四"革命文艺传统的基础上。这一传统是"市民社会突起了以后的、累积了几百年的、世界进步文艺传统的一个新拓的支流"。因此,民族形式应该是反映了反帝反封建历史要求的现代形式,是"国际的东西和民族的东西的矛盾和统一的、现实主义的合理的艺术表现"①。

胡风对所谓民族的传统或资源保持了足够的审慎。他认为,民间文艺虽然是人民自己的创作,"但客观上既没有民主主义的现实存在,主观上又没有民主主义的战斗要求,他们的不平、烦恼、苦痛、忧伤、怀疑、反抗、要求、梦想……就只有在封建意识里面横冲直撞……"② 在此基础上,胡风进一步分析了民间文艺美学形态的社会基础,指出那种直叙化的铺陈方式"正是在封建农村的社会基础上所形成的认识方法的限界,看人从生看到死,看事从发生看到结束,宿命论或因果报应的思想就是它的根源"③。因此,民间形式或传统文艺就不能够成为民族形式的基础或源泉。但是,胡风并没有否定民间文艺作为一种资源在民族形式创造上的意义,只是对它作出了谨慎的理解:"从它们得到帮助,好理解中国人民(大众)的生活样相,解剖中国人民(大众)的观念形态,汲收中国人民(大众)的文艺词汇,好更加能够把握他们的表现感情的方式、表现思维的方式、认识生活的方式,就是所谓的中国作风与中国气派。"④

说到底,由于对"五四"精神传统的挚诚信仰,胡风的文艺思想和理论主张贯穿着启蒙精神和现代意识,并作为一个前提构成其理论语境的基础。但正因为如此,在一些时代命题上,胡风和意识形态话语形成了理论语境的错位,进而引发了有意识的、有目的的误读。

第二节　间隙初生:重庆座谈会

1942 年 5 月,毛泽东《在延安文艺座谈会上的讲话》问世。《讲话》以马克思主义为理论基础,以革命功利主义为导向,提出并回答了"文艺为什么人"和"如何为"两个核心问题。在此基础上,毛泽东提出文

---

① 胡风:《论民族形式问题》,《胡风全集》第 2 卷,湖北人民出版社 1999 年版,第 767、768 页。
② 同上书,第 750 页。
③ 同上书,第 752 页。
④ 同上书,第 773 页。

艺从属于政治、普及基础上的提高,以及知识分子思想改造等一系列理论和实践命题。这些命题影响深远,改变了中国当代文化的发展方向。

与其说《讲话》是一个关于文艺问题的理论文本,不如说是一个关于文艺问题的政治文本。它所关注的既是文艺问题,更是政治问题。毛泽东从一个政治家的角度来思索文艺问题,首先立足于文艺服务革命、服务政治、服务权力的立场。因此,《讲话》所探讨的"为什么人"和"如何为"等一系列命题,带着强烈的政治功利主义色彩。事实上,《讲话》作为延安整风运动的一部分,与反主观主义、反宗派主义和反党八股一并作为一种权力规训,隶属于整个政治发展战略。《讲话》是对文化思想领域的一种规训,对文化发展方向、发展方式以及各种社会关系等都提出了明确的意见。《讲话》以后,解放区文化思想界发生了重大变化,尤其以知识分子的思想改造为甚。

胡风初次接触《讲话》是在1944年3月,他参加了由冯乃超主持的学习《讲话》精神的座谈会。1944年7月,何其芳、刘白羽受命来重庆宣传《讲话》精神,胡风主持讨论。对于《讲话》的几个重要命题(如文艺为工农兵服务、知识分子思想改造等),胡风有自己的解读视角和方式。作为对这次讨论的回应,胡风在自己主办的《希望》创刊号上,发表了《置身在为民主的斗争里面》一文。他将作家与人民结合,以及思想改造等命题置于其文艺思想体系中,并做了专业化的分析。

胡风坚持从他的理论原点——主观战斗精神——出发,主张作家的思想立场"不能停止在逻辑概念上面,非得化合为实践的生活意志不可","只有从对于血肉的现实人生的搏斗开始,在文艺创作里面才有可能得到创造力的充沛和思想力的坚强"[①]。为此,胡风强调主观力量的坚强和向感性对象的深入,强调作家在创作过程中的自我斗争和自我扩张。胡风进一步描述了创作主体与感性对象的互动关系:"在体现过程或克服过程里面,对象的生命被作家的精神世界所拥入,使作家扩张了自己;但在这'拥入'的当中,作家的主观一定要主动地表现出或迎合或选择或抵抗的作用,而对象也要主动地用它的真实性来促成、修改,甚至推翻作家的或迎合或选择或抵抗的作用,这就引起了深刻的自我斗争。"[②] 不仅如此,胡风甚至将这种"自我扩张"提高到"艺术创造的源泉"的地位,以此

[①] 胡风:《置身在为民主的斗争里面》,《胡风全集》第3卷,湖北人民出版社1999年版,第187页。
[②] 同上书,第188—189页。

来说明创作主体的情感投入在创作过程中的重要影响。

胡风坚持文学创作离不开感性的机能，作家的思想武装或思想改造不能够仅仅凭借"思辨的头脑"去把握，而必须经过作家内在的发酵、酝酿才具有实践意义。"承认以至承受了这自我斗争，那么从人民学习的课题或思想改造的课题从作家得到的回答就不会是善男信女式的忏悔，而是创作实践里面的一下鞭子一条血痕的斗争。"①

胡风没有直接对《讲话》表示鲜明的拥护态度，而是从他的话语体系出发，进一步地阐述了作家思想改造的内在变化过程和必经路径。尤其值得注意的是，胡风的回应不仅大量使用了"搏斗"、"化合"、"克服"、"拥入"等"胡式"术语，而且还首次提出了"自我扩张"、"自我斗争"、"精神奴役的创伤"等说法。在《讲话》对知识分子的个人主义、自由主义和优越意识进行批判的时候，胡风却在自己的理论体系内深入阐释作家主观精神的重要性，难免引起误读。凑巧的是，《希望》创刊号还同时发表了舒芜的哲学论文《论主观》，并在"编后记"中指出该文提出了"一个使中华民族求新生的斗争会受到影响的问题"②。事实上，误读不久就发生了。

第三节　批判序幕：香港《大众文艺丛刊》

1948年，香港新创刊的《大众文艺丛刊》展开了对胡风文艺思想的正面讨论，拉开了当代中国学术史上重要的批判序幕。《大众文艺丛刊》是一个机关刊物，由中国共产党华南局香港文化工作委员会领导。《丛刊》一出版，就在香港和国统区文坛引发了强烈的震动，并对中国当代文坛产生了重要的影响，"以致今日要了解与研究1948年的中国文学及以后的发展趋向，就一定得查阅这套《丛刊》"③。这套《丛刊》有组织地对胡风文艺思想的讨论，以及对朱光潜、沈从文、萧乾等自由主义作家的批判，构成了中国当代学术发展史上的一个分水岭，标志着当代中国文化批判规约、套路都将发生重大转变。

---

① 胡风：《置身在为民主的斗争里面》，《胡风全集》第3卷，湖北人民出版社1999年版，第190页。
② 胡风：《〈希望〉编后记》，《胡风全集》第3卷，湖北人民出版社1999年版，第292页。
③ 钱理群：《1948年：天地玄黄》，山东教育出版社1998年版，第23页。

一 香港的批判:《大众文艺丛刊》

《大众文艺丛刊》对胡风文艺思想的批判主要集中在"主观战斗精神"和"精神奴役的创伤"这两个关键词,以及知识分子作家如何与人民结合这样的实践命题上。批判者以《讲话》的话语系统为参照,以《讲话》的核心思想为标准,展开对胡风文艺思想的解读和批判。其目的在于统一理论认识,为未来的文化建设做好理论准备。

关于"主观战斗精神"的批判从哲学基础和文艺理论两个方面展开,涵盖了一般认识论和特殊专业领域的不同层面。批判者将舒芜的哲学论文《论主观》与胡风的文艺论文《置身在为民主的斗争里面》这两篇同期发表在《希望》上的文章,视为"对于主观问题的见解作了较有系统的说明"和"对文艺运动提出的宣言"[1]。因此,在批判者语境中,"主观战斗精神"首先被作为一个哲学问题来讨论。应该说,这个层面的讨论是简单的。马克思主义的基本原理,诸如世界的本质是物质的、存在决定意识、经济基础决定上层建筑等是批判者主要的理论武器。并且,批判者以马克思主义的阶级理论论证了主观的阶级性,指出"最强有力的主观作用一定凭借着掌握在最先进的阶级手里的革命的科学理论"[2],进而为文艺理论层面的批判奠定基础。批判者认为,胡风的"主观战斗精神"将问题置于作家个人的基础之上,而不是经济基础和阶级基础之上,是个人主义意识的强烈表现。因此,"主观战斗精神"是一种先验的、独立的存在,是一种超越阶级的东西,和历史唯物论相背离。[3]

在文艺理论层面,批判者指出,所谓作家的主观精神,"就是作家的思想、情感、立场、态度等等的总和"[4]。《讲话》所提出的作家的立场问题、态度问题即是作家的主观问题。批判者将"主观精神"放置在《讲话》的话语系统当中,指出思想意识是主观诸因素中最基本的和决定性的因素。艺术思维不能仅仅依靠感性,感觉的真实性必须通过作家的思想才能获得。因为"感觉、印象等是被感觉的事物的直接的反映,思想观

---

[1] 荃麟:《论主观问题》,载中南七区高等院校《中国现代文学史资料汇编》(下),河南人民出版社1979年版,第1186页。
[2] 同上书,第1193页。
[3] 荃麟执笔,本刊同人:《对当前文艺运动的意见》,《大众文艺丛刊》第一辑《文艺的新方向》,香港生活书店1948年版,第8页。
[4] 荃麟:《论主观问题》,载中南七区高等院校《中国现代文学史资料汇编》(下),河南人民出版社1979年版,第1201页。

念则是通过感觉而深入到事物的本质中去的"①,感性的对象不能仅靠感性的力量就能得到完整的认识。因此,批判者强调作家的思维作用而非感性作用是创作的根本性作用,强调作家的观察、比较、研究在创作过程中的意义,反对"把作家的感性作用提高到比作家的思想认识更高的地位"②。正是在对创作活动中感性的意义及其发生作用的方式上,批判者与胡风发生了分歧。这是一个可以讨论的学术问题。

但是,接下来的讨论中,批判者的注意力就转移了。他们认为,由于胡风对感性的强调,"对于作家所要求的,主要不是思想的改造和对群众关系的改变,而是强烈的感性机能;主要不是在实践中从观察、比较、研究去具体认识他的周围世界,而只是借这种精神力量去进行所谓'血肉的搏斗'"。这样,"不仅唯物论被取消了,阶级观点也被取消了"③。

与其说知识分子的思想改造是一个文艺问题,不如说是一个政治实践问题。思想改造问题的提出与解决是从二元对立的阶级斗争目的出发的。于是,小资产阶级及其思想意识成为必然的批判对象,他们的思想改造成为历史的要求。不仅"作家的小资产阶级的主观及其生活,根本不能反映表现出人民世界的真实——它的真理(作品的思想性)和真情(作品的感染性)"④,而且"小资产阶级的心永远不能真正同无产阶级的情"⑤贴在一起。文学创作领域的主观问题演变为政治实践中的作家与人民的关系问题、思想改造问题。在这一方面,批判者与胡风之间产生了更多的分歧和误解。

首先,在对人民的理解上双方的语境不同。如前所述,胡风在"五四"启蒙文化语境中认识人民,更注重对封建主义安命精神的警惕与反抗;批判者从阶级论语境认识人民,更注重对他们优秀品质的赞赏与学习,而对他们的缺点存有更多的谅解。"不承认广大的工农劳动群众身上有缺点,是不符合事实的;但在本质上,广大的劳动人民是善良的、优美的、坚强的、健康的。健康的是他们的主体;他们的缺点,不论是精神上和生活上的,只是缺点……看不见、想不通或者不承认这一点,往往是一

---

① 荃麟:《论主观问题》,载中南七区高等院校《中国现代文学史资料汇编》(下),河南人民出版社1979年版,第1202页。
② 同上书,第1203页。
③ 同上书,第1207—1208页。
④ 乔木:《文艺创作与主观》,《大众文艺丛刊》第二辑《人民与文艺》,香港生活书店1948年版,第16页。
⑤ 同上书,第12页。

个作家拒绝和人民结合最深的根源。"① 值得注意的是，批判者的理性分析在减弱，开始显现出话语霸权的端倪——所谓"精神奴役的创伤"的启蒙意义遭到讽刺和调侃："海水里充满妖魔鬼怪，人民带着满身的'奴役底创伤'……会传染的呀，会毒死你的呀"②；人民的缺点可以批判，"但在一个小资产阶级作家没有取得这批评资格之前，他得先受人民的批评，先做群众的学生，才能做群众的先生，这叫做到人民中去，向人民学习"③。

其次，在如何与人民结合上双方的角度不同。胡风从专业和启蒙的角度做出理解：即在创作上反映人民的痛苦和愿望，在实践上启发人民的文化意识，满足人民的文化需求。他主张，在为民主而斗争的时代里面，"即使在最平凡的生活事件或最停滞的生活角落里面，被这个斗争要求所照明，也能够看出真枪实剑的，带着血痕或泪痕的人生"④。因此，他认为在文学创作上，与"写什么"相比，"怎样写了"尤其"在怎样的精神要求里面写了"才是更重要的。胡风一如既往地强调作家"主观战斗精神"在创作过程中的重要作用，对文学创作题材有更宽泛的理解。至于这种"主观战斗精神"或人格力量如何形成，胡风以为它是在现实生活中形成，是现实生活的反映。"只有深入到现实生活里面才能够不断地丰富，不断地完成，只有为了献身给现实生活的战斗才能够得到它所享有的意义；深入并且献身到现实生活的战斗里面，所谓人格力量或战斗要求不但不会成为抽象的概念，反而能够得到思想的真实和感情的充沛。"⑤

但是，批判者的角度则是政治的、阶级论的。与人民结合首先就是到工农兵的生活实践中，进行思想改造，实现阶级立场的转变。"一切革命的作家必须与广大的工农兵劳苦群众相结合——在原则上，这是一个'地无分南北'的课题。"⑥ 在革命政治话语系统中，工农兵尤其农民是革命的主力，文艺服务于工农兵有重要的实践意义。当批判者从这个话语系统解读胡风的主张时，对后者的不同表述颇为敏感。批判者指出，"认为只有具体的平

---

① 乔木：《文艺创作与主观》，《大众文艺丛刊》第二辑《人民与文艺》，香港生活书店1948年版，第13页。
② 同上书，第12页。
③ 同上书，第13页。
④ 胡风：《置身在为民主的斗争里面》，《胡风全集》第3卷，湖北人民出版社1999年版，第188页。
⑤ 胡风：《文艺工作的发展及其努力的方向》，《胡风全集》第3卷，湖北人民出版社1999年版，第181页。
⑥ 乔木：《文艺创作与主观》，《大众文艺丛刊》第二辑《人民与文艺》，香港生活书店1948年版，第11页。

凡生活才是最真实的政治，从而把政治事件还原为平凡的生活事件，群众还原为个别的被压迫者和战斗者，阶级还原为个人对个人的态度，那将是大错而特错"①。至于作家在创作过程中的"精神要求"，在批判者看来，"这种看法会被理解成什么样的生活是不重要的，重要的是生活态度；问题的重心不是具体地生活在这一个阶级或是那一个阶级的客观事实，而只是作家对平凡生活的态度"②。这实际上是取消了作家和人民结合的基本命题。甚至胡风描述作家创作过程中精神动态的表述（"自我斗争"）进一步被解读为"是作家和人民一种对等地迎合和抵抗的斗争"③。

二　胡风的理论答辩：《论现实主义的路》

针对香港的批判，胡风写了长篇论文《论现实主义的路》。胡风从一个文艺理论家和批评家的专业视角来判断、回应《大众文艺丛刊》的批判，"企图说明一下文艺思想是怎样走了过来，变化了过来的"④。可以看出，胡风是在批判主观公式主义和客观主义这两种创作倾向的实践过程中，形成了以主客观化合论为特征的现实主义理论。胡风认为，这两种倾向从不同角度破坏了现实主义的力量——"主观公式主义是从脱离了现实而来，因而歪曲了现实"⑤；"客观主义是从对于现实的局部性和表面性的屈服、或漂浮在那上面而来的，因而使现实虚伪化了，也是在另一种形式上歪曲了现实"⑥。这两种错误倾向的根源在于"没有通过和人民共命运的主观思想要求突入对象，进行搏斗"⑦。

胡风将讨论限定在文艺创作领域内，在这个特殊的专业内部探讨一系列理论问题——即"究明创作实践的过程，作品思想性的根源，文艺是通过怎样的特点去影响读者，发生力量"⑧。胡风从理论上进一步阐释了"主观战斗精神"的来源和基础。在历史唯物论的大框架中，人首先是感性的存在，即"感性的对象"，有着独属于他的情感、热力、愿望和追

---

① 乔木：《文艺创作与主观》，《大众文艺丛刊》第二辑《人民与文艺》，香港生活书店1948年版，第11页。
② 同上书，第10页。
③ 荃麟：《论主观问题》，载中南七区高等院校《中国现代文学史资料汇编》（下），河南人民出版社1979年版，第1212页。
④ 胡风：《论现实主义的路》，《胡风全集》第3卷，湖北人民出版社1999年版，第473页。
⑤ 同上书，第500页。
⑥ 同上书，第501页。
⑦ 同上。
⑧ 同上书，第512页。

求。人们以各自的"感性"在生产劳动和社会斗争中结成了各种各样的关系，构成了复杂的人类社会，因而，人也就成为"感性的活动"，或者称作"对象的活动"。每个人都带着他的生命的全部内容生活在由其"感性的活动"构成的世界当中。因而，人是具体的人，历史的人，阶级的人，社会的人。作家创作时，在创作主体与创作对象之间构成了四组关系，即自己的感性活动与感性的对象的关系、自己作为感性的对象与对象作为感性活动的关系、对象作为感性的对象与作家作为感性活动的关系、对象作为感性活动与作为感性对象的作家的关系。因此，"从对于客观对象的感受出发，作家得凭着他的战斗要求突进客观对象，和客观对象经过相生相克的搏斗，体验到客观对象的活的本质的内容，这样才能够'把客观对象变成自己的东西'而表现出来"①。正是从这个意义上，胡风提出了"人格力量"（实践的生活意志），主张将革命的主义化为作家的实践意志，"凭着它去深入现实、把握现实、克服现实的实践意志"②；也正是在这个意义上，胡风将创作过程看作生活过程，"而且是把他从实际生活得来的（即从观察它和熟悉它得来的）东西经过最后的血肉考验的、最紧张的生活过程"③。

关于知识分子与人民结合的问题，胡风依然从"五四"文化传统和启蒙的角度论证了自己的看法。他认为，作为小资产阶级的知识分子在反帝反封建的实践斗争中，和人民原来就有过某种联系，"有过或有着各种状态的结合"，是人民的一部分。他们在推动中国社会前进的道路上，是"思想主力和人民之间的桥梁"，是人民的先进。同时，胡风也指出了知识分子的二重人格——即所谓游离性。旧知识分子和有革命要求的知识分子"由于残留的所谓'优越感'和虽然困苦但却大都可以勉强得到的生存的空隙，不容易做到决然地完全抛弃幻想，因而滞留在自作多情但实际上却是虚浮的精神状态里面"④。创作上的主观公式主义和客观主义就是作家游离性的结果。为了克服这种游离性，知识分子要深入实践，在长期的磨炼中进行改造。至于那些深入人民的内容的作家，"他们的创作实践原就是克服着本身的二重人格，追求着和人民结合的自我改造的过程"⑤。因为他们的创作实践"依靠着对于历史现实的发展方向的承受，

---

① 胡风：《论现实主义的路》，《胡风全集》第3卷，湖北人民出版社1999年版，第523页。
② 同上书，第532页。
③ 同上。
④ 同上书，第528页。
⑤ 同上书，第529页。

依靠着把自己放在反封建的斗争要求里面,依靠着对于被革命思想所照明的人民的内容(负担、潜力、觉醒、愿望和夺取生路)的深入"①。

胡风所理解的思想改造的实践途径并不着意于一个阶级向另一个阶级的转变,而是在反封建、在架构现代思想与人民之间桥梁的意义上实现。他认为,人民包括了广泛的统一而对立的内容:一方面具有"伟大的精神"——在剥削和奴役下担负着劳动的重负,善良地担负着,坚强地担负着,流着汗流着血地担负着;另一方面"又是以封建主义的各种各样的具体表现所造成的各式各样的安命精神为内容的"②。在胡风的视野中,与人民结合的迫切意义在于:避免对人民"优美"的主观憧憬。尤其是在反封建主义斗争到了"真枪实剑的风云际会","应深入进去的是平凡的但却深含着各种各样活的内容的具体的人民,甚至就是你身边左右的人民,不能是憧憬里的概念;要去汲取的是真实但却沉重的、活的、具体的、各种各样的担负生活的永生力量,各种各样的夺取生路的求生愿望,以及怎样把这些力量这些愿望禁锢着、玩弄着、麻痹着、甚至闷死着的各种各样的精神奴役的创伤……不能是憧憬里的清一色的优美"。③

胡风认为,"五四"新文化运动反封建的基本内容"就是使人民的创造历史的解放要求从'自在的'状态进到'自为的'状态,也就是从一层又一层的沉重的精神奴役的创伤下面突围出来,解放出来,挣扎出来,向前发展,变成物质的力量"④。因此,思想文化斗争与革命实践具有同样重要的意义。正是从这个意义上说,所谓作家与人民的结合,首先是和这样的具有丰富历史内容的人民结合;所谓如何与人民结合,则首先是"从生活实践开始,在创作实践里面完成,而且只有在创作实践里面才能完成的结合过程"⑤。显然,胡风从作家的专业角度探讨问题,作家与人民共命运的立场通过创作活动变成了一种实践。

《论现实主义的路》是对《大众文艺丛刊》批判的回应,胡风试图从理论上澄清问题,"不仅仅是答辩,而是想就现实主义这个问题写成一本系统的小册子,然后就现实主义美学问题再写一个小册子"⑥。他的阐述视角基本限定在学术领域,并在自己的理论话语系统中阐释问题。

---

① 胡风:《论现实主义的路》,《胡风全集》第 3 卷,湖北人民出版社 1999 年版,第 529 页。
② 同上书,第 554 页。
③ 同上书,第 557—558 页。
④ 同上书,第 554 页。
⑤ 同上书,第 555 页。
⑥ 胡风:《胡风回忆录》,《胡风全集》第 7 卷,湖北人民出版社 1999 年版,第 704 页。

胡风自道："当时，完全是从理论上来分析，以平等的身份来讨论"，① 以为"理论问题应是越谈越清楚"②。但是，《大众文艺丛刊》之所以发起这次批判，却并不仅仅是由于学术问题的分歧，而是出于政治规训和争夺文艺理论话语权的需要。当时，随着军事战场上的胜利，统一文艺思想上的认识显得越来越紧迫。胡风文艺观点与《讲话》的不对应性，被认作一种对抗或不服从态度，甚至是对理论话语权的威胁。"他们却处处以马列主义与毛泽东文艺思想自命，因而引起了读者不少的误解。"③ "为了宣传介绍马列主义和毛泽东文艺思想，并有计划澄清和批评一些资产阶级文艺思想"④，香港文委创办了《大众文艺丛刊》。

值得注意的是，《大众文艺丛刊》的批判思路呈现出复杂性的一面，显现出学术话语系统与政治话语系统的矛盾和纠缠。一方面，试图"从原则上以说理的态度来澄清思想的混乱"⑤，"抱着与人为善的态度……力避文学上的命令的调子"⑥，以期达到文艺思想上的团结；另一方面，在具体的论说中又流露出非说理的严厉姿态和非学术的论述逻辑。不久，在对胡风更大规模的批判中，这种矛盾逐渐消失，统一于政治话语。

第四节 批判渐次升级：1949—1955

1949年以后，关于胡风文艺思想的讨论和批判渐次升级——由资产阶级唯心主义到反现实主义，由反现实主义到反马克思主义，由反马克思主义到反党集团，由反党集团到反革命集团。学术问题终于演变为政治问题，学术讨论终于发展为政治批判。这其中既有政治大环境的作用，也有个人小环境的影响。就前者而言，文化批判的政治模式正在形成，学术问题与政治问题的边界越来越模糊；就后者而言，个人的历史积怨随着权力分配再次爆发，学术讨论与人事恩怨盘根错节地纠缠在一起。

---

① 胡风：《胡风回忆录》，《胡风全集》第7卷，湖北人民出版社1999年版，第705页。
② 同上书，第707页。
③ 荃麟：《论主观问题》，载中南七区高等院校《中国现代文学史资料汇编》（下），河南人民出版社1979年版，第1187页。
④ 周而复：《往事回首录》（一），《新文学史料》1992年第1期。
⑤ 荃麟：《论主观问题》，《中国现代文学史资料汇编》（下），河南人民出版社1979年版，第1187页。
⑥ 萧恺：《文艺统一战线的几个问题》，《大众文艺丛刊》第三辑，香港生活书店1948年版，第7页。

一　批判渐次升级：从资产阶级唯心主义到反党反革命集团

1949年7月，在第一届全国文学艺术工作者代表大会（以下简称"文代会"）上，茅盾作了《在反动派压迫下斗争和发展的革命文艺》的报告，集中介绍了十年来国统区文艺运动的发展状况。报告在第三部分"文艺思想理论的发展"的第三节不点名地批评了胡风的文艺思想，明确指出"关于文艺中的'主观'问题，实际上就是关于作家的立场、观点和态度的问题"①。报告没有对"主观"展开深入分析，而是解读为"崇拜个人主义的自发性的斗争"，将问题径直归结到思想改造、与人民结合的时代命题上。

1951年底，在北京率先开始的文艺整风运动中，胡风问题再次被提出。为了表明对《讲话》的态度，解释一些理论问题，胡风写了题为《学习，为了实践》的理论文章。但周扬认为这篇文章没有自我批评，不宜发表。

1952年5月25日，舒芜在《长江日报》发表了《从头学习〈在延安文艺座谈会上的讲话〉》，表达了对《讲话》的忠实拥护和支持，忏悔过去的错误思想。舒芜的《论主观》1945年在《希望》创刊号上发表后，一直被当作胡风"主观战斗精神"的哲学基础，受到严厉批判。在这次忏悔中，舒芜点名批判了路翎错误的创作倾向，并呼唤"路翎和其他几个人，也要赶快投身于群众的实际斗争中"②。针对舒芜的文章，胡风写了《关于〈希望〉的简单报告》，试图对《希望》的编辑情况进行说明。

1952年9月至12月间，召开了长达四个月的"胡风文艺思想讨论会"。9月26日，舒芜在《文艺报》上发表《致路翎的公开信》。信中，舒芜更彻底地否定了自己的过去，觉悟到"那是根本错误的，是与毛泽东文艺路线背道而驰的"③。舒芜的反省是对旧我的决绝否弃，也是向胡

---

① 茅盾：《在反动派压迫下斗争和发展的革命文艺》，载张炯《中国新文艺大系（1949—1966）理论史料集》，中国文联出版公司1994年版，第114页。
② 舒芜：《从头学习〈在延安文艺座谈会上的讲话〉》，载作家出版社编辑部《胡风文艺思想批判论文汇集》（二集），作家出版社1955年版，第114页。
③ 舒芜：《致路翎的公开信》，载作家出版社编辑部《胡风文艺思想批判论文汇集》（二集），作家出版社1955年版，第116页。
　　舒芜从五个方面反省了过去的错误：第一，我们过去一切错误的出发点，是硬要把自己倾向革命的小资产阶级个人主义追求过程，当作"正确"的革命道路；第二，我们为了辩护自己，不仅把群众自发的革命要求，夸张为革命的基本动力，否定了党的领导，而且照自己的面貌去涂改群众的面目；第三，我们为了援引同谋，辩护自己，不但歪曲了群众的面貌，而且涂改了历史的真实；第四，我们在文艺思想上，根据资产阶级思想体系的指导，形成了按照小资产阶级面貌来改造世界的完整的一套；第五，我们的错误思想，使我们在文艺活动上形成一个排斥一切的小集团，发展着恶劣的宗派主义。

风的"倒戈一击"。

针对这些批判，胡风写了《一段时间，几点回忆》，在讨论会上作了简要口述，试图解释一些理论问题。后来，胡风将文章呈送中共中央，但没有得到回音。

1952年12月11日，在胡风文艺思想讨论会的第三次会议上，何其芳作了题为《现实主义的路，还是反现实主义的路?》的长篇发言，系统地批判了胡风的文艺思想，指出胡风在许多原则问题上的一系列错误。1953年1月30日，《文艺报》发表了林默涵的文章《胡风反马克思主义的文艺思想》。文章剖析了胡风一贯的文艺思想，指出"它和马克思主义的文艺思想、和毛泽东同志的文艺方针没有任何相同点；相反地，是反马克思主义的、反社会主义现实主义的"[1]。

胡风文艺思想讨论会结束后，胡风没有再写理论文章回应或解释。1954年2月18日，《人民日报》发表《中共中央七届四中全会公报》，批评党内一部分干部不能接受批评监督，对批评者实行压制报复的工作作风。胡风认为，终于到了澄清问题的时候。3月到7月间，胡风在朋友们的帮助下完成了《关于解放以来的文艺实践情况的报告》（即"三十万言书"），并呈送给中共中央。

1954年10月，对《红楼梦研究》的批判展开。胡风在中国文联和作协的联席会议上，尖锐批评《文艺报》的压制小人物的作风和庸俗社会学的文艺观点。12月8日，会议形势急转变化，周扬作了《我们必须战斗》的总结发言，指出"胡风先生的观点和我们的观点之间的分歧"，认为胡风"实际是在反对'学究式的态度'口号之下来反对马克思主义理论的学习和宣传"[2]。

1955年1月，胡风写了《我的自我批判》，承认自己错误的根源是："把小资产阶级的革命性和立场当作了工人阶级的革命性和立场，混淆了它们中间的原则的区别"[3]。这种严厉的自我批判，在胡风来说还是第一次。但是，为时已晚。

1955年1月21日，中宣部向中共中央报送了《关于开展批判胡风思想的报告》。1955年1月26日，中共中央发出通知，批转了中宣部的报

---

[1] 林默涵：《胡风反马克思主义的文艺思想》，载张炯《中国新文艺大系（1949—1966）理论史料集》，中国文联出版公司1994年版，第308页。
[2] 周扬：《我们必须战斗》，载作家出版社编辑部《胡风文艺思想批判论文汇集》（三集），作家出版社1955年版，第13页。
[3] 胡风：《我的自我批判》，《胡风全集》第6卷，湖北人民出版社1999年版，第458页。

告。胡风问题被定性为"反党反人民",批判的方向正在发生变化。

1955年2月5日和7日,中国作协主席团召开扩大会议,决定对胡风的资产阶级唯心主义文艺思想展开批判。全国大规模的胡风思想批判全面展开。

1955年4月1日,郭沫若在《人民日报》发表《反社会主义的胡风纲领》;4月13日,舒芜在《人民日报》上发表《胡风文艺思想反党反人民的实质》。思想领域的批判逐步发展为政治批判。

1955年4月,舒芜整理上交了他和胡风的私人信件,并送呈毛泽东审阅。由此,胡风等人被定为"反党集团"。

1955年5月初,由中宣部和公安部组成的胡风专案组成立,搜集胡风反党反革命"罪证"的取证工作在全国展开。

1955年5月13日,《人民日报》发表了舒芜的揭发材料《关于胡风反党集团的一些材料》。

1955年5月18日,全国人民代表大会第16次会议批准逮捕"胡风反党集团"骨干分子。这次会议上,有78人被正式定为胡风集团分子。

1955年5月24日和6月18日,《人民日报》分别公布了《关于胡风反党集团的第二批材料》和《关于胡风反党集团的第三批材料》。

1955年6月20日,人民出版社将关于胡风的三批材料结集出版,题目更名为《关于胡风反革命集团的材料》。胡风问题的性质由"反党"升级为"反革命"。

从1945年开始的理论对话,到1948年的理论批判,到1952年的思想批判,直到1955年,关于胡风文艺思想的讨论终于发展为大规模的政治批判,演变为一场巨大沉痛的历史悲剧。

二 学术批判理性的渐次丧失:从思想批判到政治批判

在1949年以后对胡风文艺思想的批判中,双方的力量和位置发生了倾斜性的变化——胡风始终处于辩解和澄清问题的被动处境。随着文化批判政治模式的形成,权威话语压抑了个人话语,政治话语压抑了学术话语,前者甚至成为唯一的话语。学术批判理性逐渐丧失,取而代之的是非同一的、非系统的、非逻辑的批判逻辑。

1949年以后对胡风文艺思想的批判,在内容上与1948年香港《大众文艺丛刊》的讨论没有太多不同。周扬在阐述"胡风先生的观点和我们的观点之间的分歧"时指出:"我们强调对于进步的、社会主义的作家,共产主义世界观的重要性,强调文学作品应当表现有迫切政治意义的主题，应当创造人民中先进的正面人物形象，强调民族文学艺术遗产的重要性和文学艺术上的民族形式，这些都是完全正确的，而这些也是胡风先生所历来反对的。"① 胡风与批判者的分歧与其说是观点的不同，不如说是各自所依据和使用的话语系统的不同。如果从学理层面进行沟通对话，在批判与反批判的过程中或许能够推动文艺理论的发展。但当时，发动批判的目的是维护《讲话》的真理性和权威性，使溢出《讲话》核心命题之外的思想归于一致。香港的批判可以看作是对胡风的召唤信号，胡风却做了进一步的专业答辩。1949年以后，随着《讲话》的权威性覆盖到全国范围，其真理性和普遍有效性更加不容置疑。胡风文艺思想与《讲话》的不对应就成为突出的文化政治事件。一场再批判运动开始了。批判的参照系始于《讲话》止于《讲话》，批判的逻辑在于权威话语的真理性。

第一，采取了非同一性的策略。所谓非同一性，即不在同一语境下讨论问题。如前所述，胡风的"主观战斗精神"着重于强调创作主体的精神状态，批判者却以为这是否定了生活实践的决定性意义，将创作归于神秘的东西——精神力量。根据是这样的观点与《讲话》中人民生活是艺术的"唯一源泉"的表达相反；② 根据是与《讲话》中阶级斗争决定思想感情的说法不同，"胡风所说的'主观战斗精神'是没有阶级内容的抽象的东西"；③ 根据是1942年的整风运动着重反对主观主义，胡风却"推荐了《论主观》这篇实际上是提倡主观主义的文章"，④ 并攻击所谓"客观主义"的创作倾向。

第二，采取了非系统性的策略。所谓非系统性，即不在整体语境中讨论问题。如前所述，在胡风的整体语境中，创作主体是焦点问题。正是从这个角度，胡风提出"主观战斗精神"是文艺创作的根本问题。批判者认为，胡风理论的实际效果，"就是阻碍文艺工作者认识思想改造的必要性"。⑤ 根据是：《讲话》认为根本问题是"为什么人"的问题，解决的

---

① 周扬：《我们必须战斗》，载张炯《中国新文艺大系（1949—1966）理论史料集》，中国文联出版公司1994年版，第295页。
② 何其芳：《现实主义的路，还是反现实主义的路？》，载张炯《中国新文艺大系（1949—1966）理论史料集》，中国文联出版公司1994年版，第311页。
③ 林默涵：《胡风的反马克思主义的文艺思想》，载张炯《中国新文艺大系（1949—1966）理论史料集》，中国文联出版公司1994年版，第298页。
④ 周扬：《我们必须战斗》，载张炯《中国新文艺大系（1949—1966）理论史料集》，中国文联出版公司1994年版，第293页。
⑤ 林默涵：《胡风的反马克思主义的文艺思想》，载张炯《中国新文艺大系（1949—1966）理论史料集》，中国文联出版公司1994年版，第303页。

办法是深入群众,加强思想改造;而胡风理论的根本问题是"作家主观战斗精神不够强烈或衰落了,解决的办法是加强作家的主观精神"。因此,"这是个原则性的分歧"。① 事实上,胡风对于思想改造的认识源于两个方面:一是启蒙意识;二是创作规律。就后者而言,他坚持对于文学创作来说,"理论,只有变成了作家自己的血肉要求以后,才能够成为创作的力量,才能够在创造过程上产生力量"②。但这并不意味着胡风否认世界观的指导意义,他强调的是世界观和革命理论在怎样的途径上作用于创作活动。

第三,采取了非逻辑性的策略。所谓非逻辑性,即不在理性逻辑内讨论问题。关于题材与文艺作品价值的关系,胡风认为:"文艺作品的价值,它的对于现实斗争的推进效力,并不是决定于题材,而是决定于作家的战斗立场,以及从这战斗立场所生长起来的(同时也是为了达到这战斗立场的)创作方法,以及从这创作方法所获得的艺术力量。"③ 这段话是胡风为《抗战文艺》终刊号所写,当时有人想编印选集,以总结抗战文艺成绩。胡风以为编选的目的不仅是"保存史料",不能是"抗战"题材就可以入选,"中心点"是要反映人民的斗争。在这一语境中,胡风谈到编选的标准——即文艺作品的价值。这一观点作为"题材无差别论"受到严厉批判。题材的意义作为理论问题自然可以讨论,但批判者由此得出如下推论:"否认题材的差别的重要,其逻辑的结果就是否认生活的差别的重要";④ 进而,"否认了革命作家必须到人民群众中间去,必须参加人民群众的斗争"⑤。结论是:"这样的观点也是直接和毛泽东同志的《在延安文艺座谈会上的讲话》相反的。"⑥ 事实上,由题材的差别到生活的差别,并不能够建立起严密的逻辑关系。

由此可见,在1949年以后对胡风文艺思想的批判中,学术的理性分析逐渐减弱,权威话语成为批判的武器和标准。个人话语和学术话语之所以受到压抑,是与当时的文化批判政治模式分不开的。为了维护意识形态

---

① 林默涵:《胡风的反马克思主义的文艺思想》,载张炯《中国新文艺大系(1949—1966)理论史料集》,中国文联出版公司1994年版,第301页。
② 胡风:《答文艺问题上的若干质疑》,《胡风全集》第3卷,湖北人民出版社1999年版,第207页。
③ 胡风:《关于结算过去》,《胡风全集》第3卷,湖北人民出版社1999年版,第275页。
④ 何其芳:《现实主义的路,还是反现实主义的路?》,载张炯《中国新文艺大系(1949—1966)理论史料集》,中国文联出版公司1994年版,第312页。
⑤ 同上书,第313页。
⑥ 同上。

话语的一统性，肃清思想领域的认识分歧成为重要的政治目标。因此，文化批判就成了当时政治运作的重要方式和手段。1951年关于电影《武训传》的批判，1954年关于《红楼梦研究》的批判，以及后来关于《海瑞罢官》的批判等都是这种政治模式的结果。关于胡风文艺思想的批判亦不例外。尤其是发展到后期，讨论已经完全溢出学术领域和思想领域，意识形态的国家机器和强制性（压制性）的国家机器共同介入了其中。

首先，作为意识形态国家机器的报刊物以"编者按"的形式宣判了胡风文艺思想的性质，引导批判发展方向。1952年6月，《人民日报》全文转载了舒芜的《从头学习〈在延安文艺座谈会上的讲话〉》，并加了一则"编者按"。按语指出，《希望》是"以胡风为首的一个文艺上的小集团办的"，这是首次公开明确提出了以胡风为首的小集团的概念。"编者按"对这个小集团的主张和性质作了如下概述："他们在文艺创作上，片面地夸大'主观精神'的作用，追求所谓'生命力的扩张'，而实际上否认了革命实践和思想改造的意义。这是一种实质上属于资产阶级、小资产阶级的个人主义的文艺思想。"[①] 据说，这个按语为乔木所加。1952年9月，《文艺报》在舒芜的《致路翎的公开信》的"编者按"中明确指出胡风与《讲话》的对抗态度："这种错误思想使他们在文艺活动上形成一个小集团，在基本路线上是和党所领导的无产阶级的文艺路线——毛泽东文艺方向背道而驰的。"[②] 1955年5月，《人民日报》在《关于胡风反党集团的一些材料》的"编者按"中，将胡风问题的性质从"文艺小集团"上提升到"反党集团"："从舒芜文章所揭露的材料，读者可以看出，胡风和他所领导的反党反人民的文艺集团是怎样老早就敌对、仇视和痛恨中国共产党的和非党的进步作家。"至于胡风的文艺观点，按语则不加分析地断定了其"虚假性"：什么"小资产阶级的革命性和立场"，什么"在民主要求的观点上，和封建传统反抗的各种倾向的现实主义文艺"，什么"和人民共命运的立场"，什么"革命的人道主义精神"……这种话语能够使人相信吗……假的就是假的，伪装应当剥去。[③] 此外，按语还号召与胡风有来往的人交出更多的密信。这个按语是由毛泽东亲自拟写的。

[①] 舒芜：《从头学习〈在延安文艺座谈会上的讲话〉》，载作家出版社编辑部《胡风文艺思想批判论文汇集》（二集），作家出版社1955年版，第109页。
[②] 舒芜：《致路翎的公开信》，载作家出版社编辑部《胡风文艺思想批判论文汇集》（二集），作家出版社1955年版，第115页。
[③] 《人民日报》1955年5月13日。

其次，作为强制性的国家机器通过行政手段（甚至暴力手段）发动了全国范围的批判运动。1955年1月，中宣部报请中共中央对胡风文艺思想进行彻底的批判。在《关于开展批判胡风思想的报告》中，中宣部对胡风的文艺思想给出了官方意见：系统地宣传资产阶级唯心论；借"现实主义"之名否定文学的党性原则；否认马克思主义世界观对文艺创作的作用；否认作家深入群众生活的重要性；否定民族遗产和民族形式；提出"五把刀子"的理论；片面地夸大文艺工作中的缺点，诬蔑文艺界的领导是"疯狂"的"宗派主义"的"军阀统治"。中共中央批转了中宣部的报告，并对胡风文艺思想的性质做出判决："胡风的文艺思想，是资产阶级唯心论的错误思想，他披着'马克思主义'的外衣，在长时期内进行着反党反人民的斗争，对一部分作家和读者发生欺骗作用，因此必须加以彻底批判。"[1] 来自最高权力层的"反党反人民"的定性，使对于胡风的批判从文艺问题发展为政治问题，直至最后通过国家暴力机器将胡风等人"缉拿归案"。

三 胡风的辩解：作为文艺理论家的答复

胡风问题的最后结局，即便当时参与批判的主要人物也不曾料到，[2] 事情的性质究竟是怎样一步步悄然发生变化的？或许有历史的偶然因素，[3] 但是胡风对意识形态询唤的迟钝不能不说是主要原因之一。对于1949年以后遭遇的严厉批判，胡风认为是文艺界领导人宗派主义的结果。他选择"上书"中央的方式，试图通过学理分析，澄清本意、辨析是非。

---

[1] 转引自李辉《胡风集团冤案始末》，湖北人民出版社2003年版，第174页。

[2] 周扬曾谈到："我在上面说了我们和胡风先生等在文艺思想上的基本分歧，但这并不等于否认胡风先生、阿垅先生、路翎先生在文艺事业上的劳绩。"（周扬：《我们必须战斗》，载张炯《中国新文艺大系（1949—1966）理论史料集》，中国文联出版公司1994年版，第297页）林默涵也在文章中说明："在政治上他是站在进步方面，对国民党反动的法西斯文化作过斗争。在这方面，胡风有他的贡献。"（林默涵：《胡风的反马克思主义的文艺思想》，载张炯《中国新文艺大系（1949—1966）理论史料集》，中国文联出版公司1994年版，第298页）何其芳曾指出："胡风同志是很早就参加革命文艺活动的文艺工作者。他一直坚持反帝反封建反国民党的立场，这是首先应该肯定的。"（何其芳：《现实主义的路，还是反现实主义的路？》，载张炯《中国新文艺大系（1949—1966）理论史料集》，中国文联出版公司1994年版，第309页）并且，关于小集团的问题，林默涵认为："我们说这是一个文艺上的小集团，并不是说他们有什么严密的组织，不，这只是一种思想倾向上的结合。"（林默涵：《胡风的反马克思主义的文艺思想》，载张炯《中国新文艺大系（1949—1966）理论史料集》，中国文联出版公司1994年版，第308页）

[3] 比如，周扬与胡风的历史恩怨；舒芜的反省和觉悟；舒芜整理并上交私人信件，等等。

胡风在《关于解放以来的文艺实践情况的报告》中以现实主义为核心,对有关理论分歧作了进一步的说明和解释。第一,是对社会主义现实主义内涵的理解。胡风指出"社会主义现实主义"是为了清算"拉普""唯物辩证法的创作方法"而提出的,它与旧现实主义有继承关系,也有原则区别。继承的是"作家的人道主义精神(为人民寻找更好的道路和更好的生活制度),作品内容的真实性或人民性('从下面'看出来的具体的历史真实,并不限于直接表现人民本身)";[①] 区别是民主主义人道主义发展为社会主义人道主义——彻底反对人剥削人的制度;人民解放的道路得到了明确的政治方向。这种人道主义即是社会主义现实主义所要求的"社会主义的根本精神"。在此意义上,胡风指出"主观精神"即是革命人道主义精神。具体而言,是指抗战初期那一种民族解放、人民解放的高扬的热情;[②] 和人民痛痒相关的胸怀;对敌、友、我的爱爱仇仇的感情态度。[③] 正是在这里,胡风发现了与批判者的分歧,后者认为社会主义现实主义者"首先要具有工人阶级的立场和共产主义世界观"。

第二,是对作家如何获得世界观的理解。胡风认为,作家世界观是在实践中获得的,是在反帝反封建的民主斗争中获得的;而且,"一定要在艺术实践过程中通过辩证的关系一步一步前进,上升,一直达到世界观的高度"[④]。因为如果不通过艺术实践,世界观就只是"不生产的资本",不会化为作家自己的东西。显然,胡风是在文艺创作这个特殊专业领域谈及世界观的,主张"通过文艺的特殊机能进行艰苦的实践斗争,通过实践斗争的胜利(现实主义的胜利)达到马克思主义"[⑤]。正是在这里,胡风发现了与批判者的分歧,后者认为"'正确的世界观'是在实践之前一次获得的,因而认识是一次完成的"[⑥]。

第三,是对作家如何进行思想改造的理解。胡风主张,创作实践是实践的一种;作家的思想改造要在创作实践中进行。胡风坚持从创作过程的规律讨论作家主观思想的变化:"对于一个忠实于现实的作家,现实主义的作家,他的从生活得来的经验材料(素材),他的对于它的理解(思

[①] 胡风:《关于解放以来的文艺实践情况的报告》,《胡风全集》第6卷,湖北人民出版社1999年版,第182页。
[②] 同上书,第180页。
[③] 同上书,第195页。
[④] 同上书,第193页。
[⑤] 同上书,第171页。
[⑥] 同上书,第174页。

想）和感情态度，要在创作过程中进行一场相生相克的决死的斗争。在这个斗争过程中间，经验材料通过作家的血肉追求而显示了它的潜伏的内在逻辑，作家的理解和感情态度（主观世界）又被那内在逻辑带来了新的内容或变化，这才达到主观和客观的统一，产生了作品。"① 客观生活只有通过创作主体的中介，才能够成为作品；对作家来说，忠实于现实要通过忠实于艺术，才能够实现。因此，如果否定了创作过程的实践意义，不但不能实现思想改造，"反而要使感受机能和认识机能渐渐衰萎的"②。正是在这里，胡风发现了与批判者的分歧，后者认为作家的思想改造必须通过马列主义理论学习和参加群众的实际斗争才可以实现，"恰恰抽去了创作实践"。

第四，是关于民族形式的理解。胡风认为，民族传统与民族形式是不同的范畴。在民族传统中有精华，但更多的是治人者残酷的"智慧"和治于人者的安命的"道德"。能够继承的传统，"只能是指那基本思想内容还是不违背今天历史要求，还在今天的战斗要求中保持着生命的东西"③。至于民族形式，从文学的内形式而言，它决定于语言的表现方式（表现感情的方式、表现思想的方式、认识生活的方式）是不是发挥了这种民族语言的最大的机能。民族形式的提出是为了克服新文艺的缺点，捍卫"五四"反帝反封建的革命文学传统。胡风认为，克服的途径在于通过大众化的艺术实践，"把大众的感情、欲望、思想等化成自己的内的经验，把大众的活的语言和表现感情、思维的方式等化成自己的主观能力"④。正是在这里，胡风发现了与批判者的分歧，后者认为克服"五四"新文艺的缺点就要发扬民族文艺传统，借用民族形式的躯壳实现"和人民结合"的目的。

第五，是对题材意义的理解。胡风认为，"哪里有生活，哪里就有斗争，有生活有斗争的地方，就应该也能够有诗"⑤。题材不能决定作品的价值。无论什么样的生活，无论什么样的题材，只要在现实主义艺术方法下，都可以获得意义。在此基础上，胡风指出分配题材是不符合创作规律的。他坚持创作过程是主客观化合的过程；作家的"主观精神"一方面

---

① 胡风：《关于解放以来的文艺实践情况的报告》，《胡风全集》第6卷，湖北人民出版社1999年版，第215页。
② 同上书，第217页。
③ 同上书，第231页。
④ 同上书，第246页。
⑤ 胡风：《给为人民而歌的歌手们》，《胡风全集》第3卷，湖北人民出版社1999年版，第439页。

是社会的东西所化合起来的（共性），另一方面是独特的化合状态（个性）；政治要求可以引导个性并使其发生变化，但不能抹杀独特的化合状态。因此，"作家只能从他身上能有的基础去通到社会内容，而且在绝对大多数的场合，是只能通到他有可能通到的某些社会内容的"①。正是在这里，胡风发现了与批判者的分歧，后者认为题材对于作品有决定意义，新现实主义必须有工农兵的生活，题材的选择常常和作家的立场有关。

总之，胡风认为批判者的理论违反了创作规律，否定了文艺的专门特点，"一切都简简单单依仗政治"②，在读者和作家头上放下了五把"理论"刀子：

> 作家要从事创作实践，非得首先具有完美无缺的共产主义世界观不可，否则，不可能望见和这个"世界观""一元化"的社会主义现实主义的创作方法的影子……
> 只有工农兵的生活才算生活；日常生活不是生活，可以不要立场或少一点立场……
> 只有思想改造好了才能创作……
> 只有过去的形式才算民族形式，只有"继承"并"发扬""优秀的传统"才能克服新文艺的缺点；如果要接受国际革命文艺和现实主义文艺的经验，那就是"拜倒于资产阶级文艺之前"……
> 题材有重要与否之分，题材能决定作品的价值，"忠实于艺术"就是否定"忠于现实"……③

当胡风十分认真地从文艺创作规律辨析理论分歧的时候，当胡风十分真诚地总结新中国成立以来文艺实践情况的时候，他没有意识到，他的理论坚持在文化批判的政治运作模式中，是多么不合时宜。直到《红楼梦研究》批判形势的急转，胡风才突然发现这并不只是理论分歧的学术问题。1955年1月，胡风终于承认了自己的理论错误："不能从政治原则看问题"，"在几个根本问题上违背了马克思主义，违背了毛主席的文艺方针"；表现在态度上就是："拒绝思想改造，自以为是的个人英雄主义，

---

① 胡风：《关于解放以来的文艺实践情况的报告》，《胡风全集》第6卷，湖北人民出版社1999年版，第280页。
② 同上书，第298页。
③ 同上书，第302—303页。

狭隘的宗派情绪,严重地缺乏自我批评精神,以及脱离群众,轻视集体"。① 但是,为时已晚。所谓五把"刀子"终于落在了他的头上。

从 20 世纪 40 年代中期到 50 年代中期,关于胡风文艺思想的讨论和批判持续了十年之久。讨论的核心问题并没有发生大的变化,但性质却发生了难以预料的改变。究其内因,恰在于学术话语和政治话语的复杂关系。学术问题本应在学术话语系统中讨论,政治问题本应在政治话语系统中批判。这是两个完全异质的问题。但在当代中国学术发展过程中,政治话语往往溢出它的边界,使学术问题政治化。

在胡风一面,他执着地捍卫其现实主义理论,希望通过理论的答辩证实自己的正确性,表现出鲜明的个性特点。正如马克斯·韦伯所指出,"在科学的领地,个性是只有那些全心服膺他的学科要求的人才具备的,不惟在科学中如此"②。胡风的职业意识使他囿于学术话语中看待问题、讨论问题。在批判者一面,服膺于"超凡魅力"的政治权威。"人们服从他,不是因为传统或条律,而是因为对他怀有信仰。"③ 因此,批评者的视界限于权威话语中,据此辨别是非、决断正误。在权威者一面,服膺于阶级二元论,试图通过文化批判的政治模式,达到思想的一统。这样,在胡风文艺思想讨论和批判中,双方各自使用不同的话语系统,不但不能推进理论问题的认识,还产生了更多的分歧和误读。尤其当文化批判的政治模式全面启动后,政治话语完全压抑了学术话语,思想批判演变为了政治批判。

1980 年 9 月,"胡风集团"获得政治平反。1988 年 6 月,胡风获得思想平反。中共中央办公厅 1988 年第 6 号文件指出:将胡风关于共产主义世界观、工农兵生活、思想改造等五个问题说成是"五把刀子",不符合他的本意,应该和他的总体思想联系在一起,故撤销;文艺界的宗派问题历史情况极为复杂,不宜简单下结论,本着历史问题宜粗不宜细的精神,对胡风宗派活动的指责予以撤销;对于胡风的文艺思想可以按照宪法关于学术自由、批评自由的规定和党的"百花齐放、百家争鸣"的方针,让人们通过文艺批评进行正常的讨论,不必在中央文件中作出决断。至此,一场持续了几十年的公案,终于回到了它应该归属的地方。

---

① 胡风:《我的自我批判》,《胡风全集》第 6 卷,湖北人民出版社 1999 年版,第 458 页。
② [德] 马克斯·韦伯:《学术与政治》,冯克利译,生活·读书·新知三联书店 1998 年版,第 26 页。
③ 同上书,第 57 页。

第三章 "黑八论"批判及反思

在20世纪50年代和60年代前期，出现了一些重要的文学理论命题，这些命题被"四人帮"上纲上线，恶意污蔑为"黑八论"，在"文化大革命"期间受到了严厉的批判，持论的理论家遭受打击、迫害，有的甚至因此失去了生命，整个中国文艺界百花凋零，了无生机。事实上，这些文学观点，涉及了文艺的诸多有价值的命题，抛开其在特殊年代负载的满含血泪的政治色彩，这是当时的文学理论研究者所留下的一笔优秀的理论遗产，应该得到正确的评价和认真的总结。

第一节 "黑八论"产生的历史文化语境

任何理论都不是完全自足和纯粹的，文学和文学理论也不例外。尽管有其自身内在的机制和规律，但同时也是一定政治、经济、文化的现实。因此，还原和呈现理论置身的具体历史情境，是达到对其客观认识的一个基本前提。

20世纪50年代和60年代，在中国的发展史上是一段特殊的历史时期。伴随着新民主主义革命的胜利和新中国的成立，中国步入了社会主义建设时期。在中国共产党的领导下，各行各业均取得了令世人瞩目的成就，文学事业也获得了多元发展。但是，"由于我们党领导社会主义事业的经验不多，党的领导对形势的分析和对国情的认识有主观主义的偏差，'文化大革命'前就有过把阶级斗争扩大化和在经济建设上急躁冒进的错误"[①]。而这些错误又在被放大后形成了极"左"思潮。反映到文学上，就表现为在处理文学和革命、文学和政治的关系问题上的简单化、绝对化

[①] 《中国共产党中央委员会关于建国以来党的若干历史问题的决议》，载中共中央文献研究室《三中全会以来重要文献选编》（下），人民出版社1982年版，第797页。

倾向，致使文艺阐释模式从多元选择逐渐向功利主义美学的一元主导形态凝聚，成为主流意识形态的从属，从而在逐渐走向封闭的同时引发了大量的文艺论争和思想斗争。"黑八论"就是在这样的历史大背景下，由于多种因素综合作用而产生的。

具体说来，首先是革命和战争思维的影响。新中国是在刚刚取得了抗日战争和解放战争胜利之后而建立起来的，战争的硝烟虽然已经散去，但由于多年来浸淫其中，所以在政治文化领域依然存在革命的思维定式，并直接影响到文学和理论的发展。这从当时的文学用语的战争化就可见一斑。如"文艺战线上的斗争"、"抢夺文艺阵地"、"革命文艺"、"反动文艺"、"文艺战役"、"文艺战士"、"猛烈开火"、"重大胜利"等，都带有强烈的战争和革命的味道。实际上，革命本身是一个政治语汇，与文学的关系并非非常紧密，但当它与文学结合时，就产生了剧烈的化学反应，就使本身自足性很强的文学溢出自身，负载、承担了过多的责任，偏离了丰富的精神绘制，进而变得简单化了。革命并"不赞成那种过于复杂的历史叙事"，"并不鼓励纯思辨的理论探索"，"它更重视的，是与具体实践的匹配和结合"，"在这一过程中，任务、中心工作、宣传口号等实践性很强的话语方式"要求文学理论和文学创作适应其变化。① 于是，文学、革命、政治被整合，共同承担起建设民族国家的重任。

这种思维范式早在梁启超提倡的"文学革命"、"小说界革命"中就可初见端倪。那就是"从社会政治革命的角度思考思想文化革命，又从思想文化革命的角度思考文学艺术革命。这里的逻辑是：文学艺术的革命是为了思想文化革命，思想文化革命是为了社会政治革命。社会政治革命作为终极目标规定着思考思想文化革命和文学艺术革命的基本视阈和话语样式。简言之，这三位一体的'革命'规定着有关'文学'的思考与叙述"。② 此时，救亡图存、抵抗外辱、改良国民性成为文学的责任。

之后，二三十年代关于"革命文学"的论争，进一步强化了这一思维方式。毋庸置疑，论争对一系列重大理论问题做了探讨，促进了文学理论建设，但同时也形成了几种极"左"的文学观念，具体表现为：抹杀文艺审美本性的片面的意识形态论；鼓吹文艺从属于政治的文学工具论；混淆文艺与政治的简单的阶级分析论；强调世界观决定创作的唯

---

① 程光炜：《文学想象与文学国家——中国当代文学研究（1949—1976）》，河南大学出版社2005年版，第105页。
② 余虹：《对二十世纪中国文论叙述的反思》，《文艺研究》1996年第3期。

意志论；否认生活对文学决定作用的主题先行论；片面夸大文艺社会作用的"组织生活"论；文艺批评中的小团体主义、宗派主义等。这些错误影响甚广，可以说，对"黑八论"的全面围剿，是"革命文学"论争的再现。①

其次是某些文艺政策的错误引导。中国共产党的文艺政策是马克思主义文艺、美学理论和中国具体的文艺实践相结合的产物，是我党指导文艺发展的根本指针，是符合社会进步和人民需要的科学的正确的理论，在革命年代和社会主义建设时期都发挥了不可替代的决定性的作用。如新民主主义时期"民族的科学的大众的文化"的纲领、毛泽东《在延安文艺座谈会上的讲话》中确立的"文艺为工农兵服务"的方针、"双百方针"的提出，等等，均有针对性地为文艺的发展指明了方向，完成了特定历史阶段的任务。然而，在具体的执行过程中由于片面地把"文艺从属于政治"的观念发展为"文艺为政治服务"，过于放大政治对文学的决定作用，政治干预过多、过死，既使文艺政策没有得到正确贯彻，也使文学的发展受到了阻碍。

突出的表现是无产阶级反对资产阶级斗争在文艺领域的五大战役：即对电影《武训传》的批判、对俞平伯《红楼梦》研究中主观唯心主义的批判、对胡风文艺思想的批判、对文艺界右派文艺思想的批判、1964年"文艺整风"中对所谓封资修文艺思想的批判等。五大战役混淆了政治问题和学术问题，"对一些文艺作品、学术观点和文艺界学术界的一些代表人物进行了错误的、过火的政治批判，在对待知识分子问题、教育科学文化问题上发生了愈来愈严重的'左'的偏差"②。正是由于政治路线中对"阶级斗争扩大化"和"千万不要忘记阶级斗争"的强调和政治对文学的强行介入，使得隶属于政治路线的文艺政策随之转向，文艺界"左"倾错误也恶性发展。

1963年12月12日和1964年6月27日，毛泽东分别作了关于文艺问题的两个批示。对于当前的文艺现状，他认为戏剧、曲艺、音乐、美术、舞蹈、电影、诗和文学等各种艺术形式，"问题不少，人数很多，社会主义改造在许多部门中，至今收效甚微。许多部门至今还是'死人'统治着"，"许多共产党人热心提倡封建主义和资本主义的艺术，却不热心提

---

① 参见邢建昌、姜文振《文艺美学的现代性建构》，安徽教育出版社2001年版，第150—151页。
② 《中国共产党中央委员会关于建国以来党的若干历史问题的决议》，载中共中央文献研究室《三中全会以来重要文献选编》（下），人民出版社1982年版，第807页。

倡社会主义的艺术，岂非咄咄怪事"。① 文联和所属协会则情况更糟："这些协会和他们所掌握的刊物的大多数（据说有少数几个好的），十五年来，基本上（不是一切人）不执行党的政策，做官当老爷，不去接近工农兵，不去反映社会主义的革命和建设。最近几年，竟然跌到了修正主义的边缘。"②

毛泽东的两个批示，否定了新中国成立以来文学艺术取得的实绩，是不符合文艺创作的实际的；对于文联和文艺协会的批判，客观上助长了"左"倾文艺路线的进一步恶化；也为江青等人推行其阴谋政治提供了借口和"政策依据"。借此，林彪、江青等在密谋策划成熟后，于1966年2月2—20日召开了部队文艺工作座谈会，"黑八论"就是在其后形成的《林彪委托江青同志召开的部队文艺工作座谈会纪要》（以下简称《纪要》）中出笼的。

第二节 "黑八论"的出笼及其主要内容

召开部队文艺座谈会，是林彪、江青两个反革命集团借座谈文艺的名义，来达到打倒文艺界，进而为"文化大革命"做准备的目的。《纪要》由刘志坚、陈亚丁等起草，张春桥、陈伯达等作了多次重大修改，后经毛泽东审阅修改后，于1966年4月16日，作为中共中央文件在中共党内发表。1967年5月29日，在《人民日报》等报刊上，公开发表《纪要》全文。

《纪要》的核心内容是抛出"文艺黑线专政"论。《纪要》宣称，新中国成立以来，文艺界基本上没有执行毛主席的《新民主主义论》、《在延安文艺座谈会上的讲话》等五篇著作的精神，而是"被一条与毛泽东思想相对立的反党反社会主义的黑线专了我们的政，这条黑线就是资产阶级的文艺思想、现代修正主义的文艺思想和所谓三十年代文艺的结合"③。"文艺黑线"具体表现为：

一、黑论点。"'写真实'论、'现实主义广阔的道路'论、'现实主义的深化'论、反'题材决定'论、'中间人物'论、反'火药味'论、

---

① 毛泽东：《关于文学艺术的两个批示》，载张炯《中国新文艺大系（1949—1966）理论史料集》，中国文联出版公司1994年版，第13页。
② 同上书，第13—14页。
③ 《人民日报》1967年5月29日。

'时代精神汇合'论，等等，就是他们的代表性论点"，"电影界还有人提出所谓'离经叛道'论，就是离马克思列宁主义、毛泽东思想之经，叛人民战争之道。"这是"文艺黑线专政"论的理论基础。

二、黑作品。"十几年来，真正歌颂工农兵的英雄人物，为工农兵服务的好的或者基本上好的作品也有，但是不多；不少是中间状态的作品；还有一批是反党反社会主义的毒草。"它们有的"歪曲历史事实，不表现正确路线，专写错误路线"；有的写英雄人物，但是犯纪律的，甚至"人为地制造一个悲剧的结局"；有的"不写英雄人物，专写中间人物，实际上是落后人物，丑化工农兵形象"；有的"对敌人的描写，却不是暴露敌人剥削、压迫人民的阶级本质，甚至加以美化"；有的则"专搞谈情说爱、低级趣味"以及爱和死的永恒主题。《纪要》认定这些都是资产阶级、修正主义思想在文艺中的反映，必须坚决反对。

三、黑队伍。"我们的许多文艺工作者，是受资产阶级的教育培养起来的，在从事革命文艺活动的过程中，有些人又经不起敌人的迫害叛变了，或者经不起资产阶级思想的腐蚀烂掉了"；有的进入大城市后，"在前进中掉队了"。由于从事文艺创作的主体出了问题，所以要重新教育文艺干部，重新组织文艺队伍。为此，"我们一定要根据党中央的指示，坚决进行一场文化战线上的社会主义大革命，彻底搞掉这条黑线。搞掉这条黑线之后，还会有将来的黑线，还得再斗争"[①]。

"四人帮"炮制的"文艺黑线专政"论片面夸大无产阶级和资产阶级两条路线斗争的尖锐性，全面否定新中国成立十七年以来的文艺思想、文学实践和30年代左翼文学的成就，其政治目的是很明显的。那就是在宣扬了"空白论"和"失败论"的基础上为推行"根本任务论"、"三突出原则"、"从路线出发"、"主题先行论"、"反对真人真事"等做理论的准备。其中"黑八论"是其用来彻底打倒文艺界的武器和理论基础。

"文化大革命"期间，"四人帮"出于占领文艺阵地，并通过抢夺文化领导权进一步获取政治领导权的目的，对"黑八论"进行了更加猛烈的批判。

首先，继续夸大两条路线斗争的尖锐性，突出"文艺黑线"的危害性，强调"革命大批判"的重要性。批判的矛头直指"旧中央宣传部这个阎王殿"，姚文元认为："对旧中央宣传部周扬等人的揭发和清算，关系到用毛泽东思想总结几十年来的革命历史，关系到社会主义革命时期社

---

① 以上未注明出处的引文均自《人民日报》1967年5月29日。

会主义和资本主义两条道路斗争的历史，关系到党内以毛泽东为代表的无产阶级革命路线和资产阶级反动路线两条路线斗争的历史，关系到更深入地挖掘政治上资产阶级反党反社会主义的黑线，必须搞深搞透。"① 因此，对"黑八论"进行深入的批判，"对于文艺界'进行一次思想和政治路线方面的教育'，进一步肃清刘少奇反革命修正主义文艺黑线的流毒，提高执行毛主席革命文艺路线的自觉性，发展社会主义的文艺创作，有着重要的意义。"② 正是在这样上升到"革命高度"的指导思想下，极"左"思潮发展到极端状态，对"黑八论"的批判也愈加升级。

其次，歪曲马克思列宁主义、毛泽东文艺思想的原意，翻用"反右"斗争时"驾轻就熟"的阶级斗争武器，随意断章取义，上纲上线，"扣帽子"、"打棍子"，使学术问题变成了关涉到你死我活的阶级斗争的政治运动。这实际上是重演《纪要》中的批判逻辑并进一步发展到了极致状态。于是，"黑八论"的成色更黑，罪行更严重了（具体表现详见本章第三节）。

所谓的"黑八论"是学术界一直存在不同意见、仍在讨论的学术问题，根本谈不上什么政治"专政"，而是根据片言只语歪曲、捏造、拼凑出来的"欲加之罪"。但历史的阴霾掩盖不住真理的光芒，正如顾城《一代人》所说，"黑夜给了我黑色的眼睛，我却用它寻找光明"③。正是那一段"不能忘却的历史"，需要当代的文艺理论工作者重新反思当时文艺理论发展中的问题，还原文学原本纯净的天空，是应该也是必须的。

第三节 "黑八论"评述

在这八论中，概括地讲，"写真实"论、"现实主义广阔的道路"论、"现实主义的深化"论着重的是文艺作品能不能写真实和怎样反映生活的真实问题；反"题材决定"论、"中间人物"论、反"火药味"论、"离经叛道"论是与题材问题相关的观点；"时代精神汇合"论则是由哲学、美学渗透到文学的命题。④

---

① 姚文元：《评反革命两面派周扬》，《红旗》1967 年第 1 期。
② 宇文平：《批判"写真实论"》，《人民日报》1971 年 12 月 10 日。
③ 顾城：《顾城的诗》，人民文学出版社 1998 年版，第 26 页。
④ 参见朱寨《中国当代文学思潮史》，人民文学出版社 1987 年版，第 494—497 页。

一 "真实"问题

1. "写真实"论

在中国当代文学史上，关于"写真实"的讨论，是在有关现实主义的讨论中进行的。由于现实主义的一统天下，从本源的意义上讲，只是涉及某种艺术要求和倡导的理论性不强的"写真实"，与主要维系现实主义理解和判断问题的"真实性"概念往往重叠在一起，呈现出一而二、二而一的关系，加之中国特殊的文化语境，"写真实"又往往与政治问题、世界观问题、阶级立场问题纠缠不清，从而引发了数次的论争和运动。[①]

关于"写真实"最早的论争是在反胡风文艺思想的运动中。林默涵、何其芳分别撰文，批判胡风是从非阶级的观点看待文艺问题，忽视作家阶级立场对其艺术活动的影响，因而是反马克思主义和反现实主义的资产阶级文艺思想。[②] 面对指责，在"三十万言书"中，胡风借用斯大林的话进行辩驳："写真实！让作家在生活中学习罢！如果他能用高度的艺术形式反映了生活真实，他就会达到马克思主义。""犹如真正反映了客观世界的才是唯物论，通过艺术特征真正反映了历史真实的才叫现实主义。我们说这部作品是现实主义的，那意思是：这部作品写出了历史内容底真实。"[③] 胡风的辩驳引起了更大的批判浪潮。[④] 但这些批判，基本上与林、何的如出一辙，是非理论的政治讨伐。胡风从未否定文学的倾向性，其主张只不过是强调在艺术活动中不要强加外在的东西。因此，批判是错位的。

之后，在反右运动中展开了关于"写真实"的第二次论争，直至演化成大规模的批判。论争双方对于文艺要表现真实性没有异议，关键是如何表现，所以争论首先在作家的立场、世界观与创作的关系问题上展开。"写真实"论者认为："艺术的政治价值和社会价值，都是不能离开艺术

---

① 此处论述参照了洪子诚、孟繁华主编《当代文学关键词》，广西师范大学出版社2002年版，第260页。
② 见林默涵《胡风的反马克思主义的文艺思想》，《文艺报》1953年第2期；何其芳《现实主义的路，还是反现实主义的路？》，《文艺报》1953年第3期。
③ 胡风：《关于解放以来的文艺实践情况的报告》，见谢冕、洪子诚主编《中国当代文学史料选》(1948—1975)，北京大学出版社1995年版，第170、174页。
④ 仅1955年《文艺报》上就有蔡仪的《批判胡风的资产阶级唯心论文艺思想》(第3期)、茅盾的《必须彻底地全面地展开对胡风文艺思想的批判》(第5期)、黄药眠的《论胡风的〈主观战斗精神〉》(第6期)、郭沫若的《反社会主义的胡风纲领》(第7期)、张光年的《论胡风的〈精神奴役的创伤〉》(第7期)等数十篇批判胡风的文章。

的真实而存在的。"① 对于作家来说,"世界观并不是决定他的创作活动的唯一条件,作者对于生活知识的积累,作者的艺术修养、经验、才能,也都是一些很重要的条件……因此,马克思主义只能包括而不能代替现实主义的创作方法"②。这些论述的一个共同点是:把"真实性"作为现实主义的最高追求,作为整合文学艺术与政治关系支点来看待,这对于丰富和发展现实主义理论是有益的探讨。但在批评者看来,"摆在文艺作家面前首要的问题,就是站在什么立场上来看真实性的问题"③。作家如果站在人民的立场看待社会,就能反映出客观真实,否则就是歪曲客观真实,作品也就没有真实性,而"写真实"就是后者的体现。艾芜认为,如果只注重写真实,就在作家面前摆出"一个自由主义的广场",两端是截然对立的两条道路:社会主义和反社会主义道路。所谓写真实,就是把作家放在"三岔口的路上"旁观、徘徊,以致落后。④ 周和说:"写真实问题之所以重要,是由于对于这个问题的论争,从来都是伴随着世界观和写真实之间的关系来论战的。"他认为,作家的世界观和思想武装将决定其反映生活的深刻程度,而"右派文艺家却竭力设法贬低这一点,以强调单纯写真实为名,企图取消革命世界观对创作的指导作用"。目的"无非是要借此反对马克思主义世界观,反对文艺为政治服务的原则而已"⑤。李希凡的文章更加危言耸听,他说"写真实"和"干预生活"是从理论上提出了对社会主义的怀疑,是修正主义和反党逆流的结合,目的是向党进攻。⑥ 应该说,这里的争论仍然不是在一个层面进行的。

双方争论的焦点主要集中在究竟是否应该暴露社会的阴暗面问题上。"写真实"论者认为,现在我们的生活中还有灾荒、饥馑、失业、传染病、官僚主义以及各种不合理现象存在,所以,"作为一个有高度政治责任感的艺术家,是不应该在现实生活面前,在人民的困难和痛苦面前心安理得地保持缄默的……一个真正的艺术家必须勇于干预生活"⑦。陈涌说:"一个作品,如果不能不加任何涂饰地忠实地反映现实生活,即使它在政治上思想上十分进步……也是会失去艺术的真实,因而没

---

① 陈涌:《为文学艺术的现实主义而斗争的鲁迅》,《人民文学》1956年第10期。
② 何直:《现实主义——广阔的道路》,《人民文学》1956年第9期。
③ 茅盾:《关于所谓写真实》,《人民文学》1958年第2期。
④ 艾芜:《谈所谓写真实》,《文艺报》1957年第26期。
⑤ 周和:《真实·认识真实·写真实》,《文艺学习》1957年第10期。
⑥ 李希凡:《所谓"干预生活"、"写真实"的实质是什么?》,《人民文学》1957年第11期。
⑦ 黄秋耘:《不要在人民的疾苦面前闭上眼睛》,《黄秋耘自选集》,花城出版社1986年版,第429页。

有艺术的力量的。"① 这里强调的是作家要干预社会，不粉饰生活，而为了还原生活的真实，也可以揭露社会的落后现象，如此，达到艺术的真实才是可能的。对此，茅盾批评道："右派分子叫嚣的'写真实'，其实就是'暴露社会生活阴暗面'的代名词。""把暴露社会生活的阴暗面作为写真实的要求，在旧社会，也还说得过去，可是在我们这新社会里，却是荒谬透顶的"。所以，对于这个似是而非的资产阶级文艺口号，"必须从理论上和右派分子的实践上予以分析和驳斥，不使它继续挂羊头卖狗肉"！② 周扬认为，"右派分子"的所谓真实是"消极的、落后的、停滞的、死亡着的东西，他们不能或者不愿意看到作为社会主义现实主流的一切生气勃勃的、强有力的、沸腾着的、前进着的东西"，这会导致人们对社会主义制度的怀疑。③ 朱慕光批判何直、黄秋耘的"写真实"和"写阴暗面"是修正主义思潮，其错误在于没有认识到，写真实要求描写现实生活的主流和本质，而社会主义国家的本质和主流是光明的，暴露阴暗面是不能达于真实的。④ 姚文元则把"阴暗面"说成是"暗藏的反革命分子，右派分子，流氓，盗窃犯同一切敌视社会主义的阶级敌人的暗地里的破坏活动"，和"资产阶级思想在某些人的心中还严重地盘踞着的事实"。⑤ 显然，批评者是从两条路线斗争的角度看待"写真实"问题的，批判的武器是阶级分析和阶级斗争，如此打压之下，提倡"写真实"的声音就越来越微小了。

"文化大革命"期间，"写真实"论成了"制造反革命复辟舆论的代名词"⑥，它"离开无产阶级世界观而侈谈反映客观真实，只能是资产阶级的障眼法"⑦。而把抽掉阶级性的"真实性"奉为"艺术的最高原则"，其恶毒用心就是"反对歌颂社会主义，而要'暴露'社会主义和无产阶级的所谓'黑暗'"。其性质"是刘少奇和周扬一伙用来召唤一切牛鬼蛇神向无产阶级专政进攻的反革命号角"。⑧ 作为"黑旗"，"写真实"论首

---

① 陈涌：《为文学艺术的现实主义而斗争的鲁迅》，《人民文学》1956年第10期。
② 茅盾：《关于所谓写真实》，《人民文学》1958年第2期。
③ 周扬：《文艺战线上的一场大辩论》，《人民日报》1958年2月28日。
④ 朱慕光：《驳所谓"写真实"和"写阴暗面"》，《文艺学习》1957年第10期。
⑤ 姚文元：《文学上的修正主义思潮和创作倾向》，《人民文学》1957年第11期。
⑥ 冀北文：《歌颂社会主义是无产阶级文艺的崇高任务——彻底批判反动的"写真实"论》，《光明日报》1969年9月16日。
⑦ 宇文平：《批判"写真实论"》，《人民日报》1971年12月10日。
⑧ 蒨青：《彻底批判修正主义文艺黑线的代表性论点——斥周扬、夏衍一伙鼓吹的"写真实"论等反动文艺理论》，《北京日报》1970年1月22日。

先被拔掉了。

2."现实主义广阔的道路"论

"现实主义广阔的道路"论是作为现代修正主义的文艺观点和"写真实"论的翻版而遭到批判的。此论的名称取自何直(秦兆阳)1956年发表的《现实主义——广阔的道路》① 一文。该文的写作背景是:一方面,在"双百方针"的影响下,现实主义文学创作取得了实绩,文学理论批评活动也随之非常活跃,冲破禁区,开始对现实主义的教条化进行质疑;另一方面,是苏联文艺界关于社会主义现实主义的讨论在国内的折射。

文章"以现实主义问题为中心"讨论了"教条主义"对于文学艺术的束缚。(该文的副题"对于现实主义的再认识"就已经显示出反思的意味)

作者首先鲜明地提出了自己对于现实主义的基本理解:"文学的现实主义,不是任何人所定的法律,它是在文学艺术实践中所形成、所遵循的一种法则。它以严格地忠实于现实,艺术地真实地反映现实,并反转来影响现实为自己的任务。它是指人们在文学艺术实践中对于客观现实和对于艺术本身的根本的态度和方法……不是指人们的世界观(虽然它被世界观所影响所制约),而是指:人们在文学艺术创作的整个活动中,是以无限广阔的客观现实为对象,为依据,为源泉,并以影响现实为目的;而它的反映现实,又不是对于现实作机械的翻版,而是追求生活的真实和艺术的真实。""这是现实主义的一个基本的大前提。"所以,依此前提,"现实主义文学必须首先有一个标准,那就是当它反映客观现实的时候,它所达到的艺术性和真实性以及在此基础上所表现的思想性的高度。现实主义文学的思想性和倾向性,是生存于它的真实性和艺术性的血肉之中的。"这里,作者要表达的是,作为现实主义源泉的现实生活无限广阔,就决定了现实主义必然是广阔的、开放的,任何限定都可能使其含义狭小、含糊,从而形成对现实主义的束缚,给文学事业造成很多教条主义的清规戒律,进而妨害文学现实主义原则和作家创造性的发挥。

其次,秦兆阳以此为理论依据,大胆地向已经成为权威话语的"社会主义现实主义"理论提出了挑战。他认为定义本身是不科学的,表现在规定"艺术描写的真实性和历史具体性必须与用社会主义精神从思想上改造和教育劳动人民的任务结合起来"。在这样的表述中,似乎社会主义精神是游离于生活真实和艺术真实之外的,"而只是作家脑子里的一种

---

① 何直:《现实主义——广阔的道路》,《人民文学》1956年第9期。

抽象的概念式的东西，是必须硬加到作品里去的某种抽象的观念。"这等于是说"客观真实并不是绝对地值得重视，更重要的是作家脑子里某种固定的抽象的'社会主义精神'和愿望，必要时必须让血肉生动的客观真实去服从这种抽象的固定的主观上的东西；那结果，就很可能使得文学作品脱离客观真实，甚至成为某种政治概念的传声筒"。作者认为，艺术描写的真实性是现实主义的实质，而现实主义是艺术性、真实性、思想性，与典型化问题和典型化的方法紧密有机融合在一起的，任何割裂几者关系的做法都是对现实主义的曲解。他进一步提出，现实主义有其时代性，是发展的，所以，新旧现实主义并没有绝对的不同的界限，社会主义现实主义的定义自确立以后也从未有过最确切最完善的解释，用几句简单的词句对社会主义时代的现实主义和现实主义文学作出硬性规定和说明是困难的。

再次，作者指出，文学事业上种种教条主义的束缚源于社会主义现实主义的定义产生的庸俗思想与国内相同性质的庸俗思想的结合，即对《在延安文艺座谈会上的讲话》的庸俗化的理解和解释，这主要表现在对于文艺与政治关系的理解上和对于现实主义以及文学特点的认识上。秦兆阳认为，文艺应当为政治服务，这是没有疑问的，关键要看如何服务。第一，要把文艺为政治服务和为人民服务看作是一个长远性的总的要求，不能眼光短浅地只顾眼前的政治宣传的任务。第二，必须考虑到如何充分发挥文学艺术的特点，不要简单地把文学艺术当作某种概念的传声筒。此外，还必须要考虑到各个作家本身的条件。如此，将思想性和艺术性统一起来，达于艺术真实，才能避免创作和批评上的教条主义，使作家们"从千万条教条主义的绳子下解放出来！"① 实现百花齐放。

秦兆阳的文章发表后，一些理论家和文艺工作者撰文表示支持。周勃认为社会主义现实主义与过去的现实主义，没有什么区别，它们均是以典型化为中心，所以新旧之分是不存在的。② 刘绍棠指出，社会主义现实主义要求作家从现实的革命发展出发结合着任务去反映和描写生活，而不是忠实于最现实的生活真实，这与现实主义是背道而驰的。③ 丛维熙认为社会主义现实主义的概念中社会主义的定义是主导的东西，而它不能弥补作家思想的缺陷，反而会使缺乏锻炼和生活经历的青年作家更多搬出主导的

---

① 以上引文未注明出处的均见何直《现实主义——广阔的道路》，《人民文学》1956 年第 9 期。
② 周勃：《论现实主义及其在社会主义时代的发展》，《长江文艺》1956 年第 12 期。
③ 刘绍棠：《现实主义在社会主义时代的发展》，《北京文艺》1957 年第 3 期。

东西而忽略现实主义，这种现象是大量存在的。① 客观讲，这些观点基本上在顺着秦兆阳的思路讲，没什么新意。

　　1957年下半年，在被打成右派后，秦兆阳等人的观点遭到了强烈批判。张光年认为秦兆阳与周勃的结论是取消社会主义现实主义，"这就是取消当代进步人类的一个最先进的文艺思潮，取消工人阶级手中的一个重要的思想武器。如果接受了这个结论，就会对年青的社会主义文学发生极其不利的影响。"② 姚文元把二人的观点视为是"对于工农兵方向同过去文艺运动成绩的根本否定"。故而应当坚决批判和斗争。③ 林默涵在全面批判了秦兆阳的观点后，认为他是一个不折不扣的资产阶级修正主义者。④ 李希凡则把《现实主义——广阔的道路》视为近两年来修正主义思潮的最完整的纲领和路线，是反党反社会主义的。⑤ "文化大革命"时进一步被认定为"所鼓吹的就是不折不扣的资产阶级自由化"⑥。理论上"是刘少奇的反革命修正主义路线和以苏修为中心的现代修正主义思潮相结合的产物"。实际上是"一条资产阶级文艺发展的死胡同！"⑦ 于是，在政治罪名的重压下，关于现实主义的别样探讨就成了昙花一现。

　　3. "现实主义的深化"论

　　此论是时任中国作协副主席的邵荃麟意欲反驳和纠正当时文学思想和文学创作中的"左"倾教条主义倾向而提出来的（背景详见"中间人物"论相关表述）。

　　在"大连会议"的发言中，针对"两结合"方法对浪漫主义的过度强调，邵荃麟指出，要搞好创作，就必须坚持现实主义。因为现实主义"是我们创作的基础。没有现实主义，就没有浪漫主义。我们的创造应该向现实生活突进一步，扎扎实实地反映现实。而生活是现实主义的基础，故而作家除了要熟悉生活以外，还要向现实生活突进一步，进一步认识、分析、理解，"现实主义深化，在这个基础上产生强大的革命浪漫主义，从这里去寻求两结合的道路。"其次，现实主义深化要求作家"看出思想

---

① 丛维熙：《对"社会主义现实主义"的几点质疑》，《北京文艺》1957年第4期。
② 张光年：《社会主义现实主义存在着、发展着》，《文艺报》1956年第24期。
③ 姚文元：《社会主义现实主义文学是无产阶级革命时代的新文学——同何直、周勃辩论》，《人民文学》1957年第9期。
④ 林默涵：《现实主义还是修正主义》，《人民日报》1958年5月3日。
⑤ 李希凡：《评何直在文艺批评上的修正主义观点》，《人民文学》1958年第3期。
⑥ 北京部队机关无产阶级革命派：《"现实主义广阔的道路"是复辟资本主义的黑路》，《解放军报》1968年6月29日。
⑦ 鲁慧晴：《评"现实主义广阔的道路"论》，上海人民出版社《出版通讯》1971年第10期。

意识改造的长期性、艰苦性、复杂性；更深地去认识、了解、分析、概括生活中的复杂的斗争，更正确地去反映人民内部矛盾"。再次，"作家应有观察力、感受力、理解力"，在观察、感受生活的同时，通过自己独立的思考提高理解力、概括力。"不体察入微，对现实的分析、理解就不深。没有强大的理解力、感受力、观察力，就不可能有高度的概括力"。①如此，才能达到深化现实主义的目的。

之后，康濯撰文强调了"现实主义深化"的现实意义。通过检视近年来短篇小说创作的实际，他认为，"整个地比一比，这其中强烈的现实性似乎要稍逊于强烈的革命性"。他说："革命现实主义和革命浪漫主义相结合的创作原则，其基础自然根植于现实生活。因而这当中的现实主义的一面，就不能不构成了这个创作原则中的主要内容。近年间我们短篇小说的巨大潮流，主要地也正是来源于现实主义。""对革命现实主义和革命浪漫主义相结合这一创作原则的追求，必须把现实主义放在主要的位置。恐怕只有这样，才能'结合'的更好，才能更好地达到百花齐放的繁荣。"② 这与邵荃麟的看法是一致的，也是正确的。但当时这类文章太少了，更多的是批判的大棒。批评者认为，理论上，"这套似是而非的理论，不过是批判现实主义和现代修正主义'写真实'的反动理论的大杂烩而已。"③ 实际上，所谓加强现实性，"就是要暴露人民，暴露社会主义的'阴暗面'"。④"现实主义深化""是抽掉了革命性的现实主义，更是抽掉了共产主义者的革命理想的现实主义"。"本质上就是资产阶级的现实主义，是反对社会主义和共产主义的现实主义"。⑤ 这和"文化大革命"时认为其"不过是'阶级斗争熄灭'论在文艺领域的反映"，⑥"是早已被毛主席痛斥过的'暴露文学'的变种而已"⑦ 的论调如出一辙。于是，现实主义的光芒被黑雾彻底掩盖了。

纵观对此三论的批判和探讨，涉及了文学理论中文学真实性和现实主义、现实主义和浪漫主义的关系两大问题。

---

① 邵荃麟：《在大连"农村题材短篇小说创作座谈会"上的讲话》，载谢冕、洪子诚《中国当代文学史料选》(1948—1975)，北京大学出版社1995年版，第572—579页。
② 康濯：《试论近年间的短篇小说》，《河北文学》1962年第10期。
③ 王文生：《"现实主义深化"论的货色从何而来》，《文艺报》1965年第11期。
④ 吴立昌、戴厚英：《"现实主义深化"理论的真面目》，《学术月刊》1965年第4期。
⑤ 《文艺报》编辑部：《"写中间人物"是资产阶级的文学主张》，《文艺报》1964年第8、9期。
⑥ 苏习：《批判"现实主义深化"论》，《人民日报》1973年1月14日。
⑦ 辽宁大学革命大批判写作小组：《坚持文艺创作为工农兵服务的方向——彻底批判"现实主义深化"论》，《辽宁日报》1970年8月27日。

新中国成立以来，现实主义作为基本原则，一直处于指导创作、整合文学理论的核心位置。所以，有关文学真实性问题的讨论是被纳入现实主义的框架中的。从理论层面讲，论争中，双方都认同现实主义"真实地反映现实生活"的基本要求，但出发点和侧重点是不同的。"真实论"者主要是强调在生活真实的基础上达到艺术的真实，但问题是，真实性是不能自动生成的，它需要作家主体的参与，而作家又不是生活在真空里，其创作必然要受到立场、世界观和置身于其中的社会生活主流的影响和制约。因而，批判者以此作为理论依据，批评"真实论"者忽视阶级性、政治性，从而滑向了反社会主义，实际上这是一种错位的批评。"写真实"的提出是有着很强的针对性的。胡风反对的是缺乏作家主观精神的"客观主义"和依据理念生造内容及主题的倾向，秦兆阳要反驳的是对《讲话》进行庸俗化理解的教条主义，邵荃麟想纠正的是创作中的公式化弊端，共同点在于不满现实主义紧跟政治形势的现状，力图恢复现实主义的本来面貌。这在现实主义理论研究中日趋简单化、庸俗化的50—60年代中国文艺界，无疑是十分及时的。而且，他们也不是纯粹的艺术至上主义者，而是在坚持社会主义倾向性的前提下，突出艺术真实的。而批评者站在主流意识形态的角度，在"政治标准唯一"指导下进行批判，就使现实主义进一步走向了封闭。

其后，对于"两结合"创作原则中"革命浪漫主义"的极度歪曲以及和"大跃进"、"浮夸风"的紧密结合，就离真正的现实主义越来越远了，最终成了"文艺黑线"的批判对象。

二 "题材"问题

1. 反"题材决定"论

此论是"四人帮"出于不敢公开反对"百花齐放"和"题材多样化"而发明的一个论调，"他们转弯抹角，生拉硬扯，死命地要把"题材多样化"这种合理的主张拉进'黑八论'"，"暴露了他们推行资产阶级文化专制主义、大搞阴谋文艺的狰狞面目。"①

题材问题是关乎文艺创作的重大理论问题，在中国当代文学史上经过数次论争。在新中国成立前夕的第一次文代会上，茅盾曾批评近十年国统区的文艺创作题材"取之于小资产阶级知识分子的占压倒的多数"，新中

---

① 张光年：《驳"文艺黑线专政"论——从所谓"文艺黑线"的"黑八论"谈起》，《人民日报》1977年12月7日。

国的文艺应该"反映出当时社会中的主要矛盾和主要斗争",突出描写工人和农民的生活。① 之后,在上海《文汇报》上展开的"可不可以写小资产阶级"的争论比较早地涉及了题材问题。1953年,在批判胡风文艺思想的运动中,何其芳批评胡风"否认题材的差别的重要,其逻辑结果就是否认生活的差别的重要"。尽管文艺作品的价值并非完全决定于题材,还要看对待题材的立场和观点以及在艺术上完成的程度,但是,"并不能因此就否定题材的重要性,否定它对于作品的价值的一定的决定作用"。②为了反驳和全面阐述自己的文艺思想,胡风于1954年7月向中央递交了一份《关于解放以来的文艺实践情况的报告》。报告中胡风把何其芳的看法概括为"题材差别"和"题材主义"。前者认为题材与生活有重要和不重要的差别,后者认为题材对于作品有一定的决定作用,即为题材决定论。以此为理论支撑,又引发出"写重大题材"的倡导和以立场衡量题材的观点。胡风指出,受此理论支配,就会"不问什么作家,不问作家底生活基础和斗争要求底内在根据,也不问具体作品所包含的真实性和思想意义,一律以'题材'为标准"。如此,离开创作主体的生活和艺术实践,去规定题材的重要不重要,有意义或无意义,是本末倒置的机械论的提法。③尽管胡风的主张是符合创作实际的,但由于遭到批判,其反驳的"题材差别论"和"题材决定论"成为主导观念,又经过"反右"斗争、"大跃进"、阶级斗争扩大化、极"左"思潮的推波助澜,尤其是柯庆施"写十三年"的口号将之进一步理论化之后愈演愈烈,文艺创作主题狭窄,方法简单化、模式化,表现形式刻板化到了登峰造极的极端状态。

  为了扭转这种错误倾向,党中央曾做过两次重要的文艺政策调整工作。1956年,陆定一在关于"双百方针"的报告中谈到了题材问题,"题材问题,党从未加以限制,只许写工农兵题材,只许写新社会,只许写新人物等等,这种限制是不对的……文艺题材应该非常宽广……因此,关于题材的清规戒律,只会把文艺工作窒息,使公式主义和低级趣味发展起来,是有害无益的。"④ 同年10月,《文艺报》发表与报告同名的社论,对于题材问题上的偏向进行了理论批评。在1961年中央进行文艺政策调整时,周恩来等领导同志在全国故事片创作会议、"广州会议"上的讲

---

① 茅盾:《在反动派压迫下斗争和发展的革命文艺》,载谢冕、洪子诚《中国当代文学史料选》(1948—1975),北京大学出版社1995年版,第38—39页。
② 何其芳:《现实主义的路,还是反现实主义的路?》,《文艺报》1953年第3期。
③ 胡风:《胡风对文艺问题的意见》,《文艺报》1955年第1、2期合刊附册。
④ 陆定一:《百花齐放,百家争鸣》,《人民日报》1956年6月13日。

话,邵荃麟在"大连会议"上的发言,均对题材多样化进行了进一步推动。关于题材问题最富于建设性的讨论就出现在这一时期。

1961年,《文艺报》第3期发表张光年执笔的专论《题材问题》,并在同年第6期和第7期开辟"题材问题"专栏,就题材问题进行了深入探讨。

探讨中形成了基本一致的看法:

①重大题材和题材多样化的同等重要性。专论明确提出:"我们提倡描写重大题材,同时提倡题材多样化。"要描写重大题材,正是要从根本上扩展和充实题材内容,而且重大题材本身也是多样化的。另外,群众精神生活需要的多样化也要求题材的多样化。周立波说:"挑写重要的题材,是应该的,但应该不等于能够",历史小说、神怪小说、童话、科学小品,作家均可以尝试。①

②题材对于作品价值的相对性。专论认为"把描写工农兵同题材的广泛性对立起来,把表现重大主题同家庭生活、爱情生活的描写(所谓的'家务事、儿女情')对立起来,把现代题材同历史题材对立起来";"只要题材抓对了,作品就成功了一半";"所谓'尖端题材'、'非尖端题材'的说法";以及某些题材被强调的绝对化的倾向,等等,这都是应该破除的清规戒律。

冯其庸在考察了古代作家创作中选择和运用题材的特点后指出:"题材是具有相对的重要性的。"所以作家必须认真选材,但这"与那种题材决定一切的看法……是没有共同之处的"。"不被题材限制自己的创作是一个方面;善于选择题材来进行创作是另一个方面",社会主义时代的作家应该把写重大题材和多种多样的题材等许多方面辩证结合起来,反映我们的伟大时代。② 田汉是从剧作题材处理的角度谈了自己的看法。他说:"把题材当成衡量作品的政治标准,把作品的价值高低和作品的题材重大与否等同起来,是不符合创作实际的。""一个作品反映时代概括生活本质的深度和广度,并不太取决于题材本身,而取决于作者的世界观,取决于作者的艺术概括能力,也取决于作者的艺术技巧。"③

③作家选择题材的自主性。专论指出,作家在选择题材上,"完全有充分的自由,可以不受任何限制",而且也要"根据作家的不同情况,不

---

① 周立波:《略论题材》,《文艺报》1964年第6期。
② 冯其庸:《题材与思想》,《文艺报》1964年第6期。
③ 田汉:《题材的处理》,《文艺报》1964年第7期。

能强求一律"。因为某些作家独特的艺术风格,同选材、处理题材上的特点相关,如果取消了这些特点,就是取消了它们的存在。胡可认为:"的确不是任何题材都可以被任何作者所掌握的。"依照题材的本来含义,它只属于"这一位作者"。① 夏衍指出,要把作家选择题材的自由和剧院领导的号召结合起来,后者可以为剧作者提供题材线索,引导其创作,但"不要勉强作者写他们所不熟悉的、后者力不胜任的东西","提供线索,不等于规定主题"。因为"同一题材,可以写成表现各种不同主题的作品,相同主题,也可以用各种不同的题材来表现"②。老舍认为,题材与作家的生活和风格有关。"题材如与自己的生活经验一致,就能写成好作品,题材与生活经验不一致,就写不好。""谁写什么合适就写什么,不要强求一律。""大家都拿出自己的一招来,也就百花齐放了。"③

我们看到,以上关于题材问题的讨论涉及了文学艺术创作中题材与生活、作者的世界观和风格、作品价值等重要理论问题,厘清了重大题材与题材多样化的关系,批评了"题材决定"论的偏颇,是深刻而有建树的,也激活了当时的文艺创作,在写重大题材和新题材的方面均有收获。然而,之后毛泽东的两个错误批示和文化部的整风运动又恢复了原状,反"题材决定"论也成了黑理论。反"题材决定"论提倡的"不应作任何限制"被视为"裴多菲俱乐部的反革命口号"④。其实质是"在'选材自由'的幌子下,先夺工农兵作为文艺作品主人公之权,夺我们以无产阶级世界观改造世界之权,进而夺取我们的无产阶级政权"⑤。

2. "中间人物"论

此论的提出者是邵荃麟。1960年12月,他在《文艺报》一次会议上说,"仅仅用两条道路斗争和新人物来分析描写农村的作品(如《创业史》,李准的小说)是不够的","当前创作的主题比较狭窄,好像都只是写共产主义风格",表达了一个理论家和文艺工作者对创作现状的担忧。1961年3月,他要求《文艺报》继《题材问题》专论之后,再写一篇《典型问题》专论,着重提倡人物描写的多样化,他认为:"光是题材多样化,还不解决问题。只有人物多样化,才能使创作的路子宽广起来。"同年6月25日,在《文艺报》讨论重点题材的会议上,他第一次提出

---

① 胡可:《对题材的浅见》,《文艺报》1964年第6期。
② 夏衍:《题材、主题》,《文艺报》1964年第7期。
③ 老舍:《题材与生活》,《文艺报》1964年第7期。
④ 姚文元:《评反革命两面派周扬》,《红旗》1967年第1期。
⑤ 天兵:《陆定一、周扬鼓吹反"题材决定"论的反动实质》,《光明日报》1968年6月20日。

"写中间人物"的主张。他说:"作家为一些清规戒律束缚着,很苦闷","当前作家们不敢接触人民内部矛盾。现实主义基础不够,浪漫主义就是浮泛的。创造英雄人物问题,作家也感到有束缚。"有人"认为不能分正面人物反面人物,这当然是错误的。但在批评这种观点时,却形成不是正面人物就是反面人物,忽略了中间人物;其实矛盾往往集中在中间人物身上"。所以,他要求《文艺报》组织文章打破束缚,把"写中间人物"列入重点选题计划。① 1962年8月2日至16日,中国作家协会在大连召开农村题材短篇小说座谈会。邵荃麟主持会议并作了三次讲话,在讲话中,明确提出并阐述了"写中间人物"和"现实主义深化"的主张。

此次会议的中心议题是围绕农村题材如何正确反映人民内部矛盾问题来讨论创作问题。邵荃麟在回顾了近些年农村题材小说创作的实际后指出,尽管从概念出发的作品少了,但仍然存在简单化和单纯化的倾向,"一个阶级只有一个典型"的理论容易造成"拔高"现象,是完全错误的看法。他说:"强调写先进人物、英雄人物是应该的。英雄人物是反映我们时代的精神的。但整个说来,反映中间状态的人物比较少。两头小,中间大;好的、坏的人都比较少,广大的各阶级是中间的,描写他们是重要的。"他认为,《老坚决外传》中的人物性格太单纯化,而觉得"梁三老汉比梁生宝写得好。亭面糊这个人物给我印象很深",原因是"他们肯定是会进步的,但也有旧的东西"。是属于背负着个体农民的精神负担但又可能转变进步的人物,通过描写这些"中间人物",可以教育群众。所以,作家应该顶住简单化、教条主义、机械化的批评,在创作中突破人物表现的僵化模式,反映出人物性格的复杂性,从而推动文学创作的发展。

"写中间人物"作为"文学作品的一个重要课题"②,后来得到了进一步阐发。沐阳撰文说,当前创作中"不好不坏、亦好亦坏、中不溜的芸芸众生,似乎很少人着力去写他们;写了,也不大引起人们的注意"。作者认为应该"像《创业史》、《沙桂英》那样,在创造新英雄人物的同时,把生活中大量存在的处于中间状态的多种多样的人物,真实地描绘出来,在这种真实的描绘中自然地流露出作家的评论,帮助群众更全面地认识生活,从而得到思想上的启发,这也是不可忽略的"③。几乎同时,沈思提出通过"写中间人物"来教育"中间人物"的主张,④ 康濯也在

---

① 以上引文均自邵荃麟《关于"写中间人物"的材料》,《文艺报》1964年第8、9期。
② 侯墨:《漫谈〈赖大嫂〉》,《火花》1962年第10期。
③ 沐阳:《从邵顺宝、梁三老汉所想到的》,《文艺报》1962年第9期。
④ 沈思:《我读〈赖大嫂〉》,《火花》1962年第10期。

文章中对"写中间人物"进行了宣传。①

此时批评的声音并不多,黎之②对此有所批评。但到了1964年,随着"反修"浪潮的又一次涌起,"写中间人物"遭到了强力批判。最有代表性的是《文艺报》1964年第8、9期合刊的两篇编辑部文章:《"写中间人物"是资产阶级的文学主张》和《关于"写中间人物"的材料》。后者主要是梳理了"写中间人物"提出的过程和发展;前者则全面否定了"写中间人物"和"现实主义深化",认为此二论是与社会主义文艺创作的最主要、最中心的任务——创造英雄人物的主张相抗衡的资产阶级观点,这是文艺上的大是大非之争,是阶级斗争和两条路线斗争在文艺上的尖锐反映,必须公开批判,以肃清其恶劣影响。同年,在《文艺报》第11、12期合刊上又发表了《十五年来资产阶级是怎样反对创造工农兵英雄人物的?》一文,历数了"形形色色的资产阶级、修正主义的理论,特别是关于人物描写上的反动理论",并进行了彻底批判。"中间人物"论"是为了美化资产阶级和一切剥削阶级,为那些已被工农兵赶下政治舞台的亡灵招魂,为那些吃人不眨眼的害人虫涂脂抹粉,歌功颂德"③。"就是要通过衣服是劳动人民,灵魂是地主资产阶级的所谓'中间人物',组成一支复辟资本主义的'拉拉队',为颠覆无产阶级专政大造反革命舆论"④。

3. "离经叛道"论和反"火药味"论

此二论均是"四人帮"根据文艺界的个别人的只言片语拼凑而成的。

所谓的"离经叛道"论主要是对夏衍言论的批判。事情的缘由是:根据中央纠正"大跃进"错误的决议和周恩来总理《关于文艺工作两条腿走路的问题》的讲话精神,文化部于1959年7月11日至28日在北京召开故事片厂厂长会议,议题主要是在全面检查和总结1958年"大跃进"中电影制片和生产中存在的问题的基础上,提出要进一步贯彻"双百方针",压缩影片产量,提高影片艺术质量。夏衍在此次会议上做了三次发言⑤。第一次发言着重探讨了政治与艺术的关系问题。夏衍认为对为

---

① 康濯:《试论近年间的短篇小说》,《河北文学》1962年第10期。
② 黎之:《创造我们时代的英雄形象》,《文艺报》1962年第12期。
③ 毅斌:《塑造英雄形象是革命文艺的根本任务——彻底批判"四条汉子"的"中间人物"论》,《北京日报》1970年3月2日。
④ 宇文平:《数风流人物还看今朝——批判周扬一伙的"写中间人物"谬论》,《人民日报》1972年11月15日。
⑤ 三次发言均未公开发表。见《夏衍全集》第6卷,《电影评论》(上),浙江文艺出版社2005年版,第326—331页收录了三次发言内容,以下引文未注明出处的均据此。

政治服务要有全面的认识，它应该包括为当前的政治、经济建设以及长远的利益服务；电影要对人们进行思想教育的同时，提供艺术享受和历史文化知识。为达此目的，电影工作者就需要扩展表现的体裁，既可以用现代的也可以用传统的。第三次发言是在向时任文化部副部长的钱俊瑞汇报工作后谈的体会。夏衍在表达了对 1958 年电影制作和生产中的产量、质量、导演、剧照中存在的问题后，进一步强调了对于选题的看法。他认为，"选题一定要广泛些，应包括各个方面，如历史的、现代的、工业农业、少数民族、戏曲、歌舞等方面多多考虑"。其被"四人帮"批评的主要言论体现在第二次发言中。

夏衍指出，根据会议中各个电影制片厂汇报的情况看，当前存在的问题是：影片类型单调，轻松愉快的节目很少，歌舞片、喜剧片基本没有；题材狭窄，反映农民生活的没有，妇女和儿童生活题材缺乏，总之，题材不广泛，样式不够多样化。所以为了进一步贯彻"百花齐放"，就需要解放思想，有意识地增加新品种。接着，夏衍提出了具体的建议：革命历史题材可以扩展一下，从旧民主主义革命到新民主主义革命可以拍的很多，过去的好题材，比如李劼人的《死水微澜》、《大波》可以改编，旧艺人翻身的题材既可以是故事片也可以是戏曲片，应该多拍，杂技演员、民间艺术家的生活、太平天国的题材都是很好的。他还建议大家多读旧的章回小说，从古代的小说中吸取素材。

最后，作为总结陈词，夏衍发表了一些自称的"谬论"。他说："我们现在的影片是老一套的'革命经'、'战争道'，离开了这一'经'一'道'，就没有东西。这样是搞不出新品种来的。我今天的发言就是'离经叛道'之言。"《纪要》给"离经叛道"论做了定性的分析，"就是离马克思主义、毛泽东思想之经，叛人民革命战争之道"。[①] 进而，"文化大革命"中，夏衍和周扬、田汉、阳翰笙被污蔑为反党反革命的"四条汉子"，各地革命大批判写作组纷纷撰文，大加挞伐。持论者夏衍的罪状包括"抹杀阶级斗争、颠覆无产阶级专政、反对人民革命战争、宣扬和平主义、背离毛主席的革命路线、奉行机会主义"[②]。而其"题材多样化"的花样是反对毛主席文艺路线的主要口号，其与陈荒煤一伙规定各制片厂要制定题材范围较广、体裁样式较多的题材规划是为大批毒草影片开

---

① 《人民日报》1967 年 5 月 29 日。
② 上海电影系统革命大批判写作小组：《夏衍反革命一生的自供状——评"离经叛道"论》，《文汇报》1970 年 6 月 13 日。

绿灯。①

反"火药味"论是"四人帮"为批判"四条汉子"而拼凑起来的支离破碎论调。其中涉及的都是只言片语。如：周扬认为社会主义时代与革命时期有所不同，"文艺发生作用的范围比过去大得多了。作家、艺术家可以采取各种不同的题材，利用各种不同的艺术形式来服务于这个伟大的时代。"② 田汉说："我们的笔将描写一切题材。"③ 阳翰笙认为："拿戏剧的题材来说吧，题材就要丰富多彩，多样化。我们不能重视了现代题材或当代题材，就忽视了历史题材或其他题材。"④

在这些话语中，明显地透露出提倡题材多样化的意指，同时表明，在战争年代，为了救亡图存，取得革命的胜利，可以多写革命题材，而在社会主义时代，主要任务是进行社会主义基本建设，满足人民的多种精神需要，为此，题材的拓展是非常必要的。应该说，这是符合国情和艺术创作规律的。但"四人帮"却把这些合理的主张的实质定为"是刘少奇政治上的投降主义、活命哲学在文艺问题上的表现"⑤。"是彻头彻尾地为帝国主义、修正主义以及一切反动派的反革命政治效劳的"⑥。

以上四论涉及的主要是题材和人物问题，这实际上是一个问题的两面，写什么人的必然前提是写这类人的生活。在批判者那里就表现为以"文艺为政治服务"为指导方针，强调写英雄人物，突出写重大题材，并形成"一个阶级一个典型"、"一种生活一个题材"、"一个题材一个主题"⑦ 的公式化的教条主义模式，发展到极端状态就形成了"四人帮"的"根本任务"论。无疑，提倡题材多样化和写"中间人物"的主张是对其造成的题材狭窄、人物单一的弊端的反拨。持论者的出发点是为了保持文学和政治的一定的疏离状态，维护文艺自身的规律和特性。其合理性在于，一方面，题材不是决定作品价值的唯一因素，它还受创作主体的制约，重大题材固然能在社会效果和功能方面产生重大影响，但一般题材仍然有不可替代的作用。文学正是通过多层次、多侧面展示生活的广阔性和

---

① 辛武：《"离经叛道"论是夏衍反革命的宣言书》，《人民日报》1966年12月10日。
② 周扬：《让文学艺术在建设社会主义伟大事业中发挥巨大的作用》，《人民日报》1956年9月25日。
③ 田汉：《部队戏剧花朵颂歌》，《戏剧报》1959年第14期。
④ 阳翰笙：《谈谈戏剧艺术质量的提高问题》，《戏剧报》1959年第6期。
⑤ 辛松：《反"火药味"论是瓦解人民革命斗志的毒药》，《北京日报》1970年2月11日。
⑥ 向阳、洪壮斌：《让旧世界在革命的"火药味"中灭亡——彻底批判周扬等"四条汉子"的反"火药味"论》，《北京日报》1970年2月11日。
⑦ 于晴（唐因）：《批评的歧路》，《文艺报》1957年第4期。

复杂性而作用于人的心灵的，封闭和限制只能损害其本性。另一方面，尽管英雄人物代表着时代的主流，但通过有缺点的"中间人物"和小人物的书写以小见大，依然可以展现社会发展的趋势，起到教育人的作用，鲁迅笔下的阿Q就是个很好的例证。然而，政治的打压使题材多样化和人物多样化均成了奢望。

三 "时代精神"问题

20世纪50年代和60年代初期，著名历史学家周谷城先生陆续发表了一些文艺美学论文。包括《美的存在与进化》、《史学与美学》、《礼乐新解》、《艺术创作的历史地位》① 等，其文在历史的创造与艺术创造之间的联系和区别等问题上体现出鲜明独到的见解的同时，在学术界也引发了争论。争论主要是围绕着其在《新建设》1962年第12期发表的《艺术创作的历史地位》一文展开，延续了一年多。周谷城这里主要在谈文学、美学问题，时代精神是顺带提出的。

周谷城认为，时代精神即不同阶级不同个人思想意识的统一整体。"各时代的时代精神虽是统一的整体，然从不同的阶级乃至不同的个人反映出来，又各截然不同。这种种的不同，进入各种艺术作品，即成创作的特征或独创性，或天才的表现。就其广泛流行于整个社会而言曰时代的精神；就其分别反映于具体作品而言曰天才的表现"。姚文元不以为然，他断章取义，并以其惯用的阶级斗争式评论方式展开批判。

他认为，"把一个时代的时代精神解释为各个阶级各种意识的'汇合'，这在理论上是没有根据的"，"时代精神既然是一种意识形态，它在阶级社会中就必然反映一定的阶级内容，不可能是超阶级的东西。相互对立的阶级意识，从来也没有共同构成'整体'的时代精神，而总是一种革命思潮代表了时代精神向反动的思潮进行剧烈的斗争"。所以，"文学艺术作品中的时代精神，是革命阶级改造世界的一种精神力量。它反映革命阶级改造世界的实践的要求，反过来推动革命实践的发展。它是历史变革中代表时代前进方向的新的、革命的阶级、阶层的思想、情感、理想在文艺作品中的集中表现，是一定历史时期广大劳动人民的利益、愿望、要求在文艺作品中的（直接或间接）集中反映，是革命阶级和广大人民为实现一定历史阶段的主要任务而斗争的精神面貌和它的历史过程在艺术作品中的强烈反映"。依此看，他断定周谷城的观点属于脱离阶级分析的历

---

① 收入周谷城论文集《史学与美学》，上海人民出版社1980年版。

史唯心论,是危险的,是"把毒药包上新的糖衣",是为了"保护日益腐朽的旧事物免于灭亡"①,很明显,学术问题在这里变成了政治批判。同年11月7日,周谷城在《光明日报》上发表题为《统一整体与分别反映》的文章,进一步重申了自己的观点,并进行了反击,但很快就淹没在一片"反修"的浪潮中了。

1966年初,周谷城的观点被以"时代精神汇合"论的名义列入"黑八论"之一,周谷城也成了"资产阶级反动学术权威",遭到打击迫害。作为修正主义认识论的基础,"时代精神汇合"论"就是企图用'时代精神'作为中介去调和极端对立的无产阶级和资产阶级的思想意识"②,"公然鼓吹'非革命的、不革命的、乃至反革命的'时代精神可以'合二为一',梦想用资产阶级'溶化'共产党,实行资产阶级专政"③。

严格来讲,"时代精神"是一个哲学问题。它指的是"历史时代的客观本质及其发展趋势在社会精神生活各个领域中的体现"④。但姚文元把革命精神与时代精神画等号,显然是缩小了其所指。而周谷城的表述也过于笼统,对汇合的时代精神缺乏一定的价值判断,而且,把不同阶级的不同个人在文学作品中展现出的时代精神和反映方式称为作品的特征、独创或天才的表现也是值得商榷的。这里涉及的问题比较复杂,还需要进一步的探讨。

四 "黑八论"引发的几点思考

"黑八论"是20世纪五六十年代出现的一个重大而特殊的政治、文化现象。

首先,言其重大,是因为它提出伊始就带有浓重的政治色彩,作为"文艺黑线"的代表性观点,直接承担了对社会主义进行专政的罪名。从对其的批判中可以见出以下几个特征:1.将中国社会发展的"现代性工程"拦腰斩断,阻滞了建立现代性民族国家焦虑的现代性追求,代之以"前现代"的用权杖和鲜血进行的公开统治;2.漠视民主化,权力高度集中,妄图以一种方案规划社会生活;3.打压人的主体性,动辄冠以个人主义公然与社会主义集体主义对抗的罪名;4.使用非此即彼的二元对立思维方式和阶级斗争的方法解决理论论争;5.割裂历史的延续性,否定

---

① 姚文元:《略论时代精神——与周谷城先生商榷》,《光明日报》1963年9月24日。
② 复旦大学革命大批判写作组:《"时代精神汇合论"在批判》,《出版通讯》1971年第10期。
③ 傅战戟、方师工:《对周谷城"无差别境界"论的再批判》,《文汇报》1969年8月9日。
④ 《简明哲学百科词典》,现代出版社1990年版,第390页。

古代优秀文化遗产，拒斥并歪曲外来文化。这些均对人民的物质和精神生活产生了巨大的负面影响。

其次，说其特殊，是因为它是政治问题在文艺领域中的解决，这就造成了文学与政治的纠缠不清。

1. 政治政策对文学的强制规训。主要体现在：片面强调原解放区的文艺政策，教条主义地贯彻毛泽东文艺思想，从"创作与政策相结合"到"赶任务"，再到"写中心、画中心、唱中心、演中心"，文学一直亦步亦趋地紧随政治形势，响应国家主流意识形态的召唤。同时，与"反右"、"大跃进"、"反修防修"等政治运动相适应，使文学上的"左"倾现象越来越严重，文艺的道路也越来越狭窄。

2. 政治性话语的一元主导。即在30年代开始的阶级斗争理论的基础上，极端发展毛泽东"继续革命"的思想，将五四时期的启蒙理性置换成革命启蒙，"革命"二字成为最具时代合理性的字眼，于是，文学的内涵随之缩小，仅仅凸显文学的阶级性和倾向性，进而成为政治的奴仆和工具，迷失了本性。

直到1978年思想解放运动和十一届三中全会之后，重新反思二者关系，如何保持文学和政治之间合理的张力，使文学由受他律制约而走向自律，才真正成为文艺理论工作者的重要课题。

第四章 "文化大革命"时期的文学理论
——"样板戏"与"三突出"的历史教训

发生于1966年至1976年间的"无产阶级文化大革命",是一场给国家和民族带来巨大灾难的社会动乱。对此,人们常常对它的根源进行政治和经济方面的探讨,说明权力制约关系失衡,以及对国家未来发展模式的争论,怎样最终导致了这场运动的发生。这些当然都是很重要的。政治领域对"睡在身边的赫鲁晓夫"的警惕,经济发展模式上对"复辟资本主义"可能性的焦虑,都是发动这场"文化大革命"的根本动机。然而,这既然是一场"文化革命",有必要对推动这场运动兴起的文化方面的原因,进行深入的研究。

在这场"革命"中,文学艺术的创作、评论和理论起了极其重要的作用。从对新编历史剧《海瑞罢官》的批判,升级为打倒所谓由邓拓、吴晗、廖沫沙三人组成的"三家村",再到揪出周扬、夏衍、田汉、阳翰笙四人组成的"四条汉子","文化大革命"的熊熊战火就此点燃。在文艺界,这种批判斗争包括将"文化大革命"前十七年创作出的作品中的绝大部分都批判为"毒草",将这一时期的文学理论说成是"黑八论"。在这个"大破大立"的时代,"破"了以前的文学艺术的作品和理论,"立"的就是"样板戏"和"文化大革命"时代的"三突出"理论;但同时,"文化大革命"时代的文学理论,与此前的理论,又有某种继承关系。

第一节 "八个革命样板戏"

革命"样板戏"最早始于60年代的京剧现代戏。1963年,江青让文化部和北京京剧院、北京京剧团排演沪剧剧目《红灯记》(上海爱华沪剧团)和《芦荡火种》(上海沪剧院)。1964年6月5日至7月31日,由周恩来倡议，全国京剧现代戏观摩演出大会在北京举行，对全国各地的京剧改革成果进行一番集中的检阅。参加这次观摩大会的有文化部直属单位和18个省、直辖市、自治区的29个京剧团，演出了38台表现现代生活的"现代戏"，盛况空前。

观摩大会上演出了像《红灯记》（翁偶虹、阿甲改编）、《芦荡火种》（汪曾祺等改编；后根据毛泽东的意见，改名为《沙家浜》）、《智取威虎山》（上海京剧院集体改编）、《节振国》（河北省唐山市京剧团集体创作，于英执笔）、《奇袭白虎团》（李师斌等编剧）、《六号门》（天津京剧团改编）、《黛诺》（金素秋等改编）、《草原英雄小姐妹》（赵化鑫等改编）等有影响的剧目，这些剧本大都成为了后来"八个样板戏"的原型。在京剧现代戏观摩演出之后，《红旗》杂志和《人民日报》分别发表了《文化战线上的一个大革命》和《把文艺战线的社会主义革命进行到底》的社论。观摩会前后，除了《红灯记》、《沙家浜》，江青还不同程度地参与了《智取威虎山》、《海港》、《奇袭白虎团》、《红色娘子军》、《白毛女》等剧的创作、修改和排演。

在京剧现代戏观摩演出期间即1964年7月，江青在一个座谈会上发表了讲话，这次讲话在《红旗》1967年第6期上冠以《谈京剧革命》的题目刊出。在这次讲话中，江青列举了两个"惊心动魄"的数字，帮助人们"辨清"社会主义文艺发展的方向，"坚定"人们对于京剧演出革命的现代戏的信心：

> 第一个数字是：全国的剧团，根据不精确的统计，是三千个（不包括业余剧团，更不算黑剧团），其中有九十个左右是职业话剧团，八十多个是文工团，其余两千八百多个是戏曲剧团。在戏曲舞台上，都是帝王将相，才子佳人，还有牛鬼蛇神。那九十几个话剧团，也不一定都是表现工农兵的，也是"一大、二洋、三古"，可以说话剧舞台也被中外古人占据了。剧场本是教育人民的场所，如今舞台上都是帝王将相、才子佳人，是封建主义的一套，是资产阶级的一套。这种情况，不能保护我们的经济基础，而会对我们的经济基础起破坏作用。
>
> 第二个数字是：我们全国工农兵有六亿几千万，另外一小撮人是地、富、反、坏、右和资产阶级分子，是为这一小撮人服务，还是为六亿几千万人服务呢？这问题不仅是共产党员要考虑，而且凡有爱国主义思想的文艺工作者都要考虑。吃着农民种的粮食，穿着

工人织造的衣服,住着工人盖的房子,人民解放军为我们警卫着国防前线,但是却不去表现他们,试问,艺术家站在什么阶级立场,你们常说的艺术家的"良心"何在?①

江青提出,要在舞台上塑造当代的革命英雄形象,要由领导亲自抓创作,抓剧本;要培养新生力量,并做好移植工作。江青这个讲话关于60年代前期我国戏剧舞台形势的分析,与此前不久毛泽东的估计是一致的。

毛泽东历来认为,历史是劳动人民创造的,他们是历史的主人,也应是文艺舞台的主角。早在1942年10月延安平剧院成立时,毛泽东就题写了"推陈出新"四个字;他在1944年1月看了该院演出的新编历史剧《逼上梁山》之后,在给作者杨绍萱、齐燕铭的信可以说便是对于"推陈出新"的具体说明。毛泽东在信中写道:"历史是人民创造的,但在旧戏舞台上(在一切离开人民的旧文学旧艺术上)人民却成了渣滓,由老爷太太少爷小姐们统治着舞台,这种历史的颠倒,现在由你们再颠倒过来,恢复了历史的面目,从此旧剧开了新生面,所以值得庆贺。……你们这个开端将是旧剧革命的划时期的开端,我想到这一点就十分高兴,希望你们多编多演,蔚成风气,推向全国去!"毛泽东特别关注于旧戏的改革,因为他看到戏剧(包括戏曲)是群众性最为广泛的文艺形式,是一种社会文化。这就是1948年11月23日《人民日报》在题为《有计划有步骤地进行旧剧改革工作》的社论所言:"旧剧是中国民族艺术重要遗产之一,和广大群众有密切联系,加以新剧发展的历史还短,本身尚有缺点,在群众中还没有完全生根,而旧剧在群众中则保持着浓厚的基础,因此改造旧剧是一个非常重要的任务,也是一个非常复杂的思想斗争。"这篇社论将"现有旧剧"依据内容划分为"有利"、"无害"和"有害"三类,指出"第一与第二类节目都是不加修改或稍加修改即可演出",而第三类则"应该加以禁演或经过重大修改或在重要关节上加以修改后方准演出"。然而,在中华人民共和国成立以后,"推陈出新"、"蔚成风气,推向全国去"的这一理想,在毛泽东自己看来,一直都没有得以真正地实现。

随着1962年9月八届十中全会的召开,毛泽东将社会主义社会一定时期、一定范围存在的阶级斗争扩大化与绝对化,提出了"千万不要忘记阶级斗争"的口号,此时,他对于中国文艺界的现状更为不满乃至反

---

① 见谢冕、洪子诚《中国当代文学史料选》(1948—1975),北京大学出版社1995年版,第601—602页。

感。在八届十中全会期间，江青与陆定一、周扬、沈雁冰、齐燕铭四位中宣部和文化部正、副部长谈话时，提出当时由北京京剧团演出的新编历史题材剧《海瑞罢官》是"大毒草"，要求进行批判。江青还指出了"舞台上、银幕上帝王将相、才子佳人、牛鬼蛇神泛滥成灾的严重问题"，但是几位部长却对于她的要求和警告"充耳不闻"，完全采取漠视态度。① 于是，毛泽东出面讲话了，他在这年12月21日同华东省市委书记谈话时，就戏剧问题提出了批评："对修正主义有办法没有？要有一些人专门研究。宣传部门应多读点书，也包括看戏。"毛泽东还说，目前的戏剧"帝王将相、才子佳人多起来，有点西风压倒东风"，提出"东风要占优势"。②

到了1963年11月，毛泽东对《戏剧报》和文化部连续两次进行尖锐批评，他的大意是：一个时期《戏剧报》尽宣传牛鬼蛇神，封建的、帝王将相的、才子佳人的东西很多，对此文化部不管；文化部必须好好检查一下，认真改正；如不改变，就改名"帝王将相部"、"才子佳人部"，或者"外国死人部"。③ 毛泽东在这一年12月看了《文艺情况汇报》第116号（中宣部编印）上登载的《柯庆施同志抓曲艺工作》一文后所写的批示中，在批评电影、新诗、民歌、美术、小说"问题不少"的同时，则强调指出："至于戏剧等部门，问题就更大了。"1964年6月11日，毛泽东在中央工作会议上又说："唱戏这十五年根本没有改，什么工农兵，根本不感兴趣，感兴趣的是那个封建主义同资本主义，所谓帝王将相，才子佳人。"江青上述讲话所传达的正是毛泽东的看法，因此，毛泽东读了江青的发言纪要后，在上边批道："已阅，讲得好。"④

北京的京剧现代戏观摩演出大会结束，得到毛泽东首肯的中国京剧院一团的《红灯记》剧组便南下广州和上海巡回演出，受到了热烈的欢迎；演出十分成功，各大报刊纷纷发表报道和评论，观众也纷纷向剧组写信表达自己的兴奋和激动之情。1965年3月16日《解放日报》发表了"本报评论员"的评论说："看过这出戏的人，深为他们那种战斗的政治热情和革命的艺术力量所鼓舞，众口一词，连连称道：'好戏！好戏！'认为这是京剧化的一个出色样板。""样板"一词，便肇始于

---

① 转引自戴嘉枋《样板戏的风风雨雨》，知识出版社1995年版，第6页。
② 薄一波：《若干重大决策与事件的回顾》（下），中共中央党校出版社1993年版，第1225—1226页。
③ 转引自戴嘉枋《样板戏的风风雨雨》，知识出版社1995年版，第8页。
④ 同上书，第19、20页。

此，并很快被戏剧圈内外的人们所接受。

《红旗》1967年第6期同时发表了社论《欢呼京剧革命的伟大胜利》，称江青的发言纪要，"是运用马克思列宁主义、毛泽东思想解决京剧革命问题的一个重要文件"；社论首次正式提出了"样板戏"的说法，指出《智取威虎山》等京剧样板戏，"不仅是京剧的优秀样板，而且是无产阶级文艺的优秀样板"。

1967年5月，在北京、上海的纪念《延安文艺座谈会上的讲话》发表二十五周年的活动中，时为"中央文化革命小组"成员的陈伯达、姚文元的讲话，对"京剧革命"、"样板戏"的意义，以及江青在"京剧革命"中的地位和作用给予极高的评价，吹捧江青"一贯坚持和保卫毛主席的文艺革命路线。她是打头阵的。这几年来，她用最大的努力，在戏剧、音乐、舞蹈各个方面，做了一系列革命的样板，把牛鬼蛇神赶下了文艺的舞台，树立了工农兵的英雄形象"，"成为文艺革命披荆斩棘的人"，称她"所领导和发动的京剧革命、其他表演艺术的革命，攻克了资产阶级、封建阶级反动文艺的最顽固的堡垒，创造了一批崭新的革命京剧、革命芭蕾舞剧、革命交响音乐，为文艺革命树立了光辉的样板"①。5月31日《人民日报》刊发的社论《革命文艺的优秀样板》，则明确地将京剧《智取威虎山》、《海港》、《红灯记》、《沙家浜》、《奇袭白虎团》，芭蕾舞剧《红色娘子军》、《白毛女》，交响音乐《沙家浜》并称为八个"革命样板戏"、"革命现代样板作品"，指出：

> 这八个革命样板戏，突出地宣传了光焰无际的毛泽东思想，突出歌颂了历史主人翁工农兵。它贯穿着毛主席的为工农兵服务、为无产阶级政治服务的革命文艺路线，体现了"百花齐放""推陈出新""古为今用""洋为中用"的正确方针，做到了"革命的政治内容和尽可能完美的艺术形式的统一"，成为"团结人民、教育人民、打击敌人、消灭敌人的有力的武器。"……
> 这八个革命样板戏受到广大工农兵群众高度的赞扬，热烈的欢呼！赞扬它为无产阶级革命文艺的发展树立了光辉的典范。欢呼它是无产阶级文化大革命的辉煌成果，是毛泽东思想的伟大胜利！
> 各个阶级都力图立本阶级的戏剧样板，为本阶级的政治服务。因此，在戏剧舞台上，大破封建主义、资本主义、修正主义的戏剧样

---

① 陈伯达、姚文元的讲话，见《人民日报》1967年5月24日，《解放军报》1967年5月25日。

板，大立无产阶级的革命戏剧样板，是一场尖锐的阶级斗争，是一场保卫无产阶级专政，粉碎资本主义复辟的斗争。

……

社论号召性地总结道："戏剧革命的洪流终于冲决了反革命修正主义的堤防。八个革命样板戏终于杀了出来，像春雷一般震撼着整个艺术舞台"；"这声声春雷，宣告了反革命修正主义文艺黑线的破产，报道了无产阶级革命文艺百花盛开的春天就要到来。工农兵昂首屹立在舞台上的新时代到来了！被封建主义、资本主义、修正主义颠倒的历史，在我们手里颠倒过来了！""革命的文艺工作者！我们要高举毛主席革命文艺路线的伟大红旗，勇敢地去攀登前人没有攀登过的高峰，创造更多更好的无产阶级的新文艺！"[①]

"八个革命样板戏"成了毛泽东革命文艺路线取得"伟大胜利"的重要标志。因此，1967年，《人民日报》、《红旗》杂志发表的元旦社论则声称："1963年，在毛主席亲自指导下，我国进行的以戏剧改革为主要目标的文艺革命，实际上是无产阶级文化大革命的开端。"

第二节 从"两结合"到"根本任务"论

"革命样板戏"的创作及其评价，有着一整套比较完整的理论。干了十年"样板戏"，曾经执笔写过《沙家浜》剧本的作家汪曾祺，对此有着清醒的认识：

> 中国也曾经提过社会主义现实主义，后来又修改成革命的现实主义和革命的浪漫主义相结合，叫做"两结合"。怎么结合？……有一位老作家说了一句话：有没有浪漫主义是个立场问题。我琢磨了一下，是这么一个理儿。你不能写你看到的那样的生活，不能照那样写，你得"浪漫主义"起来，就是写得比实际生活更美一些，更理想一些。……什么是"革命的现实主义和革命的浪漫主义相结合"？咋"结合"？典型的作品，就是"样板戏"。理论则是"主题先行"、

[①] 谢冕、洪子诚主编：《中国当代文学史料选》(1948—1975)，北京大学出版社1995年版，第713—715页。

"三突出"。从"两结合"到"主题先行"、"三突出"是历史发展的必然。①

"两结合"是指革命现实主义和革命浪漫主义相结合,它是二元对立思维模式的集中体现。"两结合"的创作方法,是20世纪30年代以来继"新现实主义"、"社会主义现实主义"之后所推崇的创作方法。毛泽东在《在延安文艺座谈会上的讲话》中指出,"文艺作品所反映出来的生活可以而且应该比普通的实际生活更高、更强烈、更有集中性、更典型、更理想,因此就更带有普遍性"。这种"源于生活,高于生活"的创作原则,成为延安时期作家创作的宗旨。贺敬之等创作的《白毛女》便从原来传说的故事中发掘出"现实的积极意义及人民自己的战斗的浪漫主义的色彩"②,而成为革命现实主义和革命浪漫主义相结合的典范之作。

1958年3月,毛泽东在成都会议上谈到中国新诗发展道路时说,"形式是民歌,内容应该是现实主义和浪漫主义对立的统一。太现实了就不能写诗了",表示了与此前"社会主义现实主义"不同的对待浪漫主义的态度。在这个基础上,周扬演绎出了"两结合"的创作方法;他在一篇文章中正式传达毛泽东的讲话精神并予以解说:"毛泽东同志提倡我们的文学应当是革命的现实主义和革命的浪漫主义的结合,这是对全部文学历史的经验和科学概括,是根据当前时代的特点和需要而提出的一项十分正确的主张,应当成为我们全体文艺工作者共同奋斗的方向";"没有浪漫主义,现实主义就流于鼠目寸光的自然主义,浪漫主义不和现实主义相结合,也会容易变成虚张声势的革命空喊或知识分子式的想入非非"③。经过周扬等人的宣称与论证,"两结合"便迅速成了一种取代"社会主义现实主义"的新的文艺原则。受到当时"大跃进"的影响,"两结合"导致了一种"人神同台"、"人鬼同台"、异想天开地"畅想未来"的"伪浪漫主义"的出现。文艺上的荒唐在1961年受到"调整",但时隔不久(1962),这种"调整"因毛泽东感到与党内的修正主义路线有关而被制止。1960年7月,全国第三次文代会上将革命现实主义和革命浪漫主义的"两结合"的创作方法,正式确认为"全新的创作方法",指出"两结

---

① 汪曾祺:《认识到的和没有认识到的自己》,见《汪曾祺小品》,中国人民大学出版社1992年版,第217、218页。
② 贺敬之:《〈白毛女〉的创作与演出》,载王宗法、张器友《中国当代文学研究资料贺敬之专集》,江苏人民出版社1982年版,第32页。
③ 周扬:《新民歌开拓了诗歌的新道路》,《红旗》1958年第6期。

合"的"基本精神就是革命理想主义,是革命的理想主义在文学方法上的表现"①。

在毛泽东有关阶级斗争表现为党内两条路线斗争的思想支配下,坚持毛泽东的无产阶级革命文艺路线与革命政治激情相结合,在"两结合"的创作方法的基础上,便导致了"文化大革命"文艺理论的诞生。有学者指出:"从'两结合'到'文化大革命文艺理论',我们可以看到对浪漫主义的强调压倒了现实主义。在过去,无论是'新现实主义',还是'社会主义现实主义','现实主义'都是主调,'新'和'社会主义'都是修饰词;而'两结合'的'基本精神就是革命理想主义,是革命的理想主义在文学方法上的表现'"②。1964年现代戏会演中的现代戏就是最典型的"两结合"创作方式的产物。

"样板戏"创作理论的核心是"根本任务"论、"主题先行"论、"三结合"与"三突出"的创作理论,以及对评价"样板戏"时提出的"空白"论、"新纪元"论,等等。

"根本任务"论最早来自1964年7月江青的《谈京剧革命》:"我们提倡革命样板戏,要反映新中国成立十五年来的现实生活,要在我们的戏曲舞台上塑造出当代的革命英雄形象来,这是首要的任务";"京剧艺术是夸张的,同时,一向又是表现旧时代旧人物的,因此,表现反面人物比较容易,也有人对此很欣赏。要树立正面人物却是很不容易,但是,我们还是一定要树立起先进的革命英雄人物来。"③ 到了1966年,江青等人搞了一个"部队文艺工作座谈会",在《林彪同志委托江青同志召开的部队文艺工作座谈会纪要》中提出:"要努力塑造工农兵的英雄人物,这是社会主义文艺的根本任务。"④ 早在《在延安文艺座谈会上的讲话》中,毛泽东就明确提出:"我们今天开会,就是要使文艺很好地成为整个革命机器中的一个组成部分,作为团结人民,教育人民,打击敌人,消灭敌人的有力的武器";文学写什么和如何写,都应"服从党在一定革命时期所规定的革命任务",即根据政党的需要而定的。既然社会主义时期党的革命任务是带领人民群众走社会主义道路,文艺就必须根据这个任务塑造一批引导人民群众走社会主义道路的具有伟大党性的英雄榜样。在"文化大

---

① 《中国文学艺术工作者第三次代表大会文件》,人民文学出版社1960年版,第52页。
② 余虹:《"现实"的神话:革命现实主义及其政治意蕴》,《文化研究》第2辑,第247页。
③ 谢冕、洪子诚主编:《中国当代文学史料选》(1948—1975),北京大学出版社1995年版,第602、604页。
④ 同上书,第635页。

第四章 "文化大革命"时期的文学理论

革命"之前,毛泽东提出的这一思想要求并未能得到彻底的实现,以至于1963年毛泽东多次尖锐地批评文化部。作为毛泽东的妻子,江青自然直接地了解了毛泽东的意图;她在《座谈会纪要》中提出"根本任务"论,其直接动机便是要树立某种标新立异的"样板","立"的目的是为了"破",即"打掉反动派的棍子",实现某种政治目的。显而易见,毛泽东是通过江青来贯彻自己文艺思想的。

  以改编自小说《林海雪原》的《智取威虎山》为例。在加工提高过程中确立了一个明确的创作思想:一切服从于在舞台上树立正面人物的英雄形象,无论是音乐、舞台美术等的处理,或是反面人物的处理,都必须服从上述的中心任务。……《智取威虎山》原先表现座山雕,用站立两厢、开山、点将、坐帐等手法来渲染他的反革命气派和气焰,还配以强烈的音乐效果,结果反面人物很嚣张,而杨子荣等正面人物则干巴巴,站不起来。江青同志发现后尖锐地指出,这是一个立场问题,阶级感情问题。她亲自领导重新设计,对反面人物着重揭露他们垂死挣扎然而是穷途末路的"纸老虎"本质,在威虎厅一场,让座山雕一开始就靠边坐,并削弱了音乐效果;删除了定河老道等四个反面人物,以便腾出更多的篇幅集中地刻画三个主要的英雄形象。为了突出英雄形象,剧中运用了各种艺术手段特别是音乐手段,并在艺术形式上进行了一系列的创造和改革:为英雄人物安排了成套唱腔,在板式和曲调方面,大破旧流派和旧行当的框框,大胆地从现代革命音乐中吸取了新的战斗的旋律;全剧的前奏、结尾和许多重要情节,都以《中国人民解放军进行曲》作基调,这就对揭示无产阶级革命英雄人物的精神面貌起了有力的烘托作用;又如从生活出发,设计了雪地行军、滑雪、开打等新颖精彩的舞蹈场面,更形象地显示出人民军队英勇顽强、无坚不摧的英雄气概,等等。

  《智取威虎山》充分运用了文学、音乐、舞蹈等艺术手段,成功地塑造了杨子荣等戏剧史上从未出过的崭新的英雄形象,在京剧舞台上真正贯彻了毛主席《讲话》指出的方向,成功地让无产阶级革命英雄做了京剧舞台的主人。[①]

  "《智取威虎山》就是'破'字当头,大胆突破了京剧的老框框、旧

[①] 丁学雷:《无产阶级文艺的光辉里程碑》,《人民日报》1967年5月27日。

程式，敢于标社会主义之新，立无产阶级之异，在京剧艺术的创新和继承上为我们做出了重要贡献。"① 对此，《京剧革命十年》一文总结道：

> 创作革命样板戏的核心问题是满腔热情、千方百计地塑造无产阶级英雄典型。……京剧革命的实践证明，只有塑造好无产阶级英雄典型，才能在文艺领域里用马克思主义、列宁主义、毛泽东思想批判孔孟之道，按照无产阶级的面貌改造世界，只有塑造好无产阶级英雄典型，才能在文艺舞台上表现中国共产党领导下中国人民的革命斗争，歌颂毛主席的革命路线在各个革命时期、各条战线上的伟大胜利，鼓舞人民群众推动历史的前进；只有塑造好无产阶级英雄典型，才能实现无产阶级在文艺领域里对资产阶级的专政。坚持这一根本任务，就是坚持文艺为工农兵服务的方向。这是任何时候都不可动摇的原则问题。②

自 1962 年以来，"党在一定革命时期所规定的革命任务"，自然是毛泽东规定的在党内展开阶级斗争的任务，即反资产阶级在党内的代理人——修正主义的任务。在"文化大革命"中，这一任务又落实为坚持走社会主义道路，反对党内走资本主义道路的当权派。根据这个任务，文艺便必须写当前两条路线的斗争，写这一斗争中的英雄人物。这在 1975 年左右表现得最为露骨和极端，因为这一时期党内两条路线的斗争最为激烈。为了服从这一斗争的需要，江青甚至认为以革命战争时期的题材为内容的革命样板戏也过时了。在她看来，"现在那些样板戏团演出的戏都老掉牙了，很少有社会主义时期的题材，一个也没有与走资派作斗争的内容"。于是，当时的文化部副部长刘庆棠强调要"写走资派，老走资派，不肯改悔的走资派"。江青等人御用的写作班子"初澜"则写了篇《一项重大的战斗任务》，指出写与走资派作斗争的英雄是文艺工作者的重大战斗任务，是"时代的要求，阶级的委托"。在"时代"和"阶级"的名义下，文学被派定了"根本任务"，其赤裸裸的政治目的不言而喻。

"根本任务"论宣扬了唯心史观，把少数英雄豪杰看作是社会发展的主宰；它歪曲、篡改了社会主义文艺的性质，把为人民服务狭隘化为塑造工农兵英雄形象。因此，"根本任务"论不过是"文艺为政治服务"的产

---

① 洪平：《赞京剧革命现代戏〈智取威虎山〉》，《红旗》1967 年第 8 期。
② 初澜：《京剧革命十年》，《红旗》1974 年第 7 期。

物，并不是一个艺术范畴的问题。

第三节 "主题先行"和"三突出"论

所谓"主题先行论"指的是：文学创作首先要确立作品的主题，再根据"主题"的要求去设计人物、情节、结构、语言行为等作品基本要素。"主题先行论"是革命文学理论之"无产阶级世界观先行论"、"政党政策先行论"的逻辑发展，也是"根本任务论"的自然延伸。在"新写实主义"时期，先行确立的主题是"无产阶级世界观"——马克思主义；在"社会主义现实主义"时期，先行确立的主题是"党的政策"；在"两结合"时期，先行确立的主题是"毛泽东思想"；在"根本任务"时期，先行确立的主题则自然是"阶级斗争"了。

《智取威虎山》剧组是这样总结自己的创作经验的：

> 怎样把无产阶级英雄形象塑造得高大丰满、光彩夺目，是摆在我们面前一个首要的政治任务，是无产阶级文艺革命中一个新的课题。这是无产阶级文艺同一切剥削阶级文艺，包括资产阶级的"文艺复兴"、"启蒙运动"及19世纪批判现实主义文艺的根本区别所在。
>
> 要做到这一点，必须根据毛主席的教导，用革命的现实主义和革命的浪漫主义相结合的方法，把英雄人物放在一定历史时代革命的阶级斗争的典型环境中，从各个方面，完整、深刻地揭示、体现在他世界观、思想、作风、性格气质等方面的阶级素质，表现他高度的政治觉悟，展现他内心世界的共产主义光辉。在《智取威虎山》中，塑造杨子荣这个无产阶级的英雄形象，就是依循着这种无产阶级的艺术方法的。
>
> 杨子荣是一个用毛泽东思想武装起来的，具有革命无产阶级的革命智慧和勇敢的中国人民解放军侦察英雄。在这里，我们通过整个情节的各个环节，调动文学、音乐、舞蹈、表演、舞美等各种艺术手段，集中力量塑造杨子荣这一英雄形象。我们狠抓了几个主要侧面，即：既写了他对首长、对同志、对劳动人民深厚的阶级爱，又写了他对美蒋、对土匪、对一切阶级敌人强烈的阶级恨；既写了他打倒美蒋反动派走狗座山雕匪帮的坚强的革命意志，又写了他对革命的宏伟远大的理想：在理想方面，既写了他对中国革命的理想，又写了他对世

界革命的理想；在气质方面，既写了他叱咤风云、气冲霄汉的勇敢豪放气概，又写了他沉着冷静、精细机智的性格特质。而这所有侧面又都紧紧地系于一个根本点，也就是这一英雄人物的灵魂："胸有朝阳"——对毛主席、对毛泽东思想的赤胆忠心、无限忠诚。这样，矗立在我们面前的杨子荣，就是一个胸怀无限宽广、具有无产阶级彻底革命精神、处处突出无产阶级政治、顶天立地的无产阶级革命英雄，一个既高大又丰满的光辉形象。①

《红灯记》最初由上海沪剧1962年根据电影剧本《自有后来人》改编为沪剧，1963年又由中国京剧院改编为京剧，其改编过程也是"主题先行"：

> 无产阶级的英雄李玉和之所以成为崭新的无产阶级的艺术典则，是因为遵循了伟大领袖毛主席的这个教导，运用了革命现实主义和革命浪漫主义相结合的创作方法，以阶级斗争的观点作指南，把他放在典型化的阶级斗争的风口浪头，从阶级关系的各个方面集中概括地刻画他无产阶级的阶级本质、性格特点，展现他的共产主义远大理想。
>
> 根据这样的原则，《红灯记》对李玉和的塑造狠抓了以下几点：一根红线：对伟大领袖毛主席和伟大的中国共产党的无限热爱和忠诚；一条主干：对无产阶级的敌人作针锋相对的阶级斗争，一个重要方面：深刻揭示他与人民群众血肉相连的阶级关系，表现他"对同志对人民的极端的热忱"（《纪念白求恩》）。②

《红灯记》的改编紧密配合"阶级斗争"这一时代主题，运用"阶级分析"的方法来重新阐释民族战争和民族矛盾。当时担任中国京剧院副院长的张东川认为，通过学习毛泽东著作，他们才觉悟到"剧本反映的这场斗争是中国的无产阶级战士与日本帝国主义的斗争，这不仅是民族斗争，而且是阶级斗争"③。于是，在《红灯记》的定本里，李玉和跟鸠山的矛盾，便成了壁垒分明的两个阶级、两种世界观之间的矛盾。李玉和的

---

① 见经姚文元修改过的上海京剧团《智取威虎山》剧组《努力塑造无产阶级英雄人物的光辉形象——对塑造杨子荣等英雄形象的一些体会》，《红旗》1969年第11期。
② 中国京剧团《红灯记》剧组：《为塑造无产阶级的英雄典型而斗争——塑造李玉和英雄形象的体会》，《红旗》1970年第5期。
③ 张东川：《京剧〈红灯记〉改编和创作的初步体会》，《人民日报》1965年6月3日。

形象也因此被提升到共产主义战士和彻底的无产阶级英雄的高度,而鸠山则不过是腐朽的资产阶级人生观的丑恶代表而已。又如原作中有李玉和偷酒喝,爱跟女儿开玩笑以及李奶奶缝补衣裳等细节,它们因为"有损"英雄的性格和抒发了家庭感情而被删节,李玉和与李奶奶、李铁梅之间的人伦亲情也被极度淡化,并消融进李玉和这句唱词:"人说道,世间只有骨肉的情义重,依我看,阶级的情义重泰山。"刑场上亲人间生离死别的悲切之情被荡涤一空,代之以一家人相互扶持、相互激励、一心为革命的壮志豪情。其原因在于"如果不从阶级斗争而从家庭关系来刻画人物,就会走到歪路上去,就会让亲子之情、家庭生活的描写冲淡以至抵消了尖锐的政治斗争"①。《红灯记》的思想内容被彻底净化了。郭小川对《红灯记》的改编给予了充分肯定,他说:"看了京剧《红灯记》,更深切地体会到文化大革命的伟大意义;想想文化革命,也更深切地明白了《红灯记》的重要性。……从思想内容着手,用毛泽东思想,用阶级和阶级斗争的观点去观察生活,塑造人物,这是《红灯记》获得高度思想性的关键,也是《红灯记》在改编演出上的头一条重要经验。"②

作为"第一部反映我国工人阶级在社会主义革命和社会主义建设时期斗争生活的革命现代京剧",《海港》的创作也不例外。为了塑造方海珍一类"立足于自己的岗位、胸怀祖国、放眼世界"的英雄人物,演出本为她设计了一个阅读党的八届十中全会公报的"激动人心"的场面③,这是颇有用意的:

> 我们把《海港》的时代背景,放在1962年党的八届十中全会公报发表以后,就是要为英雄人物提供一个阶级斗争的典型环境。党的八届十中全会的召开,是社会主义时期阶级斗争的一个新的转折点,它标志着无产阶级向资产阶级发动了新的进攻。毛主席在会上发出了"千万不要忘记阶级斗争"的伟大号召,提出了我们党在整个社会主义历史阶段的马克思列宁主义的基本路线。《海港》就是在这样的历史背景下,根据党的基本路线,集中描写了以方海珍为代表的码头工人实行无产阶级国际主义和阶级敌人破坏国际主义的斗争。……
>
> 同1967年的演出本相比较,新演出本的最大的改动,是把戏剧

---

① 卫明:《在艺术实践中有破有立》,《文汇报》1965年3月13日。
② 郭小川:《〈红灯记〉与文化大革命》,《戏剧报》1965年第6期。
③ 闻军:《无产阶级专政下继续革命的光辉典型——赞方海珍形象的塑造》,《红旗》1972年第2期。

冲突从人民内部矛盾改为以敌我矛盾为主,把钱守维改为隐藏的阶级敌人。这一改动是具有重大意义的,修改的目的,就是为了更深刻地揭示剧本所反映的无产阶级专政下阶级斗争的特点,从而使主题思想和方海珍英雄形象的塑造都深化一步。①

可见,所谓"主题先行",就是带着上级分配的"主题"去深入生活,而不是从生活中发现主题。用当时的话说,那就是"领导出思想,群众出生活,作家出技巧"。事实上,所谓"领导"出的"思想",必须都是从毛泽东思想那里来的。"让文艺舞台永远成为宣传毛泽东思想的阵地"②,是那一时期革命文艺理论的基本口号。早在1965年12月,《文艺报》评论员就发表过一篇题为《用毛泽东思想武装起来,做又会劳动又会创作的文艺战士》,文章指出:"看不到英雄怎么办?看不到,多向毛主席著作去请教,按照毛主席教导选苗苗;看不到,问群众,问领导,群众眼睛亮,领导站得高;看不到,勤把思想来改造,要和英雄人物走一道,看到了,要用毛主席著作来对照,看他做到哪一条,依靠哪一条,体现哪一条。"可见,无产阶级英雄典型实际上是毛泽东思想的直接体现者,"工农兵英雄人物,是执行和捍卫毛主席革命路线的忠诚战士"③。"主题先行"的理论割断了创作与现实生活的联系,它必然造成作品的公式化、概念化,使文艺成了政治话语膨胀下的产儿。

"三突出"同样是"根本任务论"的自然延伸。"三突出"这一术语,是《文汇报》为纪念"样板戏"诞生一周年,约请上海文化系统革筹会主任兼上海两出"样板戏"的实际"总管"于会泳写的文章中首次出现的:

江青同志反复强调,一定要让用毛泽东思想武装起来的无产阶级英雄形象占领京剧舞台,使京剧舞台成为宣传毛泽东思想的阵地。她说,在共产党领导下的社会主义祖国舞台上占重要地位的不是工农兵,不是这些历史的真正创造者,不是这些国家真正的主人翁,那是不能设想的事。她指出:要在我们戏曲舞台上塑造出革命英雄形象

---

① 上海京剧团《海港》剧组:《反映社会主义时代工人阶级的战斗生活——革命现代京剧〈海港〉的创作体会》,《红旗》1972年第5期。
② 于会泳:《让文艺舞台永远成为宣传毛泽东思想的阵地》,《文艺报》1968年5月23日。
③ 宇文平:《数风流人物还看今朝——批判周扬一伙的"写中间人物"谬论》,《人民日报》1972年11月15日。

来，这是重要的任务。

……我们根据江青同志的指示精神，归纳为"三个突出"作为塑造人物的重要原则，即：在所有人物中突出正面人物；在正面人物中突出英雄人物；在主要英雄人物中突出最重要的即中心人物。江青同志的上述指示精神，是创作社会主义文艺的极其重要的经验，也是以毛泽东思想为武器，对文学艺术创作规律的科学总结。①

于会泳原为上海音乐学院民族音乐理论教师，在"文化大革命"之前，他曾在《文汇报》上写过分析《红灯记》、《沙家浜》音乐特色的文章；于会泳对于"样板戏"创作经验的归纳，适应了那个年代的特殊政治需要，把江青对于"样板戏"的感性式指示，提高到一个新的理论层次，因而深得江青的欣赏，官升文化部部长。继于会泳之后，姚文元将"三突出"修改得更为扼要："在所有人物中突出正面人物；在正面人物中突出英雄人物；在英雄人物中突出中心人物。"② 从此，"三突出"成为一切艺术创作不得违反的金科玉律，其作用有如"文艺宪法"。

与"三突出"有关的还有一套"三字经"。如编剧上的"三陪衬"：以成长中的英雄人物来陪衬主要英雄人物，以其他正面人物来陪衬主要英雄人物，刻画反面人物以陪衬主要英雄人物。另有音乐创作上的"三对头"：感情对头、性格对头、时代对头。还有什么"三打破"：打破旧行当、旧流派、旧格式。并有与之相随的"三出新"：表现出新时代、新生活、新人物。除了"三字经"，还有"多字经"，即"多侧面"、"多波澜"、"多浪头"、"多回合"、"多层次"，等等。以"多层次"为例，在《智取威虎山》的舞台上，"分成了欲向不同目标出发的两组人员，杨子荣一组位于前，参谋长一组位于后。在前一组中，杨子荣昂然挺立于舞台之主要地位；他的侦察班战士，以较低的姿势簇拥在他身边。在后一组中，参谋长位于台侧，杨子荣示意，众战士以有坡度的队形，衬于参谋长之身旁。整个造型的画面是：众战士烘托了参谋长；参谋长一组又烘托了杨子荣一组；在杨子荣一组中，他的战友又烘托了杨子荣。于是形成以多层次的烘托突出主要英雄人物的局面"③。这就要求摄影家在运用蒙太奇手法时，以"近、大、亮"的镜头去对准英雄人物，用"远、小、黑"

---

① 于会泳：《让文艺舞台永远成为宣传毛泽东思想的阵地》，《文汇报》1968 年 5 月 23 日。
② 见经姚文元修改过的上海京剧团《智取威虎山》剧组《努力塑造无产阶级英雄人物的光辉形象——对塑造杨子荣等英雄形象的一些体会》，《红旗》1969 年第 11 期。
③ 上海京剧团《智取威虎山》剧组：《源于生活，高于生活》，《红旗》1969 年第 12 期。

对准反面人物；此外，戏剧舞台上的音响、灯光及调度，都要为英雄人物服务。这些艺术手段把"三突出"思想贯彻到了家。

其实，"三突出"的实质是"一突出"，即服务于"根本任务"，塑造出"主要英雄人物"。用辛文彤的话来说："一出戏，一部故事片，只有一个中心人物。不能有两个或两个以上的中心人物，多中心就是无中心。"①《红灯记》剧组总结自己的创作经验时就提出：

> 从阶级关系诸方面来塑造无产阶级的英雄典型，必然要塑造其他正面人物以及必要的反面人物。但是，突出主要英雄典型，是我们坚定不移的原则，其他任何人物的塑造都必须服从这个原则，决不能夺他的戏。革命母亲李奶奶英勇悲壮、有声有色的大段念白，李铁梅英姿飒爽、动人心弦的歌唱，以及对她们两人的其他刻画，都使她们既独具鲜明性格，又从不同角度衬托了李玉和的英雄形象。李奶奶的"痛说革命家史"再现了李玉和在"二七"大罢工中的英勇斗争，歌颂了他"为革命东奔西忙"的英雄品质。铁梅的每一步成长，都反映了李玉和的精神力量。对阶级敌人的塑造，我们坚持这样一条原则：要考虑坐在哪一边？是坐在正面人物一边，还是坐在反面人物一边。我们搞革命现代戏，主要是歌颂正面人物。敌人必须让路，以腾出更多的篇幅来表现英雄人物。对于敌人的刻画不是从外形上进行丑化，而是深入揭露其残暴、阴险、欺骗和必然灭亡的反动本质。
>
> 这样，不仅多方面地展现了李玉和的无产阶级英雄品质，还正确解决了典型性格与典型环境的关系：以主要英雄典型李玉和为中心，围绕他展现了在毛主席革命路线指引下的抗日革命战争威武雄壮的历史画卷。②

按照"三突出"创作原则，任何作品中的人物都被区分为英雄人物、正面人物、反面人物，英雄人物又分等级，即主要英雄人物、一般英雄人物。而不管什么性质的人物，都要用尽各种艺术手段——如陪衬、烘托，为主要英雄人物作铺垫，使其高大完美的形象更加光彩照人。不仅如此，这位一号英雄人物还要在整个演出中居主导地位，在复

---

① 辛文彤：《让工农兵英雄人物牢固占领银幕》，《人民电影》1976 年第 3 期。
② 中国京剧团《红灯记》剧组：《为塑造无产阶级的英雄典型而斗争——塑造李玉和英雄形象的体会》，《红旗》1970 年第 5 期。

杂的人物关系中支配一切。

根据"三突出"原则刻画出的英雄人物,重外在形式不重实际内容,一号英雄人物清一色是共产党员,是满口马列、只讲阶级斗争而人情味甚少的职业革命家,是无所不知、无所不晓、无往而不胜的超人。当年,群众曾编了一个顺口溜讽刺《龙江颂》一类"样板戏"中所谓的"英雄":"一个女书记,站在高坡上。手捧红宝书,抬手指方向。敌人搞破坏,队长上了当。支书抓斗争,面貌就变样。群众齐拥护,队长泪汪汪,敌人揪出来,戏儿收了场。"为了塑造出这样的英雄人物,一切无助于英雄人物完美的内容都被"过滤"掉,甚至纯化到英雄人物不食人间烟火。"样板戏"中的不少一号英雄人物均为女性,而这些女英雄都没有正常人的爱情、婚姻、家庭生活,只有干革命的业绩。《沙家浜》的阿庆嫂本是结过婚的,但阿庆跑单帮去了;《龙江颂》中的江水英名为军属,可戏中始终没有提及她的男人或见其归来;《白毛女》中的大春原与喜儿有暗恋关系,后来这种情节被砍掉;《杜鹃山》中的女豪杰柯湘,也是单身女子。"文化大革命"前,有一出很受观众喜欢的电影叫《柳堡的故事》(石言、黄宗英编剧),后来以"八路军不许谈恋爱"为名将其查禁。

"三突出"和"主题先行"其实是一对孪生兄妹。因为"样板戏"确定谁是"主要英雄人物",所根据的是毛主席语录或毛泽东思想,而非依据作品里戏剧冲突中的人物地位;因此,样板戏所塑造的无产阶级英雄典型乃毛主席之意图的体现者,他们不过是毛泽东思想的产物。像《沙家浜》,按理说主要英雄人物应是阿庆嫂,可由于阿庆嫂"级别"不够,更重要的是毛泽东说过"革命的中心任务和最高形式是:武装夺取政权,是战争解决问题"。根据这一最高指示,最终解决问题的应是郭建光,而不是起配合作用的地下联络员,因而主要英雄人物便让位于这位满口说教的新四军指导员。根据这种荒唐理论逻辑,《红色娘子军》的一号英雄人物不是"娘子军"的代表吴琼花,而是政工干部洪常青;《白毛女》的主要人物也不是喜儿,而是原作中居于陪衬地位的王大春。新编芭蕾舞剧正是这样做的。因为,只有"英姿飒爽,朝气蓬勃"的革命者,才是"坚决贯彻执行毛主席的无产阶级的革命路线,坚持武装夺取政权、武装保卫政权的英雄典型人物"[①]。可见,所谓"突出中心人物"的"三突出"仍然是要突出"毛泽东思想"。

我们知道,"样板戏"的创作资源基本上来自于"文化大革命"前的

---

① 尚瑛:《雄姿英发,倔强峥嵘》,《人民日报》1972年2月24日。

作品。如《红灯记》是根据电影《自有后来人》改编的;《沙家浜》移植自沪剧,原名为《芦荡火种》;《奇袭白虎团》诞生在 50 年代的朝鲜战场,由山东京剧团演出;《智取威虎山》取材于曲波的小说《林海雪原》,系依据同名话剧改编;《海港》根据淮剧《海港的早晨》改编而成;舞剧《红色娘子军》,来源于 1960 年问世的同名电影;舞剧《白毛女》,还在 40 年代中期就有同名歌剧。这些成果被江青据为己有后,差不多都按照"根本任务论"和"三突出"的创作原则作了许多的删改。为了突出英雄人物的性格,"样板戏"违反生活真实,把中间状态的人物改成英雄人物。最典型的例子,莫过于《白毛女》中的杨白劳。作为喜儿的父亲,他和许多劳动人民一样善良忠厚,逆来顺受,不愿与命运作抗争。这种人物在旧社会普遍存在,具有典型意义。但舞剧《白毛女》成了"样板戏"后,杨白劳不再是老实得近乎愚昧的闰土式人物,而是高举扁担拼死反抗抢喜儿的黄世仁;他也不再喝盐卤自杀,而是被黄世仁的手杖剑刺死,壮烈地倒在地上。李希凡是这样诠释这一情节的:"杨白劳抡起扁担向黄世仁的有力一击,大长了革命人民的志气,这是他在临死前向旧制度进行的坚决挑战。"[①] 这是对人物的拔高,并不符合人物性格。类似的改法,在其他"样板戏"中比比皆是。

"三突出"以一套僵死的模式剪裁仪态万方的社会,把生动复杂的人物变成了思想概念的符号,把鲜活的文艺创作规律改造成了庸俗社会学的教条,从而使文艺彻底丧失了自己的本体。"三突出"的炮制者们无视题材、主题的差别,也不顾体裁的区分,强行推广所谓的"经验",企图把从戏剧中归纳出来的"三突出"扩大到一切文艺形式中去,要求小说、散文甚至一出小戏、一首山水诗乃至花鸟画,都要实行"三突出"。这就遭到一些文艺家的抵制。如武汉文艺界以姚雪垠为首的老作家,就曾反对别的艺术形式也要实行"三突出",结果被打成"文艺黑线回潮"。由谢铁骊编剧的电影《海霞》,不愿走"一体化工程"的道路,企图从艺术结构上反"三突出",用"列传式"、"散文式"方法创新,结果差一点被封杀。尽管"三突出"理论成了"文艺宪法",由于它实在过于荒谬,它不但遭到了文艺工作者的反对和抵制,就连观众和读者都越来越不买账。为此,1975 年 9 月 18 日,江青在与部分电影创作人员谈话时推卸责任说:"三突出原则不是我提的。这一点文化部几位同志清楚。我只讲要突

---

① 参见洪子诚、孟繁华《当代文学关键词》,广西师范大学出版社 2002 年版,第 147 页。

出主要人物。"① 文化部便发了一个文件,说以后在文章中不要再公开提"三突出",但是仍然肯定其精神不错,还要继续坚持云云。

第四节 政治与文学的双重迷误

依据"根本任务"、"主题先行"、"三结合"与"三突出"等创作原则创作的"革命样板戏"所引发的戏剧革命,在当时颇受盛誉:"高举毛泽东思想伟大红旗的江青同志,奋勇当先,参加了戏剧革命的斗争实践,带领了一批文艺界的革命闯将,一批不出名的'小人物',冲破党内一小撮走资本主义道路当权派的层层阻力,攻克了戏剧艺术中称为最顽固的京剧'堡垒'、不可逾越的芭蕾'高峰'和神圣的交响'纯音乐',在历史上第一次为京剧、芭蕾舞剧和交响音乐,树起了八个闪耀着毛泽东思想灿烂光辉的革命样板戏,为无产阶级新文艺的发展,吹响了嘹亮的进军号!"② "空白"论、"新纪元"论便是评价"样板戏"时提出的。在"京剧革命"十年之际,张春桥说:"从《国际歌》到革命样板戏,这中间一百多年是一个空白"③;"江青亲自培育的革命样板戏,开创了无产阶级文艺的新纪元","过去十年,可以说是无产阶级文艺的创业期"④,"京剧革命的胜利,宣判了反革命修正主义文艺路线的破产,给无产阶级新文艺的发展开拓了一个崭新的纪元"⑤。

平心而论,在"样板戏"之前,"十七年文艺"始终无法解决"革命的政治内容"和"尽可能完美的艺术形式"之间的相斥与矛盾,艺术家们往往只能顾及一端。以话剧、戏曲为例。讲求思想内容的纯正和直接配合现实政治,其极端产物就是杨绍萱改编的神话剧《新天河配》、历史剧《新大名府》等。《天河配》是一出传统戏目,主要讲述的是牛郎织女的爱情故事,反映了封建社会中的男女婚姻和爱情的不自由。但是经过杨绍萱的改编,把这个在中国民间广为流传的故事与抗美援朝联系起来,用了很多的剧情来表现和平鸽与鸱鸮之争,借此影射国际斗争,并且还让老牛吟出鲁迅的"横眉冷对千夫指,俯首甘为孺子牛"的诗句。《大名府》也

---

① 转引自朱寨《中国当代文学思潮》,人民文学出版社1987年版,第512页。
② 《人民日报》社论:《革命文艺的优秀样板》,《人民日报》1967年5月31日。
③ 转引自谢铁骊等《"四人帮"是摧残文艺革命的刽子手》,《人民日报》1976年11月10日。
④ 初澜:《京剧革命十年》,《红旗》1974年第7期。
⑤ 《红旗》1967年第6期社论:《欢呼京剧革命的伟大胜利》。

是一部传统戏目,取材于《水浒传》,内容是卢俊义如何被仇人和官府诬陷,逼上梁山的故事。杨绍萱则把这个故事生拉硬扯同"民族战争"联系起来,把梁山英雄的农民起义描写成宋江在民族危机之时,在统治阶级内部正确地开展统一战线的工作,粉碎了民族敌人即金军和阶级敌人即宋朝统治者对他们的进攻。虽然这种处理方式迎合了当时的时代状况,但是却违反了历史规律和艺术规律,因此在当时就被斥为"反历史主义倾向的典型代表"。话剧《洞箫横吹》、《布谷鸟又叫了》则因触及了生活与情感的真实,虽有较高艺术价值,但在意识形态的宣传方面显然不能令官方满意。对"写真实"、"人性论"、"中间人物论"和"现实主义深化论"等的批判所针对的就是这股试图以降低思想性来换取艺术性的创作倾向。最为尴尬的当属传统戏曲。古老的程式跟新生活间的枘凿闹出了不少"杨绍萱式"的笑话。于是尽管要求"三并举",提倡现代戏,戏曲舞台得心应手的还是借新编历史剧来搞"古为今用",又被批判为"帝王将相、才子佳人"统治舞台。

　　初澜对形式和内容的关系有一段堪称经典的描述:"要我们放弃无产阶级的政治标准,岂不就是给封、资、修文艺保留合法地位!要我们放弃无产阶级的艺术标准,岂不就是提倡粗制滥造,给资产阶级以反攻倒算的可乘之机!"① 洪子诚指出:"挑选京剧、芭蕾舞和交响乐作为'文艺革命'的'突破口',按江青等的解释,这些艺术部门是封建、资本主义文艺的'顽固堡垒',这些堡垒的攻克,意味着其他领域的'革命'更是完全可能的。但事情又很可能是,京剧等所积累的成熟的艺术经验,与观众所建立的联系,使'样板'的创造不致空无依傍,也增强了'大众'认可的可能性。"② 可以补充的一点是,江青选用植根于中国封建社会的中国传统戏剧——京剧作为"无产阶级新文艺"的基本艺术形式,这一艺术策略与她的理论素养或艺术直觉是密切相关的。江青从舞台起家,长于视觉艺术,短于文学创作;选择戏剧作为政治投机的对象,既紧扣其演员的自身优势,也暗合京剧艺术的规律:"京剧的意蕴主要不在于故事情节而在于演员的歌舞(唱念做打)的表演。"③ 因此,江青选择这种高度"形式化"的京剧作为"样板戏"的载体,便成功地解决了政治与艺术完美统一的难题,使"革命的政治内容"和"尽可能完美的艺术形式"找

---

① 初澜:《京剧革命十年》,《红旗》1974 年第 7 期。
② 洪子诚:《中国当代文学史》,北京大学出版社 1999 年版,第 198 页。
③ 叶朗:《京剧的意象世界》,《文艺报》1991 年 2 月 9 日。

到了各自的对应物——彼此分离、互不冲突，共处于同一艺术体系当中，而免蹈"文艺黑线"的"覆辙"。

值得一提的是，京剧的"形式化"倾向，绝不意味着它在内容上的虚无。"事实上，传统京剧曲目基本上都是以忠孝廉节这些基本道德观念与君臣父子这类尊卑贵贱的伦理方法为其基本内核的，这些抽象道德原则通过反复的程式化处理，使观众的接受过程从不自然到自然。到后来，京剧的内容已经看不清了——它完全变成了形式。京剧的程式变成了'形式的意识形态'。事实上，属于京剧'形式'范围的脸谱、服装、音乐无一不显示出价值判断的意义。当观众日复一日地沉醉于这些程式时，他喜欢上的不仅仅是形式，而是形式蕴含的道德原则。"[1] 洪子诚指出：

> "样板戏"最主要的特征，是文化生产与政治权力机构的关系。在30年代初的苏区和40年代的延安等根据地，文艺就开始被作为政治权力机构实施社会变革、建立新的意义体系的重要手段，与此同时，建立相应的组织、制约文艺生产的方式和措施。政治权力机构与文艺生产的这种关系，在"样板戏"时期，表现得更为直接和严密。作家、艺术家那种个性化的意义生产者的角色认定和自我想像，被破坏、击碎，文艺生产完全地纳入政治体制之中。"样板戏"本身的意义结构和艺术形态，则表现为政治乌托邦想像与大众艺术形式之间的结合。"样板戏"选择的，大都是有很高知名度的文本。在朝着"样板"方向的制作过程中，一方面，删削、改动那些有可能模糊政治伦理观念的"纯粹性"的部分；另一方面，极大地利用了传统文艺样式（主要是京剧）的程式化条件，在脸谱化人物和人物关系的设计中，将观念符号化。……[2]

这种文化生产方式，使每一部"样板戏"作品都成了意识形态的完整象征，而与法国的新古典主义剧作不无相似之处：

> ……"样板戏"作为戏之"样板"，在艺术形式上也是十分考究的。在语言上，它取消了传统京剧中道白的变音，使之更接近于现代

---

[1] 李杨：《抗争宿命之路——"社会主义现实主义"（1949—1976）研究》，时代文艺出版社1993年版，第300页。
[2] 洪子诚：《中国当代文学史》，北京大学出版社1999年版，第198—199页。

汉语；同时又摒弃了旧京剧中的插科打诨，使之更为严肃、纯正。在唱腔、伴奏、表演、服装和舞台设计上，也都较之传统京剧有所突破。所有这些"改革"，都使得京剧这一传统的艺术形式更容易被现代人所接受。然而，与法国新古典主义剧作相同，"样板戏"在人物设计和情节安排上也为自己设计了许多条条框框，什么多冲突、多浪潮、三突出、三陪衬，等等。其次，"样板戏"在创作上也是只承认理智和技巧而否定灵感和激情，主张字斟句酌，所谓"十年磨一戏"。这种理性分析式的反复"斟酌"，一方面使许多粗糙的地方得到了应有的修正，另一方面却又使得一些情节和语言失去了固有的色彩，显得呆板生硬。①

为了使人物形象更好地承担意识观念传声筒的功能，文艺左派的策略是不惜以牺牲戏剧性来换取革命内容的"纯而又纯"。"什么是戏剧性（通常叫做'戏'）"？他们自问自答，"我们承认戏剧性就是矛盾冲突……但在具体艺术实践中，却往往会认为'戏'就是情节，因而片面追求情节，追求一环套一环的'关子'，因而忽略、削弱甚至不惜歪曲革命的主题和正面人物。"② 这里由艺术观的角度提出了舍"戏"保"道"的创作准则。"样板戏"鄙视乃至忽视了戏剧性因素，以牺牲戏剧的文学价值摆脱艺术真实规律对于"道"的束缚，而使京剧舞台彻底成了革命化想象的自由空间。但是，"样板戏"的京剧革命，仍然维持着京剧的美学精神的赓续，以在应付政治诉求与艺术诉求时并行不悖。郭小川在一篇文章中写道：

> 在最初，领导上首先提出了大胆搞，搞出来不像京剧也不要紧……等到编排《红灯记》的时候，领导上又明确地提出了唱足、做足、念足、打足的要求，目的是把京剧表演艺术的特点根据剧情和人物的需要，都充分应用到革命现代戏中来，力求做到京剧化。③

这里，"京剧化"的另一种表述是"京剧姓京"；于是，改编后的《红灯记》，保留了京剧的基本艺术特征：音乐唱腔是最紧要的；动作、对话的

---

① 陈炎：《"样板戏"与法国"新古典主义"》，《山东社会科学》1987年第2期。
② 卫明：《在艺术实践中有破有立》，《文汇报》1965年3月13日。
③ 郭小川：《〈红灯记〉与文化革命》，《戏剧报》1965年第6期。

夸张和程式化，如亮相、工架和京白；舞台调度上遵循前虚后实的布景原则；从表演的行当分配看，李玉和是文武老生，李奶奶和李铁梅是老旦与花旦，鸠山为花脸。它们涵盖了京剧唱、念、做、打的全部表现手法，使《红灯记》完成了对京剧"剧场性"的移植和继承。京剧《红灯记》改编成型的整个过程，可视为"样板戏"处理"道"与"戏剧性"关系的一个缩影。王元化指出："样板戏的制作者（剧本创作、舞蹈、音乐）在创作时都是有意识把当时的政治要求放在首位，竭尽一切可能在艺术表现中去加以体现和贯彻。"① 但是，时至今日，"样板戏"的"捍卫派"仍以其形式上的成就傲人。毕竟"样板戏"之为"样板"，是因为在官方眼里她是艺术；由于价值中立/缺位的美学品格，京剧跟"革命"搭成了比较般配的姻缘，获得了意识形态和艺术形态的双重认可。如，毛泽东在观看芭蕾舞剧《红色娘子军》后就表示："方向是对的，革命是成功的，艺术上也是好的。"②

葛兰西指出，无产阶级文化领导权的基本特点，便是其政党依靠强大的组织化力量建立"文化领导权的机器"，并将主导性意识形态内化为广大人民特别是知识分子的普遍意志。从"两结合"到"文化大革命"时期的文学理论，我们清楚地看到，政治性的立场与视野日益嵌入并规范着文学之思，文学逐渐由"政党政治"转变而为"领袖政治"之意识形态话语的形象化派生物，甚至介入了某个政治集团的政治斗争之中。英国哲学家科林伍德说过："形形色色的伪艺术，实际上是可以分派给艺术的形形色色的用途。为了使这些目的中的任何一个得以实现，首先就必须有艺术，然后才是艺术对某种功利目的的服从。"③ 又说："如果说巫术艺术达到了一种高级审美水平，这是因为它所属的社会（不单指艺术家，观众与艺术家都包括在内）要求它除了具有一种最起码的巫术功能之外还具有审美价值。这种艺术具有双重动机。"④ 作为"京剧革命"成功的神话，"样板戏"充分说明了这点。

"政治化"地理解文学一直是20世纪中国文学一个深厚而又久远的历史"传统"，其极端形式，便是在"文化大革命"时期，"政治推动文学走上了崭新的道路，同时，政治又执拗地捆绑着文学，侵凌着、改变它

---

① 王元化：《样板戏有艺术价值吗》，《明报·加西版》1997年5月6日。
② 见"江苏省无产阶级文化大革命材料工作站"编《暮色苍茫看劲松——江青同志对文艺革命的部分指示》，第87页。
③ ［英］科林伍德：《艺术原理》，王至元等译，中国社会科学出版社1985年版，第33页。
④ 同上书，第71页。

作为艺术门类的品格"①。那么,什么是政治呢?亚里士多德认为,政治是一种以正义理念为原则、以建立良好的社会秩序为目标的,关于城邦的管理行为。他说:"城邦以正义为原则,由正义衍生的礼法恰好是树立社会秩序的基础。"② 根据英国学者安德鲁·甘布尔的看法,"政治"是一个相当模糊的概念,拥有一些不同的方面。其中,最重要的有三部分:作为政府权力的政治、作为身份认同的政治和作为社会秩序的政治。可见,政治体现于作为社会人的实际组织形式,如何将个体的人组织成一个和谐有效的社会整体,是一切政治活动的出发点。作为一种文化现象的政治活动,由此体现为侧重于伦理原则的"元政治",以及侧重于实际利益的"权力政治"两个层面。前者属于体现人们内心愿望的全民政治,注重的是社会"如何组织"的问题;后者属于表现为各种运作机构的党派政治,关心的是国家"谁来统治"的问题。前者作为伦理政治主要考虑政治的正义性,而后者的核心是形形色色的权力关系。③ 艺术实践的政治内涵不是侧重于实际利益的"权力政治",而是侧重于伦理原则的"元政治"——哈维尔曾精辟地称之为"反政治的政治",他说,在"元政治"的语境里,"政治作为对人类同胞真正富有人性的关怀",是以"人权"为基础的对"至善"原则的捍卫,强调的是超越身份、种族、性别的普遍利益。这种"元政治"也是康德的"人是历史的最终目的而并非工具"意义上的人文理念的落实,着眼于普遍人性的共同追求。在这里,"政治不再是权力的伎俩和操纵,不再是高于人们的控制或互相利用的艺术,而是一个人寻找和获得有意义的生活的道路"。艺术家"从被权术家嘲笑的对象——人类良心——中创造一种真正的政治力量";它要求艺术家承担起一项使命,即"抵制匿名的、非个人化的、非人性的权力,它以种种意识形态的、制度的、党政机关的、官僚主义的、伪饰的语言及政治口号的方式出现"④。可见,艺术的政治之维应该从代表道义原则的"元政治"角度出发,对现实中的党派政治实践进行一种伦理评估。这样,面对生活世界的大是大非,文学艺术在"元政治"的层面通过审美与伦理的统一而拥有了一种艺术的张力。因此,与其说文学艺术作品有直接的社会政治意义,不如说它拥有一个通过文学艺术的生命意义为中介的社会政治之维,而体现出一种永恒的诗性意义。房龙说得好:"把艺术公式化,把艺

---

① 刘纳:《嬗变》,中国社会科学出版社1998年版,第247页。
② [古希腊]亚里士多德:《政治学》,商务印书馆1965年版,第9页。
③ 参阅徐岱《基础诗学——后形而上学艺术原理》,浙江大学出版社2005年版,第358页。
④ 《哈维尔文集》,香港明河社2004年版,第135—136页。

术弄成政治纲领的一部分的做法已屡见不鲜。但从来没有成功过，也永远不会成功。"① 在"文化大革命"时期里，作为政治文化的宣传工具，"革命样板戏"所谓"成功"的"神话"充分证明了这点；"文化大革命"文学在政治和文学方面的双重迷误，时至今日仍有着深刻的历史教训。

---

① 房龙：《人类的艺术》（下册），中国和平出版社1996年版，第696页。

第五章 关于文学艺术批评标准的讨论

文学批评的标准是新中国成立之初构建新的、无产阶级的意识形态和文艺理论形态的重要内容之一，得到了从第一代领导人到普通理论工作者的普遍重视。在大半个世纪的发展过程中，它经历了由一个受到瞩目、作为一般文艺理论教材中重要篇章的内容到逐渐被边缘化，最终在最近20年的文艺理论中淡出舞台的、大起大落的变化。由于这一问题早在新中国成立前就已经引起关注，并直接由那时的探讨延伸到新中国成立后，因此我们需从1942年的毛泽东《在延安文艺座谈会上的讲话》谈起。

第一节 毛泽东的《讲话》与新中国文艺批评标准的确立

1942年5月，为了配合文艺界整风运动，澄清一些作家和文艺理论家的模糊认识，毛泽东在延安召开的文艺座谈会上发表了讲话，对文学的本质、服务对象、文艺与生活的关系、动机与效果、普及与提高、文学遗产的继承以及文艺批评的标准等文艺理论重要问题都做了明确的指示，此文也由此成为20世纪中国文艺理论史上的纲领性文献。

在讲话中，毛泽东明确指出："文艺批评有两个标准，一个是政治标准，一个是艺术标准。"① 对于政治标准，他说："一切有利于抗战和团结的，鼓励群众同心同德的，反对倒退、促成进步的东西，便是好的；而一切不利于抗日和团结的，鼓动群众离心离德的，反对进步、拉着人们倒退的东西，便是坏的。"② 在这段话中，毛泽东同志根据时代政治的需要对政治标准作了规定，即利于抗日和促进进步。这个定义的问题在于，随着

---

① 《毛泽东选集》第3卷，人民出版社1991年版，第868页。
② 同上。

抗战的结束，这种对政治标准的规范必然会被抛弃，代之而起的应是这种理解背后的深层精神，即根据时代政治和人民性来界定政治标准。从这个角度来说，他对政治标准的描述不能作为一个严格的定义来看，只是一种权宜之策。但仅从当时的时代状况来看，这个定义的内涵还是非常明确的。对于艺术标准是什么，毛泽东却是直接绕过了对它的界定，仿佛视之为一个自明的命题，只是提出了艺术性高低，相应地存在着好与坏的问题。然而，艺术性并不是一个自明的概念，何谓艺术性，何谓艺术性高，而又何谓低，这些需要做出规定的概念他都没有再作进一步的说明。

但是，如果我们把艺术标准看作是对艺术之所以为艺术，即文学之所以为文学的特殊属性的考察，那么，在《讲话》中，毛主席还是做出了探讨的。对文学的特殊属性的探讨，可以有两种思路，一种是从文学内部，例如语言、意象、象征、隐喻、结构等内在因素来探讨，另一种则是根据文学与生活的关系，即从文学的外部对文学作出规定。很显然，毛主席的探讨属于后者。在他看来，文学与生活之间的区别就在于，"文艺作品中反映出来的生活却可以而且应该比普通的实际生活更高，更强烈，更有集中性，更典型，更理想，因此就更带有普遍性"，"文艺就把这种日常的现象集中起来，把其中的矛盾和斗争典型化"①。因此，文学相对于现实人生，其区别就在于它的典型性，它既依附于现实，来源于现实，同时也是对现实的提升。

也许毛主席当年对艺术标准和政治标准的处理方式是一种无意识行为，但是这种方式却在一定程度上成为"文化大革命"结束之前文艺界探讨文艺标准问题的规范性思路，即探讨政治标准时内涵相对明确，却很少直接谈及艺术性具体是指什么。后者被转换成了对艺术性所包含的子命题的探讨，一定程度上构成了探究标准问题的显隐两条线索。

而对于毛泽东本人的文艺思想来说，这种显隐两条线索的价值在于，它表明了他作为政治家和诗人的双重身份以及由此带来的人格矛盾。毛泽东的诗词很多是脍炙人口的，其风格大气磅礴、充满了革命时代的壮志豪情，意象雄浑，并带有强烈的浪漫主义色彩。作为诗人，长期的创作实践和经验累积使他充分意识到文学自身的特殊性。在给臧克家等人的信中，他谈到不同意发表自己的诗歌的理由是"诗味不多，没有什么特色"②。

---

① 《毛泽东选集》第3卷，人民出版社1991年版，第861页。
② 毛泽东：《关于诗的一封信》，载张炯《中国新文艺大系·理论史料集》，中国文联出版公司1994年版，第12页。

在给陈毅的信中，他更明确指出："诗要用形象思维，不能如散文那样直说，所以比、兴两法是不能不用的……宋人多数不懂诗是要用形象思维的，一反唐人规律，所以味同嚼蜡。……要作今诗，则要用形象思维方法，反映阶级斗争与生产斗争。"① 从这些话语中可以发现，这种特殊性包括诗味、形象思维、比兴手法以及是对现实生活的反映，等等。尽管从哲学基础来看，这些文艺的特殊属性是从不同的立场提出来的，不可以简单地堆放在一起。但毛泽东所强调的核心却是诗味和形象思维，而且二者之间存在着因果链，形象思维是获得诗味的手段和原因。在他的话中，还透露出另外一种信息：宋人的诗作之所以味同嚼蜡，是因为宋人多不懂诗歌的创作需要用形象思维。学界一般认为，唐诗主情，而宋诗主理，这与宋代理学思想盛行有很大关系。换句话说，宋人更喜欢从观念出发，在诗中也表达一种理味，按照严羽的话来说，即为"以才学为诗，以议论为诗"，这带来的直接后果就是没有诗味。由此我们似乎可以认为，从创作实践来看，毛主席是反对概念化、公式化、主题先行等违背艺术创作规律的做法和观念的。而这些问题又恰恰是"文化大革命"之前中国文艺界过分强调政治标准所带来的明显问题。

　　由于这些信件是在私人间流传的，所以与公开的作为政治家的毛泽东的政治批示并不一致。在他的政治批示当中，使人感受到的是一个政治家对严峻的政治形势的焦虑以及对革命立场和斗志的坚持和强调。"像武训那样的人，处在清朝末年中国人民反对外国侵略者和反对国内的反动封建统治者的伟大斗争的时代，根本不去触动封建经济基础及其上层建筑的一根毫毛，反而狂热地宣传封建文化，并为了取得自己所没有的宣传封建文化的地位，就对反动的封建统治者竭尽奴颜媚骨的能事，这种丑恶的行为，难道是我们所应当歌颂的吗？"② 在毛泽东看来，武训并不值得歌颂，因为在他所生活的时代，反帝反封建的斗争已经如火如荼地开展起来，而武训的行为恰恰与之相反，是宣扬封建文化的，因此把他塑造成一个正面英雄人物是存在问题的。这是一种典型的站在阶级性和政治倾向性立场对作品和人物形象的分析。从政治标准角度，毛泽东否定了《武训传》的价值。在下面的引文中，他的文艺政治工具论观念更为明确："这些协会和他们所掌握的刊物的大多数（据说有少数几个好的），十五年来，基本

---

① 毛泽东：《致陈毅》，载张炯《中国新文艺大系·理论史料集》，中国文联出版公司1994年版，第13页。
② 毛泽东：《应当重视电影〈武训传〉的讨论》，载张炯《中国新文艺大系·理论史料集》，中国文联出版公司1994年版，第3页。

上（不是一切人）不执行党的政策，做官当老爷，不去反映社会主义的革命和建设。最近几年，竟然跌到了修正主义的边缘。"①文艺需要执行的是党的政策，成为党的政治宣传的工具，以及进行革命斗争和阶级斗争的一种方式。正是出于这种斗争思维的延续，他用了战争时代的话语来表达他对两个年轻人对《红楼梦》的评论的欣赏，他说："这是三十多年以来向所谓红楼梦研究权威作家的错误观点的第一次认真的开火。"②

作为诗人的毛泽东和作为政治家的毛泽东有着完全不同的艺术价值取向。作为政治家，他十分强调文艺对党的政策的服从，把前者完全看成是后者的服务工具，而作为诗人，他欣赏和追求有诗味的作品，反对概念化、公式化的创作倾向。他的这种错位究其实是文艺的特殊性对从政治角度规定文学的观念的抵抗，也是对教条主义的文学政治工具论观点的局限性的揭示。但是，由于他给陈毅的信在其生前没有发表，因此，这封信中的思想所带来的震撼只能留到了20世纪的70年代末。在"文化大革命"结束之前，文艺批评标准的主要构成还是毛泽东的文学政治工具论观点。

由于当时中国思想界对马克思主义的理解差不多都是从苏俄引进的，因此，这些思想除了保留马克思恩格斯本人理论内核之外，还体现出了俄罗斯民族思想的特点。而作为这个民族的杰出代表以及世界共产主义运动领袖的列宁，他的思想无疑在当时的中国更具有指南针式的意义。从《讲话》中，我们可以深刻地感受到列宁的思想对毛泽东的影响。毛泽东在两处至为关键的地方引用了列宁的《党的组织和党的文学》中的思想。第一处是在结论中的第一部分谈及服务对象时，引用了列宁的"文艺为千千万万劳动人民服务"的思想，第二处是在结论的第三部分讨论党的文艺工作和党的整个工作的关系问题时，借用了列宁的文艺事业是无产阶级整个革命事业的"齿轮和螺丝钉"的思想。除直接引用外，毛主席对反映论和阶级性等思想的强调也与列宁主义存在着直接的血缘联系。

毛泽东言说文艺的思路体现出了当时的时代状况，即当时中国共产党人对文艺的思考和探讨其学理上的资源主要来自苏联，包括第一代领导人在内的中国思想界和文艺理论界往往是引用苏联的领导人和文艺界的言论来解释和论证我们自己的观点。很少有人直接引用和思考马克思与恩格斯关于文艺的那些著名段落。我们今天耳熟能详的马恩关于文艺的那些信件

---

① 《文艺思想斗争史》，河北大学中文系内部教材1977年版，第441页。
② 毛泽东：《关于红楼梦研究问题的信》，载张炯《中国新文艺大系·理论史料集》，中国文联出版公司1994年版，第4页。

以及其他一些重要著作等都没有得到当时国内文艺理论工作者的重视。这很大一部分原因是由于受到当时苏联国内学术环境的影响。虽然当时苏联已经有意识地把马恩有关文艺和美学的重要著述如《巴黎手稿》、《致敏·考茨基》、《致玛·哈克奈斯》等发表出版，并用它们来有力地反驳了拉普在理论上的庸俗社会学观点，但是，"从20世纪30年代末开始，对斯大林的个人崇拜逐渐形成，也给文艺理论和文艺创作带来不良影响。由于片面强调文艺为当前政治服务，忽视文艺的特点和规律，文学中出现了一些图解政治口号，公式化、概念化的作品，出现了'指示性的'、简单化的、政治鉴定式的文学批评。"① 这些倾向都严重地影响了马克思和恩格斯的文艺著作在当时的苏联的进一步的研究和全面考察。而在国内，由于对马克思主义单向地从苏联引进，包括第一代领导人在内的中国思想界的整体眼光不能不有所局限。更为突出的是，苏联在文艺问题探讨方面出现的问题、所走过的弯路在中国也没有避免。

　　从以上的分析中我们可以得出这样一些结论：第一，文学批评标准确立时的学术资源主要是苏联以列宁为代表的马克思主义文艺思想；而又由于毛泽东的特殊政治地位，所以当时文艺理论界探讨文学批评标准以及进行实际文学批评活动的理论依据主要可以分成两个部分，一部分是毛泽东同志的《讲话》，另一部分是以列宁为代表的苏联政治家和学者的著作。其中，最主要的仍然是前者，后者在某种意义上也是用来支持和论证前者的合法性的。第二，由于毛泽东同志在《讲话》中对待艺术性和政治性存在显隐两条线索，是两种不同的处理思路，因此这种方式在一定程度上也规定了此后文艺理论工作者讨论文艺标准问题的思维模式，即明确地表明的往往是作者以及作品的政治立场，对艺术性则有意淡化，少提或不提这个字眼，形成了新中国成立后很长一段时间内对文艺的批评政治标准唯一的表面局面，但在具体批评实践中，学者们又试图在一定程度上尊重文艺的特殊性，尽量矫正或补救对政治性标准强调所带来的问题以及为文艺自由呼吸寻找一点空间。但又由于政治标准讨论的显在性和强势，因此在对那些有着浓郁的文学特质命题的讨论中，也不能不在一定程度上带有强烈的政治色彩。第三，由于少提或不提艺术性这一术语，而是转化为对其子命题的探讨，所以典型性、真实性和两结合的创作方法则成为文艺理论家探讨文艺的特殊性的重要内容，同时也是新中国成立后文艺理论批评家们提到的频率最高的几个语词。对于政治标准的讨论，毛泽东同志的规定

---

① 刘宁：《俄苏文学文艺学和美学》，北京师范大学出版社2007年版，第66页。

主要还是根据1942年的时代政治状况，而此后文艺理论工作者在文艺批评标准问题的探讨中，很自然地把毛泽东在《讲话》中所坚持和强调的阶级性立场、人民性要求等放到了政治标准的下面，而列宁在《党的组织和党的文学》中所论述的核心内容——文艺的党性原则也因《讲话》成为了政治标准的题中应有之义。随着学术界进一步的争论和探讨，《讲话》中内涵界定比较模糊的政治标准以及没有界定的艺术标准都有了相对比较明确的内容。第四，毛主席双重身份的矛盾，既揭示了从政治角度规定文艺的局限，也表明了文艺与政治实际上的无法叠合以及用政治取消文艺独立的不可能性。这种矛盾不仅仅体现在毛主席个人身上，也体现在绝大多数的文艺工作者的相关论述中。当然，前者的矛盾是因为身份的双重，而后者的矛盾是因为他们身份是文艺工作者，但却由于认同了时代价值取向，在时代价值取向和无法放弃自己的文化身份之间发生的冲突所带来的结果。

第二节 文艺理论家对《讲话》精神的解读

新中国成立之初，文艺理论工作者的出身、成分、学源背景等方面都比较复杂。从地域角度来看，有来自解放区的，有来自国统区的。从学源背景来看，有的受西方思想中的某一具体派别或人物的影响，如朱光潜；有的受五四传统的熏陶，如胡风；有的受民间文化影响至深，如赵树理；有的则很早就接受了马克思主义，如周扬。这些有着复杂学术成分的文艺工作者给新生的政权提出了一个艰巨的任务。这是因为，一个政权建立之后，它迫切需要从意识形态角度来获得自己的合法性。从当时的实际情况来看，就是如何把原来仅仅是解放区的意识形态推广成全国人民普遍认同的观念，实现全国在意识形态方面的统一。也正是因为如此，我们对文艺批评标准的梳理是从解放区审美意识形态确立的1942年说起。新中国成立后，实际的文艺理论工作具体地变成了把毛泽东的文艺思想贯彻到文艺理论工作的各个角落这个问题。而复杂的文艺理论工作者的学术成分给这项工作带来了一定的困难。从文艺理论工作者的心理状态来说，这个问题确实存在着解决的契机。因为，新中国的成立，意味着受尽了百年屈辱的中华民族从此屹立于世界民族之林，党所领导的政权具有天然的合法性，其救星地位使无论何种学理背景的知识分子都发自内心地亲近和认同。这种亲近和认同让他们自然地愿意接受中国共产党的指导思想马克思主义，尤其是它在中国的具体化表现的毛泽东思想。这从很多知识分子的思想改造和转变的实际行动中可以看出。但是，曾经的学术背景和学术信仰无法从他们的大脑中被彻底格式化掉，因此，在他们努力坚持和学习马克思主义和毛泽东思想的活动中，本有的学术成分使这种解经活动变得非常复杂，表面上都属于在坚持和追求马克思主义和毛泽东思想，但实际的解释却又带有浓厚的原有知识传统，这构成了深层次上不同的学术立场。又由于新中国成立之初一直到"文化大革命"结束，党内一些主管文化工作的领导以及漫布整个文艺批评界的宗派主义、教条主义以及庸俗社会学，使学术论争在一定程度上变成了攻击、报复和谩骂，逐渐偏离了百家争鸣的学术轨道。所有的学者都为此付出了惨重的代价。当然，我们的关注点在于，由于基于不同的学术渊源，因此，不同的学者对文艺批评标准的解读存在着潜在的巨大差异。本部分拟从文化传统的三种一般划分，即官方意识形态、五四传统和民间立场三个较为突出的方面来考察不同学养的学者对批评标准的解读，通过这种解读来揭示当时各派观点的实质分歧。

周扬，作为党在文艺部门的代言人，一方面他直接表明自己坚定的政治立场，另一方面，他的话语在一定程度上也被等同于官方文艺政策。在政治标准和艺术标准的抉择中，他体现出来的思路也是最接近于毛泽东的。这种接近并不是说只有他的理解才属于马克思主义、毛泽东思想的，而是说，他的思路特征和毛泽东的思路特征最为接近。我们在前文指出，毛泽东对艺术标准并没有做出明确规定，而周扬在他历次谈及批评标准时也没有对艺术标准是什么做出规定，而是坦率承认："无产阶级的艺术标准，我以为不必谈……艺术标准很难定。"[1] 对于政治标准，可以用周扬的一段反问来说明他的理解，"文艺与政治的问题，还不就是工农兵方向？'工农兵方向'还不就是阶级性问题？'现实生活'除了人民群众还有什么？"[2] 因此，政治标准，按照周扬的观点，就是工农兵方向和阶级性。此处的逻辑在于：现实生活是由人民群众构成的，人民群众就是工农兵，因此表现现实生活就是表现工农兵，表现工农兵就是"工农兵"方向，坚持工农兵方向就是无产阶级的阶级性和党性的体现。这样，周扬就把当时讨论政治标准的几个核心命题——人民性、工农兵方向、阶级性、

---

[1] 周扬：《对编写文学概论的意见》，载《周扬文集》第3卷，人民文学出版社1990年版，第272页。
[2] 同上书，第227页。

党性等紧密地联系到了一起。至于两个标准之间的关系以及"第一"、"第二"内涵的具体理解,周扬认为,"政治标准第一,艺术标准第二,不是说分析作品看有几分政治,几分艺术,更不能用今天的政治标准去分析古人。……政治标准第一,是从今天的需要出发,提倡什么,反对什么,李后主的词对今天的青年没好处,可以不提倡它。"① 从这段话中,可以看出,他所理解的文艺批评的两个标准并不是指在具体的文学批评实践中,批评家要兼顾政治性和艺术性,而是首先看政治性。换句话说,政治性是前提,它决定一切,如果政治上不过关,再高的艺术性也不是好的。他举的李煜的例子可以说明这一点,李煜作品的艺术性不可谓不高,但是"对今天的青年没好处",所以不提倡。在关于《文学概论》教材编写另一次发言里,他更是明确指出:"两个标准问题不是分析作品的问题。政治标准是前提,看作品首先看政治上有害无害,然后决定态度:禁止或赞成。"② 并且,他还否定了一种对"第一"、"第二"的错误理解,政治标准第一不是一个量化问题,即并不是指政治性所占比例多,而艺术性所占比例少,而就是政治标准为先,首先考察政治标准,其实也就是政治标准决定一切。还有,尽管周扬认为不能用今天的政治标准去分析古人,但是他的言下之意其实还是主张古人的作品要过今天的政治关,是根据今天的政治需要来决定何者为好,何者为坏,提倡什么,不提倡什么。李煜的例子是如此。在1962年的关于文艺理论教材编写提纲讨论会上他的发言中还说,"关于言志派,上海书中引了袁中郎很多话,但袁中郎的革命性不如李卓吾……引也可以,只是不要引得太多。"③ 袁宏道的革命性不如李贽,所以他的话就不可以引很多。这种思路对于经历了那个年代的学者来说,一定不陌生。它把政治标准第一直接转换成政治标准唯一,然后再沿着这种观念来评价具体的作家作品,僵化地将政治原则直接转换成文学的价值所在,对于文学自身发展所带来的弊端自不待言。由于坚持文学的政治性,因此,周扬对文学理论中的重要问题如真实性、典型性等的理解也是从政治角度着眼,把这些可能确立文艺的特殊性的思想都填充了具体的政治内涵。"说真实性是无产阶级最重要的艺术标准,这不妥。因为真实性也是政治性的标准"④,"为什么说非要创造人物不可呢?因为

---

① 周扬:《对编写文学概论的意见》,载《周扬文集》第3卷,人民文学出版社1990年版,第235页。
② 《周扬文集》第3卷,人民文学出版社1990年版,第271页。
③ 同上书,第257页。
④ 同上书,第272页。

不通过典型就不能表现艺术的党性，应该把典型问题，当作立场问题、政治问题、党性问题"①。他的主张之中存在着怎样潜在的问题，以及这种极端功利主义的理论的背后会给中国的文学发展带来怎样的弊病，文学史实已经给出了答案。当然，为了公允，我们必须承认，周扬的很多观点并不是只有他一个人是这样认为的，当时党在文化部门的很多领导人的看法和他都基本上一致。例如，邵荃麟认为，"最好的文学艺术，必然是具有高度的人民性的艺术。最高度表现着人民性的是什么呢？这除了领导人民斗争的布尔什维克党的思想以及他的纲领和政策以外，是不可能有更高的东西的。文艺的党性就是作为文艺的人民性的最高表现……这样的艺术不仅在政治意义上是最进步的，而且在艺术内容上一定也是最现实的。"② 政党的纲领和政策成为文学所要表现的内容，这是党性，是原则性问题，此处的"最现实"应指文学的真实性，这种真实性不是来自于对现实生活的如实刻画，而是来自于对党的政策和纲领的表现，是政治立场和政治内容成为艺术真实的前提和理由，显然这种观点与周扬的理解如出一辙。

我们认为周扬对文艺批评标准理解的思路特征与毛主席的思路特征相近的另一个表现是，尽管他不解释艺术性是什么，也坚定地认为政治性是前提，是首要的，但在一些具体的批评以及无意识的主张中，他还是坚持了文艺的特殊性。他是中国较早提倡形象思维的学者之一。"关于形象思维这个问题……我是偏向于有形象思维的"。③ "艺术特点讲起来，无非就是一个形象思维。形象思维有它自己的逻辑，它是需要有形象的，需要有情绪的，没有情绪，没有情感，一切都是空的。"④ 很明显，周扬把形象思维视为文艺的特殊性。新时期之后，这个命题曾经一度成为我们思考文学的特殊本质的重要内容，而周扬屡次在他的讲话和批评文章中，强调这一点，把它作为作家从事创作以及文学作品中形象塑造的前提。"逻辑思维是形象思维的基础，但不能代替形象思维，那可以说是一篇革命的文章，但不能说是艺术品，是宣传，是提纲，而不是艺术。"⑤ 此处，他坚持了文艺的特殊性，把形象思维看做是文学之所以为文学而不是宣传品的

---

① 《周扬文集》第 2 卷，人民文学出版社 1985 年版，第 341 页。
② 荃麟：《党与文艺》，载张炯《中国新文艺大系（1949—1966）理论史料集》，中国文联出版公司 1994 年版，第 434 页。
③ 《周扬文集》第 3 卷，人民文学出版社 1990 年版，第 242 页。
④ 同上书，第 111 页。
⑤ 《周扬文集》第 2 卷，人民文学出版社 1985 年版，第 337 页。

第五章 关于文学艺术批评标准的讨论

主要特征。并且言下之意,他是意识到并且也反对把文艺看做是宣传品的做法的。这和他此前所主张的政治标准第一,政治立场先行的观点其实是有冲突的。这种困境不是他个人的,实际上是他以及他的同时代人探讨文艺问题和进行文艺批评的整体两难选择。

胡风,由于来自国统区,因此新中国成立后他的政治身份就由党的政策允许团结的有进步倾向和民主思想的小资产阶级知识分子转变成了思想上需要改造、接受共产主义世界观的革命对象。显然,胡风对自己的这种新的身份并没有清醒的认识。在他的《关于解放以来的文艺实践情况的报告》(即"三十万言书")中,他把马克思主义经典理论作家和当时实际党的文艺部门的领导如周扬、林默涵等人的主张分离开来,明确指出后者对马列主义、毛泽东思想的背离,在批驳和向中央领导反映情况的字里行间中表明了自己的基本文学立场。同当时大多数的文艺理论工作者一样,胡风坚定地认为自己是坚持了马列主义和毛泽东思想的,在"三十万言书"中,他也恰是基于这种自信而引经据典,来证明自己的观点是正确的,或者说是更为符合马列主义、毛泽东思想的本意的。毋庸讳言,他的很多观点确实是切中时弊,指出了当时党的文艺部门的领导方面的行政作风和教条主义,但是,仅就他本人对文艺问题的理解,我们会发现其实他的理解和以毛泽东为代表的共产党人所确立的国家意识形态之间存在着本质上的疏离。

就胡风的著作而言,他基本上没有直接谈及对文艺批评标准的理解,但他理论的核心内容如现实主义、真实性等命题在当时的历史条件下是可以被直接放到文艺批评标准下进行讨论的,因此我们可以借助他对这些命题的探讨来管窥他对文艺批评标准的理解。胡风对现实主义的基本理解是,"现实主义的哲学根据是反映论,即唯物主义认识论(也是方法论)在艺术认识(也是艺术方法)上的特殊方式。犹如真正反映了客观世界的才是唯物论,通过艺术特征真正反映了历史真实的才叫做现实主义。"[①]他在这里把现实主义看做是一个非常宽泛的东西,贯穿人类文艺的始终,因此只要是反映了历史真实的艺术,都可以称为现实主义。胡风的这个观点可以推论出来的是,无论作家之出身,虽然在他所处的那个时代,会有具体的阶级局限和时代局限,但是作家本人还是能写出反映了当时社会状况的作品,其作品的真实性不容否定,有些作家甚至会因为尊重现实而写

[①] 《胡风全集》第6卷,湖北人民出版社1999年版,第166页。

出超越了他的阶级局限、政治偏见等"达到高度的现实主义真实性"① 的作品。他的这个观点有抹杀阶级性观点的嫌疑，同当时把阶级立场和真实性联系起来考察的思路有很大的差别。因此，林默涵批判他"始终离开阶级的观点"是直指他作为当时历史条件下讨论此一命题的问题所在的。并且，胡风还指出，社会主义现实主义是现实主义发展到今天的历史形态，尽管它是现实主义的最高形态，但仍然是过去历史发展到今天的产物，不可以把它从历史中割裂出来，抽象地来看。在胡风看来，社会主义现实主义之所以能够反映现实，达到客观真实的地步，原因就在于在一个社会主义制度下，社会本身达到了最为真实的程度，作为对它的反映，社会主义现实主义自然是真实的最高程度，同时也实现了现实主义本身的质的飞跃。胡风此处对社会主义现实主义的理解与当时的流行观念很不一样。他所认为的真实性不仅仅包括我们平素所言的如实地描写现实，还包括对社会的本质真实的理解。在他这里，暗含了除社会主义社会外，其他社会都是不完全真实的观点。这个观点的成立需要对社会的本质和人的本质作非常深入的哲学分析才有可能。然而，基于他对真实和现实主义的理解，社会主义现实主义就无法成为一种可以用来衡量作家的标准，也不可以从历史中剥离出来做抽象的考察，更无须把它作为作家和艺术家进行创作所必须坚持的政治立场。因为它只不过是社会发展到一定阶段的产物而已，换句话说，社会主义现实主义是文学在社会主义社会水到渠成的东西，社会主义现实主义不是艺术家和作家所要自觉认同和实践的创作方法，而是文学在社会主义社会的必然表现形态。这里实际上就和以周扬等为代表的国家意识形态之间产生了分歧。在周扬等人看来，社会主义现实主义是今天的作家、艺术家进行创作所必须坚持的方法和立场，这是党性的表现。如果哪一位作家、艺术家没有坚持这一立场和方法，则必须接受批判、教育和改造。在"三十万言书"中，胡风提到周扬等人认为他不接受改造，从他对社会主义现实主义的理解来看，这种批评是有道理的。因为如果说历史已经行进到了社会主义时代，按照胡风的观点，只要作家和艺术家们所采用的创作方法是现实主义，那么一定是社会主义现实主义，这由社会的客观形态决定的，并不取决于作家个人。这带来的实际效果就是，胡风对现实主义的历史性的坚持等于否定了国家意识形态中所要求的把社会主义现实主义作为一种普遍的标准的观点和态度。由于坚持历史性和反对将社会主义现实主义普遍化，胡风对学界古人过今天的政治关

---

① 《胡风全集》第 6 卷，湖北人民出版社 1999 年版，第 167 页。

的做法深恶痛绝。例如，林默涵曾经指出，"即使是巴尔扎克，也因世界观的缺陷而限制了他对现实的认识，更没有成为也不可能成为社会主义的现实主义者。"① 胡风曾针锋相对地以嘲弄的笔调回击他：

> 《共产党宣言》出版于一八四八年；《政治经济学批评》出版于一八五九年；《资本论》第一卷出版于一八六七年；巴黎公社的起义和失败是一八七一年；十月社会主义革命胜利是一九一七年。解散拉普是一九三二年；苏联第一次作家大会开于一九三四年；作家协会章程批准于一九三五年。而巴尔扎克呢？生于一七九九年，死于一八五〇年。
>
> 一般所说的反历史主义，"胡乱审判古人"，好像还没有达到这样"理论高度"的例子。②

除了对社会主义现实主义的理解坚持历史性之外，更为重要的是，胡风试图把五四以鲁迅为代表的新文学传统纳入社会主义现实主义中来。他说："社会主义的现实主义同样是一个广泛的概念，只要是有反帝反封建的倾向的、多少有人民解放的感情要求的作家，随处可以吸取人民的痛苦和渴求，都能够在自己身上找到某一基础，都可能进入实践的。"③ 胡风对社会主义现实主义的理解同样存在问题，如果社会主义现实主义按其在苏联的诞生之日算起的话，那么五四文学如何可以成为是社会主义现实主义的，就需要提供更为有力的证据。而他所做的这个社会主义现实主义的宽泛理解，仿佛是为五四文学传统量身定做的。我们对此的关注点是，虽然已经处于一个新的形势下，但他的知识体系中所认定的东西依然是五四传统。五四传统的一个重要特点就是启蒙，是知识分子对大众的启蒙，正如胡风几次提到鲁迅的"多采自病态的社会的不幸的人们中，意思是在揭示出病苦，引起疗救的注意"④，他意在坚持五四传统的启蒙特质。诚然，五四时期的启蒙性也是面对大众，是对人民群众的关注，但这种关注和毛泽东所确立的国家意识形态之间存在着非常微妙的区别。毛泽东所确立的国家意识形态中的为工农兵、为大众的方向即人民性和党性问题在有意淡化启蒙意味，要求知识分子和作家与人民群众在情感上打成一片，

---

① 转引自《胡风全集》第6卷，湖北人民出版社1999年版，第168页。
② 同上。
③ 同上书，第171页。
④ 《鲁迅全集》第4卷，人民文学出版社2005年版，第526页。

一方面是使作家更加了解人民群众的生活，从而在作品中更好地表现他们；另一方面则是使作家接受人民群众的价值观、趣味，是通过和群众打成一片而逐渐放弃知识分子的精英意识，是用人民群众的思想来改造知识分子。胡风没有意识到这个问题，他还在坚守着启蒙意识。他所说的"真实"是普通民众的实际生活，是有优点也有缺点的大众生活，写出真实，不仅仅要写出大众的善良朴实的性格和高涨的革命热情，同时还要写出他们身上传统的积习和历史的惰性。换句话来说，胡风还在坚持着对大众的批判意识，这和国家意识形态恰恰相反。所以胡风所坚持的现实主义、人民性、党性以及真实性都和周扬等为代表的国家意识形态有所疏离。还有一点，对于胡风来说，他一直没有放弃主观能动性的观点，他一直认为，共产主义的世界观也好，社会主义现实主义也好，人民性也好，都需要作家在具体的生活实践、创作实践中逐渐树立，是作家通过主观努力内化于自己的心灵中的，而不是先验的存在和作家创作的前提。他认为把这些东西视为先验的是唯心主义的观点，违背了毛泽东的实践斗争的理念。这种对作家主观意识的强调，同当时国家意识形态所要求的无条件地服从显然是有距离的，并且也必然不见容于那个将学术论争等同于政治斗争的时代。

至于艺术标准问题，胡风认为艺术必须有它的特殊性，尽管他没有说出这种特殊性是什么，但是他强烈地反对周扬、林默涵、何其芳等人的行政干预和教条主义，可以知道，他所认为的艺术的特殊性是摆脱了国家和政党的行政干预、不再仅仅是某一政党的政治宣传品的文学艺术，这在当时是根本不可能实现的。他举出毛主席的"马克思主义职能包括而不能代替文艺创作中的现实主义，正如它只能包括而不能代替物理科学中的原子论、电子论一样"论断来为自己的观点辩护，来企图挽救由于过于强调政治标准而带来的文坛萧条的情形。他多次在"三十万言书"中说，这样下去，文艺会荒废下去，会杀死艺术的，这些都表明他对当时文坛状况的痛惜，深沉的呼吁背后是试图在一个极端的环境中，为艺术特殊性寻找到一点自由呼吸的空间。

就胡风的整个思想状况来看，可以发现他所认同的五四精神在新中国成立之后并没有改变。也许在他那里，实际的情形是这样：一方面，五四文化传统中的启蒙精神和为社会的主调使他非常自然地接受了国家意识形态中的人民性以及政治标准，把构建新中国的官方意识形态看做是五四文化的延续，并由此很自然地把自己的思想看做是对马克思主义、毛泽东思想的遵奉；另一方面，五四文化传统中的个性自由和民主精神又让他试图坚持知识分子和艺术的独立性，他所强调的共产主义世界观的形成以及对马列主义、毛泽东思想的信仰都需要在实践中经过作家的主观内化，并以作家的个性风格体现出来就是这方面的体现。他的强调艺术独立性的立场使我们可以认为，在他那里，虽然两个标准都坚持，但是艺术独立性的优先地位使他内心深处还是把艺术标准放到了第一位。而无论是他内心深处的构想，还是表现出来的观点，都与国家意识形态之间有所冲突，所以新中国成立不久，胡风就遭到批判，并被定性为反革命集团的事件就是不可避免的了。

赵树理在当代文坛一向被认为是在毛泽东的《讲话》精神影响下成长起来的优秀作家之一。这种理解有值得商榷之处。周扬在20世纪40年代曾经敏锐地指出："赵树理，他是一个新人，但是一个在创作、思想、生活各方面都有准备的作者，一位在成名之前已经相当成熟了的作家。"①对此我们可以这样理解：赵树理早在《讲话》之前就已经形成了自己的艺术个性和艺术选择，但《讲话》成就了他，使他受到世人瞩目，成为当代文学史中一位重要的代表。由于早已形成了自己的艺术风格和艺术观点，因此，考察他对两个标准的理解也颇有意思。虽然是一个作家，他基本上不会长篇大论地去探讨文艺批评的标准问题，但作为曲协的主席，很多时候他也需要发表一些讲话以及介绍自己的创作经验，从这些著述当中，我们可以发现他对标准的理解又是一副面孔。赵树理出身农民，长时间的农民生活以及离乡后有意保持与农民的精神联系，使他的身上具有许多其他当代作家所不具有的东西，即对农村生活真正的熟悉和农民特有的务实和清醒，这些特质使其文学创作和观念别具一格。在他看来，"作家要表现生活，首先要看这对革命事业、对人民是有利还是有害"②。从这段话中可以看出，赵树理非常重视政治标准，并且在政治标准中，他最为重视的应该是人民性。在他的著作中，我们很少看到他提到"党性"或者"阶级性"，常常提到的是"群众"、"人民"、"大众"。"我在做群众工作的过程中，遇到了非解决不可而又不是轻易能解决得了的问题，往往就变成所要写的主题。……如有些很热心的青年同志，不了解农村中的实际情况，为表面上的工作成绩所迷惑，便写《李有才板话》；农村习惯上误以为出租土地也不纯是剥削，我便写《地板》"③。与一般的作家和文艺

---

① 黄修己：《赵树理研究资料》，北岳文艺出版社1985年版，第177页。
② 同上书，第144页。
③ 同上书，第98页。

理论工作者重视政治标准不同，从赵树理的这段话可以看出，他所理解的政治不是宽泛意义上的，其实就是党的政策和文件。这种理解非常重要，因为实际上新中国成立之初国家意识形态所立足的从政治的观点审视和评价文学，并不是从宽泛的意义上来说的，是非常具体的，就是党派政治，是将党派政治的具体内涵为人民大众的集体认同的意识形态。因此，这不是在宽泛的意义上探讨文学与政治的关系，更准确地说，应该是在非常具体的意义上，探讨文学与具体党派的政策之间的关系。对这一点的理解上，也许是无意识的，但赵树理的理解却是最为符合国家意识形态的要求的，因此，他才可能成为那个时代的典范。就艺术标准来说，赵树理所理解的艺术性也与其他人不一样。在他看来，当代文坛上存在着三种传统：中国古代士大夫传统、五四以来的文化界传统和民间传统。这三种传统之间各自独立发展，并没有很好地交融在一起。"有古来留下来的一套，至今还未能完全消灭。另一套是从民间留传下来的，还有一套是五四运动以后从西洋接收过来的。以上这三套东西，始终没有很好的交融往来过，各说各有理。"①，既然存在着三种文学传统并存的现象，那么何者为正宗呢？换句话说，我们发展文学，应该沿着哪一条道路呢？他说："中国诗里若一定要外国风味，像五四后那样小资产阶级的诗人，是感到舒服的，而中国老百姓就未必感到舒服。朗诵这一类的诗，知识分子听了也许觉得不别扭，工农听起来，就认为朗诵者是疯子。因为情感不接近的关系，自然会受到群众的讽刺。……总之，我们接受遗产也好，借镜外来的也好，首先对它要深入了解，有系统地去做，该批判的批判，把不好的丢掉，该补充的补充，使它们成为口语化的，为群众所喜闻乐道的东西，保持民间形式和民族的特点。"② 在这里可以发现，赵树理把百姓的审美趣味和知识分子的审美趣味对立起来，等于在一定程度上否定了五四新文学传统，把它看做是外来的东西，而把民间传统当作了文学发展的正宗，五四传统和古代士大夫传统都是在批判的基础上吸收的对象。这样，赵树理所理解的艺术性就是民间文学和艺术的形式和特点。

尽管新中国成立之初的文艺家和文艺理论工作者基于各自的学养背景，对毛泽东的两个标准提出了各自的理解，理解上的分歧给他们也带来了不同的政治命运。但是，如果把他们所有的理解作为一个合集，就会发现，这些不同的理解丰富和深化了对文艺批评标准问题的讨论。张炯在

---

① 《赵树理文集》，工人出版社 1984 年版，第 224 页。

② 同上。

《中国新文艺大系·1949—1966理论史料集》的前言中说："新中国成立初十七年文艺思潮上的批判和论争，无不具有双重性的社会历史后果。主导的积极的一面是推进了马克思主义、毛泽东思想的文艺观点的传播和学习，有利于马克思主义文艺理论的建设和社会主义文艺的发展；消极的一面则是使'左'倾教条主义与庸俗社会学倾向日益增强，不利于文学理论的深入探讨，也不利于文艺创作真正走向百花齐放，更加繁荣和昌盛。"[①]

第三节　新时期对文艺批评标准问题的反思与重建

"文化大革命"结束，拨乱反正成为时代主潮。"文艺领域从来都是时代的风向标，它常常走在时代的前面，对时代的大变革做出种种预示，并且，也在为这种变革作思想上、舆论上、情感上的准备。从文学艺术开始的'文化大革命'，也必然会用文学艺术来终结它。"[②] 文艺批评标准曾经是国家意识形态的集中体现，对新中国文艺的发展产生过重大影响，因此，文艺界为思想解放以及为新时期的社会变革做好观念上的准备，文艺批评标准必然是理论工作者反思和重建的重要内容。从1977年到1985年，根据《新时期文艺学论争资料：1976—1985》中所整理搜集的篇目，可以发现，在这八年当中，各大报纸、杂志上发表的有关文艺批评标准的论文共有144篇。参与这一问题思考的作者包括周扬、陈辽、伍蠡甫、王朝闻、程代熙、吴元迈、蒋孔阳、王文生、叶鹏、刘再复、李衍柱等人。无论是从论文发表的数量，还是从参与者的身份来看，批评标准问题都是"文化大革命"后十年中颇受重视的话题。除学者们的讨论外，党和国家领导人在有关文艺的座谈会上也会提及文艺批评的标准问题，从官方意识形态角度为这一问题定下基调。

对文艺批评标准的反思和重建主要体现在两个方面，一破一立。破主要是指对毛泽东的"第一"、"第二"标准的适用性和科学性的论证；立则主要体现在对文艺批评标准的各种可能性所做的探讨。前者可以分成两个方面，一个是官方意识形态对此所作的定调。如胡耀邦提出："我不大赞成机械地把某个标准排在第一，某个标准摆在第二。"[③] 学术界比较具

[①] 张炯：《中国新文艺大系（1949—1966）理论史料集》，中国文联出版公司1994年版，"前言"第10页。

[②] 高建平：《改革开放30年与中国美学的命运》，《北方论丛》2009年第3期。

[③] 胡耀邦：《在剧本创作座谈会上的讲话》，载《文学理论基础》编写组《〈文艺理论基础〉参考资料》，上海文艺出版社1985年版，第491页。

有代表性的论文是林兴宅的《关于"政治标准第一"的几种论证的商榷》。他认为,过去的教材和论文对毛泽东的"第一"、"第二"标准的合理性论证主要基于三个方面:"1. 从文艺与政治的关系看,因为文艺从属于政治,为政治服务,因此各个阶级都是首先从政治上去检验文艺作品的。'政治标准第一',这是各个阶级对文艺的功利原则和价值观念决定的。2. 就一部作品而言,政治性与艺术性的关系,政治是灵魂,政治决定艺术,因此,评价一部文艺作品的价值,主要是根据作品的政治性。'政治标准第一',又是文艺的本质决定的。3. 从文艺批评的性质看,因为文艺批评是阶级斗争的工具,是服从政治斗争的需要的,因此,文艺批评的主要任务并不是艺术的欣赏,而是对作品进行政治分析,以发挥文艺的教育作用。'政治标准第一'也是文艺批评的性质决定的。"[①] 他的这个总结基本上把以往所探讨的"政治标准第一"几种角度和理由都归纳了出来。接下来他对这三种观点一一作了驳斥,指出它们在逻辑上的问题。例如对于第一种观点,他驳斥道:"从最基本的意义上说,文艺只受生活的制约,受生活的检验。至于政治,它与文艺一样都是经济基础的反映,也都要受生活实践的检验,尽管它们的地位不同,但政治不能决定艺术。用政治的标准去检验文艺,这等于用一种意识形态去检验另一种意识形态,在理论上是讲不通的。"[②] 无论他的驳斥以及申述理由本身是否能完全立住脚跟,但它的积极意义在于,学界终于理性地来看待文艺与政治的关系,不再盲从于某种政治理念,而是试着从学理的角度来审视和考察二者之间的联系。

除了反思原有标准的局限之外,学界还尝试提出新的文艺批评标准。这种尝试主要包括三个方向:其一,对毛泽东的文艺批评标准观作出补正,用思想标准和艺术标准置换政治标准和艺术标准。例如胡乔木在中央宣传部召集的思想战线问题座谈会的讲话中说:"对于一部作品,应该从思想内容和艺术形式两个方面去评价……这就要求我们在衡量、评价一部作品的思想内容时,除了分析它所包含的政治观点、政治倾向性以外,还必须分析它所包含的其他思想内容,它对生活的认识价值,这样才能全面地评价作品的思想意义。否则,就不可能做到这一点,而且势必硬把作品变成某种政治观点的图解物。"[③] 这是国家意识形态从正面对"文化大革

---

① 林兴宅:《关于"政治标准第一"的几种论证的商榷》,载上海师范学院中文系文艺理论教研室《文学理论争鸣辑要》(下),上海文艺出版社1983年版,第959—960页。
② 同上书,第960页。
③ 胡乔木:《当前思想战线若干问题——一九八一年八月八日在中央宣传部召集的思想战线问题座谈会上的讲话》,《文艺报》1982年第5期。

命"前批评标准给文艺所带来的"左"倾影响做出的反思。在学术界，也有很多学者采用了这种说法，如李联明认为："思想性标准通常称作政治标准。我以为，如果给予科学的正名，还是以'思想性'的提法为宜。……作为政治倾向是否对头，固然是检验思想性的关键，但思想性包含着思想、情感等丰富内容，绝非政治性所能概括……准确地说，政治性只是思想性的一个侧面，政治标准包含于思想性标准之中，而不是相反。"① 其实，思想性标准不是政治标准，前者要比后者的内涵宽泛，二者不可等同。李联明的分析中透露出这样一种信息，尽管有些学者还在坚持政治标准，但此时的政治标准和"文化大革命"前褊狭地把政治标准理解成党的路线、方针和政策的做法有着本质区别，而这种宽泛的理解本身就意味着某种政治和思想上的松动。到目前为止，在全国高校比较流行的童庆炳主编的《文学理论教程》也还是采用艺术标准和思想标准二分的说法。其二，还有一部分学者主张真善美的标准。这些学者的基本逻辑前提是文艺批评是一种审美判断。例如，苏宁直接把自己文章的名字命名为"文艺批评是一种审美判断"。而刘再复在他的谈文艺批评标准的文章开头即言："艺术活动是一种审美活动，但不是一般性的审美活动，如静观想象的纯心理性活动，它是一种复杂的创造性的审美活动。"② 在此基础之上，学者们探讨了真、善、美的具体内涵，使之可以成为在文艺批评中可操作的具体标准。"真"一般被界定为艺术真实，"善"一般是指文艺对社会的功能，"美"一般是指作品的审美感染力。其三，还有一部分学者主张采用恩格斯的"美学的观点和历史的观点"的说法。由于对恩格斯观点的理解，某种意义上仍然是一种解经的过程，因此对于它们的具体内涵，学者并没有达成一致。例如蒋培坤认为，历史的观点就是历史唯物主义在文艺批评中的运用，而美学的观点就是尊重文艺是审美活动，从审美属性角度评价文艺，文艺批评必须是一种审美判断。③ 程代熙认为马克思主义的历史的观点包括对文学作品的分析和批评，应依据它所反映的社会生活为准、须从现实而不是概念出发以及坚持阶级性观点，美学观点包括真实性、典型化、形

---

① 中国马列文艺论著研究会马列文论研究编委会：《马克思恩格斯文艺批评理论研究》，四川文艺出版社1985年版，第199页。
② 刘再复：《论文艺批评的美学标准》，载陈荒煤《中国新文艺大系（1976—1982）理论一集》（下），中国文联出版公司1988年版，第510页。
③ 见蒋培坤《关于文艺批评中美学观点和历史观点的探讨》，载中国马列文艺论著研究会马列文论研究编委会《马克思恩格斯文艺批评理论研究》，四川文艺出版社1985年版。

式和内容的统一。① 王家骏和弓惠英认为，历史观点就是历史唯物主义的观点，具体在文艺批评中就是把文艺放到具体产生的时代的错综复杂的关系中去，而美学观点是包括倾向性与艺术描写真实性的统一、个性与代表性的统一以及内容与形式的统一。二位学者的独特之处在于，他们认为不能简单地把历史观点看做是衡量思想内容的标准，把美学观点看做是衡量艺术性的标准。在他们看来，"文艺的一定形式，作家和作品的艺术特色，也受时代的制约，也是需要放到写作的特定背景中去考察的"。"历史观点和美学观点评论的是同一个对象——从内容到形式的整个文艺，它们的区别只在于，一个着眼于外部联系，考察文艺要求把它放到其所有产生的时代中去，一个则偏重于内部，偏重于按文艺自身的规律衡量文艺"②。

在新时期伊始的差不多十年的时间，对标准问题的探讨有这样几个现象值得关注。第一，从学者的心态来看，都存在着某种程度上的讳疾忌医的味道。如果说十七年时期探讨批评标准时人们避谈艺术性，以免犯下政治错误，那么此时的学者则避谈政治性，生怕谈这几个字就再次回到以前的梦魇之中。这种态度带来的可能问题是，学界无法冷静、公允地看待文艺与政治的关系，试图通过悬置来回避或取消问题，随着时代的变化，文艺界的理论兴奋点不断地发生转移，标准问题本身甚至在一定程度上也被视为一种政治话语而被有意识地抛弃，使之在还没有被充分探讨之前就在某种程度上夭折。但学界不得不面对的实际情况是，虽然政治氛围逐渐宽松，从国家意识形态领导部门到普通的文艺理论工作者，都已经意识到文艺和文艺批评的特殊性，也都努力在尊重这种特殊性，不再重蹈类似于十七年时期那样的行政干预和扣帽子的做法的覆辙。但是，实际上文学与政治的关系依然紧密。没有国家意识形态部门从政策上对文艺"松绑"，也就没有那一时段文艺和美学问题争鸣的丰硕成果。因此，政治性在文艺以及文艺批评中所处的位置究竟应如何来安置，仍然是值得探究的重要命题。

第二，对批评标准的讨论，同当时许多文艺问题的讨论一样，是配合时代的思想解放的潮流，所以此时学界所提出的这三种主要的可能批评标准都是对旧有标准的反拨，都有着把文艺和文艺批评从"左"倾政治的桎梏中解放出来的明确意图。但是这三种可能的批评标准说法却来自不同

---

① 程代熙：《谈谈马克思主义文艺批评的标准问题》，载上海师范学院中文系文艺理论教研室《文艺理论争鸣辑要》，第974—983页。

② 王家骏、弓惠英：《马克思恩格斯文艺批评理论初探》，载陈荒煤《中国新文艺大系（1976—1982）理论一集》，第573—577页。

的学源背景。思想标准和艺术标准,正如前文中所介绍,是对毛泽东文艺标准的补正,通过把政治标准置换为思想标准,淡化"文化大革命"结束前文艺界文艺政策的僵化和教条,但从基本内容来看,只是在新的历史条件下,对毛泽东的文艺思想的力求客观地解读,并没有为学界提供更多新的东西。

美学的观点和历史的观点是恩格斯在《卡尔·格律恩〈从人的观点论歌德〉》中提出来的。他说:"我们决不是从道德的、党派的观点来责备歌德,而只是从美学和历史的观点来责备他;我们并不是用道德的、政治的、'人'的尺度来衡量他。"① 这段话暗示了文艺批评标准的多种可能性,即可以从政治的、道德的、美学的、历史的、党派的等立场来评价作家和作品,因此,美学和历史观点只是评价文艺问题的标准之一。然而,这段话可以给经历了"文化大革命"的文艺理论工作者以极大的兴奋和鼓励。因为,在这里,恩格斯把美学和历史的观点同党派的、政治的观点分开,正遇合了当时中国知识分子渴望摆脱僵化的政治束缚的心态。而恩格斯的革命导师的地位也使这种摆脱的合法性非常容易获得。此处出现了一个非常有趣的现象:马克思列宁主义和毛泽东思想同作为我们国家和党的指导思想,都对文艺理论有着方法论和世界观的指导意义,在我们的惯常思维中,总是愿意把他们的思想看做是一脉相承的关系。但在文艺批评标准方面,却并非如此。正如前文所叙述的,毛泽东的文艺批评标准的思想是在20世纪40年代所确立的,当时能够考察到的直接影响是列宁的党性原则,而恩格斯的美学和历史的观点则是在70年代末才在国内学界引起重视。虽然,马克思和恩格斯关于文艺的思想从20世纪三四十年代就陆续发表,在30年代周扬、冯雪峰、何其芳、胡风等人的著作中也会偶尔引用到他们谈文艺问题的著作和书信的只言片语,但是在新时期之前,恩格斯的历史观点和美学观点在学者们的文章中几乎无人提及,因此也一直没有得到应有的关注。李中一在《论"历史观点"及其在文艺批评中的地位》一文中明确指出:"一百多年来,马克思主义美学家对恩格斯这一关键性的文艺批评理论遗产没有引起应有的注意,以至使它湮没无闻。梅林、拉法格没有提起它。列宁在评鲍狄埃、赫尔岑、列夫·托尔斯泰、高尔基时,使用的正是美学和历史的观点,但可惜他没有引证恩格斯的经典概括。……近年来,我们在深入学习马恩美学思想,总结三十年来文艺批评中正反两方面的经验时,将恩格斯的这个理论提出来探讨,这是马

---

① 纪怀民等:《马克思主义文艺论著选讲》,中国人民大学出版社1982年版,第140页。

克思主义美学特别是文艺批评理论研究的一个重要收获。"① 这一观点是符合文艺批评标准在中国发展的实际情况的。这带来的一个有趣现象是，为了反驳"文化大革命"之前的教条主义和庸俗社会学，解放思想，学界重新"发现"了恩格斯。

真善美的立论资源则来自现代美学体系。现代美学体系是自康德以降、由德国诸位美学家所逐渐创立形成的体系，这一体系的最显著特点就是维护艺术与生活的哲学二分，将艺术从生活中割裂出来，成为一个特殊的领域，保持着自身的独立性和自足性。这在西方来说并不是一个非常新鲜的观点，但是对当时的中国思想界来说却非常必要，有着矫枉必须过正的效果。但此处存在的矛盾在于，文艺界在用艺术的自律理论来反对工具论，"在中国，美学热在最初的阶段，有着一种借用审美主义的倾向摆脱文化大革命时期的'工具论'的倾向。然而，尽管在美学中有这样的倾向，80年代中国文学艺术的主流，决不是走进象牙之塔。中国的文学家和艺术家，都怀着强烈的社会责任感，积极参与社会的变革。这就与美学理论产生了矛盾"。② 强烈的现实目的和学者们所借用的手段之间的矛盾，为文艺批评标准问题的讨论埋下了可能出现困境的伏笔。90年代之后，强调艺术自律的现代美学观越来越无法满足文艺界对现实的强烈责任感，因此包括从真、善、美的角度来探讨文艺标准问题的、在80年代激起一时之热潮的美学热逐渐冷却，甚至沉寂。

20世纪90年代之后，随着整个文艺界学术语境的转变，文艺批评的标准问题逐渐淡出了我们的视野。这种淡出除了我们以上所提及的理论自身的逻辑困境的原因之外，可能还基于如下原因：随着学界对"文化大革命"时代话语反思的深入，标准问题本身也成为一种政治话语的表征而被抛弃，学者们由对文艺被政治阉割的心有余悸化成了对一些在当时所形成问题的不加辨析的否定和质疑，标准问题被认为是一种极端政治语境下的产物，这似乎否定了它作为一个真问题的存在的可能；在整个80年代，学界引入了西方很多的理论，结构主义、新批评、精神分析、格式塔心理学、接受美学等，对这些新理论新名词的关注和追逐很容易使人们认为类似于标准问题这样的命题是已经过时了，无须再浪费笔墨；再有，从当下的流行观念来看，多元化已经成为主流，从学界到一般的大众意识，

---

① 李中一：《论"历史观点"及其在文艺批评中的地位》，载中国马列文艺论著研究会马列文论研究编委会《马克思恩格斯文艺批评理论研究》，第133页。
② 高建平：《改革开放30年与中国美学的命运》，《北方论丛》2009年第3期。

都是主张价值多元,而标准仿佛暗含着整齐划一,即追求的是一元,时代的价值取向和标准问题似乎存在着逻辑上的冲突,在这种情况下再提标准问题好像不合时宜。

然而,现实的情况是,文艺批评活动仍在进行。作为一种价值判断活动,文艺批评不可能没有标准。尤其是在今天这个价值多元所带来的实质上的价值混乱的时代,标准的确立可能会在一定程度上补救这种弊端。更为当务之急的是,目前国内文艺作品中充斥着粗制滥造、良莠不齐的现象,如果用多元价值观来看待这些作品,就无法区分好坏优劣,在一种表面的宽容和平等的背后,很可能是纵容与合谋。因此,重新思考文艺批评的标准是非常具有现实针对性的。可是,如果再次提出这一命题,仅仅是把原有的标准内容第二次搬出来,无疑是没有办法适应新时代的需要的。当年标准问题的提出,由于是国家领导人的政治定论,而不是学界学术争鸣的结晶,因此存在着先天不足,也就是说,许多在学理上需要论证的东西还没有被充分地论证。在新的时代,我们呼唤新的批评标准的出现。结合时代要求,这一新的标准至少需要能够解决价值的个体性和群体性、文化的相对性和国际性之间的辩证关系。斯托洛维奇认为:"确实,现象对于不同的个体、不同的社会集团和阶级可能具有不同的意义。从这种意义上来说提出不同的个性价值或不同的集团价值的问题是合理的。但是,与此同时,我们完全有理由谈论某种现象对于整个社会的意义,因而也完全有理由谈论真正的社会价值。"① 借用他的理论,我们可以认为,尽管文艺批评是个体对于某一现象的具体活动,但是,个体毕竟是人类整体的一员,他的身上不可能不体现人类的共同价值和愿景,这些东西必然会在批评主体的批评活动中体现出来。把这些人类共通的东西析取出来,很可能就是文艺批评标准的内容。在强调人类共同性为批评标准立论提供支持的同时,也应该看到当今世界文化的复杂性和多样性,"在国际性的术语之下,我想对'世界文学'的概念进行解读,说明不管歌德还是马克思恩格斯,都只说了单数的'世界文学'。但这个概念是可以作复数的解读的。资产阶级上升时期的'世界文学'概念,与今天后殖民时期的'世界文学'概念,应该有根本的区别。这一新的'世界文学'概念,是世界各民族、各文化立足于自己文化立场的对全球文学的各自解读与接受。"② 高建平先生的这段话可以给我们提供这样的启示:由于欧美的经

---

① [爱沙尼亚]斯托洛维奇:《审美价值的本质》,中国社会科学出版社2007年版,第44页。
② 高建平:《论文学艺术评价的文化性与国际性》,《文学评论》2002年第2期。

济强势，世界在很多的方面逐渐趋同，"地球村"仿佛不再是一个梦想。然而，文化具有特殊性。在今天的文化领域里强调人类共同性的时候不能是向欧美看齐，而是形成一个复数观，是各民族、各文化立足于自己的文化立场对本国文化和其他民族文化和文艺的解读，是在一种开放的心态中平等的对话和交流。换句话说，人类对善、美、真等有着共同的企盼，但是，每个民族都赋予了富有民族文化内涵的解读，因此，语词是一个，但含义却是多种，因此，这些语词从文化的意义上来说是复数的。也许仅仅做到这些还是不够的，但是在新的批评标准的确立中，这些内容都是学界不得不面对的课题。

第六章 人性、人道主义问题大讨论

在中国当代文艺理论发展史上，人性、人道主义问题比其他任何命题的影响都大。而且，这个问题还有着特殊意义：中国当代文艺理论的发展过程已经展示了解决这个问题的难度，不仅因为这个问题自身的复杂性，还因为它在长时期内被设定为理论的"禁区"，其敏感性使文艺理论家很难坦率、客观地探讨这个问题，致使它一度被搁置起来。同时，这个问题不完全是学术问题，从某种程度上讲，它主要还是文艺与政治之间的关系问题。因此，在理解、评价当代文艺理论家对这个问题的探索时，应该注意到他们所处的时代背景和具体环境，区分出理论中哪些成分是他们依据具体的文艺实践、现象所作的理论探索？哪些成分是他们为了适应时代要求而强化文艺的社会宣传功能时所提出的策略？只有这样，才能辨析出其理论的各个层面，才能得出科学的结论，进而有效地总结其得失。鉴于此，我们对这个问题的理解就不能仅仅局限于艺术本身，而应该同时注意到文艺与社会、文化状况、政治等因素之间的关系。

谈到人性，孟子的性善论、荀子的性恶论等人性观对后世都有很大的影响。但是，在中国当代文艺理论中，人性经常与阶级、阶级性联系在一起，而后者恰恰是名副其实的"舶来品"。这样，人性的含义就具有了新质。在五四新文化运动所引发的思想解放浪潮中，马克思主义的阶级话语、人道主义话语都被传入中国并被用来观察文艺。《在延安文艺座谈会上的讲话》一文中，毛泽东用阶级观分析人性得出这样的结论："有没有人性这种东西？当然有的。但是只有具体的人性，没有抽象的人性。在阶级社会里就只有带阶级性的人性，而没有什么超阶级性的人性。"长期以来，这个观点一直是我们处理人性、人道主义问题的根据。纵观中国当代文艺理论界对这个问题的探讨，主要有两个重要的历史时期，20世纪50年代到60年代初期和70年代末到80年代中后期，下面逐一分析学界对这个问题的探讨。

第一节　五六十年代关于人性与文艺关系的探索

在中国当代文艺理论史中，探讨人性、人道主义问题的第一个高潮是20世纪50年代末到60年代中期，其标志性事件是文艺界对巴人的《论人情》的批评和对周谷城的文艺理论的批评。

新中国成立后，文化也被纳入整个国家的发展格局中，清除封建主义、资产阶级思想的影响，建立社会主义的文化被提到了议事日程。为此，文艺除了要满足人民日益增长的精神需求外，还承担起了动员、组织民众的任务。这时，不断的政治运动取代急风暴雨式的阶级斗争。这种背景使学术讨论缺乏自由探讨的外部环境，政治的定性常常取代了科学的探讨，"上纲上线"的做法影响了讨论者的心态。50年代，文艺界批判《关连长》、《洼地上的"战役"》，都是从批判其"人性论"介入的。谈到"文化大革命"前这个问题的讨论时，白烨说："基本上还停留在人性问题能不能提和能不能谈的水平上。"① 这样，外部形势的紧张或缓和都可能直接影响到学术讨论的效果。

20世纪50年代，中国文论受苏联的影响极深，对人性、人道主义的看法也是如此。当时，存在两种基本看法：受苏联影响的一种看法认为，"人性的集中表现是阶级性"、"阶级性的集中表现是党性"、"人道主义的最高发展就是共产主义"②；另一种看法如钱谷融等学者那样，以马克思在《〈政治经济学批判〉导言》中对希腊艺术的论述为根据，把文艺的"永久性魅力"归结为表现人性的力量。③ 这种状况只是在50年代末期才有了某种程度的改变。在贯彻"双百"方针带来的宽松政治环境中，巴人结合文艺现象，谈了自己对人性的看法，他认为，人性"是人跟人之间共同相通的东西。饮食、男女，这是人所共同要求的。花香、鸟语，这是人所共同喜爱的。一要生存，二要温饱，三要发展，这是普通人的共同的希望。……这些要求、喜爱和希望，可说是出乎人类本性的"④。他还分析得出了在当时颇为大胆的结论："历史上最伟大的作品，总是具有充

---

① 白烨：《三十年人性论争情况》，《文学评论》1981年第1期。
② 包忠文：《当代中国文艺理论史》，江苏教育出版社1998年版，第189—190页。
③ 钱谷融：《〈论"文学是人学"〉一文的自我批判提纲》，《文艺研究》1980年第3期。
④ 巴人：《论人情》，《新港》1957年1月号。

分人道主义（或'人性'）的作品。"① 他实际上肯定了人性的存在，以及文艺描写人性的正当性。在当时的环境下，他敢于突破这个"禁区"，确实是需要胆识的。之后，王淑明写了《论人性与人情》、《关于人性问题的笔记》为巴人辩护。他着眼于日常生活，即就"人的日常生活中所表现的思想感情、习性、心理等特点而言"，人性是具体的，尽管心理现象和社会生活带有阶级的烙印，但在基本情感上，仍然有相通的东西。对于文艺而言，人情、人性既是吸引人的审美要素，也必然是文艺的内容。巴人的文章刚发表，就被张学新定性为"十足的文艺上的'人性论'"。原因是他主张以阶级性来反对、取代人性，即"人有自然属性和社会属性两方面。在阶级社会里，就只能是阶级性"②。也许因为巴人的观点切中了当时文艺界弊端的要害，因此，他的响应者甚多。钱谷融也提出了人性问题，"人性本来就存在于生活中，按照生活本来面目描写生活，自然有人性（人情味），也必然有强烈的政治性。"③ 钱谷融提出，文艺要以人为重心；人道主义原则应该成为评价作家、作品的基本标准；应该以是否有人道主义，或包含人道主义的程度来区分创作方法；文艺描写的人"并不是整个人类之'人'，或者某一整个阶级之'人'"。鉴于此，他提出了人道主义之于文艺的重要性："我们就不会怀疑人道主义精神在文学领域内的崇高地位了。"④ 徐懋庸也有类似的意见，并指出了人性的具体表现。他认为，存在着"共用的一般人性"，包括劳动、亲子之爱和两性之爱以及乐生恶死等等。⑤ 随后，钱谷融也遭到了批判。这次探索以学术讨论始，伴随着政治上的定性和挞伐，基本上以阶级性压倒、否定和取代人性而告结束。

1960 年，周扬在第三届文代会上作了《我国社会主义文学艺术的道路》的报告，他把人性、人道主义定性为资产阶级、修正主义的文艺思想，并进行了批判："以'抽象的共同人性'解释各种历史现象和社会现象，以人性或'人道主义'来作为道德和艺术的标准，反对文艺为无产阶级和劳动人民的解放事业服务。"在 20 世纪 60 年代，这些观点成为意识形态主管部门对于人性、人道主义问题的权威性解释与基调，并对相当长时期内的文艺理论、文艺批评、文艺创作产生了重要的影响。后来，这

---

① 巴人：《论人情》，《新港》1957 年 1 月号。
② 张学新：《"人情论"还是人性论?》，《新港》1957 年 3 月号。
③ 钱谷融：《论"文学是人学"》，《文艺月报》1957 年 5 月号。
④ 同上。
⑤ 徐懋庸：《过了时的纪念》，《文汇报》1957 年 6 月 7 日。

些观点逐步被学界接受,并成为学界的主流观点:"马克思主义并不一般性地否认人性","马克思主义者充分估价资产阶级人道主义思潮在历史上曾起过的进步作用。主要是文艺复兴时期以后的提倡人道以反对神道,提倡人权以反对神权,提倡个性解放以反对中世纪的宗教桎梏等等。在这种思潮的影响下也产生了一些好的作品。但是资产阶级人道主义和无产阶级共产主义是两种根本不同的世界观。"① 客观地说,这些观点在当时的环境中还讲究一点学理。但是,从 60 年代到"文化大革命"结束,人性、人道主义主要被作为地主、资产阶级和修正主义等剥削阶级的思想,并遭遇了被彻底否定和抛弃的命运。文艺理论界主要是以这样的观点来进行各种批判和文艺批评的,② 这些观念在文论界对共鸣和山水诗问题的讨论中也得以表现。在批判"人性论"的潮流中,由批判巴人、王淑明对"共鸣"的解释中引发了"关于文学上的共鸣问题和山水诗问题的讨论",讨论也涉及了作为其基础的阶级性与人性的问题。柳鸣九将巴人等人与自己对"共鸣"的理解作了区分。他指出,产生共鸣现象需要一定的基础,即"必须以相同的阶级思想感情作为基础";共鸣不同于欣赏活动中的爱好、喜爱、感动等精神感受。③ 这个有悖于事实的结论,当然遭到不少人的反对。④ 不同时代、不同阶级的人大都能够欣赏山水诗,这是个事实,实际上,这个事实已经证明了人性是产生共鸣的基础。但在当时的条件下,人们只能去寻找这个事实背后的原因。孙子威从欣赏者的个性中找到了原因,即尽管有许多差异,但欣赏者"总是通过个人的具体社会实践而发生作用的。这就是为何同一阶级的人在审美上也有千差万别,而不同阶级的人在审美上又可能有某种一致或近似的缘故"⑤。这样,与原来的结论——只有同一阶级才可能产生共鸣——相比,是一个不小的进步。

60 年代,另一次关于人性、人道主义的讨论则是由讨论周谷城的文艺理论引发的。60 年代初,周谷城先后发表了《史学与美学》、《礼乐新

---

① 蔡仪:《文学概论》,人民文学出版社 1979 年版,第 44—45 页。
② 见蔡仪《人性论批判》,《文学评论》1960 年第 4 期;王燎荧《人性论的一个"新"标本》,《文学评论》1960 年第 4 期;洁泯《论"人类本性的人道主义"》,《文学评论》1960 年第 1 期;张国民、杨柄《批判王淑明同志的人性论》,《文学评论》1960 年第 2 期;于海洋等《人性与文学》,《文学评论》1960 年第 3 期。
③ 柳鸣九:《批判人性论者的共鸣说》,《文学评论》1960 年第 5 期。
④ 见闵开德《谈谈文学上的共鸣现象》,《文学评论》1961 年第 1 期;文礼平《文学的共鸣现象及其发生的原因》,《文学评论》1961 年第 1 期。
⑤ 孙子威:《有没有不带阶级性的山水诗?》,《文学评论》1961 年第 4 期。

解》等文章,很快引发了学术界的批判,这些批判主要围绕以下几点展开。第一,无差别境界。他的解释是:"由礼到乐,由劳到逸,由紧张到轻松,由纪律严明到心情舒畅,由矛盾对立到矛盾统一,由差别境界到无差别境界,由科学境界到艺术境界。"① 对此,批判者认为,周谷城是用"无差别境界"排斥文艺的阶级性。其中的"心身统一"的提法,"实质上就是把具有阶级性的人,假定为自然人,生物学的'人'"。② 而且,"把文艺的社会性质修改为人的性质,通过取消文艺的阶级性,进而取消人的阶级性"③。既然人都有阶级性,艺术的社会性是阶级性,那么,"无差别境界"当然抹杀了艺术的阶级性,是"人性论"了。第二,时代精神汇合论。周谷城认为:"……在奴隶社会里,生产力比以前大大进步了,社会分裂成为剥削与被剥削的不同阶级,压迫与被压迫的不同阶级。随着阶级而出现的有国家制度。这时的人,除与自然作斗争外,尚有阶级与阶级的斗争,民族与民族的斗争。所有这些,又形成较此前更复杂的思想意识,汇合而为更复杂的奴隶社会的时代精神。……各时代的时代精神虽是统一的整体,然从不同的阶级乃至不同的个人反映出来,又各截然不同。"④ 有批评者认为,其"时代精神"是超时代的,否定了各个时代精神的质的不同;以"统一整体"为借口,混淆、调和对立阶级的思想;其"时代精神"是绝对的,与抽象的"永恒人性"相似,"既然是各阶级所共有的,因而是永恒的存在。不同阶级、不同的个人,都只是反映这永恒存在的,作为统一整体的时代精神的一点一滴。"⑤ 第三,"表情论"的文艺理论。周谷城认为,文艺的源泉是情感,创作过程是"使情成体",艺术的作用是"以情感人"。他还分析了感情与阶级感情的关系:"(1)阶级感情四字太无一定……这样含糊的名词在这里不能使用;要使用还须另加说明,倒不如不用。(2)斗争并不止于阶级的,还有人对自然的斗争。人对自然斗争所生的感情,不能归入阶级感情内。……(3)其实感情大于阶级感情,我们讲艺术理论,当取范围较大者。若分析个人作品,则阶级感情范围嫌太大,还当把范围缩小些,小到与实际相符。个人作品所表现的感情是具体的,决不是含糊笼统的阶级感情四字所

---

① 周谷城:《礼乐新解》,《文汇报》1962年2月9日。
② 高木东:《驳周谷城的"人性论"观点》,《辽宁日报》1964年8月27日。
③ 同上。
④ 周谷城:《艺术创作的历史地位》,《新建设》1962年12月号。
⑤ 吴汉亭:《评周谷城先生的美学观点》,《合肥师范学院学报》1963年第4期。

能代替的。"① 有批判者认为，阶级社会中，人的感情就是阶级感情；作为人类社会的实践活动，不同阶级的人对物质生产的态度、情感也是不同的，周谷城抹杀了不同阶级对物质生产的感情；周谷城对情感的认识——"真实情感范围大于阶级情感"——承认了超越于阶级感情之上的更普遍的情感，也就是"永恒的、超阶级的人性"②。周谷城大胆地强调了情感之于文艺的作用，对阶级情感提出了质疑，并探索了文艺中的阶级性与共同人性的关系。他的探索既有理论价值，又有现实针对性。但在60年代强调"以阶级斗争为纲"的时代，其理论自然遭到了厄运。但事实证明，他对文艺中的阶级性与共同人性关系的处理基本是正确的；他对情感的强调，还有他提出的有启发性的概念，都是有利于文艺创作实践的，缺陷在于其概念有些含混。

实际上，新中国成立后，社会改造基本完成，阶级斗争已经不再是社会生活的主要任务，文艺也应该及时地转换角色和功能。在这种背景下，强调艺术适当地描写人们日常生活中共通的思想、感情、行为，不仅有助于扩大文艺的表现范围、全面而深刻地开掘社会及个人，增强艺术的表现力和感染力，也有助于充分地发挥艺术满足人们精神需求的作用。文艺与人性的关系，不仅是理论问题，更重要的是实践问题，是如何把握度的问题。从这种意义上讲，在文艺中提倡写人情、人性是有积极意义的，而且，巴人和周谷城等学人并没有否定阶级性。但由于极"左"思想的干扰，反而遭受了批判，这是我们应该汲取的教训。

第二节　七八十年代关于人性、人道主义与文艺关系的探索

70年代末，随着政治上"拨乱反正"，社会获得了相对宽松的环境，文化与学术研究也逐渐正常化，学术界集中讨论的第一个理论问题就是人性、人道主义和异化问题。1977年，何其芳披露了毛泽东关于共同美的观点，即"各个阶级有各个阶级的美，各个阶级也有共同的美。'口之于味，有同嗜焉'"③。这个观点为人性的讨论提供了一个机会。1978年，

---

① 周谷城：《评王子野先生的艺术论评》，《文艺报》1963年第7、8期。
② 吴汉亭：《评周谷城先生的美学观点》，《合肥师范学院学报》1963年第4期。
③ 何其芳：《毛泽东之歌》，《人民文学》1977年第9期。

朱光潜发表了《文艺复兴至十九世纪西方资产阶级文学家艺术家有关人道主义、人性论的言论概述》① 一文，尝试谈论这一议题，之后，汝信、王若水等学者逐渐介入这个问题，② 他们大都谨慎地从研究国外的理论入手。1980 年，讨论才逐渐转向从马克思主义角度来研究这些问题，并把讨论引申到对现实的理论思考。其中，汝信、王若水等学者的文章引起了广泛的关注和讨论，讨论在 1984 年达到了高潮。据统计，从 1978 年到 1983 年，发表的相关文章就有 600 多篇。而且，学界还召开了多次专题性的研讨会，《人民日报》、《哲学研究》、《文学评论》等重要理论报刊都刊发了大量的文章，还出版了《人是马克思主义的出发点》（人民出版社 1981 年版）、《关于人的学说的哲学探讨》（人民出版社 1982 年版）和《为人道主义辩护》（生活·读书·新知三联书店 1986 年版）等多部论文集。这次讨论也由此成为新时期以来，参加规模最大、持续时间最长的一次讨论。这次讨论显然具有强烈的现实针对性，即对"文化大革命"践踏人格、人的价值、人的尊严的抗议，也是从理论上对这些灾难的反思。而且，随着《班主任》等"伤痕文学"崛起，这些作品所展示的"文化大革命"的种种惨相与畸形，不但成为文艺创作界、理论界反思"文化大革命"的动力，甚至比单纯的理论探索更具冲击力，随后，哲学界、美学界与这股力量汇合，共同参与了理论上的讨论。也就是说，否定"文化大革命"和反思"文化大革命"已经成为知识界的共识，也由此结成了一个清理与反思"文化大革命"的"知识共同体"，这个共同体成为这次讨论的中坚力量。此外，这次讨论还明显地受到存在主义等国外理论思潮、西方的"马克思学"、"手稿热"和西方马克思主义等学术因素的影响。

在这次讨论中，有不少论者都是以马克思早期的思想（特别是《1844 年经济学—哲学手稿》中的思想）为根据，来论述马克思主义与人道主义的关系。这就涉及如何评价这部著作以及如何看待马克思思想的发展。汝信、王若水等学者认为，马克思在《1844 年经济学—哲学手稿》中就人的问题阐发了"极其深刻的思想"（诸如"这种共产主义作为完成了的自然主义，等于人道主义"。"共产主义则是以扬弃私有财产作为自

---

① 朱光潜：《文艺复兴至十九世纪西方资产阶级文学家艺术家有关人道主义、人性论的言论概述》，《社会科学战线》1978 年第 3 期。
② 汝信：《青年黑格尔关于劳动和异化的思考》，《哲学研究》1978 年第 8 期；墨哲兰：《巴黎手稿中的异化范畴》，《国内哲学动态》1979 年第 8 期；王若水：《关于"异化"的概念》，《外国哲学史研究集刊》1979 年第 1 期。

己的中介的人道主义"），这与成熟的马克思思想有着密切的联系，它代表了马克思对人道主义的看法，也能够以此为根据来研究马克思主义与人道主义的关系。周扬从整体上清理了人道主义与早期、晚期马克思主义的关系："马克思在他的早期著作中，曾经肯定地谈到人道主义。不能否认，这个时期他还未完全摆脱黑格尔、费尔巴哈的错误影响。1845年以后，马克思、恩格斯都曾对'真正社会主义者'的人道主义呓语进行批判。在他们成熟时期的著作中，也确实不再用人道主义这个词了，这些都是毋庸回避的事实。不承认马克思主义有一个发展过程，看不到马克思早期著作与后来成熟时期著作的区别，是不正确的；但是，否认马克思早期著作与后来成熟时期著作的联系，把两者完全对立起来，认为后期马克思从根本上抛弃了人道主义，也同样是不正确的。即使马克思在早期著作中讲的人道主义，也是和费尔巴哈的人道主义不同的。……马克思从费尔巴哈那里吸取了一些东西，但并没有停留在费尔巴哈的水平上，他超越了费尔巴哈；马克思批判了费尔巴哈的人道主义，但未从根本上否定人道主义。后来唯物史观和剩余价值论的创立，使马克思的人道主义思想放在更科学的基础上，而不是抛弃了人道主义思想。"[①] 邢贲思、蔡仪、陆梅林等学者认为，这部探索性的著作受到黑格尔和费尔巴哈的人本主义的影响，并不成熟，不能代表马克思后来的思想；在《神圣家族》中，异化已不是中心内容了，《关于费尔巴哈的提纲》初步地概述了其唯物史观，《德意志意识形态》标志着历史唯物主义理论的建立，后两部著作已经否定了费尔巴哈和《手稿》中的人本主义思想，以此为根据并不能说明马克思主义与人道主义的关系；夸大这部著作实际上就等于突出了"青年马克思"在马克思思想发展中的作用，这在西方的"马克思学"和一部分中国学者中都有所反映。这些评价才导致了在一些问题上的分歧。

哲学界、美学界、文艺界都参与了讨论，实际上，他们的讨论既有共同点，又有区别。二者的侧重点不同：哲学界、美学界偏重于理论上的讨论，主要探讨人性、人道主义、异化与马克思主义的关系，他们的讨论就显得抽象些；文艺理论界也从理论上探讨人性、人道主义和异化问题，但这不是他们的重心，他们主要研究文艺与这些问题的关系，文艺作品应不应该表现这些主题，如何表现这些主题，文艺表现这些主题时的得失，他们的讨论具有很强的针对性和现实性。二者的共同点和联系也颇多：相同的主题有助于他们共同进行理论上的探索，也有助于他们相互影响、相互

[①] 周扬：《关于马克思主义的几个理论问题》，《人民日报》1983年3月16日。

借鉴对方的成果；都把马克思主义作为其理论资源和立论的根据，甚至还策略性地运用马克思主义的话语表达自己的看法。我们把这些讨论归纳为几个问题，以反映当时讨论的实际情况。

一 人性的含义及其与阶级性的关系

人性的含义，人性与阶级性的关系，以及文艺对它们的表现。20世纪70年代末，随着政治上"拨乱反正"的展开，文艺界也开始检讨新中国成立后文艺的得失，重新反思文艺的基本问题（特别是文艺与政治的关系问题）。《上海文学》（1979年第4期）发表了署名评论员的文章《为文艺正名——驳"文艺是阶级斗争的工具"说》，反对把文艺作为阶级斗争的工具，并引发了文艺与政治关系的讨论，这个事件也为人性、人道主义讨论开辟了道路。在这种背景下，人性及其与阶级性的关系（特别是文艺应该如何认识以及表现人性与阶级性的关系），又一次成为文艺理论关注的重点。探讨这个问题首先面临的是对人性的理解，对人性的不同理解，决定了对人性与阶级性关系的阐释，也决定了如何理解文艺与人性、阶级性关系的阐释。这里仅介绍讨论中几种有代表性的观点。

第一，人性是人的自然属性，这以朱光潜为代表。他在文章中开宗明义："什么叫做'人性'？它就是人类自然本性。"人性指的是《1844年经济学—哲学手稿》所说的"人的肉体和精神两方面的本质力量"。在阶级社会中，尽管人要受到阶级性的制约，但人能够通过类似的经历、感受、审美经验以积淀起来倾向于一致的思想感情，这集中地表现为人情味。文艺就要表现这种人性、人情味。[1]

第二，人性是人的社会属性，即人的社会关系或社会性。在阶级社会中，人性主要表现为阶级性，但也有一些非阶级性。王元化认为："构成人的本质的东西，恰恰是那种为人所特有的失去了它人就不成其为人的因素。而这种因素，就是人的社会性。"[2] 马奇认为："人性就是人的社会性，它受社会的经济、政治、道德、宗教各方面的影响，是一个很复杂的东西。在阶级社会里，人的社会性不全是阶级性，也不只是人的共同性。如果认为人性只是人的共同性，人的共同性又是自然性，其结果，人性就只能是动物性，而社会性也就只是阶级性了。"[3] 实际上，他们认为，人

---

[1] 朱光潜：《关于人性、人道主义、人情味和共同美问题》，《文艺研究》1979年第3期。
[2] 王元化：《人性札记》，《上海文学》1980年第3期。
[3] 马奇：《马克思〈1844年经济学—哲学手稿〉与美学问题》，载全国高等院校美学研究会、北京师范大学哲学系《美学讲演集》，北京师范大学出版社1981年版，第89页。

性是由人的自然性与社会性、阶级性和共同人性所构成的，其中，在阶级社会中，人的社会性、阶级性占主导地位。因此，这种人也才是现实中真实的人，文艺应该表现这些人性。与此相似，还存在着一种"社会关系总和"的人性观。马克思在《关于费尔巴哈的提纲》中指出："人的本质，并不是单个人所固有的抽象物，在其现实性上，它是一切社会关系的总和。"这种观点通过引用马克思的论述得出了"人性是社会关系总和"的结论，文艺应该描写人的社会关系，以反映其本质。

第三，人性是人的阶级性。毛星认为，人性是人的社会性，在阶级社会中，社会性就是阶级性。因此，人的本质和本性是阶级性。[1] 在阶级社会中，二者是对等的、一致的。因而，文艺只要表现阶级性，也就等于是表现人性了，没有抽象的、超越阶级性的思想感情。

第四，人性是人的自然属性与社会属性的统一。王锐生认为，"马克思是把人性和需要这两个概念联系在一起的，需要由人性所决定，而决定需要的人性当然包括自然属性和社会性这两个方面。"[2] 胡义成也是这样认为的，但他的分析更为细致：从人性的层次上看，作为社会成员，人是社会性和动物性的对立统一；作为阶级的成员，人是阶级性和超阶级性的对立统一；作为阶级成员的具体的人，人是阶级性的人和具有个性特点的人的对立统一体；作为民族成员的具体人，人是具有民族特点、全人类共性以及特定阶级性对立统一体。但"人性、民族性、阶级性和超阶级性等概念，都不具有直接现实性。它们的直接现实，只能是具体人的个性"[3]。因此，文艺要反映活生生的人，以人为凝结点，既要反映出人的社会性、阶级性和民族性；也要反映出人的生物性、超阶级性、个性、全人类性。

第五，人性是共同人性与阶级性的统一。钱中文认为，人性"主要指共同人性而言，它和阶级性一样，是现实的人的根本特征"[4]。持类似观点的计永佑认为，借助于个性可以表现二者："共同的人性是全民的社会现象，而这种全民性的共同人性，体现在具体的人的个性中，它又与一定阶级的人性联系在一起。"[5] 鉴于此，文艺应该描写具体的人的个性，而个性可以反映出全民的共同人性和阶级性。刘大枫认为，阶级社会导致

---

[1] 毛星：《关于文学的阶级性》，《文学评论》1979年第2期。
[2] 王锐生：《人的自然本性、社会性和阶级性》，《辽宁大学学报》1980年第3期。
[3] 胡义成：《人、人情、人性》，《社会科学》1980年第1期。
[4] 钱中文：《论人性共同形态描写及其评价问题》，《文学评论》1982年第6期。
[5] 计永佑：《两种对立的人性观》，《文艺研究》1980年第3期。

了人性的异化。他还细致地分析了人性中"异化"的部分和未被"异化"的部分：对于前者，应该认为"'异化'了的部分人性尚且仍是人性而不是阶级性了"；对于后者而言，"也有可能以个性的形式存在"，"带着阶级性的人性，绝不是说就是阶级性，而是彼此之间同中有异、异中有同的人性"。"人性和它的表现形态人情是始终存在的"。① 因此，文艺应该表现人性、人情和人的个性，在表现它们的过程中也就自然地表现了渗透于人性中的阶级性了。

从这些讨论中，可以发现人性与阶级性之间的关系主要表现为：（一）在阶级社会中，阶级性等同于人性；（二）在阶级社会中，人性是共同人性加阶级性，人性大于并包含了阶级性；（三）在阶级社会中，人性与阶级性是对立统一的关系，即它们是普遍与特殊、共性与个性、一般与个别的关系；（四）人性与阶级性是不同的范畴，前者是为了区别人与动物，后者是为了区别社会的不同集团，因此，它们之间是并列的关系，不能把它们联系起来看待。在前三种情况下，阶级性与人性呈现出相互渗透、融合、吸收、转化的状况。既然如此，文艺就应该表现出人性与阶级性的这种复杂状态。

二 人道主义、异化与马克思主义的关系

人道主义讨论首先遇到的问题就是如何界定人道主义的问题。学界在理解人道主义时的分歧倒是不大，新时期较早研究异化问题的学者汝信的界定已为多数学者接受："狭义的人道主义指的是欧洲文艺复兴时期新兴资产阶级反封建、反宗教神学的一种思想和文化运动；广义的人道主义则泛指一般主张维护人的尊严、权利和自由，重视人的价值，要求人能得到充分的自由发展等等的思想和观点。""用一句话来简单地说，人道主义就是主张要把人当作人来看待。人本身就是人的最高目的，人的价值也就在于他自身。"② 实际上，学界的主要分歧在于对人道主义的评价和其他一些问题上，这些分歧主要表现为：

（一）如何理解马克思主义与人道主义的关系？马克思主义与人道主义的关系，不仅仅是一个理论问题，它还涉及人道主义在中国的合法性，以及中国能否实行人道主义的实践问题。这样，一些学者就从人道主义与马克思主义的关系入手，试图以此为突破口，展开对人道主义的讨论。汝

---

① 刘大枫：《人性的"异化"并非人性的泯灭》，《南开学报》1981 年第 2 期。
② 汝信：《人道主义就是修正主义吗？》，《人民日报》1980 年 8 月 15 日。

信明确肯定马克思主义包含了人道主义的原则:"我认为不能把马克思主义笼统地和人道主义绝对地对立起来,更不能不加分析地一概把人道主义当作修正主义来批判。当然,不应该把马克思主义融化在人道主义之中,或是把马克思主义完全归结为人道主义,因为马克思主义不仅仅是研究人的问题。但是,马克思主义应该包含人道主义的原则于自身之中,如果缺少了这个内容,那么它就可能会走向反面,变成目中无人的冷冰冰的僵死教条,甚至可能会成为统治人的一种新的异化形式。""马克思主义的人道主义和过去的人道主义学说虽有一定的批判继承的关系,但却有着根本的区别。特别是,在一系列重大原则问题上,马克思主义者是和资产阶级人道主义者相对立的。因此,决不能把马克思主义的人道主义和其他人道主义流派混淆起来,而应把它看作人道主义的一种高级的科学的形式。"他还指出了马克思主义的人道主义区别于资产阶级的人道主义的四个重要特征。① 这个观点引发持续的争论。王若水与汝信的观点大致相同:"不能把马克思主义全部归结为人道主义,但是马克思主义是包含了人道主义的。""马克思始终是把无产阶级革命、共产主义同人的价值、人的尊严、人的解放、人的自由等问题联系在一起的。这是最彻底的人道主义。"②杨柄、陆梅林等学者较早对此作出了理论上的回应,其中,蔡仪的看法很有代表性:人道主义"在思想实质上和马克思主义是根本矛盾而不相容的"③。在后来的讨论中,王若水、周扬都表达了与汝信大致相同的意思,周扬认为:"我不赞成把马克思主义纳入人道主义的体系之中,不赞成把马克思主义全部归结为人道主义;但是,我们应该承认,马克思主义是包含着人道主义的。当然,这是马克思主义的人道主义。"④ 在讨论相持不下的情况下,胡乔木对此作出了权威性的结论,他把人道主义划分为作为"世界观和历史观的人道主义"("同马克思主义的历史唯物主义是根本对立的")和"作为伦理原则和道德规范的人道主义"(即社会主义的人道主义),其关系是:"作为世界观和历史观,马克思主义和人道主义,历史唯物主义和历史唯心主义,根本不能互相混合、互相纳入、互相包括或互相归结。完全归结不能,部分归结也不能。人道主义并不能说明马克思主义,不能补充、纠正或发展马克思主义,相反,只有马克思主义才能说明人道主义的历史根源和历史作用,指出它的历史局限,结束它所代表的

---

① 汝信:《人道主义就是修正主义吗?》,《人民日报》1980 年 8 月 15 日。
② 王若水:《为人道主义辩护》,《文汇报》1983 年 1 月 7 日。
③ 蔡仪:《〈1844 年经济学—哲学手稿〉再探》(下篇),《文艺研究》1982 年第 4 期。
④ 周扬:《关于马克思主义的几个理论问题》,《人民日报》1983 年 3 月 16 日。

人类历史观发展史上一个过去了的时代。"他还指出了产生分歧的原因："历史唯物主义观察和解决人的问题的基本方法论原则，就是从一定的社会关系出发来说明人、人性、人的本质等等，而不是相反，从抽象的人、人性、人的本质等等出发来说明社会。这是马克思主义的历史唯物主义同资产阶级人道主义的历史唯心主义的一个根本分歧，也是我们现在这场争论中的一个根本分歧。"[①] 有论者对此提出：从本质上讲，人道主义是一种价值观，不存在没有价值观的世界观，世界观包括了价值观。[②] 有论者从历史角度质疑了胡乔木的判断，胡乔木所讲的历史没有主体，其历史主体是没有价值和抽象的。[③]

（二）马克思主义的出发点是什么？汝信较早地提出了马克思主义的出发点问题："至于马克思主义学说本身，则不仅不忽视人，而且始终是以解决有关人的问题作为自己的出发点和中心任务的。"[④] 王若水表达得更为直接："总之，人既是马克思主义的出发点，又是马克思主义的归宿点。"[⑤] 这个观点也引起了争议，其中，陆梅林和丁学良还对此进行了直接的辩论。陆梅林认为，汝信讲的"人"是马克思说的那种"一个生活在不论哪种社会形式中的人"。而且，这个错误还导致了唯物史观的缺失，并混淆了马克思主义和人道主义。应该从"那些使人们成为现在这种样子的周围生活条件"出发来观察人，这样，马克思主义的出发点则应该是具有社会人的一定性质，即"他所生活的那个社会的一定性质，因为在这里，生产，即他获取生活资料的过程，已经具有这样或那样的社会性质。……马克思和恩格斯从马克思主义之所以叫做马克思主义时起，是始终坚持了这个出发点、这个基本前提的。"[⑥] 丁学良直接质疑了陆梅林的看法："作为马克思主义出发点的，不仅仅是劳动阶级经济上遭受剥削的问题，而且是一切人在资本主义社会里都得不到健康完整的发展、人的世界相对于物的世界的贬值、整个人类价值受到严重损害的问题，也就是说，是一切人都遭受深重奴役的大问题。"而且，"马克思从来也没有改换过自己学说的根本出发点，没有否定过它的中心任务就是为了彻底解

---

① 胡乔木：《关于人道主义和异化问题》，《人民日报》1984年1月27日。
② 王若水：《我对人道主义的看法》，载王若水《为人道主义辩护》，生活·读书·新知三联书店1986年版。
③ 陈卫平、高瑞泉：《评新时期十年的五次哲学争论》，《华东师范大学学报》1989年第1期。
④ 汝信：《人道主义就是修正主义吗?》，《人民日报》1980年8月15日。
⑤ 王若水：《关于人道主义》，《新港》1981年第1期。
⑥ 陆梅林：《马克思主义与人道主义》，《文艺研究》1981年第3期。

决人的问题。马克思把有关人的问题的解决作为自己的出发点和中心任务,这不是出于主观任意的原因,而是决定于近代历史发展的必然。"①这样看来,马克思主义的"出发点"具有"方法论意义上的出发点"和"社会使命意义上的出发点"两种含义,陆梅林论述的也是"社会使命意义上马克思主义的出发点问题",但是,"陆梅林同志并没有对出发点的不同含义进行精确的区分,没有仔细辨析马克思恩格斯著作中论到'出发点'时,究竟说的是哪种意义上的出发点,而只是瞩目于字眼上的一模一样,结果就把马恩关于方法论意义上的出发点的言论,援引了来为他争论第二种含义上的出发点作证,从而导致了理解上的困难。"这样,"就会发觉陆文的这个结论是值得商讨的"。② 在讨论中,许明把"人的物质生产活动"作为马克思主义的出发点,依据是:既然我们讨论的是"马克思主义的出发点"而不是"马克思的出发点",就需要从历史唯物主义中寻找其出发点;成熟的马克思主义(即历史唯物主义)确立于1845年,其标志是《德意志意识形态》的出版。③ 胡乔木对此的结论是:"人类社会,人们的社会关系(首先是生产关系),这就是马克思主义的新出发点。"④

(三) 如何理解人的解放和人性的复归? 与马克思主义的出发点相联系,则涉及马克思主义的最高目标(是否是人的解放的问题),这也是马克思主义人学的重要问题。不少学者认为,人的解放是马克思主义的最高目标。对此,学界也存在着分歧。陆梅林认为,"这种说法并不符合马克思主义理论的真谛,并未把握住科学社会主义的要义。这种说法恰恰模糊了科学社会主义和空想社会主义的本质区别。……在恩格斯看来,恰恰应当颠倒过来,首先无产阶级要求得自身的解放,然后才能解放全人类。这是马克思和恩格斯的共同思想。"而且,马克思还"指明了今后人类历史发展的实际进程:通过工人的解放而解放全社会,解放全人类。也就是说,首先是工人阶级的解放,然后才是全人类的解放。当然,马克思后来还说过,无产阶级不解放全人类,也就不能彻底解放自己。这就把马克思的共产主义和人道主义者的共产主义划分开来了。"⑤ 丁学良质疑了陆梅林的看法,他认为,在对马克思主义的最高目标、最终目的的理解上,陆

---

① 丁学良:《〈马克思主义与人道主义〉一文质疑》,《文艺研究》1981年第6期。
② 同上。
③ 许明:《人的物质生产活动是马克思主义的出发点》,《学术月刊》1982年第4期。
④ 胡乔木:《关于人道主义和异化问题》,《人民日报》1984年1月27日。
⑤ 陆梅林:《马克思主义与人道主义》,《文艺研究》1981年第3期。

梅林的论述是"自相矛盾"的:一方面,陆文似乎告诉人们,马克思主义与空想社会主义的目标不同,前者以无产阶级的解放为目标,后者以人的解放、全人类的解放为目标;另一方面,人们还可以从陆文中得出这样的结论:"马克思主义并不否定解放全人类的目标,马克思主义反对的是空想社会主义实现这一目的的程序(即不是首先解放无产阶级,然后再实现全人类的解放,而是要求同时解放一切人);马克思主义也是把人的解放、彻底解放全人类作为自己的最终奋斗目标的。"丁学良认为,后一种说法是正确的,陆文误解的原因在于,他机械地、狭隘地理解了"解放"的内容,即仅仅把"解放"理解为"政治和经济的概念,而没有把人的解放理解为一个完整的、具有多方面内容的过程。……共产主义不仅是人的政治经济的解放,而且是人的一切感觉和特性的彻底解放。"丁学良认为,从文化史(特别是文艺复兴运动以来)的角度来看,"全面发展的人"就是"人道主义的基本标记",而不能说,马克思主义的解放人的目标没有人道主义精神。①

与人的解放相联系的另一个问题则是人性的复归。汝信认为,共产主义的目的不仅仅是为了解放工人阶级,而是为了谋求全人类的解放,正是在这种意义上,马克思才在《1844年经济学—哲学手稿》中提出了"人的复归"的命题,他显然赞同这种提法。在后来的讨论中,对于这个提法以及这个问题的解释存在着不同的看法。一种观点认为,提"人性的复归"是必要的,也就是回归到人性被异化前的原始状态(也可以说原始共产主义社会),这是马克思成熟的思想,而且,"这种'复归',实质就是发展。它的特点是在保留人在历史发展中所积累的全部物质财富和精神财富的基础上,回复到私有制产生之前的人与人之间的自由平等关系。这种复归后的人性要比'人之初'的人性具有无比的丰富性。所以马克思把这种'复归'或'发展'称做'积极的扬弃'。"②但是,有不少论者或者反对这种提法,或者反对把它作为马克思的成熟思想,或者对"人性的复归"的含义进行了不同的解释。在黄药眠看来,"我认为,将来的共产主义社会,同原始的共产社会,已有很大的不同,难道要我们将来的人复归到原始共产社会?所以我认为这个提法不够恰切。我只同意人性也是历史发展的。"③许明基本上否定了这个命题:"'人的本质异化和

---

① 丁学良:《〈马克思主义与人道主义〉一文质疑》,《文艺研究》1981年第6期。
② 孙月才:《"人的复归"刍议》,《文汇报》1983年6月28日。
③ 黄药眠:《人性、爱情、人道主义与当前文学创作倾向》,《文艺研究》1981年第6期。

复归'不能成立，不仅因为成熟的马克思主义著作中没有这个的命题，批判了这个命题，而更因为在实践中是解释不通的。"他分析了其结论的根据和这个命题的困境：第一，"这个命题的基本前提是确立人的本质"。第二，"如按照'复归'论，势必认为阶级社会是对人性的泯灭和堵塞"。第三，"即使坚持'现实的人'是出发点，但是，人的本质的现实性不能不是一种历史性。这就出现了无法解决的难题：如要坚持'人是出发点'，设定一个人的本质，再演绎出人的本质异化和复归，那么，人就无法是'现实的人'；如果坚持'人是现实的'，那么，人的本质的预先设定就不可能，人的本质的异化和复归就成了一句空话，整个立论的内容就要被推翻"①。

（四）异化与马克思主义、社会主义的关系。异化与人性密切相关，这次讨论还涉及异化理论与马克思主义、社会主义的关系。马克思在借鉴黑格尔、费尔巴哈的异化概念的基础上，发展出对这个概念的解释。实际上，这次讨论对"异化"概念本身并没有多少分歧，学界大都认为，异化就是使原本属于自己的东西疏远、脱离自身，并变成了异己的、与自己敌对或支配自己的东西。但是，在异化理论是否科学、是否是马克思的成熟思想等问题上产生了严重的分歧。一种观点是，"异化"思想在马克思思想的发展过程中发挥了重要作用："马克思把费尔巴哈讲的生物的人、抽象的人变成了社会的人、实践的人，从而既克服了费尔巴哈的直观的唯物主义，并把它改造成实践的唯物主义；又克服了费尔巴哈的以抽象的人性论为基础的人道主义，并把它改造成为以历史唯物主义为基础的现实的人道主义，或无产阶级的人道主义。在这一转变过程中，'异化'概念的改造起了关键的作用。"而且，这个概念本身也是应该肯定的："'异化'是一个辩证的概念，不是唯心的概念。唯心主义者可以用它，唯物主义者也可以用它。黑格尔说的'异化'，是指理念或精神的异化。费尔巴哈说的'异化'，是指抽象的人性的异化。马克思讲的'异化'，是现实的人的异化，主要是劳动的'异化'。……那种认为马克思在后期抛弃了'异化'概念的说法，是没有根据的。"② 另一种观点与此相反："总之，对异化概念，要区别两种情况。一种是把异化作为基本范畴和基本规律，作为理论和方法，一种是把异化作为表达特定的历史时期中某些特定现象（包括某些规律性现象）的概念。马克思主义拒绝前一种异化概念，而只

---

① 许明：《人的物质生产活动是马克思主义的出发点》，《学术月刊》1982年第4期。
② 周扬：《关于马克思主义的几个理论问题》，《人民日报》1983年3月16日。

在后一种意义上使用这一概念,并且把它严格限制在阶级对抗的社会,特别是资本主义社会。"① 此外,还有一种观点强调了马克思的异化思想的复杂性:"把马克思的异化理论简单地看成是马克思主义的重要组成部分,甚至是核心部分,是不对的。但把它看成是黑格尔的思辨哲学和费尔巴哈的人本主义的混合,也是一种简单化的片面观点,无论如何,马克思是努力从经济事实出发去寻求人类社会发展的客观规律,同黑格尔和费尔巴哈已经有了明显的区别。马克思的异化理论是马克思主义形成过程中的产物,不可避免地带有二重性。"②

关于异化的讨论还引申出社会主义是否存在异化现象的问题。王若水对此持肯定的态度:"现在我想提个问题:在社会主义社会里还有没有异化呢?实践证明还有。尽管我们消灭了剥削阶级,但有些问题还没有解决,有些新问题又产生了。"其表现是"思想上的异化,政治上的异化,经济上也存在异化。"③ 在后来的讨论中,有论者肯定社会主义存在异化现象,但应具体分析,不能滥用这个概念。黄枬森认为,任何社会都不可避免异化现象(主要指对抗性的异化),社会主义也同样如此,警惕异化现象,尽量减少、减轻异化现象和盲目性,这样的异化和异化概念对社会主义是有现实意义、理论价值的。但是,异化现象与马克思所说的异化劳动("资本家攫取工人的剩余价值")是不同的,社会主义的异化现象表现为矛盾、对抗性的矛盾和阶级矛盾。为此,他强调:"我不反对用异化概念来表现社会主义社会中的某些现象,但不应滥用,尤其不应不管具体含义随便使用,这只能引起思想混乱。"④ 有论者坚决反对"社会主义异化论",胡乔木在总结这次讨论后得出的结论就很有代表性:"他们脱离开具体的历史条件,把异化这种反映资本主义特定社会关系的历史的暂时的形式,变成了永恒的,可以无所不包的抽象公式。然后,又把它运用于分析社会主义,从而提出社会主义的异化问题。他们就是用这种方法把社会主义社会同资本主义社会混为一谈。"⑤ 事实证明,否认社会主义存在异化的学者确实对当时的异化现象缺乏足够的估计,从

---

① 胡乔木:《关于人道主义和异化问题》,《人民日报》1984 年 1 月 27 日。
② 何玉林:《黄枬森等在纪念马克思逝世一百周年学术报告会上的发言摘要》,《人民日报》1983 年 3 月 14 日。
③ 王若水:《文艺与人的异化问题》,《上海文学》1980 年第 9 期。
④ 何玉林:《黄枬森等在纪念马克思逝世一百周年学术报告会上的发言摘要》,《人民日报》1983 年 3 月 14 日。
⑤ 胡乔木:《关于人道主义和异化问题》,《人民日报》1984 年 1 月 27 日。

而出现了偏颇。现在看来，社会主义也同样存在着异化或异化现象，应该号召社会最大程度地减少其危害。

三 文艺与人性、异化、人道主义的关系

这次讨论不但涉及了人性、人道主义的基本理论，而且还涉及文艺理论界文艺与人性、异化、人道主义的关系，这些问题主要是从基本理论、文艺创作和文艺批评中反映出来的。

第一，文艺与人性的关系。朱光潜是新时期最早为文艺表现人性正名的理论家之一，他在文章中呼唤文艺要写人情，重视"对人性的深刻理解和描绘"①。范民声翻案性地重新评价了《论人情》。② 遭受过批判的王淑明也表明了自己的看法："在文艺作品中只要写人，就应该表现出完整的人性。如果只承认人的阶级性，不承认非阶级性，在文艺创作中就必然会造成公式化、概念化。"③ 当时，这些观点起到了拨乱反正的作用。

在讨论人性时，理论家们已经指出，文艺应该描写人的自然属性、人的社会属性、人的阶级性、人的自然性与社会性的统一、人的共同性与阶级性的统一以及人性与阶级性的渗透、转化。从当时的讨论来看，文艺界已经克服了过去认识人性的局限，努力去把握复杂的、多维的、动态的人性，并要求文艺表现、开掘人的复杂性，以塑造出符合实际存在的、真实的人物。其中，有些现象比较突出：人性是阶级性的人性观，已经失去了支配地位，文艺界开始反思其局限及其对创作的不良影响，这些反思为正确对待人性扫清了障碍，也有利于创作；人性是人的社会属性、人性是人的自然属性与社会属性的统一、人性是人的共同人性与阶级性的统一等人性观，获得了广泛的支持，文艺创作反映或印证了这些理论探索的成果，促进了文艺的发展；学界开始正视和重视人的自然属性，不但承认其合理性，而且也肯定了它对人的日常行为的影响，并要求文艺反映这些人性因素。在这些观念的影响下，文艺对共同人性的描写逐渐增多了。当时，文艺对人性的描写表现在：重视表现人的本能、生命欲求、动物性等自然属性；重视表现不同阶级、阶层的共同性或共通性，如对自然的欣赏、追求爱、要求情感满足等；重视表现人在追求真善美的过程中的人性亮点；重视人性对狭隘的阶级性的超越。但不可否认的是，当时对人的自然属性的

---

① 朱光潜：《关于人性、人道主义、人情味和共同美问题》，《文艺研究》1979 年第 3 期。
② 范民声：《重评巴人的〈论人情〉》，《东海》1979 年第 11 期。
③ 王淑明：《人性·文学及其他》，《文学评论》1980 年第 5 期。

描写就出现了一些矫枉过正的问题。在过去的创作中，人的自然属性往往遭到极端漠视、压制和批判，出于对这种状况的不满足，也由于受到生命哲学、精神分析等国外哲学与文学思潮的影响，当时的文艺创作空前重视人的自然属性。这当然有其合理性，但是，有些作品热衷于挖掘与展示人的本能、性欲、冲动等因素，不遗余力地反对社会、文化、文明、伦理道德，结果丧失了人的特性和超越性。这种倾向很快就遭到了一些批评家的反对："有的作品还提倡抽象的人道主义，抽象的'爱'，根本抹煞是非、善恶的界限，抹煞正义与邪恶、革命与反革命的界限，把一切都加以颠倒，或企图用抽象的人道主义，抽象的爱的说教来解决社会矛盾。"[1] 此外，某些作品也没有处理好阶级性与人性、人情的关系。一些作家片面地夸大人性、追求极端纯粹的人性和超越阶级性的人性，并由此走向了否定人的阶级性、社会性的偏颇，有理论家也干预了这种倾向。人性及其与阶级性的复杂关系、文艺的审美性都决定了文艺反映阶级时的复杂性和特殊性：不同文艺门类表现阶级性的程度、层次、侧重点都有所不同，文学、影视、绘画可能直接些，音乐、舞蹈可能间接些；文艺对阶级性的表现与不同的创作方法有关，现实主义作品可能直接些，浪漫主义、现代主义作品可能含蓄些；阶级社会中的文艺可能更重视阶级性，和平时期的文艺可能更重视人性、人情，尽管如此，如果极端地强调阶级性或人性，可能都会损害文艺的表现效果，也不利于科学地分析文学、艺术史现象。因此，文艺理论应该总结正确处理阶级性与人性关系的规律，使文艺在二者的平衡中得以发展，也应该从这个角度出发去研究文学艺术家、文艺作品和其他文艺发展史现象。总之，这次讨论促进了对人性的全面认识，有助于克服以往片面的、机械的倾向，科学地对待人性及其描写；及时地纠正了描写人的自然性的泛滥，有利于文艺表现全面的人性；合理地界定了阶级性，纠正了以往无限夸大阶级性的偏颇，有利于文艺表现阶级性及其对人思想行为的影响，也有利于塑造人物和重新研究文艺史现象。

第二，文艺与异化的关系。把文艺与人性的关系再延伸一步，就成为文艺与异化的关系。如果承认社会主义社会存在着异化（思想异化、政治异化和经济异化）或异化现象，那么，文艺就应该表现、揭露和鞭挞这些异化或异化现象，以尽量减少它们。相反，如果否认社会主义社会存在着异化或异化现象，那么，文艺也就无所谓再去表现这些现象了。学界

---

[1] 何桐林：《黄枬森等在纪念马克思逝世一百周年学术报告会上的发言摘要》，《人民日报》1983年3月14日。

存在着有无异化或异化现象的分歧,这样的分歧必然会影响到文艺,并在文艺观上表现出来。俞建章认为,阶级是人类特定时期的社会现象,阶级是从人中派生出的现象,阶级性是人性的异化。文学应该表现人性的异化和复归:"如果说,人的异化现象发生在社会主义社会同发生在资本主义社会有什么不同,那就是,由于排除了生产资料私有制,在今天的社会中,人的异化过程也是这种异化被自觉地认识、被积极地摒弃的过程,是人自觉地向合乎人性人的自身复归的过程。"① 与此相反,计永佑认为,社会主义不存在异化劳动,这样,"异化论既然不能正确地解释我们的社会主义社会的现实生活,当然也无从正确地指导我们的社会主义社会现实生活的文艺创作,也无从正确地体现社会主义文艺的客观规律。""也无助于正确地反映与区别两种不同性质的矛盾。""也无助于正确地处理文艺作品的歌颂与暴露问题。"② 事实证明,社会主义存在着异化或异化现象,文艺也应该表现它们。

第三,文艺与人道主义的关系。新时期以来,随着《班主任》等"伤痕文学"的出现,描写人性、人道主义的作品越来越多,《啊,人……》、《人啊,人》、《爱,是不能忘记的》等作品的名称就可见一斑。出于对"文化大革命"的反思和对现实生活中无视人的价值等现象的抗议,这些作品的出现是必然、必要而合理的。这些作品与学界就人性、人道主义、异化问题展开的讨论相呼应,通过感性、情感触及人的问题,甚至具有更大的冲击力。因此,文论界大都对文艺作品中的人道主义主题持肯定态度。其中,一部分论者继续按照"文学是人学"的方向发展,钱谷融重新论证了人道主义之于文学的意义:"文学既以人为对象,既以影响人、教育人为目的,就应该发扬人性、提高人性,就应该以合于人道主义的精神为原则。"他还从文学评价标准的角度肯定了人道主义:"人道主义原则是评价文学作品的一个最基本、最必要、也可以说是最低的标准。"③高尔太与钱谷融的观点不谋而合,他从艺术本质的角度肯定了人道主义与艺术的密切联系:"历史上所有传世不朽的伟大文学艺术作品,都是人道主义的作品,都是以人道主义的力量、即同情的力量来震撼人心的。……艺术本质上也是人道主义的。"④ 另一部分论者则从新时期文学中寻找人道主义的合理性。何西来从文学潮流嬗变的角度指出:"人的重新发现,

---

① 俞建章:《论当代文学创作中的人道主义潮流》,《文学评论》1980年第5期。
② 计永佑:《异化论质疑》,《时代的报告》1981年第4期。
③ 钱谷融:《〈论"文学是人学"〉一文的自我批判提纲》,《文艺研究》1980年第3期。
④ 高尔太:《人道主义与艺术形式》,《西北民族学院学报》1983年第3期。

是新时期文学潮流的头一个,也是最重要的特点,它反映了文学变革的内容和发展趋势,正是当前这场方兴未艾的思想解放运动逐步深化的重要表现。"其三个标志为"人神到人"、"爱的解放"、"把人当人",重新发现人在文学上表现为,人性、人情、人道主义的重新提出。① 但是,也有论者反对把人道主义与社会主义文学联系起来。王善忠反对用人道主义衡量社会主义文学:"社会主义文学首先是把共产主义思想作为自己的核心,其次它主要塑造无产阶级英雄和社会主义新人形象。这两个特点就不是人道主义所具有的,因为这是两种不同质的潮流,决不能混同或互通。"② 洁泯则反对以人道主义潮流来概括新时期文学创作:"在文学思想上,把近几年来的文学成就,都归结为'人道主义的潮流',将充满着时代精神和革命激情的文学成绩,都划到抽象的人道主义里面去。……把抽象的人、抽象的人道主义作为准绳来解释历史的变化和文学的变化,必将得出谬误的结论,最后将导致背离马克思主义和社会主义。"③ 后来,刘再复高度地肯定了人道主义之于新时期文学的意义:"我们可以找到一条基本线索,就是整个新时期的文学都是围绕着人的重新发现这个轴心而展开的。新时期文学作品的感人之处,就在于它是以空前的热忱,呼唤着人性、人情和人道主义,呼唤着人的尊严和价值。"他从四个方面为人道主义进行了辩护,这样,人道主义就在社会主义文学中取得了合法性:"毫无疑问,我们的社会主义文学应当成为最富有人情、人性、人道主义精神的文学。那种以反对抽象的人道主义为名,硬把社会主义描绘成非人道主义的文学,将给社会主义文学带来极大的错误和不幸。"④

这场讨论开始于20世纪70年代末,一直持续到80年代中期,并达到高潮。以胡乔木代表中央所发表的《关于人道主义和异化问题》一文为标志,讨论逐渐减少。客观地说,在这次讨论中,虽然反对共同人性、人道主义的学者为数不少,但是,赞同共同人性、人道主义的论者获得了更多的同情与道义上的支持。后来,一方面少量的这方面的讨论还在继续;另一方面,这些问题又被转化为其他问题得到了讨论。应该说,这次讨论有其必然性和合理性,而且,由于讨论自由空间的扩大,这次讨论取得了不少的成绩,既有理论价值,又对创作产生了一定的指导意义。而且,还对以后的文艺主体性等问题的讨论奠定了基础。

---

① 何西来:《人的重新发现》,《红岩》1980年第3期。
② 王善忠:《社会主义文学与人道主义问题》,《文学评论》1984年第1期。
③ 洁泯:《文艺批评面临的检验》,《光明日报》1983年12月8日。
④ 刘再复:《文学的人道主义本质的回复和深化》,《新华文摘》1986年第11期。

在中国当代文艺理论史上，人性、人道主义讨论具有重要的意义。这次讨论取得了重要的理论成果，有助于我们认识人性、人道主义，也有助于我们科学地理解文艺与人性、人道主义的关系。而且，这次讨论以理论的方式介入历史和现实问题，能够帮助我们思考"文化大革命"和80年代在处理人的问题上的缺陷，这次讨论还推进了文艺对人的表现。今天，尽管社会有了很大的进步，但是，在对待人的问题上，无论是现实生活还是文艺都有不尽如人意之处。鉴于此，我们至今仍然需要从这次讨论中汲取经验教训，文艺理论与文艺创作也同样如此。

第七章 "形象思维"说的发展、终结与变容

在过去60年的中国文学理论的发展中,"形象思维"话题曾经受到人们广泛的关注,引起过激烈争论。无论在"文化大革命"前的20世纪50年代至60年代初,还是在"文化大革命"结束后的70年代末至80年代初,这个话题都起过特殊的作用,成为美学家们和文艺理论家们的学术兴奋点。

"形象思维"作为一种理论探讨,提问的方式主要是:"有没有'形象思维'?""'形象'能否用来'思维'?""'形象'"如何进行'思维'?"这仿佛是在问一个有关思维科学的问题。然而,"形象思维"最初就不是作为思维科学问题提出,而是对"艺术特征"的存在理由的猜测。几十年对"形象思维"问题的讨论,尽管不断寻求与思维科学挂钩,但更多的是与哲学认识论建立联系,并且在这种联系中渗透进政治隐喻。

进入到20世纪80年代中期以后,"形象思维"的讨论逐渐停止。但是,这种讨论所包含的内容,并没有在美学与文学艺术理论中消失,它仍通过种种化身而得到延续。

第一节 "形象思维"概念的提出

"形象思维"原本是一个俄国文论的用语,最初是俄国著名文学批评家别林斯基提出来的。这个术语在别林斯基那里,采用的是"寓于形象的思维"的提法。例如,他在《伊凡·瓦年科讲述的〈俄罗斯童话〉》中写道:"既然诗歌不是什么别的东西,而是寓于形象的思维,所以一个民族的诗歌也就是民族的意识。"[①] 从1838年到1841年这几年中,别林斯

---

① [俄]别林斯基:《伊凡·瓦年科讲述的〈俄罗斯童话〉》(1838),载《别林斯基全集》第2卷,苏联科学院出版社1953—1959年版,第506—507页。中文译文引自中国社会科学院外国文学研究所编《外国理论家、作家论形象思维》,中国社会科学出版社1979年版,第55页。

基多次使用"寓于形象的思维"一词。例如，他在《艺术的观念》一书中写道："艺术是对真理的直感的观察，或者说是寓于形象的思维。"① 运用这个概念，别林斯基致力于论证一个道理，即科学与艺术具有不同的到达和显示真理的途径。他有一段名言："哲学家用三段论法，诗人则用形象和图画说话，然而他们说的都是同一件事。"② 别林斯基并没有清晰地作出一个在后代非常看重的区分："形象思维"是认识真理，还是仅仅表现真理。

以后的俄国作家，例如，屠格涅夫，很喜欢别林斯基所创造的这个词，认为对于作家来说，最重要的是熟悉生活，接触形象。他感觉到，自己长期旅居国外，形象缺乏，对文学活动产生致命的损害。原因就在于，诗人是在用形象来思考，没有形象，文学创作就没有源泉。③ 但是，他仍然没有像后来的一些理论家那样，严格区分"形象思维"认识真理和表现真理的功能。

别林斯基的这份遗产，在俄国的马克思主义美学和文学家们那里得到了继承。例如，普列汉诺夫指出，"艺术既表现人们的感情，也表现人们的思想，但是并非抽象地表现，而是用生动的形象来表现。"④"艺术家用形象来表现自己的思想，而政论家则借助逻辑的推论来证明自己的思想。"⑤

这本来是对别林斯基说法的赞同，但在后世却被挑剔的论辩者归入到反"形象思维"的阵营之中。针对普列汉诺夫的观点，卢那察尔斯基曾写道，只是说艺术家"用形象来表现自己的思想"，是不够的。他认为，"作家不是在社会性的争论已经解决了的时候才走上舞台的……作家是实验的先锋，他应走在我们队伍前列，深入无产阶级的生活和经验的所有方面，用自己特有的'形象思维'的方法综合它们，为我们提供有血有肉的、鲜

---

① ［俄］别林斯基：《艺术的观念》（1841），载《别林斯基全集》第 4 卷，苏联科学院出版社 1953—1959 年版，第 585 页。中文译文引自中国社会科学院外国文学研究所编《外国理论家、作家论形象思维》，中国社会科学出版社 1979 年版，第 59 页。

② ［俄］别林斯基：《1847 年俄国文学一瞥》，《别林斯基选集》第 2 卷，时代出版社 1952 年版，第 429 页。中译本见《外国理论家、作家论形象思维》，中国社会科学出版社 1979 年版，第 79 页。

③ ［俄］屠格涅夫：《致 Я. 波隆斯基》，1869 年 2 月 27 日，载中国社会科学院外国文学研究所编《外国理论家、作家论形象思维》，中国社会科学出版社 1979 年版，第 102 页。

④ ［俄］普列汉诺夫：《没有地址的信》（1899—1900），《普列汉诺夫美学论文集》Ⅰ，曹葆华译，人民出版社 1983 年版，第 308 页。

⑤ ［俄］普列汉诺夫：《艺术与社会生活》（1912—1913），《普列汉诺夫美学论文集》Ⅱ，曹葆华译，人民出版社 1983 年版，第 836 页。

明的概括：现在我们周围哪些过程正在进行着？在我们周围的生活中，哪些辩证的斗争正在沸腾着？它战胜了什么？它的发展倾向将往何处去？"①他的意思是说，艺术家是通过形象来认识世界，而不只是表现已经认识到的结论。显然，卢那察尔斯基通过他的论述，致力于凸显他与普列汉诺夫观点之间潜藏着一种对立。本来，普列汉诺夫只是在批评列夫·托尔斯泰只提到艺术表现情感之时，强调艺术既表现情感也表现思想。托尔斯泰提出艺术是在心中唤起自己曾经有过的情感感受，并通过形象（声音、色彩、文字）将之传达出来。这是一个无论在当时，还是在当今的美学界都普遍受到重视的观点。②普列汉诺夫则将"思想"加进去，提出艺术既传达情感也传达思想，只是用形象来传达。因此，普列汉诺夫这句套用托尔斯泰的句式形成的对艺术特性的论述，在卢那察尔斯基那里被理解成，他虽然赞同用形象表现思想，但他认为这仅限于思想的"表现"而已。普列汉诺夫高度强调别林斯基命题的意义，也谨慎地提出艺术所表现的观念是"具体的观念"。这种"具体的观念"，更像是黑格尔式的"具体的理念"思想的移植，艺术只是使这种理念获得感性显现而已。③与此相反，卢那察尔斯基则坚持认为，"形象思维"是一种独特的认识世界的方式。

在"形象思维"能够认识世界，还是仅仅表现已有的认识这两难之中，高尔基另辟蹊径，提出了一个新的观点。他也同意作家创作有两个过程，第一个过程是抽象化，第二个过程是具体化。但这两个过程并非是思想的形成和思想的表现，而是典型化过程的两个阶段。他举例说，"假如一个作家能从二十个到五十个，以至从几百个小店铺老板、官吏、工人中每个人的身上，把他们最有代表性的阶级特点、嗜好、姿势、信仰和谈吐等等抽取出来，再把它们综合在一个小店铺老板、官吏、工人的身上，那么这个作家就能用这种手法创造出'典型'来，——而这才是艺术。"④

---

① ［苏］卢那察尔斯基：《艺术家 M. 高尔基》（1931），中译本见《外国理论家、作家论形象思维》，中国社会科学出版社1979年版，第139页。
② 这一观点在列夫·托尔斯泰《艺术论》一书中得到详细的阐释，在许多当代重要美学论述的选本和美学史中，这一观点都被人们提到。例如，Thomas. E. Wartenberg, *The Nature of Art: An Anthology*, Peking University Press, 2002. 和 Dabney Townsend, *Aesthetics: Classic Readings from Western Tradition*, Peking University Press, 2002, 以及门罗·比厄斯利《西方美学简史》，高建平译，北京大学出版社2007年版等许多当代著作中都提到此书。
③ ［俄］普列汉诺夫：《别林斯基的文学观点》（1887），中译本见《普列汉诺夫美学论文集》Ⅰ，曹葆华译，人民出版社1983年版，第200页。
④ ［苏］高尔基：《谈谈我怎样学习写作》（1928），中译本见《外国理论家、作家论形象思维》，中国社会科学出版社1979年版，第145页。

在这里，高尔基似乎是在提出一种既不同于普列汉诺夫，也不同于卢那察尔斯基的"形象思维"概念。他像普列汉诺夫那样，赞同存在着两个过程，前一个过程是认识，是抽象化的后一个过程是表现，是具体化的。但是，他认为，这里的抽象化并不是抽掉形象，而是抽取形象；这里的具体化，是将抽取出来的形象集中到一个人身上。当然，形象如何"抽取"，又如何"具体化"，这些都只是作家艺术家的心得之言。对此，高尔基并没有，也不可能用理论的话语进行论证。

第二节 "形象思维"讨论在中国的兴起

20世纪50年代中国的文学理论的形成，有四个源头，两个是显性的，两个是隐性的。在两个显性的源头中，第一个源头是苏联文学理论。在一切向苏联学习的气氛中，苏联的文学理论对新建立的共和国的文学理论的建构产生着深远的影响。第二个有着巨大影响的源头，就是共产党从根据地带来的文艺思想，包括毛泽东和其他领导人的一系列讲话，特别是毛泽东于1942年所发表的《在延安文艺座谈会上的讲话》。这双重思想来源，构成了当时文学理论的主要内容框架。由于苏联文学理论的引入，俄国和苏联学者关于"形象思维"的思考，也在这一时期引入到中国。除了这两个源头之外，还有两个在当时并不是特别的显著，但随着时间的推移，影响越来越大的源头：这就是五四以来所接受的西方的文艺思想和中国古代的传统文艺思想。无论是西方的文艺思想，还是古代的文艺思想，都没有直接谈"形象思维"。但是，在这些文艺思想中，都有着丰富的强调艺术独特特点的因素，这些后来都成为"形象思维"观点发展的重要营养。

苏联文艺思想，当然并非到50年代才影响中国。早在20世纪30年代，形象思维就已经随着别林斯基和普列汉诺夫的思想在中国的传播而被人零星提到。1931年11月20日出版的《北斗》杂志（"左联"的机关刊物）上，刊载了由何丹仁翻译的法捷耶夫的《创作方法论》，提到了"形象思维"这个概念。1932年12月胡秋原编著的《唯物史观艺术论》中，提到普列汉诺夫从别林斯基那里引用了"形象的思索"的观点。赵景深在1933年3月北新书局出版的《文学概论讲话》中，将"想象"解释为"具体形象的思索或再现"。1935年7月郑振铎和傅东华曾邀请欧阳山为他们编的《文学百题》一书写"形象的思索"的条目。到了40年代，胡风在《论现实主义之路》一书的"后记"中，曾写过作家要用形象的思维，"并不是先有概念再'化'成形象，而是在可感的形象的状态上去把握人生，把握世界。"①

在左翼文学和学术界受苏联的影响，谈论"形象思维"之时，另一个受西欧和北美学术影响的学术圈子刚从另一个角度谈论艺术的思维特性和艺术本质问题。这方面的主要代表，是朱光潜先生。朱光潜在《文艺心理学》一书中，以"形象的直觉"为核心概念开始了美学构建工作。他引用意大利哲学家和历史学家克罗齐的话说，"知识有两种，一是直觉的（intuitive），一是名理的（logical）。"② 由此得出结论说，"严格地说，美学还是一种知识论。'美学'在西文原为 aesthetic，这个名词译为'美学'还不如译为'直觉学'，因为中文'美'字是指事物的一种特质，而 aesthetic 在西文中是指心知物的一种最单纯最原始的活动，其意义与 intuitive 极相近。"③ 朱光潜的这本书是他综合当时在国外占主流地位的一些美学理论著作而写成的讲稿，于 1936 年在开明书店出版。这里的"直觉学"的观点，受克罗齐的影响，但其根据仍可追踪到最早使用 aesthetic 这个词来指审美活动的 18 世纪德国哲学家鲍姆加登。根据鲍姆加登对美学的理解，艺术是与"感性"有关，而美学研究"感性"的完善。

在这本著作出版以后，蔡仪于 1942 年出版《新艺术论》一书，既批评"形象的直觉"说，即将艺术和审美看成是一种低级的认识的看法，也批评那种将艺术的认识与科学的认识等同的看法。蔡仪努力想要证明："形象"可以"思维"。蔡仪提出了一个关键词："具体的概念"。他认为，概念"一方面有脱离个别的表象的倾向，另一方面又有和个别的表象紧密结合的倾向，前者表示概念的抽象性，后者表示概念的具体性。科学的认识则是主要地利用概念的抽象性以施行论理的判断和推理。艺术的认识则是主要地利用概念的具体性而构成一个比较更能反映客观现实的本质的必然的诸属性或特征的形象。"④ 根据这个道理，他提

---

① 以上对"形象思维"在中国引入和发展的早期史的描述，参考了王敬文、阎凤仪、潘泽宏《形象思维理论的形成、发展及其在我国的流传》一文，见中国社会科学院哲学研究所美学研究室和上海文艺出版社文艺理论编辑室合编《美学》第 1 期，上海文艺出版社 1979 年版，第 200—201 页。
② 《朱光潜全集》第 1 卷，安徽教育出版社 1987 年版，第 207 页。
③ 同上书，第 208 页。
④ 蔡仪：《新艺术论》第二章，第二节。引自《蔡仪文集》第 1 卷，中国文联出版公司 2002 年版，第 40 页。

出,"艺术的认识,固然是由感觉出发而通过了思维,却是没有完全脱离感性,而且主要地是由感性来完成的,不过这时的感性已不是单纯的个别现实的刺激所引起的感性,而是受智性制约的感性"。① 可以看出,这是一个将"感性"、"直觉"、"形象"等与"思维"联系起来的努力,比起前面所说的几位左翼作家和翻译家只是介绍或借用来说,蔡仪显然是想在理论的阐释上做一些工作。

20世纪50年代和60年代前期的"形象思维"论争,与另一场大讨论结合在一起,这就是美学大讨论。50年代的美学大讨论,出现在那个时代的大背景之中,有着一个突出的任务,这就是要在中国建立马克思主义的美学。这是新中国成立以后在思想意识形态领域建立新的社会意识形态的一部分。在当时,出现了许多文学艺术领域的论争,美学讨论是其中之一,但又是非常特别的一个。许多文学艺术的论争最终都导向了大批判,但美学讨论是例外。当时的美学讨论,是围绕着美的本质问题展开的。美学家们围绕着这个问题,分成了四大派,分别认为美是主观的,美是客观的,美是主客观的统一,以及美是客观性与社会性的统一。在当时,确定美的客观性,并将之与辩证唯物主义和历史唯物主义哲学挂上钩,是为美学争取存在合法性的需要。这种对"美的本质"的讨论,离开文学艺术的实际很远。用当时的一些美学家的说法,美学讨论只解决了美学的哲学基础问题。如果说得更严厉一些,当时的美学讨论在诱导一种美学脱离艺术的倾向。当然,我们对此需要历史地看,而不能求全责备。当时的文学批评家们在搞大批判,对文学作纯政治的解读,而哲学家们忙于将政治家的言论阐释成哲学,与此相比,美学家还多少保留着一些学术思考。可以这么说,尽管那一代美学家的一些论战性文章在今天已不忍卒读,在当时的历史语境中,美学家们已经是整个学术生态中最健康的一支力量了。在这种语境之中,作为美学大讨论的另一个重要话题的"形象思维",由于它讨论了文学艺术创作中的思维状况,并且试图确立艺术与哲学和政治宣传不同的特性,与实际的文学艺术的创作保持密切的关系,从而成为"美的本质"讨论的重要补偿。

当然,最早注意"形象思维"观点的,并非是处于美学讨论中心的人物。一些文学理论家们,强调文学艺术的特点,认为艺术要用"形象

---

① 蔡仪:《新艺术论》第二章,第二节。引自《蔡仪文集》第1卷,中国文联出版公司2002年版,第40页。

思维",而科学要用抽象思维。他们一边批判胡风,一边却又倡导"形象思维"这一胡风赞同过的观点。① 最早写出较为厚重的专门讨论"形象思维"大文章的,是霍松林先生。霍松林先生提出,"形象思维"与"逻辑思维"有着共性,两者都是客观现实的反映,也都需要对感觉材料的"去粗取精、去伪存真、由此及彼、由表及里的改造制作功夫"(毛泽东语)。"形象思维"的特点在于"不但保留、而且选择那些明显地表现出某种社会历史现象的一般本质的感性因素,并把它们集中起来,创造典型的艺术形象。"② 显然,霍松林的说法,与前面所引用的高尔基的观点,有一致之处。

霍松林的提法,得到了许多美学研究者的赞同。例如,蒋孔阳曾在1957年写道,与逻辑思维要抽出本质规律,达到一般法则不同,"形象思维"则是通过形象的方式,就在个别的具体的具有特征的事件和人物中,来揭示现实生活的本质规律。"他还提出,"形象思维"不仅是收集和占有大量感性材料,而且是熟悉人和人的生活,从而创造出典型来。③

在此以后,李泽厚在1959年发表了一篇影响深远的文章《试论形象思维》。他的观点是,"形象思维"与逻辑思维一样,是认识的深化,是认识的理性阶段。在"形象思维"中,"个性化与本质化"同时进行,是"完全不可分割的统一的一个过程的两方面",在这个过程中,"永远伴随着美感感情态度"。④

在讨论中,也有许多文章不同意上面这种"从形象到形象"的解释,提出"形象思维"也存在一个从"形象"到"抽象"的过程。例如,著名的文学理论家巴人提出,作家首先以世界观指导,"观察、体验、分析、研究一切人,一切群众,一切阶级,一切社会,然后才进入艺术创造过程。而当作家进入艺术创造过程的时候,那就必须依照现实主义的方法,艺术地和形象地来进行概括人、群众、阶级和社会等等特征。"⑤ 巴人没有正面反对"形象思维",但他提出的两段论,又不明确说他是高尔基式的两段论,就有了反对"形象思维"可以达到对真理的

---

① 见周扬《建设社会主义文学的任务——在中国作家协会第二次理事会会议(扩大)上的报告》,《人民日报》1956年3月25日。亦参见李拓之《论形象思维与创作实践——批判胡风的反动文艺理论》,《厦门大学学报》(社会科学版)1955年第4期。
② 霍松林:《试论形象思维》,《新建设》1956年5月号。
③ 蒋孔阳:《论文学艺术的特征》,新文艺出版社1957年版。这里所引的文字,参见该书第4章。
④ 李泽厚:《试论形象思维》,载李泽厚《美学论集》,上海文艺出版社1980年版,第226—255页。
⑤ 巴人:《典型问题随感》,《文艺报》1956年第9期。

认识之嫌。

在反对"形象思维"的学者中，比较重要的是毛星先生，他认为，"形象思维"是一个黑格尔哲学影响下的概念，它不一定是指人的思维，而是指黑格尔式的普遍理念在人身上的一个发展阶段。据此，他指出，这个词是不科学的。思维是大脑的一种认识活动，离不开概念、判断和推理，不能只是一堆形象。①

1966年5月，即"文化大革命"已经开始发动之时，出现了著名的郑季翘的文章，对"形象思维"的观点进行了严厉的批判。这篇文章的题目是《文艺领域里必须坚持马克思主义的认识论——对"形象思维"论的批判》。文章认为，用形象来思维的说法，违反了从感性到理性，从特殊到一般，从形象到抽象的规律；"不用抽象、不要概念、不依逻辑的所谓'形象思维'是根本不存在的"；作者创作的思维过程是：表象（事物的直接映象）—概念（思想）—表象（新创造的形象）。②也就是说，艺术创作被分成了两段：第一段是认识真理，这时，需要抽象思维；第二段是显示真理，这时，需要想象。在论述中，郑季翘使用了当时流行的心理学教科书中的术语，将认识看成是经历了"由感觉、知觉、表象而发展到概念，再运用概念进行判断和推理"的过程。这种对认知心理的描述，在心理学上属于古老的构造主义学派，从心理学学科上讲，是19世纪后期现代心理学草创时期的产物。郑季翘从当时心理学的教科书中摘取一些术语，使这种解读具有了科学与哲学结合的色彩。根据这一观点，艺术与科学在认识世界上没有什么区别，而在显示认识成果上，却是有区别的。

这一对"形象思维"过程的看法当然并不是什么创造，它早已隐藏在包括俄国的普列汉诺夫和中国的毛星等在内的许多人的论述之中。但是，普列汉诺夫尽管对艺术创作的思维过程持有两段论，但他并没有反对"形象思维"。中国学者毛星反对"形象思维"，是主要从当时对思维规律理解的水平看这个问题。

郑季翘在《红旗》杂志这一中国共产党的机关刊物上，高调地宣示"形象思维"违反马克思主义认识论，是唯心主义，这是前所未有的。用意识形态的话语解决学术问题，这是当时的普遍风气，这当然不是第一

---

① 参见毛星《论文艺艺术的特征》，《文学评论》1957年第4期，以及《论所谓形象思维》，《中国科学院文学研究所专刊》（4），人民文学出版社1958年版。
② 郑季翘：《文艺领域里必须坚持马克思主义的认识论——对形象思想论的批判》，《红旗》1966年第5期。

篇。但是，在"形象思维"的讨论中，这一篇有点特别。文章一开始，就这样写道："这个理论断言文艺作家是按照与一般认识规律不同的特殊规律来认识事物、进行创作的。正因为如此，每当某些文艺工作者拒绝党的领导、向党进攻的时候，他们就搬出形象思维论来，宣称：党不应该'干涉'文艺创作，因为党委是运用逻辑思维的，而他们这些特殊人物却是用形象来思维的。……经过研究才知道：所谓形象思维论，不是别的，正是一个反马克思主义的认识论体系，正是现代修正主义文艺思潮的一个认识论基础。"① 一篇发表在《红旗》杂志上的文章，用这种严厉的口吻对"形象思维"下判决，说它反马克思主义认识论，是"拒绝党的领导、向党进攻"的工具，是"现代修正主义文艺思潮的一个认识论基础"，这给学术界造成一种感觉，这是从党内高层给这个讨论了许多年的问题所下的一个正式的结论。

这里的所谓"现代修正主义文艺思潮"的字样，有着特殊的背景。当时，中国与苏联在意识形态上出现了分歧，进行了是社会主义还是修正主义的激烈论战。中国写"九评"，苏联也相应作反驳。这种争论恶化了国家间关系，也扭转了新中国成立初年一切向苏联学习的大气氛。既然"形象思维"是一个来自俄国文论的术语，自然又与"修正主义"挂上了钩。"形象思维"说的苏联保护伞消失了，这根大棒挥下来就更加有力。今天，许多人提出要走出苏联模式。这真是此一时，彼一时。今天的走出苏联模式，是要思想进一步解放，但在当时，中国文艺界走出苏联模式，却是从批判"形象思维"等一些理论，批判现实主义，也包括批判人性和人道主义开始的，那只是用"文化大革命模式"批判"苏联模式"而已。

郑季翘在文章中提出了"表象—概念—表象"的公式。文学艺术的创作被明确分成两个阶段。第一阶段是从表象到概念，"要思维，要发现事物的本质，就必须运用抽象的方法。没有抽象就根本不可能有思维。"第二阶段是从概念到表象。"艺术形象也是人们头脑中第二阶段的表象，是由作家用一定的艺术手段描绘出来的第二阶段的表象。"② 这种表象，是将概念还原为表象，或者说，为概念而发挥"创造性想象"，从而制造表象。

---

① 郑季翘：《文艺领域里必须坚持马克思主义的认识论——对形象思想论的批判》，《红旗》1966年第5期。
② 同上。

这篇文章生逢其时，迎合了当时的种种机缘。"文化大革命"期间的种种文学理论，都能够从这种理论中找到根据：（一）可以允许"主题先行"，先行的主题是概念、判断和推理；（二）要有"三突出"，按照概念找到最需要突出的主要人物，找到英雄人物，进而找到主要英雄人物；（三）要试验"三结合"式的创作，即领导出思想、群众出生活、艺术家出技巧，两阶段的第一阶段可以由领导、革命家、政治上正确的人，或者那些能够进行"认识"并达到一定的"认识"高度的人，第二阶段才交给作家艺术家们去做。

这是中国社会通向"文化大革命"的合唱中的诸声部之一。当然，这不是主旋律，主旋律是由姚文元的《评新编历史剧〈海瑞罢官〉》唱响的。从批判吴晗的《海瑞罢官》，到批判由邓拓、吴晗、廖沫沙组成的"三家村"，再到批判周扬等"四条汉子"，吹响了"无产阶级文化大革命"的"战斗号角"。郑季翘的文章，从理论上讲，其实比姚文元的文章更具有攻击力。这篇文章也的确戳到了主张给文学有一些自由空间的人在理论上的软肋，同时，它又似乎很有说服力，与人们一般所理解的"认识论"合拍。自从这篇文章发表以后，中国社会进入"文化大革命"之中，"形象思维"说就再没有人提起。

第三节 改革开放与"形象思维"

"文化大革命"以后，中国的思想界经历了从绷得很紧的意识形态话语中逐渐放松开来的过程。1976年10月7日，全国人民从新闻中听到的，是修建纪念堂和出版《毛选》第五卷，而不是比这要重要得多的，发生在前一个晚上的那次惊心动魄的行动。刚刚粉碎"四人帮"时，还提要"继续批邓，反击右倾翻案风"，粉碎"四人帮"还被解读成是新一次"路线斗争"的胜利。尽管这一切在后世看来已经变得非常可笑，但在当时的特定情境中，有着它的合理性。中国社会的精神气氛走出"文化大革命"，比10月6日晚上的那个行动所需的时间要长得多。从"胜利的十月"到"三中全会"，这是一段很长的、有很多的坡需要爬的山路，文学艺术界的人，在这个过程中起了很重要的作用。

1977年，首先从文学开始，一切都开始复苏。1976年清明节天安门广场上的诗，1977年清明节读起来意味就不同了，于是有人开始编辑《天安门诗抄》。从1977年出现的刘心武的《班主任》，到1978年卢新华的《伤痕》，再到北岛、舒婷等人的诗，另一种文学开始了。今天，我们在纪念改革开放时，都以1978年5月开始的"实践是检验真理的唯一标准"的讨论和1978年底的中国共产党第十一届三中全会为标志。中国的美学和文学理论走出"文化大革命"影响的所迈出的决定性第一步，在时间上应该早一点，这就是开始于1978年初的"形象思维"热。

在《诗刊》1978年第1期上，刊登了一封毛泽东写给陈毅的谈诗的信。信是1965年写的，信中几次提到"形象思维"。例如，其中有这样的句子："诗要用形象思维，不能如散文那样直说，所以比、兴两法是不能不用的。"[①] 这本来只是共产党内高层老同志之间谈诗的一封私人书信，信中只是提到"形象思维"这个词而已，没有用理论的语言谈论"形象"何以能"思维"。毛泽东并没有将这封信当作准备发表的文章来写，事隔多年，当时写信者与收信者均已去世，一般说来，这封信更多的只有史料价值而已。然而，学术界和文学艺术界对这封信发表的反应之强烈，出乎所有人的预料。用一句当时流行的话说，这封信成了"威力无比"的"精神原子弹"。

毛泽东在信里所讲的，只是一种作诗法，与哲学上的认识论并没有什么关系，没有讲认识真理。如果一定说要有什么关系的话，那么，也许从这里的不"直说"，可以引申出一种表述方式的独特性。比方说，毛泽东提出，"宋人多数不懂诗是要用形象思维的，一反唐人规律，所以味同嚼蜡"[②] 说的就是这个意思。当然，毛泽东的信，如果不是有意为之的话，也在实际上具有了这样一种意义：将"文化大革命"之前，特别是50年代从苏联引进的"形象思维"概念与像"比"、"兴"这样一些中国传统文论概念联系起来。这为后来中国学者发挥"形象思维"说留下了伏笔，从蔡仪论述赋、比、兴与"形象思维"的关系，到后来众多学者所持的"意象说"，都是这方面思考的发展。

这封信发表后仅仅一个月，即1978年2月，复旦大学的文学理论教师们就完成了一本名为《形象思维问题参考资料》的编辑工作，并在三个月后，即1978年5月出版。[③] 与此同时，南到四川，北到哈尔滨，全

[①] 毛泽东：《给陈毅同志谈诗的一封信》，《诗刊》1978年第1期。这封信同时在1977年12月31日的《人民日报》上发表。

[②] 同上。

[③] 复旦大学中文系文艺理论教研组：《形象思维问题参考资料》第一辑，上海文艺出版社1978年版。

国许多大学的文学理论教学研究者都闻风而动,编出各种资料集。① 当然,在这众多的资料集中,质量最高,名气最大,也最具影响力的,是中国社会科学院编的一部近50万字的巨著《外国理论家、作家论形象思维》。② 这部书仅仅在毛泽东的信发表七个月后,即1978年8月就翻译和编辑完成,参加编译的有钱钟书、杨绛、柳鸣九、刘若端、叶水夫、杨汉池、吴元迈等许多当时中国社会科学院的重要学者,并于1979年1月由中国社会科学出版社隆重推出。尽管参加编译的专家过去有积累,在"文化大革命"前就翻译过一些相关的材料,在这么短的时间,以那么高的质量完成这么一本大书,仍是很不容易的。这些编辑、翻译、出版和印刷的工作,考虑到当时没有任何复印、电脑打字、扫描等手段,完全靠手写和手工铅字排版,只能调动所有可调动的力量,翻译、编辑、排字和校对人员全力以赴,将之当作一件"政治任务",日夜加班地做,才有可能做到。在中国,一件事成为"政治任务"后,总是能创造奇迹的。问题在于,"形象思维"的讨论凭什么理由能成为一项重要的"政治任务",并且还得到当时众多的重要学者的衷心拥护?

  不仅是书的编辑和编译,更值得注意的是,在当时,一下子出现了大批的论形象思维的论文和文章,一些当时最有影响的美学家都加入了讨论之中。例如,打开《朱光潜全集》第5卷,就会发现上面有三篇论"形象思维"的长篇论文。其中一篇原载于《谈美书简》,两篇原载于《美学拾穗集》。这是朱光潜在晚年留下的两本最重要的著作。③ 不仅如此,他在1979年出版的《西方美学史》第二版的第二十章"四个关键性问题的历史小结"之中,专门辟一节谈"形象思维",甚至提出这是西方美学史的一个普遍的问题,似乎从古到今的西方美学家们都讨论过"形象思维"。④

---

① 除了这两本之外,当时还有多本形象思维研究资料集出版。例如,四川大学中文系资料室:《形象思维问题资料选编》,四川人民出版社1978年版;《鸭绿江》杂志社资料室:《形象思维资料辑要》,辽宁人民出版社1979年版;社会科学战线编辑部:《形象思维问题论丛》,吉林人民出版社1979年版;哈尔滨师范学院中文系形象思维资料编辑组:《形象思维资料汇编》,人民文学出版社1980年版;等等。
② 中国社会科学院外国文学研究所、外国文学研究资料丛刊编辑委员会:《外国理论家、作家论形象思维》,中国社会科学出版社1979年版。
③ 见《朱光潜全集》第5卷,安徽教育出版社1989年版。这三篇论文的题目分别是《形象思维与文艺的思想性》、《形象思维:从认识角度和实践角度来看》、《形象思维在文艺中的作用和思想性》。
④ 见朱光潜《西方美学史》,人民文学出版社1979年版,第676—694页。

第七章 "形象思维"说的发展、终结与变容   157

在1978年第1期的《文学评论》上,蔡仪就立刻发表了一篇学习毛泽东给陈毅的信的文章,取名为《批判反形象思维论》。在同一年,他还写了另外两篇论"形象思维"的论文,发表在后来出版的《探讨集》上。他还于1979年至1980年间在社会科学院研究生院专门讲授这个问题,讲稿发表在1985年出版的《蔡仪美学讲演集》上。[1] 蔡仪在以后还一再提到形象思维问题。[2]

在出版于1980年的李泽厚的《美学论集》中,收入了五篇论形象思维的文章,其中除了一篇写于1959年外,其余四篇都是在1978年至1979年间写的。[3] 李泽厚在1959年发表的文章,提出形象思维与逻辑思维一样,是认识的深化,是认识的理性阶段。在形象思维中,"个性化与本质化"同时进行,是"完全不可分割的统一的一个过程的两方面",在这个过程中,"永远伴随着美感感情态度"。[4] 他的《形象思维的解放》一文,是一篇政治批判的文章,主要将反形象思维的观点,特别是郑季翘的观点,与"四人帮"的"三突出"、"主题先行"的理论联系起来。这是一篇给报纸写的,读了毛泽东给陈毅的信以后的即时反应的文章。[5] 在这篇文章以后的一篇文章,即《关于形象思维》,可以看成是他承续1959年文章的思路,在思想上所作进一步深化。这里所强调的观点,仍是"本质化与个性化的同时进行"和"富有情感"。[6] 在差不多同一时期,李泽厚还发表了一篇根据讲演整理而成的文章《形象思维续谈》,认为"逻辑思维与形象思维各有所长","艺术的本质还不尽

---

[1] 见《蔡仪文集》第4卷,中国文联出版社2002年版。在这一卷中,收入了上面提到的《批判反形象思维论》、《诗的比兴和形象思维的逻辑特性》、《诗的赋法和形象思维的逻辑特性》、《形象思维问题》,共四篇文章。
[2] 例如,1980年,蔡仪主编《美学原理提纲》,中间收入了"形象思维与美的观念"一章。见《蔡仪文集》第9卷。再如,由蔡仪主编,并于1981年出版的《文学概论》一书,再次论述了形象思维。
[3] 见李泽厚《美学论集》,上海文艺出版社1980年版。这五篇文章的题目分别是《试论形象思维》、《形象思维的解放》、《关于形象思维》、《形象思维续谈》、《形象思维再续谈》。其中《形象思维的解放》发表于1978年1月24日的《人民日报》,《关于形象思维》发表于1978年2月11日的《光明日报》,都是读了毛泽东的信以后立刻写成的。
[4] 李泽厚:《试论形象思维》,原载《文学评论》1959年第2期。参见李泽厚《美学论集》,上海文艺出版社1980年版,第226—255页。
[5] 李泽厚:《形象思维的解放》,原载《人民日报》1978年1月24日。参见李泽厚《美学论集》,上海文艺出版社1980年版,第256—261页。
[6] 李泽厚:《关于形象思维》,原载《光明日报》1978年2月11日。参见李泽厚《美学论集》,上海文艺出版社1980年版,第262—268页。

在认识"。① 这几篇文章，都可以看成是对同一观点的发展。

除了这三位美学家以外，在中国的文学理论界，出现了大量的论形象思维的文章。② 这些文章有的继续讨论有关形象思维与逻辑思维的关系问题，有的从毛泽东信中所提到的比兴出发，从古代文学理论的一些观点寻找形象思维存在的证据，有的从艺术起源和原始思维的角度，论证形象思维存在的理由。这些讨论构成了"文化大革命"后的第一个理论热潮。美学的一个新的黄金时代，就是这样拉开序幕的。历史上将这一时期，称之为"美学热"。如果说，在50年代，美学讨论是从"美的本质"到"形象思维"的话，那么，这一次，是从"形象思维"到"美的本质"。当然，在这一时期，"美的本质"的讨论呈现出了一个新的面貌，国外的思想大量涌入，"美的本质"也被迅速融化到更新的话题之中。

第四节　对"形象思维"的反思

在欢欣鼓舞地庆祝毛泽东的信发表，从而出现有关"形象思维"的著述井喷以后，也有人开始了反思。郑季翘当年动辄说别人"反党"，当然不对，但他的观点，是否还需要从学术上讨论一番，而不只是再将帽子扣回去呢。郑季翘说别人"反党"，有了毛泽东的这封信后，就会有人再回敬他"反毛"。这层意思的确包含在许多批判郑季翘的文章之中。郑季翘辩解说，他写那篇文章时，不知道毛泽东有这么一封信。③ 如果说，这是一个学术问题而不是政治问题的话，这种讨论的方式当然是没有什么意义的。这里所问的是有没有"形象思维"，"形象"是否可用来"思维"，而不是文字工作干部们常常喜欢关心的"提法"问题。当然，在郑季翘的这篇新的文章中，除了对过去的一些事进行辩解外，也表明了他的立场的一些变化。他不再说不存在"形象思维"，而是退了一步，认定"形象思维"不可以认识，而只能表现。

---

① 李泽厚：《形象思维续谈》，原载《学术研究》1978年第1期。参见李泽厚《美学论集》，上海文艺出版社1980年版，第269—284页。
② 这些论文发表在当时国内的各种杂志上，并被收集在各种论文集之中。其中比较集中地收集了这些论文的集子有社会科学战线编辑部编《形象思维问题论丛》，吉林人民出版社1979年版。
③ 郑季翘在1979年《文艺研究》创刊号上发表《必须用马克思主义认识论解释文艺创作》。在这篇文章中，他强调他没有看到毛泽东《给陈毅同志谈诗的一封信》，并叙述他在"文化大革命"时如何受"四人帮"的排挤。

按照当时被普遍接受的对认识论和心理学的理解，人的认识被区分为感性的和理性的。感性认识包括感觉、知觉和表象，理性认识包括概念、判断和推理。一些讨论"形象思维"的文章甚至使用巴甫洛夫的"第一信号系统"和"第二信号系统"与感性理性二分相对应的说法。这些说法既与巴甫洛夫的原初的思想相差很远，也完全跟不上当代心理学的最新发展。这种模式决定了"形象思维"说从一开始就受到置疑。"形象"能否"思维"，这个问题讨论了许多年，写了无数的文章，但有一个问题一直没有能绕过去：一方面，按照当时所理解的"马克思主义的"和"科学的""认识论"，只有概念才能思维，不存在没有概念的思维。思维就是从概念到判断再到推理，在这方面，认识论、逻辑学和心理学整合成一个体系。另一方面，"形象思维"的赞成和拥护者，主要是一些熟悉文学艺术创作实际的人。这些人深刻地感受到，他们在创作时，并没有使用在认识论和逻辑学意义上的"概念"，从"形象"到"形象"，本来就是可以通过"思维"来选择、连接、整合和提炼的。

正是由于这一原因，在"形象思维"的讨论达到高峰，由于毛泽东的信而形成的肯定"形象思维"的观点一边倒的形势下，仍然有人坚持对"形象思维"的否定。例如，1979年6月在吉林省哲学社会科学联合会的第二次会议上，有人提出，郑季翘当年的观点是正确的。这种观点认为："从科学的含义来讲，思维或理性认识必然是抽象的，用形象不可能进行思维。至于艺术家在认识生活、反映生活过程，观察、体验、研究、分析各种形象素材，并根据这些形象素材创造艺术形象，借以表达思想，并不等于用形象来思维。"[①] 持这种观点的人，除了前面说的郑季翘本人外，还有高凯、韩凌、舒炜光、王极盛等，李泽厚认为，他们的观点是郑季翘观点的"延伸或变形"。[②] 这就足以说明，郑季翘的观点，抛开政治批判色彩的话语，只是回到当时人们对认识论和心理学的一般理解而已。

仔细分析赞同"形象思维"的人的观点，我们也可以看出，这些人实际上在说着不同的东西。前面说过，20世纪的三四十年代，朱光潜与谈论"形象思维"的人，并不属于一个阵营，对艺术的看法，也完全不同。到了50年代到60年代，当学术界讨论"形象思维"时，朱光

[①] 见一位署名"治国"的人整理的《形象思维讨论情况综述》，载社会科学战线编辑部《形象思维问题论丛》，吉林人民出版社1979年版，第395页。
[②] 李泽厚：《形象思维再续谈》，见李泽厚《美学论集》，上海文艺出版社1980年版，第555页。

潜并没有写这方面的文章。相反，无论是 40 年代还是 50 年代，美学家们在讨论"形象思维"时，都对朱光潜持批判的态度。在《文艺心理学》一书中，朱光潜以"直觉说"统领全书。朱光潜认为，"知的方式根本只有两种：直觉的和名理的。……从康德以来，哲学家大半把研究名理的一部分哲学划为名学和知识论，把研究直觉的一部分划为美学。严格地说，美学还是一种知识论。"①

批判朱光潜的人提出，朱光潜讲"直觉"、"形象"、"感性"，就是没有讲"思维"。因此，朱光潜的观点不能称之为"形象思维"。"思维"必须有一个"去粗取精"的提炼，有一个从感性到理性的飞跃。这是蔡仪、霍松林、蒋孔阳等许多人所持的一个共同观点。李泽厚讲"个性化与本质化同时进行"的提炼过程，也是对朱光潜只讲"形象"不讲"思维"的否定。

然而，到了 1978 年，朱光潜成了"形象思维"的最积极的拥护者。在《谈美书简》这本当时有着巨大影响的书中，朱光潜解释说：第一，"形象思维"就是"想象"；第二，原始人先有形象思维，抽象思维是在长期实践训练之后，才逐渐发展起来的。② 他的这个观点，在《形象思维：从认识角度和实践角度看》一文中得到了展开。③ 朱光潜的这些文章，极大地壮大了"形象思维"说支持者的声威，并且在《西方美学史》一书的第二版中，他将"形象思维"说与西方美学史的许多观点联系起来，给人以从古到今人们都承认"形象思维"存在的印象。然而，如果我们回到这个根本的问题："形象"能否"思维"。我们会发现，朱光潜并没有提供清晰的回答。

蔡仪是坚决主张"形象"可以"思维"的。他反复坚持的观点，就是存在着两种思维，一种叫"逻辑思维"，另一种叫"形象思维"。两种思维都有着从感性上升到理性的过程，都可以达到对世界的本质认识。

在这一时期，最引人注目的，是李泽厚的一篇题为《形象思维再续谈》的文章。对于"形象思维"论的拥护者来说，这篇文章无疑是出乎意外的。我们知道，无论是在"文化大革命"前还是在 1978 年，李泽厚

---

① 朱光潜：《文艺心理学》，引自《朱光潜全集》第 1 卷，安徽教育出版社 1987 年版，第 207—208 页。
② 朱光潜：《谈美书简》，引自《朱光潜全集》第 5 卷，安徽教育出版社 1987 年版，第 294 页。
③ 朱光潜：《形象思维：从认识角度和实践角度看》，原载于《美学》第 1 辑，第 1—11 页，后收入朱光潜《美学拾穗集》，亦参见《朱光潜全集》第 1 卷，安徽教育出版社 1987 年版，第 468—486 页。

第七章 "形象思维"说的发展、终结与变容　161

都是"形象思维"说的坚决拥护者。他的"本质化与个性化"同时进行的观点，在"形象思维"的拥护者那里极其流行。然而，在这篇"再续谈"中，他突然改变立场，提出在"形象思维"这个复合词中，"思维"这个词只是"在极为宽泛的含义（广义）上使用的。在严格意义上，如果用一句醒目的话，可以这么说，'形象思维并非思维'。这正如说'机器人并非人'一样。……在西文中，'想象'（imagination）就比'形象思维'一词更流行，两者指的本是同一件事，同一个对象，只是所突出的方面、因素不同罢了，并不如有的同志所认为它们是不同的两种东西。"[①] 他进而提出，艺术不能归结为认识，尽管文学艺术作品之中，特别是小说中，有认识因素。美学也不是认识论。美学与伦理学一样，主要不是与"第一个飞跃"，即从感性到理性有关，而是与"第二个飞跃"，即从理性到实践有关。[②]

　　李泽厚的这篇文章，可以看成是"形象思维"讨论的分水岭。从这一篇文章起，"形象思维"的讨论就开始走下坡路。到了80年代中期，由于一系列的原因，中国的文艺理论界逐渐放弃了形象思维的讨论。

　　形象思维说走向衰退的原因，主要有以下几条：

　　第一，艺术不再被看成是一种认识论。从70年代末开始的"美学热"，具有一种，用当时的语言说，"新启蒙"的倾向。那个时代人们对美学的理解，还是康德式的审美无利害和艺术自律的思想。这种对美学的理解在"文化大革命"泛政治化的文艺思想被批判的时代，具有思想解放的意义。艺术自律，意味着摆脱工具论。审美，意味着和谐，符合人性，反对斗争哲学。这时，艺术的认识功能也连带受到质疑。形象思维的讨论是在这些思潮中兴起的。从"艺术是认识"到"艺术是一种特殊的认识"（通过"形象思维"达到的认识），这是一种进步。这种观点引领人们走出"文化大革命"时代的政治说教，即对生活本质的认识；引领人们走出"三突出"，即递进式地突出正面人物、英雄人物和主要英雄人物，以及"三结合"，即领导出思想，群众出素材，作家艺术家出技巧式的创作，以及"主题先行"等文学理论观念。然而，从70年代末到80年代初美学界的总倾向，是在导向康德式的艺术与审美的无功利性。这种倾向本来是欧洲从19世纪末到20世纪初美学界所共同具有的大趋势。随

[①] 李泽厚：《形象思维再续谈》，见李泽厚《美学论集》，上海文艺出版社1980年版，第557—558页。
[②] 同上书，第560—562页。

着"美学热"在中国的兴起,这种趋势在美学界也日渐明显地展现出来。其结果是,艺术不再被看成是一种认识世界的手段。于是,"形象思维",用对这个问题作过专门研究的尤西林先生的话说,就"成为历史而失去了它存在的根据"。① 从"艺术是认识",到"艺术是一种特殊的认识",再到"艺术不是认识",这是 70 年代末到 80 年代初中国文学理论所经历的一个发展过程。"形象思维"的讨论推动了这个过程,成为其中一个重要的中间环节,最终又为这个过程所抛弃。

第二,20 世纪 70 年代末和 80 年代初,中国文艺理论界经历了一个从受苏联理论影响到逐渐被来自西方的理论影响的过程。这种变化的原因,也是历史形成的。"文化大革命"前受到大学教育一代人,主要接受的是苏联的影响。尽管 20 世纪 60 年代的中苏论战和随后的"文化大革命"以及中苏关系的大破裂,苏联被宣布为"主要危险",文艺理论所接受的,总体上还是苏联模式,只是在这个模式的基础上作过或大或小的修补而已。"文化大革命"后上大学的这一代人,则受了更多的西方思想的影响。当这一代人成长起来,成为学术研究的主力时,整个文学理论和批评的话语体系必然会产生一个巨大的变化。"形象思维"在这些新的话语体系中再也找不到相应的位置。由于这一系列的原因,从 80 年代后期到 90 年代,"形象思维"这一术语在各种美学和文学艺术理论的教材中被淡化,以至最终消失。

第五节 "形象思维"论的三个发展

20 世纪 80 年代,有关"形象思维"的讨论逐渐停止,美学和文艺理论界被一些新的话题所吸引。然而,并于文学艺术创作活动中人的思维的性质这个问题并没有解决。

这一讨论实际上转向了三个方面:第一个方面是文艺心理学,从科学的角度探讨文艺创作和欣赏的心理。对于中国美学界来说,文艺心理学当然不是一个新问题。早在 20 世纪 30 年代,朱光潜先生就写出了著名的《文艺心理学》,这是当代中国美学史上的一部里程碑式的著作。

---

① 这句话引自尤西林《形象思维论及其 20 世纪争论》,载钱中文、李衍柱《文学理论:面向新世纪》,山东人民出版社 1997 年版,第 339—347 页。该文从哲学角度对"形象思维"在中国的兴衰史作了简明的概括。

20世纪80年代，有大批新的文艺心理学和审美心理学方面的著作问世。这些著作中，有的将国内已接受的普通心理学知识应用到艺术与审美之上，有的在介绍国外的一些较新艺术心理学研究成果的基础上，进行综合。在这两方面的研究著作中，前一方面的代表是金开诚先生的《文艺心理学论稿》（北京大学出版社1982年版）一书，这本书将普通心理学的思想运用到审美与艺术的研究中，后一方面的代表是滕守尧先生的《审美心理描述》（中国社会科学出版社1985年版），这本书介绍了一些西方较新的审美心理学思想，并将这种描述归结到一个由李泽厚先生所勾画的审美心理图表上。介乎前面两种类型之间的，有一本彭立勋先生的《美感心理研究》（湖南人民出版社1985年版）。在这本书中，有对普通心理学思想的运用，有对20世纪初年的一些西方心理学思想的介绍，也有对前一段时间积累的"形象思维"话语的复述。

文艺心理学是一个需要专门进行历史描述的话题。从总体上讲，一方面，心理学给文学艺术的研究带来了新的启示；但另一方面，心理学也带来了许多新的困境。现代心理学的诞生，与实验美学有着共源的关系。实验心理学的第一人古斯塔夫·费希纳对实验心理学和实验美学的诞生，都具有巨大的贡献。然而，他所创立的这两门学科，后来的命运却完全不同。实验心理学有了重大的发展，在费希纳之后，出现了像赫尔曼·冯·赫尔姆霍茨和威廉·冯特这样一些重要的心理学家。从此，心理学与实验室联系在一起，成为一门实验科学。[1] 心理学在20世纪开始了它的新的历史，相继出现了构造主义、机能主义、行为主义、格式塔、精神分析，等等，这些流派分别在不同的国家发展，并逐渐获得国际意义。[2] 这些心理学流派的研究方法与美学和文学艺术理论家所使用的方法间存在很深的鸿沟，尽管美学家和文学艺术的理论家、批评家们常常从心理学那里借用一些概念。有一个例子很能说明问题：20世纪初年，心理学家爱德华·布洛在《英国心理学报》上发表了不少关于审美心理实验研究的论文，[3] 但使他得以闻名于世的

---

[1] 参见［美］E. G. 波林《实验心理学史》，高觉敷译，商务印书馆1982年版，特别是其中的第311—386页。

[2] 有关这里提到的历史的一般性描述，可参见［美］杜·舒尔茨《现代心理学史》，杨立能等译，人民教育出版社1981年版。

[3] 例如，《论色彩显示出的沉重性》（"On the Apparent Heaviness of Colours," *The British Journal of Psychology*, II, 4, 1907, pp. 111—152)，《对简单的色彩结合进行审美欣赏时"透视问题"》（"The 'Perceptive Problem' in the Aesthetic Appreciation of Simple Colour-Combinations," *The British Journal of Psychology*, III, 4, 1910, pp. 406—447)。

成果，却是一个与实验无关的，借助于内省而形成的关于"心理距离"的假设。① 类似的情况，在许多文艺心理学家那里都存在着。所有在文学艺术的研究中产生了巨大的影响的心理学学说，包括著名的格式塔学说和精神分析学说，尽管本来都有实验或医学临床治疗的依据，但它们在艺术中的运用，都是在超出了实验之外进行理论延伸和哲学思辨之时产生的。格式塔学派把研究局限在知觉之上，论证知觉的整体性。这比起构造主义心理学而言，向前进了一步。但是，光有知觉的整体性还是不够的。知觉所从属于的人的整个心灵的整体性，却是在格式塔心理学的研究之外。因此，格式塔心理学只能将对象的形式与知觉之间建立一种同构的关系，而对象意义的探寻，超出了格式塔心理学为自己所设定的研究范围，只能交给研究者假设。心理分析学派最初来自于对精神病的治疗业。这一学派后来形成的关于人格模型的设想、关于内在的心理动力源，以及关于原始意象的假设，都超出了实验科学所能达到的边界，属于一种心理玄学。

在心理学所带来的这种复杂的语境之中，"形象思维"的思想没有得到验证，也没有被完全否定。"形象思维"只是一种哲学上的认识论话语，它没有能很好地实现与心理学话语的对接。

第二个方面是原始思维研究对"形象思维"的延续。20世纪80年代，是美学的人类学研究走向兴盛的时代。从大的环境来说，对从泰勒、弗雷泽和摩尔根，以及马林诺夫斯基的著作的译介，促成了中国的文学人类研究的兴盛。联系到"形象思维"研究，在80年代，有两部影响巨大的译著，一部是列维·布留尔的《原始思维》②，另一部是维柯的《新科学》③，这两部著作，前一部对原始人的思维方式，特别是"集体表象"的思想，进行了详细的论证，后一部则论述了"诗性智慧"。这些都论证了另一种"思维方式"存在的可能性。从原始人思维的独特性，证明"形象思维"的存在，再进一步运用比较人类学的方法，说明不同思维方式在价值上的平等性，从而证明"形象思维"与"逻辑思维"的平行论，是当时研究者的一个重要的论述策略。这种策略的实际结果，是90年代以后文学人类学的迅速发展。然而，"形象思维"的提法，却日渐减少。后来的文学人类学研究，逐渐减少对"思维"特征的关注，而走向语言

---

① 《作为一个艺术因素和一个审美原则的"心理距离"》("'Psychical Distance' as a Factor in Art and an Aesthetic Principle," *The British Journal of Psychology*, V, 2, 1912. pp. 87—118)。
② 见［法］列维-布留尔《原始思维》，丁由译，商务印书馆1981年版。
③ 见［意］维柯《新科学》，朱光潜译，人民文学出版社1986年版。

和符号。

第三个方面是关于古代文论的研究。毛泽东给陈毅的信，本来就是围绕作诗法来谈的。信中将"形象思维"与"比"、"兴"等手法联系起来，并谈到唐人与宋人诗的区别。许多文学理论研究者沿着这一思路，做了大量的工作。例如，蔡仪曾分别就"形象思维"与"赋"，"形象思维"与"比"、"兴"的关系写过两篇长篇论文。[①] 从20世纪80年代中期到90年代，是中国古典美学大繁荣的时期，众多的古代文学概念，特别是影响巨大的"意象"研究，直接承续"形象思维"的讨论而来。如果说，1978年是"形象思维"年的话，那么，1986年，也许可以被称为"意象"年。[②] 对于这些研究者来说，那些未受感性与理性二分的西方哲学影响的古人的思维方式，是他们的重要思想源泉。从这个意义说，也许可以写出"从形象思维到意象的创造"方面的文章，来清理"形象思维"说在这方面的余绪。"意象"说强调"意象"不是"形象"，强调此"象"需经过心灵的转化。转化后的此"象"非彼"象"，实现了主客的统一。这方面的研究，当然是有益的，但是，如果仅仅归结到这一步，那离"形象思维"说的原初的设想，即确立一种艺术思维的方式，以证明艺术家在循着自己的途径认识社会和生活，还有一些距离。

第六节　从形象思维到符号思维

当人们说用"形象"来"思维"，并且"形象思维"是始终不脱离形象时，由于一方面有苏联文学理论的影响，另一方面又觉得它契合了文学艺术创作的经验，从而得到了许多人的认同。但是，对西方古典哲学的学习和对感性与理性二分的理论模式的接受，又使他们产生对这种观点的质疑。这里面隐藏着一个深刻的矛盾。一些搞文学艺术的人坚持认为有"形象思维"，因为这给他们的艺术创作与欣赏经验提供一个很好的解释模式。搞哲学的人，则觉得这不符合主流哲学，特别是从德国理性主义到德国古典哲学对认识论的理解。这种争论在当时被种种意识形态的争论掩

---

① 《诗的比兴和形象思维的逻辑特性》、《诗的赋法和形象思维的逻辑特性》，见《蔡仪文集》第4卷，中国文联出版社2002年版。

② 这一说法参考了刘欣大先生的《"形象思维"的两次大论争》一文中的说法。这篇论文坚持认为，"形象思维"借"意象"研究而转世。

盖着，使得赞同"形象思维"的人显得在政治上和学术上偏"右"，而否定"形象思维"的人显得在政治上和学术上偏"左"。拨开意识形态的迷雾，经验与理论矛盾就展现了出来。这里面隐藏的是这样一个简单的道理：从艺术创作和批评的经验方面来看，文学艺术家和批评家们时时感到艺术思维的独特之处。艺术家的工作方式与科学家不同。他们的确有对生活和社会的深刻认识和洞察，这种认识不能为科学的认识所取代。不仅如此，不同门类的艺术家，诗人、画家和音乐家，都对世界有着不同性质的感受。他们都是用自己所掌握的媒介来"掌握"世界的。当我们说"掌握"时，文学理论界的人都能体会到，这里引用了马克思在《〈政治经济学批判〉导言》中的一段话，提到了包括"艺术的"方式在内的"掌握"世界的四种不同方式。① 马克思在这篇笔记中所提出的猜想，尽管也曾受到过文学艺术理论研究者的重视，但一直没有得到深入的阐发。从流行的哲学，特别是认识论的模式上看，很难为"形象思维"，或者某种独特的艺术的"思维"找一个位置。

产生这种情况的根源，在于一种在欧洲哲学史上根深蒂固的感性与理性二分的理论模式。感性与理性的二分，来源于柏拉图的表象与理念的二分。理念的世界一般不可见，只能在思维中把握；可见的表象世界，只是理念世界的摹仿而已。这是欧洲哲学上二元论的起源。此后经过中世纪的经院哲学对神的世界与人的世界的二分，再到近代笛卡儿的理性主义哲学，以及康德关于主体性与自在之物的二分，这种传统被延续了下来。在欧洲从柏拉图直到康德的哲学中，美与艺术都是分离的，美从属于理性，艺术从属于感性。希腊人讲美在形式，来源于毕达哥拉斯关于数的观点。从对美的数与量的理论，到将标准的几何图形看成是美的图形，直到将美归结为平衡、对称和比例等数量关系的思想，都是这种传统的体现。艺术是模仿，给人以感性的吸引力。柏拉图从否定性角度看待作为模仿的艺术，是从认识论与伦理学的角度否定艺术，从反面肯定了艺术的感性吸引力。夏尔·巴图将模仿当作所有"美的艺术"的"单一原则"，从正面肯定了模仿，从而肯定了将这种感性吸引力作为现代艺术体系的基石。鲍姆加登关于"感性认识的完善"的思想，肯定了感性的独立性。但是，他的基本理论模式仍是理性主义的，艺术只不过是一种低级的认识而已。

哲学上的这种感性与理性二分的理论模式，在 20 世纪陷入深刻的危

---

① 参见马克思《〈政治经济学批判〉导言》(1857 年 8 月底至 9 月中)，《马克思恩格斯选集》第 2 卷，人民出版社 1973 年版，第 102—104 页。

机之中。当费尔南德·索绪尔在《普通语言学教程》中宣布，我们是在用语言思维，而不是用概念来思维之时，他走在通向揭开谜底的路上。那种设想形象与概念完全不相容，只用概念才能进行思维的理论，也就破产了。实际上，人们绝不是用抽象的概念"思维"出一个结果，再用语言或其他的材料，如图像和声音，将它表达出来。人的思维总是要借助于外在物质材料，语言是声音与意义的结合体，是思维的工具和载体。用索绪尔的话说，是"能指"和"所指"。没有清晰语言，就没有清晰的思想。我们是在以生活中的任何的形象，套用索绪尔的术语，用"能指"来进行思维的。"能指"无所不在，还可以有"能指"的"能指"，如一个手势表示一个场景，一个场景代表一个意义，等等，以及无"所指"的空"能指"，只是形象，意义丧失或意义不明。这些都是当代理论所揭示的种种复杂性。

就我们所涉及的抽象与形象思维的区分来说，人们可以用抽象的"能指"思维，也可以用具象的"能指"思维。语言当然是比较抽象的"能指"，但也不是最抽象的。数学的符号以及由数学符号构成的数学公式和等式，就比语言要更抽象。逻辑学原本主要用语言描述，现代逻辑学追求用数学符号来描述，也是这种抽象化努力的一部分。其他的一些科学，如物理和化学之中，大量的数学符号被采用，数学的思维方式在不断地加入。

与此相比，视觉图像和声音就是具象的。耳听八面、眼观四方，本身就已经是认识。并不一定要等待它们被转换成话语形式才是认识。相反，这些认识被转换或翻译成话语形式时，反而缺失其中许多极有价值的部分，变成了另一种东西。语言对于人类来说，当然是极其重要的，但这并不是说，只有运用语言才能思维。语言是人类所掌握的各种各样的符号之中的一种，尽管是非常重要的一种。它在思维中与其他符号的关系，只能是一种相互影响的关系。更何况，语言本身，也有相对抽象和相对具象之分。

在"形象思维"的争论中，我们关于"形象"能否"思维"的讨论，实质上是围绕着我们在生活中所形成的种种认识，是否有待于用话语将它们表述出来才能存在的问题的讨论。用话语来表述，只是多种认识方式中的一种，而人在生活中无时不在的认识，以多种多样的方式存在着。

从这个意义上讲，我们可以将当年的所有论争，来一个彻底的颠倒。本来就没有什么完全没有形象的抽象思维。即使最抽象的思维也不能离开符号。这些符号可以是由字母和数字组成的符号，由种种示意图形组成的符号，由色彩、音符、人体动作，由种种物质材料组成的符号，当然，也包括语言符号，包括语言的声音符号和文字符号。在语言符号中，我们还可再进一步划分为理论论断性语言符号和故事叙述性语言符号。我们是在用这些符号进行思维。因此，我们也许可以极端地说，所有思维都是"形象思维"，只是这些"形象"中有的较为具体，有的较为抽象而已。

我们曾经说，艺术曾经被理解为是认识。这时，艺术只是一种低级的认识。它有待于上升到高级的认识。这种高级的认识，就是理性认识，它是由哲学家完成的。后来，有了"形象思维"的观点，艺术被看成是一种特殊的认识。据说艺术家有一种特殊的能力，能够不脱离形象也能认识真理。这样，艺术存在的理由就得到了确认，艺术的特征也得到了指认：哲学家和思想家们用三段论，艺术家用"形象"，他们说的是一回事。再后来，艺术的独立达到了这样一个地步，它不再需要通过"认识"来确证自己的存在理由：艺术是人类花园中所开的花朵。花朵对充饥和避寒都没有什么用处，它不是我们的生命活动所必需，我们也不应将它纳入到污浊的人与人的斗争之中。艺术也是如此，就像花儿一样开放，所有的人都喜欢它。于是，有了艺术自律的观点。根据这种观点，艺术不是一种认识。

"形象思维"说只存在于艺术"是一种特殊的认识"这一中间阶段，当历史走出了这个阶段时，"形象思维"说似乎也就寿终正寝了。但是，正如我们在前面所说，根据现代哲学对思维的理解，我们可以在上述的学术史描述的基础上再往前走一步。人的认识过程，是一种将世界符号化，并依赖符号"掌握"世界的过程。各种符号之间，并没有高下之分。艺术本来就是，而且应该是，运用一些具象的媒介对世界，对自然和社会，对人的关系和人的心灵的"掌握"。从这个意义上说，如果艺术是认识，是一种特殊的认识，不是认识，我们对艺术的认识走了三大步的话，我们现在可以而且应该迈出第四大步：艺术还是一种认识。

人类社会需要艺术，艺术家以他们特有的方式来认识生活，艺术的观赏者从作品中获得知识，并由于这种知识的获得而产生快感。这些都是最古老的，亚里士多德和孔子就有的见解，也是在当代社会需要重新建立的信念。当我们读了一首好诗，一部小说，看一幅画，听一支曲子之时，我们会心灵有所感动，有所感悟，有所启示，有所丰富，这就是艺术的作用。艺术作品不是经验的直接展现，艺术家们运用他们所熟悉的媒介，从经验之流中将它们捕捉到，固定下来。艺术家运用他们的媒介进行思维，媒介就是他们的符号，通过符号认识世界。当然，不同类型的符号相互影响，例如语词会影响图像、声音。但是，这只是符号的相互影响而已。

在诸种符号之中，语词的作用也许更重要一些，但这一点并不是绝对的。人们对世界的理解，并不有待于转化为语词，眼耳鼻舌身所感受的一切，都能成为知识。从这个意义上讲，那种一切对世界的认识都有待于转化为理性的概念，就像一切科学的认识都有待于转化为数学公式一样，如果不是过时看法的话，也是简单化和绝对化的看法。

那种哲学家和思想家用三段论，艺术家用形象，他们说的都是一回事的说法，也是不准确的。运用不同的媒介和符号的人，说的不可能是"一回事"。他们实际上是用不同的符号，把握世界的不同的方面、侧面和层面。如果我们知道诗与画和音乐等不同类型的艺术，只能各自把握同一对象或事件的不同方面、侧面和层面的话，那么，哲学家和思想家、政治家、法学家和其他方面的专家，对同一对象的把握，就更不相同。这些不同的"把握"，各有其意义和价值。不同的人在对象的选择方面，是不同的。我们不能要求所有的人，都对同一事物和事件发言。即使他们对同一事物和事件发言，也不能说出同样的、属于"一回事"的话，只能对同一事物和事件各自从自己的角度作出自己的反应。

关于这方面的详细阐述，已经不是这篇已经太长的论文所能完成的任务了。在文章的最后，我想再次强调一个观点，艺术还是一种认识。通过这种认识，我们的见识得到了增长，我们的人生得到了丰富，我们的趣味得到了提高。这对社会的繁荣，文明质量的改进，对美好的乡村和城市的建设，都会起重要的作用。

第八章　文学主体性的超越与局限

主体性，本是针对"文化大革命"期间人的主体地位遭到扭曲和践踏，在20世纪70年代末80年代初提出的哲学命题，80年代中期演义于文艺学。"文学主体性"理论的提出和由此引起的热烈争论，也是20世纪文艺学自身发展的结果，是新时期文艺学历史链条上既无可回避也抹杀不掉的重要一环。它标志着文艺学研究的历史超越和从客体向主体、从"外"向"内"的转折。"文学主体性"理论，一方面由它的倡导者理论素养和哲学功底的不足所决定，另一方面由时代历史和认识水平所决定，具有局限性，必须给予历史性的批判和总结。

20世纪80年代中期以后，随着新时期人本主义文艺思潮的深化、"文学是人学"的深入人心以及文学创作中"人"的意识的不断张扬，文艺理论家的思考，也开始由对"人"的主体地位的一般肯定过渡到对文学主体性理论的具体论证。早已潜在于新时期历次理论论争中的文艺本性的人本主义追问日益明朗化，并得以艺术哲学形态的表达。于是，有1985—1986年之交刘再复"文学主体性"理论的提出[1]和陈涌等对他的针锋相对的尖锐批评[2]，以及随之而来的上百篇文章对文学主体性问题的阐述、探讨和争论；有陆贵山《审美主客体》[3]一书中对审美主体与审美客体关系的论述以及对现代西方艺术哲学"主体性"的综合分析；有畅广元主编九歌负责撰写的《主体论文艺学》[4]的出版。关于主体性问题，直到现在仍有不同意见的学术争论。对这一重大学术问题，我们本着百花齐放、百家争鸣的精神提出自己的看法，并对它所产生的历史和文化的根据，对它从哲学到文学的演化，对它的文艺学自身的来源，对它的学术价值和理论意义，对它的历史的和思想的局限以及理论缺欠等，进行评析。

---

[1] 刘再复：《论文学的主体性》，《文学评论》1985年第6期至1986年第1期。
[2] 陈涌：《文艺学方法问题》，《红旗》1986年第8期。
[3] 陆贵山：《审美主客体》，中国人民大学出版社1989年版。
[4] 九歌：《主体论文艺学》，中国社会科学出版社1989年版。

第一节 文学主体性的哲学来源

一切文化现象都必然与人相关，或者是直接相关，或者是间接相关。没有"人"的内涵，没有"人性"的内涵，没有"人"的物质的感性的存在，没有"人"的精神的理性的存在，没有"人"的看得见的形象、身影……或者看不见的思想、感情、理想、愿望、意志、目的……就没有文化。在这个意义上可以说，一切文化现象，都是"人化"现象。而这，实质上是一个哲学问题。哲学，从最根本的意义上说，它是对人自身的思考，对人的来源、去向，对人的性质、特点，对人的地位、命运，对人的价值、意义……的思考。当然，哲学也思考宇宙、自然、社会。但那是因为人是宇宙的一部分，是自然的一部分，人生活在社会中、是社会组织的最基本的细胞。因此，思考宇宙、自然、社会，是思考它们对人的意义和价值，是为了思考人，从根本上说，那也是对人的思考。哲学家们在回顾20世纪西方哲学变革的历程和考察当代中国哲学的走向时，认为"转向生活世界是这个世纪哲学变革的主题"。他们说，20世纪西方哲学在对传统哲学的拒斥、批判和摧毁中，实现了语言的转向、解释学的转向、新实用主义的转向等，这些转向实质是使哲学的生活世界之根日益清晰地显露出来，先于本体论和认识论的生存论，先于科学和哲学的日常语言及其说话方式，先于逻辑和理论的日常生活信念和直觉，受到哲学从未有过的热切关注。转向生活世界的哲学变革并不仅是现代西方哲学经历的事情，我国新时期哲学改革的探索也在悄然地实现着这种转向。[①] 这里所说的"转向生活世界"，其实就是转向人本身，转向人的直接性的生活、生命本身，就是向人的运动着、激荡着的生活、生命靠近。生活世界是"活的"世界而不是"死的"世界。哲学就是面向人的"活的"生活世界的思考。哲学转向生活世界的实质就是转向人的"现身情态"，是在人的现实活动和生存状态中理解人本身，是对离人越来越远的、造成教条化公式化的实体本体论哲学思维方式的拒绝，是对脱离人的生活的、说假话说大话说空话说官话的形而上学说话方式的拒绝，是对哲学学科的文化特权的拒绝，也即对任何外在于人的绝对权威的拒绝。未来的哲学只能是在人的现实生

[①] 高清海、孙利天：《论20世纪西方哲学变革的主题与当代中国哲学的走向》，《江海学刊》1994年第1期。

活中理解人本身并有助于发展人本身的生活哲学，是不仅合理而且通情的富有感召力的哲学。① 因此，"人"、"主体"、"主体性"，它们本身是一个哲学命题。

在中国当代最早提出主体性问题的也是哲学家而不是文学家。李泽厚在撰写于"文化大革命"当中、出版于1979年的《批判哲学的批判——康德述评》② 一书中，就对"主体"、"主体性"问题，作了初步的论述，但当时人们对这些提法似乎没有引起注意。到1981年纪念康德《纯粹理性批判》出版200周年时，李泽厚发表了《康德哲学与建立主体性论纲》③ 一文，才专门地论述主体性问题，并引起学术界的浓厚兴趣和广泛关注。随后，在1985年发表的《关于主体性的补充说明》④ 中，又对"主体性"和"主体性实践哲学"的有关概念、范畴、结构、界限及其理论意义和发展前景等问题，进一步阐发了自己的观点。在《康德哲学与建立主体性论纲》一文中，李泽厚在解释什么是"主体"和"主体性"的时候，这样说："相对于整个对象世界，人类给自己建立了一套既感性具体拥有现实物质基础（自然）又超生物族类、具有普遍必然性质（社会）的主体力量结构（能量和信息）。马克思说得好，动物与自然是没有什么主体与客体的区别的。它们为同一个自然法则支配着。人类则不同，他通过漫长的历史实践终于全面地建立了一整套区别于自然界而又可以作用于它们的超生物族类的主体性，这才是我所理解的人性。"⑤ 显然，在李泽厚看来，"主体性"就是一定意义上的"人性"，"主体"就是一定意义上的"人"。这个说法是有道理的。必须特别强调，所谓"主体"即"人"，它不是作为自然科学的概念的"人"，而是作为社会科学和人文学科（哲学、美学、文学……）的概念的"人"。就是说，它不是指生物学上的动物性的人，也不是指供医学上考察和研究的仅仅被看做血肉之躯的抽象的人；而是指包含着丰富的社会历史内容、积淀着人类发展中全部文明和文化蕴藏的人，是在客观的社会历史实践中不断发展和丰富其"本质力量"（马克思语）的人，是既能够进行客观的物质实践又能够进行各种各样的

---

① 高清海、孙利天：《论20世纪西方哲学变革的主题与当代中国哲学的走向》，《江海学刊》1994年第1期。
② 李泽厚：《批判哲学的批判——康德述评》，人民出版社1979年版。
③ 李泽厚：《康德哲学与建立主体性论纲》，载中国社会科学院哲学研究所《论康德黑格尔哲学》，上海人民出版社1981年版，第1—15页。
④ 李泽厚：《关于主体性的补充说明》，《中国社会科学院研究生院学报》1985年第1期。
⑤ 李泽厚：《康德哲学与建立主体性论纲》，载中国社会科学院哲学研究所《论康德黑格尔哲学》，上海人民出版社1981年版，第3页。

主观精神活动的人,是既有七情六欲、喜怒哀乐、激情、欲望、意志又有冷静的认识、思维、逻辑能力的人,是既能反思过去、总结历史经验、继承传统又能设想和想象未来、提出理想蓝图的人,是既能把握对象又能反观自身的人,是有着丰富的像海洋一样广阔的精神世界和无穷无尽的创造力量的人。最主要的,他是历史的具体的人,是能够进行自我规定的人,即他能够通过客观的社会历史实践活动(包括物质实践和精神实践),自己创造自己、自己肯定自己、自己确证自己、自己发展自己;他能够并且实际上已经、正在和将要自己创造自己的历史。正是在自己创造自己历史的客观社会实践中,作为主体的人才不是靠外力,而是如《国际歌》所唱的"全靠我们自己救自己"。总之,主体作为感性和理性、个体和群体的矛盾统一,在内省与外察、顾后与瞻前的结合中,通过自己的实践来肯定、确证、发展、创造自己。"实际创造一个对象世界,改造无机的自然界,这是人作为有意识的类的存在物的自我确证";而且从主体方面来说,"只是由于属人的本质的客观地展开的丰富性,主体的、属人的感性的丰富性,即感受音乐的耳朵、感受形式美的眼睛,简言之,那些能感受人的快乐和确证自己是属人的本质力量的感觉,才或者发展起来,或者产生出来。……五官感觉的形成是以往全部世界史的产物"。①

理论家们在 70 年代末 80 年代初提出"主体"和"主体性"的问题,是时代和历史的要求;他们所采取的方法也是历史上人们用过的方法。

马克思在《路易·波拿巴的雾月十八日》这篇著名的文章中,谈到人们"在直接碰到的、既定的、从过去承继下来的条件下"、"自己创造自己的历史"时说:"他们战战兢兢地请出亡灵来给他们以帮助,借用他们的名字、战斗口号和衣服,以便穿着这种久受崇敬的服装,用这些借来的语言,演出世界历史的新场面。"② 物质生活的创造是如此,精神生活的创造(包括社会科学理论的创造,哲学、美学、伦理学、文艺学……人文学科理论的创造,文学艺术等审美生活的创造等)也如此。当"文化大革命"时期人的主体性、主体地位遭到扭曲、贬低,甚至蔑视和践踏的时候,当在乌云密布或者乌云尚未散去的历史条件下,人们,特别是理论家要在种种和重重压力下,恢复或弘扬人的主体性和主体地位时,就常常采取历史上惯用的手法,请出历史的亡灵来帮忙。当时,李泽厚请出来的是康德。在《批判哲学的批判——康德述评》中,他广泛涉及康德

---

① 马克思:《1844 年经济学—哲学手稿》,刘丕坤译,人民出版社 1979 年版,第 50、79 页。
② 《马克思恩格斯选集》第 1 卷,人民出版社 1972 年版,第 603 页。

认识论中"向自然立法",伦理学中"人是目的"、"意志自律"、"自由"、"自己为自己立法",美学中"无目的的目的性"("主观合目的性")等主体性命题。他特别发挥了康德《道德形而上学基础》第二章中所说"无论是对你自己或对别人,在任何情况下把人当作目的,决不只当作工具"这段话,赫然标出"人是目的"作为一个小节的题目①,借康德的主体论理论,提出现实的主体性问题,其现实针对性是明显的。这是"请出亡灵"来表达对"文化大革命"中"四人帮"只把人当工具、蔑视和贬低主体的思想和行为的一种抗议,表现了理论上的勇气。在《康德哲学与建立主体性论纲》和《关于主体性的补充说明》中,李泽厚又从认识论、伦理学和美学三个方面对主体性的内容作了阐发,并且特别强调历史实践的重要。应该指出,第一,我们所看到的这个时期的李泽厚基本上还是从历史唯物论的立场或者力图从历史唯物论的立场出发来展开自己对哲学、伦理学、美学等主体性问题的理论思想的,他并没有跳出"如来佛的掌心";国外一些人把李泽厚视为马克思主义者,不是没有理由的。例如,在认识论上,他强调"多种多样的自然合规律性的结构、形式,首先是保存、积累在这种实践活动之中,然后才转化为语言、符号和文化的信息体系,最终积淀为人的心理结构,这才产生了和动物根本不同的人类的认识世界的主体性";而这一切都是通过主体的客观历史实践来完成的,离开了历史唯物论的实践观点,离开主体的创造性的、具有历史主动精神的实践,人就成了消极的、被决定、被支配、被控制者,"成为某种社会生产方式和社会上层建筑巨大结构中无足轻重的沙粒或齿轮",陷入历史宿命论和经济决定论的泥坑。在伦理学上,他主张用马克思主义实践哲学来解释伦理主体性(也即康德的"道德自律"),要突出道德的尊严和力量;要求个体实践在解决好个体与群体(社会)的关系的基础上树立主体性,要求个体实践应该具有担负全人类的存在和发展的义务和责任。"哲学伦理学所讲的个体的主体性不是那种动物性的个体,而刚好是作为社会群体的存在一员的个体"。不过,他总是试图把马克思主义的观点翻译成他的从西方现代哲学中所借鉴来的语言,故意造成一种"创新"的感觉,如,他在说明"主体性"概念包括有两个双重内容和含义时说:"第一个'双重'是:它具有外在的即工艺—社会的结构面和内在的即文化—心理的结构面。第二个'双重'是:它具有人类群体(又可以区分为不同社会、时代、民族、阶级、阶层、集团等)的性质和个

---

① 李泽厚:《批判哲学的批判——康德述评》,人民出版社1979年版,第288—291页。

体身心的性质。这四者相互交错渗透，不可分割。"而且李泽厚还特别强调："这两个双重含义中的第一个方面是基础的方面。亦即，人类群体的工艺—社会的结构面是根本的、起决定作用的方面。在群体的双重结构中才能具体把握和了解个体身心的位置、性质、价值和意义。"其实，这不过是用他的一套语言（"工艺—社会结构面"，"文化—心理结构面"等）来表述马克思主义关于"社会存在"与"社会意识"、"经济基础"与"上层建筑"的关系，以及个人与社会（"个体"与"群体"）的关系，强调在二者的关系中，社会的经济基础、社会存在（"人类群体的工艺—社会结构面"）处于"基础"的"决定作用"的地位。但我们很担心，这种"标新立异"的术语会不会使马克思主义的原意走味。第二，李泽厚在这里所表现出来的理论思想，特别是哲学—美学思想、包括他的美学上的主体性思想，并没有超越他五六十年代的水平。他仍然唱他50—60年代的老调子："美作为自由的形式，是合规律性和合目的性的统一，是外在自然的人化或人化的自然。审美作为与这自由形式相对应的心理结构，是感性和理性的交融统一，是人类内在的自然的人化或人化的自然。它是人的主体性的最终成果，是人性最鲜明突出的表现"；"如果说，认识论和伦理学的主体结构还具有某种外在的、片面的、抽象的性质，那么，只有在美学的人化自然中，社会与自然，理性与感性，人类与个体，才得到真正内在的、具体的、全面的交溶合一"。他作为当代美学一个派别的代表人物，虽然其美学理论有自己的特色；但从总体上看，他的理论基点还是"本质主义"的，他的美学包括他的主体性美学思想，仍属于"古典主义"美学范畴；甚至我们可以说，李泽厚的上述美学思想在今天新一代美学家看来属于历史已经翻过去的一页。第三，还应该特别注意的是，李泽厚对"主体性"的考察和分析，采用的是结构主义的方法，因而带着结构主义只局限于"静态"观察的弱点（如上面对"主体性"的"工艺—社会结构面"和"文化—心理结构面"关系的静态考察和分析），而缺乏对"主体性"的历史发展的动态把握，至少这种历史发展的思想贯彻得不彻底。事实上，"主体"、"主体性"是历史地产生、发展和变化的，"主体"、"主体性"的内涵是随人类实践的发展而历史地展开并不断丰富和充实的，是具有很强的时代性的。可惜，"主体"、"主体性"的这些重要特性常常不能进入李泽厚的理论视野，被忽略了。

然而，尽管如此，历史地看，李泽厚在70—80年代所张扬的主体性理论确有重要的贡献。顺便说一句，在前一阵子讨论主体性问题的时候，有的同志认为，80年代的中国学者提出主体性问题，是炒历史冷饭，是在讨论人家早已谈论过的陈旧命题。这种批评是不够中肯的。批评者似乎对当代中国的国情了解不深，也对理论家常用的借历史亡灵来进行新的理论创造的手法缺乏领悟。主体性虽是当年康德论述过的，但今天的中国学者借康德的话谈今天中国的现实问题，已经赋予"主体性"以新的含义和新的历史使命。可以说，在当代中国，"主体性"是以新的面貌出现的具有重要历史意义的时代命题——对于时代赋予主体性的这一深刻含义以及时代也同时给予它的不可避免的理论限度，主体性理论的倡导者自己，包括李泽厚、刘再复等人，可能并没有足够的清醒的认识，所以他们的主体性理论带有相当大的局限性。

李泽厚的以主体性为核心的思想自 70 年代末开始，至少活跃了 10 年，波及学术各界，直到 80 年代后期才受到挑战和批判。他所倡导的主体性理论，在大约 10 年间几乎成了某些学者、特别是某些青年学子的学术纲领。80 年代中期刘再复及其同道所宣扬的"文学主体性"理论，就其基本内容、主要精神、理论指向、思维模式等而言，可以说是李泽厚哲学主体性和美学主体性思想在文学领域里的演义（演绎）和具体运用，只是多了一些文学家常常喜欢流露出来的文采和掩抑不住的情感色彩，个别地方甚至有些"艺术夸张"。其结果，一方面是使主体性理论更通俗化，更容易为人们所接受，便于传播；另一方面也使得主体性理论"继承"了在李泽厚那里所具有的优点和弱点，尤其是由于刘再复本人的理论素养不足和哲学根底不深，"主体性"在刘再复手里减弱了理论深度和科学准确性，某些地方甚至有些"走调"。这些，我们将在后面详述。

第二节　文艺学自身的历史脉络

文学主体性理论的出现不但有其哲学的来源，而且就文艺学自身历史来看，也有它自己的发展理路——它是近代以来"人的文学"和"文学是人学"话语发展和深化的结果，是与"人的解放"、"人的觉醒"相联系、相伴随的"文的解放"和"文的觉醒"的结果。如果我们把眼光向历史的纵深处投视，我们会看到主体的呼唤、回归和展现，文学主体性理论的提出、发展和完善，是一个由潜在到显在的历史过程。

众所周知，在中国数千年的文化传统中，特别是封建社会儒家的文化传统中，"文以载道"、"经世致用"、道德教化等是最强大最持久的思想潮流之一，"文"被置于"载道"或"教化"的工具的位置上。相当于今天人们视为"审美活动"的"艺"的地位就更低。文艺常常被视为小道末技。汉代的扬雄的《法言·吾子》中说:"或问:吾子少而好赋?曰:然。童子雕虫篆刻。俄而曰:壮夫不为也。"① 宋代的周敦颐在《通书·文辞》中认为:"不知务道德而第以文辞为能者,艺焉而已。"② 稍后于周敦颐的程颐甚至提出"作文害道"③。他们都表现出对"文"、特别是对"艺"的轻视和蔑视,这里面也包括对"弄文"、特别是"弄艺"的"人"(今天我们所谓"文艺的创作主体")的轻视和蔑视。在中国古代,"艺人"、"戏子"的地位是最低下的,是最令人瞧不起的。显然在这种情形之下,是谈不到"文艺"的主体性的。直到近代特别是五四前后,在社会启蒙(包括思想的、文化的、政治的等启蒙)的大潮之下,出现了现代意义上的"人"的觉醒和"人"的解放,随之出现了"文"的觉醒和"文"的解放,才开始有了文学主体性的萌芽。胡适、陈独秀、李大钊、鲁迅、周作人诸人倡导的"人的文学",即可看做是现代的文学主体性萌芽的一个表征。反过来说,文学主体性的这种萌芽,也正是"人的解放"、"人的主体地位"的一种表现形态。五四新文化和新文学运动的这些骁将们,高举着"德先生"、"赛先生"(民主、科学)两面思想解放和人的解放的大旗,向压抑人、束缚人、残害人、总之"吃人"的封建思想体系猛烈冲击,向"文以载道"的旧观念冲击。他们认为,"文以载道"的"道"(即"孔道")是害人之魁首,不打倒这个魁首,就不会有人的尊严、人的价值,不会有人格独立、自由民主和平等博爱。所以,他们的核心目标就是争得人的解放,用今天的话来说,就是争得人的主体地位。胡适说:"信任天不如信任人,靠上帝不如靠自己。我们现在不妄想什么天堂天国了,我们要在这个世界上建造'人的乐园'。我们不妄想做不死的神仙了,我们要在这个世界上做个活泼健全的人。我们不妄想什么四禅定六神通了,我们要在这个世界上做个有聪明智慧可以戡天缩地的人。我们也许不轻易信仰上帝的万能了,我们却信仰科学的方法是万能的,人将来是不可限量的。我们也许不信灵魂的不灭了,我们却信人格是神圣的,人权是神圣的。"④ 他们所进行的新文学运动,实际上是争取

---

① 汪荣宝:《法言义疏》,中华书局 1987 年标点本,第 45 页。
② 《濂洛关闽书》卷 1,《周子通书》第二十八,上海古籍出版社 2000 年版。
③ 《二程语录》卷 11:"问:作文害道否?曰:害也。凡为文不专意则不工,若专意则志局于此,又安能与天地同其大也。《书》云:'玩物丧志',为文亦玩物也。"
④ 胡适:《我们对于西洋近代文明的态度》,载《胡适文存》第 3 集第 1 卷,黄山书社 1996 年版,第 6—7 页。

人的解放的运动的一部分；而这种新文学运动的"中心观念"，如胡适所说集中体现在周作人的"人的文学"的口号中①。周作人说："我们现在应该提倡的新文学，简单的说一句，是'人的文学'。应该排斥的，便是反对的非人的文学。"什么是"人的文学"呢？简单地说就是"人道"的文学，用今天的话说就是尊重人的主体地位的文学。"用这人道主义为本，对于人生诸问题，加以记录研究的文字，便谓之人的文学。"什么是"非人的文学"呢？简单地说就是"非人道"、"反人道"的文学，用今天的话说就是蔑视或践踏人的主体地位的文学。它"安于非人的生活，所以对于非人的生活，感满足，又多带着玩弄与挑拨的形迹"②。从五四时期提出"人的文学"起，新文学中人道主义（通过文学争得人的主体地位）这根线时隐时现，却从未断绝，而是一直发展着。文学研究会所主张的"为人生"的文学，郭沫若和创造社诸人所提倡的张扬个性的文学，鲁迅所主张的"直面人生"的文学，甚至马克思主义文艺学所倡导的"无产阶级文学"、"人民大众的文学"、"工农兵文学"等，都贯穿着这条线，都同五四新文学运动中"人的文学"的方向是一致的，就其实质而言，都是为提高和增强人的主体地位和文学的主体性所做的努力。甚至以往历史上所发生的看似不可调和的某些争论（如30年代"两个口号"的论争），今天回过头来看，双方其实都在各自的立场上、以自己的方式延续和发展了"人的文学"的精神。以往文艺学上长期受批判的某些所谓"错误"思想观点，如胡风的"主观战斗精神"，今天看来正是"人的文学"、张扬主体地位的文学在40年代的一种特殊理论诉求。胡风强调"主观战斗精神"，从其基本精神看，是要强调"主动地把握以及改造客观现实的人的素质"，是要强调"主观能动性"可以使人在对象面前获得"自由的性格"③；是要强调"客观事物只有通过主观精神的燃烧才能够使杂质成灰，使精英更亮，而凝成浑然的艺术生命"④。而且，即使谈到客体、谈到文学对象时，胡风也是突出"人"，他认为现实主义所面对的对象就是"活的人，活的心理状态，活人的精神

---

① 胡适在《中国新文学大系·建设理论集·导言》中说，周作人把"那个时代所要提倡的种种文学内容，都包括在一个中心观念里，这个中心观念叫做'人的文学'"。（见上海文艺出版社1980年版）
② 周作人：《人的文学》，《新青年》第5卷第6号（1918年12月25日）。
③ 参见胡风《论现实主义的路》，载《胡风评论集》（下），人民文学出版社1984年版，第320—327页。
④ 胡风：《〈给战斗者〉后记》，载《胡风评论集》（中），人民文学出版社1984年版，第453页。

斗争"①。到20世纪50—60年代，巴人、王淑明提倡文学中的"人性"、"人情"，钱谷融倡导"文学是人学"，都是五四以来"人的文学"、张扬人的主体地位的文学的延续和发展。特别是钱谷融的"文学是人学"，成为文学主体性理论的前奏曲，需要在此特别张扬。

第三节 "文学是人学"的来龙去脉

"文学是人学"这个口号最早是由苏联作家高尔基提出来的，那是20世纪20—30年代的事情。但高尔基的原话却并非今天我们所表述的"文学是人学"，而只是包含这样一个意思。1928年，高尔基被选为苏联地方志学中央局成员，他在庆祝大会上致答谢词中解释自己毕生所从事的工作的性质时说，我毕生所从事的工作"不是地方志学，而是人学"。后来，在《论文学》（1930）中，当他谈到苏联文学应该越过以前的"贵族文学"的窄狭地域（主要局限于莫斯科州），把"视野"扩大到过去专制制度所压迫的其他地域的人民生活，"激起他们的人道主义情感"时说，"我并不是要强迫文学担负'地方志'和人种学的任务，然而文学到底是要为认识生活这个事业服务的，它是时代的生活和情绪的历史……"②这句话中高尔基所突出说明的，是文学反映"生活和情绪的历史"，也即重点仍然是人。高尔基认为，文学是"创造性格的工作"，"创造典型"的工作③。"文学家所使用的是活生生的、灵活自如的、极其复杂而又具有各种性质的材料，这种材料常常像谜一样摆在他们面前，文学家愈少看见人，对于他们和他们的复杂性的原因、人物的品质的多样和矛盾研究和思索得愈少，这个谜就越加深奥难解"，"文学家的材料就是和文学家本人一样的人，他们具有同样的品质、打算、愿望和多变的趣味和情绪"④。而且，高尔基整个一生都在强调，文学应该始终高扬人道主义精神，高唱人的赞歌；文学要塑造、歌颂、赞美"大写的人"，要把普通人提高到"大写的人"的境界。总之，文学须以人为中心，不但以人为表现和描写的对象，而且目的也是为了人。这也就是他的"人学"的基本含义。

---

① 胡风：《人生·文艺·文艺批评》，载《胡风评论集》（下），人民文学出版社1984年版，第29页。
② 高尔基：《论文学》，人民文学出版社1978年版，第15页。
③ 同上书，第63、160页。
④ 同上书，第316页。

文学是"人学"（或者如后来人们直接表述的那样："文学是人学"）命题的提出，在苏联的当时是有强烈的现实针对性的。在当时的苏联文艺理论界，庸俗社会学、庸俗认识论的势力相当强大。他们不顾文艺的本性和特点，在论述文艺问题时，往往见"物"不见"人"。他们从所谓"唯物认识论"原理出发，只强调文学写物、写现实，而忽视甚至反对写人。例如，在20年代，从著名的无产阶级文化派开始，不少文学派别都公开地、理直气壮地反对写人，而主张写钢铁、写生产、写阶级、写生活事实和事业。一些文学评论家指责高尔基的名言"人这个字眼儿多么令人自豪啊！"是"偷换唯心主义"，说什么"应该给文学提出的任务是：不是反映人，而是反映事业；不是写人，而是写事业；不是对人感兴趣，而是对事业感兴趣。我们不是根据感受来评价人，而是根据他在我们事业中所起的作用。因此，对事业的兴趣于我们来说是主要的，而对人的兴趣是派生的……高尔基的公式'人——这个字听起来多么令人自豪！'对我们来说是完全不适宜的"①。这样，就把所谓"现实"摆在文学的中心位置上，而"人"在文学中只被看做是反映"现实"的工具，只是从属性的手段。高尔基提出文学是"人学"的命题，突出人在文学中的中心地位，捍卫了文学的本性，也坚持了文学创作的正确方向，对猖獗一时的庸俗社会学和庸俗认识论的文艺思想和见物不见人的错误的创作倾向，是当头一棒。

但是庸俗社会学和庸俗认识论的见物不见人的文艺思想是很顽固的。直到四五十年代，它们仍然有一定的市场。例如在苏联虽算不上第一流文艺理论著作却作为文艺学教科书出现的季摩菲耶夫《文学原理》中，就有这样的话："人的描写是艺术家反映整体现实所使用的工具。"② 这虽不是权威的说法，却是流行的观点。恰恰是这种流行的观点，随着苏联文艺思想（包括季摩菲耶夫之类并不高明的甚至是将马克思主义美学庸俗化了的二流文艺思想）向中国大量移植，也流行到中国来，并且与中国某些人的文艺思想一拍即合，成为50年代中国文艺理论中很有市场的糊涂观念。假如翻翻当时的文艺理论教材、著作和文章，几乎随处可见对文学反映和认识"外在现实"的强调，似乎文学的根本任务就只是反映和认识"外在现实"，而写"人"不过是为了写"现实"，"人"比起"现实"

---

① 参见吴元迈《关于艺术领域的人学的思考》，《文艺报》1982年第4期；李辉凡《文学·人学——高尔基的创作及文艺思想论集》，重庆出版社1993年版，第211页。布里克的话见苏联《新列夫》1927年第10期。

② 季摩菲耶夫：《文学原理》，平明出版社1955年版，第24页。

来反而成为次要的东西。这种观念也影响到创作，表现在某些糊涂作家（当然是些二流作家甚至是不入流的作家）那里，就是创作些"见物不见人"的作品，它们不是着重刻画人物，不是在描绘人的思想感情、精神面貌、性格特点上下工夫，而是着重描写生产过程、战斗场面，不是在"人"而是在"物"上使些蠢力气。理论上的这种糊涂观念和创作中的这种糊涂倾向，虽然一度流行，却一直受到真正懂得艺术、懂得文学的理论家和作家的抵制和批判。

正是针对当时文学理论中这种糊涂观念和文学创作中这种糊涂倾向，巴人在1957年1月号的《新港》上发表了《论人情》，王淑明在1957年7月号《新港》上发表了《论人性与人情》，钱谷融在1957年五月号的《文艺月刊》上发表了《论"文学是人学"》。这些文章的共同特点是，张扬人在文学中不可替代的地位和价值，肯定人性和人情对文学创作的巨大意义，拒绝和抵制庸俗社会学和庸俗认识论的教条主义的公式化、概念化的文艺思想。针对当时忽视人、忽视人情的庸俗化的文艺主张，巴人说："我似乎对于'人'这个社会存在，更引起注意和关心了。"[①] 巴人在《论人情》中认为，文艺的任务在于用艺术形象去影响人，教育人，鼓舞人们去改造现实，推动历史，使人们生活得更美好。因此，文学作品应注意描写人，特别是要描写人的感情。针对当时只看重"现实"而不注意"人"的倾向，巴人指出："文艺作品难道不是通过人物创造，反映社会现象的本质的同时，也改造了和提高了人的精神世界，从而鼓舞人去改造和推进这个现实社会，使之更适合于人的生活吗？这是辩证的过程，但人则是相与始终的主体。"巴人还说，由于我们"机械地理解了文艺作品上的阶级论的原因"，使得文艺作品的"人情味太少"。他呼唤："魂兮归来，我们文艺作品中的人情啊！"钱谷融在《论"文学是人学"》中着重批评了当时已经介绍到中国来并且在中国已经流行的前述季摩菲耶夫的观点："人的描写是艺术家反映整体现实所使用的工具"。他说："这样，人在作品中，就只居于从属的地位，作家对人本身并无兴趣，他的笔下在描画着人，但心目中所想的，所注意的，却是所谓'整体现实'，那么这个人又怎么能成为活生生的、有血有肉的、有着自己的真正个性的人呢？"他发挥高尔基文学是"人学"的思想，反复强调："文学的对象，文学的题材，应该是人，应该是时时在行动中的人，应该是处在各种各样复杂的社会关系中的人。""一切艺术，当然也包括文学在内，它的最基

[①] 巴人：《以简代文》，《北京文艺》1957年第5期。

本的推动力,就是改善人生、把人类生活提高到至善至美的境界的那种热切的向往和崇高的理想。""文学要达到教育人改善人的目的,固然必须从人出发,必须以人为注意的中心;就是要达到反映生活、揭示现实本质的目的,也还必须从人出发,必须以人为注意的中心。说文学的目的任务是在于揭示生活本质,在于反映生活发展的规律,这种说法,恰恰是抽掉了文学的核心,取消了文学与其他社会科学的区别,因而也就必然要扼杀文学的生命。"在文学创作中,"一切都是以人来对待人,以心来接触心"。总之,人,才是文学的中心、核心。而且钱谷融还特别强调"文学是人学"这个命题中的"伟大的人道主义精神",认为我们之所以对那些伟大作家"永远怀着深深的敬仰和感激的心情,因为他们在他们的作品里赞美了人,润饰了人,使得人的形象在地球上站得更高大了"。是的,从有文学那天起,文学就与人结下了不解之缘。不管是西方古典文学着力肯定人的尊严、智慧和力量,还是20世纪的现代文学、后现代文学用心揭露人的弱点和缺陷,总是脱离不了人。威廉·福克纳在接受诺贝尔文学奖时说过,人是不朽的,并非在生物中唯独他有绵延不绝的声音,而是人有灵魂,有能够怜悯、牺牲和耐劳的精神。诗人和作家的职责就是在于写出这些东西。他的特殊的光荣就是振奋人心,提醒人们记住勇气、荣誉、希望、自豪、同情、怜悯之心和牺牲精神,这些是人类昔日的荣耀。为此,人类将永垂不朽。

钱谷融的这篇文章虽然不可避免地有着当时那个时代的历史和认识的局限,但却达到了当时所能达到的最高理论水平。这篇文章的主要观点至今仍然有着重要的学术价值和启示意义。第一,当某些人只注意"现实"而忽视"人"的价值、"人"的意义、"人"的作用时,他突出了"人",突出了"人"在文学中的中心位置,并且响亮地提出了"文学是人学"的命题。有的人说他曲解了高尔基的原意,或者说,对高尔基进行了"误读"。然而我们认为,他并不是歪曲了高尔基,而是发展了高尔基,弘扬了高尔基,使文学理论中这条千古不灭的真理更加显豁。如果这叫做"误读",那么,"误读"得好!第二,当有的人糊里糊涂地把文学中的人和现实分开来甚至对立起来、并且把它们之间的关系弄颠倒时,钱谷融指出,在文学中,"现实"就是人的现实、即"人的生活",并且把颠倒的关系又颠倒过来:"人和人的生活,本来是无法加以割裂的,但是,这中间有主从之分。人是生活的主人,是社会现实的主人,抓住了人,也就抓住了生活,抓住了社会现实。反过来,你假如把反映社会现实,揭示生活本质,作为你创作的目标,那么你不但写不出真正的人来,所反映的现实也将是零碎的，不完整的；而所谓生活本质，也很难揭示出来了。"第三，钱谷融突出强调了"文学是人学"命题的灵魂：人道主义精神。有人说：人道主义，这是文学艺术王国中的一面永远不会褪色的旗帜。这是有道理的。"文学是人学"的命题是对中国和外国优秀文学中人道主义精神的继承，特别是对五四以来倡导"人的觉醒"、"人的解放"，提倡"人的文学"的优秀传统的继承。强调"尊重人同情人"、"把人当作人"，绝对比后来（特别是"文化大革命"中）某些人"把人当作兽"或"把人当作神"要进步，要正确。

然而，钱谷融的这些文学思想一直处境悲惨，被加上各种罪名予以批判。在政治上给它扣上一顶"修正主义"、"资产阶级"、"反动"的帽子，足以使它永世不得翻身。在"文化大革命"中，纲越上越高。这与当时践踏人的尊严、摧残人格、泯灭人性是密切联系在一起的。这一点我们姑且不去说它。现在着重从学理上看看对"文学是人学"的批判所透露出来的"意味"。它表明，长期以来我们的文艺学重"物"而轻"人"，重"外"而轻"内"，重"客观"而轻"主观"，重"客体"而轻"主体"。它忽视了文学的对象根本上是"人"；忽视了文学的特性之一就是对人的内在精神世界的挖掘、表现和描绘，是对人的灵魂的塑造、改造和创造；忽视了文学正是通过影响人的灵魂、影响人的精神世界来于发挥自己的社会作用的；它忽视了作家是真正意义上的"人类灵魂工程师"。这无疑是重大的理论偏颇。这种偏颇直到1978年结束了"左"的思想路线之后才逐渐得到纠正。于是，有了80年代"文学是人学"的再度张扬。而这种再度张扬，同这个命题在30年代提出时，以及50年代对它弘扬时一样，也是具有尖锐的现实针对性的。它针对的就是蔑视艺术特性和艺术创作的特殊规律的文艺思想，针对的是以"左"的面目出现的文艺教条主义，针对的就是文艺学领域横行和猖獗的肆意践踏人的价值的文化专制主义，也针对"文化大革命"要么把人神化、要么把人兽化形而上学和唯心主义文艺思潮。这首先表现在钱谷融的《论"文学是人学"》这篇长期受批判的论文，1981年由人民文学出版社作为一本理论著作出版发行。这等于把它郑重其事地重新发表了一次，一是表示理论界对这篇文章基本观点的认同和赞扬，二是为它平反。几乎与此同时，一些报刊杂志发表了钱谷融的与此文有关的文章，如1980年第3期《文艺研究》发表了他的《论"文学是人学"一文的自我批判提纲》，他坚定地强调"人是社会现实的焦点，是生活的主人，所以抓住了人，也就抓住了现实，抓住了生活"；在文学领域内，"一切都是为了人，一切都是从人出发的","一切都决定于作家怎样描写人、怎样对待人","文学既然以人为对象,当然非以人性为基础不可,离开人性,不但很难引起人兴趣,而且也是人所无法理解的。不同时代、不同民族、不同阶级所产生的伟大作品之所以能为全人类所爱好,其原因就是由于有普遍人性作为共同的基础","作家的美学理想和人道主义精神,就应该是其世界观中对创作起决定作用的部分"①。

显然,"文学是人学"在80年代,比起30年代(高尔基)和50年代(钱谷融),其理论内涵有了更新和更深的发展。80年代提出哲学主体性、进而又提出文学主体性,这是五四新文学运动以来"人的文学"的精神、社会主义人道主义文学精神的恢复和发展。

第四节 文学主体性的意义

从上面的论述可以看出,文学主体性理论的提出,不是哪个人的独特发明,而是20世纪中国文艺学运行中顺理成章的事情,是历史自身发展的结果。

文学主体性理论的较早提倡者和主要阐发者是刘再复。他于1985年第2、3期《读书》发表的《文学研究思维空间的拓展》和1985年7月8日在《文汇报》发表的《文学研究应以人为思维中心》,提出文艺学研究的重心要从客体转向主体,要进一步开拓研究的思维空间,"应当把人作为文学的主人翁来思考,或者说,把主体作为中心来思考"。随后,在1985年第6期和1986年第1期《文学评论》上发表五万余言的长文《论文学的主体性》,集中阐发"文学中的主体性原则":"就是要求在文学活动中不能仅仅把人(包括作家、描写对象和读者)看作客体,而更尊重人的主体价值,发挥人的主体力量,在文学活动各个环节中,恢复人的主体地位,以人为中心、为目的。"他特别强调了文艺创作主体性的两层基本内涵:一是文艺创作要把人放到历史运动中的实践主体的地位上,即把实践的人看作历史运动的轴心,看作历史的主人,而不是把人看作物,看作政治或经济机器中的齿轮和螺丝钉,也不把人看作阶级链条中的任人揉捏的一环,把人看作目的而不是手段,看作目的王国的成员而不是工具王国的成员;二是文艺创作要高度重视人的精神主体性,重视人在历史运动

---

① 钱谷融:《论"文学是人学"一文的自我批判提纲》,《文艺研究》1980年第3期。

中的能动性，自主性和创造性。具体说，他的"文学主体"包括三个部分，即所谓"创造主体"（作家）、"对象主体"（作为文学对象的人以及作品中的人物形象）、"接受主体"（读者和批评家）。"创造主体"的实现，要求作家须具有"超越意识"，要超越一般需求而向"自我实现"需求升华，这种"自我实现"是"作家全心灵的实现，全人格的实现，也是作家的意志、能力、创造性的全面实现"。因此在创作实践中，作家的主体性表现为"超常性"、"超前性"和"超我性"，即主体对世俗现象，时空界限及封闭性自我的"超越"，这种超越导致作家精神主体进入充分自由状态，从中获得宇宙感、哲学感、摆脱平庸，成为充满创造活力的大作家。"对象主体"的实现，就是要求作家赋予描写对象以主体性的地位，即赋予他们以独立活动的内在自由的权利，于是描写对象不再是任作家摆布的玩物和没有血肉的偶像，而成为不以作家意志为转移的具有自主意识和自身价值的精神主体。他认为，越有才能的作家，越是处于最好的创作心态，他们在自己的人物面前越是无能为力。"接受主体"的实现有两条基本途径：一是通过接受主体的自我实现机制，使欣赏者超越现实关系和现实意识，以获得心灵的解放，从而实现人的自由自觉本质，即人性的复归；二是通过接受主体的创造机制，即通过欣赏者的审美心理结构，激发欣赏者审美再创造的能动性。刘再复上述既包含合理因素又有重大疏漏的理论表述，引起学术界长期争论。刘再复之后，又有两部比较重要的论著出版，即陆贵山的《审美主客体》和畅广元主编的《主体论文艺学》。前者努力运用马克思主义的唯物辩证法论证审美主体与审美客体的辩证关系和"交互作用"，在这个基础上考察审美主体（文学主体）的"艺术个性"、"心理机制"、"审美理想"、"社会本质"，并对西方艺术哲学特别是对现代西方艺术哲学"主体论"的思想局限和合理内核进行了批判分析。后者也力求把自己的理论建立在马克思主义关于人的学说的主体论思想基础上，提出了"文学：主体的特殊活动"这一核心命题，并吸收了文学主体性论争中双方的有价值的理论观点、避免他们的弱点，形成了自己的带有体系性的主体论文艺学思想。

　　文学主体性理论的提出、阐发和由此引起的热烈争论，是80年代最惹人注目的学术景观之一，是新时期文艺学自身学术发展链条上既无可回避、也抹杀不掉的重要一环，或者可以说它是新时期文艺学历程中标志着学术研究转折的一个关节。

　　第一，它标志着文艺学研究的重心从客体向主体的转折。就20世纪的中国而言，80年代以前的文艺学主要是重在文学客体、文学对象的

"客体论"文艺学,认识论文艺学(现实主义文学理论)是它的主要表现形态。大家知道,文学活动有两个最基本的要素:主体和客体。二者缺一,则构不成文学活动。对文学活动进行理论把握,当然既应该注意它的主体,也应该注意它的客体。然而事实上对文学活动的理论把握不可能做到主客体完全均衡,往往有所侧重,或侧重客体,或侧重主体。由于我们的国家以往几十年历史环境、文化氛围和哲学倾向所致,在文艺学中往往对文学活动的客体方面更加注重,认识论文艺学、现实主义文学理论,占据主流位置。重视文学客体,当然有它的现实的合理性和无可怀疑的真理性。以往的认识论文艺学、现实主义文学理论,在把握文学的性质和特点方面所取得的巨大成绩是不容否定的;现在和将来这种重在把握文学客体、文学对象的文艺学,不但是需要的,而且是有重要价值和不可缺少的;认识论文艺学,还会继续发展。但是,由于文学活动是一种有着多重性质的、非常复杂的精神活动,必须对它进行多侧面的甚至是全方位的考察和把握。任何一种文艺学,即使它具有百分之百的有效性,也不是万能的。它总有自己的"理论边界"和"鞭长莫及"的地方。就是说,在它具有自己的优势的同时,也不可避免地有它自身的局限。它只能从某一个方面或某几个方面把握文学的某一种或某几种性质和特点,而不可能把握它的全部性质和特点。如果我们以往对无论哪一种文艺学有这么清醒的认识,能够意识到任何一种文艺学都有自身的局限性,那会少出多少理论偏差!然而,我们以往的毛病正是出在只看到某一种文艺学例如认识论文艺学的优势,而看不到或较少看到它的局限。而且,我们往往把认识论文艺学的优势无限制地夸大甚至神化,把它看成几乎是万能的,似乎是能够涵盖一切文学现象和文学现象的一切性质、特点的,是能够解释和说明一切文学问题的,并且从而产生某种"唯我独优"的排他心理。不是有过一段时间曾经认为现实主义文学理论是最好的、甚至是唯一好的一种理论吗?那时,以现实主义画线,用现实主义理论衡量一切文学现象,凡是现实主义的就是好的,"非"现实主义或"反"现实主义的就是不好的或坏的,把整个文学史看成是现实主义和反现实主义斗争的历史。后来虽然这种观点受到批评,但这种看问题的思维方式并未根本改变,而到"文化大革命""四人帮"肆虐时期发展到极致。到 70 年代末"十一届三中全会"之后,整个社会的文化氛围和基本的思想路线变了,文艺学上的那种顽固观念才有了改变。80 年代,文艺学研究发生的一个微妙变化就是研究重心逐渐由"客体"向"主体"转移。文学主体性、主体论文艺学的出现就是这种转移的主要表现。应该看到这种转移在新时期文艺学发展中的积极价值和良好作用。突出强调"文学主体"（包括创作主体和接受主体）的地位，提倡尊重人的主体价值，发挥人的主体力量，在文学活动各个环节中，以人为中心、为目的，把实践的人看作历史运动的轴心，看作历史的主人，而不是把人看作物，总之，整个文学主体论体系的建构和提倡，一方面，开拓了人们的理论视野，使人们关注主体，有益于纠正以往只注重客体的理论偏颇；另一方面对以往文艺学中确实肆虐过的"机械反映论"是重大冲击和扫荡，有利于文艺学的健康发展。文学主体性理论的倡导者宣称，探讨主体性的目的，就是要使文学观念摆脱机械反映论的束缚，踏上更广阔、更自由的健康发展的道路。它要冲击机械反映论的以下弊病：一、机械反映论只强调反映，忽视了反映的各种不同的方式以及实现反映的创造机制，也就是忽视了对客观实体进行能动反映的感受体，即人的主体审美心理结构。二、机械反映论只认识到反映的正确与错误之分，但任何反映都是相对的，它往往只能反映事物的某一侧面，不可能把握事物的全部。三、机械反映论只注意了自然赋予客体的固有属性，而往往忽视了人赋予客体的价值属性，不能解决人的价值选择和情感意志的动向。四、机械反映论在强调客体的客观性时，忽视了主体的客观性。而在说明人的时候，又只注意了主体的主观性。正是由于上述这些局限的长期存在，我国文学在相当长的一个时期，普遍地发生主体性失落的现象，因而才需要探讨文学主体性，把文艺学研究的重点从知识的客观性问题转移到主体的能动性问题，从机械的如实摹写的反映论转换成人的主体论。应该承认，文学主体性理论确实是克服机械反映论弊病的一剂相当有效的药丸。然而必须注意的是：提倡和阐发文学的主体性理论，同样不能"唯我独优"。文学主体性、主体论文艺学，同客体论文艺学、现实主义文学理论一样，也不是万能的、涵盖一切的，也有它的理论边界和局限性。如果把文学主体性、主体论文艺学神化，就会走到另一极端。事实上，文学主体性理论的提倡者已经表露出这种倾向——似乎以前的文艺学理论都不行，唯有文学主体性理论最好。在刘再复的许多文章里，时常流露出一种意向，即似乎以前的客体论文学理论特别是认识论文艺学都是过时的、落后的、无用的，而且几乎都是"机械反映论"的，无形中在客体论文学理论和认识论文艺学同"机械反映论"之间画上了等号。的确，"机械反映论"是我们坚决反对的，过去的文艺学中它们也的确肆虐过。但要进行具体分析，不能一概而论。一是要看到，并不是所有的客体论文艺学（认识论文艺学）都是"机械反映论"，不能因为要反对"机械反映论"、要纠正过去只重客体而忽视主体的理论偏颇，不分青红皂白，凡是客体论文艺学一律反对，结果连客体论文艺学（认识论文艺学）的存在权利也剥夺了。二是要明确，同主体论文艺学一样，客体论文艺学（认识论文艺学）也有它自身的历史价值和现实意义，是庞大的文艺学家族中不可缺少的一员；还特别要注意，虽然过去认识论文艺学受到"机械反映论"的严重污染，但认识论文艺学和"机械反映论"二者绝不是一回事儿，尤其要看到真正的马克思主义认识论文艺学同"机械反映论"有着根本区别。

第二，主体论文艺学的倡导还是80年代的文艺学研究重心从"外"向"内"转折的重要表现。80年代的中国文学界，无论创作实践还是理论批评，曾经有过一个很重要的带倾向性的现象，即所谓"向内转"——不管人们主观上是喜欢它还是讨厌它，不管今天对它如何评价，是肯定还是否定，是赞扬还是批判；但它是新时期文学创作和文学理论历史上曾有的一个客观事实，却是不能否认的。创作实践上的"向内转"，从相对的意义上说，就其主要趋向而言，是从以往更注重再现外在现实转而更注重表现内心世界。理论批评中的"向内转"同创作实践上的"向内转"是密切相关的，在一定意义上可以说，前者是后者的理论表现；但理论批评中的"向内转"，除了创作的影响之外，还有其他原因，而且它还有自己的特定内涵。理论批评中的"向内转"，主要表现在重提"文学是人学"的命题、"文学主体性"的提倡、文艺心理学成为一门显学、文艺美学的创建等几个方面，而其中"文学主体性"理论的提倡无疑是其最显著的表现。"文学主体性"作为"向内转"的重要表现，主要是在理论上从以往强调写外在现实转而强调写人的内在心灵、精神世界，强调向人的内宇宙延伸，强调文学是人的心灵学、人的性格学、人的精神主体学，突出了文学活动中创作主体、创作对象和接受主体的内在心理和精神特点的研究，形成了相对完整的文学表现人的内在精神世界、重在研究文学的自身规律的话语体系。总之，从整体上说，文学主体性理论的提倡表明，文艺学学术研究的关注点发生了某种程度的位移，即从重文学的外在关系的研究转而重文学内在特性、文学自身种种问题的研究。

目前学术界在如下问题的看法上可以说已经达成共识：在中国现、当代文艺学学术史上，新时期以前几十年一直是认识论文艺学和政治学文艺学处于主流地位甚至霸主地位。这种情况决定了文学理论研究的重心必然是文学与现实生活、文学与政治、文学与经济基础、文学与道德、文学与哲学等的关系，用某些学者的话说，研究的重心是文学的"外部关系"或"外部规律"，即文学与它之外的种种事物的关系；而相对来说对文学的"文学性",文学自身的形式要素和特点,文学自身的内在结构,文学的文体、体裁,文学的叙事学问题,文学的语言和言语问题,文学的修辞学问题,文学不同于其他文化现象、精神现象,乃至其他艺术现象的特征等,则关注得不够、甚至不关注不重视,用某些学者的话说,就是不太关心或忽视了文学的"内部关系"或"内部规律"的研究(顺便说一说,对这种所谓"外部关系"、"外部规律"以及"内部关系"、"内部规律"的提法是否科学,一直存在争论。有的学者持坚决反对的态度,认为所谓文学的"外部关系"、"外部规律",其实正是文学的"内部关系"、"内部规律",是规定了文学的本质特性的关系和规律。在我们看来,"外部"与"内部",本是相对的而非绝对的,在某种范围里是"外部",在另一范围里则是"内部";从某种角度看是"外部",从另一种角度看则是"内部"。刘再复关于"内部"与"外部"的提法过于绝对化。在此,我们对这种争论的是非曲直暂且不作详细讨论,只是为了方便姑且使用"外部"、"内部"指称我们要说明的对象)。以往的文艺学(认识论文艺学和政治学文艺学等)关注和研究文学与现实生活、文学与政治、文学与经济基础、文学与道德、文学与哲学等的关系,或者说文学的这些"外部关系"、"外部规律",并没有错——当然,这里所谓"没有错",不包括那些庸俗化的研究,例如庸俗社会学的研究。文艺学是必须进行这些研究、重视这些研究的;而且至今我们研究得还不够,还研究得不深、不透,我们还应该大大发展和加强科学的文艺社会学、文艺认识论、文艺政治学、文艺伦理学、文艺哲学、文艺文化学……的研究,深刻地和科学地把握文学与现实生活、文学与政治、文学与经济基础、文学与道德、文学与哲学以及文学与其他各种文化现象的关系,文学与其他各种同它密切相关的所有事物的关系。我们以往的文艺学的偏颇和弱点,不在于曾经进行了这些"外部关系"的研究,而在于进行了不正确不科学的"外部关系"的研究、特别是忽视了"内部关系"的研究。具体说,(一)进行这些"外部关系"研究时曾经出现过将文学与现实生活、文学与经济基础、文学与政治等关系"庸俗化"、"简单化"的现象;(二)进行这些研究时具有某种"封闭心态"、"单一心态"、"排他心态",甚至是如前面在谈从重客体到重主体的转折时所说现实主义理论的某种"唯我独优"、"唯我独尊"的"盟主"或"霸权"心态,以至于我们的文艺学确确实实曾经只注意或只重视文学的所谓"外部关系"和"外部规律"的研究,而不够重视或忽视甚至"蔑视"文学的所谓"内部关系"、"内部规律"的研究,认为那是"小道末技",那是"资产阶级形式主义",那是重形式轻内容，那是西方的错误的文艺思想和美学思想，那是"唯心主义"的学术倾向……直到1978年改革开放、整个时代的思想文化环境发生了根本变化之后，这种情况才有了改变。而文学主体性理论的倡导，无疑是对以往重"外"轻"内"弊病的有力匡正。然而，需要指出的是：文学主体性理论的倡导者却又表现出另一种倾向，即重"内"轻"外"，鄙薄所谓"外部关系"的研究，似乎一切所谓"外部关系"的研究与文学本身无关，只有所谓"内部关系"的研究才是真正的文学研究。如果说这不是对真正的文学理论的误解，那么就是一种学术偏见。刘再复就是这样把"外部"和"内部"截然对立起来的。这就从一个极端走向另一个极端，犯了他所批评的对象同样的弊病。

第五节 "文学主体性"的局限

前面说过，任何理论都不是万能的，都既有其优势又有其局限。"文学主体性"理论的局限，一方面是它的倡导者理论素养和哲学功底的不足给它造成的局限和缺陷；另一方面是它同任何理论一样不可避免地有它的时代的和历史的局限。

先说第一个方面：倡导者理论素养和哲学功底的不足给"文学主体性"理论造成的局限和缺陷。

前面我们曾经说过，由于刘再复本人的理论素养和哲学根底不深，他在从李泽厚那里接过"主体性"命题并运用于文艺学时，既在一定程度上承袭了李泽厚的弱点，又在一定程度上减弱了李泽厚理论论述的科学性和准确性。

譬如，李泽厚在1976年前写的《批判哲学的批判》和1981年发表的《康德哲学与建立主体性论纲》中，是从"人性发生学"角度来阐释"人类主体性"问题的。他以"人类超生物种族的存在，力量和结构"的强调为开端，认为，人类主体性在漫长的历史性活动中展现为主观及客观两种显示形态：客观形态为实践性的工艺—社会结构；主观形态为精神性文化—心理结构。而这文化—心理结构作为人性的载体，凝聚人类文化价值信息，它是受制于工艺—社会结构，并萌生和展开于这一结构的历史性进化过程中。正是由于人类发展中的这两大显现形态的历史生成和进化，人类拥有了区别于一般生物界的人性发生，拥有了主体性的内化形态，或称精神主体性。刘再复就是从这里入手汲取其中哲学思想的养分，衍生出自己的文学主体性理论的。但当他将其纳入自己的美学体系进行再阐发时，正如夏中义①所指出的，着力点发生了重大的转移：即由人性发生学的外在群体性研究转向人性形态学的内在个体性研究。李泽厚的人类主体性的实践哲学，是从人类群体本性的历史发生出发，强调外在客观即实践工艺—社会结构之于人性发生的重要作用的。在李泽厚看来，"主体性"是指受制于历史具体性的人类的实践力量和心理结构，它虽然更侧重于主体和知、情、意的心理结构，但它最终仍是物质生产为前导的"全部世界史的成果"，是在社会物质生产方式的终极制约中发生的。"主体性"作为某种超生物性不仅受制于自然规律，而且受制于人类社会所衍生的历史规律。显然，在李泽厚的人性发生学论述中，主体性与客观历史性的关系是重要的，文学主体与包括物质前提在内的社会文化背景的精神血缘是无法割裂的。然而，李泽厚的主体性理论到了刘再复这里，发生了很有意味的变化：人性发生学角度被人性形态学论述所替代，人类群体外在结构的强调被人类个体心灵内在诗化形态所置换，而"文学主体"与特定社会历史条件的血缘关系也在这替代置换中被一笔抹去，变成一个游离于历史客观制约之外的精神主体。刘再复虽然也谈到人的"受客观历史条件的制约"的"受动性"，但他在具体论述中，却在实际上撇开"客观历史条件的制约"的一面，只注意"主观能动性"一面。于是主体性被等同于人的主观能动性，文学的主体性便超越历史及文化背景的制约成为一种自由的精神主体。如刘再复在《性格组合论》中所描述的："作家精神需求带有无限性，任何一个作家都要发挥自己的能动性和想象力，谋求超越时空的限制。作家永远不知道满足，他们总是不断地扩大着自己的精神领域，把自己的心灵生活无限制地向外延伸。"由于文学中这个拥有无限丰富可能性和创造性内涵的精神主体的存在，文学也被刘再复誉为："精神主体学"、"深层精神主体学"、"以不同个性为基础的人类精神主体学"。显然，从李泽厚的人类实践主体论到刘再复的文学主体性理论，原本受制于历史现实的有限能动的"主体"，变成了一个超越现实关系的无限能动的"主体"，那个立足于一定物质前提的历史关联中的人类群体，变成一个天马行空，自由往来的精神个体。

刘再复还时常喜欢用艺术夸张的修辞手法来对付那些需要用坚实的材

---

① 参见夏中义《新潮学案》一书中论述刘再复的部分，上海三联书店1996年版。夏中义对刘再复的批判分析，许多地方是中肯的。我们借鉴和吸收了他的许多有价值的观点，特此声明。

料来证实和用严密的逻辑来论证的理论问题。例如，在前面我们曾经引述的一段话里，刘再复说"作家的超越是无限的"。那么，请问怎么个"无限"法？又如何能做到"无限"？作家也是现实社会里的人，他虽然是能动的、具有历史主动精神的、富有积极创造性的主体，但是他能超越历史超越时代对他的限制而"无限"吗？马克思说，人们自己创造自己的历史，但是，他们不是随心所欲地任意创造，而是在历史所给定的一定条件（当然包括物质条件和精神条件）下来进行创造。作家作为精神生产者，他当然也参与历史的创造，他的创造也不可能在给定的历史条件之外来进行。如果是那样，作家就是"超人"。但，"超人"只能是一种想象，在现实中是不存在的。刘再复还如夏中义所批评的，"将人文主义本体化"，从而将"人"的能动性无限夸大，并且将文学的"人"混同于历史的人。夏中义在《新潮学案》中指出："当现代意识要求人们在珍视人文主义的反封建精髓之余，还应避免其自恋癖式的文化天真时，刘再复却依然天真的将意向混同于现实，将目的混同于起点、将'应该是的'混同于'本来有的'，亦即将人文主义本体化。""人文主义本体化"的哲学观移植到刘再复的"文学主体性"理论中即表现为"文学主体"无限创造力的弘扬。在这里，那个人文主义所信奉的全知全能的"人"，又以文学中拥有无限能动性的精神主体的姿态上场，具体到文学对象即作品中的人物身上（顺便说一句，刘再复的所谓"对象主体"这个术语作为科学语言是不通的，只能作为一次性的艺术修辞存在，如"油炸冰棍"、"黑暗的光明"、"炎热的寒冷"之类），更是一个超越作家的意识控制而一意孤行的人物形象，刘再复认为只有这样人道主义的原则才得以贯彻到底，"把人当作人"才算落到了实处。于是在作品中"按照自己的灵魂和逻辑行动着的实践的人"与现实中具有自己的独立意识、主体能动性的人相等同了，文学的"人"与历史的人被混为一谈。在刘再复看来，作品人物作为艺术创造的终端显示或对象化，如果在它身上未能体现出"灵魂"的自主性的话，主体性理论就等于留上了致命的豁口，于是为了保证理论的彻底性及体系的完整性，却无意间犯下一个将文学的人等同于历史的人、以经验性感受取代科学的逻辑推理的错误。

　　造成"主体论"由哲学命题到文学命题的"走调"与变形的原因，绝不仅仅在于刘再复感性诗化思维与李泽厚理性哲理思辨的差异，更主要在于刘再复在新时期特定思潮背景下复生的源于西方早期人文主义的文化态度。80年代中期的中国，是中华民族潜在生命意识空前自觉且表现强烈的时代，中国的文学家已开始走出"人"的贫困及"文学的贫困"，在思维的精神领域，为至高无上的人的价值争得一个理性地位。正是这样一种高扬人的主体性的时代思潮，使人们进一步意识到自身的丰富性及自身力量的伟大，因此把人当作历史的主体、尊重人的价值发挥人的自主创造精神成为这一时代的吁求和需要。而这一时代的心理特征与西方文艺复兴时期的人文主义精神不期而遇了。新时期理论家面对的是与早期人文主义相似的时代主题，于是萌发了与之相似的人文情怀：对人性的纯情讴歌，对人的力量的无限自信与弘扬。在这里，主体性概念早已成为某种已知、不证自明的前提和目的，而它的局限，它早已被20世纪人类主体性胜利的恶果所证实的阴暗虚弱，却被人们轻易放过，因为此时的中国知识分子最急迫的任务是唤起广大民众的主体意识，以"以人为本"去反对"以神为本"、"以物为本"的人道主义启蒙。刘再复就是在这样的背景下投身于主体性理论的建构的。古典人道主义的情怀使他毫不犹豫地抹去了李泽厚实践主体论中人性发生学意义，同时他又同李泽厚一道回避人道主义和主体性的限度，使整体理论沉湎于早期人文主义的文化天真中。于是，在刘再复"文学主体性"理论中，意大利文艺复兴时的人文主义对人的价值尊严的纯情弘扬被当作人的永恒本体属性，进而被奉为文艺创作的准则和范本。

这里也就引出"文学主体性"理论的第二个方面的局限，即：人道主义和"主体性"本身历史和时代的局限。

正如两位青年学者在80年代末的一篇文章中所指出的，"文学主体性"的理论大厦，是建立在西方15世纪文艺复兴时代以来的古典人道主义及其主体性理论的基石上的："刘再复的主体性理论同古典人道主义及主体性理论的血缘关系是一望即知的。虽然他也曾参考了一些现代思想家的著作，比较注重个体存在的意义，但他的理论实质上仍然属于古典人道主义的范畴。这一方面表现在他完全没有意识到古典人道主义理论中所包含的自我消解的因素；另一方面表现为他完全没有意识到人道主义或主体性自身的局限性。"[1]。这个批评是中肯的。刘再复有关人道主义和主体性思想的阐述，基本上停留在20世纪以前人道主义和主体性理论的水平上。虽然在80年代的中国，"主体性"的提出本身即意味着它是当代的一个时代命题；但很可惜，无论是李泽厚还是刘再复，都没有赋予它更深刻更具体的当代规定性，以至于这个命题在他们那里显得比较空泛，没有充分体现出20世纪80年代中国的气息和内涵。读者在刘再复论述主体性和人

---

[1] 陈燕谷、靳大成：《刘再复现象批判》，《文学评论》1988年第2期。

道主义的文章中，到处可见的是似曾相识的以往西方文学家和理论家的词汇和心态，所举的例证，常常不是哈姆雷特就是安娜·卡列尼娜，不是赫尔岑就是别林斯基，好像刘再复的身子是处在20世纪80年代的中国，而他的双足仍然站在20世纪以前的资产阶级社会的土地上，脑子中的很大一部分被当时的哲学家、作家、文艺理论家的思想汁液所浸泡着。例如，《论文学的主体性》中有这样一段关于"自我"、关于"感情"、关于"爱"的话："自我尊重的需求是作家在社会中有意识地回归自我，而自我实现的需求则不仅回归自我，而且把自我的感情推向社会，推向人类，在爱他人、爱人类中来实现个体的主体价值，此时，作家既有自我，又超越自我，而重心在于对他人的爱。作家的超越是无限的，主体性很强的作家总是把爱不断地朝着更深广的境界推移，而且最后总是达到一种高度的超我境界，这就是'无我'境界。达到这种境界的作家，就是他们身上已具备一种热爱人类的至情至性，他们的爱完全是超功利的，完全是自然而然的，他们在热烈地爱着，同情着，但自己也毫无感觉。"这里的用语多么面熟。你似乎在19世纪的某些作家和理论家譬如雨果、譬如托尔斯泰那里，见到过类似的语言、类似的表述；也可以在马克思、恩格斯所批判的欧仁·苏那里（《巴黎的秘密》）、"真正的社会主义"者卡·格律恩那里、"把共产主义变成关于爱的呓语"的克利盖（《告妇女书》）那里、"装模作样的哭哭泣泣的社会主义"和对世界表示"无力的悲叹"的卡尔·倍克（《穷人之歌》）①那里，找到相似的陈述。但是，"爱"、"感情"等在雨果和托尔斯泰等人那里，虽然浮泛、缺乏社会现实和客观实践的深厚根底，但非常真诚，而且还多少渗透着、蕴涵着他们所处的19世纪那个时代的气息和内容；而在刘再复这里，则不但显得浮泛和虚飘，显得苍白、空洞，显得抽象、无力，而且显得相当陈旧，使人有恍如隔世之感。

正如有的学者所指出的，刘再复的"主体性"理论，如同康德的"主体性"是先验的、给定的一样，也带有先验的给定的味道。就是说，刘再复的"主体性"不是历史地生成的，而是先验地给定的。因而他的"主体性"似乎总是处于一种不变的、永恒的既定状态。他没有（至少论述"主体性"时没有）用具体的、历史的、发展的观点和方法看问题，这就使得他没有具体论证甚至也没有试图探索80年代中国改革开放和向

---

① 参见《马克思恩格斯论艺术》（第3卷）《对欧仁·苏长篇小说〈巴黎的秘密〉的批判分析》和《诗歌和散文中的德国"真正的"社会主义》两部分（第3—175页），中国社会科学出版社1983年版。

市场经济过渡的时代条件下,"主体性"有什么新的历史的和时代的内涵。譬如,当代的"主体性"既不是西方 19 世纪以来突出个性,强调个体的权利优先,个体权利压倒社会责任和义务,个体压倒群体(即所谓"个体主义");也不是中国传统文化中的那种突出群体,强调社会责任和义务压倒个体权利,群体压倒个人(即所谓"群体主义");而是群体与个体、社会与个人、权利和责任及义务等在新的基础上相结合、达到某种新的平衡的"主体性"。这种"主体性"既强调社会要尊重个体的权利和自由,又强调个体对社会的责任和义务;这既是中西、古今价值观念碰撞融合的结果,也是历史选择的结果。最近,英国新工党理论家安东尼·吉登斯的新著《第三条道路:社会民主主义的复兴》提出了一些很值得注意的思想,如:"第三条道路政治的总目标应当是帮助公民安然度过我们时代的主要革命:全球化、个人生活的种种剧变以及我们同自然的关系。第三条道路政治应当保持的关心焦点是社会公正,同时应当承认,左右两派之间的分野所未能涵盖的问题的范围比从前大。在社会民主主义者看来,自由应当意味着行动的自主权,而这又要求社会的广泛参与;""第三条道路政治理论在抛弃集体主义之后,寻求个人和社会之间的一种新关系、权利和义务的重新界定。可以说,这一新政治理论的主要座右铭是:'不承担责任就没有权利。'"[1] 看得出来,连西方资产阶级的理论家也不得不注意当代时代特点,站在他们的立场上,吸收既往的经验,力图寻求个人与社会、权利和责任的新关系,新的立足点。对于我们来说,当代的"主体性"既应该带有社会主义的精神内涵,也应该带有数百年来在西方逐渐形成的市场经济下富有竞争性、选择性的运动形式;既有面向全球的博大开放的胸怀,又有中华民族优秀文化的立足基地;既尊重个人的充分自由和权利,又强调社会责任和义务,等等。这样的"主体性"目前在我们的国家正在"生成"着、"发展"着。然而,刘再复对"主体性"本身所固有的"生成性"和永不停止的"历史发展性",特别是对"主体性"在当代的新内涵新特点,似乎视而不见。

更重要的是刘再复没有意识到人道主义及主体性理论本身会有这样的历史和时代的局限。刘再复在肯定人道主义及"主体性"价值的时候,对它过分钟爱、甚至"溺爱",浪漫主义地赋予它超时代、超历史的无限性,而看不到它的限度。有的学者指出:就历史的意义而言,"人道"有

---

[1] 参见《参考消息》1998 年 10 月 8 日第 3 版转载英国《观察家报》9 月 13 日文章《第三条道路:社会民主主义的复兴》。

两个截然不同的含义：第一个含义来自"人道"与"非人道"之间的差别，在这种情况下，"人道"意味着一种价值；第二个含义来自"人道"与"超人道"之间的差别，在这种情况下，"人道"则意味着一种限度。[1] 当今世界，西方已经发展到"后工业"时代、"信息"时代、"知识经济"时代，高科技、电脑日新月异，"全球化"、"一体化"（主要是经济的，但也不能不推及文化和其他方面）的历程正在迅速推进；而中国也正以令整个世界吃惊的姿态迅速崛起。当世界从工业社会进入到后工业社会的时候，"当代社会正处在从经济中轴向智力中轴转换的历史关头，未来的社会是智力社会"[2]。在这个发展过程中，不但人与人之间、社群与社群之间、国与国之间、民族与民族之间的关系发生重大变化，而且人与自然之间的关系也不断进行调整。过去那种传统的人道主义及"主体性"命题，也不能不接受新时代、新的历史实践的检验和批判。科学家、思想家、理论家们对旧有的人道主义、"主体性"命题的局限性认识得越来越清楚，他们正在试图提出超越个人的、超越人的、以宇宙为中心的新命题，倾向于不再用"人役于物"还是"物役于人"、"人道"还是"非人道"的旧有的二元对立的思维方式来看待人与自然的关系，而是要建立人与自然的新关系。这样，所谓"人道主义"，所谓"主体性"，也将逐渐成为过往的命题，再往后，可能回渐渐失去其时代效应和意义。但是，刘再复和他的同道们，仍然固守着（局限于）他们的古典的人道主义和"主体性"的阵地，不能超越；而新一代学者则毫不留情地给他们以历史的批判，超越了他们。

　　尽管文学主体性理论存在着逻辑不周严和论述欠妥当的问题，但它对于新时期文论革新的意义还是不可低估的。它将以"人"为本的文学观念注入文艺理论系统，带来理论的内部结构的深刻变革。它不仅使经过重新阐释的文艺反映论"内在地溶入了主体性内容"，使之发生了本质的变化，而且促使文论领域中主体意识的强化，激发了研究者们的理论自觉和建立新的批评模式的热情，从而推动了文艺学研究方法的多样化发展。同时主体意识的强化与思维方式的变革相配合，带来了人本主义流向中众多研究方法，诸如：文艺心理学方法、文学人类学方法等的兴起和拓展。总之，文学主体论的确立，为新时期更加富有生命力的新型文论体系建立提供了有力的观念前提和方法论依据。

---

[1] 陈燕谷、靳大成：《刘再复现象批判》，《文学评论》1988年第2期。
[2] 董光璧：《信息时代的中国文化战略问题》，《文艺研究》1998年第4期。

中编

第九章 "古代文论的现代转换":渊源、争论、泛化与变异

20世纪80至90年代,中国文学理论界众声喧哗,各种新主义、新观念争妍斗丽,如文学本体性、日常生活审美化、现代主义和后现代主义等,或杂语共生,或前赴后继。其中,在90年代中期明确提出的"古代文论的现代转换"(后面简称为"转换"),引起了学术界的广泛讨论和激烈交锋,带动引发了对古代文论特点、价值、古今文论贯通、中西文论融合、文论现代性反思和学科建制等重大问题的深入思考和全面审视。不管"转换"成立与否,就其讨论时间之长,包含内容之广,以及论辩的丰富性、争论的持久性,参与的广泛性、反思的深刻性等来说,都堪称是新时期以来最为重要的文论话题,甚至可以说第一大文论话题。韩经太视之为"百年大话题",有曰:"从1996年以来,直到进入21世纪,关于中国古代文论的现代转换问题,无疑是一个最受学界关注的问题。其实,在一定程度上,整个20世纪的中国古代文学理论批评研究,就是以'现代转换'问题为'百年大话题'的。"① 这种现象的出现不是偶然的。它不仅与经世致用、古为今用的实践理性传统有渊源关系,也与20世纪末的世纪反思和民族文化意识的高涨有关,更与一些学者宣扬当代文论患了"失语症",主张重建中国文论话语,实现话语转换等有直接关系。

尽管学术界不时对此问题加以总结和反思②,但是,从当代文学理论

---

① 韩经太:《中国文学批评史研究》,福建人民出版社2006年版,第445页。
② 陈雪虎:《1996年以来"古代文论的现代转换"讨论综述》,《文学评论》2003年第2期;陶水平:《中国文论现代性的反思与重构——关于近十年"古代文论现代转换"学术讨论的思考》,《东方丛刊》2007年第1期;王庆泽:《"中国古代文论的现代转换"十年巡礼》,《东方丛刊》2007年第1期;赖大仁:《中国文论话语重建:在传统与现代之间——近十年来"古代文论现代转换"及相关问题讨论述评》,《学术界》2007年第4期;高文强:《失语·转换·正名——对古代文论十年转换之路的回顾与追问》,《长江学术》2008年第2期;高迎刚:《中国古代文论"现代转换"说的回顾与反思》,《汕头大学学报》2009年第4期等。

建构的角度出发，发掘这一命题出现的背景、立论依据、争论实质及当今走向，对其加以评论和思考，仍然具有较大的发展空间及理论与现实价值。"转换"命题是否成立？为什么要走向现代转换？怎样实现现代转换？为何所谓的现代转换，肯定者讨论时大部分都只是在谈"现代阐释"或者"当代意义"？确实，处在历史存在和当今现象中的"转换"话题，有着耐人寻味的学术史意义。

第一节 "转换"说问世的历史与现实

"转换"说的问世，有着十分深厚的历史渊源和急切的现实考虑。实践理性是中国文化的重要特点，鲜明、直接的现实性追求是文学文论的重要目标。追求古为今用，以复古求创新，堪称中国文学史、文论史的传统，也自然成为20世纪以来我们对待古代文论的一种思维定势和集体无意识。探求古代文论的现实意义和价值，如果以清朝灭亡为古今时间界线，那么，民国以来的文论学者大部分都会有此追求或指向。他们在对古代文论解读和阐释时，甚至是校勘、注释和翻译时，也无法避免融入主体的当代性思想、观念，甚至直接使用当代性概念和术语。这种融入了当代性思想或者概念的解读方式，在对古代文论的解读中，实现了古代文论还能存活于当代文论的价值，其实这就是对古代文论的现代阐释，目的是古为今用。

然而，笔者认为，民国至今的古代文论现代阐释的研究，绝大部分只是一种现代性解读，目的在于展示其当代意义。这与"转换"说包含的理论与实践的双重指向有重大不同。学理上，"转换"说主张将古代文论话语"转换"为现当代文论话语；实践上，主张将之运用到当代文学创作和理论批评中来。这种双重指向，正是"转换"说独立自足的前提和基础。因此，现代阐释与现代转换不仅理论背景和现实针对性不同，自身意义也迥然有别，绝不能等而观之。可是，大部分"转换"论者在说明为什么要转换、怎样转换和转换到哪里时，都直接把古代文论的现代阐释或当代意义视为"转换"。这样的等量齐观，其实是"转换"命题扩大边界，内涵泛化的表现，忽视了此说诞生时的历史背景，也忘记了"转换"论者的初衷，更是没有考察此说问世时的直接原因和目的。这样理解，实际上淡化乃至消解了"转换"说的必要性和自足性。

当然，不可否认的是，20世纪以来对古代文论的现代阐释或者对其当代意义的追寻，客观上成为了"转换"说问世的历史渊源。

一 现代阐释传统与"转换"的泛化

20世纪以来，国家长期处于内忧外患和积贫积弱之中，"救亡图存"和"师夷长技"等成为时代思潮，对传统的背弃与对西方现代性的追求自然解构了中国古代文论的生成语境。面对古代文论中的某些概念、术语或范畴，梁启超、王国维、宗白华、鲁迅等自觉运用现代或西方方法、概念、意识进行了创造性曲解。在吸取叔本华等人思想的基础上，王国维创造性地提出"意境说"，宗白华以意境论为中心构筑了现代美学体系，梁启超、鲁迅则将俄苏文论拿来，倡导中国文学革命。20世纪50年代全盘引进经过苏联人改造的马克思主义文学理论，借助政治推手，把历史唯物主义机械理解为反映论，将庸俗社会学的文论范式发挥到了极致。这种结合时代、社会需求，对古代文论进行现代阐释的实践，从来没有断裂过。

在缺乏深入思考和辨析的情况下，参与"转换"讨论的大部分学人，直接将民国以来学人的现代阐释成果，视为"转换"。刘名琪把王国维、宗白华、周作人、陈钟凡、郭绍虞、罗根泽、朱东润、李笠、段凌晨、陈怀、刘麟生、朱光潜、茅盾、郭绍虞、叶维廉和刘若愚等人借鉴西方文论解读或建构古代文论范畴的成果，都视为"转换"；甚至认为："晚近由顾祖钊、王先霈、畅广元和胡河清等人，都不同程度地对古代文论的现代转换的理论探讨和具体实践作出了贡献。"[①] 其实郭绍虞、罗根泽、朱东润、方孝岳的文学批评史研究，只是一种融会中西观念的"以古释古"，而不是"现代转换"。黄保真肯定郭、罗、朱等先生的优点："他们既能够学习、运用近代欧洲的文学理论、历史观点、思想方法去观察中国古代文学批评实践，清理理论史料的遗存，又能够继承改造中国传统朴学实证的治学手段，沉潜于浩如烟海的历代典籍中勾稽爬梳，实事求是地尊重研究对象的客观性、历史性、自体性。"[②] 又指出他们对概念、命题、流派的研究，重考核而轻阐释；建构体系的物质载体、符号系统多是以古释古，没有根本的系统的创新。"以古释古"当然不是

---

① 刘名琪：《学术良知与中国特色当代文论的建设——论古代文论现代转换的"文艺思潮"的价值与意义》，《人文杂志》1998年第2期。
② 黄保真：《回顾与重建——四十年古代文论研究反思座谈会发言》，《文学遗产》1989年第4期。

今天所说的"现代转换"。代迅对王国维融会中西文论的得失、朱光潜建构中国现代文论话语的彷徨、传统文论话语在钱钟书手中的旺盛生命力以及苏联文论对中国文论的影响，也都从"现代转换"的角度进行了探讨。① 陶水平同样对王国维、鲁迅、宗白华、朱光潜、钱锺书、朱自清、徐复观、王元化、童庆炳、顾祖钊，甚至蒋寅的"现代转换"成果都有明确概括：

> "古代文论的现代转换"的自觉和系统的学术讨论虽然只有十来年的时间，但是，古代文论的现代转换的理论实践却有长达百年的历史。百年中国文论的发展历程，深刻体现了一个不断地将古代文论转换为现代文论的过程，也就是使中国古代文论的现代性价值不断得到彰显的过程。例如，在上世纪，王国维对古代文论"境界"理论的现代转换，鲁迅对古代文论"白描说"的现代转换，宗白华对古代诗学"意境"理论的现代转换，朱光潜对古代诗学"声律"理论的现代转换，钱锺书对古代诗学"诗可以怨"命题的现代转换，朱自清对古代文论"诗言志"理论的现代转换，徐复观对古代文论"气韵生动"理论的现代转换。当代学者中，王元化对古代文论"情志说"的现代转换，童庆炳对古代诗学"童心说"的现代转换，杨义对古代文论"感悟说"的现代转化，顾祖钊对古代文论"至境说"的现代转换，蒋寅对古代文论"诗法论"的现代转换，等等。此外，诸多学者对古代文论"原道论"、"缘情说"、"感兴说"、"意象说"、"神思说"、"通变说"、"兴观群怨说"、"文质彬彬说"、"知人论世说"、"以意逆志说"、"诗无达诂说"、"虚实相生说"、"发愤著书说"、"不平则鸣说"、"文以载道说"、"文如其人说"、"成竹在胸说"、"情景交融说"、"声情并茂说"、"天人合一说"、"中和之美说"等理论的现代转换，都是古代文论现代转换所取得的突出成绩。②

将民国以来的古代文论现代阐释的代表性成果，统统视为"古代文论的现代转换的理论实践"，包括将明确反对使用"转换"说的蒋寅的成果，

---

① 代迅：《断裂与延续：中国古代文论现代转换的历史回顾》，西南师范大学出版社2002年版，第73—120页。
② 陶水平：《中国文论现代性的反思与重构——关于近十年"古代文论现代转换"学术讨论的思考》，《东方丛刊》2007年第1期。

也被拿来。如此多的学坛前辈和当代名宿都在进行"转换",难怪倡导者理直气壮,当仁不让。其实,这些人的成果基本上都不是"转换"。以最为典型,被引用最多的"境界"来说,孙绍振指出,王国维的境界说既没有得到西方文论界的认同,也没能真正对中国现当代文论发挥作用,就连中国现代新诗的评论,也很少将之纳入基本范畴作为阐释和评论的准则。① 从现代文学批评的实践角度说明了"境界"在现当代文论界的沉寂。蒋寅更是指出,在王国维之前,现代诗学视野中的"意境"范畴还没形成,当时的"意境"概念与今天使用的"意境"绝不是一回事。王国维根本没有对境界或者意境进行现代转换:

> 王国维一向被视为中国现代美学的奠基人,近年又被提倡"古代文论的现代转换"的学者推崇为"现代转换"的前驱和成功典范,但上面的事实告诉我们,在"意境"或"境界"问题上,王国维只不过是用古代术语命名了一个外来的概念。这不是什么转换,准确地说是不太高明的翻译。②

实际上,王国维只是完成了一种阐释,即用古代术语命名了一个外来的概念。"转换"强调的重点,不是指向当代人的解释和阐释,而是发掘其现代性内涵与意蕴,并用现代性话语来表述;同时将之运用到当代文学理论与批评的实践中。遗憾的是,大部分论者都将王国维"境界"说直接视为"转换"的代表性成果加以论述,"转换"成为无所不包的古代文论研究话语。钱中文《文学理论反思与"前苏联体系"问题》(《文学评论》2005年第1期)、蒋述卓《多维视野中古代文论的现代转换》(《浙江大学学报》2006年第1期)等文将王国维、朱光潜、朱自清、闻一多、宗白华等人的古代文论研究成果视为"转换"实践,与上面"转换"论者的思维角度和例证分析,一脉相承。其实,王国维《人间词话》、《红楼梦评论》、宗白华《中国艺术意境之诞生》、李泽厚《意境杂谈》、《美的历程》、朱光潜《诗论》等,从西方现代哲学或美学思想出发,对古代文论或者美学加以解读或误读,客观上改变了传统学说,形成了不同于西方现代文论,也不同于附庸于政治或者道德的传统文艺观。这不是"转换"

---

① 孙绍振:《从中西文论的独白到中西文论对话》,《文学评论》2001年第1期。
② 蒋寅:《物象·语象·意象·意境》,《文学评论》2002年第3期;后收入《古典诗学的现代诠释》,中华书局2003年版,第27页。

而是现代阐释或者观照，但对20世纪90年代"转换"说问世，无疑提供了历史合理性依据。

二　古为今用的诉求与"转换"的思想来源

史实考辨与理论阐释是古代文论研究的两种基本范式，前者偏于求真求是，后者重在致知致用，不同时期多有不同的侧重方面。本来，从学科发展规律来看，资料梳理与文本校释等历史性的研究应该先行："古代文论研究作为一门新兴的学科，对材料的考订梳理当然会先于意义的阐释，只有当史的研究粗具规模后，论的研究才有可能形成气候。"[①] 然而，受社会、政治、经济和文化思想的强烈影响，20世纪至今的中国文论虽然饱经沧桑，经历了新文化运动对传统文化文学的激烈否定、"五四"至"文革"前对俄、苏文学文论的借鉴、八九十年代对西方文论的引进等三次断裂与延续的艰难过程，但是"古为今用"、"洋为中用"的致用思想一以贯之，虽有强弱深浅的不同，但从未断绝。在意识形态话语强烈影响，甚至控制文坛的20世纪50—70年代，这种致用思想更是成为流行性的口号与时髦话语。即使独立思想较强的郭绍虞、罗根泽等先生，他们的文学批评史重版或修订，都不得不受到古为今用思想的影响。如果说王国维、宗白华、朱光潜等对传统文论进行阐释时，古为今用的目的和表现还不太明显；那么，新中国成立后至20世纪80年代则强烈要求古为今用，甚至主张文学艺术，包括文论直接服务现实，走向社会。新时期以来，追求古代文论与西方文论的沟通，对之进行现代阐释更是多数文论学者的学术思路与方法。"从五十年代开始，在古为今用思想的引导下，为着建设具有民族特色的马克思主义文艺学的需要，对古代文论作现代阐释自然成为主要的研究倾向。到了八十年代，新方法的运用，比较诗学的介入，以及探求跨越中西文学的共同规律被作为研究目的之一，更为古代文论的现代阐释提供了充分的理由。"[②] 这种现象本身就是致用思想的直接体现。

新时期以来的中国古代文学理论学会年会和各种文论会议，大部分也忘不了古代文论的当代意义。1979年3月，中国古代文学理论学会成立。会上倡导古代文论研究的古为今用，呼吁把古代文论研究与现代文论研究

[①] 张海明：《回顾与反思——古代文论研究七十年》，北京师范大学出版社1997年版，第96页。
[②] 同上书，第62页。

结合起来，为建立民族化的马克思主义文艺理论服务。① 20 世纪 80 年代以来，这更是成为中国古代文学理论学会历次年会上的重要话题。1987年，第五次年会的中心议题是"如何将中国古代文论研究引向深入"；1989 年，第六次年会的中心议题是"中国古代文学理论的价值及其在当代的作用和意义"；1991 年，第七次年会也就古代文论研究的古为今用问题进行了集中研讨；1993 年，第八次年会也对古代文论的实际运用问题进行了讨论，等等。可以说，古为今用思想，追寻古代文论和古代文论研究的当代意义，一直是大部分研究者自然而然且孜孜以求的主题。古代文论是否具有现实意义与当代价值？能否参与当代文论建设，成为当代文论的重要参照？成为当代文学理论体系中不可或缺的内在部分？南帆在 1990 年撰文对此做了一连串追问：

> 中国的古代文论在当今还具有什么意义？那些古代典籍是否可能以积极的姿态参预当代文论？在学术的意义上，这已经是一个迫在眉睫的问题。重新制订当代文论的版图时，人们再也不可能对这一份文学遗产视若无睹。事实上，当代文论的逐步完善必将遇到对于古代文论的两方面判断：一，古代文论的价值；二，当代的取舍。……然而，对于当代文论说来，人们更为重视的是古代文论所隐含的理论价值。在当今，古代文论是否仍有旺盛的理论生命力？古代的文学观念是否可能因为理论意义而成为当代文论体系不可或缺的内在部分？具体地说，除了一些简单的以古证今，古代文论能否因为独特的理论形态而成为当代文论的重要参照？除了印证一些众所周知的文学常识，古代文论是否还能提出一批独特的范畴作为当代文论的支柱？②

这些追问直接表达了希望将古代文论范畴融入当代文论，甚至作为当代文论的支柱的想法，距离"转换"说问世，可以说只有一步之遥了。

20 世纪 90 年代中期，在多重外力的挤压下，"古为今用"的思潮更趋激烈。面对传统文化的衰微和传统文学的没落，西方文化和文论在知识和价值层面上的强势渗透，中国诗性批评的消褪和落寞，文论界不时陷入

---

① 古代文学理论研究编委会：《古代文学理论研究丛刊》第 1 辑，上海古籍出版社 1979 年版，第 422 页。
② 南帆：《古代文论的当代意义》，《文艺理论研究》1990 年第 2 期。

现代性带来的迷茫和缺失之中。加上信息化、全球化浪潮加剧，大众文化、消费文化盛行，知识人的精英意识萎缩，人文关怀淡化，研究越来越陷入私人化和自我化之中。这都使得那些秉承经世致用思想的当代知识人倍感焦虑，回头凝望之中，落寞失意之下，古代文论的诗性存在空间和浓郁人文情怀，被无限憧憬。古代文论的现代价值和当代意义，也被无意夸大。渴望其能建构当代文学理论，甚至发挥其主体性作用，竟然成为一时风尚。季羡林曾云："我们东方国家，在文艺理论方面噤若寒蝉，在近现代没有一个人创立出什么比较有影响的文艺理论体系……没有一本文艺理论著作传入西方，起来影响，引起轰动。"① 直接表达了对近代以来，中国文艺理论体系建设匮乏无力的焦虑。黄维樑1995年7月也撰文称，"我认为龙学学者的另一个取向，应该是把《文心雕龙》的理论，应用于古今中外文学作品的实际批评上。我并不在提倡复古，更不主张闭关自守，拒绝接受外国古代和现代的批评理论。我只是认为，《文心雕龙》的理论，可以古为今用，甚至中为洋用；至少，它的理论，可补一些西方理论的不足。……真的，在当今的西方文论中，完全没有我们中国的声音。20世纪是文评理论风起云涌的时代，各种主张和主义，争妍斗丽，却没有一种是中国的。"② 这一论述更是站在古今中外交融的角度，主张实现《文心雕龙》理论的"今用"和"洋用"——应用于古今中外文学作品的实际批评上，以期听到中国声音，获得中国地位。需要特别指出的是，主张将古代文论"应用于古今中外文学作品的实际批评上"，已经隐含了"转换"论的实践内涵。曹顺庆对中国现当代文论中，传统文论的缺席，"古"不能用于"今"的现象作了生动描述：

  长期以来，中国现当代文艺理论基本上是借用西方的一整套话语，长期处于文论表达、沟通和解读的"失语"状态。自"五四""打倒孔家店"（传统文化）以来，中国传统文论就基本上被遗弃了，只在少数学者的案头作为"秦砖汉瓦"来研究，而参与现代文学大厦建构的，是五光十色的西方文论；建国后，我们又一头扑在俄苏文论的怀中，自新时期（1980年）以来，各种各样的新老西方文论纷纷涌入，在中国文坛大显身手，几乎令饥不择食的中国当代文坛

---

① 季羡林：《东方文论选·序》，《比较文学报》1995年第10期。
② 黄维樑：《〈文心雕龙〉"六观"说和文学作品的评析——兼谈龙学未来的两个方向》，收入黄维樑《中国古典文论新探》，北京大学出版社1996年版，第25页。

"消化不良"。①

这里的"传统文论"与前面的"中国现当代文艺理论"对举,当指古代文论无疑。古代文论被今天遗弃,没有参与现代文学大厦的建构,这本质上还是古为今用思想的表现。不过,与之前的倡导古为今用不同,这里更进一步,对大量借用西方文论而遗弃古代文论的现象,作了情绪激烈的批评。在曹顺庆看来,古代文论应该面向时代与世界,参与民族文论的建构;而不是自我封闭,疏离当代,遗弃于现当代文论语境中,丰富的古代文论遗产要为建设现当代文艺理论服务。

总之,在追求"古为今用"的过程中,在时代、社会等因素的影响下,这种当代意义的追寻,逐渐演变为追求古代文论在当代文学理论建构中的主导权、话语权,从而导致了"古代文论的现代转换"的问世。"古为今用"聚焦于"用"字,强调传统资源的可利用性,主张在应用的层面上会通古今,"古"的本体性不强;而"转换"说则立足于古文论自身体性的转变,由"体"生发出"用","古"的本体性明显凸出。这是"转换"说与"古为今用"说的根本不同。如果说20世纪以来对古代文论的研究或现代阐释为"转换"说问世的间接原因,古为今用观念的根深蒂固为"转换"说问世的民族心理和文化原因,那么,对当代文论中古代文论话语"失语"的失望,对当代中国文论无根性危机的焦灼,则是"转换"说问世的最直接和重要原因。"转换"说明确问世的理论前奏,主要是"文论失语症"和"重建中国文论话语"的提出。当然,这里不是说三者出现存在着鲜明的时间先后关系,而是说,它们在"转换"话题中构成这样的一种逻辑关系。

第二节 "文论失语症"与"重建中国文论话语":"转换"的场域和语境

相对于古代文论传统,20世纪以来,我们一直在从事现当代文学理论的建构。其理论来源有三:一是借鉴外来文论,主要是西方文论,包括马列文论;二是吸收古代文论;三是总结现当代文学创作和批评规律,进而提升为理论。遗憾的是,百余年来,各种文论专著和教材,其观念和思

---

① 曹顺庆:《文论失语症与文化病态》,《文艺争鸣》1996年第2期。

想，大部分是以西方话语为主体，以现当代文论为补充，以古代文论为点缀、调料和佐证。这种现象确实表现突出，民族特色的中国现当代文论依旧没有完成建构，还处于现在进行时。面对这种困境，今天看来实为中国现代社会、经济、政治等影响下的必然困境，一些学者焦虑，急于改弦更张，于是将眼光转到了悠久、丰富的中国古代文论。

曹顺庆较早提出"文论失语症"和"重建中国文论话语"概念，[1]这引起了学术界的极大反响和热烈回应，成为20世纪末学坛上不可忽视的重要现象。学人或肯定，或怀疑，各持己见，争论不已。这客观上深化了对古代文论研究现状、方法和思维方式等方面的认识。曹顺庆及其弟子的论文中，虽然有观点的修正和内容的补充，但肯定"文论失语症"和"重建中国文论话语"的合理性、必要性没有根本没变。童庆炳、张少康、顾祖钊、陈良运等认可"失语症"现象及赞同重建中国文论话语；蒋寅、陶东风、郭英德、胡明、朱立元等人则否定"失语症"命题、质疑重建中国文论话语的方法、路径等。

一 "文论失语症"：全盘西化与中国文论的失语

"失语症"最早不是出现在文论界，而是在文学界，是文学界对模仿和借鉴西方现代文学创作方法的反思，主要针对莫言、马原、残血和格非等先锋小说家的"语言的革命"。提出之后，即遭到学者的否定。[2] 文学

---

[1] 曹顺庆及其弟子是这一论争的主要发起者和参与者，先后发表了大量论文，主要有：曹顺庆《21世纪中国文论发展战略与重建中国文论话语》，《东方丛刊》1995年第3辑、曹顺庆《文论失语症与文化病态》《文艺争鸣》1996年第2期、曹顺庆、李思屈《重建中国文论话语的基本路径及其方法》，《文艺研究》1996年第2期、曹顺庆、李思屈《再论重建中国文论话语》，《文学评论》1997年第4期、曹顺庆《"话语转移"的继续与重建中国文论话语》，《文艺争鸣》1998年第3期、曹顺庆、吴兴明《替换中的失落——从文化转型看古文论转换的学理背景》，《文学评论》1999年第4期、曹顺庆《从"失语症"、"话语重建"到"异质性"》，《文艺研究》1999年第4期、曹顺庆、谭佳《重建中国文论的又一有效途径：西方文论的中国化》，《外国文学研究》2004年第5期、曹顺庆、翁礼明《"失语症"再陈述——兼与蒋寅教授商榷》，2005年11月，文化研究网、曹顺庆《再说"失语症"》，《浙江大学学报》2006年第1期、曹顺庆、靳义增《论"失语症"》，《文学评论》2007年第6期、曹顺庆、邱明丰《失语症与现代性变异》《社会科学战线》2009年第4期、曹顺庆、邱明丰《重建中国文论话语的三条途径》，《思想战线》2009年第6期、曹顺庆、黄文虎《失语症：从文学到艺术》，《文艺研究》2013年第6期等。
[2] 参考黄浩《文学失语症——新小说"语言革命"批判》，《文学评论》1990年第2期；唐跃、谭学纯《文学尚未失语——关于黄浩同志〈文学失语症〉一文的不同意见》，《文学评论》1991年第1期；夏中义《假说与失语》，《文艺理论研究》1994年第5期；邹忠民《历史的失语症——"文革"题材创作论》，《小说评论》1995年第5期。

界对"失语症"问题的探讨,很快影响到了本已焦灼不安的中国文论领域。

1995年,曹顺庆《21世纪中国文化发展战略与重建中国文论话语》首先提出文论失语症和重建中国文论话语,主张以重建中国文论话语来医治"失语症",而重建的主要途径是借助于古代文论的话语转换。其提出的核心问题是:近代以来中国文论话语"全盘西化",没有自己的文论话语,怎样在世界文论中发出自己的声音?"失语症"的症状是:"中国现当代文化基本上是借用西方的理论话语,而没有自己的话语,或者说没有属于自己的一套文化(包括哲学、文学理论、历史理论等等)表达、沟通(交流)和解读的理论和方法",而"一个患了失语症的人,怎么能够与别人对话?""对话"为他的急切目的,而第一步则是"确立中国文化自己的话语"①。随后发表的《文论失语症与文化病态》对"失语症"现象详细描述:

> 长期以来,中国现当代文艺理论基本上是借用西方的一整套话语,长期处于文论表达、沟通和解读的"失语"状态。……我们现在的大体状况是,什么都有,什么都没有——别人有的我们开始有,别人没有的我们也没有。……中国现当代文坛,为什么没有自己的理论,没有自己的声音?其基本原因在于我们患上了严重的失语症。我们根本没有一套自己的文论话语,一套自己特有的表达、沟通、解读的学术规则。我们一旦离开了西方文论话语,就几乎没办法说话,活生生一个学术"哑巴"。想想吧,怎么期望一个"哑巴"在学术殿堂里高谈阔论!怎么能指望一个患了严重学术"失语症"的学术群体在世界文论界说出自己的主张,发出自己的声音!②

很明显,这里的"失语症"内涵,指的是中国现当代文论基本上借用西方话语表达、沟通和解读,没有我们民族自己的文论话语和学术规则,离开了西方话语,我们无法言说,无法在世界文论界发出自己的声音。对于中国现当代文论失语,曹先生是站在中国民族立场,而不是西方文论话语是否适合现当代文学批评实践的立场来立论的。既然中国现

---

① 曹顺庆:《20世纪中国文化发展战略与重建中国文论话语》,《东方丛刊》1995年第3期。
② 曹顺庆:《文论失语症与文化病态》,《文艺争鸣》1996年第2期。

当代文论失语,那么,传统文论就只能是古代文论了。因此,中国现当代文论的"失语症",很自然就滑向古代文论在当代文论中的"失语"。这种现象不是自今天起,现代文论就已经"失语"了。"五四"以来整个中国传统文化在现代化、西方化的大潮下,都"失语"了。其原因表面上是西方话语的涌入,深层原因则是中国社会性质改变、经济基础改变和文化风俗等改变的必然结果。因此,所谓文论"失语"就有其自身不可逆转的必然性,绝不是西方文化殖民的结果。何况,从古代文论到现当代文论,还有语言形式、言说载体、思维方式以及价值观念等的改变,而这些改变,随着中国社会追求现代化的进程,都不得不随之而变。至今而言,现代化就是西方的现代化,没有东方的现代化,所以,至今中国现当代文论还要借鉴西方,这实在是情感上令人难堪,但事实上无法避免的事情。曹先生还认为中国现当代文论失语症的病根,在于文化大破坏,在于对传统文化的彻底否定,在于与传统文化的巨大断裂,在于长期而持久的文化偏激心态和民族文化的虚无主义。需要重新建立中国文论话语,首先要接上传统文化的血脉,才可能重新铸造出一套自己血脉的气韵,而又富有当代气息的有效的话语系统。其中,接上传统文化的血脉最为艰难,需要对传统文论进行"现代化转型":

> 立足于中国五千年生生不息的文化内蕴,复兴中华民族精神,在坚实的民族文化地基上,吸纳古今中外人类文明的成果,融会中西,自铸伟辞,从而建立起真正能够成为当代中国人生存状态和文学艺术现象的学术表达并对其产生影响的、能有效运作的文学理论话语体系。为了实现这一设想,对传统话语的发掘整理,并使之进行现代化转型的工作,将成为重建过程中至关重要的一环。我们所采取的具体途径和方法是:首先进行传统话语的发掘整理,使中国传统话语的言说方式和文化精神得以彰明;然后使之在当代的对话运用中实现其现代化的转型,最后在广取博收中实现话语的重建,并在批评实践中检验其有效性与可操作性。①

这种治疗"失语症"的思路,朱立元概括为:"以中国古代文论为基础,实现现代转换,重建我们自己的文论话语,正是根据这个失语症的论断开

---

① 曹顺庆、李思屈:《重建中国文论话语的基本路径及其方法》,《文艺研究》1996 年第 2 期。

出的药方。"① 在赞同和质疑声交集的情况下，特别是在吸取否定意见的基础上，2005 年，曹顺庆自己承认"失语症"只是一个"策略性的口号"，如同"五四"新文化运动时提出的"打倒孔家店"的口号，有偏激之嫌。② 但他并没有否定"失语症"的合理性，2006 年和 2007 年，他分别以《再说"失语症"》和《论"失语症"》应对蒋寅、陶东风等人的质疑。2009 年，他和学生再撰《失语症与现代性变异》。2013 年，他和学生又以"失语症"为题，将"失语症"现象从文学扩大到艺术，认为文学的"失语"是一场跨文明文化语境下的话语危机。随着时间推移，"失语"现象的讨论逐渐从文学领域扩展到艺术及其他领域，演变为一场整体性的文化论辩。其主要表现有三：（一）传统审美话语与现代审美话语的断裂；（二）消费主义及大众话语的侵袭；（三）泛文学化与泛艺术化。要应对这场文化困境，我们需要注重传统话语的建构，辨别异质话语之间的异质性和变异性，促使传统审美话语与新话语的融合，从而摆脱"失语"状态，使文学和艺术走向积极的发展之路。曹先生又重申了对"失语症"、"重建中国文论话语"论争的意义：

> "失语症"问题迅速引发了广泛而持久的讨论。这场论争的核心不在于支持或反对"失语症"这一说法，而在于以一种怎样的眼光来看待中西文明之间文学话语的矛盾和冲突。概括地说，所谓"失语症"，指的就是 20 世纪以来，在西方强势文化的强烈冲击之下，西方所代表的话语规则逐渐成为一种主导的、普世性的权力话语，而中国传统话语的自身特质反而被边缘化，从而陷入"失语"的状态，中西话语之间无法形成平等、有效的跨文明对话。重建中国文论话语的意义则在于，恢复和挖掘中国文论话语的内在生命力，建立不依附西方话语规则的文化自觉和自信。这并不是要在中国传统话语与西方话语之间设立一条泾渭分明的界线，而是要在多元话语体系之下寻找到一条切实有效的跨文明对话和交流的途径。③

---

① 朱立元：《走自己的路——对于迈向 21 世纪的中国文论建设问题的思考》，《文学评论》2000 年第 3 期。
② 曹顺庆、邹涛：《从"失语症"到西方文论的中国化——重建中国文论话语的思考》，《三峡大学学报》2005 年第 9 期。
③ 曹顺庆、黄文虎：《失语症：从文学到艺术》，《文艺研究》2013 年第 6 期。

"文论失语症"在这里扩大为"文化失语症",文章对油画、舞蹈、音乐、视觉文化、影视艺术、环境艺术设计等方面的"失语"现象进行了举例证明。遗憾的是,绝大部分举例都是以他人的研究论文,而不是具体的文化"失语"现象。肖薇、支宇从"知识学"角度认可"失语症"和"重建",丰富了对这两者的理解。认为:从知识学的层面讲,"失语症"具有"话语学"与"存在论"的双重内涵。"失语症"的批评论者只看到其"后殖民主义"的表层意义,而对其在"知识学"和"存在论"上的内涵则并未有所领悟。"失语症"和"重建中国文论话语"论有一个非常重要的理论前提——汉语文化的知识学问题。汉语文化百年来的"现代转型",不是细节性思想、观念乃至语言方式的变化,而是中西知识谱系的整体性切换。这主要表现在"知识质态的变化"和"知识谱系背景的切换"两个方面。汉语文化与诗学的全面"失语"状态,正是"知识质态"的整体切换造成的。这是"话语学"层面上的"失语"。"存在论"层面的"失语"则是指20世纪以来,在西方近代理性文化的冲撞之下,传统文化中存在的诗意消褪,世界、人性分裂了,汉语走向逻辑分析和认知理性,作为我们原初语言的"母语"才真正"失语"。[①] 这样,"失语症"是在中西文化对话中汉语文化对自身"文化身份"的寻找,是在后殖民主义批评语境下对"话语权力"的争夺。

  对于"文论失语症"的原因,研究者从各个方面做了探讨,其中杨飏的值得注意。他从传统的宗经意识及"以传释经"的述学方式两个方面寻找20世纪中国文论失语的内因。指出传统经学虽已终结,但以西方经典为经的宗经意识和经学情结仍在:"在20世纪中国,述学者的宗经意识并不表现为对于中国学术传统经典的执着,而是表现为对于西方学术经典的崇拜与信仰,从而导致述学者在以西方学术经典为主要研究对象和理论依据的学术活动中沿袭了传统经学的以传释经的述学方式,这正是20世纪中国文论'失语症'发生与学术原创性匮乏的内在原因。"[②] 这在一定程度上揭示了当代学人以尼采、马克思、海德格尔、德里达、哈贝马斯、伊格尔顿等人的著作"注我",对新文学现象关注严重不足,从而导致研究主体丧失独立性和原创性的现象原因。

---

① 肖薇、支宇:《从"知识学"高度再论中国文论的"失语"与"重建"——兼及所谓"后殖民主义"批评论者》,《社会科学研究》2001年第6期。
② 杨飏:《西方文论在中国的"经"化——20世纪中国文论失语症的内因》,《中国文学研究》2007年第2期。

二 "文论失语症":伪命题与后殖民批评心态

"文论失语症"是否成立,命题是否合理?学术界争论较大。即使命题成立,那么,所谓失语现象从20世纪以来就不同程度地存在,不必今天大声疾呼。这与中国现代以来的政治、经济转型和文化转变密切相关。在这一转型的社会进程中,当代中国文论的建构,西方文论的参与及融化必不可少,不必以西化的现象来作为之所以西化的本质。

对于1996年发表的《文论失语症与文化病态》和《重建中国文论话语的基本路径及其方法》,1997年,张卫东较早从"语境"角度对"文论失语症"与"重建中国文论话语"的逻辑矛盾做了反思,认为两者都是一种"虚妄的理论幻象"。他从福柯《知识考古学》、保罗·利科尔《解释学与人文科学》中的"话语"内涵入手,指出"话语"就是面对具体语境的言说,而绝非普遍适用的体系。语境、说话者、听话者是话语行为的三个构成要素;未对这三个方面作具体的考察,就大谈建立自己的"话语"、"话语体系",只能叫人对此类"话语"的话语特性表示怀疑。且"失语症"与"重建"之间存在逻辑矛盾:

> 实际上,将人们公认的理论、知识、思想以至真理称为"话语",首先就是一个反讽。它意味着将以上现存秩序表面上所具备的绝对性、普遍性、恒久性悬置一边,并要求对其前提结构进行理性的重新分析和检验。在此意义上,"话语"不仅不能与理论、知识、思想等概念混同,而且正是对以上概念的怀疑和批判,是对以上概念所隐含的肯定和独断倾向的预先否定。因此,"话语"这一名称隐含着一种冷眼旁观的立场,它更适宜指称既定的理论知识、思想等有待反思的思维成果,而不大适宜指称我们自身尚未成形并得到广泛承认的理论——我们正要去表达、确认并置身其中,而非预先拆除、分析和检验。……我以为,"话语"和"体系"是相互抵触的两种东西,所谓"重建中国文论话语体系"只是一种虚妄的说法。①

针对"失语症",张卫东也指出:"仅仅是缺乏自己独特'体系'的文论界现状,而非缺乏'言说'的现状。曹先生可能未曾注意,医

---

① 张卫东:《回到语境——关于文论"失语症"》,《文艺评论》1997年第6期。

学上的失语症,并非指患者失去了可以凭借的语言,也并非缘于他不通某种语法规则或词汇缺乏(当然更非他突然想用不熟练的外语说话);失语症患者不能说话或听不懂话,仅仅标志着患者自身的大脑言语中枢发生了病变,与语言的种类和好坏并无关系。而'失语症'不过是对当前文论困境的一种命名,在搞清楚产生这一现象的原因之前,就将这一现象当成'导致中国没有理论的最深层、最本质的一个重要因素',至少是极其匆忙的论断。"① 此外,曹先生将文论失语现象和文化危机感仅仅归咎于西方文化的冲击和传统的断裂,演绎为中西之争,这实际上回避了现实问题,也推卸了我们今天应该承担的责任。在与传统疏离的情况下,以为可以"立足"古代文论,展开"对话","广取博收",从而"重建"体系,只能是一种梦想。1998 年 7 月,王志耕则从对西方文论接受不够、方法不对,没有学好学通、接受时间不长就急于求成等方面来否定"失语症":

> 我认为,与其说我们已被这种话语(西方文论)的权力所征服,不如说我们对这种话语接受得还不够。所谓"够",不是说要学得像,而是要学通,从而摆脱倾听者的身份,而与之建立起真正的对话关系,立足于中国的本土文化,最终化为己有,生成中国自己新的文论话语。……即是说,将外来之物化为己有需要一个过程。而西方的现代文论成规模进入中国文坛还不过十几年时间,这时便大声疾呼,我们已被西方中心主义边缘化了,毋乃太过杞人忧天。②

西方文论作为当今世界的强势话语,我们不能视而不见、听而不闻,学习过程必不可少。学习过程虽已过百年,但百余年的学术环境和政治生态等无疑严重影响了学习效率和效果。高楠则认为 20 世纪以来,中国文论并没有"失语",它"始终在说着历史要求它说的话,时代要求它说的话,它说出了自己的思想理论,它并未'失语'"。③ 张海明也认为"失语症"的提法,有些杞人忧天:"就古代文论研究而言,'文论失语症'应该是指用现代文论观念、术语以至文体去考察分析古代文论,如果这也算

---

① 张卫东:《回到语境——关于文论"失语症"》,《文艺评论》1997 年第 6 期。
② 王志耕:《"话语重建"与传统选择》,《文学评论》1998 年第 4 期。
③ 高楠:《中国文艺学的世纪转换》,《文艺研究》1999 年第 2 期。

'失语'，那么是否只有回到古代，重操古人话语，我们才能发出自己的声音呢？说到底，问题的关键并不在于是否借用了俄苏或欧美文论话语，而在于我们考察的对象，在于说的内容。"[1] 中国文论的失落，根本上不是在于借鉴了西方文论话语，而在于我们面对的文学创作和理论批评实践的无声无息。

20世纪末至21世纪初，在学术界对"失语症"和"古代文论的现代转换"产生强烈共鸣和积极回应的时候，蒋寅较早全面深入地表达了对"失语症"和"转换"提法的质疑和否定。蒋寅认为"失语症"是一个虚假命题，文学理论应该对应特定的文学经验。1998年9月，其《文学医学："失语症"诊断》一文对"失语症"的医学本意和提法做了反思。"失语症"本来是医学术语，指左脑中的语言发动神经中枢受损而导致的语言机能的丧失；借用到文论中来，则意味着话语能力的丧失。至于"文论失语症"提法，蒋寅做了全面分析，大略可归纳为十种：第一，我们根本没有真正借到西方的一整套话语，流于外表和语词形式。文学理论和评论，集中在反讽、解构、话语、叙事等语词上，并没有学到真正的西方式的批评。第二，当代文学理论不在于用什么语言说，而在于说什么。第三，如果说当今通行的文学理论框架是西方的，因而没有自己的认识基点，那么，"失语"也不始于今日，起码从20世纪初就开始了。如果按传统文学观念构造文学概论，那么就只能是程千帆先生《文论十笺》式的结果。但这样的理论体系显然不合乎当今的文学实况。第四，文学理论是一门经验性的学科，带有很强的工具性质。它给我们提供的只是对既有文学现象的抽象说明，为文学诠释和文学批评提供一套工具理论。文学不断发展，理论随之更新。不同种族、不同文化背景中孕育出的文学理论，固然在思维方式和表达方式上具有不同的特色，但这种特色植根于不同的文学经验，只要中国文学有自己的文学经验，就必然有自己的文论话语。因为任何民族的文学理论都是在表述自己的文学经验。比较诗学和比较文学所有的对话都只是文学经验的对话和交流，因此不存在对外交流中没有自己的话语之说。第五，当代中国文学理论的所谓"失语"，实质上并不是我们没有自己的言说方式，而是根本没有言说的对象。"失语"绝不是知识论或信息交流意义上的无话可说，而是语言操作者的话语指涉对生存真相和命运重心的偏离；我们不是丧失了学术表达的话语能力，而是丧失了对自己生存方

---

[1] 张海明：《古代文论研究的"先见"与"后见"》，《清华大学学报》2009年第5期。

式和价值的自我解释能力，说白了就是对生存本身的无可言说。第六，一种文学理论的产生不外是对一种文学观念的阐释，对一种文学实践的反思。当文学在现实中因不拥有话语权力，不能直面一种生存状态和它最深刻的本质时，它就不能构成一种真实的、独特的文学形态，加上感觉方式和书写风格的盲目模仿（如寻根意识和魔幻现实主义），真正的文学经验始终若有若无，相应的文学理论当然也就无从谈起。西方辛勤耕耘了一百年，才建构起那么有数的几家理论和一套范畴、术语；我们才二十年，就想攒弄出一套可以和西方并驾齐驱的理论体系，有点异想天开。第七，中国文论的"失语"是个伪命题。失语的不是中国文论，而只是一部分中国文论学者，更多的也许是比较诗学学者。研究文学理论的人们似乎并不关心当代文学批评和古典文学研究的成果，文学理论里使用的文学材料经常是马克思用过的，比较诗学所用的中方资料也不外批评史加《中国历代文论选》。这怎么能产生当代意义的文学理论学说（姑不言体系）。第八，要回归母语，更应该是立足于中国文学经验，这为拥有自己话语的必然选择。没有母语文化的基础，不能真正深入人类的文学经验，就永远不会获得对文学的真正理解，也就永远不会有自己的文学观和文学理论。民族文学和文学理论都有丰富的内容等待我们去发掘，只要进行深入的理论阐释，无论古代、当代文学，都有许多文学经验和理论命题可以和西方文论对话、沟通、互补。第九，文论对话时，更应该用历史的而不是地域的方式来谈论。现代西方文论早已不是单纯的西方思想，而是多地域多种族文学经验的融合，其中当然也包括中国思想的菁华。对一种理论学说，我们可以说它是 60 年代的或是 80 年代的，以便在历史语境中给予定位；而无须强调它是法国的或加拿大的，以此来比较民族贡献。第十，知识积累差异无形中给中国学者带来不同程度的自卑和焦虑，这是可以理解的，但完全不必摆出一副决战的架势。中国文学理论是世界的一部分，我们能否为世界提供一些理论命题，取决于文学经验的资源和理论家的开掘能力，取决于中国学者普遍知识贫乏局面的根本改变。[①] 在"失语症"被众声附和的时候，蒋先生能从言说对象、文学经验、文学创作和批评实践、学习西方的偏差、知识贫乏等方面分析此话题的本质和偏颇，指出其为"伪命题"，这

---

① 蒋寅：《学术的年轮》（增订本），凤凰出版社 2010 年版，第 80—85 页。原文最早以《文学医学："失语症"诊断》发表于《粤海风》1998 年第 5 期；后略改为"'失语'与转换"，与"宏观与微观"、"理论与历史"合为《古典文学研究三"执"》，收入《学术的年轮》，中国文联出版社 2000 年版。本文以该书增订本为据。

第九章 "古代文论的现代转换"：渊源、争论、泛化与变异　217

不仅显示了脱俗独立的学识，还体现了勇气和担当。后来否定"失语症"的论者，其观念和理由，大抵不出此文所说。2000年，朱立元指出，看一种理论话语是否有效，是否存在危机，首先只能从现实的需要和语境出发加以衡量，至于有无自己的独特话语方式和话语系统倒在其次。"'失语症'论对当代中国文论的缺陷和危机的判断，存在着明显的错位。它只就中国文论话语系统较多吸纳西方文论话语的某些表面现象而推断中国当代文论缺少自己的话语，进而认为'失语'是其最根本的危机。它完全没有顾及当代中国文论与现实的关系，没有分析它是否贴近当今现实，是否能回答新现实提出的新问题，即是否适合现实语境。""中国当代文论的问题或危机不在话语系统内部，不在所谓的'失语'，而在同文艺发展现实语境的某些疏离或脱节，即在某种程度上与文艺发展现实不相适应。"① 从理论错位、没有考虑当代中国文论与现实的关系等出发来否定"失语症"，其思路和方法，都和蒋寅的一致。

2005年，蒋寅《对"失语症"的一点反思》一文对上文内容有所补充。针对"失语"论者不是在说自己失语，而是说学术界集体失语、动辄说我们借用一整套西方话语，没有自己的语言两点，蒋寅认为夸大了事态，同时也混淆了问题的实质。再次强调：文学理论的对话无非是不同文学经验的交流。在总体文学的研究尚未积累到一定程度之前，可以涵盖人类文学经验的文学理论只能是空想，对话中不存在"失语"的问题。一种文学理论体系，只要适合于它的经验基础，就必定是圆满自足的。中国古代文论就是如此。现代中国文学已变成一个开放的经验系统，吸收了不少异族文学的素质，古代文论当然也就失去了解释力，于是我们需要别构一个新的理论体系。所以文论话语不是个得失的问题，而是有无的问题；更不是理论建构的问题，而是文学经验积累和总结的问题。没有真正的文学经验，就没有相应的文学理论。这不是失语而是无语。因此，文学理论对话中的"失语"，就绝不是中国文论的失语，而只是某些学者的失语。这也不是什么失语，说白了就是不学无术：

> 所谓"失语"就绝不是什么有没有自己的话语，用不用西方话语的问题，而是有没有学问，能不能提出新理论、产生新知识的问题。一言以蔽之，"失语"就是"失学"，失文学，失中国文学，失

---

① 朱立元：《走自己的路——对于迈向21世纪的中国文论建设问题的思考》，《文学评论》2000年第3期。

所有的文学。什么时候，真正的文学研究专家多了，举世钦佩的学者多了，中国学术界就不"失语"了。①

如果单就这段话来看，确实有偏颇的倾向。"失语"不全是"失学"，博学与否与是否"失语"不能完全等同。② 但是，如果联系上下文分析，明白各种前提，那么，"失语"确实与"失学"关系紧密。新时期以来的中国学者，受到历史和政治、经济和文化等的影响，空疏不学，游谈无根，喜欢追逐时髦和所谓的学术热点，对民族传统和西方文论都缺乏沉潜钻研的功夫。这当然影响了学者的创新素质和创新能力，因而蒋先生才会有如此"刺耳"的结论。如果整体学问水平提高了，对中国文学经验的关注增强了，理论创新能力提高了，那就不存在所谓的"失语症"了。

此外，还有学者从不同的角度对"失语症"加以质疑。杨曾宪认为所谓"失语"不是西方文论输入导致，而是因为古代文论脱离了当代中国哲学、美学经验，失去了与当代文学进行对话的能力：

　　文论，或文学理论，顾名思义就是以文学为言说阐释批评对象的理论，它的生存，一方面要依赖一定哲学美学理论，为之提供思想营养或武器，另一方面要依赖一定的文学创作，作为其提炼并操练理论的对象。任何文论一旦失去特定的哲学美学灵魂，脱离所寄生或依存

---

① 蒋寅：《对"失语症"的一点反思》，《文学评论》2005年第2期。
② 2005年11月，曹顺庆、翁礼明在文化研究网撰文和蒋寅商榷。认为：（一）"失语症"不能说是提出者的"逻辑虚构"和认同者的"理论错觉"，而是基于提出者对20世纪中国文论的整体把握。（二）在中国文化根基不断失落、文化精神渐行渐远的今天来质疑"失语"，似乎是一种多余。（三）文论"失语症"不是目的，只是通过对"失语症"的讨论达到对文学理论现状的反思，在反思中实现对文论话语的重建，为新世纪中国文学理论的健康发展提供可资借鉴的经验和教训。（四）蒋寅所言中国当代文学理论"在很大程度上丧失理论的发言权和解释能力，变成无对象的言说"，正是"失语症"说的证明，蒋寅对"失语症"这一概念的内涵理解出现了严重的误读、甚至曲解。文论"失语症"的理论内含和学理指向何尝不是指现当代文论话语丧失或部分丧失了言说和阐释的能力？（五）蒋寅所言"于是中国文学理论剥去马列文论教条的外衣，就只剩古代文论那一点家底"这一观点显然与实际情况不符。（六）"失语"不能理解为外语水平不高，"文论失语"不只是"有没有学问，能不能提出新理论、产生新知识的问题"的问题。蒋寅把"失语"理解为"'失学'，失文学，失中国文学，失所有的文学"，这种对"失语症"的解读确实让人不可理喻。把文论"失语症"的原因归结为"真正的文学研究专家"不多、"举世钦佩的学者"不多，恐怕还是略显简单化。至于曹顺庆对蒋寅的"'失语'论者不是在说自己失语，而是说学术界集体失语"的辩解，曹文对蒋文理解有误。参曹顺庆、翁礼明《"失语症"再陈述——兼与蒋寅教授商榷》(2005年11月文化研究网)。

的文学现象,则只能是一种僵死的学问体系,而不是鲜活的理论话语。中国古文论在当代,并不是因它失去与西方文论对话的能力而"失语",而首先是因它脱离中国当代哲学、美学,失去与中国当代文学对话的能力而"失语",是因其自身的"失聪"而"失语"。①

因为历史和现实的原因,我们长期习惯于以引进代替了创造,以冷漠对待传统,导致当代文论、哲学和美学等缺乏原创精神,民族的理论创造力和主体意识萎缩。古代文论话语在当代的运用,不是想用就用,必须有言说对象,即能在当代文学对话中获得生命。否则,即使本身内容再丰富,再自成理论体系,也终究是古董。杨曾宪进一步指出:"因此,只要古文论研究者能如其所倡导的让当代文论家'重视'古文论那样,'重视'一下当代文学,有那么三、五人率先垂范,每年用古文论固有或转化后的'话语'系统写出那么三、五篇漂亮的批评当代文学的文章,让那些只会操作西方话语的当代评论家们集体'失'一次'语',那么,古文论'失语'问题就可以圆满地解决。但如果数年下来,古文论学者,把手中的'好箭'统统用上,却难中鹄的,或效力难抵西式武器,真的是好看不中用,那么,我们无论怎样讨论或倡导,古文论'失语'的悲剧命运都是不可逆转了。"② 能够运用古代文论话语分析当代文学,写出批评当代文学的文章,这样才完成"转换",才能"复语"。高小康认为传统的语言无法表达来自西方文明的新经验,即我们缺失的是表达新经验的新话语。如果说今天存在着理论不能表达文学经验的"失语症",那么它不是在西方文论大量引进之后,而是之前。如果说我们的学者当真患了什么"失语症"的话,很可能这不是西方话语霸权对我们强暴的结果,而只是之前我们自己放弃了语言的所指功能。③ 李建中认为中国文论不是"失语"而是"失体",即丢失了古代文论批评文体的文学性传统和尊体意识、破体规律和原体思路;应该重开其文学性传统,重建其尊体意识。④ 赵宪章以新时期以来我们关于20世纪西方形式美学的评介为例,说明借鉴西方文论并没有忘却本民族之固有思想,所谓"失语症"纯属子虚乌有:"由此观之,新时期以来我们和20世纪西方形式美学的对话

---

① 杨曾宪:《有关古文论"失语"、"复语"问题的冷思考》,《人文杂志》1999年第5期。
② 同上。
③ 高小康:《"失语症"与文化研究中的问题》,《文艺争鸣》2002年第4期。
④ 李建中:《尊体·破体·原体——重开古代文论现代转换的理路和诗径》,《文艺研究》2009年第1期。

并未真正形成，我们的'文以载道'文学观及其'思想史'研究方法并没有太多的改变，所谓'失语症'的忧患纯系子虚乌有。"① 既然子虚乌有，那么这个命题自然是伪命题。

20世纪90年代以来，中国哲学、史学、文学等领域掀起了"新文化保守主义"思潮，对"五四"以来文化激进主义的反省批判，对中国传统文化的弘扬，倡导回归民族文化传统成为一时潮流。"文论失语症"的民族性、本土性色彩浓郁，与后殖民主义批评理论较为相似，因此，有些学者从后殖民主义批评的角度，对之加以剖析。

高旭东指出"失语症"论者："在诗学中企图消除来自西方的影响，固守中国'纯洁'的诗学话语，不但是不可能的，而且又误入了'东方主义'的怪圈——难道因为美国批评界兴起了后殖民主义批评，中国人就需要快快响应清除西方文化以复兴纯粹的中国文化?"② 在后殖民的文化语境中，东方的文学选择不应该回到古代去，而应该吐纳东西，创造出现代性的诗学话语。但他简单地将"失语症"理解为"难道我们非要摒弃一切来自西方的诗学话语，回到中国古代的诗学去，才算不'失语'"，实际上掩盖了"失语症"论者对借用程度的区分。"失语症"论者反对的是全盘西化，而不是一般性地借用西方话语。叶世祥认为"失语症"是站在民族性的立场上批判中国文论受西方话语所牵制，其所遵循逻辑依然是西化的，最强有力的理论资源恰恰是西方的后殖民主义。同时，"失语症"论者误读了后殖民主义理论，陷入了一种二元对立的思维倾向，对此，要保持清醒的认识。③ 熊元良认为，西方后殖民主义批评理论传入我国，其强烈的批判色彩却演变成了一种文化复仇情绪。中国的后殖民理论批评力图立足中国传统，构建一套本土性话语体系，想以此来抵抗西方的话语权威，从而实现在国际文化交流中对话语权的争夺。在90年代这股富于强烈的民族主义气息的批评潮流中，"失语症"论调可谓其中的典型代表。其理论偏失和内在悖论值得深思。④ 周宪则从"合法化"论争与认同焦虑的角度，指出"失语症"说维护文化本真性的理论诉求。"失语症"论中隐含了一种价值判断，即扬中抑西、贵古贱今的倾向。"文论

---

① 赵宪章：《文学理论如何免去"失语症"类的无谓争吵?——从形式美学的东渐及批判说起》，《中华读书报》2008年10月22日。
② 高旭东：《后殖民语境中的东方文学选择——兼评当前诗学讨论中的"失语症"论》，《文史哲》2000年第6期。
③ 叶世祥：《"文论失语症"与后殖民主义》，《温州师范学院学报》2002年第4期。
④ 熊元良：《文论"失语症"：历史的错位与理论的迷误》，《中国比较文学》2003年第2期。

'失语症'说抵制西方术语概念,提倡古代文论语汇,均可视为维护文化本真性的理论诉求,视为经由语言来保持文化认同本真性的策略。纯粹性和本真性提供了某种信任感和确定感,它为认同的建构奠定了坚实的根基。但需要指出的是,这种纯粹性和本真性往往是虚幻的,带有乌托邦性质。"① 从"合法性"这一社会学理论出发,周宪此文对"失语症"说做了反思。认为"失语症"的提出实际上是对中国现代文化和文学的合法性提出了质疑,表露出一种对现代文化认同的深切焦虑。以"本体安全"为依据,以"重新传统化"为手段,来追求当代中国文化与文学的合法化,是"失语症"论者的潜意识。这种"合法化",其实可视为后殖民主义理论的变异。章辉对后殖民主义批评理论、中国式的后殖民批评与"文论失语症"的关系,做了全面思考和总结:"除了直接的理论激发,后殖民理论的旅行对于当代中国文化的影响构成了失语症提出的学术背景。……作为中国后殖民批评的理论命题,文论失语症把后殖民理论的'对抗'即对一切权力话语的批判转化为中西文化的对抗,认为是西方文化的入侵导致了中国文论的失语,后殖民理论的精神要旨在此被改写,东西文化的矛盾被误认为是中国当代文化的主要矛盾,从而忽视了当下中国文化自身的问题。"② 失语症论者批评以西释中,认为西方理论隔膜于本土经验,从而否定了西方理论运用于中国实践的合法性。其实,中国现代的学科建制和知识生产规则来自西方,我们不可能拒绝西方的理论话语及其生产机制,重要的是看这种理论是否能够提供新的阐释视野,是否能够赋予文学传统以新的生命。

"失语症"常常被理解为西方话语霸权对中国本土话语的剥夺。其实"失语症"论者所排斥的西方术语、范畴,其实并非西方传统的主流话语,而是异类甚至"异端",故引入的西方文论与中国当代文论,难以构成殖民与被殖民的关系,因而无须从民族主义的立场来立论。实际上,从近代以来,只要追求现代化,那么吸取西学就是中国文化、中国学术创新无法回避的重要途径。这堪称不可抗拒的宿命。无论我们怎样抵制西方话语,最终还是要运用或者依傍它来阐释当代文学特征与规律。"文论失语症"论者显然预设了这样的前提:对建设中国文论来说,母语优于西方,西方文论为"他者"话语,母语文论才是自我本真,因此,以母语为本,

---

① 周宪:《"合法化"论争与认同焦虑——以文论"失语症"和新诗"西化"说为个案》,《南京大学学报》2006年第5期。
② 章辉:《后殖民主义与文论失语症命题审理》,《学术界》2007年第4期。

才是治疗文论失语症的良方。而母语中,现代文论深受西方文论影响,只有古代文论才是母语的根本。因此,建设当代文论,其主要来源自然就是古代文论。其实,对于当代文论建构来说,封闭自足的古代文论和西方文论一样,对今天来说都是"他者"话语,古今差异未必比中西差异小。从现代性来说,从主体生存方式、言说方式以及思维方式来说,西方文论更贴近于当代中国文学实际。

三 "重建中国文论话语":向度与难度

"文论失语症"论者认为,20世纪中国文学理论以西方的理念知识整体切换中国传统的经验感悟型知识,远离本土生活世界,理念知识的先在性必然导致对于文学的盲见。要医治"失语症",只有重建新的文学理论批评话语。"中国的文论话语已经不是一个'要不要重建'的抽象理论问题,而是'怎样重建'的迫切现实问题。"① 重建中国文论话语的根本方法与途径,在于"以本民族的话语言说本民族的存在":"在多元化的世界文化格局中,中国文化能否占有自己的一席之地呢?我们能否贡献出具有世界影响的文论家,和具有世界影响的文学理论?这将取决于我们是否能够摆脱代洋人立言的失语症状,摆脱目前这种'除却洋腔非话语,离开洋调不能言'的尴尬局面,取决于我们能否为世界贡献一套新世界的文学理论话语体系,取决于我们的理论工作者是否能够做到以本民族的话语言说本民族的存在,从而真正成为一个民族的学术代言人。"② 其实,西方文论的引进,绝大部分停留在知识论和技术操作的层面,局限于各种思潮观点和方法论的运用,并没有将其背后的文化精神融入到当代中国文学理论的建构中。但是,按照"失语症"论者的逻辑,今天我们是代洋人立言,因此需要重建当代文论话语,而关键在于以本民族的话语言说本民族的存在,中国古代文论无疑最为集中地体现了本民族话语的特点。

"失语症"与"重建"论联袂问世后,有学者,特别是大多数古代文论学者倡导以古代文论为根本,再吸取现代文论中的有益成分来建构当代文论;有的则认为古代文论对于今天文学理论的建设和发展来说,只能是流而绝不是源,古代文论对应了过去的文学经验,不可能成为当代文论的主体,建设当代文论只能立足于现当代文论新传统,不能以中国古代文论为本根。以古代文论话语为本根来重建中国文论话语,实际上扞格难通。

---

① 曹顺庆、李思屈:《再论重建中国文论话语》,《文学评论》1997年第4期。
② 曹顺庆、李思屈:《重建中国文论话语的基本路径及其方法》,《文艺研究》1996年第2期。

陈洪、沈立岩从"失语"与"话语"重建入手,既从文化整体变迁大背景下衡量传统文论的价值与再生可能,又从当前时代思想文化处境、古代文论自身特点出发讨论文论"失语"的深层意涵,指出"重建"者应有清醒认识,力争避免情绪化的鼓吹和不切实际的建构两个误区。"文论失语症"论者只将中国古代文论话语视为母语的一部分,而将"五四"以来的现代文论排斥在母语之外,这值得商榷。对今人而言,"五四"以来的话语移植、翻新也是一种传统,已经汇入了母语系统之中,因此,说今日文论界"失母语",不可一概而论。对于以复兴为重建的论者来说,要清醒地衡估古代文论长短及再生的潜能。古代文论有自我特色与优势,但这并不意味着它可以在不远的将来再生、复兴,发挥重建中国文论话语的当代功能,因为它的自身弱点妨碍其"重建"功能。其弱点,陈洪、沈立岩认为有三:(一)概念、术语使用随意,欲确定其内涵非常困难。(二)分体文论极不平衡,诗论一枝独秀,小说、戏剧理论薄弱。(三)理论创新的动力不足,主流理论发展不明显。第一个弱点又有三种表现,一是文论家自身使用概念时,内涵并不统一。二是同一概念,古今内涵不一,彼此内涵不一,而又混杂使用。三是象喻性的用语及移植的概念过多,始作者未加界定说明,继踵者各遂己意。[1] 这些都深刻鲜明地概括了中国古代文论自身的严重不足。而理论创新的动力不足,还在于两千年的封建思想专制与文学评论者的兴趣在品味而不在思辨等有重大关系。大部分诗话或梳理源流,品评滋味;或撷拾轶事,袭人唾余,纯以理论形态出之者极少。即使倡导一说而开宗立派的文坛领袖,如王士禛、沈德潜、袁枚,对所倡言的"神韵"、"格调"、"性灵",也不肯作稍许详明的解说。因此,这些诗话中的大部分,把玩则甚佳,佐史亦有物,唯独提炼其理论观点,不免捉襟见肘了。幻想以此来重建中国文论话语,无疑是困难重重。

对于"重建"的方法和途径,肯定与否定者进行了较为深入的讨论,其中以陶东风反驳曹顺庆及其学生的"重建"观点为代表。在《"话语转换"的继续与重建中国文论话语》一文中,就如何重建中国文论话语,曹顺庆坚决否定了用西方的理论框架、概念术语来阐释古代文论的所谓"帖标签"方法,主张应该"从传统文论的意义生成方式、话语表达方式等方面入手,发掘、复苏、激活传统文论话语系统"。对此"重建"途径,陶东风加以质疑,并指出所谓"失语症"和以传统文论为主体的"重建"说,实为一种情绪,而不是一种切实的、可以操作的解决方法:

---

[1] 陈洪、沈立岩:《也谈中国文论的"失语"与"话语"重建》,《文学评论》1997年第3期。

问题是：拿什么样的理论去激活古代文论的"意义生成方式"、"话语表达方式"？既然曹先生认定西方的文论话语与中国（古代）文论话语格格不入、不能用以"阐释"中国古代文论，而中国现代当代的文论又"全盘西化"了，不幸我们手头有的又只有这些洋文论或洋化的中国当代文论，我们用什么去"激活"呢？因为即使是"意义生成方式"、"话语表达方式"（作者选择这样的术语，是为了避免谈论单个的中国论文范畴），也是由古代文论的具体术语、概念以及思维方式构成的，是存在于语言中的，它之被"激活"同样只能依赖、使用语言，而我们已经"失语"！我们没有自己的话语！怎么激活？即使像作者在其他文章中提出的"虚实相生"这样的"原命题"或"意义生成方式"，其具体的阐释或激活也同样是需要一套现代理论话语的，而作者认定所有的现代理论都是西方理论，用西方理论解释中国文论这种"拼贴法"不但不能激活、而且只能导致更严重的失语。那么，出路在那里？①

中国古代文论和现当代文论具有"异质性"，如果用古代文论话语来实现"重建"的话，需要"激活"或者"阐释"；而这种"激活""阐释"的语言，却只能用现代理论话语——深受西方文论影响的现代话语，这将导致更为严重的"失语"。虽然中国传统文论历史悠久，在概念、范畴、表达方式、审美趣味等方面形成了自己的特色，也拥有了其独特的生成基础——思维模式和生存方式，即有机性、整体性的"天人合一"的思维模式和相应衍生的物我交融的诗意生存方式，但这些都同西方整体上注重逻辑、概念、思辨和理性的倾向有很大不同，也与西方长期心物二分、主客对置的主流思维模式差异较大。两种模式各有利弊，不能因为西方模式存在弊端且日益显露，就相信传统文论话语可以再生、复兴，甚至成为世界性的主流话语系统，并迎接西方文论界的归附。曹顺庆开始提出"文论失语症"时，明显以传统文化（古代）为本位；后来随着争论的深入，他转到了以民族存在为本位。不再强调以古代文论为本体，而是强调以中国文论为本体。从曹顺庆、李思屈《重建中国文论话语的基本路径及其方法》和《再论重建中国文论话语》两文中，陶东风指出了这一思路的变化：

---

① 陶东风：《关于中国文论"失语"与"重建"问题的再思考》，《云南大学学报》2004年第5期。

他们虽然认为中国文论中断了传统，但又指出传统中断的内在学理原因在于"传统的学术话语没有能够随着时代生活的发展变化而及时得到创造性的转换，因而在新的时代条件下失去了精神创造能力，活的话语蜕变为死的古董，传统精神的承传和创新也就失去了必要的手段，这就是当今文论的严重'失语症'"。这段话重要性在于：不再只局限在中西的框架中寻找"失语"的原因而且兼顾到了古今。中国文论的"失语"似乎是时间问题而不只是空间问题。这应该说把问题推进了一步，即认识到中国古代文论已经与我们的当代生活脱节，"如果不经过必要的转换，就不足以担当言说我们丰富复杂的艺术人生体验的任务，这是我们必须正视的基本事实"。值得注意的是：这里作者的立场明显地由原先的传统文化本位转化为了民族存在本位，承认古代文论的原来形态不能言说当代人的存在。[①]

对此，陶东风指出，问题的要害就是：中国的文论如何对我们当今的生存状态说话？中国的特殊语境决定了古今、中西问题常常纠缠在一起。曹先生的思路也就在古今中西之间滑动。一方面，他把当今文论的"失语"归结为古代文论没有能够"创造性地转换"，因而"蜕变为死的古董"，认为应该"把传统文论从故纸堆里解放出来，并运用到现实的文学批评之中"，"这将是中国文论走向生活，走向世界的必由之路，是将一个古老的文化传统发扬光大、不断创生的必由之路。"但作者没有从传统文论为什么不能有效阐释当代现实（古今问题）这个思路上继续思考下去，而是话题一转回到了中西问题：古代文论不能"创造性转换"的原因在于：我们一直是套用西方的理论来阐释古代文论，而这两者本属于两套完全不同的话语。并断言：我们"五四"以来的文学理论因为"西化"而不能言说我们的存在。他们认为，用西方文论阐释中国文论的人"过分看重了西方理论范畴的普适性，把某些西方文论概念当成了放之四海而皆准的东西了，而对文化的差异和任何一种理论范畴都具有的先天局限性重视不够"。思路又绕回到中/西上去了。作者的理想是建立既是中国的又是现代的文论话语："既不简单地回到新文化运动以前的传统话语体系中去，也不是简单地套用西方现有的理论来解释中国的文学现象。"这使得作者反对"考古式"的古代文论整理而是要激发其活力，使其介入当代生存，就是所谓"现代化转型"。理想虽好，但在实施的时候却依然难以

[①] 陶东风：《关于中国文论"失语"与"重建"问题的再思考》，《云南大学学报》2004年第5期。

回避主次问题。虽然曹顺庆表示要"立足于中国人当下的现实生存样态，潜沉于中国五千年生生不息的文化内蕴，复兴中华民族精神，吸纳古今中外的人类文明的成果，融会中西"，好像面面俱到，无懈可击，但是骨子里依然是回归传统。到底是以中国当今的现实为基础还是以中国的传统文论为基础来判断中国文论是否失语以及如何重建，这是一个最为关键的问题。也是论者认为与曹顺庆的最大分歧所在。陶东风明确指出："中国自己的当代形态的文论建构是一件非常艰难的工作，它必然受到各种力量的牵制，利用各种可能的资源，但是其中最重要的资源恐怕是中国的现、当代的文化与文学现实。我们既不能照搬古代文论，也不能照搬西方文论来替代阐释中国现、当代的文论，这是因为它们都与中国的现、当代文化与文学现实存在隔阂。西方的文论产生于西方的现、当代文化与文学语境，这个语境与中国现代当代文化与文学的语境是不完全一样的。但是同样不必讳言的是：相比于中国古代文论，西方现代当代文论在解释中国的现、当代文学时要相对合适一些，这是因为中国的现、当代文学，特别是新时期以后出现的文学，与西方的现、当代文学存在更多的近似性。比如西方的小说理论（叙事学、符号学等）在解释中国的现当代文学时，恐怕要比中国古代小说'理论'更有效一些。这样，我们的文论重建之路恐怕更多地只能借鉴西方的理论，而同时在应用的时候应该从中国的文化与文学的现实出发加以不断的修正和改造。"[1] 陶东风主张"重建"之路更多地只能借鉴西方理论，同时从中国的文化与文学的现实出发加以不断的修正和改造。这是在现实条件下比较实在的一种方法。所谓中西交融的方式流于平庸和俗套，而以中国传统文论为本体的方式则失于保守和封闭，也不适应今天中国文学发展的现实。

"五四"以来形成的现当代文论传统，距离今天最近，我们不能回避也无法回避。今天的政治、经济、文化和思维模式，都与现当代传统密切相关，文学理论也概莫能外。最明显的是，理性思维与辩证方法逐渐占据了主流地位，形成了较为清晰和系统的文学理论，在文学属性、功能、历史、批评等方面有了自己的话语，研究者也具备了一套较具操作性的认知方法和逻辑思维。新中国成立以来，我们的文学批评和理论著作基本上是用这套话语来书写的。无疑，这套话语既有对西方术语与观念的移植或借鉴，也必然有经传统转化而来的命题或范畴。因此，"重建"中国文论话语，不能忽视已经和正在形成的现当代文论传统，一味推崇古代文论的价值。

---

[1] 陶东风：《关于中国文论"失语"与"重建"问题的再思考》，《云南大学学报》2004年第5期。

第九章 "古代文论的现代转换"：渊源、争论、泛化与变异　227

"重建"倡导者的思路后来看起来更为全面与开放，即主张复活传统文学艺术精神，将它转换成适合当代中国生存状态和文学艺术现象的话语体系，并在转换过程中充分吸纳西方的理论精华。对此话题在话语学层面上的悖论，熊元良做了深入分析。首先，主观上要求立足于当代而客观实际上却滑入复古主义的矛盾和悖论。由于未能真正做到立足于当代，也就缺乏起码的问题意识，于是所谓的古代文论的现代转型也就只能停留在对传统文论的发掘和阐释的层次上，始终难以完成由传统向现代的艰难飞跃。所谓的"话语重建"也就在客观上不可避免地再一次陷入了复古主义的窠臼。论者的重建思路不是检视已有理论传统的基础，立足当前理论现实去开拓新领域，解决新问题，而是踏上了回归传统的不归路。任何有生命力的理论都是植根于具体的问题和时代，要真正做到理论创新，就不应当是由原路而返，而应当是永远在途中。其次，"失语症"论者要求建立一套独特话语体系，却时时借用西方文论术语和参照西方理论来立论，这是一个悖论。"失语症"与话语"重建"本身是西方后殖民主义理论冲击下的产物，提出者又时时操持着如意义生成方式、话语表达方式、异质性等西方概念；同时，提出者极力倡导重建感悟型知识传统，然而，在表述"失语"主张时，他们又不能身体力行地去使用传统感悟式的评点方法，而是继续沿用现当代以来为他们所不屑的理念型知识样态。[1] 这本身就说明了"失语症"论者以大量使用西方话语，没有自己的话语为疾病，实在难以成立。

后来，"失语症"论者也强调，所谓重建是要立足于中国人当代的现实生存样态，潜沉于中华绵延久远的文化传统，复兴中华民族精神，在坚实的民族文化地基上，吸纳古今中外人类文明的成果，融会中西，自铸伟辞，从而建立起真正能够成为当代中国人生存状态和文艺现象的学术表达，并能对其产生影响的、能有效运作的文学理论话语体系。但是，无论他们怎样修改自己的观点，其主张回归传统文论话语的重建方式，仍然无法摆脱。这种思维背后有强大的文化心理动力，即对自身身份的焦虑和对西方文化渗透的逆反。文学理论具有相对的独立性与自足性，过于强烈的文化身份焦虑与对抗心理必然会影响与阻碍文学理论在学理和实践层面上的深入。此外，面对西方现代或后现代哲学从主客对立向主客融合的转向，我们不能一厢情愿地视为向东方"天人合一"思维方式的皈依，而只能从西方思想自身发展的内在逻辑中解释。中国现当代文论是在西方文

---

[1] 熊元良：《文论"失语症"：历史的错位与理论的迷误》，《中国比较文学》2003年第2期。

论的影响下形成的，遵循严密的形式逻辑推理，构建清晰明确的概念、范畴体系，讲究思辨性和系统性；而中国古代文论则主要以重体悟、轻体系，概念范畴模糊不清为特点，这为古今文论的对接造成较大困难。从"重建"的思路看，中国现当代文论显然比中国古代文论适合作为今天文论建设的本体和主体。

如果说"重建中国文论话语"的意图指向还不太明显，比较含混的话，那么，"古代文论的现代转换"，则为话语"重建"提供了一条明确的途径，也是"重建"思维进一步发展的结果。

第三节 "古代文论的现代转换"：古今、中西视域中的中国文论建构

"古代文论的现代转换"命题的问世，既与20世纪以来"古为今用"的实用思想一脉相承，又与后殖民主义理论批评在国内引发的民族主义思潮紧密相关，还与西方的后现代转向，国内对文论现代性反思有关[①]。然而，最为直接的导火线，则是部分当代学者对当代文论"失语"现象的忧虑，对重建中国文论话语的直接呼喊。罗宗强有曰："三年前，曹顺庆先生提出文学理论研究最严峻的问题是'失语症'。同一时期，他又提出医治此种'失语症'的办法是重建中国文论话语。而重建中国文论话语的途径，主要是借助于古文论的'话语转换'。对于文学理论界来说，这个问题的提出确实反映了面对现状寻求出路的一个很好的愿望。因它接触到当前文学理论界的要害，因此引起了热烈的响应，一时间成了热门话题。学者们纷纷提出利用古文论以建立我国当代文论话语的各种可能性。"[②] 这就指出了"失语症"、"重建中国文论话语"与"古代文论现代转换"三者之间存在的时间先后与逻辑演绎关系。曹顺庆、蒋寅、罗宗强、陈洪、朱立元、蒋述卓、南帆、张少康、蔡钟翔、陈良运等纷纷撰文，参与讨论，从而形成了文艺争鸣的一股热潮。在盛况空前的讨论中，有的强调古代文论研究要追求"无用之用"，尊重其历史意义和价值，不宜刻意追求"转换"；有的倡导古今对话，寻求其现代价值；还有的完全否定古今、中西的可通约性，强调"转换"的艰难，指出"转换"为虚

---

① 钱中文：《文学理论现代性问题》，《文学评论》1999年第2期。
② 罗宗强：《古文论研究杂识》，《文艺研究》1999年第3期。

假命题,等等。

一 "转换"说的出现、流行与内涵

"转换"的思想,从20世纪80年代以来就不断有人提及;随着1996年明确以"古代文论的现代转换"为会议名称而迅速扩散到中国文论界。对其过程,钱中文做了简述:"古代文论现代转换作为一种学术思潮,早在八十年代初就有人提及,而'古代文论现代转换'作为一个口号和问题,实际上在1992年的开封会议上就提出来了。我在《中国文学理论的回顾与前瞻》的报告里面就提到古代文论的现代转换的问题。1995年8月,在济南召开的中国中外文学理论国际学术研讨会上,又有学者提出。1996年我在《文学评论》上发表《会当凌绝顶》一文,也提到这个问题。1996年10月,在陕西师大召开的'中国古代文论的现代转换'学术会上,来自全国各地的四十多名学者专门就这一问题展开了深入的研讨,古代文论的现代转换的问题,才引起文论界的重视。"[①] 可以说,对于"古代文论的现代转换",钱中文用心甚多且最早明确提出。此后十余年间,以"转换"或"转化"为主题或者专题的会议不断推出,《文学评论》、《文学遗产》、《文艺研究》、《文艺理论研究》、《中国文化研究》、《文史哲》等刊物也推出专题或专栏,发表大量相关论文对"转换"理由、内容和方法及否定意见等加以探讨,引发了一股"转换"研究的热潮。

1996年10月17—20日,中国中外文艺理论学会、中国社会科学院文学研究所和陕西师范大学中文系联合举办"中国古代文论的现代转换"学术研讨会,共有西方文论学者、马克思主义文论学者和古代文论研究学者等48人与会,正式揭开了古代文论现代转换问题的面纱,使之从幕后走向台前;同时这次会议也是把此话题推向高潮的标志性事件。1997年,《文学评论》编辑部开辟"关于中国古代文论现代转化的讨论"专栏,将"转换"改为"转化",历时一年半,刊发专文探讨"转化"问题。1997年,《文学遗产》编辑部组织"世纪之交的话语——古典文学研究的回顾与展望"专题,安排了陈伯海、黄霖、曹旭关于"中国古代文论研究的民族性与现代性转换问题"的三人谈。从1997年到2009年的中国古代文学理论学会第十次到第十六次年会,"古代文论现代转换"问题要么为会

---

① 刘飞采访,钱中文语:《中国文论:直面"浴火重生"》,《社会科学报》2005年3月31日。

议的中心议题，要么为主要议题。① 其他文学理论会议中，古代文论现代转换的命题，继续成为学者讨论和交流的重要内容。如1996年在广东和海南召开"二十世纪中国文学理论的回顾与前瞻"全国学术讨论会，2000年7月在北京召开"文学理论的未来：中国与世界"国际研讨会，2000年11月在上海召开"二十世纪中国古代文论研究的回顾与前瞻"国际研讨会，2002年8月分别在陕西师范大学和新疆大学举办的"全球化语境与民族文化、文学的前景国际学术研讨会"，等等。

令人遗憾的是，虽然关于"转换"的问题发表了许多论文，包括出版了数本论著，但是较少有人对此命题的含义斟酌推敲，大量文章忽视了或者根本不关注"转换"说问世的背景，将20世纪以来对古代文论的研究，以西方新观念或者新方法进行的古代文论研究和阐释，一律视为"现代转换"。这种"转换"泛化论，当与1996年西安会议上对"转换"的解读有关。当时将古代文论的阐释、误读、曲解、翻译、古今意识转换等都被视为"现代转换"。这种泛化倾向和随意解读倾向，在其问世时就存在，从侧面说明了"转换"命题提出时就考虑不周，界定不严；这也是后来此命题被质疑，以至于今天逐渐沉寂的重要原因。

西安会议上，张少康认为把古代典籍范畴原意阐释清楚，就算是一种转换，因为这种阐释就是现代的阐释。蔡钟翔认为古代文论范畴在发展中被不断注入新意的，儒学实际上是在曲解当中发展的，因此，现代转换不一定非要绝对地忠实古人，可以通过某种"误读"和"曲解"来发展。陈越认为"转换"是一种"翻译"，是将古代文论翻译成一种现代汉语学术思想文化；同时也要认真地进入西方，把西方也翻译成现代汉语学术思想文化。梁道礼认为，"转换"可以涵盖三个方面：对中国古代文论的本体性理解、古代文论现代转换的方向、转换后的古代文论可以充分施展的天地。所谓"现代转换"，实际上是用在本土和外来文化基础上形成的现代学理把古代意识转换为现代意识。钱中文则认为"古代文论的现代转

---

① 如2005年6月18日至21日，第十四届年会在西北大学召开。主要议题有：中国古代诗学；古代文艺美学思想；社会历史文化哲学宗教与古代文论；古代文论的现代转换以及其他古代文论思想相关研究等。2007年12月1日至3日，第十五届年会在云南大学召开。主要议题有：中国古代文论的现代性转换；古代文论研究与文化研究的关系；中国古代文论研究与文学批评的关系。2009年11月21日至23日，第十六届年会四川大学召开。主要议题有：中国文学批评史三十年、中国古代文论范畴研究三十年、中国古代文论研究方法三十年、中国古代文论重要理论家研究三十年、中国古代文论名著名篇研究三十年、中国古代文论文献整理三十年、中外文论比较研究三十年、中国古代文论的现代转换、中国文论与中国思想等。

换"实际上就是用"当代性"来审视古代文论，使之成为新的文论形态。[1] 最早明确提出此话题的钱中文，其理解的"转换"含义就是"当代目光的阐述"，阐述的结果是形成以古代文论为主，适当吸取当代的新理论形态或者以当代文论为主，融会中西的新理论形态。可见，他对"转换"的内涵理解非常广泛，实际上即现代性阐释；"转换"的结果，就是古今文论融合，形成或以古代文论为主，或以当代文论为主的新形态。《文学评论》1997年第1期《关于中国古代文论现代转化的讨论》专栏，将这种泛化的"现代转换"观念明确地表达出来。《编者按》有曰：

> 文艺理论建设，具有多种形态。对古代文论的阐述，建构古代文论的理论范畴、体系，即使是严格地限于原有范畴、观念之内，即"照着讲"，也已是一种现代阐释，一种现代转换。同样，对一些原有理论范畴，给以新的阐释，形成新的理论，即"接着讲"，更是一种当代阐释，一种现代转换。

明确将"照着讲"和"接着讲"，即将今人对古代文论范畴、体系的"忠实"建构和对原有理论范畴的创新阐释，都视为"现代转换"。值得注意的是，在这两种"现代转换"之前，分别有"已是一种现代阐释"、"更是一种当代阐释"。可见，这里的"转换"含义，与"阐释"无异。这无疑扩大和泛化了"转换"的原始内涵。如果"现代转换"等于"现代阐释"，那么，古代文论的现代阐释，自20世纪以来就存在，那为何还要劳神费力地提出"古代文论的现代转换"的命题呢？既然"现代转换"就是"现代阐释"，那为何还要新造一个没有新意的命题呢？"转换"含义的无边泛化，过度推衍，导致命题失去了特指性和明确性。

在多数学人仅仅将"转换"视为阐释或者当代意义追寻时，陈伯海明确"转换"命题中参与当代文论建构，运用于当代文学批评的内涵。他指出，古代文论研究应立足于从开放与激活中实现传统的推陈出新，以促使古代文论研究面向时代、面向世界，参与民族和人类新文化的建构，这就是所谓的"现代转换"：

---

[1] 各家对"现代转换"的见解，参屈雅君《变则通通则久——"中国古代文论的现代转换"研讨会综述》，《文学评论》1997年第1期。

"转换"说的起因源于文艺学上民族话语的"失落",而"失落"的一个重要表征便是古文论传统与现代生活的疏离,古文论愈益走向自我封闭。打破这样的格局,重新激发起传统中可能孕育的生机,只有让古文论走出自己的小圈子,面向时代,面向世界,在古今中外的双向观照和双向阐释中建立自己通向和进入外部世界的新的生长点,以创造自身变革的条件。一句话,变原有的封闭体系为开放体系,在开放中逐步实现传统的推陈出新,这就是我对"现代转换"的基本解释,也是我所认定的古文论现代转换应取的朝向。[①]

进入外部世界,形成新的生长点,其实就是参与当代文化和文论的建构。这才把握了"古代文论现代转换"说的最根本的含义,才符合其问世的最直接原因——是在"失语症"与重建中国文论话语的倡导与影响下,应运而生的结果。

学术界对"现代转换"的内涵,众说纷纭,莫衷一是。凡是与古代文论有关的阐释、误解、古今翻译、意识转换、中西对话等,都属于"现代转换",内容无所不包。这种现象,也引起了少数反思者的注意。如张利群在反思"转换"的不足时,有曰:

古代文论的现代转换的话题缺乏必要的界定和限定,因而在讨论中容易各说各的话,各唱各的调,导致纠缠于遣词造句的酌斟而忽略精神内涵的探究。……再如"转换"的含义和指称的理解,"转"指古代文论自身的转型、转折,包含了内在逻辑发展的创新、蜕变、革新之义,似乎带有内推力而导致的变化从而含有万变不离其宗的意思;"换"指以新换旧,旧貌换新颜,似乎含有更多的外力因素推动而由此物转换为他物之意,故而会有古代文论转换成什么的质疑。当然,对"转换"含义的见仁见智理解总体上不失其精神、实质和内涵,无论是从"科学共同体"的共识角度而言还是从约定俗成角度而言,提出"转换"是具有一定的合理性和合法性的。故而不少学者也都是围绕"转换"而提出一些相应、相似的主张,如现代转型、转化、转向;也有人提出现代阐释、阐发、解读;还有学者针对"失语症"提出"重建"、"重构"等等。其目的和作用具有丰富、

---

① 陈伯海:《"变则通,通则久"——论中国古代文论的现代转换》,《文学遗产》2000 年第 1 期。

第九章 "古代文论的现代转换":渊源、争论、泛化与变异　233

补充和完善这一命题的意义。但也带来由分歧、歧义而产生的模糊、混乱之弊。①

其对"转换"的释义有其合理性,但他站在肯定"转换"说的立场,认为"对'转换'含义的见仁见智理解总体上不失其精神、实质和内涵",则混淆了不同理解所带来的不同精神、实质和内涵;又将"转型、转化、转向"、"阐释、阐发、解读"和"重建""重构"等视为与"转换""相应、相似的主张",则不免忽视了"转换"说问世的背景,夸大了"转换"概念的能指与所指。这样理解"转换"同样只能带来"模糊、混乱之弊"。当一个概念或者命题无限泛化的时候,那么其能否成立本身就已是一个疑问。无所不包的概念或命题,往往什么都不能包含,也就什么都不是,实际上为虚假概念或命题。

本文认为,"古代文论的现代转换"中的"现代",规定了古代文论研究的性质,要贯串现代意识;还指明了其目的是要"转换",即将古代文论转换为当代文论,能参与到现当代文学理论建构,成为当代文学理论体系的一部分,还要能够运用到当代文学批评实践中来。即通过对中国古代文论加以重新阐释或建构,发挥其现代价值,为当代文论建构和当代文学批评实践服务。这才是"古代文论现代转换"的确切内涵,这才是与"失语症"和"重建中国文论话语"等当代思潮有直接关系的文论命题。如果只是对古代文论进行翻译、阐释,而没有将阐释后的新理论运用到当代文学批评实践中,那么,无论是否运用了新方法、新观念、新意识,都不是"现代转换",而只能称作古代文论研究或者现代阐释或者现代意义。②"古代文论现代转换"本身就是为了当代文论建构而生,为了能够在当代文论中发挥作用而存。

无疑,"古代文论现代转换"包含了古今、中西文论交融、对话的宏大内容,意蕴丰富。诚如王先霈所言:"所谓古代文论的现代转换,我以为,它有两方面的理论指向,一个是在经济全球化背景下,如何对待不同

---

① 张利群:《古代文论的现代转换的反思和价值重估》,《钦州学院学报》2009年第1期。
② 童庆炳基本肯定"古代文论的现代转换"或"转化"说,也被他人视为"转换"成功的代表人物。但其被认为是"转换"的代表之作——《中国古代文论的现代意义》一书,题名仍用"现代意义"而不是"现代转换"。因为童先生也知道,其书中内容,如论述儒释道文论异同及其文化蕴含、中国文论的基本范畴——气、神、韵、境、味、古代文论十大家读解、古代文论与当代的关系等,都只能视为古代文论的"现代意义",而不能视为"转换"或者"转化";毕竟,书中的古代文论概念并没有参与当代文论的建构,也没有转换为当代文论范畴并能运用到当代文学批评实践中来。

民族文学理论之间的关系,特别是如何对待中国文学理论与西方文学理论的关系;一是在现代化过程中如何处理继承传统和开创一代新风貌的关系。这本是"五四"以来就遇到的问题,但在两个世纪之交格外尖锐化。"[①] 一个命题能够包含古今、中西文论,能够带动文学、美学和哲学等领域的学者参与讨论,其涉及面之广,参与者之多,争论之激烈,在20世纪中国文论研究中,堪称首屈一指。

二 现代阐释意义上的"现代转换":方法与成果

在肯定"转换"的论著中,除了少量是从本文开头所界定的"转换"内涵来立论外,大部分是谈古代文论的现代阐释或当代价值。有的是直接将"现代阐释"、"现代意义"或"当代价值"等同于"现代转换";有的则是将之视为"转换"的首要环节,希望"阐释"之后,再融入到当代文学理论体系和运用到当代文学批评实践中去。然而,当代文学理论体系尚没有建立,运用到当代文学批评实践中更是鲜见,因此,这些论著其实也只是谈了古代文论现代阐释的方法和成果等。

众所周知,西方文论的适度引进与吸取是完全必要的,当代文艺学发展必须学习、借鉴西方;但是不能毫无批判地接受,也不能用它来代替我们的文论,抛弃自己民族文论传统,应该是为了丰富和发展本民族传统,建设适合于我们时代需要的、具有中国特色的文论和美学。但是,现实中却是有意或无意地盲目崇拜西方,从言语到思维方式都西方化,离开了西方,我们几乎无法言说。这为"转换"提供了现实基础。有的甚至主张以古代文论为当代文艺学的母体和本根。张少康从追求民族话语权的角度,肯定"现代转换"说"非常正确":

> 中国人研究文艺学而不懂中国的传统文论,而只会跟着西方人亦步亦趋,用西方的"话语"说话,实在是一个令人啼笑皆非的悲剧,这也就难怪在世界文论中听不到中国的声音了。现在文论界的有识之士和一些学界的老前辈,清醒地认识到这种局面再也不能继续下去了,提出要使当代文艺学走出困境,在世界文论讲坛上有中国的声音,必须"改弦更张",要在中国传统文论的基础上发展,要有我们自己的"话语",实现古代文论的"现代转换",我以为这是非常正确的,因为这才是建设当代文艺学的历史必由

[①] 王先霈:《三十年来文艺学家的中国古代文论研究》,《华中师范大学学报》2007年第5期。

之路。①

为了说明古代文论和现当代文论的接近性，张少康对所谓西方重再现、中国重表现；思维方法上西方是认知、中国是体知，即西方是理性的逻辑思维，中国是感性的直觉思维等传统看法做了反驳；又对古代文论中的奋斗精神、抗争精神和不平则鸣精神加以赞扬；特别指出，古代文论的当代价值不仅在它的主要精神，而且还在它的审美理论，后者对我们构建有中国特色的当代文艺学，有着更为直接的现实意义。这些其实都说明了"转换"的可能性和必要性，这也是后来很多支持"转换"说的依据和思维模式。张文勋从四个具体方面说明古代文论在现代的融通与转换，即言志抒情理论的延伸与转换、意境理论的发展与运用、文艺社会功能的拓展及其特殊性、神思妙悟式艺术思维的肯定。②

与直接肯定"转换"相比，大部分学者是从古代文论进入当代文艺学和古代文论的现代阐释的角度，从学理上来论证"转换"的可能和必然。这需要深刻认识到古代文论本身的特色，认识到它与现当代文论、西方文论的不同；同时，还要寻找古今中西文论之间的相通、相近或者相似之处，以从理论上说明"转换"之可能；然后再寻找现代阐释的方法。杜书瀛将"转换"视为对中国文论传统的继承和超越，在新的历史条件下发展和更新，关键是要找到这种创造性转换或转化的内在机制和途径。受傅伟勋"创造的诠释学模型"的五个辩证层次的影响，杜书瀛提出对古代文论文本作科学的创造性诠释的途径："实谓"、"意谓"、"蕴谓"、"当谓"和"创谓"。实谓——原作者（或原典）实际上说了什么？意谓——原作者（或原典）想要表达什么，他或（它）的真正意思是什么？蕴谓——原作者可能想说什么？人可能蕴涵哪些意思意义？当谓——原作者（本来）应该指谓什么，意谓什么？创谓——为了救活原有思想，或为了突破性的理路创新，我必须践行什么，创造地表达什么？③通过这五个层次，对古代文论典籍加以创造性诠释，不但弄清它们原来的面貌、含义、可能有和应当有的意思，而且站在今天的高度，找出突破性的创新理路，找出对今天有价值的新含义。杜书瀛认为，这种创造性诠释，是古

---

① 张少康：《走历史发展必由之路——论以古代文论为母体建设当代文艺学》，《文学评论》1997 年第 2 期。
② 张文勋：《中国古代文论在现代文艺理论中的融通与转换》，《思想战线》2001 年第 3 期。
③ 杜书瀛：《面对传统：继承与超越》，钱中文、杜书瀛、畅广元主编《中国古代文论的现代转换》，第 26—27 页。

代文论现代转换的重要步骤和基础工作，必须一丝不苟地践行。蒲震元认为"转换"提法存在弊端，但肯定"转换"的思路和价值，认为古代文论可以"现代价值转化"：

> 有人认为，20世纪90年代末我国文论界关于"中国古代文论的现代转换"的提法不科学。我也觉得，"转换"二字在提法上确有一定的弊端和值得商榷之处。比如，它容易产生出把全部古代文论遗产生硬地转换为现代文论的组成部分的歧义。难怪有的学人针对此提出：中国古代文学理论是一种客观存在的自足的古代理论系统，无法也无须进行"现代转换"。……我以为，"转换"二字提法上是否恰当固可商榷，但对于一种渊源有自、至今仍具生命活力，并与当代中国文学艺术创作思想及至创作方法与技巧血脉相通的中国传统文学艺术理论，怎么能说成是"拒斥现代化"，或像有的人所理解的与当今的文学艺术理论无"通约"性呢？我以为：哲学社会科学理论成果虽具一定的时代性、本土性特征，但因为它们是科学理论，就应该有古今、中外的继承借鉴意义和通约性，表层的"拒斥"并不能掩盖科学精神的接续与相通，如文艺学、美学方面亚里士多德的《诗学》、传为朗吉努斯撰写的《论崇高》、莱辛的《拉奥孔》等名著，能简单地说它们"拒斥现代化"，不可以进行现代价值转化吗？其实，在某种意义上说，世界文化的对话就是建立在这种社会科学理论的通约性的基础上的。[①]

对传统进行"现代价值转化"，有利于启发研究工作者立足当代，对丰富的传统文论资料的深层意义及当代价值作出多方位、多渠道的探讨，有利于加强对作者、原典与读者之间的多重对话关系的研究，有利于知识结构的更新和发扬学者的个性。这种"价值转化"工作无疑是时代的必然要求。

在"转换"话题的深入讨论和古代文论的现代意义的实践中，童庆炳围绕的"古今对话"和"中西对话"进行现代阐释，取得了突出成就，堪称新时期的代表。虽然他明确说过不同意使用"转换"，但仍被大部分研究者不分青红皂白地视为新时期以来"古代文论现代转换"及取得实际成果的代表人物。这本身就是对童先生思想和成果的误读。对于新时期

---

① 蒲震元：《重视中国古代文论的现代价值转化工作》，《中国文化研究》2002年冬之卷。

以来的古代文论研究，童庆炳有云："参照系的重大改变，要求我们以更新的现代视野来观照、考察、研究中华古代文论。换言之，研究中华古代文论究竟要经过怎样的现代转化才能走进中国当下的文学理论园地里，融化到现代的文学理论中。现在有不少学人正从事这一'转化'工作。我们尝试以宏观的视野、开放的心态、严谨的态度，对中华古代文论作一番现代阐释，参与到这一有意义的研究工作中。"① 以"转化"而不是"转换"来指称古代文论融化到现代文学理论的工作，以现代阐释作为目前的"转化"方法。其对古代文论进行现代阐释的成果，主要体现在专著《中国古代文论的现代意义》、《中华古代文论的现代阐释》（初版名为《现代学术视野中的中华古代文论》）和论文《中华古代文论研究的现代视野》、《再论中华古代文论研究的现代视野——兼与胡明、郭英德二位先生商榷》、《三论中华古代文论研究的现代视野——从"通变"和"诠释"角度的思考》等中。

童先生的论著从来不以"现代转换"为题，而是用"现代转化"、"现代视野"或"现代意义"、"现代阐释"等。他既肯定"转换"说的意义，但不赞同使用"转换"，"转换"与"转化"意义有别："中西对话、古今对话是实现新形态的文艺理论建设中的基本途径。我不太同意用'转换'这个词，我喜欢用'转化'这个词。古文论不可能'转换'成现代文论，但古代文论可以融化、转化到现代形态的文论中来。就是说，对于古代文论的研究，不是单纯'发思古之幽情'，而是现实的文论建设之一个方面，因此揭示古代文论的现代意义是古今对话的根本目的。"② 主张以"转化"代替"转换"，因为古文论不可能"转换"成现代文论，但可以融化、转化到现代形态的文论中来。因此，揭示古代文论的现代意义成为古今对话的根本目的。整合古今对话、中西对话成果，以之实现古代文论的现代价值，建设有中国特色的当代形态的文论成为童先生的追求："在整合古今中外文论的基础上，在总结现代文学创作实践的基础上，建立起一种与我们当代的创作实践相适应的、具有时代精神和民族特色的文论体系。而要整合古今中外，就要从'古今对话'和'中西对话'开始。"③ "中国文论中古今关系问题已经取得了比较一致的答案，那就是在古今对话的基础上，进行古代文论的'现代转化'或进行现代阐释，

---

① 童庆炳：《中国古代文论的现代阐释》，中国人民大学出版社2010年版，第1页。
② 童庆炳：《中国古代文论的现代意义·导言》，北京师范大学出版社2001年版，第3页。
③ 童庆炳：《中国古代文论的现代意义》，北京师范大学出版社2001年版，第328页。

从而凸显中国现代文论的民族个性。"① 进行现代转化或现代阐释，这是今天古代文论研究的应有之义，也不会引起误解，因而自然能够成立。

针对胡明、郭英德强调现代与古典之间的"不可通约性"，童庆炳认为这种说法是片面之词。没有看到"现代"对于传统在反叛的同时，也对传统加以吸收，尤其是对于传统中的"民主性精华"加以吸收和改造；中国现代文论就是在吸收传统资源的基础上进行建构的：

> 我们当然知道，中国古代文论属于古典，现代文论属于现代，他们具有不同的性质，但是中国古代文论中仍然有许多民主性的精华和具有世界性普遍的成分，这些成分可以作为资源之一"转化"到现代文论的话语中来。所谓古代的文论与现代的文论不具有通约性，这不是事实。事实是，在中国20世纪现代文论发展的过程中，许多著名的文论家为把中国古代文论转化到现代文论的话语中，以现代的观念对古代文论作出深入的阐释，他们艰苦卓绝的努力，取得了有目共睹的巨大成果。例如王国维从古代文论中提炼出来的"境界"（有时又称为"意境"）说、"出入"说，鲁迅提炼出来的"白描"说、"形神"说、"文人相轻"说，朱光潜提炼出来的"不即不离"说，宗白华的提炼出来的意境的"灵境"说、"虚实相生"说，钱钟书提炼出来的"诗可以怨"说、"穷而后工"说，王元化提炼出来的"心物交融"说、"杂而不越"说等等（这只是举其要者，其中肯定有许多疏漏），都进入到现代文论的话语中。②

将20世纪以来王国维、鲁迅、朱光潜、宗白华等人以现代观念对古代文论作出的阐释，视为"转化"，认为这些阐释后的话语都进入了现代文论话语中，而不是"转换"成了现代文论话语。"转化"为转变融化，本义还在；"转换"则是转变更换，旧体已去，形成新质，两者有根本不同。所以，很多学者视为"转换"的古代文论研究成果，童庆炳都认为是"转化"而已。百年中国现代文论，对西方文论和古代文论的取舍，随时而变，因人而异，并且与当下的社会文化状况密切相关。虽然我们较多地借用了西方的一些文论术语，但其内涵已经中国化，已经与中国文学发展

---

① 童庆炳：《再论中华古代文论研究的现代视野——兼与胡明、郭英德二位先生商榷》，《中国文化研究》2002年冬之卷。

② 同上。

的实际相结合，如现实主义、浪漫主义、现代主义等；中国古代文论话语，有较多概念、范畴融入了现代文论之中。[①] 这种融入，当然离不开20世纪以来学者们进行现代阐释的努力。为了实现古代文论的现代意义，需要采取"古今对话"的策略，童先生提出了历史优先、对话和自洽的三项原则。[②] "古今对话"就意味着双方处于平等地位，今人不能"断章取义"式地任意解释古人。历史人事及思想精神依靠各种文本呈现于今，与他们的原初形态可能已相去甚远，但我们还是要承认它们的优先性与客观性，对各种文本加以综合性研究，从而重建我们的研究对象赖以产生的文化语境。童先生指出，遵守"对话原则"，意味着今人尽量放弃任何先见，力求设身处地地理解对方的立场与目的，而不是完全按照我们的立场与目的来下判断。但既然是对话，就不能仅仅抱着学习和倾听的态度面对古人，对古人顶礼膜拜；同时要有自己的声音，要以今人的思想与之比较和融会。这种"对话"的理想结果不是今人对古人下了怎样的判断，也不是古人的思想如何进入了今人的大脑，而是在古人和今人两种思想的碰撞与融会中产生出某种新的思想。如此，依靠历史优先原则可以使古人成为"活的"言说主体；通过"对话原则"可以使古人与今人在交流、沟通、碰撞中彼此相遇；通过"自洽原则"，则保障了在古今"相遇"之后的"大联合"。这既是面对古代文论的阐释策略，也是面对现实需要的现代文论的建构策略。其《中华古代文论的现代阐释》（原名《现代学术视野中的中华古代文论》北京出版社2002年版，后由中国人民大学出版社2010年重版）对较为杂乱、零散的中国古代文论概念、范畴的积极梳理和现代阐释，使其转化为一个较为完备的、具有现代科学品质的文论体系。他的《中国古代文论的现代意义》分为上中下三篇，即"中国古代文论的文化性格"、"中国古代文论十大家读解"、"中国古代文论与当代"三部分。重点内容在中篇，分别对孔子、孟子、陆机、刘勰、钟嵘、司空图、严羽、李贽、王国维的文论做了读解。在尽量还原其历史、文化语境的基础上，对其进行现代阐释，揭示其中富有现代意义的内涵。这只是追

[①] 古风对中国传统文论话语的存活状况作了详细的调查报告，以抽样、统计的方式对1980—2010年文学理论教材、论文和工具书中的古代文论话语作了分析，指出："在我国文学理论现代化的过程中，随着外国文论话语的大量引进，传统文论话语便逐渐被边缘化了。所谓'边缘化'，只是相对于20世纪之前传统文论话语的'中心和主导'地位而言的。'边缘化'并不是传统文论话语的彻底衰亡与终结，至少还有一部分传统文论话语依然存活着。"，参见古风《中国传统文论话语存活论》，社会科学文献出版社2013年版，第57—84页。

[②] 关于三项原则的含义，参见童庆炳《中国古代文论的现代意义·导言》，北京师范大学出版社2001年版，第2—3页。

寻古代文论的现代意义,而不是"现代转化"的实践之作,童先生自己也没有将之视为"转换"之作。然而,陈良运却将之视为"转换"之作。认为该书对孔于"乐而不淫,哀而不伤"说,庄子"虚静"说,刘勰"蓄愤"、"郁陶"说,李贽"童心"说等命题的探析运用了现代心理学原理与方法,找到了对古代文论进行现代阐释的一把钥匙。找到了心理学这把钥匙,我们就可以进入古人的心灵深处探幽索隐,可以深入古代文论的堂奥,作出与现代人心理相通的科学阐释,从而逐步实现古代文论的现代转换。①

与童庆炳主张古今对话、中西对话,强调古代文论的现代意义和现代阐释相比,顾祖钊肯定中西文论融合与古代文论现代转换才是当代文论建设的重要途径。何谓"中西融合"?顾祖钊有曰:"就是在'真理面前人人平等'的基础上,将我们民族的文艺理论资源,输入现代语境,与我们现代视野中的一切西方文论,进行平等的对话与沟通,从中挑选出更符合文艺现象实际的理论范畴和命题,进行创造性的整合和建构,从而创造出首次有中国理论资源参与的人类历史上的文艺理论新形态。"② 中国文论建设应立足于现代,后现代精神不可能成为未来文论的选择,西方文论的中国化并非良策,中西融合与古代文论现代转换才是正确的选择,但以中西文论融合而不是以古代文论为本体建设当代中国文论,将经过现代阐释或现代转化后的古代文论融入到当今的文学理论建设尤其是文论教材建设之中。这种融入不是点缀、注解,而是内在的有机的精神实质的融会贯通。此外,顾祖钊还把握了"转换"说的本质,即当代性批评问题。强调要立足于当代中国问题,面向当今社会的精神文明建设、人的全面发展与文学实践中出现的问题,使古代文论的范畴、观点、观念和精神与当代中国问题相结合,使经过现代阐释的古代文论直接介入或进入当代批评活动之中。他还指出,"转换"既非转换成现有西方文论,也非复原固有的传统文论,而是中西文论的融合,其结果是建构一种更具有人类性和世界性的超越性文论。但是,其"中西文论融合"中的"中",主要是古代文论,因此其融合的主要指向即古代文论的现代转换。顾祖钊还对古代文论的现代理论建设意义做了详细论述。在方法论、共通性、独特性和总体性四个方面,中国古代文论对西方文论来说具有印证性、互补性、对接性、

---

① 陈良运:《找到古代文论现代阐释的一把钥匙——从童庆炳〈中国古代文论的现代意义〉说》,《东疆学刊》2002年第3期。
② 顾祖钊:《中西融合与中国文论建设》,《文艺理论与批评》2005年第2期。

第九章 "古代文论的现代转换"：渊源、争论、泛化与变异　241

激活性特征；具有辨伪、救正、补白等作用；还有方法论意义、重构性创新意义和超越性创新意义等价值类型。① 他从中西文论融合的角度，提出了意境、意象与典型三元式的"艺术至境观"主张，对当代文论界有一定的影响。童庆炳、顾祖钊被多数"转换"论者视为转换实践的成功代表，无疑是从现代阐释的角度来分析其所谓"转换"成果。② 陈良运赞同"转换"说，也认为对古代文论的"照着讲"和"接着讲"，都是"转换"，即对古代文论的体系建构、当代接受和当代意义的研究都是"转换"。"建构古代文学理论体系，应该看作是当代文论建设一种辅助形态，一个组成部分，它运用经过梳理、清理的古代文论话语、观念范畴，既'照着讲'也'接着讲'（当然还是以"照着讲"为主），给当代文艺学建设提供总体的参照。"③ 这种宽泛的理解，导致他将能为当代文艺学提供总体参照的成果都视为古代文论的现代转换。陶水平认为"古代文论现代转换"的要义是通过对古代文论作出现代阐释，进而开掘古代文论的现代性价值，其实质是反思与重建中国文论的现代性，追求理论原创性、理论有效性和民族独特性。界定同样非常宽泛，故他将王国维、鲁迅、宗白华、朱光潜、钱锺书、朱自清、徐复观的古代文论研究成果，甚至当代王元化、童庆炳、杨义、顾祖钊和蒋寅的古代文论研究成果，都视为"现代转换"；各种古代文论范畴、术语，经过今天学者的阐释后，也被视为是"现代转换"所取得的突出成果。④ 虽然他也知道"现代阐释"为"现代转换"的途径，但是，在论述中，因为缺乏"转换"的实际成果，就将路径与概念等同了。这些无疑都是"转换"内涵泛化之后的宽泛理解，实际针对性不强。

古代文论概念或范畴，如"志"、"情"、"象"等已进入当代文艺学，"风骨"、"气韵"、"神韵"、"妙悟"、"化境"等融入了当代文论话语中。古风根据现当代文艺学教材和论著中的古代文论话语使用情况，统计出现的数量和频率，说明这些话语还"存活"在当代文论中。这是"转换"论者所谓实践成果表现的又一思路。古风有曰："从一定意义上

---

① 顾祖钊：《论古代文论的现代理论建设意义》，《文艺理论研究》2009年第5期。
② 参见张金梅《中国古代文论的现代转换及其融合中西文论的努力——以钱中文、童庆炳为例》，《当代文坛》2005年第6期；方国武《"中国古代文论的现代转换"实践成果探析》，《文化与诗学》2009年第1期。
③ 陈良运：《当代文论建设中的古代文论》，《文学评论》2000年第2期。
④ 陶水平：《中国文论现代性的反思与重构——关于近十年"古代文论现代转换"学术讨论的思考》，《东方丛刊》2007年第1期。

说，中国的现代化是以'疏远'传统和'搁置'传统的方式进行的。这就造成了中国现代文论是利用外来文论资源建构起来的错觉。在现代话语中，以'传统'鲜明表征的中国传统文论话语虽然被边缘化，但并未消亡。目前大约有 134 个传统文论话语还存活在现代文论与批评之中，其中常用文论话语有 56 个。这些话语主要围绕'诗'、'文'等正统文学展开，是真正属于'诗文评'的理论话语。这与我国传统文论的基本状况十分吻合。"① 现代文论如何传承古代文论话语？古代文论话语在现代文论中存活的条件和土壤是什么？"我们认为，在古代文论话语与现代文论话语之间，需要一个沟通的和过渡的中介，这就是'转换'。'转'者，通也，即贯通古今，重在传承；'换'者，变也，即吐故纳新，重在变革。"② 古风认为，古代文论话语经过今人的"通变"（即转换），可以或显或隐地存活下来，仍能作用于当代，如"言志"、"传神"、"意境"、"神韵"、"境界"、"豪放"、"婉约"等，至今还存活在中国现当代文学理论和批评中，并没有退场。只是，当代文艺学教材和论著，大部分没有紧密联系当代文学创作和批评，缺乏对当代文学经验和生存体验的深切感受，因此，其中出现的古代文论话语，能否作为"存活"和"转换"后的对象，还存在疑问。

总之，"古代文论的现代转换"，从诞生开始就走向了变异，不同的学者多有不同的解读，即变异性一直发生在历时性之中。以现代阐释、现代意义、现代价值等为名的研究成果，被作者或他人等大部分人视为"现代转换"，这导致"转换"话题内容广泛，针对性不强，独立性不强。黄念然将"转换"态度分为能够、不能和悬置三种，陶水平则分为融入和转化说、融合说、重建说、重新利用说、复语说、质疑说六种，并将代表性的学者分别归类③，这种简单分类并没有把握问题的实质。一方面，个体随着争论的深入和自我认识的深化，对"转换"的理解和态度多有不同；另一方面，各人对"转换"的内涵开始就没有统一认识，多泛泛而论，因此，所谓的态度分类也就难以成立。还有一些名为"转换"或者"转化"的论文根本就游离了主题。如邓程《古代文论的现代转化》（《兰州学刊》2003 年第 4 期）以古代文论的现代转化的两块基石，即摆

---

① 古风：《中国传统文论话语"存活"路径探析》，《中国社会科学报》2013 年 9 月 11 日。
② 古风：《中国传统文论话语存活论》，社会科学文献出版社 2013 年版，第 136 页。
③ 黄念然：《关于古代文论现代转换问题的思考》，《湛江师范学院学报》2001 年第 1 期；陶水平：《中国文论现代性的反思与重构——关于近十年"古代文论现代转换"学术讨论的思考》，《东方丛刊》2007 年第 1 期。

脱了成见批评和对言、象、意的认识为主要内容，论述了转化的可能性。实际上是谈古代文论的两个特点，根本没有落实到"转换"的主题。

三 通过"转换"建构当代文学理论体系：虚假命题与不切实际

在肯定"转换"说的学者中，大部分都是从"现代阐释"或者现代意义的角度来理解"现代转换"，很少从"转换"说诞生的直接背景——失语症与重建中国文论话语出发，来思考通过"转换"来重构中国当代文学理论体系的指向。或者虽然有所认识，但是实际上还是在思考如何转换，停留于现代阐释的阶段，能完成转换并取得实绩的学术成果很少。针对这种现象，有些学者从古代文论自有其历史价值，无法通过"转换"来致用的角度出发，认为"转换"是虚假命题，不能成立的命题；或认为"转换"本身是无中生有，不切实际。蒋寅、罗宗强、胡明、郭英德、韩经太等对"转换"命题的非真值性做了较为深入的阐述。

在肯定"转换"说的学人中，陈伯海对其当代批评指向论述最为深刻。陈先生对以古代文论话语、精神建构当代文学理论、参与当代文学批评实践非常重视。其《中国诗学之现代观》还从天人合一、群己互渗的生命本体观，实感与超越相融的生命活动观，文辞与质性一体同构的生命形态观，从情志、境象、言辞体式等古代文论的核心范畴的探究出发，探讨中国生命论诗学的构成体系。1998年，陈伯海、黄霖、曹旭对中国古代文论研究的民族性与现代转换的方法作了集中讨论。针对肯定、反对"转换"和以"发展"来代替"转换"的中间路线三种态度，陈伯海表明他倾向于"转换"的。不仅古文论需要现代转换，整个古代的学术传统、文化传统都需要转换。"转换"必然包含发展，但不限于在既定框架里的扩充、延伸；"转换"就意味着改造、翻新，免不了同原来面目拉开距离，但改造并非臆造，也不同于另起炉灶，事物固有的材质、性能自还有留存的余地。转换过程中要把握两个关节点——比较和分解：

> 古文论要实现现代转换，首先必须放在古今与中外文论沟通的大视野里来加以审视，这就形成了比较的研究。比较研究的基础是在两种理论形态之间找寻相同或相异之处，近年来搞的人不少，流于形式的也多。依我之见，要真能深入事物的核心，比较的着眼点不能停留于简单的求同和求异，而应注重于辨析"同中之异"和"异中之同"。道理也很简单：如果纯然求同，则古文论一经与现代及西方文论沟通，其理论特色便会消融散失，这决非真正意义上的现代转换。

> 反过来说，如果只求立异，一味强调古文论的特殊性，则"国粹"虽存，而其现代意义和世界意义不复彰显，也就谈不上什么转换。只有注目于同中有异、异中有同，古今中外的文论才有交流对话的必要，也才能通过交流对话实现会通。
> 比较研究是古文论现代转换的前提，而要实现这一转换，还有赖于对古文论进行现代诠释，使古文论获得其现代意义。这决不是说要搞古今比附，更不等于将今人的思想硬加在古人头上，而是要立足于古文论自身意义的解析和阐发，剥离和扬弃其外表的、比较暂时的意义层面，使其潜在的具有持久生命力的内涵充分显露出来。这样的诠释工作便叫分解。①

从"比较"、"分解"两方面提出了实现"转换"的具体途径，力求使古代文论中尚富于生命力的成分，在解脱了原有的意义纠葛，得到合理的阐发、拓展、深化后，进入新的文学实践和文化建构的领域，与外来的理论思想相交融，共同组建新的民族性的文学理论话语系统。在陈伯海看来，"现代诠释"只是"现代转换"的一个环节。2000 年，陈伯海用专文论述"古代文论的现代转换"。他承认古今文论生存环境之间的巨大差异，但还是主张激活传统中的活性因子，使之实际参加到民族新文化乃至人类未来文明的建构中去，这样才能实现"转换"：

> 任何一种理论都是人的特定的实践经验的总结与升华，古文论的传统也是建筑在古代文学创作与文化生活的基础上的。中国古代有高度发展的精神文明和绵延不绝的文学源流，从而产生了自成体系、自具特色的文论传统，其丰富的内涵至今尚未得到充分的揭示和运用。然而，作为一个已经完成了的、封闭的理论体系，古文论的传统显然又有与现实生活的演进不相适应的一面。本世纪以来，我们的文学语言由文言转成白话，文学样式由旧体变为新体，文学功能由抒情主导转向叙事大宗，文学材料由古代事象演化为当代生活，这还只是表层的变迁。更为深沉的，是人们的人生感受、价值目标、思维方式、审美情趣都已发生实质性的变异。面对这一巨大的历史反差，古文论兀自悄然不动，企图以不变应万变，能行得通吗？"转换"说的提出，

---

① 陈伯海、黄霖、曹旭：《中国古代文论研究的民族性与现代转换问题——二十世纪中国古代文论研究三人谈》，《文学遗产》1998 年第 3 期。

正是要在民族传统和当代生活之间架起桥梁，促使古文论能动地参与现时代人类文化精神的建构，其积极意义无论如何也不能低估。……古文论传统中至今尚富于生命力的成分，在解脱了原有的意义纠葛，得到合理的阐发，拓展、深化其历史容量之后，开始进入新的文学实践与文化建构的领域，同现时代以及外来的理论因子相交融，共同组建起新的话语系统的过程。它标志着古文论现代转换的告成。①

通过比较、分解和综合，"转换"工作就能完成。"综合"内涵即古代文论得到合理的阐发后，"进入新的文学实践与文化建构的领域，同现时代以及外来的理论因子相交融，共同组建起新的话语系统的过程"，它才标志着古文论现代转换的告成。"综合"即古代文论参与当代文学实践和文化建构，与现代文论和西方文论共同组建新的话语系统，这才是"转换"最重要的一环。此时经过选择与重新阐释过的古代文论命题、范畴、观念与外来的、现代的文论话语处于"兼容"状态，于是被运用于当代文论研究与批评实践的过程之中，从而真正获得现实的生命活力，即成为"被用的"而不仅仅是"被说的"东西；不再是一个供人们研究的陌生的"他者"，而是成为言说者的一部分。无疑，"综合"抓住了"转换"说产生的直接背景——"失语症"和重建中国文论话语，完成了这一步才标志着古文论现代转换的告成。当然，古今中外文论的巨大差异，使得三个环节看起来可以操作，但实际上实行非常艰难。

如果说陈伯海是从肯定角度探讨古代文论通过"转换"运用到现当代文学实践和批评中，那么，以蒋寅为代表的学者则从否定角度，即虚假命题的角度，说明通过"转换"以建构当代文学理论，发挥当代文学批评价值的困难。早在1998年，蒋寅《文学医学："失语症"诊断》一文就对"失语症"者同时倡导的"转换"略有论述；2000年，《学术的年轮》初版时，对"转换"的论述内容大为拓展。他认为"转换"是一个含糊概念，其实质就是阐释；指望以古典文论为基础建立当代文学理论，看来不太实际：

其实，所谓"转换"，同样也是个彻头彻尾的含糊概念，不知道是指扬弃，指阐释，还是指改造？陈伯海先生将转换理解为通过比较研究和分解诠释，使潜藏在传统里的隐性因子转化为显性因子，这我

---

① 陈伯海：《"变则通，通则久"——论中国古代文论的现代转换》，《文学遗产》2000年第1期。

很同意。但他发挥开来，说转换也是发展、改造、翻新，发展并不只限于在既定的框架里扩充和延伸，改造和翻新也不同于另起炉灶，关键是"如何在'似与不似之间'掌握一个合适的度"。……他怕古代文论成为僵死的古董，因而希望加以发展、丰富，同时其"固有的材质、性能自还有留存的余地"，最终转换成一个推陈出新的民族文论体系。我觉得，古代文论就是古董，但古董决不是僵死的，古董天生就有古董的价值。众所周知，伴随近代语文转型而来的中国新文学是完全脱离古代文论立足的创作经验的，其艺术表现的丰富和细腻更是古代文论所难以包容和解释，指望以古典文论为基础建立当代中国文学理论，看来不太实际。……为使古代文论能顺利地进入当代理论视野，需要在古代文论和现代文论之间建立起交流和对话的关系，以便古典文论的资源能最大程度地向世界敞开。所谓转换，正是实现这一期望的重要环节。随之而来的一个不可回避的问题是阐释。接受的前提是理解，而理解离不开阐释。所谓转换，依我看实质就是阐释。古典文论只有经过阐释，才能与当代文论的话语方式沟通，才能为今人理解和接受。……古典文论的诠释和价值估量也只能借用当代的范畴和术语，不外是现行的一套文学理论术语和心理学术语。这些范畴和术语虽出于西人创造，但它们一旦为世人接收，就在世界范围内流通，成为人类共通的语码。……一个话语系统要和别人对话、沟通，就必须借助于共通的语码。……以老解老，以庄解庄，只能阐明老庄如何言说，要究明老庄之所言说，则必须以现代哲学为参照。正如前文所说，现代西方文论不光是西方的文论，主要是现代的文论。[①]

蒋先生反对的是以古代文论为基础来建立当代中国文论，并不否定古代文论能参与到当代文论建构中。毕竟古典文学是华夏文学经验的基础，传统审美趣味历史地积淀于现代人的意识深处，表现在今天的文学中，完全拒绝古代文论的参与是不可能的。更何况，总体文学理论的建立也有赖于各民族文论资源的开发和吸取，而古代文论正是民族文论的重要组成部分，因此不可能回避。而理解接受离不开阐释。"所谓转换，依我看实质就是阐释"，阐释时只能借用当代使用的范畴和术语。后来，蒋寅进一步指出，所谓"转换"，属于"对理论前提未加反思就率尔提

---

① 蒋寅：《古典文学研究三"执"》，《学术的年轮》（增订本），凤凰出版社2010年版，第85—87页。

出的一个虚假命题":

> 然而在我看来,所谓"转换",与"失语"说一样,也属于对理论前提未加反思就率尔提出的一个虚假命题,是不能成立的。何以这么说呢?根据现有的文学史知识,每个时代的各种文学理论都是在特定的文学经验上产生的,是对既有文学经验的解释和抽象概括(鼓吹和呼唤新文学的文本,都是宣言而不是理论)。当新的文学类型和文学经验产生,现有文学理论丧失解释能力时,它的变革时期就到来了。概念、术语、命题的发生、演化、淘汰过程都是顺应着文学创作的。明确了这一点,就不难理解为什么有关"转换"的讨论难以深入了。一种文学经验消亡,它所支持的文学理论便也随之枯萎;一种文学经验旺盛,它所支持的文学理论也相应活跃,或被新的理论所吸收。①

蒋先生从文学理论都是在特定的文学经验上产生的角度否定"转换"命题的可行性。希望将失去解释能力的古代文论"转换"到当代文学创作和批评中来,无异于缘木求鱼。理论遗产的历史价值,应该尊重;没有一种文学理论能够概括从古到今的文学:"我实在很难理解所谓'转换'的实质意义究竟何在。古代文学理论是古代文学的理论,21世纪的文学理论是新世纪文学的理论。没有一种文学理论能概括从古到今的文学,一个民族文学的古今差异常远甚于同一时代文学的民族差异,文学理论体系总是反映一种共时性的认知结果。如果一种文学理论抱有涵盖古今文学的野心,那就必然会像抽象地谈论艺术本质一样落入荒谬的逻辑困境:每个时代每种主义的艺术理念都不一样,你取哪种艺术为代表呢?达·芬奇的蒙娜丽莎,还是杜桑添上的胡子?希望将古代文论进行转换,在此基础上生成新的中国文学理论,窃以为恐不免缘木求鱼。这种理论思路,说到底反映了我们固有的对待文化遗产的一种价值偏见。"② 由于没有解决哲学基础的问题,又脱离中国当下文学经验,一味稗贩西方现代文论,缺乏对文学的基本理解和言说立场,当代中国文学理论始终没有形成自己的理论体系和知识结构,更不具有对当代文学创作的解释能力。虽然理论界也不断

---

① 蒋寅:《古典诗学的现代诠释》,中华书局2003年版,第4页。原文以《如何面对古典诗学的遗产》刊于《粤海风》2002年第1期,后略有修改,以《引论:古典诗学的遗产及其价值》收入《古典诗学的现代诠释》,本文引论以后出者为依据。
② 蒋寅:《古典诗学的现代诠释》,中华书局2003年版,第5页。

有种种新概念和新命题提出，但这些时髦的衣装终究裹不住萎弱贫血的理论身躯。"五四"至今，实用主义思想日益强化。具体到古代文论研究上，特别关注其当代价值和作用，因而"转换"之声不绝于耳。目前首要之事，是改变研究立场，回归认知本位，采取超越功利和实用的态度，坦然承认纯粹认知本身的价值。古代文论研究应该追求"无用之用"。但是，从根本上说，人文社会科学领域原本没有纯粹的知识研究："人文—社会科学固有的价值判断色彩，使它的一切知识都基于某种文化立场。古代文学理论的知识同样也是在某种认识框架和价值尺度下形成的历史认识，它不仅受当代学术观念支配，也为文学史的研究水平所局限，同时它更与文学史研究相发明，小则可以深化中国文学史研究，大则能充实甚至改造当代文学理论的知识体系。这看似与'转换'殊途同归，但学术立场完全不一样。"①

陈良运对蒋寅断定"转换"为虚假命题有不同看法，对"转换"的可能性做了肯定。不过，陈先生理解的"转换"内涵即蒋寅所说的"阐释"。从这里也可以看出，对"转换"内涵的泛化理解，正是导致此命题各持己见的一个重要原因。陈先生以童庆炳《中国古代文论的现代意义》中对古代文论十大家作"读解"为例，以童先生的现代阐释成就为例，证明"转换"的可能；又认为"转换"是合理的现实需要：

> 古代文论向现代"转换"的提出，既是建设具有中国特色文学理论的需要，也是文学理论今古中外学理的贯通。这种需要是否合理，学理贯通有无可能，就是一个重要的前提……很多学者的理论表述，都令人信服地讲清楚了"转换"是切实的需要，不是简单的"古为今用"。……1979 年成立的中国古代文论学会，几乎每届年会都有与现当代文论关系的议题，王运熙、徐中玉、张文勋等老一辈学者都发表过积极的建设性意见。怎么能够说，是"'失语'的困境让文学理论界想起了古代文论"，……岂不是太贬低了古代文论界的学术品格吗？②

陈良运从建设中国特色的文论需要、古今中外文学理论学理贯通、古代文学文论界早有类似命题出发，肯定"转换"说的价值与历史渊源，否定

---

① 蒋寅：《古典诗学的现代诠释》，中华书局 2003 年版，第 7 页。
② 陈良运：《古代文论的转换是虚假命题吗》，《粤海风》2003 年第 1 期。

是因为"文论失语症"而导致"转换"说的观点。这当然忽视了"转换"说产生的特定背景。他还针对蒋寅"文学理论总是反映一种共时性的认知结果"做了反驳：

> "诗本于心"、"诗缘情"于一个民族的古今诗歌与同时代不同民族的诗歌在艺术本质上有何明显的差异呢？中外文学理论都有一种共同的功能，那就是可以跨越时空、互相交流，因为文学理论的本质是文学经验的概括、提炼、升华，从"形而下"至"形而上"，不说绝对也是相对地"涵盖古今文学"，这似乎是一般的常识，不然的话，大学开设"文学原理"之类的课程有何意义？……忽略了文学理论体系的形成更重要的是"历时性"认知的成果，后人总结前人的文学经验、理论家总结作家的创作经验，从而形成可以"指导未来的文学"而产生"共时效应"的文学理论，而且这理论必然会"抽象地谈论艺术的本质"，也就是说它必然是"灰色"的！若还是个人的、一时的、局部的七彩缤纷的文学经验，那的确会"落入荒谬的逻辑困境"。……我不知道他是怎样定义"文学经验"，"文学经验"本来就是文学家积累的创作经验和鉴赏经验，介于形而下与形而上之间，区别于具体的某种文学样式的具体创作……历代文学创作所积淀的"文学经验"，是不会轻易消亡的。①

针对陈良运的质疑，蒋寅进一步说明了其"虚假命题"的指向：

> 陈先生说我主张的"解释"与"对话"已近乎转换的语义，既然如此，何不用大家都清楚的概念，而要争议一个内涵、外延都不易规定的概念呢？"古代文论的现代转换"一个命题讨论了几年，含义还是不清楚，是不是该反省一下命题本身有问题？……如果"转换"真近乎解释和对话也就罢了，据我所见各家论说，出发点都是要为建设当代文学理论服务，从中开掘理论资源，甚至以之为基础建立当代中国文学理论。我认为"转换论"不成立，正是针对这一出发点说的。②

---

① 陈良运：《古代文论的转换是虚假命题吗》，《粤海风》2003 年第 1 期。
② 蒋寅：《就古代文论的"转换"答陈良运先生》，《粤海风》2003 年第 2 期。

在这里，蒋先生明确指出，所谓"转换"为虚假命题，是指以"转换"为基础建立当代文学理论而言。其实，"转换"说诞生的初衷，确实是希望以此为基础，重建当代中国文论话语。只是在怀疑声中，才滑向现代阐释、古今对话之义。2008 年，蒋寅仍然对"古代文论的现代转换"这个提法"不敢苟同"：

> 我对这个提法是不敢苟同的，除了"现代转换"的"转换"一词无法定义，不适合作为学术讨论的概念外，"古代文论"这一名称本身就宣示了它是在现代视野下呈现、建构的对象，清晰地烙有现代的铭记。将前人关于文学理论的言说贴上"古代"的标签，表明我们意识到它们与现代文学经验之间的鸿沟，与我们的距离感。这些被我们搁置在历史鸿沟那一边的言说，经过诠释可以被我们理解，可以同当今（包括外国）的文学理论对话，而且对于今日文学理论建设或许也有价值，就像博物馆陈列的一切艺术品对现代生活都有某种价值一样。但只要我们明白，所谓"古代文论"实在只是自己的现代建构，我们所做的一切，只不过是在图纸残缺不全的情况下重建圆明园的工作，则古代文论是否还需要或竟可以"现代转换"，不就容易想清楚了吗？①

蒋寅认为"转换"是虚假命题，都是从倡导者希望通过"转换"为建设当代文学理论服务，甚至以之为基础建立当代中国文学理论这个方面出发的，他并不反对古代文论的现代阐释，而且一直在对古代文论进行融会中西的现代阐释。② 这种阐释不是单纯的理论演绎，还应该还原到对历史过程的梳理，展示古代文论概念、命题在不同时代的不同内涵。蒋寅认为："古代文论的主要概念和基本命题始终都处在不断的解释中，古代文论的承传和接受史也就是它的解释史。每一次解释都是传统话语与当下主体的对话，对话的结果形成概念和命题在不同语境下的历史内涵。……我们有理由强调，古代文论的阐释基点只能建立在一种历史研究上，在理论的历史展开中把握其发生、发展、转变的逻辑进程。这是一种历史与逻辑相统一的研究，也是我一直倾心并付诸努力的目标。这样一种学术理念，不仅

---

① 蒋寅：《古代文论研究的回顾与前瞻》，《文学遗产》2008 年第 1 期。
② 蒋寅：《中国诗学的思路与实践》（广西师范大学出版社 2001 年版）、《古典诗学的现代诠释》（增订本）（中华书局 2009 年版）、《清代诗学史》（第一卷）（中国社会科学出版社 2012 年版）等著作都堪称 20 世纪以来古代文论现代诠释研究的杰出代表。

第九章 "古代文论的现代转换"：渊源、争论、泛化与变异　251

是方法论的终极体认，也是现时学术状况下的策略选择。尽管我也认为古代文论的理论阐释非常重要，需要有一批理论素养好的学者致力于此，也需要比较诗学学者参与，做理论内容、民族特征和历史发展的对比研究，但作为学科在现有学术积累下的策略选择，我认为首先还是应加强史的研究，具体说就是加强文献研究，加强文论和文学的关系的研究。"① 历史与逻辑相统一的研究，正是蒋寅的中国诗学研究的方法，也是对古代文论进行现代阐释的方法。

　　蒋寅结合语境和言说对象，将"失语症"视为"伪命题"，将"古代文论现代转换"视为"虚假命题"，对他人影响较大。后来有的继续以"伪命题"来批评"转换"说，相比之下，显得笼统和简单。尹奇岭认为古今文论价值内核、观念和表达方式等迥异，"转换"没有实际的可行性，因而是一个没有意义的"伪命题"。② 赵玉认为："这一命题本身就是一个很具误导性的命题。一方面，它把'现当代文论的失语'偷换成了'古代文论在现当代的失语'；另一方面，则把'中国当代文论的重建'偷换成了'中国古代文论的现代转换'。从而才引起了许多不必要的纷争和混乱，并给我们带来了一系列的误导性后果，概而言之主要表现为两个方面：一是误导我们错把中国古代文论看成新的当代文论的本根；二是使学者们几乎都把研究的重心定位在古代文论及其现代转换上，反而忽视了'重建中国当代文论'的真正目的。"③ 刘科军认为："西方文论由于追求形式规则的普遍有效性而采取了逻辑性陈述，中国古代文论由于追求语境中个别经验的有效性而坚持诗性言说，两者互不兼容。形式化规则构成了现代性的学术话语，成为中国古代文论的现代转换所追求的坐标系统。中国古代文论在知识类型和言说方式上都难以转换为形式化规则，其现代转换存在理论与实践的诸多障碍，具有自身不可解决的困难。因此，所谓'中国古代文论的现代转换'只能是一个伪命题，是中国学术现代性进程中难以实现的良好愿望。"④ 高迎刚指出"转换"根本上就是一件既没有可能，也没有必要的事情。我们所能做的，只能是根据中国当代文学发展的实际情况，以历史上曾经出现过的一切文论传统作为理论资源，发展出

---

① 蒋寅：《古典诗学的现代诠释》，中华书局2003年版，第8—9页。
② 尹奇岭：《伪命题：中国古代文论的现代转型》，《理论与创作》2003年第3期。
③ 赵玉：《古代文论的现代转换：一个误导性命题——对十年来"转换"讨论的冷思考》，《求索》2005年第12期。
④ 刘科军：《形式化的困境——对"中国古代文论的现代转换"的思考》，《湖北大学学报》2009年第4期。

具有现时代特征的文学理论。[①]

针对"转换"命题的模糊性,赖大仁在反思时,主张用"古代文论的现代意义与作用"或"古代文论的现代阐释与利用"代替"古代文论的现代转换"。他指出,"转换"命题的表述本身存在问题,比较生硬,容易引起误解。[②] 不过,如果不用"转换",所谓"现代意义"和"现代阐释",早已经存在于20世纪以来的古代文论研究中了,其实也不必重新提出。在中国当代文论话语重建中,应该重视中国古代文论资源的开掘,通过现代性的观照与阐释加以运用,这是大家都认可并且正在做的事实。

四 求真性与异质性:"转换"之不必与艰难

除了从古代文论要转换为现当代文论,参与当代文学批评实践的角度来判断"转换"说为虚假命题外,还有些论者侧重从古代文论研究的求真而不是求用性、古今、中西文学创作和批评的异质性、文学理论应该来自于当代语境、古今文化环境的差异性等方面,论述"转换"之不必或艰难。

古代文论作为一种历史存在,自有其存在的价值。它从古代文学经验中概括、提炼出来的,对应的是古代文化与语境。它所依据的文学经验,所面对的阐释对象,所依存的意识形态与文化语境,所形成的思维方式与表达方式,所建构的话语系统与理论形态等都与今天不同,"异质性"明显。在今天追求现代性的语境和文化背景下,古代文论难以"转换",也不必转换。求真而不是求用,应该是对待古代文论的合理态度。罗宗强有曰:"研究古代文学、古代文论,以一颗平常心,意在求真,其实是学术研究的一种正常现象,在其他国家似乎并不成其为问题。而在我们这里却需要反反复复讨论如何'古为今用'!这实在是一种很特异的现象。"[③] 对于"古代文论现代转换"的根本目的是"要为今所用",也做了间接否定:

> 90年代初有"话语转换"问题的提出,就是说,为了建立具有我国的民族特色的马列主义文艺理论,应该从我国的古代文论中引进

---

① 高迎刚:《中国古代文论"现代转换"说的回顾与反思》,《汕头大学学报》2009年第4期。
② 赖大仁:《中国文论话语重建:在传统与现代之间——近十年来"古代文论现代转换"及相关问题讨论述评》,《学术界》2007年第4期。
③ 罗宗强:《古文论研究杂识》,《文艺研究》1999年第3期。

第九章 "古代文论的现代转换":渊源、争论、泛化与变异

话语,加以现代的转换。这一主张曾引起了极其热烈的讨论,出现了种种不同的认识,但随后又渐归于沉寂,且也未见有付之实践者。这除了今古观念差异极大,要以反映古代观念之范畴,仅仅借助于"话语转换"就用之于现代完全变化了的现实,实无可能之外,或者还与缺乏可操作性有关。①

罗宗强认为,把古文论术语和范畴转换为今日之话语,把它当作具有普遍意义的理论,用以说明今日远为复杂的文学现象,难度会很大。文学、文论都是一种历史现象,古今时异、事异,要用同一个标准,即使是经过改造的标准来要求,是很难的,也是不合理的。"话语转换"的四种主要方法:一、改变语境,把古文论的范畴直接拿来,纳入新的理论框架里,与从西方学来的话语并存,所谓"杂语共生"。二、用现代话语对古文论范畴加以阐释而后运用。三、改造原有范畴的内涵,而后运用。四、误读、别解,也就是"六经注我"的方法。它们都存在不易克服的困难:

> 我国的古文论范畴有的在文学创作发展之后评论古代文学也存在不尽适用的现象,用来评论今天的文学,要它适用当更为困难。我们今天的文学理论建构,虽也要用于研究和评论古代文学,但主要的还是用于批评或者引导今天的文学创作,这应该是着眼点。今天的文学创作形态已大异于古代文学,给古文论范畴以新解恐怕就会遇到许多限制,可选择的对象,数量不会太多。又由于我国古文论大量的是诗文理论,这些诗文理论范畴许多并不适于用来评论或要求其他文体。最具普遍适应性的一些范畴和命题,如意象、意境、形神关系等,数量有限。这些有限的数量,能否构成一个有中国特色的体系,就不好说了。……古文论研究者加深理论的修养和对于当前文艺理论研究的进展的了解;文学理论学者加深对于古代文学、古代文论的了解。二者融通的同时,加强对当代文学创作实际与理论需要的考察,不汲汲于求用,或者会有大的收获。②

古今文论话语,差异性大于同质性,文学创作形态的改变,自然要求理论

---

① 罗宗强:《20世纪古代文学理论研究之回顾》,罗宗强编《古代文学理论研究·导言》,上海古籍出版社1979年版,第19—20页。

② 罗宗强:《古文论研究杂识》,《文艺研究》1999年第3期。

话语的更新。依靠古代文论话语转换来建构一个有中国特色的文论体系，实在难以实行。不如古代文论和文学理论学者相互加强对对方的学习和了解，走向融通；同时，加强对当代文学创作实际和理论需要的考察，不汲汲于当代运用，这样才会有更大的收获。当代文论体系的创造，需要深入理解今天的现实、文学创作实际、国外的文学理论动向和具备高度的理论素养："创造适应今天社会需要的具有我们民族特色的文学理论体系，不是简单地从古文论的话语里转换过来就能达到目的的。它需要对于今天的现实需求有明晰的理解，对今天的文学创作实际了如指掌，对国外的文学理论动向有确切的了解，有高度的理论素养。而最为重要的一点，我以为是对于我们的民族文化的发展前景有远大的眼光。它是一种建立在高度素养之上的创造，而不是一种简单技术操作。"[①] 因此，罗先生认为，对于古文论的研究目的，无妨把它看得宽泛些。少一些急功近利，多一些基础的工作。古文论研究的目的应该是多元的，它可以有助于建立具有民族特色的当代文艺理论，可以有助于提高民族文化素质，可以有助于其他学科如文学史、思潮史、士人心态史、文化史等等的研究，可以有助于今天或者将来，不必费力去讨论如何用的问题。这实际上否定了"古代文论现代转换"命题的必要性、合理性和科学性。

古今文学文论载体、语言表达、思维方式不同；批评对象也由诗文等抒情体裁为主到以小说等叙事文学为主；文化、批评观念上，古代政教、伦理等社会性批评多，而今天更加重视文学的审美性批评。批评主体上，古代批评家多兼士大夫、官僚和文人身份，传统知识深厚渊博，而今天随着学科专业化越来越细，批评家走向职业化，文化结构和素养迥异古代，等等，这都使得"转换"缺乏坚实的基础和实现的可能。王志耕以古今文论的差异、古代文论运用到当代文学批评实践中的失败来说明"转换"之难：

> 中国古代文论在今天看来，只能作为一种背景的理论模式或研究对象存在，而将其运用于当代文学的批评，则正如两种编码系统无法兼容一样，不可在同一界面上操作。有人试用之进行批评，如黄维樑先生《重新发现中国古代文化的作用——用〈文心雕龙〉"六观"法评析白先勇先生的〈骨灰〉》，证明是失败的。曹顺庆先生也认为完

[①] 罗宗强：《20世纪古代文学理论研究之回顾》，罗宗强编《古代文学理论研究·导言》，上海古籍出版社1979年版，第20—21页。

全可以用"虚实相生"这一"中国传统话语"去解释荷马史诗中那一段著名的对海伦的侧面描写,这样做可以"进一步检验中国文论话语的有效性、普遍适用性及其独特性"。曹先生的分析是这样的:史诗中"写海伦登上城墙观战,没有一个字描写她的美貌,而是从特洛伊王公贵族们的轻声赞叹中,烘托出她那倾国倾城的绝色。这就是以虚求实,'不着一字,尽得风流'。"恕我鄙陋,没有看到曹先生的专文分析,但我想,既是解释,大概总不能只是得出一个"以虚求实,不着一字,尽得风流"的结论便罢,而必须解释为什么以虚求实就能够产生特殊的艺术效果。也就是说,应当从方法论的层面上做出分析,才能满足现代人的阐释需求。①

古代文论的言说方式多感悟、直观和象喻,现代文论则多逻辑论证和概念思辨,两者难以兼容。韩经太从研究方法和意义的角度,即实证的、历史考辩型的研究和原创思维的理论思辩两种方法入手,否认"转换"说。他指出:

> "历史"的研究当然以再现历史真实为宗旨,在这个意义上,无从谈"转换";"哲学"的研究则有一种文学终极思考的性质,其所关注的在于它的建构能解释古今中外一切文艺现象的基本原理。唯其如此,则继往开来,中西贯通,亦无可讲"转换"。总之,历来学术,可复古而成古典主义,可变今而成现代主义,相反相成,相得益彰,彼此可争鸣,可兼容。至于"转换",总给人一种适应现实,适应生存的意味!②

"历史"研究无须"转换","哲学"研究在于建构一种能解释古今中外一切文学现象的基本原理,也不必讲"转换",从而否定了此话题的存在合理性。

郭英德和胡明从古今文论异质性的角度否定了"转换"说,不过他们的判断略显粗糙。郭英德承认中国古代文学思想和传统处于历史与现实双重境域中的价值与意义,应该能动地选择和激活古代文学思想,从而积

---

① 王志耕:《"话语重建"与传统选择》,《文学评论》1998年第4期。
② 桂琳:《关于古代文论"现代转换"的再思考——"文艺学史与当代学术转换"研讨会综述》,《中国文化研究》2001年冬之卷。

极参与现代文学理念的建构的必要。但是,他反对所谓的"现代转换"和"失语症":"在文学研究领域里,前一阵所谓'中国古代文学思想的现代转换',所谓中国'中国文学的失语症',不是被炒得沸沸扬扬吗?在我看来,'现代转换'也好,'失语'也好,都是一种漠视传统的'无根心态'的表述,是一种崇拜西学的'殖民心态'的显露,'世人都晓传统好,惟有西学忘不了,'如此而已,岂有他哉?……就其极端的意义而言,'传统'是拒斥现代化的,是不可能实现所谓'现代转换'的;如果谋求'传统'的'现代转换',只会伤筋动骨,不能脱胎换骨。"① 将"转换"和"失语症"理解为"无根心态"的表述和"殖民心态"的显露,明显是误读。胡明也对古今文学理论的差异、古代文学理论无法解释当代复杂、生动的文艺现象,特别是"转换"说缺乏现成品等方面来否定"转换"说:"中国传统文学理论的学科独立立即面临一个宿命的对立面:中国现代(包括当代)文学理论。(学科史的衔接正是以两个对立面的对立统一为特征)两者的学理背景是完全不同的,后者我们已经将之归入西方即欧美文学理论在中国的延伸,它的基本要素与理论范畴来源于西方文学理论。……'转化'、'贯通'的历史要求并未落实,最多只能拿出一些用来炫耀与装饰的皮毛功绩、一堆思考与探索的半成品:模型与工事。彼此对对方的掘进方案与技术深怀疑团,结果是日长师劳,知难而退,悄然收工。——西自西,东自东,古自古,今自今。"② 尽管"转换"说难以成立,但胡先生写作此文时,"转换"说问世才几年时间,以如此短的时间内缺乏实践成功的例子为主要依据来否定此说,还是显得有些草率,观点也比较偏激。对于郭英德和胡明的观点,童庆炳已有专文反驳,这里不赘述。

　　如果说他人多从古今文论语境的改变和差异性来否定"转换"说,那么,陶东风则是在反驳倡导者系列论文观点矛盾和立论缺陷的基础上,指出"转换"之不可能。这也是一种"求真",不过是对倡导者论文观点的"求真"。陶东风认为,"现代转换"只能是在传统整体框架内变化,不可能适应中国社会的现代化转型,曹顺庆所说的中国文化的现代转化必须以传统文化为基础难以成立。曹顺庆《21 世纪中国文化发展战略与重建中国文论话语》一文中的"风骨"解释只能滑到"以古释古",不能叫"现代转换";曹文既断言中西文论话语完全不同,无法互释;又认定可

---

① 郭英德:《文学传统的价值与意义》,《中国文化研究》2002 年春之卷。
② 胡明:《新世纪中国文学理论体系的建构伦理与逻辑起点》,《中国文化研究》2002 年春之卷。

以相互阐释，这存在矛盾：

> 曹文一方面大谈文化对话的重要性，另外一方面又认定："不同的文化之间，有着不同的规则，因此不同的话语之间，常常难以相互理解，这是话语规则不同使然。"比如，作者用"风骨"为例，说明西方文论话语无法对它进行有效阐释。问题是：既然西方文论不能有效解释中国文论，而我们"五四"以来的文论"基本上是西方的"，那么我们的最后选择只能是"以古释古"，而这种以古释古怎么能够叫"现代转换"呢？作者自己也意识到这点，于是开出了这样的药方：选择一些古代文论中重要的、涵盖面广的理论"原命题"，"同时用中西方文论对这些文学理论基本问题进行阐释。……人们将会惊异地发现人类智慧的共同之处。"一方面作者断言中国文论话语与西方文论话语是完全不同的，无法相互阐释；另一方面又认定可以"相互阐释"，而且可以发现"人类"智慧的"共同处"。既然已经说了西方文论不能解释古代文论，那么，它又怎么能够对于从古代文论中选择出来的"原命题"做出阐释呢？①

西方文论不能有效阐释中国文论，而现代文论基本上是西方的，那最后选择的只能是用古代文论来阐释中国文论，这不能称为"现代转换"。"转换"论者意识到这点，希望以西方文论来阐释古代文论中选择出来的"原命题"，以实现转换，而这又和"转换"内涵矛盾。对于曹顺庆、李思屈《重建中国文论话语的基本路径及其方法》一文，陶东风进行了全面质疑，对该文观点一一加以反驳。曹文认为中国古代文论只有在与西方文论的"平等对话"中才能实现"现代转化"，陶东风分析其对话前提或基础存在悖论：

> 如果说曹顺庆的多数文章都在强调中西方文论的差异与不可通约性，那么，这篇文章却重在论证相通性与对话可能性。但"平等对话"之说已成老生常谈，问题是如何实施对话？对话的基础是什么？由于作者原先一直认定中国与西方的文论差异甚大乃至不可通约，所以对话的基础或前提就非常重要。在此文中，作者提出的理由是：中西方文论尽管在言说方式上存在重大的差异，但是"话语

---

① 陶东风：《关于中国文论"失语"与"重建"问题的再思考》，《云南大学学报》2004年第5期。

所指涉的对象和话语的功能是大体相同的。"这里的问题很多。中国文论的"对象"与"功能"与西方文论相同么？中国的什么文论？古代文论还是现代文论？西方的什么文论？古代的还是现代的？我认为，文章有一个未加充分反思的假设是：古今中外的文论具有一个共同的对象也有共同的功能。这是一个本质主义的界定。世界上不存在抽象的文学理论，只有具体的文学理论，而具体的文学理论的对象只能是具体的——特定历史条件与地域环境中、带有特殊性的文学活动，因而不存在抽象的文章所谓"文学艺术现象"、"艺术"、"人生"的。[1]

曹文还认为中西方的文学理论所扎根的东西方人的"生存样态"和"体验"是不同的，而其作为"人"的"存在论基础上的根源"却是相同的，因此可以"对话"。如作为艺术的本质论或艺术与现实的关系论，西方的模仿论、表现论和中国的"虚实相生"论虽然内涵有差异，但都是对于艺术与现实的关系的探讨，因而可以对话。陶东风指出，如果内涵不同而只是有共同的论题——"艺术与现实的关系"，这样的"对话"没有什么意义；把"虚实相生"纳入"艺术与现实"的关系范畴，犯了作者一直批评的以西（艺术与现实的关系）释中（虚实相生）的弊端；"艺术与现实的关系"之所以成为西方文论的重要问题，是因为西方哲学有关注认识论的传统，而这个问题在注重道德伦理的中国传统文化中基本上不成为中国文论家的重要关切。在这个意义上对中西方的文论的差异进行"横向的比较"，无助于中国古代文论的"现代转化"。陶东风还指出，曹顺庆此文随后举出的对话中的"互照"、"互译"、"互释"法也同样存在类似的问题，搞得不好很可能成为作者自己曾经否定的那种"贴标签"法。即使是比较成功的"互照"、"互释"，在朱光潜、宗白华等一辈学贯中西的学者那里，早就存在并取得一定成绩；但如果这就是古代文论的现代转换，那么，"失语"之说就无从谈起。曹文提出综合古今中西的文论，大概只能是他自己所说的"杂语共生态"，即把它们糅合在一起，但这不是真正的融合或转化而是拼凑。这是完全办不到的。总之，陶东风认为，作者在这篇文章中似乎意识到自己先前的观点有点偏颇绝对，所以试图变得辩证；但实际上却走向折中：强调中国古代文论的差异性、独特性会导致不可对话的结论；而强调中西方文论的对话性、互释性则又走向拼凑和折

---

[1] 陶东风：《关于中国文论"失语"与"重建"问题的再思考》，《云南大学学报》2004年第5期。

中。这是古代文论现代转换论者至今没有解决的困境。① 不可否认的是，陶东风对曹顺庆及其弟子的文章，做了深入细读和逻辑思辨，就事论事，就文谈文，清晰地指出了"失语症"和"现代转换"说的不能周延，因而也难以成立的问题。

古代文论在今天也主要不是发挥它的实际应用价值和文学作品的解析功能，而是应该构成我们今天的精神价值世界、尤其是文学理念世界的一个有机部分和有力支持。而这种意义，就不是"转换"所能概括的。冯黎明认为，作为一种理论话语，古代文论不可能成为现代学术体系的一部分："形成于前学科时代的中国古代文论，倘若作为研究对象，它进入现代学科体系没有任何问题；但是倘若作为一种理论话语，则不可能成为现代学术体系的一部分。理论话语是对研究对象进行阐释的方法、策略、视角、知识依据、评估坐标，就此而言，古代文论无法提供现代性学术体制所要求的学科化视野、分析方法、实证知识、逻辑化结构、形式化概念等，因而它不可能成为一种理论话语；它只是现代性思想的对象而不是对对象的现代性思想。"② 非实证性的经验描述和非形式化的意象隐喻，难以转换为现代性意义上的实证化、学科化、形式化的知识。

第四节　"转换"说的变异与反思

近二十年来，中国文论界对"失语症"、"重建中国文论话语"及"古代文论的现代转换"的讨论，热烈而深入，引发了系列思考，促进了对中国文学理论的全面认识。章辉认为"失语症"所引发的问题至少包括："第一，如何认识20世纪中国文论？第二，西方话语是否能够表达我们的本土经验？第三，如何看待20世纪中国文论的转型？第四，如何区分文化交流和文化殖民？第五，中国现代文论、西方文论和中国古代文论的异同何在？第六，如何评估西方文论的中国化？第七，回归传统文化与文论是否可能？"③ "转换"引发的更是中国文论界对古今中外文论的异质性和同构性及对话可能性、融通方法等的探讨，这些讨论无疑深化了学者对中国古代文论、现当代文论和西方古典、现代文论的认识。虽然，至

---

① 陶东风：《关于中国文论"失语"与"重建"问题的再思考》，《云南大学学报》2004年第5期。
② 冯黎明：《中国古代文论的现代转换：一场现代性焦虑》，《湖北大学学报》2009年第4期。
③ 章辉：《后殖民主义与文论失语症命题审理》，《学术界》2007年第4期。

今为止，它对于当代中国文学理论的实际建设，并没有产生多少效用，因为并没有"转换"出公认的、批量的理论话语且能够运用到当代文学创作和批评中。以古代文论为基础或者本根，重新建构中国文学理论话语，就只是一时的宣传或者口号，实际效果很不明显。当然，这里还有一个时间的问题。古今贯通、中西融合是一个艰难的过程，即使能够"转换"，也是一个漫长的过程。不管怎样，由这场讨论引发的如何建构中国文论、如何认识古今中西文论的现状及利弊、怎样开展古今对话和中西对话、怎样关注当代文学创作经验、批评经验，等等，都对中国文论界有较大的积极影响。

概言之，作为理论命题，"失语症"、"重建"及"转换"说本身问世的动机和背景值得研究，带来的争论值得反思；但是，作为命题本身，关于它们的提法和争论将逐渐消褪，取而代之的是古代文论的现代阐释或者现代意义或者当代价值等早已存在的命题。另外，由"转换"说引发的古今、中西文论的对话和交融，将会长期存在下去，只是不会像以前那样大规模地以"转换"之名进行而已。从近二十年对"转换"的讨论中，我们还可以略加思考。

一 学术命题的提出与接受都需谨慎

中国当代文论确实存在创新力不够，针对性不强和实践性不足的弊端，需要新鲜血液和新颖方法来改进和提高。从当今需要继承传统的意义而言，古代文论是老传统，现当代文论则是新传统，从实际上看，新传统的影响比老传统更为重要。因此，建设当代文论，只承认古代文论传统，而全盘否定20世纪以来形成的新传统的看法是偏颇的；只能立足于现当代文论新传统，而无法以古代文论为本根。在20世纪90年代对西方现代性反思、民族传统被重新重视的背景下，在当代文论话语苍白无力的环境下，曹顺庆等提出"文论失语症"，指出因为我们重视西方，忽视传统，缺乏自己的民族话语和理论建构，因而主张通过亲近、融化传统，通过古代文论的现代转换来重建中国文论话语。这无疑代表了当时大部分文论学者的想法，发出了他们的心声，因而之后围绕"失语"和"转换"说展开热烈讨论的学者，大部分沿袭了这一思路，相关研究综述也大部分也袭用了这一说法。

但是，"失语症"、"重建"和"转换"等提法虽形象生动或气魄宏大，但不能严谨自洽，初看似乎合情合理，细思则问题较大。"转换"说看似应运而生，但细看则发现概念模糊，指向不明，厚古薄今太重，实际上也难以践行。要知道,"西语的输入并不是'话语'主体强行霸占的结果,而是我国文学及文论话语主动的寻求、模仿、融合理解及民族国家的现代性需求使然。"[①] 不是殖民者或者传教士的刻意传播,有意入侵,而是我们主体的自觉主动吸收和运用。因此,其合理性和必然性,实在不容忽视。然而,"失语症"及"转换"说刚问世那几年,还是引起了大陆学人的普遍共鸣,得到了集体性的接受与呼应。其原因当然主要是当代学人不满于古代文论文化在今天的没落,民族认同感和文化认同意识增强,焦虑感更强的结果。此外,还与文论学者的知识素养不高,问题意识不明有关。有些学人,热衷于跟风,对流行话题缺乏深入的研究就信口雌黄,跟随大流;研究文论却不太关注当代文学创作和批评实际,不潜心研究古代文论,热衷于对西方文论思想做理论推演和概念辨析。所谓"汉语批评"、"西方文论的中国化"、"中西文论的异质性"等均停留在文学理论本身,离开了具体的文学批评实践和哲学美学观念的创新,同样说服力不强。更有学者提出在今天建立传统的大文论话语体系,认为中国古代文学和文论不同于西方"纯文学"、"纯审美"观念,主张重建国学视野下的文化通观意识,充分尊重中国思想文化史上文史哲合一的学术大传统,在还原的基础上阐释和建构中国传统的"大文论"话语体系。笔者认为,这种观点忘记了今天的文论体系是因今天的文学活动而生,而不是靠古代文史哲合一的历史资料而生,因此这是逆文学发展潮流而动,在现实语境中更是扞格难通。建设当代中国文论体系,需要清醒的头脑和冷静的智慧,不能靠一时心血来潮就发言无忌。新颖的理论命题尽管能带来一时的轰动效应,但是,如果不符合现实,不能应用于实践,那就是空穴来风,只能昙花一现。

"失语症"及"转换"论,虽然看到了中国文学理论的当下困境,但既没有掌握西方文论话语的精髓,也没有紧密联系当代中国文学现实。当代文论理论建设,首先应该想到今天现实需要什么?当前文学创作处于什么情况?有什么样的学术问题亟待探讨?不能把古代文论的现代转换视为建构当代文论体系的灵丹妙药。古代文论的个体性、体验性、模糊性的诗性话语方式,难以获得理论的传承性,也不适合现代的知识生产方式和学科建制。当代文学理论建构,东西文学理论都是思想资源,绝不能排斥或者抵制西方文论,应该学习其外在,把握其精髓,融会其精神。王志耕认为西方文论尽管不断地结构,再不断地解构,但是其生命力并没有消失,

---

① 王钦峰:《论处于全球化外围的文学与文学研究》,《文学评论》2002年第1期。

而是融会到了研究中：

> 作为思潮的西方文论确是在本世纪发生过急剧的变更，批评由外部进入内部，再由内部走向更广阔的外部，或者说不断地结构，再不断地解构。但是，作为方法（言说方式）的西方当代文论却的确是以"平面"的方式存在的。如出现于本世纪初的精神分析批评，作为由弗洛伊德、容格等人标举的一种思潮早已结束，但作为一种批评方式，它却保有着持久的生命力。因为无论怎样高喊"作者已死"，作品的作者维度是永远不能消失的，即使是在有人预测的"电脑复制"时代也是如此。同样，结构主义早已被解构，但由结构主义而生成的叙事理论，将为我们理解本文提供长期有效的工具。至于解构主义，虽然有人以为至今已觉不新鲜，但它所建立起来的富有创新意义的思维方式不仅在逐渐渗入西方的许多研究领域，并且也为我们今天的话语选择提供着一种哲学的方法论。[1]

同时，我们既要对当代文论进行理论构建，也要打破理论崇拜，平和地看待理论性和系统性。在现代化的语境中，我们过于推崇理论的系统性和普适性，过于相信知性和理性的思维方式，却相对忽视了追求这种现代化带来的弊端。理论的假定性、不确定性没有得到清醒的认识。"就其与事实的关系而言，理论永远是一个假说"[2]。建构理论时，如果忽视了它与其他理论的关系，它就像是任意的假定。因此，建构当代文学理论而不能膜拜理论，沉浸在理论的幻象中，没有包罗万象的理论体系。20世纪80年代到90年代，大陆学人受到西方知识引进的影响，多自我构建理论，但西方文化的异质性决定了它破灭的命运。理论幻象的破灭，导致了文论界的焦虑和急促，以不断更新理论武器为手段，无暇对之整理、消化。结果理论名目繁多，内容庞杂，但焦虑感反而越来越强，导致对西方理论知识的不信任，从而转向中国古代文论，希望以之为基础，通过"转换"来实现中国文论的重建。

而"现代转换"中的"现代"，自然是区别于传统的新思维、新观念、新方法。它代表着新的生产、生活方式与社会组织方式。追求现代性，就意味着对传统的背反与改造。在文论领域，西方后现代文化理论激

---

[1] 王志耕：《"话语重建"与传统选择》，《文学评论》1998年第4期。
[2] 麦克斯·霍克海默：《批判理论》，李小兵等译，重庆出版社1989年版，第181页。

活了中国学者对现代性的追问和反思,激起重写中国文论现代性的学术热情。但是,当下中国处于前现代性、现代性和后现代性交织的历史境遇之中,各种思潮并没有在本土生根发芽,更加缺乏与西方现代性和后现代性对应的哲学思潮,消化吸收的功夫远远不够。因此,我们不能跟风随流,现代性的文论建设还没有完成,就不知深浅地呼吁重写现代性。中国文论的现代性建构本来就没有完成,又何来重写之说?如同当代中国文论话语从来就没有建成,还在过程中,又何来"重建中国文论话语"之说?

二 "现代转换"实际上泛化为现代阐释

古今文论生成的历史语境、文化语境差异巨大,"转换"实在难以践行。左东岭对中国本土文论传统的转换与再生持怀疑态度:"研究者深感中国文论在世界文坛的微弱,便疾呼通过古代文论建立中国的批评话语,其初衷不可谓不佳,但这与争论中西方文化的体用关系一样,显然又是一个永无休止的话题。……其实此种设想充其量不过是一厢情愿的理想期待而已。"① 但古代文论无疑具有当代意义,可以进行现代阐释。"古代文论当代意义需要不断地生成,它不是一个既成的结论体系,而是一个不断阐释的过程,而且用以阐释的方法应该是多样化的,因而它就不是一个封闭的体系,更不是一个完美无缺的系统。因此,与其说古代文论的'当代性'是一种目标性的知识形态,毋宁说它是一种有待激活的精神资源。"② 古代文论不是一个封闭的体系和完美无缺的系统,而是可以激活,发挥作用的精神资源,可以不断阐释。"古代文论话语能否被今天的阐释者所理解、它能否进入今天的文学理论与批评的话语系统,关键就要看作为其基础的那种古人对世界的理解与态度是否能与今天的阐释者沟通。"③ 古代文论能否进入今天的文学理论与批评的话语系统,关键在于古人对世界的理解与态度是否能与今天的阐释者沟通。这些都强调了现代阐释在追求古代文论的当代意义中的地位,今天的古代文论研究,自然无法避免现代阐释。

一种话语的语境涵盖的内容包括话语主体的生存状态、作为话语的逻辑出发点的主流哲学、政治经济状况等主要因素。福柯曾提出"知识型"(episteme)概念,它"是决定各种话语和各门学科所使用的基本范畴的认

---

① 左东岭:《古代文论研究的三种对话关系》,《天津社会科学》1997年第6期。
② 党圣元:《在传统与现代之间——古代文论的现代遭际》,山东教育出版社2009年版,第223页。
③ 李春青:《在文本与历史之间——中国古代诗学意义生成模式探微》,北京大学出版社2005年版,第8页。

识论的结构型式，是某一时代配置各种话语和各门学科的根本性的形成规则，是制约各种话语和各门学科的深层隐蔽的知识密码。"① 特定的话语都是在特定的知识型框架中被谈论和理解的。古代文论是伴随着古代社会的语境而生成的，在当代语境下，无法再现，也难以再生。古代文学价值观的贵族化、小众化倾向也与当代文学发展的通俗化、大众化趋势迥然不同。古代那种形象性和象喻性的批评理论虽能对文学现象作出评点，但却难以深入，进行学理层面的分析。因此，幻想以"古代文论的现代转换"为基础，来建构当代中国文学理论，无疑是十分艰难的。这也导致"转换"说被讨论的时候，多将古代文论的现代阐释或者当代意义视为"转换"的成果和实绩，因此，"转换"工作自 20 世纪以来就开始进行，成为许多论者的口头说法或者实际想法。无疑，这是对于"转换"内涵的泛化和扩大，是意义的位移。同时，"转换"很多时候也变成了古今文论贯通、中西文论融合的问题，而这种贯通和融合，都离不开现代阐释，这无疑也是"转换"意义的转移，至少是扩容。

因此，"古代文论现代转换的工作已进行一百多年"成为大多数论者的想法。其实，近百年的古代文论研究，不管是历史的实证研究，还是哲学的理论阐释研究，都注重发掘其本来意义，寻找其现代价值，并不刻意追求所谓"转换"——转换为当代文论，参与到当代文学批评和实践中来。用现代文论话语去阐释古代文论范畴，或理清旧义，或激活新意，这就是古代文论研究的现代价值，也是当代研究无法回避的方法。当代中国文论建构的完成，必然杂语共生，古今中西话语并存。以西释中、以古释今都不是理想状态，而古今对话、中西融合又是说易行难。因此，"转换"，即使是泛化的"转换"，近百年来的成果都极少，整体上没有成功。赖大仁认为："无论从理论逻辑还是现实逻辑来说，也无论从'五四'以来的历史事实还是当今的理论探索来看，所谓古代文论的'现代转换'，都没有令人信服的成功例证，其主要原因也许在于，古今的文学形态、意识形态和文化语境，以及人们的理论思维方式与语言习惯等，都已根本不同，难以相互转换；更重要的是，古代文论的思想理论资源，已经难以提供现代社会和文学变革所需要的东西，不能适应新时代、新文学发展的现实要求。因此我认为，要解决中国当代文论的创新发展问题，可能无法依靠所谓古代文论的现代转换，而只能以中国现当代文论新传统为基础，充

---

① 阿兰·谢里登：《求真意志序》，尚志英、许林译，上海人民出版社 1997 年版，第 8 页。

分吸纳中外文论资源中有用的东西,进行综合创新发展。"① 有学者说,古今对话、中西对话应该追求"语境融合"与"视界融合",传统文论的事实本体需要回到体现传统文论精神本真的原初形态与历史情境才能认识,文本语境、情景语境和文化语境的融合必不可少;还要寻找古代文论概念、范畴与西方概念、范畴在思维方法、理论特质、价值取向、内在意蕴上的相似点或一致性,以便实现中西对话并具有现代品格。这些都是理论上可行,但实践中很难。不管怎么样,"转换"的目标最终要落实到批评实践活动中来,理论本身要成为当代批评的一种工具,因此,再怎么从理论上发掘,如果忽视了当代文学实践,那么,"转换"成果的有效性都值得怀疑。

在讨论"转换"命题的时候,很多学者从泛化的角度来理解,肯定"现代转换"问题的提出具有充分的历史、现实和理论依据,其实是在说现代阐释的必然性。古风的解释可为代表:

> "现代转换"包括"转"与"换"两个方面。所谓"转",就是《周易》所说的"通",就是继承传统;所谓"换",就是《周易》所说的"变",就是创新。继承与创新的辩证统一,就是《周易》所说的"穷则变,变则通,通则久"。中国古代文论之所以历史悠久,辉煌灿烂,就是不断"转换"(即通变)的结果。陆贾《新语》云:"善言古者,合之于今"。可见古代文论的现代转换的关键,就是要从"合今"(《周易》所说的"趋时")即从现代文论建设的实际需要出发,用现代的眼光和意识,对古代文论进行辨析、选择、阐释和创新,从而化古为今,建构一种新型的中国文论。这就是我所认为的"现代转换"。②

这里将对古代文论的继承与创新视为"转换",主张从现代文论建设的实际需要出发,用现代眼光和意识,对古代文论进行辨析、选择、阐释和创新,其实就是通过对古代文论的现代阐释,以求古为今用。这样理解"转换",那么,民国以来融会了新思想、新观念的古代文论研究,都可囊括进来,今天以后的所有具备了现代眼光和意识的古代文论研究,都可以包括进来。这种"现代转换",当然具备历史、现实和理论依据,无古

---

① 赖大仁:《文学批评形态论》,作家出版社2000年版,第258—265页。
② 古风:《中国传统文论话语存活论》,社会科学文献出版社2013年版,第141—142页。

不成今，传统永远不会真正完全断裂，后人永远不可能不用当代眼光和观念分析、阐释前人的理论遗产或者文化遗产。如果这样理解"转换"说，那么，对传统文论继承和创新，难道不是必然又自然的现象与规律？谁会反对？既然无人会反对，那又何必另外大张旗鼓地宣扬"中国古代文论的现代转换"这个命题？弗·杰姆逊有言："名词的出现总标志着新的问题，标志着新的思想、新的商榷论争的题目，同时也不免成为知识界的一种新商品。"① 既然是已然而然的事情，又没有标志着新的问题和新的思想，那又何必多费口舌、画蛇添足地提出这个新命题？一般来说，文学理论界出现的重要概念、范畴和命题，既是从丰富的文学经验和事实中概括出来的，又对文学创作、批评和理论本身的实践具有规范指导的作用。"转换"则既不是从当代文学经验中生成，也难以运用到创作和批评的实践中去。

三 立足当代文学实践与批评，创建新的中国文论

1996 年西安会议上，"转换"说正式走入前台，引发激烈讨论，至今近二十年了。虽然有很多怎么转换、为何转换以及转换到哪里的论文，但实践中却鲜有成功的"转换"范例出现。理论与实践之间形成的强烈反差，使得有些学人从实践性角度宣告"转换"论的失败。"即使是将古代文论的概念、命题转化为现代文论话语，古代文论的命运仍然不妙。因为无论如何转变，文学理论的对象——文学现象改变了，这种对象是无论如何也无法'转换'的，这样一来，所谓的'现代转换'就只能是理论之间的转换，文学理论与文学实践之间的鸿沟，仍然无法填充。因此，尽管许多人都对古代文论的现代阐释和转换十分重视，但是在具体操作中却大多泛善可陈。……具体到文学批评上，古代文论的概念、范畴更是难以应用，现代转换的讨论也多是停留在理论的吁求上，成功的批评范例还鲜有出现。"② 从"转换"说的讨论中，最值得我们反思的是，应该立足现代文论和当代文学实践，努力吸收、融化西方文论和古代文论中的普适性成分，建构中国当代文学理论，而不是指望于"转换"。

古今中外杰出的理论创造，都是来自于批评实践，而不是理论本身的逻辑演绎或者"转换"。巴赫金、罗兰·巴特、德里达都是在批评的实践

---

① 杰姆逊：《后现代主义与文化理论·自序》，唐小兵译，北京大学出版社 1997 年版。
② 董学文、金永兵等：《中国当代文学理论（1978—2008）》，北京大学出版社 2008 年版，第 105 页。

中构筑自己的思想和理论,形成自己原创性的理论成果的。任何有效的文论都应该具有实践品格,然而当代文论与现实生活世界和艺术实践严重脱节,乃是新时期以来的一个突出缺陷。关注当代文学实践,发挥文学的创造精神,激活文论家的主体批判意识,在文学批评的实践中产生思想,形成理论,将是当代文论建构完成的主要途径。何况,中国现当代文论本身已经具有鲜明的现代性品格。"中国现当代文论从一开始就主要不是在中国古代文论,而是在西方文论思辨传统的直接影响下发生和发展起来的,它基本搁置了中国古代文论的诗性感悟方式,代之以充分逻辑化的西方文论思维形式,对文学理论的概念范畴力求作出准确定义,强调对形式逻辑的自觉遵循,注重精密推理和详细论证,追求理论体系的全面性、完整性与系统性,文学理论的展开过程体现为从一个概念到另一个概念的连续不断的逻辑运动过程。经过近一个世纪的发展,这已经构成了当今中国文论的基本形态。"[1] 在这种基本形态的背景下,什么时候有主体批评意识强烈、创新能力突出、文学素养高的文论家出现,什么时候,中国当代文论的建构就可能会向前发展,就有可能形成特色鲜明的、既自足又具开放性的话语系统。

20世纪西方的各种理论、观念、思潮体系的形成与建构,实际上都受益于批评活动本身,是批评实践产生了思想,形成了理论本身。因此,建构中国文论话语必须首先考虑到与文学批评实践接轨,脱离了批评实践,"建构"就成为失去对象与方向的活动。文学理论要直面当下,关注人文现实环境,关注人的生存与发展现状,站在解决当代人精神困惑与精神文明的高度去研究文学,从事批评,提出观点。即使中国古代文论具有类似西方文论的系统性与思辨性,也不能通过"转换"形成一种独具民族特色的、现代性的、能与西方文论相抗衡的体系。理论和批评的繁荣,一般在文学创作繁荣之后。每一种文论话语都有一定的文学现象作为其理论依据,这些文学现象成了相应的文论话语得以产生和发展的基础。古代文论的现代价值、理论观点、思维方式等的发扬,只有在现实参与之中,才可真正发挥文化精神,才有可能进入当代文论的主潮之中,才有可能实现意义的现实生成。从当代文学创作实践与批评出发,实现古代文论的现代价值。以西方视域中的现代性,来对古代文论进行"转换",本身就难以避免西学的移植。古代文论体现了民族主义精神,而现代转换则体现了

---

[1] 代迅:《断裂与延续:中国古代文论现代转换的历史回顾》,西南师范大学出版社2002年版,第155页。

世界主义潮流,无论是回到古代文论还是接受西方话语,都是一种"失语",因此"转换"实为悖论。我们不可能从两者中找到"转换"的标准,而只能从当代中国文学和文化实践中,只有从当代中国的社会生活和人的生存状态出发,对古代文论进行整理、反省,将之运用到当代文学批评与理论中。还要坚持文化人类学的普遍标准,避免民族主义情绪,避免以新的独断的意识形态代替"转换"前的当代文论话语。这就要求研究主体博学多思,视野开阔,必须深入研究中国古代文学文论、外国文学文论和中国现当代文学创作、理论及社会文化情况,自觉将三者融会贯通。但是,在目前学科分类细化的体制下,研究者大多局限于自我专业之内,极难兼通打通,因此,当代中国文论的建构,必将是一个长期的艰苦的过程,无法一蹴而就,更不能急于求成。

总之,当代文学理论建设无法也不可能丢弃古代文论资源,更不可能排斥西方文论资源,古今相遇、中西相会,是无法避免的事实。正如童庆炳所说,"在古今对话、中西对话基础上的'整合',是建设中国当代形态的文学理论的必由之路。'整合'不是简单的对接和拼凑。无论古今的整合还是中西的整合都是'异质'文论之间的交汇,这种交汇不能不充满冲突和竞争,不能不进行必要的调整和适应,不能不达到整一的交融,不能不产生一种具有新质的思想和语言。这个过程无疑是复杂的和长期的,需要有识之士共同的努力。特别重要的是,我们的整合必须以历史唯物主义和辩证唯物主义为指导,与当代的文学创作实践相结合。离开方法论的指导和当代的创作实践,自己搞一套'话语'是注定要失败的。"[1]对于当代文论建设中古代文论的地位,高建平《中国文学理论的凝结、坚守与突进》一文指出:"研究古代文论,在现代社会中吸收古代理论中的有益之处,这当然不可以避免,但是,要想回到古代,是不可能的,我们回不去。当代文学理论之源,不能在西方找,不能在古代找,而应该建立在当代文学和文化实践之上。"[2]而建立现代的、中国的文学理论,不仅可能,而且必要,依旧有一个从引进到创造的过程:"第一是'拿来主义',继续引进和学习外来文化和学术理论;第二是'实践标准',要从当代实践出发,从文学艺术的实际出发,而不能从一种虚拟出来的'中国性'出发;第三是'自主创新',在当代实践的基础之上,创造出既是

---

[1] 童庆炳:《中国古代文论的现代意义》,北京师范大学出版社2001年版,第339页。
[2] 高建平主编:《当代中国文艺理论研究(1949—2009)》,中国社会科学出版社2011年版,第30页。

现代的,也是中国的文学理论来。"① 这种建设当代文学理论的观点和方法,已经成为学者的共识。盲目排斥外来文论文化,主张以中国古代文论为母体和本根的方法,基本上被学界抛弃。因此,在今天,纠缠于古代文论能否现代转换、如何转换、转向何处等学理性话题的争论,已经没有多少学理意义和学术价值。重要的是,脚踏实地、持之以恒地提升自我学术水平,开拓学术视野,真正将古代文论中适应当今文学实践、文化实践中的话语和精神,融入到今天的社会文化生活中来,这才是"古代文论现代转换"说的变异和归宿。

今后,关于"古代文论现代转换"本身的学理性、理论性的讨论,应该少谈或者不谈。这从中国古代文学理论学会年会主题中也可窥见一斑。2005年到2009年,"转换"还是会议的主要议题;到了2011年、2013年,"转换"消失,变成了古代文论研究的当代意义或者当代走向等,"转换"说已经退潮。但是,与古代文论的当代意义或现代阐释等相关的学术实践活动,将会越来越多。因为,无论是建构当代文学理论,还是研究中国文论,都无法回避古代文论的概念、精神或思维方式的影响,我们无法自绝于中华文化之外。中国文论的民族、地域特色,当代文学创作批评实践等都离不开古代文论思想或精神的参与,虽有程度轻重之分,但不会完全消失。这点永远不会改变。

---

① 高建平主编:《当代中国文艺理论研究(1949—2009)》,中国社会科学出版社2011年版,第31页。

第十章 文艺与意识形态

在文艺理论（尤其在马克思主义文艺理论）中，对文艺与意识形态之间关系的理解具有非常关键的意义，它不仅直接决定了对文艺本质的解释，而且还影响了对文艺其他理论问题的解释和文艺创作。这样，文艺与意识形态的关系，不仅是贯穿马克思主义文艺理论史的重要问题，它也是贯穿中国当代文艺理论发展史的核心问题。

第一节 20世纪五六十年代关于文艺与意识形态关系的探索

关于文艺与意识形态关系的研究，较早可以追溯到20世纪20年代。早期马克思主义理论家李大钊在《我的马克思主义观》等多篇文章中都谈到了文艺与意识形态的关系。其中，在《马克思的历史哲学与理恺尔的历史哲学》中，李大钊论述了文艺在社会结构中的位置："马克思的历史观，普通称为唯物历史观。……喻之建筑，社会亦有基础与上层。基础是经济的构造，即经济的关系，马氏称之为物质的或人类的社会的存在。上层是法制、政治、宗教、艺术、哲学等，马氏称之为观念的形态或人类的意识。"[1] 值得注意的是，李大钊就是把文艺作为上层建筑的意识形态来看待的，而且，这个观点对此后的马克思主义文艺理论产生了深远的影响。之后，萧楚女和"创造社"的成仿吾、冯乃超、李初梨都有过类似的表述。30年代，瞿秋白依据列宁的相关论述对这个问题进行了更为明确的表述："乌梁诺夫（指列宁——引者注）认为艺术反映实质，艺术是一种特别的上层建筑，一种特别的意识形态，它反映实质而且影响实质：

---

[1] 李大钊：《马克思的历史哲学与理恺尔的历史哲学》，李大钊：《向着新的理想社会——李大钊文选》，远东出版社1995年版，第295页。

意识是实质'镜子里的形象',实质并不受意识的'组织',而是实质自己在'组织'意识;然而意识并不是消极的,它的确会影响到实质方面去;阶级是在改变着世界而认识世界。"① 把文艺作为上层建筑、意识形态已经成为中国马克思主义文艺理论看待文艺的基本视角,这个成果也被直接吸收到毛泽东的《在延安文艺座谈会上的讲话》中:"作为观念形态的文艺作品,都是一定的社会生活在人类头脑中反映的产物。"② 这个基本观点成为中国共产党理解和指导文艺的重要理论依据,也是中国马克思主义文艺理论、当代文艺理论理解文艺本质的基本观点。

20世纪50年代,中苏关系密切,因此,还应该考虑苏联文论界对这个问题的理解,其中,大学教材对中国的影响尤其深刻。季摩菲耶夫《文学原理》是苏联高等教育部指定的大学语文系、师院语文系使用的唯一的文学理论教材,这部著作把文艺视为一种意识形态,并着重从形象、形象性来阐述其特殊性。1954年春到1955年夏,苏联的依·萨·毕达可夫应邀到北京大学中文系为研究生和全国的中青年教师进修班开设《文艺学引论》的课程,毕达可夫在讲稿中也是从意识形态来看待文学的:"承认外在世界的存在及其在人类头脑中的反映,这是马克思列宁主义认识论的基础,也是了解作为意识形态的艺术本质的方法论的基础。"③ 50年代,苏联学者斯卡尔仁斯卡娅在中国人民大学哲学系授课时指出,"艺术是一种社会意识形态",她认为,在马克思主义的视野中,文艺具有这些规定性,"马克思列宁主义美学按照辩证唯物主义和历史唯物主义的规律确定:第一,艺术是产生于存在的特殊的社会意识形态,是一种思想活动。第二,艺术按照社会运动的一般规律发展。第三,艺术是认识和反映客观现实的一种特殊方法。第四,艺术有巨大的社会改造意义。它在阶级斗争和社会发展中起着积极的作用。"④ 北京师范大学中文系也邀请苏联专家维·波·柯尔尊讲学,其讲稿《文学概论》也同样把文艺作为一种特殊的意识形态。这些观念不同程度地影响了中国文论界。尽管如此,我国文论界也大都从社会意识形态的角度来看待文艺本质,与苏联文论界对文艺本质的解释大致相同。

20世纪60年代,在高教部的领导下,文艺理论界编写了两部文学理

---

① 瞿秋白:《论弗里契》,《瞿秋白文集》(文学编)第2卷,人民文学出版社1998年版,第270页。
② 毛泽东:《毛泽东论文艺》(增订本),人民文学出版社1992年版,第48页。
③ 转引自毛庆著等《中国文艺理论百年教程》,广东高教出版社2004年版,第183页。
④ [苏]斯卡尔仁斯卡娅:《马克思列宁主义美学》,潘文学等译,中国人民大学出版社1957年版,第247页。

论教材，即蔡仪主编的《文学概论》和以群主编的《文学的基本原理》。其中，《文学的基本原理》是把文学作为"一种社会意识形态"看待的，具体来说，它与其他社会意识形态具有共同的性质和特点："都是客观的现实生活在人们头脑中的反映，都被社会经济基础所决定，又反转来影响于一定的社会生活，对社会经济基础的巩固和发展，起促进、推动或阻碍、破坏的作用。"① 之外，文学还有其他的规定性，诸如"文学用形象反映社会生活"、"文学是语言的艺术"等。《文学概论》出版于1979年，但教材的编写主要是在20世纪60年代进行的，教材的文学本质观也基本上代表了60年代学界的基本认识，即"文学是反映社会生活的特殊的意识形态"。② 这种意识形态的特殊性在于，它是"文学社会生活的形象的反映"、"文学是语言的艺术"。这样看来，两部教材对文艺本质的理解大致相同。

在20世纪五六十年代，我国文论界基本上把文艺理解为一种社会意识形态。

第二节 20世纪70—90年代关于文艺与意识形态关系的探索

文论界对文艺与上层建筑关系的讨论，不可避免地涉及文艺与意识形态的关系，有时这两种讨论是交叉进行的。因此，有必要了解文论界对文艺与上层建筑关系的讨论，甚至也可以把它们视为讨论文艺与意识形态关系的组成部分。

一 关于文艺与上层建筑关系的探索

新时期以来，发生了两次关于文艺与上层建筑关系的讨论，这些讨论涉及马克思主义的历史唯物主义原理以及马克思主义对文艺在社会结构中的位置的理解，也成为理解文艺与意识形态关系的关键。

新时期以来，首次涉及文艺与意识形态关系问题的讨论，是由文艺是否属于上层建筑的讨论引发的。讨论的起因缘于朱光潜质疑文艺属于上层建筑的观点"艺术是意识形态但非上层建筑"，这个观点连续地出现在他

---

① 以群：《文学的基本原理》，上海人民出版社1980年版，第32页。
② 蔡仪：《文学概论》，人民文学出版社1979年版，第1页。

在新时期伊始所发表的两篇论文《研究美学史的观点和方法》(《文学评论》1978 年第 4 期)、《上层建筑与意识形态之间关系的质疑》(《华中师院学报》1979 年第 1 期)和《西方美学史》重版(1979 年)序言这些论著中。

这次讨论也受到了苏联对这个问题讨论的影响,因此,这里有必要介绍一下苏联对这个问题的讨论。在 20 世纪 50 年代,苏联曾就这个问题展开过讨论,其导火线是斯大林的《马克思主义与语言学问题》的发表。在这篇文章中,斯大林对历史唯物主义的理解,为重新理解经济基础、上层建筑、意识形态之间的关系提供了新的可能,他指出:"基础是社会发展的一定阶段上的社会经济制度。上层建筑是社会的政治、法律、宗教、艺术、哲学的观点,以及和这些观点相适应的政治、法律等设施。"[1] 这样,上层建筑中的意识形态消失了,这与马克思主义的论述存在着一定的距离,上层建筑与意识形态的关系再次成为讨论的焦点。在讨论这篇文章时,特罗菲莫夫承袭了斯大林的思路,并落实到文艺上,即文艺中既包含着上层建筑的因素,也就是作品的大部分思想;又包含着诸如客观真理、审美价值等非上层建筑的因素,它们比上层建筑的存在更为长久。这个判断为否定文艺的上层建筑性质奠定了基础。之后,特罗菲莫夫又继续从斯大林那里寻找理论的支持,在他看来,马克思主义只把文艺列入了意识形态,并没有把文艺列入上层建筑,上层建筑仅仅包括政治和法律,事实上,他已经彻底否定了文艺的上层建筑属性。他的这些观点有一些支持者,但也遭到了多数讨论者的批判。后来,《哲学问题》编辑部的综述文章《论艺术在社会生活中的地位和作用》在总结这次讨论时指出,文艺既属于上层建筑,又属于意识形态,这是马列主义的基本观点。在这次讨论中,尽管有学者试图否定文艺的上层建筑属性,但是,文艺的意识形态性或文艺是一种社会意识形态则没有异议。实际上,把上层建筑视为文艺的本质,并以此来概括文艺与上层建筑的关系并不科学,但是,文艺是不可能完全脱离上层建筑的,这也是我们应该从讨论中获得的启示。而且,这次讨论很快就对中国学界产生了一定的影响:中国学界在 50 年代初期也展开了对上层建筑、意识形态等问题的讨论,某些结论也受到苏联的影响;《论艺术在社会生活中的地位和作用》被翻译为中文后发表于《学习译丛》,又被收入《苏联文学艺术论文集》(学习杂志出版社 1954 年版),对当时中国的讨论产生了一定的影响,其影响甚至延续到新时期。

---

[1] 斯大林:《马克思主义与语言学问题》,人民出版社 1957 年版,第 3 页。

朱光潜在重新学习马列著作的过程中，也受到了苏联讨论的影响，他重新解释了上层建筑与意识形态之间的关系。在《上层建筑与意识形态之间关系的质疑》中，朱光潜认为，马克思主义经典作家对意识形态与上层建筑关系的理解存在着分歧：马克思、列宁讲的上层建筑不包括意识形态在内；在恩格斯的早期著作（即《反杜林论》）中，上层建筑偶尔也包括意识形态；斯大林提出的"上层建筑包括意识形态在内"混淆了上层建筑与意识形态，甚至在二者之间画等号、抹杀了其差别。因此，他认为，马克思的看法是正确的，意识形态不属于上层建筑，只有政治、法律机构才是上层建筑；意识形态与上层建筑是有差别的，不能以意识形态代替上层建筑。斯大林还认为："……上层建筑同生产、同人的生产活动没有直接联系。上层建筑是通过经济的中介、通过基础的中介同生产仅仅有间接的联系。……上层建筑活动的范围是狭窄和有限的。"① 朱光潜以此为根据说明斯大林的观点是错误的，提出了支持其结论的四个理由，并坚决反对把意识形态等同于上层建筑，并取消上层建筑的做法。具体到文艺，文艺是一种意识形态，但它并非上层建筑。同时，他也承认，他与特罗菲莫夫的观点不谋而合，他并不认同《论艺术在社会生活中的地位和作用》一文对特罗菲莫夫的批评。②

以朱光潜的文章为导火线，学术界就文艺与上层建筑、意识形态的关系展开了讨论，《哲学研究》、《文学评论》等刊物发表了相关的讨论文章。此外，其他一些刊物也刊登了讨论这个议题的文章，如姜东赋的《略说"社会意识形态不在上层建筑之外"及其他》（《天津师范学院学报》1979 年第 3 期）、吕德申的《有关历史唯物主义的一点理解——与朱光潜先生商榷》（《北京大学学报》1980 年第 1 期），等等。就这些讨论而言，问题主要集中于两个方面：意识形态与上层建筑的关系和文艺是否属于上层建筑。我们先来看第一个问题。吴元迈最先质疑了朱光潜的论述：马克思、恩格斯、列宁和斯大林对于意识形态与上层建筑关系的论述是一致的，他们的著述中不存在朱光潜所讲的分歧，更不存在斯大林与马克思、恩格斯的对立；在马克思主义经典作家的著述中，意识形态都没有被排除于上层建筑，马克思、恩格斯、斯大林都是如此；在《反杜林论》、《社会主义从空想到科学的发展》和 1980 年 9 月 21—22 日给约·布洛赫的信中，恩格斯所讲的上层建筑都是包含意识形态的，恩格斯的看

---

① 斯大林：《马克思主义与语言学问题》，人民出版社 1957 年版，第 7 页。
② 朱光潜：《上层建筑和意识形态之间关系的质疑》，《华中师院学报》1979 年第 1 期。

法是前后一致的，绝不是偶尔才让上层建筑包括意识形态的；朱光潜反对斯大林的四个理由都是站不住脚的，他所反对的观点（即以意识形态代替上层建筑，或在二者之间画等号）非斯大林的观点。基于这些认识，吴元迈得出结论："意识形态属于上层建筑是不容置疑的"。就文艺而言，他反对特罗菲莫夫所持的文艺非上层建筑的观点，基本认同《论艺术在社会生活中的地位和作用》一文对特罗菲莫夫的批评，并坚持认为：文艺既是一种社会意识形态，又是上层建筑。① 客观地说，吴元迈获得了多数讨论者的支持。之后，张薪泽质疑了吴元迈的观点，实际上是在为朱光潜辩护。在他看来，理解马克思主义关于上层建筑与意识形态的关系，应该着眼于以下几点：第一，马克思与斯大林对于上层建筑与意识形态关系的认识是有区别、不一致的。第二，意识形态与生产有直接的联系，但是，斯大林在分析上层建筑时却说，上层建筑与生产没有直接联系。因此，他显然排除了政治和法律设施，把上层建筑与意识形态等同了。朱光潜引用斯大林的话及其四个理由，能够支持其论点。第三，马克思、恩格斯在严格意义上论及上层建筑与意识形态的关系时，上层建筑不包括意识形态；在一般论及二者关系时，上层建筑则包括了意识形态。因此，上层建筑只包括了一部分而不是全部的意识形态，也就是说，有必要把意识形态区分为上层建筑的意识形态、一般的意识形态。第四，应该分析不同意识形态的具体情况。② 应该说，张薪泽对意识形态的区分是合理的，避免了笼统地谈论意识形态，启发我们具体分析意识形态的实际作用，但他没有说明艺术与上层建筑的关系。

我们再来看第二个问题文艺是否属于上层建筑？客观地说，在这次讨论中，多数学者都主张文艺属于上层建筑。但是，即使如此，由于他们对于上层建筑、意识形态及其关系的认识存在着差别，这些差别必然影响了他们对文艺上层建筑属性的解释，并进一步影响到对文艺本质的认识。蔡厚示认为，文艺具有上层建筑属性，但它是特殊的上层建筑："文学在上层建筑中有它的特殊性，而且包含了某些非上层建筑性质的成分。"③ 他还分析了其特殊性的具体表现。刘让言肯定文艺是上层建筑的意识形态，文艺与其他上层建筑具有共性、普遍性、一般性。同时，他也肯定了文艺作为上层建筑的特殊性、个性："作为一种特殊的上层建筑意识形态的文

---

① 吴元迈：《也谈上层建筑与意识形态的关系》，《哲学研究》1979年第9期。
② 张薪泽：《〈也谈上层建筑与意识形态的关系〉一文质疑》，《哲学研究》1980年第5期。
③ 蔡厚示：《作为上层建筑的文学的特殊性》，《文学评论》1980年第4期。

学艺术，它本身是包含有非上层建筑因素的，尽管这种非上层建筑因素在文学艺术作品中并不是主要的和起决定作用性质的因素。"① 此外，这次讨论还涉及自然科学和语言是社会意识形态，还是社会意识形式？也就是说，是否存在着意识形态与意识形式的区分。多数人都承认，应该肯定自然科学和语言不属于经济基础的上层建筑。多数讨论者都认为，应该承认艺术作品与艺术观点是有区别的，但是，它们并不是对立的，更不能依据这种"区别"来判定艺术观点是上层建筑的、艺术是非上层建筑的。

客观地说，从相关的讨论文章看，占主导地位或多数人的意见是，文艺既是一种社会意识形态，又属于上层建筑。应该指出的是，这次讨论取得了一定的成果，也是值得肯定的：第一，虽然这次讨论是主要围绕"文艺是否属于上层建筑"这个问题展开的，但是，讨论者都有意无意地认同文艺是一种社会意识形态，也可以说，这个观点已经成为讨论的共识或前提，并成为这次讨论的重要收获，这也是我们这里应该关注这次讨论的主要原因。第二，应该区分上层建筑，即一般的上层建筑与特殊的上层建筑；物质的上层建筑与观念的上层建筑；建立在经济基础上的政治、法律等的机构、设施与政治、法律、道德、哲学、艺术、宗教等社会意识形态。第三，要分析上层建筑的阶级性：统治阶级的文艺和被统治阶级的文艺都是特定经济基础之上的上层建筑的组成部分，但二者服务的对象不同，而且，它们分别处于支配和被支配的不同地位。第四，作为特殊的上层建筑，文艺含有非上层建筑的因素。

鲁枢元与曾镇南等学者关于文艺在社会结构中的位置及文艺超越性的论争，是新时期涉及文艺与上层建筑关系问题的第二次讨论。这次讨论在新的背景下重新提出了文艺在社会结构中的位置，可以说，这次讨论承接了朱光潜提出的话题，但是，后来的讨论主题偏离了讨论者的初衷，主要是围绕与文艺的意识形态的关系展开的。这次讨论的背景和大致过程是这样的，鲁枢元在1986年10月18日《文艺报》发表了《论新时期文学的"向内转"》，这篇文章引起了激烈的争论，编辑部为了缓和气氛，特邀请鲁枢元再写一篇辩驳性的文章，鲁枢元就在1987年7月11日《文艺报》发表了《大地与云霓——关于文学本体的思考》，此文又引发了新的争论。曾镇南在《文艺争鸣》1988年第1期发表了《文学，作为上层建筑的悬浮物……》来批评鲁枢元，鲁枢元又在1988年3月25日《文论报》发表了反批评的文章《思维模式的歧异——谈曾镇南对我的批评》，之

---

① 刘让言：《论文学艺术的社会本质》，《兰州大学学报》（社会科学版）1981年第2期。

后，作为讨论主要阵地的《文艺争鸣》又刊发曾镇南的反批评文章《支离破碎的思维——评鲁枢元对我的反批评》(《文艺争鸣》1988年第6期)，以及李思孝等多位学者的讨论文章。①

在《大地与云霓——关于文学本体的思考》中，鲁枢元依据他对马列主义经典著作的解读，以比喻的方式指出了文艺在社会中的位置："从马克思主义的经典著作中，我们可以得出这样的结论：文学艺术与哲学、宗教一样，是高高地飘浮在人类社会历史活动空间之上的东西，是人类精神上空飘浮着的云，它和人类社会经济政治生活的关系，就像是天上的云霞虹霓与大地的关系一样。"同时，他还强调社会生活与文艺的关系："文学艺术这片云霓虽说是高高地飘浮在人类精神生活的空中，但它并没有背离人类赖以立足的物质生活的大地。"鉴于此，应该从文艺与社会生活的这种关系出发去认识文艺的本体，即"精神之花注定是要扎根于社会物质生活的土壤之中的。但是我们又不能不注视到，在整个人类构架中，文学艺术正因为高高地悬浮于上空，像天上的云彩一样，所以文学艺术这类意识形态才有可能更充分地显示出人类精神的灵幻性、微妙性、丰富性、流动性、独创性。这里谈的并非文学艺术风格问题。……如果我们的文学艺术不能腾飞到人类精神生活的上空，那么我们的文学艺术作为人类的精神活动产品，其品位质地就是不够格的。"② 同样，他也是从这样的角度来看待文艺现象、对待文艺创作的。这篇文章发表后，引起了激烈的讨论，其中，鲁枢元与曾镇南的争论尤为激烈。鲁枢元与曾镇南的分歧主要表现在：第一，他们对上层建筑的解释不同：鲁枢元从比喻的角度来对待经济基础与上层建筑的关系，并从空间的层次上来认识各种意识形态的位置；曾镇南认为，经济基础与上层建筑这对科学范畴主要用来说明社会物质关系与社会思想之间的因果联系，它们说明了思想、意识形态的"非自在性、非自因性"，并指导人们从物质生活中去理解意识形态、寻找其根源。由此看来，鲁枢元没有研究清楚上层建筑的真正含义，以机械的空间区分代替了对意识形态的科学研究，结果夸大、神化了意识形态。第二，对"高高地悬浮于空中的思想领域"有不同的解释：鲁枢元强调，从空间上看，文艺与哲学、宗教一样，它们的位置在政治、法律、道德之上，其位置决定了文艺的超越性更强，也更灵活；曾镇南认为，不能像鲁

---

① 关于这次讨论的详情请参阅鲁枢元《文学的内向性——我对"新时期文学'向内转'讨论"的反省》，《中州学刊》1997年第5期。
② 鲁枢元：《大地与云霓——关于文学本体的思考》，《文艺报》1987年7月11日。

枢元那样直观地、从空间意义上理解这句话，而应该从意识形态与物质生活的关系方面来理解，即这句话说明了这些特殊的意识形态与产生它们的物质生活之间的"距离之远、中介之多、联系之隐蔽"的复杂关系。这样，从文学作为上层建筑中更高的悬浮物的性质出发，就应该承认文艺的"非自在性、非自因性"，并肯定其以形象反映社会存在和社会心理的意识形态特殊性。而且，关于"高高地悬浮于空中的思想领域"的认识对于指导创作的意义不大，其主要价值在于文艺研究。在这次讨论中，鲁枢元强调了文艺的超越性（"精神活动的高层次性"），其目的是为了清理机械论、工具论等"左"的文艺观的不良影响，并倡导文艺创作要遵循其规律和特点，其正确性、必要性和价值都是应该肯定的（如果考虑到当时文艺创作和理论的状况，就更显示了其意义）。尽管这篇文章并没有直接说文艺是否属于上层建筑，但是，表述的模糊（尽管他并不否认文艺与社会物质生活的联系）和散论式的报纸文体导致不少学者都认为他是借强调文艺的超越性来否认文艺的上层建筑属性，他把文艺置于上层建筑之上，并要文艺脱离现实生活。

讨论中，多数讨论者主要是从文艺与上层建筑的关系介入这次争论的。除曾镇南外，李思孝和陈辽也都是这样认为的。李思孝认为，鲁枢元对马克思主义的经济基础等问题的理解上有偏颇，致使他得出了一些不符合马克思主义的结论。在他看来，应当这样看待文艺与上层建筑的关系："无论从哪一方面看，文艺作为上层建筑是无可怀疑的，它要受到经济基础的制约，也是理所当然的。"[①] 陈辽对此稍做修正："文艺这一特殊的意识形态，是一种上层建筑现象，而不是简单的上层建筑。"就前者而言，文艺受到经济基础的决定和制约；就后者而言，旧时代的优秀文艺并不因经济基础的消失而消失。[②] 当然，鲁枢元也不乏支持者。傅树声指出，鲁枢元又把朱光潜的观点向前推了一步（即文艺越远离经济基础，就越自由、越有可能获得精神产品的品质），并肯定了这次讨论。他综合朱光潜及其反对者的观点，得出了这样的结论："社会意识形态并不等于或属于上层建筑。"但是，还应该考虑到其特殊性："一般地说，社会意识形态并不是上层建筑，但是，统治阶级的意识形态取得上层建筑的地位后，为维护或巩固其经济基础发挥作用，表现出既是社会意识形态，又是在上层

---

① 李思孝:《没有基础的空中楼阁》,《文艺争鸣》1988 年第 4 期。
② 陈辽:《文艺是上层建筑现象》,《文艺争鸣》1988 年第 4 期。

建筑的地位上发挥作用这样一种双重性质。"① 对于文艺来说，文艺是社会意识形态，但并不等于或属于上层建筑；文艺不会随经济基础、上层建筑和社会制度的崩溃而消失，相反，优秀的文艺仍然会保留下来继续发挥其作用；在社会主义革命胜利后，社会主义文艺发展成为社会主义经济基础的上层建筑，发挥着经济基础和上层建筑两方面的作用。

在这两次讨论中，学者对文艺是上层建筑的表述发生了一些变化：文艺具有上层建筑的属性、文艺是特殊的上层建筑、文艺属于观念性的上层建筑或文艺具有非上层建筑性。但是，大多数学者仍然认为，文艺是一种社会意识形态。这两次讨论都涉及了对意识形态与上层建筑关系的看法，客观上深化了讨论者对马克思主义的认识，促进了对文艺、意识形态、上层建筑之间关系的理解，并有助于认识文艺的本质。

二 关于文艺与意识形态关系的探索

几乎与鲁、曾之争同时，文艺理论界也在就文艺与意识形态的关系进行着讨论，而且参与者众多、持续了多年，也可以说，这是相互影响、彼此联系与交叉的两次讨论。

1986 年，栾昌大首先提出了文艺的"超意识形态性"："实际上，文学艺术作为整体现象，是最复杂的文化构成因素，它不仅作为意识形态的一种有自己的特性，而且具有意识形态性和超意识形态性这双重特性。也可以说，它的内涵和外延大于政治、法律等意识形态的概念。它可以作为文化的一个类，一个子系统，与意识形态有交叉却不能作意识形态的一个类，一个子系统。"② 在这篇文章中，他以"意识形态性"或"非意识形态性"来界定文艺的本质，也与以前的"文艺是或不是意识形态"有所区分。此文发表不久，毛星撰文指出，意识形态指的是思想、观念体系和理论；"Ideologie"应该被译为"意识形式"，而不是"意识形态"；"BewuBtseinformen"应该被译为"意识形态"，而不是"意识形式"；文学艺术的思想、理论和观念属于 Ideologie，文学艺术属于 BewuBtseinformen。因此，为了正确地理解文艺与意识形态的关系，应该"按照马克思的原意，把 Ideologie 与 BewuBtseinformen 区分开来，把政治的、宗教的、艺术的思想理论归属于 Ideologie，而把政治、宗教、艺术等归属于 BewuBtseinformen，把'意识形态'这个译名从一向误为的 Ideologie 改为 BewuBt-

---

① 傅树声：《文艺是上层建筑吗？》，《文艺争鸣》1988 年第 6 期。
② 栾昌大：《关于文艺本质探讨的几个问题》，《吉林大学学报》1986 年第 3 期。

seinformen，不是个别词句问题，而是一个重大原则问题。"① 这篇文章对当时和以后的讨论产生了很大的影响。栾昌大接受了苏联学术界和毛星的影响，在《文艺意识形态本性说辨析》一文中，系统地提出了他对意识形态、文艺与意识形态关系的看法。栾昌大首先界定了意识形态："所谓意识形态，是社会意识的一种存在形式，是基本上出现于阶级社会中表现出阶级倾向性，至少要表现出一定社会倾向性的社会意识。反之，不表现一定社会倾向性的社会意识形式，就不能成为我们常说的意识形态。"② 如果以此来衡量文艺，就可以发现新的看法："把文艺作为一个整体来看，意识形态性既不是文艺的唯一特性，也不是文艺的基本特性，因此不能说文艺的本性是意识形态。"③ 即使那些具有强烈意识形态性的作品，意识形态也不是其唯一特性，它们还有其他特性，它们是"意识形态性和超意识形态性"的统一。而且，"斯大林不是说政治、法律、艺术等等本身就是意识形态，而是说社会对于政治、法律、艺术等等的观点才是意识形态。以艺术而论，对艺术的观点，就是怎样看待艺术的艺术观念。艺术观念，显然不同于艺术；艺术观念当然就是意识形态，而艺术却未必是。"④ 最后，栾昌大得出了这样的结论："文艺作品就其总体而言，与哲学、政治、法律、道德等等相同，也具有双重性，甚至具有多重性，说它是社会意识形式之一比说它是意识形态形式之一更合乎逻辑。"⑤ 与这个观点相似，董学文也提出，"文学艺术的特殊性在于它是意识形态和非意识形态的集合体"。他还提出："承认不承认、坚持不坚持文学艺术的意识形态与非意识形态的结合，同样是个'原则问题'。"⑥ 该文对社会意识形态与意识形式、文艺作品与文艺观的区分，也与栾昌大的文章相似。此外，还有一种同时反对文艺的"纯意识形态性"和"非意识形态性"的观点："文艺具有一种介乎两者之间的'准意识形态性'。"⑦

当"文艺的非意识形态"开始提出的时候，就遭到了一些学者的反对。吴元迈把这种观点视为非马克思主义的文艺观，并坚决反对这种观点："文艺的非意识形态化，是过去和现在一切非马克思主义文艺理论的

---

① 毛星：《意识形态》，《文学评论》1986 年第 5 期。
② 栾昌大：《文艺意识形态本性说辨析》，《文艺争鸣》1988 年第 1 期。
③ 同上。
④ 同上。
⑤ 同上。
⑥ 董学文：《马克思主义文艺学当代形态论纲》，《文艺研究》1988 年第 2 期。
⑦ 邵建：《马克思主义文艺美学本质辨识》，《文艺争鸣》1991 年第 3 期。

共同特征。"① 较早对栾昌大的观点提出批评的是牟豪成,他赞成文艺是一种特殊的意识形态,并否定了栾昌大的文艺本质观。他有几个观点值得注意:第一,从对物质基础的依赖和反映方面讲,"意识形态"、"意识形态形式"、"社会意识形式"的含义大致相同,不存在"原则的区别",但是,"意识形态形式"与"社会意识形式"有区别,后者包括了意识形态和非意识形态。第二,他反对栾昌大把意识形态作为附加物:"思想倾向性是作为社会意识形态的文艺本身客观具有的特性,并不是可有可无的附加物;马克思主义关于文艺的意识形态理论,是揭示文艺基本性质的合乎实际的科学,并非是需要摒弃的'传统观念'。"② 陆梅林结合马克思主义经典论著考察了意识形态概念的变化,提出了他对意识形态的理解:"意识形态,亦称观念形态,是历史唯物主义的基本范畴之一,是社会意识的一个重要方面,包括认识情感意志诸意识要素,在社会形态的结构中属于观念性的上层建筑,含经济思想、政治法律思想、道德、文学艺术、宗教、哲学等社会意识形式。……它们相互联系,相互影响,构成意识形态的有机整体,是人们自觉地反映社会生活的比较稳定的,系统的思想形式。"③ 陆梅林强调,意识形态先有社会性,后有阶级性,不能认为意识形态仅仅存在于阶级社会。而且,作为意识形态的艺术有其特殊性。在这篇文章中,陆梅林还直接反驳毛星的观点,辨析了关于社会意识形式与社会意识形态、艺术作品与艺术理论的"二分法"的错误,并把二者都视为意识形态:"恩格斯不仅始终坚持某些社会意识形式的观点是意识形态,而且始终坚持政治、宗教、哲学、艺术本身也是意识形态。"④ 在这个问题上,文章发表较早的毛崇杰也主张意识形态应该包括艺术。⑤ 在这个时期,钱中文赞同文学是社会意识形态,但主张也要充分考虑文学的"审美"特征,他较为详细地阐发了其"审美意识形态"理论。⑥ 可以说,这次讨论是新时期以来文艺理论界直接就文艺与意识形态的关系所展开的第一次讨论。从实际情况看,相当一部分学者是希望通过质疑文艺属于意识形态的观念(特别是强调文艺的非意识形态因素或非意识形态性),以摆脱"左"的意识形态和政治对文艺的束缚,为文艺创作提供更

---

① 吴元迈:《关于文艺的非意识形态化》,《文艺争鸣》1987 年第 4 期。
② 牟豪成:《不能否定文艺的意识形态理论》,《文艺理论批评》1989 年第 5 期。
③ 陆梅林:《何谓意识形态》,《文艺研究》1990 年第 2 期。
④ 同上。
⑤ 毛崇杰:《也谈意识形态》,《文艺理论与批评》1988 年第 6 期。
⑥ 钱中文:《论文学观念的系统性特征》,《文艺研究》1987 年第 6 期。

大的自由。此外，这次讨论还对21世纪学界关于文艺"审美意识形态论"的讨论产生了深远的影响，这次讨论的许多观点在"审美意识形态论"的讨论中都有所反映。

这次讨论有一些新的现象需要关注：文艺的非意识形态性作为问题出现并得到讨论；出现了要求区分社会意识形式与社会意识形态、文艺作品与文艺观点的呼声。客观地说，这些观点并没有获得多数学者的支持。

第三节 新时期关于"审美意识形态"的讨论

新时期以来，文艺与意识形态关系问题的第三次讨论则是围绕"审美意识形态论"展开的。首先，我们有必要介绍"审美意识形态论"产生的大致过程。在20世纪80—90年代，学界非常重视对文艺审美特征的研究，"文学审美特征论"、"审美意识"论、"审美反映论"、"审美意识形态论"、"审美价值结构论"、"审美中介论"等观念纷纷涌现，"审美意识形态论"是伴随着学界对文艺本质的探索出现的，并成为当时众多从审美介入文艺本质的一种有影响的观点，其发展线索大致如下。

1982年，张涵在论述文艺作品时指出，文艺作品是具有"审美性质的意识形态"，可以说，这是文艺"审美意识形态论"的萌芽，但他主要是从作品展开论述的，还没有把这个判断提升到文艺本质的高度。① 稍后，钱中文也涉及这个命题："文艺是一种具有审美特征的意识形态。"② 几乎与此同时，孔智光也涉及了这一命题："在我们看来，艺术的本质是审美的意识形态，是艺术家对客观现实生活的主观能动的反映，是对客观现实的再现与主观心理的表现的统一。"③ 之后，不断有学者提及这一命题：1983年，周波提出了这样的看法；1984年，江建文的两篇文章也有类似的提法。④ 从1984年以后，钱中文开始有意识地建构以这个命题为

---

① 张涵：《论艺术作品的审美性质》，《郑州大学学报》1982年第3期。
② 钱中文：《论人性共同形态描写及其评价问题》，《文学评论》1982年第6期。
③ 孔智光：《试论艺术时空》，《文史哲》1982年第6期。
④ 周波：《试谈文学批评标准的客观性》，《山东师范大学学报》（人文社会科学版）1983年第6期；江建文：《要发掘生活中真正的美》，《学术论坛》1984年第1期；江建文：《列宁文艺批评思想略论》，《广西大学学报》（哲学社会科学版）1984年第1期。

核心的理论体系。1984年,他重申,文学"是一种审美的意识形态"①。1986年,他又提出:"文学是一种审美的意识形态,其重要的特性就在于它的审美性和意识形态性。"② 1987年、1988年,他先后发表了《论文学观念的系统性特征》和《论文学形式的发生》(《文艺研究》1988年第4期),并形成了比较成熟的看法:"从社会文化系统来观察文学,从审美的哲学的观点出发,把文学视为一种审美文化,一种审美意识形态,把文学的第一层次的本质特性界定为审美的意识形态性,是比较适宜的。""文学作为审美的意识形态,以感情为中心,但它是感情和思想认识的结合;它是一种自由想象的虚构,但又具有特殊形态的多样的真实性;它是有目的的,但又具有不以实利为目的的无目的性;它具有社会性,但又是一种具有广泛的全人类性的审美的意识形态。"③ 钱中文把这些思考综合起来,形成了其文艺本质观,并构成了其专著《文学原理——发展论》(社科文献出版社1989年版)的主旨和框架。1989年,王元骧在《文学原理》(浙江教育出版社1989年版)中明确提出,"文学是一种审美意识形态"。1992年,童庆炳主编的《文学理论教程》吸收了这个观念:"文学不仅是一般的意识形态,而且是审美意识形态。文学的一般意识形态性质是其普遍性质,而文学的审美意识形态性质则是其特殊性质。"④ 对文学的定义是:"文学是显现在话语含蕴中的审美意识形态。"⑤ 后来,多次出版了这部教材的修订本,这个命题被许多学者和教材接受,"审美意识形态论"在学界、文艺理论教学中获得了巨大的影响。这样,学界通常都把钱中文、童庆炳、王元骧作为"审美意识形态论"的代表人物。需要说明的是,1910年,沃罗夫斯基在评论高尔基的文章中说过文学是"审美意识形态";1975年出版的苏联美学家布罗夫的著作《艺术的审美实质》也提到过艺术是"审美意识形态"。但二者都没有明确的界定和详细的阐释,其中,布罗夫的提法还很有争议。这样看来,"审美意识形态论"应该是中国学者的创造。

我们先介绍一下讨论的大致情况。2003年,单小曦质疑文学"审美意识形态论",此文遭到了陈雪虎的反驳,之后,陈吉猛、周忠厚也开始

---

① 钱中文:《文艺理论的发展和方法更新的迫切性》,《文学评论》1984年第6期。
② 钱中文:《最具体的和最主观的是最丰富的》,《文艺理论研究》1986年第4期。
③ 钱中文:《论文学观念的系统性特征》,《文艺研究》1987年第6期。
④ 童庆炳:《文学理论教程》,高等教育出版社1992年版,第84页。
⑤ 同上书,第94页。

质疑文学"审美意识形态论",这些文章①发表后,讨论逐渐平息。2005年,董学文的《文学本质界说考论——以"审美"和"意识形态"为中心》一文全面地质疑了文学"审美意识形态论",持文学"审美意识形态论"的学者开始反驳,以此为标志,学界再次对这一问题展开了争论。与此前的讨论相比,这次讨论的规模较大,参与讨论的学者也比较多,质疑、支持"审美意识形态论"的学者分别召开了围绕这个议题的讨论会,并出版了会议的论文集。② 这次讨论涉及的议题比较多,为了论述的方便,我们把双方的主要分歧总结为五个主要方面。

第一,对于文学艺术是否属于社会意识形态存在着分歧,这种分歧源于对马克思主义经典著作的不同理解。其中,对《〈政治经济学批判〉序言》中如下段落的分歧尤为严重:"人们在自己生活的社会生产中发生一定的、必然的、不以他们的意志为转移的关系,即同他们的物质生产力的一定发展阶段相适合的生产关系。这些生产关系的总和构成社会的经济结构,即有法律的和政治的上层建筑竖立其上并有一定的社会意识形式与之相适应的现实基础。……于是这些关系便由生产力的发展形式变成生产力的桎梏。那时社会革命的时代就到来了。随着经济基础的变更,全部庞大的上层建筑也或慢或快地发生变革。在考察这些变革时,必须时刻把下面两者区别开来:一种是生产的经济条件方面所发生的物质的、可以用自然科学的精确性指明的变革,一种是人们借以意识到这个冲突并力求把它克服的那些法律的、政治的、宗教的、艺术的或哲学的,简言之,意识形态的形式。"③ 具体分歧为:(1)"那些法律的、政治的、宗教的、艺术的或哲学的"修饰的是"意识形态形式"还是"形式"?董学文认为,答案是"意识形态形式","自然科学"与它相对应,意识形态应该被理解为"综合思想体系",这样,文学、艺术的观念就属于意识形态,

---

① 这些文章主要是:单小曦:《"文学的审美意识形态论"质疑——与童庆炳先生商榷》,《文艺争鸣》2003年第1期;陈雪虎:《如何理解"审美意识形态论"?——答单小曦的质疑》,《文艺争鸣》2003年第2期;陈吉猛:《南华大学学报》2003年第4期;周忠厚:《关于审美意识形态的几点思考》,《河北师范大学学报》2003年第6期。

② 2006年4月7—8日,北京大学中文系等单位联合召开了"文艺意识形态学说学术研讨会",会后,出版了李志宏主编《文艺意识形态论争集》(吉林大学出版社2006年版);北京师范大学文艺学研究中心编辑出版了的《文学审美意识形态论》(中国社会科学出版社2008年版),之后,于2009年6月6日召开了"文学与审美意识形态研讨会"。关于这次讨论的过程可参阅邢建昌、徐剑《关于文学"审美意识形态"论争的梳理和反思》,《人大复印资料·文艺理论》2008年第8期。

③ 《马克思恩格斯选集》第2卷,人民出版社1995年版,第32—33页。

而文学、艺术则属于"意识形态的形式"。童庆炳、钱中文则认为,"那些法律的、政治的、宗教的、艺术的或哲学的"是"意识形态"的同位语,省略的部分应该是"形式",也可以表述为法律的形式、政治的形式、宗教的形式、艺术的形式,等等。在整个社会结构中,除了政治、法律上层建筑外,马克思把它们都视为经济基础之上的观念形态的东西,即意识形态。① 或者说,"把法律、政治、宗教、艺术等称为意识形态,主要在于说明,它们作为诸种社会意识的表现,并非偶然的形成,而都是产生在一定的经济基础之上。对于作为已经产生、完成了的一种学说,一种观念形态,即一种意识形态来说,已经形成了一种客体性的东西,它们具有自身特定的形式:或是思想观念形态的,或是感性叙述形态的。"② (2) "社会意识形式"、"意识形态形式"中的"形式"能否翻译为"种类"? 董学文认为,"形式"不能理解为"种类",原因是"因为原文表明,前者是对应与现实基础联系密切的'上层建筑'的,后者对应的实际上是自然科学,如果译成'种类',那就说不通了。"③ 这样,意识形态就成为一个"总体性"概念,文学艺术就只能成为"意识形态形式",而不是一种意识形态了。童庆炳则认为,原著中"社会意识形式"和"意识形态形式"中的"形式"都是复数而不是单数,从语意、逻辑关联和语法来看,"形式"应该理解为"种类"或"门类",自然,文学艺术也是一种意识形态。如果用意识形态的"总体性概念",就以意识形态性取消了意识形态自身的形式。(3) 对这段话中"形式"的定语也存在着分歧。董学文认为,"当人们意识到经济基础和上层建筑之间的冲突并力求把它克服、但又不能用自然科学的精确性来指明那些东西的时候,如法律的、政治的、宗教的、艺术的或哲学的变革,这时,一言以蔽之,可以称之为'意识形态的形式'。"④ 这样,意识形态成了"总体性的概念",也就无所谓诸种意识形态了。钱中文认为,这样的解释并不符合马克思的原意,原因在于,这种理解首先删去了中文译文中形式的定语"那些",进而删去了形式的复数,最后又删去了诸种法律的、诸种政治的、诸种宗教的、诸种艺术的等"诸种"的复数,经过三次删除后,结果就成为"意识形

---

① 童庆炳:《意识形态与文学艺术》,载北京师范大学文艺学研究中心《文学审美意识形态论》,中国社会科学出版社2008年版,第119页。
② 钱中文:《对文学不是"意识形态"的考论的考论》,《文艺研究》2007年第2期。
③ 董学文:《文学本质界说考论》,《北京大学学报》2005年第5期。
④ 同上。

态形式"了。①

第二，在理解马克思主义的"意识形态"概念上存在着分歧。（1）董学文是这样看待马克思、恩格斯所使用的"意识形态"概念的。他认为，"马克思本人从来就没有直接或间接地说过文学是某种'意识形态'。"意识形态是一个"思想综合体系"，主要指"思想家通过意识完成的一个认识'过程'，是指在'经济基础/上层建筑'总体结构中的功能性存在。"它有一定的规定性："凡是'意识形态'，就都属于'观念'和'思想体系'的范围，它既不指带有'意识形态'属性的其他存在方式或存在形态本身，也同具体的'意识形态'存在形式，即'意识形态的形式'如法律学、政治学、宗教学、艺术学和哲学，不能完全等同或混淆。"②把意识形态视为"思想综合体系"，文学艺术就是意识形态了，自然就更不是审美意识形态了。周忠厚、李志宏等学者也是这样认为的。钱中文等学者认为，除了思想体系外，意识形态还包括"感性叙述形态"或与"物质"领域相对的"精神"领域，认识、思想、理性、感性、感情、评价都属于意识形态的范围，这样，艺术学、艺术都属于意识形态，文学也是如此。而且，在《〈政治经济学批判〉序言》、《路易·波拿巴的雾月十八日》和恩格斯在1890年给施密特的信中都包含了文学艺术属于意识形态的意思。从当代文论史看，毛星等学者在20世纪80年代就持这种观点，当时就遭到了陆梅林等学者的反对。（2）董学文等学者认为，马克思、恩格斯继承了特拉西的思想，主要是在虚假意识、虚假思想的含义上使用"意识形态"的，这个概念主要是贬义的。童庆炳等学者认为，马克思对特拉西的"意识形态"概念进行了革命性的改造，取其广义的、中性的意义，之后，恩格斯、列宁也都是这样来使用这个概念的。而且，在希腊语中，"意识形态"由"观念、概念或形象"加"学说"构成，不仅仅指思想，马克思可能受此影响；根据黑格尔《精神现象学》汉译者贺麟、王玖兴的说法，精神现象学中常见的一个术语是"意识形态（形态为复数）"，应直译为"意识诸形态"，它不同于特拉西的"观念学"，其中，哲学、道德、宗教、艺术都属于意识形态。这样看来，马克思的"意识形态"概念与希腊的词源学意义、黑格尔的"意识诸形态"都比较接近，这也是马克思可能这样使用此概念的原因。③ （3）"社会意

---

① 钱中文：《对文学不是"意识形态"的考论的考论》，《文艺研究》2007年第2期。
② 董学文：《文学本质说考论》，《北京大学学报》2005年第5期。
③ 童庆炳：《意识形态与文学艺术》，载北京师范大学文艺学研究中心《文学审美意识形态论》，中国社会科学出版社2008年版，第121—122页。

识形态"与"社会意识形式"的关系。在这个问题上,董学文认为,二者是有严格区别的:"马克思……严格使用的是'社会意识形式'和'意识形态的形式'两个概念,用来指称他所要说明的对象……前者是对应于与现实基础联系密切的'上层建筑'的,后者对应的实际上是自然科学。"① 他还由此得出了新的文学定义:"准确地说,文学是可以具有意识形态性的审美社会意识形式,是审美社会意识形式的话语生产方式。"②王元骧从社会意识的不同构成因素中发现了其区别:社会意识分为"纯知识"的"社会意识形式"和"有价值导向性"的"社会意识形态"两种,其中,"意识形态作为自觉地反映一定社会经济形态和政治制度的思想体系,不同于一般的社会意识形式,就在于它不仅有知识成分,而且还有价值成分,其核心是一个价值观的问题。它的功能就在于凝聚社会成员的力量,动员社会成员为实现一定社会的共同目标去进行奋斗。"③ 与此相对,另一种观点认为,二者没有什么区别,几乎可以通用,用社会意识形态界定文艺有其合理性。吴元迈认为,马克思、恩格斯是把文艺与宗教、道德、政治、法学等一起视为意识形态的。而且,他们还使用了"意识形态形式"、"意识的形式"、"意识形态领域"等表述,事实上,"而这些表述的涵义并不是相互矛盾和相互对立的,而是相同的和一致的。"④ 童庆炳然区分了二者的含义,但仍强调二者的相通之处,即根据恩格斯的论述,在阶级斗争激烈和强大意识形态起作用的社会中,区别"社会意识形态"与"社会意识形式"没有多少实际意义。⑤ 胡亚敏比较"社会意识形式"和"意识形态"后得出这样的结论:"意识形态"也可以是中性的;也可以通过限定获得其褒义;社会意识形态也可以是多样的。而且,学界使用"意识形态"是约定俗成的。因此,使用"社会意识形式"的必要性不大。⑥ 这样看来,董学文、李志宏等学者主张文学艺术是"社会意识形式";吴元迈、童庆炳、王元骧等学者都主张,文学艺

---

① 董学文:《文学本质界说考论》,《北京大学学报》2005 年第 5 期。
② 董学文、李志宏:《文学是可以具有意识形态性的审美社会意识形式》,载李志宏《文艺意识形态论争集》,吉林大学出版社 2006 年版,第 119 页。
③ 王元骧:《我对"审美意识形态论"的理解》,《文艺研究》2006 年第 8 期。
④ 吴元迈:《再谈文艺和意识形态的关系》,载李志宏《文艺意识形态论争集》,吉林大学出版社 2006 年版,第 3 页。
⑤ 童庆炳:《意识形态与文学艺术》,载北京师范大学文艺学研究中心《文学审美意识形态论》,中国社会科学出版社 2008 年版,第 125—127 页。
⑥ 胡亚敏:《关于文学及其意识形态性质的思考》,载李志宏《文艺意识形态论争集》,吉林大学出版社 2006 年版,第 92 页。

术属于意识形态，其中，王元骧等学者主张以"意识形态性"而不是"意识形态"来说明文学艺术的本质。

第三，"审美意识形态"是否科学？在应答对"审美意识形态"的质疑时，童庆炳以说明这个概念的方式来辩护这个概念："第一，'审美意识形态'不是审美的意识形态，不是审美与意识形态的简单相加。它本身是一个有机的完整的理论形态，是一个整体的命题，不应该把它切割为'审美'与'意识形态'两部分。'审美'不是纯粹的形式，是有诗意内容的；'意识形态'也不是单纯的思想，它是具体的有形式的。""第二，在我们强调'审美意识形态'的独立性的同时，也同时要看到，审美意识形态有巨大的融解力，一切政治的、道德的、教育的、宗教的、历史的甚至科学的内容都可以融解于审美意识形态中。反过来说也是一样，审美意识形态可以包容政治的、道德的、教育的、宗教的、历史的甚至科学的内容。审美意识形态是一个包容性很大的概念。""第三，就'审美意识形态'本身的内涵来看……文学既是无功利的也是有功利的；文学既是形象的，也是理性的；文学既是情感的，也是认识的。这就是说，文学审美意识形态作为一种理论具有复合性结构，它指明了文学活动具有双重的性质。"[①] 后来，董学文等学者又质疑、否定了这个概念的科学性，董学文的看法很有代表性：在这个概念中，"如果用'审美'来统领'意识形态'，那是对意识形态内涵作了过于空疏宽泛的理解，'意识形态'是不适宜去'审美'的；如果倒过来用'意识形态'来笼罩'审美'，那又犯了以观念和政治挤压艺术的毛病，因为'审美'活动中的观念色彩本是很弱的。当然，我们可以把'审美'权当作'意识形态'的一个成分，但问题是，这样它又丢失了界定文学的其他重要成分，因为文学作为'社会意识形式'，其本质不只是'审美'"。因此，"'审美'和'意识形态'两个概念都非常歧义、含糊、抽象，而且它们的内涵和外延既相互排斥又相互包容。如果将'审美'和'意识形态'硬搭配在一起，成为一个固定词组，那就如同'两只脚的独角兽'或'苹果的水果'（或'水果的苹果'）称谓一样，这种亦此亦彼的判断，难以成为严格的定义方式。所以，把'审美意识形态'概念当作一个独立而完整的系统确有不当之处。"[②] "'审美意识形态'概念……从严格的学理意义上讲，是一

[①] 童庆炳：《怎样理解文学是"审美意识形态"？》，《中国大学教学》2004 年第 1 期。
[②] 董学文：《文学本质界说考论》，《北京大学学报》2005 年第 5 期。

个难以成立——或者干脆说不能成立——的'伪概念'。"① 对此，钱中文认为，"审美意识形态论"的目的是为了促进文学回归自身，回归到其逻辑起点审美意识。或者说，审美与意识形态的融合形成了文学本质的新的系统质："实际也就是我们在上面论及的以审美意识为逻辑起点、历史地生成的审美意识形态所显示的最基本的复合特性：即在文字多种结构的样式中，文学的诗意审美与社会意义、价值、功能两者的融合，与这两个方面保持高度的张力与平衡。"② 童庆炳以苏联美学家阿·布罗夫的观点为根据，说明审美这种具体的意识形态存在的合法性："'纯'意识形态原则上是不存在的。意识形态只有在各种具体的表现中——作为哲学的意识形态、政治意识形态、法律意识形态、道德意识形态、审美意识形态——才会现实地存在。"③ 他还从概念是否适应时代需要、是否符合文艺实践与是否合理三个方面说明"审美意识形态"是科学的。④ 与此相似，朱立元也认为，文学"审美意识形态"论"的确能够比较完整地概括文艺的本质特征，并具有较为广阔的包容性和理论涵盖性，能够适应新时期以来文艺多元发展的基本态势。"⑤ 王元骧认为，认识文艺也应该从一般、特殊、个别三个层次出发，一方面，文艺离不开情感，情感隐匿着真、善、美的内容，"这就使得文学艺术以作家审美情感为中介与社会意识形态获得沟通。所以，我认为以'审美的'这个概念来对文学艺术这种特殊的意识形态形式作出进一步的具体界定，丝毫没有否定文学的性质是一种社会意识形态的意思。"⑥ 另一方面，特殊又影响、制约着一般："审美性又使得文学这种特殊的意识形态形式不同于一般的意识形态形式，它不是以理论的、思想体系的形式出现，是没有概念性的内容的。"⑦ 这样，"审美意识形态论"就具有了合理性："我觉得以审美来界定文学艺术的特性，认为文学艺术的意识形态性只能以审美的方式予以体现，倒正是避免因抽象讨论而导致把文学艺术的意识形态性架空，使它与文学艺术的特性相融而有了自己真正的落脚点。"⑧

---

① 董学文：《文学本质界与唯物史观》，《文艺研究》2007年第6期。
② 钱中文：《文学审美意识形态的逻辑起点及其历史生成》，《文学评论》2007年第1期。
③ [苏]阿·布罗夫：《美学：问题和争论》，凌继尧译，上海译文出版社1987年版，第41页。
④ 童庆炳：《意识形态与文学艺术》，北京师范大学文艺学研究中心编《文学审美意识形态论》，中国社会科学出版社2008年版，第128—131页。
⑤ 朱立元：《新时期文论大发展与马克思主义文论中国化》，《文艺争鸣》2008年第7期。
⑥ 王元骧：《我对"审美意识形态论"的理解》，《文艺研究》2006年第8期。
⑦ 同上。
⑧ 同上。

第四，如何理解"审美意识形态"的逻辑起点？质疑派不满意"审美意识形态论"者对"审美意识形态"的逻辑起点的解释，这成为他们反对这个概念的理由之一。针对这个问题的质疑，钱中文指出："至于研究具体的文学，我们则是把它作为审美意识形态来对待的，而其逻辑起点不是意识形态，而是审美意识。"① 他强调问题研究的历史观念，从文艺发展的角度对此作了详细的说明："审美意识随着社会生活的演进，社会结构的日渐成熟与发展，人文意识的进步与强化，特别是文字的出现与完善和审美特性的丰富与表现形式的有序化，美的规律的进一步的生成与掌握，于是由口头的审美意识形式，自然地、历史地生成而为审美意识形态。"② 董学文在反批评时认为，即使其逻辑起点是意识形态，这个概念也存在着诸多问题；如果其逻辑起点是审美意识，这个概念就成了"审美意识的形态"，那么"他的这种表述，只能说明'审美意识形态'是'审美意识'加'形态'的拼凑，这要比解读为'审美'加'意识形态'的拼凑，更为远离马克思主义学说。"③ 冯宪光认为，审美意识是这个理论的逻辑起点："不是先有意识形态，才有对意识形态的形象表达，才有文学。是先有人们的归根结底由物质生产决定和引发的审美需求，先有人们的审美活动，先有人们在审美活动之前、之中、之后逐渐明晰和成型的审美意识，才构成意识形态的一个组成部分。……文学审美意识形态论的创新就是把马克思主义文学理论的逻辑起点，从抽象的逻辑概念社会意识形态，重新放置到文学活动的经验事实中，从文学活动事实的发生之地来展开逻辑的理论研究。这是符合马克思主义的一切从实际出发实事求是的理论原则和精神的。"④

第五，"审美意识形态论"的实际效果如何？"审美意识形态"是否是审美至上主义？是否是以审美消解文学的意识形态或"去政治化"？童庆炳在分析"审美意识形态"时指出："'文学审美反映论'和'文学审美意识形态论'与一般抽象的认识或意识形态不同……它在审美中就包含了那种独特的认识或意识形态。在这里，审美与意识，审美与意识形态，如同盐溶于水，体匿性存，无痕无味。""现实的审美价值具有一种溶解性和综合的特性，它就像有溶解力的水一样，可以把认识价值、政治

---

① 钱中文：《意识形态的多语境阐释》，《河北学刊》2007年第1期。
② 钱中文：《论文学审美意识形态的逻辑起点及其历史生成》，《文学评论》2007年第1期。
③ 董学文：《文学本质界定与唯物史观》，《文艺研究》2007年第6期。
④ 冯宪光：《文学审美意识形态论的几个重要问题》，《中外文化与文论》第14辑，四川大学出版社2007年版。

价值、道德价值、宗教价值溶解于其中。综合于其中。"① 一些学者担忧，这些观点和"审美意识形态论"会导致消极的影响。有学者认为，这种文艺观会消解文学的意识形态："'审美意识形态'论，实际上是蓄意依托马克思主义的社会结构理论，为'审美'寻找安身立命的权威性学术支撑，再运用审美的'溶剂'消解意识形态理论，特别是溶解和化掉意识形态理论的科学性和政治倾向性。'审美溶解论'所主张的审美意识形态，对马克思主义意识形态理论来说，给人一种'用其名而废其实'的感觉，实际上把马克思主义的意识形态理论全然审美化了，缺乏叙述的严谨性、可信性和理论与实践的一致性。"② 马建辉对此进一步作了理论上的总结："审美意识形态"的主要效果表现为"审美膨胀"和对意识形态概念的"空置和淡化"，其中，强调"审美溶解力"就是其一种表现。③ 董学文还"担心这种界定模式将会对创作带来实际的危害"。④ 对此，童庆炳认为，审美和意识形态都具有内容的因素和形式的因素，审美更强调情感体验、无功利的超越性，意识形态更强调认识、价值、思想，二者即互补又有张力。这样，"'审美意识形态'的内涵是要在情感的与认识的、形象的与思想的、功利的与非功利的等对立的方面实现统一，这种统一顺理成章，没有丝毫的勉强。"⑤ 王元骧是这样看待的："虽然在提倡和赞同文学审美意识形态论的学者中各人对这个问题的理解可能并不完全一致，而有些阐述文学意识形态性的文章的具体表述似乎也还不够准确、科学，容易引起'去政治化'的误解，但是把审美与意识形态性完全对立起来，并试图以审美来消解文学的意识形态性的文章，至今我似乎还没有看到。"⑥ 他倾向于回到康德对审美的理解，即要求审美"造就人"、"提高人的德性"。而且，他还强调要"从社会主义社会价值观的高度来理解审美意识形态性的性质"。这样，就不会有消解意识形态的担心了。⑦

文艺"审美意识形态论"是新时期文艺理论界拨乱反正、突破"左"

---

① 童庆炳：《新时期文学审美特征及其意义》，《文学评论》2006年第1期。
② 陆贵山：《文学·审美·意识形态》，载李志宏《文艺意识形态论争集》，吉林大学出版社2006年版，第44页。
③ 马建辉：《中国传统与实际效果：理解文学意识形态论和审美意识形态论的两个视角》，载李志宏《文艺意识形态论争集》，吉林大学出版社2006年版，第237—240页。
④ 同上。
⑤ 童庆炳：《意识形态与文学艺术》，载北京师范大学文艺学研究中心《文学审美意识形态论》，中国社会科学出版社2008年版，第130页。
⑥ 王元骧：《我对"审美意识形态论"的理解》，《文艺研究》2006年第8期。
⑦ 同上。

的政治束缚和理论反思的产物，它与其他理论共同开创了文艺理论多元化的格局。客观地说，文艺"审美意识形态论"是新时期以来具有巨大影响的一种文艺理论观，它在继承马克思主义文艺本质观（"文艺是一种社会意识形态"）的基础上，吸纳了审美研究的成果，它的产生和存在有其必然性、合理性，具有一定的理论价值和现实意义。同时，我们也应该认识到，文艺的丰富性、复杂性决定了它不可能成为我们看待文艺的唯一的理论，只有接受其他理论的质疑、挑战，才可能在自我反思和对话中与其他理论一道得到发展。从这种意义上讲，关于文艺"审美意识形态论"的讨论是有积极意义的，也有需要双方正视和借鉴之处。尽管双方仍然存在着许多分歧，但是，目前讨论还在进行，希望双方在以后的讨论中都能够求同存异，共同为文艺理论的发展作出贡献。

在当代文艺理论史中，我们可以经常发现这样一个有趣的现象，几乎在重要的社会转型时期，文艺与意识形态的关系就会被提出，并引发激烈的争论。实际上，这既反映了社会、文艺的复杂性，又反映了马克思主义的丰富性。而且，这是时代发展给文艺理论研究带来的挑战和机遇，也是文论界必须面对、应答的时代课题。

第十一章 文学人类学及其在中国的发展

第一节 民族文学、比较文学、文学人类学

比较文学是文学学科中唯一以"比较"命名者。与之相应的文化人类学,则享有"比较文化"的别称。将这两个以"比较"冠名的学科之间界限打通,其交叉融合部分即可名为"文学人类学";两个原有的学科互动后再生的新兴研究领域也将称为"文学人类学"。

比较文学自其诞生之日起,就一直在讨论其学科定位的问题:它是一门独立学科呢,还是一种研究范式或者研究方法?本专业内的人士都对"比较不是理由"[①]这样的标题耳熟能详。不同学者出于不同的身份认同和学科认同需要,对此持对立的看法。从知识系统的来源看,比较文学的前身就是民族文学或国别文学研究。它是在知识全球化进程中催生出的跨越语言、民族、国别界限的文学研究。

20世纪末,中国学界在高等教育的学科设置中将比较文学与外国文学联通起来,作为新兴的合法化二级学科——"比较文学与世界文学"。比较是否是理由的争议暂时偃旗息鼓。但是比较文学何去何从的疑问依然在继续。如果从合并的逻辑上推测,比较文学加上世界文学,不就是人类的文学或"文学人类学"么?笔者倾向于将比较文学看成从各个民族国家从隔绝封闭时代走向开放交流时代的文学研究之大趋势;同时将这一趋势的前瞻景象描述为一种文学人类学。换言之,比较文学是从各自孤立的民族文学小世界通向整合性的文学人类

[①] [美]艾金伯勒:《比较不是理由》,载于永昌等《比较文学研究译文集》,上海译文出版社1985年版,第102—103页。

学大世界的必经之路和过渡桥梁①。

在此前瞻意识下，文学人类学在比较文学的领域中催生、成长的现实也就容易理解。用更明确的语言来表述，文学人类学乃是早期比较文学界提出的"总体文学"目标在新的科际整合语境中的延伸或置换。换言之，比较文学在20世纪后期所形成的最主要的跨学科研究潮流，是孕育出文学心理学、文学社会学和文学人类学等边缘学科的现实土壤。从另一意义上说，文学人类学和比较文学的关系，就像文化研究和比较文学的关系一样，需要用发展变化的动态眼光来审视和前瞻。最初正是比较文学界以其跨学科的开阔胸怀来容纳文化研究的。后来文化研究呈现出独立发展和迅速拓展的态势，其所研究的范围之广和对象之多，远不是比较文学所能够容纳和限制的。除了少数坚守学科本位主义立场的人以外，大家也无须为此而大动干戈。新旧学科的分化重组和再生，自有其知识社会学的逻辑，不以人的意志为转移。

就中国的学坛情况看，近现代的西学东渐，给国人送来了外国文学和比较文学。延续数千年的中国文学传统发生了新变化。胡适在1923年撰写《〈国学季刊〉发刊宣言》(1923)，总结三百年来国学的得失，认为成绩有三，缺点有三。成绩是"一整理二发现"。即整理古书，发现古书和发现古物。三个缺点则依次为：（一）研究的范围太狭窄了。（二）太注重功力而忽略了理解。（三）缺乏参考比较的材料。关于第三点，他发问说：

> 我们试问，这三百年来的学者何以这样缺乏理解呢？我们推求这种现象的原因，不能不回到第一层缺点——研究的范围过于狭小。宋明的理学家所以富于理解，全因为六朝唐以后佛家与道士的学说弥漫空气中，宋明的理学家全都受了他们的影响，用他们的学说作一种参考比较的资料。宋明的理学家，有了这种比较研究的材料，就像一个近视的人戴了近视眼镜一样；从前看不见的，现在都看见了；从前不明白的，现在都明白了。②

根据这个学术史的经验回顾与展望，胡适针对性地提出三点建议：（一）扩大研究的范围；（二）注意系统的整理；（三）博采参考比较的资料。怎样博采参考比较的资料呢？胡适一连举出语言、文字、音韵、制

---

① 叶舒宪：《文化对话与文学人类学的可能性》，《北京大学学报》1996年第3期。
② 《胡适作品集》(7)，远流出版公司1986年版，第6页。

度、因明学、哲学、人物、易象与柏拉图"法象论"等十多个例子，来说明"有许多现象，孤立的说来说去，总说不通，总说不明白；一有了比较，竟不须解释，自然明白了。"① 接下来，胡适又从方法和材料两方面说明欧美和日本的古学已经为国学的比较视野准备好了"无数的成绩"和"无数借鉴的镜子"。关键是要有学者的自觉比较意识。胡适的话虽然不是针对比较文学而言的，却理所当然地从中国学问的本土传统缺陷出发，强调了为什么"比较就是理由"的命题。

> 学术的大仇敌是孤陋寡闻；孤陋寡闻的唯一良药是博采参考比较多材料。②

这就是留学西方的新一代知识人为什么不满清朝以来的国学局面，强调跨文化比较视野的新主张。几乎同时，闻一多离开他求学和任教十年之久的母校，写出了《美国化的清华》一文，对洋化教育的现状表示了他的忧虑。"用美国退回赔款办的预备留美底学校，他的目的当然是吸收一点美国文化。"③ 虽然美国人嫌清华还不够美国化，闻一多却认为"清华太美国化了！"据他观察，美国化的物质主义对学校弊大于利。总结为七点：经济、实验、平庸、肤浅、虚荣、浮躁、奢华。他最后的呼告是：物质文明！我怕你了，厌你了，请你离开我罢！（1922年《清华周刊》第247期）虽然对洋化教育的弊端如此忧心，闻一多在此后的文学研究中却充分显示出比较视野和跨学科视野的优势，成为文学人类学研究在中国最重要的早期实验者之一。从比较研究和跨学科研究所得出的经验，促使闻一多在1946年向清华大学提出调整系科建制的建议，希望学校能够及时改变中国文学与西方文学对立及语言文学不分的状况。在他看来，国粹派与西化派都不足取：一方面是保存国粹为己任的国学专修馆，"集合着一群遗老式的先生和遗少式的学生，抱着发散霉味的经史子集，梦想五千年的古国的光荣。一方面则，恕我不客气，称它为高等华人养成所，唯一的任务是替帝国主义承包文化倾销，因此你也不妨称他们为文化买办。"④ 闻一多认为，中文系和外文系对立的学科体制，是催生以上两派的温床，

---

① 《胡适作品集》（7），远流出版公司1986年版，第16页。
② 同上书，第18页。
③ 《闻一多全集》（2），湖北人民出版社2004年版，第339—342页。
④ 《调整大学文学院中国文学外国语文学二系机构刍议》，载《闻一多全集》（2），湖北人民出版社2004年版，第437页。

因此急需从制度上加以改变。"这些典型的中国文学系和外国文学系,无疑都是我们亲眼见过的,甚至亲身经历过的。"①他反对文学研究走向科学主义方向,还特别强调语言学从中文系中独立,以便促进与之相关的历史考古学和社会人类学的发展:

> 文学的批评与研究虽也采取科学的方法,但文学终非严格的科学,也不需要、不可能,不应该是严格的科学。语言学与文学并不相近,倒是与历史考古学,尤其社会人类学相近些。所以让语言学独立成系,可以促进它本身的发展,也可以促进历史考古学与社会人类学的发展。②

根据这些认识,闻一多明确提出:"要中西兼通。我们建议文学系分为中国文学与外国文学两组。""我们认为调整大学文学院中国文学外国语文学二系机构,是民族复兴中应有的'鸿谟'"。③虽然有朱自清先生等对此建议表示支持,但是,令人遗憾的是,中国大学(不论是大陆还是港台澳)的文学专业至今仍是中文系和外文系的二分天下。如果要寻找些许创新的亮点,那就是有个别大学建立了比较文学系。还有就是,大陆的中文系学生必修比较文学与世界文学课程,多少弥补了一些"东向而望,不见西墙"(《文心雕龙·知音》)的自我闭锁局限。当今台湾的大学中文系学生可以不修外国文学课程。进入比较文学专业领域,一般而言都是外文系的选择。

不论是胡适从国学发展的意义上大力倡导比较研究,还是闻一多从大学文学教育的利弊权衡方面主张解决中文系与外文系分立格局,在今日来看仍有积极意义。这些学贯中西的大学者的呼吁虽然也起到一些效果,但是"比较"乃至"打通"是否必要的问题,依然没有得到普遍的认可。主要原因,是学科划分和设置的惰性,滋生出一批现有学科设置的既得利益者,他们用我行我素的方式,在学界助长和自我复制着学科本位主义的观念和态度。所以如何在学生中培养"打通"的自觉意识,是一项当务之急的基本考虑,也是通向文学人类学理念的前提。

西方文学研究中从民族文学、国别文学转向比较文学的大致轨迹,可

---

① 《调整大学文学院中国文学外国语文学二系机构刍议》,载《闻一多全集》(2),湖北人民出版社2004年版,第438页。
② 同上书,第439页。
③ 同上书,第440页。

以通过 19 世纪中期以下的一系列突破性事件来得到历史的说明。用较为简单的办法概括这一过程，可以标示出相继出现的两大学术发现，即发现"东方"与发现"原始"。其深远的意义如同自然科学方面哥白尼发现"太阳中心"和哥伦布之发现新大陆。自亚里士多德时代以来在西方思想和学术中根深蒂固的欧洲中心主义，在这两大发现的连锁反应之下逐渐得到清算，并在 20 世纪后期引发了后殖民批判的思想大潮。1856 年，德国比较神话学的创始人麦克斯·缪勒（Max Müller，1823—1900）的《比较神话学》① 出版。这是先于英国学者波斯奈特的《比较文学》而问世的比较文学名著。促使缪勒做出这种"比较"式研究拓展的，就是所谓"印欧语系"文化的再发现。1871 年，英国人爱德华·泰勒（Edward B. Tylor，1832—1917）发表《原始文化》一书。这是西方知识界"发现原始"的标志性巨著，也是文化人类学这门学科诞生的标志。由于"原始文化"或"原始社会"在范围上要远远大于"印欧文化"，这就给欧洲知识人"比较"的视野打开了前所未有的世界性空间。1886 年，为比较文学这门新学科奠基的著作——波斯奈特（H. M. Posnett）《比较文学》问世。如果和上述具有人类学倾向的新学术发现相比，《比较文学》的视野还局限在西欧文明内部的有限比较之下，如英德文学比较和英法文学比较等。这样的开端，几乎注定了比较文学研究者在后来的一个世纪里都难以挣脱短视的一对一比较模式。直到 20 世纪后期，受到风起云涌的后现代主义和后殖民主义大潮洗礼，西方的比较文学家才大声疾呼地要求走出欧洲中心主义的窠臼，将跨文明（特别是跨异质文明的）的比较文学研究提上议事日程。如美国普林斯顿大学比较文学系客座教授、曾主持国际比较文学学会下属的跨文化研究会，曾任国际比较文学学会会长的迈纳在 90 年代推出《比较诗学》，就将中国、日本和印度等国的文学论纳入到新诗学体系中，并用专章的篇幅来讨论文论研究中的文化相对主义问题。② 这样的处理，体现了文化人类学的文化相对主义原则如何成为比较文学家无法回避的理论指导，以及原有的总体文学远程目标如何在文化相对主义的新语境中向文学人类学转化。将《比较诗学》中译本序和老牌的西方比较文学著作（如梵·第根的《比较文学论》③）做一对照，走出欧洲中心主义的历程可以获得分明的呈现：

---

① ［德］麦克斯·缪勒：《比较神话学》，金泽译，上海文艺出版社 1989 年版。
② ［美］厄尔·迈纳：《比较诗学》，王宇根、宋伟杰译，中央编译出版社 2004 年版，第五章。
③ ［法］梵·第根：《比较文学论》，戴望舒译，上海商务印书馆 1937 年版。

本书最初在1990年以英文形式出版，它反映了国际研究方面由于中国人的出场所引发的这些进展以及许多主题和许多问题。首当其冲的一个问题是不可规避的：在形形色色的文化中，文学的性质究竟有些什么样的思想？或者换言之，那些主要的文学文化群落究竟如何建构其成体系的文学观？[①]

昔日的比较文学家在黑格尔式的"世界精神"之总体历史观的鼓舞下，虽然也给比较文学研究构想出一个"总体文学"目标，却根本无法考虑到"总体文学"目标究竟会包括多少不同文化（主流文化和边缘文化）。迈纳的"形形色色文化"说虽然在他自己的书中尚未做到，却多少体现出现代性的总体历史观失效以后，用体现多元及弱势文化的"文学人类学"目标替代"总体文学"的意义所在。其《比较诗学》的走向多元文化思路，可视为一个重要的风向标[②]。一旦比较的视野从一般意义上的非西方大国（印度、中国、阿拉伯和日本等）拓展到真正意义上的人类，即不光是迈纳眼中的世界"主要的文学文化群落"，也要包括数以千计的无文字文化群体，并且还包括这些主要国家内部的无文字少数民族群体，"总体"的百年理想才算得以从架空状态，回归大地，落实到多样化的具体人群中。

第二节 文学人类学的学科建构：西方与中国

19世纪后期文化人类学的兴起是以帝国主义全球殖民扩张和形形色色原始文化的发现为前提的。从政治经济法律等各方面控制殖民地异文化社会的帝国功利需求，在学术研究领域却派生出以科学态度和文化相对论的眼光重新认识"原始"、"野蛮"文化的一门新学科——人类学。人类学关注的文化他者给予西方人的想象世界和文化价值观带来了双重的影响。西方历史上长久占据统治地位的基督教正统历史观被打破，在一神论以外重新发现各种非西方的信仰的神祇，各边缘文化中形形色色被压抑、被忽略的萨满—巫术—魔法—幻想的文化能量，第一次获得重新认识和开发的契

[①] [美]厄尔·迈纳：《比较诗学》，王宇根、宋伟杰译，中央编译出版社2004年版，第1页。
[②] 中国学人对比较诗学的诉求，参看曹顺庆《中西比较诗学史》，四川出版集团、巴蜀书社2008年版。高旭东《跨文化的文学对话——中西比较文学与诗学新论》，中华书局2006年版。

机。这种由于人类学视野催生的"人类学想象",在叶芝、艾略特、庞德的诗歌,高更、毕加索、摩尔、达利等人的造型艺术,斯特拉文斯基的音乐,乔伊斯、福克纳、D. H. 劳伦斯、纪德、加西亚·马尔克斯等人的小说中大放异彩,形成从现代主义、超现实主义到魔幻现实主义的文学浪潮[1]。

　　回溯其渊源,上节提到的"发现东方",特别是发现远东,就曾经激起西方知识界的认知和想象焦点转移现象。如随着对古印度梵语的历史意义之认识,所谓"I-E Diaspora"即"原初的印欧离散者"、"原型的印欧文化"(Proto-Indo-European Culture)之发现,[2] 欧洲民族和一位失散了数千年之久的远亲文化即印度文化的认同与再认同,触发了多少"怀古之幽思";又带来多少可资比较的学术探讨之灵感呢?对印欧神话、印欧语言、印欧文化的研究,自麦克斯·缪勒的时代一直延续到当今的西方史学、文学和广义的人文学中,并且让法兰西学院也不得不为新崛起的法国印欧文化研究大师杜梅齐尔一派专门设立前所未有的专业荣誉头衔。[3] 与此同时或稍晚的西亚古文明发现,使得和西欧文明密切联系的两河流域文明——巴比伦、阿卡德、苏美尔,相继成为比较研究的新热点。像美国学者克拉莫尔的《历史始于苏美尔》[4] 这样耸人听闻的书名,标示出对欧洲中心论范式历史观的最大现实挑战。对照阅读分析心理学大师荣格的《现代西方人寻找灵魂》,就会体会出西方知识人在向"地理大发现"探求新空间的同时,为什么也转向内心的反问和精神内在空间的探求。甚至有矫枉过正者在20世纪的20年代分别发展出喧嚣一时的世界文明一源理论:泛埃及主义和泛巴比伦主义。在20世纪末仍然有其遥远的回声——新泛埃及主义[5]和新泛巴比伦主义。前者以马丁·伯纳尔的《黑色雅典娜》为代表,在西方特别是美国的大学文科中引起热烈的学术政治方面的争论[6]。另外,当代经济的符号帝国操控者也则借助学术研讨的推波助

---

[1] 参看叶舒宪《文学与人类学——知识全球化时代的文学研究》第三章,社会科学文献出版社2003年版。
[2] C. Scott Littleton, *The New Comparative Mythology*. University of California Press, 1973.
[3] [法]迪迪耶·埃里邦:《神话与史诗——乔治·杜梅齐尔传》,孟华译,北京大学出版社2005年版。
[4] S. N. Kramer, *History Begins at Sumer*, New York: 1958. Walter Burkert, *Babylon, Memphis, Persepolis: Eastern Contexts of Greek Culture*. Harvard University Press, 2004.
[5] Martin Bernal, *Black Athena: The Afroasiatic Roots of Classical Civilization*, Vol. 1, London: Free Association Books, 1987.
[6] Jacques Berlinerblau, *Heresy in the University: The Black Athena Controversy and the Responsibilities of American Intellectuals*, London: Rutgers University Press, 1999.

澜之力、不断催生出旅游和大众传媒等热点效应，制造出《法老王》一类的电子游戏软件和《木乃伊》至《木乃伊3》之类的流行大片。凡此种种，已经将人类学想象的文化再造意义即符号经济效应展现得淋漓尽致。

文学艺术界呼应人类学的研究进展，以再发现、再认识原始价值为主题的创作直接参与着现代主义运动的兴起。从20世纪初的英国人类学者弗雷泽研究《圣经旧约》的比较神话学和民俗学方法[1]，到20世纪末的美国人类学家詹姆斯·克利福德（James Clifford）分析西方文艺中体现出的文化认同之困境[2]，以及美国批评家托格尼维克（Marianna Torgovnick）在当代西方知识分子中归纳出的向往"原始的激情"[3]之现象，还有艺术史家赛格林德·伦克（Sieglinde Lemke）对现代主义的总结性透视，并以新的关键词"原始主义的现代主义"和"黑色文化"来概括现代主义运动的基本取向[4]。对于此种人文学术中日益增长的人类学想象景观，有必要从根源上给予明确的示例，即通过代表性原作的选读获得整体理解的门径。对此，这里特别推荐弗雷泽《旧约民俗》中的神话比较研究[5]，昭示人类学家的知识全球化视野最初是怎样介入到文学的比较研究中的。这样的示例同时给出的是比较文学和文学人类学研究超越单一民族文学研究的范式变革之契机。

人类学给20世纪思想史带来转型的动力，其自身也经历了重大的转型[6]。从学科性质的认识看，这一自身转型可称为从"人的科学"到"文化阐释"。人的科学是早期人类学家希望效法和追随自然科学范式而描绘出的学科远景蓝图。文化阐释则放弃了追求自然科学的目标，承认文化现象和人文现象一样，不宜一刀切地做纯科学分析，而应走阐释学的道路，倡导对异文化进行感同身受的内部理解。像解析文学作品那样对文化文本做符号学的分析和细读。

西方现代建制的人文学科把语言文学作为单独的一门学问，但是却因

---

[1] Sir James G. Frazer, *Folklore in the Old Testament*, London: The Macmillan Company, 1923.
[2] James Clifford. *The Predicament of Culture*. Cambridge: Harvard University Press, 1988.
[3] Marianna Torgovnick, *Primitive Passions*, New York: Alfred Knopf, 1997.
[4] Sieglinde Lemke, *Primitivist Modernism: Black Culture and The Origin of Transatlantic Modernism*, Oxford: Oxford University Press, 1998.
[5] 中译文参看弗雷泽《希伯来语希腊洪水神话的比较研究》，载叶舒宪《国际文学人类学研究》，百花文艺出版社2006年版。弗雷泽《造人神话》，《杭州师范学院学报》2005年第3期。
[6] 参看叶舒宪、彭兆荣、纳日碧立戈《人类学关键词》，广西师范大学出版社2004年版。

为其根深蒂固的贵族化的和文本中心主义的制约，过分地专注于咬文嚼字式的书面文学的探究，不大考虑文学发源于人类口头讲述的发生学问题。这是导致人类学者普遍像列维—斯特劳斯和利奥塔那样，特别看中无文字社会口传叙事的原因。较少有人能够站在德里达的立场，批判无数原住民社会唯一的文化传承方式中的语音中心主义。神话和信仰支配下的仪式性讲唱活动，才是各民族文学生产机制的最好学习课堂。

中国大陆新时期以来的比较文学复兴，是20世纪80年代随着国门打开的学习新潮流，在中国台港澳比较文学的直接影响下[①]，逐渐形成气候的。从1985年夏在毗邻香港的深圳大学召开中国比较文学学会成立暨第一届国际研讨会，到2008年夏在北京语言大学召开的第九届年会，本学会全国会员的人数已经超过千人，遍布国内几乎所有拥有文科专业的大学和研究机构。如果将这23年的学科发展历程一分为二的话，1996年在长春召开的第五届年会则可视为一个转折——在这次年会上学会领导及时聚集中青年学者发起成立二级学会，即中国文学人类学研究会。同年，地处边缘的高校海南大学率先将文学人类学作为重点学科，启动了"文学人类学论丛"的编辑出版计划[②]。1997年由学会主要领导参与组织并出席的中国文学人类学研究会第一届年会在厦门召开，来自海峡两岸的文学研究者和人类学家共聚一堂，展开学科交叉与互动的有益对话，并对文学人类学的性质、研究范围与方法论特色等达成初步共识。会议论文编为《文化与文本》一书[③]，于次年在北京出版，推动了新时期以来的文化阐释潮流之形成。

"文化文本"的概念引进，首先意味着对文本阐释的合理方式同样可以挪用到对文化的阐释。中国文史研究的悠久传统既然是以考据为核心方法，那么现在受到人类学转型的刺激，从单纯的考据研究向文化阐释的转变就完全可以期待了。最初倡导以人类学之世界眼光阐释本土文学现象的学人很容易产生一种感觉，或称错觉——原来流传了两三千年的东西似乎并没有真正读懂。于是乎，中国文学人类学研究会的领导者们在90年代伊始，启动了一个重新解读中国上古经典著作的庞大研究计划"中国

[①] 中国台湾学界先于大陆发展比较文学的情况，可参看古天洪、陈慧桦编《比较文学的垦拓在台湾》，东大图书公司1976年版。
[②] 文学人类学论丛，由海南大学资助，由社会科学文献出版社1999年起陆续出版八种：《文学与治疗》、《性别诗学》、《神话何为》、《神力的语词》、《英雄之死与美人迟暮》、《中国古代小说的母题与原型》、《神话与鬼话》、《文学与人类学》）。
[③] 叶舒宪：《文化与文本》，中央编译出版社1998年版。

文化的人类学破译"系列丛书。该系列第一部是萧兵先生的《楚辞的文化破译》（1991），重新解析了包括屈原的名字和《离骚》的字义在内的诸多疑难问题。第二部是叶舒宪的《诗经的文化阐释》（1994），放弃了稍显狂气的"破译"之名，改称与人类学转向相接轨的"文化阐释"。此后，又有萧兵、叶舒宪的《老子的文化解读》（1994）、臧克和的《说文解字的文化说解》（1994）、王子今的《史记的文化发掘》、叶舒宪的《庄子的文化解析》、萧兵的《中庸的文化省察》等。"破译"之题不再以书名出现，而"文化阐释"的各种同义词则一贯保持下来。形成规模效应之后，文化阐释作为文学和历史研究的一种风气潮流，波及整个学界。如今已经成为各层次的学位论文选题中司空见惯的命名。从90年代初的学术语境看，当时热情接纳"文化阐释"派的不是古典文学界和文学理论界，恰恰是比较文学界中的文学人类学学者。

如台湾著名人类学家李亦园所说，虽然中国在国际的人类学领域处于较后进的地位，但在文学人类学方面却成果丰硕，还成立了全国性的学术组织，体现出一定的先锋性。可以预期，21世纪中国的文学人类学还会有更加引人注目的建树。厦门大学人类学研究所的彭兆荣教授主编了"文化人类学笔记丛书"，侧重收集和总结本土学人的田野研究经验。1997年高等教育出版社出版的国家教委规划教材《比较文学》中增设了"文化人类学与比较文学"专章，这些事实表明：文学人类学研究从个别的边缘性尝试走向新兴的学科建制方向。

自20世纪80年代中期，中国比较文学复兴后，其内部所经历的"学科危机"说、"中国学派"说、"失语症"说等，均对悄然兴起的文学人类学形成某种刺激，它希望以低调的不争论的方式给出有特色的研究成果，即用研究的实绩来参与问题的解答。其中，为文学人类学研究者最为关注的核心难题是：国学传统如何在方法论上同外来的西学理论和范式形成有效的对话与结合。理由很明确，能否形成独具一格的研究理念和研究方法，是文学人类学是否能够自成一体的关键。从这一意义看，文化阐释的研究范式并未亦步亦趋地照搬西方人类学转型之方法模式，而是着力于探索人类学与国学传统的对接。90年代中期逐渐成熟起来的"三重证据法"，立足于国学传统与西学比较方法的现实汇通语境，是文学人类学趋向独立的一个方法契机。

从学术史脉络看，比较文学等以比较为特色的新学科在20世纪传播到中国，对国学视野和研究范式、方法有实际的拓展作用，成为接引文学人类学的研究范式在中国人文深厚传统中的新鲜问世的"引魂之幡"。先有用叔本华哲学视角重新解读《红楼梦》的比较文学先驱者王国维，于1925年在清华大学开设《古史新证》的课程，提出利用地下出土甲骨文探讨上古史的"二重证据法"，给现代中国人文研究树立起开拓创新的经典表率。随后有茅盾、苏雪林等用比较神话学眼光梳理和研究中国汉籍中的神话，有闻一多和郑振铎等直接取法弗雷泽派的古典进化论人类学，开辟出参照人类学的跨文化知识和材料，重新进入中国古典世界的学术研究新范式[①]。从王国维的《古史新证》到郭沫若的《甲骨文字研究》和《中国古代社会研究》，再到闻一多《神话与诗》和郑振铎《汤祷篇》，以及新时期以来萧兵的《楚辞文化》和《楚辞的文化破译》等，三重证据法的应用大致呈现出逐步蔓延态势。历史学家杨向奎、徐中舒、饶宗颐和叶舒宪等，曾分别提出三重证据的说法，并辅以相关论述，为文学人类学这一新兴边缘学科兴起，做出了必要的理论铺垫准备。在1994年的《诗经的文化阐释》中，作者叶舒宪用一篇万字的自序"人类学三重证据法与考据学更新"为全书起始，较翔实地梳理出现代学人运用三重证据的研究经验。又经过十余年的探索和积累之后，在21世纪之初，"四重证据法"应运而生，成为文学人类学者自我超越的新方法论路标。

若要追踪四重证据法的先驱性应用，有哈佛大学华裔人类学家张光直的《美术、神话与祭祀》等当代案例，上承宋代学人的格物致知说，下接晚清金石器物之学的集大成者吴大澂的格物经验。而当代学者叶舒宪在《千面女神》一书中提出原型图像学的思路，又在《第四重证据》(2006)、《熊图腾：中华祖先神话探源》(2007)和《河西走廊：西部神话与华夏源流》(2009)等论著中做出理论与实践并重的探索，初步形成了一套可以推广和实验的方法论。

从文学人类学的学科交叉视角出发，提出对西学东渐以来的人文研究理念与范式的反思，实际具有反思和完善自己的研究工具之意。人类学所鼓励的本土文化自觉，成为中国当今学者重新考量自己的理论术语与方法工具的新起点。按照理论反思与自我批判的路径而展开的文化自觉运动，要求对建立在西方现代性基石之上的整个"中国文学"学科谱系和现状，能有反思性的批判认识，并尝试去揭示其遮蔽、割裂本土多民族文学现实和丰富性的反面作用，提出重建文学人类学意义上的文

[①] 闻一多：《神话与诗》，载朱自清等编《闻一多全集》第一册，生活·读书·新知三联书店1981年版。郑振铎：《汤祷篇》，载《郑振铎古典文学论文集》，上海古籍出版社1984年版。

学观的问题。

　　文学人类学，在文学专业方面通常理解为以人类学视野思考和研究文学的学问①。显而易见，这是文学研究者在人类学影响下探索出的一个跨学科领域。如果从人类学专业立场看，文学人类学又可称为"人类学诗学"，是以文学方法展开民族志写作的创新性表述方式，目的是尽量避免西方科学范式和术语在表述原住民文化时的隔膜与遮蔽作用，尽可能带有感性完整和丰富地呈现原汁原味的地方文化。人类学在20世纪后期所尝试的这种新民族志写作策略，也是本土文化自觉意识的一种突出表现。除了文学人类学以外，近半个世纪以来受到人类学的直接和间接影响而发展起来的学术潮流可谓多彩多姿，大致可归纳出20余种，如形象学、译介学、离散研究等②。

　　在比较文学研究者的理论诉求中，一开始就存在一个前瞻性的学术目标——总体文学或世界文学。一个多世纪的比较文学研究史，相对于在她问世之前的国别文学研究史，显然只能算是非常年幼的新生儿。但这一文学研究史上的新生儿却显出生命力旺盛和快速成长的态势。学科自身不断出现反思与自我质询的声音，选择比较文学作为专业方向的学生们，也会一再遇到各种老危机和新潮流的冲击。在此情况下，怀疑和迷惘都在所难免。但是只要坚定研究探索的信念，领会一个世纪以来的思想学术史脉络，扎扎实实，勇于开拓和实践，就会从对总体文学的朦胧感知，一步一个脚印地通向文学人类学的大世界。借用文学人类学的理论奠基人之一诺斯洛普·弗莱在1958年召开的国际比较文学大会上的说法，一切文学研究都应该是比较文学研究！这位以原型批评而著称的理论家，实际等于间接回答了比较究竟是不是理由的问题。

　　如果说没有人类学的比较文化视野，就没有20世纪迟到的"人的发现"和"文化的发现"；那么，没有比较文学的范式超越国别文学的范式，也就没有文学人类学去落实"总体文学"的高远目标、具体兑现"世界文学"的宏大理念。以下略述文学人类学的知识发生之谱系。

　　文学人类学的发生，既有其国际的跨学科潮流作为大背景，也有中国现代学术语境的特殊需要作为现实语境。简言之，一是19世纪后期

---

① 相关的论述参看方克强《文学人类学批评》，上海社会科学院出版社1991年版。程金城《文艺人类学的理论与实践》，民族出版社2007年版。叶舒宪《文学与人类学——知识全球化时代的文学研究》，社会科学文献出版社2003年版。
② 叶舒宪：《20世纪比较文学与文学理论的人类学转向》，《文学理论前沿》第6辑，北京大学出版社2009年版。

以来蓬勃开展的比较研究潮流；二是人类学的知识全球化视野；三是从人类学的文化相对论到后殖民时代的全球公正理念。三方面缺一不可。知识全球化视野足以给单纯的一对一式比较（X比Y模式）带来巨大的挑战。就此而言，在学科本位主义束缚下的闭门造车的文学研究者，若是对人类学家在世界范围取样的比较方法一无所知，的确很容易陷入比较的误区，为"比较"而比较，丧失了方法和材料上主动打通的自觉意识和能力，甚至沦为"比较"之奴隶。这种情况，在比较文学和比较史学、比较法学、比较政治学等领域都一再发生，可谓教训深刻。知识全球化视野加上后殖民时代的全球公正理念，使文学研究者超越三百年来到现代性所建构的帝国本位的、主流文化本位的和精英本位的文学观，主动去发掘和再现长久以来被文化霸权所压抑和漠视的非主流的、无文字的、边缘族群的文学，从而将比较文学家设想的带有贵族化倾向及霸权色彩的"总体文学"观念，引向文学人类学的再造方向。

比较文学为什么需要放弃自己早年的"总体文学"目标呢？引用一段思想史学家理查·塔那斯对后现代性到来的深切关照，就大致给出了原因论的解释：

> 这些后现代思想相会合的最突出的哲学成果，是对自柏拉图主义以来的西方主要哲学传统的多方面的批判攻击。试图把握与阐述一种基本实在的那一传统的整个事业被批评为语言游戏中的一种无益的操练，一种持续的但注定要失败的、试图超越它自己所作的精心虚构的努力。这样一个事业甚至更严厉地被指责为内在地产生疏远和具有压迫的等级——一种理智上的专横程序，造成生存与文化上的贫困，最终导致对自然的技术统治和对别人的社会—政治统治。西方心灵把某种总体化的理性形式（神学的、科学的、经济的）强加于生活每一方面的那种主要冲动，被指责为不仅是自我欺骗的，而且是毁灭性的。[①]

西方心灵的"总体化理性形式"曾经催生出各个专业的绝对目的，如总体历史、绝对精神、宏大叙事、总体文学等，如今已经成为具有毁灭和打压作用的思想障碍物。难怪塔那斯要理直气壮地声称："后现代的批判思想鼓励一种对整个西方理智'规范'的严厉拒绝，把它看成是长期

---

① ［美］理查·塔那斯：《西方心灵的激情》，王又如译，正中书局1995年版，第473—474页。

以来在不同程度上专门由男性的、白种人的欧洲精英分子确定的和被赋予特权的。已经接受下来的有关'人'、'理性'、'文明'与'进步'的真理，被控告为在理智与道德上都已破产。在西方价值的掩护下已经产生了太多的罪恶。清醒的眼光现在落到了西方无情的扩张主义与剥削的长期历史上——从古代到现代西方精英的贪婪，故意以别人为代价的西方繁荣，它的殖民主义与帝国主义，它的占有奴隶与种族灭绝，它的反犹太人主义，它对妇女、有色人种、少数民族、同性恋者、劳动阶级、穷人的压迫，它对世界各地本土原有社会的摧毁，它对其他文化传统与价值的傲慢与轻视，它对其他生活方式的无情凌辱，它对实际上整个星球的盲目破坏。"①

按照人类学家的一种说法，西方人类学者研究世界边缘地区各个原住民的工作，实际上是替殖民者赎罪的！在文学研究领域率先接受此种赎罪重任的，也就是文学人类学一派吧。从比较文学到文学人类学，不宜简单看成是个别研究者的兴趣转变。此转变之中既有学术伦理方面的因素，也有视野和方法的因素。最能够集中说明这一点的，是如今学界探讨的最大热点问题——文化认同②。前面推荐阅读的人类学家弗雷泽之案例，给出的是早期文化认同转换所带来的学术视野和知识结构的大转换：从单一的母文化到多元文化，从本民族的、本国的文学，到文学人类学。这一重要学术转向，不仅体现在西方出版物方面，也在东方国家开始萌生。如日本学者大熊昭信的著作《文学人类学入门》③ 和山田直巳的著作《古代文学的主题与构想》④ 等。还有白川静、藤野岩友、中钵雅量等将人类学方法应用在中国文学研究中的例子，如《诗经的世界》、《巫系文学论》、《中国的祭祀与文学》⑤ 等。

弗雷泽是第一代古典进化论派的人类学家，他与同时期的比较文学家相比，最突出的一点就是独立展开全球视野的比较研究之魄力和认知能力。毋庸讳言，今日的比较文学师生们能够做到像他那样的比较研究者，

---

① [美] 理查·塔那斯：《西方心灵的激情》，王又如译，正中书局 1995 年版，第 474 页。
② Paul Benson ed, *Anthropology and Literature*, Board of Trustees of the University of Illinois, 1993. John D. Niles, *Homo Narrans: The Poetics and Anthropology of Oral Literature*, University of Pennsylvania Press, 1999.
③ [日] 大熊昭信：『文学人類学への招待：生の構造を求めて』，日本放送出版協会 1997 年版。
④ [日] 山田直巳：『古代文学の主題と構想』，東京おうふう 2000 年版。
⑤ [日] 白川静：《诗经的世界》，杜正胜译，东大图书公司 2001 年版。[日] 中钵雅量：《中国的祭祀与文学》，创文社 1989 年版。[日] 藤野岩友：《巫系文学论》，韩基国译，重庆出版社 2005 年版。

依然不是很多。举出一个世纪前的弗雷泽作为示范案例，希望能够启发今日的学人思考入门选择的问题：为什么有必要结合人类学的大学术背景，从事比较文学教学和研究？在这一入门级问题的驱动之下，使初学者一开始就接触到知识全球化的整体文学观，有效避免一对一的盲目比附研究之陷阱。与此同时，理解文学人类学和比较文学的学术系谱关系，及其在中国当代学术中的发生脉络，自觉把握前瞻性的学术发展潮流。

第三节 神话学、原型批评与文化阐释派的崛起

立足于21世纪的知识全球化新语境，回顾和总结文学人类学派对中国当代人文学术创新的重要贡献，可以初步归纳出以下三方面的学术生长点：

第一方面是研究新领域的开拓。在如今已经是学术热门的一些新领域，可以找出文学人类学研究者在20世纪80年代的开拓之功绩。如启发生态自觉，率先开创中国本土的生态批评（1988年的《符号：语言与艺术》）；开启文学和艺术的发生学研究思路（1985年的《艺术起源与符号的发生》）；率先打出"人学"研究旗号（1983年的《马克思主义人学初探》）；率先倡导文化研究的边缘视角（1990年代的西南研究书系）、田野与文本研究的互动（1990年代末期的文化人类学笔记丛书等）等。第二方面是学术方法的自觉更新。率先引领文学研究中"文化阐释"和"跨文化阐释"之风气，倡导文化人类学方法与国学传统的结合，探索和应用三重证据法和四重证据法。第三方面是学术伦理的自觉：启发本土文化自觉和对西方现代性学科的学理范式之反思批判。下文仅就第二方面的展开过程给予评述。

从中国本土学术方法的现代变革角度看待20世纪文学批评的方法论取向，将是富有理论启示意义的。自清代以来，国学的研究日渐兴盛，而文学与之相比却显得较为逊色。究其原因，刘师培以为是"学"与"文"二者分道的结果："古人谓文原于学，汲古既深，文辞斯美，所谓读千赋者自善赋也。今则不然，学与文分，义理考证之学，迥异词章殊科，而优于学者，往往拙于为文，文苑、儒林、道学，遂一分而不可复合，此则近世异于古代者也。故近世之学人，其对于词章也，所持之说有二：一曰鄙词章为小道，视为雕虫小技，薄而不为；一以考证有妨于词章，为学日益，则为文日损。是文学之衰，不仅衰于科举之业

也,且由于实学之昌明。"① 词章文学的衰落与考据学术的勃兴在近代文坛上形成引人注目的反差,而与词章、考据二者鼎足为三的"义理"之学也大有被考据学吞没的迹象。理解这一点,方能认识到为什么现代批评史上的杰出宗师们不论创作方面的成就如何,首先都是考据学的行家里手。这里凸显出一个事实:国学传统中的核心研究范式为考据学。这一点自西汉到晚清没有根本变化。变化的契机出在 20 世纪新发现的考据材料——甲骨文。王国维凭借甲骨文叙事的史料性质,在 1925 年提出"二重证据法",使得考据学传统进入中国现代学术格局时,得以和西方传入的"历史科学"理念对接,因此继续保持着比义理词章之学更重要的地位。不过甲骨文的新发现是千载难逢的一种机遇。超越二重证据法的希望如果寄托在发现又一种新的文字材料上,那样的守株待兔希望显然是不现实的。较为可行的方法变革路径是借鉴西学中的理论模式、比较研究和文化文本阐释技术。在这方面,具有跨学科倾向的神话学、民俗学理论和文学批评中的原型批评方法,提供了有益的参照。

神话学及原型批评方法在中国的传播,是从二重证据法到三重证据法演进的一种知识前提,也是 90 年代以来的文化阐释学派得以兴起的条件。1987 年问世的《神话—原型批评》一书,第一次系统译介了原型批评及其理论宗师弗莱的创新成果。八年后在内蒙古师范大学召开了弗莱研究国际研讨会,中外学者三十多人出席,对原型批评的理论遗产展开中西视角的对话。自 80 年代末期以来,弗莱的著述陆续翻译成中文,推动着国内学者对原型理论的消化、吸收和实际运用过程,产生了较为丰硕的成果,对方兴未艾的文学人类学潮流产生了催化和推波助澜的作用。

与神话学在中国的建立大约同时,另一门来自西方的人文学科——民俗学,也在 20 世纪初叶引介到我国,并迅速引起广泛的反响,同传统的文史研究相融合,给考据学方法拓展提示了新的资料和视角。1927 年,中山大学语言历史学研究所成立了民俗学会,联合校内外同仁,开展民间文学的研究。由钟敬文、董作宾主持创办《民间文艺》周刊,后改名《民俗》周刊,共出版了一百多期,成为《歌谣周刊》之后影响最大的民俗刊物。此外,还出版了民俗学丛书三十余种,其中有顾颉刚编的《孟姜女故事研究》(三册)、赵景深的《民间故事丛话》、容肇祖的《迷信与传说》、钟敬文的《楚辞中的神话和传说》、钱南扬的《谜史》、姚逸三

---

① 刘师培:《论近世文学之变迁》,载舒芜等《中国近代文论选》,人民文学出版社 1981 年版,第 580 页。

的《湖南唱本提要》等，不仅壮大了民俗视角的文学研究阵容，而且在研究实力和深度上均显示出与学院派的贵族文学研究倾向相抗衡的新态势。

民俗事相的传承性使之负载着千百年来积累深厚的本土文化资源，一旦作家、艺术家自觉意识到这笔资源的丰富性和必要性，就会自发地从中汲取创新的滋养和灵感。新时期以来的"寻根文学"和"乡土写作"浪潮，当与此种具有人类学倾向的回归民间的潮流相关。如果要探讨关于新时期文化热所引发的文学创作与批评的双向寻根现象，只有同二三十年代的民俗学联系起来方可有透彻的把握①。海外学人洪长泰（Chang-Tai Hung）所著《走向人民：中国知识分子与民间文学，1918—1939》一书②表明：现代中国知识界的文化寻根实际上在20世纪前期即已启动。民俗学研究的方法和材料对于文艺现象的理解提供了"眼光向下"的机会，对中外文学作品的解释创造出新的可能维度。由于后出的原型批评也着眼于文学与神话、民俗的文化联系，二者的合力足以推进文学经验的系统性整合。从20世纪三四十年代闻一多、郑振铎等开辟的文学人类学研究，应该视为20世纪后期兴起的原型批评和文化阐释派在本土学术中的预演和先声。为古史研究开辟新格局的胡适、顾颉刚、钱玄同等，也都是歌谣运动中的先锋。古史辨派学术思想的重要来源"就是将自己在民间文艺学研究中发现的'演变'的观点和方法引入了古史学"③。而顾颉刚、胡适、闻一多等对《诗经》的新解说也正是出于用歌谣的眼光去重审这部在儒家经学年代里被神圣化的古代诗集。

中国学界较早引入与文学人类学批评相关的论著情况，可以追溯到60年代初。中国科学院文学研究所西方文学组于1962年出版了《现代英美资产阶级文艺理论文选》（上编）。该书在当时的不正常学术氛围下只能以反面教材的形式向国人有限地介绍一些"资产阶级"文学理论的标本，当然主要是供批判唯心主义用的。但毕竟在整体的封闭状态中透露出些许外国的学术流变的动向。该书选编了一组"神话仪式学派"的材料，如赫丽生的《艺术与仪式》、鲍特金《悲剧诗歌中的原型模式》、墨雷的

---

① 分别参看北京大学歌谣研究会《歌谣周刊》创刊号1922年12月。周作人《贵族的与平民的》，载《周作人散文》第二集，中国广播电视出版社1992年版，第204—206页。郭绍虞《民歌与诗》，载郭绍虞《照隅室杂著》，上海古籍出版社1986年版，第382页。钟敬文《民间文艺学的建设》，载钟敬文《钟敬文民间文学论集》下册，上海文艺出版社1985年版。
② 洪长泰：《走向人民：中国知识分子与民间文学，1918—1939》，东亚研究学会1985年版。
③ 张铭远：《顾颉刚古史辨神话观试探》，《民间文学论坛》1986年第1期。

《哈姆雷特与俄瑞斯忒斯》①等，大体反映了50年代以前的该派早期动向，至于弗莱创建原型批评理论之后的情况则未能涉及。在70年代，台湾比较文学界较多地使用原型批评这一术语。1975年台北的幼狮文化事业公司出版的徐进夫译《文学欣赏与批评》(*A Handbook of Critical Approaches to Literature*)一书重点介绍了"神话与原型的批评"。该书英文版问世于1966年，正逢原型批评在西方文艺学界大行其道之时，所以书中把原型批评同传统的批评、形式的批评、心理学的批评和表象的批评并列起来，作为五种最常见的批评模式推荐给文学研究者。该书附录"术语略释"中对原型的定义也是汉语世界中领先的译介之一：

> Archetype——原型，经常反复出现于历史、宗教、文学作品或民俗习惯之中，以致获得显著之象征力的一种意象、题旨或主题模式、依照雍格（荣格——引者注）派心理学的解释，原型或"原型意象"，系经常出现于潜意识心理之中的神话形式的构造要素；它们并非传承的观念，但"属于本能活动的领域故而以精神行为的传承方式出之。"②

稍后出版的颜元叔译《西洋文学批评史》是新批评派主将卫姆塞特与布鲁克斯的名著，其第三十一章为"神话与原型"（中文译作"神话与原始类型"），陈述了自18世纪的维柯、赫尔德以来对神话的关注和推崇，评述卡西尔的神话思维说及其在美国的传播者苏珊·朗格的象征艺术观，也讨论到弗莱、荣格等人的原型理论及其在批评实践中的应用。由于该书英文版出版于1957年，两位著者并未读到同年问世的《批评的解剖》，他们对弗莱的评述仅限于弗莱在1951年发表在《肯庸评论》(*The Kenyon Review*)第12期的文章《我的批评信条》(*My Credo*)。可惜颜元叔译本略去了脚注未译，使读者不易明白书中所评述观点的具体出处。从70年代初期开始，就有台湾学者尝试借鉴原型批评方法用于分析中国本土的作品。如水晶1973年出版的《张爱玲的小说艺术》，颜元叔1975年出版的《谈民族文学》，侯健1976年出版的《二十世纪文学》，以及傅述先的《竹轩时语》，扬牧等的《文学评论》第三集等，均有借鉴人类学方法，以原型和神话视角研究小说或戏剧的努力。1976年的《比较文学的

---

① 中国科学院文学研究所：《现代英美资产阶级文艺理论文选》，作家出版社1962年版。
② [美] W. L. Guerin等：《文学欣赏与批评》，徐进夫译，幼狮文化事业公司1975年版，第250页。

垦拓在台湾》收有两篇应用原型研究方法的专论：张汉良《扬林故事系列的原型结构》和侯健《三宝太监西洋记通俗演义》，呈现出汉语学界的学者较娴熟地掌握这一批评模式，使古典文学研究的旧有格局有所改变。侯健在论文中介绍了弗莱（他译作傅瑞）《批评的解剖》里的原型及置换理论，还试用通俗语言加以解说，并辅之以中国本土文化的例证，可见其用心良苦。

> 神话应用或呈现在文学作品里而又最常见的，是开天辟地、乐园的丧失、洪水、四季与昼夜的交替、"圣天子"与代罪的羔羊、神胄的英雄、原因论（etiology）（例如《西洋记》里讲的为什么我们说牛鼻子老道）、和谶纬预言之学（Apocalypse）（推背图、烧饼歌之属），但最具中心性的神话，则是追求（quest），包括金羊毛、圣杯或唐僧取经，而因为昼夜与寤寐的对比，正面人物的英雄常与白昼象征的太阳结合。因为它们存在于我们的下意识里，经常寻求表现，作家便必须变更它们，使它们更合道理，包括伦理上的，理智上的和常理上的道理。这一过程，就是"置换"。"置换"永远与时代有关，因此中国传统小说都设神鬼，很少例外。我们现在不肯接受的因果报应说，只因为我们多受了点教育。它迄今仍是十分深入民间心理的。[1]

在以文化沟通为指导原则的解说之下，《三宝太监西洋记通俗演义》这样一部在中国文学史上几乎没有重要地位的小说由于原型视角的透视而焕发出新的深意，它成了神胄英雄的探求传奇，主人公金碧峰作为燃灯古佛的化身，是负有救世任务的"可以与太阳等量齐观的人物"。小说以创世神话始（所谓"天开于子，地辟于丑"），以入冥神话终（船至丰都国），与世界性的英雄叙事原型模式合若符契，其间种种冒险故事，均与体察夷夏之防，探求光明与黑暗斗争的主题相关。侯健认为用神话的方法去解读，才能发现小说的世界性意义，看出"作者一面是匠心独具为中国传统小说放异彩，一面却暗合西洋现代小说理论"[2]。这样在实际应用中彰显原型批评方法效力的做法，势必在中国文学研究中引起广泛的兴趣。

---

[1] 侯健：《三宝太监西洋记通俗演义》，载古添洪等《比较文学的垦拓在台湾》，东大图书公司1976年版，第158—159页。
[2] 同上书，第170页。

在大陆学界，由于 1978 年以前的闭关锁国状态，学人们对于原型批评的了解要比西方和港台晚了几十年。一批译介自国外汉学家的著述中提到或运用这一方法。苏联的李福清博士著有《从神话到章回小说》(1979)，侧重从比较神话学、肖像学的视角研究中国叙事文学中英雄主人公描写的演变方式①。他的方法对于复兴中的国内民间文学理论界有一定积极作用。英国汉学家霍克思（David Hawkes）用原型批评法研究楚辞的代表作《求宓妃之所在》(1960) 一文；美国汉学家浦安迪以同样方法分析《红楼梦》的著作；日本伊藤清司从仪式性考验出发重新解说尧舜禅让传说的论文等，先后介绍到大陆来，为中国读者所知，这对于在庸俗社会学的批评模式中浸染了几十年的一代学者来说，皆不啻为令人耳目一新的域外来风。

霍克思在其文章结尾处写道："对文学原型的研究在一定程度上涉及人类学和心理学等学科的研究。中国文学的研究者须穷于应付的方面本来就过于宽广，对于容易使人误入以偏概全、标新立异的迷津的那些领域，他们当然要视为畏途。不过，单从形式方面去说明文学，从来不能满足于习惯思索探究的人的要求；如果没有新的理论，旧的教条就少不了。在我看来，重要的是利用现有材料，以阐述现有的文学原型。"② 霍克思既考虑到尝试新理论的必要，也意识到在中国已有的学术传统中接纳外来方法的困难和阻力。后来的传播过程证明，大凡"旧教条"较为森严的研究领域，对新理论的排拒也就较为强烈。倒是外语学界和外国文学研究领域率先承当了自觉引进和催促变革的历史任务。1982 年第 3 期《文艺理论研究》（华东师范大学中文系主办）刊登译文《当代英美文艺批评的五种模式》，是国人了解原型批评的最早窗口之一。作者是美国文论家魏伯·司各特，其著作《西方文艺批评的五种模式》由四川外语学院教授蓝仁哲译成中文，1983 年出版，成为助燃新方法讨论热潮的火种之一。司各特对原型批评的说明以如下一段开始：

原型批评是近年来引起了相当大注意的批评模式，有时叫做图腾式、神话的或仪式的批评。在各种批评模式中，它占有奇特的地位：像形式主义批评一样，它要求字斟句酌地阅读作品，但不满足于作品

---

① 参看李福清《苏联对中国古代神话的研究》，《文学研究动态》1984 年第 7 期。
② ［英］霍克思：《求宓妃之所在》，丁正则译，载尹锡康、周发祥《楚辞资料海外编》，湖北人民出版社 1986 年版，第 179 页。

的内在美感价值；在分析作品对读者的感染力方面，它似乎类同心理批评；但在关注引起那种感染力的基本文化形态方面，又类乎社会批评；在考察某种文化的渊源或社会由来时，它是历史的批评，但在显示文学超越时间、独立于任何时代的价值时，它又是非历史的。①

这样模棱两可式的解说对于初学者来说简直如堕雾中。也不知是无心的忽略还是有意的回避，司各特介绍了自弗雷泽、荣格到劳伦斯、鲍特金、肯尼思·伯克、威尔逊·赖特、费德莱尔（又译菲德拉）、蔡斯等一批原型批评家，却只字未提加拿大人弗莱。在引述了一些或褒或贬的意见之后，司各特说出了他自己对这种批评模式的洞见："但无论其优劣，图腾式批评显然反映了当代人对理性、科学观念的大为不满。人类学模式的文学旨在使我们恢复全部的人性，重视人性中一切原始的因素。与强调人的意识和无意识的斗争的心理分裂相对照，人类学模式的文学使我们再次成为初民的一员，而原型批评就在于从文学中发现这种初民身份的表演。"根据这一提示，后来的中国文学人类学批评家坚持认为，沟通神话、仪式与现实存在，重构原始与文明、理性与非理性之间的联系乃是该派批评的力度所在。新世纪以来中国学者推出的如下著述就体现出这方面的自觉探索：王政《中国民俗文化美学》（2000），伦珠旺母等《神性与诗意——拉卜楞藏族民俗审美文化研究》（2003），徐新建《山寨之间——西南行走录》（2004），吴秋林《众神之域》（2007），孙文辉《巫傩之祭——文化人类学的中国文本》（2006），巴莫曲布嫫《神图与鬼板——凉山彝族祝咒文学与宗教绘画考察》（2004），吴正彪《苗族年历歌和年节歌的文化解读》（2006）等。

理论翻译界在1983年有两部文选分别译介荣格的原型心理学和弗莱的原型批评论。这两部书是中国社会科学院外国文学研究所编《文艺理论译丛》第1辑和伍蠡甫主编《现代西方文论选》。前者在"西方现代主义文学资料"栏目下汇编了有关"意识流"的理论背景材料，其中收入了马士沂译荣格的《集体无意识和原型》一文，译者在广泛阅读荣格著述的基础上分别选择《现代人寻找灵魂》、《集体无意识的原型》、《儿童原型心理学》和《母亲原型心理学侧面》等著作和论文的译文。后者在"结构主义"文论栏下收入的唯一代表作是弗莱（弗拉亥）《同一的寓言》（1963）书中一章。译者庄海骅称弗莱为"结构主义批评的主要代表

---

① ［美］魏伯·司各特：《西方文艺批评的五种模式》，蓝仁哲译，重庆出版社1983年版。

之一，并以神话分析著称"①，不免有些张冠李戴之嫌，似乎用于法国的列维—斯特劳斯更合适些。虽然荣格和弗莱在最初分别以"意识流"理论家和结构主义代表而走进中国大陆文学理论界，人们还是用充满惊讶和敬畏的眼光接受了他们，并且迅速地为新潮批评家所引用了。相对而言，在社会主义的话语背景中，荣格与弗洛伊德师徒二人虽然同为迟来的思想大师，但前者强调"集体"的倾向却容易在价值观上同本土需要相吻合，而过多地谈论"个人"和"性"的后者始终显得像个不速之客。这种文化传播中的本土选择机制还可以说明为什么原型批评比精神分析批评晚了半个多世纪进入中国学界，却有后来居上并全面进入批评话语的势头。朱狄写道：

> 由于融恩（即荣格）把"集体无意识"，"原始意象"看作是和人类的整个历史差不多同样古老的概念，因而他把这些概念首先用之于对原始神话和宗教的解释上，在这一点上说，他的解释是开创性的。②

这样的评语在今天看来似乎已平淡无奇。但在 80 年代初对一位非马克思主义的理论家给予如此肯定的评价却是多少要冒一些理论风险的。若不是以"批评地借鉴"为号召，在许多场合无法正式发表。1983 年第 6 期《读书》刊出张隆溪介绍原型批评的述评文章《诸神的复活》，虽然对弗莱多少有较严肃的"批判"，如"弗莱的理论只停留在艺术形式的考察，完全不顾及文学的社会历史条件"（按：在那个将文学的"社会历史"价值看得比文学本身重要得多的年代，这样的批语几乎是够致命的了），但对荣格和弗雷泽两家较客气，除了客观地介绍以外，并未施加"批判"。更为可贵的是，作者还试图从本土学术传统中寻觅出足以和外来方法对接的根脉和生长点，举出闻一多《神话与诗》以人类学方法钻研古典诗歌与神话之联系为例，认为这是"一个大有可为的领域"。这样就大大缓解了中西文论的距离感和批判张力，把介绍转化为某种暗示性的倡导。《诸神的复活》这个形象的篇名也使人想起何新和程曼超在几年后发表的书名《诸神的起源》与《诸神由来》，我们这个自古以来便"不语怪力乱神"的国度似乎迎来了历史上空前的神话复兴热潮。这正可作为原型批

---

① 伍蠡甫：《现代西方文论选》，上海译文出版社 1983 年版，第 339 页。
② 朱狄：《当代西方美学》，人民出版社 1984 年版，第 31 页。

评得以在中国土壤中生根开花的时代契机。萧兵在《中国大陆的神话热》一文中描述："几年前，中国学术界一觉醒来，睁大眼睛看世界，如饥似渴，甚至生吞活剥似的译介了外国包括神话学在内的各种各样的学术理论。列维-斯特劳斯和布留尔的结构主义风头正健，马林诺夫斯基的功能说方兴未艾，弗洛伊德、容格们的情意综——集体无意识理论死灰复燃，弗雷泽、赫丽生的剑桥——仪式学派又获新生。中国文化的'新生代'突然发觉中国古神话竟然像一片待开垦的处女地，而新兴神话学又是一门连锁着许多科学'热点'的带头性学科。众所周知，以神话为典型标本的野性思维的开掘将导致心理学和文化人类学的突破。民族古老灵魂的重现震撼着现代人枯索迷惘的心灵，为文化学和文化史提供着发生学的依据。"[①] 这可以说是民间文学理论界激活的神话研究以及相应的仙话、鬼话研究、比较文学界的跨学科要求及文化寻根思潮的需要，共同促成了人类学批评中国化的思想基础，而不仅仅是批评界新方法热的结果。

80年代中期以后，西方文论的译介形成高潮。当时在哲学、美学和文艺学方面颇有影响的李泽厚、刘再复等人均对原型理论有所借鉴。刘再复说："如果我们能对原型批评法作些改造，那么，我们当代的文学批评，不也可以增加一点色彩和深度吗？"[②] 在这种渴望批评多样化和深度的殷切要求下，1986年叶舒宪发表《神话——原型批评的理论与实践》，较系统和深入地评述了这一批评派别的产生和发展过程，其应用中的不同倾向和分支，并试图结合中国文学批评的实际指出其特点与局限。该文成为1987年问世的《神话——原型批评》一书代序。这部译文集，按照基本理论和批评实践两部分编选了20篇论文，其中有首次译介的弗雷泽、弗莱、威尔赖特等人的著作选，以原型理论的集大成者弗莱为中心，多层次地反映该派理论的面貌。时隔20年，这部书依然具有参考价值，原出版社推出增订版，以显示本土学者的研究实绩和继往开来之作用[③]。

20世纪80年代末还先后出版了荣格的另外几种著作中译本，如黄奇铭译的《探索心灵奥秘的现代人》；冯川、苏克译的《心理学与文学》；还有张月译的美国学者霍尔概述荣格思想的著作《荣格心理学纲要》等，使集体无意识与原型说同文艺创作之间的理论联系成为持久的学术兴奋点。陶东风的《中国古代心理美学六论》、王一川的《审美体验论》等一

---

① 萧兵：《黑马——中国民俗神话学文集》，时报文化公司1991年版，第49—50页。
② 刘再复：《近年来我国文学研究的若干发展动态》，《读书》1985年第2—3期。
③ 叶舒宪：《神话——原型批评》增订图文版，陕西师范大学出版社2010年版。

批跨学科研究成果均受惠于荣格学说的启迪。后者在历述了西方"原型美学"几种见解后总结说："如此说来，追问原型，就决不是单纯出于理论兴趣，而有更深的意向所在——弄清艺术体验的本根，弄清人的存在的本根。"[①] 童庆炳在《原型经验与文学创作》中也参照中外创作实例做了系统化探究[②]。

　　方克强在研究和阐发原型批评理论方面起步早，发表系列论文，将文学人类学批评划分为原始主义批评与神话原型批评两个阵营，并从理论特征上加以论证。在文学创作上，西方有原始主义文学，旨在揭示原始与文明的比较和反省，这些作品本身已具有文化人类学的内涵。与此相应，我国新时期也出现寻根文学，借用原始主义批评的视角有利于中西文学的比较和鉴别。况且，原始主义批评还可以在某些层面上补充原型批评之不足。方克强还把文学人类学的活力归结于它的宽容与开放，认为"它能够自如地运用其他批评方法如文化人类学、心理学、语言学、比较文学、结构主义、女权主义、历史、哲学、宗教、艺术等来为自己的批评目标服务，丰富和补充自己的思想武库。其原因有二：首先，文学人类学相信人类文学本身是统一的、完整的，追求人类文学经验的整合，这一信念和目标使它对其他批评方法不仅不抱偏见，而且认为结合其他批评方法的运用是理所当然的。其次，文学人类学批评只规定了一个原始与现代相联系、中外各民族相比较的方法论上的总原则，这一原则在根本精神上并不与其他方法相冲突，而且相包容。"[③] 经过这样的界说，文学人类学批评成为消除门户之见和排外倾向的一种示范，这就会吸引一批效法者。此种研究特色当然与人类学这门学科原有的宏阔的视野和广博的知识背景要求有关，使我们想起马林诺夫斯基早在30年代就试图证明的："文化人类学能够而且必须为社会科学提供基础。之所以如此，是因为它能在最广阔的观察和分析的范围内从事研究。"[④] 由于有这样的启发效果，经过长期的学术封闭之后，几代人文学者能够对文化人类学这样一门纯粹移植而来的西方学科产生浓厚的兴趣，就不足为奇了。除了理论和方法上的借鉴意义外，人类学还真正教会学者们破除根深蒂固的我族中心主义及学科本位主义的自大心态，克服师承门派和"家法"等所造成的种种蒙蔽。

---

① 王一川：《审美体验论》，百花文艺出版社1992年版，第284页。
② 童庆炳：《原型经验与文学创作》，《北京师范大学学报》1994年第3期。
③ 方克强：《文学人类学批评》，上海社会科学院出版社1992年版，第210页。
④ ［英］马林诺夫斯基：《人类学是社会科学之基础》，见《人类之事》(*Human Affairs*)，卡特尔（R. B. Cattell）等编，伦敦麦克米兰公司1938年版，第200页。

中国民间文艺出版社于1987年推出弗雷泽《金枝》节本的中译本，上海、北京、浙江、四川、山东等地出版社竞相出版人类学译丛、比较文学丛书和民俗文化丛书，一大批20世纪以来的人类学、宗教学和神话学著作相继汉译，这自然大大促进了知识结构的更新换代和学术心态的调整，给新兴的文学人类学批评提供了前所未有的基础条件。一批如饥似渴的学人在人类学视野中得到思想的启蒙，反观文学现象时有登泰山而小鲁之感。从事外国文学专业的王海龙写出了《人类学入门》一书后深有体会地说，由于视界的拓宽，"发现了被我们这些从事文化研究的人视为神圣的文学，乃至艺术在整个人类文化中所占的地位太小了，它们只是实体文化的表象，或深层文化的外结构。换句话说，要想深入地理解文学艺术问题，没有文化的视界，没有人类学和文化的眼光是难以成功的。"①

如何使人类学理论同中国文艺学的现状相调适是译介者们一开始就注意到的问题。俞建章、叶舒宪合著的《符号：语言与艺术》一书提出人类思维与符号的系统发生过程假说，作为考察语言和艺术的宏观背景，把原型作为神话思维时代的符号形态，追索了随着神话思维向艺术思维的置换而发生的原型审美化过程。②朱狄的《原始文化研究》把审美发生的难题放置在空前广阔的人类学领域去探讨，展示出西方艺术人类学的大量新角度、新资料和新成果。作者在后记中说："本书涉及最多的是文化人类学家有关原始思维的理论，以及人类学家，考古学家有关史前艺术，原始艺术和神话的各种理论，这些理论从表面上看与美学相距甚远，甚至可以说毫无关系，但实际上却构成我们理解史前艺术、原始艺术和神话的重要前提。而只要我们真的能够理解人类最早、最原始的艺术的意义，那么审美发生的秘密就不难被发现。"③叶舒宪的《探索非理性世界》一书中归纳出原型模式的中国变体尝试重构中国上古神话宇宙观的时空体系④，使这种具有人类学性质的方法是否可用于中国文学的问题得到初步论证。季红真对此评论说："这个理论学派力图打破种族与文化的疆域，希望在人与自然的基本关系中，确立文学的原型框架……所谓共同人性也就不仅仅限于食、性这样一些基本的种系繁衍的生命活动，还包括在这种活动中对时空的感知方式等形而上的内容。民族性并

---

① 王海龙：《人类学入门》，广西教育出版社1989年版，第313页。
② 俞建章、叶舒宪：《符号：语言与艺术》，上海人民出版社1988年版。
③ 朱狄：《原始文化研究》，生活·读书·新知三联书店1988年版，第780页。
④ 叶舒宪：《探索非理性的世界》，四川人民出版社1988年版，第134—165页。

没有因此而消解在这个巨大的宏观背景中,而是体现为不同的感知方式。"① 有的学者还著文提出如何用马克思主义去改造原型批评的可能性问题,体现了要求用"马克思主义的轨道"重新范铸西方新理论的呼声。

在20世纪90年代,我国学界一方面要求对80年代开放以来的译介引进大潮加以反省,另一方面也提出跨世纪的继往开来目标。一些理论刊物以专栏的形式体现这种需要。《中国比较文学》、《东方丛刊》、《民族艺术》等刊物常年关注边缘学科的动向与成果。《文艺争鸣》则于1990年推出"方克强的文学人类学批评"和"中国文学与原型批评笔谈"两个栏目;1992年又辟有"叶舒宪的文学人类学研究"专栏。《上海文论》1992年开辟"当代批评理论与方法研究"专栏,首期刊出"文学人类学与原型批评"小辑。其中方克强的《新时期文学人类学批评述评》一文首次尝试对这一批评流派的几年实践进行理论总结,叶舒宪的《破译与重构——原型批评的发展趋向》则评述弗莱之后原型批评在欧美批评界的新动向,介绍了约翰·怀特的《现代小说中的神话——原型预示技巧研究》和《神话小说与阅读过程》,葛尔德的《现代文学中的神话意向》,维克里的《〈金枝〉的文学影响》和《神话与本文》等一批成果。如果说文学人类学的研究是以"争鸣"的方式在苏联式理论禁锢的语境中脱颖而出的,那么其自身的理论建构也自然充满着艰辛和斗争。若以关键词作为焦点,那么了解一下人类学与文学两个学科所共同享有的一个范畴"神话"进入中国现代汉语的情况,将有助于对学派生成过程的理解。

随着西风东渐以来人类学知识在中国的传播,文学人类学研究从20世纪初便开始在中西学术的交融中出现苗头。1903年西方的"神话"概念经日本传入中国,刺激了神话学民俗学研究的兴起,给传统的文史研究带来重要变革。此后,茅盾从比较神话学角度梳理汉族古神话,郭沫若从婚姻进化史角度解说甲骨文,顾颉刚等将上古史三皇五帝的圣王谱系统统还原为神话传说;闻一多从神话民俗入手重审《诗经》、《楚辞》的文化渊源,李玄伯、卫聚贤从图腾理论入手考察古史传说中的帝王世系,凌纯声以职业人类学家眼光破解上古礼俗和文学,郑振铎借鉴《金枝》的巫术理论透析汤祷传说,钱钟书在《谈艺录》中实践跨越文化和学科界线的"打通"式研究……凡此种种,都为国学方法的现代转型提供了某种示范。新时期以来,随着比较文学跨学科研究的勃兴和一批人类学著作的

---

① 季红真:《神话的衰落与复兴——读〈探索非理性的世界〉有感》,《文学评论》1989年第4期。

汉译传播，在新一代学人的艰苦探索和不懈努力下，以原型批评为先导的文学人类学研究热潮悄然兴起，拓展了我国比较文学研究和人文研究的格局，形成一次全面跨越学科界限的"神话热"，推进了科际整合与知识创新，留下丰富多样的研究经验与成果。

第四节　中国的文学人类学派之前景展望

20世纪末叶以来在比较文学和整个人文研究领域内出现的"人类学转向"（anthropological turn）正是百年积累下来的跨学科研究大趋势的必然结果，是类似20世纪初"语言学转向"（linguistic turn）的一种影响深远的标志性学术转向，它预示着在未来引导知识全球化视野和知识创新整合的发展潮流。从这一国际学术转型的大背景上，可以透视出中国的文学人类学学派方兴未艾的动力与前景，这也在一定程度上预示着中国比较文学的发展前景。

进入21世纪，随着文学人类学研究的迅速发展，在国内人文学界初步形成一个富有鲜明特色的新学派，并波及港台地区。中国社会科学院、四川大学、复旦大学、兰州大学、华东师范大学、湖南科技大学等先后设立了文学人类学（或称文艺人类学、艺术人类学）方向的博士点和硕士点。四川大学成立了以徐新建为所长的文学与人类学研究所，参与了985项目"文化互动与文化遗产"的课题研究。2005年至2008年，在湖南科技大学（湘潭）、西北民族大学（兰州）和贵州民族学院（贵阳）先后召开了中国文学人类学研究会第二、第三、第四届年会[①]。注意组织和协调全国从事相关研究的两支力量——语言文学研究者和民族学、民俗学研究者，将文学人类学的研究理念和范式推广到边缘性的少数民族地区。第五届年会预计于2010年8月在广西民族大学召开，主题是"文学人类学与历史人类学：研究新范式"，期望协调组织国内的文史两方面跨学科对话，进一步引导研究方法的创新。

新世纪以来的主要相关著述有：萧兵《孔子诗论的文化推绎》（2005），胡志毅《神话与仪式：戏剧的原型阐释》（2001），杨朴《二人传与东北民俗》（2001），容世诚《戏曲人类学初探》（台湾，2003），彭兆荣《文化遗产的理论与实践》（2008）、徐新建主编《灾难与人文关

[①] 第二届年会论文集见史忠义等《国际文学人类学研究》，百花文艺出版社2006年版。

怀》（2009）、《文化遗产备忘录》（2009），叶舒宪《千面女神》（2004）、《熊图腾：中华祖先神话探源》（2007）、《神话意象》（2007）、《河西走廊：西部神话与华夏源流》（2009），鹿忆鹿《洪水神话——以中国南方民族与台湾原住民为中心》（台北，2002），陈器文《玄武神话》（台中，2005）、高莉芬《汉代歌诗人类学》（台北，2006）和《蓬莱神话》（台北，2008）等成果。这些著述或把神话观念与仪式结合起来研究，或从古今文学叙事模式中发掘仪式原型，或深入民间考察至今还存活的仪式与信仰、神话的关系，将典籍记载之死去的神灵和现今庙宇中尚在供奉之活神联系起来，显示了人类学的仪式视角对于传统的文学批评方法的革新改造。彭兆荣《文学与仪式》[1] 和《人类学仪式的理论与实践》[2] 弥补了文学人类学研究在理论建构方面的理论欠缺，对于比较文学的主题学和形象学研究也有启发意义。在总结中国的文学人类学研究经验和学科理论探讨方面，著作有程金城主编《文艺人类学的理论与实践》[3]（2007），文章有吴广平《中国古典文学研究与文化人类学》，户晓辉的《关于文学人类学的批评与自我批评》，周泓、黄剑波的《人类学视野下的文学人类学》[4]等，各自从不同角度论述了人类学与文学研究的互动经验。刘泰然的《范式的转换：从考据学到文学人类学》探讨文学人类学研究与本土学术传统的对接融合问题。叶舒宪的《文学与人类学——知识全球化时代的文学研究》（2003）一书，是国内外第一部系统研讨文学与人类学的跨学科关系的理论著述。该书立足本土文化，为中国的文学研究的知识创新提出具有前瞻性的见解与操作方略。如强调本土话语与域外话语的互动、文献文本与田野文本的互动、中心话语与边缘话语的互动。

　　在新世纪以来不到十年时间里，文学人类学研究在 CSSCI 论文、学位论文中所占的比例与日俱增。文学人类学者研究成果在 CSSCI 论文中的被引用率也十分突出。仅就 2007 年一年的 CSSCI 数据统计，已经占到全国比较文学学科个人被引用率的第三位，文艺学学科被引用率的第七位。近年来在各个高校通过答辩的文学人类学方向的博士论文有：徐鲁亚《神话与传说——论人类学文化撰写范式的演变》（中央民族大学，2003年），谢美英《〈尔雅〉的文化人类学阐释》（四川大学，2008年），荆云波《〈仪礼〉的文化记忆与仪式叙事》（四川大学，2008年），黄悦《〈淮

---

[1]　彭兆荣：《文学与仪式》，北京大学出版社2004年版。
[2]　彭兆荣：《人类学仪式的理论与实践》，民族出版社2007年版。
[3]　程金城：《文艺人类学的理论与实践》，民族出版社2007年版。
[4]　以上论文均见《广西民族学院学报》2003年第5期专栏。

南子〉神话溯源》(中国社会科学院研究生院，2008年)，方艳《〈穆天子传〉的文化阐释》(中国社会科学院研究生院，2008年)，王菊《彝学80年》(四川大学，2007年)，《刘三姐叙事研究》(四川大学，2007年)，高岚《民族身份与国家认同：明清之际江南汉族文士的文学书写》(四川大学，2008年)，何茂莉《来自民俗的创作与阅读：苗族口承文艺的文化人类学研究》(兰州大学，2008年)等；硕士学位论文：牛晓梅《人类学小说》(中国社会科学院研究生院，2005年)，黄悦《神话与符号经济》(中国社会科学院研究生院，2005年)，叶木桂《文艺人类学方法论》(兰州大学，2007年)，李晓禺《文学人类学研究》(兰州大学，2007年)，骆晓飞《〈金枝〉与文学人类学——析文学人类学的发展线索》(兰州大学，2007年)，索龙高娃《文学人类学方法论辨析》(中央民族大学，2005年)，龚世学《中国神话观念与中国古典悲剧精神》(南京师范大学，2005年)，代云红《叶舒宪与文学人类学研究》(华东师范大学，2005年)，汤顿颖《从"魔幻电影"看当代"新神话主义"现象》(华东师范大学，2007年)等。

文学人类学作为新时期以来国内人文领域兴起的一支新学派，经历了30年来从不自觉到自觉的演进过程。从一开始显露苗头，就得到中国比较文学学会学术领导层的大力扶持和培育，及时地协调组织，在国际性和全国性会议上给予突出的重视和强调，使之逐渐形成一定规模的学术群体力量。文学人类学的学术贡献，一方面凸显了比较文学相对于其他学科在跨学科研究方面的高度自觉、大胆探索及宝贵经验；另一方面也体现着知识全球化时代的人文创新的一种动力源泉，故其影响力已经超出了本学科的范围。展望其发展前景，有以下三个可预期的生长点：

第一，启发本土文化自觉，引导中国文学的重新认识。西学东渐以来，西化的大学教育体制被横向移植照搬到中国，基本上没有得到本土方面的审慎权衡、思考与筛选。造成唯西方马首是瞻的盲从局面，积重难返。受到20世纪后期的反思人类学派和后殖民理论影响，中国的文学人类学者积极反思、解构西方中心主义的学科范式，大力倡导和呼吁本土文化自觉，并充分利用人类学的全球化视野反观、重估本土经典本文与非物质遗产的文化资源价值，这就为新世纪大国崛起背景下的"文化国力"讨论及国学复兴热潮的到来，起到了学术先导和研究示范的双重作用。[1]

在当今的大学文科教育中，西方现代性文学理论与批评的范式占据支配地位，而本土传统的知识被压缩到"民间文学"的弱势话语，甚至在

---

[1] 叶舒宪：《本土文化自觉与"文学""文学史"观反思》，《文学评论》2008年第6期。

"中国文学"学科中被取消,归并到社会学的民俗学范围里。在国内知识界一边倒地拥抱西方学院派理论的情况下,比较文学界的文学人类学率先揭示出 20 世纪西方思想的"东方转向"、"原始转向"和"生态转向",重视后现代知识观的变革与全球文化寻根运动,并大力倡导人类学"地方性知识"的新视角,启发对本土文化的自觉和尊重[①]。

第二,继续引导人文研究方法的拓展与创新。文学人类学研究者特别注重将人类学方法与本土传统考据学相互结合再造。在 90 年代提出"三重证据法",包括文字训诂考据为第一重证据,王国维揭示的出土文献为第二重证据,新加入人类学、民族学的参照材料为第三重证据。这一新方法的研究实践给新世纪兴起的国学热潮开了先河。三重证据法之影响,不仅限于文史研究,也给其他学科带来启迪。如法学方面的证据学探讨[②]。在新世纪初,研究者本着自我超越的精神提出"四重证据法",吸取了人类学的"物质文化"(material culture)概念,将出土或传世的古代文物及图像资料作为文献之外的第四重证据[③],探究失落的文化信息,以期获得直观性的立体释古效果。2007 年的《熊图腾》和《神话意象》两书是这方面的代表。《神话意象》论述一个世纪以来,神话研究乃至文化研究的新动向——从书写文本到图像文本、从文字叙事到图像叙事的重心转移,希望通过不同的个案比较研究来打破学科界限,通过寻找和利用传世的与新出土的实物与图像材料,探索一种"知识考古"的研究思路,在重写文化史方面提出富有创意的研究实例。《熊图腾》汲取了文化人类学的开阔视野,在整个欧亚美三大洲的广阔背景中探讨熊图腾文化的所以然,以及它与中国文明起源、中华祖先图腾(黄帝有熊氏、鲧禹启化熊或熊化)的关系,在如何利用比较文学的跨文化优势,推进本土文化的阐释与符号构建方面有开拓作用。就理论建构而言,对四重证据法的学术发生史进行全面审视[④],将给未来的文学人类学发展带来广阔空间。

第三,针对文化大国崛起的现实需求,探讨符号经济时代本土文化资本的认识与开发新课题。与学院化的其他学科相比,人类学是以走入田

---

① 参看《人类学与国学》(对话录),《光明日报》2007 年 2 月 8 日;《人类学与国家》,《百色学院学报》2007 年第 2 期;《人类学与中国传统》,《百色学院学报》2008 年第 2 期。
② 参看孟华《符号学三重证据法及其在证据法学中的应用》,《证据科学》2008 年第 2 期。孟华《三重证据法》,吉林大学出版社 2009 年版。
③ 叶舒宪:《第四重证据》,《文学评论》2006 年第 5 期。
④ 叶舒宪:《国学考据学的证据法研究及其展望》,《证据科学》2009 年第 3 期。《跨文化对话》第 26 辑,上海文化出版社 2009 年版。

野、面向现实生活为特色的学科。中国的文学人类学者在敏锐地回应社会现实问题、勇于担当现实责任方面，在克服传统的西方人文学科的贵族化倾向方面，作出了一定的先驱和表率作用。2000 年，新成立的四川大学文学与人类学研究所在国内首倡"文明反思与原始复归"的大讨论，针对市场化社会带来的现实危机，先于主流话语的"科学发展观"，提出人类学视角对"现代性"与"发展观"的批判质疑[1]。并在 2004 年人类学高级论坛（银川）上策动了学界人士的"生态宣言"；在族群研究、文化研究等新范式的生长语境中，反映出比较文学的传统研究范式与当下文化热点的相互渗透与思考，表明如何在知识经济主导下的工具理性时代，发挥反思和批判的作用，从而更合理地面对、保护、发掘传统文化的本土资源。叶舒宪《非物质经济与非物质文化遗产》[2]，针对当代世界从物质经济向非物质经济转型的现实大变革，揭示有关非物质遗产的国际官方话语产生的后现代语境。徐新建《传统是条大河——从文化兴衰看人类遗产》[3]，从"大文化"的比较视域角度，重新阐释了儒家对人类生命何以世代延续的体认体系以及文化意义。彭兆荣、李春霞《论遗产的原生形态与文化地图》[4]，论述遗产的原生形貌与它被认知、被表述之间经常出现差异情况，启发对本土遗产的学术珍视与有效的认知方略。2005 年，中国社会科学院研究生院培养的硕士黄悦的论文《神话思维与符号经济》通过答辩，这是中国的文学人类学者直面符号经济时代来临的第一篇学位论文。同年，《江西社会科学》杂志划出篇幅开辟"文学——符号人类学与符号经济"栏目，共发表文学人类学者的九篇论文，探讨从物质经济向非物质经济即符号经济转型的当代社会，文学的符号增值技术与文化资本的"炼金术"问题。这些探讨对于在我国新兴的文化创意产业具有一定的理论先导作用，对于重新诠释文化大国的软实力及其开发利用，及其在后经济危机时代引领文化兴国的发展战略研究，都有迫切的现实意义，值得在更大的规模和级别上作出进一步的深入探索。

---

[1] 参看叶舒宪《现代性危机与文化寻根》，山东教育出版社 2009 年版。叶舒宪《人类学质疑"发展观"》，《广西民族大学学报》2005 年第 2 期。
[2] 叶舒宪：《非物质经济与非物质文化遗产》，《民间文化论坛》2005 年第 4 期。
[3] 徐新建：《传统是条大河——从文化兴衰看人类遗产》，《中南民族大学学报》2007 年第 5 期。
[4] 彭兆荣、李春霞：《论遗产的原生形态与文化地图》，《文艺研究》2007 年第 2 期。

第十二章　科学方法论在文学研究
　　　　　领域的历险

　　20世纪80年代的中国文学理论与批评，呈现出纷繁复杂的局面。新的方法不断涌现，新的词语让人应接不暇。许多学者尝试着运用一些自然科学的方法来研究文学，在文学研究中出现了系统论、控制论、信息论，以及耗散结构等"新"理论。这些新的方法，对于冲破当时文学理论僵死的结构，有着积极的意义，受到了文学理论家和批评家们的欢迎。但是，对于在文学领域引进自然科学的方法论，时至今日还是有不同的意见。一种意见认为自然科学不是人文学科，生硬的引进只是追时髦。还有一种意见以为，自然科学的方法与文学的理论与批评，仍有着明显的差别，各种自然科学的方法在文学理论和批评中的运用，具有很大的随意性，大多只是比喻、暗示或借用而已。本章试图剖析从科学方法论在文学研究领域出现的背景，并分析科学方法论在文学研究领域在20世纪90年代迅速走向分化的具体情形。

第一节　"老三论"在文学研究中的运用

　　20世纪80年代初，国内学术界出现了试图把文学研究与科学方法论联结起来的倾向。这是中国文化发展特殊时期的特殊产物，归纳起来，科学方法论热的形成，主要有三个原因：首先是我国文学界欲借当时科学的春风实施研究的新突破；其次是我国学术界试图在文学"创作方法"嬗变之际力图进行文学研究方法的开拓；最后，文学研究科学方法论热，是改革开放初期人们对于"外国"的新奇与试图和国际接轨的愿望在起作用。

　　苏联及东欧的文艺理论主张对"科学方法论热"的作用不可低估。发表于《国外社会科学》1982年第2期上的A.布明什的《文艺学的方法论问题》和发表于《国外社会科学提要》1982年第9辑上的H.马尔凯维其的《现代文艺学的方法论问题》是较早的两篇论文,对于我国的方法论研究有很大的启迪作用。但在"方法论热"持续过程中,东欧思想界的影响逐渐消退,西欧和北美的思想家起到了支配作用。

20世纪80年代文化艺术出版社出版的《美学文艺学方法论》一书,内有《历史唯物主义是分析审美活动的世界观:方法论基础》等章节,并介绍了"西方马克思主义"的方法论。其时江西省文联对于文学批评的方法论十分关注,连续推出了几部著作[1]。除了将文学批评方法区分为"道德批评"和"心理批评"以及"原型批评"等方面,还介绍了"新三论"与"老三论"等科学方法论。

"老三论"包括系统论、控制论和信息论,"新三论"包括耗散结构论、协同论和突变论。其中的系统论、控制论和信息论是20世纪40年代先后出现的,耗散结构论、协同论、突变论则是20世纪70年代陆续出现的科学方法论。

我们先来看一看"老三论"与文学研究交叉起来的初步探索。

一 系统论方法在文学研究中的引用

文学研究中所使用的系统论,实际上应称为"一般系统论",贝塔朗菲的界定是这样的:一般系统论是一个逻辑——数学领域,它的任务是表述和推导适用于"系统"的一般原理,不论其组成要素以及其相互关系或"力"的种类如何。贝塔朗菲从生物学的角度出发,强调要把对象当作一个整体、一个系统来进行研究,并尽可能要用数学模型去描述和确定该系统的结构和行为。他所谓的"系统",实际上是指由相互作用、相互依赖的若干组成部分结合成的、具有特定功能的有机整体。改革开放之后,系统论方法也迅速被我国学者所接受,王兴成发表于1980年第2期《哲学研究》上的《系统方法初探》一文,就是我国在十一届三中全会之后最早介绍和使用系统论方法的一篇文章。

张世君发表于1982年第4期《外国文学研究》上的《哈代"性格与环境小说"的悲剧系统》被看做是最早采用系统论方法研究文学作品的论文。林兴宅发表于1984年第1期《鲁迅研究》上的《论阿Q性格系统》一文,则被看做是纯熟运用了系统论方法来进行文学研究的一篇力作。"阿Q性格"被林兴宅看作是一个系统,是一个整体,其中的各种因

---

[1] 参见江西省文联文艺理论研究室编《文学研究新方法论》,江西人民出版社1985年版。

素有自己的构成方式和结构层次。如果从20世纪80年代之前的鲁迅研究视角来看，林兴宅把阿Q性格区分为"双重人格""退回内心"与"泯灭意志"并没有什么新奇之处。但是林兴宅强调的是，阿Q性格中的这三方面特征是不可分割的，它们分别代表了阿Q的"认识"、"情感"和"意志"。在林兴宅看来，一个青蛙绝对不仅仅是由脑袋、肚子和四条腿组合而成的，假如把它们拆解开来看，还是那些部分，但我们看到的是一个死的青蛙。对于生物学和医学来说，需要从系统论的角度去拆解、替换青蛙的某些器官，最重要的是还要组装回去，青蛙还要是活的。林兴宅的这些看法，与贝塔朗菲的说法是一致的。贝塔朗菲早就指出，复杂事物的功能远大于某组成因果链中各环节的简单总和。他的这个说法与文艺学里"一集中就奇特"的说法比较接近，马的身子加上人的脑袋就成了半人半马的怪兽的形象，其感染力不是马加上人这么简单的加法可以计算出来的。四个汽缸加上轮子，再加上汽油就可以长时间运转。但把部件拆开了，也就不是汽油机了。

  在贝塔朗菲看来，汽油机是一个系统，一旦组装起来，这些组合的东西往往就具有一种叫"系统质"的因素出现。"系统质"并不存在于单个的部件里，既不在汽缸里，也不在汽油里，也不在轮子里，一定要组装起来才会出现。林兴宅所说"双重人格"、"退回内心"与"泯灭意志"里面的任何一个特征也不是阿Q性格，必须是这些特征共同作用，才会出现人们熟知的"阿Q性格"。

  系统论认为，复杂的事物是一个系统，而系统本身又是它所从属的一个更大系统的组成部分。青蛙是一个系统，但是它属于荷塘这样一个更大的系统，在荷塘这个更大的系统里面，青蛙吃蚊子，水蛇吃青蛙。汽油机是一个系统，但是它必定要属于汽车这样一个更加复杂的系统，汽车则属于城市这个超级系统。汽缸加上轮子再加上汽油会产生"系统质"，活动的许多汽车也照样可以产生"系统质"。战时机场停电，把一个城市仅有的几百辆汽车集中起来，分成两排，就组合成了新的机场降落照明体系。这个临时的降落照明体系不是汽车生产厂家设定的，一辆汽车也没有这样的功能，但当几百辆汽车组合起来的时候，临时性的降落照明体系就形成了。林兴宅显然注意到了这一点。在其论文中，林兴宅竭力把阿Q性格系统纳入更大的社会系统中去研究。在林兴宅看来，阿Q性格乃是半封建半殖民地的中国社会的产物，"精神胜利法"其实就是当时中国社会这个巨大的系统所产生出来的系统质。离开了当时的社会背景，"精神胜利法"就失去了其典型意义。

在此期间，肖君和《关于艺术系统的分析与思考》① 以及林兴宅《系统科学与文艺研究》② 等论文，都从系统的角度论述了文艺现象。苏联学者弗洛罗夫《科学与艺术》③ 等论文也在本时期被陆续介绍过来。其中，苏联学者卡冈的《艺术形态学》1986 年在我国出版中译本，第一次就印了 10000 册④。卡冈是苏联最卖力宣传系统论的学者之一，他用系统论的方法来研究包括文学在内的艺术，认为艺术本身是一个复杂的系统，艺术系统需要归入社会文化和艺术文化大系统中去加以研究。为了搞清楚艺术系统，卡冈引入了"形态学"这样一个概念。他认为，文学艺术都需要搞清楚"种类"，而种类是由不同的文艺作品的形态决定的。诗歌之所以是抒情的，是因为音乐本身是抒情的。

二　控制论

控制论也是"老三论"之一，是美国数学家维纳同他的合作者共同创立的。1948 年，维纳出版了《控制论》一书，宣告了控制论的诞生。它试图摆脱牛顿经典力学和机械决定论的束缚，用新的统计理论来研究系统运动的状态、行为方式和变化趋势。医生在监护仪上看见一个数字，就知道该为患者输什么药液了，这便属于用控制论研究人体系统的状态问题。同样，一位大学校长在 3 万人的校园里走一圈，就觉出有什么地方不对头，也是在感觉并力图控制学校这样一个系统的状态。

总之，控制论是竭力维护系统的稳定，并揭示不同系统的共同的控制规律，力求使特定的系统按预定目标运行的一门科学。

与系统论一样，控制论也是一门很早就具有了跨学科性质的学问。1965 年商务印书馆出版的《控制论哲学问题译文集》就是专门讨论控制论与哲学之间"联姻"的著作。A. F. G. 汉肯《控制论与社会》一书的中译本 1986 年在我国出版⑤，把控制论的理论和社会分析直接联系起来。汉肯论述了刺激—响应模型、规范模型以及广义模型和作为决策者的人之间的内在关联。显然，这样的论述为我们的新时期文艺理论研究提供了思想武器。人们很容易把文学艺术看做是一种可以推断出社会发展趋势的可

---

① 肖君和：《关于艺术系统的分析与思考》，《当代文艺思潮》1984 年第 6 期。
② 林兴宅：《系统科学与文艺研究》，载中国社会科学院文学所《文学思维空间的拓展》，工人出版社 1988 年版。
③ ［苏联］弗洛罗夫：《科学与艺术》，刘伸译，《国外社会科学》1985 年第 4 期。
④ ［苏联］莫·卡冈：《艺术形态学》，凌继尧、金亚娜译，生活·读书·新知三联书店 1986 年版。
⑤ ［荷］A. F. G. 汉肯：《控制论与社会》，黎鸣译，商务印书馆 1984 年版。

控制系统。

　　控制论对于文学艺术界最有吸引力的名词是"反馈"。控制论十分关心系统的功能、系统内人们行为方式方面的变化。而系统的功能以及稳定，对于其外在的影响因素来说，就表现为"反馈"。文学是社会生活最及时、最深入的一种形象的反馈。当代作家何士光的短篇小说《乡场上》所表现的老实巴交的农民，就因为改革开放了，面对把持着乡村市场与交换的"罗二娘"伸直了自己的腰杆儿。但是如果仔细分辨起来，就会发现其中的问题不那么简单。因为正如有的学者在研究陈奂生系列小说时所注意到的[①]，作家作为创作的主体，一定要关注读者的反馈。那么，何士光的小说在社会上的反馈就不仅仅是关注读者反馈从而写出系列小说这么简单的问题了。事实上，"文化大革命"前的1965年商务印书馆出版的《控制论哲学问题译文集》里面，就收了维纳等人的文章，其中已经论及反馈的两种基本类型：正反馈与负反馈。在20世纪80年代出版的著作，如鲍昌主编的《文学艺术新术语辞典》[②]已经详尽地论述了控制论的反馈问题。还拿何士光的短篇小说《乡场上》来说，小说对于中国社会这个超级系统是一种反馈，但是它是追求"正反馈"还是"负反馈"？显然是追求负反馈。因为控制论里面的正反馈是说系统的输入加剧了系统偏离目标的运动，使得系统不再进行稳态运作。或者说，正反馈就是使系统不稳定、不正常、不能够维持的反馈。它是输入逐步改变了系统的性质，当量变到达质变时，系统就崩溃了。正如维纳等人所说："一切有目的的行为，都可以看做需要负反馈的行为。"[③] 在20世纪80年代的方法论热中，黄海澄等已经从控制论的角度论述了文学艺术对于社会生活的积极意义[④]。就控制论的反馈来说，何士光的《乡场上》显示的是我国的经济即将面临崩溃之后，改革开放为最基层的民众带来物质与精神两方面的生活变化。它是使系统的输入尽可能少地干扰稳定性的一种反馈。从这个角度来看，"负反馈调节"就是文学艺术的一种职能，尤其是现实主义文学艺术的职能。

　　其时的学者们已经意识到，控制论的负反馈、正反馈在文学艺术中的表现也不可一概而论。在推翻三座大山的过程中出现的文艺作品，所追求的就是"正反馈"。

---

① 程文超：《从反馈角度看陈奂生系列小说的创作》，《当代文艺思潮》1984年第4期。
② 鲍昌：《文学艺术新术语辞典》，百花文艺出版社1987年版。
③ 维纳等：《控制论哲学问题译文集》第1辑，商务印书馆1965年版，第4页。
④ 参见黄海澄《从控制论观点看美的客观性》，《当代文艺思潮》1984年第1期。

控制论还要研究系统的变动趋势。对于维纳等人来说，由于当时美国已经进入了汽车社会（纽约市区是 20 世纪 50 年代禁止自行车上街的），大家都要学习使用汽车等机器就成了控制系统变动趋势的最急迫的任务。新学开车的人练习"揉库"，"打轮看发展"是教练一定要教的，关键在于如何才可以看出"发展"来。这里的"发展"就是教练车即将出现的运动的趋势。每小时 120 公里疾驰的汽车超车，驾驶员必须准确把握前车的活动趋势，控制不好就会出大事。林兴宅在其《论文学艺术的魅力》[①]一文中，就反复强调要对文学艺术进行"魅力的动态考察"。文学艺术的文本不一定是动态的，它们的"魅力"却一定是动态的。文学艺术所反映的社会生活也一定是动态的。我们的文学研究如果不用动态的眼光看问题，自然也就难免片面和武断。

三 信息论

信息论是由美国数学家香农创立的，他在 1948 年发表的《通讯的数学理论》奠定了信息论的基础。反观信息论的发展，我们可以看到梵·布希在 1946 年发表于《大西洋》杂志上的《像我们一样可以思考》一文，对于信息的处理、传播和存储就已经有了极为深刻的论述。可以说，信息论是现今广泛使用的电脑与网络的理论基础之一。仅就科学方法论而言，20 世纪 80 年代的科技发展突飞猛进，也推动着科学方法论有着巨大的变革。美国在与苏联的数十年较量中已经建立起了相对完备的网络体系，其目标是美国被炸掉三分之二网络照常运转。此时，比尔·盖茨已经登上了发展的前台。其时我国在这些方面显得孤立、落后。

信息论试图用概率论和数理统计等方法，从量的方面来研究信息如何获取、加工、处理、传输和控制。在信息论看来，任何事物都具有信息。而所谓信息，就是指我们可以接受的外在事物中所包含的新内容与新知识。与系统论和控制论一样，信息论从诞生之日起，就具有一种和人文、社会领域靠近的趋势。鲍昌所主编的《文学艺术新术语辞典》就已经指出，就文艺来看，任何文学艺术都是信息的运作。信息论研究的目的之一是用来减少和消除人们对陌生事物认知的不确定性。自然科学永远要在人们不熟悉的领域里面探索，即使科学家面对的是极为普通的沙子堆，他大约要研究的却是沙子堆自然状态的维持条件以及需要多大的外力才会使得这一堆沙子变形为散沙，或者飘扬起来成为沙尘暴。信息是一切事物保

---

① 林兴宅：《论文学艺术的魅力》，《中国社会科学》1984 年第 4 期。

持其特定结构并实现其功能的基础。从信息论的角度来看，沙子堆维持现状的条件，需要外化为我们可以接受的数字，而这些数字就是信息。

信息论可分为"狭义信息论"与"广义信息论"。狭义信息论主要研究在通讯系统中普遍存在着的信息传递规律、如何提高各信息传输系统的有效性和可靠性的一门通讯理论，是现今的IT行业从业者的必修课程。例如，"信道"与"噪声"等概念，就是属于该学科的基本范畴。

在俗称"老三论"的研究中，运用信息论来研究文学的专著相较于论文数量则少得多，并且也鲜有可圈可点的成果。这应该看作是时代的局限。20世纪80年代，民众已经在市场上见到了电脑，但是还无法普及。在全国性的"文学信息交流会"大会上，代表们谈论最多的话题是作家要不要"换笔"，即是否用电脑来写作，其相应的理论命题是"打字"问题。这时，研究文学的学者们似乎也没有多少人知道电脑500G硬盘涉及的"G"和"T"的下一个信息存储单位是什么，在1985年"苹果"机一枝独秀的环境下大谈信息论（谈论者也许连打字都不会），其对文学的研究效果可想而知。

尽管如此，陈辽的《文艺信息学》还是有其特定价值的。该书首先认定我们即将进入一个信息化的社会，文学就是这个社会中的一种特殊的信息。

由于当时的特殊环境，信息的"输入"、"输出"与"存储"这些问题，在当时的我国文学研究界还是颇受关注的问题。从广义信息论的角度来看，一切事物都是通过获取、传递、加工与处理信息而实现其有目的的运动的。从这个角度来看，证券市场是信息市场，文字传递就与信息论所阐述的规律更加接近了。应该承认，在某种程度上说，信息论能够帮助人类固化认识，有助于传输知识，在现代社会日益注重交往的情况下，信息论也有其重要的作用。正如上文所说，信息论研究的目的之一是用来减少和消除人们对于陌生事物认知的不确定性。社会不断变化，我们随时都需要大家对于自己生活其中的社会的解读以及反馈。就此而言，文学艺术是20世纪80年代最普及的社会信息。

陈辽在其著作中特别强调要建立文学批评信息库。古老的汉字输入在当时不仅是理论问题，而且是大多数文学研究者的实践问题。输入成为比特存在的文学批评文本，以及文学艺术本身的文本，可以构成一个巨大的存储库房，它可以对于我们进行文艺批评、文艺管理提供强有力的支持。尽管该书作者并没有十分清楚地说明白该"信息库"的存储使用什么介质，如何运作，但在1986年就明确提出这一点还是十分难能可贵的。其实，就当时我国大城市的情况来看，中关村已经在运营，大街上已经有十分显眼的"大哥大"一族。文学创作和文学批评文本信息库的建立，实际上是可以进行操作的。

也有部分学者从文学创作的角度，展开了文艺信息学的研究。有的学者直接把作家的大脑看成是计算机中的"软件"[①]。在这些学者看来，文艺创作要反映的生活，乃是信息论中的"信源"。任何文艺创作都要分析外界的信息因素，这就比如电脑处理信息。但是，作为文艺创作主体的作家和艺术家，又不仅仅是像软件那样机械地处理输入的信息并将它们的运算结果显示出来。作家的大脑只是接收和处理这些信息的一个中枢。文学的创作过程是一个极为复杂的过程。其中，作家从现实生活中选取哪些信息，也就是说哪些信息可以进入通往大脑这个处理中心的"信道"，则取决于信源里面的信息是否是作家"对象性的客体"。只有那些进入了作家的情感记忆和儿童经验，并且被作家有意识或者无意识地保存下来的信息，此时才可以被调动起来，进入到"软件"之中。生活这个信源提供的信息是无穷无尽的，关键是作家在创作过程中一大批信息都被过滤掉了。它们不能够进入软件，所以也就没有办法被转换为文学。一个作家可以写出生动的马车夫的故事，仅仅因为他见过几次自己做马车夫的父亲的辛苦与骄傲，但是一个赶了30年马车的车夫尽管会写些文字，也未必就能够成为一个作家。无数次的机械的、重复的劳作已经使得他对于此类生活的感觉过于迟钝了。

也有学者从信息传输过程中的"噪声"这一角度研究了中国神话。在他们看来，生活是信源，神话是信道，神话时代的接受者是信宿[②]。就我国的情况看，上古神话不仅仅是信息那么简单，它们是口头的和歌舞的表演与传说，因此神话被看作是一直处于传输状态的信息。或者，干脆就是信道。而在信息的最终接收者即信宿那里，我国的上古神话遭遇了势力强大的历史、哲学、宗教的噪声。因此，我国的上古神话在其传输过程中由失真而变形，最终弱化而变得支离破碎。

从"老三论"引入到我国文学的情况来看，20世纪80年代的研究者做了比较扎实的探索，有许多科研成果对于今天我国的文学研究还有借鉴意义。但其后的"新三论"在我国就没有那么多的知音，虽然在1985年

---

① 参见陶同《从信息流程看艺术创作本质的层次》，《求实学刊》1984年第5期。其后，陶同还出版了《大智慧》一书，集中讨论创作与思维等问题。另外，颜纯钧在1986年第6期《当代文艺探索》上发表了《文学的信息论问题》。

② 殷骅：《神话系统论——兼论中国上古神话不发达的原因》，《江西社会科学》1985年第4期。

前后有一些翻译和介绍，但具体的科研工作并没有实实在在地展开。具体表现就是，我们今天可以找到一些关于"新三论"的介绍性文字，但有代表性的运用"新三论"来研究文学的论著却几乎无法找到。其他自然科学方法论的借用的成效也同样并不理想。尤其是数学方法的引用。尽管有林兴宅《文明的极地——诗与数学的统一》① 以及吴竹筠、夏中义《"测不准原理"与现代派文学的鉴赏》② 等论文，总体上来看成果尚显单薄。

第二节 "新三论"及其他科学方法论在文学研究领域中的历险

就 1980 年前后中国的实际情况看，苏联的理论显然不解渴。文学研究还需要更新，尤其需要原来被排斥得十分厉害的西方——欧美的新方法、新理论。外国的、最新的、科技的方法论是此次引进大潮中最引人注目的东西。就纯粹的科学方法论而言，在 20 世纪 80 年代文学研究中的这场方法论热潮中，不仅有"老三论"，还有"新三论"。新三论包括耗散结构论、协同论和突变论。除了这些理论之外，自然科学领域的形态学以及介于自然科学和社会科学之间的价值论、心理学、地理学等，纷纷被译介和借用过来。

下面，就从"新三论"与其他科学方法论两方面在当时的文学研究中的情况来做一简单追溯。

一 "新三论"与中国的文学研究

耗散结构论是比利时学者普利高津在 1969 年提出来的。普利高津是一位物理学家，他发现了一个很有意思的现象，当远离平衡态的事物由于许多复杂因素的影响而出现非对称的涨落现象，并且该事物的变化达到某个临界点时，那么，只要该事物不断与外界进行物质和能量交换，该事物将可能发生突变，由原来的无序混沌状态自发地转变，变为一种在时空或功能上的有序结构。事物的这种在非平衡状态下转化为新的稳定有序结构就是一种耗散结构。美国麻省理工学院的尼葛洛庞帝在其《数字化生存》一书中曾经说过一个例子，似乎与耗散结构有异曲同工之妙：在一个大礼

---

① 林兴宅：《文明的极地——诗与数学的统一》，《文学评论》1985 年第 4 期。
② 吴竹筠、夏中义：《"测不准原理"与现代派文学的鉴赏》，《名作欣赏》1983 年第 2 期。

堂里，上千个大学生坐着，主持人忽然告诉大家"请用力鼓掌"，大礼堂里面先是乱七八糟地响成一片，但很快掌声就整齐了。无序的掌声到有序的掌声就类似普利高津所说耗散结构。

耗散结构论里面十分引人注目的概念是"负熵"。20世纪80年代的我国文学研究界，在运用耗散结构论这种科学方法时，几乎都使用了这个概念。尽管论著极少，而且大多是感悟与介绍[1]。负熵是与作为热力学第二定律的"熵定律"的对立面存在的。"熵"强调的是宇宙的本质无序性，在宇宙中的具体存在则重点研究由有序变化为无序，生命、热量逐步变为无生命以及冷寂。一杯热茶由热气腾腾到没有热量发散，变为凉茶，甚至变为馊茶。这就是熵在逐步增大。同样的，一个系统内的发展趋势也是逐步向着无序、混乱处发展。20世纪80年代我国文学研究中出现的"性格组合论"，最初就是借助了"熵"的理论，说明事物的自发的倾向总是朝着混乱而不是秩序发展，这种倾向会一直演化到"熵"的最大值。因此，所谓"性格组合"，就不可能是人物性格自动排列整齐，而是会很自然地出现混乱的排列。作家的任务，就是把趋向于混乱的性格组合安排为有序的性格运动[2]。

但问题在于宇宙中不仅有"熵"，还有"负熵"。耗散结构论强调，负熵是物质系统有序化、组织化、复杂化的一种量度。而且早在1944年，著名科学家薛定谔就已经提出了"生物以负熵为食"的著名命题。从耗散结构论的角度来看，人类的一切生产与消费活动，其实都是负熵的创造与消费。那么，文学艺术自然也是负熵的创造与消费。由于负熵是否有价值直到如今还在争议，耗散结构论是否可以直接作为文学研究的一个方法论自然也就尚待研讨。20世纪80年代出现的有限的几篇论文也无法为此提供答案。

协同论是德国物理学家赫尔曼·哈肯在1973年创立的。他认为，自然界是由许许多多小系统组织起来的大系统的统一体。例如，人体包括心血管系统、神经系统、呼吸系统、消化系统、生殖系统以及循环系统等。在循环系统中又包括了血液循环系统、淋巴循环系统等。大系统中的诸多小系统既相互作用，又相互制约。协同论认为，任何大的系统都是一种平衡结构，而且要随时准备由旧的结构转变为新的结构。赫尔曼·哈肯的协同论其实在西方文化中并不仅仅是自然科学的理念。自从文艺复兴以来，

---

[1] 参见丁和《耗散结构论对文学研究的启迪》，《社会科学》1986年第12期。
[2] 刘再复：《论人物性格的二重组合原理》，《文学评论》1984年第3期。

人与神的协同、人的灵与肉的协同,人与人的协同早就成了西方各国的普遍课题。正因如此,协同论在20世纪80年代被引入我国的文学艺术研究中也是自然而然的事情。纽约的自由女神塑像,是受其特定的环境制约的,没有了曼哈顿河口,自由女神的形象就会失去其原有的含义。同样的,自由女神和火炬之间,也存在着相互制约与协同的问题。哈肯强调不同系统之间的相似性,这在我国的文论著作中也有提及,如鲍昌主编的《文学艺术新术语辞典》。

突变理论是比利时科学家托姆于1972年创立的。其研究建立在拓扑学、奇点理论和稳定性数学理论基础上,力图描述事物变化的临界点状态,进一步研究自然和社会生活中多种多样的非连续性突然变化现象。就人文与社科而言,突变理论关注的是例如我国的叙述性文学作品为什么在唐朝后期集中出现的问题。突变理论目前最流行的基础研究包括基因突变、群体事件和战争论等。突变理论突破了牛顿单质点的简单性思维,揭示出客观存在的复杂性。突变理论着眼于三大方面的辩证关系研究:渐变与突变、确定性与随机性、质与量互变。突变理论适合于研究国家、地区、企业、家族产生的翻天覆地变化,并进行内在的深刻原因揭示。从进化论的角度说,除了缓慢的进化,语言的出现以及直立行走、大脑的突然增大等都可以引发进化过程中的突变。我国从半封建、半殖民地社会到社会主义社会的转变也是一种突变。从这个意义上讲,周立波的《暴风骤雨》、贺敬之等的《白毛女》以及孙犁的《荷花淀》、茹志鹃的《百合花》等作品所揭示的战争趋势,是可以运用突变理论来进行研究的。

时任中国作家协会书记处常务书记的鲍昌教授,在1985年前后多次在讲演中介绍"新三论"。他对于"负熵"与"突变论"尤其感兴趣。

二 其他自然科学方法论的借用

1985年被学术界称为"方法论年"。这是改革开放带来的新气象。十一届三中全会以后,我国文学界出现的新的创作形态催生着新的文学理论,客观上也在促成着文学研究中科学方法论的形成。其时,相当一部分学者相信,科学方法论能够解决文学研究中的理论不足问题。

我国的文学界对于这种情况进行了即时的回应。1985年就已经举行了全国性的学术研讨会①。除了"熵定律"、"耗散结构"以外,"测不准

---

① 参见钱竞《欲穷千里目,更上一层楼——记扬州文艺学与方法论问题学术讨论会》,《文学评论》1985年第4期。

原理"、"波粒二象性",甚至数学方法也被借用来进行文学研究。但是,总体来看并没有多少可以经得起时间考验的科研成果。

数学方法借用到文学研究,其实在世界上并不是没有先例。就我国的情况来看,统计学用于风格统计、作家使用词汇的统计,也不是80年代的专利。但在1985年前后,数学方法被部分学者正面在专著中列为文学研究的方法之一,这在我国则是空前绝后的。1986年由江西人民出版社出版的傅修延、夏汉宁编著的《文学批评方法论基础》一书就坚决主张,文学的研究一定要吸纳数学方法。傅修延、夏汉宁认为,数学方法不仅仅是统计学的方法,还包括模糊数学、悖论研究以及概率论、组合论和博弈论[1]。总之,几乎所有的数学分支都可以成为文学研究的具体方法。

需要说明的是,1985年前后的科学方法论热与科学在我国的再度受到重视是分不开的。在郭沫若所说"科学的春天"到来之后,其他一些领域的专家学者,尤其是哲学界的学人也参与其中进行科学方法论的探究,在当时也很受学术界和社会的欢迎。在这些特定的领域内,专业的学者们展开的对于"测不准原理"、"波粒二象性"以及博弈论、组合论、概率论的研讨,是正常的学术研究。这就好像邮电学院不研究"信道"、"信噪比"反而不正常一样。当时,一批科学家也参与了方法论的研讨,这对于我们国家在"文化大革命"破坏基础上重新建立的科学技术研究具有不可或缺的意义。但是,与系统论等"老三论"的情况不同,在"数学方法"的旗帜之下,并没有多少可以让今天的我们去进行重读的具体科研论文和著作。傅修延、夏汉宁编著《文学批评方法论基础》一书所说"数学正在向文学进攻,文学本身也正在向数学靠拢"的情况过了二十多年也并没有出现。书中所引用模糊数学来计算刘姥姥进大观园的文章,似乎更接近数学论文而不是文学研究。最为明显的事实是,应和者寥寥。

1985年前后的科学方法论大盛,当时就被形象地概括为"方法论热"。这个"热"字的概括是极为准确的。"三论"中的"老三论"尚有不少人关注,到了"新三论"登台的时候,就没有多少学者对它们感兴趣了。到了1990年以后,使用科学方法来进行文学研究的论文就几乎很难找到了。

在80年代文学研究中的这场科学方法论热潮中,还有一个奇怪的现象,就是把"归纳法"、"演绎法"、"分析法"与"综合法"也算作是新

---

[1] 傅修延、夏汉宁:《文学批评方法论基础》,江西人民出版社1986年版,第312页。

的科学方法论，并统称之为"逻辑方法"。亚里士多德在两千多年前就已经创造的形式逻辑被披上了新的外衣。在这些专门的领域，学者们对于"归纳"、"演绎"、"分析"与"综合"等方法论的探讨，是在科学认识论范畴内的反思，带有很明显的颠覆与重构的意味。但这种做法显然忽略了形式逻辑是中学生的语文基础知识这样一个基本事实，硬是把普通逻辑拔高为新的方法论。1979年以后十多年里，我国的"人教版"高中语文教材里一直有"形式逻辑"部分。而且，假如把"逻辑"也算作是方法论，古希腊亚里士多德所创造的形式逻辑是方法论，我国的公孙龙子之名辩类辩证逻辑就不是方法论了？胡适所研究的"名学"就是这类逻辑。我国的名辩不仅是逻辑，而且拥有很完整、极具东方特色的逻辑体系。佛教独创的因名学也是世界上三大逻辑之一，难道也不是方法论？因名学是世界上最复杂的逻辑之一，在我国的西藏地区保存相当完整，至今还在佛寺里面讲授和研究。但在"方法论热"中，同属世界三大逻辑体系中的两个被生硬地砍掉了。"方法论热"之中绝大多数论著都没有搞明白一个基本事实，"熵定律"、"耗散结构"、"测不准原理"、"波粒二象性"，这些前沿性的科技研究领域里有一个普遍的倾向，那就是它们在某种程度上冲击了亚里士多德的形式逻辑。"测不准原理"、"波粒二象性"恰恰是"三段论"无法归纳和演绎才出现的新概念。波尔等人十分倾心中国哲人的论述就是明证。

对于最近十几年来更复杂一些的"光子纠缠"之类现象，我们可以强烈地感觉到原有西方形式逻辑方法的不足。但是，对该现象的研究是有实际用途的，未来的互联网需要在星际传输，即使是光速，在一光年的距离内也需要跑一年，一封自动回复的电子邮件就要两年时间才能收到。假如可以把光子纠缠现象开发出来，就没有这样的问题了。可见，光子纠缠及"测不准原理"、"波粒二象性"等，都不是两千多年前的亚里士多德的形式逻辑可以概括的。这些现象甚至也不是可以用形式逻辑的分析和综合就说得清楚的。

第三节　科学方法论的反思

对于文学研究中的科学方法论，从1978年到1998年，一直有两种截然不同的态度。一种是肯定并积极的介绍尤其是翻译，另一种则是坚决反对。

从反对者的角度来看,文学研究之中科学方法论里面出现的矛盾是显而易见的:是"方法论"还是"科学方法论"?假如是"方法论",则哲学意义上的方法论是从事任何学术研究都要讲求的,没有方法也就无法进行研究。问题在于,此时人们津津乐道的"方法论",实际上是"科学方法论",其中有些可以说是"自然科学方法论"。被称作"三论"的系统论、信息论和控制论,就都是自然科学的方法论。是时出版的《文艺研究新方法论文集》(内部交流)、《文学研究新方法论》、《外国现代文艺批评方法论》、《文学批评方法论基础》等书,对此倾向起到了推波助澜的作用。一时间,"熵定律"、"耗散结构"、"测不准原理"、"波粒二象性"以及"场"等高深的自然科学概念成了文学研究的热门话题。这种意见认为,在"方法论热"中最明显的问题是食"新"不化,仅仅知道皮毛就连篇累牍发表文学研究文章,在80年代似乎成了某些文学研究的常态。有部分作家甚至嘲笑这种研究是"空对空导弹"。

但我们认为,经过了二十多年的沉淀和反思,我们有必要充分肯定科学方法论在文学研究领域中的这场历险活动。

第一,科学方法论在文学研究领域中的引进,说到底是文学界欲借科学的春风,希望进行研究的新突破。这里的"突破"包含三方面的含义。首先是思想禁锢的突破。应该承认,在当时的情况下,把文学看做是一种具有物理学意义的"场",或者看作是一个系统,毕竟是对于"文化大革命"中把文学看成是战斗武器的一种反拨。相对于"利用小说进行反党是一大发明"之类充满杀机的论述,这些论著还是很有进步意义的。其次是研究视野的突破。尽管"老三论"和"新三论"是80年代最有力的思想武器,但在那个改革开放的初级阶段,中国文学界不但需要大量译介国外的新的文学现象、文学术语,也同样需要扎扎实实的文学研究,尤其需要被林彪和"四人帮"扭曲并忽略掉了的文学内部、外部规律的研究。传统的研究方法不仅在80年代不过时,其实在任何时候也不可能过时。比如扎实、细致的考证研究,即使是在"方法论热"的数年间也照样是可以大展身手的研究方法。科学方法论并没有抛弃、指责传统的文学研究方法,而是为文学研究提供了新的视野,学术界可以在人文与社科的阈限内进行开拓,也可以在自然科学的范围内展开研究。最后,"科学"与"文学研究方法论"的结合,不仅仅是文学研究的需要,甚至也是自然科学研究领域的需要。几乎就在科学方法论"热"过之后不久,杨振宁、华君武等科学家和艺术家就在大力提倡科学与艺术的联姻。著名数学家陈省身在演讲中多次论述"数学美",就是明证。现今的信息学的发展，其实也很需要包括文学在内的整个艺术领域的介入。比尔·盖茨的蓝天白云在其"视窗"（Windows）中的价值与作用还需要总结。虚拟世界对于人类精神境界的拓展，也需要用马克思主义美学所强调的"自由"、"自觉"去进行审视。相信未来在我国的学术界会出现更有分量的《文艺信息学》一类著作。

第二，学术界试图进行文学"创作方法"与文学研究方法的开拓。文学研究中的科学方法论热，是我国学术界试图进行文学"创作方法"与文学研究方法的积极开拓。

20世纪前期，西方文学中已经相继出现了后期象征主义、表现主义、超现实主义、存在主义、荒诞派、新小说派等文学流派，汇成现代主义文学思潮。当时，中国人忙于抗击外来侵略，用现实主义的文学来表现自己当下的生活，是时代的选择。十一届三中全会以后出现的新的文学创作，尤其是西方现代派文学的大量引入，冲击着中国的文学研究领域。现代主义文学反对模仿、再现现实，反对按客观生活的本来面目反映社会生活，它们要追求个体主观情感不受限制的充分表现，在作品中大量运用变形、荒诞、象征等表现手段，突出了虚幻性和假定性。新时期的中国文学里，不仅仅是外国介绍进来的作品需要新的文学研究方法论，国内的文学艺术的创作，也同样提出了这样的要求。刘索拉的《你别无选择》、徐星的《无主题变奏》等作品已经不再是卢新华的《伤痕》文学的模式了，也不再是刘心武的《班主任》等作品里面"救救孩子"式的呼唤。"我想对着猪肝色的夜大哭一场"，"我是你河边上破旧的老水车"展现出新的记叙与抒情方式，向既有的创作方法提出了挑战。从这样的角度来看，新的科学方法论的引入，对于当时的中国文学界来说，具有活跃创作和批评气氛，开拓思路，从而更加积极地探索创新的意义。同时也是对于西方现代派文学和我国新时期文学各种各样的作品不断出新现象的一种回应。

第三，文学研究的科学方法论热，还缘于改革开放初期国人对于"外国"的新奇与试图和国际接轨的愿望。

粉碎"四人帮"以后，我们正式承认了与西方发达资本主义国家在现代化方面的差距。对于人文和社科研究来说，学术界感到新奇的是新的科学方法论。在此热潮中涌现出一大批研究者，他们试图用新的方法论来代替"文化大革命"期间的判决性批评文字。同时，也有一部分十分严谨的学者力图用自己所理解的"三论"来研究文学文献，并发表了较有分量的论文。林兴宅《论阿Q性格系统》等论文，用系统论方法来重新阐释阿Q性格，认为阿Q的性格不是简单的判断句就可以说得明白的，而是多层次、多方面的存在。类似的论文尽管不多,但确实令人耳目一新。就这些理论的社会影响而言,《当代文艺思潮》等在当时很有影响的学术刊物发表了大量的译介文章。火车上、地铁里的人们在读文艺理论研究的文字,这在世界各国历史上都是不多见的情形。

文学研究的科学方法论热,并不是赶时髦、追新奇,而是要在文学研究中与世界接轨的一种尝试。尽管在当时和其后,都有科学方法论热的"批评的批评",但文学是一种系统则是不管中国还是外国的研究者都无法否认的。文学系统与社会系统具有相似性,文学是一种信息等论述,时至今日也没有办法否认。就当时的实际情况看,我国要在文学研究中与以美国为代表的西方接轨,"老三论"与"新三论"以及"数学方法"等是双方审美意识形态分歧最少的方面。难怪人们要选择此突破口来进行学术上的探险了。

1985年前后的这次"科学方法论热"中,"老三论"的成果可圈可点,"新三论"以及其他的科学方法论的成果不那么突出。从今天的角度来看,科学方法论最大的贡献是提供了中国文学研究几千年历史上从来没有过的自然科学视角,为其后的我国文学研究拓展了巨大的空间。随着我国文学的繁荣以及科学的进一步发展,我们有理由相信,社会不仅需要"统计风格学"这样的文学研究著作,"突变"这样的纯科学概念在进行文学史研究时还会被再次提及。比如近代中国小说为什么突然就在一个短暂的时间段内取消了传统章回小说里面的诗歌?"滚滚长江东逝水,浪花淘尽英雄"这样的句子,在近代小说家那里是写不出来还是找不到?"突变论"也许会对此问题的回答有指导意义。

科学方法论被直接移植到文学研究领域,的确是一次学术历险。时过二十多年来反观,其中有的地方显得幼稚,有的地方显得不够周延,但都无法遮掩其探求精神的光辉。它是进入新时期以后我国文学研究中必要的尝试。

第十三章 新时期文艺与政治、经济关系的重组与文论范式的转型

第一节 文艺与政治、经济的关系与文论转型

本章将从"文艺与政治关系"、"文艺与经济关系"在文论整体格局中的升降、重组的角度，来勾勒新时期以来随着市场经济的发展中国文论所出现的新的转型趋向。首先要辨明的是："文艺与经济关系"并不像许多人凭似是而非的直观印象所认为的那样是个已被研究得熟烂的问题——从世界学术思想史的角度来看，这一问题是马克思政治经济学涉及的一个重要问题，马克思后，马克思主义的发展也分化出了东、西方两大阵营：在西方马克思主义这一发展脉络中，尽管马克思的批判精神得到了某种继承，但所谓"经济决定论"或"经济主义"不断受到批判，姑且不论其中的是非功过，其后果是："经济"在整体社会生活中的作用被越来越忽视乃至轻视——最重要的标志是：西方马克思主义由马克思立于经济活动之上所进行的"社会批判"转向"文化批判"，并汇入西方其他理论流派"文化主义"的总体发展潮流中。在东方阵营中，马克思的"经济基础—上层建筑"模式不断被强化，但是由于社会主义不是在马克思当初所设想的那样是在经济高度发达的基础上建立起来的，因此这一模式实际上越来越被政治化（例如"阶级"在马克思本来首先是"经济"范畴，但在后来实际上成为"政治"范畴，等等），因此，在文艺理论中，在出发点和基础的意义上"经济"会被提及，但大抵是捎带而过，关注的焦点其实是文艺与政治关系——大致可以说：在东方马克思主义文艺理论中，"经济基础—上层建筑（意识形态）"这对范畴主要是个政治哲学范畴而非经济哲学范畴。如此来看，东、西方马克思主义尽管有很多不同，但"经济"作用在各自理论系统中趋于削弱却是基本一致的，因此，在马克

思后,"文艺与经济关系"并不像人们想象的那样已得到更深入研究而不再成其为问题,而今天对这一问题的重新审视和深入、系统探讨,恐怕首先还要回到马克思。

从中国现代学术思想史的实际情况来看也确实如此:作为东方马克思主义重要理论成果之一,毛泽东文艺思想当然会在"经济基础—上层建筑(意识形态)"这一经典框架中强调经济(作为基础)对文艺(作为观念上层建筑)的决定作用,但是,相对而言这种"决定作用"恰恰是宏观的、间接的、原则性的,毛泽东强调文艺活动中"政治标准第一"表明其所关注的首要问题还是"文艺与政治关系",新中国成立后,以毛泽东思想为指导的文艺理论界当然也是如此——我们强调形成这种理论格局与当时的社会经济体制密切相关:除了毛泽东及其他理论家的推崇外,单一的计划经济作为一种现实的体制力量,就决定着当时文论的主要问题只能是"文艺与政治关系"问题,经济对当时文艺活动即文艺具体的生产、传播机制等并无直接影响,"文艺与经济关系"自然也就不可能成为当时文论的主要问题。改革开放以来,"文艺与经济关系"问题在文论中日益凸显出来,而其成因是中国社会向市场经济体制的转型,市场经济对文艺活动的影响越来越大。当然,说文论遵循政治哲学范式绝不意味着对文艺审美独立性的完全忽视,毛泽东文艺思想强调"政治标准第一",但也把艺术标准排在第二;同样,说文论依循经济哲学范式也绝不意味着对文艺审美独立性的完全忽视。按对现代学科研究对象与范围极一般的表述,文艺学研究的是文艺活动自身的独特审美规律:在政治哲学范式中,这种独特审美规律是在"文艺与政治关系"中展开探讨的,这方面的重要成果是新时期以来钱中文等提出的"审美意识形态"论;而在经济哲学范式中,则是在"文艺与经济关系"中展开探讨的,这方面的研究尚有待深入——由政治哲学范式向经济哲学范式的转型,也就只是表明文艺学探讨文艺自身独特审美规律所处"场域"的转移。

从学术史的实际情况来看,有关文艺商品化、通俗文艺、大众文化及人文精神、新理性精神等方面的学术探讨和论争,构成了改革开放30年以来文艺理论发展历史进程中的一条重要脉络,本章就是主要从社会经济体制变化对文艺及其理论所产生影响的角度,置于新中国文论60年乃至中国现代文论90年的发展史中,考察这一理论史脉络所昭示的文论在整体上所发生的新变化。文艺理论的发展受到多方面因素的影响,而社会经济体制是其中影响很大的一个重要因素。社会经济体制的转型必然会带来文艺生产和传播方式的转型,进而也会带来文艺理论的转型。以改革开放为界,新中国文论的60年发展史,又大致可以分为前30年与后30年两大段,两大段文论的整体风貌非常不同,造成这种不同的原因是多方面的,其中的重要原因之一就是不同的经济体制:前30年经历着向计划经济体制的转型,后30年则经历着向市场经济体制的转型。

关于文论的"范式"转型,可以从多方面加以描述,按传统通行的三分法,社会生活大致可以分为政治、经济、文化三大领域。法国当代社会哲学家布迪厄认为,政治、经济、文化等不同的社会生活领域在社会现代化进程中呈现出不断分化、各自自主化的趋向,法国文艺于19世纪达到自主化的高峰。同时,布迪厄强调,文艺的自主化又并不意味着与政治、经济的彻底隔绝,政治、经济既可以作为"外部"力量作用于文艺,同时也可以作为"内部"力量作用于文艺,而政治、经济通过对服从自身逻辑的文艺功能、文艺观念的强化,使其对文艺活动的影响力由"外部的"转化成"内部的":通过强化文艺本身的政治教化功能,政治就成为影响文艺的"内部"力量;通过强化文艺本身的经济价值功能,经济也就成为影响文艺的"内部"力量。与此密切相关,在文艺观念上:通过推行政治意识形态化文艺观,政治在文艺活动"内部"产生影响;通过推行商业消费化文艺观,经济也在文艺活动"内部"产生影响。除了政治、经济功能外,文艺本身还具有独特的审美功能,在现代化进程中,文艺与政治、经济的分化就表现为对审美自主化的追求,在观念上就形成一种审美自主化的文艺观。于是,从"外部"来看文艺与政治、经济的关系,在文艺"内部"就具体表现为审美自主化文艺与政治意识形态化文艺、商业消费化文艺之间的关系,而社会现代化进程中政治、经济、文化的分化、重组,在文艺活动内部就表现为三种不同文艺活动方式及其观念的分化、重组[①]——这在中国文艺的现代化进程中有同样

---

① 以上分析参见[法]布迪厄《艺术的法则——文学场的生成和结构》,中央编译出版社2001年版。这里需要说明两点:(1)本章所谓文艺审美之"自主",西文是autonomy,通常译作"自律",本章从《艺术的法则》一书中文译法,是为了对相关的其他中文词如"自主化"等表述得更为流畅。(2)关于"内部"与"外部"关系问题,学界认识到形式主义、结构主义"内部"研究的弊端,强调要与"外部"研究结合、统一起来,但对两者具体的结合点、统一的具体机制往往语焉不详,而布迪厄《艺术的法则》在这方面的分析是:影响文学的"外部"力量往往要通过"文学场"的"内部"的结构产生作用,这种解释无疑比较通达,既强调了外部力量的实际作用,同时也还强调"内部"与"外部"之分,没有把文学艺术发展的动力完全纳入外部力量。

突出的体现,在中国文艺现代化的首演中,就已形成"审美自主型(代表人物是王国维、早期鲁迅、周作人等)"、"政教工具型(代表人物是梁启超等)"、"商业消费型(以鸳鸯蝴蝶派为代表)"三元并存的文艺观念格局,这一整体格局的变动、重组,构成了中国现代文学理论发展史中一条极其重要的脉络。

在现代文艺的整体格局中,与经济联系最为密切的是通俗文艺,现代通俗文艺的支撑力量是市场,文艺与经济关系乃是考察现代通俗文艺发展最重要的基本视角,同时,由通俗文艺的发展状况也最能集中地考察文艺与经济关系的历史变化。从中国现代文艺90年的发展史来看,商业消费型文艺的沉浮,清晰地昭示着三种不同文艺的四次重组:(1)鸳鸯蝴蝶派是由市场支撑的中国现代通俗文艺的典型代表,第一次重组,经五四新文学家的激烈批判,鸳鸯蝴蝶派商业消费型文艺在理论上退出社会主导价值体制,但实际上,在市场的支撑、推动下依然继续发展;(2)第二次重组,经20世纪30年代文艺大众化运动的不断批判,作为五四新文学观重要一翼的审美自主型文学观也开始逐渐消退,"政教工具型"文学观日趋强大,整个左翼文坛都被它统治,此期从"文学革命"到"革命文学"的转变,有使文学走出"审美自律"向"为人生和大众"转变的含义,具有历史合理性,但也产生了严重的偏颇;(3)第三次重组,由于高度单一化的计划经济体制的建立,市场退出中国社会(大陆)的运作机制,失去现实支撑的商业消费型文艺随之自动退出历史舞台,审美自主型文艺观也被进一步抑制,中国文学现代化的三向度,被一体化于政治意识形态的单向度——这里需要特别强调的是:尽管这一时期创作的具有革命浪漫主义色彩的一些小说比如《林海雪原》等具有一定的武侠色彩,但其生产机制决定了那些作品并非典型的现代通俗文艺;(4)第四次重组,新时期以来,中国重走市场经济发展道路的改革开放政策,必然使以市场为支撑的现代通俗文艺重新登上历史舞台,僵化的单向度的文艺观逐渐被打破,被一度压制很长时间的另外两个向度开始逐渐恢复,而随着市场化的逐渐深入,商业消费型的通俗文艺已呈现出走向主流之势——这种趋势在新时期以来有关文艺商品化、通俗文艺、大众文化等学术论争中有清晰的展示,而人文精神和新理性精神的倡导则是对文艺市场化(产业化)所出现的弊端的批判性回应,凡此种种昭示着新时期尤其是20世纪90年代中国文论正在经历着新的转型。

第二节　围绕通俗文艺、金庸经典化、文艺商品化、大众文化等问题的论争

改革开放政策对市场经济体制的启动，必然会带来商业消费型文艺的复兴，而在理论观念上必然带来学界对这种文艺价值的重新认识，商业消费化文艺观开始逐渐得以建构——这在文学史及具体作家作品研究上就具体表现为雅俗并存文学史的重写（所谓"两个翅膀论"）及金庸经典化等理论诉求。

王先霈等主编的《80年代中国通俗文学》可以说是新时期以来理论界对通俗文学现象所作的较早而较系统的理论关注，该书基本上是一种"类型学的研究"，对研究对象作了较为客观的清理，在基本价值观上，该书强调"通俗"而"非文学"的不在研究之列，表现出对传统文学基本价值观和审美底线的持守。钱理群《现代文学三十年》把通俗文学的发展作为一种连续性的线索作了描述和分析，陈平原《二十世纪中国小说史》第一卷对中国现代通俗文学的早期发展更是作了大篇幅的论述——总体来说以上二书尚无竭力提升通俗文学地位的强烈诉求——而范伯群主编的《中国近现代通俗文学史》则显示出了这方面的强烈诉求，范在该书《绪论》中指出，以往中国现代文学史研究只涉及了"半部中国现代文学史"，而"文学的母体应分为'纯''俗'两大子系"，在此基础上，他对五四新文学以来戴在鸳鸯蝴蝶派文学头上的三顶帽子"地主思想与买办意识的混血种"、"半封建半殖民地十里洋场的畸形胎儿"、"游戏的消遣的金钱主义"作了辩驳：

> 文学的功能是非常宽泛的，例如有战斗功能、教育功能、认识功能、审美功能和娱乐功能等等。我们不能一般地反对文学的娱乐功能或蔑视文学的趣味性……通俗文学除了娱乐消遣的本色之外，"金钱主义"恐怕也应是它的一种本色。我们对"金钱主义"的理解是局限于通俗文学的商品性……今天，对许多"纯"文学作家来说，文学作品的商品性的观点，也已经为他们所接受，更不可能作为一种"罪状"来加以罗织。

他也在中国文学现代化三向度上展开分析：

对纯文学的不少作家来说,"遵命文学"的写作目的往往侧重于强调了政治性与功利型;而以"传奇"为目的,在消遣前提下生发教诲作用的通俗文学来说,它们在客观上是强调了文化性和娱乐性。两者都在侧重发挥文学的"之一"功能……就纯文学中持革命态度的作家而言,他们崇尚"前瞻",以改造世界为己任;在纯文学中还有一批膜拜艺术为己任的"为艺术而艺术"者,他们倾向"唯美"而以"美的使者"自居;而通俗文学作家,在政治党派性上大多是"超脱"的,他们所考虑的是要使他们的"看官们"读小说时感到非常有兴趣,达到消遣的目的。

他对通俗文学概念的界定是:"基于符合民族欣赏习惯的优势,形成了以广大市民层为主的读者群,是一种被他们视为精神消费品的,也必然会反映他们的社会价值观的商品性文学","近现代通俗文学具有它自己的特色,在发挥文艺功能上它完全可以与纯文学相互补。纯文学与通俗文学是各有其各自的审美规律的"[①],于是就形成了关于中国现代文学史的"两个翅膀论"——袁良骏不同意这一观点,在中国现代文学馆与范进行过面对面的论争。新文学只写"精英"的那"半部",其实是历史形成的,有着其政治背景;而我们强调的是:后来的人力捧通俗文学,其实是后来才出现的文学观的体现,其背后同样有着非常具体的社会背景,即市场经济体制转型。

更具典型意义的当是对金庸的经典化,典型个案是中国现代文学研究资深专家严家炎对金庸武侠小说作了极高的定位:

文学历来是在高雅和通俗两部分相互对峙、相互冲击又相互推动的机制中向前发展的……如果说"五四"文学革命使小说由受人轻视的"闲书"而登上文学的神圣殿堂,那么,金庸的艺术实践又使近代武侠小说第一次进入文学的宫殿。这是另一场文学革命,是一场静悄悄地进行着的革命,金庸小说作为20世纪中华文化的一个奇迹,自当成为文学史上光辉的篇章[②]。

---

① 以上引述参见范伯群主编《中国近现代通俗文学史》之"绪论"部分,江苏教育出版社2000年版,第1—26页。
② 严家炎:《金庸小说论稿》,北京大学出版社1999年版,第212—213页。

《中华读书报》2000年9月27日所载易中天《请严家炎先生示教》一文有针对性地分析道:"最离谱的是这样一段:'鲁迅先生对侠文化不否定,很客气。鲁迅的《铸剑》是现代武侠小说。如果鲁迅活到现在,看到金庸的小说,不至于骂精神鸦片'","它(《铸剑》)不是什么'现代武侠小说',则是肯定的,和金庸小说也风马牛不相及,根本不能类比"——这里就涉及这样一个基本问题:一般所谓"武侠小说"绝对不仅仅是根据"题材"而定的,正如涉及情欲题材的郁达夫小说不能归类为"黑幕小说";在作品功能上,该文分析道:

严先生认为,武侠小说(包括旧武侠)不仅可以培养人们的侠义精神,还能引导人们走向革命……他为了说明或证明新武侠小说是有意义、有价值、有社会需要的,竟然说"社会呼唤新武侠"……如果说武侠小说有什么意义、价值、功能的话,那就是休闲,就是消遣,就是放松,就是给大家看着玩儿……硬要去寻找武侠小说的社会意义或文学价值,这本身就是无意义和无价值的。哪怕那武侠小说是金庸写的,也如此。

从"学理"层面上无限提升武侠小说的价值,难免要遭遇此尴尬。较激烈批判金庸现象的有何满子,其刊登于《光明日报》1999年10月28日的《就言情、武侠小说再向社会进言》一文描述道:

近年来,一个台湾言情小说写手和一个香港武侠小说写手"征服"了中国——本来,比此类小说档次更低,更无聊的东西也在市场上随处可见,未足惊怪——但这两种显然是还魂旧文化的小说不仅吸引庸俗耳目,连一些畅销书拜物教教徒的学者也靡然景从,甚至将它们排入经典作品排行榜中,正如美籍华裔学者夏志清将鲁迅和鸳鸯蝴蝶派与西风派的混合作品——张爱玲的小说相提并论,定为伯仲之间一样令人恶心(张爱玲的小说还不乏生活,多少表现了哀歌式的末世男女的真情,琼瑶只是张爱玲的劣化)。

对"鲁迅《小说史略》就侠义、人情(才子佳人小说包括在内)等诸体小说,分类论述,但鲁迅并未从门类着眼加以抹杀"一说,该文进行了辩驳:"《中国小说史略》中肯定了《三国演义》、《水浒传》等小说的成就,毫无贬抑之意;但在《叶紫作〈丰收〉序》中,却对'中国社会还有三国气和水浒气',即早该过时了的意识还在困扰现代中国深表怅憾",强调整理国故的胡适、对古代俗文学有极系统研究的郑振铎等都与鲁迅存在相通之处:一方面强调要重视研究古代文学传统,另一方面强调新文学的发展却必须反传统——这其中存在问题,但以五四学人重视对俗文学、古代文学的研究,来佐证现代通俗文学发展的合法性,在学理上很难站住脚,周、胡、郑三先生对鸳蝴派文学、武侠小说等皆有过激烈的批判。何满子刊登于《中华读书报》1999年12月1日的《破"新武侠小说"之新》文章还指出:"武侠小说这一文体,它的叙述范围和路数,它所传承的艺术经验,规定了这种小说的性能和腾挪天地","武侠小说的文体及其创作机制决定了它变不出新质"——"创作机制"确实是问题的关键所在。《中华读书报》1999年11月10日所载袁良骏《再说雅俗——以金庸为例》一文同样指出:"金庸是靠武侠小说发家致富的","他怎么可能注意精炼?注意删节?避免重复?不客气地说,有些作品简直是有意重复,有意拖长"。有趣的是,严家炎似乎也认识到了这一点,在《中华读书报》1999年12月1日所载《答大学生问》中,他也指出:"(金庸小说)留下了在报纸上连载的痕迹或印记。作者当时写一段,发表一段。这种方式的写作即使事先筹划再严密,仍可能出现不周全、松散拖沓的毛病。金庸花十四五年写,后来修改又花了七八年,力图精益求精,但某些烙印依然还留下来"——这是商业消费化文艺"创作机制"或"生产机制"的症结所在,文学才华再高如金庸也不能免此。陈平原刊登于《当代作家评论》1998年第5期的《超越"雅俗"——金庸的成功及武侠小说的出路》一文,对金庸武侠小说成功的原因作了较具理论性的分析:"在许多公开场合,金庸甚至'自贬身价',称'武侠小说虽然也有一点点文学的意味,基本上还是娱乐性的读物,最好不要跟正式的文学作品相提并论'","金庸曾表示,当初撰写武侠小说,固然有自娱的成分,主要还是为了报纸的生存",陈文的一个结论是"正是政论家的见识、史学家的学养,以及小说家的想象力,三者合一,方才造就了金庸的辉煌"——问题恰恰在于"政论家的见识、史学家的学养"某种程度上可以提高其武侠小说的思想格调,据此是否就足以使其超越"俗"文学的范畴了?陈文还分析了金庸在文学观上与五四新文学的不同:"至于新文学家写作的'文艺小说',在金庸看来,'虽然用的是中文,写的是中国社会,但是他的技巧、思想、用语、习惯,倒是相当西化'。称鲁迅、巴金、茅盾等人是在'用中文'写'外国小说',未免过于刻薄;但新文学家基于思想启蒙及文化革新的整体思路,确实不太考虑一般民众的阅读口味"，"具体到武侠小说的评价，新旧文学家更是如同水火"——这些冲突也许只能表明金庸本人将其小说自我定位在现代"雅"文学传统之外，但我们的学者却偏要说他超越了雅俗。

　　大致来看，如果说金庸及其褒扬者只是在重复鸳蝴派曾说过的老话的话，那么，批评者也一样还是仅仅局限于五四学人的思想性批判——其实这一问题只有上升到"现代性"本身的内在分裂即"审美现代性"与"经济现代性"的分化、对峙这一高度才能基本阐释清楚：由鸳蝴派而金庸等现代通俗文艺，由于与市场的紧密结合，可以说恰恰是"现代性"极强的一种文艺，五四新文学运动以来从思想意识上将其定位为落后的封建文艺（其实所谓"高雅"文艺何尝不也可以宣传落后的封建意识呢）而排除在文艺的现代化进程之外，看来是缺乏说服力的——但是另一方面，如果认为文艺越商业化、越市场化，就越"现代化"，则是更站不住脚的：从西方社会的现代化进程来看，经济越来越市场化、功利化的同时，文艺却越来越非功利化、反市场化——所谓"现代性"绝非铁板一块。因此，恐怕不能说金庸"超越了雅俗"，而只能说再用雅俗概念分析其作品，针对性确实不太强，因此需要对雅俗这对范畴作新的清理——问题的关键在于最基本的"生产目的"决定下的文艺"生产机制"：现代"俗"文学最基本的"生产目的"是赢利，正是在这一点上金庸武侠小说并没有超越现代"俗"文学最基本的目的论的生产机制，而依然是商业消费化文学。其实，对大陆文学、文化界来说，关键还不在金庸小说的好坏，而在接受、抬高金庸小说时大陆独特的社会历史背景：资本开始往文学、文化生产领域扩张。产生于较早步入富裕消费社会的香港的金庸小说在大陆的经典化，承认也好不承认也好，这恰恰表明大陆知识分子对消费主义意识形态建构的自觉或不自觉的介入。喜欢阅读金庸是一回事，试图在价值判断的层面上把金庸无限拔高而试图使其经典化则是另一回事——这实际上已是在建构或顺应消费主义意识形态了。时势造英雄，金庸成了中国消费社会转型中的文化英雄。不管怎么说，凡此种种表明，中国文学现代化确实正在经历着第四次重组，商业消费化文艺观正在开始逐渐走向主流，并在开始消解、排斥其他两种文艺观。

　　以上分析了在文学史、作家作品研究方面商业消费化文艺观的建构过程，从理论研究方面来看，新时期以来围绕文艺商品化、大众文化等形成的相关论争，也昭示着商业消费化文艺观的建构进程。

　　高度单一化的计划经济体制的建立，使中国文学现代化三向度出现了第三次重组，商业消费化文学由于失去现实的支撑（资本、市场）

第十三章　新时期文艺与政治、经济关系的重组与文论范式的转型

而自动退出历史舞台，审美自主化文学观也基本被清除，文学观念被高度一体化于政治意识形态的单向度——"文化大革命"十年体现了这种单向度文学观念最极端的发展。从20世纪30年代文艺大众化讨论开始至于"文化大革命"十年，可以视作中国（主要指大陆）现代文学"后五四"的发展时期：如果说文艺大众化运动，标志着对五四文学传统的清理的话，那么，"文化大革命"结束后对"后五四文学"的再清理，则首先表现为对五四文学传统的恢复——与所谓思想解放同步乃至超前的"伤痕"、"反思"小说、戏剧等，具有现代性的思想批判精神，"朦胧诗"更表现为对五四新诗现代性传统自觉或不自觉的恢复——文艺的"拨乱反正"首先表现为返回五四传统——但这只是问题的一个方面，全面地看，其实是表现为对五四时期中国文学现代化整体格局的恢复——在"雅"文学恢复五四传统的同时，20世纪50年代以来基本退场的"俗"文学再次登场。

《80年代中国通俗文学》一书指出："通俗文学的勃然兴起和持续兴盛，在80年代中国的文学领域，或者扩大一些，在这一时期全社会文化生活之中，都是十分突出的现象"，该书还收录了文学界对此的分析，"从社会物质生产的角度，把通俗文学的兴起归结为伴随着商品经济的发展而出现的文化现象，陈山把这种现象称为'城市文化现象'，他认为通俗文学是城市化过程的产物，而城市化亦即社会生活市场化，商品经济的充分发展。因此，城市化归根结底是众多论者所说的商品化"[①]，说得再具体一些，中国"通俗文学的勃然兴起和持续兴盛"最重要的原因，乃是已停顿很久的"资本"这一现代社会的发动机，在中国社会中再次慢慢启动起来了。随着经济商品化、市场化的不断发展及现代通俗文艺的再度出场和发展，理论界出现了一次文艺要不要也随之商品化的论争。陈文晓《社会主义商品化——文艺繁荣的历史趋势》认为："一部作品无论具有何等崇高的精神目的，如果没有票房价值，没有市场，那就算吃了败仗，失去了艺术的一切功能"；王锐生《社会主义条件下的精神生产与商品生产》也指出："我们所说的精神产品商品化，不光是说，精神产品采取商品形式，而是指精神生产完全受价值规律的支配，以利润为其生产的主要目的"；蒋茂礼《商品化中文学独立品格的沦丧》同样分析道："文学商品化就决定了衡量文学作品价值的尺度不是美学标准，而

[①] 参见王先霈、於可训《80年代中国通俗文学》，湖北教育出版社1995年版，"前言"第2页，"正文"第72—73页。

是利润标准"①——以上对文艺商业化运作机制基本特性的把握还是比较准确的,"利润标准"是非常具体的,而在相关讨论中"美学标准"究竟是什么并没有得到很好的厘清。边平恕《艺术生产和商品生产》指出:"过去我们对艺术的范围和性质有一种褊狭的理解。把艺术理解为就是阶级斗争的工具,否定了艺术的审美和娱乐的性质。对艺术性质的褊狭理解,导致了对艺术产品实行无价值主义,从而又否定了艺术成为商品的可能性"②,其实,文艺要不要或者能不能商品化,并非仅仅只是个文艺"观念"问题,而首先是个社会经济体制问题:在单一的计划经济体制下,文艺与市场经济不可能发生关系,因而也就不成其为问题,而80年代成为问题,首先主要是因为中国开始启动市场经济了:完整的市场不仅包括物质产品的商品化,而且必然也包括精神文化产品的商品化——只要搞市场经济,文艺商品化就是题中应有之意。商品化文艺观对传统单一的意识形态化的文艺观确实有一定冲击——从理论发展的内在逻辑来说,商品化论争的理论意义在于初步揭示出了意识形态一体化文学观念的片面性;从中国文学现代化三向度来看,商业消费化、政治意识形态化、审美自主化三者是相互联系、相互作用的,许多人看到了商业消费化对政治意识形态一体化的冲击,却没有意识到它同时对审美自主化文艺观也形成冲击(娱乐功能对审美功能的排斥),而这种审美自主化文艺观在意识形态一体化中也是受到压制的。

进入21世纪,大众文化越来越成为中国知识分子关注的焦点——这与不断引进西方后现代主义等理论是有联系的,但资本在中国本土社会生活中以更强劲的势头不断地扩张,恐怕才是产生大众文化热更为内在的也是更为本土化的深层原因。《文艺报》2003年1月23日所刊登的王先霈、徐敏的《为大众文艺减负》一文从多方面分析了大众文化现象。(一)该文首先揭示大众文化的兴起和发展是一个双向的过程,后工业社会经济,已由"物质—技术型"转向"象征—文化型",成为一种"文化经济体制",经济中非物质活动的增长快于物质活动的增长,商品中的象征及心理因素的价值成分随着经济的物质需要满足而相对增长,产品的威信不再主要由物质的质量(如汽车发动机的功率)而更多由象征—文化质量(如汽车的外形设计)所决定,这样就同时出现两种趋向即"文化经济

---

① 分别参见陆梅林、盛同《新时期文艺论争辑要》,重庆出版社1991年版,第1891、1937、1974页。
② 陆梅林、盛同:《新时期文艺论争辑要》,重庆出版社1991年版,第1949页。

化"与"经济文化化"——这当是理解大众文化性质的基本点,正是在此情况下,文化的商品性才凸显出来的,一般说来任何事物都可以商品化,但一种具体事物的实际的商品化,却又必然需要一定的社会历史条件,例如,在西方工业化初期,当大量产业工人在温饱线上挣扎时,精神文化产品大规模的商品化就几乎不可能。"文化和经济的交融,是经济相对富足后,人们较低层次的物质消费需要得到满足,逐渐上升为带有审美色彩的消费需要的必然结果","经济的文化化"使本来属于所谓"物质生活"的领域开始被精神化,这就使大众不仅在消费物质产品,也开始消费精神产品,这无疑正是随着生产力的发展,精神享受越来越民主化的一种表现;而"文化经济化"则是资本增值扩张到"文化"也即精神生产领域的一种重要表现——大众文化的兴起和发展,乃是大众精神享受"民主化"与"消费化(资本市场化)"的双向运作。(二)该文描述了新时期以来文学观的重组,首先"相对独立和自律的高雅文艺从中脱离出来,与主旋律文艺一起双峰并峙构成文学的两大板块",然后是第二次分化,"社会主义市场经济条件下的大众文艺在80年代以后萌生并迅猛发展,它与主旋律文艺、高雅文艺一起,形成了现时期文艺领域内鼎立的三足",而"从性质和功能来看,经济、文化的融合使商品性继审美性、思想性之后,成为文学艺术的必然属性",这三种属性乃是三种文学观不同的三个立足点,而凡此种种恰是对五四时期三种文学观并存的现代化格局的恢复。

　　王、徐一文引起了争论,在论争中大众文化的多面性得到揭示。(一)首先,《文艺报》2003年2月22日刊登陈燕如《丰盛的匮乏——大众文化的负面影响》一文,强调大众文化的"两面特性",一方面"就目前方兴未艾的中国文化产业来说,大众文化产品如广告、影视剧、畅销书和流行歌曲等,都对中国人民生活的民主化起着正面的推动作用";另一方面,"大众文化所固有的消费主义属性使其不能免俗地创造世俗神话,告诉人们什么是幸福,什么是快乐,但其结果却不是使人幸福快乐,而是使人在短暂的虚幻的满足之后,面对空空如也的心灵,产生一种深层的精神匮乏感",该文还指出"消费主义意识形态的扩散,是大众经济和大众文化协同发展的产物之一"。(二)《文艺报》2003年3月27日刊登盖生《大众文化:带菌的小众文化》一文,揭示了中国当下所谓大众文化的"小众性","在当下中国所谓的大众文化,实际上只是小众文化",因为它的消费对象,并不覆盖占人口大多数的"农民"、"城镇下岗职工"等,"这些温饱甚至生存本身都成问题的广大群体",不会对那些以"酒吧、星级宾馆、高尔夫球场、双流向浴缸等为意象"的电影、电视剧、小说等感兴趣——问题在于广大民众真的就没有这些消费梦想？逐利冲动恰恰使大众文化产品尽可能去接近"广大民众的消费情趣"——该文后面也指出："大众文化往往给人以商品主义乌托邦的虚指，按照西方的马克思主义的观点，大众文化是一种资产阶级的意识形态，它以虚假的消费至上的享乐主义许诺，使普通民众陷入一种对自身境遇顺同的自我欺骗之中"，大众文化产品的"大众性"，不在于某一时间段上这些产品一下子就能为大众所消费，实际情况往往正如物质产品一样，首先为"小众"所消费，而为了从更多人的腰包中掏出更多的钱这一逐利冲动，必然使这些文化消费品由"小众"扩散向"大众"——从资本增值处获得的极强的扩张性，才是大众文化更重要的特性。（三）该文还揭示了大众文化的"强制性"："大众文化说到底是一种感官享乐性消费文化，也是一种鼓励物欲的商业促销手段，其时尚性具有裹挟压迫的塑造力，使人在心甘情愿的从众中，按照它的模式生存、感觉、消费"——《文艺报》2003年3月6日所载刘国彬《大众文化和商业化》一文则认为："大众文化接受状态下，受众得到自由选择权，个人意志得以自治，商业机制运行的场合，文化接受者当然地享有拒绝的权利，相应的，他们有出牌机会，以自己的挑选促使文化产品制作人决定其生产策略"——平等、自由是大众文化标榜者常见的立足点。《文艺报》2003年8月26日所载张永清《消费社会的文学现象》一文指出：

> 在生产性社会中，人们的文学消费还基本处于一种选择的自主性、审美的自由性，这种状态中到了消费性社会，个人的这种选择权和自由度越来越小，越来越受制于弥漫在社会中的各种消费信息、宣传广告，对文学的选择不再来自内心的渴望，而成为个人在社会中存在的一种意义符号和身份标志，因此这种消费其实是一种强制性、压迫性的……

"自由性"与"强制性"乃是大众文化的一体之两面。（四）大众文化的发展乃是大众精神享受"民主化"与"资本化（消费化）"的双向运作，大众文化的颂扬者却往往只强调一面，这又集中表现为对文学性泛化、审美泛化的强调。《文艺报》2003年10月14日所载宁逸《消费社会的文学走向》一文有相近的分析：

一个后现代的消费社会正在形成……为适应消费社会的要求，文学正走出传统的角色，形成新的特质……先前的社会政治旋涡中的弄潮儿变成了消费社会的娱乐小品……文学将从高居于社会顶端的象牙塔中走出，成为大众的日常消费品，购买文学作品与购买时装、汽车一样，没有什么特别之处，文学作为精神产品的特殊性已在消费者的购买过程中消失。

弥平物质产品与精神产品之间的缝隙可以说确是大众文化的重要特征之一，而其实质却是：精神产品的生产也被纳入到资本增值的扩张冲动中了。（五）大众文化生产直接的目的是为了金钱这一目的论上的特性也被揭示出来了，《文艺报》2003年11月25日所载宋立民《边缘化以后的双向度选择》指出"文学之所以如此迅速地融入或曰迎合了消费社会，一大原因就是作家要挣钱营造自己的小康社会"——这倒是揭示了大众文化生产的实质：不是为"大众"而是为"钱"，其实，大众文化的鼓噪者少有站在"大众"立场的，只不过是以"大众"为话头而已，从基本立场上来说大多站在"资本"一边——其实"精英—大众"的二元对立并无多少实质性意义。事实上，20世纪90年代尤其新世纪以来，所谓"知识精英"内部已经出现了巨大的分化，真正可以凌驾于大众之上的是"经济精英"等，其中包括成功地迎合"大众"而使自己的产品充分市场化的"文艺（文化）精英"，而真正还坚守所谓"纯文艺"创作的知识精英（这样的精英究竟有多少就是个问题）则被越来越边缘化——面对此情此景，再攻击、打击所谓"纯文艺"及其坚守者，不是过分虚妄，就是多少有些别有用心。

第三节　"人文精神"论争与钱中文等的"新理性精神"建构

对文艺商品化不加分析地鼓吹、对商业消费型文艺价值的无限拔高、对大众文化过度热情的拥抱等，皆昭示着市场大规模向文艺、文化活动领域渗透进程中商业消费化文艺观念的不断建构和扩张，而20世纪90年代以来对人文精神、新理性精神的倡导，则昭示着理论界对消费化文艺和文化观念的批判性应对。

尽管20世纪80年代已开始有文艺商品化的讨论，但总的来说，那时商品化似乎还没有对所谓严肃文艺创作形成多大冲击，严肃文艺的创作者们还在忙于思想解放和现代形式技巧的探索呢。但是，90 年代以来，随着中国社会坚定不移地走向市场经济，资本在社会生活中的作用越来越强，商业消费化的文学观对纯文学的冲击可以说已经迫在眉睫了——这时候出现的关于"人文精神"的讨论，首先正是对这种冲击的一种应对。论争起始于王晓明等《旷野上的废墟——文学和人文精神的危机》一文：

> 一股极富中国特色的"商品化"潮水几乎要将文学界连根拔起，"一个走在商品经济道路上的社会渴求着消费，它需要、也必然会产生消费性的商品文学"，文学的意识形态功能"逐渐被其它传播媒介所取代，人民自己独立发言的能力也逐渐发达，文学'载道'的事务就又濒于歇业了"①。

一方面受到市场化冲击，另一方面国家意识形态宣传获得了比文学语言更有效的媒介，文学确实遭遇到了前所未有的尴尬。人文精神倡导者的理论贡献之一，首先在于揭示"金钱"其实与"政治"一样具有着强大的排他性力量，《道统、学统与政统》一文有云：

> 市场经济和科层制度分别是以金钱和权力作为沟通媒介的，除了金钱和权力这两种价值之外，按照其本性是拒绝其它价值的……商业激情……事实上也侵入到文学之中。文学与商业化的结合，便是它的媚俗倾向。艺术不再是一种个人的独创性，纯粹精神性的协作已经很少。写作者企图通过艺术来过一种体面的中产阶级的生活。（第 55 页）

《人文精神：是否可能与如何可能》指出人文精神的危机"也不光是中国问题"，"进入本世纪后，工具理性泛滥无归，消费主义甚嚣尘上，人文学术也渐渐失去了给人提供安身立命的终极价值的作用，而不得不穷于应付要它自身实用化的压力"（第 22 页），确实，随着资本力量的不断扩张，能直接产生利润的大众文学已根本不要再从理论上证明其存在和发展的合法性了，反之，恰恰是不能立刻实用化的人文活动的合法性开始不断

---

① 王晓明：《人文精神寻思录》，文汇出版社 1996 年版，第 2—15 页。以下引文均出自该书，只在正文中注明页码，不再详注。

第十三章 新时期文艺与政治、经济关系的重组与文论范式的转型

受到质疑。人文精神倡导者的理论不足之一，表现为有过分强调现代启蒙"先验性"之嫌，在《人文精神：是否可能与如何可能》对话中提出了一个重要概念"终极价值"，在《人文精神寻踪》对话中有学者强调"只有人才会自愿舍弃物质生命去成就无形的精神理想"，"它不仅要有高度的道德操守，也要有一种殉道精神"（第43页）。《我们需要怎样的人文精神》有云：

> 知识分子作为一种叙事人预设人文价值有一个重要特点：即它是否是定性的、批判性的……这立脚点不能是世俗的、经验的，它必须具有神圣和超验的性质，而这只能是一种具有宗教性的东西。所以，人文精神要重建，要昂扬，与其说回到"岗位"，不如说回到"天国"。你要否定和批判尘世的东西，就必须有一种源自天国的尺度。（第67—70页）

"天国"大概应是"终极性"、"先验性"最强的一个批判立场了，问题在于，是不是"终极性"越强，批判性或针对性就越强？更为关键的是：从大众"世俗的、经验的"生活中能不能找到批判消费主义的价值立足点？

人文精神倡导者对启蒙"先验性"的过分强调，确实给批评者留下口实，王蒙《人文精神问题偶感》就首先是以这种"先验性"为批评的切入口的，认为人文精神的倡导者有将"精神"、"与物质直至与肉体的生命对立起来"的倾向，"意味深长的是，从脱离物质基础的纯精神的观点来看，计划经济似乎远远比市场经济更'人文'"，"而计划经济的悲剧恰恰在于它的伪人文精神，它的实质是唯意志论唯精神论的无效性。它实质上是用假想的'大写的人'的乌托邦来无视、抹杀人的欲望与要求"（第107—109页）——所谓大众的"欲望"成了人文精神批评者的重要诉求点，如陈晓明《人文关怀：一种知识与叙事》有相近的描述：

> 无形的政治巨臂被有形的经济之手替代，狂放混乱的商业主义操作，再次以浪漫主义的夸张手法到处传颂……对感官快乐的寻求，对一种轻松的、没有多少厚重思想的消费文化的享用，压抑太久的中国民众，即使有些矫枉过正也没有什么值得大惊小怪……人民获得了某种程度的感性解放，而文化精英却立即焦虑不安。（第122—128页）

"有形的经济之手"与"无形的政治巨臂"比较起来，在其威权作用下大众似乎在享受着"感性解放"——但这只是问题的一面。张颐武《人文精神：最后的神话》指出了人文精神的对立面："它（人文精神）被视为与当下所出现的大众文化相对抗的最后的阵地"，"'人文精神'对当下中国文化状况的描述是异常阴郁的。它设计了一个人文精神/世俗文化的二元对立，在这种二元对立中把自身变成了一个超验的神话"[①]——人文精神倡导者确有此倾向，强调启蒙的"先验性"并无问题，问题在于把精神等归结为知识分子的事，把感性欲望、物欲等归结为大众的事——在此二元对立中，启蒙精神的生长点就确实脱离了大众。而另一方面，人文精神批评者似乎在以大众感性欲望为立足点，而强调精神生活的"自发性"，其实却忽视乃至掩蔽了在资本扩张中大众感性欲望在被单纯消费化、片面化，大众一种感性欲望在被"解放"、满足的同时，另一种感性欲望却在受到越来越大的压抑：从文学艺术活动来看，诚如马克思所论，人"一方面具有自然力、生命力，是能动的自然存在物；这些力量作为天赋和才能、作为欲望存在于人身上"——艺术纯形式创造性冲动体现的就是这种"欲望"，而这绝对不是知识精英所独有的，它恰恰深植于大众的感性欲望之中——消费主义的最大问题正在于压抑这种生产性冲动，具体来说，"我的劳动是自由的生命表现，因此是生活的乐趣"——真正艺术家在纯形式创造中获得的就是这种"生活的乐趣"，而消费大众在获得消费性、消闲性乐趣时，却越来越失去在能动性更强的自由创造中的"生活的乐趣"——人文精神的批评者没有看到或者故意掩蔽了这一面，如果说人文精神倡导者对大众消费社会的描写有些过分"阴郁"的话，那么，批评者的描写则似乎有虚假乐观之嫌。总的来说，在这次论争中，人文精神倡导者在"终极关怀"的旗帜下，对消费主义由道德批判而超升到宗教批判，这些批判固然都是必要的，而有意思的是，首先由文学界策动的这场论争，所缺的恰恰是深刻的审美批判：审美现代性与经济现代性分裂、对峙的紧张关系并没有被充分揭示出来。审美批判或许没有宗教批判的"终极性"强，但它诉诸大众被资本压抑的另一种感性欲望，似更能统一启蒙精神的"先验性"与"自发性"，而符合现代民主理念的人文精神，其现实生长点应是大众的感性生活。

自20世纪90年代中期以来，人文精神讨论中的批判的声音，在文艺理论界就逐渐汇聚、提升为文艺"新理性精神"的建构。首先需要指出

[①] 王晓明：《人文精神寻思录》，文汇出版社1996年版，第137—141页。

的是,"新理性精神"作为一种宏大的理论建构具有多方面的含义,比如"新理性"作为一种"人文理性"所针对的"旧理性"或"工具理性"既包括"技术理性",也包括"经济理性"等,而本章则主要从文艺与经济关系、批判"经济理性"最终是从"审美现代性"与"经济现代性"关系的角度来揭示新理性精神文学论的学术史意义。与此密切相关,"新理性精神"的提出,既有西方哲学史背景(理性主义与非理性主义的演进史),同时也有西方尤其中国的当代现实背景——本章更关注从中国当代现实背景即市场经济体制转型来揭示其理论价值和现实意义。

有关"新理性精神"的讨论,2000年华中师范大学出版社出版的钱中文《新理性精神文学论》当是其中的标志性事件,其后,围绕这一理论召开了多次学术研讨会。2003年《文汇读书周报》与《学术月刊》发起"2003年度中国十大学术热点"评选活动将"新理性精神和现代审美性问题"选为十大热点之一:"随着商业社会中消费文化的普及和艺术产品市场化的加剧,现代审美性日益成为突出问题。其标志是审美行为和审美判断越来越强调感性解放和身体欲望的满足,强调审美活动的物质化、生活化和实用化。对此,文艺学美学界以钱中文为首,经过一段时间酝酿和探讨后,明确提出并大力倡导'新理性精神'。这一主张得到全国学界响应。'新理性精神'以重建人文精神为思想主导,试图综合理性和感性及非理性,以解决当前审美文化过分突出感性和身体性的问题。"[1] 当事人钱中文后来追溯道:"在反理性主义不断蔓延的情况下,一些人文主义知识分子开始重新寻找自己的立足点。当时,上海的一些学者提出了人文精神的讨论。1995年,我写下了《文学艺术价值、精神的重建:新理性精神》一文,回应了当时的人文精神讨论。"[2] 以上材料表明:所谓"新理性精神"也是对20世纪90年代人文精神讨论的一种"回应",其针对的重要时代背景是"随着商业社会中消费文化的普及和艺术产品市场化的加剧"状况,因此,也就可以将其置于有关市场经济体制转型、文艺与经济关系这些问题研究的学术史中来分析。

钱中文所表述的新理性精神的观念,得到了不少著名学者的肯定,后来童庆炳、朱立元、王元骧、许明、徐岱等学者纷纷发表专文进行讨论。《东南学术》2002年第2期刊登了童庆炳《新理性精神与文化诗学》、王元骧《"新理性精神"之我见》、徐岱《"新理性精神"与后形而上诗学》

---

[1] 参见《文汇报》2004年1月5日第10版。
[2] 参见吴子林《创建中国现代性文学理论》,《南方文坛》2007年第5期。

（以下讨论所涉及论文均据此，不再详注）等系列论文，大抵颇能体现理论界围绕"新理性精神"讨论的"有同有异、互为包容、互有特色、互为丰富"的特点。童庆炳《新理性精神与文化诗学》主要是从把"新理性精神"作为"文化诗学"的"主导"展开讨论的：

> 文学的文化研究的根源在中国自身的现实。近20年来，随着改革开放的发展，随着市场经济的实行，人民的物质生活有了很大的提高，社会出现了不少可喜的新变化，故步自封的局面被打破，思想解放冲破了许多原本是封建刻板的条条框框，这是一方面。但是另一方面也是毋庸讳言的，伴随着市场经济的推行，出现了一些严重的社会文化问题，总起来看是一个人文精神即理性精神丧失的问题，这是由于旧理性走向自我否定造成的。当前，我们面临着感性主义泛滥的局面，主要的是"拜物主义"、"拜金主义"、"商业主义"等。"物"、"金"、"商业"都是好东西，在一定的条件下甚至是我们追求的东西，但是一旦"唯"这些东西为圭臬，为上帝，为神明，人文精神就受到了侵蚀、压迫和消解，道德水准下降，腐败现象蔓延。

王元骧《"新理性精神"之我见》则试图从"实践理性"的角度对"新理性"作出诠释，强调"在提出'新理性精神'这个口号时，不仅要立足于现实需要，还应该在学理上作历史的、逻辑的分析"，当然，该文也揭示"新理性精神"提出的现实背景及现实意义：

> 因此，我认为钱、许二位先生所提倡的"新理性精神"在今天之所以引起学界的广泛共鸣，就因为我们今天同样面临着像欧洲近代社会由于科技文明的片面发展所造成的人的异化与物化的现象。文学上出现的一些消极现象，无非是这一现实在意识领域的一种反映。市场经济的发展固然给我们的经济带来空前的繁荣，但也不能否认它的负面效应如拜金主义、享乐主义、个人主义也在日趋滋长，并有进一步蔓延之势。

相对而言，徐岱《"新理性精神"与后形而上诗学》更侧重于从理论上、在"后形而上学"的语境中来阐释"新理性精神"，今天看来，"新理性精神"论的转型意义或许正在于与20世纪80年中前期的"主体性视野"有所不同，该文的基本结论是：

我个人认为，当代诗学与批评思想同样有必要在这种后形而上学语境里，通过对"现代性视野"批判反思获得重建的可能性。我们不仅应区分社会现代性与审美现代性，同样也应意识到"审美现代性"的两重性。这种两重性的表现方式是多样的：大众文化的反专制话语与意识形态的无意识；多边主义的民主性与打着冠冕堂皇的反"单边主义"旗号的拙劣的民族主义；以及审美享受的"在世"性与"超越"性；艺术的人文立场的个体性与个人主义等。所有这些思考事实上也促成了作为一种思想方案的新理性精神的开放性与运动性。

其实，所谓"审美现代性"的两重性，是与"技术现代性"、"经济现代性"既对峙又互动的状况密切相关的，而现代性的内在断裂，乃是探讨"文艺与经济关系"的一个极其重要的视角。

从时序上来看，《文学评论》1995 年第 4 期刊登的钱中文《文学艺术价值、精神的重建：新理性精神》是国内系统讨论"新理性精神"的第一篇学术论文，《文学评论》1996 年第 1 期刊登的许明《人文理性的展望》（以下引文均据此文，不再另注）也是一篇较早讨论新理性精神的重要论文。《人文理性的展望》试图"就 80 年代以来文化主题的转移，看'人文精神'讨论出现的历史合理性，阐述当代人文精神的内涵：新理性"，可以说是自觉地试图用"新理性"论把人文精神的讨论推向深入，而"人文精神"的讨论和提出，"这是中国知识分子 90 年代试图寻找自己立足点的一个属于自己的问题而不仅仅是外来的话题"。该文首先从逻辑上在超越"非理性"与"旧理性"的意义上探讨新理性如何在"逻辑上建立起一个框架"，其次则从社会转型的角度来探讨新理性精神，探究"在市场条件下社会主义文化建设的可能性"。该文认为，对自由主义及中国"新的社会主义"的认识的关键点在于对市场经济的认识：

> 市场经济无疑是鼓励竞争的，无疑是鼓励合法的个人利益与个人奋斗的，无疑是鼓励人员在更大空间流动的，无疑是鼓励在不妨碍他人幸福的前提下追求个人幸福的，无疑是强调在法制基础上的社会公正的，在这个基础上，无疑是鼓励适度的消费和社会性的休闲的。"市场"，特别是发育不全的中国特定的市场，又不可避免地带来原始的贪欲，道德的失落与个人主义的恶性膨胀，色情文化的泛滥，人与人之间的金钱至上……在过去的很长时间与市场经济匹配的所有的精神道德范畴都被认为是资产阶级的意识形态，而今天，在被我们熟

知的社会主义框架内，将适度引进产生于自由资本主义时代的观念体系，并构成一个新的社会主义文化观，其创造性和困难性是同时存在的，所以，当前人文精神讨论中的反物欲主义的主题，仅是未完全展开的建设新的理性——建设新的社会主义文化的一个苗头和信号。

人文精神的讨论昭示了建构"与市场经济匹配"的新的社会主义文化的"苗头和信号"，但相对而言还只是一种消极应对，积极主动的建构还远远没有展开：

> 进入 90 年代以来，从中心挤向边缘已成为文化界的一个时髦的话题。80 年代的中心是在"反文革"的旗帜下集中起来的各个阶层的知识群体。而 90 年代的社会主义"市场"将这个以意识形态情结集合的群体彻底地瓦解了。

于是出现了人文知识分子自身定位的错乱：第一种情况是"恐惧'市场'"，"人文知识界普遍思想认识不足。这种感觉除了被市场带来的现实经济效益挤兑到一边，还有对市场到来引发的人的精神世界的变化（审美观、价值观、生活观）越发茫然"；"第二，如果说，由于对旧体制一些弊端的留恋而毫无原则地恐惧市场，是当前知识分子的一种需要重新调整的心态的话，那么从对旧体制的合理性的恐惧转而毫无节制地拥抱市场则是另外一种需要调整的心态。一些本来对纪律、计划、道德理想、利他主义……这些'陈腐'的'条条'心存不快的人，利用'市场'带来的秩序调整，躲避崇高，渴望堕落，对极端的市场主义与'解构实践'推波助澜"——最终，"与一些人对市场经济到来后对知识者的分工世俗化的赞颂相反，市场经济所带来的社会转型及其相关问题，越来越成为一个迫切要解决的严峻的问题"，而所谓"新理性精神"建构的意义也就在于直面"市场经济所带来的社会转型及其相关问题"、建构"与市场经济匹配"的人文精神。许明的另一篇文章《新理性：当代中国的文化选择》①还有相近分析："理性的毁灭像病毒那样也在中国扩展，市场经济像一把双刃剑，一方面给这块沉睡的土地带来了前所未有的活力，一方面，又像打开了的希腊神话中的潘多拉盒子，魔鬼被解除了禁锢获得了它的自由"，为此，许明还倡导"新意识形态批评"，最终，他力图将"中国化

---

① 参见中国人民大学复印资料《文艺理论》1995 年第 8 期。

的马克思主义"的核心内涵定义为"新理性精神"。总之，许明充分突出了"新理性精神"论的转型意义。

按徐岱的说法，钱中文发表于《文学评论》1995年第4期的《文学艺术价值、精神的重建：新理性精神》一文，可谓"新理性精神"建构的"命名"之作，关于新理性精神提出的中国现实背景，钱中文该文描述道：

> 80年代上半期，我国文学艺术的探索，是摆脱旧有的束缚、标举着一种人文精神，恢复自身的价值，走向创新之路的运动。随后这一探索深受西方各种社会哲学、文化艺术思潮的影响。令人眼花缭乱的是，当这些思潮如潮水般涌来之时，也正是我国市场经济举步入轨之日。80年代中期，不少知识分子突然发觉，自己已被抛入了物的世界，现今一切都飞速地围绕着物与权在旋转，一切都为实利目的所侵袭。
>
> 80年代中期以后，商潮勃兴，人文精神无疑会形成一些新的积极因素，并在今后逐渐显露出来。但是商潮的消极面与腐败面，正裹挟着整个社会生活，从而使刚刚苏醒过来的人文精神，在社会生活的许多方面，再度失衡与沦丧。

可见新理性精神提出的背景，从理论上来说主要与西方相应的思潮相关，而从现实上来看则与中国社会的市场经济体制转型密切相关，而该文更是以20世纪全球范围内的人类生存状况为背景展开探讨，这种生存状况表现为：首先，在"生存意义"上，传统文化所信奉的许多美好事物都在不断地被宣判着死亡，信仰崩溃，焦虑蔓延；其次，"物的挤压"不断造成丧失灵魂的"平庸的人"，"高级消费、电视广告，时时提醒人什么是'美满生活'的象征，它们刺激人的需要，教导人如何模仿电影明星，装演员姿态。它们劝导人关心享乐，打破禁区，放纵情欲，及时行乐。它们影响社会舆论，改造文化。上述情况不仅外国有，在我国也是如此"；最后，是科技发展的负面影响——凡此种种可谓新理性精神所要面对的挑战。钱中文上文发表后引起学术界较为广泛的反响，他本人也继续着这方面的研究，2000年出版了《新理性精神文学论》一书，《东南学术》2002年第2期又刊登了他题为《新理性精神与文学理论》的文章及其他学者讨论新理性精神的一组文章，在此基础上他还不断地修改，后来收入他2008年出版的四卷文集中第三卷第二编题为《新理性精神与文学理论研究》①一文，大抵可以视为修订稿。该文强调"新理性精神是一种新的文化价值观"，是一种"新的实践理性"，并且非常清晰地将"新理性精神"的具体内涵概括为"现代性"、"新人文精神"、"交往对话精神"、"感性与文化问题"四个相互联系的方面。

那么，该如何审视钱中文的"新理性精神"论呢？对于他个人来说，"新理性精神"乃是他对自己有关现代性、人文精神、交往对话及"审美反映"论、"审美意识形态"论等方面研究成果的一种"综合创新"或理论概括与提升，同时也是他对这些问题进一步进行探讨的基本立足点。而从学术史的角度来看，我们更关注钱中文新理性精神论的现实立足点或者说现实针对性，《中国教育报》2003年2月27日第7版刊登的杜悦的《以"新理性精神"回应现实挑战——钱中文先生访谈》从题目就可见新理性精神的现实针对性，在该访谈中，钱先生指出：

> 中国自20世纪80年代改革开放以来，生产力获得了空前的解放，国家在实行社会主义市场经济之后，经济获得了空前的活力，人民的生活有了很大的提高，城乡的面貌日新月异。但是伴随着经济的发展也出现了许多社会问题，其中最严重的是拜物主义、拜金主义和金权结合的流行，正是这拜物主义和拜金主义增加了多种社会的弊端。不少中国知识分子，大约仍然怀着"士当先天下之忧而忧"的民族忧患意识，既为国家经济发展而高兴，同时也为种种社会文化弊病问题而忧心不已。
>
> 正是在这种现实背景下，我希望以"新理性精神"回应现实，以健康的人的理想来烛照现实。

新理性精神的提出与90年代的市场经济转型密切相关——实际上，其他学者在研究钱中文新理性精神时也代指出了这一点，例如刊登于《学术月刊》2003年第4期的朱立元《试析"新理性精神"文论的内在结构》指出：

> 笔者认为必须从当代（即"新"）人文精神与"三个主义的对立关系中去把握其意义"，具体来说：一是它与已渗透、侵蚀到精神文化学术领域一切方面的商品化原则和商业化现象相对立；二是它与那

---

① 参见《钱中文文集》第3卷，黑龙江教育出版社2008年版，第393—409页。

种以当下物质生活的满足和享受为人生第一目标,而放弃高尚的理想、追求和良知,放纵急剧膨胀的物欲、贪欲、拜金主义等的物质主义相对立;三是它与鼓吹科技至上以致排斥人文学术、瓦解人的自由精神和生命体验、造成人性异化的科技主义相对立。现在回过头来看,笔者的这些看法倒是恰好对钱先生倡导的"新人文精神"之"新",以及它那种强烈的时代感和鲜明的现实批判性的旁证与说明。

再如刊登于《文学评论》2001年第5期曾繁仁《中国文艺美学学科的产生及其发展》也指出:

> 中国在经济上进入了工业化中期,市场经济逐渐成熟,城市化程度加快,大众文化正在勃兴。在这种情况下,科技拜物与市场本位逐步抬头,价值取向低俗,人们的焦虑与紧张加剧。这一切都要求文艺不能再仅仅局限于纯粹的审美,而应在审美的前提下弘扬一种新的人文精神,以对人们精神生活中的人文精神缺失以某种弥补。钱中文先生将这种新的人文精神称作"新理性精神"。

从理论的基本逻辑来说,所谓"新"理性力图对"旧理性"有所超越,而要被超越的旧理性既包括"技术理性",同时也包括支撑市场经济运转的"经济理性"——钱中文对此也有所涉及,其《艺术不仅仅是商品》一文指出:"艺术神圣,这与计划经济时代的体制有一定关系。创作人员由国家包养起来,要求文学艺术为政治服务;说文学艺术使命神圣,这是给作家、艺术家戴的高帽子","如果国家取消对作家的供养,停发月薪,作家会做什么?""他得卖文为生,绝对得把自己的产品变为商品","他得千方百计找出当今的时尚热点","文学艺术产品也是商品,而且越是精美绝伦的艺术品,商品的特性就愈明显,价格就愈高;在资本积累阶段,这种品性表现得让人感到简直近于疯狂乃至穷凶极恶,但这只能归之于初入市场经济的过分敏感与市场的供求的法则"[①]——此处对由计划经济向市场经济转型导致的"文艺与政治关系"、"文艺与经济关系"的消长现象已有清晰的揭示。钱中文《躯体的表现、描写与消费主义》[②]更是对市场经济的消费主义逻辑对文化市场的影响作了直接分析:

---

① 参见《钱中文文集》第4卷,黑龙江教育出版社2008年版,第313—314页。
② 同上书,第250—258页。

社会进入市场经济时代之后，文学艺术进一步被商品化了……

　　当今一种消费主义正在文化市场流行开来，加上媒体与某些文化批评的炒作，好像消费主义成了我们社会生活、文化的主潮，竟和西方发达国家同步了。满足广大人群的正常的消费，自然是极端必要的，但是我要不无遗憾地说，消费一旦变为主义，它的消极一面也就不可避免，而且有如出鞘的剑，残害生灵的美。

　　至于在文学理论中，搬用带有某些极端性的消费主义社会的文化理论，来给我们的文化文学艺术、文学理论树立新的标准，恐怕也要分析对待、谨慎而行的。

新理性精神建构尚在发展之中，如何将对侵蚀"人文理性"的"经济理性"及相应的消费主义逻辑等批判精神整合到新理性精神建构中，既是理论发展的逻辑要求，同时也是时代发展的现实要求。

　　以上简要的梳理表明：在20世纪90年代以来的大众文化、人文精神、新理性精神等的讨论中，"文艺与经济关系"凸显出来，而相对而言"文艺与政治关系"很少被涉及——而在80年代的相关讨论中，"文艺与政治关系"则非常突出——这两大关系的升降，昭示着中国文论新的转型。当然，这里需要强调的是：以上只是从市场经济转型所带来的商业消费主义文艺观的强劲扩张及理论界的批判性应对的角度所作的简略梳理，此外，有不少学者如陆贵山、金元浦、张来民、陈定家等对文艺与经济关系及马克思主义的文艺经济学思想等有专门深入的研究，有关大众文化的研究更是出现不少专著，兹不多论。

第四节　重新审视文艺审美自主化及其与政治、经济的关系

　　作为社会整体生活的三个有机组成部分，政治、经济、文化三者并非在相互隔绝、各自完全独立的空间中发展的，而是在相互作用、相互制约的联动中发展的，三者中一者力量的增强必然会影响其他两者：在计划经济体制下，经济及包括文艺在内的文化从属于政治——我们强调的是：这不仅仅是毛泽东等人在主观上倡导的结果，同时更是计划经济体制的现实力量作用的结果；由计划经济体制向市场经济体制的转型，必然使"经济"在社会整体生活中的力量得到极大的提升，这种日渐增强的力量必

第十三章　新时期文艺与政治、经济关系的重组与文论范式的转型

然会对政治、文化施加更大的影响，从而使社会力量结构在整体上发生重组——尽管在市场经济体制下"经济"本身的力量及其对政治、文化的作用究竟有多大，可以有不同的估量，但相对于计划经济体制，"经济"力量和作用的极大提升却是非常明显的——这在理论上使传统的政治研究、包括文艺在内的文化研究等必然要随之有所调整。

政治、经济、文化的分化与自主发展，体现了现代性的重要特征——以此来看，计划经济体制使经济、文化完全从属于政治，某种程度上与现代性是相抵牾的；而市场体制则使"经济"获得了独立性或自主性，这在客观上为政治、经济、文化的分化、自主发展从而现代性的生成提供了某种可能性——但这只是问题的一面，问题的另一面是：尽管政治、经济、文化三者合在一起才构成社会生活整体，但三者之间的力量从来就不是均等、均衡的，其中"文化"大致从来就处于弱势地位——中外许多学者严重忽视了这一点：他们把近代以来的审美自主化视为文艺脱离社会生活，但是他们没有认识或揭示的是：与此同时，经济以更强劲之势也在脱离社会生活整体而追求自主化、独立化——这就是所谓完全按经济自身规律独立发展的"市场"（相对于"为艺术而艺术"的唯美主义表述，市场自由主义的表述是"为生意而生意"）的强劲扩张——卡尔·波兰尼将市场经济的这种独立化称之为与社会生活整体的"脱嵌"[①]。我们不能说文艺脱离社会生活现象没有问题，但是这种表述本身是存在问题的——社会生活整体的分化、断裂，是现代性的重要现象，可以说政治、经济、文化都在同时脱离社会生活整体，但更准确的表述似乎应是：政治、经济、文化三者之间在相互分裂，而在此分裂过程中，"经济"无疑获得了越来越强大的力量。我们不知道人类社会生活如何达到浑然一体的和谐状态，但显然的是：政治、经济、文化（包括文艺）三者各自的力量，不达到一定程度的均衡，社会生活恐怕是很难走向和谐的——迄今的社会现实是：三者之间的力量极其不均衡。因此，在人类社会生活如何达到浑然一体的和谐状态之前，我们恐怕首先还要强化处于弱势地位的文艺的审美自主化力量，在这种力量还不够强大之前鼓吹文艺融入社会生活，所带来的实际后果，恐怕就是把文艺纳入市场经济运作轨道等。

历史地看，在人类社会的现代化进程中，文艺审美自主化力量并未获得较大发展——相对而言市场的经济自主化力量倒是获得了过度的扩张。

---

① 参见［英］卡尔·波兰尼《大转型：我们时代的政治与经济起源》，冯钢、刘阳译，浙江人民出版社2007年版。

粗粗检审一下我们一个世纪的现代化历史，即使我们从理论上倡导文艺审美自主化的时间也是非常短暂的：五四新文学运动中的几年，再加上新时期思想解放运动中的几年——与西方相比，我们在这方面的文化精神沉淀其实是相当薄弱的，可以说存在严重的先天不足。如果说在"文化大革命"中，文艺有沦为"政治的工具"的趋向的话，那么，在市场强劲扩张的今天，文艺则有沦为"经济的婢女"的趋势[1]。当然，同样是历史地看，无论是西方还是中国，历史上对审美自主化的倡导确实是以"割裂的"方式提出问题的，即强调文艺审美自主化对政治、经济规则的对抗乃至颠覆作用，并确有躲进"象牙塔"之嫌——我们今天则应以联系的、整体的方式提出问题，也即在"文艺与政治"、"文艺与经济"之间的关系中提出审美自主化问题，而落脚点则是社会生活的整体和谐，而非以审美规则取代经济、政治规则的乌托邦幻想。

改革开放以来，市场经济体制的转型是个充满曲折的缓慢过程。这其中一个重要年份是1992年，邓小平南巡讲话标志着中国坚定不移地踏上了建立社会主义市场经济体系的发展道路——以此反观，在此之前，官方和学术界对建立市场经济体制其实还是有些犹豫不决的，理论上存在争议，实践上还存在反复乃至倒退。同样，在1992年以前，文论的主要问题依然是"文艺与政治关系"问题。随着市场经济体系的进一步成熟，在实践上，"文化产业化"已逐步成为得到官方充分认可的文化发展战略口号；在理论上，新世纪以来西方消费社会文化研究理论的大规模引进，成为非常突出的新一轮"西学东渐"现象，在围绕"日常生活审美化"等话题的相关学术论争中，"文艺与经济（市场）关系"的那种紧张性日趋消失——许多理论研究者认为这已不再成其为问题了——但历史和现实地看，这一问题其实并没有得到很好的解决：20世纪90年代，以文艺研究者为主的人文精神的倡导者对文艺商品化进行了激烈的"先验性"、"终极性"的道德乃至宗教批判，但是，深刻的审美批判本身反而缺席——这充分暴露了作为中国文艺现代化向度之一的审美自主化方面的理论建构和精神积累的严重不足。改革开放之初"文艺从属于政治"的观念被纠正，审美自主性在"文艺与政治关系"中得到一定程度的认可；而在今天，虽然没有人提出"文艺从属于经济（市场）"的极端口号，但实际上"文艺从属于经济（市场）"似乎已作为一种强大的现实而被普遍地默认——在大众文化、消费社会、文化研究及所谓的"日常生

---

[1] 参见刘方喜《政治的工具·经济的婢女·精神的涵养区》，《探索与争鸣》2009年第1期。

活审美化"等讨论中就存在这种倾向。

如果说文艺的解放、审美的自主化,在改革开放启动市场经济之初体现为对"文艺从属于政治"的拨乱反正的话,那么,在市场经济体系日趋成熟的今天就应体现为对"文艺从属于经济(市场)"的拨乱反正——而从作为指导思想的马克思主义的基本立场来看,这里要澄清两个问题:一是马克思是如何看待文艺意识形态与审美关系问题的,二是马克思是如何看待文艺商品化问题的。关于第一个问题,马克思指出:"只有立在这个地盘(物质生产)上,一方面,统治阶级的'意识形态'组成部分,另一方面,这个特别社会形态内的'自由的精神生产',才有可能得到理解"[①],"自由的精神生产"显然与审美问题相关,马克思是从意识形态与审美这两个紧密联系的方面来探讨文艺问题的,以此来看,钱中文等提出的"审美意识形态"论其实是有着坚实而具体的原典基础的,极端片面的意识形态论,至少不符合马克思本人的文艺思想。关于第二个问题,有些学者摘录马克思政治经济学中的只言片语,断章取义地认为在马克思看来文艺的审美自由是可以与商品化不加分析地调和起来的——实际上绝非如此,马克思指出:"密尔顿出于同春蚕吐丝一样的必要而创作《失乐园》,那是他的天性的能动表现。后来,他把作品卖了5镑。但是,在书商指示下编写书籍(例如政治经济学大纲)的莱比锡的一位无产者作家却是生产劳动者,因为他的产品一开始就属于资本,只是为了增加资本的价值才完成的。"[②]——马克思揭示了作为"自由的精神生产"、"真正自由的劳动"的文艺活动与"只是为了增加资本的价值才完成的"的商品化文艺生产的内在对抗性——更为重要的是,马克思还在"自由时间"论中揭示文艺这两种生产方式的不同:作为"自由的精神生产"的文艺自由创造活动存在于"自由劳动时间"中,而商品化的文艺生产则存在于"必要劳动时间"中——马克思正是在"文艺与经济(市场)关系"中或者说在经济哲学范式中,非常具体地提出文艺的审美自由问题的[③]。20世纪90年代人文精神的批评者、新世纪以来大众消费文化的鼓吹者,皆强调当代消费文化可以满足"人的欲望与要求"——问题在于所满足

[①] 马克思:《剩余价值学说史》第1卷,郭大力译,人民出版社1975年版,第307页。
[②] 《马克思恩格斯全集》第26卷第1册,人民出版社1972年版,第432页。
[③] 这方面的详细分析,参见刘方喜《试论"自由时间"的双重内涵及两种价值趋向》(《自然辩证法研究》2006年第9期)、《论马克思"自由时间"论的重大美学意义》(《江西社会科学》2005年第2期)、《"自由时间"论:马克思主义美学在消费时代的新拓展》(《湖北大学学报》2008年第6期)等系列论文。

的究竟是一种什么样的"欲望",在这方面,我们不太同意说消费文化产品所满足的是大众的"物质性"欲望的说法,消费文化产品不管怎么说总还是文化性的,总体来说它们所满足的欲望也就是文化性的。马克思指出:"人作为自然存在物,而且作为有生命的自然存在物,一方面具有自然力、生命力,是能动的自然存在物;这些力量作为天赋和才能、作为'欲望'存在于人身上。"① 满足这种"欲望",人就会产生"生产的欢乐"——在对商业化的文化产品的消费中,大众所满足的只能是"消费性"的欲望而产生"消费的欢乐",大众的生产性欲望和生产的欢乐总体上则是被压抑着的。市场自由主义鼓吹人的追逐利益的欲望,与自由主义一脉相承的当代消费主义鼓吹人的消费欲望,而马克思则强调人的自由创造的"生产性欲望"——这构成了在经济哲学范式中建构"审美生产主义"及批判当代"审美消费主义"的人性需求论方面的立足点②。

总之,"文艺与政治关系"、"文艺与经济关系",乃是文艺理论研究的两个基本问题,但在不同历史时期,这两大关系在文艺理论体系中的地位不尽相同:改革开放以来的市场经济体制转型,使"文艺(文化)与经济的关系"日益凸显出来,这必然导致文艺理论整体结构的重组,使文艺理论的基本范式发生新的转型——我们以上梳理的新时期以来的相关学术思想史对此有所昭示。随着中国社会尤其市场经济的进一步发展及经济全球化更强劲的扩张,"文艺(文化)与经济的关系"问题将进一步凸显出来,如何积极应对而不是消极回避乃至刻意掩盖这一问题,对于中国文论、文学、文化乃至整个社会的和谐、均衡发展来说,既是挑战,也是机遇。

---

① 《马克思恩格斯全集》第42卷,人民出版社1979年版,第167页。
② 这方面的详细分析,参见刘方喜《"文学死亡"事件中的消费主义神话》(《文学评论》2005年第5期)、《"审美消费主义"批判与"审美生产主义"建构》(《文学评论》2007年第2期)、《三种时间、三种活动:马克思"审美生产主义"初探》(《江西社会科学》2006年第2期)、《艺术生产三形态与"审美生产主义"建构》(《河北大学学报》2007年第3期)等系列论文。

第十四章 文学本体论研究的理论思考

文学本体论（Ontology）研究在中国20世纪80年代中期的出现，绝非偶然。1986年被学界称为"本体论年"，更是有其独特的思想解放意义。文学本体论思潮是在文艺领域拨乱反正、正本清源，确立文学的相对独立地位，使之不再继续充当政治的附庸以及对文艺自身发展规律不断廓清，并不断受到西方文艺思潮影响以及主动借鉴和"拿来"的背景下发生的。文学本体论研究试图突破认识论的局限，为文学的真理性提供辩护和正名，走出困扰文艺学研究的形而上学桎梏，探索一种克服和超越形而上学的思维方式。因此，有许多学者把文学本体论研究看作突破旧的反映论文艺观的重要突破口，并由此产生了形式本体论、语言本体论、人类学本体论、生命本体论、活动本体论、实践本体论等形形色色的文学本体论形态，可谓思潮林立。据不完全统计，人们提出的相关主张有数十种之多。但仔细辨析，其中不少虽冠有本体论之名，却离本体论之实甚远。

文学本体论研究滥觞于1985年下半年，但"本体"、"本体论"这两个本来不为文学界熟悉的哲学术语，却早在此前有关文学问题的探讨中已陆续出现，只不过尚未引起广泛关注而已。较早明确提出应当重视文艺"本体"的是吴调公，在他的论述中"本体"指的是"内部规律"（1981年）。其后1983年，张隆溪介绍文学阐释学时，提出了"本体论角度"。1985年下半年掀起了谈论文学本体论的第一次热潮。吴亮、鲁枢元、刘再复、孙绍振、刘心武等相继涉及文学本体论的话题。鲁枢元在《用心理学的眼光看文学》一文中，从本体论、创作论、价值论三方面阐述了自己的文学观念。他从本体论视角在肯定物理世界这个客观的物质本体的同时，又认为心理世界是文学艺术的本体[①]。刘心武在《关于文学本性的思考》中虽没用本体或本体论概念，但他所探究的"本性"、"本质属性"、"基本素质"等问题，也可说是文学本体论问题。"我们亟需向文学内部即文学

[①] 鲁枢元：《用心理学的眼光看文学》，《文学评论》1985年第4期。

自身挺进，去探索文学内部的规律，或者换个说法，就是去探讨文学的本性。"① 孙绍振在《形象的三维结构和作家的内在自由》一文中，不满足于把反映论作为研究艺术形象的唯一"向导"，提出"即使坚持反映论也不能离开本体论的研究"，并认为"把本体论作为一条自觉的思路，对打开艺术形象这个美丽迷宫可能是有益的"。② 徐贲一再认为"应当提出一个文学本体论的问题"，而徐岱则认为，"一种新的文艺学已经以它充满自信的声音宣告了自己的崛起"，这就是"无论是研究文学的创作规律，还是研究文艺的欣赏规律，都必须受文艺本体论的支配，在一定的文艺观的制约下从文艺的基本特性出发"。③ 应当说，1985 年出现的对文学本体论的呼唤，是一种与原有文艺理论有别的文学新观念，但由于文学本体论研究尚未真正展开，人们也就仍然处于一种期待状态。及至 1987 年《文学评论》第 2 期推出"当代中国文艺理论新建设"专栏，诸多学者又聚焦于文学本体论问题，才再度掀起文学本体论研究热潮，并作为文学本体论思潮形成的标志开始产生广泛的影响。虽然进入 90 年代后关于文学本体论的研究文章有所减少，但研究却进一步深入，甚至出现了几部相当可观的带有总结性的研究论著。可以说，始自 80 年代中期，文学本体论一直作为文艺学研究中的潜流而时沉时浮，它对促进文学研究的深入和范式的转换发挥了不可替代的作用。即使在当前如火如荼的文化研究大行其道的境遇下，仍有不少学者在新的历史语境下回到这个话题。

第一节　文学本体论研究的历史描述

作为一种文学思潮，文学本体论研究已尘埃落定，但二十多年来它对文学研究已产生重要影响，对它的梳理和反思有助于推进文学研究的深化。虽然文学本体论研究形态众多，但经过辨析仍然可以发现某些较为清晰的历史轨迹，我们在此择其要者试图作一种历史性描述。

一　形式本体论

形式本体论是文学本体论研究中最早出现的一种理论形态，至今仍不

---

① 刘心武：《关于文学本性的思考》，《文学评论》1985 年第 4 期。
② 孙绍振：《形象的三维结构和作家的内在自由》，《文学评论》1985 年第 4 期。
③ 徐岱：《哲学观的更新与文艺学的发展》，《文学评论》1986 年第 1 期。

时有研究文章发表。开启形式本体论肇端的是何新于1980年提出的观点，其后有关形式本体论的阐发大体没有超出此范围。他认为"在艺术中，被通常看作内容的东西，其实只是艺术借以表现自身的真正形式。而通常认为只是形式的东西，即艺术家对于美的表现能力和技巧，恰恰构成了一件艺术作品的真正内容。人们对一件作品的估价，正是根据这种内容来确定的。"① 在后来的思潮中，"怎么说"成了形式本体论和语言本体论使用频率最高的一种表述方式。从某种意义上讲，本体论研究视角从哲学转到文学是从对文学形式的关注开始的，形式一定程度上担当了文学研究反对机械反映论和教条主义倾向的突破口。形式本体论的基本特征就是把文学作品的结构、技巧、语言等形式因素视为文学的本体，认为文学研究的根本目的就是要把握文学的内在特征或者规律。形式本体论最初以作品本体论出现，即把文学作品看成一个具有独立存在意义的本体。如孙歌认为："如果我们把目光转向文学作品本体"，那么就为"直接把握作品寻找到了一条较好的科学表述的途径，它就比任何批评方法都更加切近作品本身。"② 李劼认为："正如人是一个自足的主体一样，文学作品是一个自我生成的自足体。"③ 刘武认为："将文学作为自足体来研究"，已成为"时代的社会意识"。④ 只有把文学作品视为文学的"本体"，才能更有效地强调文学作品对于文学研究的重要性。而将作品视为文学本体就会把研究的目光转到文学的内部，于是有论者不断把作品的形式因素凸显出来，这才有了作品形式本体论。经由强调某些具体的形式要素，如结构，"媒介材料的结构才是真正的艺术存在"，⑤ 如叙述，"小说从本质上说是一种叙述的艺术。对于作为间接艺术的小说来说，叙述不仅是一种技巧、一种手段，它实际上也是一种本体的呈现"。⑥ 如语言，"所谓文学，在其本体意义上，首先是文学语言的创造，然后才可能带来其他别的什么。由于文学语言之于文学的这种本质性，形式结构的构成也就具有了本体性的意义"。换言之，"文学形式由于它的文学语言性质而在作品中产生了自身的本体意味"。⑦ 在文中李劼先生不仅将语言与形式看成二而一的东西，

---

① 何新：《试论审美的艺术观》，《学习与探索》1980年第6期。
② 孙歌：《文学批评的立足点》，《文艺争鸣》1987年第1期。
③ 李劼：《试论文学形式的本体意味》，《上海文学》1987年第3期。
④ 刘武：《哲学时代：作为一种自足体的文学与文学理论》，《文学评论》1987年第5期。
⑤ 林兴宅：《艺术非意识形态论》，《学术月刊》1995年第1期。
⑥ 陈剑晖：《形式化了的叙述本体》，《云南社会科学》1989年第1期。
⑦ 李劼：《试论文学形式的本体意味》，《上海文学》1987年第3期。

而且竭力使之由形而下的层次向上提升，从而越来越具有了抽象意味。吴俊认为："形式不仅能体现文学艺术的本质，而且，它也是文学创作的目的。"① 为高扬形式，有的学者走向了极端，如吴亮断言："艺术就是那个叫形式的事物的另一名称，它纯粹是形式，决非是'有意味'的形式。一旦人们开始谈论某形式的'意味'，他们就把问题引渡到形式之外，也就是引渡到艺术之外了。""艺术存在于现象领域，它根本不属于形而上世界。我们在现象领域见到的一切，若不再想到它们的目的、功能、旨意、用途，而仅以观看形式的态度来对待之，那么它们就立刻变得艺术起来。"② 由于明确主张形式才是文学的真正"本体"，所以，"作品本体论"经由"作品形式本体论"不可避免地演化成了"形式本体论"。正是在形式本体论研究的鼓舞和感召下，一些作家开始了一系列文体试验的探索，出现了"绝句点序列、无标点文字序列、词语的超常经验组合、口语、成语的超常规使用"等诸多现象，③ 不仅给文学实践带来生机，成为当时文坛的一道亮丽风景；还带动了"文体研究"及文体实验的热潮，为文学发展和研究开创了新局面。

从研究实践可以看出，形式本体论主要受西方现代文论和美学的影响，特别是受俄国形式主义文论和英美新批评的"文学性"和"形式至上"论的影响。可以说，形式本体论将目光转向"文学作品本体"，将逻辑起点移到"作品文本内部"，强调文学是一个"自足体"，几乎是沿袭了西方形式主义批评的致思理路。如强调文学研究的对象是作品自身或"作品本体"，这与俄国形式主义和英美新批评对于"文学性"和"作品中心论"的强调一脉相承；其对"内部研究"模式的强调则同样与英美新批评的影响密不可分，尤其是韦勒克和沃伦的《文学理论》发挥了关键性作用。所谓"结构本体论"乃是对于结构主义思想的直接应用；"叙事方式本体论"是对西方现代叙事理论进行吸收和借鉴的产物；"语言本体论"则部分地受到西方现代哲学"语言学转向"的影响，从而把语言抬高到"文学本体"的地位。甚至可以说，我国新时期形式本体论，因完全依靠西方理论话语的支持，所以如果没有相关的西方理论话语，也就没有我国新时期的形式本体论。其积极意义表现为：对文学作品本身的重视；对文学作品艺术形式的重视；提供了研究文学基本特征的新思路、新

---

① 吴俊：《文学：语言本体与形式建构》，《上海文论》1988 年第 2 期。
② 吴亮：《文学的，非文学的》，《文学角》1988 年第 1 期。
③ 范玉刚：《新时期探索小说语言变革倾向初探》，《吉林师范学院学报》1993 年第 1 期。

视角；丰富了文学理论研究的概念、术语，在重视文学作品本身尤其是作品的艺术形式方面具有合理性，有助于理论批评界克服过去在内容与形式关系认识上的机械化、简单化倾向，树立合理的形式—内容观，它对新时期伊始纠偏机械反映论文艺观忽视艺术形式和技巧的弊端有着不容忽视的积极价值，对文学研究产生很大影响，为推动文学本体论研究作出了贡献。但也存在如割裂文学"内部规律"与"外部规律"的有机关联，片面强调形式甚或纯形式的价值等缺憾。以致发展到极端，就成了"形式本体论以'作品'取代了'文学'，又以'形式'取代了'作品'，实际列出了一个'文学＝作品＝形式'的公式，这就大大缩小了文学研究的范围，而且在逻辑上也不能成立。"① 文学作品是由多种因素构成的一个整体，究竟哪种因素起决定作用取决于具体的作品和生成语境。作品形式包含许多内在因素，如结构、叙述方法、表现技巧、手法、语言等，在此问题上形式本体论的看法莫衷一是，有的学者对文学形式的强调到了极端的地步，以至于把文学的内容因素完全排除在外。当克莱夫·贝尔提出"有意味的形式"的美学命题时，其对审美情感是有所属意的，而我国当时的学者把形式中的"意味"也排除了。当他们强调文学研究应"回到自身"时，实际上把本体当成了"本身"、"自身"；当他们宣称"内部研究为本，外部研究为末"时，显然又把本体当成"本根"、"根本"之意。之所以出现这种"误读"，与他们对新批评学派的接受有关，特别是兰色姆的"构架—肌质"理论。"而我国的形式本体论者却毫不顾及兰色姆思想中的亚里士多德背景，错误地把他所说的'本体论批评'与新批评派的立场直接嫁接起来，以至于造成一种文学本体论就是研究文学形式和技巧的假象。究其根源，还是由于对亚里士多德的本体论哲学不甚了了，因此才犯了这种望文生义的错误。"② 尽管形式本体论有不容置疑的合理性，但就理论建构而言，它仍未脱出形而上学的思维框架，使其在实践中从一个极端走向另一个极端，其对作品社会历史内涵的消解与拒斥，使其身陷语言结构形式的藩篱而不自知，对形式的刻意追求导致了另一种形式的形而上学。

二 人类学本体论

人类学本体论也称人类本体论或人学本体论，是形式本体论之后出现

---

① 刘大枫：《新时期文学本体论思潮》，天津社会科学院出版社2000年版，第59页。
② 苏宏斌：《文学本体论引论》，上海三联书店2006年版，第8页。

的一种颇有影响力的文学本体论研究形态,与形式本体论兴起的思想背景一样,人类学本体论的产生也是出于20世纪80年代对传统文艺学的深刻反思和批判及其对西方文艺思潮的借鉴与回应。不过从学理上讲,相比较形式本体论,人类学本体论的研究要更为自觉一些,它们非常注重对自身哲学本体论基础的清理和建构,也明确与形式本体论划清了界限。彭富春等人指出:"把艺术本体论等同于作品本体论,这是一种十分狭义的规定,它实质上将艺术本体论取消了",这表明他们意识到文学本体论必须以哲学本体论为基础,"人类学是关于人的生存反思的理论体系。对人的存在的思考可谓现代哲学的转向。人类学的文艺理论,或谓艺术人类学是关于人的生存和人的艺术关系的思考(它的基础是哲学人类学、审美人类学),它构成了我们艺术理论的转向。"他们断言"艺术的真正本体只能是人类本体","艺术既不在于理性意识,也不在于非理性意识,而在于纯粹的生命意识。它是生命意识的觉醒"。① 人类学本体论的最初动机就是呼唤人的回归和解放,强调文学研究应该以人为中心,从人的维度、人的生命向度阐释文学本体。

　　人类学本体论在研究中除了受到西方人本主义哲学影响外,还受到李泽厚的"人类学本体论的实践哲学"的影响,在李泽厚那里,主体论与本体论几乎是相近的词,人类学本体论即主体性实践哲学,"二者异名而同实"。② 在其影响下,彭富春、刘再复、杜书瀛等人不断拓展人类学文学本体论的研究。彭富春宣称"我们如果要建立文艺本体论的话,我们必须建立美学本体论;我们要建立美学本体论的话,我们必须建立哲学本体论。这个哲学本体论只能是人类学本体论";孙文宪认为"文艺理论将步入一个新的领域,即用人类学的观念和范畴去研究主体在文学活动中的特殊需求,即人类渴望理解自身的生命追求";陈燕谷则指出"艺术观念的根本变革有赖于哲学观念的根本变革。哲学观念的根本变革,在我看来,关键在于艺术哲学的基础从认识论拓向本体论,确切地说是人类学本体论的转移。"③ 刘再复的主体论在文学的人类学本体论中具有一种逻辑上的承前启后作用,他把人作为研究的中心,提倡文学活动的各个环节都要以人为本、为中心、为目的,这自然为文学人类学本体论研究开辟了致思向度。真正把人类本体论的文学研究加以系统展开,使其成为一个完整

---

① 彭富春、扬子江:《文艺本体与人类本体》,《当代文艺思潮》1987年第1期。
② 李泽厚:《美学四讲》,上海三联书店1989年版,第39页。
③ 陈燕谷、彭富春等:《我们的思考与追求》,《文学评论》1987年第2期。

的理论体系的应该是杜书瀛,他主要是在马克思的"实践的唯物主义"哲学基础上,推演出自己的文艺理论和文学观念的。他在80年代末相继发表一系列文章,分别从哲学基础、文艺的本质、文学的创作、作品和接受等方面,系统地阐发了人类本体论文艺学的具体内涵。杜书瀛认为:"人类本体问题才是哲学的核心问题,根本问题",① 同时他又认为"人类本体论文艺美学把目光凝聚于人自身",既不同于"现实本体论",也不同于"作家本体论"、"作品本体论"、"读者本体论",它"扬弃它们,否认它们的缺点和偏颇之处又充分肯定和吸收它们的合理因素,纳入自己的体系之中",因而"人类本体论美学将在开放中前进"。② 因为实践观点的引入,人类学本体论一个时期曾成为文艺学、美学研究的中心,极大地推动了文学主体论的研究。人类学本体论文艺学宣称实践是一个本体论范畴,较之那种把马克思主义视为一种物质本体论的观点是一个巨大进步,但它把实践说成主客体之间的中介范畴,则又显示出哲学立场上的不彻底性,尽管他们是从人类学本体论哲学出发,引申和推导出自己的文学观或文艺学体系的,但同样不能看做一种现代形态的文学本体论。

生命本体论是从人类学本体论中分化出来的,因而,生命本体论常常与人类学本体论研究相交织。如陈剑晖认为探讨"艺术是什么"这个命题,必然"最后回到以人的生命存在为中心的人类学本体论"。③ 宋耀良认为"美应由生命力量而产生;创造美的过程就是生命力量展示的过程",强调"艺术应当以生命本体的存在作为艺术本体存在的主要基础",艺术品"源于生命,表现生命,并且自身也获得符号形式的生命性"。④ 起初,生命本体论因对生命活动的感性特征和体验本质的高度重视,而把生命看做一种感性、个体的存在物,认为艺术的根本特征就在于传达个体的生命体验。其中突出强调艺术和生命的感性特征的是王一川,在他看来,"人直接地就是'感性存在物',他只有凭借自身的感性(即感觉、情感、本能、生命力、爱欲等)才能在对象世界中确证、占有并享受自己。感性是人的存在的根本标志"。而艺术则"既是感性的复归之途、解放之途,同时本身也是感性之家、感性之归宿",因为"艺术的形式是真正感性的形式、生命的形式、人性的形式",它可以使我们从麻木状态中惊醒,意识到存在的真相。因此,"对于现代人来说,艺术意味着感性的

---

① 杜书瀛:《艺术的哲学思考》,辽宁人民出版社2001年版,第214页。
② 杜书瀛:《人类本体论文艺美学的特征》,《文论报》1989年7月25日。
③ 陈剑晖:《文学本体:贩私、追寻与建构》,《阜阳师范学院学报》1988年第4期。
④ 宋耀良:《美,在于生命》,《文艺理论研究》1988年第2期。

复归,感性的解放",而"对于艺术来说,感性是根本的根本,究竟的究竟"。① 在此他张扬了个体生命的全部感性特征,使之成为一个本体论而非认识论的范畴,并把感性视作对现代理性的一种对抗和疗救力量,认为感性是现代人获得解放和救赎的根本途径,这是一种以感性为旨归的生命本体论观点。还有的学者如刘晓波提出了非理性本体论,将本体归结为人的感性、直觉、体验、潜意识、本能冲动等。生命本体论尽管内容驳杂,但影响很大,在新世纪仍有学者回应此话题。如夏之放提出"情意本体论",认为人的日常实践中的感觉、情感、领会构成了情意本体,"合情合理"是它的基本尺度,"诗意生存"是它的高级形态。文学是以人的情意为本体的一种特殊表现形式。真正伟大的文学是体现和升华人的生存状态的明镜和灯塔,具有叩问人生意义、了悟人生价值、烛照人生道路的作用。② 而陈传才认为,文学本体和人的生命本体相关联,应把文学放到人的生存发展的根基上,与人的自由解放联系起来加以考察。"关于文学本体论的思考,使人们知道文学活动是和人的生命活动相一致的,一定的文学观念并不是人们随意杜撰和随便选择的,而是和人们的人生观念相关联"。在此基础上他对文学主体论和文学价值论作了深入阐述。③ 生命本体论主要受西方现代人本主义哲学、生命哲学、存在主义哲学的影响,由于当时对这些哲学思想缺乏深入研究,多为概念、范畴的简单挪用和术语的置换,其所理解的人多为个体性的人,普遍无视或否定人的社会本质,对人理解的褊狭使其脱离了人生存的现实根基,同时,因过分张扬非理性因素在文艺活动中的作用,而走上了反理性、反社会性的极端。它强调文学艺术与人的生命活动的同一性,认为人的生命活动等于人的生活,也陷入了两个误区:其一,切断了人的生命活动与外部世界的联系;其二,抹杀了文艺活动与人的生命活动的区别。④ 人学本体论带来的最终后果,是非理性、反理性主义的高扬。如钱竞所言:"人本主义发展到极限,必定在自己的旗帜上标明反理性、反科学的记号。"⑤ 从历史轨迹来看,"无论是人类本体论还是生命本体论都没有真正超越形而上学,这是因为,它们分别把人的社会性和个体性看做一种先在的、固定不变的实体或者本体,

---

① 王一川:《走向感性的艺术——现代世界感与现代艺术观念》,《批评家》1987 年第 2 期。
② 夏之放:《文学的情意本体论纲要——文学理论元问题研究》,《山东师范大学学报》2003 年第 4 期。
③ 陈传才:《当代审美实践与文学本体论的构建》,《黄河科技大学学报》2003 年第 1 期。
④ 刘大枫:《新时期文学本体论思潮》,天津社会科学院出版社 2000 年版,第 121—122 页。
⑤ 钱竞:《文学本体论问题反思》,《当代文艺思潮》1987 年第 5 期。

这本身就是形而上学的思维方式在作祟。"① 生命哲学的主导意味是反形而上学，旨在反对和消解各种形而上学的抽象物和固定的实体，而我国学界的生命本体论者却完全无视生命哲学的这种反形而上学的理论旨趣，通过对生命的个体性和感性特征的张扬使之实体化，反倒成了一种彻头彻尾的形而上学，只是把实体从"类"换成了"个体"而已。

三 语言本体论

语言本体论作为文学本体论研究的重要形态，有的学者将其归入形式本体论，其实，二者之间存在较大差异，特别是在哲学基础层面。语言本体论不仅把语言看做文学作品的形式构成要素，甚至自身就作为形式，而且把语言看作人类的本体、世界的本体，使之从"器"的层次完全上升到"道"的层次，从而成了真正哲学意义上的本体论，这和哲学领域的"语言学转向"密不可分，特别是和海德格尔的"不是人说语言，而是语言说人"的思想相关联。早在1987年有学者就指出，语言不应仅仅承担诸如"思维工具"、"表现工具"这样的外在形式功能，而应当从作者、文本、读者三方面通常考虑，因而，语言同时具有作者表现、作品呈现和读者发现的本体上的功能。② 1988年《文学评论》第1期发表了一组关于文学语言的笔谈，语言作为本体再度凸显。有学者认为："既然语言是人类存在的始原，既然语言确定了人们的世界'观'，并且语言构成存在世界的'现象之流'，那么，我们就有理由把文学作品看做一个世界，一个独立自主的世界。以往的文学理论由于没有从语言本体论意义上阐释文学存在的本质，因而，'文学世界'要么落入幼稚的比喻，要么流于粗疏的想象……我们之所以如此费力地阐明语言构成世界的实在性，也在于证明文学世界存在的实在性，存在的本体依据。"即"正如语言构造了日常生活世界的存在实在性一样，文学语言也创造了这样一个自足的世界"③。此后，语言本体论研究炙手可热。吴俊强调"语言符号对人类的文化创造活动具有决定作用"，"语言符号对人类（文化）世界的存在具有本体意义"，④ 这已是名副其实的哲学意义的语言本体论了。张首映论道："人有语言，表明人与世界的关系得到了确证；语言将人与一般动物划出了一

---

① 苏宏斌：《文学本体论引论》，上海三联书店2006年版，第33页。
② 唐跃、谭学纯：《语言功能：表现+呈现+发现——对"语言是文学的表现工具"的质疑》，《文学争鸣》1987年第5期。
③ 陈晓明：《反语言——文学客体对存在世界的否定形态》，《文学评论》1988年第1期。
④ 吴俊：《文学：语言本体与形式建构》，《上海文论》1988年第2期。

条永久的分界线；语言成了人类生存的一个重要组成部分，是人类的一种生存方式，是人类的一种存在。这样，语言不再只是认识人和世界的认识论工具了，而且还具有突出的生存本体的意义。"① 周宪指出："语言是第一性的本源性的，它支撑着我们的存在并使历史成为可能，没有谁能够离开语言而仍作为人而存在。这样，我们便有了一种语言本体论，其实质是把语言视作思考诗乃至人的逻辑上和时间上都在先的起点。""在技术工具理性占支配地位的现代，人们'沉沦'了，他们忘记了自己的存在，因为他们已不再会用本源性的语言来'说'，而是着迷于言之无物的'闲谈'"。② 及至1993年第2期《艺术广角》开辟专栏"文艺学研究的语言论转向"，进一步推动了语言本体论研究。陶东风指出："形而上学机械真实观反映在文学理论上，就是用文本之外的所谓现实来验证文本的真实性（如描写的可信性）。而实际上，文学话语是一种虚构话语，根本不可能通过外在的参照来证实或证伪。"重要的是，"既然语言之外一无所有，那么我们用以检验虚构的所谓'实体'就仍是虚构。这样关于真实性的问题根本就是一个假问题"。③ 这就凸显了意义的语言赋予性。马大康认为对文学语言的研究，"应作为文学研究的基本点和出发点，其他文学问题都是立足于文学的诗性语言的基础上，并从语言问题生发开来的。语言蕴涵和孕育着文学本体研究的所有问题。"④ 语言本体论把语言提到人的存在的高度，因此，金元浦说文学范式的转换，应当"寻找新的质点"，"这一点我们找到了，这就是广义的语言研究"，"它既包括文学的语言形式研究、语义研究、叙事话语研究、结构研究等内在特质的研究，又进一步注目于语言与存在、语言与传统、语言与思想、语言与意义之间关系的研究"。⑤ 自此语言本体论研究风生水起。

总体上讲，语言本体论关注语言与人类、语言与世界、语言与文学等问题。文学本体研究的所有问题，都包含在语言中。语言"足以完整地取代和覆盖整个世界和人自身"，语言之外无意义，语言之外无世界。⑥ 这些问题表明语言本体论主要受现代西方语言哲学，特别是"语言转向"

---

① 张首映：《论文学语言和用字》，《文艺研究》1989年第1期。
② 周宪：《诡论语言》，《文论月刊》1990年第11期。
③ 陶东风：《也谈"文学是语言的艺术"——兼论文学的所谓"真实性"》，《艺术广角》1993年第2期。
④ 马大康：《文学语言研究之我见》，《艺术广角》1993年第2期。
⑤ 金元浦：《我国当代文艺学的总体指向：语言与本体研究》，《艺术广角》1993年第2期。
⑥ 参阅刘大枫《新时期文学本体论思潮》，天津社会科学院出版社2000年版，第138—139页。

的影响，其中有些观点基本上是现代西方哲学，尤其是海德格尔思想的一种转述和重复。但它对提升语言在文学中的根本地位，推动文学语言的研究，拓宽文艺学视野具有重要价值。但因其过于拔高语言的本体地位，而在一些基本问题上陷入迷误，给文学创作、文学研究都带来了不可忽视的负面影响。

四 活动本体论及其他文学本体论

活动本体论是一种把文学活动作为文学本体论研究对象的理论形态，所谓文学本体是指文学活动。这种研究旨在克服以往文学本体论的片面性，而把研究对象扩大到整个文学活动领域。从某种意义上讲，它具有某种综合的意味，即试图把各种文学本体论的基本主张辩证地统一起来，建立一种较全面的文学本体论体系。较早提出活动本体论的是朱立元，他在《解答文学本体论的新思路》中指出，"文学既不单纯存在于读者那儿，也不单纯存在于作品中，还不单纯存在于作者那儿。文学是作为一种活动而存在的，存在于创作活动到阅读活动的全过程，存在于从作家→作品→读者这个动态流程之中。这三个环节构成全部活动过程，就是文学的存在方式。"他称之为"活动本体论"、"过程本体论"，并且认为这是一条"解答文学本体论问题的新思路"。[①] 他的观点得到了邵建等人的响应，从而形成了颇有影响的活动本体论思潮。在他看来，文学的存在或者本体就是"活动"："文学所以存在，就是因为这个存在不是别的，就是活动。活动就是文学的存在本身，没有这种活动，文学就无以存在，当然也无以构成如'三R结构'（writer、work、reader——引者注）那样的存在方式。这种活动乃是生命本体的自由活动，它从生命出发（艺术的可能形态）从而走向作品（艺术的现实形态）。"[②] 对此问题较全面系统梳理的是王岳川，他在《当代美学核心：艺术本体论》中提纲挈领地阐述了自己的艺术本体论，在其后出版的《艺术本体论》中做了全面论述。[③] 作者在书中不仅对本体论的相关概念进行了明确界定，而且对本体论哲学和文学理论的发展历程作了系统梳理，并在吸收现代西方生命哲学和存在哲学的基础上，提出了新的本体论——艺术活动价值论——"活感性"说。王岳川认为文艺本体论是对艺术存在的反思，是对艺术的意义和价值的领

[①] 朱立元：《解答文学本体论的新思路》，《文学评论家》1988年第5期。
[②] 邵建：《梳理与沉思：关于文艺本体论》，《上海文论》1991年第4期。
[③] 王岳川：《当代美学核心：艺术本体论》，《文学评论》1989年第5期。王岳川：《艺术本体论》，上海三联书店1994年版；《艺术本体论》（修订版），中国社会科学出版社2004年版。

悟和揭示。"就终极意义而言，艺术与人类生活密切相关，对艺术的揭示，就是对人的根本存在方式的最高存在方式的揭示。艺术本体的敞亮，将会展示人在艺术中所臻达自身领悟的程度和自我意识觉醒的程度，标示出人的本体的超越之维——人的艺术审美生成的全部奥秘。"[1] 在他看来，"艺术本体论是对艺术活动（世界、作家、作品、读者、社会）过程的总体把握，从某种意义上说，这是一种对人本体与艺术作品本体回溯的双重冒险。"[2] 他通过对历史上的摹仿本体论、表现本体论、形式本体论和文化本体论的梳理，提出了文艺本体论的当代形态即"新本体论——艺术活动价值论"，同时指出：艺术本体论作为当代美学核心具有三维本体结构，体验本体、作品本体、解释本体。其中，体验是本体论的核心。他指出艺术本体论是对现代人变动不居的人生境遇的揭示，艺术成为人生存在意义的给予者，艺术本体论不是体系，不是信条，而是追问生活真理、人生意义的根基。艺术通过生成人的活感性，对人的感知方式、运思方式、语言形式和灵魂价值定向加以重新建构，达到人的感性的审美生成。作为艺术本体论意义上的"生成活感性"、"审美体验"和"灵魂唤醒"，直接标示出艺术达到的人的本体深度，同时，也揭示出作为本体论的艺术在"后乌托邦"时代对抗虚无的独特价值及其当代意义。[3] 就论述的翔实、系统、深度和涉猎之广来看，该书代表了新时期以来文学本体论研究的最高成就。但就内容而言，理论上显得驳杂而缺乏精致的分析，一定程度上造成了本体论的泛化和模糊化，似乎任何东西只要成为研究对象，都可以冠之以"本体论"之名，从而部分地迷失于自身的理论特色。

从活动本体论的研究成果看，它显然有意识地吸收了现代西方反形而上学或反本质主义的思想，也较为准确地把握到了现代西方本体论哲学的基本精神，可以说是一种现代形态的文学本体论。一定程度上，活动本体论的确有效地整合了前面的几种理论形态，把创作、作品、接受作为其中必不可少的环节融入其中，并以"活动"作为融合的契合点。因此，活动本体论所说的文学本体只能是"活动"，而不可能是其中的任何一个环节，这在朱立元和邵建等人的观点上体现得尤为明显，虽然王岳川的"活感性"说显得驳杂了些，但在对活动本体的具体环节的分析上，王岳川的阐释更加深入和准确，超出了一般的泛泛而论，显示出理论的穿透

---

[1] 王岳川：《艺术本体论》，上海三联书店1994年版，第3页。
[2] 同上书，第5页。
[3] 王岳川：《艺术本体论》，中国社会科学出版社2004年版，第224页。

力。活动本体论把文学的本体视为"活动",本身就是对形而上学实体本体论的一种反驳和批判,也是对反映论文艺观的一种纠偏。活动本体论把活动提升到本体论范畴,这与现代哲学本体论的发展方向基本一致,因为活动就是一种在时间中发生的运动和变易,以活动为本体就意味着把时间范畴引入本体论之维,带有明显的后形而上学特征,也在一定意义上契合了海德格尔对形而上学的超越。"当然,我们并不认为活动本体论对于时间的这种本体论意义已经有了清醒和自觉的意识,他们所说的活动主要还是建立在过去、现在、将来这种形而上学的时间观之上,这样的时间其实是线性、一维的,而不是像海德格尔所说的那种存在论现象学的三维时间观,然而无论如何,对于'活动本体'的引入已经为'时间'范畴的出场扫清了道路。"①

此外,还有学者提出了社会存在本体论和实践本体论、意识形态本体论以及否定本体论等。其中否定本体论是 90 年代以来吴炫提出的一种哲学本体论,不仅有哲学方面的探索,而且有美学、文艺学等方面的自然展开,其影响在今天愈加深入。② 在吴炫看来,当代流行的工具论、反映论、审美活动论、文学是人学、形式本体论、解构论等文学观,都存在缺陷。而"艺术否定论认为,文学是生命也好,文学是表现和摹仿也好,文学是工具抑或人学也好,文学是结构和解构也好,均是在文学的表现内容和表现模式上对文学的规定,从而忽略了各种内容各种模式的文学区别于现实、也区别于文化所达到的程度。因此艺术否定论是一种艺术本体论和艺术存在论,以区别于以往的艺术本质论(即只问艺术是什么,而不问艺术敞开自己实现程度如何的理论)"。③ 在他看来,"艺术否定主要是对现实的否定,其结果形态主要是超现实的","艺术本体只不过是对不同的现实的否定,而不同的艺术观只不过是对不同的现实否定的结果"。由于否定并非为艺术所独有,所以艺术家的否定与非艺术家的否定、艺术否定与非艺术否定有所不同,"艺术是对现实的否定,文化(非艺术)是在现实中否定,而宗教,则只有被现实否定的特点"。④ "'对现实否定的

---

① 苏宏斌:《文学本体论引论》,上海三联书店 2006 年版,第 46 页。
② 吴炫的著作有《否定本体论》、《否定主义美学》、《否定主义文艺学》、《中国当代思想批判》、《中国当代文学批判》、《中国当代文化批判》等,其提出的"否定本体论"命题在学界影响较大,其"否定"某个"对象"不是克服和超越的含义,而是"尊重而不限于"的意思,具有"没满足于"之含义,主张"批判与创造"的统一。
③ 吴炫:《走向艺术否定论》,《文艺理论研究》1997 年第 2 期。
④ 吴炫:《作为否定的哲学、美学与文艺学》,《当代作家评论》1994 年第 3 期。

结果'无疑具有自己的本体内容。这种内容是通过作品与现实,好作品与现实,文学观与现实三个层面体现出来的"。在"作品与现实"层面,"不管是故事世界,还是情绪世界,也不管是具象世界还是抽象世界,其共同点均在于和我们生存的现实构成一种'否定'。以'生成着的世界'作为对'作品'的定义,其'否定'不是隔绝现实,拒绝现实,也不是批判现实、企图改变现实,而是再创一个和现实不同的地方,使人成为横跨两个世界,具有否定和超越张力的具有本体性的'人'","因此艺术与现实只能是否定性关系,艺术世界是现实世界永远不可能实现的","这决定了艺术世界的虚构性、人造性,也决定了艺术世界不具备改变现实世界的功能,但具有使人产生离开、超越现实世界的那种精神上的功能,这种精神上的功能正是'否定'内涵的具体体现"。在"好作品与现实层面","其"'现实'不仅指的是我们的生存现实,而且还指的是由既定观念组成的文化现实,由既定作品组成的艺术现实"。"对现实的否定"包括"同文化现实和艺术现实构成否定关系",作家绝不"始终受其他作品影响而不能超越",相反能构筑"一个有着作家自己对世界的看法的'世界'",因此,对现实的否定"还是出现好作品的前提、衡量好作品的标志"。而在"文学观与现实"层面,"不仅指作品,还指称涵盖作品创作特点的艺术观,使得艺术否定的世界具备了一定的空间感"。如摹仿说、表现说、形式说、文化批判说等,都"既不是凭空产生的,也不是对现实认同和反映的结晶,而是在否定冲动驱使下,针对一定的现实问题予以批判性超越完成的"。[①] 经由否定"在迷茫的背后,我们才可以意识到什么是真正的意义。否定作为一种哲学本体论的提出,已多少具有这样的意图:尽管我们还不知道未来的意义是什么,但是在对一切现实事物的否定中,我们可以听到那种声音在召唤我们,而这还未符号化的声音就是我们真正的意义所在"。[②] 这些未及详述的否定本体论对深化文艺学研究做出了贡献。即使当前在文学本体论研究式微的语境下,吴炫仍提出要努力建立区别于西方"自律论"的"中国式文学本体论",以"价值知识论"或"价值本体论"来打通"知识论"与"价值论"在当前论争中的分离状态。主张中国当代文艺学既应回答"文学是什么"的问题,又应回答"好文学是什么"的问题,并把"文学"与"好文学"的价值关系和其

[①] 吴炫:《艺术否定论:缘起和内涵》,《山花》1997年第2期。
[②] 吴炫:《重新解释"否定"》,《文艺评论》1994年第5期。

间可能存在的方法阐释清楚。① 从其致思中可见他对"中国问题"和"原创性"的注重,这使其在当代文艺学研究中显得独树一帜。

第二节　文学本体论研究的历史价值

自20世纪80年代出现的文学本体论研究,远不止上面列举的几种形态,但上述理论形态大体上代表了文学本体论研究的现状,能够较为充分地展示文学本体论研究取得的成绩及其历史价值。此前,文艺学研究主要偏于认识论、反映论,就此而言,文学本体论研究具有某种原创性,它开启了文艺学研究的新视野、新范式,尽管在很多方面仍是一种探索,但自有其不可磨灭的历史价值。其积极意义是在反拨机械反映论和文艺认识论中显现的,它使文学研究从外在视角转向了关注文学自身的内在规律及其人的个体感性生命的张扬。它在一定程度上消解了因本体论视角的缺席带来的负面效应:文艺学研究无法真正摆脱唯科学主义倾向,也就无法真正确立文艺活动的真理性地位;文艺学研究缺乏超验性的维度,就无法对文学活动的超越性特征作出充分的说明。② 本体论反思纠偏了认识论思考的某些盲点,弥补了认识论文艺学的某些缺陷,深化了对文学自身的研究,也推进了对人的价值的深度体认。

其历史价值首先表现为在文学本体论研究中,学者们对本体论的相关概念进行的细致辨析和界定,为理解和领会文学本体论清理了地基,为文学研究提供了新视角。"本体论"一词的阐释和界定是理解和展开文学本体论研究的基础,本体论研究把文学视为与人的个体感性直接相通的东西,并进而成为对人的筹划和对世界的重新阐释。它具有现实的针对性,试图使文学本身更富有实践性和批判性,这一切是通过重新建立文学与人及其生命的同一关系实现的,以此肯定文学本身的内在性和不可重复性。陈燕谷说:"艺术认识论也许能够说明艺术是什么(例如艺术是社会生活的反映)以及艺术如何成为艺术(例如艺术形象地反映社会生活),但它不能说明艺术的必要性,即人类为什么需要艺术(例如艺术为什么要反映生活以及为什么把社会生活加以形象化的反映就成为艺术)。艺术的必要性问题只能在人的生成过程中,在人类积极参与的存在自身超越和自身

---

① 吴炫:《当前文艺学论争中的若干理论问题》,《文学评论》2008年第4期。
② 苏宏斌:《文学本体论引论》,上海三联书店2006年版,第4—5页。

回归的过程中加以说明。"① 因此"回到文学本身"不是一个不断提纯的过程，而是一个重新理解文学与人的关系问题，"回到"带有隐喻性含义：文学是与人的生命存在和日常生活经验同构的东西，因此对文学的讨论要回到文学自身中。彭富春则进一步解释："我们总觉得，文艺源于我们的生存，也必将归于我们的生存。因而我不赞成为艺术而艺术，而赞成'为人生而艺术'。"② 因此，虽有论者认为"文学是人学"的弊病在于它使文学沦为载道的工具，希望回到文学自身，但另一方面，文学本体论仍然要建立文学与人的关系。而正是对人的理解和文学与人学关系的理解构成了它与主体论的区别，对人的态度构成了他们与文学主体论的差异。就此而言，刘再复的《性格组合论》展现的依然是以理性和道德的承担精神为特征的人，这个人以二元对立为认知框架和行动原则，尽管此人在性格上有层次，但仍然处在逻辑范围内并最终服从一种原则，这就是——矛盾的对立和统一。在正—反—合的理性构架中，看起来处于平等地位的情感、个体、爱欲、生死最终仍然合于理性、集体、伦理和规则。文学本体论虽然产生于学科的自觉，不满于文艺学的封闭性和单一性，但它试图承担的内容太多，这使它试图突破学科限制，而成为一个关于人的某种筹划，而未能完成对文学有意味的探讨。

随着研究的深入，面对"本体论"的标签化现象，不少学者意识到对本体和本体论等概念进行梳理的重要性和必要性。如严昭柱的《关于文学本体论的讨论综述》③、于茀的《关于文艺美学领域的本体论问题》④等都试图对"本体论"进行界定，此后，朱立元的《当代文学、美学研究中对"本体论"的误释》⑤、高建平的《关于"本体论"的本体性说明》⑥、张瑜的《本体论与文学本体论》⑦、王元骧的《评我国新时期的"文艺本体论"研究》⑧ 等以论辩的方式把这一问题全面展开，从而为文学本体论的讨论提供了一个清晰的参照点。朱立元指出，我国当代美学和文艺学研究中对本体、本体论、本体性等概念的误释、误用现象十分普遍，他在具体分析梳理的基础上提出"本体论内容上是关于存在（'是'）

---

① 陈燕谷、彭富春等：《我们的思考与追求》，《文学评论》1987 年 2 月。
② 彭富春：《文艺本体与人类本体》，《当代文艺思潮》1987 年第 1 期。
③ 严昭柱：《关于文学本体论的讨论综述》，《文艺理论与批评》1990 年第 6 期。
④ 于茀：《关于文艺美学领域的本体论问题》，《文艺研究》1993 年第 2 期。
⑤ 朱立元：《当代文学、美学研究中对"本体论"的误释》，《文学评论》1996 年第 6 期。
⑥ 高建平：《关于"本体论"的本体性说明》，《文学评论》1998 年第 1 期。
⑦ 张瑜：《本体论与文学本体论》，《湖州师范学院学报》2003 年第 1 期。
⑧ 王元骧：《评我国新时期的"文艺本体论"研究》，《文学评论》2003 年第 5 期。

之学，在方法上使用纯逻辑方法进行的范畴推演与原理、体系的构造，并不涉及具体的、现实的、物质的对象，也不是'关于世界'的学说，或是对世界根源'第一原因的追寻'，并且认为20世纪以来海德格尔的存在论哲学的问世标志着本体论的现代复兴，其特点则是'把存在的一般研究集中到人的存在即此在的研究上'"。对此高建平认为，本体和本体论等概念的含义在西方哲学中也一直存在广泛的分歧和争议，不能简单地归结为我国学者的误释和误用。朱立元本人对本体论的界定并不适用于整个西方本体论哲学，只是维护了沃尔夫—黑格尔的本体论立场。海德格尔的存在哲学也不像朱立元理解的是以人的存在为研究中心，也不是建立在逻辑推演的基础上，等等。高建平进一步解释道，"本体"和"本体论"的翻译，形成了这些词在中国的独特历史。大多数中国的文艺学者不再追寻这些词在西方文学中的原意，也不再受这些词意义的限制，他们按照字面来理解这些词的含义，根据自己的理论需要赋予这些词以新的含义。于是，各种各样的"本体"和"本体论"应运而生。他认为词自有自己的命运，当它被创造出来后，就在世界上旅行，将自己交给命运来安排。这些词在中国大陆学界曾表达过一些真实的内容，对中国文学思想的发展曾起了推动作用。[①] 张瑜也对本体论和文学本体论何为作了追问。而王元骧则对我国新时期以来文艺本体论研究所取得的成就和存在的不足进行了较全面清理，认为其主要贡献在于通过把文艺与人的生存活动联系起来，从而克服了认识论文艺观的客观主义错误和二元论局限，也避免了以往文艺理论研究中的科学主义倾向，通过引进时间性问题来拓展文艺学研究的历史之维，不足之处则在于对人的生命活动作了生物学的解释，把文艺本体论与文艺认识论割裂和对立起来，等等。王岳川则在《艺术本体论》中指出：本体是具有自我相关性的，人不仅是话语的使用者，也是生活的体验者，人本身就在他/她所描述对象的变化之中，因此召唤和研究本身是对人的本质的不断认识和不断阐释。主体与他/她所研究的对象一样，是不断变化和生成的，因此，他重提"艺术本体与人类本体同体，但不是人的实在本体（那是哲学本体论的热点），也非认识着的主体（那是认识论的领地），而是生成的人的体验和活的感性（人的感性的审美生成），以及通过不断生成着的新体验和活感性去达到双重创造：使具有审美感的人去创造新世界，反过来，在这创造中创造新人自身。"[②] 从而把问题引

[①] 高建平：《现代文艺学几个关键词的翻译和接受》，《陕西师范大学学报》2004年第4期。
[②] 王岳川：《艺术本体论》，上海三联书店1994年版，第19页。

向深入，推向了一个新的研究高度。

其次，其历史价值还表现在，文学本体论研究不仅改写了文艺学研究格局，还初步建立了文学本体论的研究范式和理论体系。经过一些学者对文学本体论的深入研究，文学本体论的理论品格大为提高，开始出现了一些体系性的理论建构。这些理论建构在研究方法上显示出某种值得关注的共同倾向，即都对基本概念作正本溯源的界定，对西方哲学本体论的发展历程作系统的梳理，在此基础上亮出自己的理论观点，然后以此为根据，作出某种价值评判。王元骧指出文学本体论研究克服了传统认识论文艺观把文艺看作是一种知识形式的局限。[1] 欧阳友权认为，本体论研究范式对文学研究的有效性表现为：在"思"的层面上聚焦本体的方法论指归，在"言"的层面上把握文本结构谱系的技术设定，在"诗"的层面上思辨文学存在方式背后的本质意义和价值，解答文学的文学性问题。[2] 无论是研究范式还是理论建构，文学本体论研究都在一定程度上广泛吸收了诸多现代西方的理论资源，显示出某种建构后形而上学的本体论文艺学的自觉追求，从而有力地推动了文艺学研究的深入，也构成了对传统文艺学的某种突破和超越，但在展开的过程中还有很多有待完善的地方，在内在逻辑的统一性上还有待加强，如怎样充分显示有别于认识论或反映论的文学本体论的理论特色，怎样体现现代思想反形而上学的基本价值取向，而彻底超越传统本体论的局限等。虽然进入90年代后，本体论研究不再担当思想解放功能，但一批学术著作的理论建构，却有着不可忽略的学术史价值。如林兴宅著《文艺象征论》[3]，王岳川著《艺术本体论》[4]，吴炫著《否定本体论》[5]，龚见明著《文学本体论：从文学审美语言论文学》[6]，潘知常著《诗与思的对话：审美活动的本体论内涵及其现代阐释》[7]，杨乃乔著的《悖立与整合：东方儒道诗学与西方诗学的本体论、语言论比较》[8]，张国风著的《传统的困窘：中国古典诗歌的本体论诠释》[9]，刘大

---

[1] 王元骧：《评我国新时期的"文艺本体论"研究》，《文学评论》2003年第5期。
[2] 欧阳友权：《文学本体论研究的方法论问题》，《湘潭大学学报》2004年第5期。
[3] 林兴宅：《文艺象征论》，福建人民出版社1992年版。
[4] 王岳川：《艺术本体论》，上海三联书店1994年版。
[5] 吴炫：《否定本体论》，贵州人民出版社1994年版。
[6] 龚见明：《文学本体论：从文学审美语言论文学》，广西师范大学出版社1998年版。
[7] 潘知常：《诗与思的对话：审美活动的本体论内涵及其现代阐释》，上海三联书店1997年版。
[8] 杨乃乔：《悖立与整合：东方儒道诗学与西方诗学的本体论、语言论比较》，文化艺术出版社1998年版。
[9] 张国风：《传统的困窘：中国古典诗歌的本体论诠释》，商务印书馆1999年版。

枫著的《新时期文学本体论思潮研究》[1]，陈望衡著的《20世纪中国美学本体论问题》[2]，庾宗庆著的《艺术本体论：情感与生存》[3]，李泽厚著《历史本体论》[4]，章启群著的《意义的本体论：哲学诠释学》[5]，张瑜著的《文学本体论研究》[6]，苏宏斌著的《文学本体论引论》[7] 等，这些著作虽不限于文学本体论研究，但对文学本体论研究的深入和理论建构产生极大的影响，他们将文学看成是人的内在本性的诗意栖居，文学不再单纯是人的认识对象，更是体验个体自我的生命沉醉境界的敞开，在人的生命和文学意义之间，可通过理性审理和感性批判重新获得一种亲和力。

回顾这段学术史，尽管本体论研究作为一种热潮已成为历史，但本体论问题并没有过时，甚至反本体论也是一种本体论的反向表达形式。历史地看，不仅在当时的历史语境下，即使现在，本体论研究在中国都有重要意义，它是一种视野转换和学术深度的展现。但在具体研究中应该看到，现代本体论研究过分强调个体感性本能以及人的独一无二的不可重复性，从而为后现代反本体论留下了空间。由于个体的感性生命在私人空间中获得了某种合法性，于是"私人写作"和"身体写作"开始流行，但这种极端的个人性话语在公共空间中却很难达到"主体间"的共识认同，在此境遇下，公共文化空间并未能随着多元化的敞开而得到强化，反而出现了精神的萎缩和矮化现象，我们所期待的文学精神反而渐行渐远。公共领域共识的丧失使得个体以及个体的感觉将无法有效地存在。这种因为抵制僵化的意识形态而造成的对公共领域的放逐，使今天的文艺和美学成为一种不再叩问公共领域的私人话语，一种对普遍性的不信任和激情丧失的"白色写作"。在这个意义上，现代本体论在强调理解世界并对自己的生命赋予意义的本体论设定中，事实上已经部分地落空了。

虽然文学本体论研究未能取得预期的成就，但它作为一种思想"痕迹"却产生了深远的影响。作为对本体加以描述的本体论，是对人的活动与人存在其中的世界的一种整体看法，是追问生存真理和人生价值的根基。在现代本体论中，人本身就在他所描述对象的变化中，并不存在一个

---

[1] 刘大枫：《新时期文学本体论思潮研究》，天津社会科学院出版社2000年版。
[2] 陈望衡：《20世纪中国美学本体论问题》，湖南教育出版社2001年版。
[3] 庾宗庆：《艺术本体论：情感与生存》，重庆出版社2001年版。
[4] 李泽厚：《历史本体论》，生活·读书·新知三联书店2002年版。
[5] 章启群：《意义的本体论：哲学诠释学》，上海译文出版社2002年版。
[6] 张瑜：《文学本体论研究》，中国社会科学出版社2004年版。
[7] 苏宏斌：《文学本体论引论》，上海三联书店2006年版。

远离人的视野的"什么",因此召唤和研究本身就是对人的本质的不断认识和不断阐释。主体与他所研究的对象处于一种相互的变化和生成中。在不断生成中,"感性"成为生命的本原而常变常新富有革命性,而"理性"则是倾向于静止保守甚至具有封闭性。只有感性血肉之躯才可以使具有审美感的人去创造新世界,并在这创造中创造新人自身。唯此,本体论担当了思想启蒙和人生解放的职责,以及建构中国现代主体性的内在要求。文学本体论研究除却方法论和对人的重视价值外,它在思维方式上还有一重革命意义,就其内在旨趣而言,它有着对形而上学思维方式的克服与超越,有着对西方后现代哲学相契合的走向后形而上学的现代意识,虽然一些文学本体论研究者尚未达到自觉,但有些著作如王岳川的《艺术本体论》、苏宏斌的《文学本体论引论》等体现了某种重构文艺学研究范式的努力。

第三节 文学本体论研究的不足及其前景

回顾文学本体论思潮,最大的不足就是对本体论概念使用的随意和缺乏界定,甚至出现逻辑的混乱,以至于在具体研究中常把认识论问题与本体论问题混淆,以及未能很好地解决本体论与文学本体论的关系问题,甚至还出现否定文学本体论的现象。例如,有学者认为上述诸种本体论,"只是对哲学'本体论'的简单套用,事实上是非'本体论'的,是本体论的泛化与误用。"[①] 其实,这一问题在文学本体论思潮正热时就有学者开始反思。在对学术史的梳理中我们发现,很多看似有争议的文章主要源于对"本体"概念理解的分歧,特别是不加界定地使用"本体"而又把本体与本质相混淆。这主要源于国内哲学本体论研究的贫困,哲学界缺乏一个达成共识的可以被文学研究移植的统一的、有确切内涵的本体论概念,导致文学研究的许多论者只好按照自己的理解或一知半解地挪用、误用本体论术语,自然会出现各种本体论满天飞了。

首先是概念的不清晰和不准确。国内本体论诸说不仅在学理上更是在逻辑上通常把"本原"或"本源"、"本质"与"本体"混用,而对它们之间的区别存而不论或忽视其区别,以至于出现本体论泛化或泛本体论现

[①] 董学文、陈诚:《三十年来文学本体论研究的进展与问题》,《西北师范大学学报》2008 年第 5 期。

象。文学本体论的提出原本是针对反映论和意识形态理论的,是为了扭转认识论的偏颇,但在具体研究和论述中却出现了概念上的模糊和混用现象。其实谈论文学本体论不仅仅是为了回答文学"本身"是什么,更是为了应对文学何为、如何为,回答文学与存在的关系。其次是某些论述缺乏逻辑性和信服力。"本体"究竟有几个?是否可以分层?本体是一种实体还是一种抽象?本体是否与世界等实在或具体事物相关联?朱立元认为本体论是一种纯粹抽象的逻辑推演和体系构造,而高建平认为本体论这一术语,在西方哲学史上,并不都是"纯逻辑"的,朱立元只从沃尔夫的定义出发,并不足以令人信服。高建平认为本体论在古希腊即已产生,所探讨的是与世界本源、本质相关的问题,后来康德的"本体"及物自体,所指的也是现象背后的"本质"、"本源",正是在这个意义上的本体概念和本体论,获得了人们的普遍认同。沃尔夫虽为本体论下了定义,但存在着脱离现实、脱离历史的纯逻辑化弊端;而海德格尔的"基本本体论"是对本体论基础的追寻,而且以反(先)逻辑、理性为特点。既然如此,为什么一定要从沃尔夫的定义出发,将本体视为一个纯抽象的逻辑范畴,将本体论视为一种纯抽象的逻辑推演?[1] 此外,在文学本体论研究中对本体是一个还是多个、本体是既成的还是发展变化的,也是歧义纷呈。特别是在对待文学本体论的态度上,有的学者肯定哲学本体论,也肯定文学本体论。如彭富春所言:"我们如果要建立文艺本体论的话,我们必须建立美学本体论;我们要建立美学本体论的话,我们必须建立文学本体论。"[2] 再如朱立元认为:"'本体论'、'本体'等概念、术语,由于已被学术界、特别是文学、美学界在其字面意义上广泛使用(误用),所以,遵从约定俗成的惯例,可继续保留和使用,如在本原论、本质论、本根论等意义上继续使用。"[3] 此说既肯定哲学本体论,也肯定文学本体论。还有些学者肯定哲学本体论,但否定文学本体论。如于茀就明确指出,"本体论是哲学的而不是文艺理论的一个范畴",因此,"在文学领域提'文学本体'即'文学本体论'不妥","一个术语,作为符码,它的能指和所指在一定程度内是稳定的。在文艺理论领域,有人企图建立一个本体论部门,这只能带来理论上的混乱。"但他指出,如果不是建立"文艺学本体论"、"美学本体论",而是建立"本体论文艺学"、"本体论美学",即"以本

---

[1] 高建平:《关于"本体论"的本体性说明——兼与朱立元先生商榷》,《文学评论》1998年第1期。
[2] 参阅陈燕谷、彭富春等《我们的思考与追求》笔谈,《文学评论》1987年第2期。
[3] 朱立元:《当代文学、美学研究中对"本体论"的误释》,《文学评论》1996年第6期。

体论为方法来研究文艺现象和审美现象",是可以的,"本体论文艺学"能够成为"对以往单单从认识论角度研究文艺现象的一种发展或补充",尤其是"如果我们能以马克思主义哲学本体论为方法论来研究文艺、审美现象,不但不是可怕的,而且还是可取的"。[①] 只不过在这里本体论作为方法论已非本体论的原意了。还有些学者如刘大枫、黄力之等虽然肯定哲学本体论,但否定文学本体论,还有的学者如曾镇南则既否定哲学本体论,也否定文学本体论。

在文学本体论思潮中,能够脱出形而上学思维方式的不多,更别说建构后形而上学的文学本体论了。回顾以往的研究很大程度上仅仅具有突破的姿态和立场,很难说从根本上超越了传统的文学认识论,因此,文学本体论研究仍然居于文艺学研究的边缘状态。很多学者在进行文学本体论研究时存在着一个思想误区,认为本体论研究要比认识论或反映论更新潮,而未能深刻领会它们只是哲学研究的不同领域而已,前者研究的是世界的存在方式和意义问题,后者关注的则是人类能否以及如何认识世界的问题,二者并无高下之分,只是研究视角、针对的问题不同而已,并各自形成自己的问题域和研究范式。文学研究者首先要有明确的区分意识,不能从文学的本体问题退回到文学的本质问题。文学本体论研究的局限启示我们:一种建构文学本体论的努力必须把反形而上学作为自觉追求,否则,这种理论无论以多少时髦和新潮术语来装点自己,都将无法掩盖自己理论立场的陈旧与思维的过时。事实上,马克思的实践哲学、西方的生命哲学、胡塞尔的现象学和海德格尔的存在哲学,都自觉地保留着对形而上学的超越维度。而我们始自80年代的文学本体论研究却大多缺乏这种自觉性,只凸显走在途中的某些特征而大加张扬。因此,其中的很多研究就其意识而言,尚未进入现代形态。

时至今日,我们不得不承认文学本体论研究未能真正动摇反映论或认识论文艺观的统治地位,虽然开启了文艺学研究范式的多元格局,但未能成为当代文艺学研究的主流,其在伊始担负的超越文艺学研究的形而上学使命并未完成。在今天"文化研究"炙手可热的语境下,如何强化本体论文学研究范式,超越认识论文艺观的唯科学主义和二元论特征,再度开启文学研究的新视域,仍是一个不可回避的问题。尽管这种判断与文学研究的大环境并不协调,甚至在有些学者看来,占据主导地位的文学理论是一种"元理论",这种理论与现实的文学创作和文学批评之间严重脱节,

---

[①] 于茀:《关于文艺学美学领域的本体论问题》,《文艺研究》1993年第2期。

第十四章 文学本体论研究的理论思考 391

应予以终结。①

事实上本体论研究在任何时代都必然构成思想的前沿，它对时代的解释从深层次上折射出时代的内在精神，这种解释实际上为该时代人们的生存价值提供了一种终极根基或尺度。从某种程度上讲，当下这个情绪焦虑、心灵躁动不安的时代，人们更需要这种慰藉心灵的关怀，唯此才能在匆忙繁忙的筑居中诗意地栖居。实际上，新时期以来的文学价值论、艺术生产论等，都透露出对这种植根的诉求，因为价值论问题归根结底是一个生存论和本体论问题，只有从人们对生存以及存在意义的理解中，才能探寻到他们的价值观念和价值标准之源，遗憾的是这一研究一直囿于认识论视野而未能深入到本体论层面，结果是文学价值论仅仅成为审美反映论的一个内部视角。但无论如何，文学本体论始终是我国当代文艺学研究的一种"隐秘渴望"（胡塞尔语）。就此王元骧先生指出，要使文学观念走向完善，应该从"审美反映论"、"文学价值论研究"的基础上进一步向"文学本体论"研究推进，而最终实现认识论研究、价值论研究和本体论研究三者的有机融合，进一步肯定了文学本体论研究的现实意义和理论价值。②

在20世纪90年代后现代世俗欲望的狂欢中，反本体论问题开始出场。对深度历史的消解，平面化的价值观，所谓"日常生活审美化"的欲望修辞，无器官的"身体社会学"、"身体审美学"，都已堕落为拟象的符号和种种文化奇观，在冠冕堂皇的话语中张扬的是肉体经济学，这种对"身体"的重塑和商业开发是对精神和肉体的双重伤害，是缺乏本体论关照的价值虚无。尽管后现代景观社会喧嚣躁动，但本体论依旧是远方的地平线。在文学本体论追问之途中，文学本体论是历史生成的，文学本体就藏在人的历史发展中，藏在文学自身的不断变革中。文学本体在后现代主义文化泛滥和"语言失语"的今天，并没有被消解，只是被搁置，存而不论，但它仍然存在着、发展着。它总是在前面凝视着人们，逼得现代人或后现代人回答它的谜底。对于文学本体论诸说中存在的问题确实有必要厘清概念的误用和问题的模糊，回到问题的根本处，对文学本体的追问不是为了弄清文学本体是什么？不是落在那个永恒不变的"什么"上，也不是得出一个认识论上的"知识"，而是为了回答文学何以可能和意欲何

---

① 陈晓明：《元理论的终结与批评的开始》，《中国社会科学》2004年第6期。
② 王元骧：《文艺本体论的现实意义和理论价值》，《浙江大学学报》2007年第5期；《当今文学理论研究中的三个问题》，《文学评论》2008年第1期。

为？其本体不是远离人的神秘的"什么",而是与当下此在的人息息相关的存在的显—隐运作,有着出场机缘的文学作为存在现象的一种方式,一条可能的真理之路,有其自身的显现方式和存在方式,所谓一个时代有一个时代的文学,它关乎的是存在与人的生存及其文学存在之间的关联,是一种多元互动的共在关系,犹如海德格尔的"四圆共舞"的大道运作,只不过它是以文学方式显现而已。那么,对文学本体的追问就关乎当下人的生存和文学的意义! 这个文学本体并不"远"人,也就是说它不是在"本原"或"本质"的意义上,而是在存在的真理上关乎人,它引导、规范、制约着文学的存在及其发展,也生成为人的自由全面发展的一个不可或缺的向度。

　　进入新世纪,在对本质主义的颠覆、解构中,文学本体论作为挥之不去的幽灵,也成为文艺学范式转换批判的对象。因着学理上的缺失,在对本体论与本质主义乃至现代本体论未加严格辨析的前提下统统解构,而主张在反理论非理论的时代去建构反理论非理论的文学理论,在后时代、后现代的文艺学范式中,去建构后理论的文学理论。这如何可能? 在洞悉研究弊端和现状的基础上,我们要问:难道文学理论要永远行走在被放逐的流浪之途吗? 它的重构是否本体论的复兴? 即使在当前消解文学理论的呼声中,仍有学者关注"文学本体论"的研究,如邓晓芒先生就运用现象学方法,作了文学的现象学本体论阐释:通过美的本体论推导出文学本体论。提出艺术是"情感的对象化",它的最普遍、最贴近"人学"的方式就是文学和诗。诗是语言的起源,语言的本质是隐喻,语言作为"存在之家",既是"思",又是"诗",文学是最直接表达了艺术本质的一门艺术。文学的本体可以这样描述:文学是作者把自己的情感寄托于景语之上以便传达的情语。① 而对于新生的文学业态——网络文学,也有学者作了本体论的分析。欧阳友权在《网络文学本体论纲》中,运用本体论探讨了网络文学的合法性"在场"的存在方式及其形态构成和意义生成问题,并将网络文学的本体论分析延伸至艺术可能性层面,从观念预设上思考其本体的审美建构与艺术导向。如坚守文学的本体论承诺、注重新民间文学的审美提升和实现电子文本的艺术创新等问题,以完成网络文学的观念重铸,达成网络文学的学理命意。② 这表明新的历史语境下文学本体论如何可能仍是一个值得探究的真问题。

---

① 邓晓芒:《文学的现象学本体论》,《浙江大学学报》2009 年第 1 期。
② 欧阳友权:《网络文学本体论纲》,《文学评论》2004 年第 6 期。

第十五章 "后"语境中的文学理论研究

"'后'语境"是一种较宽泛的说法，它一般指的是西方20世纪60年代以来兴起的"后现代主义"、"后殖民主义"等文化思潮所产生的语境特征，也被称为"后学"（post-ism）研究。作为一种语境特征（Context Characteristics），"后"具有如下的理论意味：其一，它不尽是一个历史时期的概念，不总是被理解为"现代"之"后"的某个时代或"后"于"现代"的某个时期；其二，它是一个超越时间上的持续性之外的范畴，既带有历时性，同时又带有共时性，历时性使它充满了历史意蕴，共时性使它充满了思想张力；其三，在共时性的思想张力中，它体现为一种特有的思维方式、理论观念和研究方法，是在质疑和反抗以往哲学传统基础上的整体理论范式的变革。从这些理论意味出发，"'后'语境"既包括传统"语境"概念的含义，又在哲学文化视野中超越了"语境"概念的语言关系特征，它在整合与提炼"后现代主义"、"后殖民主义"等"后学"思潮的基础上表现为一种特有的理论、思维、观念和方法的话语环境。从这个意义上而言，"'后'语境"本身代表了一种思维方式和理论观念的展开方式，当它与具体的理论问题相遇之后，它提供的不仅仅是一种社会背景和语言环境，它自身包含的思维方式和理论观念内在地融入了理论问题的研究过程之中。"'后'语境"下的中国当代文学理论研究的学术发展史也具有这样一种学术特性，"'后'语境"与中国当代文学理论研究的关联问题不仅仅是"后现代主义"、"后结构主义"、"女性主义"、"新历史主义"、"后殖民主义"等具有"后学"色彩的理论思潮的影响与接受问题，在更深层次上它与中国当代文学理论观念的变迁是互为创生的。从学术史的眼光来看，"后现代主义"等"后学"思潮的方法、观念部分地被中国当代文学理论所接受、阐释和应用，从而导致了中国当代文学理论研究在整体知识生产和知识建构层面上的变革，文学理论研究在思维方式、理论观念、语言表达、批评实践等诸多层面上发生了深刻的变化，甚至影响了文艺学的学科的发展态势与走向，尽管这期间的观点各异,理论取向与理论应用的方式也比较复杂,但是"后学"思潮的引进、"'后'语境"的影响与散布所导致的理论范式的变革是明显的。就目前而言,"后学"思潮和"'后'语境"的散布与影响仍然与中国当代文学理论研究的现实发展处于同步进行的过程之中,因此更加需要我们作出客观的分析。

第一节 选择与借鉴:"后"语境与中国当代文学理论的接受取向

从20世纪80年代开始,中国当代文学理论界开始有选择性地引入"后现代主义"、"后结构主义"、"女性主义"、"后殖民主义"等"后学"理论思潮。在近20年的时间内,中国当代文学理论界不仅完成了一个"后学"思潮的引介与接受过程,而且完成了一个理论观念的相遇、选择、接受、借鉴以及应用影响的过程。由于社会历史语境、文化哲学传统、文学体验方式以及文学研究方法的差异,"后学"思潮与中国文学的相遇过程不可避免地产生了多重的接受矛盾,甚至迄今为止仍然显示出理论融通与对话的困境,但是,尽管如此,在近20年内中国当代文学理论仍然对"后学"思潮给予较多的关注,因此所导致的中国当代文学理论研究的整体格局的变化也是明显的。

像其他任何一种理论思潮在中国的传播、接受、影响的过程一样,近20年内"后学"思潮在中国文学理论界的理论旅行与传播影响也有一个复杂的过程。这期间,虽然有着特殊的文化开放与理论变革的高潮时期所带来的希冀、憧憬、惊奇、怀疑、排斥、批判等多重接受心理所导致的接受取向的混乱的一面,但从学术史的眼光来看,我们仍然可以发现一种具有阶段性特征的接受轨迹。从整体来看,这种接受轨迹可以分为以下三个历史时段:

一 "后学"思潮的初步介绍与引进时期

20世纪80年代,中国当代文学理论开始对"后学"思潮进行初步引进与介绍,一直到20世纪90年代初,中国当代文学理论研究者在这方面作了大量的工作。最早介绍"后学"思潮的是外国文学与外国文学理论研究领域中的一些学者,因此,"后学"思潮在中国最早的理论旅行是从中国学者关注"后现代主义小说"等文学文体形式的革新与创造开始的。

"后现代小说"是第二次世界大战的产物，战后很多西方作家从深重的社会矛盾中感受到了精神世界的荒芜与痛苦，科技的发展、技术的进步带来了物质生活的完善，但也造成了现代社会与传统的割裂，20世纪60年代以来西方社会在感受现代社会物质发展的同时，也经受了历史错位所导致的心灵挫折和精神创伤。二战后的"后现代小说"深刻地揭示了这种历史与文化境况，在博尔赫斯、卡尔维诺、纳博科夫、品钦、冯内古特、苏克尼克、索尔·贝娄、库弗、厄普代克等人的笔下，这种精神困惑得到了深刻的揭示。同时，在他们的作品中，"后现代小说"的文体形式方面的变革特征也非常明显。他们的作品打破了一直以来文学创作的传统的形式特征，在小说的叙事模式、形式技巧等方面打破了故事的连续性，讲求文本的自我展现、文字的戏仿、素材的编织和缝合等特征。对于中国80年代初期的文学创作来说，"后现代小说"展现了一种新的文学实验，在当时引起了中国文学界的极大的兴趣。1979年《世界文学》杂志率先翻译评介"后现代小说"，汤永宽先生摘译了索尔·贝娄的长篇小说《赛姆先生的行星》，随后在1980年，《外国文学报道》也介绍了美国的几位后现代小说家，同年，《读书》以及《外国文学报道》杂志发表了董鼎山的两篇文章《所谓后现代主义小说》和《后现代派小说》。1983年《读书》杂志再次发表了董鼎山的文章《六十年代以来的美国小说——"后现代主义"及其他》，1987年《世界文学》第2期推出了"后现代主义"文学专辑，发表了董鼎山的《"后现代主义"小说》、钱青的《当代美国试验小说的技巧》的文章。董鼎山在文章中从"自我"意识、形式结构、文学虚构等方面对"后现代小说"的特点进行了归纳，这是中国学界较早系统地评介"后现代小说"特征的文献。在这一时期，中国文学界对"后现代小说"进行了大量的引进和介绍，但是总的来看，此时的研究工作仍然停留在对"后现代小说"的社会背景、形成过程、创作特征等方面的探索阶段，无论是从数量上，还是从后现代主义的精神特性上，尚未形成整体宏观和深度探索的理论水平，但是，这一时期的译介工作仍然具有重要的意义，为后来"后现代主义"在中国学界的理论旅行奠定了接受的基础。

与"后现代小说"在中国译介传播不同的是，中国当代文学理论界对作为一种文学思潮的"后现代主义"的接受从一开始就体现了整体接受的特征。这一方面是由于"后现代主义文化思潮"与"后现代小说"这两种文学概念存在着一定的内在差异，作为一种文学形式与文体特征，在对"后现代主义小说"的接受与描述中，中国学界主要关注的是它的文体特征和形式技巧,而对"后现代主义文化思潮",中国学界在接受过程中则从一开始就体现出了对它的社会语境、哲学基础、理论观念、思维形式、精神内涵等方面的整体探索;另一方面,"后现代主义文化思潮"在中国的传播并引起学界关注,还在于西方后现代主义理论家在中国的访问交流以及所直接催生的理论热潮,比如,1983年,后现代主义理论家哈桑曾到山东大学讲学,1985年,杰姆逊在北京大学开设了"后现代主义与文化理论"的讲座,1987年国际比较文学学会主席佛克马又到南京大学作了关于后现代主义的学术报告。可以说,这些理论家在中国理论界的"直接出场"为"后现代主义文化思潮"在中国理论界的整体接受起到了直接的催生作用。所以,在这一时期,相比文学领域中的"后学"思潮的介绍和引进而言,文学理论界无论是从数量、声势、重视程度以及影响上都明显大得多。如果说,在这一时期,"后现代小说"在中国学界的评介与引进引起的只是学界对"后学"思潮初步的感性的文学体验的话,那么,随后理论界的研究工作引起的则是对"后现代主义"整体文化精神的重视,因此它的意义更加明显。

中国当代理论界对"后学"思潮的引进集中在"后现代主义文化思潮"的焦点上,在某种程度上,它不仅仅是中国当代文学理论家的自觉行为,更与20世纪80年代以来中国学界对西方文化观念的整体引入所导致的文化热潮和理论热度有关。在80年代中期以前,中国理论界对"后现代主义"的评价还处于一种零星的个别介绍阶段。1982年和1983年,袁可嘉先生分别在《国外社会科学》杂志和《译林》杂志上发表了《关于"后现代主义"思潮》和《后现代主义》的文章,是较早地整体地直接介绍后现代主义文化思潮的学术研究。后现代主义文化思潮在中国的广泛引介是80年代中期以后的事情,特别与1985年中国当代文学理论界的"文化热"和"方法论"论争密切相关。1985年美国杜克大学杰姆逊教授访问北京大学时,首次向中国介绍西方后现代文化,次年杰姆逊的讲演《后现代主义与文化理论》[①] 在中国出版产生了极大的影响,同年,《后现代主义与文化理论》的翻译者唐小兵在《读书》杂志发表了对杰姆逊教授的访谈《后现代主义:商品化和文化扩张》,1987年《外国文学》杂志连续发表了他对杰姆逊等人的介绍,为中国理论界认识后现代主义提供了一定的理论启发。1988年,英国学者特里·伊格尔顿的《当代西方文

---

① [美]弗·杰姆逊:《后现代主义与文化理论》,唐小兵译,陕西师范大学出版社1986年版。

学理论》①由中国社会科学出版社出版，1989年赵一凡先生翻译了美国学者丹尼尔·贝尔的《资本主义文化矛盾》，1988年佛克马、易布思合著的《二十世纪文学理论》由三联书店出版，这些理论著作不同程度地涉及了后现代主义文化理论，特别是丹尼尔·贝尔的《资本主义文化矛盾》对后现代主义文化理论的社会背景、文化根源、文化表征的分析曾经成为当时理论界认识后现代主义文化的主要理论参照。在这一时期，还有一些研究者从中国当代文化实践的角度对后现代主义文化理论进行分析，主要有沈金耀发表于1989年的《试析近年来小说中的后现代主义》②、王宁、陈晓明的《后现代主义与中国当代先锋文学》③、陈晓明的《现代主义意识的实验性催化——"后新潮"文学的"意识"变迁》等。④虽然从整体上看，这一时期中国当代理论界对后现代主义的接受仍然处于引进和评价的初期，但是也表明理论界已经认识到了后现代主义文化理论的重要性，同时也展现出了一定的理论接受的热情，这为后来"后学"思潮在中国的全面引进和接受奠定了基础。

二 "后学"思潮的全面引进与批评论争时期

经过了20世纪80年代以来的初步引进与介绍，到了20世纪90年代，中国文学理论界对"后学"思潮更加表现出了极大的关注，整个20世纪90年代是"后学"思潮在中国理论界蔚为壮观的时期。这一时期，文学理论界对"后学"思潮的热情展现出了以下几方面的特征。首先，文学理论界对"后学"思潮的关注从作为一种整体的"后现代主义"文化思潮开始转向对后现代主义、后结构主义、女性主义、新历史主义、后殖民主义等普遍具有"后学"特征的具体的理论思潮的关注，理论引介和接受的范围更加扩大了，同时理论研究的聚焦和学派研究的趋势也更加明显了。其次，中国当代文学理论界对"后学"思潮的研究已经超越了单纯的引介和评述层面，综合研究的学术接受取向更加明显。再次，"后

---

① 特里·伊格尔顿的《当代西方文学理论》在国内有四个版本，分别是：《当代西方文艺理论》，王逢振译，中国社会科学出版社1988年版；《二十世纪西方文学理论》，伍晓明译，陕西师范大学出版社1986年版；《文学原理引论》，刘峰等译，文化艺术出版社1987年版；《现象学，阐释学，接受理论——当代西方文艺理论》，王逢振译，江苏教育出版社2006年版。
② 沈金耀：《试析近年来小说中的后现代主义》，《小说评论》1989年第2期。
③ 王宁、陈晓明：《后现代主义与中国当代先锋文学》，《人民文学》1989年第6期。
④ 陈晓明：《现代主义意识的实验性催化——"后新潮"文学的"意识"变迁》，《当代作家评论》1989年第3、4期。

学"思潮的理论观念和思维方法开始影响中国文学理论界的学术研究过程，"'后'语境"对中国当代文学理论研究格局的影响日益明显，"后学"思潮的理论应用实践也逐渐出现。最后，"后学"思潮的学术研究不断升级，学术会议不断召开，中国文学理论界与西方学界的理论对话与呼应开始呈现，并展示了复杂的理论格局，批评论争不断出现。

在 20 世纪 80 年代，中国文学理论界对"后学"思潮的引介与认识还停留在对杰姆逊、佛克马、哈桑、伊格尔顿、丹尼尔·贝尔等少数后现代主义理论家的身上，对"后学"思潮的精神特征的分析也比较集中地聚焦于作为一种整体的后现代主义文化理论上，到了 20 世纪 90 年代，中国学界对"后学"思潮引进和评价的范围更加广阔，后现代主义、后结构主义、女性主义、新历史主义、后殖民主义等普遍具有"后学"特征的理论思潮和流派都得到了充分的重视，弗·杰姆逊、利奥塔、拉康、德里达、福柯、哈贝马斯、斯潘诺斯、海登·怀特、库恩、罗兰·巴特、哈桑、伊格尔顿、克利斯蒂娃、赛义德、霍米·巴巴、保罗·德·曼、米勒、波德里亚等一大批理论家的著作陆续翻译出版，他们的理论观念广为传播，一大批译介、研究后现代主义的论著也相继问世，《走向后现代主义》（佛克马、伯顿斯编，王宁等译，北京大学出版社 1991 年版）、《后现代主义文化与美学》（王岳川、尚水编，北京大学出版社 1992 年版）、《后现代主义》（《世界文论》第 2 辑，中国社会科学院外国文学研究所编，社会科学文献出版社 1993 年版）、"知识分子图书馆"、"后殖民批评"、"女性主义批评"、"新历史主义批评"等专辑的译作不断推出；中国学者的理论研究著作，如盛宁的《人文困惑与反思——西方后现代主义思潮批判》、王岳川的《后现代主义文化研究》、王宁的《多元共生的时代》、《后现代主义之后》、王治河的《扑朔迷离的游戏》、张颐武的《在边缘处追索》、陆扬的《德里达——解构之维》、陈晓明的《解构的踪迹》、《无边的挑战》、徐贲的《走向后现代与后殖民》等，都从不同的角度深化了对"后学"思潮的研究。同时，在这一时期，中国理论界、小说界、电影界也召开了多次以"后学"研究为主题的研讨会，极大地拓展了后现代文化理论研究的理论视野。

20 世纪 90 年代，"后学"思潮在文学理论界形成接受高潮，一时间也使"后学"研究成为理论界的争论话题，对"后学"思潮的不同认识也引发了诸多的辩论。有的研究者积极高调地研究"后学"思潮，并积极将"后学"思潮与中国文学实践相联系，并积极从事文本阐释的研究工作，如陈晓明；有的研究者则坚持客观冷静的态度，从容地分析"后学在中国"所产生的多维多面的问题，如王一川；也有的学者一如既往地坚持对"后学"思潮做长期译介传播工作，并积极呼应西方"后学"的理论问题，如王宁。但更多的研究者对"后学"思潮保持了审慎以及批判的态度，更加强调理论研究中的问题意识与中国语境，对"后学在中国"问题的正当性、合法性和有效性保持了怀疑的目光。这种客观审视的态度也让中国文学理论界对"后学"思潮保持了一份最终的学术底线，使"后学"思潮所标榜的否定性、非中心化、破碎性、拆解固有结构、反正统性、不确定性、非连续性以及强调多元化、大胆地标新立异、反权威、反基础主义、非理性主义主张没有完全渗透中国文学理论研究的血脉之中，批评论争既有充分的必要性，同时又有难得的理论收获，它在展现了不同价值立场和选择方式的差异之后，也客观地使"后学"思潮在中国文学理论界高涨的接受热情与阐释热情转化为一种重视语境分析的学术态度，虽然中国文学理论界最终无法完全抵抗"后学"思潮的理论影响，作为一种文化语境的"后学"思潮仍然会在长时期内影响中国文学理论研究的走向，但是，毕竟中国当代文学理论研究并没有亦步亦趋地走向对"后学"思潮的简单认同，批评论争也会让中国当代文学理论研究更加真实地关注文学理论的本土性问题。

三 "后学"理论的落潮以及"'后'语境"的形成时期

由于20世纪90年代中国文学理论界率先引介后现代主义等"后学"思潮，这使得"后学"思潮在中国迅速地进入了思想界和知识界的主要领域。整个90年代，在"后学"思潮的传播中，中国当代文学理论界也经历了一个前所未有的理论热潮的高涨时期。但是，这种局面迅速地随着后现代主义文化理论在西方的衰落而归于平寂。从20世纪90年代末到新世纪来临的这几年，中国当代文学理论界对"后学"的热情也逐渐衰退。这种状况的形成大致有两方面的原因：一方面是作为一种异域思潮，"后学"在西方有一个自然而然的理论发展过程，当"后学"在西方走向理论衰落之时，自然中国文学理论界对它的引介和阐释也随之降温；另一方面，经过了近十年的大规模的引介，中国文学理论界也需要一个逐步消化的过程，而且西方文化思潮与中国问题以及中国语境的阐释间隔也需要中国文学理论界有一个较长的清醒反思时期，我们要反思西方"后学"思潮对我们的理论启发，我们要更准确地寻找"西学"与中国文学理论研究与实践的关节点而不至于流于一贯的介绍评价，因此，理论热度的减退与理论研究格局的平寂在某种程度上也正是一种反思的征兆。但是，理论的落潮并不意味着"后学"理论就消失于中国理论研究的视野,经过了近十年的理论译介和引入,"后学"理论仍然对中国文学理论的整体发展潜在地起着重大的影响作用,虽然在理论研究的焦点上我们不再把"后学"研究作为直接的正面的内容,但"后学"思维与观念仍然影响着文学理论研究的格局和走向,由此形成了一个潜在的"'后'语境"也是自然的,"后学"理论的落潮之时,也是"'后'语境"的生成之时。

"'后'语境"的产生首先表现为中国文学理论界仍然对西方"后学"理论的走向予以关注。当"后学"理论在西方衰落之时,中国理论界也开始关注这个现象,有关"后理论"、"理论之后"、"意识形态终结"的论著开始问世,如伊格尔顿的《理论之后》、丹尼尔·贝尔的《意识形态的终结》、福山的《历史的终结及其最后之人》、阿瑟·丹托《艺术的终结之后》、汉斯·贝尔廷《艺术史的终结?》以及保罗·德·曼的"抵抗理论"的呼声、斯坦利·费什的"反理论"观念、苏姗·桑塔格的"反对阐释"的意识、理查德·罗蒂的"后哲学"文化观念等,都受到了极大的重视。王宁的《"后理论时代"西方理论思潮的走向》、周宪的《文学理论、理论与后理论》等论著都对"后理论"的问题进行了深入的阐释。其次,"'后'语境"的生成还体现了一种理论的衰落所导致的危机意识。在西方"后学"思潮逐渐衰落之后,西方学界理论"终结"的声音不绝于耳,不但理论被判为"终结",甚至还出现了文学的"终结",一时间"小说的危机"、"理论的死亡"、"文学的终结"以及由此导致的文学理论的学科危机不断出现。2000年金秋,美国学者J.希利斯·米勒在北京召开的"文学理论的未来:中国与世界"国际学术研讨会上发出了"文学终结"的声音[1],引起的旷日持久的争论恰恰说明了"'后'语境"下的中国文学理论仍然难以规避"后学"思维的潜在影响。最后,"'后'语境"的生成还表现在理论阐释与文学研究视角上的"后"学思维,诸如"后革命"、"后叙事"、"后先锋"、"后历史"等种种研究主题正方兴未艾,这正说明了"'后'语境"对中国当代文学理论研究的影响已经转化为一种"再叙事"的努力,这也意味着经过了近十年的理论热潮之后,中国文学理论界其实并没有完全抛弃"理论",也更没有完全放弃对"后学"思潮的关注。在某种程度上,这种"'后'语境"的生成将比"后学"理论高潮时代的影响还要大得多,这也正是我们还不能完全拒斥西方"后学"研究的原因。

---

[1] [美]J. 希利斯·米勒:《全球化时代文学研究还会继续存在吗?》,《文学评论》2001年第1期。

第二节 转折与变革:"后"语境下中国当代文学理论范式的转变

"范式"是由美国著名科学哲学家托马斯·库恩提出并在《科学革命的结构》(1962)中系统阐述的概念。在库恩看来,"范式"是一个成熟的科学共同体在某个时期内所形成的研究方法、问题领域和解答标准的整体标志,"取得了一个范式,取得了范式所容许的那类更深奥的研究,是任何一个科学领域在发展中达到成熟的标志。"[①] 每一个新范式的出现,都可能导致重大科学成就的基本问题的变化。中国当代文艺学研究对于库恩的范式理论的引入,几乎与"后学"思潮的引入和评介同步,因此它本身是"'后'语境"中的一个概念。20世纪90年代以来,随着"后学"思潮的引进以及"'后'语境"的形成,中国当代文学理论进一步突破了传统的理论范式,研究格局与态势发生了重大的变化,作为人文学科的文艺学研究也在"'后'语境"中体现出了新的问题与挑战,因此也展现了理论范式的转变特征。

"'后'语境"下中国文学理论范式的转变是一个孕育"危机"同时又在"危机"中发生重要的范式转型的过程,"克服危机的过程与解决和回答现存的问题是同步的"[②]。"后学"思潮的引入在引发了中国的理论热潮之后,其内在的思维方式和理论观念以及研究方法必然引起了中国当代文学理论观念的变革,使中国当代文学理论在文学理念、思维形式、研究方法、话语体系、表达方式等方面逐渐摆脱了传统理论思维的局限。但是,在"后学"思潮的影响下,中国当代文艺学也面临着多种学术资源融汇与整合的压力。"'后'语境"下的多重理论观念,如后现代主义、女性主义、新历史主义、后结构主义、后殖民主义等既是理论思潮与批评方法,同时又是知识生成的方式与理论建构的形式,这些理论思潮在融入中国当代文学理论生产过程中引发了中国文论话语在思考方式、话语表达乃至理论生态、理论体系、理论建构上的危机,中国当代文学理论中的"失语症"问题、文学边界问题、"文学消亡论"等内在地展现了"'后'语境"中中国文论面临的挑战,"文艺学危机论"更是展现了中国文论在

---

① [美]托马斯·库恩:《科学革命的结构》,北京大学出版社2003年版,第10页。
② 李衍柱:《范式革命与文艺学转型》,《社会科学辑刊》2005年第2期。

"后学"思潮面前所面对的压力。有的学者提出:"文学边缘化不等于文学终结",文学是人类情感的表现形式,只要人类的情感还需要表现、疏泄,那么文学这种艺术形式就仍然能够生存下去。① 也有的学者认为,媒介与技术的发展,使文学可能失去了其作为特殊研究对象的中心性,但文学模式在向社会各个文化层面渗透中仍然会获得新的存在形态;② "图像社会"的出现,文学受到威胁,但"图像社会"的出现尚不足以使文学消亡,"文学的未来将为它自己优越而深刻的本性所指引"。③ 这些乐观的探索固然重要,但正像有的学者提出的那样,当代文艺学面临的危机不只是表层的、文学形态意义上的危机,更根本的还是文学本质或文学精神意义上的危机,是一种深层的危机,表现为传统文学所培养起来的文学性阅读的弱化,理性思维与想象感悟能力的萎缩,尤其是精神审美超越性的丧失。④ 从这个意义上讲,文学理论的范式转型其实也是对文艺学学科的当代处境的一种检验,中国文论是否能够承受"后学"思潮所造成的语境压力仍然是文学理论范式转型中的问题。

认识到了这个问题,其实也就是面向了"'后'语境"文学理论研究范式的根本问题,那就是在"后学"思潮的影响下,中国当代文学理论研究逐步转变了文学研究的"理论化"的态度,在文学研究的哲学基础、体系建构、价值观念、方法原则、实践过程中进一步调整了视野与姿态,在理念与经验、本质与现象、整体与过程、综合与个案等多层次的研究模式和分析格局中加强了审视与评判的力度,从而使文学理论研究强化了面向具体文学事实的能力。这首先体现在文学研究观念与理论思维方式上的转向,其次表现为文学研究方法原则的重视与提升,再次表现为批评实践形式和价值观念上的多元选择。童庆炳先生认为,20世纪90年代以来,中国文论开始了"综合创新"的时期,这一时期的中国文论体现了"多元共生"的特征,文学研究视角层出不穷,文学观念进一步多样化,每一种视角的背后几乎都存在一种文学观念。⑤ 李衍柱先生则直接认为文学研究观念变化的结果是"逐渐摆脱了前苏联的'马克思主义文艺学'范

---

① 童庆炳:《文学独特审美场域与文学入口——与文学终结论者对话》,《文艺争鸣》2005年第3期。
② 余虹:《文学的终结与文学性统治》,《问题》第1期,中央编译出版社2003年版。
③ 彭亚非:《图像社会与文学的未来》,《文学评论》2003年第5期。
④ 赖大仁:《文学"终结论"与"距离说"》,《学术月刊》2005年第5期。
⑤ 童庆炳:《新时期文学理论转型概说》,《江西社会科学》2005年第10期。

式，由革命的文艺学转变为建设的文艺学"①。这些看法都深入地揭示了中国当代文学理论研究在理论观念与思维方式上的变化。而实际的情形是"后学"思潮的反本质主义、反对宏大叙事、反传统、多元化的立场对中国文学理论研究的理论观念和思维方式有所促进，其中"反本质主义"思维方式对中国当代文学理论研究的影响最为明显，引起的争论也较多。"反本质主义"涉及了当代文艺学研究中的一些核心问题，比如文艺学知识格局的陈陈相因、文艺学知识体系的凝固封闭、文艺学知识培养与传授机制的困境、文艺学研究方法的陈旧与失效等等，这些思考曾被归结为"各种关于'文学本质'的元叙事或宏大叙事为特征的、非历史的本质主义思维方式严重地束缚了文艺学研究的自我反思能力与知识创新能力"②。对于这一问题，中国当代文学理论界表现出了各种不同的意见，③ 这些意见既指向了中国当代文艺学研究的本体论困惑，也同时指向了文艺学研究的"'后'语境"问题。当代文艺学研究中的"反本质主义"问题的争论从深层次看是体现了普遍化与本质化的知识生产和知识建构格局与当代文学理论研究具体问题之间的距离，隐含的是对文学理论研究观念和思维模式的深刻反思。在这种反思中，"'后'语境"下的文学理论研究观念以及具体实施过程的研究受到了较多的关注，如伊格尔顿在《当代西方文学理论》中对西方文学理论的研究、卡勒的《文学理论》对文学本质的分析、韦勒克、沃伦合著的《文学理论》在文学"内部研究"上的观念等，这些理论著作与理论研究至今仍然对中国文学理论研究的现实有积极的理论参照作用。

倡导"反本质主义文艺学"的研究者希望进一步将文艺学的知识生产和知识建构历史化、个性化与细节化，其中正是蕴涵了"'后'语境"下文学理论研究的启发。但是，从整体上看，文艺学研究观念与理论思维方式的范式转型是一个复杂和深刻的变化，它不仅仅体现在主导性文学研究观念和理论思维模式上的变化，更体现在对文学研究方法原则的重视与提升。在20世纪80年代中期，中国理论界曾经兴起过"方法论"研究热潮，在那场热潮中，西方文学理论与批评界自19世纪末20世纪初的文学批评方法，如形式主义、新批评、心理分析、原型批评、结构主义等受

---

① 李衍柱：《范式革命与文艺学转型》，《社会科学辑刊》2005年第2期。
② 陶东风主编：《文学理论基本问题》，北京大学出版社2004年版，第1页。
③ 钱中文：《文学理论反思与"前苏联体系"问题》，《文学评论》2005年第1期；王元骧：《文艺理论中的"文化主义"与"审美主义"》，《文艺研究》2005年第4期；方克强：《文艺学：反本质主义之后》，《华东师范大学学报》2008年第3期。

到了中国文学理论界的重视。20世纪90年代以来，中国文学理论界再度掀起了"方法论"研究的高潮，这一次的"方法论"研究相比上一次有更加深刻的变化，这主要体现在两个方面：一方面是20世纪90年代的"方法论"研究热潮主要接受的是"'后'语境"中的文学方法论；另一方面是此时期的文学方法研究开始将"方法"的研究提升到了"方法本体"的层面上，因此它产生的理论反响更加深刻。

20世纪60年代以来西方"'后'语境"中的各种文学理论观念无不具有深刻的"方法论"主张和明显的"方法本体"特性。拿解构主义来说，解构主义的立场和它的方法有着极端的同一性，它在语言的立场上对文本自足的世界的解构对西方强大的"语音中心主义"和形而上学传统构成挑战，它追寻的那种"永不停息、永不满足的运动的感受"[1]本身蕴涵了一种坚持"不可确定性"的方法论哲学。在西方"后学"思潮中，解构批评的方法蔓延深广，可以说，几乎所有的"后学"思潮都曾被感染了解构的特征。中国当代文学理论研究在接受和借鉴"后学"思潮的过程中，也不可避免地接受了它的方法原则。从20世纪90年代以来的文学理论研究格局来看，方法层面的探索占了很大的比重，陈晓明、王一川、王岳川、南帆等一批学者率先在他们的批评实践中将西方文学批评的方法原则应用于批评实践，出版了《无边的挑战》（陈晓明著，时代文艺出版社1998年版）、《剩余的想象》（陈晓明著，华艺出版社1997年版）、《表意的焦虑》（陈晓明著，中央编译出版社2002年版）、《文化话语与意义踪迹》（王岳川著，四川人民出版社1997年版）、《后殖民与新历史主义文论》（王岳川著，山东教育出版社1999年版）、《通向本文之路》（王一川著，四川人民出版社1997年版）、《汉语形象与现代性情结》（王一川著，首都师范大学出版社2001年版）、《文学的维度》（南帆著，上海三联书店1998年版）、《隐蔽的成规》（南帆著，福建教育出版社1999年版）等一批注重西方文学批评理论方法研究的著作，以及《文艺学美学方法论》（胡经之、王岳川主编，北京大学出版社1994年版）、《文艺学与方法论》（冯毓云著，黑龙江教育出版社1998年版）、《文艺学方法通论》（赵宪章著，浙江大学出版社2006年版）、《批评美学》（徐岱著，学林出版社2003年版）等一批优秀的方法论研究著作。在对中国当代"先锋文学"、"新历史小说"等文学创作实践分析中，"'后'语境"中的方

---

[1] ［美］J. 希利斯·米勒：《重申解构主义》，郭英剑等译，中国社会科学出版社1998年版，第132页。

法论在弥补了中国传统批评方法的不足之余，更使中国文学批评理论范式在方法层面上拓展了研究视野，深化了文本研究的空间，从而在新的理论语境中展现了文学理论研究突破原有理论范式的努力，它最主要的影响不仅仅是在切入文学问题方式上的多元思考，方法本身的力量更蕴涵在文学理论范式变化的过程之中。

批评实践形式和价值观念上的多元选择是"'后'语境"下中国文学理论研究范式转型的又一个表征。在文学理论研究中，批评实践的价值判断问题向来是一个复杂而重要的问题，将价值论维度引入文学理论研究意味着文学理论研究的理性选择和精神追求。20世纪90年代以来，中国当代文学理论在审美价值问题的研究中取得了重要的成绩，敏泽、党圣元的《文学价值论》（社科文献出版社1999年版）、杜书瀛的《价值美学》（中国社会科学出版社2008年版）、李咏吟的《价值论美学》（浙江大学出版社2009年版）是这方面的代表作。但是，随着"后学"思潮的涌入，中国当代文学理论研究在价值探讨中面临着深入的挑战。一方面，后现代主义、解构主义等对现代主义的一元论、客观本质、永恒真理、绝对基础、纯粹理性、终极意义等价值观念的质疑影响了中国当代文学理论研究与批评实践的价值立场的选择；另一方面，在"后学"思潮的影响下，中国当代文学语境中价值批判问题也面临着自身文化发展的挑战，非理性写作、欲望叙事、身体写作、消费文化等种种感性形式影响着文学写作与文学研究的实际状况。在这种历史语境中，中国当代文学理论研究在价值评判的立场和方式上也发生了复杂的变化，体现了对"'后'语境"的复杂的呼应。这种呼应是以文学理论与批评的多元化态势表现出来的。在"'后'语境"的影响下，中国当代文学理论在批评价值判断上也部分地展现出了对后现代主义等"后学"思潮所标榜的价值观念的信奉；在批评理念上展现出了对主体价值的零散化和去中心立场的追求；在文本解读中赋予文学批评以消解深度模式和瓦解对现实超越性信仰的一种"后现代"式价值取向。其具体表现是在对池莉、方方、刘震云等所谓"新写实主义"作家以及马原、洪峰、苏童、余华、格非等"先锋派"作家的批评研究中强化了文本的零散化立场与价值标准的松散与悬浮姿态；在写作姿态上，重视所谓的"零度写作"与"中止判断"等反传统、反理性、反文化、反历史的价值立场，不再关心所谓"中心价值"，在对韩东、欧阳江河、李亚伟为中坚的"第三代诗人"的批评以及对莫言、刘恒、刘震云、贾平凹等人一系列创作为主的"新历史小说"的批评中，强调文学批评对多元文化的追求、对正统史观的背离以及对传统现实主义固有价值情感的反叛；在批评话语上则强化了后现代主义的能指滑动的语言特性。在某种程度上，批评价值判断的多元选择不仅仅体现了文学理论研究的分散的价值立场，其根本性的理论诉求也是对破除既定陈规更新价值观念的追求，更是破除文学理论研究"体系情结"与"理论建构热情"的一种方式，从这个意义上看，文学批评价值立场上的多元选择也是一种对"理论"的反叛方式。在这种反叛面前，中国当代文学理论研究并非体现出了全部的认同，更有在对"'后'语境"反思与批判的立场上的价值重建的努力，这体现了中国当代文学理论对"'后'语境"的另一种积极的应对方式。在反思与批判的立场上，学者们重视的是在"'后'语境"启发下中国文论融入世界的可能、观察实践的方式以及实现综合创新的途径。钱中文先生提出，当代中国社会价值体系的崩溃、文学理论研究的滞后，并非由于什么"前苏联体系"所致，也并非是"后现代真经"所能解决的问题。[①] 王元骧先生认为，"后现代主义理论在西方社会虽然有一定积极意义，但一旦进入我国，由于文化语境的不同，它的意义也就发生了变化。"[②] 曾繁仁先生认为，近30年来，我们引进了西方文论，但"事实证明，只有从建构出发才能更有利地吸收，当然吸收也会有利于建构，两者相辅相成"[③]。这正说明了在"'后'语境"下，中国当代文学理论范式的转型将是一个长期复杂的过程，我们既不能忽略文学理论范式转型的客观情势与具体表征，但也绝不能将"'后'语境"提升到理论建构的根本性层面上，毕竟，中国当代文学理论范式的转型仍然是中国文学理论发展的内在的变化中的一部分。

第三节 扩张与批判：中国当代文学理论研究的现代性立场

从"现代性"的立场出发，在传统与现代、中国与西方的双重视野中把握中国当代文学理论逻辑演变的进程，是新时期以来中国文学理论研究中的一个重要特征，也是特殊历史境遇造成的中国当代文学理论的形态特征。

---

① 钱中文：《文学理论反思与"前苏联体系"问题》，《文学评论》2005年第1期。
② 王元骧：《文艺理论中的"文化主义"与"审美主义"》，《文艺研究》2005年第4期。
③ 曾繁仁：《新时期西方文论影响下的中国文艺学发展历程》，《文学评论》2007年第3期。

回望中国文学理论的发展历程我们可以发现，中国文论其实一直处于传统与现代的纠缠之中，中国自身的历史文化传统与文学发展现实历史地生成了中国文论的逻辑展开方式和理论建构形式，这使得百年文论一直以来保持了无法消弭的自主性特征。但是，由于特殊的历史情势，中国文论自从开启现代篇章以来，就无法彻底拒绝西方现代文化、哲学与美学问题模式与思想形式的吸引与挑战，特别是从20世纪80年代开始，当中国文论开始不断地融入西方文化思潮所制造的理论问题之中时，中国文论在整体局面上更加表现出了独特的现代性特征。

对于中国当代文学理论研究来说，这是一个无法回避的问题。之所以说它无法回避，是因为现代性与中国文论的内在发展是一个共生的问题。从现代性的立场和视野中把握中国文论的发展轨迹既是一种描述的方式和视角，同时又是中国文论问题领域中的一个重要的理论问题。当"失语症"的问题不断出现在文学理论研究中，当"'后'语境"不断影响文学理论的研究范式，当文学理论不断遇到本土化、民族化与全球化，当文学理论不断遇到文化研究的挑战而日益陷入危机，"现代性"既成了面向中国文论的"提问方式"又成了它的"问题之源"。

就当代中国文论的研究现实来看，现代性最初成为一个研究焦点与西方"后学"思潮的引入有直接的联系。从中国当代文学理论对"后学"的接受史来看，当我们对"后学"开始倾注热情的时候，也同时孕育了一个与"后学"思潮的冲突与呼应问题，即作为一个哲学和文化概念的"后现代性"与"现代性"的思想关联问题，因此，在中国当代文学理论研究中，"后学"思潮的接受研究也内在地包含了对"现代性"问题的思考。

最先被中国理论界所接受的杰姆逊、利奥塔、丹尼尔·贝尔、本雅明、福柯、波德里亚等西方哲学家的理论中本身包含深刻的现代性思想，当他们开始被引入中国理论界的时候，他们的现代性思想也得到了深入的阐释。至于哈贝马斯这样的明显有现代性立场的哲学家，自然更是中国学界所关注的对象。但是，毕竟就基本精神来说，"现代性"的研究与整体"后学"思潮的基本理论趋向还有重大的区别。在哲学与文化的意义上，作为"后学"基本理论趋向的"后现代性"指的是"后学"思潮所内在地含有的为摆脱传统理性和宏大叙事模式而探寻的一种反传统、非理性、多元化、破碎性、解构性的思想趋向和精神特性，标志着颠覆现代社会以来的"总体性"与"宏大叙事"的能力与策略。而"现代性"既与"后现代主义"、"后现代性"有一定的理论关联也有它独特的问题特性，按照英国文化理论家吉登斯的说法,"现代性"标志着一种内在的分裂:即作为资本主义社会制度的建构性意味的现代性和作为资本主义社会持批判旨趣的批判的现代性。前者是理性的建构,后者则意味着文化的批判,而且更多地与感性与体验相联系,也就是齐格蒙·鲍曼所说的,现代性还包含关于美、纯洁和秩序的梦想,包含追求美丽、保持纯洁和追求秩序的过程,更加强调从美学体验、艺术实践、审美精神、文化影响理解现代性的意义,即审美现代性。这两种现代性在资本主义社会发展过程中呈现为一种内在的张力,一种二律背反,一种脱节。如何解决这种二律背反,本身构成了现代性的内在问题,同时也预示着"后现代性"成为一个现代性的问题。从这个意义上看,中国当代文学理论界对"后学"思潮的接受又不能完全替代对"现代性"问题的集中探讨,特别是不能代替对现代性的内在"自反性"特征的思考,这也正是当代中国文学理论研究从一开始就强调现代性的"问题之源"的一面的原因。

作为一种"问题之源"的探讨,从当代中国文学理论研究开始眷顾现代性问题开始,中国文学理论界就没有停止过对"什么是现代性"的探究,因此,对"现代性"的文化根源、哲学精神、理论线索、基本倾向的研究占了当代文学理论中现代性研究的很大比重。在这种研究中,当代文学理论界除了积极地译介西方的现代性研究著作外,也更多地从"现代性"问题在西方思想文化界的促发因素以及现代性思想的问题史和学术史视野上考量,尽可能在还原现代性的文化语境的过程中把握现代性的理论特性与哲学内涵。在这方面,中国当代一批理论家作出了积极的贡献,周宪的《审美现代性批判》(商务印书馆2005年版)、《现代性的张力》(首都师范大学出版社2001年版)、张颐武的《从现代性到后现代性》(广西教育出版社1997年版)、陶东风的《社会转型与当代知识分子》(上海三联书店1999年版)、余虹的《革命·审美·解构——20世纪中国文学理论的现代性与后现代性》(广西师范大学出版社2001年版)、王德胜的《扩张与危机》(中国社会科学出版社1996年版)、徐岱的《美学新概念》(学林出版社2001年版)、王一川的《中国现代性体验的发生》(北京师范大学出版社2001年版)、张法的《文艺与中国现代性》(湖北教育出版社2002年版),这些理论研究著作至少在以下三方面展现了研究成绩:1. 在现代性的社会文化根源与现代性哲学理论发展线索上有明显的成果,突出了现代性的基本的理论脉络和理论倾向,为国内学者研究现代性问题提供了较好的学术参照。在这方面周宪的《审美现代性批判》与《现代性的张力》有集中的探讨,周宪的审美现代性研究从现代性的问题史出发,对现代性概念的历史生成和文化分野过程有集中的探讨,特别是凸显了审美现代性的理论结构和表征形式,更系统地面对了"研究现代性不只是要说出现代性是什么,更重要的是要辨析我们在其中怎么样的问题"①。2. 对现代性的文化立场与精神特征有深刻的认识,对现代性文化内涵与哲学意蕴做了积极的把握。3. 在还原现代性的文化语境的同时,呼应了中国当代文化发展的现实,对中国当代文化裂变与文化转型问题做了积极的探索,集中分析了中国当代文化发展的现代性问题与诸种表现形式,比如张颐武的《从现代性到后现代性》、陶东风的《社会转型与当代知识分子》、张法的《文艺与中国现代性》都突出了现代性与中国文化发展的内在关系,对现代性冲击下的当代文化危机有一定的认识。

如果说,在中国当代文学理论界,对作为一种"问题之源"的现代性研究主要是在面对"现代性是什么"的问题以及对这个问题的问题史引出的文化语境与历史发展脉络的思考的话,那么,对于作为一种"提问方式"的现代性的研究则更加直接和理性地对待现代性的立场与中国文论内在的历史生成和逻辑表达的关系问题。在这方面,中国当代文学理论研究表现出了拨开现代性的历史迷雾重返中国文论基本问题与逻辑表达的直接性特征。中国当代文学理论研究首先认识到了现代性之于中国文论发展的理论关系以及中国文论独特的现代性历程。钱中文先生在20世纪90年代率先撰文探讨中国文论的现代性问题,他着眼于百年中国文论的历史化进程,立足于当代中国文论的内在发展和外在影响,深入阐释了中国文论在自主性与现代性的内在勾连中的发展方向。他指出,现代性是一种被赋予历史具体性的现代意识精神,一种历史的指向。文学理论的现代性的要求主要表现在文学理论自身的科学化,使文学理论走向自身,走向自律,获得自主性;表现在文学理论走向开放、多元与对话;表现在促进文学的人文精神化,使文学理论适度地走向文化理论批评,获得新的改造。② 他还指出了中国文论独特的现代性选择方式,那就是"我们面临着对文学理论现代性选择,同时我们也将被现代性所选择"③。中国文学理论现代性的生成,面对着强大的传统问题,似乎没有哪个国家的文论像中国那样,在传统问题上总是纠缠不清,

---

① 周宪:《审美现代性批判·导言》,商务印书馆2005年版,第5页。
② 钱中文:《文学理论现代性问题》,《文学评论》1999年第2期。
③ 钱中文:《再谈文学理论现代性问题》,《文艺研究》1999年第3期。

在这个意义上，我们的现代性选择还得"在原有的文化、文学理论传统的基础上进行"①。最后，他指出了中国文论的现代性要求，那就是要求文学具有新的人文精神，在现代性的视野中探讨中国文学理论的现实发展，必须"重建新的人文精神，发扬我国原有人文精神的优秀传统，适度地吸取西方人文精神中的优秀成分，融合成既有利于个人自由进取，又使人际关系获得融洽发展的两者互为依存的新的精神；改善与完善人的心灵，重建人的精神家园，协调好人与社会、人与自然、人与人、人与科技的关系，使人逐步成为精神自由的人，全面解放的人。"② 这是中国当代文学理论的现代性研究中较全面系统的研究，视野开阔，立论扎实，对中国文学理论的当代发展具有重要的指导意义。

文学理论研究中的现代性是一个突出的值得研究的问题，这不仅表现在理论发展方向的把握上，还体现在具体从中国文学实践与文学生态语境中把握中国文学的现代性特征上，这是中国文学理论的现代性的内在要求，也就是文学理论的现代性必然需要文学实践、文学史视野、文化发展过程的现代性佐证。陈晓明主编的《现代性与中国当代文学转型》（云南人民出版社 2003 年版）从现代性的立场入手，重新梳理了 20 世纪中国文学的变革和转型过程，在文学与社会的关系、文学史写作与文学学科的历史与现实、文学实践的现实发展等方面回应了现代性的挑战，坚持回到文学史研究本身，回到文学经验本身，呼唤重新建立现当代文学科学研究的规范，重新思考文学特质的问题，对中国当代文学理论的现代性研究有重要的意义。南帆的《后革命的转移》也提出了类似的问题，在《现代性、民族与文学理论》中，南帆从"失语症"与理论家的民族情绪、中国文论传统与现代性国家建构、文学理论知识形态与学科发展等诸多方面考察了现代性话语的深刻意义，指出中国文学理论的现代性"必须在现代性话语的平台上展开"，如果放弃这个主题，回到"半部论语治天下"的时代，那么，中国文学理论的现代性研究的意义将荡然无存，"现代性是困难的，也是意义所在"③。此外，王晓明的《在新意识形态的笼罩下——90 年代的文化和文学分析》（江苏人民出版社 2000 年版）、程文超的《意义的诱惑——中国文学批评话语的当代转型》（时代文艺出版社 1993 年版）、何言宏的《中国书写：当

---

① 钱中文：《再谈文学理论现代性问题》，《文艺研究》1999 年第 3 期。
② 钱中文：《文化、文学中的现代性与后现代性问题》，《社会科学辑刊》2002 年第 1 期。
③ 南帆：《后革命的转移》，北京大学出版社 2005 年版，第 147 页。

代知识分子写作与现代性问题》（中央编译出版社2002年版）、李扬的《20世纪中国文学研究中的现代性问题》（《文艺理论研究》2006年第1期）、庄锡华的《二十世纪的中国文艺理论》（上海三联书店2000年版）等一系列论著也深入探讨了这个问题，这些研究恢复了文学理论现代性研究所必需的文学经验和文学事实，对中国当代文学理论的现代性问题研究有重要的经验意义。

文学理论的现代性研究必将最终直面中国文学理论的现代性道路与发展趋势，特别是在深入把握现代性思想精髓的基础上探索当代文学理论深入文学现实的能力和整体创新发展的道路，这既是文学理论的现代性研究的意义同时也是它提出的问题。中国当代文学理论的现代性研究在这方面也作出了积极的呼应，钱中文先生通过深入总结中国文学理论的现代性历程提出，在今天全球化愈益成为一种社会发展趋势的环境中，中国文学理论的建设面对着中国古代文学理论、西方古代文学理论以及西方现代文学理论三种文化资源或者说三种传统的定位与选择，中国当代文学理论建设应该以现代文学理论中能经受住反思、批判的部分为基础，广泛吸收西方文学理论批评的长处，以它的科学精神、原创性与独创精神促进中国古代文学理论的现代转化，最大限度地激活其中最具生命力、可与当代审美意识融为一体的精华部分，结合当代文化的剧变，沟通古今中外、严肃文学与大众文学、文学与影视、网络文学，在跨学科的多种方法的运用中，建构中国当代文学理论批评话语。[1] 王杰立足于"中国当前社会主义文学生产方式的雏形已经形成并且不断发展"[2] 的现实，坚持从艺术与意识形态关系的新变化中探索中国文学理论的审美现代性要求和形态，李春青立足于中西文论不同的解释传统——以西方为代表的比较倾向于认知性解释的传统和以中国古代文论为代表的倾向于评价性解释的传统，以及在20世纪所遭受到的困境探索当代文学理论的生长点，认为当代文学理论绝不能将目光局限于解释和评介文学现象本身，而应该关注与之相关的一切文化历史现象，将文学理论拓展为一种综合性的文化研究理论。[3] 这些理论研究最突出的意义是切实地提出了现代性视野中的中国问题，因此，它不仅仅是面向现代性理论问题的研究，更是面向问题本身的研究，正是在他们的启发下，中国当代文学理论的现代性问题具有了超越"'后'语境"的

---

[1] 钱中文：《文学理论：走向交往与对话》，《中国社会科学》2001年第1期。
[2] 王杰：《马克思主义与现代美学问题》，人民文学出版社2004年版，第219页。
[3] 李春青：《文学理论还能做什么？——关于新世纪文学理论生长点的思考》，《北京师范大学学报》2003年第3期。

可能，中国当代文学理论研究在这方面也开始展现了自身的问题意识与理论精神，这也预示着随着中国当代文学理论研究的深入发展，文学理论的现代性问题已经远远超出了文学理论研究内部的视野，而与更加广阔的社会文化语境联系了起来，在这种情形下，中国当代文学理论不仅仅是面对传统的文学对象的研究，而且面临着学科拓展与理论深化的难题。在现代性的视野中，我们不仅应该思考"文学理论是什么"，还要思考"文学理论究竟可以做什么"，更要思考"文学理论将走向何方"，如果我们将这些问题融于文学理论研究的问题之中，我们会发现，现代性给我们提供的不仅仅是一种视野与方法，中国文学理论研究本身也正处于现代性的途中。

第四节　危机与重建："后"语境与中国当代文学理论重构

早在后现代主义等"后学"思潮开始引入中国的时候，美国学者哈桑曾经建议："中国可以通过了解西方国家所做的错事，避免现代化带来的破坏性影响。这样的话，中国实际上也是'后现代化'了。"[1] 而英国学者特里·伊格尔顿在了解中国后现代主义研究之后则毫不客气地指出中国在从西方"进口减肥可乐的同时一起进口德里达"，[2] 并且在他的《后现代主义的幻象》中一本正经地"致中国读者"："也许对最新流行的无论什么东西抱有一点怀疑态度总是可取的：今天激动人心的真理是明天陈腐的教条。"[3] 对于"'后'语境"下的中国当代文学理论研究来说，这两种态度都是值得认真对待的。由于"后学"思潮的涌入，中国当代文学理论在理论范式上发生了重要的转型，这是新的学术资源对中国文论的客观影响，但是，这个转型的过程并非是直接而简单地发生的，而是裹挟着不同理论传统的矛盾与冲突、多种理论资源融合的压力与焦虑、不同理论话语趋同与求异的危机与挑战，从这个角度上看，"'后'语境"下中国当代文学理论范式的转型仍然需要深刻的理论建构的眼光。在"'后'语境"下，中国当代文学理论并没有放弃理论对话的努力，更没有遗忘

---

[1]　[美]大卫·格里芬：《后现代精神》，王成兵译，中央编译出版社1998年版，第20页。
[2]　[英]特里·伊格尔顿：《后现代主义的幻象》，华明译，商务印书馆2000年版，第139页。
[3]　同上书，第2页。

理论建构的责任，"'后'语境"在多维地影响中国文论的理论格局之时更激发了中国当代文学理论建构的信念。

理论建构的信念首先离不开对西方现代文论在中国当代文学理论的话语移植的效果的合理反思和评价。西方现代文论有着它自身特殊的社会文化语境和现代性现实，当它在中国文论开启现代性历程之后被中国文论引介之时，不可避免地在表达方式、理论体系、话语实践等诸多方面与中国文论话语产生"时空错位"。从中国当代文学理论开始受西方现代文论影响的时候，中国文学理论研究就没有忽视这种"时空错位"所造成的理论误读及其应用性的偏差。经过近20年的努力，目前来看，清理这种误读与偏差不仅十分必要，而且构成了中国当代文学理论建构中的一项重要的内容。曾繁仁先生就曾深入研究了中国当代文艺学研究与西方现代文论之间存在着的"时空错位"问题。在他看来，西方现代文论是西方现代与后现代社会的产物，而我国正处于现代化过程之中，事实上在我国不仅存在着现代的生活文化状况而且存在着大量的前现代生活文化状况。在这样的情况下，我们引进西方后现代理论，特别是"解构"的后现代理论，必然与作为还在"建构"中的我国文学理论存在着重大的语境差异，在这种情形下，中国当代文学理论建构应该充分认识到不同语境的差异。[①]钱中文先生也认为，自20世纪80年代以来，中国当代文学理论在改革开放的形势下相当普遍地摒弃了旧有的理论与研究方法，转向西方现代文学理论，对于中国文学理论来说，这固然满足了求新、求知的欲望，但是也产生了理论的错位，存在着一定的盲目性，对于中国文学理论批评来说，必须建立中国自己的具有自主精神的理论话语，确立文学理论的主体性。[②] 有的研究者也深入地探讨了中国当代文学理论在西方文论影响下的理论"过剩问题"，[③] 也是对西方"后学"思潮与中国当代文学理论接受的深入研究，提出了很多有启发性的见解。

从文化语境上看，西方"后学"思潮与中国当代社会思想文化现实存在着不可通约的间隔，在一个较长的时期内，系统整理和消化当代西方文论的新现象、新思潮、新发展、新趋势，并有效地与中国当代文学现实相联系，以增强中国文论的生命力，仍然是中国当代文论研究的主要任务之一。尽管这种客观的现实会影响中国当代文学理论研究对西方"后学"

[①] 曾繁仁：《新时期西方文论影响下的中国文艺学发展历程》，《文学评论》2007年第3期。
[②] 钱中文：《文学理论：走向交往与对话》，《中国社会科学》2001年第1期。
[③] 见《文艺研究》2005年第11期关于"理论过剩"题的一组讨论文章。

思潮的看法，但经过了近20年的时间，这种"间隔论"基本上仍然能够在理论建构与理论发展的眼光中保持借鉴与拓展的适度心态，进而走向深入的理论探索。曾繁仁先生系统地探索了新时期西方文论影响下的中国当代文学理论研究，他提出，西方后现代文论之"后"的文论也有一种通过对于现代性之反思超越走向建构的意味，特别包含对于现代性中不恰当的唯科技主义、唯经济主义与工具理性的一种反思超越，通过对于这种具有绝对性的形式"结构"进行"解构"，进而走向建构一种新的具有"共生"内涵的理论形态，这样的具有"建构"内涵的"后现代"对于我国是有着借鉴的价值。① 这种观点很有代表性，对中国当代文学理论在如何借鉴西方"后学"思潮上有一定的启发。高建平先生近年来致力于中国美学与文化多样性问题研究，在积极参与和构建中国美学、中国文论与西方美学的对话中做了很多积极的工作，取得了很多值得关注的优秀成果，在西方"后学"思潮崛起与文化多样性日益明显的形势下，他的文学理论研究和美学研究更多地强调树立走出"美学在中国"、建立"中国美学"的意识②，他的工作具有深刻的当代意义，特别是对中国美学与文论如何在"'后'语境"下走出"失语症"的阴霾，完善理论建构的任务有重要的意义。陶东风先生、金元浦先生近年来致力于当代文化研究，陶东风系统地提出并阐释了"日常生活审美化"理论的原则和发展方向，受到了高度关注，同时在文化研究与文学理论范式转化中做了积极的探索；③ 金元浦先生更多地从历史总体发展的大趋势和现实实践发展的需要出发，深入探讨当代文学研究中发生的所谓"文化转向"的根源与表现，④ 并在当代文学理论建构的层面上做积极的应对，是中国当代文学理论建构中值得认真对待的研究成果。类似的成果还有很多，种种探索的成绩证明在"后学"思潮的涌入下，中国当代文学理论研究并非完全放弃

---

① 曾繁仁：《新时期西方文论影响下的中国文艺学发展历程》，《文学评论》2007年第3期。
② 高建平：《文化多样性与中国美学的建构》，《学术月刊》2007年第5期。高建平的这一观点最早出现在他的《什么是中国美学？》一文中，该文提交给2002年在北京召开的"美学与文化：东方与西方"国际学术研讨会，并收入由高建平和王柯平主编的《美学与文化·东方与西方》（安徽教育出版社2006年版）一书之中。后来，高建平根据这篇文章发展成一篇长篇论文"Chinese Aesthetics in the Context of Globalization,"发表在 *International Yearbook of Aesthetics*，Volume 8, 2004。
③ 陶东风：《日常生活的审美化与文艺社会学的重建》，《文艺研究》2004年第1期；《日常生活审美化与文艺学的学科反思》，《天津社会科学》2004年第4期；《移动的边界与文学理论的开放性》，《文学评论》2005年第1期，等等。
④ 金元浦：《重构一种陈述——关于当下文艺学的学科检讨》，《文艺研究》2005年第7期。

了理论自主性与自律性理想，也并非忽视了中国当代文学与文化现实的具体情境，西方"后学"思潮在中国的"理论旅行"与"话语移植"的过程使得中国文学理论话语与第一世界批评理论界日趋"接轨"，并将中国文论置于多元化、多极化、碎片化的、众声喧哗的"后现代"理论大联唱之中，在这个情势下，中国文论对西方"后学"思潮的接受不完全是重建中心的策略与手段，也并不意味着单一的批判，有效借鉴西方"后学"思潮合理因素进而走向理论的超越，对于中国当代文学理论来说，这并不遥远。

任何理论的建构都离不开明确的立场与发展方向，在"'后'语境"下的中国当代文学理论建构中，"在马克思主义文艺理论基本原则指导下，立足于经过百年、特别是新时期以来逐步建构起来的现代文论新传统的基础上，不断借鉴吸收现代西方文艺理论与中国古代文论两大理论资源，用以应对、回答、解释、解决文学的新现实和新问题，在文学理论与文学实践逐渐结合过程中综合创新，努力使古今、中西相融合，从而使新世纪文艺学一方面具备源源不断的现实依据；另一方面在理论建构上能够不断破旧立新，在创新中逐步完善，在动态建构中取得与文学现实和实践的相对平衡，进而使文艺学的学科建设获得新的生机，产生新的活力"[①]。这种提议代表了一种集中的看法，同时也预示了理论建构的原则与方向。而"在马克思主义思想指导下创建我们当代具有鲜明中国特色的美学理论，这样才能在21世纪的世界美学中取得我们应有的一席地位，同国外美学界进行平等的对话和真正的思想交流，为美学的发展作出我们的贡献"[②]，这种观点更加明确地提出了目标。这也是我们重视"'后'语境"下中国文学理论研究最终归宿之所在，同时，也意味着我们建设具有中国特色的当代马克思主义文论的任务十分艰巨。在任务面前，中国当代文学理论研究并没有将"建构"流于口号，而是在深入的理论反思与批判中做出了很多富有实效的研究，钱中文先生的"新理性文论"、党圣元先生对古代文学批评史学科学术理念和方法论的反思以及对古代文论现代化的深入研究，[③]杜书瀛先生对全球化问题的深入研究，[④]都取得了卓有成效的理论拓展，充分体现出了中国当代文论与西方现代文论较为冷静的对话

[①] 朱立元：《关于当前文艺学学科反思和建设的几点思考》，《文学评论》2006年第3期。
[②] 汝信：《21世纪中国美学的使命》，《学术月刊》2002年第5期。
[③] 党圣元：《学科范围、体系建构与书写体例——古代文论研究中诸问题的思考》，《甘肃社会科学》2007年第4期。
[④] 杜书瀛：《再说全球化》，《学习与探索》2005年第5期。

性。在"'后'语境"下，中国当代文论并没有完全"失语"，更没有失去理论对话的正当性和合法性，"后学"与"'后'语境"让中国文论获得了重新检讨理论缺憾与学科局限的机会，让中国文论在文化多样性面前获得了综合发展的可能，在多元复杂的文化时代，中国文论在世界文学理论的格局中正在不断前进，在这个意义上，理论没有"终结"，中国文论更没有终结。

第十六章　文化研究对文学研究的挑战

"文化研究"虽为舶来品，但经过十几年与本土思想文化现实的交流和融合，现已牢牢地植根于中国的学术沃土，并生长出一些值得称道的学术成果。本章主要叙述和评论"文化研究"给文学研究带来的挑战和相关学者的回应。

第一节　文化研究之兴起

1. 文化研究概说

什么是"文化研究"（Cultural Studies）？从其涉猎领域来看，它无所不包，广告、电影、电视、政治、日常生活等均在其范围之内；从学科界限来看，它无孔不入，文学、历史学、地理学、哲学、宗教、语言学等均遭遇它的入侵；从研究课题来看，它无所不在，从大众文化到全球化，从文学到文化帝国主义，从工人阶级到女性主义，从追星族到网络民主，均能找到它的足迹。那么，到底什么是文化研究？它是怎么兴起的？又有何特点呢？

文化研究至今没有一个准确而统一的界定，我们可以尝试从以下几个方面进行把握。首先，它专指一种学术思潮，于20世纪50年代末发轫于英国，70—80年代逐渐走红于英语学术界，后在全球范围内迅猛扩张。这个思潮以1964年英国伯明翰大学当代文化研究中心的成立为正式出场的标志，以霍加特、威廉斯和霍尔等作为该派的先驱人物。伯明翰大学当代文化研究中心的影响后来从英国扩展到北美、澳大利亚以及其他国家，掀起了一股世界性的研究风潮。一批研究者举起"文化研究"的大旗，使文化研究渐渐成为一个学术研究领域。其次，它不同于传统学科的固定范围，而是游走在传统学科的边界之间，是主题不定和具有复数意义的论题的集合，"只能部分地通过此类研究旨趣的范围加以识别，因为没有任何图标排列能够硬性地限定文化研究未来的主题。"① 再次，从研究对象来看，毋庸置疑，它以"文化"为对象，将传统意义上难登大雅之堂和长期被理论所蔑视的大众文化收纳其间。所以这里的"文化"，与传统略有不同，一如威廉斯的经典界定，文化是"全部的生活方式，包括物质的、知识的和精神的"②。威廉斯的这一界定扩大了"文化"的外延。当然，作为文化研究的开山鼻祖，威廉斯并不是主张文化研究只是简单的研究文化。他说："文化是对一种特殊生活方式的描绘，这种生活方式表达某些意义和价值"，所以"文化分析就是对暗含和显现于一种特殊生活方式即一种特殊文化之意义和价值的澄清"③。这样看来，"文化"作为一种"指意实践"，限定了研究的性质。也就是说，"研究文化应当遵循'指意实践'即'文化'的理论路线"。所以，文化研究不再只是"研究文化"，而是"文化地研究"或"文化的研究"④。"文化"成为一种方法。

　　进一步对"文化研究"进行归纳阐述，则有如下几个方面的特点：首先，如前所言，跨学科性是它与生俱来的特性。文化研究没有现代学科的精细分类，它打破了政治、历史、文学、哲学等传统上人为的科际疆界，研究领域横跨文学研究、传播研究、女性主义、解构主义等各学科，形成一个学科的大联合。其次，是开放性和多元性。正是由于"文化研究"在论题上的不可限定以及跨学科的鲜明取向，决定了它多元灵活的特点。在文化研究看来，任何将论题与视野固定的做法都是徒劳的，它的多角触向和多元方法，使得它既具有追求突破的开放性，又具有学科式跳跃和方法论跨越的多元性。再次，是批判性。"文化研究"自伯明翰中心成立以来，就具有强烈的政治批判诉求。霍尔和杰姆逊曾一语道破"文化研究"的"美好"愿望，认为它最热衷于从政治和社会的角度入手。事实上，我们也看到，文化研究在反对精英/大众文化（高雅/低俗）的区分、中心/边缘的关系以及支配/主导的鉴别等方面，始终贯穿着一个灵魂性的线索，那就是将研究与批判和权力话语联系起来。也就是说，反对话语霸权和批判话语权力，是"文化研究"思潮的一个重

---

① 转引自于文秀《"文化研究"思潮导论》，人民出版社 2002 年版，第 8—9 页。
② Raymond Williams, *Culture and Society*, 1780—1950, London: Chatto & Windus, 1959, p. XVI.
③ Raymond Williams, *The Long Revolution*, London: Chatto & Windus, 1961, p. 41.
④ 金惠敏：《一个定义，一种历史——威廉斯对英国文化研究发展史的理论贡献》，《外国文学》2006 年第 4 期。

要视角。①

今天的"文化研究"在西方尤其是英美等国家,充分彰显着它的魅力,形成了蔚为壮观的学术场景。沿着"文化研究"思潮的理论发展进行上溯,可以看到它清楚的轨迹。在 20 世纪 50—60 年代兴起的第一阶段,它主要注重于基本理论建设,对文化的内涵作了较为合理的扩展与阐释,打破了高雅/通俗对峙的二分法。这一时期的研究中心集中在英国,更由于先行者多有工人阶级家庭背景,伯明翰学派对工人阶级的文化有着再度发现。第二阶段指 20 世纪 70—80 年代,随着伯明翰学派主要代表人物的更换,这一时期的理论重点主要关注具体的文化实践,包括通俗文化和亚文化。理论上广收博取,汲取众多学说来作为自己的理论资源,为"文化研究"开拓了更为宽阔的视野。20 世纪 80 年代以后,文化研究开始影响美国,并保持迅速升温的状态,进入一个全盛发展的时期。这一时期,除了继续关注大众文化之外,种族研究、性别研究以及后殖民理论也开始成为中心论题。同时,由于不同视点和角度的介入,学科之间的交叉研究也日益成为一种新型的方法,奠定了"文化研究"在全球范围蓬勃发展的基础。

2. "文化研究"在中国

20 世纪 80—90 年代,"文化研究"思潮抢滩中国,并很快在全国范围内形成了一股热潮。一时间,这个舶来品便成为了"显学",引起了批评界和文论界的热切关注。

在文化研究这个课题进行得如火如荼的时候,描述一下这个人声鼎沸的现状就是:第一,著述丰厚。从最初的零星译介到后来的系列译丛和专门性学术集刊的出版,逐渐形成一个系统的研究方向。例如,从 90 年代末期开始,中国社会科学出版社"知识分子图书馆"丛书以译介德里达的《文学行动》开始,至今已经出版了 21 种;该社还推出了与文化研究密切相关的"传播与文化译丛"。又如,从 2000 年到 2002 年,《天津社会科学》、《社会科学战线》等学术期刊专门组织了系列性的专栏文章来探讨文化研究问题。值得说明的是,"文化研究"思潮入主中国学界是一个逐步深入的过程。20 世纪 80 年代,当国内还在关注"美学热"的时候,"文化研究"充其量只是西方文论的零星介绍,并未引起多大反

---

① "文化研究"如今已进入大学体制,因而如何在体制内、在被学科规训的同时保持其传统上在大墙之外的批判力量是目前文化研究学者普遍关心的问题(参见瑞安·毕肖普《从文化研究的内外部身份看未来的文化研究》和雷纳·温特《雷蒙·威廉斯的著作及其对当今批判理论之意义》,均载《首都师范大学学报》2009 年第 5 期)。

响。进入 90 年代中期，对特定文化研究思潮进行介绍并研究的文章与专著开始出现。自周晓仪在《国外文学》1995 年第四期发表《文化研究与理论——文化研究：分裂还是融合？》一文开始，从各个方面阐述文化研究理论的文章也越来越多。进入 2000 年以后，文化研究开始成为一个新的学术增长点，大量的西方研究理论著作得到出版，出现了编译"文化研究关键词"的热潮。[①] 第二，研究者众多。国内学者金元浦、陶东风、周宪、金惠敏、王德胜、王宁、戴锦华、陆扬等是其中的佼佼者，他们活跃在"文化研究"思潮的各个领域，并有着丰富的理论建树和研究成果。比如陶东风关于日常生活审美化的解读，金惠敏关于媒介后果的分析，戴锦华关于大众文化的探讨，周宪关于视觉文化的研究，汪民安关于身体文化的叙述等，均在文化研究领域各领风骚。而金元浦则从文化研究走向文化产业研究。2004 年，金惠敏总主编"新思潮文档"丛书，将国内文化研究界产生广泛影响的成果分卷汇编成文集，由河南大学出版社出版，其中包括《文化研究：理论与实践》（金元浦主编）、《媒介哲学》（王岳川主编）、《身体的文化政治学》（汪民安主编）、《全球化与身份危机》（陈定家主编）等。近年来，又陆续涌现出诸多文化研究者，他们将视角深入了更广阔的研究领域，并取得了精彩纷呈的研究成果。第三，学术研讨交流频繁。在"文化研究"传入中国并形成热潮的过程中，众多学术研讨、学术访问、学术座谈等的交流就日趋频繁。且不论这些年共开了多少次研讨会，一个不争的事实是，国内与国际已经形成了一个对接的交流模式。文化研究的巨头如杰姆逊、德里达、米勒、托尼·本奈特、迈克·费瑟斯通等，都曾亲临中国参与讨论，而中国学者亦赴国外与文化研究学者直接交流，如金惠敏与波德里亚、霍尔、戴维·莫利、汤姆林森、吉姆·麦克盖根等，并发表了不少有影响的访谈成果。国内学者间的交流则更是热情高涨，大有"相见无杂言，但道文化长"的意味。文化研究的各种思潮几乎都得到了介绍、探讨和争鸣。特别是近几年的热点问题如大众文化、消费主义、媒介文化的研讨与争鸣，更是开展得轰轰烈烈，引起了国内外学者的极大关注。第四，专业研究中心的成立。"文化研究"思潮兴起之后，不仅研究者和出版机构热烈响应，以集体为基准的团体研

[①] 这些编译作品数量繁多，比如译著雷蒙·威廉斯的《关键词：文化与社会的词汇》（生活·读书·新知三联书店 2005 年版，刘建基译）和丹尼·卡瓦拉罗的《文化理论关键词》（江苏人民出版社 2006 年版，张卫东译）；以及国内学者汪民安主编的《文化研究关键词》（江苏人民出版社 2007 年版）、周宪编著的《文化研究关键词》（北京师范大学出版社 2007 年版）和王晓路等著的《文化批评关键词研究》（北京大学出版社 2007 年版）等。

究中心也在逐渐形成。各大高校积极参与，它们相继成立文化研究中心，或者是更具体分支的研究中心。仅以媒介文化研究为例，就有众多研究阵地和研究中心的出现。比如，北京师范大学泛媒介文化研究中心高调成立于2003年；中国传媒大学陈墨教授创办媒介文化研究网；深圳大学成立传媒与文化发展研究中心，并出版学术期刊《文化与传播》，等等。

第二节　文化研究对文学理论的挑战

"文化研究"缘何能如此高调登陆中国？究其原因，显然受到了本土语境和西方理论两个方面的影响。其一，本土现实的土壤催发了文化研究生长的种子。20世纪80年代初期，中国的文学理论正热衷于文学"自律"性研究，然而关于文学审美特性、主体性和文学语言等方面的研究，在市场经济不断冲击的新时代要求下，面对物质生活的提高和严峻的社会现实问题，它们却无法作出自己的回答。这样就产生对文学"他律"性研究的需求和呼唤，迫使理论的目光转向于文学与社会文化之间关系的关注。于是，继"语言论转向"之后，"文化学转向"成为了中国本土文学理论发展岔口上的一个选择和走向。其二，西方理论的陆续传入为中国的文化研究提供了理论支援。在20世纪90年代我国市场经济全面确立、全球化思潮不断扩大的情况下，外国文化和文论思潮陆续被介绍进来，理论家们如饥似渴地各自寻找突破，有的向中国古代文学理论发掘资源，更多的则是向西方文学理论看齐。西方文论极大地冲击了传统的文学观念和文学研究方法，不仅引发了围绕文化研究与文学研究之关系的重大论争，也给予了中国文学理论认识自己、建构自己的机缘。本土文化语境和西方话语传播这两个方面，一个是内因，另一个是外因，二者内外相应，共同促成了当代文学理论在今天的转向与发展。正如戴锦华所说："要尝试建立中国的文化研究，首先是由于中国现实所提出的问题，不期然呼应着文化研究所设计的基本命题；其次，中国文化研究的展开，其本身正是试图回应中国现实与西方理论的双重挑战。"[1]

在这两个因素的作用下，文学理论学科要发展，就不能不重新审视自身与"文化研究"之间的关系。面对目前炙手可热的文化研究思潮，文

---

[1] 戴锦华：《犹在镜中：戴锦华访谈录》，知识出版社1999年版，第214页。

学理论的现状该进行何种描述？30年来，对于文学理论变化的探讨已经称得上是"人云亦云"，当文化研究以它无可抵挡的姿态和长驱直入的势力介入到其中，文学理论面对的挑战显然成为一个无法回避的既旧又新的话题。

1. 研究思路的转变

首先需要提出一个问题——文化研究是一种外部研究吗？它是不是针对于"文学自身"而言的"外"？"文学自身"与文化研究之间的关系，怎样通过"内"与"外"而得以表现？

虽然文化研究并不致力于区分内部研究和外部研究的二元对立，但对于文学研究的变化而言，仍然可以看出一些研究思路转变的端倪。且不说这些端倪非得通过"内"和"外"的边界来做界定，单描述一下"文化研究"在这个思路转变中带来的视角转换也很有必要。它主要表现为视角的转换以及由此衍生出来的研究思路、方法等方面的变化。

重新回到文学理论自身的运作与发展规律方面进行探讨。从中国文学理论30年的轨迹来看，粗略可概括为从审美论、语言论到文化论。20世纪80年代初、中期，全国掀起了美学热，以审美的观点来解说文学成为流行的趋势。它这样认为：从创作的客体与主体、文学作品的内容与形式的统一角度入手来对文学的特征进行把握，才能发现文学的本质。审美论作为80年代文论建设的主流，是对文学理论长期以来中心化、政治化的反拨和调整。正是由于克服了政治"工具论"，文学本身的审美特性才真正获得了自己的地位。进入80年代中后期，对文学理论问题的讨论深入到文学的许多具体层面。随着讨论的深入，文学理论发现，把文学规定为"审美"还是太狭隘，不能揭示文学全部版图的种种景观，因此它逐步将重点从理论问题转移到文学形象、文学主体，并最终转至文学语言的层面上来。这就是文学理论发生的"语言论转向"。"语言论转向"是西方引进的一个词语，注重以语言问题为中心，侧重强调具体的文本分析。在俄国形式主义、英美"新批评"、分析美学、结构主义与后结构主义等批评流派的影响下，中国文论在文学语言问题的研究、文学形式问题的研究方面也取得了一定的成果[1]。随着20世纪90年代以来商业主义的流行，传

---

[1] 这些研究包括徐岱的《小说叙事学》、罗钢的《叙事学导论》、傅修延的《讲故事的奥秘——文学叙事论》、《先秦叙事学——关于中国叙事传统的形成》、高小康的《市民、士人与故事：中国古代社会文化中的叙事》、杨义的《中国叙事学》、申丹的《叙事学与小说文体学研究》、格非的《小说叙事研究》、赵毅衡的《当说者被说的时候——比较叙事学导论》、胡亚敏的《叙事学研究》等。

统的真善美价值观受到了极大的挑战，文学作品局限于自身的形式，局限于自身的内部研究，已经不足以应对人文价值跌落和人文精神丧失的拷问，于是文化研究的视野便成为文学从社会现实和文化精神层面充分挖掘文学外部感染力的一条出路。至此，从审美论、语言论到文化论的踪迹，或者说文学发展的一条思路，已经露出了从"内"向"外"进行转变的端倪。

文学理论与文化研究的差异主要在视角上，以具体文学文本的解读为例来观察就是：前者对内，进行文本的自我解读，后者对外，进行外部的文化阐释。例如，在进行具体的文学文本解读时，文化研究的思路认为，还原原有的历史语境，揭示它本有的文化内涵，或者将它放之于不同的文化语境、文化时代，以不同的文化视角进行探讨，均能取得别有新意的阐释。更进一步，对于文学经典的探讨，同样也成为文化研究与文学研究的交锋之点。通俗地说，它们之间的交锋在于建构与解构的不同。文学理论建构经典，将文学作品的艺术价值、文学作品的阐释空间、读者的阅读期待等作品的内部因素来作为建构文学经典的基础条件；文化研究解构经典，指出经典确立的复杂性和文化差异性，认为经典的确立不是一个纯粹的文学内部建构问题，而是与政治、社会现实、文化内涵等诸多外围因素有关的大联合。以比较的眼光来看，文化研究比文学研究眼界要宽阔，文学研究重"入"，文化研究则强调"出"，强调从文学中走出来，进入文学之外更为广阔的社会与文化空间，关注现实、关注历史、关注文化。也因此，文化研究与这个时代，与这个时代人的生存等话题距离更近，从而更具现实品格与实践意义。

2. "文学性"危机

在文化研究来势汹汹的进逼下，文学理论遭遇到了极大的挑战。文学与文学理论怎么了？在回答这个话题之前，"什么是文学"或者"何谓文学性"是一个首先需要澄清的问题。

"文学性"在本质主义和反本质主义那里有着不同的见解。本质主义理论集中研究文学的形式、语言，认为纯文学的形式、语言才是文学的内部研究，其他外部问题必须从文学研究之中予以剔除。反本质主义认为，执意地寻找纯文学，无非类似于剥洋葱，一层一层地剥，最后却找不到一个本质的内核存在。本质主义与反本质主义之间的论争一直未曾停歇，对于文学性的探讨也就未曾结束。伴随探讨的深入，作为不同的理论模式，它们的分歧开始进入更加具体的研究领域，比如文体问题、文学功能的问题等。随着文学与其他相关学科的融合，以及文学与社会文化之间的联系进一步紧密，本质主义的论点越来越受到质疑，理论界开始追问"文学到哪里去了"，加上文化研究再度斜刺里杀出，"什么是文学"这个问题就首当其冲地遭遇了第一波冲击。

文化研究对"什么是文学"的冲击，在于它摧毁了传统的文学定义而代以全新的思考。与后结构主义和后现代主义同时产生的文化研究，分享了后结构主义对纯文学、自律文学的怀疑，但却把它引向了完全不同的方向。概而言之，文化研究将文学看成一种文化。一个文本是不是文学文本的问题，也就是它具不具备"文学"身份的问题。或者说，界定文学身份的问题，实际落脚于界定文学性的方式是否改变和界定文学是否消失、是否终结的问题。

随着中国市场经济体制的确立，全球化进程的加快以及消费主义文化语境的形成，两个转向最终促成文化研究消解"文学性"的现实契机。一是日常生活审美化的兴起。文学与生活的融合和接轨，加剧了文学自身要素的消解，比如街心公园文化、超市文化的兴起，一方面让文学自身产生了分化，将触角深入到日常生活之中；另一方面也让生活开始分享文学的审美要素。文学性向非文学领域全面扩张的普遍现象，使得文学丧失了自身的风格、类型和边界，陷入到自我解构与他者解构的双重困境之中。面对这个"消失"的尴尬，文学研究必然从纯文学研究走向跨学科的、交叉并置、多元互渗的整体性文化研究。二是视觉文化转向带来的"图像增殖"和符号霸权。"图像时代"的到来改变了文学自身的格局，内爆了审美与现实之间的界限，将文学性的主导地位让位于符号学带来的衍生意义。影视文学、网络文学、手机文学等的广泛出现，使得文学仅仅以变脸的方式重新出场，文学性被掩盖于图像文化之中。在这个意义上，图像对于文字的挤压，才是真正的文学危机——是"文学性"的危机。面对图像的挤压，文学从内到外发生了剧烈的反应和变化。就其内部而言，语言与形象的天平随着图像符号的入侵开始失衡，形象得以尽可能地彰显，而语言被迫隐遁，乃至极端阶段——"拟像"时期——形象彻底背离与语言的结盟开始走向图像增殖的帝国化进程。这意味着语言所蕴涵的话语"深度"彻底不再为人器重，而图像的"浅表化"、"平面感"将成为文化广场的主角。就其外部条件而言，与文学相对应的语言学理性主体开始成为被嘲弄的对象，而饱受图像滋养的感受性、平面性和非理性主体却得到极大的鼓励和张扬。及至拟像主体阶段，不仅理性彻底远离存在之躯，甚至连无意识和欲望也拱手托付于他者，自我由是成为他者之代言，主体将不复再为主体，最终深陷于拟像的

"超现实"和"泛美学"的海市蜃楼之中。至于文学,在拟像的强大淫威下不得不苟延残喘,乃至最终因其现实指涉的丢失和"商品语法"的挟持而被置于"双重死地"。①

文学被置于"死地",是不是意味着文学走向"终结"?谈道这里,21世纪初年关于"文学终结论"的热烈探讨需要我们重新温起。最初点燃这一话题的是美国批评家J.希利斯·米勒。在2000年北京举行的"文学理论的未来:中国与世界"国际学术研讨会上,米勒发表《全球化时代文学研究还会继续存在吗?》演说,之后同名论文在《文学评论》2001年第1期发表。文中,米勒谈到:"在特定的电信技术王国中(从这个意义上说,政治影响倒在其次),整个的所谓文学的时代(即使不是全部)将不复存在。哲学、精神分析学都在劫难逃,甚至连情书也不能幸免。"②此言一出,立刻在国内学界引起竞相发声。一时间,老一代文学理论家钱中文、童庆炳、杜书瀛、李衍柱……以及中青年学者金惠敏、高建平、王一川、彭亚非等纷纷撰文参与讨论,推出了一批颇有价值的研究成果。其中,有人认为文学的确是消亡了、死了;有人则认为文学离八宝山尚远;还有人认为,文学"终结"更多是一种带有警醒性的表述,正所谓文学无时不死,而其又始终以死为生,文学"方生方死"③。回顾这场论争,一方面它说明国内学界对此话题的兴趣和关注程度越来越走向深入;另一方面它表述了本土学界要求与欧美学界对话的强烈愿望;当然这同时也意味着我们的对话意识和研究水平越来越走向国际化,正所谓争论也是一种共鸣。在此意义上,米勒事件由此成为本土深入研究文学理论当代走向的一个契机。

3. 文艺学学科的重新建构

文化研究自建立之初,就决定了它的跨学科性。显著的例子就是,1957年,霍加特出版《识字的用途》一书,此书虽被认为是文化研究的重要经典,但却无法将它划入任何一门具体的学科。综观"文化研究"思潮的发展及传播情况,总能发现这样一个现象:作为一门跨学科的研究

---

① 金惠敏:《图像增殖与文学的当前危机》,《中国社会科学》2004年第5期。
② [美] J. 希利斯·米勒:《全球化时代文学研究还会继续存在吗?》,国荣译,《文学评论》2001年第1期。该文后被《文化研究访谈录》(王逢振、谢少波主编,中国社会科学出版社2003年版)和《土著与数码冲浪者——米勒中国演讲集》(J. 希利斯·米勒著,易晓明编,吉林人民出版社2004年版)收录。
③ 金惠敏:《趋零距离与文学的当前危机——"第二媒介时代"的文学和文学研究》,《文学评论》2004年第2期。

领域，它总是在打破传统人文学的划分界限，而且是进行有意识的打破。长久以来，传统学科特别是文学理论或者说是文学研究，已经被界定为是分门别类的、学科化的、系统化的。言及文学理论的学科建构，则意味着提出文学特定的问题，使用文学特定的术语系统，研究文学这个限定的对象。跨学科的文化研究对此划分却表示不满，它认为在文学学科边界的空地或空隙中，甚至在文学与其他表面不甚相关的学科交叉地带，均能找到一些遗漏的问题所在，比如说，传统的女性形象在"女权主义"的视角下同样具有研究意义。更令传统学科惧怕的是，它不仅瞄准了文学理论的领地，也将触角伸向其他领域（文化、政治、社会等），文化研究拒绝它们"各自为营"，将其原本壁垒森严的围墙进行了拆解和爆破，直接导致它们的"无家可归"，使其成为一个大的跨学科研究领域。

文化研究倡导一种新的研究范式，将方法和旨趣引入到文学研究之中，构成对文学理论的挑战。但，这并不意味着文学理论自身是一个完全的被动者，自它成为一门独立的学科始，其边界就一直处于发展和移动之中。面对生存环境的变化，新的时代要求，新的研究方法出现，文学理论的体系也在相应做出自己的调整。进入20世纪90年代以来，中国的文艺学学科建构与"西方"一样，同样经历了全球化与消费文化等的冲击，旧有的学科建制已经无法容纳新的社会现实内容和构建新的主体精神需求。针对文学的审美已经超出纯文学的范围这一现状，文学理论不仅需要拓宽自己的研究对象和研究方法，而且必须在拓宽的基础上维持自己"文学"的身份，理智地决定自己该走向什么样的发展方向。

面对文艺学拓疆和走向何处的尴尬，国内学者也做出了热烈的回应，并为此专门组织了多次学术研讨。综合其言论，首先是有关文艺学有必要进行拓疆的理由。其一，旧有的文艺学体系已经遭遇瓶颈，陷入了僵化和教条化。文学研究的范式、角度与旨趣理应是多种多样的，固有的体系不仅限制了文学理论自身的理论发展，也阻隔了文学与其他学科之间的联系和借鉴。其二，日常生活审美化和审美日常生活化的需要。文学与生活、文学与市场的密切联系催生了文学审美与生活之间的互相渗透，产生了"审美泛化"的新现象。它改变了文学生产、传播、销售甚至与读者的接受方式，同时也引发了新的对于"文学"、"文化"的定义。其三，大众文化等文化研究思潮的推动。文化研究的兴起，带来了诸多西方理论的阐释方式，无论是"照猫画虎"的亦步亦趋，还是本土理论的新发展，文学研究都在某种程度上显示出接纳新理论、面对新现实，进行新规划的必要性。其次是新的文学理论建设需要如何定位的探讨。理论界批判了一味

"移植"的理论旅行观,也抨击了为西方理论作注脚的教条主义,同时也在思考文学理论的新作为。尽管文艺学的拓疆和转型是大势所趋,但审美永远是文艺之所以为文艺的一种不可或缺的品格[①]。如何重建文学与创作的关系,如何重申文学的回归,如何坚持立足于中国本土的现实,如何实现古代文论在新形势下的现代转换,如何维护文艺学的学科活力,如何谋求文艺学的自身理论创新等,都成为文学研究与文化研究之关系论争中的聚焦点与关注点。

4. 热点问题述评

文化研究的方兴未艾,不仅因为它所关注的研究对象紧贴时下生活,引起了大众的广泛兴趣,也在于它提供了一个独特的视角。结合近些年耳熟能详的大众文化、消费主义、图像转向等热点思潮,文化研究的研究对象也有热点可寻,消费文化与文学、媒介文化与文学,特别是图像文化与文学的关系不可避免地成为了热潮和新的学术增长点。

物的极大丰盈是消费主义社会的典型特征,消费主义的领军人物波德里亚在《消费社会》的开篇就直言:"今天,我们的周围,存在着一种由不断增长的物、服务和物质财富所构成的惊人的消费和丰盛现象。"[②] 随着物的充裕,消费成为一种普遍现象,配合市场化改革的背景,消费主义文化应运而生。对于处在社会转型期的中国而言,消费主义助推了"消费至上"的价值观膨胀,消解了传统文化的核心价值。作为反映现实的文学,也开始滋生消费主义带来的负面影响,消极、沮丧、急功近利等价值观开始在文学作品中出现,同时与消费相关的广告、流行歌曲、时装、美容、健身等现实内容,也充斥于文学类型之中。至此,文学与市场,文学与审美活动,文学与商业活动越来越难以分清界限,成为了互相影响、互相解释、互相渗透的综合文化现象。与此相应,文化研究也由此开始关注消费活动带来的影响,关注消费活动下人的精神价值的变化。作为这样一个独特的视角,消费与文学以及消费带来的各种关系,虽然紧密杂糅在一起,却仍然能够得到一个合理的解释与观照。

在文化研究这个大背景下,随着消费文化被理论广泛关注,媒介作为传播消费文化的载体,其相关研究亦成为理论探讨的热点。当然,研究媒介与文学话题的目的,在于思索媒介更新之于文学活动和审美观念嬗变的内在关联。"媒介即讯息",当文学主导性的表述、传输和呈现由传统手

[①] 王元骧:《文艺理论中的"文化主义"与"审美主义"》,《文艺研究》2005年第4期。
[②] 波德里亚:《消费社会》,刘成富等译,南京大学出版社2001年版,第1页。

工、纸质媒介更易为今天以电脑、网络为主的自动化电子媒介之后，文学及其所蕴涵的审美观念、审美意识的变化/变异就在所难免。关于此话题的研究有以下一些特点。首先，文学研究在自身遭遇瓶颈的状态下，如果不寻找新的文学资源，就难以维持欣欣向荣的局面。于是，媒介作为一个切入点，打开了文学研究的新领域，使得研究者发出如此慨叹："在几乎被穷尽了的作品、读者、作者、世界之外，原来尚有传播渠道这一维度有待开掘。"[①] 其次，媒介更新同样不可避免地影响了文学的存在方式。影视文学、网络文学、手机文学的出现，更新了文学的类型，改变了文本的表意系统，也对文学理论的现有格局和理论视野提出了新的思考。当然，新媒介技术所创造的文化传播"趋零距离"，在一定意义上瓦解和终结了以距离为要务的文学类型（如情书等思念文学）的存在土壤。媒介的"解域化"冲动摧毁了文学赖以安身的"地域性"，从而宣布"民族文学"、"一种世界的文学"的终结和"全球文学"、"球域文学"的生成[②]。应该说，媒介革命特别是电子媒介的肆意扩张，对于文学的生产、传播、接收方式以及传统文学的命运都提出了新的挑战。再者，也是更为重要的方面，媒介更新通过影响时代审美观念、审美意识来直接或间接重构文学的生产和接受。比如，新媒介文化修辞性成分在加重，而其表征方面的探索性和创造性成分未得到同比例的重视和提升。再如，新媒介文化似乎加重了审美经验感受性的开掘，而这一感性经验被赋予的传统文化内涵则被销蚀、抹除。

视觉文化的兴起，也是文学"文化转向"的最重要方向之一。在经历了图像转向之后，视觉文化的时代便来临了。以"图像增殖"或"拟像"为主导的基本标志，暗喻着文学本身要素的消解。正确理解图与文的关系，厘清和阐述图像时代背景下的文学研究对象和学理意义，也成为视觉文化直面文学变化的重要关注点。图像的破碎，在对文字形成挤压的同时，也让文艺学找到了新的研究视点——将图像进行重组、集中，并将它们作为分析图像与文学怎样你进我退，以及文学性是否仍将存在的事实依据。视觉文化中的"图文"存在这样一种关系：图像直接构建一个"看"的世界，直观明了，却可能不具备文字善于叙事和分析的特点，某些特定的文字内容比如情感等无法用图像来加以描述；文字在表达方式上更为自由，可以自由颠倒时空、叙述等顺序，完全依照自我爱好来进行

---

① 费勇、吴燕：《大众传播和文学功能的重新审视》，《文艺争鸣》2004 年第 4 期。
② 金惠敏：《作为哲学的全球化与"世界文学"问题》，《文学评论》2006 年第 5 期。

排列，但相对于图像来说，却不能提供直接"看"的方便，无法让音响、图像、色彩、造型、动感、质感等进行生动的可视可听。图像与"看"、图像与文字的密切关系，使得看什么、怎么看、谁在看，成为观照图文关系的重要内容。除了进行传统意义上的文本解读，另将图像与自身的历史背景、文化背景、社会背景进行新的内容结合，充分拓展图与文之间的完整关系，在理论和现实层面都具有深度的研究意义。

第三节　困境与机遇

　　文学理论正在承受文化研究思潮带来的各种诱惑，如前文所述，由于文学理论本身存在着结构、现实与理论发展上的种种问题和限制，也由于受到后现代理论特别是文化研究思潮的种种颠覆，文学理论在走出语言学、符号学的原有格局后，如何生存与发展成为一个学科建设与学科深化需要面对的迫切问题。在这一问题的思索上，国内部分学者如童庆炳等提出了"文化诗学"的构想。所谓"文化诗学"，是指文学与文化的交叉研究，包含着两个重要的内涵：一个是审美的品性，另一个是文化的语境。"文化"，是文化研究思潮的背景，"诗学"，是文学研究的阵地。"文化诗学"的构想，则是从本土传统经验出发，坚守审美与文学的固有疆域，坚持一种固守与开放、包容与突破并存的心态来应对当下中国本土文论发展的诸多问题。应该说，在本土摸索的研究过程中，"文化诗学"的构想可以视作文学理论在遭遇困境后的一种探索。然而，面对文化研究带来的种种挑战，文学理论仅将目光锁定于"文化诗学"身上，未免太过狭隘，显然不能应对各种理论困境，更不能迎来更多的发展机遇。

　　改革开放30年来，中国的文学理论以短短的时间就匆匆走过了西方文论界将近百年的历程。现代西方各种思潮在"西学东渐"的过程中，可以找到两种不同的方式：一种是纯粹的理论旅行，即对西方文学理论不加甄别地进行介绍和解读。对于西方文学理论而言，一种思潮的出现并非突兀地从天而降，它不仅具有充分的现实和理论依据，同时也在实践的检验中不断地丰富着理论自身，是一个健康的、循序渐进的发展过程。对于"理论旅行"的中国文学理论来说，对西方文学理论的不加选择，则意味着盲目跟风和盲目追崇。对舶来理论的介绍和解读如果不立足于本土现实，则很难找到它们健康成长的土壤，不仅无法达成"西为中用"的目的，更是大量消耗了文学理论研究的能量。另一种是完全寄希望于努力于本土理论的发展，致力于将西方文学理论进行高度的"本土化"过程。虽然"本土化"仍难逃脱被"文化研究"影响的命运，或者说西方文论彻底被本土化的过程与中国的本土现实仍然存在一定的距离，但不能否认的是，中国的文学理论进行转型与重构，仍然需要借鉴外来理论的合理成分。事实也证明，文化研究中的诸多思潮，已经在文学理论的建设中起到了添砖加瓦的作用。

可以说，从介绍主义到研究问题，这是文学理论在遭遇挑战后的一个可喜现象。但综观当前文化研究的现状，还存在另外的困境和误区。随着消费社会的来临，消费文化的娱乐功能被放大，文学的符号和图像被增殖，"娱乐至死"的享乐主义被充分挖掘，文学理论也遭遇了边缘性危机。面对精英文学与通俗文学之间的融合，审美与生活之间的无区分，文学理论开始试图通过理论话语的建构来解释这些更为普遍的现象。从结果来看，这样的理论话语并未能够充分描述各种文学与其他学科的交叉现象，究其原因，在于一劳永逸的传统模式已经无法涵括变化了的具体问题。另一方面，由于对过分介绍主义的现象进行了过分的反拨，近些年来也出现了一些同样令人反思的现象——不少人宁愿多研究问题，少谈或者根本不谈主义。这种现象之所以同样令人费解，在于看不到文学理论前途的曙光，文学理论似乎刚开了头，就走向了终结。这样做的直接后果是，光谈现实问题，彻底撇开文学理论的指导不论，势必发展成问题不是问题，主义不是主义，形成一个不成体系、各说各话的混乱局面。因此，对这些误区进行辨析和纠正，不仅能避免文学理论少走弯路，而且能从中找到新的学术增长点，这也是文学理论遭遇文化研究挑战后最能发现自身价值的地方。

当前文艺学、文化研究的特点，一是具有批判性，二是具有现实性和当代性。这从学科发展的角度来看，正契合了马克思主义文论的发展方向。在当代中国，日常生活审美化带来的文化现实，消费文化、大众文化急需纳入学科体系的迫切要求，都成为新的理论发展契机。因此，重视和推进马克思主义为指导的文化研究，理应成为新的学术增长点之一。更为重要的是，在文化研究思潮的影响下，我们需要建立自己的当代文论形态。作为一个文化大国，在几千年的历史长河中，我们已经积累了相当丰富的理论资源，如何让它们在新的时代里焕发出新的光辉，实现古代文论的现代转换，更是一个我们需要重视并为之付出努力的学术增长点。

第十七章　新媒介的出现及对文学理论的挑战

从文学艺术发展的历史看，文艺的每一次大的变革和进步都与科学和技术的发展有关。艺术创新与技术进步总是如影随形。几乎每一种新艺术形式的产生都以某种新技术的问世为基础。印刷的发明，使士大夫的诗文得以大量刊印和广泛流布与传播，拥有图书的人数大大增加。在西方由印刷引起的第一次信息技术革命，对文艺复兴的产生起到极大推动作用，知识冲破教会的束缚走向平民，文艺从王公贵族的深深庭院走向大众。实际上，在过去的几百年间，印刷术一直在不停地影响和改变着艺术生产的内容和形式。

麦克卢汉认为，印刷术具有连续性、同一性和可重复性的特点，可重复性使书的价格相对缮写的书籍价格便宜得多而且便于携带，同一性使职业文人应运而生，连续性使作家能够尽情地表情达意，能对世界放声吟诵、直抒胸臆，表现手段狂放不羁。印刷术"造成诗与歌、散文与讲演本、大众言语与有教养的言语的分离"，[1] 直接改变了艺术生产的形式。印刷术不仅造就了成功的出版商，也培养出了第一批职业小说家，并且对音乐和美术的普及和发展起了极大的推动作用。

随着社会文明的进步和科学技术的发展，静态传播信息的印刷媒体已越来越不能满足日新月异地快速变化着的现代生活的需要，于是，新的媒体应运而生。近百年来，广播、电影和电视的相继出现，一次又一次地猛烈冲击着印刷媒体曾数百年独步天下的霸主地位。然而，对印刷媒介的致命一击也许来自计算机技术的诞生和应用。早在20世纪中叶，日本学者就提出过铅字行将逐渐消失的论断，认为以纸张为媒体的书籍已是日薄西山。在美国，托夫勒在他的《第四次浪潮》中也曾预言："即使目前的

---

[1]　［加拿大］麦克卢汉：《人的延伸——媒体通论》，何道宽译，四川人民出版社1992年版，第205页。

词在以后仍然会被使用,但我们目前所谓的书却很可能消亡。"与此同时,诸如《书籍的终结》(罗伯特·库佛)、《报纸的消失》(菲利普·迈耶)、《艺术的终结》(阿瑟·丹托)、《艺术史的终结?》(汉斯·贝尔廷)、《文学死了吗》(希利斯·米勒)、《文学会消亡吗》(杜书瀛)、《不死的纯文学》(陈晓明)、《媒介的后果》(金惠敏)等著作与译著纷纷涌现,种种迹象表明,印刷文明的千年帝国也许真的到了改朝换代的前夕。

美国著名后现代小说家罗伯特·库弗说:"当今现实世界,我说的是这个由声像传播、移动电话、传真机、计算机网络组成的世界,尤其是'先锋黑客'、'赛伯蓬客'和'超空匪客',使我们生活在一个纷扰嘈杂的数字化场域里。在这种背景下,人们常常听到这样一些说法:印刷媒介已到了穷途末路的时刻,命中注定要成为过时的技术,它只能作为明日黄花般的古董,并即将被永远尘封于无人问津的博物馆——即我们今天所说的图书馆里。"①

今天,即将代替纸张出版物的电子出版物已经杀进书刊市场并开始争夺信息源和读者。与传统印刷出版物相比,电子出版物是立体的,充满趣味的,它的人机交互和自动检索功能极大地解放了读者接受信息的主动性、积极性和创造性。多媒体电子出版物融文本、视频、声频、图形、图像于一体,绘声绘色,图文并茂,既增加读者的阅读兴趣,又提高了总体信息获取量,体积小、容量大、操作简便、易于携带、查阅迅速,无论从哪一个角度看,它都是出版业的一次意义深远的革命,同时也必然会引发一场艺术生产的革命。

就在电视如日中天、不可一世的时候,日本讲谈社出版了一本名为《电视的消失》的书。书的腰封上印着"仅仅用于观看的电视已落后于时代,双向式电视创造新的未来",该书认为,"今后将是'电视电脑'的时代。光缆把全世界的电脑连接起来。与电视的单向式不同,它能够像电话一样进行双向式的传输。如同在语言的传送中电话胜过了电报一样,在图像的传送中电视电脑也将完全超过电视。"该书进而预言,在 21 世纪全世界的信息无论何时何地都能在电视电脑上得到。②

只要翻翻从齐林斯基的《媒体考古学》就不难发现,当下流行的形形色色"终结论"绝不是空穴来风,纵观人类社会进化的历程,多少辉煌灿烂的文明早已灰飞烟灭!谁也不知道,因为媒介链条的脆弱易断,历

---

① [美] 罗伯特·库弗:《书籍的终结》,陈定家译,《南阳师范学院学报》2007 年第 2 期。
② [日] 富原照夫:《多媒体商业成功的关键》,《中国电子出版》1998 年第 2 期。

史上曾有多少经典著作被永远遗失于忘川。作为人类传递和保存信息方式的媒介，可以说就是在这种与遗忘博弈的过程中成长壮大起来的。从结绳记事到刻木为文，从龟甲兽皮到布帛纸张，从专人缮写到活字排版，人类认识自然和改造自然的智慧和经验，越来越真实、具体、有效地以图文及其他形式保存了下来。现代书刊从铅字排版到激光照排，从"铅"与"火"的时代到"光"与"电"的时代，从用笔写稿到键盘敲入、网络传输，现代人思想情感的传递和资料信息的交流已准确和便捷到前人无法想象的程度。

对于文学艺术而言，以网络为发展方向的现代传媒，无疑会带来一场全新的革命。这场革命的深入性、广泛性和彻底性必定是前所未有的。以文艺接受为例，由于网络艺术的传播是数字化的、多媒体的、互动式的，所以网络艺术的接受者就像逛一个网络大超市一样自由选择艺术对象，同时还可以随时发表自己的意见，如果有兴趣的话，还可以把作品下载到个人主机上，在个人电脑上对网络艺术作品进行随心所欲的修改，接受者对艺术的鉴赏变成了名副其实的"二度创作"。在网络上人人都可以是艺术家，任何一个网民都可以把自己的哪怕是即兴涂鸦的"作品"送上网络。无论艰深奇奥还是通俗浅显的作品，网络一概来者不拒。诗人与大众之间已不再有鸿沟。

马克思曾经在《〈政治经济学〉批判导言》中说过，希腊神话和它对自然的观点以及对社会关系的观点，是无法同自动纺机、铁道、机车和电报并存的。他认为，在避雷针面前，丘比特是无容身之地的。我们过去一直把这些话理解为艺术生产与社会的一般发展的"不平衡"，这无疑是正确的。但是马克思的论述分明也包含着一种惋惜。他认为就像阿基里斯不能同火药和弹丸并存一样，《伊利亚特》也不能同活字盘或者印刷机并存。他感慨地说，随着印刷机的出现，歌谣、传说和诗神缪斯岂不是必然要绝迹，因而史诗的必要条件岂不是要消失吗？现代传媒确实极大地改变了传统艺术的"必要条件"。

在这种背景下，媒介与文学理论的关系问题已成为文论界关注的热门话题，现代传媒境遇下文学的生存与发展状况得到了比较广泛的关注，特别是网络等新媒介出现以后，文学与媒介的相互关联、相互影响以及数字化语境中文学理论所面临的挑战与机遇等，都已成为当前文学理论研究迫切需要探讨的重大学术问题。越来越多的人开始相信，随着科学技术的迅猛发展，现代媒介不仅在改变文学艺术存在的本质，而且在改变文学艺术生产方式的同时，还改变了文艺生存的基础。

事实上，20世纪以来的文学发展史已让我们清楚地看到，文学与媒介之间存在着一种极为复杂的多重互动关系，对于作家来说，媒介绝不只是文学创作的工具和手段，对于作品及传播来说，媒介也不只是作品储存的载体与流布的通道，对于读者来说，媒介也不仅仅是认识理解文学的门径与渠道。在一定意义上说，媒介作为文学跨时空传播的物质载体，它们既是文学生存发展的重要历史条件，也是文学实现社会价值的主要依托，而且还是艺术理念与审美精神的寄身寓所。媒介在与文学长期相互依存的互动过程中，已逐渐由"是其所在"向"在其所是"生成转化，即媒介在对文学活动的"媒而介之"的过程中，已日渐深入地由形式因素转化为文学的内容与本质因素。

第一节　媒介的概念与文学新媒介

从文论史的视角看，文学媒介并不是一个新生概念。事实上，媒介及其相关研究是一个十分古老的诗学命题。有关文学媒介的讨论，至少可以追溯到古希腊时代。例如，亚里士多德的《诗学》，开篇就以"首要原理"谈及媒介问题。他说："关于诗的艺术本身、它的种类、各种类的特殊功能，各种类有多少成分，这些成分是什么性质，诗要写得好，情节应该如何安排，以及这门研究所有的其他问题"，也就是说有关诗学的一切问题，都要"先从首要的原理开头"："史诗和悲剧、喜剧和酒神颂以及大部分双管箫乐和竖琴乐——这一切实际上是摹仿，只是有三点差别，即摹仿所用的媒介不同，所取得对象不同，所采取的方式不同。"[1] 亚里士多德这里所提出的艺术和媒介的重要关联，直接启发了莱辛对诗和画的差异的研究。莱辛的研究表明诗与画之间主要分别在于它们分属于时间艺术和空间艺术的范畴，但其最直接的差异却在于二者使用的媒介不同。艺术的品质固然取决于情趣意象等心理因素，但其物化传媒也同样是直接决定艺术作品之成败精粗的重要因素之一。

一　"媒介为先"的诗学传统

我们注意到，亚里士多德在讨论《诗学》的问题时，开门见山地讨论"首要的原理"，而在讨论首要原理时，他首先涉及的就是摹仿的"媒

---

[1] ［古希腊］亚里士多德:《诗学》，罗念生译，人民文学出版社1962年版，第3页。

介"问题。尽管亚里士多德所谓的媒介与我们所说的媒介有这样或那样的区别,但一个不容忽视的事实是,在亚里士多德这一著名的文论与美学著作中,媒介即便不能说是"首要原理"的重要组成部分,那至少可以说是引导我们走向诗学原理的第一门径。

亚里士多德是从创作的视角发掘出了媒介的重要意义,当代学者王一川则从文学接受的视角重申了一个所谓"媒介优先"的原则。王一川认为,语言并不是直接地向读者呈现的,而是借助特定的文学传播媒介而间接呈现的。不同时代的读者透过不同的媒介而"接触"语言。《诗经》中有"昔我往矣,杨柳依依。今我来思,雨雪霏霏"的诗句。当孔子收集、整理和阅读的时候,首先接触的可能是沉甸甸的"竹简"媒介,而不是这诗的四言句式;曹雪芹阅读时接触的可能是手工印刷书;鲁迅读的是印制精美的机器印刷书;今天的读者则可能通过鼠标在网上点击浏览"电子书"。这种读者阅读文学作品时必须首先接触媒介的状况,即"媒介优先"。[1] 当然,人们对文学媒介的认识总会存在着方方面面的差异,即便同是优先考虑媒介因素,其内涵与结论也会颇不相同,毕竟,任何媒介都要依托于其传载物而存在。

中国古代文献中也有相当丰富的媒介论思想。例如,《庄子·天道》说:"世之所贵道者书也,书不过语,语有贵也。语之所贵者意也,意有所随。意之所随者,不可以言传也,而世因贵言传书。世虽贵之,我犹不足贵也,为其贵非其贵也。"庄子区分"书"与"语"的不同。世人所珍贵的"道"通过"书"这种媒介来传输,而书不过是承载语言的媒介,语言自有其可贵处。语言的可贵处不在它本身而在它所呈现的意义。意义总有所指。意义的所指又不能用语言来表达,世人因为珍贵语言才传之于书。世人虽然以书为贵,我却以为书不足珍贵,因为所珍贵的并不是真正应珍贵的。庄子揭示了"书"这一文字媒介在他那个时代文学传输中的基本作用:书是传输语言的媒介。

值得注意的是,文学媒介在中国真正受到足够重视的历史却并不太长。近代以降,报纸与刊物对文学的影响快速凸显出来,媒介力量在文学生产与消费过程中也迅速崛起,并越来越明显地占据着举足轻重的地位。在这种背景下,这才有了梁启超关于"报章兴"而"文体变"的论断。尽管当时也出现过黄伯耀《中外小说林》那样明确论及小说对报业依存关系的文字,甚至还出现过阿英把印刷与新闻之发达看作近代小说繁荣原

---

[1] 王一川:《文学媒介》,http://hi.baidu.com//blog/item/51462c.html。

因的文章,但那些闪光的只言片语,毕竟与学术研究还有一定距离。就文学与媒体关系的研究而言,大约只是到了近20年,学术界才真正比较普遍地不再只是把媒介当作文学之载体看待,而是对媒介造成的文体观念、文体特征、创作意识、叙事模式等方面的变革进行了深入探究,并取得了一系列令人瞩目的成果。其中陈平原、王晓明、王富仁等人的相关研究颇有影响。①

新媒介与文学艺术的关系问题一向十分复杂。一方面,新媒介就是一个不断变化的概念。仅以一个普通中国人的艺术消费经验而言,近60年文学艺术之媒体的更新换代,便足以令人生出沧海桑田的感慨。比如说,广播对于墙报可能是新媒体,而对于收音机则可能是旧媒体,电影对于收音机可能是新媒体,对于电视则又可能划归"旧媒体"的范畴,当以互联网为代表的数字化媒介出现以后,无论报纸、书刊等印刷品传统媒介,还是以模拟信号系统为核心的"先锋媒介",有时候就都被一股脑地归入传统媒体或"旧媒介"的行列中了。另一方面,媒介与非媒介之间也常常没有一个明确的界限。我们看到,媒介相对于文学艺术而言,其本质特征也具有极为复杂的多面性。譬如,文学艺术相对于语言来说是内容,而相对于审美意识来说却又成了媒介,语言相对于文字或声音来说是内容,但相对文艺作品来说却又只能说是媒介,符号相对于纸墨等物质载体来说是内容,相对于可以传情达意的文字与声音来说却又是媒介。

二 "媒介即讯息"的文学意义

这种情形让人联想到麦克卢汉"媒介即讯息"的著名论断。② 按照麦克卢汉的解释:"所谓媒介即讯息不过是说:任何媒介(即人的任何延伸)对个人和社会的影响,都是由于新的尺度产生的;我们的任何一种延伸(或曰任何一种新技术)都要在外面的事务中引进一种新的尺度。"③ 传统文论认为,文学媒介属于形式的范畴,仅仅是主题、情节、观念、意象等所谓"内容"的载体,媒介本身是空洞消极且毫无意义的,麦克卢汉的看法则不同,他看清了"内容"与媒介之间相互依存和潜在的可转换性特征,创造性地揭示了媒介自身的价值与功能。他认为媒介对"内

---

① 周海波:《传媒时代的文学》,人民文学出版社2007年版,第11—12页。
② 麦克卢汉的"媒介即讯息"是当代文论家们引用得最多的名言之一。不过,这里的"讯息"(Message)被中国文论界的许多学者误写作"信息"(Information)。这类误读显然与吴伯凡《孤独的狂欢》中提出的"媒介即按摩"(Message is massage)等妙解存在本质差别。
③ [加拿大] 马歇尔·麦克卢汉:《理解媒介》,何道宽译,商务印书馆2000年版,第33页。

第十七章 新媒介的出现及对文学理论的挑战 437

容"具有强烈的反作用,在很大程度上,正是媒介的性质决定着"内容"的形态特征和结构方式。用麦克卢汉的话来说,"对人的组合与行动的尺度和形态,媒介正在发挥着塑造和控制的作用。"[1] 当然,麦克卢汉的媒介理论复杂多变且矛盾重重,与我们所理解的"媒介"、"新媒介",尤其是"文学新媒介"之间存在着许多差异。

当下学术界比较流行的一种广义的媒介观念认为,古今中外一切既有文献无不是历史与文化的媒介。例如中国儒家的"六经"就是今人得以了解先秦文化的重要媒介。自孔子问道于老子,得知夏、商、周三代的精神文化遗产,他历经五十余年,遍访多国诸侯,审读"三坟"、"五典"、"八索"、"九丘","如切如磋,如琢如磨",终于缔造出旷世的典范性文化媒介结构。有学者认为,孔子开创的"六经"体系,作为一种文化传播媒介,与殷商的甲骨文献、西周的铜器铭文、埃及法老的泥版文书、巴比伦先知的旧约、印度释迦的贝陀罗经相比,编辑得更为严谨、系统和完整,因而成为更加成熟的"东方精神文化媒介"。[2] 由此可见,无论是甲骨纸草还是金石简帛,不管是"四书"、"五经"还是"旧约"、"新约",任何能充当文化信息载体的东西,都可以看做文化媒介。如此说来,人们将我们生活其中的网络社会称之为"泛媒介时代",不仅言之有据,而且恰如其分。

尽管如此,为了避免概念的混乱,我们首先还是要把讨论的范围定位在当代文论一般意义之"文学媒介"的范围内。那么,什么是文学媒介呢?王一川认为,文学媒介是文学的感兴修辞得以传播的外在物质形态及渠道,包括口语媒介、文字媒介、印刷媒介、大众媒介和网络媒介等类型。这个定义对媒介"内在"的本质特征似乎缺乏应有的开掘,因此,定义者在"外在物质形态及渠道"的定义之后,补充了一句看似多余却意味深长的断语——"没有媒介就不存在文学。"意在弥补其定义忽视了媒介之于文学的重要性的缺憾。

我们注意到,无论我们说的"媒体"、"媒介"或"传媒",如翻译为英文都可使用同一个单词:"medium"(其复数为 media)。其核心词无疑是这个"媒"字。"媒"在《现代汉语大词典》中有 10 项释义:1. 说合婚姻的人。2. 指说合婚姻。3. 引荐的人。4. 指引荐;推荐。5. 媒介;

---

[1] [加拿大]埃里克·麦克卢汉等:《麦克卢汉精粹》,何道宽译,南京大学出版社 2000 年版,第 172 页。
[2] 王振铎:《孔子对中国文化传播媒介的编辑创构》,《河北学刊》2006 年第 5 期。

诱因。6. 导致；招引。7. 向导。8. 谋取；营求。9. 射猎时用作诱饵的鸟兽。10. 酒母。何为"媒介"呢？《现代汉语大词典》的解释是：1. 说合婚姻的人。2. 使二者发生关系的人或事物。适合于文学媒介的解释大约只能是第二项意义。不过，麦克卢汉的《理解媒介》似乎将《现代汉语大词典》中的多数释义都囊括其中了。如"引荐"、"诱因"、"导致"、"招引"、"向导"、"谋取"、"营求"等，都可看做是使文学各要素（作者、作品、读者、社会等）之间"发生关系"的基本方式。在麦克卢汉的一系列著作中，他列举了大量的文学经典作品作为媒介发挥各种奇特功能的例证。

　　基于上述理解，我们倾向于把"文学媒介"定于为使作者、作品、读者、社会等文学要素之间发生关系的人或事物。譬如说，行吟诗人荷马曾是《伊利亚特》和《奥德赛》说唱形式的"媒介"，电影《特洛伊》是《荷马史诗》的影视形式的媒介，《塞壬女仙》是史诗《奥德赛》和相关希腊神话的网络游戏版的媒介。如此定义媒介最大的优越性在于，它顺应了当代文学大众化、影视化、图像化、网络化等走向形态多元化的时代潮流，使媒介概念顺理成章地突破了期刊、书籍等传统物质形态的束缚，而将广播、电视、电影、光盘、网络、MP3等多种文学生产与消费的新方式和新方法，以及规范其存在和发展空间的物质形态悉数囊括其中。更为重要的是，媒介的概念已不局限于创作与作品或作品与消费之间的关联物，我们还可以进一步将它理解为文学各要素之间互动的舞台，并直接将媒介理解为文学要素之一。值得注意的是，近年来，关于媒介与文学的研究受到了越来越多的学者的关注，相关新著陆续出版，如黄鸣奋的《新媒体与西方数码艺术理论》、单小曦的《现代传媒语境中的文学存在方式》等，都是文论界研究媒介问题的专精之作；特别是相关译著的大量涌现，极大地拓宽了研究者的视野，如何道宽翻译的"麦克卢汉研究书系"等，提供了大量可资借鉴的新观点、新方法和新材料。

　　按照黄鸣奋的说法，对媒体新与旧的区分，是某种发展观的体现，或更准确地说是进化观的体现。这是将媒体的演变理解为历史过程。"新媒体"通常是时间上较晚出现的、功能上或特性上与既有媒体存在某种区别的。当然，上述演变并不一定以新媒体淘汰旧媒体的方式进行。新媒体出现之后，往往和"旧媒体"并存，只不过职能各有所司，彼此之间既竞争又合作，通常情况是"新旧互补，相辅相成"。正是这种错综复杂的关系构成了我们所说的媒体生态。黄鸣奋以电子媒体与印刷媒体、数码媒体与模拟媒体、线性媒体与非线性媒体的关系为例，详细阐释了新媒体的三种定位。

人们所说的"新媒体",无疑属于电子媒体范畴。在历史上,电子媒体之"新",首先是相对于印刷媒体而言。电子媒介与印刷媒介传递的信息类型的差别可以用三对矛盾的概念来解释,即传播与表情、抽象与表象、数字与模拟。黄鸣奋说:"印刷媒介仅包含传播,而大部分的电子媒介也传递了个人的表情。电子媒介将过去限于私下交往的信息全部公开了。电子媒介将过去人们直接而密切观察时所交换的信息也播放了出来";"抽象/表象这对矛盾提供了另一种区分印刷媒介和电子媒介的方法。印刷媒介去除了讯息大部分的表象形式,它仅传递抽象的信息,但大多数的电子媒介传递的信息除了抽象符号外还有大量的表象信息"。[①]

总之,"媒介即讯息"的论断,正日益得到网络文化和日常生活的验证。从根本上说,文学和任何其他艺术形式一样,最基本的功能无非是传播思想与情感的信息而已。从传播学的视角看,任何文学作品,无论对于作者还是读者而言,它们都既是媒介,又是信息。

单就文学创作而言,以网络为代表的新媒介,在激发灵感、搜集素材、辅佐构思、调动心智存储、规范语言表述、简化校阅修改程序等方面都已显示出有助于写作的惊人潜力,更为重要的是,新媒介正在塑造着自己的现实,即所谓"超现实"(super-reality),在这个所谓的"超现实"世界里,无论表意"抽象符号"还是传情的"表象信息",一切都将"数字化"为"讯息",包括"媒介"本身也不例外。姑且撇开"文学即讯息"这一简单的事实,即便单从"工具"层面来考察媒介,新型网络的力量也绝不容小觑,它在改造人类社会生活的过程中,同时也使人的精神世界和情感世界悄然发生了变化,于是,关注内心世界的文学艺术也因之必然相应发生本质变化。

三 "传媒语境中的文学存在方式"

现代传媒对文学的生产与消费模式、储存与传播方式、批评与鉴赏模式等都带来了重大变化。其中具有革命性意义的变化是新媒介造成的审美观念转型。仅就初出茅庐的网络化写作而言,至少有以下几个方面的变化是显而易见的:其一,文艺载体日趋多元化。从单一的文字读写和带着原始气息的口头传播形式到电子文化时代的多种"有声有色"传播工具的不断创新和发展,传统文艺的疆域已经变得接近于无限宽广。其二,创作

[①] 黄鸣奋:《新媒体与西方数码艺术理论·后记》,学林出版社2009年版,第8页。

主体出现群体化趋向。"网络社会"的开放性使所有网民都有机会参与创作，各种新兴艺术式样也使艺术生产的分工与合作变得越来越明细化。其三，极大地改变了艺术的创作方式。单个作家依靠"文房四宝"打天下的传统写作方式正渐渐被键盘操作所替代。文字的神韵逐渐散失而其符号功能得到了加强。而且，按照西方学者的看法，现代传媒还破坏了传统文学和艺术的本源的权威性，破坏了传统艺术模仿现实的权威性。导致了美和艺术的生产方式、结构方式、作用方式、知觉方式、接受方式、传播方式、评价方式的巨大变革，并改写了关于美和艺术的审美观念。

过去艺术与生活两者之间的清晰界限如今已经不复存在了。实际上，经过电子文化包装的现实早已像幻影一样迷离，而美和艺术因为高技术文化所提供的新手段（新闻报道、电影、电视、摄影）却反而成为现实，本源性、唯一性、原作的观念悄然退出了艺术神坛。例如，在一系列古典名著的游戏软件中，文献所载的"已经发生的事"实实在在地被无数库存在"阅读"者和电脑的合作过程中的"可能发生的事"代替了。即使用亚里士多德的观点来看，电子艺术也应该比纸媒艺术更有"诗"的意味和"哲学的意味"。

在互联网络这一媒体中，融入了文学、绘画、音乐、舞蹈、电影、电视等多种艺术样式，是各种媒介相互渗透、取长补短的产物。它将多种文化的优点集中起来，加以创造性地发展和发挥，极大地提高了艺术生产的创造力并使艺术消费变得通俗直观、简单便捷。以光速传播的网络艺术是传统的印刷文化艺术难以比拟的。

总之，在网络化为代表的现代传媒语境下，文学的生存与发展方式发生了深刻的变化。在这个历史性的大变革中，"文学不是'终结'了或'消亡'了，而是转型了。西方19世纪中期以来形成的以'纯文学'或自主性文学观念为指导原则的精英文学生产支配大众文学生产的统一文学场走向了裂变，统一的文学场裂变之后，形成了精英文学、大众文学、网络文学等文学生产次场，按照各自的生产原则和不同的价值观念各行其是，既斗争又联合，既相互独立又相互渗透的多元并存格局。"[①]

有学者将这种变化概括为传媒语境中"文学场"的裂变：20世纪90年代之后，随着互联网的发展，以互联网为传播媒介，网络文学在广大网民之间形成了一种既不同于精英文学，又不同于大众文学的文学活动空间。网络文学的自由性、去中介化、在场性、互动性等传统文学活动所没

[①] 单小曦：《现代传媒语境中的文学存在方式》，中国社会科学出版社2008年版，第4页。

有的特点，完全有理由要求重新划定文学存在的边界和文学存在的属性。当代社会中统一的"文学场"不再存在了，但精英文学、大众文学、网络文学等均形成了各自的"次文学生产场"，不仅每个"次场"内部充满了斗争，它们相互之间也竞争激烈，并未显示出"终结"迹象。

在《现代传媒语境中的文学存在方式》一书中，单小曦提出并论证了文学活动第五要素论。他认为，在今天的现代传媒文化语境下，文学传媒是继世界、作家、作品、读者之后文学活动的第五要素。如果考虑到传媒要素在文学活动和文学作品中的存在，对于重新确认文学存在方式意义重大。这样就可以把文学存在方式赖以构成的主要物质性因素由四要素、三元素扩展为五要素、四元素；更为重要的是，这不仅仅是个要素、元素增加的问题，系统、场域中新元素特别是较活跃的新元素的增加，会给系统、场域的整体存在带来革命性的影响。

因此，在现代传媒文化语境中，相类似的本体性构成要素已不单单是个语言问题，而应扩展为包括语言在内的范围更广的文学信息传播媒介，即文学存在的传媒要素。这些传媒要素包括四种类型：一是符号媒介，如口语、书面文字符号等。二是载体媒介，包括石头、泥版、纸张、胶片、光盘等。三是制品媒介，如册页、扇面、手抄本、印刷书刊、电子出版物等。四是传播媒体，如期刊、电影、电视、网络公司等相关部门。这些传媒机构集生产职能与传播职能为一身，从传播学角度说，就是传播媒介。

批评家黄发有曾将多种形式的媒体比作一张无形的大网，它纵横交错，四通八达。文学的跨媒体传播之网，更像城市地下盘根错节的各种管线，有煤气管道、通信光缆、自来水管道，它们输送的资源点燃了城市的灯火，迅捷地给城市带来各种信息，滋养着城市中的生命。不能忽视的是，在城市的地层深处，最为庞大而复杂的管道网络是排污系统，它汇聚了城市最肮脏的液体，将它们排泄出城市的躯体。今日的媒体和文学同样如此，其中既包含着像水、火、通信一样的不可或缺的精神资源，也不断地生产出大量的文化垃圾，如果不能正常地将它们排泄出去，文学和文化的生态都将遭到摧毁性的破坏。而且，这个年代的媒体和文学，产量最高的一定是日常化的精神消耗品，就像煤气、自来水和信息一样，它们带来了种种便利，但它们在被消耗之后，也会留下废气、废水和垃圾信息。[①]

由此不难想见，技术在创造出许许多多的文化消费新花样的同时，也

---

① 黄发有：《媒体制造》，山东文艺出版社2005年版，第190页。

在把技术自身的逻辑和规则强加给文化。如果说在我们面前有两种逻辑，即技术的逻辑和文化的逻辑的话，那么，这两种原本并不兼容的逻辑如今出现了新的局面，技术的逻辑在文化中，特别是大众文化中，占有越来越大的比重。技术的逻辑一步步地消解着文化固有的逻辑，并有取而代之之势。这样一来，在中国当代审美文化的转型过程中，一个尖锐的矛盾不可避免地呈现出来：即周宪等学者所说的"工具理性对表现理性的凌越"。

当文化的媒介化趋势已经变得不可遏止时，当技术的作用在文化中不断上升时，技术自身的工具理性逻辑便不可避免地增强起来。甚至有可能超越审美固有的表现理性，并大有取而代之的势头。于是，正如马尔库塞说的，技术的解放力量转而成了解放的桎梏，对技术因素的迁就和依赖，在艺术生产领域也变成了一种潜在的足以造成创造力衰减的危机。

我们应该清醒地看到，当下现代媒介无休止的更新换代不断助长了技术力量向艺术生产的本体性渗透。由于当代艺术生产对科学和技术的依赖，不知不觉间，传统的、手工艺性质的艺术生产活动和鉴赏型的艺术消费行为逐渐消失了；对艺术创造性的追求渐渐变成了对技术和工具革新的追求。在科技意识形态的不可抗拒的影响下，技术作为操纵艺术行为的幕后指挥，正在渐渐走向艺术舞台的中心。说到底，媒介对文学艺术最深层的影响是它已作为一种意识形态悄然改变人们的思维模式和审美习惯，对于网络时代的文学艺术来说，新媒介绝不仅仅是工具和手段。

第二节　媒介研究现状与文论发展动向

近十年来，有关文学媒介的研究著述持续呈现出激增态势，其中有关数字文化与网络文学的著作最为引人注目。在此之前，媒介在中国传统文论中基本处在一种不被重视的边缘地带，直到希利斯·米勒关于新媒介导致"文学终结"的言论在世纪之交引发关于文学终结论之争，媒介才变得如此引人注目。① 从一定意义上说，"终结论"为媒介文化与网络文学研究的兴起充当了助产婆的角色。

---

① 2000 年秋，"文学理论的未来：中国与世界"国际学术会议在京召开，美国学者希利斯·米勒提出了"文学的时代将不复存在"的命题，次年第 1 期的《文学评论》上发表了米勒的会议发言《全球化时代文学研究还会继续存在吗？》，该文在学术界引起了热烈的讨论与争鸣。

一　媒介革命与文学终结问题

当然，"终结论"并不是米勒的专利，早在1988年阳雨发表了《文学失去轰动效应以后》，文学边缘化问题就引起了批评界比较广泛的重视，随着文学市场化的日益深入，"文学终结"的观念开始弥漫开来，20世纪90年代，批评家李洁非甚至断言，现代意义的"文学"一词将从21世纪的词典中消失。如果说80年代末文学的生存危机主要是市场化的冲击造成的，那么，在世纪之交出现的"终结论"则是新媒介冲击的结果。

值得注意的是，有关"终结论"的讨论似乎一直没有"终结"的迹象。2006年，米勒《文学死了吗》的中译本与陈晓明的《不死的纯文学》同时出版，且在许多大型书店里同架出售，使文学终结论的讨论又一次成为读者和评论界关注的焦点。更为终结论火上浇油的是叶匡正的一系列博客文章，他对文学王国及其继续存在的理由进行了地毯式的连续轰炸，也引起了相关研究领域比较普遍的关注。

叶匡正在"揭露中国当代文学的十四种死状"的博客文章中指出："文学死了，不是一句口号，而是一种思想，可以让我们重估文学在今天的价值。关于文学有太多的伪问题，而'文学死了'是一个值得我们面对的真问题。对作家而言，如果文学死了，你将如何写作？对大众来说，如果文学死了，是否意味着一种观念的解放？""文学这具尸体，现在已被运进了停尸房，我们目前还不能把它开膛破肚，查明死因。"他认为，中国当代文学确实死了，任何对当代文学体制有所了解的人都会得出这个结论：

1. 文学理论死了！文学理论人士都在叫喊"文学理论危机"。知名文学理论教授们纷纷转行，很多人转向了文化、图像、媒介、思想史的研究。人们惊叹文学研究人员流失，文学理论教学也举步维艰。其实早在2004年，中国社会科学院文学研究所孟繁华研究员就说文学理论死了，他认为传统的文学理论无法在新时代生存。

2. 文学批评死了！文学批评的"造假"与"甜蜜"，文学圈内人所共知。文学批评臣服于商业利益，批评变成了炒作，商业早已改变了文学批评的本质。读者对文学批评毫不买账，要么说的听不懂，要么说的都是假话。作家对文学批评更懒得理睬，认为是隔靴搔痒，自说白话。批评家自己也牢骚满腹，抱怨批评劳动不受尊重。批评家谢有顺认为今天的文学批评"表扬信"铺天盖地，"和稀泥"者比比皆是。他总结过，"文学批评更像是文学族类里的贱民"。

3. 文学史死了！中国现当代文学史一直是政治意识的附庸，这是不争的事实。近20年来，文学史家们又开始对文学界不断涌出的"运动"、"圈子"、"口号"有了热情，这种"准政治法则"使文学史家们漠视文本，作家、诗人们也热衷于生产观念，文学史沦为"文学观念运动史"，文本沦为图解观念的奴隶。此外，产生于大众中的一切新的文本样式，皆被斥为庸俗文学，被排斥在主流文学之外，永不可能进入文学史。文学史，成了一部分人、一部分意识的文学史。①

在叶匡正看来，"参与到今天文学机制中的每个人，都曾经心怀对文学的梦想。然而，因为这个梦想，却与文学成为相互谋杀的一对凶手。我们为何还要继续假借文学的名义，苟延残喘在这样的机制下？我们为何要把我们的文本，称之为文学？"②叶匡正的言论，与其说是在"揭露中国当代文学的十四种死状"，不如说是在为一桩假想的谋杀案寻找可能存在的"凶手"，在这个嫌疑犯的名单里，凡是与文学有关的对象几乎都被一网打尽。不幸的是，这种看似愤世嫉俗的笑骂式的批评，竟然不同程度地说中了现存文学形态的病根与伤痛处。当然，"伤病"并不等于"死亡"，它们往往是新生的起点，生命辉煌的徽章，即便在最糟糕的情况下，它们至少可以算作"仍然活着"的证明。

高建平先生在论及"美学与艺术向日常生活的回归"时指出，当前某种意义上的"艺术终结"，实际上是另一种意义上的"新生"："这是第二次终结，也是第二次新生。这种艺术的新生，应该与马克思所说的，'按照美的规律来建造'结合在一起。艺术会走出象牙之塔，走出孤岛，走出分区化形成的鸽笼，走向大众。只有在这个意义上，日常生活审美化才成为历史的必然。"③在众多促进艺术向日常生活回归的因素中，媒介化生存无疑是其最重要的因素之一。从哲学的层面看，这与陈晓明所谓的"向死而生"、米勒的"终结"与"永存"之矛盾颇有相似之处，它们都包含着超越"生存与死亡"之辨的深刻思想。媒介对文学的影响问题，也当从这种"终结"与"新生"的复杂关系中寻求答案。

---

① 除了文学"史、论、评"之外，接着被宣判"死刑"的有：4. "大搞形式主义"的文学研究机构；5. "只要花钱就可发表论文"的文学学术刊物；6. 制造"学术泡沫"的文学教授与研究者；7. 沦为教授义工的文学硕士生与博士生；8. 千部一腔腐朽不堪的文学教材；9. 枉耗资源以供闲人意淫的文学报刊；10. 靠卖书度日的出版社文学编辑；11. 豢养文学官僚、奴才与假作家的作家协会；12. 创作欲望只随市场行情波动的作家；13. 醉心于偷窥、猎奇的文学读者；14. 假借既往大师之名炒作非文学作品文学奖。

② http://blog.sina.com.cn/yekuangzheng.

③ 高建平：《美学与艺术向日常生活的回归》，《北京大学学报》2007年第4期。

从历史的视角看，文学遭遇"生存危机"并非史无前例。事实上，人类文学史上"起码"有过四次"为诗辩护"，即为文学"生存权"辩护的事例：1. 亚里士多德为柏拉图驱逐出"理想国"的诗所作的"诗学"式辩护；2. 但丁为中世纪神学贬为婢女的诗歌作出的"神曲"式辩护；3. 湖畔诗人和雪莱等人在科学浪潮中为趋于落寞的诗歌辩护；4. 在电子图像时代为诗辩护。为此，童庆炳等学者对"文学已经在电信王国的海啸中濒临灭亡"的结论深表怀疑。不过，他们也承认，"旧的印刷技术和新媒介都不完全是工具而已，它们在某种程度上具有影响人类生活面貌的力量。"譬如说，网络写手不可能再像巴尔扎克那样"啰啰唆唆"，像巴金那样娓娓道来。网络时代的小说往往放弃"描写"而专情于"对话"，作家期望在"触电"（即影视改编）过程中一炮走红。总之，电子时代的来临，文学自身的存在方式也会随之改变，旧的写法被淘汰了，新的写法出现了，但文学不会消亡。第一层理由是"人类情感表现的需要"；第二层理由是文学拥有"独特审美场域"，即其他审美文化无法替代的"内视性"特点。[①]

在有关终结论的讨论中，杜书瀛、童庆炳、李衍柱、彭亚非、金惠敏等学者的意见引起了学术界比较广泛的关注。杜书瀛先生以"学术前沿沉思录"为副标题的"讲演集"干脆以《文学会消亡吗》为书名。在《艺术哲学读本》和《价值美学》等著作中，杜先生还专门讨论过文学与媒介的关系问题。尤其是《价值美学》研讨"媒介的意义和作用"一章，提出了"媒介直接就是生产力"、"媒介通过改变主体而影响和改变审美和艺术"、"媒介通过改变对象来改变审美和艺术"的观点，他认为，特定的审美价值只能由特定的艺术媒介来实现，一种新的媒介的产生可能意味着一种新的审美价值形态的诞生。尤其值得注意的是，作者在一系列著作中从美学的高度比较深入地探讨了文学与媒介的关系问题。与"终结论"密切相关的文学媒介研究的更详细的情况，可参阅本章本节中"文论视角的媒介研究现状"的论述。

二 媒介多样性的发展态势

文学与媒介的关系一向十分复杂。众所周知，媒介革新常常是文学发展的重要动力。书写之于史诗的定型，印刷之于现代小说的兴盛，影视之于通俗文学的勃兴，媒介都扮演着举足轻重的角色。从一定意义上说，当

---

① 童庆炳：《美学与当代文化讲演录》，广西师范大学出版社2007年版，第266—300页。

前"文学终结论"的出现也正是媒体快速发展的必然结果。自19世纪以来，由信息科技的突飞猛进所推动，媒体以令人炫目的速度发展，迅速完成了由慢媒体向快媒体、由贫媒体向富媒体、由单媒体向多媒体等转变。报纸越来越厚，广播电视频道越来越多，网页甚至增长到了天文数字。媒体不仅早就是产业，而且在并购中形成不容小觑的"帝国"。媒介加速发展，也给文艺带来了巨大变革，各种形式的"终结论"以前所未有的高分贝一再宣布文艺之死，但事实上文艺以前所未有的高能量显示出推陈出新的活力：生产效率越来越高，发表门槛越来越低，流派兴迭越来越快，门类界限越来越模糊，作者队伍越来越庞大，受众的参与热情越来越看涨。文艺早已走出了象牙之塔，融入审美的日常生活，并在这一过程中"泛化"①。

特别是从20世纪下半叶开始，"电视霸权"的形成和"网络幽灵"的出现，对文学艺术的生存与发展产生了强烈的冲击和重大影响，批评家用"创深痛剧"来形容这种形同"脱胎换骨"的范式转换可谓恰如其分，新媒介对文学的影响，甚至使当年印刷技术对传统文学的革命性影响也无法望其项背。早在20世纪80年代，有"非洲莎士比亚"之美誉的诺贝尔文学奖得主索因卡就曾发出过"诗歌与小说已死于电视机下"的感慨。进入新世纪以后，讨论媒介兴起与文学终结的声音更是不绝于耳。但与此同时，一种欢呼文学媒介革命的意见渐渐占了上风。如今，越来越多的学者倾向于将电视和网络看做带给文艺全新希望的主体媒介。事实上，潜力巨大的"艺术媒介"在其快速成长过程中，也正在演变为前景辉煌的"媒介艺术"。

在网络化全球互动语境下，文学艺术的生产、传播与消费媒介发生了本质性变化，传统媒介与网络媒介在资源共享、优势互补、综合创新的前提下，其图像化、影视化、数字化、大众化、娱乐化的倾向已成不可阻挡之势。就发展态势看，业已占主导地位且影响日渐深远的主要是以电视/网络传播方式为载体的文艺生产、文艺消费与文艺传播。如电视/网络连续剧、戏剧、散文、诗歌、小说、摄影、舞蹈、雕塑、绘画、音乐、曲艺、相声、小品、综艺晚会等多种形式，可谓应有尽有。毫无疑问，文艺式样的媒介化与多样化一直是摧毁与瓦解原有文学场、建构起新型文学生态系统的主要因素之一。

---

① 黄鸣奋：《"媒体与文艺丛书"总序》，见王烨《新文学与现代传媒》，学林出版社2008年版，第1页。

第十七章 新媒介的出现及对文学理论的挑战 447

当然，我们也应该看到，牢固地占据当下艺术消费市场的大多数影视艺术，就其审美价值取向和基本叙事模式而言，它们大都仍然可以看做是文学的史诗传统的延续与改造，即便在那些画面和音乐的元素占有极高比例的影视艺术中，语言仍是其具有决定性意义的媒介根基，即便是影像与声音所呈现的所谓"无言之韵"，说到底也终归要以"语言家园"为依托。

与此相关的一个传统理论命题是，究竟应该如何理解书面文学与影视艺术的关系？这个问题，现在显然要比莱辛在《拉奥孔》中所讨论的情况复杂得多。不过，一个常识性的事实使我们可以越过复杂的理论之争，而直接把影视艺术纳入文论研究的视野，理由很简单——既然莎士比亚、关汉卿的戏剧被看做无可争辩的文学经典，那么，被现代影视媒介搬到银幕或荧屏上的戏剧，理所当然也应该在文学王国里占有一席之地。暂且撇开影视脚本、字幕等与书面文学完全相同的部分不论，单从艺术哲学的视角看，我们也可以找到影视艺术与时下流行的"大文学"观念的高度相容性。

黑格尔在《美学》中讨论戏剧时有一个著名的论点：在艺术所用的感性材料之中，语言是唯一适宜展示精神的媒介，而诗（文学）正如亚里士多德所说，是以语言为媒介的艺术；不仅如此，戏剧还实现了史诗原则与抒情诗原则的统一。因此，黑格尔把戏剧看做是诗乃至一般艺术的最高范例。假如我们将电影电视剧看做虚拟舞台的戏剧，我们应该也有足够的理由将大多数影视艺术划归为语言艺术。譬如，在颇有中国特色的"春晚"舞台上，相声小品等作品就被官方媒体界定为"语言类"节目。可见，把那些偏重以语言为媒介的影视艺术看成是文学"相似家族"的成员，不仅在理论上有根有据，而且在实践中也已形成定则。

在大众传媒时代，我们看到，"文学借传媒艺术的风帆达于天下所能达之处，文学从未有今日这样传播之广；传媒艺术以文学为内蕴，为运思之具，得到了深刻的滋养。文学固然不同于传媒艺术，二者不可混用，但其互补共济的美好的前景已越来越清晰地展现在人们的眼前。"[1] 很多业已成为文学媒介化的经典案例的网站，如起点中文、榕树下、17K、玄幻书盟等各具特色的网站，已然为日渐沉寂的传统文学开辟了一个辉煌灿烂的全新世界。总之，传媒时代，文学非但不是明日黄花，反倒凭借新生传媒的力量更加有效地滋养着受众。人类借有感情的语言创造出具有独特审

---

[1] 张晶:《传媒艺术的审美属性》，http://blog.sina.com.cn/zhangxunyi。

美特征的文学艺术，传媒时代也因为文学艺术的魅力而更加丰富多彩。新媒介语境下文学与传媒已然走上了一条相互融通、共赢互利的生生不息之路！当然，也有不少人文学者对此剧变而深皱眉头。

媒介艺术研究领域的专家们都清楚地意识到，现代媒介对传统艺术的影响是革命性的，"革命"，意味着颠覆与重构。在传统艺术的生产与消费过程中，艺术家的形式创造特征是显性的，欣赏者在面对艺术品的时候，所感悟到和鉴赏的首当其冲是艺术家的形式创造能力和独特的艺术风格。与传统艺术相比，主体的形式创造因素在欣赏者面前日渐淡化，日渐退后。距离感的消解，审美主体对于对象的融入，在传媒艺术的审美过程中是普遍的。传统美学主张"无利害"的审美，也就是远离欲望，传媒艺术的审美则是和欲望密切相关的。在传统艺术中，娱乐的功能只是诸多功能之一，而且绝不会占有首要的位置；而在传媒艺术中，快感成为人们最主要的审美需要，娱乐提供了最为普遍、广受欢迎的快感资源。[①] 这一切对文学而言究竟是"进步"还是"退步"，或者说在哪些方面"进步"了，在哪些方面又"退步"了，诸如此类的问题，目前学术界看法还很不一致。不过，相关学术论争中的种种理论疑团，就像艺术史上的许多理论难题一样，即将在未来的艺术实践中烟消云散。

值得注意的是，网络时代的文学与印刷时代的文学绝非水火不容。事实上，电视和网络非但没有"终结"书面文学的可能，它们甚至对口头文学的生存与发展也助益多多。口传文学时期，说书艺人们有句自况的说辞："满台风云吼，全凭一张口。"在今天的文艺舞台上，我们看到，这种荷马时代就已经普遍流行的艺术生产与消费形式，直到今天非但没有过时，而且凭借现代声光媒体的支持，舞台艺术获得了更加"辉煌灿烂的舞台魅力"。我们看到，虽然评书、相声等传统舞台艺术早已"非当其时"，但在文艺广播节目和网站曲艺专区，"全凭一张口"的说唱艺术，包括歌曲、小品等语言类大众节目，仍然具有极强的艺术生命力，有所不同的是，如今说唱艺人通过影视和网络建构的"空中舞台"，能将自己的表演瞬时传扬于五湖四海。

与具有数千年历史的文学相比，电影艺术充其量也只能算作是一个蹒跚学步的孩童。也许正因为如此，电影模仿和改写文学经验就像孩子模仿成人一样，可以说是一种近乎本能的事情。从电影诞生之日起，它就与文学一"拍"即合地结下情缘。可以毫不夸张地说，从最古老的文学名著

---

① 张晶：《传媒艺术的审美属性》，http://blog.sina.com.cn/zhangxunyi。

如希腊神话到某些著名作家尚未公开发表的文学手稿，只要是文学名著，哪怕只是处于萌芽状态的"潜在的名著"，都有可能牢牢地吸引住精明的影视人的眼睛。如今，只要是足够优秀的文学作品，必然"逃脱不了'触电'的命运"，影视媒介的"霸道"，于此可见一斑。

在中央电视台的《百家讲坛》（包括相应的网络视频）中，文学经典与"历史演义"牢固地占据着主流地位。如易中天讲《三国演义》和"读诸子百家"、刘心武揭秘《红楼梦》、钱文忠解读玄奘与《西游记》、鲍鹏山讲《水浒传》人物、马瑞芳讲《聊斋》故事、刘扬体讲中国古典爱情诗、于丹讲《论语心得》和《庄子心得》、王立群读《史记》、孔庆东讲鲁迅、讲金庸、莫砺锋讲唐诗、康震讲"李杜"和苏轼、赵林解读《荷马史诗》等，虽然未必如易中天所说的"坛坛都是好酒"，但这些时或给人以视听震撼的"讲坛"，也常会给受众带来赏心悦目的感受。类似的文艺节目在中央电视台的"子午书简"等"读书栏目"中也有不俗的表现。其他电视台类似的节目更是数不胜数，如中国教育电视台主办的辜正坤《探秘莎士比亚》，浙江卫视的电视散文系列"江南"都是以影视媒介传播文学的艺术精品。电视/网络视频讲堂无疑是新媒介的产物，但在这个没有围墙的大学里，我们却可以看到"柏拉图学院"和"孔子杏坛"的影子。

随着移动电视、楼宇电视、手机电视等新兴信息媒介的日渐普及，我们不经意间都成了"电视王国"的公民。如鸟巢和水立方旁边的盘古大厦上那面"电视墙"，在数公里之外都可以看到清晰的图像。形形色色的程控电视与数字视屏广告，更是无孔不入。如今，无论我们身在何处，都能尽享现代媒介提供的全球化信息之便利。无论我们在机场、车站、超市、商场，还是在剧院、书店、体育馆，五光十色的流媒体总是不离左右，即便是医院、学校、政府办公大楼，也无不畅游于现代媒介制造的声波光影之中……总之，流媒体之媒体流，可谓无孔不入、无处不在。

虽然各种新型媒体所传达的信息多为大众新闻与商业广告，从内容到形式几乎与文学没有关系，但从发展的眼光看，越来越多的广告艺术短片，在借鉴和挪用经典文艺资源的过程中，也不知不觉地成了文学艺术的潜在的传播工具。事实上，楼宇电视就像地铁与公共汽车上的移动电视一样，为了更好地传播商品信息，也会经常播放一些隐含广告意图的文艺短片，如动画片《三个和尚》等。即便是纯粹的商业广告，也会以"艺术的，太艺术的"形式呈现于观众。令人痴迷的优美音乐，如《神秘园》、《瑶族舞曲》、《春江花月夜》等，让人沉醉的精妙诗文，如老子的"上善若水"、海子的"面朝大海，春暖花开"，顾城的"黑夜给了我黑色的眼睛，我却用它寻找光明"等，一切经典或流行的艺术元素，在那些主要依靠视觉冲击波俘获人心的"审美化"广告中只是点缀与陪衬，真正吸引人眼球的是那些美轮美奂的高清画面。如梦如幻的光影交错之间，商品叫卖变成了唯美主义的视听盛宴，一些手不释卷的读者，不知不觉地将曾经心爱的书本放进了手袋或行囊。

随着视像霸权对寻常百姓衣食住行的深度渗透，阅读的时空日渐被"视听"蚕食与挤占，大众的艺术消费方式与审美接受习惯，在信息化传播过程中悄然发生了改变。如今，优秀的诗歌和文学经典作品用于商品广告的情景，比超级明星充当产品代言人还要普遍，这一切虽然不像商家标榜的那样是市场与艺术的双赢，却也未必像某些批评家所说的那样斯文扫地。在这个"艺术产业化"和"产业艺术化"双流合一的时代，审美意识成了觊觎心灵世界的文化企业最具潜力的宝藏。长期以来，这个领域停留在作家、艺术家的手工经营阶段，随着全球化文化产业、传媒产业的快速崛起，大规模的商业化与技术化开发，正在颠覆和重建审美文化及文学艺术的结构与生态。如今，商家对产品的过度美化在日趋奢靡的文化时尚中如鱼得水，以致让中央政府不得不颁布"商品包装法"加以限制，这个反面例子折射出了许多令人深思的信息，它甚至在提醒我们：日常生活本身已经或必将成为艺术化生存或曰"诗意栖居"的中心舞台。更重要的是，多媒体的巨大潜能远未全部释放，这个所谓的"读屏时代"究竟会给文学生产与消费带往何处去，还有待我们细加审察，认真总结。

总之，现代传媒语境下的文学正在经历着纷繁芜杂的裂变与聚变，要从如此复杂的变化过程中探索出规律性的东西确非易事，但我们欣喜地看到，在这个求真务实的时代，涌现出了一大批博学笃志、切问近思的新一代文学研究者，他们已经为新传媒时代文学的生存发展开辟了全新的理论空间。

三　文论视角的媒介研究现状

如前所述，媒介与文学及其相互影响一直是文学研究者关注的话题。整个 20 世纪，有关文学媒介的研究始终都与文学的命运相生相伴。现当代文学领域出现的名家名著，不胜枚举。从张元济、张静庐、邹韬奋、茅盾、赵家璧、巴金、叶圣陶、黄源、柯灵等著名编辑家的回忆录，到唐弢、黄裳、姜德明、倪墨炎、陈子善等的书话；从李欧梵、陈平原、王晓明、吴福辉、陈万雄等的报纸副刊与文学期刊研究，到龚明德、王建辉、杨扬、金宏宇、孙晶、路英勇等的文学出版与版本变迁研究,再到汪晖、旷新年、马以鑫、王本朝、栾梅建等对文学制度与文学接受的研究,真可谓"阵容壮观,成绩斐然"。黄发有还分门别类地罗列了一个60年来文学媒介研究领域的长长的名录。在黄发有的媒介研究关键人物与文献的名录里,既包括20世纪80年代中期以来的黄秋耘、节君宜、秦兆阳、范用、沈昌文、何启治、黄伊、许觉民、龙世辉、朱正、范若丁、丁景唐、古维玲、崔道怡、张守仁、聂震宁等编辑家的著述,还涉及潘旭澜、洪子诚、陈思和、孟繁华、施战军、吴俊、程光炜、吴秉杰、於可训、洪治纲、李频、靳大成、陈霖、邵燕君等学人的编著和论著,他认为,这些人的研究与著述从不同侧面考察媒体文化与文学变迁的复杂关系,具有重要的史料价值。① 这些多姿多彩的宝贵文献,可以说是一部部新鲜活泼的原生态的"20世纪媒介文学史"或"20世纪文学媒介史"。

我们看到,60年来中国文学与媒介生存与发展状况,可谓曲折多变,历尽沧桑。特别是改革开放之后的30年来,包括期刊与出版业在内的文学与媒介业,几经起落,发生了一系列惊人的变化,相关研究也取得了令人欣喜的进展,学术专著和学位论文纷纷涌现。当然也毋庸讳言,新时期文学创作所特有的"井喷"现象,文论与批评频频出现的"轰动效应",从传播学与消费论的视角看,大都可以说是"媒介制造"的结果。

文学真正"遭遇"媒介剧变,并相应成为"生死攸关"的大问题,这实际上是近十年多年来才发生的事情。随着网络文化的快速兴起,数字文化与网络文学的研究也相应出现了"井喷"现象,关于这一点,近年来文论与美学界出版了一批又一批"媒介书系"、"网络丛书"或"传媒译丛"等就是例证。其中黄鸣奋的《电脑艺术学》、《超文本诗学》、《数码艺术学》、欧阳友权的《网络文学论纲》、《网络文学本体论》、《数字语境下的文艺学》、南帆的《双重视域》、金惠敏的《媒介的后果》、蒋原伦主编的《媒介批评》、张邦卫的《媒介诗学》、单小曦的《现代传媒语境中的文学存在方式》、王一川的《文学与媒介》等著作在文论界和传媒理论界都有较大影响。

黄鸣奋的《电脑艺术学》(1998)是率先将电脑媒介作为研究对象的专著,作者着眼于计算机科学和艺术的相互渗透,立足现实,寻找连接过去与未来的艺术纽带,对电脑艺术学的背景、基础和方法为开端,重点讨论了这样一些问题:"换笔:电脑与艺术主体","机读:电脑与艺术手

---

① 黄发有:《媒体制造》,山东文艺出版社2005年版,第2—5页。

段","数码：电脑与艺术方式","机器人：电脑艺术对象","后人：电脑与艺术内容","信息社会：电脑与艺术环境"。在《新媒体与西方数码艺术理论》（2009）一书的后记中，黄鸣奋以该书作为一面镜子，对自己十多年来的一系列著作逐一进行了比照与简评，他说："《新媒体与西方数码艺术理论》不像《电脑艺术学》（1998）那样使我充满新鲜感，不像《电子艺术学》（1999）那样给我带来许多观赏精彩作品的机会，不像《比特挑战缪斯》（2000）那样惹人冲动，不像《超文本诗学》（2001）那样和手边有待开发的课件密切结合，不像《数码戏剧学：影视、电玩与智能偶戏研究》（2003）那么容易和新新人类对话，不像《网络媒体与艺术发展》（2004）那样容易梳理历史线索，不像《数码艺术学》（2004）那样有与逻辑分类相伴的理智感，不像《互联网艺术》（2006）那样专门，不像《互联网艺术产业》（2008）那样尽力贴近现实。"[1]

近十年来，欧阳友权等学者在网络文学研究领域取得了令人瞩目的学术成果。其中《网络文学论纲》（2003）、《网络文学本体论》（2004）、《数字化语境中的文艺学》（2005）、《网络文学的学理形态》（2008）等重要著作，为中国网络文学学科建设奠定了理论基础。欧阳友权主编的"网络文学教授论丛"[2]、"文艺学前沿丛书"、《网络文学新视野丛书》[3]《网络传播与社会文化》、《网络文学概论》、《网络文学发展史》等都是当代中国网络文学研究领域颇为重要的学术文献。其中"新视野丛书"是国内第一个"网络文学研究基地"规划项目成果和教育部"985 行动计划"建设项目子课题成果。与其他相关论著相比，"新视野丛书"的学术定位更为切近网络文学理论研究与教学实践的现实，选题标准具有更鲜明的学院派色彩，学科建构意识相当明确。在新兴学科研究方法的创新和学术范式的确立之间建立了一种新的平衡。特别是关于"恶搞"与"博客"的论著，堪称"破冰"之作。

其中，《网络文学论纲》（2003）是国内第一部网络文学研究方面的专门著作；《网络文学本体论》第一次全面而系统地将网络文学理论与批

---

[1] 黄鸣奋：《新媒体与西方数码艺术理论·后记》，学林出版社2009年版。
[2] 该丛书包括：欧阳有权的《网络文学本体论》、蓝爱国和何学威的《网络文学的民间视野》、聂庆璞的《网络叙事学》、杨林的《网络文学禅意论》、谭德晶的《网络文学批评论》，中国文联出版社2004年版。
[3] 丛书包括以下六部著作：杨雨的《网络诗歌论》、苏晓芳的《网络小说论》、蓝爱国的《网络恶搞文化》、欧阳文风和王晓生的《博客文学论》、李星辉的《网络文学语言论》、柏定国的《网络传播与文学》，中国文联出版社2007年版。

评提升到了诗学与美学的高度，堪称是中国网络文学研究领域里一部里程碑式的著作。《数字化语境中的文艺学》是一部探讨数字化技术背景下文艺学基础理论变迁的学术专著，它从历史逻辑和理论逻辑的双重背景上，揭示了数字化技术对我国文艺学的深刻影响及其所涉猎的理论问题，是对数字化媒介时代文艺理论观念转型和学理变迁的一种原创性学术探索和理论构建。该著获得中国第四届鲁迅文学奖·文学理论评论奖，这无异于为网络文学与数字文化研究赢得了一份主流文坛准许入内的身份证书。

欧阳友权认为，20世纪末，市场与媒介先后给文学带来的这两次巨大的冲击各有其根源。"如果说前者是源于经济体制转轨的社会掣肘，那么后者则是信息科技的革故鼎新对文学渗透和与文学博弈的必然结果。时至今日，第一次变动形成的文学震荡庶几归于平静，而数字媒介下的文学转型才刚刚拉开序幕。问题的重要性还在于，数字媒介对当今中国文学的影响已远远超出媒介和技术层面，而关涉其生存与走向，因而特别引人注目。"[①] 因此，相关研究领域也出现了一种百花竞放的可喜局面。

与媒介影响不无关系的另一个重要现象是文化研究的兴起与流行。世纪之交，不少学者以逐渐趋热的大众文化为研究对象，或从文论与美学的视角考察大众文化的来龙去脉，或从传播学视角探讨传媒与大众文化的相互关系，或对大众文化的产生与流行、特征与表现进行审美意识形态化剖析。文论的"越界"与"扩容"顺着媒介开辟的道路，迅速覆盖了广播、电视、电影、网络、MTV、报刊、书籍、广告、流行音乐，以及时尚生活方式等方方面面，日常生活审美化潮流成为文论研究的一大热点。譬如潘知常的《美学的边缘：在阐释中理解当代审美文化》（1998）[②]，作者从当代审美文化的"观念转型"为切入点，重点探讨了审美活动与非审美活动之间的边缘地带、审美价值与非审美价值的碰撞，以及艺术与非艺术的换位等诸多问题。作者重点探讨了"电子文化与当代审美观念的转型"，并将这一"转型"上升到"本体视界的转换"的美学高度，对此后文学媒介的意义研究具有一定启发性。此外，该书也是较早将"媒介即讯息"观念引入文论与美学研究领域的重要文献。

值得一提的是，在文论与美学领域以外，有关文学与媒介的研究也取得了相当可观的新成果。例如，在现当代文学研究领域，部分学者的传媒

[①] 欧阳友权：《数字媒介与中国文学的转型》，《中国社会科学》2007年第1期。
[②] 潘知常：《美学的边缘：在阐释中理解当代审美文化》，上海人民出版社1998年版。

研究也取得了令人瞩目的成果。如周海波《传媒时代的文学》[1]将中国现代文学置于现代传媒语境中，重新认识与考察其审美观念、诗学体系的建构，探讨传媒与中国文学的现代转型、现代传媒语境文学的雅与俗、传媒与现代文学场的形成，及其文学主体的构成，从而提出建构新的中国现代文学的诗学体系的设想。作者认为，任何新的媒介的出现都会带来一种新的价值尺度，现代传媒在消解传统的文学法则、文学秩序和诗学体系，并将文学边缘化的同时，也重构了新的文学法则、文学秩序和现代诗学体系，被传统文学排除在外的世俗文学成为文学的"正宗"。现代传媒语境中形成的中国现代文学是在承传中国传统文学并借鉴外国文学的基础上所形成的一种新的文学形态，具有新的质素和文学体式。

此外，吴玉杰、宋玉书的《冲突与互动——新时期文学与大众传媒研究》[2]论述了新时期文学与大众传媒的关系以及相关研究的概况，探讨了大众传媒的快速发展及其所掌控的话语权力对新时期文学的重要影响，阐释了大众传媒时代多媒体格局下文学观念、文学生产的嬗变，分析了传媒批评对文学批评的消解和重构，提出了文学受众的多元需求和文学传播的效果问题，揭示了大众传媒时代文学对生产和发展模式的理性选择。值得一提的是，该书作者选取当代文学研究的前沿性问题作为研究对象，运用文学、文化学、传播学、社会学、消费学等多学科知识，分析各种文学现象和媒介现象，对新时期文学与大众传媒的关系进行了比较全面、系统、深入的研究，廓清了一些重要的理论问题，构建了一个科学的理论框架，为新媒介时代的文学与文论研究提供了新的思路。

在近年出版的许多与媒介文化相关的研究著作中，有不少论著与文艺理论关系密切。例如，张邦卫的《媒介诗学——传媒视野下的文学与文学理论》[3]着重考察信息时代与媒介社会中，作为语言艺术的文学文本所面临的文化困境与发展前景，探讨文学在新形势下与新格局中的一种可能，从而为走向媒介诗学的必要性与可能性、推动媒介形态的文艺理论的重构，开拓了一条极具创意的思想路径。作者宣称其研究目标是：第一，加深对现代与后现代文学的"媒介性"与"媒介化"的研究；第二，以文化传播为视域，以"媒介与文学"为支点，阐释诗学重构的迫切性与可能性；第三，探究媒介/"媒介场"的文学影响力与生成力；第四，建

---

[1] 周海波：《传媒时代的文学》，人民文学出版社2007年版。
[2] 吴玉杰、宋玉书：《冲突与互动——新时期文学与大众传媒研究》，辽宁人民出版社2006年版。
[3] 张邦卫：《媒介诗学——传媒视野下的文学与文学理论》，社会科学文献出版社2006年版。

构媒介时代的文学场,并探析新增因素的文学意义;第五,阐释"媒介诗学"的内涵与文艺学研究范式"走向媒介诗学"的必要性,并初步界定"媒介诗学"的研究视域;第六,对文学的未来与未来文学进行前瞻性展望,并对媒介文学的审美价值进行学理性剖析。概而言之,《媒介诗学》的根本任务是,把传统文学研究向当代形态的文学研究转型放到媒介社会/"媒介文化场"的结构逻辑内部,放到媒介社会文学形态转折的大背景下来加以解释,并以此为契机来寻求给予文学与诗学一个新的命意。

我们看到,20 世纪 90 年代之后,随着互联网的发展,以互联网为传播媒介,网络文学在广大网民之间形成了一种既不同于精英文学,又不同于大众文学的文学活动空间。网络文学的自由性、去中介化、在场性、互动性等传统文学活动所没有的特点,完全有理由要求重新划定文学存在的边界和文学存在的属性。当代社会中统一的"文学场"不再存在了,但精英文学、大众文学、网络文学等均形成了各自的"次文学生产场",不仅每个"次场"内部充满了斗争,它们相互之间也竞争激烈,并未显示出"终结"迹象。[①] 当然,现代机械印刷与自主性"文学场"、电子传媒与当代"文学场"的裂变、文学信息的现实生成、传播与接受等问题,以及对现代传媒是如何参与文学审美活动整体过程等复杂的理论问题还有待我们进行更深入的研究。

---

① 陈定家:《传媒时代的"文学场"裂变》,《中国社会科学院报》2009 年 2 月 10 日。

下编

第十八章 马克思主义文艺理论研究的当代发展

马克思主义文艺思想能够在我国占据领导地位，既是中国新民主主义革命选择的结果，也是中国的社会主义建设实践选择的结果，同时也是我国一代代文艺家刻苦探索、不断进取的结果。虽然在过去的文艺实践中，遇到过很多困难，经历了各种考验，但经过60年的不断求索、探讨和建设，我们已经取得了巨大的成就。60年的经验教训与辉煌成就使我们认识到：我们要始终坚持运用马克思主义文艺理论指导我们的文艺实践，巩固马克思主义文艺理论的领导地位；要善于根据不断变化的文艺现实，拓展马克思主义文艺理论；同时，还要善于在实践中，处理好马克思主义文艺理论同我国丰富的古代文艺理论思想，以及来自西方的各种文艺理论的关系，做到亦此亦彼。只有这样，才能更好地促进我国文艺事业的健康发展。

第一节 马克思主义文论研究概述

我国马克思主义文艺理论研究的起步与发展，与马克思主义经典文论在中国的译介直接相关。虽然马克思的名字早在20世纪初的1902年，就已经出现在梁启超的文章中，但马克思主义经典作家关于文学问题的论述直到第二次国内革命战争时期才有文章被译介过来。[①] 就现在已知的情况来看，到1949年以前，我国翻译或介绍马克思主义文艺理论方面的著作比较成熟的主要有三本。一本是1940年5月由新华书店出版的《马克思、恩格斯、列宁论艺术》，该书由曹葆华、天蓝合译，具体由延安鲁艺翻译处组织，内容主要是马恩关于艺术的书信和列宁论托尔斯泰的论文等。

---

① 参见张允侯《马克思恩格斯著作在中国的出版和传播》，《历史教学》1963年第7期。

"它是延安出版的第一本马列文论译著,具有开创和奠基意义。"① 第二本是1943年4月由读者出版社出版的《列宁论文化与艺术》,由萧三翻译,本书内容涉及列宁论文化与文化遗产、列宁论艺术的阶级性及党性,以及几篇回忆"列宁与艺术"的文章等。第三本是1944年3月由解放社出版的《马克思主义与文艺》,由周扬编选,内容主要选录了以上两本译著中的文字,除马、恩、列之外,本书还收入了斯大林、普列汉诺夫、高尔基、鲁迅、毛泽东有关文艺的评论和意见。该书后来一再重印,成为人们了解马克思主义经典作家文艺思想的重要文献。除此之外,延安时期,《解放日报》还发表了一些马列文论的单篇译文,主要有列宁的《党的组织与党的文学》、《恩格斯论现实主义》、《列宁论文学》等。

1949年至"文化大革命"前这一段时间里,由于客观条件的日益改善,马克思、恩格斯、列宁、斯大林等经典马克思主义文艺理论家的文艺著作更多地被引介到国内。这其中除了1953年2月成立中共中央马克思恩格斯列宁斯大林著作编译局,开始有计划、有系统地翻译马克思列宁主义经典著作外,一些学者也在有选择性地翻译介绍马恩等经典文艺理论家的文艺理论著作。从延安以来就有着极好的重视民歌传统的中国文艺界,在这一阶段翻译出版了《马克思、恩格斯收集的民歌》② 一书,翻译了恩格斯的《德国的民间故事书》③ 一文。另外,苏联学者编选的相关著作也开始被介绍进来,如苏联当代美学家里夫希茨主编的《马克思恩格斯论浪漫主义》、《马克思恩格斯论艺术》等,都是在这一时期翻译出版的。④由于马克思主义经典作家的文艺论著被大量地翻译介绍进来,这一阶段的马克思主义文艺理论研究也呈现出良好势头。学者们或根据现有的中文译本或根据手头的俄文版本,比较全面地展开了对马克思主义文艺理论的学术研究,取得了很大的成绩。涉及的理论问题主要有:文学艺术与经济基础的关系、世界观与创作方法、现实主义与浪漫主义、艺术生产与物质生产的不平衡关系、戏剧冲突、文学的党性原则、关于民间文艺、作家评论等。如1960年至1966年,随着里夫希茨主编的《马克思恩格斯论艺术》的出版发行,马恩的文艺通信有了比较集中的中译本,

---

① 艾克恩:《延安文艺史》,河北教育出版社2009年版,第259页。
② 《马克思、恩格斯收集的民歌》,人民文学出版社1958年版。
③ 《德国的民间故事书》,《民间文学》1961年1月号。
④ 《马克思恩格斯论浪漫主义》一书,1958年由人民文学出版社出版,《马克思恩格斯论艺术》(共四册)一书由人民文学出版社1960年开始出版。

这时的学术界对马克思、恩格斯关于艺术问题的几封通信开展了深入的学习与研究，从而厘清了一些过去有些分辨不清的问题，马、恩的"现实主义"理论、关于文学倾向性与真实性的关系等问题都得到了很好的学习讨论。

大体说来，"文化大革命"前的马克思主义经典作家的文艺思想探讨，在我国主要还是以介绍和学习为主，许多问题的研究还难以深入；马、恩的文艺论著也多以单篇形式被一些有见识的学者翻译出来或汇译成书，但数量仍十分有限，大部分的学术研究仍需借用俄文版的"马恩"论著，而由中共中央马、恩、列斯著作编译局组织翻译的《马克思恩格斯全集》尚未出版或只有部分出版，并没有流行开来。① 这些都限制了我国马克思主义文艺理论研究的进一步发展。"文化大革命"期间，由于政治运动频繁，大部分知识分子在运动中受到牵连，被打成右派或被扣上反动"学术权威"的帽子，真正从事学术研究的条件几近丧失，因此，这一时期，关于马克思主义文艺理论的研究成果不多，有限的文章也要么与政治话语比较接近，要么就以政治的视角、套用马列的理论来阐释与政治本来可能毫不相干的作品，留下了十分明显的"文革印迹"。

新时期以后，随着中外文化交流日渐深入，文艺理论界有了更好的条件展开对马克思主义经典理论的译介与研究。这既有利于纠正此前对马列著作理解上的某些片面、失误或错误，又有利于全面、深入地理解和把握经典马克思主义文艺理论，为发展和建设有中国特色的马克思主义文艺理论奠定基础。为此，20世纪80年代以后，在马克思主义经典文艺理论的整理与研究方面，形成了一批高质量的研究成果。如《马克思恩格斯列宁斯大林论文艺》（人民文学出版社1980年版）、《马克思主义文艺论著选讲》（中国人民大学出版社1982年版）等②，这对普及马克思主义文艺经典理论，促进人们对马克思主义经典文艺理论的学习与研究起了巨大的作用。

伴随西方文艺理论与研究方法的不断引入，20世纪80年代以后，国内研究者围绕马克思主义文艺思想的基本概念、基本原理、重要命题和对

---

① 中文版《马克思恩格斯全集》第1卷于1956年出版，其他各卷陆陆续续到1985年底才全部出齐。
② 另外，还有一些相关研究成果得以出版，如：[苏]里夫希茨：《马克思论艺术和社会理想》，吴元迈等译，人民文学出版社1983年版；[苏]乔·米·弗里德连杰尔：《马克思恩格斯和文学问题》，郭值京、雪原、程代熙等译，上海译文出版社1984年版；董立武、张耳：《列宁文艺思想论集》，中国社会科学出版社1986年版。

一些文艺现象的基本看法还进行了一系列的专题性研究，出版了一大批相关研究著作。如中国社会科学院文学研究所编的《马克思哲学美学思想论集》、《马列文论百题》编辑委员会主编的《马列文论百题》、蔡仪等著的《马克思哲学美学思想研究》、董学文的《马克思与美学问题》、陈辽的《马克思主义文艺思想史稿》、吴元迈的《现实的发展与现实主义的发展》、狄其骢主编的《马克思恩格斯艺术哲学》、李中一的《马克思恩格斯文艺学体系》、王善忠主编的《马克思主义美学思想史》等，都是这方面的突出代表。一些以马克思主义文艺理论为研究对象的学术辑刊也开始出现，主要有中国艺术研究院外国文艺研究所编的《马克思主义文艺理论研究》、全国马列文论研究会主编的《马列文论研究》、中国社会科学院文学研究所文艺理论研究室编的《美学论丛》、刘纲纪主编的《马克思主义美学研究》等，这些丛刊以发表研究马克思主义文艺理论文章为主，对深入研究经典马克思主义文艺理论发挥了重要作用。目前这些辑刊大部分仍然存在，并已经成为展示我国马克思主义文艺理论研究成果的重要阵地。

随着对经典马克思主义文艺理论研究的深入探讨，以及西方马克思主义文艺理论的引介与研究的持续升温，从 20 世纪 80 年代末直至 21 世纪初，试图建立富有中国特色的当代形态的马克思主义文艺理论体系成为中国学界的自觉追求，涌现出了一批重要的马克思主义文艺理论研究的最新成果。如钱中文的《文学原理——发展论》（社会科学文献出版社 1989 年版）、何国瑞主编的《艺术生产原理》（人民文学出版社 1989 年版）、李益荪的《马克思主义文学社会学原理》（四川文艺出版社 1992 年版）、邢煦寰的《艺术掌握论》（中国青年出版社 1996 年版）、谭好哲的《文艺与意识形态》（山东大学出版社 1997 年版）、李心峰的《元艺术学》（广西师范大学出版社 1997 年版）、董学文主编的《文艺学当代形态论——"有中国特色马克思主义文艺学"研究》（北京大学出版社 1998 年版）、陆贵山、周忠厚主编的《马克思主义文艺学概论》（花山文艺出版社 1999 年版）、王杰的《马克思主义与现代美学问题》（人民文学出版社 2000 年版），等等。这些研究涉及文艺的上层建筑性质、文艺的意识形态性质、艺术的本质、艺术的审美属性、艺术与政治的关系、马克思主义文艺理论体系，以及艺术反映论、艺术本体论、艺术价值论、艺术主体性、艺术的作用等一系列根本问题。学者们在对这些问题进行系统的、富有成效的探索的基础上，提出了一些既符合马克思主义精神，又有创新意识的理论思想，为建设有中国特色的当代形态的马克思主义文艺理论做出了贡献。

进入 21 世纪以后，除继续对马克思主义文艺理论经典问题以及西方马克思主义文艺思想的研究外，学术界开始总结和反思我国马克思主义文艺理论过去 60 年所走过的曲折历程，并取得了新的研究成果。这些研究一方面可以展示理论界过去对马克思主义经典文艺理论所取得的辉煌成就；另一方面，也是一种积累与总结，这种积累和总结是在以一种更为坚韧的理论态度，期待在今后的研究中，能够做得更好，走得更稳。

第二节 马克思主义文论研究的若干问题

在过去 60 年中，我国马克思主义文艺理论研究经历了一些挫折与困难，甚至走过了一些弯路，但以今天的眼光回头去看，可以发现，在艰难的理论跋涉中，我们取得的成绩是巨大的，以往的研究不仅几乎已涉及马克思主义经典理论家的所有文艺思想与观点，而且其中有许多问题都得到了深入的探索与研究，取得了丰硕的成果。因此，要想在有限的篇幅内对此有个全面而又详尽的介绍实在是不可能的事情，本文只能有所选择，通过对一些问题的粗浅论述，以点带面，希望能给读者展示出我国马克思主义文艺理论研究的大致风貌。本节依据时间顺序，将对以下问题进行探讨：前 30 年马恩文艺理论经典的初步研究、新中国成立初期的斯大林文艺思想研究、新时期初期马克思主义文艺"体系论"论争，以及新时期以来"西方马克思主义"文艺理论在我国研究的基本情况等。

一 马恩文论经典的译介与初步研究

如前所述，新中国成立前，马克思主义文艺经典作家的一些文艺理论论著就已经被介绍了进来，新中国成立之后，这方面的译介有了更大的发展。不仅如此，一些国外学者的研究成果也被介绍了进来。这些翻译作品，在新中国成立之初，国家尚未组织大规模的马恩列斯著作译介的情况下，对促进国内学者开展学术研究发挥了重要作用。

除已在前面"概述"中提到的原有马恩文艺著作的翻译，以及苏联当代美学家里夫希茨的作品在国内得到翻译出版外，王道乾等翻译家，在最初的马恩文艺论著译介中作出了很大贡献。1950 年七八月间，《文汇报》连续发表了王道乾翻译的《恩格斯论海涅》①、《恩格斯论歌德》②、《恩格斯论卡莱尔》③ 等文章。这些文章中既有马克思、恩格斯对海涅的赞赏，也有对海涅过失与错误的批判，较早地介绍了恩格斯对文学作品"美学"、"历史"的评价标准，也将恩格斯对卡莱尔的评价、对无产阶级历史使命的基本精神带给了读者。1951年，上海平明出版社出版了由法国学者弗莱维勒（J. Freville）编辑、王道乾翻译的《马克思、恩格斯论文学与艺术》一书，该书比较系统地介绍了马恩的文艺思想。除王道乾的译介外，1954年《电影艺术译丛》第1号上发表了由邵牧君翻译的《马克思论戏剧中的冲突》④ 一文，这是一篇较早地将国外学者研究马克思主义文艺思想成果介绍进来的文章，内容涉及"对剧本'济金根'的批判"、"典型"、"党性"、"个别现象和普遍现象"、"冲突论"等多方面的问题，比较集中地展示了马恩列斯等有关戏剧冲突方面的文艺观点。所有这些论著的译介与出版，为新中国成立初期中国学者研究马克思主义文艺思想提供了基本的资料保证。正是由于许多翻译家们的辛苦努力，加上1953年成立的中共中央马克思、恩格斯、列宁、斯大林著作编译局已经开始工作，并于1956年出版了《马克思恩格斯全集》第1卷，马克思主义经典作家的文艺理论著作在较大范围内得到了传播，从而给学者们的理论研究带来了方便。

新中国成立后直至"文化大革命"前，我国马克思主义文艺理论经典研究涉及的问题包含马克思主义文艺思想的诸多方面。尤其是随着马恩关于文艺问题的几封信为人们所了解，关于艺术的真实性、文学的倾向性、文艺作品的评价与批评，以及对一些论点的理解与认识等问题，在这一阶段都得到了比较深入的研究。这些研究对于新中国成立后处理文艺与政治的关系、真实性与艺术性的关系，以及如何开展文艺批评等都提供了良好的理论依据。

"生活真实"与"艺术真实"问题从艺术理论上来说，或许并不是什么太难理解区分的问题，但在实际创作中如何恰当地把握它们，却可能并不是件容易的事情。作品中人物形象的塑造，以及文学作品所必然表现出来的作家的倾向与立场，都与创作者对于"真实"的理解密切相关。新中国成立初期，人们在对恩格斯相关信件（恩格斯在致拉萨

---

① 《恩格斯论海涅》，王道乾译，《文汇报》1950年7月13日。
② 《恩格斯论歌德》，王道乾译，《文汇报》1950年7月15日。
③ 《恩格斯论卡莱尔》，王道乾译，《文汇报》1950年8月8日、9日。
④ 本文译自1953年6月23日《新德意志报》，原文由W. 贝逊勃鲁赫所写。

尔、致敏·考茨基、致哈克奈斯的信中,对此都有精辟的论述)的学习与思考中,针对这些问题展开了讨论与研究,不同的观点之间甚至也出现了一些交锋。如程代熙就历史剧的"真"与艺术作品的"真"作了辨析,他认为,历史剧要做到历史生活的真实,真实地再现历史生活。当然,在他看来,历史剧在创作中也可以有想象与虚构,但想象和虚构同样必须与历史生活相吻合。① 必须强调历史剧的历史真实,这是程代熙对历史剧创作提出的基本要求。现实主义文学作品既要强调真实,也要有倾向性,恩格斯在致敏·考茨基的信中提出了这一点。但倾向性究竟该怎样表现出来,恩格斯并未给予更多的讨论,这引来了一些学者的讨论。如樊篱在《读恩格斯〈给明娜·考茨基的信〉》中提出:"应从文学的特点和工人阶级的战斗需要出发来解决文学的倾向性问题。"② 解驭珍也从斗争的角度,表达了他对文学倾向性的理解。他认为,"一切否定文学的倾向性的论调,都可能导致文学回避当代的重大政治斗争,耽溺于主观主义的空想或自然主义的琐屑的描写。其结果不只丧失无产阶级艺术的战斗作用,实质上就是为资产阶级的政治服务,损害无产阶级革命利益。"③ 而蒋培坤对于文学倾向性的理解是与作品的真实性关联起来的,他认为,恩格斯在那段话中④所阐明的,不仅仅是关于艺术的特征,还包含有更重要的一个内容,即进步的现实主义文学所必须遵循的一条根本原则:文学的倾向性和真实性的辩证统一,同时,还是对一种主观唯心主义错误创作倾向的批判。文章认为,"只有当作家描写他所深刻理解的生活时,他的主观倾向才能得到真实有力的表现,因为这种倾向性,亦即对人物事件的一定政治态度和感情倾向是深深地扎根于对生活的真实体验的。"⑤ 在恩格斯那里,文学的倾向性和文学的真实性虽然是两个不同的概念,然而的确是不可分割的概念,二者是辩证的统一。将文学的倾向性与文学的真实性联系起来进行论述,反映出当时对于这一问题的理解达到了较高的程度。

---

① 程代熙:《重读马克思和恩格斯给拉萨尔的信——读书札记》,《中国戏剧》1962年第11期。
② 樊篱:《读恩格斯〈给明娜·考茨基的信〉》,《湖南文学》1961年第11期。
③ 解驭珍:《关于文学的倾向性——重读恩格斯关于文艺问题的几封通信》,《文艺报》1960年第6期。
④ 这段话指:"我决不是这种倾向诗的反对者……但是我认为倾向应当是不要特别地说出,而要让它自己从场面和情节中流露出来,同时作家不必把他所描写的社会冲突的将来历史上的解决硬塞给读者。"该译文为原文中引文,与后来通常译文略有不同,现通常译文可见《马克思恩格斯选集》第4卷,人民出版社1995年版,第673页。
⑤ 蒋培坤:《读恩格斯给明娜·考茨基的一封信》,《长春》1963年1月号。

在整个这一阶段的讨论中,除真实性、倾向性等之外,人们还针对一些具体问题进行了讨论,澄清了很多模糊不清的观念。如,关于恩格斯对哈克奈斯的批评问题,勇征之撰文认为,《城市姑娘》通过一个"陈旧又陈旧的故事"揭示了资本主义社会深刻的阶级矛盾,暴露了资产阶级与无产阶级不可调和的利益冲突,所以恩格斯才称这部作品是"除了现实主义的真实性以外,最使我注意的是它表现了真正的艺术家的勇敢"。① 对于此种看法,昭文、凌柯则发表文章予以商榷,认为勇征之对于《城市姑娘》这部作品本身的评价是存在问题的,所作出的判断是错误的。虽然恩格斯在信的开头谈了《城市姑娘》的优点,但"这封信的重点是在于对这本书所作的批评",恩格斯指出了哈克奈斯的一个最根本的毛病:她只写出了"细节的真实",而没有"真实地再现典型环境中的典型性格"。② 再如,郝孚逸在《拉萨尔的〈弗朗茨·封·西金根和马克思恩格斯对他的批判〉——学习马克思恩格斯致拉萨尔信的笔记》一文中指出:"马克思主义美学是马克思主义世界观和思想体系的一个组成部分,它是对资产阶级思想进行斗争的一个领域,也是在斗争中不断前进和发展的。"为此,只有联系特定形势下阶级斗争的条件,比较全面地就马克思主义创始人和拉萨尔之间争论的有关材料加以研究分析,了解马克思、恩格斯在信中指出来的主要分歧点,才能够确切地理解其中所阐述的若干美学原则的基本观点和深刻含义。③ 对于马克思主义文艺理论基本问题的这些讨论,对于当时人们理解与掌握马克思主义文艺理论的基本思想起到了很好的作用。

这一阶段,颇值得一提的还有学者们关于"艺术生产与物质生产发展不平衡规律"的一场争论。1959年,周来祥发表文章,提出了"在社会主义制度下,历史上长期存在的艺术生产与物质生产发展的不平衡现象,已被艺术生产适应于物质生产的新现象所代替"的观点。④ 这引起了一些学者的反对意见。张怀瑾针对周文的观点提出了商榷意见,认为周文把马克思关于艺术生产与物质生产发展不平衡规律的两个基本含

---

① 勇征之:《不许假恩格斯之名来反对塑造无产阶级的英雄人物》,《学术月刊》1965年第4期。
② 昭文、凌柯:《怎样理解恩格斯对〈城市姑娘〉的评价——学习马克思、恩格斯论文学艺术笔记》,《学术月刊》1965年第10期。
③ 郝孚逸:《拉萨尔的〈弗朗茨·封·西金根和马克思恩格斯对他的批判〉——学习马克思恩格斯致拉萨尔信的笔记》,《复旦大学学报》1963年第1期。
④ 周来祥:《马克思关于艺术生产与物质生产发展的不平衡规律是否适用于社会主义文学》,《文艺报》1959年第2期。

义——即"在艺术领域内各个部门之间发展的不平衡性"、"整个艺术领域和社会的一般发展的不适应性"——并列起来显得重点模糊,与马克思的原意不相一致。另外,周文对马克思的"把希腊人或者甚至把莎士比亚同现代人相比"这句话不仅作了不正确的解释,又机械地分为两个不同的类型:没有阶级的原始公社的类型和阶级社会的类型。① 文章以马克思主义文艺发展的基本事实批驳了这种"过时论"思想,认为这只能说是"发展"了而不是"过时"了。除张怀瑾外,李基凯、梁一儒也发表文章对周文的观点提出了商讨意见②。这场关于"艺术生产与物质生产发展不平衡规律"问题的讨论,对于新中国成立后认识我国文学发展的性质与文学创作实践是有意义的,这也是我国文艺理论界关于"艺术生产与物质生产发展不平衡规律"开展的最早的讨论,这场讨论为20世纪70年代末至80年代初的继续讨论埋下了伏笔。

二 斯大林（1879—1953）文艺思想研究

新中国成立初期,由于先是庆祝斯大林70大寿（1949）,后是纪念斯大林的去世（1953）,加上新中国成立初期我国文艺理论发展同苏联的密切关联,对斯大林文艺思想的介绍与研究在这一时期形成一股热潮,前后持续五年之久。所形成的主要成果包括发表斯大林给几位作家的信,出版斯大林的《马克思主义与语言学问题》等,涉及的内容有"社会主义现实主义"创作原则、文学艺术的"竞赛"原则、关于民族文化问题、语言的非阶级性问题,以及关于作家创作的相关论述等。

1949年11月6日,《光明日报》发表了苏联学者娃娜克玛的《斯大林论民间艺术》一文,重点介绍了斯大林关于民间文艺的一些基本观点,文章指出,"社会主义的艺术创造,应该是为了人民,并应以人民自己的艺术为基础,这是斯大林一切有关艺术的言论的精义。"③ 文章还谈到斯大林对于电影、舞蹈,对于俄罗斯各民族诗歌的精通与熟悉,尤其是对于俄罗斯抒情诗歌的独特喜爱,在他的演说与著述中,经常涉及民间谚语、格言、传说、歌曲等。1949年12月21日《人民日报》发表了茅盾与萧三谈论斯大林文学观的一篇短文《斯大林论文学》。茅盾认为:"'民族的

---

① 张怀瑾:《马克思关于艺术生产与物质生产发展不平衡规律是过时的了吗?》,《文艺报》1959年第4期。
② 李基凯、梁一儒:《马克思关于艺术生产与物质生产发展的不平衡问题》,《山东大学学报》1959年第1期。
③ [苏联] Г. 娃娜克玛:《斯大林论民间艺术》,引之节译,《光明日报》1949年11月6日。

形式,社会主义的内容',这是斯大林在文艺上最正确的指示。"萧三从三个方面谈了斯大林对于全世界进步文化与文艺的伟大贡献:一是提出"作家是人类心灵的工程师"的论断;二是提出"社会主义现实主义"创作原则;三是提出"内容是社会主义的,无产阶级的,形式是民族的"观点。1950年1月15日《光明日报》发表杨晦的文章《斯大林与文艺》,这是一篇长文,该文比较详细地论述了斯大林与文艺的关系,以及作为一个政治家的斯大林对于文艺理论与批评的主要观点。1950年2月12日,《人民日报》发表了由伊凡诺夫作、王金陵翻译、出自《苏维埃文学》1949年12月号的《斯大林——作家的朋友与导师》一文。该文扼要地论述了斯大林关于文学的党性原则、文学创作的社会主义的现实主义方法、文学表现中的乐观主义等问题。特别值得注意的是在这篇文章中,还介绍了过去没有发表过的斯大林关于发展无产阶级文艺的"竞赛原则"以及"大胆地、放手地培养与提拔青年作家干部"的观点,反映出斯大林对作家与艺术创作规律的尊重。① 以上这些文章较早地介绍了斯大林关于民间艺术及文学问题的一些基本思想,这对学者们进一步了解与把握斯大林文艺思想发挥了重要作用。

  为了更多地介绍斯大林的文艺思想,1950年《人民日报》分次发表了斯大林给几位作家的信。分别是(1)《给高尔基的信》②,本文主要谈了如何看待青年、关于创办刊物以及如何看待战争小说等问题;(2)《给比尔——别洛采尔科夫斯基的回信》③,在这封信中,斯大林认为,"左倾分子"、"右倾分子"在苏联是党的概念,严格来说是党内的概念,因此,将"左倾分子"、"右倾分子"这些概念"应用于像文艺、戏剧等这样非党的和无比广大的领域",那就奇怪了。另外,就是在这封信中斯大林提出了"竞赛"原则。他认为,"'批评'和要求禁止非无产阶级的文学是很容易的。但是最容易的不能认为就是最好的。问题不在于禁止,而在于用竞赛的方式,用创造能够取而代之的、真正的、有趣的、富于艺术性的、具有苏维埃性质的剧本,去一步一步地把新的和旧的非无产阶级的低劣作品从舞台上驱逐出去。"(3)《给费里克斯·康同志给伊万诺伏—伏

---

① [苏联] 伊凡诺夫:《斯大林——作家的朋友与导师》,王金陵译,《人民日报》1950年2月12日。
② [苏联] 斯大林:《给高尔基的信》,曹葆华、毛岸青译,《人民日报》1950年6月11日。
③ [苏联] 斯大林:《给比尔——别洛采尔科夫斯基的回信》,曹葆华、毛岸青译,《人民日报》1950年6月4日。

兹涅森斯克省中央局书记柯洛季洛夫同志的副本》①，在这封信中，斯大林批评了文学上"名人"压制青年人的现象，认为"现在应当抛弃那把本来已经提拔起来的文学'名人'加以提拔的贵族习惯，这些文学'名人'的伟大使我们年轻的没有谁知道而且被大家所忘记的文学力量处于不断呻吟之中"。(4)《给别塞勉斯基同志》②，在这封信中，斯大林纠正了一些同志将诗人的作品看成是反党作品的过于敏感与错误之处。从这些书信中，可以明显地看出斯大林对艺术规律与艺术家是极其尊重的，也表现了斯大林极高的艺术批评修养。(5)《给季谟央·别德讷衣的信》③，这封书信是北京文艺界整风学习的文件之一，《文艺报》第 52 期 (1951 年 12 月 10 日) 转载了这封信。杰米扬在自己创作中对苏联生活缺点的批评逐渐变成了对整个苏联的诽谤，从而表露出了明显的反爱国主义的倾向，斯大林对此进行了严厉的批评，并强调指出："共产党员作家必须服从党的决议，领会党的决议的实质并改正自己的错误。共产党员作家必须谦虚。"虽然这封信主要是针对党员作家而谈的，但所提出的基本原则对于所有的作家，应该说都是有指导意义的。

除了大量译介与介绍斯大林关于文学创作的基本观点外，斯大林的语言学思想在新中国成立初期也被译介进来，这对当时中国学者树立马克思主义语言观以及我国的语言文字改革都产生了很大的影响。《马克思主义与语言学问题》(斯大林于 1949 年完成此书) 于 1950 年由解放社出版发行，引来了国内学人的极大关注。金轮海的《从斯大林论语言学派到中国语言的改造和发展》④、胡绳的《斯大林关于语言学的论文对中国学术工作的意义》⑤、罗常培的《从斯大林的语言学说谈中国语言学上的几个问题》⑥ 等都是这方面很有影响的研究成果。如金轮海认为，斯大林"论马克思主义在语言学中的问题"发表以后，对中国的语言问题

---

① [苏联] 斯大林：《给费里克斯·康同志给伊万诺伏—伏兹涅森斯克省中央局书记柯洛季洛夫同志的副本》，曹葆华、毛岸青译，《人民日报》1950 年 7 月 2 日。
② [苏联] 斯大林：《给别塞勉斯基同志》，曹葆华、毛岸青译，《人民日报》1950 年 7 月 2 日。
③ [苏联] 斯大林：《给季谟央·别德讷衣的信》，曹葆华、毛岸青译，《人民日报》1950 年 10 月 15 日。对于此文的发表，《人民日报》加编者按说："本刊第五十一、五十二、五十五期登载了第一次刊印于苏联国家政治书籍出版局出版的《斯大林全集》第十一、十二卷中的斯大林给高尔基等苏维埃文学家的四封信。本期继续刊载同书第六卷中给讽刺诗人季谟央·别德讷衣的信。这些信不但是马列主义文艺理论的文献，而且对于其他革命工作，也是具有很大的教育意义的。"季谟央·别德讷衣也译作杰米扬·别德讷衣。
④ 金轮海：《从斯大林论语言学派到中国语言的改造和发展》，《文汇报》1951 年 4 月 25 日。
⑤ 胡绳：《斯大林关于语言学的论文对中国学术工作的意义》，《人民日报》1952 年 6 月 20 日。
⑥ 罗常培：《从斯大林的语言学说谈中国语言学上的几个问题》，《科学通报》1952 年第 7 期。

有原则性的启示，获得了一些基本认识：一是语言不是经济基础的上层建筑，与上层建筑根本不同；二是语言是全民性的不是阶级性的；三是关于语言的特征问题，文章认为：语言是历史的，随社会的产生发展灭亡而产生发展灭亡，语言的主要东西是词汇，但词汇本身还不成为语言，语言有巨大的稳固性和拒绝强迫同化的极大的抵抗性，语言从旧质到新质的转变不是突变（爆发）而是新旧慢慢变化的，等等。本文由此出发，论述了中国的语言文字改革问题。胡绳在文章中则认为"斯大林同志的著作发挥了关于上层建筑和基础的辩证关系的马克思主义理论，从而根本肃清了在这些问题上把马克思主义庸俗化的各种错误观点"。罗常培认为，斯大林的论文从理论上给中国语言学解决了好些问题，并且启示了中国语言学的新任务和新方向。

斯大林对民间文艺、对语言学方面的贡献，对作家的创作、艺术规律的尊重，社会主义现实主义创作方法的提出，所有这些对于当时中国文艺理论界的影响是深远的，国内学者李梁从五个方面总结了斯大林对于文艺的主要贡献：一是"马克思主义与语言学问题"中的文艺思想；二是社会主义现实主义理论；三是在斯大林的教导下，苏联民族文化获得了巨大的繁荣；四是斯大林十分亲切地关怀文学家、艺术家的成就；五是斯大林同志重视古典文学遗产。[①] 毋庸讳言，新中国成立初期对于斯大林文艺诸问题的译介与研究，对于新中国成立后正在探索中的我国文艺理论的建设与发展具有重要的指导意义。

三 "体系论"之争

"文化大革命"十年，马克思主义文艺理论的基本立场、方法、基本传统几乎荡然无存。1978年12月，中国共产党第十一届三中全会胜利召开，从此中国社会开始进入新的历史阶段，也就是我们通常所说的"新时期"。新时期的社会变革，既带来了从经济生活、政治生活到文化生活的全面而深刻的社会变化，同时也带来了人们在生活方式、思维方式以及人生价值观念方面的巨大变化。中国马克思主义文艺理论研究也在解放思想、实事求是的思想路线引领下开始活跃起来。进入新时期之初，关于马克思主义文艺理论主要有两次比较大的讨论，一次是马克思主义文艺理论是不是有体系的讨论，另一次是关于《手稿》是不是成熟的马克思主义的讨论。这里，我们重点介绍一下"体系论"之争。

[①] 李梁：《斯大林与文学艺术》，《文艺报》1954年2月28日。

新时期以前，马克思主义文艺理论是有完整体系的，文艺理论家们对此从不怀疑，然而，新时期伊始，却有学者对马克思主义文艺理论的科学体系性表示了怀疑，声言"马克思主义文艺学不成体系"，马克思主义的经典作家也没有太多的关于文艺的论述，而只有一些散见于他们哲学经济学著作中的片言只语、"断简残篇"。这种观点在文艺理论界引起了强烈反响，许多文艺理论工作者不同意这种看法，纷纷撰文商榷。就这样，围绕马克思主义文艺理论的体系问题展开了一场大讨论。这场讨论从1980年直至1986年，前后有七年之久，这场讨论吸引了当时许多文艺理论家，讨论的问题几乎涉及马克思主义文艺理论的所有方面。

关于"体系论"的讨论缘起主要是围绕刘梦溪的一篇文章展开的，1980年，刘梦溪在《关于发展马克思主义文艺学的几点意见》[1]中提出了三点与通常说法不尽相同的意见，作为对如何发展马克思主义文艺学问题的一种探讨。这三点意见是：（一）马克思、恩格斯、列宁、斯大林以及毛泽东同志，并没有建立起马克思主义文艺学的完整的理论体系，我们今后应当把建立完整的理论体系作为发展马克思主义文艺学的一个现实目标；（二）由于教条主义的影响，我们的文艺理论工作，迄今为止，大都是在通过分析各种文艺现象来证实经典作家早经提出来的一些观点和结论，这在理论上是原地踏步，并没有真正前进；（三）中国马克思主义文艺学的建立，必须以系统总结我们民族的丰富的美学遗产为条件，它的生命在于对不断发展变化的文艺状况作出新的解释，并进行科学的理论概括。据刘梦溪本人事后回忆，他当时写这篇文章，原是想提出几个发展马克思主义文艺学迫切需要解决的问题，以引起讨论，因此出现不同意见乃至反对意见，他是早有思想准备的。但文章发表后反应那样强烈，遭到那么多非议，受到那么多关注，却是始料不及的。[2] 刘文提出了三方面的问题，但争论主要围绕第一个问题展开，涉及对马克思主义经典作家留下的文艺理论遗产的具体评价问题。

针对刘梦溪的观点，汪裕雄在《江淮论坛》连续撰文提出商榷意见，较早地批驳了刘文的观点。汪裕雄认为，刘文的"断简残篇"说是有问题的，刘文在论证中对普列汉诺夫的过高评价也是不妥的。我国马克思主义文艺学的理论建设，既要敢于解放思想，用创造性的态度对待马克思主

---

[1] 刘梦溪：《关于发展马克思主义文艺学的几点意见》，《文学评论》1980年第1期。
[2] 刘梦溪：《文艺学：历史与方法》，上海文艺出版社1986年版，"前记"第4页。

义文艺观,又要重视对其基本原理的学习与研讨。① 马、恩对艺术本质的看法,贯穿在他们有关文艺史和现实主义的论述之中,并且在对文艺史、作家作品、现实主义问题的进一步论述中得到发挥和充实。因此,"尽管马、恩没有完成他们计划中有关艺术和美学问题的专门著作,他们对文艺问题的论述具有片断的分散性质,但却以艺术本质论为核心,组成了一个文艺观点的科学整体,提供了文艺史上从未有过的新的文艺理论体系。"② 当然,作者在肯定马、恩的文艺观点是一个科学体系的同时,也认为马克思主义经典作家并没有穷尽文艺的本质和规律,第二代的马克思主义者梅林、拉法格、普列汉诺夫等人在文艺上的贡献,加上列宁、毛泽东等的丰富和发展也仍然没有穷尽。与汪裕雄从整体上着眼进行分析有所不同,李贵仁针对刘文所提出的"马克思、恩格斯、列宁、斯大林以及毛泽东同志,并没有建立起马克思主义文艺学的完整的理论体系"这一观点,从"完整的"三个字入手分析,认为刘文用这个词是有些讨巧的,"完整的"三个字没有什么实际意义。他认为,"马克思、恩格斯、列宁、斯大林以及毛泽东同志,事实上已经把马克思主义文艺学的理论体系建立起来了,而且是个相对完整的理论体系。"③

针对理论界围绕刘文所展开的讨论,引发讨论的《文学评论》1980年第3期和第5期也发文章加入到这场讨论之中。梁超然以给编辑部去信的形式,谈了对刘文的两点"原则性"意见:一,"一个极不严肃的论断",作者认为,把马、恩的文艺论著贬斥为"断简残篇"是不严肃的;二,"科学是没有国界的",作者认为,文艺学是社会科学的一种,而科学是没有国界的,刘文的"中国的马克思主义文艺学"这种叫法是有问题的。④ 如果说梁超然的文章仅仅是针对刘文提出了自己的反对意见,并未充分展开论证的话,那么魏理的文章则比较全面而有针对性地反驳了刘文马克思主义文艺理论的无体系主张。魏理认为,对待任何问题,"都要用辩证的方法,历史的观点,实事求是的精神去进行分析、考察,否则就不能达到事物的本质面,揭示它的真相",刘文"由于不从联系看问题,因而也没有说明任何问题"。作者认为,整体的联系是多方面的,马克思

---

① 汪裕雄:《"断简残篇"、普列汉诺夫及其他——与刘梦溪同志讨论马克思主义文艺学建设问题》,《江淮论坛》1980年第2期。
② 汪裕雄:《从艺术本质论看马恩的文艺观点体系》,《江淮论坛》1983年第5期。
③ 李贵仁:《〈关于发展马克思主义文艺学的几点意见〉质疑——与刘梦溪同志商榷》,《人文杂志》1980年第5期。
④ 梁超然:《两点意见》,《文学评论》1980年第3期。

主义关于经济基础上层建筑的学说,是历史唯物主义的基本内容,体现了整体联系。另外,整体联系还表现在马克思主义经典作家文艺理论的不断发展与完善方面。同时,马克思主义文艺理论不仅涉及了文艺的外部规律而且涉及了文艺的内部规律,并不如刘文所否定的那样,只有外部规律没有内部规律。[1]

随着争论的进一步深入,各种观点的交锋越来越激烈。张弼将刘梦溪与魏理争论的焦点概括为两个问题:一是马克思主义经典作家的文艺问题原著可不可以和文艺学原理相比较?二是马克思主义经典作家是否建立了文艺科学的完整理论体系?针对这两个问题,张弼的看法比较折中,他认为,马克思主义经典作家是建立了理论体系的,但从文艺学要涉及文艺理论、文艺史、文艺批评这一角度看,这个体系是不完整的。另外,他还指出,没有专门论证其体系的著作也的确是马克思主义文艺理论不完整的一个理由。[2] 对于有无专门性著作,董学文在讨论中认为,说马克思主义创始人没有系统、完整的理论体系的观点早在19世纪后期20世纪初期就有了,但没有专门性的著作并不能说明没有完整的理论体系。马克思、恩格斯的文艺学体系形成了这样一些特征:"在精神素质上,它是高度科学性与革命性的统一,是理论和实践的统一;在逻辑结构上,它是纵的人类社会艺术发展规律与横的艺术同上层建筑其他部分、同经济基础相互关系规律的紧密交织;在表述上,它更多的是从宏观领域出发的,整个人类艺术运动的图景,像一幅壁画,清晰地呈现在我们眼前。这些特征综合起来,令人看到一个完整的文艺理论体系的轮廓。"[3] 文章还从"文艺理论体系"与"马克思主义学说的不太吻合"、完整理论体系的应有样子、"外部规律"与"内部规律"的分析,以及一些论据方面的问题等入手批驳了刘文的"无体系"观点。

在这场关于"体系论"的论争中,既有直接针对刘文观点展开针锋相对的驳论性文章,也有避开论点本身,在一个更广泛的层面上通过对马克思主义文艺理论所展开的研究,从而论证马克思主义文艺理论的体系性问题。程代熙从历史发生学的视角,具体分析了造成一些人认为马克思主

---

[1] 魏理:《马克思主义经典作家的文艺理论体系和文艺科学的发展》,《文学评论》1980年第5期。
[2] 张弼:《对于马克思主义文艺学理论体系及其发展问题的看法——兼与刘梦溪、魏理同志商榷》,《学习与探索》1981年第2期。
[3] 董学文:《怎样看待马克思的文艺理论体系——与刘梦溪同志商榷》,《北方论丛》1984年第1期。

义文艺思想没有体系的历史原因。他认为，苏联卢那察尔斯基等人之所以认为马克思主义文艺理论没有完整的体系，是因为在20世纪20年代，马克思、恩格斯的著作被介绍到苏联的比较少所造成的。实际上，到里夫希兹与希里尔合作编辑世界上第一本俄文版《马克思恩格斯论艺术》时，马克思、恩格斯文艺理论的科学体系就已经被初步揭示出来了；而卢卡契在20世纪30年代就批驳过认为马克思、恩格斯的艺术理论没有形成体系的看法，并第一次真正意义上阐释了马克思主义艺术学的"体系性"问题。程代熙认为："马克思恩格斯文艺思想是建立在历史唯物主义的基础之上的一个全新的科学体系。"① 与程代熙看法一致，陆梅林指出：有人认为马克思主义不曾写过专门的美学著作，便以为马克思主义美学没有一个完整的体系是不对的，写过或没有写过美学专著，和有没有完整的美学体系并不是一回事。马克思主义创始人没有写过美学专著，这是事实；说因此就没有一个完整的美学体系，这却不是事实。实际上，马克思主义美学体系比起过去任何美学大师（从柏拉图、亚里士多德到康德、黑格尔和克罗齐）所构成的任何体系都更宏大、更完整，而且有更结实的物质基础和历史发展线索。② 陆梅林的这一论断并非空穴来风，早在"文化大革命"期间，他就编辑了《毛泽东论文艺》、《鲁迅论文艺》和《马恩论文艺》三部手稿，这使他能够对马克思主义关于文学艺术的经典论述有着较为透彻的学习与理解，正是有了这些切实的经历使他认识到马克思、恩格斯的文艺理论也和整个马克思主义学说一样，都是为无产阶级和广大劳动人民的，是为无产阶级革命，为最终实现人类崇高的共产主义理想服务的。马克思主义文艺理论是无产阶级的具有高度党性的文艺科学，是无产阶级革命文艺运动和社会主义文艺工作须臾不可偏离的指针。马克思、恩格斯的文艺思想博大精深、辩证法贯穿始终。③ 朱光潜也从马克思的哲学体系入手，谈了自己的看法，他认为："辩证唯物主义和历史唯物主义是一切科学的共同的理论基础，马克思和恩格斯从这个共同基础出发，检查了从古希腊到近代的一些文艺名著，从此可以看出一套史论结合的完整体系，为文艺史和文艺批评树立了光辉典范。"④ 除此之外，在马克思主

---

① 见程代熙《海棠集》，重庆出版社1986年版，第117—120页。
② 陆梅林关于马克思主义文艺学体系论的相关论述，可参看《体系和精神——马克思恩格斯文艺思想初探》、《从整体上把握马克思主义美学思想——纪念马克思逝世一百周年》等文章，见陆梅林《唯物史观与美学》，光明日报出版社1991年版。
③ 陆梅林：《唯物史观与美学》，光明日报出版社1991年版，"写在集子之前"第2—3页。
④ 朱光潜：《对"马克思恩格斯论文学和艺术"编译的意见》，《武汉大学学报》1980年第5期。

义文艺学有无科学体系的讨论中，郑伯农、李思孝、张国民、鲍昌、李中一、曾簇林等理论家都撰写了文章①，对社会上流行的"无体系"论进行了反驳，为马克思主义文艺理论在中国的传播和发展作出了重要贡献。

这场关于"体系论"的讨论之所以可以如此深入与持久的展开，一方面与理论界长期以来并未厘清这一问题相关；另一方面也与问题的提出者刘梦溪自始至终的积极参与和应对分不开。针对学术界开展的相关讨论，作为问题肇始者的刘梦溪从1980年到1986年又连续撰写了11篇文章，对自己的观点和他人的批驳作进一步的论证和辩解。这些文章是：《再论马克思主义文艺学的发展问题——答魏理同志》②、《三论马克思主义文艺学的发展问题——答李贵仁同志》（《人文杂志》1981年第2期）、《四论马克思主义文艺学的发展问题》（《江淮论坛》1981年第6期）、《五论马克思主义文艺学的发展问题》（《北方论丛》1982年第3期）、《六论马克思主义文艺学的发展问题——与程代熙、陆梅林同志商榷》、《七论马克思主义文艺学的发展问题——答董学文同志》（《北方论丛》1984年第5期）、《释文艺规律——八论马克思主义文艺学的发展问题》（《文艺研究》1984年第6期）、《九论马克思主义文艺学的发展问题——要重视文艺学的理论建设》、《十论马克思主义文艺学的发展问题——文艺学的方法和学派》、《十一论马克思主义文艺学的发展问题——评五、六十年代流行的几种文艺学教科书》（《学习与探索》1985年第6期）、《十二论马克思主义文艺学的发展问题——关于建立具有中国民族特色的文艺学理论体系》（《文艺争鸣》1986年第1期）。通过这些文章，刘梦溪在坚持自己马克思主义文艺理论"无体系"观点的基础上，从不同的角度对自己的观点进行了补充论证与说明。如在《五论马克思主义文艺学的发展问题》一文中，他主要从方法论的角度探讨对马克思主义经典作家留下的文艺理论遗产究竟应该如何评价的问题。他认为，一，"从马克思和恩格斯关于理论体系的思想来看，说马克思主义经典作家建立了文艺学的完整的理论体系，并不是对革命导师留下的文艺观点和文艺理论遗

---

① 另外，杨柄编辑的《马克思恩格斯论文艺和美学》（文化艺术出版社1982年版）、陆梅林辑注的《马克思恩格斯论文学与艺术》（人民文学出版社1982年版）等也都试图从不同的角度建构马克思主义文艺理论的思想体系。

② 《再论马克思主义文艺学的发展问题——答魏理同志》与下文《六论马克思主义文艺学的发展问题——与程代熙、陆梅林同志商榷》、《九论马克思主义文艺学的发展问题——要重视文艺学的理论建设》、《十论马克思主义文艺学的发展问题——文艺学的方法和学派》等，见刘梦溪著《文艺学：历史与方法》一书，上海文艺出版社1986年版。

产的高估,恰恰相反,在一定程度上倒是对他的创立的学说的一种贬低"。二,理论体系应该是以完整和系统的面貌出现的、经过深入论证的、建立在长期知识积累基础上的理论形态。三,中外历史上有许多提出了观点而称不上体系的文艺理论家,如中国古代的诸多文艺理论家,国外的如普列汉诺夫、车尔尼雪夫斯基、柏拉图等。四,从马恩的实际贡献来看也说明了"无体系"性。五,思想体系与理论体系不同,"当我们说马克思主义经典作家留下的文艺理论遗产还没有形成文艺的完整的理论体系时,却不能否认经典作家的文艺观点在思想上是有一定体系性的"。在《七论马克思主义文艺学的发展问题——答董学文同志》一文中,除了批驳董学文在论证上存在的逻辑问题之外,他提出,马恩并未"从根本上反对建立社会科学具体学科的理论体系,如果这样看问题,也是对马克思主义学说的一种误解。马恩所反对的,是把学科理论体系的建立庸俗化,反对像当时德国的一些青年学者那样,用贫乏的历史知识'尽速构成体系'"。作者再次明确了在《五论》中所提到的体系的五个条件:要有系统性;要经过严密论证和发挥;要提出新的概念和新的理解范畴;要有相应的表述概念和范畴的逻辑结构;要提出新的研究方法。在《释文艺规律——八论马克思主义文艺学的发展问题》一文中,在区分了"文艺的一般规律和特殊规律"、"文艺本身的规律和文艺发展的规律"的基础上,刘梦溪探讨了"文艺的内部规律和外部规律"的真正区分问题,并由此指出:"从马克思主义文艺学的发展状况来看,迄今为止,我们对文艺的特殊规律、本身的规律、内部规律,研究得更不够一些,并且有用一般规律、发展规律、外部规律取代的倾向,因此影响了文艺学的理论建设,应当引起我们的重视和注意。"在其他诸论中,作者还就发展文艺学的方法和不同学派问题、建立具有中国民族特色的文艺学理论体系等问题提出了自己的看法与建议。

这次关于马克思主义文艺理论有无体系的讨论是深入而有意义的,这不仅反映了新时期以后理论研究进入到活跃时期,而且在讨论中,人们对马克思主义经典作家的基本理论有了全面而深入的学习机会,过去关于马克思主义文艺思想的诸多模糊认识都在这次讨论中得到了清理,许多似非而是、似是而非的问题在这次讨论中得以澄清,可以说这是自马克思主义文艺理论引入我国以来关于马克思主义文艺思想最集中、最广泛的一次就整体思想所进行的专题性讨论。这次讨论不仅是对过去我国马克思主义文艺理论的一次总结与展示,同时也为新时期以后有关马克思主义文艺理论其他问题的讨论奠定了良好的基础,从而掀开了马克思主义文艺理论研究崭新的一页。

四 关于"西马"问题研究

以今天的判断来看,"西马"研究是在新时期以后的事情。因为,新时期以前,对于"西马"在介绍方面都少得可怜。这其中的原因,不仅因为"西马"的发展与影响主要在第二次世界大战之后,尤其是六七十年代,而且也与"冷战"时期,中西方文化交流长期不畅有关,还有就是国内对政治意识形态领域问题比较谨慎,对于源自于西方的东西一直持有抵触的态度,对除马、恩等经典作家之外的任何外国理论抱有本能的排斥情绪。就现有的资料来看,新时期之前,理论界能介绍进来的主要有卢卡契,还有为数不多的"西马"理论家,像亨利·列斐伏尔等,而且仅限于介绍,没有什么研究。①

改革开放以后,随着中西方交往的不断加强,大量西方文艺理论家的著述开始引入我国,国外研究马克思主义文艺理论的著作也被介绍进来,西方马克思主义理论开始真正走进人们的视线。1983 年,为了使中国学者从中"可以了解到当前西方研究和阐述马克思主义文艺理论方面的一些观点、动向及存在的问题",《国外社会科学》第 1 期刊登两篇译文,介绍了当代西方两位重要的文学批评家——英国的特里·伊格尔顿与法国的皮埃尔·马歇雷。在介绍伊格尔顿的文学批评的文章中,作者首先叙述了国外马克思主义美学与文学批评领域十年内出现的一些研究作品,为阐述伊格尔顿的文学批评思想提供了背景。然后,具体分析了伊格尔顿文学批评的基本特征,认为"伊格尔顿作品的巨大力量主要在于,他坚持文学与意识形态有关系"。同时作者还分析了伊格尔顿既"想同'文学'的整个意识形态机构进行挑战,但又维护对传统文学批评的既定评价"的矛盾所在。② 在论述马歇雷与马克思主义文学理论一文中,作者认为,马

---

① 20 世纪 60 年代,卢卡契思想比较早地被介绍进来,如他的《作家与世界观》发表在《国外社会科学文摘》1960 年第 7 期、《一篇美学专论的序论》发表在《国外社会科学文摘》1964 年第 12 期。同时研究性的论文,如斯太因勒的《卢卡契的文艺思想》发表在《国外社会科学文摘》1960 年第 7 期、叶封的《乔治·卢卡契:〈美学的特点〉》发表在《国外社会科学文摘》1964 年第 12 期、耀辉的《齐塔:〈乔治·卢卡奇的马克思主义:异化、辩证法、革命〉》发表在《国外社会科学文摘》1965 年第 5 期等。亨利·列斐伏尔的文章《关于结构主义和历史的几点思考》较早出现在《国外社会科学文摘》1964 年第 9 期上,这些说明国内学者对于西方马克思主义学者的了解是比较零星的,尚未形成一种自觉的意识。

② [英] L. 伯查尔:《伊格尔顿与马克思主义文学批评》,戴侃摘译,《国外社会科学》1983 年第 1 期。

歇雷"是当代最敢于挑战并具有真正创新精神的马克思主义批评家",马歇雷一开始就大胆地将阿尔都塞的认识论用于探究批评,并认为了解作品,不是倾听或翻译事先存在的对话,而是要意识到,作品本身在生产一种新的对话,使作品的沉默"说话"。① 该文对马歇雷的文学作品理论进行了比较详细的介绍与梳理,使国内学者对马歇雷的文学批评理论有了初步而又比较完整的认识与理解。西方马克思主义文艺理论家在国外的产生发展情况整体性地在国内得以介绍,比较早的算是美国学者 R. 韦勒克的《西方马克思主义文学批评》一文。该文认为,马克思主义文学批评是在 19 世纪现实主义批评的基础上发展起来的,它基于马恩所建树的少数论断,到 19 世纪 90 年代之前才形成一种系统的学说。文章从梅林、普列汉诺夫说起,分别又论及托洛茨基、布哈林、波亚伏佐夫、沃隆斯基、日丹诺夫、马林科夫、卡尔沃顿、E. 威尔逊、考德威尔、高尔德曼、葛兰西、卢卡契、本杰明、阿多诺等人,以及欧美一些国家的研究者,给马克思主义文学批评拉出了一条比较清晰的传承线索。② 这种略带梳理意味的研究对当时中国学者急于了解国外马克思主义文艺理论的发展状况,无疑是极有帮助的。80 年代以后,国内对西方马克思主义的译介越来越多,翻译出版了一些国外学者的马克思主义文艺理论研究专著,还编选了一批西方马克思主义文艺理论论文集。主要有《马克思和世界文学》(柏拉威尔著,梅绍武等译,生活·读书·新知三联书店 1980 年版)、《西方马克思主义探讨》(佩里·安德森著,高铦等译,人民出版社 1981 年版)、《西方马克思主义美学文选》(陆梅林选编,漓江出版社 1988 年版)、《马克思主义与艺术》(梅·所罗门编,杜章智、王以铸等译,文化艺术出版社 1989 年版)、《现代美学新维度——西方马克思主义美学论文精选》(董学文、荣伟编,北京大学出版社 1990 年版)等,这些著述几乎涉及了今天我们所熟知的所有西方马克思主义文艺理论家,有力推动了中国学者对于国外马克思主义文艺理论思想的了解与研究。

90 年代以后直至 20 世纪末,西方马克思主义的研究与介绍达到了高潮。这其中的重要收获就是由徐崇温主编、重庆出版社出版的"国外马克思主义和社会主义研究丛书",本丛书几乎横跨整个 90 年代,分四批出版,第一批 1989 年出版完成,第四批 1997 年出版完成,共有 42 部著

---

① [英] 特里·伊格尔顿:《马歇雷与马克思主义文学理论》,戴侃摘译,《国外社会科学》1983 年第 1 期。韦勒克和沃伦合著的《文学理论》一书,1984 年由三联书店出版发行。
② 本文译自《20 世纪世界文学百科全书》,发表于《文科教学》1984 年第 4 期,张敏译、宋启安校。

作。该丛书大量译介西方马克思主义理论家的重要著作，同时一些国内学人研究西方马克思主义哲学、文化、美学的优秀成果也得以面世。这套丛书深深影响着 90 年代以后国内的西方马克思主义理论研究，成为国内学者认识与研究西方马克思主义理论的重要资源，将我国西方马克思主义理论研究推向了一个新的阶段。除这套丛书之外，这一阶段，还出现了朱立元主编的《法兰克福学派美学思想论稿》（复旦大学出版社 1997 年版）、马驰的《"新马克思主义"文论》（山东教育出版社 1998 年版）、陆俊的《理想的界限——"西方马克思主义"现代乌托邦社会主义理论研究》（社会科学文献出版社 1998 年版）、杨小滨的《否定的美学——法兰克福学派的文艺理论和文化批评》（上海三联书店 1999 年版）等其他从不同角度研究西方马克思主义文艺理论的理论著作。这些研究成果，开阔了我国马克思主义文艺理论研究的理论视野，深化了对西方马克思主义文论的理论研究。同时，更为重要的是，由于学术界的努力，越来越多的人开始以宽容的态度、客观的眼光来看待西方马克思主义文论，并在认识其理论局限与不足的同时，看到了"西马"理论中所闪耀的理论与智慧的光辉和他们研究问题与发展马克思主义文艺理论的独特方法。

站在今天，回头去看，可以说从新时期以来直到今天，我们会清楚地看到，西方马克思主义研究在 90 年代进入到了鼎盛时期。这不仅因为介绍性的著作在这一时期得到了集中的翻译出版，同时还因为中国学者在这一阶段对"西马"研究有了更大的热情，有了更多更深入的思考，产生了一些颇有创建的研究成果。如冯宪光的《论"西方马克思主义"文艺理论的四种模式》[1]、汪培基的《西方马克思主义文艺理论研究初探》[2]、王杰的《关于马克思主义文学理论的中国特色问题》[3]、余虹的《个体启蒙与艺术自主——法兰克福学派的艺术之思》[4] 等都对"西马"文论作了比较深入的探讨与研究，而冯宪光的《"西方马克思主义"美学研究》（重庆出版社 1997 年版）、谭好哲的《文艺与意识形态》（山东大学出版社 1997 年版）则成为这一阶段西马文论研究最重要的代表性著作。应该说，90 年代以后，国内对于西方马克思主义的理论探讨已经从最初简单的唯物、唯心二元批判转变为真正的学术研究，对于"西马"的评价也已经发生了转变，抛弃了先前认为其"反马克思主义"的观点，并已基

---

[1] 冯宪光：《论"西方马克思主义"文艺理论的四种模式》，《四川大学学报》1985 年第 2 期。
[2] 汪培基：《西方马克思主义文艺理论研究初探》，《文艺理论与研究》1987 年第 1、2 期。
[3] 王杰：《关于马克思主义文学理论的中国特色问题》，《文史哲》1993 年第 5 期。
[4] 余虹：《个体启蒙与艺术自主——法兰克福学派的艺术之思》，《外国文学研究》2000 年第 2 期。

本能够接受将其作为马克思主义文艺理论中的重要一元,承认其在马克思主义文艺理论研究中的合法地位。承认"西马"也是"马",走过一段漫长的历程。要知道,甚至在90年代初,学者们对于"西马"的态度主要还是排斥的、批判的,认为其是"非马"的。①

进入新世纪,西方马克思主义文艺理论研究又走过了10年的路程。这10年中,我们看到,在经历了20多年的引介与研究之后,"西马"的研究也在经历着由热变冷的局面。这一半是由于理论本身在进入新世纪以后所面临的尴尬处境,另一半则是由于"西马"自身的理论话题也在面临着从未有过的挑战。虽然这10年中,詹姆逊与伊格尔顿的理论思想曾一度受到人们的追捧与爱戴,"西方马克思主义文艺学"作为重要内容,已经出现在正规的大学文科教材,② 一些西方马克思主义研究著作继续出版面市,③ 但所有这些理论成果的出现都无法改变这样一个事实,那就是西方马克思主义的文艺理论研究如文艺理论的其他问题一样,需要寻找一个新的支点与起点,在总结过去成功经验的基础上,在应对现实问题与文艺实践中,重新焕发曾经的辉煌与魅力。

五 结语

经过新时期多种文艺理论与文艺思潮的碰撞与摩擦,中国马克思主义文艺理论正走向成熟阶段,中国马克思主义文艺理论的研究者也较以往显得自信与稳健。20世纪80年代之后,理论界提出要构建"中国特色的马克思主义"文艺理论,但理论的建构和探索毕竟是个艰辛的过程。"走辩证整合研究之路,这是20世纪文论的历史呼唤。"④ 这也应该是马克思主义文论发展的必由之路。马克思主义不是一成不变的僵化的东西,而是一个漫长的发展过程;马克思主义生命力在于不断地丰富、充实和更新中。毛泽东同志在《改造我们的学习》中曾提出过共产党人在工作中所存在的三方面缺点与不足:一是对于现状,缺乏调查研究的"浓厚空气";二是对于历史,认真研究的空气也是"不浓厚的";三是关于学习国际的革

---

① 这基本是当时学界比较一致的看法,如张凌就以《"西马"非马》为题撰写文章,比较有代表性地表达了这种意见,见《美与时代》1992年第6期。
② 潘天强:《新编马克思主义文艺学》,复旦大学出版社2005年版。
③ 如四册本的《二十世纪国外马克思主义文艺理论本体论形态研究》于2008年5月由巴蜀书社出版完成;而雷蒙德·威廉斯《马克思主义与文学》一书由河南大学出版社2008年9月翻译出版等。
④ 吴元迈:《20世纪文论的历史呼唤:走辩证整合研究之路》,《文艺报》2001年2月21日。

命经验,只是"单纯的学习",消化不了,"只会片面地引用马克思、恩格斯、列宁、斯大林的个别词句,而不会运用他们的立场、观点和方法,来具体地研究中国的现状和中国的历史,具体地分析中国革命问题和解决中国革命问题"[①]。以今天的眼光来看,毛泽东同志当时提出的这三个方面的问题,在我们今天的文艺理论研究中也是存在的,而且状况并不比过去好多少。因此,在新的历史条件下,我们也要将"学习方法和学习制度改造一下",并将其作为今后推动马克思主义文艺理论研究的重要任务。

今天我们面临的现状、历史、国际经验比以前丰富、复杂得多,对此我们应有清醒的认识。笔者认为,今天的"现状"就是中国的现实与世界的现实、中国的问题与世界的问题;今天的"历史"则主要是马克思主义思想发展的历史、实践斗争的历史,尤其是马克思主义在中国接受的历史,以及中国文艺理论家们对马克思主义文艺思想的追求史、探讨史;而今天的"国际的革命经验"则主要是马克思主义的以及其后的东西方学者对于马克思主义理论的发掘、发展所形成的理论成果与革命经验。当然对于任何理论的把握最终都是为了解决自己的问题,了解历史、学习别人,有助于扩大视野,而有了这一广大的视野,才能对当下自己的问题做出明确而清晰的判断,把准时代的脉搏,有的放矢,不隔靴搔痒,这样的理论研究与结出的果实才会是有意义和有价值的。我们期待这一天能早日到来。

---

① 毛泽东:《改造我们的学习》,《毛泽东选集》第3卷,人民出版社1991年版。

第十九章　新中国文艺政策的建构、演变和发展

第一节　第一次文代会与新中国文艺政策的建构

新中国文艺政策，从共时性的角度看，是一个内涵极为丰富而又复杂的结构体系，但从历时性的角度看，则有一个逐渐形成和发展演变的过程。正确把握新中国文艺政策的建构及发展过程，对于深入理解新中国文艺政策的历史作用和新中国文艺创作及理论批评具有十分重要的意义。

新中国文艺政策的建构，从历史源头上讲，应该追溯到1942年5月在延安召开的文艺座谈会和毛泽东所发表的《在延安文艺座谈会上的讲话》。但如果把新中国看做是一个特定的时空阶段，新中国文艺政策的建构则可以说起于1949年7月新中国成立前夕召开的第一次全国文代会，此后的形成和发展过程，大体上经历了四个阶段。第一个阶段，从1949年7月第一次文代会至1966年"文化大革命"爆发之前，可称为新中国文艺政策的建构阶段。第二个阶段，从1966年4月《部队文艺工作座谈会纪要》的发表到1976年10月粉碎"四人帮"，可称为新中国文艺政策的挫折阶段。第三个阶段，从1979年10月第四次全国文代会的召开到20世纪80年代末，可称为新中国文艺政策的调整阶段。第四个阶段，从1991年3月出台《中共中央宣传部、文化部、广播电影电视部关于当前繁荣文艺创作的意见》以及1991年7月出台《国务院批转文化部关于文化事业若干经济政策意见的报告》至20世纪90年代末，中国当代文艺政策的建设进入一个新的历史阶段，可称为新中国文艺政策的转型阶段。第五个阶段，从新世纪开始，新中国文艺政策得到空前的丰富、完善和发展。

1949年7月新中国成立前夕召开的第一次全国文代会（当时的名称

为"中华全国文学艺术工作者代表大会"），是新中国文艺的开始，也是新中国文艺政策建构的开始。第一次文代会是一个值得认真研究的文艺现象，也可以说是一个富有象征意义的文艺现象和政治现象。从文艺政策学的角度解读第一次全国文代会的有关文件①，理应成为新中国文艺政策研究的逻辑起点。从新中国文艺政策建构的角度看，有以下几个方面的情况值得特别重视。

第一，第一次文代会开创了一种处理文艺与社会政治关系的模式，即用这种受到执政党和政府（尽管当时新中国的政府机构还没有正式成立）主导的代表大会的形式来表达执政党的意志，团结广大文艺工作者，统一大家的认识，明确奋斗目标。据《中华全国文学艺术工作者代表大会纪念文集》记载，第一次全国文代会1949年7月2日在北平召开。中共中央对这次大会的召开极为重视。大会开幕的前一天，中共中央向大会发来了贺电。7月2日大会开幕，朱德总司令代表党中央到会致贺词，董必武代表华北人民政府和中共华北局向大会表示祝贺，中共中央负责意识形态工作的陆定一也在开幕式上发表了讲话。7月6日，毛泽东亲临大会会场，并即席发表了热情洋溢的讲话，对大会的召开表示祝贺。毛泽东总共讲了六句话："同志们，今天我来欢迎你们。你们开的这样的大会是很好的大会，是革命需要的大会，是全国人民所希望的大会。因为你们都是人民所需要的人，你们是人民的文学家、人民的艺术家、或者是人民的文学艺术工作的组织者。你们对革命有好处，对人民有好处。因为人民需要你们，我们就有理由欢迎你们。再讲一声，我们欢迎你们。"周恩来副主席则向大会作了长篇政治报告。大会中的几个重要报告，包括周恩来的《在中华全国文学艺术工作者代表大会上的政治报告》、郭沫若的《为建设新中国的人民文艺而奋斗——在中华全国文学艺术工作者代表大会上的总报告》、茅盾的《在反动派压迫下斗争和发展的革命文艺——十年来国统区革命文艺运动的报告提纲》，以及周扬的《新的人民的文艺——在全国文学艺术工作者代表大会上关于解放区文艺运动的报告》等，既全面总结了新文艺发展的历史规律，代表了广大文艺工作者的心愿，同时也是党和政府意愿的集中体现。所有这些都体现了党中央对新中国文艺事业异乎寻常的关心和重视，但这同时也可以说是一种有效的组织和掌控。因此，第一次文代会的有关安排和大会形成的文件既反映了文艺工作者的思

---

① 第一次全国文代会的有关文件均见中华全国文学艺术工作者代表大会宣传处：《中华全国文学艺术工作者代表大会纪念文集》，新华书店1950年版。

想认识，更是党和政府意志的体现。这就使这些文件具有了文艺政策的意义。换言之，是文代会的特殊方式使第一次文代会的有关文件成为政策。而且，这种方式从此被沿用下来，成为新中国文艺发展的一道独特的风景线。

第二，第一次文代会产生的几个主要报告，在指导思想上表现出高度的一致性，都反复强调用毛泽东《在延安文艺座谈会上的讲话》中的思想作为新中国文艺的指导方针。这表明，第一次文代会的这些文件的形成实际上经历了较为充分的讨论，履行了制定政策的有关程序。这也是第一次文代会文件具有政策意义的重要原因。

作为党中央的副主席，周恩来《在中华全国文学艺术工作者代表大会上的政治报告》是整个第一次文代会的纲领性文件。该报告共分两部分。第一部分概括介绍了三年解放战争的大致过程及其所取得的伟大成就，要求文艺界的同志"一定不要忘记表现这个伟大时代的伟大的人民军队"，指出"文艺工作者是精神劳动者，广义地说来也是工人阶级的一员"。但周恩来又号召"精神劳动者应该向体力劳动者学习"，因为精神劳动者"容易产生一种非集体主义的倾向"。报告的第二部分则集中谈到文艺方面的几个问题，主要包括：第一，团结问题；第二，为人民服务的问题；第三，普及与提高问题；第四，改造旧文艺的问题；第五，文艺界要有全局观念的问题；第六，组织问题。其中，周恩来对文艺界的团结问题、对文艺为工农兵服务的方针的阐释以及关于文艺界组织问题的原则性意见值得特别注意。

除了周恩来的报告外，郭沫若的《为建设新中国的人民文艺而奋斗——在中华全国文学艺术工作者代表大会的总报告》着重谈了"我们的文艺运动的性质和文艺界的统一战线问题"，认为"现阶段中国革命的性质是新民主主义的"，"在政治革命上是这样，在文化革命和文艺革命上也是这样"。又认为，"三十年来的新文艺运动主要是统一战线的文艺运动"，应该进一步加强文艺界统一战线的工作。在此基础上，郭沫若还向文艺工作者提出了今后的任务。茅盾的《十年来国统区革命文艺运动的报告提纲》主要总结了"国统区"革命文艺运动的基本经验，并且特别提到："从斗争的总目标上看，国统区与解放区的文艺运动是一致的；从文艺思想发展的道路上看，双方基本上也是一致的；而就国统区的革命文艺运动的主流来说，最近八年来也是遵循着毛主席的方向而前进，希图同人民靠拢。"周扬的《新的人民的文艺——在全国文学艺术工作者代表大会上关于解放区文艺运动的报告》在第一次文代会上具有特别重要的意义。

这种重要性主要在于，周扬以解放区文学的经验和成就无可辩驳地确证了第一次文代会所确立的毛泽东文艺方向的正确性和必要性。

第三，第一次全国文代会虽然把文艺为工农兵服务、为无产阶级政治服务确定为新中国文艺的基本文艺政策，但由于当时尚未建立全国统一的政府，也由于中国共产党对于想象中的新中国文艺发展规律的认识还有一个逐渐深入的过程，因此，第一次全国文代会制定的新中国文艺政策还只是初步的，还有待进一步完善。这主要表现为：一方面，第一次全国文代会对于新中国文艺政策的建构在结构上还远不够完备。第一次全国文代会所形成的具有政策意义的文件主要有周恩来、郭沫若、茅盾、周扬等几位领导人的报告以及《大会宣言》等。这些报告以周恩来的报告谈到文艺方面的六个问题最为详细，但归结起来主要也就是两个问题，即文艺应该为工农兵服务和怎样为工农兵服务的问题。新中国文艺发展中的许多政策问题，例如戏曲改革问题、"双百"方针问题、对于中外文化遗产的继承和创新问题、文艺人才培养问题、文艺批评问题等，都是以后才逐步提出并形成的。另一方面，当时这些文艺政策在功能上也主要起的是政策的协调功能和引导功能，政策的制约功能在当时并不占主导地位。这表明，在新中国成立之前以及成立以后的一段时间内，中国共产党对文艺采取了一种较为宽容的姿态和宽松的政策。新中国成立之初文艺界关于可不可以写小资产阶级的讨论从一个方面反映出这种文艺政策宽松的情形。

第一次全国文代会之后，新中国文艺方针政策的进一步完善，经历了一个较为长期的，甚至是曲折的过程。这一建构的过程大体上一直延续到"文化大革命"爆发之前才基本告一段落。期间，1956年毛泽东代表中国共产党提出"双百"方针、1957年周扬发表《文艺战线上的一场大辩论》、1961年6月周恩来发表《在文艺工作座谈会和故事片创作会议上的讲话》以及1962年4月《中共中央批转文化部党组和全国文联党组提出的〈关于当前文学艺术工作若干问题的意见〉》（草案）的公布等，是具有代表性的重大文艺政策事件。显然，由于当代社会生活和文艺发展的大起大落，新中国文艺政策本身也出现了变化和反复，有许多值得吸取的经验和教训。

第二节 《纪要》与新中国文艺政策的挫折

1966年《部队文艺工作座谈会纪要》（简称《纪要》）的出笼，可以说是新中国文艺政策发展史上的一个重大曲折。

在中国当代文艺发展史上，事实上一直存在着歪曲偏执和科学理性之间的矛盾冲突。这种矛盾冲突并不限于文学艺术，而是在整个社会生活领域里都有所反映。新中国成立初期的"三大文艺批判运动"、1957年文艺界的反右派斗争、1958年的文艺大跃进运动、1959年文艺界的反右倾等，都是对新中国文艺政策的偏离。1963年和1964年毛泽东对于文学艺术的"两个批示"，更是以相当严厉的口吻对新中国成立以来的文学艺术进行了批评，认为中国文联及其所属的各协会，"十五年来，基本上（不是一切人）不执行党的政策，做官当老爷，不去接近工农兵，不去反映社会主义的革命和建设"①。《部队文艺工作座谈会纪要》全称为《林彪同志委托江青同志召开的部队文艺工作座谈会纪要》。关于这次"部队文艺工作座谈会"的召开以及《纪要》的产生过程，根据《中共中央批转〈总政治部关于建议撤销一九六六年二月部队文艺工作座谈会纪要的请示〉的通知》（1979年5月3日）中的说法："一九六六年二月，江青勾结林彪炮制的所谓《部队文艺工作座谈会纪要》（以下简称《纪要》），是林彪、'四人帮'篡党夺权阴谋的一个步骤。一九六六年一月底，江青窜到苏州找林彪、叶群密谋策划。随即由林彪指令总政治部派人到上海参加江青召开的所谓'部队文艺工作座谈会'，为江青插手部队文艺工作提供条件。二月二日至二十日，江青在会上系统地抛出了她蓄谋已久的反党意见，提出了'文艺黑线专政'论；座谈会的纪要由江青和张春桥、陈伯达亲自加工、整理成文。《纪要》把林彪吹捧江青'在政治上很强，在艺术上也是内行'的话载入正式文件。同时，还规定部队文化部门要把江青的意见'在思想上、组织上认真落实'。《纪要》抛出以后，陈伯达、康生、张春桥、姚文元、王、关、戚等窃取中央文革领导大权的一小撮野心家、阴谋家，更加大肆吹捧林彪，吹捧《纪要》，特别是吹捧江青，把她封为'文化革命的英勇旗手'。以后，又把'黑线专政'论从文艺扩展到教育、出版、体育、卫生、公安等其他各条战线。"1966年3月12日，林彪在《给中央军委常委的信》中对《纪要》作了进一步介绍，认为："这个纪要，经过参加座谈会的同志们反复研究，又经过主席三次亲自审阅修改，是一个很好的文件，用毛泽东思想回答了社会主义时期文化革命的许多重大问题，不仅有极大的现实意义，而且有深远的历史意义。"②

---

① 洪子诚：《中国当代文学史·史料选》下册，长江文艺出版社2002年版，第513页。
② 《人民日报》1967年5月29日。

经过了这样一种最高决策程序之后，1966年4月16日，《纪要》作为中共中央文件在中共党内发表。4月18日，《解放军报》发表社论《高举毛泽东思想伟大红旗，积极参加社会主义文化大革命》，在没有提及座谈会和《纪要》的情况下，披露了《纪要》的基本观点。1967年5月29日，《人民日报》等重要报刊公开发表《纪要》全文。1971年"九一三"事件之后，林彪给中央军委常委的信以及《纪要》标题和文中的林彪名字被删去。1979年5月3日，中共中央发布通知，批转解放军总政治部的请示，正式撤销《纪要》作为中共中央文件。"通知"指出："十几年来的实践证明，《纪要》提出的一系列观点和结论，是完全违反马克思列宁主义、毛泽东思想的根本原理的，也是完全不符合我国文艺战线的实际状况的。《纪要》提出的'文艺黑线专政'论，全面否定了新中国成立以来我党领导的文艺事业，从根本上篡改毛主席《在延安文艺座谈会上的讲话》中提出的无产阶级文艺的方向，篡改了无产阶级文艺的党性原则。《纪要》在'破除迷信'和'彻底革命'的旗号下，排斥一切中外古典文学的优秀遗产，全盘否定我国三十年代文艺的重大成就，从而彻底践踏了'五四'以来新文化运动和无产阶级革命文艺运动的光荣传统，贬黜了从马克思主义创始以来的无产阶级文艺，推行反动的文化虚无主义和封建蒙昧主义。《纪要》不顾文学艺术事业本身固有的规律，设置了许多唯心主义、形而上学的禁令，完全抛弃了毛主席提出的'百花齐放、百家争鸣'这一发展社会主义文学艺术的根本方针和党领导文艺的一系列无产阶级政策。《纪要》贯穿的思想，是一种反马克思主义的、反科学反民主的封建文化专制主义的思想。《纪要》推行的路线，是林彪、'四人帮'极左的机会主义路线。"

从政治上讲，《纪要》的出台标志着林彪、江青两个反革命集团的"合谋"的开始，并且力图运用文艺作为实现其政治阴谋的工具。但从文化的立场上看，《纪要》的诞生则标志着中国当代激进主义文艺政策的全面登场。《纪要》称新中国成立以来一直有一条与毛主席思想相对立的反党反社会主义的黑线。实际上《纪要》本身则始终贯穿了一条"左"倾机会主义的政治路线和文化激进主义的思想路线。其特征主要表现在以下几个方面：首先，《纪要》在对新中国文艺的基本评价上抛出所谓"文艺黑线专政论"，全面否定新中国成立以来的文学艺术，称文艺界在新中国成立以来，"被一条与毛主席思想相对立的反党反社会主义的黑线专了我们的政，这条黑线就是资产阶级的文艺思想、现代修正主义的文艺思想和所谓三十年代文艺的结合"，并且还提出"要破除对中外古典文学的迷信"，要"标社会主义之新，立无产阶级之异"，表现出一种典型的"文化虚无主义"立场。其次，《纪要》在对文学艺术发展问题上表现出一种孤立的、静态的文艺发展观，一方面称毛主席的《新民主主义论》、《在延安文艺座谈会上的讲话》、《看了〈逼上梁山〉以后给延安评剧院的信》、《关于正确处理人民内部矛盾的问题》、《在中国共产党全国宣传工作会议上的讲话》五篇著作"够我们无产阶级用上一个时期了"；另一方面，大肆鼓吹所谓"样板戏"，认为革命现代京剧的兴起标志着社会主义的"文化大革命"已经出现了新的形势，使京剧这个最顽固的堡垒，从思想到形式，都发生了极大的革命，并且带动文艺界发生着革命性的变化。再次，《纪要》在观察文艺问题的思想方法上运用的是形而上学的思想方法，把文学艺术与社会生活的关系简单化，把无产阶级文学艺术绝对化和模式化，并且炮制出有关的清规戒律。《纪要》在提出所谓"根本任务论"的同时，要求"在创作方法上，要采取革命的现实主义和革命的浪漫主义相结合的方法，不要搞资产阶级的批判现实主义和资产阶级的浪漫主义"；"不要在描写战争的残酷性时，去渲染或颂扬战争的恐怖；不要在描写革命斗争的艰苦性时去渲染或颂扬苦难"。总之，《纪要》以其作为"文化大革命"中文学艺术基本政策的地位，既对新中国文学艺术发展作了简单粗暴的否定性评价，又对以后文学艺术的发展给予了极大的限制与障碍。

第三节　20世纪80年代文艺政策的调整

1976年10月粉碎"四人帮"，标志着整个中国社会发展的重要转折。文学艺术的发展，也面临重大的政策调整。

其实，对于"文化大革命"所实行的文艺政策的调整，早在"文化大革命"后期就已经开始。1972年7月30日，毛泽东在同李炳淑的谈话中提道："现在剧太少，只有几个京剧，话剧也没有，歌剧也没有。看来还是要说话。"[①] 沿着这样的基本思路，1975年，毛泽东对委以重任的邓小平专门谈到了文艺问题。毛泽东指出："样板戏太少，而且稍微有点差错就挨批。百花齐放都没有了。别人不提意见，不好。怕写文章，怕写

---

① 陈晋：《文人毛泽东》，上海人民出版社1997年版，第614页。

戏。没有小说，没有诗歌。"① 1975年7月14日，毛泽东在同江青的谈话中再次谈到"党的文艺政策应该调整一下"②，并在1975年7月25日对电影《创业》作出批示："此片无大错，建议通过发行。不要求全责备，而且罪名有十条之多，太过分了，不利于调整党的文艺政策。"③ 正是在此基础之上，当时主持中央工作的邓小平发表了《各方面都要整顿》的著名讲话，其中讲道："当前，各方面都存在一个整顿的问题。农业要整顿，工业要整顿，文艺政策要调整，调整其实也是整顿。"针对"四人帮"写作班子有意不提毛泽东关于文艺"百花齐放"的方针，邓小平特别指出："毛泽东同志说，要古为今用，洋为中用，百花齐放，推陈出新。这是很完整的。可是，现在百花齐放不提了，没有了，这就是割裂。"④ 因此，新时期文艺政策的调整，可以看做是此前就已经开始的文艺政策调整的延续，当然20世纪80年代中国文艺政策的调整显然有着更为深刻的社会历史的和文学艺术的原因，也有着此前所不可比拟的规模和内涵。

　　20世纪80年代党的文艺政策的调整，与新时期整个社会发展一样，是从几个层次依次逐渐展开的。新时期文艺政策的调整首先是从70年代末和80年代初的拨乱反正开始的。这种所谓拨乱反正的内容主要是对于"文化大革命"极"左"的激进主义的文艺政策的反拨，目标则是对于中国当代文学传统的恢复。这一过程包括了几个方面：一是结合新时期政治、经济、文化等方面拨乱反正，对"文化大革命"作了彻底的否定，对党的若干重大历史问题作出了历史的评价，使新时期文艺政策方面的拨乱反正有了一个坚实的社会政治基础。这之中，最重要的内容便是1981年6月中共十一届六中全会通过的《中国共产党中央委员会关于建国以来若干历史问题的决议》（下称《决议》）。《决议》对新中国成立以来有关重大问题作了明确的阐述和界定，成为在文艺问题上拨乱反正的重要政策依据。二是对过去执行错误的文艺政策所带来的后果也进行了重新甄别，平反了一大批文艺界的冤假错案，为大批文艺工作者恢复了名誉。三是从文艺政策方面对"文化大革命"中的文艺政策进行了逐步深入的清算，其中最重要的内容就是1979年5月3日中共中央发布通知，批转解放军总政治部的请示，正式撤销《部队文艺工作座谈会纪要》，以及1979

---

① 陈晋：《文人毛泽东》，上海人民出版社1997年版，第615页。
② 同上书，第619页。
③ 同上书，第621页。
④ 《邓小平文选》第2卷，人民出版社1997年版，第35、37页。

年10月第四次全国文代会的召开,邓小平代表党中央发表了"祝词",并在此基础上形成了一系列新的文艺政策,成为20世纪80年代文艺政策调整的指导方针。尽管新时期文艺政策的调整有一个反反复复的过程,但其总的方针,仍然是沿着第四次全国文代会制定的政策,特别是邓小平的"祝词"所指出的方向前进的。

其次,到了20世纪80年代中期,随着中国当代文学传统的逐步恢复和新的文学秩序的逐步建立,新时期文艺政策的调整又表现出新的特点,即在基本上得到恢复的中国当代文艺发展轨道和中国当代文艺政策体系的基础上,面对新形势和新需要,作出新的适应性的调整,包括对过去认为正确的文艺政策在新的历史水平上进行反思,以及对社会主义市场经济体制下的文艺政策问题作出初步探索。例如,文艺为工农兵服务,文艺为政治服务,一直是我国当代一项基本的文艺政策,也是中国当代文艺发展的基本立足点。新时期以来,随着我国社会阶层结构的发展变化,特别是随着对于我国当代社会发展基本矛盾的认识的深化,原来立足于阶级斗争基础上的文艺为工农兵服务的方针显然不适应新的形势发展的需要。因此,邓小平1980年1月16日在《目前的形势和任务》的讲话中明确指出:"我们坚持'双百'方针和'三不主义',不继续提文艺从属于政治这样的口号,因为这个口号容易成为对文艺横加干涉的理论根据,长期的实践证明它对文艺的发展利少害多。"[①] 在此基础上,《人民日报》1980年7月26日发表《文艺为人民服务、为社会主义服务》的社论,并对这一新的文艺政策思想作了全面阐述,使之成为对原来的文艺为工农兵服务方针的完善,并成为指导新时期文艺发展的政策依据。又如,社会主义现实主义,自1953年第二次全国文代会召开以来,就被确立为新中国文学艺术的最高标准,具有文艺政策的指导意义。周恩来在第二次文代会上所作的《政治报告》中明确指出:"以社会主义现实主义作为我们文艺界创作和批评的最高准则,这是很好的。"此后,经过历次文艺批判运动的统一思想,社会主义现实主义不仅成为社会主义文艺主要的创作方法,而且成为新中国文艺发展的主流意识形态,具有不可动摇的崇高地位。直至20世纪80年代初,有关非现实主义的文艺思想仍然被当作"异端"来看待。但到了20世纪80年代中期,随着改革开放的深入发展,特别是西方现代主义文学艺术潮流大量涌入,文学观念开始逐渐发生改变。到20世纪80年代后期,现代主义文学艺术的观念及其作品已基本上为国内读者所接

---

① 《邓小平文选》第2卷,人民出版社1997年版,第255页。

受，原来定于一尊的现实主义文学艺术被新的多样化局面所取代。有关现实主义的文艺政策也逐渐得到改变。

再次，20世纪80年代文艺政策的调整还有一个重要现象值得注意。本来，政策的本质就是一种政治措施，再加上受到历史条件的限制，过去文艺政策的制定基本上只是用来解决文艺发展中的一些方向路线的大问题，对文艺规律较少涉及，甚至有的文艺政策与文艺发展规律相违背，既影响到文艺政策的质量，也对中国当代文艺事业的发展带来负面效应。80年代文艺政策的调整，开始关注这一问题。文艺政策的制定，更加重视与社会主义文艺发展规律相适应。1985年胡启立代表党中央发表的《在中国作家协会第四次会员代表大会上的祝词》是一个典型的例子。这个"祝词"第一次提出，要把"创作自由"的旗帜鲜明地写在社会主义文艺的旗帜上，表明对于文艺创作规律认识的深化。对于胡风案的平反也是一个较为典型的事件。最初对胡风的平反决定只是从政治上给胡风平了反，但仍然坚持20世纪50年代对胡风文艺思想的否定性结论，认为胡风的文艺思想属于资产阶级的文艺思想。随着对于文艺规律认识的深化，最后决定放弃原先对胡风文艺思想的政治评价，使其在文艺论争中由文艺家自己去加以认识和评价。这无疑也反映了文艺政策制定的界限和范围有了更深入的展开。到了20世纪80年代后期，随着社会主义市场经济的逐步深化，文艺政策原先没有涉及的文艺经济问题也开始受到关注，并被逐渐作为政策问题提出和给予解决。1988年9月，《国务院批转文化部〈关于加快和深化艺术表演团体体制改革意见〉的通知》正式出台，也从一个侧面反映出政策主体对于文艺发展规律认识的深化和对于文艺规律的尊重。这就为新时期文学艺术的进一步健康发展提供了良好的政策环境。

第四节　20世纪90年代文艺政策的转型

20世纪90年代初，中国当代社会发展，包括文学艺术发展，曾一度陷入徘徊的局面。1992年邓小平南巡讲话的发表，为90年代的中国社会注入了新的活力。社会主义市场经济开始进入全面实施阶段，整个社会和文学艺术的发展也由此进入一个新的发展阶段，促使90年代的文学艺术以及文艺政策发生新的转型。

20世纪90年代文艺政策的转型是与新时期整个中国社会和文艺发展的转型密不可分的。90年代文艺发展的转型是中国当代文艺发展史上一次意义重大的历史转折，其意义和作用不亚于新时期初期文艺界的拨乱反正。其基本特点是社会主义市场经济成为文艺发展的新的历史平台，由此带来文艺发展的一系列重大变化，包括文艺机制的市场化、文艺价值的多样化以及文艺地位的边缘化等。这就对90年代文艺政策的调整提出了新的、更具有革命性变革的要求。因此，90年代文艺政策的转型要解决的基本政策问题主要有三个方面：一是要处理好坚持发展社会主义市场经济与协调文艺发展及社会经济发展之间的合理关系，促进文艺事业健康发展的问题；二是要处理好在对社会实施有效控制的同时，进一步按照文艺自身发展规律，促进文艺事业健康发展的问题；三是要处理好坚持依法办事和进一步完善当代文艺政策体系的问题。

从计划经济到市场经济，是中国当代社会发展的一次重大转折。这一转折的理论基础，是1987年10月召开的中国共产党第十三次全国代表大会所确立的党的基本路线，即："领导和团结全国各族人民，以经济建设为中心，坚持四项基本原则，坚持改革开放，自力更生，艰苦创业，为把我国建设成为富强、民主、文明的社会主义现代化国家而奋斗。"这一基本路线的核心是"一个中心，两个基本点"，即以经济建设为中心，坚持四项基本原则，坚持改革开放。这是在对新中国成立以来社会主义革命和建设正反两个方面经验教训总结的基础上得出的来之不易的基本结论。邓小平在1992年著名的南巡讲话中强调指出："要坚持党的十一届三中全会以来的路线、方针、政策，关键是坚持'一个中心、两个基本点'。不坚持社会主义，不改革开放，不发展经济，不改善人民生活，只能是死路一条。基本路线要管一百年，动摇不得。"[1] 怎样坚持以经济建设为中心？邓小平进一步指出："计划多一点还是市场多一点，不是社会主义与资本主义的本质区别。计划经济不等于社会主义，资本主义也有计划；市场经济不等于资本主义，社会主义也有市场。计划和市场都是经济手段。社会主义的本质，是解放生产力，发展生产力，消灭剥削，消除两极分化，最终达到共同富裕。"[2] 正是邓小平的这些精辟论断，极大地推进了90年代社会主义市场经济的全面展开。社会主义市场经济的全面展开，一方面极大地解放了生产力，促进了商品经济的繁荣；另一方面，文化艺术产品也随之进入市场，带来许多新的问题。这些问题归结起来，最基本的一点，就是市场规律与艺术规律的矛盾问题。艺术在过去主要被理解为一种

---

[1] 《邓小平文选》第3卷，人民出版社1999年版，第370页。
[2] 同上书，第373页。

观念形态的东西和象牙塔内的东西。"但是从另一意义上也是经济基础的一部分;它像别的东西一样,是一种经济方面的实践,一类商品的生产。批评家,即使是马克思主义的批评家,很容易忘记这个事实,因为文学是处理人类意识的,这就会诱使我们这些文学研究者局限于这个领域之内。"[1] 文学艺术成为一种特殊商品之后,仍然有一个按艺术规律办事的问题。与之同时,文艺生产的诸多市场规律问题如成本、利润、销售渠道、购买者的口味、包装策略等问题接踵而至。这就需要国家和政府制定适当的文艺政策,正确处理好坚持发展社会主义市场经济与协调文艺发展与社会经济发展之间的合理关系,按照社会主义市场经济规律改革过去不合理的文艺体制,既讲文艺的社会效益,也讲文艺的经济效益,从而促进文艺事业健康发展。因此20世纪90年代以来,国家出台了一系列有关文艺与经济关系的政策,如1991年2月22日《国务院办公厅转发文化部关于加强演出市场管理报告的通知》,1991年7月21日《国务院批转文化部关于文化事业若干经济政策意见的报告》,1996年11月国务院《关于进一步完善文化经济政策的若干规定》等。事实证明,市场经济之于文学艺术,既不是馅饼,也不是狼来了,而是市场经济的健康发展为文学艺术的发展提供了更为广阔的艺术空间。

中国当代文学艺术的发展还与国家和政府有着远较过去更为密切的关系。政府作为广大人民群众的代表和组织者,为保证国家利益和广大群众的根本利益,必须对社会实施有效的组织和控制。在传统社会里,这种组织和控制的方式表现得非常简单,其影响和作用也相当有限。但在现代社会,随着社会分工的进一步发达,对社会进行有效组织和控制的要求也越来越高。新中国成立以来,国家以文代会和文联、作协等组织对文学艺术事业实施有效的组织和控制,是一种有中国特色的、符合现阶段历史要求的文艺组织方式,对新中国文艺事业产生了深远影响。但是,新中国成立以来的文艺事业组织方式也存在一些严重缺陷。胡风早在20世纪50年代就有过尖锐批评。"双百"方针提出后,也有评论家作过呼吁。其中最主要的问题是对文艺发展规律缺乏深刻认识,对文艺家的创造性劳动缺乏应有的尊重。而文艺事业的健康发展,必须要处理好在对社会实施有效控制的同时,进一步按照文艺自身发展规律促进文艺事业健康发展。正是为了解决这样的重大问题,党中央在20世纪90年代提出了"弘扬主旋律,提倡多样化"的文艺方针政策。

---

[1] [英]伊格尔顿:《马克思主义与文学批评》,人民文学出版社1986年版,第66页。

中国当代文艺政策的建构还有一个自身不断完善的问题。这在过去，主要是文艺政策的指导思想受到较大的限制，文艺政策的内容还比较狭窄，文艺政策的实施方式也还比较简单，需要进一步加以完善。20世纪90年代以来，中国当代文艺政策原有的不足仍然需要进一步完善，特别是社会主义市场经济的全面展开，造成文艺经济方面的政策的缺陷与不足日益突出，需要花大力气加以解决。与之同时，随着社会主义和法治进程的加快，文艺立法的问题也被提了出来。这就对文艺政策的历史地位和作用提出了新的挑战。政策和法律，都是社会调控的有效手段。民主政策既具有政治措施的原则性，也具有某种灵活性；政策具有鲜明的党派性，但党的文艺政策又必须惠及最广大的人民群众；政策自然需要得到有效贯彻，却又不具有强制执行的特点。这些特点使文艺政策在新中国文艺事业中如鱼得水，发挥了重要作用。但是，从社会调控手段的历史发展看，法律具有适应面广、操作性强等特点，具有比政策更为普遍的适应性的历史特征。因此，国家对于文艺事业的调控，从文艺政策到文艺法，是一种必然趋势。但在我国现阶段，文艺政策和文艺法，有各自不可替代的作用。这就需要一方面结合文艺发展的新的历史特点，把文艺立法尽快提上日程；另一方面，继续完善现有的文艺政策体系，使之能更好地适应社会主义市场经济条件下文艺事业健康发展的需要。

第五节　新世纪文艺政策的发展

随着21世纪的到来，历经波折的新中国文艺政策以崭新的姿态，臻于完善、丰富和发展。

新中国文艺政策主要有三种文本形态，即典型文艺政策文本，准文艺政策文本和超文艺政策文本。典型文艺政策文本，是指党和国家制定并实施的有关文艺问题的政策文件；准文艺政策文本指党和国家主要领导人就文艺问题所发表的重要著述和讲话；超文艺政策文本，是指通过有关文艺的重要会议、评奖及相关活动所显示的政策意义。新世纪以来，党和国家最高层面还未发布过典型的文艺政策文本。2001年12月18日江泽民总书记在中国文联第七次代表大会、中国作协第六次代表大会上的讲话，2006年11月30日，胡锦涛总书记在中国文联第八次全国代表大会、中国作协第七次代表大会上的讲话，可以说是新世纪最重要、最权威的国家文艺政策宣示和文艺工作指南。

第七次文代会、第六次作代会,是新世纪文艺界的第一次盛会,会议开得隆重而热烈。江泽民在讲话中开宗明义地说:"人类已经跨入了新的世纪。本世纪中叶,我国将基本实现现代化,实现中华民族的伟大复兴。""实现中华民族的伟大复兴,不仅需要发达的物质文明,而且需要先进的精神文明。实现这两个文明的协调发展,是我国社会全面进步的必由之路。我们的文学艺术工作者,在推进两个文明特别是精神文明的建设中肩负着重大的职责"。江泽民在讲话中对广大文艺工作者提出四个"希望":一是坚持以马克思列宁主义、毛泽东思想、邓小平理论为指导,贯彻"三个代表"要求,投身并深刻了解改革开放和现代化建设的实践,着眼于科学文化发展的前沿,不断推进我国文学艺术事业的发展繁荣;二是牢记人民是文艺工作的母亲,生活是文艺创作的源泉这个真理;三是努力继承和发扬中华民族的优秀文化传统,继承和发扬五四运动以来形成的革命文化传统,积极学习和借鉴世界各国人民创造的一切先进文明成果,坚持古为今用,洋为中用,与时俱进,推陈出新;四是高度重视文艺理论和文艺评论工作。[①]

时隔五年后,中国文联第八次全国代表大会、中国作协第七次全国代表大会于 2006 年 11 月 10 日在北京隆重开幕。胡锦涛总书记在会上发表重要讲话。胡锦涛在讲话中,进一步高度肯定了文艺工作在革命、建设和社会生活中的重要性,高度赞誉了广大文艺工作者在历史发展与社会进步中的重要作用。他说:"无论是在血雨腥风的革命战争年代,还是在如火如荼的和平建设时期,我国广大文艺工作者在党的领导下,响应人民和时代的召唤,高擎民族精神火炬,吹响时代进步号角,通过各种艺术方式讴歌人民,昭示光明,凝聚力量,鼓舞人心,激励亿万人民为民族独立、人民解放和国家富强、人民幸福而不懈努力,发挥了不可替代的重要作用"。他在讲话中以四个自然段,号召"一切有理想有抱负的文艺工作者",一要担当起时代赋予的神圣使命,积极投身讴歌时代的文艺创造活动;二要密切同人民群众的血肉联系,积极反映人民心声;三要大力发扬创新精神,积极开拓文艺的新天地;四要做到德艺双馨,积极履行人类灵魂工程师的职责。广大文艺工作者"都应该坚持先进文化的前进方向,按照建设和谐文化的要求,自觉投身亿万人民创造幸福生活和更好未来的伟大实践,用自己熟悉和擅长的文艺形式,努力生产出符合时代要求的精品力作,积极推进我国文艺创新和繁荣,为全民建设小康社会、构

[①] 《文艺报》2001 年 12 月 19 日。

建社会主义和谐社会作出自己的贡献。这是党和人民的期待，也是时代的召唤"。①

江泽民和胡锦涛都要求各级政府，要热心服务，大力支持，不断提高领导文艺工作的能力和水平。要制订规划，完善政策，改善条件，深化文化体制改革，积极扶持和表彰奖励优秀文艺人才和文艺作品，形成优秀人才脱颖而出的良好机制。他们同时要求中国文联、中国作协要围绕中心、服务大局，坚持正确文艺方向，发挥自身优势，履行好联络协调服务职能，起好桥梁纽带作用。

新中国文艺政策的酝酿建构，蕴涵着诸多丰富的元素，如因时应世，与时俱进，马克思主义文论的基本精神，中国文学的优良传统，文艺创作和发展的规律，人民群众的审美需求，文艺的功能和作用，等等。而无论从文本宣示抑或实践操作来看，都可以说新世纪以来文艺政策正在走向兼容、通达、超拔、完善和拓展。

2006年10月，中共十六届六中全会指出："我国已进入改革发展的关键时期。"新世纪以来，国际局势和中国社会都发生进一步深刻而巨大的变化。正如中共十六届六中全会《决定》指出的："我国已进入改革发展的关键时期，经济体制深刻变革，社会结构深刻变动，利益格局深刻调整，思想观念深刻变化"。② 这"四个深刻"，不仅是中共中央提出学习和实践科学发展观，建设和谐社会的背景和依据，也是人们理解和践行国家文艺政策的时代线索。思想观念的深刻变化也明显地体现在文艺创作和理论批评上：

第一，文化观念与学术理论多元共生，冲撞互动，中华文化走向世界，魅力和影响日盛。在我国实行改革开放之前，西方文化处于霸权地位，他们在架构文化与文学的观念时，很少吸纳中国元素。意大利的维柯不无诙谐地说："中国在几百年以前还和世界其他部分隔绝，出自虚荣地夸口说中国比世界哪一国都更古老，可是经过了那样长的时间，现在还在用象形文字书写。"③ 甚至2001年，在各国学界很有影响的法国哲学家雅克·德里达来中国在北京和上海等地访问演讲时，还认为中国文化是游离于世界文明之外的。林林总总的事例，都能说明，西方世界对中国文化，对中国学界和民众的知识结构与文化视野，存在着很大的偏见。不过几年

---

① 《中国文学年鉴》2007年，第3页。
② 《人民日报》2006年11月13日。
③ ［意］维柯：《新科学》，商务印书馆1989年版，第70页。

的时间，儒学成了世界热门学问，汉语成了世界的热门语言。这之间，倒过来又出现另一类偏颇论调，就是夸大中国的力量和影响，甚至提出"中国统治世界"或"中国文化拯救世界"的设想。由于西方观念多年来变化小、发展慢，而中国短时期变化大、发展快，导致西方一些人常常眼花缭乱，形成种种对中国的误读。

当然，在这个问题上不能以偏概全，西方一些大思想家、文学家，如歌德、伏尔泰、雨果和普希金等，向来是神往并积极评价中国的。伽达默尔更是倡导"二百年内人们确实必须学习中国语言，以便全面掌握或共同享受一切"。[1] 至于我国，从辛亥革命前后开始，很多仁人志士积极别求新声于异邦，热情学习引介外国一切有益于国家强盛进步的东西。新时期以来，我国学界大量地译介了西方现当代文艺理论及西方马克思主义的著述，弥补了某种空白，激活了学科建设和文艺创作。同时，也产生了某种偏颇。比如有的论者认为西方文论资源"成为中国文论的主要思想资源"，是"未来中国文论学科和教材的基础"，这样的推断显然是不妥当的，这既忽略了中国文论的传统资源和本土智慧，也缺乏多元共生，互补互促，以我为主的学术意识。同样值得注意的是，文艺方法论研究也存在一些明显的问题："其一，用新方法分析作品时忽略'文学性'"，"其二，忽略多种研究方法的互补性"，"其三，为方法而方法而不是去分析方法之目的"。[2] 近年来，我国主流学术在沟通、对话的学术语境中，在新世纪全球文化格局与中国人文建设、文论建设及美学建设等多方面，做了很多有意义的工作，完成和正在完成许多重大的科研项目。很多作家、艺术家也吸纳借鉴了国外文艺创作的新方法、新理念与新技巧，扩大了自身创作的艺术张力，推动了文艺的多彩多姿。

第二，时代催生传统文学与网络文学势必形成多元共生、互补互促的生动局面。由于市场化的渗入和媒体的发展，文艺队伍产生分化。以文学为例，传统文学的体裁以小说、诗歌、散文、报告文学和影视戏剧文学为主。题材分为工业题材、农业题材、军事题材，等等。近年来的文学创作，无论从题材、题旨，还是从体裁、写法上，都比以往有更为宽广的拓展，更为多样的进取。文学队伍得到扩大，到 2009 年，中国作家协会会员已达 7000 多人。

---

[1] 洪汉鼎：《百岁西哲寄望东方》，《中华读书报》2001 年 7 月 25 日。
[2] 王岳川：《文艺方法论与本体论研究的学术史考察》，载钱中文《多元对话时代的文艺学建设》，军事谊文出版社 2002 年版，第 213—214 页。

所谓"非传统文学"中,发展势头最强劲的是"网络文学"。据不完全统计,目前注册的文学网站已经达到了3000多家,比较知名的有20多家。这些网站有些偏于题材分类,如小说、诗歌、散文;有些则偏于类型写作,如校园文学、青春文学和玄幻小说等(参见包明德、陈福民主持的国情调研成果:《当代文学生产、传播与影响的调查与分析》)。

同时应该看到,在传统文学繁荣的背后,也有斑驳和荒芜。以长篇小说为例,每年出版的数量接近千部,但佳作并不多。"茅盾文学奖"从1982年第1届到2009年第7届,评上的34部作品,从文本的内核到结构,从题旨、价值、情感到语言,总体上代表了从新时期到新世纪的创作水平。但调查显示,其中一些作品并没有更广泛地进入读者的视野,未能产生应有的艺术效应。网络文学大多文学元素贫弱,写法上相对稚嫩,甚至非理性因素浓重。然而也确有些作品鲜活灵动,有生活绿意,可读性强,加之写作门槛低,传播快速,受众面广。

文学的终极关怀是光明、和谐、进步和美好,它不可动摇的元素是意义和价值,还有优美的语言和智慧的技法,等等。在新世纪多彩宽松的文化环境中,传统文学和网络文学势必会互补互促,多元共生,找到契会点,共同确立文学的尊严,构建文学的中国精神。

胡锦涛在中国文联第八次全国代表大会、中国作协第七次全国代表大会上的讲话中还指出:"当今时代,文化在综合国力竞争中的地位日益重要。谁占据了文化发展的制高点,谁就能够更好地在激烈的国际竞争中掌握主动权。人类文明进步的历史充分表明,没有先进文化的积极引领,没有人民精神的充分发挥,一个国家,一个民族不可能屹立于世界先进民族之林。"[①] 这些话语,体现了党和国家对文化建设、学术研究和文艺创作的期待、引领和规约,也凝结了学术界和文艺界的崇高使命和时代职责。

胡锦涛在"两会"上的讲话,引起热烈反响,与会的作家、艺术家和理论批评家进行了深入的讨论,综其要义有下列四点。

第一,讲话对党和国家几代领导人的文艺思想既有继承又有发展,讲话中提出的许多新的论题,新的理论需要认真学习、深刻领会,全面加以落实。八次文代会和七次作代会是新世纪文艺工作者的盛会,讲话是引领中国文艺工作者构建和谐社会,建设社会主义核心价值体系,繁荣社会先进文化的纲领性文件。

第二,讲话中出现最多的词是"人民"、"先进文化"、"和谐社会"。

---

① 《中国文学年鉴》2007年,第3页。

当前文学作品题材丰富了，但真正贴近人民生活、反映时代的作品还需要努力，有巨大艺术震撼力的作品还不够多。文学应带头创建和谐文化，文学在当今社会最重要的作用就是精神和价值取向。

建立和谐社会必须要有和谐文化。和谐文化不是单指对一部作品的要求，而是指文艺呈现的多样性、包容性，文坛只有异彩缤纷、百花齐放，才可能有和谐的局面。和谐文化就是把对立的、冲突的矛盾转化为共生的、互利的、融合的文化。"和谐"是中国哲学和美学的一个基本命题。

第三，身处中华民族伟大复兴的历史进程中，文艺工作者感到无比自豪和幸运。中国的发展强盛已引起全世界的关注和敬重，中国的文艺工作者以自己创造性的劳动，富于时代品貌和艺术魅力的作品，把个人的艺术追求融入国家发展的洪流和时代进步中，是义不容辞的。讲话把文学艺术提到软实力高度，既具有政治性、思想性，又具有文学性，对文艺家具有意识上的冲击力，为当今文坛注入一股鲜活的生命力和感召力。

第四，讲话强调创新，对创新中的失误要宽容，但创新不能割断传统，某些"颠覆传统和经典"的论调，是不利于创新的。我们要继承真善美和人类良知。现在文化发展还有困难，因为现实的变化快，不了解不熟悉的东西太多，需要奋力适应时代的节奏。

第二十章　中国当代美学的发展与文学理论研究

当我们使用"中国美学"这个概念时，常常赋予这个概念以三种不同的含义。它的第一种含义，是指中国古典美学，即从孔夫子到明清文论画论之中所包含的美学思想。这些美学思想，由于从总体上讲没有受到西方美学的影响，因而可被称为"中国的"。其实，不仅中国是如此，其他一些非西方的，有着自己悠久文明传统的国家或民族，也常常这样来称呼自己的传统美学思想。例如，当我们说印度美学、伊朗美学、埃及美学时，我们都将它们理解成为这些地方的传统美学。

它的第二种含义，是指现代中国美学家的美学，即从梁启超、王国维、蔡元培这些在西方思想影响下开始在中国建立现代学术的学者所建立的美学。美学作为一个现代学科，或者像今天的一些英文著作中所写的那样，大写字母 A 开头的"美学"（Aesthetics），是 18 世纪在欧洲形成的。18 世纪初，意大利人维柯、英国人夏夫茨伯里和哈奇生，都对这个学科的形成作出过重要而不可替代的贡献。到了 18 世纪中叶，法国人夏尔·巴图和德国人鲍姆加登，分别提出了"美的艺术"和"美学"的概念，这是现代美学的两块最重要的基石。但是，完整而成体系地对这门学科的基本内容作出全面的阐述，并对这门学科在后来的发展产生重大影响的，还是康德和他的《判断力批判》一书。[1] 这门学科传到中国已经到了 19 世纪末 20 世纪初了。当时，中国美学界的先贤们开始用中文书写美学著作，将西方的美学理论运用于中国，并努力用中国的材料来论证这些西方理论。这时，美学这门学科在中国建立起来了。从这个意义上讲，这时开始有了"中国美学"，即中国人对严格意义上的"美学"的研究和介绍。

"中国美学"的第三种含义，是近些年来在学术界出现的一种学术主

---

[1] 有关这方面的叙述和论证，请参见高建平《"美学"的起源》，载《外国美学》(19)，江苏教育出版社 2009 年版。

张。这种"中国美学"的概念区别于"美学在中国",意思是说,中国学术界不再满足于只是对西方美学的译介和使用,而致力于在当代中国人的审美实践的基础上建构美学。这种美学,不是指回到古代,即不受西方美学"污染"的,具有纯粹中国性的美学,而是指不排斥古代的和外来的影响,但却立足于现代中国人的生活实践和审美实践基础之上的,具有独创性的现代中国美学。①

"中国美学"的这三重含义,既相互区别,又有着相互的联系,更为重要的是,这三者体现了一种动态的发展过程。从古代的"中国美学",到现代的"中国美学",再到当代学术界建构"中国美学"努力,这一过程本身就体现了美学这个学科在中国的遭遇。

第一节 从世纪初的草创到20世纪前50年中国美学的两条主线

康德将他的美学著作命名为《判断力批判》,而不是"美学"。他谨慎地不直接提 Ästhetik,而开始使用这个词的形容词形式 ästhetisch,用来指"审美"。例如,在《判断力批判》序言中,他就写道:"为了一条原则(不管它是主观的还是客观的)而感到的这种困窘主要发生在我们称之为审美的(ästhetisch)、与自然界和艺术的美及崇高相关的评判中。"② 这个词在《判断力批判》中翻译成"审美的"是合适的,但在《纯粹理性批判》一书的第一版序言中,同样的词只表示"感性的",例如,"谈到明晰性,那读者有权首先要求有凭借概念的那种推理的(逻辑的)明晰性,但然后也可以要求有凭借直观的直觉的(感性的 [ästhetisch])明晰性,即凭借实例或其他具体说明的明晰性。"③ 同一个词,在两部著作中有不同的含义,从而形成了两个不同的中文翻译。

谢林在他的《艺术哲学》一书中,强调"艺术哲学"不同于"美学"。他说,"这种对艺术的构拟,绝不可与迄今以'美学'(Ästhetik)

---

① 这方面的叙述,可参见高建平《全球化背景下的中国美学》,此文原载《民族艺术研究》2004年第1期,后被收到高建平《全球化与中国艺术》(山东教育出版社2009年版)一书。
② [德]康德:《判断力批判》,邓晓芒译,人民出版社2002年版,第3页,着重号和括号中的德文原文系引者所加。
③ [德]康德:《纯粹理性批判》,邓晓芒译,人民出版社2004年版,第一版"序言",第6页,着重号和括号中的德文原文系引者所加。

之称见之于世者、称为美感艺术及科学的理论者或其他种种相比拟。"①他的这段话反映了一种情况，在当时，"美学"（Ästhetik）这个词已经相当流行，但谢林不愿意使用这个词，而试图用"艺术哲学"这个词来表示对艺术从"历史"和"思辨"角度所作的"构拟"（construo），即通过对整体的本质直观而形成的"构建"。

到了黑格尔，他写道："'伊斯特惕克'（Ästhetik）这个名称实在是不完全恰当的，因为'伊斯特惕克'的比较精确的意义是研究感觉和情感的科学。……由于'伊斯特惕克'这个名称不恰当，说得更精确一点，很肤浅，有些人想找出另外的名称，例如，'卡力斯惕克'（Kallistik）。但是这个名称也还不妥，因为所指的科学所讨论的并非一般的美，而只是艺术的美。因此，我们姑且仍用'伊斯特惕克'这个名称，因为名称本身对我们并无关宏旨，而且这个名称既已为一般语言所采用，就无妨保留。"② 这段话说了四层意思，一、"伊斯特惕克（Ästhetik）"这个名称不恰当，它的字面意思是"研究感觉和情感的科学"，二、"卡力斯惕克"（Kallistik），kallis 来源于 kallos，即希腊文的"美"，于是，"卡力斯惕克"这个词的字面意思恰恰可以对应于"美学"，三、黑格尔认为，这门学科所研究的是"艺术的美"，而不是一般的美，因此用"卡力斯惕克"来命名这个学科还不妥。如此看来，黑格尔已经明确说，这门学科尽管名称叫"伊斯特惕克"即"感觉学"，其实指的就是"艺术中的""卡力斯惕克"，即当今中国人喜欢说的"文艺美学"或"艺术美学"③，四、"伊斯特惕克"已经"为一般语言所采用"，于是"无妨保留"。黑格尔的这一番解说，清楚说明了这门学科在名称上的一些复杂情况。这对该学科在东方的翻译，必然带来影响。

黑格尔以后，"伊斯特惕克"（感觉学）作为一个现代学科的名称，在欧洲逐渐固定下来，成为大学的常设科目。但对于这个学科的理解，仍存在着分歧：依照康德的理解，它更近于"感觉学"，是对事物的审美判断；依照黑格尔的理解，是一种"文艺美学"。

在那个交通和通信不发达，文化隔膜仍很深的时代，一个学科要旅行到东方来，还是需要一定的时间的。1873 年，德国来华传教士花之安

---

① ［德］谢林:《艺术哲学》，魏庆征译，中国社会出版社 1997 年版，第 8 页。
② ［德］黑格尔:《美学》第 1 卷，朱光潜译，商务印书馆 1982 年版，第 3 页。
③ 由此可见，黑格尔已经将 Ästhetik 理解成"艺术美学"，同时，中国、日本和韩国人将 Ästhetik 译成"美学"，也可以溯源到黑格尔时代对这门学科的理解。

(Ernst Faber)著《大德国学校论略》，介绍西方美学的内容，并在1875年出版的《教化议》一书中有这样句子，丹青音乐"二者皆美学，故相属。"除此之外，另外还有人将 Ästhetik 这个词译成"艳丽之学"、"佳美之理"，等等。① 与此大致同一时间，这个学科也传到了日本。明治五年（1872）时，一位名为西周的日本启蒙思想家写了御前演说稿《美妙学说》。此后，中江兆民翻译法国情感主义美学家欧仁·维隆（Eugene Véron）的《美学》（L'Esthétique, 1878）一书，使用了"美学"这两个汉字，这是"卡力斯惕克"（Kallistik）一词的直译。日本美学家岩城见一认为："中江兆民定名的'美学'一词，是在后来随着对当时欧洲的'aesthetics'的现状的正确理解，逐渐被接受的，因为东京大学直到1899年（明治三十二年）才正式以学科名登记'美学'。"② 岩城见一坚持认为，"美学"这个词的翻译，是反映了当时日本人对这个学科在当时欧洲发展状况的理解，而绝不像今天的一些欧洲的研究者所理解的那样，是反映日本的固有文化。如果我们联系前面所引述的黑格尔对这个学科名称的解说，就可以看出，岩城见一的这种观点是有道理的。将"aesthetics"译成"美学"，并非是用日本的，或者东方的观点来理解这一学科，而是与当时欧洲人对这个学科的理解有关。

在19世纪后期中日文化广泛交流的背景之下，"美学"在中国也发展了起来。1897年康有为编辑出版《日本书目志》中，出现过"美学"一词。1901年，京师大学堂编辑出版《日本东京大学规制考略》一书，在介绍日本文科课程时，更是多次使用"美学"概念。1902年，王国维在翻译日本牧濑五一郎著的《教育学教科书》和桑木严翼著的《哲学概论》两书中，使用了"美学"、"美感"、"审美"、"美育"、"优美"和"壮美"等现代美学基本词汇。1904年1月，张之洞等组织制定了《奏定大学堂章程》，规定"美学"为工科"建筑学门"的24门主课之一，这是"美学"正式进入中国大学课堂之始（教会学校不计）。③

20世纪前期的中国美学，主要是由两条线索组成的。第一条线索，可以简单地概括为从王国维到朱光潜线索。这是一条主张审美无利害的

---

① 这方面的内容，可参见黄兴涛《"美学"一词及西方美学在中国的最早传播——近代中国新名词源流漫考》一文，载《文史知识》2000年第1期。
② [日]岩城见一：《感性论——为了开放经验的理论》（昭和堂，2001），王琢选译，《东方丛刊》2002年第1期。
③ 参见黄兴涛《"美学"一词及西方美学在中国的最早传播——近代中国新名词源流漫考》，《文史知识》2000年第1期。

线索。

在20世纪初，王国维对美学在中国的传播作出了重要的贡献。他写过希腊哲学家苏格拉底、柏拉图、亚里士多德，德国哲学家康德、席勒、叔本华和尼采等人，以及英、俄、法、荷等国众多的文学和哲学家的专论。① 这在20世纪初年的中国，是极其难能可贵的。他的美学思想，主要继承了康德和叔本华的美学学说，强调艺术和审美的无功利性，认为"生活之欲，人与禽兽无以或异"，而"夫人之所以异于禽兽者，岂不以其有纯粹之知识与微妙之感情哉？"②

朱光潜的《文艺心理学》的出版，对美学的发展具有重要的意义。在这本书的序言中，朱志清写道："据我所知，我们现在的几部关于艺术或美学的书，大抵以日文书为底本；往往薄得可怜，用语行文又太将就原作，像是西洋人说中国话，总不能够让我们十二分听进去。"而朱光潜的这本书，"全书文字像行云流水，自在极了。他像谈话似的，一层层领着你走进高深和复杂里去。"文字运用的自如，与他对西方美学的理解透彻是连在一起的。在文字流畅的基础上，朱光潜运用大量的中西艺术作品例证，介绍了西方当时流行的重要美学流派。当然，朱光潜并非只是对这些流派作介绍和列举，而是以"形象的直觉"为核心，将不同流派的观点综合起来。③

朱光潜所代表的美学，是当时欧洲美学的主流，即从康德开始的，以审美无功利和艺术自律为代表的美学。

20世纪前期中国美学的另一条线索，是从梁启超开始的。梁启超倡导"小说界革命"，强调艺术的社会功用，开中国美学另一条线索的先河。鲁迅早年的《摩罗诗力说》，有强烈的浪漫主义美学的色彩。后来，随着他对现实政治和文学论争的参与，俄国影响在他的美学中起着越来越重要的作用。普列汉诺夫的艺术起源观，对文艺与社会关系的理解，对他产生着深刻的影响。瞿秋白等人对俄国文艺的介绍，周扬对车尔尼雪夫斯基的《生活与美学》的翻译，胡风的文艺思想，蔡仪对"新美学"的建

---

① 参见《王国维文集》第3卷，中国文史出版社1997年版。该书收集了王国维谈苏格拉底的文章1篇，谈柏拉图的文章1篇，谈亚里士多德的文章1篇，谈康德的文章6篇，谈叔本华的文章6篇，谈尼采的文章2篇，谈其他德国作家的文章5篇，另有谈英、法、德、荷作家的文章13篇。

② 王国维：《论哲学家与美术家之天职》（1905），原载《静庵文集》，收入《王国维文集》第3卷，中国文史出版社1997年版，第6页。

③ 朱光潜的《文艺心理学》，收入《朱光潜全集》第1卷，安徽教育出版社1987年版。朱自清的序，见该书第522—526页。

构，他们之间各有特色，也各有其思想来源。相对于以"静观"和"形象的直觉"为代表的康德线索的美学来说，这后一条线索的美学，由于20世纪前期中国总是处在革命和救亡的状态，在中国实际上具有更大的影响。

第二节 从50年代到60年代前期的美学大讨论及其意义

1949年以后，美学的学科语境在中国有了很大的不同。如果说以朱光潜的《文艺心理学》为代表的美学，在1949年以前占据着一定地位的话，那么，在新的时代，它已经成为批判的靶子。

早在新中国成立前夕，朱光潜就被郭沫若封为"蓝色文人"[①]。1950年1月，《文艺报》上曾展开过对朱光潜美学思想的讨论。1951年，文艺界开始了对电影《武训传》的批判。1954年，文艺界的中心话题，是关于《红楼梦》的讨论。这个由李希凡和蓝翎两个"小人物"开始的对"旧红学派"的批判，得到了毛泽东的支持，最初的矛头指向俞平伯，又由俞平伯带出了对胡适等人的批判。在关于《红楼梦》的讨论中，不断有人提到朱光潜，例如胡风，借着批大人物，大批朱光潜"一成不变地为蒋介石服务"。

然而，正是胡风以及胡风事件，成为此后出现的美学大讨论的重要背景。胡风事件是新中国成立以后在文艺界影响最大的事件。胡风本来是一个左翼的文学理论家，一直属于革命的阵营。无论在抗日战争爆发以前的上海，还是在抗战时的重庆，胡风都起了很重要的作用。胡风与晚年的鲁迅关系密切，也为他赢得了分外的声誉。然而，这位有着丰富革命经历的文坛老战士，自新中国成立就开始受到批判，并且，对他的批判不断升级，直至被定性为"反革命集团"，还在全国范围内顺藤摸瓜，将几千名与胡风有过直接或间接联系的人定为"胡风分子"，受到各种方式的处理。胡风遭到这样的命运，既是由他的观点，也是由他的姿态决定的。

胡风事件的起因由来已久。李洁非在总结胡风事件时，提到对胡风的批判经历了三个阶段：第一阶段是1943年至1944年延安来人到重庆传达毛泽东《在延安文艺座谈会上的讲话》之时，胡风所表现出的抗拒心态

[①] 郭沫若：《斥反动文艺》，香港《抗战文艺丛刊》1948年第1期。

和所引起的何其芳等人对他的批判；第二阶段是 1948 年前后在香港《大众文艺丛刊》发起的对胡风的批判；第三阶段是 1949 年第一次文代会上茅盾对他的观点不点名批判，及此后从 1950 年开始的对阿垅的批判。① 这种批判和反批判，使胡风感到焦虑，使他终于在 1954 年，上书 30 万言，试图搏一搏。然而，他的这一搏，给他带来的，是"天塌地陷"的命运。1955 年，对胡风的批判不断升级，前后公布了三批材料，最后定性为"反革命集团"，由公安部门介入，一大批人因此遭受牢狱之灾。

开始于 1956 年的"美学大讨论"，正是在这种背景下出现的。本来"美学大讨论"的目的，是在美学领域批判以朱光潜为代表的资产阶级美学思想，从而实现与新社会相适应的意识形态建构。这是文艺界种种批判的继续，遵循着从对具体作品批判到进行艺术哲学即美学批判这种从具体到抽象的一般规律。然而，对于这种讨论，朱光潜采取了与胡风完全不同的态度。朱光潜过去的美学，他那种从魏晋人格理想到以"直觉说"、"距离说"和"移情说"为代表的"无关功利"的美学主张，早已与 20 世纪 50 年代中国的政治气氛，与当时流行的文学艺术的"工具论"格格不入。对朱光潜的批判，已成为势所必然。在那种语境下，他根本没有任何力量在理论上搏一搏，更何况，政治资本远胜于他的胡风已经成为前车之鉴。朱光潜在这时展现出了高度的政治智慧，果断地作了一次切割，从而争取了主动。在 1956 年 6 月出版的《文艺报》第 12 期上，朱光潜发表了《我的文艺思想的反动性》一文，对自己过去的思想，主要是以他的《文艺心理学》一书所代表的思想，进行了自我批判。在大家都在批判朱光潜时，他首先批判。于是，过去的朱光潜是靶子，而今天的朱光潜就一下子又成了射手。这样一来，他就以一种新的姿态加入到了美学大讨论的队伍之中。

50 年代的美学大讨论，吸引了当时众多的理论家参加，也形成了众多的美学观点。在这里，最具代表性的，就是后来所说的美学上的四大派。

正如前面所说，早在 40 年代，蔡仪就发表了《新美学》一书，提出了一种马克思主义美学体系。到了 50 年代，蔡仪继续在批判朱光潜的过程中，发展他的美学体系。蔡仪的美学，具体来说，可用两个关键词来概括，即"客观"和"典型"。美是客观的，离开人并且不依赖于人而存在，它只是人的认识对象。但是，并非所有的客观事物都美。一事物的

---

① 李洁非：《典型文坛》，湖北人民出版社 2008 年版，第 65 页。

美，就在于它的典型性。同一类的马，有的美，有的不美。马之美，就在于它在同一类的马之中，具有典型性。人也是如此，典型的人就美，文学就要写代表一类人的典型。这种美学之中有着很多的含糊之处。什么是典型？一对象的典型性是如何判定的？这些都是问题。当时的许多有关蔡仪美学的争论，都是围绕着这一类的问题展开的。

与蔡仪不同，李泽厚在1956年发表了著名文章《论美感、美和艺术——兼论朱光潜的唯心主义美学思想》①，后来又发表的《美学三题议——与朱光潜同志继续论辩》②，阐释了他的美学主张。李泽厚认为，美是"客观性"和"社会性"的统一。他与蔡仪一样，坚持认为，美是客观的。但是，这种客观性，并不在于对象的自然属性，而在于对象的社会属性。美不依赖于人对它的感受，但它依赖于人的存在。没有人的社会存在，就没有美。于是，不同的时代有着不同的美，美随着历史的发展而发展。后来，他根据这一观点，写出了《美的历程》一书，具体说明这种客观性和社会性是怎样统一起来。

朱光潜在这一时期提出了美是主客观统一的看法。他放弃了被称为唯心主义者的克罗齐、叔本华、尼采等人的思想，而从被认为是唯物主义者的西方哲学家那里寻找资源。在这方面，最突出的是他引用了英国哲学家洛克的观点，提出物的属性有两种，一种是"物甲"，即物本身的属性，另一种是"物乙"，即物作用于人时所显示出来的属性。前者是纯客观的，后者是主客观的统一。美是"物乙"，即物作用于人时所显示出来的属性。③

美学上的另一派，即主观派，由吕荧和高尔泰所代表。美就是美感，依照人的性格、情绪等变化。对象本身无所谓美和不美，全在于人对它的感受。

在这四派中，主观派不占据主流，从一开始就成为各家批判的靶子。实际上，新中国成立前朱光潜美学观点，就是主观派。他的所谓"直觉"、"距离"、"移情"、"内摹仿"，都是典型的从主观角度来考察审美现象的观点。"直觉"是人的直觉，即人在面对对象时，取一种直觉，而非功利和科学的态度。"距离"是指人的心理距离，即面对对象时，与对象在实际人生中的功用在心理上拉开距离。"移情"是人将自己的情感

---

① 李泽厚：《论美感、美和艺术——兼论朱光潜的唯心主义美学思想》，《哲学研究》1956年第5期。
② 李泽厚：《美学三题议——与朱光潜同志继续论辩》，《哲学研究》1962年第2期。
③ 朱光潜：《论美是客观与主观的统一》，《哲学研究》1957年第4期。

情绪投射到对象上去，使对象也仿佛具有情感色彩。"内摹仿"是人在面对运动着的对象内心在动觉上进行摹仿。他所选择的这些西方学者的观点，都具有一个共同的特征，即认为审美现象之所以可能，是由于审美者在面对对象时具有某种主观方面的精神状态。正是由于这种状态，使审美成为可能，从而也使对象被当成是美的对象。在朱光潜审时度势，放弃了他的这些观点之时，主观派的代表人物却接过了这种观点，在当时显然是不合时宜的。

其他的三派，处于相互竞争的状态。总体说来，朱光潜的主客观统一论之所以能形成一定的影响，主要是由于朱光潜的个人效应。朱光潜在新中国成立前就是重要的美学家，曾对现代中国美学的形成作出过重要贡献。他还介绍了大量的国外美学。但是，他的这种美学观，在理论的一致性和完整性方面还有所欠缺。由于时代的要求，他试图建立一种马克思主义的美学。他之所以看中洛克以及狄德罗等人，也是由于他们被认定为是唯物主义者。然而，无论是洛克还是狄德罗的哲学，与马克思主义都相距甚远。因此，这种理论本来就有着体系上的种种困难。不仅如此，朱光潜在实际上并没有完全放弃他以前的美学立场。例如，他对爱德华·布洛的"距离说"，仍然情有独钟，试图在一定程度上坚持，或使之通过变形而获得新的存在理由。他对审美中"想象"的作用，仍有着情感上的亲和，试图将它放入到新理论的框架之中。因此，从某种意义上讲，新中国成立后的朱光潜的新观点，不过是在他旧观点的基础上，努力加入一些当时被人们普遍认定的唯物主义的因素而已。

在当时，从美学原理上讲，最有影响的还是蔡仪和李泽厚。蔡仪美学坚持认为，美在客观事物本身，在于客观事物的典型性，而人的因素只是体现在对这种本来就有的美的认识之上。美的形成与人的活动和人的历史无关，就像自然物的形成，与人的活动无关一样。从认识论的角度看，人所能做的，只能是认识它们。从美学的角度看，人所能做的，也只能是欣赏它们。这种观点从理论上讲，当然不是无可挑剔的。人与自然的关系，并不是从认识与被认识的关系，而是从与自然共存的关系开始的。首先是共存中的互动，其后才是逐渐对这种共存的关系的认识，并在共存的关系之中进一步进行主客体的分解，从而区分出哪些属于主体，哪些属于客体。人与自然在相互适应、相互作用的漫长过程中，形成了人与自然的依存关系，也形成了人与自然的审美关系。从这个意义上讲，自然本身就是美的。蔡仪看不到这一点，只是借助于典型概念来解释美。问题在于，事物的典型是怎么形成的，从什么意义上讲是典型，这些都有待于解释。

第二十章　中国当代美学的发展与文学理论研究

在欧洲,这种思想最早来源于理性主义哲学所主张的"完善说",即美在事物的"完善"。一事物符合该事物的规定性,并将这种规定性完美地展现出来,就是美。或者说,每一事物都有着上帝在创造它们时的目的,有着亚里士多德所说的目的因,该事物完美地实现了这个目的,它就是美的。花朵鲜艳、鹿和马矫健、狮子老虎凶猛,都是美的。小伙子壮如山、姑娘柔如水,也是美的。这种美学的主流地位后来被康德美学所取代。对于康德来说,美的原因不在于对象与其自身的目的性之间的关系,即它相对于这种目的的完美程度,而是由于主体面对对象时两种心理能力,即知解力和想象力的发挥达到相互和谐。对象需要有合目的性却没有目的,从目的性角度来思考对象,所得到的不是审美。然而,"完善说"尽管在康德那里受到了沉重打击,却总是不断地以新的形式出现在后来的一些重要美学家的著作之中。在黑格尔的《美学》中,美被说成是"理念的感性显现",就要求感性显现符合理念的本性。在马克思早期著作,例如《1844年经济学—哲学手稿》中,有些句子似乎也含糊地包含着这一层意思。例如,马克思写道:"劳动创造了美,但是使工人变成了畸形。"[1] 这句话成为焦点。蔡仪对马克思将美与畸形对举感到欢欣鼓舞,说明美就是不畸形,从而美即完美。

蔡仪当然没有使用"完善"这个术语。他所使用的"典型"一词,来源于恩格斯对现实主义文学的论述。恩格斯认为,文学要再现"典型环境中的典型性格"。例如,经过一些年的工人运动,工人阶级从总体上已经得到了改变。这时,环境改变了,或者说,尽管还有着种种不同的小环境,工人运动在不同地方的发展还不平衡,但由于时代的总体变化,可以被视为典型的环境已经改变了。这时,再表现那种逆来顺受的工人,就不典型了,只有表现具有反抗性格的工人,才典型。[2]

蔡仪的"典型"观,当然并不仅限于叙事性文学作品中的人物刻画。首先,他的典型不再仅仅指人的性格和环境,而是包括人、动物,甚至植物和无生物的自然在内。其次,他将是否典型看成是美与不美的区分。再次,他将典型观与自然的生物进化联系起来,认为有生命的事物比无生命的事物美,动物比植物美,高等动物比低等动物美,人比动物美,人的美在于人的精神。这是黑格尔美学的体现。

---

[1] 马克思:《1844年经济学—哲学手稿》,《马克思恩格斯全集》第42卷,人民出版社1979年版,第93页。

[2] 参见恩格斯《致玛·哈克奈斯》(1888年4月初),《马克思恩格斯全集》第37卷,人民出版社1971年版,第40—42页。

与蔡仪不同，李泽厚所提出的美学观，则强调美的客观性与社会性。这就是说，社会的因素加入到了美的形成之中。对于这种社会因素在美的形成中的作用，李泽厚强调，审美感觉是在功利性活动中形成的。人首先是用功利的眼光看待事物的，只是后来，才用审美的眼光看待事物。实用先于审美，前者成为后者的源泉。在这种论述中，我们可以看到俄国马克思主义者普列汉诺夫在《没有地址的信》和《艺术与社会生活》等著作的影响。当李泽厚接触到马克思的《1844年政治经济学—哲学手稿》时，他对同样一句话"劳动创造了美，但是使工人变成了畸形"中的前半句加以强调。美是劳动创造的！原始人在劳动生活中对自己的劳动成果表示欣赏，他们在劳动过程中感到愉快，这是美的最初的起源。美不是对象的自然属性，而是对象的社会属性。对象的自然属性是审美欣赏的基础，形状、色彩、光泽等自然属性，是使一物成为审美对象的必要条件，但不是充分条件。离开了人的活动，自然属性不可能成为美的。只有在人的获取生活资料的劳动生活中，具有自然属性的对象才可能变成审美对象。

在此基础上，李泽厚发展出了积淀说。他认为，人们从用功利的眼光看待事物，到用审美的眼光看待事物，是审美活动形成的一个重要过程。在这个过程中，理性积淀为感性，内容积淀为形式。于是，我们就有了一个双重构造的过程。一方面，在人的内心，通过积淀形成了文化心理结构。这是一个从文化到心理的过程，人的文化活动，在心理上留下了痕迹。日积月累，就形成了心理结构。另一方面，在对象那里，原本与人无关的事物，与人发生了关系，首先是功利性的关系，后来就有了审美的关系。

这种"客观性"与"社会性"的统一和"积淀"的观点，从理论上讲，也是有其盲点的。这种理论以人为中心，从人的起源来探讨美的起源，从人与动物的不同点来探讨美的本质。人从动物进化而来。对于人在什么时候成为真正意义上的人，我们所存在的，只是一种哲学上的认定和划分。制造和使用工具、语言、理性、原始信仰和宗教，这些都可能并确实被人们用作区分人与动物的标准。这种进化，本来就是一个连续的过程，在一个连续的过程中寻找某一种标志，所体现出的，只是一种哲学上的立场。当我们进一步以此作为出发点，来完成美学上的建构的话，那么，我们只是在叙述一种哲学的立场而已。早在制造和使用工具之前，在语言出现之前，在有理性、有信仰之前，原始人或原始人的祖先，就开始进行超越直接功利性的选择，包括性的选择和对生活环境的选择。对此，我们可以将这称为"审美"，也可以不称为"审美"。

怎么用词，是我们决定的。但我们的这一决定并不能否认一个事实，在进化的过程中，有着大量的连续性。在从猿到人的进化过程中，存在着一个漫长的半猿半人的状态。强调在这一过程中，由于某种属人的因素的推动，使人有了美，这一观点并不能得到证明。从蜜蜂选择花朵，到孔雀择偶，再到原始人装饰自己，其间有着连续性。人制造和使用工具，只是影响人的审美活动，并不能成为这种活动的起源。

更进一步说，理性积淀为感性，内容积淀为形式，也是有问题的。这种积淀活动，如果它存在的话，也不能成为感性之源。相反，从动物到人的感性活动本身的起源，本身并不来源于理性。恰恰相反，理性活动，或者说思维和逻辑活动，都是在此感性活动的基础上生长起来的。在内容积淀为形式之前，并没有形式感。我们在自然界、生物界，看到大量的图形和色彩，并不是通过打制石斧才认识到几何图形，也不是通过陶器上的鱼形和蛙形图，才形成图案意识。这些例子，其实都是可疑的。

尽管这些讨论中出现的观点，在今天看来，有进一步探讨的必要，但这绝不等于说，当时的讨论就没有价值。恰恰相反，美学大讨论涉及有关美的本质的一些深层次的哲学问题，对于以后美学学术的发展，对于美学作为一个学科在中国的兴盛，对于美学队伍的培养，对于美学问题在中国的形成，都是有益的。近年来，有许多学者对这种讨论持否定的态度，认为这种讨论只解决唯物与唯心问题，是一些伪问题，这是不正确的。在那个大批判盛行的年代里，美学大讨论给学术界带来了一些研究气氛，形成了一种思辨的传统，并且，幸运的是，这种讨论从总体上说，没有被政治干预所打断，为此后的美学热准备了条件。

与美学大讨论具有共生关系的，有一场关于"形象思维"讨论。这种讨论与美的本质具有互补关系。关于这一点，笔者在论形象思维一章中已经详加论述，这里不再赘述。

第三节　70年代末至80年代前期的"美学热"

1978—1988年，是中国美学的黄金时代，历史上将之称为"美学热"。在这个时期，整个社会都对美学表示了巨大的热情。一般说来，在国外，美学是一种比较专门的学问，由哲学系的一小批专门学者在从事研究，一般公众很少问津。大众性的书店，很少有美学书卖。在中国也是如此，对于一些公众，甚至大学文科的学生，康德、黑格尔这些名字就很陌生，克莱夫·贝尔、苏珊·朗格、鲁道夫·阿恩海姆这些名字，更是闻所未闻。那位实用主义的哲学家和美学家杜威，由于他在中国住过两年，作过一百多次演讲，还带出过几位著名的学生，用贺麟的话说，是"旧中国影响最大的西方哲学家"，但对于时下的年轻人来说，远不如那位同名的中国足球运动员名声响亮。但是，在20世纪70年代末的中国，情况就完全两样。美学家一下子成了公众人物。他们在做讲演时，会有上千的听众来，不管是否能听懂，目的是想一睹美学家们的风采。美学书成了畅销书，可以销售几十万本。青年学生和爱好学习的社会青年，不管能否读懂，也不管囊中是否羞涩，只要有对知识的爱好，或者想显示自己对知识的爱好，就会买几本美学书放在拥挤不堪的住房中那小而又小的书架上。朱光潜的《谈美书简》，李泽厚的《美的历程》，至今还有一些当下文化中的公众人物津津乐道，到电视上大讲读这些书时的那种兴奋，那种眼前突然一亮的感觉。美学研究生的入学考试，更是千军万马来挤独木桥，报考人数与录取人数的比例甚至达到百里挑一。①

产生"美学热"的原因，可能是"文化大革命"后自然会出现的学科反弹。正如前面所说，从50年代后期到60年代前期出现了"美学大讨论"。这一讨论培养了一批人，也培养了对这个学科的兴趣。接下来的一些年里，这种讨论先是由于重提阶级斗争，进而由于政治危机和社会动乱而逐渐停顿下来。但是，这一讨论的成果并没有消失，它已经成为中国学术界的一笔重要财富。这时期培养出来的美学研究者成为以后美学重新兴起的重要人力资源，而这时期形成的一些学术观点，也成为以后美学研究的理论出发点。②

与这一历史原因相比，更为重要的是，"美学热"源自文化革命后中国社会的需要。"美学热"是在与"美学大讨论"完全不同的语境下展开的。前面提到，"美学大讨论"是新中国建立新的思想意识形态努力的一部分。许多文艺上的论争，特别是胡风事件、对丁玲等人的批判，反右，以致重提阶级斗争，都构成了"美学大讨论"的背景。这次"美学热"

---

① 1980年在云南昆明成立中华全国美学学会，并召开了第一届中国美学大会。据一些当年的学生回忆，在会后，一些与会学者去成都，在四川大学做了讲演，有上千名学生挤满了讲演会堂。关于美学书籍出版情况，这里举几个例子。朱光潜的《谈美书简》从1980年到1984年印了四次，共印195000本；李泽厚的《美的历程》，在1980年至1984年间大约印数有20万本。至于美学研究生的招生情况，1978年朱光潜、蔡仪和李泽厚招研究生，均招5人，分别有300多人报名。

② 文艺报编辑部曾编有6卷本的《美学问题讨论集》，由作家出版社出版。

的背景，则是思想解放运动。实践是检验真理的唯一标准的讨论，对"文化大革命"时被打倒的干部的大平反，各行各业的"拨乱反正"，以及以伤痕文学、改革题材文学等为代表的文学艺术的新的繁荣，对"文化大革命"时代以"三突出"为代表的文学理论的批判，重启形象思维讨论，等等。这一新的语境，决定了"美学热"所出现的新的面貌。

这时，中国出现了一次既类似"文艺复兴"又类似"启蒙"的思想运动。这种"文艺复兴"，从恢复到"文化大革命"以前的状态开始。历史在走着一条向后发展的路。首先受到人们关注的，正是50年代的美学大讨论。那些曾经在50年代的美学讨论中起过重要作用的学者这时仍然保持着学术上的活力。50年代的一些学术观点，在70年代末的特定政治与思想框架中，仍是最容易接受的观点。当"文化大革命"被认定是一个错误时，人们直接寻找的对象，是犯这个错误之前的状态。运用人们最容易接受的思想，在当时的思想意识之网中打开一个缺口，这个工作是由美学来完成的。

这一时期，李泽厚与蔡仪争论的恢复，是美学界最重要的现象。[①] 1979年9月，由中国社会科学院文学研究所文艺理论研究室编的《美学论丛》（俗称"小美学"）创刊，1979年10月，由中国社会科学院哲学研究所美学研究室编的《美学》（俗称"大美学"）创刊。在这两个刊物上，分别刊登了一些重要的论争文章。

50—60年代李泽厚与蔡仪之争中，有一个有趣之处在于：这两位学者很可能并没有仔细研读过一些苏联学者的著作，但他们的主要观点分别与一些具有代表性的苏联学者，例如斯特洛维奇和波斯彼洛夫的观点非常相似。[②] 80年代时，他们的这些著作被译成了中文。

当然，历史不可能重新来一遍。李、蔡之争在新的时期，有着全新的格局。蔡仪继续坚持他在《新美学》一书中提出的美在于对象的自然属性，美是客观的，美是典型的观点。黑格尔成了他解读马克思主义的重要

[①] 当时中国有两个最重要的美学杂志，即上海文艺出版社出版的《美学》与先后在中国社会科学出版社与湖南人民出版社出版的《美学论丛》，分别代表了这两派的观点。这两份杂志分别由中国社会科学院哲学研究所美学研究室和中国社会科学院文学研究所文艺理论研究室负责编辑。

[②] 波斯彼洛夫的《论美和艺术》和斯特洛维奇的《审美价值的本质》两书的中译本分别于1981年，1984年在中国出版，而蔡仪的观点于20世纪40年代，李泽厚的观点于50年代即已形成。尽管苏联与中国在20世纪50年代有着许多思想上的联系，但两国美学学者的直接交流是很少的。苏联与中国美学界的这种对应关系似应理解为当时的理论模式所必然具有的两种理论可能性的反映。

武器。蔡仪努力研究马克思的《1844年经济学—哲学手稿》,[①] 重写《新美学》,作为当时美学一个重要派别而顽强地显示它的生命力。但是,从总体上说,在那个语境下,蔡仪的思想显得保守,在思想解放的大潮中,处于被动的位置。

与蔡仪理论的被动境遇相反,李泽厚在这一时期显示出无比旺盛的学术活力。正当学术盛年的李泽厚,在1979年前后,一下子出版了四本书,在美学界产生了巨大的影响。这四本书,分别是讨论康德美学的《批判哲学的批判》、描述中国人审美趣味历史的《美的历程》、他的第一本思想史著作《中国近代思想史论》,以及他的美学论文合集《美学论集》。

在美学理论上,这一时期李泽厚美学理论的核心,是用康德来解读马克思,或者说,使他在50年代形成的,其中有着浓厚普列汉诺夫色彩的美学理论康德化。他在这一时期提出了众多的理论观点,均在美学界产生深远的影响。他所提出的第一个观点,就是实践本体论哲学。这一观点来自于马克思对康德的批判。康德认为,人的认识从本质上讲,不过是用来自主体的范畴对来自客体的感知材料进行综合而已。处于感知材料背后的"物自体"是不可认识的。实践本体论哲学,就是认为,实践可以攻克这一"物自体"的堡垒。从这个意义上讲,李泽厚建立了实践本体论。[②] 如果说,他的这一思想还属于将康德思想马克思化的话,那么,他的思想的下一步发展,则走向了将马克思思想康德化的阶段。

李泽厚在这一时期提出,要建立主体性哲学,走向人类学本体论,并且还提出两个本体,即"工具本体"和"情本体"。本来,马克思主义的哲学,是一种一元论哲学。人的生产劳动,并不能还原为工具本体。工具总是人的工具,有什么样的人的活动,就有什么样的工具。离开活动的工具,不成其为工具,只是一些无用之物。从另一方面看,情也不能成为本体。情不能成为活动之源。实际上,没有离开人的活动的情。我们没有空洞的喜怒哀乐,而只有针对某物,或在做某事过程之中的喜怒哀乐。喜怒哀乐,是在我们的活动过程中产生的,是我们活动的伴生物。李泽厚在康德思想的影响下,通过他的两个本体的思想,走向了物质与精神的二元论。

---

① 参见蔡仪发表在《美学论丛》上的一系列文章,特别是《马克思究竟怎样论美?》,载《美学论丛》第1期,中国社会科学出版社1979年版,第1—62页。
② 参见李泽厚《批判哲学的批判》,人民出版社1979、1984年版。

作为一个思想运动，向后看的惯性，使中国学者在 80 年代初年进一步关注 1949 年以前的现代中国人的学术成就，特别是 30 年代与 20 年代的成就。一些美学上的重要人物过去的著作，例如，朱光潜的《文艺心理学》和《诗论》，宗白华的一些早期论文，重新受到了人们的重视。①越过苏联模式寻求接受西方影响，在中国美学界变成了越过李泽厚和蔡仪来重读早期的朱光潜和宗白华。从另一方面看，80 年代的李泽厚的思想模式也在改变，在他思想中，"康德 + 修正后的苏联式马克思主义"的模式中渗透进了越来越多的西方因素。一些 20 世纪初年至中期的西方美学术语经他改造以后，成了他的体系的一部分。例如，克莱夫·贝尔的"有意味的形式"、古斯塔夫·荣格的"深层结构"、皮亚杰的"格局与同化"，以及苏珊·朗格的"同型同构"等等，都被引入到他的理论构造之中。通过这些理论发展，他与斯特洛维奇的价值理论的不同之处也就变得越来越明显。这种做法，与 30 年代朱光潜糅合各种西方思想，形成一个有体系的《文艺心理学》的理论模式从做法上有某种相似之处。不过，李泽厚在体系化方面做了更多的工作。由于代表李泽厚理论体系的著作《美学四讲》在 1989 年才出版，这时，美学热已经降温，且当时李泽厚本人的主要研究精力也已经转向思想史，因此学术界对他在 50 年代的思想框架比较熟悉，而对他后来逐渐融合西方美学、心理学和哲学思想的因素而修改和建构美学理论体系的努力缺少整体了解。学术界一般熟悉的是李泽厚的一些论人类学本体论与心理积淀的几篇文章，而对这些观点间的连接并形成一个有体系的看法并不熟悉。恰恰在这本书中，李泽厚的美学体系得到了较为完整的呈现。

这同时也被视为一次启蒙运动。这种启蒙是从多重意义上讲的。从一般社会意义上讲，那个时代的人将"文化大革命"视为一种封建专

---

① 20 世纪 50 年代的美学大讨论应该视为是朱光潜美学思想变化的分水岭。美学界在 80 年代更重视的是朱光潜在美学大讨论之前的美学思想，特别是 30 年代的著作，而不是他在 50—60 年代写的一些论战文字。《文艺心理学》一书上的理论新意在于，作者将西方人认为相互不兼容的一些理论流派放到了一起，成为一个理论体系的不同方面。这是非西方国家的学者在接受西方思想时的典型做法：非西方国家在接受西方思想时，注重的不是不同学派间细微的理论差别，而是这些理论作为整体对于非西方国家学术研究的意义和价值。这时，在中国学术界重新关注此书，具有补课的性质。通过回到过去，形成一个接受新的西方理论的出发点。宗白华在当时影响最大的著作是《美学散步》。这本书收录了他过去的一些论文。这些论文在中西美学和艺术理论的比较方面，具有开拓性。朱光潜与宗白华不同之处在于，朱光潜努力寻找中西相同之处，从而将西方理论运用于中国，而宗白华在寻找中国与西方不同之处，并进行总结，从而与西方理论进行比较和对话。

制的延续或复辟。于是，走出"文化大革命"的意识形态，就被解读为与西方社会走出中世纪的启蒙运动具有类似的特点。当时的学术界甚至将之直接称为"新启蒙"。

当然，这种启蒙并不仅仅具有反"文化大革命"的特点，而是致力于整个社会的变革。关于这一点，李泽厚曾经论述过，中国社会的现代化进程表现出一种特别的历史复杂性。从世纪之初的晚清改革（1905），到五四（1919）、北伐（1927）、抗日战争（1937—1945），直到共产党在中国的胜利（1949），中国社会被认为面临着双重的任务：即救亡与启蒙。这双重任务有时相互促进，为了救亡，需要启蒙，即通过启蒙，改变中国社会和中国人的思想，使中国富强起来，避免灭亡的命运；有时救亡压倒启蒙，无暇顾及思想启蒙，放弃与启蒙有关的民主、自由、个性解放一类的思想，致力于直接的政治与军事斗争。这一论证的目的在于说明，在紧迫的国家与民族生存问题解决之后，历史给中国人提供了一个进行启蒙的时机，因此，当前的中心任务是进行启蒙。[①] 这种论证方式后来受到许多人的质疑，但如果我们回到当时的语境，就可以发现，这的确是当时所可能具有的一种对号召进行"启蒙"最有效的理论。是不是曾经"双重变奏"过，这是一个历史问题，但强调这种"双重变奏"，并且强调救亡曾经压倒启蒙，在当时就更加凸显出启蒙的重要性。

从更为具体的方面看，在当时，美学起了舒缓高度政治化的社会气氛的作用。"美学"在中文的字面意思是"关于美的学科"。在"文化大革命"后这一特定的时期，这一翻译起着一个特殊的作用。倡导"美"，倡导人与人之间的和谐，具有取代"文化大革命"时代斗争哲学的含义。"文化大革命"时代强调"阶级斗争"，认为"阶级斗争"是历史发展的动力，而这个"阶级"，又失去了本来具有的与财产、资本、社会与政治地位等相联系的含义。如果在一个社会之中，人们可以随意宣布某人属于某个阶级，从而将此人确定为是敌人，并与之斗争，就必然会导致一切人对一切人的战争。"文化大革命"就正是这样的战争。"文化大革命"后的中国，出于对"文化大革命"的痛恨与恐惧，人们要"美"与"和谐"，不要"斗争"，要"美学"，不要"斗争哲学"。在这种情况下，美学被当成是一种隐喻，它吸纳着一切为僵硬的政治意识形态自然会产生的

---

① 参见李泽厚《启蒙与救亡的双重变奏》，见李泽厚《中国现代思想史论》，东方出版社1987年版，第7—49页。

离心力所抛出去的社会和思想力量。当时的美学，就与这种政治隐喻混杂在一起。这一隐喻事实上形成了整个社会对美学的重视，使美学成为一种当时的时代所特有的公共话语。

当然，美学并不能取代一切政治意识形态，它所具有的政治隐喻，并不等于它的实际内容。它所做的，仅仅是讨论与艺术有关的一些问题。如果用西方美学作为参考标尺，这一时期中国人所谈论的美学的内容，实际上是古典的复归。

这一时期美学的最重要的口号，是艺术自律。相对于西方美学的发展来说，这是一种迟到的追求。从夏夫兹伯里、哈奇生起，经康德、叔本华，再到克罗齐、爱德华·布洛、苏珊·朗格，都在寻求对审美无利害的论证，因而他们都走在这一条路上。但是，这一迟到的追求在当时的中国具有现实意义。艺术自律的追求与艺术理论中对于"社会—艺术"模式的抗拒联系在一起。"文化大革命"期间，中国文学艺术理论强调艺术为政治斗争服务，成为社会政治斗争的武器和工具。在这种理论指导下，所谓艺术性，只是政治宣传的有效性而已。这时，回到康德、席勒等人所倡导过的艺术自律这样一种具有古典精神的美学理论，为中国美学走出这种"文化大革命"时代的艺术理论铺平了道路。这确实是当时时代的要求。它不仅具有理论意义，而且对当时中国文学与艺术的发展在实际上起了推动作用。

由于这种时代的需要，80年代前期的中国美学构成了一种奇特的混合。当时在中国最有影响的美学理论，是一些黑格尔与马克思或康德与马克思的结合体。李泽厚的美学，以用马克思的思想修正康德的姿态出现，实际上却完成着一个用康德修正当时流行的马克思主义的任务。当然，随着时代的发展，他的美学思想中逐渐渗透进一些皮亚杰、海德格尔、克莱夫·贝尔、苏珊·朗格，以至弗洛伊德与荣格的因素。而朱光潜的思想中，则有着更多的黑格尔、叔本华与尼采、克罗齐思想的影子。另一位康德的继承者则是《判断力批判》的翻译者宗白华，他不是致力于一般理论框架的建设，而是进行中国与西方艺术特点的比较。在这些学者思想背后，都有着一个共同的倾向，即追求艺术的自律。用当时流行的话说，过去重视"外部规律"，现在要重视"内部规律"。实际上，这句话本身就具有当时的时代特点。为了不同理论间转换能够顺利进行，人们将这种转换解读成对同一理论的不同侧面的强调。

第四节 美学的复兴与新的做美学的方式

从1978年开始的美学发展,与当时的社会、时代、文学和艺术等各方面都具有密切的联系。然而,美学在以后一段时间的发展,却走上另外的道路。中国的美学主要由高等学校的哲学系和中文系的教师完成,这一人员的组成情况,就决定了它会迅速走向学院化。1978年开始的思想解放,是一个全社会的运动,并且以文学和艺术作为突破口。这是从五四以来就有的传统:以文学带动思想文化,再带动整个社会的大变动。80年代,当这种思想解放向纵深发展时,美学家们就不再扮演思想解放先锋的角色,与社会形成了一定的距离,甚至也与正在发展着的文学和艺术形成了距离。

这种发展在1985年前后就明显表现了出来。1985年前后,在中国的文学艺术界,出现了一些重要的转折。从1978年起的中国文学艺术界,主要以现实主义为主。到20世纪80年代的中期,欧洲先锋派文学与艺术的影响变得越来越明显,出现了大量对于20世纪前期西方先锋派艺术的模仿之作。但是,在美学界,美学家们对正在发生的这些艺术现象不够敏感,不注意它们的理论意义。那时的美学是显学,是思想与学术的主流。美学家们仍沉湎于启蒙理想之中。他们经过一些年的努力,刚刚在理论界确定康德式的艺术自律的观念,根本不具备接受与这种自律观念格格不入的先锋艺术观念的心理准备。在他们的眼中,先锋艺术仅仅是一些对于社会状况不满,具有青春期反抗心理,崇尚过时的西方时髦的青年们在胡闹而已,没有研究的价值。如果说还有什么价值的话,那只有社会学研究的价值,是资本主义社会腐朽的表现。后"文化大革命"时代的中国经济蒸蒸日上,社会欣欣向荣,一切都充满着希望的时代,不存在那种"腐朽艺术"的社会基础。

从另一个方面讲,美学理论的探讨在这一时期也遇到了新的困难。朱光潜和宗白华先生已经年老,并在80年代后期相继辞世。蔡仪继续在修改他的《新美学》,写出新的美学著作,但却引不起社会关注。王一川先生曾写过一篇文章,名为《迟到的敬意》,说那个时期对蔡仪美学不重视,现在他想给予重视。今天怎样看待蔡仪美学的当代意义,这已经是另一个问题。至少对于当时的情况,王一川先生的态度具有一定的普遍性。李泽厚的兴趣转向思想史,相继写出他的《中国古代思想史论》和《中国现代思想史论》等重要著作。他在80年代后期编出《美学四讲》,但这本书主要还是从他在70年代后期和80年代早期的一些文章和讲演录中剪辑而成的。80年代后期在美学理论上的主要争论，是刘小枫来自基督教背景的对李泽厚一些思想史观念的批判和刘晓波从个人主义观念出发对李泽厚的"积淀说"和美的"社会性"的批判。这些批判，在青年中有一定的影响，但严格意义上讲，都不是美学意义上的批判，对中国美学的发展，也没有多少影响。

80年代后期，在美学上比较重要的现象是出现了一些研究中国美学史的著作。在这方面，出现了一些通史性和断代史的著作，例如叶朗的《中国美学史大纲》和李泽厚、刘纲纪的《中国美学史》，以及其他一些美学史著作。在外国美学译介方面，也取得了一些成就。在学院的圈子中，美学还在继续，并且随着美学课程开设的逐渐规范化，研究人数和规模上也在维持和有所进展。但是，在美学理论上，这一时期缺乏新的拓展，并且在社会关注度方面，这一时期也远不如80年代前期。

20世纪90年代初期，是美学的真正沉寂期。在这一时期，一些原先从事美学研究的学者走向了文化研究，努力开辟一片新的研究天地。在中国，文化研究一开始具有反美学的特征。80年代的中国美学，深受康德和黑格尔等德国古典美学的影响。当时，美学的任务是改变"文化大革命"时代的工具论，以一种反政治的态度，完成了对"文化大革命"时期过度政治化的意识形态的消解。这一任务完成后，在90年代就受到了挑战。如果说，80年代是一个"新启蒙"时期的话，那么，90年代，"新启蒙"终结了，出现了走出自律的艺术的要求。这时的"文化学热"，正好具有一种与"美学热"相反的倾向。

"文化学热"的一个重要特点，是改变过去学术研究与实际发生的艺术实践脱离的状况。90年代的中国，社会生活发生了巨大的变化。经过市场经济的改革，艺术生产处在一个与过去完全不同的环境之中。在中国，由于没有像西方国家一样，走过一个"分析美学"时期，因此并没有掀起关于艺术概念的专门讨论。但实际上，这一时期，艺术概念已经发生了深刻的变化。在原有的现实主义艺术之外，出现了先锋派艺术与通俗艺术。先锋派艺术仍处于边缘地位，但通俗艺术迅速发展。一些过去处于研究者视野之外的艺术，这时也受到了研究者的重视。例如，武侠小说，过去文学史并不提到，这时，许多大学教授们也开始了对它们的研究。[1]

---

[1] 例如，一些北京大学的文学教授开始研究并出版关于金庸和其他一些武侠小说的研究文章和著作。

所有这一切，都给美学提供着新的可能性。美学本来并非必然与一种纯粹的美，与一种自律的艺术联系在一起。在西方美学史上，出现过自律的形成、发展和被超越这一个长期的过程。将美学看成是研究纯粹的美，主张艺术自律，是一个特定时代的产物。这一点，过去中国学者并不自觉到。"文化学热"推动着这样一个过程，使中国学者逐渐认识到这一点。"文化学热"并不仅仅限于社会批评，它仍然要回到文学艺术上来。对于艺术，我们可以用各种各样的方法进行研究，但是，毕竟，它仍然是艺术作品，需要一种将它作为艺术作品来研究的学科。在"文化学热"之后，美学不是被取消了，而是被更新了。这是一个需要重建美学的时代，当然，世纪末中的中国，这一切还刚刚开始。[①]

中国美学与世界的接触，中国融入世界，成为世界的一个部分，这些都是不可避免的。20世纪中国美学的历史，与三次外来影响有关，第一次是世纪初的西方影响，第二次是来自苏联的马克思主义的影响，第三次是80年代起的西方影响。

也许，我们可以说，世纪之交和新世纪之初出现的是第四次影响。这一次的影响，与前三次的影响有一些明显的不同。过去的影响，基本上是以西方人为师。世纪初的影响引进了美学这个学科，苏联的影响，使美学成为一种政治意识形态，20世纪80年代的影响，与改革开放和思想解放同步。第四次影响，则更多地显示出平等对话，相互交流的特点。中国与外国的美学家有了更多的个人接触。西方美学著作的翻译，常常成为中外学者间个人的、面对面学术交流的延续。

在中国这样一个国家，任何外来的影响，都必须具有一个相当长的与中国的情况结合，在中国语境中发展的过程。有时，一个西方的思想在中国所起的作用，与在西方完全不同。一个在西方相当古典的思想，在中国却具有现代的意义，相反，一个在西方相当现代的思想，在中国却起着保守的作用。

在一个全球化的时代，中国的美学发展走什么样的道路？我们要继续翻译西方美学著作，我们也要继续研究中国古代美学，特别注重在一个当代的世界美学的背景中研究，从而将中国传统引入到当代世界美学的对话之中。但是，我们更重要的是，发展与中国的当代文学艺术发展状况相适应的中国当代美学。

作为一个拥有自己的悠久历史资源，在世界上具有重要影响的非西方

[①] 见高建平《美学之死与美学的复活》，载《东方文化》2001年第1期。

国家，中国美学的发展，与欧洲国家，与一些较小的第三世界国家，都不相同。我曾经力图证明，不存在单一而普遍的美学，而只存在从不同文化中生长出来的不同的美学，这些美学之间有着对话的关系，但我又提出，从"美学在中国"向"中国美学"的过渡是一个无法逾越的阶段和过程。消化、吸收、创造，受影响又影响世界，这是美学理论发展的必然规律。[①] 我们在保护文化遗产时要原封不动，整旧如旧，但这不能成为我们进行理论创造时所取的态度，否则的话，我们就只能成为活化石了。具有世界视野，发展现代形态的中国美学，应该成为当代中国美学的主流。

---

① 参见高建平《全球化与中国美学》，《民族艺术研究》2004年第1期。人大复印资料《美学》2004年第4期。

第二十一章 60年外国文学理论的译介与中国文学理论的建构

翻译是中国文艺学界了解外国文论的重要途径，其构成了中国文艺理论建设的重要资源。60年来，中国文学理论的发展始终是与国外文学理论著作的翻译联系在一起的。本章旨在对新中国成立后的文学理论译介工作及其影响进行回顾，同时兼及与文艺理论有交叉地带的美学和哲学领域的相关情况。新中国成立以来，文学理论的译介活动大致可分为三个重要阶段，即20世纪五六十年代以介绍苏联文论为主；80年代逐渐摆脱意识形态的控制，转向思想启蒙，以译介欧美西方文论为主；以及从90年代末开始的与西方文论的对话。如果说50年代的翻译受到政治理性的指引，那么80年代的翻译活动是在启蒙理性的统领下进行的，而90年代末开始的新时期的翻译工作则是受学术理性的驱动。在翻译组织者的立场和态度、翻译文本的选择及在读者中产生的影响等层面都可以看出这种内在逻辑。这些外国文学理论资源，形塑了当代中国文论界的思维方式、概念范畴、话语系统和批评方式，产生了深远的影响。

第一节 20世纪50—60年代：全面借鉴苏联文艺理论

从1949年中华人民共和国成立后到50年代，出于意识形态建设和构建新中国文艺理论体系的现实需要，中国学界对苏联文学和文艺理论表现出了极大的热情，走上了全面借鉴苏联文艺理论的道路。译介活动在这个过程中起到了举足轻重的作用，无论在数量还是在内容上，苏联文艺理论都占据绝对主导地位。例如，在当时最具影响的刊物之一《人民文学》杂志的创刊号"发刊词"中，强调"最大的要求是苏联和新民主主义国家的文艺理论"。① 可以说，官方和理论界的有意推动造就了这一阶段的苏联文论译介的繁荣景象。即便到了50年代末，中苏关系交恶之后，这种情况也并未有太大改观。

这一时期的一个突出特征是文艺与政治密不可分，政治高层对文艺问题关心备至，常常以理论的形态或以行政指令的方式作出直接指导。从苏联方面来看，最高领导人如列宁、斯大林等人都曾对文艺发展的方向作出过指示，主管意识形态领域的负责人如卢那察尔斯基、日丹诺夫等人对文艺理论问题也多有论述。30—40年代，对苏联文艺界影响最大的是著名的"日丹诺夫论断"，日丹诺夫时任苏联中央执行委员会主席团委员，联共中央书记，这样的政治地位，意味着他的文艺主张实际上代表着苏联官方指导思想。他强调艺术的思想性、人民性、阶级性、党性和社会意义，在文学创作和文学批评的方法上，极力倡导社会主义现实主义。日丹诺夫推崇古典原则，用西方现当代文学艺术创作方法（如"为艺术而艺术"原则、唯美主义等）而创作的作品则被斥为市侩主义和庸俗趣味，认为它们是腐朽的、有毒的。立体主义、未来主义、现代主义、形式主义等现代流派，一律被概括为"资产阶级思想"。他对于这些艺术思潮的基本判断是："由于资本主义制度的衰颓与腐朽而产生的资产阶级文学的衰颓与腐朽，这就是现在资产阶级文化与资产阶级文学状况的特点和特色。"② 同时，他通过一系列的大批判来实践这种观点，对国内一些作家和艺术家进行粗暴的打击。在1947年6月举行的关于亚历山大洛夫《西欧哲学史》一书的哲学讨论会上，日丹诺夫作了一个批判性的发言，宣布要在"完美的马克思主义理论"武装下，"向国外敌对思想，向国内苏联人意识中的资产阶级思想的残余作全面的进攻"③。这样一种对待非社会主义国家思想文化的立场，在相当大程度上决定了当时的文论界对待西方哲学和文艺理论的态度。

苏联官方对待文艺理论的指导原则，对于将苏联理论界思想原则奉为圭臬的中国学术界产生的巨大影响可想而知。在相当长的时间里，高度政治化的苏联文论成为新中国文艺理论研究和教学的主要依据。反映在外国文论译介领域，就是以马克思主义经典作家的论著和苏联文论为主。这个时期出版了马克思、恩格斯、列宁等人关于马克思主义文艺问题的经典论

---

① 茅盾："发刊词"，《人民文学》1949年第1期。
② 日丹诺夫：《日丹诺夫论文学与艺术》，人民文学出版社1959年版，第7页。
③ 同上书，第106页。

述，如《马克思恩格斯论文学与艺术》（J. 弗莱维勒编选，王道乾译，平明出版社 1951 年版）、《马克思恩格斯列宁斯大林论文艺》（曹葆华译，人民出版社 1951 年版）、苏联的米·里夫希茨编的《马克思恩格斯论艺术》（四卷本）（曹葆华译，人民文学出版社 1960—1966 年版）[1]、索洛维耶夫编的《马克思恩格斯论文学》（曹葆华译，中国人民大学出版社 1962 年版）、列宁的《党的组织和党的文学》（司徒真译，新潮书店 1950 年版）、《论托尔斯泰》（林华译，北京中外出版社 1952 年版；立华译，五十年代出版社 1953 年版）、克拉斯诺娃编的《列宁论文学》（曹葆华译，人民文学出版社 1959 年版）、《列宁论文学与艺术》（两卷本）（人民文学出版社 1960 年版），等等。从编选者名单中可以看出，除个别情况外，这些马克思主义文艺理论著作大部分都是从苏联学者编选的文集转译过来的。这些经典论著的译介，为中国的马克思主义文艺理论研究做了有力的铺垫。

在这一时期，在苏联方面的大力举荐下，19 世纪俄国革命民主主义者，如别林斯基（别列金娜选辑：《别林斯基论文学》，梁真译，新文艺出版社 1958 年版）、车尔尼雪夫斯基（《车尔尼雪夫斯基论文学》，辛未艾译，新文艺出版社 1956 年版）；《生活与美学》（周扬译，人民文学出版社 1957 年版）、杜勃罗留波夫（《文学论文选》，辛未艾译，第一卷：新文艺出版社 1954 年版；第二卷：上海文艺出版社 1959 年版）、赫尔岑（《赫尔岑论文学》，辛未艾译，上海文艺出版社 1962 年版）等人的文论著作在中国产生了广泛影响，成为文艺理论教材和文艺研究的重要内容。另外，普列汉诺夫（《论艺术（没有地址的信）》，生活·读书·新知三联书店 1964 年版）、高尔基（《苏联的文学》，曹葆华译，东北书店 1949 年版；《俄国文学史》，缪灵珠译，新文艺出版社 1956 年版；《文学论文选》，孟昌、曹葆华译，人民文学出版社 1958 年版；《文学书简》，曹葆华、渠建明译，人民文学出版社 1962、1965 年版）、托洛茨基、卢那察尔斯基、波格丹诺夫等人的马克思主义文艺理论著述，经过系统的翻译和有意识的推介，也产生了巨大影响。

苏联文艺理论在中国的权威地位还体现在文艺理论教材的引进方面。50 年代，先后引进了苏联文论教科书十多种，其中影响较大的有：作为

---

[1] 米·里夫希茨所编的这套《马克思恩格斯论艺术》是当时最权威的选本，其中的某些部分在此之前已经翻译介绍过来，如《马克思恩格斯论浪漫主义》（曹葆华、程代熙译，人民文学出版社 1958 年版）、《马克思恩格斯论艺术与共产主义》（曹葆华译，人民文学出版社 1959 年版），等等。

第二十一章 60年外国文学理论的译介与中国文学理论的建构 525

"苏联近年来唯一的一本大学文学理论教科书"①的季摩菲耶夫的《文学原理》（共分三部，由平明出版社在1953年、1954年出版，查良铮译）；1954年春至1955年夏，苏联专家毕达可夫在北京大学中文系为文艺理论研究生授课时的讲稿基础上形成的《文艺学引论》（此书由北京大学中文系文艺理论教研室翻译，于1956年由北京大学印刷厂付印，后经整理于1958年由高等教育出版社出版）；柯尔尊在1956—1957年给北京师范大学中文系俄罗斯苏联文学研究生和进修教师讲课时所使用的讲稿《文艺学概论》，由该系外国文学教学组翻译后由高等教育出版社1959年出版。此外，谢皮洛娃所著的《文艺学概论》（罗叶等译，人民文学出版社1958年版）、涅陀希文著的《艺术概论》（杨成寅译，朝花美术出版社1958年版），也都相继翻译过来，成为中国高等院校文艺理论教学的主要参考书，也成为中国文艺理论教材写作的范本。在此期间，中国出版了一批文艺学教科书，基本都是沿袭它们的框架体系和语言范式，其中比较权威的如以群主编的《文学基本原理》、蔡仪主编的《文学概论》，虽然可以看到创造有中国特色的文艺学教材的努力，但仍未跳出以上框架，实际上是在文艺理论教材编写领域确立了"苏联模式"。

　　这个时期，翻译篇目和内容的选择都与当时的政治决策有直接关系，着重译介那些强调文学本质的反映论、文学创作的典型化原则、文学评价的阶级性、社会性和人民性的苏联文论。例如，与捍卫苏联官方倡导的"社会主义现实主义"原则相呼应，中国科学院文学研究所苏联文学组编了《苏联文艺理论译丛》，其中包括《苏联作家论社会主义现实主义（第一次苏联作家代表大会前后的有关言论）》（人民文学出版社1960年版）、《世界文学中的现实主义问题》（收录了苏联文艺界关于"社会主义现实主义"的几次大规模讨论产生的论文，人民文学出版社1958年版），译文社编的《保卫社会主义现实主义》（作家出版社1958年版）。除此之外，还有苏联学者的一些相关论著，如留里科夫的《关于社会主义现实主义的几个问题》（殷涵译，作家出版社1956年版），奥泽洛夫的《社会主义现实主义的若干问题》（戈安译，新文艺出版社1957年版）、阿·杰明季耶夫的《社会主义现实主义——苏联文学的主要方向》（曹庸译，新文艺出版社1957年版），特罗菲莫夫的《社会主义现实主义——苏联艺

---

① 季摩菲耶夫：《文学原理》，查良铮译，平明出版社1953年版，"译者的话"。此书在1948年时在苏联出版，是苏联高等教育部批准用作大学语言文学系及师范学院语言文学系的教科书。

术的创作方法》（牛冶译，新文艺出版社1958年版），等等。这些论著，推动和加强了国内学界对于社会主义现实主义原则的坚持和研究，使之成为这个时期文学创作必须遵循的基本方法。

与苏联文论译介"一边倒"的局面相比，这一时期的西方文论译介相对处于弱势。由于苏联对待西方现代理论的否定态度，欧美国家的文论一概被视为"资产阶级"的产物而遭到拒斥，中国学界对西方的文艺理论的译介不多，主要以古典和近代文论为主，有几套具有代表性的丛书或文选值得一提：

人民文学出版社推出的《文艺理论译丛》，于1957年创刊，最后一期出版于1966年"文化大革命"前夕，共出版了17期。1958年12月的第6期出版后，因故停出，于1961年复刊。复刊后，在内容上，仍然沿袭原来的选文宗旨，即"要有计划地有重点地介绍外国的美学及文艺理论的古典著作，包括各时代各流派的重要的理论家和作家有关基本原理以至创作技巧的专著（摘要）和论文。但是不拟刊载当代的文章或资料了，因此改称《古典文艺理论译丛》"[①]。更名的目的在于更加名副其实，但是也彰显了在内容选择上的一个基本趋向，即只选择西方古典文艺理论译著，而不再刊载当代的论著。该译丛选取了从古希腊罗马一直到20世纪整个西方文艺批评史中的名家名篇，每一期都围绕一位作者（如《文艺理论译丛》第2辑里刊载了巴尔扎克本人的4篇文章和雨果、泰纳、左拉、布吕及耶尔等人针对巴尔扎克的评论文章、《古典文艺理论译丛》第3辑、第9辑都刊载评论莎士比亚的有关文章）或一个课题选择论著（如悲剧理论、喜剧理论、浪漫主义、现实主义等）。在译者的名单中，可以看到宗白华、朱光潜、吕荧、李健吾、陈占元、王道乾、金克木、缪灵珠、冯至、卞之琳、曹葆华、汝信、柳鸣久等人的大名。由此可以看出，该译丛从作者到译者的选择都基本遵循"名家名译"的原则。

另一部由人民文学出版社出版，由中国科学院文学研究所现代文艺理论译丛编辑部所编的《现代文艺理论译丛》，与古典文艺理论译丛在同一年（1961）创办，前两年共出版6辑，为不定期的内部丛刊。"内容偏重学术方面，每辑都有一个中心，如第一辑是讨论社会主义现实主义，第二辑是批判修正主义和资产阶级文艺思想，第三辑是谈当代美学问题，第四辑是关于比较文艺学与其他反动的资产阶级美学流派，第五、第六两辑是

[①] 古典文艺理论译丛编辑委员会编：《古典文艺理论译丛》第1册，人民文学出版社1961年版，"编后记"。

第二十一章 60年外国文学理论的译介与中国文学理论的建构 527

论述古典的美学和文学理论"。① 清一色都是苏联学者关于美学问题的讨论，中国读者只能透过苏联学者的眼睛，以间接的方式了解西方文艺理论。从1963年开始，改为双月刊，并注明"内部发行"。在1963年第1期的"编后记"中对改版后的方针做了补充说明："今后我们的任务是译载世界各个重要国家最近的文艺理论、批评文章，包括现代修正主义和资产阶级的文艺理论、批评文章，供国内文艺理论工作者、文艺教学工作者以及广大的文艺工作者参考、研究或批判。"② 改版后的刊物内容、主题更丰富，也不再限于苏联学者的论著，而是涵盖世界各国的重要理论文章，更直接地反映了外国文艺理论的发展动态。

另外值得一提的是作为《现代文艺理论译丛"增刊"》出版的文艺理论"黄皮书"，包括：《苏联文学与人道主义》（1963）、《苏联文学中的正面人物、写战争问题》（1963）、《苏联青年作家及其创作问题》（1963）、《苏联文学与党性、时代精神及其他问题》（1964）、《苏联一些批评家、作家论艺术革新与"自我表现"问题》（1964）、《人道主义与现代文学》（上、下册，1965）、《勒菲弗尔文艺论文选》（1965）。扉页上注明了是"供内部参考"，在此书的"编辑说明"中说："为了了解和研究苏联近年来的文艺思想，我们编了这套内部资料。内容包括文学中的人道主义、党性、真实性、时代性、写战争、正面人物、传统与革新、自我表现等问题，以及有关苏联青年作家的材料。文章是从1959年以后的苏联报刊、书籍中选译的，大部分是全译，一部分是摘译。"③ 这几本黄皮书，是中苏关系走向恶化后，作为"反面参考资料"提供给国内文论界的。

1962年，作家出版社出版了由中国科学院文学研究所西方文学组所编的《现代美英资产阶级文艺理论文选》（分上、下编），该书"从第一次世界大战前后到1960年左右形形色色的英美资产阶级文艺论述当中选译重要的文章或章节，借此提供现代美英资产阶级文艺理论的一个简括的面貌"，并按共同倾向将文选分编成辑。对于一些积极关心政治、表现出"左"倾倾向，"认真走向马克思主义"的资产阶级文人，该书认为"超出了资产阶级的范畴"，不予选择，而对于那些一时投机，"搬弄马克思主义词句的文艺论著"的文章，就性质说，"形成了资产阶级文艺理论的

---

① 中国科学院文学研究所现代文艺理论译丛编辑委员会编：《现代文艺理论译丛》，人民文学出版社1963年版，第1期，"编后记"。
② 同上。
③ 《现代文艺理论译丛》编辑部编：《现代文艺理论译丛"增刊"》，作家出版社，"编辑说明"。

一个变种"①，因此选入编为一辑。在"后记"中，编者将现代美英资产阶级文学批评的主流定性为"反动的"，认为"它反映了现代资产阶级思想的腐朽性和腐蚀性",②在该书的封面和扉页上都印有"参考资料 内部发行"的字样，可见，编译此书的主要目的在于批判。

除此之外，商务印书馆出版了一些古典美学著作，包括柏拉图的《理想国》（吴献书译，1957）、康德的《判断力批判》（宗白华，韦卓民译，1961）、帕克的《美学原理》（张今译，1965），等等。人民文学出版社也组织翻译了一批西方文艺理论经典著作，如黑格尔的《美学》（第一卷）（朱光潜译，1958）、布瓦洛的《诗的艺术》（任典译，1959）、《柏拉图文艺对话集》（朱光潜译，1963）、亚里士多德的《诗学》（罗念生译，1962）、贺拉斯的《诗艺》（杨周翰译，1962）和丹纳的《艺术哲学》（傅雷译，1963），等等。

另外，伍蠡甫主编的《西方文论选》（上、下）（上海文艺出版社1963年版；人民文学出版社1964年版）选取了从古希腊到19世纪的"具有代表性、有创造性并对当时和后代有影响的"③西方文艺理论，为更清晰、全面地了解外国文艺理论的发展脉络提供了宝贵的资料。

以上这些西方古典译著在翻译质量上达到了较高的水准，在五六十年代，组织翻译和出版这些以西欧古典文论为主的书，体现了编选者的学术勇气和非凡眼光。当然，这样一些工作，是得到官方的默许或支持的。1962年4月时，为了纠正文艺界极"左"思潮，经中央批转中宣部定稿的《关于当前文学艺术工作若干问题的意见》（简称"文艺八条"）中有这样一条，即"有计划地翻译出版世界各国古典的和当代的优秀文学艺术作品和重要理论著作"，对于"西方资产阶级的反动文学艺术流派和现代修正主义的文艺思潮"也"应该有计划地向专业文学艺术工作者介绍"。虽然是以"揭露和批判"为目的，但是对待外国文艺理论态度上的这种暂时性的松动，使得翻译出版这些非马克思主义的著作成为可能，从而为新中国文艺理论界提供了重要的资源。

但是，由于在文本的选择上参照苏联模式，遵循政治标准和党性原则，带有很强的意识形态排他性，我们对于西方现当代文艺理论仍然有着很深的隔膜，甚至闭目塞听，对国外学术界的动态和学科发展处于茫然无

---

① 以上引文均引自中国科学院文学研究所西方文学组编《现代美英资产阶级文艺理论文选》，作家出版社1962年版，"编辑说明"。

② 同上书，"后记"。

③ 伍蠡甫：《西方文论选》，人民文学出版社1964年版，"编辑说明"。

知的状态。在这样一种大环境下，甚至连朱光潜先生也将19世纪下半叶以来的西方文艺理论斥为"日趋腐朽颓废，'主义'五花八门，故作玄虚，支离破碎……无须为它们浪费笔墨。"① 他的《西方美学史》没有介绍对西方现当代美学产生重大而深刻影响的尼采和叔本华的思想，就是这种观念的直接反映。当时的中国文艺理论界在讨论一些非马克思主义的现当代文艺理论家的观点时，往往持否定态度，而由于没有相关资料可供参考，只能通过引述的语言片断，脱离语境、凭借想象对其理论进行批判，常常不得要领。

总体来说，这个时期的翻译活动，系统、全面地介绍了马克思主义文艺理论的经典著作和马克思主义经典作家的文艺思想。译介苏联文艺理论，成为马克思主义文艺理论在中国传播与发展的主要途径，奠定了马克思主义文艺理论的主流地位，并决定了中国文艺理论界的理论构架、话语模式和评价标准。具体体现为：

一、在苏联模式影响下，文艺批评从政治功利角度出发，党性、阶级性成为最重要的，甚至唯一的评判标准，这在一定程度上满足了理论和现实的需求，但是也造成了价值取向的单一性和片面性，甚至走向极端，阻碍了文艺理论和文艺创作的发展和繁荣。上文提到的日丹诺夫是苏联极"左"思潮的重要代表人物，1959年人民文学出版社出版了《日丹诺夫论文学与艺术》。在"出版说明"中对日丹诺夫给予极高的评价，称赞他是"苏联共产党和苏维埃国家杰出的活动家、马克思列宁主义思想的著名理论家和天才的宣传家、国际工人运动的积极活动家"，"对于苏联文学艺术和哲学研究工作的繁荣和发展起了极为巨大的推动作用。"② 日丹诺夫在苏联的影响主要是在三四十年代，而在中苏关系已经出现微妙变化的1959年引进他的这些带有非常露骨的文化专制主义特征的言论时，却仍给予如此坚决的肯定和赞扬，不自觉地忽视其恶劣影响，虽然同他的这些言论与当时中国的政治需要相吻合有一定关系，但也可见苏联对文艺的"左"倾态度在中国已经根深蒂固。

二、这个时期文艺理论的关键词和话题大多来源于苏联文论，如经济基础、上层建筑、文学的阶级性、党性、世界观、形象思维、社会主义现实主义、典型问题，等等。50年代"美学大讨论"讨论的美的主观性和客观性问题，在某种程度上也是这些讨论的移植和延伸。而哪怕是作为当

---

① 朱光潜：《西方美学史》，人民文学出版社1979年版，"序论"第7页。
② 日丹诺夫：《日丹诺夫论文学与艺术》，人民文学出版社1959年版，第7页。

时最为正统的研究领域即马克思主义文艺理论的研究,其深刻性和学理性也值得质疑。根据朱光潜先生的回忆,在50年代的讨论中,他"逐渐看到美学在我国的落后状况,参加美学论争的人往往并没有弄通马克思主义,至于资料的贫乏,对哲学史、心理学、人类学和社会学之类与美学密切相关的科学,有时甚至缺乏常识,尤其令人惊讶"①。话语的趋同、资源的匮乏以及对政治性的过度强调,使这一阶段的文艺学和美学研究在学术上趋于肤浅,缺乏建树。

三、在苏联的有意引导下,翻译篇目的选择也受到政治因素的干扰。例如,苏联官方对"别、车、杜"的理论极其推崇,而事实上,按照当时阶级划分标准,这几位民主主义者的思想带有明显的"资产阶级"色彩。但是,对苏联的盲目崇信使中国人有意无意地忽略了这一点,大举引进和介绍这些理论,在中国文艺学界产生了极其广泛的影响。从另一个角度看,长期以来执行的单一标准在人们心中造成了一种印象,即把苏联文论理解成铁板一块,而事实上,译介过来的这些作品并不能代表苏联文论的整体。一个值得注意的现象是,这个时期对苏联文艺理论的译介并不是全面的,而是有遗漏的。例如,俄国形式主义在苏联曾作为异端遭到清算,在这一时期中国基本没有译作问世;巴赫金曾因为政治原因遭到流放,他的作品直到80年代才进入中国学者的视野。可见,苏联对待某些作家作品的态度引导着我们的态度,这种态度在我国的外国文艺理论译介领域投下了浓重的投影。

事实上,苏联文艺理论的翻译引进工作早在20世纪二三十年代就开始了,苏俄文学理论中蕴涵的强烈的现实主义精神和社会批判意识,对中国文学界产生了无与伦比的吸引力。1930年"左联"成立时专门建立了"马克思主义文艺理论研究会",把外国马克思主义文艺理论的译介放在突出位置,俄苏文论自然地成为引入重点。瞿秋白、鲁迅、冯雪峰、周扬等为代表的左翼文人在这方面做了很多工作。如瞿秋白编译和翻译了《现实——马克思主义文艺论文集》和《列宁论托尔斯泰》;鲁迅翻译了卢那察尔斯基的《艺术论》和《文艺与批评》、普列汉诺夫的《艺术论》;冯雪峰翻译了卢那察尔斯基的《艺术之社会的基础》、普列汉诺夫的《艺术与社会生活》、沃罗夫斯基的《社会的作家论》;周扬翻译了别林斯基的《论自然派》,车尔尼雪夫斯基的《生活与美学》,等等。这时期的很多俄苏文论都是从俄文以外的其他语种间接翻译过来的,其中以日

---

① 朱光潜:《作者自传》,见《朱光潜全集》第1卷,安徽教育出版社1987年版,第76页。

文居多，这种情况到了50年代时已有了根本改观。有学者断言："如果说解放前每七八本译著中只有一本译自俄语的话，那么到了50年代中期以后平均每十本就有九本是根据原文翻译的。"① 但是，二三十年代的翻译工作的意义在于，这些文学界、文艺理论界的领军人物致力于翻译俄苏文论本身就已在不知不觉间奠定了苏联文论的主导地位。苏联模式在中国受到热烈欢迎，甚至发展至毫无障碍地长驱直入，是由中国社会迫切的现实需要决定的。从20世纪初到新中国成立之初，中国政治界和学界都在致力于摸索一条新路，作为世界上第一个社会主义国家的苏联提供了一个绝佳的样板，文艺与政治高度结合的模式正迎合中国社会的迫切需要，鲁迅所说的"俄国文学是我们的导师和朋友"② 得到了广泛的认同，新中国成立后"全面学习苏联"是这一思路在逻辑上在自然延伸，而50年代中国特殊的政治氛围则为这一倾向逐渐走向极端提供了外部环境。可以说，中国对苏联文论的全面借鉴，早已经越出了文学的边界，而带有明显的革命功利主义的特征。

质言之，50年代中苏关系的"蜜月期"，文艺学界对待马克思主义文论和苏联文艺理论的态度是更强调坚持，而不是发展，造成机械式的挪用和移植。与此同时，由于我们是以俄苏为中介来了解和传播马克思主义文艺理论的，因而渐渐陷入了一个误区，即认为苏俄代表着马克思主义的正统，在苏联文论与马克思主义文论之间画等号，把马克思、恩格斯等经典作家的论述和苏联作家的阐释性论著不加分析地一概作为最高典范来译介和接受，对其顶礼膜拜。而这种盲目崇信必然导致误解，如受弗里契的庸俗社会学的影响对马克思主义的历史唯物主义作机械反映论的阐释，把一些苏联领导人的"左"倾教条主义艺术观奉为马克思主义来宣扬，甚至把苏联二三流的文艺理论作品译成中文，鱼目混珠，广为传诵。相形之下，我们对马克思、恩格斯等人的原著的钻研反而不够深入，甚至受苏联某些论著的影响，对马恩的理解存在偏差。这种倾向与特定的政治气候和马克思主义在中国传播的特殊路径有直接关系，但它直接导致中国学界对苏联的文论几乎全面照搬，对苏联的文艺政策、文艺思想几乎全盘接受，而缺乏批判性的审视和认真的学理层面的探讨，对除此之外的文艺思潮和流派则采取否定和排斥的态度，这必然会对党的文艺政策的制定产生深刻影响。同时，由于长期固守俄苏文

---

① 陈建华：《20世纪中俄文学关系史》，学林出版社1998年版，第184页。
② 吴予敏、马良春等：《鲁迅论文学与艺术》（上册），人民文学出版社1980年版，第505页。

论的指导思想、理论框架和批判模式，中国古典文论和西方现当代文论都被排除在外，造成中国文艺学研究资源贫乏、话语单一、视野狭窄。更重要的是，文艺与政治和意识形态的联姻，使得"文艺为政治服务"、"社会主义现实主义"被确定为文艺创作和批评的最高原则，甚至是唯一原则，这对当时的文艺创作产生了不利影响。1956年，苏共二十大对斯大林个人崇拜的批判，使苏联国内的社会心理经历重大转折，文艺政策也有了较大幅度的调整，苏联官方放松了对文学艺术的意识形态控制，思想的"解冻"使文艺界在某种程度上获得了创作的自由，并恢复了与西方文艺界的交流。但是这次会议之后，两国关系出现裂痕，中国开始独立探寻属于自己的社会主义道路，在政治上逐渐走向"左"的极端，因此并未受到苏联文艺界这种转向的影响，错过了理论纠偏的时机。随着50年代后期中苏关系的冷却甚至恶化，苏联文艺理论被当成"修正主义"而受到批判。到了60年代后期，中国学界也阻断了与苏联等东欧国家的学术联系，只通过"黄皮书"这样的内部参考资料来了解苏联文艺的发展。但中国文论界仍然脱不开苏联文论的话语体系，苏联文论依然是中国文论研究的主要理论资源。到了"文化大革命"，各方面的翻译活动基本停滞，外国文艺理论的译介一片萧条，这种理论话语的贫瘠为80年代的"翻译热"培植了重要土壤。

第二节　20世纪80年代：西方文论的大规模输入

20世纪70年代末80年代初，随着"文化大革命"的结束，政治和思想领域开始正本清源、拨乱反正，改革开放使国门重新打开，意识形态松绑，各种禁锢被打破，文艺学和美学界也在重大历史机遇中谋求新的发展。苏联文论已经不再能激起人们的学术热情，消除迷信，摆脱桎梏，成为文艺理论界的共识。现代西方文论对于长期浸淫于苏联模式中的中国文艺理论界来说，新鲜、深邃而迷人，如一位学者所说，西学"打开了一扇门，进入了一个非常广大的世界"[①]。在"别求新声于异邦"的希冀驱动下，理论界对西方文论的态度由50年代的拒绝、排斥、批判转向欢迎、吸纳、赞赏。人们越来越认识到，"拒绝接受外国的先进科学文化，任何国家任何民族要发展进步都是不可能的。一个国家的文艺理论建设也同样

[①] 查建英：《八十年代访谈录》，生活·读书·新知三联书店2006年版，第198页。

是这样。"① 通过译介外国文论，寻找新的理论生长点，改变中国文论封闭的局面，成为大势所趋。

1979年，全国第四次"文代会"召开，这次会议之后，我国的文艺理论界思想空前解放、各项活动空前活跃，西方文艺理论的介绍和引进工作逐步开展。开始只是重新出版一些已经出版过的古典译著，如柏拉图的《文艺对话集》（人民文学出版社1980年版）、亚里士多德的《诗学》（中国戏剧出版社1986年版）、黑格尔的《美学》（第一卷）（商务印书馆1979年版）以及伍蠡甫主编的《西方文论选》（上、下）（上海译文出版社1979年版），等等。同时，由于"文化大革命"而中断的翻译工作也得以继续，如朱光潜先生所译的黑格尔的《美学》（第二、三卷，商务印书馆）、莱辛的《拉奥孔》（人民文学出版社1979年版）和《歌德谈话录》（爱克曼辑录，人民文学出版社1979年版），鲍桑葵的《美学史》（张今译，商务印书馆1985年版），都得以陆续出版。商务印书馆1981年开始将过去以单行本刊印的译本汇编成《汉译世界学术名著丛书》，重新出版了一些60年代曾经出版过的西方文艺理论和美学著作。从书目可以看到，这些译著依然局限于对一些已成为经典的文论家的介绍和研究。尽管如此，仍然可以从这些成果中看到新局面开始的曙光。

1980年召开了第一届全国美学研讨会，李泽厚在这次会议上说了这样一段话："现在有许多爱好美学的青年人耗费了大量的精力和时间冥思苦想创造庞大的体系，可是连基本的美学知识也没有。因此他们的体系或文章经常是空中楼阁，缺乏学术价值。这不能怪他们，因为他们根本不了解国外现在的研究成果和水平。"这种情况在当时具有普遍性，因此，"目前的当务之急就是应该组织力量尽快地将国外美学著作大量翻译过来。我认为这对于彻底改善我们目前的美学研究状况具有关键的意义，你搞一篇有价值的翻译比你写十篇缺乏学术价值的文章作用大得多。"②

随着思想的进一步解放，人们逐渐认识到，我们多年来奉行的文艺理论体系和模式，已经跟不上文艺发展的步伐，不能对新的文艺现象做出解释。1986年4月，中国作家协会、中国社会科学院文学研究所、外国文学研究所、天津市作协分会和天津南开大学在天津召开了一次"中外文艺理论信息交流会"。会议主张对于西方的一些文学理论、观念、方法，

---

① 中国社会科学院外国文艺研究所文艺理论研究室编：《当代外国文艺理论译丛》，"编辑说明"。
② 《美学译文丛书》每一本的"序"中都刊载了这段话。

先"统统拿来,然后加以咀嚼和消化",并且,"当我们将它们'拿来'的时候,不一定先简单地给他们贴上这样或那样的'标签',匆忙地给它们'定性'。更不要先入为主地断定它们是错误的,便拒绝对它们分析研究",因此这次会议又被称为"拿来主义"会议。① 在将这次会议上提交的论文结集出版时,组织者发出了这样的宣言:"我们宁肯做一个有过失误的创造者,也不要做一个'永不走路'、'永不跌跤'对社会什么贡献也没有的碌碌无为者。一个有失误的创造者,比一百个总是重复前人正确理论的人更有价值。"② 很明显,这次会议认为,我们现在对西方文论的借鉴不是太多,而是远远不够。

有了这几次重要会议的推波助澜,更重要的是迎合中国新时期文艺学建设的迫切要求,西方文艺理论的译介工作迅速推进,而这项工作是作为当时"翻译热"的一个重要组成部分展开的。从20世纪70年代末开始,学界迎来了清末民初以来的又一次翻译热潮。据统计,"1978—1987年间,仅是社会科学方面的译著,就达5000余种,大约是这之前30年的10倍。"③ "翻译热"之所以会在这个时候出现,主要基于思想界的一个共识:中国社会各领域百废待兴,通过译书来了解西方、认识西方,成为第一要务。正因为如此,"翻译"的意义就不是语言的转换这么简单,而是指向一个更高的目标,即完成思想的启蒙,实现民族的伟大复兴,与国际接轨,走向世界。半个世纪之前,鲁迅曾把翻译比喻为希腊神话中的普罗米修斯的"窃火",在中国社会经历冰封之后,搬运西方思想火种再次成为一条寻求突破的途径。在"睁眼看世界"的求知意识驱动下,中国的理论界又迎来了新一轮的西学东渐。

由四川人民出版社在80年代初期出版的百余本的《"走向未来"丛书》是当时广受欢迎的一套书,其中大部分是翻译介绍当今世界新的科技、人文、政治、法律等方面的著作,成为80年代文化标志之一。如丛书的"编者献辞"所说,该丛书志在迎接"一个富有挑战性的、千变万化的未来",使中华民族开始自己悠久历史中的"又一次真正的复兴",编者还引用了弗兰西斯·培根的一段话以明志:"希望人们不要把它看作一种意见,而要看作是一项事业,并相信我们在这里所做的不是为某一宗

---

① 《中外文艺理论概览》,春风文艺出版社1986年版,"序"第2页。
② 同上书,"序"第4页。
③ 王晓明:《翻译的政治——从一个侧面看1980年代的翻译运动》,载《印迹》第1辑,江苏教育出版社2002年版,第275页。

派或理论奠定基础，而是为人类的福祉和尊严……"① 正像丛书的命名所昭示的那样，该丛书的组织者希望通过倡导科学理性，来开启一条通向未来的光明大道。这个时期的翻译活动的组织者们深信自己所做的工作对于中国学术，乃至整个中国社会的发展都将起到难以估量的作用，如《现代西方学术文库》的编者所说："梁启超曾言：'今日之中国欲自强，第一策，当以译书为第一事。'此语今日或仍未过时。但我们深信，随着中国学人对世界学术文化进展的了解日益深入，当代中国学术文化的创造性大发展当不会为期太远了。"② 这套丛书的编委会成员是一批青年学者，如甘阳、徐友渔、刘小枫、陈维刚等，都心向西学，志在学术，但其编委会以"文化：中国与世界"为名，实际上反映出他们的一种希望，即通过对一些具有根本性的学术问题的研究，以间接而更具渗透性的方式推动中国现实问题的解决，对这些学者来说，学术在某种意义上是更大的政治。

如此宏大的目标和抱负，使这场运动始终渗透着一种理想主义的激情。正如一位学者所言：80年代的翻译者们"既不是从官方意识形态的需要出发，也不像20世纪90年代许多人所主张的，从专业和学术建设的需要出发，而是从当时整个社会的思想和文化变革的需要出发，从他们对于自身作为知识分子的社会和历史使命的理解出发，投身到大规模的翻译活动的组织工作中去"③。因此，这场大规模译介西方理论的活动，是整个民族思想大解放运动的一个重要表征，同时也有力地推动了思想解放的进程。

这时的文艺学、美学著作的翻译，是作为这项整体进程的一部分出现的。但是它又带有一定的特殊性，即，当时思想界所普遍关注的关于人的价值、人性的本质等问题，同时也是文艺理论和美学探讨的核心，美学可谓得风气之先，成为思想解放、引领社会思潮的学科，这也是80年代"美学热"出现的原因之一。

在"翻译热"的大势席卷之下，大规模引进西方文论成为文艺理论界的一项重要活动，译介的力度和速度都是空前的，西方现当代各种思潮如潮水般涌入，成为中国文论建设的主要理论资源之一。这一时期影响较

---

① 《"走向未来"丛书》编委会编：《"走向未来"丛书》，四川人民出版社，"编者献辞"。
② "文化：中国与世界"编委会主编：《现代西方学术文库》，每一本的"总序"都刊载了这段话，生活·读书·新知三联书店出版。
③ 王晓明：《翻译的政治——从一个侧面看1980年代的翻译运动》，载《印迹》第1辑，江苏教育出版社2002年版，第278—279页。

大的译文丛书主要有：李泽厚主编的《美学译文丛书》；中国社会科学院文学研究所文艺理论研究室王春元、钱中文负责的编译小组所编的《现代外国文艺理论译丛》；中国社会科学院外国文学研究所文艺理论研究室编的《当代外国文艺理论译丛》；商务印书馆的《汉译世界学术名著丛书》。另外，还有中国艺术研究院马克思主义文艺理论研究所组织的《外国文艺理论研究资料丛书》，金观涛主编《"走向未来"丛书》中的某些译著，甘阳主编的《现代西方学术文库》，北京大学出版社《文艺美学丛书》中收录的一些译著，等等。除此之外，还有几种以翻译单篇文章为主的刊物性书籍，如由中国社会科学出版社出版的《美学译文》、文化艺术出版社的《世界艺术与美学》、四川省社会科学院出版社的《美学新潮》，等等；由复旦大学出版社出版的《美学与艺术评论》，开辟了"美学书刊评介"专栏，也对西方现代美学理论进行介绍。

  80年代文艺理论和美学理论翻译的全面繁荣，译丛、译著众多，本章只能择其要者加以介绍和分析。这一时期影响较大的丛书主要有以下几种：

  李泽厚主编的《美学译文丛书》，分散在中国社会科学出版社、辽宁人民出版社、光明日报出版社、中国文联出版公司四家出版社出版。该译丛收录了西方20世纪重要的经典论著，如苏珊·朗格的《情感与形式》（刘大基等译，中国社会科学出版社1986年版）、克莱夫·贝尔的《艺术》（周金环、马钟元译，滕守尧校，中国文联出版公司1984年版）、李普曼的《当代美学》（邓鹏译，光明日报出版社1986年版）、康定斯基的《论艺术的精神》（查立译，滕守尧校，中国社会科学出版社1987年版）、桑塔耶纳的《美感》（缪灵珠译，中国社会科学出版社1982年版）、布洛克的《美学新解》（滕守尧译，辽宁人民出版社1987年版）、克罗齐的《美学的历史》（王大清译，袁华清校，中国社会科学出版社1984年版）、科林伍德的《艺术原理》（王至元、陈华中译，中国社会科学出版社1985年版）等，覆盖了符号学、形式主义、新康德主义、自然主义等流派的代表著作。切合"美学热"的大浪潮，该丛书共出版了50多部，其中苏联的作品只有7部，其余大部分都是西方现当代美学的大家、名家的作品，大都堪称经典。

  中国社会科学院文学研究所文艺理论研究室王春元、钱中文负责的编译小组所编的《现代外国文艺理论译丛》，由三联书店发行。在这套译丛的说明中编译者写道："本译丛主要编译介绍现、当代世界各国文学理论和文艺学研究的重要成果……近年来……深感我们对最近数十年来国外文

第二十一章 60年外国文学理论的译介与中国文学理论的建构 537

学理论研究的现状,知之甚少,有的甚至完全不知。这种状况,对于建设、发展具有中国特点的现代马克思主义文艺学的迫切要求,是很不适应的。"① 这种论断反映了在文艺理论界普遍存在的一种焦急心态,即尽快了解西方文论在20世纪的新进展,并与西方学术界展开对话,在很大程度上带有"补课"的意味。在这套译丛中收录了很多具有代表性的、对当时的文艺理论发展起到巨大推动作用的译作。其中包括韦勒克、沃伦的《文学理论》(刘象愚等译,1984)、巴赫金的《陀思妥耶夫斯基诗学问题》(白春仁、顾亚铃译,1988)、斯托洛维奇的《现实中和艺术中的审美》(凌继尧、金亚娜译,1985)、佛克马、易布斯的《二十世纪文学理论》(林书武译,1988)、卡冈的《艺术形态学》(凌继尧、金亚娜译,1986)、今道友信的《东方的美学》(蒋寅等译,1991)等14部作品。

中国社会科学院外国文学研究所文艺理论研究室编的《当代外国文艺理论译丛》,由吴元迈担任主编,1986年出版第一辑。"主要编译介绍当代世界各国文艺理论批评领域中,那些具有新特点和新倾向的著作,供我国文艺理论工作者和爱好者参考之用。它既包括当代西方各国文艺理论批评领域中不同思想流派的著作,也包括苏联、东欧及其他国家有较大影响又有一定代表性的文艺理论著作。总之,力求结合我国文艺理论建设的需要,和尽可能比较全面地反映当代世界文艺理论发展的趋向。"② 该丛书由中国社会科学出版社出版,收录了伊格尔顿的《当代西方文学理论》(王逢振译,1988)、奥符相尼科夫和萨莫欣编的《现代资产阶级美学》(涂武生、杨汉池译,1988)、艾布拉姆斯的《镜与灯——浪漫主义理论批评传统》(袁洪军、操鸣译,1991)、戈尔德曼的《论小说的社会学》(吴岳添译,1988)等7部,产生了广泛的影响。

甘阳等编的《"文化:中国与世界"丛书》(三联书店出版),主要译介西方近代以来的哲学和美学著作,如尼采的《悲剧的诞生》(周国平译,1986)、海德格尔的《存在与时间》(陈嘉映、王庆节译,1987)、萨特的《存在与虚无》(陈宣良等译,1987)、本雅明的《发达资本主义时代的抒情诗人》(张旭东、魏文生译,1989)、马尔库塞的《审美之维》(李小兵译,1989)、罗蒂的《哲学和自然之镜》(李幼蒸译,1987),等等,这套丛书强调哲学性、思想性、学术性,对翻译质量的要求颇高,在

---

① 中国社会科学院文学研究所文艺理论研究室编译小组编:《现代外国文艺理论译丛》,生活·读书·新知三联书店出版,"说明"。
② 中国社会科学院外国文学研究所文艺理论研究室编:《当代外国文艺理论译丛》,"编辑说明"。

当时思想界引起了巨大轰动效应。

与五六十年代的外国文论翻译相比,这个时期的译介活动呈现出速度快、范围广的特点,思想更为解放,一些在以前属于研究禁区的著作陆续出版,全面覆盖了现当代西方文论的主要流派及其代表人物,努力提供介绍新思潮、新方法论、新理论学派的第一手资料,景象异常壮观。

从编辑出版方面考察,可以看出,这些丛书的组织者,都是当时最活跃、影响力最大的学者,如李泽厚、钱中文、甘阳、吴元迈、金观涛等。他们是一批引导社会思潮的精英,对于学科和整个社会的发展,有着异常明确的目标。在国门打开之时,这些学者最先投入组织和翻译工作中来,从一个侧面反映了当时的学术界普遍认识到译介外国文论,尤其是西方现当代文论的紧迫性和重要性。由于迎合时代需要、市场前景广阔,出版社也非常积极地出版这些翻译著作。可以说,学界和出版界的紧密配合,是促成这一时期西方文论翻译工作迅速铺开的一个重要因素。但与以往不同的是,在这场"翻译热"中,这些原先不属于翻译界的丛书组织者始终占据着主导地位,从翻译宗旨的确立、翻译计划的制订,到书目的选择和译者的选择,决策权几乎都是掌握在编委会手中。相形之下,出版社只是从事一些辅助性的工作。这是有意争取的结果,也与当时的文化形势相符。[①] 与此相联系的另一个特点是翻译队伍的年轻化,与五六十年代西方文论"名家名译"的原则相比,80年代的译丛常常起用一些名不见经传的年轻人,其中的很多人正是通过参与这些翻译工作而走上学术道路或建立学术声誉的。

从接受范围和效果来看,这些译作、译著的影响力并不限于学术界和思想界,在普通读者中也有相当大的市场。中国社会经历长时间的封闭,每个人都有强烈的求知欲。各种外来思潮的大量涌入,使人们的思想异常活跃。《美学译文丛书》最初的几部初版印数都在几万册,《艺术与视知觉》几个月内便卖出了6万册。像萨特的《存在与虚无》、海德格尔的《存在与时间》这样一些专业人士都觉得晦涩难懂的哲学著作,也有数万乃至数十万册的销量。当然,这其中不乏赶时髦的成分。在读者中有一些有趣的现象,即根据字面意思,或仅凭书名来决定是否阅读或购买一本书。如卡西尔的《人论》是一本难懂的符号学著作,人们望文生义,以为它是一本关于"人"或"人道主义"问题的书,这是当时最受关注的

---

① 关于这种新的翻译主导机制的确立,详情见王晓明《翻译的政治——从一个侧面看1980年代的翻译运动》,载《印迹》第1辑,江苏教育出版社2002年版。

话题，结果这本书出版后一年内就印了20多万册，极其畅销。伴随着思想解放的浪潮，在尽可能迅速地了解外来思潮的狂热气氛中，尼采、叔本华、弗洛伊德、海德格尔、萨特，这样一些在西方都只是在学术界范围内讨论的人物，在中国却受到很多人的热烈追捧。而与这种喧闹繁荣的景象相对的是，一些在西方学术界极受重视的重量级著作，翻译到中国来之后却石沉大海，并未得到中国文艺学界的回应，如李普曼的《当代美学》、沃尔海姆的《艺术及其对象》，等等。这种情况，一是因为西方文论大规模地涌入，乱花迷眼，泥沙俱下，表面的活跃背后隐藏着一定程度上的混乱，在读者中有一种跟风、一哄而起的效应，而对这些外国文论缺乏认真的鉴别；二是由于中国长期与国际学术界失去联系，对国外同行正在做的工作及讨论的话题茫然无知；三是这个时期的人们迫切希望用西方理论解决中国问题，因此钟爱更为宏大的叙事，而对学术性较强、较为专门的著作缺乏兴趣。这些情况反映在外国文论的译介方面，明显表现为严重的信息不对称。例如，我们的理论界对西方正红得发紫的分析美学重要代表作几乎没有引进，对于一些处于国际学术话题中心的重要理论也缺乏关注。这也在一定程度上反映出中国的文艺理论译介工作的重要特点，即立足于现实的高度选择性和与文化思潮的紧密联系。例如，50年代的文艺理论翻译工作受"全盘苏化"的指导思想的统摄，80年代的翻译热与流行的"全盘西化"论相伴相生，而90年代的重建中国文论的努力则与"国学热"的升温相呼应。

80年代特殊的社会环境和文化氛围使得外国文论译介工作处于一种矛盾状态之中，从某种意义上说，它的功绩同时也造成了它的缺憾，它们犹如一枚硬币的两面，无法割裂开来。具体来说，主要有以下几个方面：

第一，通过翻译引入这些新的理论、新的思想、新的观念，中国文艺理论界和思想界逐渐摆脱了狭隘的意识形态模式的禁锢。在苏联文论模式笼罩下曾经讨论了几十年的话题显得陈旧枯燥，再也不能激起人们的兴趣。大规模输入西方文论本身基于对一种美好前景的预设，即通过引进西方文论，改变苏联文论一统天下的局面，输入新的理论资源，中国文论将迎来一个繁荣的春天。通过引进西方文论，拓宽了理论视野，引发了文学理论界关于文学主体性的讨论、文艺与人道主义关系的大讨论、异化问题大讨论、方法论热[①]、存在主义热、现象学热、解释学热、结构主义热、解构

---

① 人们通过《"走向未来"丛书》获知了控制论、信息论、系统论，并将其应用到文艺学研究当中去。该丛书倡导科学理性，是20世纪80年代影响最大的丛书之一。

主义热、女性主义热、新历史主义热等热一波又一波的浪潮。潮水般涌入的西方文论令人目不暇接。但是，这样一种缺乏时间顺序的进入，难免使人心浮气躁、眼花缭乱，一时难以理顺各种思潮之间的关系，对各个理论体系的发展逻辑线索缺乏清晰的认知。事实上，由于长期失去联系和沟通，国内文艺理论界对于西方当代文艺理论和美学的发展处于很深的隔阂状态。因此，对这些外来文论的理解常常存在错位，既没有还原这些理论的产生语境，也很少清楚地梳理其发展的逻辑线索，不知道别人在思考什么，在说什么，为什么这样思考，为什么这么说。这在很大程度上造成了理解的浅表化，甚至导致误读。

第二，理论资源的调整，带来了研究范式的转型。西方文论的特点是有着严密的逻辑层次、条分缕析、环环相扣；观点新颖，富于独创性；重视个体的价值，充满人文关怀，等等，这对于习惯苏联文论高头讲章式的批评和中国古典文论的感悟式批评的中国学者产生了巨大吸引力。通过这些译著，人们对西方文艺思潮和文艺理论有了更全面和深入的了解。在此之前，由于受意识形态的束缚，人们只是看到这些译著中的只言片语，就展开批判，难免误读。例如，在50年代时对以杜威为代表的实用主义哲学的批判，常常根据字面意思，将之理解为功利主义、"市侩哲学"，而事实上，实用主义只是批判从欧洲传来的传统哲学的那种不切实际的学院空谈之风，提出一个新的切入点。通过对实用主义的代表著作的翻译，可以澄清误解，使人们更理性、更深刻地看待这个学派提出的问题，这有利于我们的文艺学和美学的学科建设。但是，80年代的理论界对于纷繁的西方文论基本采取一种"拿来主义"的态度，刚开始还把西方现当代文艺理论当作反面教材引进，供国内学界研究、批判，但很快就转变立场和姿态，主要以"学习"和"补课"为目的。一般引入外来理论的过程是碰撞以后的吸纳和融合，但80年代的翻译缺乏"碰撞"这一环节，对于西方的理论观点基本是无条件接受。这种态度，造成了另一个误区，即从照搬俄苏模式转向套用西方模式，逐渐形成了一种对西方文论的理论崇拜，对外国文论缺乏认真的审视和有效的鉴别，这容易陷入生搬硬套、囫囵吞枣的境地。

第三，在"美学热"和"文化热"的共同驱动下，对文艺理论和美学理论的介绍作为当时知识界全面了解西方的一部分，在思想界和整个社会范围内都有着异常强烈的需求。由于时间紧迫，为了使中国读者以最快的速度了解西方文艺理论，翻译组织者大都非常重视翻译的速度。因此，很多丛书的翻译较为粗疏，甚至存在一些错漏。但从另一个角度看，这也许正是当时的目标使然。在《美学译文丛书》的序中,引用了李泽厚的话:"值此美学饥荒时期,许多人不能读外文书刊,或缺少外文书籍,与其十年磨一剑,慢腾腾地搞出一两个完美定本,倒不如先放手大量翻译,几年内多出一些书。"①"定本"固然好,但是鉴于当时理论界的饥渴程度,相形之下,翻译速度更为重要。在这种需求的驱动下,这套丛书中很多采用合译的方式,以便于以最快的速度推出。李泽厚后来曾回忆说:"这套丛书原计划一百种,其中好些重要著作,如杜威的《艺术即经验》、杜夫海纳的《审美经验现象学》、阿多诺的《美学理论》以及海德格尔、维根斯坦、贡布利希、本杰明等等有关论著,或因未找到译者,或因译者未译或未完成译事,以致均付阙如。已出版的原作水平也参差不齐,有的质量颇差因某些原因勉强收入。"②李泽厚所说的几本未能收入《美学译文丛书》的书现在都已翻译过来,但是他这里提到的某些译文的质量问题,的确是无法回避的。

除此之外,还存在很多不合规范的地方,如"编译和摘译盛行;随意删去注释和参考书目;不注明原作的版本和出版时间;搬用台湾或20、30年代的陈旧译本,等等——但这些问题并没有引起太多的争议,不仅是因为那时候学风粗疏浮躁,不如今天那么讲究'学术规范',而是在更大的使命感和整体性问题意识面前,这些所谓'学术规范'的问题根本就不成其为'问题'"。③不过,这种情况随着90年代初中国加入《世界版权公约》,以及中国社会和法制建设进程的推进而基本结束。

80年代的外国文论译介工作的意义在于重新建立起与世界文艺理论之间的联系,为新时期的文艺理论建设输入了新的活力。由于选择翻译的文本本身大部分都是名著,无论在西方还是在中国都影响巨大,而这些译著所引发的话题,以及在这些译本的影响下产生的各种阐释、批判性的论著和论战的推波助澜,引起更多的人对原著的关注和研读,逐渐造成了一种"滚雪球"效应,西方理论的影响力和辐射范围越来越大,成为一种强势话语。而这其中有很多理论与中国的文学创作和社会发展的实际状况之间仍然存在差距。中国学术界似乎只能跟在西方人后面亦步亦趋,而缺乏批判性的反思和独到见解。并且,国内学界对待西方文论的态度更多的是横向移植,最常见的做法是用西方的理论框架来分析中国的材料,而未

---

① 《美学译文丛书》每一本的"序"中都刊载了这段话。
② 李泽厚:《关于"美学译文丛书"》,《读书》1995年第8期。
③ 罗岗:《"韦伯翻译"与中国现代性问题》,引自中国当代文化研究网:http://www.cul-studies.com。

能达到与中国本土文学和文论的融会贯通,甚至与人们所熟悉的中国古代文论和马克思主义文论脱节。于是,到了90年代,一些学者开始对西方的话语霸权,甚至"文化殖民"提出质疑,而这种质疑在很大程度上仍是基于在西方的理论话语熏染下形成的思维模式。但无论如何,这说明中国学术界已经有了自觉意识,不再愿意继续做西方文论的附庸。面对中国文论的输出和西方文论的引进之间存在的严重逆差,中国文论界开始了重建中国文论体系的努力。

第三节 新世纪:走向多元对话

本章所谓的"新世纪",是一个较为笼统的时间概念,并不严格局限于21世纪,更确切地说,它指涉20世纪90年代以来一种新的文论译介和中西文论对话的趋势。经过近一个世纪,尤其是20世纪80年代的积累,引进了重要的文艺理论著作,为良好的沟通和交流奠定了良好的基础。这是一个必经的阶段,先要了解,才能对话。进入新世纪,西方文论翻译工作呈现出"共时"的特点,正在逐渐缩小译介的时间距离,如周宪、高建平主编的《新世纪美学译丛》,周宪、许钧主编的《现代性研究译丛》,金惠敏主编的《国际美学前沿译丛》,张一兵主编的《当代学术棱镜译丛》,王逢振和希利斯·米勒主编的《知识分子图书馆》,商务印书馆的《商务新知译丛》,北京大学出版社的《未名译库》,中国人民大学出版社的《20世纪西方学术思想译丛》等,都致力于介绍最新的国际理论动态,使中外文艺理论界的关系由单向传播走向多元对话。

这个时期的西方文艺理论译介工作更理性,也更系统,以梳理、阐释为主,带有更强的时代感和学术性。这一时期对外国文论的接受不仅仅是停留在方法论、术语等表层,而是向纵深发展,对各种流派和思想的产生语境作更深入的考察,进行系统的研究、清理、深化和拓展,同时,竭力探求新的研究方向,有着更明确的学科发展意识。具体说来,主要呈现出以下几个重要的特征:

一、美学与当代社会思潮的发展紧密结合,从90年代中后期开始,现代性理论、后现代思潮、后殖民理论、西方马克思主义理论方面的译著数量迅猛增长。

80年代中后期,杰姆逊曾在北京大学作"后现代主义与文化理论"的专题讲座,当时并未引起大的反响,主要原因是不符合当时的中国社会发展状况。到了90年代，随着中国与世界的文化思潮接轨，后现代理论迅速蹿红。福柯的《性史》、《疯癫与文明》，杰姆逊的《后现代主义与文化理论》和利奥塔的《后现代状况：关于知识的报告》，都曾出过多个版本①，德里达、哈贝马斯等人的著作也相继翻译出版，中国学者大举跟进，此方面的论文和论著蔚为大观，研究"后"学成为学术界的时尚。

伴随着中国社会的急遽转型，市民社会中的消费主义、大众文化的兴起，文化研究成为90年代的显学，西方马克思主义、伯明翰学派、法兰克福学派的相关译著陆续出版。如北京大学出版社出版了雷蒙德·威廉斯的《文化与社会》，一些刊物如《文化研究读本》上也刊载了一些译文。卢卡契的《审美特性》（徐恒醇译，中国社会科学出版社1986、1991年版）、《历史与阶级意识》的不同版本（张醵平译，重庆出版社1989年版；杜章智、任立译，商务印书馆1992年版）、本雅明的《机械复制时代的艺术作品》（王才勇译，中国城市出版社2002年版）、《发达资本主义时代的抒情诗人》（张旭东、魏文生译，生活·读书·新知三联书店1989年版）、《本雅明文选》（陈永国、马海良译，中国社会科学出版社1999年版）、马丁·杰伊的《法兰克福学派史：1923—1950》（单世联译，广东人民出版社1996年版）也陆续译介过来。此外，重庆出版社翻译出版了霍克海默、阿多尔诺的《启蒙辩证法（哲学片断）》（洪佩郁、蔺月峰译，1990）、阿多尔诺的《否定的辩证法》（张峰译，1993）、霍克海默的《批判理论》（李小兵译，1989），哈贝马斯的《交往行动理论》（洪佩郁、蔺菁译，1994）、《交往与社会进化》（张博树译，1989）等法兰克福学派的重要代表作。

张一兵主编的《当代学术棱镜译丛》，也收录了很多文化研究理路的译著，如马克·波斯特的《第二媒介时代》、《麦克卢汉精粹》，鲍德里亚的《消费社会》，约翰·菲斯克的《解读大众文化》（杨全强译），约翰·斯道雷的《文化理论与通俗文化导论》，伊格尔顿的《文化的观念》。中央编译出版社专门出版了《大众文化研究译丛》、《后现代主义与大众文

---

① 柯的《性史》有上海文化出版社1988年版（黄勇民、俞宝发译）、上海科学技术文献出版社1989年版（张廷深等译）、青海人民出版社1999年版（姬旭升译）等不同译本；《疯癫与文明》有浙江人民出版社1990年版（孙淑强、金筑云译）和生活·读书·新知三联书店1999年版（刘北成、杨远婴译）等版本；杰姆逊的《后现代主义与文化理论》有陕西师范大学出版社1986、1987年版和北京大学出版社2005年版几个译本，均为唐小兵译；利奥塔的《后现代状况：关于知识的报告》有生活·读书·新知三联书店1997年版和湖南美术出版社1996年版两个译本。

化)、《理解大众文化》、《午后的爱情与意识形态》,等等。这样一些论著,都具有相当的前沿性,启发和刺激了国内的文化研究。

这些译介活动,反映了新世纪外国文论译介工作的一个重要特点,即立足于中国的社会发展现实和理论需求,以学术诉求为基本驱动力的有意识推动,努力地在学术层面上回应当代社会思潮的变化。

二、在已完成的文论译介工作的基础上,查漏补缺、填补空白,把一些重要的,但是仍未译成中文的学术著作引介进来。

上一节李泽厚所提到的未能翻译过来的几本书,这一时期都陆续翻译出版。杜威的《艺术即经验》由高建平翻译,于 2005 年由商务印书馆出版;杜夫海纳的《审美经验现象学》由韩树站翻译,1996 年由文化艺术出版社出版;阿多诺的《美学理论》由王柯平翻译,1998 年由四川人民出版社出版。

门罗·比厄斯利的《西方美学简史》(原名《美学:从古希腊到现代》,高建平译,北京大学出版社 2005 年版)也翻译成书。这本书在国外是美学专业的研究生必读的书目,多年来却由于种种原因一直未能与中国读者见面。值得一提的是,该书对美学史的叙述停留在 20 世纪中期,原作者也已故去,为了更完整地再现西方美学史的全貌,使中国读者更好地了解当代美学的新进展,中译本的第二版,由著名美国美学家柯提斯·卡特续写当代部分:"美学:从 1966 到 2006",使该书成为一本名副其实的写到今天的美学史。

除此之外,以前未受到应有重视,但在国际美学界广为人知,甚至成为话语中心的一些著作也译成中文出版。如在当代西方美学界产生重大影响的法国著名现象学家梅洛-庞蒂,其思想的影响力丝毫不逊色于海德格尔和萨特,但他的著作在中国却一直难觅踪迹,在 21 世纪初他的一些重要著作,如《眼与心》、《知觉现象学》、《哲学赞词》等都有了中译本,收入"当代法国思想文化译丛"。如分析美学的代表人物阿瑟·丹托的《艺术的终结》(原名为《哲学对艺术的剥夺》,欧阳英译,江苏人民出版社 2001 年版),在文艺理论界、艺术界和美学界引发了一场关于"艺术是否会终结"的大讨论,在此之后,他的《美的滥用》、《艺术的终结之后》(均由王春辰译,江苏人民出版社 2007 年版)相继译介过来,产生了广泛的影响。

三、努力地与西方保持同步,形成对话。这既是中国文论自身的发展需要,也是世界文艺理论界和美学界的一种自觉的转向。

随着全球化进程的加剧,信息技术的进展,中国与世界其他各国都拥

第二十一章　60年外国文学理论的译介与中国文学理论的建构　545

有同样的信息平台,各种交流日益广泛、频繁。外国文艺理论界和美学界的新进展随时都能被中国学者获知,当代西方的文艺理论和思潮几乎能够同步进入中国,并引起反响。不少译著的中文版和外文版的出版时间相隔很短,几乎没有什么时间差,反映出中国学术界对西方学者讨论的前沿问题反应迅速,基本呈现了同步的特征。

与此同时,中国学者通过国际会议、学术访问、讲学、在国外刊物发表文章或出版论著、邀请西方同行来我国参加国际会议或讲学等活动主动地加强与国外的学术联系,增进外国同行对中国当代的文艺理论和美学的进展的了解。2002年秋天,在北京举办了"美学与文化:东方与西方"国际美学研讨会,国外第一流美学家云集,盛况空前。这次会议,使中国学者更直接地了解外国美学的进展,更重要的,是借助这样一个平台,向国际美学界介绍现当代中国美学的发展历程,得到中外学者的高度认同和好评,认为这是"中国美学发展史上的一个里程碑",是"建构世界美学的一个转折点"[①]。

我们看到,在中国文论界有意识地着手建构自己的美学和文艺学理论体系的同时,很多西方学者也开始把关注的目光转向中国,转向东方,从中寻找新的灵感和发展契机。当代著名美国美学家理查德·舒斯特曼在一次访谈中,提出一个非常重要的概念——"桥"。他希望能在中国和美国哲学之间搭建起一座桥,加强彼此之间的互动。作为实用主义美学在新时代的传承者,舒斯特曼努力地从亚洲思想中寻求启示。[②] 越来越多的西方学者认识到,新世纪美学的发展,需要中西方学者通力合作,解决一些共同关心的问题,并在其中寻找共鸣。例如,意大利美学会会长马其亚努提出要"为世界美学构造一种世界语或共同语",希望以此为基础,"让人们知道在东方人与西方人的思维方式和感觉方式之间存在的富有意味的联系"[③]。

在新世纪,有几套具有代表性的丛书反映了这样一种寻求双向交流的努力:

周宪、高建平主编的《新世纪美学译丛》,收录了理查德·舒斯特曼的《实用主义美学》(彭锋译,2002)、迪萨纳亚克的《审美的人》(户

[①] 高建平、王柯平:《新世纪美学发展的契机》,载高建平、王柯平《美学与文化:东方与西方》,安徽教育出版社2006年版,第665、657页。
[②] 高建平:《实用与桥梁——访理查德·舒斯特曼》,《哲学动态》2003年第9期。
[③] [意] 马其亚努:《美学作为一种多界面理论的基础:东方的思想与感觉》,李媛媛译,《哲学研究》2003年第2期。

晓辉译，2004）、诺埃尔·卡罗尔的《超越美学》（李媛媛译，2006）等一批反映西方美学最新研究成果的译著。如编者所说："西方美学经过差不多两代学者的不懈努力，基本面貌已经发生了根本的变化。一些新的、有影响的美学论述出现了，一些新的理论框架产生了，美学上的论争开始在新的理论平台上进行。"契合这种新的发展趋势，该译丛的目的是"了解国际美学发展的现状，以我们自身的理论资源，参加到国际美学对话中去，这是新世纪中国美学的必由之路"①。国外美学新的发展动向为中国文艺理论的发展和进入世界体系提供了契机，一种美学上的"国际主义"呼之欲出。

周宪、许钧主编的《现代性研究译丛》，收录了马泰·卡林内斯库的《现代性的五副面孔》（顾爱彬、李瑞华译，2002）、彼得·比格尔的《先锋派理论》（高建平译，2002）、戴维·哈维的《后现代的状况——对文化变迁之缘起的探究》（阎嘉译，2003）、沃尔夫冈·韦尔施的《我们的后现代的现代》（洪天富译，2004）等一些重要的西方学者关于现代性背景下的美学问题的论著。该译丛的立意非常清楚："在中国思考现代性问题，有必要强调两点：一方面是保持清醒的'中国现代性问题意识'，另一方面又必须确立一个广阔的跨文化视野。"② 新时代的中国不再遥遥地跟在西方后面奋力追赶，而是应该有自己的问题意识，立足自身的实际，同时又把这些问题放在一个更高、更宽的平台上来思考。这反映出当代中国学术界对于自身的一个定位：中国已被纳入世界体系，一切的国际问题都与我们有关，我们是这个世界的一分子。中国学术界不再是学生的姿态，而是主动投入到解决问题的过程中去。

《国际美学前沿译丛》由中国学者和外国学者合编的一套丛书，这带有某种象征意味，表明中外美学界的交流和合作，目的在于让中国读者了解"十数年来国际美学界的风云变幻……主要萃取西方美学家的新作，从艺术到文学，从文化哲学到严格意义上的哲学美学，选材力求广泛。……目的是希望读者由此而对国际美学近年的走向和成就有窥斑之了解"，而更深刻的诉求是倡导一种"球域"美学，即兼具经验的普遍性和不同传统的个性的美学，该丛书的编者相信这将是未来美学发展的方向。③ 曾担任国际美学学会主席的斯洛文尼亚美学家阿莱斯·艾尔雅维奇

---

① 周宪、高建平：《新世纪美学译丛》，商务印书馆，"编者前言"。
② 周宪、许钧：《现代性研究译丛》，商务印书馆，"总序"。
③ 金惠敏、阿莱斯·艾尔雅维茨：《国际美学前沿译丛》，吉林人民出版社，"译丛总序"。

的《图像时代》(胡菊兰、张云鹏译, 2003)、沃尔夫冈·伊瑟尔:《虚构与想象》(陈定家、汪正龙等译, 2002)、保罗·克劳瑟的《20世纪艺术的语言》(刘一平译, 2007)等代表当代美学最前沿研究成果的著作都被收录其中。

王宁主编的《文学理论前沿》,这是一套论文集性质的丛书,宗旨是"立足国内、面向世界",由北京大学出版社、国际文学理论学会、中国中外文艺理论学会、清华大学比较文学与文化研究中心合办,在顾问委员会名单中可以看到雅克·德里达、拉尔夫·科恩、特里·伊格尔顿、J.希利斯·米勒、弗雷德里克·詹姆逊这样一些最为活跃的国外学者的名字,编委中,外国学者与中国学者并列,通过这样一种合作,共同谱写一种世界性的文学理论。

从以上所述的这些翻译活动中,我们可以看出,新世纪的中国文艺理论的建设,采用一种双向的视角,套用文化学的一个术语,即"全球化思考,本土化行动"。长期以来,中国学界对西方的话语崇拜,导致对自身学科发展的忽视。有学者非常犀利而尖锐地指出了这个问题:"近百年来,中国人几乎总是跟随在外国人的理论创新之后,翻译介绍,来往奔走,疲于奔命,而这种跟随与模仿,又往往变为一种时髦与招摇。"[1] 的确,新时期中国的文艺理论建设要思考的不再是引渡和挪用的问题,而是怎样不再让自己的理论园地成为外国文论的"跑马场",怎样利用传统资源,构造有独特学术个性的理论格局,在新一轮对话中掌握话语权。在此基础上,才能形成真正的交流,也才能在多元化的世界文论格局中,拥有一席之地。因此,在新世纪,我们应该在有选择地吸收国外先进理论成果的基础上,建构有自身特色的理论形态,在与世界的平等对话中发掘中国文论的当代价值,为世界文学理论的发展作出贡献!

---

[1] 钱中文、童庆炳主编:《新时期文艺学建设丛书》,华中师范大学出版社2000年版,"总序"。

第二十二章 60年代文学理论教学与教材建设

第一节 民国时期文学概论教学概述

"文学"能够成为中国现代学术研究的专有对象,与清末开创的现代高等教育体制有内在的关联。现代大学教育制度和现代学术分科制度,建构起一套与中国传统"杂文学观"迥然不同的现代文学观念和文学理论体系。新中国成立后的文学理论研究和教学,也是在这种现代学术分科制度的基础上产生的。

自清廷1902年颁布《钦定学堂章程》、1904年颁布并实施《奏定学堂章程》,到民国政府1913年公布《大学章程》,相应出现了所谓的"文学科"和"文学门":"文学科"陆续从传统的"四部之学"中脱胎而出,并且与经学、历史学、地理学和哲学等学科门类有了较明确的区别;"文学"最终变成了一个包含"中国文学"和其他国别文学(如梵语文学、英文文学、法文文学、德文文学、俄文文学、意大利文学)的相对独立的现代学科体系。这期间京师大学堂于1910年首次在"文学科"当中设立了学制为四年的"中国文学门"(简称"国文学门"),使得文学研究自此正式成为中国现代高等教育的专门系科之一。① 这不但标志着中国文学教育体制在现代发生了根本性的变化,也标志着人们对于文学的认识日益专业化和明晰化。

1913年公布的《学科及科目》不但将"文学"学科分为八类(包括"国文学"、六类外国文学和"言语学")②,而且详细罗列了这八类学科

---

① 马越:《北京大学中文系简史(1910—1998)》,北京大学出版社1998年版,第4页。
② 璩鑫圭、唐良炎:《中国近代教育史资料汇编:学制演变》,上海教育出版社1991年版,第698—699页。

所要必修的课程。有意思的是，在六类外国文学和"言语学"类的科目表中都将"文学概论"作为必修课，唯有在"国文学系"却不见"文学概论"，独开"文学研究法"①。实际上，自京师大学堂设立以来，古已有之的"文学研究法"一直被定为研习中国文学的主修课程。但"这个'文学研究法'几乎穷尽了国学要义，从音韵到训诂，从辞章到修辞，再到文体、文法，几乎无所不包。因此'文学研究法'与现代意义上的'文学概论'距离相当遥远。"②再结合对稍后的文学理论教学实践的考察，不难发现，对于"文学概论"这门有比较明确的研究对象（带有虚构性和情感性的纯文学）和比较独立的理论体系（寻找文学普遍性规律）的"西化"学科，能不能直接进入"中国文学门"的课程，文学教育界和学术界在很长一段时期内尚存疑虑。

从1917年到1920年间，陈独秀主持北大文科改革，开始削弱桐城派文人对国文系的控制，增加了诸多西化的课程，"文学概论"于1918年被列为必修课。但直到1920年，该门课程一直未有合适授课的人选，而且最早还是周作人来讲授这门课程。直到1925年北大国文系进行一次课程大调整（所谓"分类专修"），"文学概论"才终于以必修课身份得以进入北大文学教学的课程表。但是在整个30年代，"文学概论"课又在北大中文系的课表中莫名其妙地消失了，直至1946年抗战胜利复校时才重新出现。③"文学概论"课在北大中文系的尴尬处境，充分体现出民国时期文学理论教学在整个文学学科教育体系当中所处的边缘地位。

实际上，从二三十年代出版的多本《文学概论》的"前言"或"后记"来看，教材的编写者们基本上都认为这门课一直处于不受重视的边缘地位，甚至有编者流露出无奈和自嘲的情绪（如潘梓年《文学概论》"弁言"，北新书局1925年版）。尽管自五四以后到抗战初期，各种新的文学思潮、文艺运动和文学理论争论极其活跃，绝大多数大学的中文系却均未开设"文学概论"课，连"注重新旧文学贯通与中外

---

① 璩鑫圭、唐良炎：《中国近代教育史资料汇编：学制演变》，上海教育出版社1991年版，第698—699页。
② 杜书瀛、钱竞主编：《中国20世纪文艺学学术史》第三部（孟繁华著），上海文艺出版社2001年版，第122页。
③ 程正民、程凯：《中国现代文学理论知识体系的建构——文学理论教材与教学的历史沿革》，北京大学出版社2005年版，第6—7页。

文学的结合"的清华中文系也不例外。① 直到1939年，民国教育部组织专家专门拟定《中国文学系科目表》来"规范"高校中文系的课程设置，"文学概论"课才被规定为第三学年的选修课。② 西南联大中文系1941年起聘请李广田以教员身份讲授"文学概论"课程，而这门课程最终被清华大学中文系选定为必修课已到了40年代后期。清华中文系复原返京后对课程设置进行调整，感于当时世界各国文学研究与发展的理论化和批评化趋势，于1947年"增设文学概论，为二年级必修学程"③。但由于内战再起、教业荒弛，这一培养计划实际上并未得到真正的实施。

　　文学概论课在民国的大学中文系经常处于边缘地位，但并不意味着文学理论学科在这么长的时间里没有发展。尽管当时的中文系对文学基本理论教学相当漠视，依然以文学史、文献考据和文字学等为正宗学问，但绝大多数读文学的人难免都会问一问"文学到底是什么"这样的原理性问题。因此，部分是为了教学之需，部分是为应社会上大量的文学青年之需，民国期间还是出版了大约70多部文学理论教材（或普及读物）。这些教材或读物很多是对国外相关著作的译介或编辑，对现代的狭义"文学"概念（与想象性写作相关并具有纯审美意义）有了逐渐明确的界定，也有不少试图融合中国古代文艺思想来构建关于文学的理论体系。有学者将民国时期文学概论的生成概括为三种模式："长袍马褂模式"，注重激活中国传统文论思想，如刘永济的《文学论》（1922）、马宗霍的《文学概论》（1925）、姜亮夫的《文学概论讲述》（1930）；"西装革履模式"，

---

① 与此相比，清华大学西洋文学系和西南联大外语系曾在三四十年代聘请英国新批评学派大师I. A. 瑞恰兹及其高徒威廉·燕卜荪（William Empson），讲授过"文学批评"及"比较文学"等课程。他们的教学对中国当时的文学批评活动和文学理论教学有较大影响，但并无意在文学之哲学原理方面做专门探索。再往前推，"学衡派"代表人物之一梅光迪，早在1920年在南京高等师范学校开设文学概论课时就使用英国温彻斯特的《文学评论之原理》作教材，传播的基本是西方近代浪漫派和新人文主义相混杂的文学观：既强调想象、情感与个性的舒解，又强调抒情文学以道德认同为旨归，重在对作品进行评判欣赏，也无意于构建支撑文学的哲学基础。同为"学衡派"且清华文学教育产生深远影响的吴宓先生，也基本上持此种新人文主义文学观。

② 1938年规定中文系的必修课：中国文学史、历代文选、诗选、词选、曲选、专书选读（群经诸子四史晋书）、文字学概要、语言学概要、各体文习作、西洋文学史。选修课：中哲、西哲史、中国近世史、诗史、小说史、文法、训诂、文学概论（第三学年）、文学批评（第三或第四学年）。参见《大学科目表》，正中书局1940年重庆初版，1946年上海商务版。

③ 清华大学校史研究室：《清华大学史料选编》（四）（1946—1948），清华大学出版社1993年版，第36页。

注重西方现代学术分科理念，如潘梓年的《文学概论》和沈天葆的《文学概论》（1926）和"'普罗列塔利亚'模式"，关注文学的社会政治意义及人民性，如顾凤城的《新兴文学概论》（1930）和林焕平的《文学论教程》（1945），形象地说明了这一时期在文学理论教材编写方面所呈现的方法论特征。①

1942年5月，毛泽东《在延安文艺座谈会上的讲话》全面而创造性地总结了马克思主义文艺理论的中国化问题，这对中国文艺理论的教学和发展产生了历史性的影响。随着周扬为宣传《讲话》而编纂的《马克思主义与文艺》一书的出版（1944），《讲话》不仅在解放区，还在国统区和香港等地广为流传。在新中国成立之前，一批以《讲话》为指导思想的文学概论著作就开始产生影响，如林焕平的《文学论教程》（中国文化事业公司1945年版）、蔡仪的《文学论初步》（生活书店1946年版）和《新美学》（群益出版社1947年版）等。值得注意的是，这些理论家在新中国成立后，都自觉地以《讲话》为指导，扩充或修订了这一时期的文学理论读本，甚至在很长一段时间里成为新中国文学理论教材的集体编写者。从这一点来看，40年代左翼文艺理论的发展，特别是《讲话》已经基本上奠定了新中国成立后的学科框架和理论基石。

第二节 新中国成立初期到"文化大革命"期间的文学理论教学和教材建设

一 新中国成立初期文教政策调整与文学理论教学大讨论（1949—1952）

随着东北和华北的相继解放，各大学开始推行从解放区带来的新型高等教育模式。1949年10月，华北高等教育委员会向华北各高校下达《各大学专科学校文法学院各系课程暂行规定》，明确将"培养学生对文学理论及文学史的基本知识"视为中文系的主要教学任务之一。1950年，全国性的高等院校课程改革工作普遍展开，随之制定的《高等学校文法两学院各系课程草案》将"中国语文学系"的任务规定为"培养学生充分掌握中国语文的能力和为人民服务的文艺思想，使其成为文艺工作和一般

---

① 参阅傅莹《中国现代文学理论发生史》，上海文艺出版社2008年版。另，程正民、程凯：《中国现代文学理论知识体系的建构——文学理论教材与教学的历史沿革》"上编"对此有更为具体的分析。

文教工作的干部"。① 从"语文学系"到"干部"等新称谓都可以看出，一种注重应用和文教工作的新的文学教育理念开始占据主导地位。1951年起，教育部又要求高等学校的各门课程均需拟定教学大纲，以增强教学的计划性，这开创了为一门课程制定全国统一教学大纲的新时代。

国家教育政策的变革直接影响到高校的课程设置和教学方式，对中文系的教学来说，文学理论（后受翻译苏联理论的影响普遍称为"文艺学"）的教学在新中国成立之初即获得了前所未有的权威地位，开始与久已有之的"文学史"成为中文系最重要的两类必修课。而且，文艺学因其浓烈的意识形态色彩和指导吁求，在随后屡次开展的文学教育思想大讨论当中都对"文学史"和"外国文学"的教学产生了强有力的影响。以北大中文系为例，从1948年开始到1952年，原有课程被大规模削减，同时新课程被逐渐开设。除新增三门政治必修课外，还新开三门专业课：文艺学、新文艺试作和专家研究。其中文艺学被定为二年级的必修课，宗旨为"研究文艺理论，解决文艺上的各种问题"，内容有"文艺与社会基础"、"文艺实践与社会实践"等。后又开设"中国新文学史"和"文教政策法令"等新课。② 主讲文艺学和文教政策法令的杨晦先生同时被委以中文系主任的重任，负责全系的教学整改工作。

新中国成立之初的新形势对文艺学教学提出了紧迫的政治要求和理论要求，但文艺学毕竟是一门刚被授予重任的新学科，这对于承担文艺学教学的教师们提出了严峻的挑战。1951年11月到1952年4月出现的"吕荧事件"就是这一现状的生动体现。山东大学中文系一名学生写信给《文艺报》，揭发和批评身为系主任的吕荧先生在讲授文学概论课时存在脱离实际和教条主义、轻视人民文艺和毛泽东文艺思想等问题。《文艺报》编辑部非常重视来自学生的批评意见，并以此为话题于1951年11月在京召开了一场关于改进高校文艺教学工作的座谈会，随后发动了一场全国范围的关于文艺学教学"偏向问题"的讨论。据编辑部统计，这次讨论共收到全国各地28所高等学校的来稿和来信300件左右，产生了全国性的广泛影响。在这次讨论当中，《文艺报》编辑部和记者的述评一直充当引导性的角色，尤其是1952年第8号发表的述评《改进高等学校的文艺教学》，基本可以看作是教育主管部门在新中国成立初期对于文艺学教

---

① 《综合大学的文学教育》，载张健《中国教育年鉴》（1949—1981），中国大百科全书出版社1984年版，第250页。

② 参考马越《北京大学中文系简史》（1910—1998），北京大学出版社1998年版，第46页。

学的政策指导。这份述评批评高校文艺学教学当中存在的轻视和不理解马列主义和毛泽文艺思想的现象，要求新开设的"文艺学"课要更集中于"研究目前文艺方向及文艺创作、文艺运动与文艺批评"等现实问题，要求授课教师加强思想改造，加强对马列主义和毛泽东文艺思想的学习。

二 "全面仿苏"语境下的文学理论教材建设（1953—1957）

在全国各行各业学习苏联的语境中，高等教育部于1954年11月制定了《高等学校专业目录分类设置（草案）》，这是新中国成立以来第一份全国统一的专业目录，从而把高校课程设置的专业化以法律的形式规定下来。① 北京大学中文系1954年底在苏联专家指导下制定出来的教学计划和课程设置，均将文学理论置于前所未有的重要地位。1954年北京大学中文系、1955年北京师范大学中文系分别聘请苏联专家毕达可夫、柯尔尊来京讲授文艺学课，并帮助两校中文系制定培养方案和教学计划。同时，在北京大学开设了文艺理论研究班（进修班），在北京师范大学开设了苏联文学研究班（进修班），全国各地高校选派文艺理论教师来京进修，将苏联文艺理论传播到了祖国各地。另外，各大学中文系还学习苏联的高校建构，陆续成立了文艺理论教研室。

1954年，苏联专家毕达可夫在北京大学文艺理论研究班（由杨晦先生主持）讲授文艺学理论，并指导中文、东语两系学习苏联教学计划，为中文系学生作有关"社会主义现实主义"、"民族形式"、如何接受古典文学遗产等报告。这种讲学既具有学科探讨的性质，更具有指导文学研究方向的权威性质。1958年高等教育出版社出版了他的《文艺学引论》，主要以别林斯基、车尔尼雪夫斯基、杜勃罗留波夫及列宁的"反映论"为理论基础，书中所举例证都来自俄苏文学作品。1955年北京师范大学中文系聘请苏联列宁大学教授柯尔尊讲授文学理论和外国文学，开设了苏联文学理论进修班（由黄药眠先生主持）。1959年高等教育出版社出版了他的《文艺学概论》，简明扼要地讲述了苏联文学理论的基本观点和框架。

---

① "专业"是苏联高等教育专用名词，是与社会主义计划经济模式相配套的一套课程体系和教育模式，专业的目标表示国家建设对这类人才要求的规格。1952年院系调整后实行的课程教学改革就是以专业设置为中心而开展的：专业是大学教学制度的核心，大学按专业招生，专门人才按专业培养。且政府根据国家建设所需要的专门人才种类制定专业，大学设置专业必须经过政府教育行政部门的批准。与民国以系为单位进行教学和培养的方式相比，其带来的利弊都相当明显。参考庞振超《新中国成立初期中国大学人文课程的变革及特点》，《大学科学教育》2007年第6期。

两个"苏式"理论班的开设,对新中国的文艺学教学和学科发展产生了深远的影响。由于苏联学者比较重视学科的理论性和完整性,使许多中国学者从中学到了有益的思维方法,也对马克思主义文论和苏式文论有了更深入的了解。中国学者(如霍松林、蒋孔阳、李树谦等)直接借鉴苏联文论的框架,随后写出了新中国成立后第一批较有体系化的文学概论教材。当然,全面学习苏式马克思主义文论,以苏式体系为师,也产生了很多负面影响。受苏联文艺理论影响,一些著名的文学史家和文学批评史家(如郭绍虞等)大力修改自己在民国时期所写的学术专著,甚至将文学史、批评史看成是现实主义与浪漫主义或现实主义与形式主义的斗争史。这说明,文艺理论的过度"越位"让正常的文学研究遭受简单化、概念化之累,也为后世的文论建设提供了教训。

早在 20 世纪二三十年代,苏联文艺理论就被引入中国文艺界。50 年代,我国学者译介的最具体系性和权威性的苏联文艺学教材,要数季摩菲耶夫的《文学原理》(共三部,第一部《文学概论》,第二部《怎样分析文学作品》,第三部《文学发展过程》,上海平明出版社 1953 年版)。此书由查良铮译出,一年之内重印 7 次,发行量达 54000 册。该书同其他苏式文艺理论教材一样,在"绪论"中都提出应当将文艺学看作一门历史"科学",它包括文学理论(文学原理)、文学史和文学批评三个基本分支。而文学原理的基本框架由本质论(文学的一般特征)、作品论(文学作品的分析)和发展论(文学的发展过程)构成。这种分块论述、文学历史(纵)发展与文体分析(横)交叉的思维框架,最终成为长期支配中国文艺学教材的基本模式。伴随着苏联文艺理论著作的广泛译介,俄国 19 世纪文学批评家别林斯基、车尔尼雪夫斯基和杜勃罗留波夫的文学思想被当作革命性的文论介绍了进来,这标志着俄苏文论对中国的影响日渐深化。但应该看到当时中国的政治文化语境影响到对别、车、杜在接受上的实用性理解,这种偏向直接渗透到后来的教材编写中。

随着我国大学文学教育逐渐走入正轨,在全面仿苏语境下,我国多位学者也出版了自己编著的文学概论教材,如巴人的《文学论稿》(新文艺出版社 1954 年初版、1957 年修订)、刘衍文的《文学概论》(新文艺出版社 1957 年版)、霍松林的《文艺学概论》(陕西人民出版社 1957 年版)和林焕平的《文学概论》(广西人民出版社 1957 年版)等著作。这些著作较多地借鉴了苏联文学理论的基本框架和范畴定位,但也透露出中国文论家试图建立自己民族文论话语的某种渴望。因为苏联的体系与中国古代文学史和文学创作现状确实存在不完全吻合的问题,从各书的绪言来看,基本上都有一个吸取苏联理论后修订补充原有讲稿的过程。

三 "批判"和"跃进式"教改中的文学理论教材（1957—1961）

1957年反右运动之前,高校的文艺学教学已呈现出良好的态势,有了完善的教学大纲和相对丰富的教材,学位教育和管理也开始起步（北京师范大学中文系1954年开始招收我国第一届文艺学研究生）。1958—1961年,高校进入了所谓的"跃进"式教改、大规模"学术批判"及"集体治学"时期。文科各专业被要求必须贯彻"古为今用"和"厚今薄古"的原则。在课程设置上大量缩减古代课程比例,在教学方式上以今人推崇的理论模式去裁判丰富多彩的古代文学现象（如将中国文学史说成是现实主义和浪漫主义、现实主义和形式主义的斗争史）。同时提出"学术批判是教学改革的中心环节",号召青年师生展开对"资产阶级反动学术权威"的"学术批判",并且将"批判"的内容、范围、时间跨度、层次均提升到更高的层面。这种彻底的"批判"精神使青年学生获得了前所未有的自信,他们开始自己编写教材。1958—1959年,北大、北师大中文系55级学生分别编写成了《中国文学史》（70多万字）和《中国民间文学史》,经各大报刊宣传报道后,在全国引起极大轰动。

反右和"大跃进"实际上对中国文艺学提出了更高的要求,即如何创造具有中国气魄和中国作风的文艺理论,"革命的现实主义与革命的浪漫主义相结合"是当时所能找到的最激动人心的提法,这一提法最早是毛泽东在中共八大二次会议（1958年5月）上提出的。后林默涵将毛泽东《讲话》总结为几大问题,以《更高地举起毛泽东文艺思想的旗帜》为题在1960年初发表,开始将讨论引向改变苏联模式的问题。经过"反右",国内文论家几乎都受到了严厉的批判,苏联文艺学模式也被质疑,那么所能依赖的就只剩下毛泽东关于文艺的指示和讲话了。山东大学中文系文艺理论教研室这一时期编著的《文艺学新论》（山东人民出版社1959年初版、1962年修订）,基本上反映出这一时期文艺学教材在内容和指导观念上的偏向。该书共十章,从标题到内容基本上就是《讲话》的缩编,在"批判"了巴人、胡风、秦兆阳以及"文学研究会"、"创造社"和"左联"之后,认为只有《讲话》才真正确立了革命文艺的工农兵方向,才解决了作家"为什么人"而写这一重大问题。教材最后断言《讲话》是"指导文学艺术的普遍永久的原则,是无产阶级文艺的战斗纲领:它不但能指导当时,而且能指导现在和将来,对世界无产阶级文艺运动也有重大意义。"① 这里显然将文艺政策和指示当成了解释文学的基本原理。

四 全国统编文艺学教材工作及成果（1961—1965）

从 1961 年开始，国家着手对"大跃进"带来的消极后果进行全面纠正。教育部于 1 月底召开重点高等学校工作会议，就文科教材的编写交换意见，特别强调要确定"以教学为主"的指导思想。4 月，中央宣传部会同教育部文化部在北京召开全国高校文科和艺术院校教材编选计划会议。周扬就高校文科的办学方针、培养目标、课程设置及制定教学方案的基本原则等问题做了系统的发言。周扬在文艺学教材编写工作的组织和策划方面，作出了历史性的贡献。②

这次会议除了对政治与教学的关系作出了比较辩证的讨论之外，尤其对学生的专业学习提出了明确的要求。要求中文系学生具有基本理论知识，基本历史知识，基本社会知识，并受过基本技能的训练（特别是写作能力的训练）。就汉语言文学专业来说，明确其基本任务是"培养汉语言文学的教学、研究人才及其他工作者"。除了政治要求，还要求学生能理解马克思主义语言、文学理论和中国共产党有关语言、文学的方针政策；能阅读中国古籍、掌握一种外文书刊的一般阅读等要求。同时，要求教师处理好文科教学中存在的理论与史（观点与材料）、古与今、中与外之间的关系。认为中国文学史不能因为反对"厚古薄今"而走极端，认为古代史（上古、中古、近代史）和现代史的比例，应大致保持在 3：1，而且还应加强对世界文学和民间文学的研究。③ 大会所制定的这些规划是基本合乎我国实际情况的，所以在此基础上制定的新的教学方案也具有较强的实践指导性。

根据这次会议确定的教学方案和计划，国家有关部门开始组织专家编写各门学科的全国统一教材，这在中国现代教育史上是一个创举。1961 年 5 月，上海市委组织南方各高校开始联合编写"文学的基本原理"，由以群主持，王永生、叶子铭、刘叔成、徐俊西等参与。1963—1964 年，

---

① 山东大学中文系文艺理论教研室编著：《文艺学新论》（修订本），山东人民出版社 1962 年第 2 版，第 122 页。
② 除了教材建设，周扬和何其芳还在中国人民大学创办了三期文艺理论研究班（1959—1961），招收学员 100 多名，许多人成为中国文艺理论和文艺批评界的著名教授或专家。如王春元、何西来、邢煦寰、缪俊杰、李思孝、周忠厚、蒋培坤、谭霈生、王先霈、陆一帆、黄世瑜、李衍柱、刘建军等。
③《综合大学的文科教育》，见《中国教育年鉴》（1949—1981），中国大百科全书出版社 1984 年版。

《文学的基本原理》由上海文艺出版社以"高等学校文科教材"分上、下两册出版，成为我国第一部统编的文艺学教材。这本书在部分院校使用并受到欢迎，于是在1964年10月又出了第二版。与此同时，在蔡仪主持下，北方各高校的文学理论教师于1961年夏在中共党校集中人力编写《文学概论》。此书大部分章节1963年已基本有了讨论稿，但后来受"文化大革命"影响被停滞，直到1979年6月才出版，被作为高校教材推广使用。

这两部教材除在体例结构上略有差异外，主要理论观点和立论前提都是基本一致的。通过比较两部教材的编写体例和主要内容的安排，可以看出其大致情况：以毛泽东《在延安文艺座谈会上的讲话》为理论提纲，将马克思主义经典作家的论述、革命作家高尔基和鲁迅等人的创作经验谈、中国古典文论的点滴精粹以及别、车、杜的相关文学批评论断有条理地组织起来，形成了一套富有中国特色的体系化的文学基本理论。尽管这两本教材后来都曾因为文艺政策的调整做过修订，但理论的基本框架和出发点并无变化。

这两部教材基本上确立了中国当代文学理论教材的四大基本框架：本质论、作品论、发展论、批评论，而且都能配合当时的社会形势将四者纳入为国家整个文化事业服务的体系化阐释。基本观点可以概括如下：（1）文学是形象地反映现实生活的一种特殊意识形态，在社会生活中属于上层建筑，所以必然离不开为政治服务的党性原则；（2）文学的发展受到社会文化发展的影响而具有一定的规律性，形成了现实主义和浪漫主义两种基本的创作方法，社会主义应该提倡社会主义现实主义的创作方法，既用以反映新的社会生活中涌现出的新的人物和精神，也应该发挥教育改造群众和知识分子的作用；（3）文学作品具有一定的内容和形式，二者是相关联系的，但应该更重视作品所反映的内容是否具有进步性、教育性和审美性；（4）文学鉴赏和评论是运用马克思主义的观点和方法对文学作品的评判和欣赏，评论者自身应该培养较高的政治和艺术素质，坚持政治标准和艺术标准兼顾，而以政治标准为重的原则。

从今天来看，尽管这两部教材有明显的本质论和阶级论缺陷，但从中国文艺理论教材的发展历史来看，这次统一编写教材的成功，对于我国文学基本理论体系的形成有开创之功。

五 文艺学学科在"文化大革命"中的消解

从新中国成立到60年代中期，文艺学学科取得了前所未有的大发展。

无论在教材和教参资料编写还是青年教师及研究生培养等方面，均建立起了比较完善而统一的规程和制度。但这种统一化也呈现出明显的缺点。比如，几乎所有的文学理论教材都是以列宁的反映论、认识论为立论根据，而且对作家反映生活的方式又做了许多不明确但却很严厉的限制。严厉的限制更多表现在文学批评中，对作家辛辛苦苦写出的一些作品不是加以同情性理解，然后再进行说理和批评，而是凭借政治性裁断以代替文艺批评。应当看到，从50年代以"反革命集团罪"去"批判"胡风文艺思想，到60年代初康生等人诬陷作家"利用小说反党"，这种一统化的思维和批评方式实际上潜伏着深层的危机。到1965年姚文元发表《评新编历史剧〈海瑞罢官〉》，就是这种危机的集中爆发。1966年全面展开的"文化大革命"提出"学制要缩短，课程设置要精简。教材要彻底改革……首先删繁就简。"① 从北京大学江西分校1970年7月份提交的一份专业介绍中，基本可以推测当时的文学教育状况。学制为一年半，专业课5门：（1）毛泽东文艺思想；（2）毛泽东诗词；（3）革命样板戏；（4）文艺创作；（5）文艺评论（训练在文艺战线上兴无灭资斗争、批判封资修文艺和不停地向资产阶级发动进攻的能力）。② 文艺学原理的教学在这里全部消失，而文学评论也彻底沦为政治批判和斗争的工具。至此，文学理论不再以文学自身问题为研究对象，文学批评已被政治阴谋家用作迫害异己的工具，文学教育不再具有丝毫独立的学术尊严和人员保障；文艺学这门学科实质上已被完全消解。

第三节　新时期文学理论教学与教材建设

一　文学理论教学体系的全面恢复（1976—1978）

1978年6月，教育部在武汉召开高等学校文科教学工作座谈会。同年9月，教育部发布《高等学校文科教学工作座谈会纪要》，要求恢复专业设置，认真制定教学方案。中文系的教学从此在学科设置和教学计划上真正步入了正轨。在学科设置上，既有全国统一的公共必修课（政治、外语、体育和劳动等）和专业必修课（语言学基础、古代及现代汉语、古代及现当代中国文学史、文学概论、形式逻辑等），又有各校为若干方

---

① 见《中国教育事典》（高等教育卷），河北教育出版社1994年版。
② 转引自马越《北京大学中文系简史（1898—1998）》，北京大学出版社1998年版，第66页。

向准备的可以变动的选修课。其中文艺理论方面的选修课如下：1. 马克思主义文艺理论经典著作选读；马列主义文艺理论专题；毛泽东文艺思想；2. 中国文学理论批评史；中国古代文论专题（如《文心雕龙》、《诗品》、中国戏曲理论）；3. 外国资产阶级文艺思潮专题研究；当代外国文艺思潮、流派专题研究；4. 美学。① 从以上的分类不难看出，我国文艺学界对构成中国现代文艺学的三大文论话语"谱系"开始进行自觉探讨：马列文论、中国古代文论、外国文论是当代中国文艺学赖以发展的三种理论支柱，美学是与文艺理论最切近的相关基础理论学科。文艺学科的这一构成态势是由当代中国的政治文化现实决定的，文艺学的教学应该适应时代要求，努力去扩展和深化对这些来自古今中外的文学理论成就的研究。

1979 年 2 月，中国社科院文学研究所在昆明召开了新中国成立以来首次全国文学学科规划会议。会议讨论和修订了 1978—1985 年的《文学学科研究规划（草案）》，将规划重点研究项目分文艺理论、中国当代文学、中国现代文学、中国古典文学四部分。② 这种分类方式确立了中国文学学科的基本格局。与这些工作相适应，我国的文艺学教育制度和学位制度也得以完善。至 1992 年，我国的文艺学教育已具备从本科教育到研究生教育，再到博士教育的完整网络和格局，文艺学教学内容也超越了对一统化的"文学概论"的简单讲解，向跨学科、多层次、研究性分支学科教育发展。我们可称此为文艺学的专业化层递式学位教育模式。

二　新时期初期文学理论教材建设状况（1978—1985）

随着大学文学教育步入正轨，亟须一批文学基本理论教材。1978 年 6 月，教育部决定大学中文系依然使用"文化大革命"以前集体编写的这两部代表性教材：以群主编的《文学的基本原理》和蔡仪主编的《文学概论》，并要求修订前者以供急需之用。到 80 年代中期，这两部教材还在不断被修订或再版，印数均接近上百万册。

随着高等教育制度的全面恢复和各类文学教育形式（如电大、自学考试等）的发展，这两本高校统编教材已不能满足不同程度读者的需要。自 1980 年起，各校（地）自编的文学理论教材逐渐增多。1981 年北京、上海出版新的文学理论教材，到 1986 年，几乎全国各个省份都发行了自

---

① 《综合大学的文科教育》，原始资料没有序号分别，笔者为说明文艺学科的框架构成，作了调整。见《中国教育年鉴》（1949—1981），中国大百科全书出版社 1984 年版。
② 《文学评论》1979 年第 2 期。

己所编的"文学概论"教材,大部分是自学考试辅导用书和高校中文系用书,其数量之多令人惊叹。① 在这些数目繁多的教材当中,影响较大的有郑国铨《文学理论》,十四院校《文学理论基础》,钟子翱、童庆炳等编著的"北京市自学考试教材"《文学概论》(北京师范大学出版社1984年版)和刘叔成的《文学理论四十讲》(中央电大出版社1985年版)。

三 80年代对于文学理论教材的译介

在清理中国文艺理论在新时期的创新时,我们决不能轻视外国文论的深刻影响。一统化的理论思维最终导致了对文艺的教条式理解,长期的闭关锁国最终带来了对外国思想的狂热渴望。仅就80年代译介的文学原理性著作来说,以下几部就对中国文艺基本理论的建设产生过重大影响:韦勒克、沃伦的《文学理论》、波斯彼洛夫的《文学原理》、伊格尔顿的《二十世纪西方文学理论》、杰姆逊的《后现代主义文化理论》、赵毅衡的《新批评:一种独特的形式主义文论》、张隆溪的《二十世纪西方文论述评》、茵伽登的《对文学的艺术作品的认识》、艾布拉姆斯的《镜与灯:浪漫主义文论及批评传统》。这些理论著作虽然来自各个文化背景不同的西方国家,彼此之间甚至互有争论和补充,但对于当代中国文艺理论的建设却具有重要的参考意义。

韦勒克、沃伦合著的《文学理论》,将我们一直热衷的社会历史批评模式和意识形态定性(定位)判断直接划归"文学的外部研究",而倡导专注于研究构成文学作品要素的所谓"文学内部研究"。这部教材包容的知识与学科非常广博,尤其是对构成文学审美形式诸种要素的研究确实为中国文艺学的扩展和深化提供了切实可行的参照。当时的学界普遍接受了这本书传达的强烈信息:文学应该以自身独特的传达审美意义的方式存在,对文学存在方式也应该用适应于文学特性的方法;应该更认真地去关注文学存在物本身,而在讨论文学与社会、与思想哲学或其他艺术的关系时,必须以文学为关注中心,探讨它们对文学的影响能够达到何种程度。

艾布拉姆斯的《镜与灯:浪漫主义文论及批评传统》也对中国文艺学框架的完善产生了较大影响。本书作者在开篇即指出,任何一部文艺作品和批评理论的构成都与构成艺术作品的"四要素"(艺术家—作品—世界—欣赏者)密切相关。作者所说的四种要素之间实际上存在着动态关系,对这些动态关系的阐释和揭示正好与马克思主义文艺理论是相通的,

---

① 具体统计情况可参看1980—1986年的《全国总书目》(中华书局)。

如果我们不仅仅将文学看作反映现实生活的意识形态范畴,而看作一种更为复杂的社会实践活动,那么正是作家、世界、作品、读者四者之间的相互影响促成了文艺作品的构成、传达和评价、再生。这种思路彻底打破了之前对于文学的单一认识论、反映论模式,强调多种因素之间的辩证关系。

四 中国古代文学理论学科的教材建设

随着我国文艺学研究和教育的全面恢复,大批学术期刊应运而生,并且出现了文艺学各分支学科竞相繁荣的可喜现象。马列文论、中国古代文论、外国文论作为构成当代中国文艺学的三种基本理论框架和话语源泉,均受到了空前的重视。

就古代文论来说,从新中国成立前郭绍虞、朱自清、罗根泽、朱东润等杰出学者创立中国文学批评史这门学科起,就意味着中国人在经受了西方理论的冲击后,能够逐渐理智地去认识自己的文论传统,并将中国文论的未来建设与这门代表自己民族特性的学科密切地联系在一起。新时期伊始出版了中国文学批评史教材。1979—1980年,郭绍虞主编的《中国历代文论选》分一卷本和四卷本两种不同版本出版,既满足了学生和教师参考的不同需要,也为深入研究古代文论的具体问题提供了初步的资料和线索。1980年复旦大学中文系编写的《中国文学批评史》(三卷本)出版,后经王运熙、顾易生等学者的继续努力,最终在90年代编写出了资料翔实、线索清晰、见解通达的七卷本《中国文学批评通史》。另一些学者也为中国古代文论的发展作出了贡献。1981年,敏泽著《中国文学批评史》(两册)出版。到90年代,又有蔡钟翔、成复旺、黄保真著五卷本《中国文学理论史》和张少康、刘三富著《中国文学理论批评发展史》(上、下)出版发行。1979年我国成立古代文学理论学会,创办《古代文学理论研究》(丛刊)并坚持至今,推动着这门独具魅力的文艺学分支学科的完善和发展。

五 从文艺论争走向多元化的文艺理论建构

新时期文艺理论领域出现的繁荣现象,一方面受益于对外国文学理论著作的大量译介,另一方面更是我国文艺理论自身发展所必然引发的结果。在新时期之初,中国文艺理论的发展往往呈现为几次关于文艺的论争:如,1."为文艺正名"(是不是"阶级斗争的工具");2.文艺是否属于上层建筑;3.文艺是否"从属政治","为政治服务";4.关于人、人性、人道主义和异化问题的讨论；5. 关于"文学主体性"的论争。前三次论争基本上扫除了禁锢人们头脑的旧条条框框，而且得到了官方主流意识形态的认可且在文论界达成了相对的共识。第四次和第五次论争均未能达成共识，但却真正触及新时期文论建设的核心问题：即，如何看待作为社会活动主体的"人"（个人）所应该具有的自由度问题。对这一问题的争论在1985年后达到了空前激化的程度。尤其是1985—1986年发生的关于"文学主体性"的论争，真正触及了中国文艺学的哲学基础问题（如何坚持和发展马克思主义），引发了文艺理论界广泛参与的激烈论战，最终促成了中国文艺理论基本框架的变革。

通过论争，人们普遍认识到原有的反映论、认识论模式已经无法解释日益复杂的文学现象，而更感兴趣于由输入西方各种"新潮"文艺理论而带来的思维拓展。从1984年开始，中国文艺学进入所谓"方法热"、"观念年"，各种在当时看来是"新"思潮和挑战性的论断，激发起中国文艺理论家前所未有的想象力和创造热情。学界开展大量介绍西方的文艺理论，将一些社会科学、甚至自然科学的研究方法（如信息论、控制论、系统化三论）也大胆地移植到文学观念的重建和文学研究实践当中。诸如"文艺心理学"、"文艺美学"、"文艺社会学"、"文艺信息学"、"文艺控制论"、"文学系统论"、"文艺消费学"、"文学（化）人类学"、"文艺管理学"、"文艺思维学"等杂糅了多种学科性质的新学科名称，大量出现在中国文艺学界。毋庸讳言，在1984—1985"方法论"年前后出现的许多文艺学探索，由于尚缺乏对人文学科、社会科学、自然科学三者研究方法差异的深入理解，方法上的简单移植往往会偏离文艺学的特性，但应当看到，这些努力对开拓理论思维还是起了巨大的推动作用，中国文艺学从此出现了建构新体系的热潮。

在诸多新兴的文艺学分支学科当中，"文艺心理学"和"文艺美学"的发展引人注目。文艺心理学早在二三十年代就进入了中国，鲁迅翻译厨川白村《苦闷的象征》（未名社1924年12月初版）和朱光潜著《文艺心理学》（1936年7月开明书店出版，朱自清作序）都曾在民国被搬上大学讲台。半个世纪以后，金开诚率先在北京大学中文系讲授文艺心理学，并于1982年出版了《文艺心理学论稿》（北京大学出版社1982年版），引起了文艺界广泛关注。这部书以"自觉的表象运动"为核心，阐述了文艺创作与欣赏过程中的一些心理活动规律，包括形象思维的过程与特点、文学语言和文学形象之间的关系，文学想象活动的心理机制等。后来钱谷融、鲁枢元主编的《文艺心理学教程》（华东师范大学出版社1987年版），分别从文学家的个性心理结构、文学创作的心理过程、文学作品的心理分析、文学语言的心理机制、文学欣赏的心理效应几方面生动地阐述了文艺活动所特有的一些心理运作规律和模式，特别是开始重视作家审美心理及文学语言的审美心理机制的讨论，使专著紧紧扣住了文艺的审美特性，正是这一点使文艺心理学的研究与文艺美学的研究交会起来，真正推进到对文艺心理特性的研究上。在文艺心理学领域，童庆炳、刘烜、王向峰、王先霈、畅广元、高楠、劳承万、陶东风、王一川等学者也多有贡献，并使文艺心理学的教学和研究进一步推向全国各地。

在文艺心理学蓬勃发展的同时，文艺美学也有很快的发展，而且两者之间构成了密切的助益关系。1980年以后《朱光潜美学文学论文选》、《宗白华美学文学论文选》、李泽厚的《美的历程》、伍蠡甫的《山水与美学》、冯至等译席勒的《审美教育书简》等书陆续出版。李泽厚在新时期除发表的《批判哲学的批判》、三部思想史论、《美的历程》、《美学四讲》等著作外，还主编了"美学译文丛书"和"美学丛书"，介绍了大量西方文艺美学和心理分析美学专著，推出了众多美学界新人，对促成中国当代美学热有很大的影响。他所阐述的实践美学观、创造的"历史积淀"说，受到学术界的普遍重视和讨论。"美学译文丛书"包括乔治·桑塔耶纳《美感》、苏珊·朗格《艺术问题》与《情感与形式》、鲁道夫·阿恩海姆《艺术与视知觉》、科林伍德《艺术原理》、卢卡契《审美特性》、列·斯托洛维奇《审美价值的本质》、杜夫海纳《美学与哲学》等。"美学丛书"集聚了中国美学研究者的成果，其中滕守尧的《审美心理描述》影响较大，此书详尽地介绍了审美心理的过程和要素，还介绍了西方审美心理学的众多流派。文艺美学的崛起影响到中国文艺基本理论的建构，人们普遍接受了文艺的审美特性问题，而彻底摆脱了一统化认识论、反映论文艺学的束缚。

真正有特色的文艺美学基本原理著作出版于90年代初期，这就是社科院文学所杜书瀛主编的《文艺美学原理》（社科文献出版社1992、1998年版）。《文艺美学原理》充分吸收了中国学术界研究马克思主义实践美学、文艺心理学、分析美学、存在主义美学、形式美学、符号美学、接受美学、阐释学等学科的成果，集中对审美活动的范畴定位、赖以进行的几大要素（创作—作品—接受）、所发挥和依赖的主体间性及民主性进行了深入阐释。该书既有创新又不失传统和严谨，是新时期以来文艺美学基本原理教材中不可多得的优秀之作。

六 新时期有代表性的几套文艺理论教材

随着对传统文艺学教材所依赖的认识论（反映论）基础和马克思主义的深入讨论，学术界对于马列文论的研究进一步深化。人们普遍认可了马列文论也可以有多种流派的观念，在论争中都尽力表达自己对马克思主义原理的理解，最终使文艺学基本理论的建构出现了流派纷呈的局面。大致来看，从1988年到1995年前后，我国学者在文学理论领域进行了比较自觉的建设工作，基本形成了四种较有代表性的文学观，即"审美意识形态论文学观"、"主体论文学观"、"象征论文学观"和"生产论文学观"，① 其中"审美意识形态论文学观"对文学理论教材的影响最大。

"主体论文学观"成形于80年代后期，认为应该超越认识论层次，将文学纳入人的活动的总体之中去考察，认为文学活动是有效克服主客体对立的一种特殊的自由活动。文学被理解为主体根据人生体验，通过语言建构交流审美对象，实现并升华自我的一种活动。文学作为一种审美实践活动的完整过程，将起点和终点都归于主体在审美实践活动所获得的自由实践状态。陕西师范大学畅广元等撰写的教材《文艺学导论》（陕西人民教育出版社1991年版）和九歌的《主体论文艺学》（畅广元审订，中国社会科学出版社1989年版），明确表现出这种文学观的影响。

"象征论文艺学"认为艺术并不是对客观现象的形象再现，也不是思想情感的形象传达，而是由一定物质媒介材料构成的表现性结构，是为了生命对象化的需要而创造的直观形象。每一个文学作品都共有的这种生命直观结构，即是所谓的象征论文艺观赖以存在的前提。厦门大学林兴宅所著的《象征论文艺学》（福建人民出版社1992年版）是其代表作。

"艺术生产论文学观"以马克思的商品生产理论为哲学基点，注重艺术作为一种实践性的精神生产的特殊性，试图把握艺术生产—艺术品—艺术消费—艺术生产的循环过程，为探讨文艺的商品性和生产过程提供了一种角度。武汉大学何国瑞主编的《艺术生产原理》（人民文学出版社1989年版）持此种文学观。

"审美意识形态文学观"早在80年代后期已基本成形，钱中文和童庆炳先生持此观点。在理论定位上，这种文学观力图全面综括文学的本质，既强调文学的审美特性，又认为文学是一种意识形态归属。即文学以

---

① 此处借鉴了中国社会科学院文学研究所钱中文研究员的相关提法，有改动。参见钱中文《文学理论三十年——从新时期到新世纪》，《文艺争鸣》2007年第3期。

感情为中心，又是感情与思想的结合，它既有目的，又有不以实利为目的的超功利性；它是一种虚构（意象直觉），又具有特殊形态的真实性；它既有阶级性，但又是一种具有广泛社会性的审美意识形态，是"审美与意识形态双重性质的复杂组合形式"。①当时提出这一观念，首先还是为了清除长期以来在我国文艺理论界存在的庸俗唯物主义和认识论的负面影响，因此强调要将文学的审美独立性和自主性作为文艺理论的逻辑起点。但是，随着国内社会状况的改变以及对西方马克思主义文论研究的深入，这种极力强调文学审美独立性的文论模式也面临新的挑战。"审美意识形态文学观"的代表性著作，有中国社会科学院文学研究所钱中文著《文学原理：发展论》、杜书瀛著《文学原理：创作论》、王春元著《文学原理：作品论》（社会科学文献出版社1989年版），杜书瀛主编《文艺美学原理》，北京师范大学童庆炳主编《文学理论教程》（高等教育出版社1992、1997、2000年版）和《文学理论要略》（人民文学出版社1995年版）等。

童庆炳教授主持的一系列文学理论教材编写工作，对新时期文艺学教材建设有独到的贡献。他主持编写的近十套文学理论教材，为当代文艺学教材的编写探索了多种不同的编写方式和教学途径。有偏于介绍西方最新文论的《文学理论要略》，有为自学考试者提供基本知识框架的教材《文学概论》，尤其是联合全国多所大学同行共同编写的专为本科必修课所用的《文学理论教程》。《文学理论教程》（李衍柱、曲本陆、曹廷华、王一川任副主编）1992年初版，经历了1997年和2000年两次修订再版。这部教材摆脱了一统化时期受苏联影响的统编教材的旧模式，众多作者开始注意对马列文论、西方文论、中国古代文论、新时期以来中国文论变革四方面文论话语资源进行更为自觉的梳理和吸收，开始注意理论整体框架的构造和概念推断的严谨和统一性，可以说代表了我国大学文艺学教材目前所能达到的较高水平。

第四节 面向21世纪的文学理论教材建设

一 面向21世纪的文学理论教改及成果

为了克服文艺学教学中一直存在的学科观念陈旧、学科内容狭窄、教

---

① 童庆炳主编：《文学理论要略》，人民文学出版社1995年版，第63页。

学方法单一的弊端，从90年代中期开始，教育部高教司和师范司先后推出"高等教育面向21世纪教学内容和课程体系改革计划"和"高等师范教育面向21世纪教学内容和课程体系改革计划"。这些改革计划中包含文学理论教学改革项目。教改计划鼓励各高校集中人力、挖掘各自学术传统、总结各自教学实践经验。应当说，这一指导思想顾及到了文艺学学科的特殊性，将多元、开放和共享等现代理念注入了文艺学教材编写，因此取得了比较明显的成效。其中最有代表性的是北京师范大学、华中师范大学和陕西师范大学申报的以下三个文学理论课教改项目。

北京师范大学的文学理论课教改项目"在双向拓展中更新文学理论课程"（主持人：童庆炳、王一川），旨在"把文学理论的专业性和跨学科性结合起来，把理论性和批评性结合起来"，在宏观和微观两个维度拓展原有的教学内容和体系。即，一方面向宏观的跨学科的文化研究拓展，借鉴社会学、历史学、文化学、语言学、心理学、人类学、民俗学等相关学科的知识和方法，扩大文学理论的边界；另一方面向微观的文本方面拓展，走向具体、实际而活跃的文本批评，在文本批评中延伸文学理论。这项教改的成果，一方面促成了"文化与诗学"丛书的出版，另一方面已经在童庆炳主编的《文学理论教程》（高等教育出版社2000年修订版）中得到体现，新版教材对文学作品和文本的分析给予了更多的安排。

华中师范大学的"文艺学课程体系的改革研究"（主持人：王先霈）旨在克服文艺学教学侧重于理论观念灌输、忽视欣赏和批评能力训练的偏向，依照学生的认知规律和教学实践的展开时间，将文艺学课程依次设置为文学文本解读、文学理论和文学批评原理三门必修课。这项教改考虑到了学生的实际，并强调在教材写作过程中要注意对国内外最新成果的吸纳和规范性表述问题，而且出版了《文学文本解读》（王耀辉著，华中师范大学出版社1999年版，后修订为王先霈、王耀辉主编《文学欣赏导引》，高等教育出版社2005年版）、《文学批评原理》（王先霈、胡亚敏主编，华中师范大学出版社1999年版，后修订为《文学批评导引》，高等教育出版社2005年版）和《文学理论导引》（王先霈、孙文宪主编，高等教育出版社2005年版）等有影响力的教材。

陕西师范大学的"文学文化学"（主持人：畅广元）教改成果集中体现他们编写的《文学文化学》（畅广元、李西建主编，辽宁人民出版社2006年版）教材当中。此书旨在培养学生的文学理解能力和分析能力，从整体的文化观念的大文化视野出发，深入研究文化建设中的文学活动。在学科实践上，本书加强了对具有代表性的文学作品、文学思潮和文学现象的文化学评价和分析（如对屈原的文化意义、《十日谈》和文学与性的辨析、易学与诗学思想范式的分析），体现文学活动的文化阐释价值，试图对学生的文化创造能力产生一定的启迪和引导。①

二 文学理论教材编写的新范式与新探索

我国的文艺学理论框架基本上是在20世纪60年代初期建立起来的，带有本质论思维的明显印迹。从以上所述来看，经过几代学人的艰苦努力，文学理论的教材建设和理论建设已经取得了丰硕的成果。但是，现在比较通行的文学理论基本上都由文学本质论、文学创作论、文学作品论及文学批评几大块组成，这种体系化的知识界定确实在教学上带来了一些问题。比如，在一些文学理论的考试和教学中，这一套关于文学的知识被确立为普遍性的标准供学生记忆，制约了学生文学体验能力和思考能力的培养。文学的本质，文学不同于其他意识形式的特性究竟是什么？随着文艺传播媒介的变革和文化研究（Cultural Studies）的流行，这些在原来的文学理论教材中往往给予定论的问题，现在也变得非常难以回答。陶东风等著的《文学理论基本问题》（北京大学出版社2004、2005、2007年版）和南帆主编的《文学理论基础》（北京大学出版社2008年版），可以看作是克服旧有教材局限、探索文学理论教材编写方式的新尝试。

《文学理论基本问题》回避了对文学本质下定义的传统思维方式，而是对原有的文艺学核心问题或概念进行历时的梳理，即对传统文艺学描述的同时，始终把当下关注的问题意识贯彻其中，这样就把文学的基本问题和当下的前沿问题结合起来。这样有利于学生对文艺学的基本知识的掌握和领会，也有利于引发学生的思考，突破了传统的、僵化的、教条的教材模式。

南帆等人著的《文学理论基础》也采用了一个比较新的视角，不追求大的体系性，而主要围绕以下两个方面来讲解文学理论：一、文学是什么；二、如何研究文学。从这两个宏观角度入手，作者阐释了作家、文本叙事与抒情、修辞等对象，分析了文学与文化如历史、宗教、民族、地域等的关系，考察了文学经典、读者接受等问题。此书的优点是语言精练，问题集中，被作为"普通高校中文学科基础教材"出版有较强的针对性。

---

① 此节主要参考程正民、程凯著《中国现代文学理论知识体系的建构——文学理论教材与教学的历史沿革》"第十二章"提供的材料，北京大学出版社2005年版，第249—254页。

三 文艺学各相关学科或分支学科教材编写的新成果

随着文艺学教学的专业化趋势明显，文艺学专业培养学位体系的不断扩展，全国获得博士学位授予权的学校日渐增多，为文艺学下属各分支学科（文学理论、古代文论、西方文论、文艺美学）的教学改革所编写的教材也出现了许多优秀之作。

文艺美学方面，复旦大学朱立元主编的《美学》（高等教育出版社2001、2006年版）比较有代表性。该教材试图以马克思主义实践论为基础，适当吸收当代西方存在论（现象学）思想的合理因素，尝试建构有时代特色的实践存在论美学理论。教材可以说继承了蒋孔阳、李泽厚等的实践美学思想，又努力与中国古典美学思想有机地结合，力求发展适合我国当代的实践美学理论。

西方文论方面，近年出现了多部质量较好的教材，如朱立元主编的《当代西方文艺理论》、北京大学董学文主编的《西方文学理论史》、中国人民大学章安祺等著的《西方文艺理论史——从柏拉图到尼采》、吉林大学杨冬著的《文学理论：从柏拉图到德里达》、北京师范大学马新国主编的《西方文论史》等。

古代文论方面，近年新出版的代表性教材有北京大学中文系张少康的《中国文学理论批评史教程》，复旦大学王运熙、顾易生主编的《中国文学批评史新编》，北京师范大学李壮鹰、李春青主编的《中国古代文论教程》等。这些教材各有其优点，为古代文论的教学提供了更为丰富的教学资源。

新中国成立以后，文艺学因国家文化政治的转型获得了前所未有的学科"权力"。虽然历经波折，但到20世纪60年代中期，已经逐渐形成了有中国特色的文艺理论教材体系和人才培养模式。而新时期以来，国内渴望交流和追赶西方思潮的焦虑刺激了文艺学对于各种新潮理论的热烈追逐，这一方面使得文艺学关注的问题和方法获得了空前的扩展，成为引领文艺研究走向的时代先锋；另一方面也使得文艺学陷入无尽的话语转换和失落之中。80年代中期兴盛的"文艺美学热"，以看似维护美学纯粹性和自足性的姿态，实际上传达了强烈的为自由文艺发展开道的意识形态吁求。"美学热"退潮之后，在中国出现了较多的文艺学专著和流派，中国的文艺学教学被认为已经走入了体系相对完备的时期。此时的大多数文艺理论教材主张将文艺看成一种特殊的精神实践活动，但对于这种实践活动的阐释却不自觉地陷入到审美自足论的体系当中。

对于文学本质、文学活动主体、文本分析和接受的分类和安排，几乎使文艺学变成了一套完整的知识体系。与学科的知识化趋势相匹配，高等学校的文艺学教育也形成了从本科、硕士到博士的分层培养体系。深受苏式"专业"分科概念影响的当代中国高等教育，更是将文艺学的研究对象细化到所谓文艺原理、西方文论、中国古典文论、中西诗学比较等分级门类当中。从这一点来说，文艺学教学和研究在完成了专业化和体系化的同时，又可能会变成知识分类和学科规划的体制化生产。

从文化研究（Cultural Studies）反学科的角度来看，任何一门学科一旦被建立起完备的体系，就可能成为压抑多元思想和自身发展的体制化禁锢，就应该对自我进行批判性的考察。因此，站在新世纪的起点上，我们应该对文艺学学科体系保持批判性的警觉。文艺学并不简单是一套可以不断修补和扩充的知识体系，它涉及学科之间的权力关系。例如对于文艺原理、西方文论、中国古代文论、文艺美学等分支学科的划分，使得文艺学的研究和教学越来越多地被带上了资格准入、岗位占领和学位等级认证的体制化色彩。这种体制性的分化正好暗合了中国高校文学教育体制和管理体制方面的科层化趋向。后者在培养专业人才和专业态度的同时，却容易使学生逐渐丧失关注公共问题的热情。因此，文艺学应当借鉴文化研究的方法和经验，不能自足于狭义的审美诉求，必须面向现实的社会文化、尤其是大众文化发言，寻找在学术体制之外与广泛的社会政治运动建立动态联系的可能性。

第二十三章 台湾当代文学思潮略论

以 1987 年的解严事件为界线,台湾当代社会大致可划分为两个不同的阶段。与之相应,台湾的文学理论和思潮在两个时期呈现出不同的发展景观。以下分上、下两篇,分别对这两个时期进行扫描和论述。

20 世纪 50—80 年代,台湾的文艺理论在两种范式的交织中发展:"旧范式"作为政治文化的隐喻,视文学为工具,以官方倡导的"战斗文艺"理论为代表;"新范式"由学界中人发展起来,作为旧范式的反拨,扬弃了政治隐喻的美学观,倡导具有精神内蕴的"语言美学"。20 世纪 90 年代以来,台湾的思想文化界建构了一个开放性的文化场域,诸多不同途径的思考显现出多元发展的状况,不过其中仍存在着两种思潮的对垒,即左翼与本土/后殖民论之间的角力。

上篇 范式的转移:20 世纪 50—80 年代的台湾文论与美学

这里借用库恩的"范式理论"对当代台湾文论与美学的流变进行描述,"范式理论"比较适合于描述思想的传统和创新之间的关系。

传统文学观念和理论与现代文学观念和理论之间的差异是多方面的,而最根本的差别表现在各自对"语言"在文学作品中的地位与作用的不同理解上。根据这种根本差别,我们可以把传统文学观念和理论叫做"旧范式",而把现代文学观念和理论叫做"新范式"。前者倾向于把语言当作一种"工具"或"媒介",因为它所构建的"文论"更多是作为一种"文化隐喻"而存在的;后者则把语言看做人的"精神的存在方式",而文学中的语言则是一种隐含多重意义的"审美对象"。"新"与"旧"并不表明时间上的先后之分,而是表明性质上的根本差异,因为同一历史时期内可以有两种或多种对立相反的因素并存,有些因素是属于"旧"的范围,有的则预示着一种新的发展方向,而它们的存在都有自己的现实依据。台湾从农业社会向工商社会的"转型"使现实的经济基础发生了"裂变",也使得整个传统的意识形态、价值观念面临"危机",文学理论新旧范式并存及其消长变化,也可以在这种社会"转型"的基础条件下找到原因,尽管它们之间的历史因果关系并不一定一一对应,而要复杂得多。

一 人的流动及其美学

1942年9月,国民党政府的中央文化运动委员会在重庆创办了一份《文化先锋》杂志,时任国民党中宣部部长和这个文化运动委员会主任的张道藩在创刊号发表了《我们所需要的文艺政策》[1]。这篇论文肯定了抗战时期文艺的社会化现象,赞赏文艺家从象牙塔中走出来,回到社会大众之中,让文艺成为唤醒国民的重要力量。"文艺已不是有闲阶级的唯美主义者们在贫乏的内容上玩弄文学的东西,而变成了抗战的生力军,它负起了唤起民众、组织民众的积极责任。它摆脱掉专门学者、美学家,以及超然派的文艺家们的羁绊,而跳到从事社会工作者的怀里,与抗战建国发生联系,唯智主义的美学原理,文艺原理,文艺批评与由此而影响到文艺界的形式主义的论调,在现在伟大的时代,已失去了原有的势力。"[2] 正由于原来那些有势力的玄妙理论与现实脱节,已无法作为指导现实的文艺创作的理论,因此,张道藩提出了一套他认为能够适应文艺的社会化需要的文艺政策,这套政策的理论基础是"三民主义",张道藩把它概括为"四条基本原则"和"六不五要",所谓"四条基本原则",即"文艺要以全民为对象"的"全民性文艺"原则;"事实定解决问题的方法"的"实事求是原则";"仁爱为民生的重心"的"仁爱、平等、服务、牺牲"的精神以及"国族至上"的"国族主义原则";所谓"六不",即"不专写社会的黑暗"、"不挑拨阶级的仇恨"、"不带悲观的色彩"、"不表现浪漫的情调"、"不写无意义的作品"、"不表现不正确的意识";所谓"五要",即"要创造我们的民族文艺"、"要为最受苦痛的平民而写作"、"要以民族的立场来写作"、"要从理智里产作品"、"要用现实的形式"。张道藩关于文艺的理念,奠定于"文艺是人类生活意识的表现"这一基点上,所谓"生活意识即人类在求生存时与战争环境接触后所产生的思

---

[1] 张道藩:《我们所需要的文艺政策》,原载《文艺先锋》1942年第1卷第1期。
[2] 张道藩:《我们所需要的文艺政策》,收入《张道藩先生文集》,(台北)九歌出版社1999年版,第597页。

维理想等等"①。1921年至1926年先后留学英法学习美术的张道藩,其专业是美术,抗战时期,也写过一些戏剧作品。由他出面来制定一套"适合"当时情况的"文艺政策",显然是因为他作为国民党官员的身份,而不是因为他的理论素养。张道藩试图用这套文艺政策来抗衡前此四个月毛泽东的《在延安文艺座谈会上的讲话》,其意图是很明显的。这篇文章一发表,在《文化先锋》杂志上引发讨论,该刊第8期、第20期、21期推出了"文艺政策讨论"特辑,讨论的时间从1942年10月延续到1943年2月,参与讨论的人有该刊的李辰冬、梁实秋、王梦鸥、陈铨、赵友培、钱穆、常任侠、夏贯中等人,他们意见不一,各抒己见,这些人士,大部分都在战后去了台湾。

张道藩在抗战时期针对毛泽东的《在延安文艺座谈会上的讲话》而提出的一套"文艺政策",实际上并没有获得文艺界的广泛认同。到台湾之后,蒋介石亲自主导文艺理论的方向与政策的制定,于1953年出版了《民生主义育乐两篇补述》,据此,张道藩于1954年4月又写了一篇长文《三民主义文艺论》,这是对蒋介石的文艺论述的阐述,也是对他1942年发表的《我们所需要的文艺政策》的文章的进一步完善。这篇洋洋洒洒的长文,包括"实质论"(上下)、"创作方法论"(上下)、"形式论"(上下)共六篇,分别论述了三民主义文艺论的本质与特质、文艺与民族文化的关系、写实主义为主的创作方法、写实主义与非写实主义的综合运用、形式的错综变化与通俗问题、形式的优美与创造问题等。

在蒋介石、张道藩的带动下,随同国民党政府退守台湾的一批文化人,在20世纪50年代几乎主导了台湾的文艺理论与美学的方向,40年代不可能在中国大陆获得广泛共识的以三民主义为理论基础的国民党文艺政策,迁徙到台湾之后,在50年代生根开花。1928年赴法国巴黎大学学习比较文学和文学批评的李辰冬,以中国古典文学研究为主,他的博士论文《〈红楼梦〉研究》(1934)、译作《浮士德研究》(1945)、文艺论著《新人生观与新文艺》(1945)都出版于他在大陆的时期,而以《〈红楼梦〉研究》最引人注目(此书获得1944年度的国民党教育部学术奖),到台湾之后,曾在大陆主编过《文化先锋》、《文艺先锋》、《新思潮》的李辰冬,主要用力于他在1948年为自己提出的一个十年计划,1953年4月出版的《文学新论》,则是他因"时势的需要"而提前写作的。这本书

---

① 张道藩:《我们所需要的文艺政策》,收入《张道藩先生文集》,(台北)九歌出版社1999年版,第600页。

是在张道藩的鼓励下完成的。李辰冬在书中提出了"文学是意识的表现"和"意识决定一切"的论断，带有蒋介石所服膺的王陆心学的特征，而这也是"流动"到台湾的人们在风雨飘摇的时代最需要的理论与美学。

作为40年代的《文化先锋》的撰稿人之一的王梦鸥，1930年至1936年求学于日本早稻田大学。在大陆时期曾创作过一些剧本，其学术论述则偏于中国古代经学，他的一系列关于《礼记》的研究论文，如《原礼》、《礼与大一》、《礼教与社会生活》、《原士与儒》、《物底升华与人之再生》、《六艺与儒学》，均发表于《文化先锋》（1942—1948）。然而真正发生影响的，却是他到台湾之后发表的有关文艺理论与美学的论著。王梦鸥在台湾的最早的文艺理论论著是台北重光文艺出版社于1959年出版的《文艺技巧论》（此书于1984年由学英文化出版社再版时改名为《文艺论谈》）。早在张道藩发表《我们所需要的文艺政策》时，王梦鸥就以《戴老花眼镜谈文艺政策》[①]进行质疑，他在台湾政治大学任教时期撰写的文论，也没有像李辰冬那样紧密追随张道藩的路子，而是另开新路，以国学研究的根柢，去介绍西方诗学和美学的流派和方法；又以西方美学的修养，重新解读了中国古典文论所蕴含的美学思想。收入《文艺论谈》的《中国艺术风格试论》、《中国艺术之抽象观念化》、《〈诗学〉以后的文评略述》、《浪漫主义文艺之特质》、《左拉的自然主义文艺》、《二十世纪初期的文学批评》、《漫谈文学欣赏》、《诗境界》、《文艺技巧论》、《论作品的结构》、《狄葆德小说结构论》、《现代小说之基本动向》、《小说人物的构成》、《情节的间歇作用》、《现代短篇小说的性质》、《论悲剧》、《喜剧的笑》、《电影编剧问题》等，涉及基本理论，文学史，作家作品评论和美学问题研究。

从张道藩、李辰冬、王梦鸥三人的文论，我们可以看到一条延续自大陆时期的不同于左翼文论的路线，在台湾的特殊历史环境下得到发展，而他们彼此的差异，也是50年代中后期在学院内部的文论与美学日渐与官方文论与文艺政策的差异所在。正是这些差异的存在，预示了台湾文论与美学的近六十年日渐多元、丰富而复杂的发展方向。

台湾文论六十年的发展表明，新旧两种范式是并列甚至交叉前进的。以官方倡导的"战斗文艺"理论为代表的旧范式和"语言美学"新范式都是在共同的现实环境上产生，而且几乎同时出现。根据"战斗文艺"的"理论原则"进行创作的"反共文学"作品很快就夭折了。一是它们

---

① 王梦鸥：《戴老花眼镜谈文艺政策》，原载《文化先锋》1943年第1卷第21期。

缺乏丰富的创作土壤，再就是大凡靠一种概念去演绎的"文学作品"最终都必然使自己向着"偏型"的文学类型去发展，其极端化便是日趋僵化，丧失了文学的生命力和美学价值。但是作为一种理论，却还会以各种新的面貌延续下去并发生一定的影响。"战斗文艺"理论即从50年代延续到70年代，因为它本来就是"概念性"的东西，借助官方的、或者具有"影响力"的媒体与个人的力量，而逐渐被"知识化"，因此常常在现实需要的时候就应运而生。但我感兴趣的不是战斗文艺理论作为一种传统范式的延续过程及其效用，而是"新范式"——台湾语言美学之诞生、发展和理论化的过程。它并不是在传统范式"突然"断裂、"死亡"之后立刻诞生，并从此单独地生存下去，而是在传统所赖以产生的土地上崛起的一股异质的新的力量。它吸收了传统的许多因素——例如强调理性、知性的观念，以避免文学流于肤浅与庸俗等——但它对理性的强调却不像传统范式那样指向异己的"社会集体"，而带着强烈的个性主义色彩和现代人的历史感，新范式的构建过程恰恰是构建者们（他们形成了一个理论共同体）所意识到了的现实的历史过程，它不仅仅表明了一种理论由萌芽走向成熟的"纯学术"规律，而且表明了人们在其现实基础发生裂变的过程中某种精神变迁史，我把这称之为"新遗民"对"生命情调"的选择。

我这里所用的"范式"（paradigm）概念借自美国科学史家托马斯·S. 库恩。库恩认为科学发现具有三个特征：一、反常现象的发现（它统统非已有理论所预见，超乎传统规范）；二、发现反常的这个人和他的集体的许多成员为使这反常现象变成合规律的现象而奋斗；三、科学发现不仅仅是科学知识的积累和增加，在某种意义上，它们对于早已有的知识有反作用[1]。因此，新的发现要求一系列的调整，当这些调整越来越明显的时候，可以把它看做"科学革命"。科学革命的结果就是新范式的诞生。据此，库恩把科学发展的趋势描述为"前科学→常规科学（范式之建立）→危机→科学革命→新的常规科学→新的危机"这样一个过程。"前过程"的特点是群龙无首，杂乱无章，呈现出比较幼稚的"多元"局面。经过这个阶段之后，逐渐形成一种为大家所共同遵守的规范或科学基质，即建立起一个科学共同体的成员所共有的信念、价值标准和技术"范式"。"范式"主要指由定律、原理、实验工具和方法所形成的科学研究的具体

---

[1] 库恩（Thomas S. Kuhn）：《科学发展的历史研究》（1962）。参见其论文集《必要的张力》，江树生等译，福建人民出版社1981年版，第174—175页。

范例，学习科学的人与这种范例时常接触，于是在潜移默化中形成了科学传统中"未可明言"的意识（tacit knowledge）。"范式"的出现标志着一门学科由前科学走向科学。在"范式"确立之后，人们一般不再怀疑自己，不考察"范式"是否正确，而考虑自己是否合乎规范。随着反常现象的发现和日渐增多，根据"归纳思维"原则建立起来的传统范式因无法解释新现象而日愈受到怀疑。"危机"出现了，这是百家争鸣的"多元化"的新阶段。直到"革命"爆发，产生新的常规科学，即新的范式。库恩的"范式"概念导源于美国哲学家米歇尔·博兰尼（Michael Polanyi）的支援意识（subsidiary awareness）。博兰尼认为，当一个人在集中思想解决某个问题的时候，总有一个兴趣，一个意图，这思想意识中的集中点他称为"集中意识"（focus awareness），它属于"显"的层次。直接表现在我们具体的意向，关怀和解决问题的方式上。此外，还有一个更深的"隐"的层次，那是人们在"集中意识"里解决面临的现实问题时的基础和根据，这就是我们过去在成长过程中通过学习等方式从师承学派传统、文化价值系统等接受过来的"支援意识"，是我们在教育、熏陶下潜移默化而形成并深植于心的"传统"[1]。

不论是库恩的"范式"还是博兰尼的"支援意识"，事实上都强调了科学新发现与"传统"的相互依存的关系。新范式的建立是对传统范式的"扬弃"过程，它不是在具体的时间、空间，由某一个人突然完成，而是涉及许多人甚至许多"共同体"的复杂的历史过程。从整体文化发展的角度去看，新范式与旧传统处于互补的关系之中（例如牛顿与爱因斯坦），而不是两种相反的因素；但从文化发展的某个具体环节上看，新范式却是对它之前的那个旧范式的"反动"，正如库恩所说，它的形成对旧的知识具有一种反作用。在这个意义上说，新范式既是历史发展到一定阶段上的必然结果，就必然反映了这个阶段里的人们（共同信奉此一范式的"共同体"）关于自己和社会、世界的一种新的感受力，新的认识，因而也具有它本身以外的意义，例如共时的政治意义、社会学意义和"历时"的文化意义，等等。

根据"新范式"与传统之间的这种关系，可以看到，它的建立有四个因素是不可或缺的：1. 传统在延续过程中因具体条件发生变化，现实具备了新现象产生的基础。在社会生活中，表现为旧的体制逐渐发生裂

---

[1] 关于博兰尼的"支援意识"概念，转引自林毓生《再论自由与权威的关系》，见《思想与人物》，（台北）联经出版公司1983年版，第67—68页。

变,人们从传统的断层中发现了自己生活的新价值;2. 这种新的价值不是孤立的、偶然的,而是普遍的、必然的,为一个或几个共同体所接受;3. 现实的必然性发展使新的价值观得以延续和巩固,而不是断裂;4. 新的价值观要求得到说明和证明,要求得到确认,于是必然的趋向"理论化"或"知识化",成为一种新的传统。台湾文学理论的历史发展,即其"语言美学"的建构过程,是我们得出这一观点的事实根据。

二 文论与美学作为政治文化的隐喻

1949年,国民党在大陆全线崩溃,大势已去,只好退居宛如汪洋中一叶扁舟的台湾岛。只要想一想孙中山一手创建的这一大党曾经怎样领导中国资产阶级从事推翻千年帝制的革命,建立中国第一个资产阶级"共和国""中华民国",怎样进行艰苦而悲壮的北伐战争,后来又怎样在内战与被迫抗日中渐失民心,终于仓皇南去,偏安海隅,人们不难想象那些依然在海峡彼岸张扬"三民主义"的"孤臣""孽子"们的强烈的"遗民"意识与悲剧意识。这也就是为什么在50年代的台湾突然盛行着"战斗文艺"、"反共文学",高喊着通过建设"以伦理、民主、科学为内容,以民族的风格、革命的意识、战斗的精神,熔铸而成的三民主义'新文艺'"来强化人民的"反共意识"的根本原因了[①]。翻开这个时期占主导地位的"反共文艺"的理论文章,会发现所有的文艺种类,包括小说、诗歌、戏剧、音乐、绘画等等,都被赋予了"反共"的"繁重"而"艰巨"的"战斗任务"。例如1951年创刊的《文学创作》杂志(由有官方背景的"中国文艺协会"领导)在1953年5月号刊出"战斗文艺论评专号",发表了张道藩的《论文艺作战与反攻》、齐如山《论评剧的特质及其战斗力》、虞君质的《论文学与战斗》、梁宗之的《论小说的战斗性》、王聿均的《论诗歌的战斗性》、施翠峰的《论绘画的战斗性》、李中和《论音乐的战斗性》等文章,把各种艺术体裁都纳入"战斗文艺"的行列之中。在自称为"三民主义"文学理论的论著里,例如标榜"民生史观

[①] "国军第一届文艺大会宣言"(1965·7),转引自尹雪曼主编《中华民国文艺史》,(台北)正中书局1976年版,第104—105页。国民党到台湾之后,对文艺加强了控制,1950年3月起,其"中央改造委员会"在政纲中列入了"文艺工作"一项。蒋介石在1953年著《民主主义育乐两篇补述》(1953年11月14日在国民党第七届中央委员会第三次全体会议上发表。收入《国父全集》第一卷"附录",台北1981年再版)提出了"民生主义社会文艺政策"的重点和方向。是此后"战斗文艺"运动的指导思想。直至70年代,国民党都没放松对文艺的"指导工作"。1971年的"中央文艺工作研讨会总决议文"仍然要求"继续贯彻战斗文艺运动,使文艺充分发挥作为思想作战前锋的功能"云云。

文学论"的李辰冬的《文学新论》（1953年初版，1975年重版）和获得1966年"中山文艺奖文艺理论奖"的王集丛的《文学新论》（1965），都留下了以"意识"为中心的痕迹。李辰冬认为"意识决定一切"，它"决定"文学的内容与形式、文学的价值、表现的技巧，是美感与共鸣的基础；"人类意识的组合是文艺作品的最大功用"；因此决定文学作品的价值的标准便是作者"最为真挚"的"生活意识"，最能代表作者"人格"的"终身的最高理想"[①]。王集丛的基本论点是，文艺作为"万物之灵"的"人类生活的产物"，是"人生的反映"，其最大的目的是发扬人性，消除兽性。因此，"文艺要善，传达善良的感情和思想"，"文艺还要真要美，把所有的生活写得真切美妙，通过此真切美妙的描写而对人生起着善的影响"[②]。李、王二人的方法论、本质论、起源论、发展论、功能论、价值论、关系论、创作论、批评论等，都贯穿着相同的主题。这一现象令人回想到近代梁启超的"新小说"理论，五四时期的"文学革命"、二三十年代的"革命文学"，甚至可以追溯得更为久远。传统的"言志"、"载道"观念、他们对于所言之"志"、所载之"道"和"革命意识"的理解是不一样甚至相反的。但是，把文学当作一种"工具"或"手段"以达到更为根本的功利目的却几乎一脉相承。此外，传统文论习惯于把文学置于整个文化系统当中来考察。比如先秦时代的《易传》所提出的"人文"观念，就比较系统地表现于梁朝刘勰的《文心雕龙》当中，其中的"纯"文学——诗、骚、乐府等，就与现在很难被看做是"文学"的许多应用文类——如奏启、书记、章表等合并在"文"这一系统中，这似乎正是为了强调"纯"文学的"持人情志"之用，即使之发挥类似"经史"的"经邦济世"的"补助"功能。清代章学诚提出"六经皆史"，使"诗经"（文学）、《易经》（哲学）、《礼记》（某种意义上的政治学）与史类的《尚书》、《春秋》在"史"的层次上统一起来，其实也就在逻辑上使它们都处在互相补充、互相说明的有机统一的网络里。换言之，"诗"也可以当作"经"来读，当作"史"来读。中国传统向来就重视"诗教"、"乐教"、"史教"、"礼教"、"象教"等等，把文学艺术乃至历史、哲学统统归属于一定的政治道德教化的大前提下。以致后代的文学批评家们为了提高"非正统"文学（例如诗之"余"的词曲、戏剧、小说等）的地位，必须赋予它们以经史所具的严肃的"教化"内涵，或者通

[①] 李辰冬：《文艺新论》，（台北）东大出版公司1975年版，"1953年初版自序"、第九章。
[②] 转引自尹雪曼《中华民国文艺史》，（台北）正中书局1976年版，第99页。

过批评来强调其严肃的道德意义。宋代苏辛对词的改造,明清时期李贽、张竹坡、金圣叹等人对《水浒传》、《金瓶梅》、《西厢记》等小说戏剧的评论,乃至近代有人提倡把"新小说"当作"经史"来读等等,都足作例证①。蒋介石1955年出面提倡"战斗文艺",后来又提出"文化为文艺的根干,文艺乃文化的花果",1968年5月在一次"文艺会谈"上又说:"今天文艺工作者的使命与路向,必须使民族文化与时代精神结合起来,以把握务本与求新的原则,而增强其承前启后的责任。同时,基于时代精神与革命任务的配合需要,更要促进文艺与武艺的结合,加强发挥文艺的战斗力量,使其一方面担当起三民主义政治作战与心理作战的前锋,另一方面力挽当前偏颇颓靡以及畸形发展的文艺逆流,而将其导向三民主义新文艺以'仁'为本的主流。"②几乎不露痕迹地承袭了上述传统。一方面把文学置于文化系统之中,赋之以普遍的、严肃的"文化意义"与现实的政治宣传任务;另一方面又强调文学本身在形式方面的"美学"特征③,从而更有效地言"志"载"道",成了传统文学观念及其理论的逻辑。它的社会基础是专制体制之下的"集体主义"。这就是为什么国民党到台湾之后"痛定思痛",悟出了文艺的特殊的凝聚力量,因而匆忙中借助"战斗文艺"度过最初几年的精神危机④。因为如此,这个时期出现的几乎所有得到官方资源支持的"理论"都具有比较浓厚的文化隐喻的色彩,它们意不在文学自身,而在其倡导的政治文化的建设。

然而,"战斗文艺"理论作为政治文化的隐喻,一种政治理论和意识,在"指导"文艺创作方面彻底失败了。如果说它有什么"积极意义"

---

① 例如,无名氏在近代"新世界小说社报"第六、第七期上发表"读新小说法",即宣称新小说宜作"史"读,宜作"子"读,宜作"志"读,宜作"经"读。"以小说读小说,则思想所有之事,不必世界所无之事;小说又宜以非小说读小说,则世界所有之事,不必思想所有之事……因其所有而有之,则万物莫不有,唯知幻观之无非实观也,方可读吾新小说。"云云。见舒芜等编《中国近代文论选》(上册),人民文学出版社1981年版,第273—274页。
② 转引自尹雪曼主编《中华民国文艺史》,(台北)正中书局1976年版,第979页。
③ 蒋介石1953年11月14日发表的《民生主义育乐两篇补述》,也是这样理解文学的:"……发源于诗的文学,乃是传统思想与情感的一种艺术。因为文学是思想与情感的传达者,所以他必有其充实的内容;因为文学是一种艺术,所以他又必有其优美的形式。"见《国父全集》,(台北)中国国民党中央委员会1973年版,第269页。
④ 国民党到台之后,认为它在大陆失败,有一个重要的因素就是忽视了对文艺的利用。因此,它加强了对文艺的"领导"工作。例如在政纲中列入"文艺工作"项目,制定文艺政策、召开各种文艺大会、座谈会,在军队里培养和鼓励创作。实行蒋介石所谓的"文艺"与"武艺"相结合方针,等等。参见尹雪曼主编《中华民国文艺史》第12章第5节"复兴时期的文艺运动"等。第977、104—108页等。

的话，那就是它在客观上导致了人们对于自由、民主、民权等问题的深入讨论，为"新遗民"构建新的文学和文学理论打下了观念上的基础。它的负面影响在于，经过历时二十多年的强化宣传，它也"成功"地把大陆所选择的另外一条现代化的道路做了适合自己需要的形塑，构建了大陆的"另类"形象，成为后来两岸互相沟通的重要的心理障碍。就当时台湾岛内的真实状况而言，人们所接受的与其说是官方所宣扬的一套政治教条，毋宁说是他们所信奉的"人本主义"①。此外，这种理论对于"恶梦初醒"的人们也具有某种维持精神平衡的效果，仿佛虽然失去了"天堂"，但也逃脱了"地狱"。1954年，"中美共同防御条约"缔结之后，惶惶不安的人们在美国舰队的卫护下渐渐有了喘息的机会。"被回忆所束缚，不采取新行动，活在自我欺瞒中"（白先勇语）的反共文学作家们事实上也难于掩饰自己的挫败感了。挥之不去的精神创伤犹如恶梦一般骚扰着到台"遗民"的内心深处，在高喊"反共"，以及由此引发关于自由、民主、人权等思想的研究和阐释之后，他们有机会反思传统价值体系（包括"三民主义"思想）在动乱之后的存在依据以及自己的功罪，尽管这种反思仅仅停留在表面上，没有深入地探触到历史剧变的内在原因。

> 在失血的天空中，一只雀鸟也没有。相互倚着倚着而抖颤的，工作过仍要工作，杀戮过终也要被杀戮的。无辜的手啊，现在，我将你们高举，我是多么想——如同放掉一对伤愈的雀鸟一样——将你们从我双臂释放啊！②

---

① 国民党到台后有两大基本任务，一是在整个意识形态领域竭力抵制共产主义思想，一是开放门户，从事经济建设，并尽量缓和本省人和外省人的矛盾。解决第一个问题的方针之一，就是鼓吹三民主义的"人本主义"。"国军第一届大会宣言"（1965）就宣称，"新文艺运动的目的，就是在提高人性的尊严，谋求人类的幸福。这一崇高真善美的文艺思想，如果用现代的语汇来说，称之为'人本主义'也未尝不可，但我们相信，它比15世纪的'人文主义'更积极，比18世纪的'新人文主义'更进步。因此，新文艺也可以称之谓'进步的人文主义'"。参见尹雪曼主编《中华民国文艺史》，（台北）正中书局1976年版，第990页。

② 商禽：《梦或者黎明》十月丛刊，第一册，（台北）十月出版社1969年版，"鸽子"，第45页。对历史的反思是由诗人与作家来进行的。这件事很具有讽刺意味。国民党人比较缺乏自我批评的精神。他们把自己在大陆的失败都归咎于中国共产党和苏俄的"蛊惑人心"而没有深刻地反省自己，在历史上犯下的错误，例如蒋介石把他们失败的原因之一归结为坐视共产党对文艺的利用（《民生主义育乐两篇补述》），蒋经国也谈青年被中共解除了"精神武装"与国民党军事上的失败同样关键。这是他们在军队中加强思想政治工作的指导思想。有的论者正确地指出，国民党到台之后所做的总检讨只停留在"痛悔自己和共产党比起来，控制不够严密，手段不够狠的技术层面上，对反省自我的工夫，则付之阙如"（李绿：《台大学生运动30年回顾》，台北《夏潮论坛》1983年第1卷第9期）。

"军中诗人"商禽的这首《鸽子》诗可以看做是那种"反思"或"忏悔"的写照,一些怀乡文学(比如林海音《城南旧事》,聂华苓《台湾轶事》)以迥异于反共八股的面貌在难以抑制的乡愁中透露出某种离心的力量。"现代派"正悄悄酝酿,以纪弦为首的"现代"诗社,以覃子豪、余光中为核心的"蓝星"诗社,以痖弦、洛夫、张默为骨干的"创世纪"都是在1951年到1956年间破土而出的,他们率先以奇崛的语言形式,象征的意象去探索人们的心的奥区;白先勇在60年代以一系列小说(后结集为《台北人》)描绘了处于历史断层之间的人们价值观失落之后的惶惑不安和无目的的追求。总之,经过战乱之后重新开始的新的现实环境为人们提供了充分的反思历史的机会。传统价值观念面临危机,而文学,首先以独特的语言形式来表现这种危机对于人的深刻影响。面对新的"现代派"文学,面对历史对现实的人的震撼,传统理论除了自圆其说或是硬把自己的观念去规范新的文学现象(精神现象),显得笨拙甚或可笑,已经到了必须采取"开放"的姿态,自我扬弃以适应新情况,建立新的理论范式,否则将落到因无能为力而被抛弃的地步。这个时期,历史选择了夏济安。他通过创办《文学杂志》(1956)引进"新批评派"的文学理论,倡导"纯文学"创作,启发了新一代的文学新意识。[①]

三 突破原有文论与美学框架

美籍华人学着陈世骧先生曾经对夏济安作过比较恰如其分的评价,认为他的遗著是西方"新潮"涌入之后,从事新文学研究成就斐然的"发轫"之作,他"先站在这个新潮的主流中",是"这个新阶段幸而产生的一个人"。陈世骧指出,"谈到新阶段新潮内中西文化撞击对中国文学进一步的建设性,而提出济安的地位贡献,我们决不是蔑视上一代,的确,中西贯通的前辈,和他们筚路蓝缕,以至今犹持续的成绩,都是昭昭可指的。但需要说明的是济安奋起为中国新文学努力的时候,一方面国家的危

---

① 夏济安(1916—1965),江苏吴县人。1955年春季曾在美国印第安纳大学读了一个学期,翌年始在台湾主编《文学杂志》。在主编这份杂志期间,所介绍的西方文论,正是当时在英美文坛起主导作用的"新批评"。作为第一个引介"新批评"的人,夏氏自己的文学观亦深受这一理论的影响,在他的影响下,白先勇,欧阳子等人后来创办了《现代文学》杂志,在文学创作上标志着一个新的历史时期。以后的"纯文学"理论一直受到夏氏开创的这一条路线的影响。1959年3月,夏济安再次出国,先后在西雅图、华盛顿大学、柏克华大学任教并作研究工作。1965年2月23日脑溢血,不治去世,遗著有《黑暗的闸门》(The Gate Of Darkness)(华盛顿大学1968年版)(英文版),《夏济安选集》[(台北)志文出版社1971年版]。

难是空前的,一方面50年代以来国际文化关系的转变大开放,当时就自由中国说,也是空前的。因此斯人之出,既可说极难能,又可说好际遇。而终是有他特殊的可贵。"[1] 陈氏的评价有两点值得注意,一是把夏济安与他的前辈相区别,强调他是在中西文化交流的"新潮"中脱颖而出,二是把夏济安放在"国家的危难环境是空前的"时期与国际文化关系发生"转变大开放"的50年代以来的历史当中来考察。正是这两点使夏氏的文学思想带上了鲜明的时代特征。陈世骧正确地指出,夏氏的思想,寸步不离文学园地,"甚至多于技巧处深入精辟",而且把文学本身的考察与文化的考察结合起来。但是陈氏没能深入地分析夏氏文学观念的"异质"之所在,也没有发现它与后来的文学理论的血缘关系,同时似乎忽略了它在当时的政治文化意义。

无论夏济安是否被他的继承者们所忽视,他都是他们的前驱。因为他们共同的"新范式"的基本观念都已经在夏济安的评论文章里初露端倪。夏氏的文学观念有两个基本点:一、反工具论,二、强调"文字之美"。由第一点引发了纯文学理论"无用之用"体系的建立与完善,从第二点人们发现了人跟语言文学的深刻关系,他与语言文学构筑的文学世界以及与外部实在世界(社会与自然)的双重关系。"语言"作为人们安身立命,追求人生意义和价值之所的"本体"性质不仅使人们找到了抗衡异己的外部世界的最佳方式,而且可以帮助人们由形而下的世界提升到形而上的世界,从似乎浅层的世俗世界逃到似乎高深的哲学(美学)境界。由"语言"入手而引起的文学观念的一系列"革命",在台湾,是从夏济安开始的。在他之后,王梦鸥、刘文潭、姚一苇、徐复观、刘若愚、叶维廉、柯庆明、蔡源煌、龚鹏程等人都沿着相同的方向,以各自的方式继续了这场"革命"。我把具有相同思想倾向和共同方法论基础的这些文论家们放在一个"共同体"内,并不意味着他们彼此之间一定有直接的相互影响的关系。事实上,每个人都从共同而又稍有差异的国际文化交流的大背景中选择自己的"参照系",但他们的共同选择却恰恰表明某种共同的现实处境。

夏济安宣称,"小说家究竟不是思想家,他的可贵之处,不一定是揭示什么新思想,也不一定是重新标榜某种旧思想,他所要表现的是,他在两种或多种人生理想面前,不能取得协调的苦闷,直截了当地把真理提出来,总不如把追求真理的艰苦挣扎的过程写下来那样有意思和易于动人。

---

[1] 陈世骧:《〈夏济安选集〉序》,见《夏济安选集》,(台北)志文出版社1971年版,第4—5页。

小说家不怕思想矛盾、态度模棱。矛盾和模棱正是使小说内容丰富的重要因素。问题是，小说家有没有深切地感觉到因这种矛盾和模棱而引起的悲哀。"① 他解释道："我并不是说，现有的社会不需要改善。小说家可能有他自己一套社会改造的思想，但是小说家必须使他的作品有别于宣传。"② 他认为，一本教忠教孝的小说与一本宣传民主自由的小说一样是"不可能写好"的。作家感兴趣的应是"善恶朦胧"、"善恶难以判别常被混淆"、"善恶之易于颠倒位置"的人生事实③。实际上就是认为文学应该摒弃关于人的简单的政治、道德划分，而把笔触深入更为丰富复杂的人性世界。"善恶""忠奸"只是道德、伦理、政治上的概念，远不足以穷尽人内在外在世界的更为生动丰富的内涵。夏氏在论述"文字之美"与诗的关系时强调，新诗人的主要任务是"争取文字之美"。他认为，"诗的取材是次要的，诗的表现方式才是最重要的问题"④。"好诗是文学艺术最高的表现，一国文字的精微、气势、情韵、节奏、巧妙等性质，大多是在诗里才可以得到完美的统一，或是充分的发挥。一国文字是否能成为'文字的文字'就是看这种文字里有多少种'美'的性质。而这些美的性质能够提高到什么程度"⑤。他所谓的"文字之美"并非语言的堆砌，过分雕琢和浓妆艳抹等"畸形现象"，而是指文字的准确传神，即以恰如其分的文字创造出可以充分表现人的复杂完整之内外世界的艺术。

王梦鸥1964年发表的《文学概论》吸收了韦勒克、沃伦《文学理论》以及德·索绪尔《普通语言学教程》的观点，同时也从传统批评论著（例如《文心雕龙》、《诗品》、《诗人玉屑》、《四溟诗话》等）获得许多养料，然而除了它的系统性之外，其基本观点与夏济安并无不同。王梦鸥把文字定义为"语言艺术"，他说："现代所谓'语言艺术'，一面是谈心意的活动，一面是谈言词的活动，言词固是记号，而心意之现形，其实也是记号。然则，构成文学的原则，实际只是记号（广义的）构成原理了。"⑥ 他的独特之处在于把"心意活动"与记号联系起来，而不是将二

---

① 夏济安：《旧文化与新小说》（1957），收入《夏济安选集》，（台北）志文出版社1971年版，第5页。
② 夏济安：《旧文化与新小说》，收入《夏济安选集》，（台北）志文出版社1971年版。
③ 同上。
④ 《对于新诗的一点意见》，收入《夏济安选集》，（台北）志文出版社1971年版，第88页。
⑤ 《白话文与新诗》（1957），收入《夏济安选集》，（台北）志文出版社1971年版，第78页。
⑥ 转引自尹雪曼主编《中华民国文艺史》，（台北）正中书局1976年版，第98页。因资料缺乏，本文无法对《文学概论》这部被认为最具系统性的论著进行详细探讨。仅能借助第二手资料略加评述。

者割裂，分置于"内容"与"形式"的概念之中。记号既是心意活动之显现，那么它就不仅仅是一种"容器"，而本身就是一种精神现象。这种理解，比夏济安关于"文字之美"的论述更进了一步。在王梦鸥《文学概论》里，"语言"被看做文学问题的核心，围绕着它来展开语言艺术（文学）的多方面、多层次的讨论，包括记号作用、语言界限、韵律形式和可变性及其变化的界限，文学中的意向、意向表达的层次以及文学批评等文学内在批判的论证和阐述。王氏后来又在《文艺美学》（1971、1976）里完善了"语言美学"的概念①。明确指出"文学"是"表现美的文学工作"。他说："所谓'文字工作'，是为'表现'而设，而'表现'则又为'美'的目的所有。倘把文字、表现、美当作文学的三大要素，则美之要素则又统摄其余二者。有文字表现而不美。不得成为文学，美而不用文字表现，亦不得称为文学。"② 文学有别于其他艺术之处在于所用的符号不同，而它之所以成为艺术品，是因为与别的艺术品一样服务于审美目的。因此，"审美目的"是文学的艺术特质，而文字系统则是它的"有意味的"表现形式，"凡不具备这审美目的，或不合于审美目的，纵使有个文字系统或构成，终究不能算作艺术的文字"③。以此为基点，王氏构建了自己的"文艺美学"体系，以"适性论"（合目的性原理）、"意境论"（假象原理）、"神游论"（移感与距离原理）三大原理来分析文艺美学的构成及条件，探讨文学创作活动，作品的本体构成和鉴赏活动的美学规律。把美学引入文学，创立"文艺美学"，王梦鸥是第一个人。而他严谨的体系与论证，实际上只是夏济安"朴素"的"反工具论"与"文字之美"论的理论化罢了。

　　标榜"艺术本位论"的另一位重要理论家姚一苇承认从语言或符号的角度去研究文学的本质与特性是一个很重要的趋势，但他强调不能停留在"语意学"的范围，而必须进入"艺术"领域。其《艺术的奥秘》（1968）的论旨不是别的，正是"从艺术的本位出发，以艺术作为独立的思考对象，故虽亦涉及各种知识与各种学问，但系寓知识与学问于艺术上表现方法与形式之中"④。姚一苇认为艺术品"表现为人类的价值"，是"形成人类精神文明的重要环节。"因此，对艺术的研究可有不同的角度，

---

① 笔者所谓"语言美学"系采自王梦鸥的提法。他在《文艺美学》（台北，1976年）提到了这一概念。详该书第113页。
② 王梦鸥：《文艺美学》，（台北）远行出版社1976年版，第29页。
③ 同上书，第131页。
④ 姚一苇：《艺术的奥秘》，（台北）开明书店1968年版，"自序"。

可以从人类学、历史学、民俗学、社会学去论断艺术,也可以从心理学、生理学与美学的角度去探讨艺术。① 这些理论都极欲使文学退回"纯艺术"的领域,而不是作为政治宣传工具向单一社会功能褊狭地发展,以至于贫血僵化。文学作为艺术,其实也就是使现实人生的复杂性、多面性审美地完整地表现出来,使之本质上蕴涵着丰富圆融的文化—心理内容,发挥其多元的价值功能和社会效果。

50年代是与"纯文学"格格不入的时代,因而夏济安的声音虽与当时相当"传统"的官方理论很不协调,却也如杯水微澜,在极狭小的文学圈子里来回传送,但在六七十年代,这一微弱的呐喊却受到了广泛的注意,并通过王梦鸥、姚一苇这些大家之手理论化、学术化,与政治意味极浓的"战斗文艺"理论形成鼎立之势。在这个意义上看,纯文学性质的艺术本位理论也不可避免地带有一种反对政治权威的色彩。对旧规范的突破,往往以重新解释评价旧规范里某些"被忽略"的方面展开,表面上看似乎是在旧的范围内补苴罅漏,但事实上,从古代的"诗言志"到"诗缘情"再到"妙悟说"、"神韵论",到现代的"意识形态论"(本质主义)向"语言哲学"过渡,都隐藏着仅从纯文学观点解释不了的更为深刻的内容,这就是摆脱旧规范之束缚,通过"纯文学"重建富有自由精神的个性。

夏济安开拓的这条文学路线,到了80年代,政治色彩较之王梦鸥、姚一苇时期似为减弱,而其玄学气息则越来越浓。这一方面固然是由于新一代文论家不仅熟悉了他们的前辈所熟悉的西方"古典主义",连"新批评"、"结构主义"在他们眼里都已作为"古典",时兴的胡塞尔现象学、海德格尔存在哲学(尤其是他的语言哲学)、维特根斯坦的分析美学以及后期语言哲学,柯林伍德的历史观念,加达默尔的解释学,吕格尔的象征哲学,殷加登的现象学美学,德里达的解构方法等等,都已成为年轻一代随手可用的思想武器。另一方面,是由于急剧变化,节奏加快,动荡不安而又暧昧不明的"工商社会"造成了更深刻内在的"意义危机"或"文化危机"。叶维廉的一段话代表了他们对"意义危机"的理解:"现代诗人的焦虑,原来是起自'语言究竟能不能为直观的世界存真'这个哲学的思考的。事实上,所谓'语言的危机'亦是现代哲学、美学、诗学搅痛忧困的'认识论的危机'。请看卡谬(Albert Camus)在他的《表达的哲学论》一文里所谈的话,'最要紧的是,要决定我们的语言究竟是一个

---

① 姚一苇:《艺术的奥秘》,(台北)开明书店1968年版,"自序"。

谎言还是真理。'从马拉海通过史妲儿（Gertrude Stein），由庞德到后期的现代派，由克依克果（Kierregaad）到海德格到德里达（Derrida），这个问题仿佛从《启示录》中惊怖神异的世界深处里回响出来。"①

叶维廉把现代诗人的焦虑困扰归咎于关于语言能否真实反映世界的"哲学思考"，只是说出了某种结果和现象，并没有把握到真正的根本原因。问题的关键并不在于怀疑语言（意义）的价值，而在于为什么会引起这种痛苦的怀疑，为什么会产生导致焦虑困扰的"哲学思考"。显然，这根本原因只能在现实社会当中寻找。龚鹏程感到了这一点，"我们不幸地处于这一丛丛荆棘、一波波巨浪之间，除了面对雷轰电闪的满天云雾之外，只能一步步苦苦向前"②。他认为"意义危机"发生于社会转型、新旧价值观念交错冲突之际，往往表现为"道德的迷失"、"存在的迷失"、"形上的迷失"（即终极信念的失落）。因此，这个时期的文学理论主要表现为，在坚持纯文学理论的基本逻辑的同时，想通过其语言哲学方法论力挽颓风，建立新的属于个人的信念。因此，相对传统的"集体主义"而言，它的哲学基础是自由自主的个性主义，也因此而呈现出所谓的"多元"趋势。

刘若愚把文学定义为"艺术功用与语言结构的交搭"，文学的非艺术功用——例如社会的、政治的以及道德的功用——都有可能在作品中自觉地达成，但这些功用却并非一件作品之所以是艺术作品的原因。他认为："作家创造一个想像境界的过程，是一个语言化（verbalization）的过程（或语言的具体化）（verbal incarnation）。它包括对作为艺术媒介之语言的种种可能性的探索与一个独特的字句结构的创造"③。因此，文学的主要艺术功用是双重的。第一，在作者方面，通过创造现象的境界而扩大现实。在读者方面，由再造想象的境界而扩大现象。第二，作者与读者双方对创造的冲动与满足。④ 柯庆明《文学美综论》（1983）也是从语言的特质去理解文学本质及其审美特性的。他认为"文学的直接目的在呈现我们的生命目的。因为语言作为一种符号系统的特质，它所代表的正是我们的意识，也就是意义化了的感知。当我们将经验或感受加以语言化，我们

---

① 叶维廉：《语言与真实世界》（1982），收入叶氏《比较诗学》，台湾东大图书有限公司1983年版，第110—111页。
② 龚鹏程：《思想与文化》，（台北）业强出版社1986年版，"自序"。
③ 刘若愚：《中西文学理论综合初探》（1977），收入郑树森所编《现象学与文学批评》，台湾东大图书有限公司1984年版，第145页。
④ 刘若愚：《中国文学理论综合初探》，台湾东大图书有限公司1984年版，第131页。

正是将我们的感知意义化,而使它转为一种明显的意识。就在这一点上,文学显示了它的迥异于其他艺术的特质,当某些其他的艺术,可以就它所触及的感觉领域去追寻该领域的纯粹美感形式时,文学却没有这种独具的感觉领域,但是其他的艺术只能反映或表现生命感受之际,文学却可以将这种生命感受意识化,使它具有意义的体认而成为一种生命意识的呈露"①。由于语言的这种特质,文学既反映某种生存的感受,更表现对这种感受之意义的认识与体会,因而使文学除了所具备的美学价值之外,还兼有伦理学上的意义。因此,"文学所直接表达的永远就是一种独特的、实质的伦理判断",它不是悬空的"普遍命题",而是某种特殊的人生经验,独特的人格形相和独异的生命抉择,三者同时被赋予美感与伦理的价值,并交织成达到这种价值之体认与感知心理经验的历程②。批评家蔡源煌认为文学的本源不是"外在世界",而是作家("诗人")的"内在情感"③。他的立论也是根据他对语言文字之本质的认识。在他看来,从"现实"过渡到文学作品,必须借助"文字"这一媒介。因此,人对现实的认识都经过了主观的解释。虽然文字世界的价值依赖于它对现实的关系,但它却不能把现实"临摹"或照相似地复制出来。现实的时空和小说的时空不是完全重合,而只是部分逼近。"文字表现所能做到的只是对现实的一种补足,一项变形替代,就文学来看,乃是拿构筑出来的——虚拟的世界(constructed world)来做为真实世界的替代"④。因此,文学创作所强调的"真",最重要就是作家的良心或良知。⑤ 龚鹏程的《文学散步》(1985)没有王梦鸥、姚一苇那种"科学主义"的面貌,他似乎也无心去建立一种完满自足的封闭体系,却有意以"导论"的形式激发人们形成自己的文学观念和理论。龚氏认为:"文学的定义如何并不重要,重要的是这种替文学定义的活动,以及由此活动而带来的实际影响,因为这些影响产生了每个时代的文学作品。"尽管如此,他还是把文学的本质(作为一种物性的存在)界定为"语言的构组"⑥。他说:"文学作品所构成的世界是作者以其想象建筑起来的语言世界。在这个世界中,一切意义

---

① 柯庆明:《文艺美综论》,(台北)长安出版社1983年版,第5页。
② 同上书,第6—7页。
③ 蔡源煌:《文学的信念》,(台北)时报出版公司1983年版,第6页。
④ 同上书,第15—16页。
⑤ 同上书,第19页。
⑥ 龚鹏程:《文学散步》,(台北)汉光出版社1985年版,第31页。

都来自语言结构的组织,而在外在社会永远不相等(虽然未必不相干)。"① 要使符号表现现实,关键在于意义。作品中的意义的显现包括三个结构系统:1. 文化意义系统;2. 作者的意义系统;3. 作品本身的意义系统。作者心灵的真实(而非外部世界之真)是作者建构意义系统的核心。关于文学的目的,他说:"文学作品的创造,本身就是一种已经自我体现了的价值。一幅画,不能吃,不能卖钱,作者也死了,可是画本身仍然能够具显为一种'艺术'。所以艺术本身即是自我显现的目的,非任何其他目的的工具。……唯有这种目的之自我体现者,才能成就多种工具性功能。例如,一幅画,可以有教化群化,提升人性,卖钱……等各种用途。可是这些用途都必须建立在'它是一件艺术品'之上,唯其因为它是一件艺术品。所以,才能有这许多功能,却不能因为它有这些功能,所以它是艺术品。……文学不能是为了某些特定的目的外在的目的而作,否则,便成了政治宣传、道德讲义、经济论述或商业广告之类。但是,假如我们真的完成一篇文学创作,却可以有美感、道德、政治、经济等多种功能……一切价值与功用,均因它是一文学作品而得以完成。"②

显然,50年代的夏济安纯文学路线非但没有中断,而且经过六七十年代的王、姚、刘和80年代的叶、柯、蔡、龚等人的努力而得到越来越深入和完备的发展,它扬弃了文论作为政治文化隐喻的传统做法,而把焦点集中在文学自身的系统上面,使文学成为审美的对象,文论也因而纳入美学的系统(而不是政治的系统)③。科学主义的论证融合着"人本主义"的理想,纯文学理论事实上成为吸收了传统性因素的"个性主义美学理论"。它的建构过程一方面显示了理论本身要求自我完善的内在力量,而更为重要的是它也反映了社会现实的固有矛盾。

四 新旧文论与美学的差异

从"语言"的本质,它的实用功能与审美功能,它内聚的社会、文

---

① 龚鹏程:《文学散步》,(台北)汉光出版社1985年版,第149—150页。
② 同上书,第122—123页。除了这些学院里的文论家之外,一些诗人作家也有着相同的看法。例如诗人洛夫关于诗语言的观点与这些学院文论家无分轩轾。参见洛夫《孤寂中的回响》一书。
③ 70年代的台湾文坛,局势微妙,1977年爆发了"乡土文学"与"现代派"文学的论战。看起来,纯文学理论在论战中似乎没有派上用场。事实上,它却对沟通双方起到了很重要的作用。这场论战本质上并不是纯文学的论战,而是几十年来社会矛盾尖锐化和表面化的必然结果。此外,在这场论战中上场的"现实主义"文学理论(如陈映真、尉天骢等的文论)一直处于理论界的边缘,而不是台湾学院论述的主流。

化、心理因素，考察文学本身的问题（存在方式与功能），从语言与实在的关系考察文学与现实（社会、历史、世界）的关系，从语言与思想的关系，考察文学对于人（创作者与接受者）的价值和意义，这种思想方法有别于传统的思维方法（例如古代从"政教合一"的立场出发的儒家方法或现代从"意识形态"的角度考察文学诸问题的方法等），但它并没有彻底抛弃传统的方法，从台湾文论立足于文学本体（审美的语言作品）来调和文学（艺术）与政治、道德、伦理等之间的矛盾，可以看到这一点。他们不再谈论类似"文以载道"的问题，但并不表明对这个问题进行全盘否定，只不过更注重探讨"文"作为"文"的特征。根据语言哲学把"人—语言—诗（文学）"看做三位一体的基本观点，他们把"文学"看做人的一种存在方式，文学活动（创作与鉴赏）成为人们追求、探索、重建某种"形上"意义（存在的终极信念）的精神现象，而不是单纯的功利行为。他们也把"道德"、"伦理"、"政治"等内容纳入思考的范围，但不让他们成为主宰，而成为融入文学作品众多精神价值中的因素。黄宣范说，"语言哲学"不应以解决传统哲学问题（如存在主义与唯心主义之争）为目的，而以"分析意义"为需要，从而更能解决或澄清传统的哲学问题。他引用谭美（M. Dumet）的话作为论据：

> 由于哲学的首要任务在于分析意义，分析越深入越需要一套正确的概括性的意义理论，也就是一套了解语言的模型。意义的理论追求就是这样一套模型。意义理论是一切哲学的基础，而不是苗卡儿所说的知识论。①

这就是说，语言哲学并不企求建立一套知识论，而是要建立"意义理论"，它同样要解决传统的哲学问题，但超越了原来的视野，上升到更高的层次。英美的语言哲学与欧陆的语言哲学相结合，便成了中国版本的语言哲学，以前者的科学方法（维特根斯坦）和后者的人本主义（海德格尔）构筑成自己的"语言美学"或文艺美学，以追求意义的姿态来重新评估传统文学问题，建立一套文学意义理论。如果说"新批评派"（夏济安）对此还不很自觉的话，那么接受美学、阐释学、现象学派就越来越自觉地这样做了，有深厚中国文化背景的王梦鸥、徐复观、刘若愚、龚鹏程等人更容易接受海德格尔式的人本主义语言哲学。

---

① 黄宣范：《语言哲学》，（台北）文鹤出版社1983年版，第7页。

除了从语言哲学的角度来了解文学作为语言作品的本质或普遍性外，理论家们也注意到文学与其他语言作品明显不同的特殊性。例如，徐复观提出的文学三要素（语言文学、思想感情、形相），虽以"语言文学"居首，但是以"形相"（文体即艺术表现）为依归。语言文学只有经作者创造性想象，融入其深刻的精神体验和血肉最终化为艺术性的"文体"（形相）时，才能称为"文学"[1]；王梦鸥则以"审美目的"作为文学的必要条件，姚一苇的文学理论以亚里士多德的基本准则为渊源，也强调构成美的因素的想象、动作之完整（意念和人格）和美的整体的表现（美的形式）。这使他们有可能通过建立一种最富于个性的"纯艺术"模式来达到追求普遍的人生意义的目的。艺术作品表现所要表现的对象，是为了追求艺术家想要追求的意义，理论则还要探索这种表现自身的意义以及那种意义的意义。这是理论的价值所在。就是说，"理论"不限于研究艺术品所描述的那些"对象"——从语言哲学的角度去思考，这些对象是空虚的，但又是有意义的。因此，理论研究意义的意义，不研究对象是否真实，而研究意义是否有价值。既然研究的是"意义"，那就要研究意义的表现形式（表达式），即作品所创造的有意味的形象，分析形象不在探索它是否有一一对应的现实原型（这是不可能的），而在于指出它具有的新意义和新价值。当然，这仍然需要以它所自来的那个现实作为基本的断定真伪的参照系。在社会与个人的关系问题上，传统理论往往强调前者的统一与和谐，"新范式"则把砝码放在后者之上。因此，这是"文化危机"（"意义危机"是其内容）时代的个性主义理论，它要帮助"危机"社会中的个人凭借最美好的文学世界度过危机。龚鹏程对宋代文化的理解，看来正可代表在台湾的"遗民"的心态："老僧，代表了宋代文化的特质。他见山不是山，见水不是水，山川物色，可以目击道存，他内定其志，风骨嶙峋。在生命人格上展现出一种淡泊澄观的美，他步履沉稳，学养丰富，对宇宙社会秩序性的关怀，更非坐声歌而行声舞的唐诗可比。"[2] 在某种意义上说，"新范式"是一种"老僧"理论。由于对语言的理解不同，使传统文学观念和理论与现代文学观念与理论具有本质性的差别，根据刘若愚的看法，中国传统文学理论系统中大致可以分六种理论，从不同的角度解决文学的基本问题：1. 形上理论；2. 决定理论；3. 表现理论；4. 技巧理

---

[1] 徐复观：《文心雕龙的文体论》，见《中国文学论集》，（台北）学生书局1985年版，第2页。
[2] 龚鹏程：《诗史本色与妙语》，（台北）学生书局1986年版，第199页。

论；5. 审美理论；6. 实用理论①。但是，无论是哪一种理论（即使是很重视语言问题的"形上理论"）②都未能像现代文论那样把文学语言提到"本体"的位置来强调。相反，他们往往把文学语言看做一种"工具"或类似舟筏的媒介，即使是注意到文学语言所独具的审美功能（艺术表现功能）的文论家，也没有把文学语言本身看做"目的"，即看做显现人的精神本体的活的生命体。因此，文学作品往往被分为两大块，"内容"与"形式"。在新范式的"语言美学"中，这种区分失去了意义，文学语言不再是一种"包装"着"内容"的"形式"或达到意义的"媒介"，它就是价值、意义、灵魂、精神、风格。具体些说，新旧范式（旧范式包括50年代的台湾官方理论即"战斗文艺"理论）的主要差异表现在：

一、旧范式建立在中国政教合一的大传统上。因此，文学从它被当作理论意识的对象起，就被看成为了达到一定政治、道德、伦理等社会目的的"工具"（如决定论、实用论）。文学的存在价值被理论家们系在政治教化大系统上。如果文学不追求或达不到一定的社会目的，最多只能是"雕虫小技"。新范式则把文学看做一种严肃的生存方式，一种自觉自由地追求人生意义，进行自我意识的探索历程（例如姚一苇对"严肃性"的强调，刘若愚认为文学就是"境界和语言"的双重探索［《中国诗学》(1962)］。"文学可以定义为艺术功用与语言结构的交搭"，是精神的"语言化过程"（刘若愚《中西文学理论综合初探》）。诗人洛夫亦云："写诗是一种永无止境的追求——对开拓新境界的追求，对经营意象的追求，对事物与语言新感觉的追求。"又云："对于一个现代诗人，语言已不仅是传统观念与情感的通用媒介，而是一个舞者的千般姿态，万种风情，某些诗人甚至企图使诗成为一切事物和人类经验的本身。"③ 因此，文学不再是一种达到某种狭隘的功利目的的"工具"，而成为更深刻的、具

---

① 参见刘若愚《中国的文学理论》，四川人民出版社1987年版。
② 形上论与实用论（前者以道释为代表，后者以儒墨为代表）看起来似乎互相对立，前者重个人，后者重社会。但即使是重个人的形上论，也与现代理论有所不同，表现在他们对语言的看法上。例如老庄和禅宗都重道而轻言。主张"得意忘言"、"得鱼忘筌"，妙语派、神韵派虽重语言的表现功能，但落脚点亦在言外之意，韵外之致，也有舍弃言象（物象）之意。新范式（现代理论）虽然也注意到了语言的游戏作用（受维特根斯坦的影响），注意到"表达的痛苦"和语言符号所具有的"透义性"与自我解构特性，但从文学的立场出发（而不是哲学的立场），它仍然强调语言对现实、对意义（精神价值、感受世界的方式）的凸现作用。语言表达式规定了意义。语言使人得以在作品中突出地存在，使人可以强化自己的意识（海德格尔的影响）。
③ 洛夫：《孤寂中的回响》，（台北）东大出版公司1981年版，第139—140、163页。

有普遍人类意义的个人的存在方式，它的多元的社会功能，恰恰由此产生。

二、旧范式对语言的重视仅仅表现为对技巧（修辞）的利用。既然技巧（修辞手段）属于"内容—形式"二分法里的"形式"范畴，那么，文学语言的修辞，必然只能属于文学理论当中非本质的层次。例如旧范式中的审美论与技巧论即是如此。比如提倡骈文，讲求声律的文论家（沈约等）往往只重诗赋词藻之丽、音韵之美这些浅层次的东西，忽略了文学语言除"丽"之外的深层理性之美，即带有较深人生意味的人的本体意义。新范式则相反，它直接提出，具有审美目的（不仅仅是词藻之美丽漂亮）的语言就是文学本体和目的。文学的结构、功能都是依靠文学语言来显现、强化和发挥的。考察文学语言不再停留在技巧或修辞的水平，而是上升到哲学和美学的高度。文学语言的建构便是一种特殊的审美的生命探索过程。

总而言之，从旧的范式发展到新的范式，在台湾，实际上是表现了中国社会由农业经济发展到工商经济的历史进程。社会的"转型"，使人们的价值观念经受了考验，发生了变化和调整。外部世界的变动尤其是与人们生活密切相关的社会结构发生裂变时，他们的精神状态和心理承受能力都集中表现于文学领域。台湾文论的"新范式"实际上只是表明了某种主体意识的困惑和觉醒，人们的共同选择以及为之付出的代价。

下篇　思想的复调：20世纪90年代以来的台湾文学思潮

左翼与本土/后殖民论之间的角力，是台湾20世纪90年代以来最引人注目的思想文化现象。从20世纪70年代的文学论争开始，经过美丽岛、解严等事件，"何谓台湾"、"台湾文学的定位"等议题引发思想界的持续追问。这些不同脉络的话语，建立在对台湾及整个中国乃至世界的进程和前途的差异性理解之上。如何解释台湾的历史和现在？如何以台湾为契机思考中国和世界？如何在世界视野中重建台湾的生机？种种鲜活的问题，成为不同倾向的知识人展开论述的动因。与此同时，台湾知识界为建构开放性的文化场域，开辟了诸多有意义的路径和议题，形成了颇具活力的对话关系。在此过程中，文学始终扮演着重要的角色。

一　本土化思潮的兴起及其与后殖民理论的联姻

台湾本土化思潮的兴起及其与后殖民理论的联姻，是解严以来台湾文学领域难以回避的话题。如果说本土化思潮试图接续的是台湾知识人自日据时期就萌生的主体性诉求的话,后殖民理论的浮现则为这一诉求提供了国际性的视野和话语。在历史和理论两方面,本土/后殖民论者进行了梳理和阐释,以问题化的方式作了现实和历史的勾连,同时提出了自己的文学史假说。其中,这一脉络的内部也存在着分歧,显示出不同的侧重和方向。即便是同一表述者,也存在着思路上的转换和论述上的调整。对本土/后殖民论述的理路及其演变的观察,有助于切入台湾学界内部的问题和症结。

本土化思潮在文学界的推手是叶石涛。他的初期表述,见于 1977 年在《夏潮》杂志发表的《台湾乡土文学史导论》一文。该文呼应史明《台湾四百年史》(1962)的说法,在乡土文学论战中,突出本土的倾向,强调文学上的台湾意识,改变了论战反西化的初衷。此后,叶石涛拥有了自己的支持者,如陈芳明、林梵、李敏勇、李乔、宋泽莱等。叶石涛于 1987 年解严前夕出版《台湾文学史纲》,更具体地论述了台湾文学主体性的主张。通过文学史的梳理,他划分了台湾文学主体性从发生、发展到确认的三个阶段:一、在日据时期 20 世纪 20 年代的关于台湾话文和乡土文学的论争中,台湾文学的主体性问题初见萌芽;二、在光复初期《新生报》《桥》副刊关于台湾文学定位问题的论战中,这一主体性得到发展;三、在 20 世纪 70 年代关于乡土文学的论争中,台湾文学的主体性得到确认,台湾文学至此得以正名。[①] 姑且不论这一说法的历史内涵如何,单就台湾意识和主体性问题而言,这种提法具有一定的号召力,引起了台湾学界部分知识人的共鸣,后续的研究乃至谱系性展开不乏其人。同时,问题的症结也就此埋下:首先,以主体性论述来规约历史,容易使活的历史沦为理论的奴婢;其次,主体性论述本身并非圆满的概念,这样一个凝聚情感、传达情绪的临时性概念,可能被转化为超越性追求的障碍;再次,这一主体性概念所具有的指涉性,可能引发不必要的怨恨,加剧内部族群的分裂,成为区域和解的壁垒。

进入 20 世纪 90 年代之后,叶石涛在年轻的学人中找到了后继者。游胜冠于 1991 年完成的硕士论文《台湾文学本土论的兴起与发展》,可以说是叶石涛理念的具体展开。吕正惠在为该书写的序言《殊途也许会同归》中提道:"胜冠论文的主题是从叶石涛先生《台湾文学史纲》的重要论点发展出来的。……胜冠的论文根据叶先生所提的大纲,搜集更完整的

---

① 叶石涛:《台湾文学史纲》,(台北)文学界杂志社 1987 年版。

资料，加以铺排、论证，我想应该是目前有关这一问题最完整的论述。"①

游胜冠的研究动因，是对"台湾文学的定位"的追问。不过他的论文的展开更接近于宣示而非论证，由此他区分出了台湾文学中的两种意识形态："当台湾社会因特殊的历史因缘，分裂为'台湾'、'中国'两种不同意识形态时，台湾文学的'台湾'自我（本土论）与'中国'自我（中国文学论）的对话就不断在相应的时机出现，争执谁才是台湾文学的真正自我。"② 由于他的目的在于建立自主的台湾文学，他把批判的目标集中地指向了中国的文化霸权："回顾台湾文学的发展，台湾文学本土化运动遭遇的最大阻力，非但不是随帝国主义势力入侵的日本和西方文化，反而是台湾作家的'中国意识'与'中国立场'。"③ 由于理念上的执着，为了强调"中国文化帝国主义"的压力，他甚至看轻了给第三世界带来深重灾难的真正的帝国主义及伴随而来的日本同化政策和西方强势文化的危害："战前的日本同化政策、战后因国民党依附美帝，西方外来文化强势侵入，使台湾文学丧失民族性与自主性，固然是本土论兴起的主因，然而更耐人寻味的是，在本土论者眼中，'中国文化帝国主义'却是使台湾文学失去主体性的力量，在回归台湾社会现实的本土立场中，通常倾向于'中国'分离，建立自主的台湾文学。"④ 以上的表述，应理解为一个热血青年对理念的坚持和维护。这种理念由于停留在意识形态的层面，其中表露出的立场貌似激进，实则保守，最大的困扰在于缺乏进一步展开的空间。如何回到理性层面，是观察这一论述能否完成转化、深入的症结所在。

从该篇论文所试图建立的"多元互为主体论"中，可以感受到作者在理论突破上的尝试和困扰。这是在面对台湾内部族群关系时提出的命题。不过在处理汉族、原住民的族群关系时，游胜冠的目光显得有点游移。如何面对原住民文化，对于台湾主体性论者来说，是一个棘手的问题。游胜冠提出的解决方式，是"跳脱汉人种族、历史文化视野的台湾文学本土化"。⑤ 这里显示了论者的自我批判和宽容精神。其中的难解之处，在于这一包容性、开放性的观念是建立在狭隘的立场之上的："'多

---

① 吕正惠：《殊途也许会同归》，见游胜冠《台湾文学本土论的兴起与发展》，（台北）群学出版公司2009年版，"序"第4页。
② 游胜冠：《台湾文学本土论的兴起与发展》，（台北）群学出版公司2009年版，第1页。
③ 同上书，第375页。
④ 同上。
⑤ 同上书，第382页。

元互为主体论'所揭示的理论内容,才是真正摆脱汉民族沙文与本位主义、真正站在台湾整体立场建构的平等、具包容性的台湾文学本土论。"①他一方面对原住民敞开怀抱,另一方面却在汉移民中制造新的对立:"从台湾多元性的角度来看,所谓中国文学与台湾文学之争,只不过是战前的早期汉移民产生的'台湾意识'与战前的汉移民的'中国意识'之争。"② 他一方面倡导互为主体观念,另一方面却仍在意识形态的逻辑中转圈:"以'互为主体'的立场取代'霸权意识'、'沙文主义',台湾文学的前景才会是光明的。"③ 令他始终不能释怀的是台湾的中国民族主义者这一潜在的论敌,在原住民问题上,他对陈映真的指责显示了自己极深的成见:"在不同的台湾文学论迭次提出当中,只有以'台湾民族论'、'台湾人论'与'多元族群论'为基础的台湾文学论尊重原住民异质文化的存在。陈映真以中国概括台湾所显露出的固然是大中华沙文主义,但以汉移民的台湾历史视野所提出的自主化论、本土化论,不经意闪过的,何尝不是以汉移民为台湾主体的汉族中心意识。"④ 事实上,像陈映真这样的中国民族主义者在台湾身处弱势,难觅霸权、沙文主义的影子,但在本土论的驱使下,与左翼思想者进行有效的对话几乎不太可能,看来培植真正的互为主体的宽容意识仍需时日。

　　该论文出版时,吕正惠、陈万益分别为之作序。其中,陈万益的《坚韧茁壮·野地滋蔓》作了正面的回应和深化。序言简要地勾勒了台湾文学研究在困境中挣扎、断裂、延续的历史。作者认为,这一台湾文学研究的脉络,大约分为两期:一是战前战后的一代,二是70年代以来的一代。第一期的研究,因禁忌而终结,形成了历史的断层:"台湾新文学自20年代生发,即以相当坚韧的性格在官方压抑下,于野地滋蔓茁壮,前辈学者黄得时、杨云萍、廖汉臣、王诗琅等人在战前战后即已经勾勒了整个源流。"1954年"《台北文物》两期'新文学、新剧运动专号'是他们对日据时期文学业绩的总回顾、总整理,具有继往开来的重要意义,可是一期被查禁,使台湾文学研究成为禁忌,断层于是形成"⑤。第二期在困境中坚守,至今仍受到质疑:"70年代,张良泽苦心孤诣搜集、整理史

---

① 游胜冠:《台湾文学本土论的兴起与发展》,(台北)群学出版公司2009年版,第383页。
② 同上书,第382页。
③ 同上书,第383页。
④ 同上书,第382—383页。
⑤ 陈万益:《坚韧茁壮·野地滋蔓》,见游胜冠《台湾文学本土论的兴起与发展》,(台北)群学出版公司2009年版,"序"第7页。

料，在成大中文系的'新文艺'课程上传承一线香火，因为乡土文学论战，使日据时期文学备受文坛瞩目，在七〇年代末期重新闪耀其辉光；可惜美丽岛事件发生，张氏去国，文坛在党外运动中介入政治话题，台湾意识昂扬，叶石涛、彭瑞金等人推动文学的本土化为台湾文学正名。学院里头虽有不少人关心文学发展，但是，只有林瑞明一人坚持苦守阵营，在学术边缘地区护守杨逵、赖和；相对而言，国立大学的中文系则传出'台湾没有文学'的无知与偏见。"[1] 陈万益的梳理，从历史的层面提供了台湾文学研究的内在传承及其社会政治之间的关联等信息。这种历史资源的挖掘和疏通，作为自我的发现，在跳脱意识形态约束的前提下，有益于互为主体性对话的深度展开。

后殖民论在台湾文化界的登场，与20世纪90年代本土化运动的展开几乎是同步的。二者的来源不同，但在特定情形下形成了互相呼应的势头。这也是此期台湾文学本土化思潮较之前有所深化的部分。后殖民论如何与本土化思潮衔接？在理论的挪用、对接和转化中，可能产生哪些值得期待的趋向？对于研究者来说，是颇为诱人的课题。

把后殖民理论挪用于台湾文学研究的领域，较早尝试的学者是邱贵芬。她在《"后殖民"的台湾演绎》一文中，回顾了后殖民理论与本土论述之间的最初交会："头一次挪用'后殖民'一词，将西方后殖民理论搬上台面，并引用来讨论当时台湾文化关切的问题，或许可推至廖朝阳与我在1992年全国比较文学会议会里和会外的后续辩论。"[2] 邱贵芬提到，她的意图是借用西方后殖民理论对文化、殖民等问题的反思，切入当时台湾文学定位问题的纷争，为本土派的文学主张提供理论上的支撑。但事实上，当研究者试图通过引入后殖民理论，进一步合理化本土派抵制传统中国中心文学史观、重整台湾文学典律的理论思考的同时，反而提供了另一方面的研究视野的打开，那就是对于第三世界文化论述的接纳。这样，过去视若冰火的本土派文学和第三世界文学之间的对垒有所缓和。不过，为了与陈映真系列有所区隔，她强调这是一种本土认同与第三世界文学的连结："1992年的这次论战挪用西方后殖民论述来探讨本土文化问题的结果，使得台湾本土论述有结合第三世界文化论述的契机，可以放在一个较宏观的理论格局里来探讨，'第三世界文学'观不必然和中国民族主义的

---

[1] 陈万益：《坚韧苗壮·野地滋蔓》，见游胜冠《台湾文学本土论的兴起与发展》，（台北）群学出版公司2009年版，"序"第7页。
[2] 邱贵芬：《"后殖民"的台湾演绎》，见陈光兴主编《文化研究在台湾》，（台北）巨流图书公司2000年版，第290页。

认同挂钩,而可以和本土认同连结。"① 即便如此,第三世界文学视野的引入,仍算得上此期理论思考的重要转折。但在处理本土文化重整运动所触及的语言问题时,后殖民论者遇到了一些困难。其中的二难处境在于,如果赞同本土化的台语/福佬语运动,将伴随着另一种语言暴力(李乔);如果选择保留台湾国语为沟通工具,那么反殖民的动力将容易被消解(廖朝阳)。最终邱贵芬选择了赞同本土运动、但反对本土被化约为"福佬"及其潜在的"福佬沙文主义"倾向的立场。由此可见,后殖民理论与台湾问题之间存在着巨大的错位和裂隙。不过,后殖民理论的引介也有另一面的收获,即为台湾的跨科系资源整合提供了新的可能,这样便扭转了外文系自白先勇、王文兴的现代主义时期以来回避文学和文化的政治方面的态度。不同资源的参与,使得台湾文学研究得到了更大的发展空间。

后殖民的台湾论述,很快就从本土论的一隅摆脱了出来。从 1995 年 2 月开始,在《中外文学》及其他刊物上发生的关于后殖民、国族认同、文化建构等问题的论争,持续了一年多的时间,参与的学者有陈昭瑛、陈芳明、廖朝阳、廖咸浩、陈光兴等人。他们分别从本土论、非本土论、左翼等不同的立场发表论述,使得问题得以充分展开。其中,廖朝阳的"空白主体"说、陈光兴的"后国家"概念等创见引人关注。此次讨论,使得后殖民讨论拥有了丰富的面向。

在文学领域,陈芳明、游胜冠等人仍然坚持从本土角度连结后殖民论,并以此来构建自己的文学史论、书写台湾新文学史。陈芳明在《后殖民台湾:文学史论及其周边》一书的自序中,宣讲"我的后殖民立场":"所谓后殖民立场,唯在主体的追求而已。近十年来,本土论述的崛起,已经蔚为风气,并且也成为拆解殖民论述的重要利器。这是台湾文学研究的一个转折,也是一个断裂;至少对于东方主义式的权力支配,台湾年轻世代已毅然予以反击。"② 这样看似坚决的立场,表面上显示了独特的视角,但同时隐藏着论述上的隐患。

其中的困境,表现在两个方面:首先,他纠结于所谓历史的伤害,沉浸在"抵抗的快感"之中:"钻研台湾文学越深,我的后殖民立场也就越清楚。站在这个立场上,我当然能够透视日本殖民强权与中国殖民强权之间微妙的共谋关系。在文学作品里穿梭探索时,往往使我带有一种抵抗的

---

① 邱贵芬:《"后殖民"的台湾演绎》,见陈光兴主编《文化研究在台湾》,(台北)巨流图书公司 2000 年版,第 291—292 页。
② 陈芳明:《后殖民台湾:文学史论及其周边》,(台北)麦田出版公司 2002 年版,第 16 页。

快感。"① 对伤害的执着，使得历史被拘禁在指斥的牢笼中，难以获得真正的解放。

其次，是对于第三世界概念的挪用。通过与第三世界概念的关联，陈芳明试图为台湾找到后殖民论述的特殊视角。但这种说法有两面性。一方面，他把台湾从第三世界的普遍经验中区分出来，特别强调台湾区别于西方殖民地的受害经验："在第三世界蔓延的英国风（Anglophone）与法国风（Francophone）作家不断受到讨论时，存在于台湾殖民史上的东洋风作家却是国际学界中的失语族群。从而，台湾殖民史的受害经验也未能找到恰当的发言位置。"这一阐释，在世界视野中突出了被忽视的台湾问题的重要性。另一方面，他提出一个似是而非的判断，称真正属于第三世界的应是台湾而非中国大陆。其理由是中国大陆仅仅在政治经济上受到帝国主义的压迫，台湾则除政治经济之外还在文化上受到殖民主义的侵扰，因而所受到的伤害比前者更为深重："从后殖民的观点来看，台湾文学绝对是属于第三世界的文学。台湾作家在语言思考与国族认同上的混乱，乃是不折不扣第三世界文学的主要特色。中国社会并没有这种现象，即使以最宽松的定义来看，中国文学并不能划入第三世界的范畴。饱受帝国主义侵略的中国，未曾丧失过历史记忆与历史发言权。中国文学的传统，也从未因帝国主义的干涉，而发生过断裂。甚至在国族认同与文化认同方面，中国知识分子也不曾受到严厉的政治挑战。当其文化主体仍然保持得极为完整时，中国自然就不符合第三世界文化的规格。"② 这一说法，突破了思想的底线，挑战的是人的常识。若了解其中的内在动因并非历史和学术，而是与中国争夺文化上的发言权，那么这一论述的合理性需要打上问号。如何以开放的心态来面对近代以来殖民主义的世界性难题，仍有很大的论述空间。

陈芳明的台湾新文学史书写，正是上述后殖民史观的实践。在与后现代论述的比照中，他解释了台湾文学后殖民史观的成立："台湾新文学运动从播种到开花结果，可以说穿越了殖民时期、再殖民时期与后殖民时期等三个阶段。忽略台湾社会的殖民地性格，大约就等于漠视台湾新文学在历史进程中所塑形出来的风格与精神，这部文学史的史观，便是建立在台湾社会是属于殖民地社会的基础之上。"③ 不过，他也对被滥用的后殖民

---

① 陈芳明：《后殖民台湾：文学史论及其周边》，（台北）麦田出版公司2002年版，第16页。
② 同上书，第14页。
③ 陈芳明：《台湾新文学史》，（台北）联经出版公司2011年版，第25页。

批判有所反省，而试图走向美学的发现和创造："真正的后殖民文学，在于消化历史上所有的美与丑，把受害的经验转化成受惠的遗产。献身于艺术的追求者，在于卸下权力的枷锁，走出思想的囚牢，以旺盛的创造力、生命力，换取丰饶的美学。"① 在思想松绑的同时，美学和精神的内涵得以释放。但如何把历史和文学从理论的囚牢中拯救出来，仍是一项未完成的事业。

与陈芳明相比，游胜冠的态度更加锐利。在《后殖民？还是后现代？——陈芳明台湾文学史书写的论述困境》一文中，他批评陷于两难论述困境中的陈芳明，为了成全族群和谐，架空了后殖民的诠释框架。他认可后者以解严为界限，划分再殖民、后殖民的历史断代框架；却质疑关于解严后多元性、包容性的历史性质说明，认为多元和谐共存的价值取向使得后者的后殖民史观沦为了后现代史观。游胜冠从后殖民角度提出的台湾文学诠释路径是"内部解殖"。② 在《殖民主义与文化抗争：日据时期台湾解殖文学》一书中，他延续之前的本土化、主体化理路，进一步强调"内部解殖"的问题："本书除了梳理殖民时期知识分子的文化位置，在探讨解殖民文学的过程中，还希望找到后殖民知识分子内部殖民的根源，以及解决清理之道。"③ 在清理精神上的殖民化问题时，他有意识地与张良泽、陈映真两种对立的立场区别开来，选择了一种他所说的左翼知识分子的反支配的本土主义立场。通过对这份文化遗产的挖掘，他试图宣讲一种广义范畴上的反抗意识，通过解精神殖民化来重建台湾的主体性。这样的处理，固然渗透着为历史负责的意识，但仍然不脱台湾后殖民史观的两大困扰——向后看的创伤情结和自我中心的封闭心态。

如何突破单一性的本土化文学史书写，对于陈建忠来说，则是一个自觉的挑战。他的思考经历了一个发展的过程。在早些年发表的《后戒严时期的后殖民书写——论钟肇政〈怒涛〉中的"二二八"历史建构》一文中，他提出的问题是如何从钟肇政的小说文本中，找到建构台湾后殖民主体性的启示。这一路径，建立在战后初期历史记忆殖民的论断的基础上。但作者对战后历史状况的追问，保持着思考的张力。在讨论陈映真、陈芳明的论战时，他看到"两者虽有'去中国化'或'一统中国'的意

---

① 陈芳明：《台湾新文学史》，（台北）联经出版公司2011年版，第9页。
② 游胜冠：《后殖民？还是后现代？——陈芳明台湾文学史书写的论述困境》，引自爱思想网：http://www.aisixiang.com/data/20451.html。
③ 游胜冠：《殖民主义与文化抗争：日据时期台湾解殖文学》，（台北）群学出版公司2012年版，第26页。

识形态差异,却都不约而同指出所谓继日本殖民后的另一次'殖民'史实,战后台湾不是沦为美国经济与文化的新殖民地(国府为其鹰从),便是国府依赖戒严体制进行再殖民统治。"① 这样的论述,与作者之后从美国新闻处入手讨论台湾文学史书写的问题有逻辑上的递进关系。至《"美新处"(USIS)与台湾文学史重写》一文,他便立足于战后台湾的抵殖民文学论述,重新考察了支配台湾文学场域的体制性权力机制。作者认为,台湾文学场域在戒严与冷战时期所受到的非文学性强力干预架构,是两面互济的文化霸权体制:一是刚性的、直接的"国家文艺体制",二是柔性的、间接的"美援文艺体制"。台湾本土论者多着眼于前一方面,但陈建忠对此则有新的衡断,认为这是处于流亡阶段的反共政权对文艺的干预,突出了其中的冷战格局的影响。他对后一方面的强调,引入了一个重要的考察视角,其意义不仅在于弥补解严以来台湾文学史书写的缺憾,更是一种思考路径的转换。正如作者所述:"真正的文学史的后殖民思考,乃是藉由将'美新处'为代表的文化与文学体制入史,以突出台湾当年的第三世界文学与思想亲美的性格。"② 这样的思考,从战后台湾的历史困境出发,逐渐延伸开来,建立起了区域对垒、全球冷战的考察格局,无形中突破了本土论述的旧有约束。在打开视野的同时,作者重新反思了现代主义文学在台湾的历史处境,认为这是美式文艺观念在台湾的美学典律再造,考虑到其中所内在的美援文艺体制的干预,作者把后殖民批判的矛头指向了美国的新殖民主义。

综上所述,台湾的本土论者借助后殖民理论回溯历史,在其历史批判的背后,隐藏着精神上的困扰及其突破的途径。真正深刻的历史认知,需要历史感受、思想反省和文化语境之间的往复辩难和多层次融合。对后殖民论者来说,对理论本身的反思显得尤为重要。换句话说,去理论化本身也是一个课题。回到本土论、后殖民论的原初本义,在本源性的层面、比较性的视野中来面对台湾的文学和历史,或许有助于找到开启历史之门的钥匙。

二 左翼论述的代际差异及其接合

与台湾的本土/后殖民论形成对峙的是左翼的论述。在20世纪90年

---

① 陈建忠:《后戒严时期的后殖民书写——论钟肇政〈怒涛〉中的"二二八"历史建构》,引自豆丁网: http://www.docin.com/p-325699400.html。
② 陈建忠:《"美新处"(USIS)与台湾文学史重写:以美援文艺体制下的台、港杂志出版为考察中心》,台北《国文学报》2012年第52期。

代躁动的本土化浪潮中，左翼的声音显得有些孤寂。只有置身于当时的语境，才能够理解陈映真一派所宣扬的理想主义的意义及其略显传统的论争话语的丰富内涵。与此同时，台湾的新左翼逐渐成长起来，并从学院派的论争中脱颖而出。随着时势的变迁，两代左翼的接合成为可能，其中的机缘是新左翼对传统左翼的重新发现。由此，台湾的左翼脉络有了思想再出发的契机，历史出现了新的转机。

作为台湾左翼的标志性人物，陈映真在解严前后的本土化狂欢中虽然有无助之感，但并未迷失，也没有消沉，而是持续地进行思想的辩难，以唤起世人对历史的深入思考。针对叶石涛、张良泽、彭歌等的论述，他发表《"乡土文学"的盲点》（1977）、《思想的荒芜——读〈苦闷的台湾文学〉敬质于张良泽先生》（1981）、《西川满与台湾文学》（1984）、《精神的荒废——张良泽皇民文学论的批评》（1998）、《近亲憎恶与皇民主义——答覆彭歌先生》（1998）等文章，对台湾的本土化倾向、皇民化意识进行剖解和批判。在乡土文学论争20周年纪念会上，他发表文章《向内战与冷战意识形态挑战——70年代台湾乡土文学论争在台湾文学思潮史上的划时代意义》（1997），把乡土文学论争的意义拓展至颠覆战后冷战与内战意识形态的层面，实现了思想上的一次重大突破。

2000年发生的陈映真与陈芳明关于台湾新文学史等的论争，进一步触动对台湾社会文化的深层思考，并在东亚思想界产生一系列的连锁效应，如2003年陈映真和藤井省三的论争、2004年松永正义和藤井省三的论争。

该次论争的起因，是1999年8月起陈芳明在《联合文学》开始连载的书稿《台湾新文学史》。针对陈芳明的绪论性首章《台湾新文学史的建构与分期》，陈映真发表《以意识形态代替科学知识的灾难》（《联合文学》2000年7月号），质疑陈芳明的台湾社会性质论和历史分期。陈芳明则答以《马克思主义有那么严重吗？——回答陈映真的科学发明与知识创见》（《联合文学》2000年8月号）。二陈的论争共交锋三个回合，火药味浓烈，显示了文学史建构及其背后的国族想象的差异。更为根本的差别，在于对历史的认知，在于对1990年前后所发生的一系列事件如台湾解严、苏东巨变等的判断。论争双方历史理解的分歧焦点，集中在应当从后革命还是后殖民的视角来认知台湾的历史和文化。这一歧异，为后续的思想开展开启了有待深化的空间。

陈映真与藤井省三的论争，同样表现为左翼论述与后殖民论述之间的歧异。1998年，藤井省三在东京东方书店出版论文集《台湾文学这一百年》，2004年将由台北麦田出版公司发行汉文版。陈映真迅速作出回应，在《人间思想与创作丛刊》2003年冬季号上发表《警戒第二轮台湾"皇民文学"运动的图谋——读藤井省三〈百年来的台湾文学〉：批评的笔记（一）》，揭示藤井省三在文学中宣讲台湾民族主义的真实意图："近十几年来，日本有一撮研究台湾文学的学者们，不遗余力地为把台湾文学'从中国枷锁中解放'出来；为宣传一种'既不是日本文学也不是中国文学'、表现了'台湾民族主义'的'台湾文学'，并且明目张胆地为台湾皇民文学涂脂抹粉，把当时为日本侵略战争服务的台湾'皇民文学'说成'爱台湾'、向慕'日本的现代性'的文学，而不是彰久明甚的汉奸文学。……藤井省三是其中之一。"[1] 对于陈映真的批判，藤井省三并不服气。他为自己做出辩解，称自己从台湾人主体性的角度讨论台湾文学，旨在突破尾崎秀树的名著《决战下的台湾文学》的殖民地论述，即压迫—抵抗、压迫—屈服的两项对立主轴观念；并在文章中借用西方理论——即哈贝马斯的"公共圈理论"和安德森"想象的共同体"理论——作为论述工具，以证明日治时期日本语读书市场的成熟和台湾民族主义的形成。[2] 学术理论上的挪用和表述，使得他与传统的右翼学者有所区别，显示了学院化的后殖民取向。王德威对此解释道："这一立场与其说代表了右翼皇民文学的遗绪，不如说是显现学界广义的后殖民主义趋向。"[3] 不过，后殖民论者在挪用西方理论的同时，也把自己封锁在了理论的坚硬外壳之中。如何消解理论的障蔽，需要更深刻的历史认知作为回应。

作为与藤井省三论争的一方，松永正义的文章《日本之于台湾的意义》显示了历史认知的思想洞察力。松永正义从更为复杂的视角来观察台湾在日本殖民时期的诸多现象：首先，在殖民统治之下，被殖民者要用自己的语言乃至统治者的奴隶语言来追求与统治者不同的近代，当时的文言文正是起了这样的作用；其次，在阅读被压抑社会的文学时，需注意写出来的文学背后大多数作家的沉默；再次，思考台湾民族主义问题时应把战前和战后放在一起，这样才不致误解并挪移它与中国民族主义之间在冷

---

[1] 陈映真：《警戒第二轮台湾"皇民文学"运动的图谋——读藤井省三〈百年来的台湾文学〉：批评的笔记（一）》，《人间思想与创作丛刊》，（台北）人间出版社2003年版。
[2] 藤井省三：《回应陈映真对拙著〈台湾文学这一百年〉之诽谤中伤》，见《台湾文学这一百年》，（台北）麦田出版公司2004年版，第299—300页。
[3] 王德威：《〈台湾文学这一百年〉后记》，见《台湾文学这一百年》，（台北）麦田出版公司2004年版，第307—308页。

战时期的对立。① 以上现象正是为藤井省三等学者所忽视的理解殖民地台湾的重要法门。

松永正义的另一篇文章《现在阅读竹内好的意义》，则体现了他深广的仁道关怀和思想视野。这是一篇借助竹内好的视角，重新观察亚洲和近代问题的思想笔记。他把思考的重心转向竹内好思想与历史之间的关联，从重读竹内好中寻找对于现在的启示。作者以自己阅读竹内好《何谓近代》的1970年为界，区分了战后的两个"二十五年"。其间历史情境发生了巨大的变化，不过竹内好在对近代的结构认知上的思想始终保持着鲜活的价值。在文章中，松永正义提到竹内好的两次思想搏斗及思想在落空之后仍然存有的价值内涵："竹内好生涯曾两度掷身一搏，一次是他写《大东亚战争与吾等的决意（宣言）》，将希望寄托于'大东亚战争'，另一次则寄希望于战后的中国革命，但两次都彻底落空。然而落空不是关键，要知道当一个人为理想而搏时，不会落空的东西是不能被称作思想的。"② 就思想缘起而言，竹内好对于近代（近代文学）的思考，起始于两个方面的怀疑，一个是关于对亚洲而言何谓近代或者对近代而言何谓亚洲的思考，另一个是关于作为近代的超克的可能性的中国革命的思考。松永正义强调，把这两者连接起来的是"民族"，即"流淌在年迈的洋车夫那裸露的脊背上的汗水"。这便构成了一种思考的张力。具象化的"脊背上的汗水"，实则是中国现实社会的混乱和矛盾的浓缩，但竹内好并未停留于此，而是扭转了思考的方向，把这种对象的矛盾转变为认知者自身的矛盾，从而提出了"从抗日的角度理解中国"的命题，以此完成了认识论上的飞跃。正是在这层意义上，竹内好剖析了"日本近代的双重构造（都市和农村）"和日本思想界的状况。松永正义提到谷川雁《原乡的夕阳》中民族主义的原像，认为这才是日本与亚洲相通的地方。如果说在竹内好的时代日本社会还存在这种张力的话，那么80年代之后日本的民族主义已经面目全非。松永正义分析的日本社会思想状况，或许可以作为理解藤井省三的学术之所以产生的背景性材料。

与上述剑拔弩张的对垒有所不同的是另一对关系——吕正惠和游胜冠。身为游胜冠的论文导师，与陈映真处于同一战壕的吕正惠为其论文写了《殊途也许会同归》的序言。这是台湾当代思想史上一篇有意味的文献。阅读这篇序言，可以领略到不同立场的师生之间的思想碰撞。这里没

---

① 赵京华：《殖民历史的叙述与文化政治——日本的台湾文学研究》，《读书》2007年第8期。
② 松永正义：《现在阅读竹内好的意义》，《开放时代》2007年第3期。

有硝烟，没有意气，字里行间洋溢着的是素朴的精神往还的气息。

作为不同立场的对话者，吕正惠在序言中作了三个技巧性的处理：一是抛开立场的差异，二是回归历史解释，三是祈望殊途同归。之能够抛开立场的差异，基于对游胜冠的立身处世状况的判定。他并没有直接就其思想发言，而是首先望闻问切，发现了后者身上的质朴、真诚的品质，并以此为出发点，把后者定位为"质朴而有乡土气"的"台湾人"，找到了思想对话的原点。吕正惠分析道，这一类型的年轻台湾人之所以选择了台独的立场，并非别有所图，而是因为他们身上承载了太多的负面历史负担，即台湾三四十年来不正确的历史教育和曲折的政治发展状况。由于这种外在的负担，使得游胜冠在立场选择上完全出自内心的真诚，并得出了貌似真诚的结论。二人立场的差异，正是由于这种心理导因在作怪，对此，身为导师的吕正惠虽然了解其中的缘由，却也无能为力。作为学者，他唯一能做的是从学术上进行疏通，从回归历史本身的基本视点出发，来扭转年轻学人"以今律古"的历史诠释谬误。其中重要的是对两次乡土文学论争的观察：一是"20年代的'台湾话文'问题，表面上是针对北京白话文，其实真正的目的是要在日文教育的包围下解决汉文书写的问题。"二是"70年代的'乡土'原先是用来反对'西化'，而不是针对'中国'而发（这点胜冠的论文也提到，并没有隐瞒）。"[1] 这样坦诚而富于见地的表述，可以称得上是互为主体性交流的极佳例证。而游胜冠的乡土品质，也为思想的破冰和交流留下了空间。这正是吕正惠在其身上寄予希望的原因："我相信，只有像胜冠这一类型的'台湾人'（质朴而有乡土气）了解到'真正'的历史，并且也了解到两岸的和解以至于统一，是符合'台湾人民'的利益时，两岸的和解与统一才是顺畅的。"[2] 这种对乡土气的颇具深意的阐发，回到了乡土文学论战的最初起点。回归历史本身，从历史演变中观察人性，在社会底层发现未来，可说是吕正惠思想对话的要义。

吕正惠以一个学术中人，亲身经历了30年来台湾社会的变迁和左翼运动的起承转合。他的《三十年后反思"乡土文学"运动》等文章，可谓台湾左翼思潮的备忘录。该文也是他在大陆杂志上发表的最早有影响力的文章。在文章中，吕正惠对左翼思潮在20世纪70年代乡土文学论战以

---

[1] 吕正惠：《殊途也许会同归》，见游胜冠《台湾文学本土论的兴起与发展》，（台北）群学出版公司2009年版，"序"第4页。

[2] 同上。

来的历史处境做了条分缕析的剖解，同时也坦率分析了自己在不同时期的精神状态。在台湾左翼阵营中，吕正惠有独特的身份。他首先是一个"南部出生的台湾人"，先天具有省籍情结，只是出于对攻击陈映真和藐视中国的人士的义愤，才从最初的局外人转化为真正的左翼中人。作者记述："从那个时候开始，我才跟陈映真熟悉起来，其时应该是1993年。"[1]以此为界，他从自己的特殊位置出发，作出两个独到的观察：一是70年代盛极一时的左倾思潮的消歇；二是左翼在新时期的重新出发。

针对70年代左倾思潮突然消失的疑问，吕正惠最初并没有答案。他感受到了陈映真的孤独，对"乡土文学阵营"的"内部争执"和最终的分裂同样感到焦灼和不解。在90年代，他落入了精神的低谷，与许多台湾朋友的关系变得紧张。经过漫长的阅读和求索，他逐渐形成了自己的历史观，完成对自己的改造——从"中华民国"的一个小知识分子转换身份成为一个全中国的小知识分子，才终于得以走出精神的危机。这时，他得出了自己的解答，那就是70年代的陈映真派（主要是《夏潮》杂志那一批人）不了解"中国之命运"，尤其是"现代中国之命运"。值得注意的是，他同时强调问题的关键不在于"左"。这一洞见，与竹内好认为日本的左翼是近代主义者有可比性，可谓东亚社会思潮中的意味深长之处。其中的要害，在于所谓的左翼能否进入社会的底层结构，能否深入体察并把握底层的感情。

左翼重新出发的契机，来自新、老两代左翼的接合。两代左翼的分歧，从吕正惠的分析中可探知一二。在他为刘小新《阐释台湾的焦虑》（台湾版）所写的序言中，针对书中所提到的新左翼阵营中的"人民民主论"（《岛屿边缘》）和"民主左翼论"（《台湾社会研究季刊》），提醒道："不管是人民民主论，还是民主左翼论，都被迫面对一个无法克服的现实问题：台湾最大多数的人口是闽南族群，占台湾人口的四分之三以上，可以说是'人民'中的绝大多数。然而这些'人民'却被本土论及民进党所裹胁，成为'民粹威权主义'下的群众，成为20世纪90年代台湾新霸权论述的基础。"[2]他对这两种倾向不表赞同的原因，在于后者因对民众的不了解，可能使得自己的论述最终落空。但他欣喜地看到，新左翼阵营中的勇敢者如陈光兴、赵刚等人在思想上终于开始接近陈映真了。虽

---

[1] 吕正惠：《三十年后反思"乡土文学"运动》，《读书》2007年第8期。
[2] 吕正惠：《黯然回首，但要勇敢的面对新形势》，见刘小新《阐释台湾的焦虑》，（台北）人间出版社2012年版，"序"。

然吕正惠与陈映真也有分歧，称他们接近于左派意义上的"同志"，有感情却气质不相投，同处孤独却不能相濡以沫，但正因为如此，当他看到赵刚所写的论述陈映真的文章后，才情不自禁地为之喝彩，称之为陈映真的知音。他甚至提出一个历史的假设："如果赵刚这些评论写在90年代，我相信陈映真会受到很大的感染，也许他的作为会是另一个样子。"[1] 历史不能假设和重复，但两代左翼的接合却有望为台湾思想界拓出一条新路。

有意味的是，新左翼与传统左翼有了何种接合的契机？其中的关键，在于新左翼逐渐跳出西方的知识话语，重新发现了民间、底层和亚洲的意义。以陈光兴为例，他的思想开展，是从西方话语入手，走知识化的去殖民、去冷战、去帝国的分析和批判。自20世纪90年代以来，他与《台社》同仁在参与社会活动和街头运动的过程中，感受到政治社会的活力和要求，改变知识方式的迫切感越来越强，促成了知识思考上的历史转向。陈光兴自述道："除了在思想上贴近政治社会的变动外，我们也慢慢发现我们90年代初期开始惯用的知识方式面临了瓶颈，必须在原有欧美的学院训练外寻找其它的知识方式与出路（我们目前暂时称之为'历史转向'）。"[2] 即便如此，传统左翼的资源仍被忽略。直至2007年前后，在绕了一个大圈之后，陈映真的宝藏才终于出现在这一寻找新的知识出路的路途中："在寻找贴近历史现实的另类思想资源的路途中，我们发现过去舍近求远，没有认真挖掘、整理台湾战后批判的思想界以陈映真为代表的宝藏。"[3] 两代左翼虽然仍有分歧，但还是发现了契合之点，并因思想的碰撞产生了新的感知方式和思考方式。陈光兴的《陈映真的第三世界》和赵刚的《求索：陈映真的文学之路》，便是这次寻宝的重要收获。

陈光兴重读陈映真的缘起，首先是对治台湾思想界长期以美国为参考坐标受到的内伤，重新发现内在于台湾的第三世界想象；同时希望藉此开掘第三世界的精神世界，为超克现行霸权更替体制、寻找民主人性的新世界提供思想上的资源。这大致是一种跨文化研究的理路，与陈映真本身的思想形成内在的张力。

陈光兴在自述中解释了自己对陈映真认识的转变："直到后来开始有

---

[1] 吕正惠：《为赵刚喝采》，见赵刚《求索：陈映真的文学之路》，（台北）联经出版公司2011年版，"序"。
[2] 陈光兴：《道上同志》，见赵刚《求索：陈映真的文学之路》，（台北）联经出版公司2011年版，"序"。
[3] 同上。

意识的走向亚洲与第三世界的路，意图重新发现贴近我们生存状况的思想资源的时候，才慢慢察觉他早就上路了，绕过他很多线接不起来。"① 对陈映真理解的加深，使他发现台湾以"政治的陈映真"来站队的单一化思路，不仅遮蔽了陈映真思想与文学的丰富性与复杂性所开启的空间，同时阻碍着台湾主体性进行多重自我定位与认识的可能。他认为，在陈映真精神世界的或隐或显的诸多面向中，"第三世界"这一具有笼罩性的思想面向，受到了极大的忽视。文章从陈映真第三世界论述的几个界标——《"乡土文学"的盲点》（1977）、《中国文学和第三世界文学的比较》（1983）、《对我而言的"第三世界"》（2005）——入手，分析了后者关于第三世界的基本思维和问题关怀。透过第三世界的视角，陈光兴重新解释了被曲解的陈映真的民族主义和马克思主义，称前者是开放的，后者是聚焦的，二者均指向第三世界的国际主义。

陈光兴返回陈映真的根本动力，在于如何开始理解第三世界的精神状况。在此，他发现了陈映真的两重意义：一是拓展了政治经济学之外的精神情感世界，其中的批判性建立在内在的混乱矛盾暧昧等情绪之中；二是脱离了姿态高昂的中国文人传统，为第三世界知识分子树立了放低身段、贴近现实的相处之道。在陈光兴的解读中，特别注意到陈映真的行走式思想的活力，后者通过亲身接触第三世界的感性经验，才可能在认识论上进行富有现实感和历史感的深化。与之相类似，陈映真的呈现式的小说世界，继承鲁迅"不指出路"的传统，直面历史的复杂性，寻求将历史与现实联结的方式，传达出了超越理论的永恒价值。

与陈光兴的侧重点和解读路径不同，赵刚进入的是陈映真的小说世界。赵刚从社会学路径进入文学，兴趣点不在文学意义上的批评，而是观察陈映真的小说是否具有真正的思想力量，帮助我们反思各层次的存在状态。由此，他发展出了一种有别于常规文学研究的阐发小说家思想的认知方式。这种方式，是通过对小说家自我剖析和学界现有研究的有意识背离，进入小说家的文学世界，在思想和文学的紧张状态中逐渐接近后者的精神核心，观察其忧悒、感伤、苦闷的表层背后所蕴藏的巨大思想价值。

赵刚对陈映真的重新解读，一开始就是在与后者的自我认知及学界的流俗解释之间的思想角力中进行的。这一有意识的思想角力的结果，是回到陈映真的早期小说，从中发现了左翼青年的反思性主体状态。陈映真在1975年出狱后以许南村为笔名发表的《试论陈映真》，历来被视作陈氏自

---

① 陈光兴：《陈映真的第三世界——狂人／疯子／精神病篇》，《台湾社会研究季刊》2010 年第 78 期。

我认知、理性反省的名文。但赵刚的思想角力，避免了把陈映真理解引向惯常所见的早期现代主义、后期现实主义的解读陷阱。他宁愿采用笨办法，如陈光兴所说，"把小说放回它所由之产生的原有时代的政治社会中，去体会一个左翼分子如何面对自己身存的历史环境与课题，包括解读出中间因为时代的政治限制所表现出那些非常隐讳、暧昧的面向，以充分释放出其中深刻的思想含量，使之成为今天重建台湾左翼文化的润土。"[①]他发现，陈映真的小说与他的杂文同中有异，其中信念与怀疑互噬，传达着思索的紧张状态。赵刚感叹陈映真左翼思想的多层次繁复、内在紧张与开放性，认为其中潜藏着巨大的思想解放的能量："陈映真思想内容的丰富让人惊诧，而这个思想者的怀疑、怜悯、开放，却又无比坚持于信与爱的思索轨迹，则更让人废书而叹而思，进而让人得以找到反思自我主体状态的新契机。这是青年陈映真给左翼青年、给左翼、给所有人的礼物。"[②]从理性的陈映真返回到多层次紧张状态中的陈映真，赵刚突破认知的外部硬壳，趋近了陈映真思想的内核。

赵刚的解读，每每引发观者的击节叹赏，着实是一个难解之谜。除了他那摄人心魄的修辞之外，更根本的原因在于他融入了自己的主体意识，在意识的深层与阅读对象形成了内在的对话，从而激活对象成为思想的主体，使得陈映真展现出了跨越时代的鲜活魅力。正如吕正惠所言："那一阵子我也常常想起赵刚这一两年来这种沉迷读陈映真、执着想陈映真、热衷写陈映真的'非理性'行为。我相信我了解这种行为，这叫做'造次必于是，颠沛必于是'，这是一种十足的投入。这种投入是一种精神需求。我很了解，赵刚藉由阅读陈映真所想探求的、所企图建立的、那一种模糊的说不出的东西，和我心中所向往、所寄托的，并不一致；但那种'路漫漫其修远兮，吾将上下而求索'的锲而不舍，我也很了解。"[③]在重读陈映真的过程中，赵刚投入的是自己的整幅生命，是对于自己的左翼之路的切肤感怀和深刻省察。可以说，他借助陈映真对自己和当下的处境作了思想上的诊断和疗治。这一诊疗的结果是，他发现了陈映真的挣扎的主体状态与坚定的信念之间的张力，并视之为一个开放性的思想构造体，从

---

① 陈光兴：《道上同志》，见赵刚《求索：陈映真的文学之路》，（台北）联经出版公司2011年版，"序"。
② 赵刚：《颉顽于星空与大地之间——左翼青年陈映真对理想主义与性/两性问题的反思》，《台湾社会研究季刊》2010年第78期。
③ 吕正惠：《为赵刚喝采》，见赵刚《求索：陈映真的文学之路》，（台北）联经出版公司2011年版，"序"。

而在两个时代之间建立了精神上的通道。正是在主体状态和历史处境的互通上，赵刚串联起了两个时代，从而在当下的语境中复活了陈映真的思想。

最后回到这一部分的中心论题：左翼的代际差异和接合。在重读陈映真的过程中，不可避免会碰到左翼的代际差异的问题。陈光兴对此的解释远为复杂，认为其中有历史动态、内部张力等相互制约的因素。其中，历史外部环境的影响不容忽视，比如，传统左翼与政党政治之间的关联更为密切，新左翼则更多在国家体制之外的社会空间中发挥作用。在左翼内部也并不仅仅是代际差异，既有代际的呼应（如吕正惠对赵刚的激赏），也有世代内部的歧异（如赵刚与陈光兴的异同）。以上的状况表明，左翼思潮在基本的视界之外，还蕴藏着内在的活力和无限的潜能，显示了这一脉络与历史、现实互动的多维向度。

三　多元化的声音和开放性文化场域

据上述讨论可知，台湾的左翼与本土/后殖民论这两条脉络之间，有对立的部分，也存在着沟通的可能性。二者之间的空间更大，形成一个开放性的文化场域。台湾学界为建构开放性的文化场域，开辟了诸多不同的路径，在方法论思考（如作为方法的亚洲、文学传播和体制研究、区域比较研究）、具体经验研究（如原住民文学研究、女性文学研究、失踪者系列研究）等不同的面向上作了很多努力，打开了论述的空间，形成了富有活力的多重对话关系。以下从方法论思考、经验研究等角度，切入这个开放性的空间，观察思想开展和文化互动的可能：

（一）从思想史出发的方法论思考

这是从思想史角度出发的方法论思考。其中的思想脉络是清晰的：从竹内好、沟口雄三"作为方法的中国"，到沟口雄三、孙歌的"知识共同体"，孙歌、陈光兴、白永瑞的"东亚论述的可能性"，陈光兴"作为方法的亚洲"，形成了互为主体的亚际研究的思路。这一路径对文学研究具有极大的启示意义，产生了一系列成果，如松永正义和丸川哲史的台湾文学研究、陈光兴和赵刚的陈映真解读等。

（二）从文艺社会学出发的文学传播和体制研究

对文学传播和体制的研究，日益成为文学研究的重要支撑。从传统的传媒和体制研究，到区域性的知识传播、文化流动研究，触及了文学背后的运作机制。这种研究方式的操作性较强，李瑞腾、许俊雅、黄美娥、柳书琴等学者在此方面均有建树。

在这一系列中，张诵圣的文学体制、场域研究具有较强的方法论意识。其学术思考的外在大背景是从新批评向文化研究的转变，对内的回应是台湾学界关于冷战、断裂等问题的讨论。张诵圣借鉴布迪厄、威廉斯等的理论，考察影响文学生产的体制问题，尤其着力于文学场域结构的改变及其与政治变动、政策实施之间的复杂关系。① 为人忽略的是，在其思想中另一个重要的面向是东亚文学之间的比较研究。由此出发，她提倡在不同的参考架构、历史脉络中，重新描述当代台湾文学的发展。②

（三）区域经验及其方法论思考

在台马华文学是区域互动在文学方面的重要经验。特殊的文学经验，催生了方法论的思考。张锦忠的"文学复系统"思考，对多元文化政策、多语环境下的台湾文学复系统作了一个描述性的陈述，并延伸开来，认为"作为华文文学的台湾的国语文学，和中国及（中国以外）其他环太平洋地区的华文文学系统之间的系际关系，自可以在文学复系统理论的架构下继续探讨。……中国华文文学与新兴华文文学这两个文学系统（或两个世界）之间并非主流支流关系，两个文学系统之间可以交流、对话、竞写、相互支援。"③ 黄锦树的《无国籍华文文学》呼应张锦忠，分析了"双重的写在家国之外"的在台马华文学在复系统（多皱褶系统）中的价值，并从文学角度提出一种面对民族国家的超然立场："与其让文学及文学史内耗于两种民族主义的交战中，即使文学史在劫难逃，但是否至少能把文学从民族国家中拯救出来，以非民族—国家文学为新的起点？"④ 值得进一步思考的问题是：文学复系统的积极互动如何可能？如何重新面对文学与民族国家之间的关系？

华美文学、亚美文学是该方面的另一个重要经验。在台湾学界，单德兴对此项研究有开创性的贡献，出版了《铭刻与再现：华裔美国文学与文化论集》（2000）、《越界与创新：亚美文学与文化研究》（2008）和《与智者为伍：亚美文学与文化名家访谈录》（2009）等著作。他最初的

---

① 张诵圣：《文学史对话：从"场域论"和"文学体制观"谈起》，见张锦忠、黄锦树编《重写·台湾·文学史》，（台北）麦田出版公司2006年版，第162—191页。
② 张诵圣：《文学场域的变迁——当代台湾小说论》，（台北）联合文学出版社2001年版，第152—153页。
③ 张锦忠：《"台湾文学"：一个"台湾文学复系统"方案》，见张锦忠、黄锦树编《重写·台湾·文学史》，（台北）麦田出版公司2006年版，第63、76页。
④ 黄锦树：《无国籍华文文学——在台马华文学的史前史，或台湾文学史上的非台湾文学：一个文学史的比较纲领》，见张锦忠、黄锦树编《重写·台湾·文学史》，（台北）麦田出版公司2006年版，第155页。

兴趣是美国文学典律的形成和文学史的书写与重写，在转向华美文学或亚美文学研究之后，以此向美国原先的经典文学和典律文学研究提出了挑战。但这一研究的取向受困于西方理论，正在寻求突破，找寻台湾在研究中的发言位置。如何从台湾视角发展出一套方法论或理论，是研究者思考的内在动力。当下台湾亚美文学研究的动向，是不再仅仅把亚美社群当作研究对象去讨论亚美的历史文化经验，而是以亚美文学为媒介，透过亚美文学来研究其他的现象，如单德兴透过华美文学考察华文文学的问题、张琼惠透过华美文学讨论翻译的问题、王智明透过华美文学讨论台湾美国性的问题。①

（四）地域内部的弱势族群经验研究

发掘过去被忽视的族群经验，如原住民文学、女性文学等，是近20年来台湾文化多元化的趋势。但对弱势族群文学的解释，在收编和尊重之间徘徊。有对收编的警觉，才可能做到真正的尊重。更好的选择，是从这些弱势族群本身的需求出发。

原住民文学研究者浦忠成的说法比较中肯。他看重"接触的历史"和"互动的历史"，但作为其前提，首要的是专注于台湾原住民族文学史的论述与建构。在《台湾原住民族文学史纲》中，他提出一种以历史呈现进行互动和对话的方式："我们无须在意原住民族文学与汉族的'台湾文学'究竟存在什么关系，也无须追究它究竟是'特区'或是'边缘'，重要的是自古以来，在不断变动的时空脉络中，它自己拥有绵长的发展历程与丰富的内涵。它能够和台湾任何族群的文学进行互动，也可以跟'第四世界'产生连结。由于它牵涉的空间广大，也需要跟其有关的人群社会对话。"② 文学史经验的整理，为进一步的连带研究提供了可能和空间。与原住民文学类似，女性文学研究也打开了文化冰山的一角。这一研究，需要面对性恋、道德和生命等复杂的问题。刘亮雅对此有明确的问题意识："如何在道德与颓废的恒久颉颃中，重厘女与男、同性恋与异性恋关系以及'道德'的意义？"③ 在研究中，她采用了女性主义、同志及后殖民理论，具体的操作方法则是将小说放置于文化史的脉络，探讨其中的性（别）政治与文化美学。以上的弱势族群文学研究，对于台湾多元文化的建构有重要意义。

---

① 单德兴、吴贞仪：《亚美文学研究在台湾》，《华文文学》2014年第4期。
② 巴苏亚·博伊哲努（浦忠成）：《台湾原住民族文学史纲》，（台北）里仁书局2009年版，第36页。
③ 刘亮雅：《情色世纪末》，（台北）九歌出版社2001年版，"序"第6页。

(五)历史上的失踪者系列及其发掘

比被忽视的弱势族群更为隐秘的是失踪者系列。这些思想和知识上的失踪者系列,居于庙堂文化和民间文化之外,在常规性的社会群落中找不到他们的位置。对此没有所谓的方法可言,需要的是对寻踪本身的信念,是赤裸裸的面对真实,是对字面上的所谓规范历史的质疑。打开历史的缝隙以呈现真实的思想文化冲动,是促成这项工作的本源性的支撑力量。

这种历史的发掘、寻踪和知识考古,是深具精神信念的历史翻转和知识疏通。它发现的是被遗忘的角落和被大历史遮蔽的脉络。对于研究者来说,细节中的魔鬼,或许能撬动固化历史的成见和结构。在这个方面,陈映真对"50年代左翼"的接续、蓝博洲对"民众史"的发掘、黎湘萍对"失踪的台湾人"的寻觅,或则重现被政治压抑的声音,或则重建思想和知识的脉络,在深入历史深层的同时,传达着方法论意义上的启示。

以上简要勾勒了台湾近20年来开放性文化场域的展开状况。简言之,开放性场域不是思想的有形无形的被收编,而是多重对话关系的呈现,是论述主体的丰富性、论述的多层次性、思想对话空间的打开。台湾的开放性文化场域的价值,正体现在这里。

附录　当代中国文学理论大事记

（1949—2008）

1949 年

3月24日，中华全国文学艺术工作者代表大会筹备委员会召开第一次全体会议，郭沫若为筹委会主任，茅盾、周扬为副主任，沙可夫为秘书长。

7月2—19日，中华全国文学艺术工作者第一次代表大会正式开幕，中华全国文学艺术界联合会正式成立。这次会议标志了两支文艺队伍的"会师"。在大会上，茅盾作了关于国统区文艺工作的报告《在反动派压迫下斗争和发展的革命文艺》，周扬作了关于解放区文艺工作的报告《新的人民的文艺》，对过去的文艺工作进行了总结。周恩来在会上作了政治报告，郭沫若作了总报告《为建设新中国的人民文艺而奋斗》，对新时代的文艺进行了规划。毛泽东到会，并作了讲话。

9月25日，由全国文联主办的《文艺报》（半月刊）第1卷第1号正式出刊。

10月23日，上海《文汇报》组织"小资产阶级人物能不能作为文艺作品的主角"的问题讨论，何其芳在《文艺报》上发表文章，阐明文艺的工农兵方向。

1950 年

1月10日，《文艺报》第1卷第8号展开对朱光潜美学思想的讨论。

1月，《人民文学》第1卷第3号发表萧也牧的小说《我们夫妇之间》。

2月1日，《文艺学习》（天津文协）创刊号上发表了阿垅的《论倾向性》；《起点》第2期发表了张怀瑞（阿垅）的《论正面人物与反面人物》。

2月，由赵丹主演的电影《武训传》，在全国各大城市上映。

3月12日，《人民日报》发表陈涌批评阿垅的文章，并加编者按。

《文艺报》第 2 卷第 3 号全文转载并加"编辑部的话"。文章批判阿垅《论倾向性》一文对毛泽东《在延安文艺座谈会上的讲话》存在"鲁莽的歪曲","以反对为艺术而艺术始,以反对艺术积极地为政治服务终",针对阿垅"艺术即政治"——"不论什么人,不论什么作品,只要把艺术搞好便够了,好的艺术便自然是好的政治了"的观点提出批评。

3 月 14 日,时任中宣部副部长的周扬在北京召开京津文艺干部会,阿垅从天津赶往北京参加此次会议。周扬在会议的发言中,点名批判了阿垅及其两篇文章,并说阿垅属于一个"小资产阶级作家小集团"。这件事成为胡风案件的前奏。

3 月,电影《清宫秘史》在京、沪上映。

5 月 26 日,丁玲主持召开《文艺报》编辑部加强刊物的政治性、思想性与战斗性座谈会。

5 月,周扬发表《论〈红旗歌〉》,热情鼓励第一个反映工人生活的话剧《红旗歌》;本月出刊的《人民文学》也发表了茅盾的《关于反映工人的作品》和艾青的《论工人诗歌》。

11 月 27 日,文化部召开全国戏曲工作会议,讨论如何贯彻党的戏改政策以及帮助艺人学习和创作等问题。周恩来到会指出:"要以歌颂人民、反映人民的真实生活和教育人民的戏曲报答人民,要把人民的力量鼓舞得更雄伟,这就是戏曲改革的光荣任务。"

1951 年

4 月 25 日,《文艺报》发表批评电影《武训传》的文章。

5 月 20 日,《人民日报》发表毛泽东撰写的社论:《应当重视电影〈武训传〉的讨论》。

6 月 10 日,《人民日报》发表陈涌的文章《萧也牧创作上的一些倾向》,批评萧也牧的小说《我们夫妇之间》、《海河边上》表现了"小资产阶级的观点和趣味"。

7 月 23 日,《人民日报》公布了经毛泽东亲笔修改的《武训历史调查记》,说武训是一个"大流氓、大债主和大地主"。这样,《武训传》的讨论就变成了全国性的政治大批判。

7 月 25 日,《文艺报》刊登叶秀夫的文章《萧也牧的作品怎样违反了生活的真实》。

8 月 8 日,《人民日报》发表周扬的文章《反人民、反历史的思想和反现实主义的艺术——电影〈武训传〉批判》,总结对电影《武训传》的批判。

8月10日,《文艺报》刊登丁玲的文章《作为一种倾向来看——给萧也牧同志的一封信》。同时,刊登贾霁的文章《关于影片〈我们夫妇之间〉的一个问题》。

8月26日,《人民日报》刊登夏衍的文章《从〈武训传〉的批判,检查我在上海文学艺术界的工作》。

8月,《文艺报》第4卷第8号发表了一组文章继续批评萧也牧,《新华月报》9月号上发表题为《对萧也牧作品的批判》综述文章。

11月10日,《文艺报》开展"关于高等学校文艺教学中的偏向问题"的讨论。这一讨论由山东大学中文系学生张琪的一封来信引起,信中指出该校中文系主任吕荧讲课中存在脱离实际,以及忽视毛泽东思想的问题,此为"吕荧事件",以此为开端,《文艺报》在全国范围内开始了一场关于建立新的文艺学的讨论。

1952年

3月10日,《文艺报》第5号发表社论:《对资产阶级展开思想斗争是革命的迫切任务》,同期刊载一组揭发批评上海文艺界资产阶级倾向的文章。

5月10日,《文艺报》第9—16号开展"关于塑造新英雄人物形象"的讨论。

5月23日,《人民日报》发表社论:《继续为毛泽东同志所提出的文艺方向而斗争》,全国文艺界整风学习运动开始。

5月25日,舒芜在《长江日报》上发表《从头学习〈在延安文艺座谈会上的讲话〉》,检讨他的《论主观》一文的错误观点。6月8日,《人民日报》转载该文时加"编者按",第一次提出"以胡风为首的一个文艺上的小集团"这一说法。

7月,第14期《文艺报》发表冯雪峰的长篇论文《中国文学中从古典现实主义到无产阶级现实主义发展的一个轮廓》,这是新中国成立后第一篇全面而系统地论述现实主义发展史的文章。四年以后引起讨论。

12月,全国文协召开"胡风文艺思想讨论会",林默涵、何其芳分别在会上作题为《胡风的反马克思主义的文艺思想》和《现实主义的路,还是反现实主义的路?》的发言。

1953 年

1月10日，《文艺报》第1号上发表社论《克服文艺落后现象，高度地反映伟大的现实》，号召全国文艺工作者在大规模的经济建设时期，深入生活，加强学习，掌握社会主义现实主义创作方法，创作出高度反映现实的作品。

1月11日，《人民日报》转载周扬为苏联文学杂志《旗帜》所写的论文《社会主义现实主义——中国文学前进的道路》。

4月，全国文协创作文员会组织在京作家、批评家和文艺界领导学习社会主义现实主义理论，主要讨论以下问题：一、对社会主义现实主义的力量及其和过去现实主义的关系与区别；二、关于典型和创造人物问题；三、关于讽刺问题；四、关于文学的党性、人民性问题；五、关于目前文学创作上的问题；历时两月余。

4月，斯大林的《社会主义现实主义原则是艺术科学的最高成就》由《文艺月报》发表，引起讨论。《文艺报》1954年2月28日，刊登李梁的文章《斯大林与文学艺术》、1954年3月号刊登张因凡的文章《学习斯大林同志对文学艺术的不朽指示》。

9月23日至10月6日，中华全国文学艺术工作者第二次代表大会召开。

1954 年

1月25日，《文艺报》第2号发表李琮的《〈不能走那一条路〉及其批评》。

4月10日，《文艺报》第7号发表康濯的《评〈不能走那一条路〉及其批评》，对李琮的文章进行反批评，指出关于李准小说的讨论是涉及扶植新生力量的态度问题。

1954年春至1955年夏，苏联基辅大学副教授依·萨·毕达可夫在北京大学文学理论研究班讲授文学理论，为培养新中国第一批文艺理论人才作出贡献。1958年，他的《文艺学引论》在高等教育出版社出版，对新中国文学理论教材建设产生了重大影响。

7月22日，胡风向中央提出关于文艺问题的30万言"意见书"：《关于解放以来的文艺实践情况的报告》。

9月，山东大学《文史哲》发表蓝翎、李希凡《关于〈红楼梦简论〉及其他》，批评俞平伯在《红楼梦》研究中的唯心主义观点。《文艺报》

第18号转载并加"编者按",认为"作者的意见显然还有不够周密和不够全面的地方,但他们这样的去认识《红楼梦》,在基本上是正确的"。

10月16日,毛泽东给中央政治局的同志和其他有关同志写了《关于红楼梦研究问题的信》,认为李希凡、蓝翎的文章"是三十多年来向所谓的红楼梦研究权威作家的错误观点的第一次认真的开火"。

10月28日,《人民日报》发表袁水拍的文章《质问〈文艺报〉编者》,对《文艺报》转载李希凡、蓝翎的论文时所加的"编者按语"提出批评。

《文艺报》第21号发表编辑部文章《热烈地、诚恳地欢迎对〈文艺报〉进行严厉的批评》。全国展开了对胡适反动唯心主义的批评。

10月31日—12月8日,中国文学艺术界联合会主席团和中国作家协会主席团联席会议,连续召开八次会议讨论《红楼梦》研究问题和《文艺报》的问题。中国科学院和中国作协,也召开联席会议,并组织专题批判小组,撰写批判文章。11月7日至11日,胡风两次发言,批评《文艺报》文艺批评中的庸俗社会学观点,并点名批评袁水拍、何其芳等人。11月17日,袁水拍发言反驳胡风对他的指责,指出他发表在《人民日报》的文章《质问〈文艺报〉编者》是"受到党的指示而写的"。12月8日,联席会议作出《关于〈文艺报〉的决议》,决定改组《文艺报》。周扬在《我们必须战斗》的发言中提出:一、开展对胡适资产阶级唯心论的斗争;二、《文艺报》的错误;三、胡风先生的观点和我们的观点之间的分歧。按照联席会议12月3日的决定,批评胡适思想的讨论会从12月29日开始至次年3月结束,共召开了二十一次会议。

11月10日,《人民日报》刊登王若水的文章《清除胡适的反动哲学遗毒——兼评俞平伯研究〈红楼梦〉的错误观点和方法》。

1955年

1月2日,《人民日报》开始刊载批判胡风的文章。

1月7日,《人民文学》1月号刊载一组文章,批判胡适资产阶级唯心论和评论俞平伯对《红楼梦》的研究。

1月20日,中共中央宣传部向党中央提出了关于开展批判胡风思想的报告。中宣部认为,胡风的文艺思想,是彻头彻尾的资产阶级唯心论,是反党反人民的文艺思想。从此文艺界围绕胡风文艺思想的不同意见的讨论变成了对胡风的政治讨伐。

2月5日,中国文联主席团和中国作协主席团决定举行第十三次扩大会议，准备对胡风的文艺思想进行批判。

2—3月，全国各地主要报刊纷纷发表文章，批判胡适资产阶级唯心主义文艺观，批判胡风资产阶级文艺思想和批判俞平伯在《红楼梦》研究中的错误观点。

4月3日，中共中央发布《中共中央关于宣传唯物主义思想、批判资产阶级唯心主义思想的指示》。

5月13日，《人民日报》公布了胡风第一批批判材料。《文艺报》第9、10号转载胡风的文章《我的自我批判》。

5月24日，《人民日报》公布《关于胡风反革命集团的第二批材料》。

6月10日，《人民日报》公布胡风等人的第三批材料，并发表社论：《必须从胡风事件吸取教训》，正式将胡风等人定性为"反革命集团"。

6月20日，人民出版社出版《关于胡风反革命集团的材料》，毛泽东为该书写了序言，并补写了两条按语。

8月3日—9月6日，中国作协党组召开第十六次扩大会议，批判"丁玲、陈企霞反党小集团"。

《人民文学》8月号刊登臧克家的《胡风反革命集团的"诗"的实质》。

1956年

2月15日，《文艺报》第3号转载苏联《共产党人》杂志的文章《关于文学艺术中的典型问题》，批判马林科夫关于典型问题的观点。此后，以《文艺报》为阵地，展开了关于典型问题的大讨论。

4月28日，毛泽东在中共中央政治局扩大会议上提出：艺术问题上的"百花齐放"，学术问题上的"百家争鸣"，应该成为我国发展科学、繁荣文学艺术的方针。

5月26日，陆定一在中南海怀仁堂向文艺界和科学界作关于"双百"方针的报告。报告以《百花齐放，百家争鸣》为题，发表于6月13日《人民日报》。

6月，《文艺报》第12号刊登朱光潜的《我的文艺思想的反动性》，随后引发一系列讨论。贺麟、黄药眠、蔡仪、敏泽等人发表了对朱光潜美学思想的批判和相互论争的文章，由此开始了著名的"美学大讨论"。这场讨论持续到1964年前后。

8月24日，毛泽东在中南海怀仁堂与音乐工作者谈话，从本月起《人民音乐》和全国报刊展开音乐"民族形式"问题的讨论。

9月25日，周扬在中国共产党第八次代表大会开幕会上作《让文学艺术在建设社会主义伟大事业中发挥巨大作用》的发言。

9月，《人民文学》9月号发表何直（秦兆阳）的论文：《现实主义——广阔的道路》，同期刊登秋耘的《不要在人民的疾苦面前闭上眼睛》，王蒙的小说《组织部新来的年轻人》。

12月，《长江文艺》第12期发表周勃的《论现实主义及其在社会主义时代的发展》；《文艺报》第24号发表张光年的《社会主义现实主义存在着、发展着》以及综述《中国古典文学与现实主义问题的讨论》。

1957年

1月7日，《人民日报》发表陈其通、陈亚丁、马寒冰、鲁勒四人的文章《我们对目前文艺工作的几点意见》，反对"双百"方针。

1月25日，《诗刊》创刊号上发表毛泽东《关于诗的一封信》和毛泽东诗词十八首。

2月，文艺界开始讨论陈其通等四人《我们对目前文艺工作的几点意见》的文章和王蒙的小说《组织部新来的年轻人》。

3月1日，《人民日报》刊登陈辽的《对陈其通等同志的"意见"的意见》。文章列举大量事实，批评陈其通等文章的错误观点。这是学术界最早的一篇批评陈其通等人的文章。

3月18日，《人民日报》发表了茅盾的《贯彻"百花齐放，百家争鸣"，反对教条主义和小资产阶级思想》，其中深刻分析了陈其通等四人文章的错误，认为他们对文艺形势的估计是不符合事实的，批评的方法是教条主义的。

3月15日，《光明日报》综合报道苏联文艺界讨论现实主义问题。

3月30日，毛泽东接见参加全国宣传工作会议的新闻工作者时，批评了陈其通等四人在《我们对目前文艺工作的几点意见》文章中的错误观点。

4月10日，《人民日报》发表社论：《继续放手，贯彻"百花齐放，百家争鸣"的方针》，批评陈其通等人的观点。

5月23日，《文艺月报》第5期发表钱谷融的论文：《论"文学是人学"》。

6月6日，中国作家协会党组召开扩大会议，批判所谓"丁玲、陈企霞反党集团"。

7月12日，《人民日报》发表社论：《扭转〈文艺报〉的资产阶级倾向》和《文艺报》编辑部的《我们的自我批评》。

9月16、17日，中国作协党组扩大的二十五次会议，周扬作总结发言。发言稿后来以《文艺战线上的一场大辩论》为题，于1958年2月在《文艺报》发表（发表时由毛泽东作了补充和修改）。

9月19日，《人民日报》刊载赫鲁晓夫文章《文学艺术要同人民生活保持密切的联系》。

10月，《文艺报》、《文艺学习》开始批判"写真实"。

11月，《解放军文艺》11月号发表解驭珍、克地的文章《评〈论"文学是人学"〉》。

1958年

1月26日，《文艺报》第2期设《再批判》专栏，并加"编者按语"（由毛泽东改定），再次批判丁玲、王实味、萧军、罗烽、艾青等人于1942年在延安写的文章，主要是丁玲的《三八节有感》、王实味的《野百合花》、萧军的《论同志之"爱"与"耐"》、罗烽的《还是杂文时代》、艾青的《了解作家、尊重作家》。

2月，《人民文学》第1、2号设立《作家谈写真实》专栏，发表茅盾的《关于所谓写真实》等六篇文章。

3月3—5日，文化部、中国剧协、中国音协和北京市文联召开首都戏剧、音乐座谈会，讨论创作如何反映"大跃进"的问题。

3月8日，中国作协书记处讨论《文学工作大跃进三十二条》（草案）；《人民日报》发表文章《中国作协发出响亮号召：作家们！跃进，大跃进》。

3月22日，毛泽东在成都会议上讲话，要注意搜集民歌。4月14日，《人民日报》社论：《大规模地收集全国民歌》。此后，全国掀起搜集民歌的高潮。

3月，《学术月刊》3月号刊登蔡仪的文章《朱光潜的美学思想为什么是主观唯心主义的》。

3月，毛泽东在成都举行的中央工作会议上谈及新诗发展的道路时说："形式是民歌，内容应是现实主义和浪漫主义对立的统一。"这个意见当时没有公开发表，但很快流传开来。6月1日《红旗》杂志创刊号发表周扬的文章《新民歌开拓了诗歌的新道路》，正式传达了毛泽东的意见，并指出："毛泽东同志提倡我们的文学应当是革命的现实主义和革命的浪漫主义的结合，这是对全部文学历史的经验的科学概括，是根据当前时代的特点和需要而提出的一项十分正确的主张，应当成为我们全体文艺工作者共同奋斗的方向。"

5月，毛泽东在中共中央第八届代表大会第二次会议上提出："无产阶级文学艺术应该采用革命现实主义与革命浪漫主义相结合的创作方法。"

9月13—20日，中共中央宣传部召开文艺创作座谈会，会议提出"创作和批评都必须发动群众，依靠全党全民办文艺"。与会者表示要像生产一千零七十万吨钢一样，在文学、电影、戏剧、音乐、美术、理论研究等方面都争取"大跃进"，放"卫星"。

9月，《文艺报》第18期发表专论：《文艺放出卫星来》。

9—10月，全国各地报刊热烈讨论革命现实主义和革命浪漫主义相结合的创作方法。文化部在郑州召开全国文化行政会议，讨论庆祝新中国成立十周年文艺放"卫星"问题。

12月，《毛泽东论文学和艺术》由人民文学出版社出版。

1959年

1月，《人民文学》1月号发表郭沫若《就目前创作中的几个问题答〈人民文学〉编者问》，对如何理解革命的现实主义与革命的浪漫主义相结合的创作方法和文学创作如何表现人民内部矛盾等问题发表看法。

2月，中央宣传部召开宣传工作会议。陆定一、周扬就"大跃进"中文艺工作的一些问题和偏向发表讲话，文化部检查了1958年的工作。

4月，《文艺报》第7期开辟"文艺作品如何反映人民内部矛盾"专栏，讨论赵树理的短篇小说《锻炼锻炼》。

6—7月，周扬、林默涵、钱俊瑞、邵荃麟、刘白羽、陈荒煤、何其芳、张光年等人在北戴河举行会议，讨论改进文艺工作的方案，开始起草"文艺十条"。

7月2日—8月16日，中共中央在庐山先后举行了政治局扩大会议和八届八中全会，"庐山会议"之后，在全党开展了一场反右倾斗争。

7月11日，《新建设》杂志编委会邀请部分在京哲学、美学、文艺工作者举行座谈会，朱光潜、蔡仪、李泽厚、宗白华等参加了会议，会议肯定了美学讨论的成绩，也提出了一些建设性意见，对前一段的美学讨论作出阶段性反思。

10月7日，《人民日报》发表文化部部长沈雁冰的文章《新中国社会主义文化艺术的辉煌成就》，总结新中国成立十周年文学艺术的辉煌成就。

12月8日，中共中央宣传部召开全国文化工作会议。会议认为修正主义、资产阶级思想影响仍是文学艺术上的主要危险，其主要表现是以人性论反对阶级论，以人道主义反对革命斗争；并强调所谓19世纪欧洲资产阶级文学艺术在当前的消极作用。会议还错误地提出必须开展一个彻底批判资产阶级文学艺术的运动，批判修正主义，批判19世纪欧洲文学。

1960年

1月26日，《文艺报》第2期开始对巴人、钱谷融、蒋孔阳等提出的有关"人性论"、"人道主义"观点进行批判。

4月，《文艺报》第8期发表钱俊瑞为纪念列宁诞辰九十周年的文章《坚持文学的党性原则，彻底批判现代修正主义》，提出批判"各种各样资产阶级思想和修正主义思潮"、"资产阶级人道主义"、"和平主义"、"反社会主义的'写真实'"、"借口创作自由反对党的领导"等。

5月，《文艺报》、《解放日报》、《上海文学》、《复旦》，先后批判蒋孔阳的修正主义文艺观点。

9月25日，周扬传达邓小平指示：编一点历史戏，使群众多长一些智慧。

11月，周扬召开历史剧座谈会，号召历史学家编写历史题材的戏，并请吴晗负责编《中国历史剧拟目》。

1961年

1月9日，《北京文艺》第1期发表吴晗的新编历史剧《海瑞罢官》。

1月31日，《文汇报》发表细言的文章《关于悲剧》，随后展开悲剧问题大讨论，主要讨论的问题有：一、什么是悲剧；二、社会主义社会有无悲剧；三、悲剧的主角与悲剧题材；四、人民内部矛盾能否产生悲剧；五、社会主义时代悲剧的特征。《戏剧报》第9、10期合刊发表讨论综述文章《关于悲剧问题的讨论》。

1月，新编历史剧《海瑞罢官》（京剧）首次在北京公演。

3月19日，《北京晚报》开始发表邓拓的《燕山夜话》。

3月26日，《文艺报》第3期发表专论（张光年执笔）《题材问题》，提出"为了促进社会主义文艺的百花齐放，必须破除题材上清规戒律"，对于近来一个时期表现在题材问题上的片面化、狭隘化观点的新的滋长，不能采取熟视无睹的态度；第6、7期开辟专栏《题材问题讨论》，发表了夏衍、田汉、老舍、周立波、冯其庸、胡可等人的文章。

5月,上海成立《文学的基本原理》编写组,以群任主编。1962年初完成初稿。经过两次修改后,于1963年2月和1964年8月分上、下两册正式出版。

本年夏,北京成立《文学概论》编写组,蔡仪主持。后因文革而未能出版,1981年方由人民文学出版社出版。

6月19日,周恩来在文艺工作座谈会和故事片创作会议上讲话,讲了"物质生产与精神生产问题"、"阶级斗争与统一战线问题"、"为谁服务的问题"、"文艺规律问题"、"遗产与创造问题"、"领导问题"、"话剧问题"。

8月10日,《剧本》第7、8期发表田汉的京剧剧本《谢瑶环》、孟超的昆曲剧本《李慧娘》、丁西林的历史剧剧本《孟丽君》。

8月31日,《北京晚报》发表繁星(廖沫沙)的《有鬼无害论》。

10月10日,《前线》开始设立专栏《三家村札记》,发表吴南星(吴晗、邓拓、廖沫沙)的杂文。

1962年

4月30日,中共中央批准中央宣传部定稿的《关于当前文学艺术工作若干问题的意见(草案)》(简称《文艺八条》),由文化部党组、文联党组下发全国各地文化艺术单位贯彻执行。"文艺八条"是:一、进一步贯彻执行"百花齐放、百家争鸣"的方针;二、努力提高创作质量;三、判断地继承民族遗产和吸收外国文化;四、正确地开展文艺批评;五、保证创作时间,注意劳逸结合;六、培养优秀人才,奖励优秀人才;七、加强团结,继续改造;八、改进领导方法和领导作风。

3月6日,周恩来在广州召开的全国科学技术工作会议上作了讲话《论知识分子问题》,陈毅也发表讲话转达周总理的意见:"你们是人民的科学家,社会主义的科学家,无产阶级的科学家,是革命的知识分子,应该取消资产阶级知识分子的帽子。今天,我跟你们行'脱帽礼'。"这就是著名的为知识分子"脱帽加冕"的广州会议。

7月25日—8月24日,中共中央在北戴河召开工作会议,在会上毛泽东提出"阶级斗争必须年年讲、月月讲、天天讲"。

8月2—16日,"农村题材短篇小说创作座谈会"在大连召开。由中国作协党组书记邵荃麟主持。"大连会议",在文革中,又被称为"大连黑会"。会议以讨论农村题材创作为契机,试图纠正当时文坛的左倾倾向。

9月24—27日，中国共产党八届十中全会在北京举行，毛泽东作了《关于阶级、形势、矛盾和党内团结问题》的讲话，把社会主义社会中仍在一定范围内存在的阶级斗争作了扩大化和绝对化的论述，提出了"千万不要忘记阶级斗争"的口号。

1963 年

1月1日，中共中央华东局书记柯庆施在上海部分文艺工作者座谈会上提出"写十三年"的口号，《文汇报》1月6日作了报道。

1月起，在哲学、史学、经济学、文学艺术等领域开展全面的批判运动。当时的批判者可归纳为：杨献珍的"合二而一论"，翦伯赞的"让步政策论"，周谷城的"时代精神汇合论"，邵荃麟的"写'中间人物'论"，以及孙冶方在经济学、罗尔纲在历史学的观点等，受到批判的还有五六十年代发表的一大批文艺作品（包括小说、戏剧、电影）。这一批判运动，成为"文化大革命"的先声。

3月29日，中共中央批转文化部党组6日通过的《关于停演"鬼戏"的请示报告》，报告点名批评了孟超创作的昆曲《李慧娘》和廖沫沙的《有鬼无害论》。

4月3日，中共中央宣传部在新侨饭店召开文艺工作会议，会议就柯庆施提出的"写十三年"问题展开了激烈的争论，周扬、林默涵、邵荃麟在发言中都认为"写十三年"的口号有片面性，反对"只有写社会主义时期的生活才是社会主义文艺"的观点，张春桥讲"写十三年十大好处"。

5月6日，《文汇报》发表文章《"有鬼无害"论》，批判孟超的《李慧娘》和廖沫沙的《有鬼无害论》。

12月12日，毛泽东在中共中央宣传部文艺处编印的一份关于上海举行故事会活动的材料上作了批示："各种艺术形式——戏剧、曲艺、音乐、美术、舞蹈、电影、诗和文学等等，问题不少，人数很多，社会主义改造在许多部门中，至今收效甚微。许多部门至今还是'死人'统治着。不能低估电影、新诗、民歌、美术、小说的成绩，但其中的问题也不少。至于戏剧等部门，问题就更大了。社会经济基础已经改变了，为这个基础服务的上层建筑之一的艺术部门，至今还是大问题。这需要从调查研究着手，认真地抓起来。许多共产党人热心提倡封建主义和资本主义的艺术，却不热心提倡社会主义的艺术，岂非咄咄怪事。"这就是著名的"12·12

批示"。

1964 年

3月4日，中国文联和各协会为落实毛泽东"12·12批示"开始整风。

4月6日—5月10日，中国人民解放军第三届文艺会演在京举行，林彪在会演汇报会上提出：创作要做到"三结合"、"三过硬"、"四边"。"三结合"指领导、专业人员（包括专业创作人员、文工团员、电影演员等）、群众（包括业余创作和业余文化活动）相结合；"三过硬"是指学习毛主席著作过硬，深入生活过硬，练基本功过硬；"四边"就是要边看、边想、边写、边改。

6月5日—7月31日，全国京剧现代戏观摩演出在北京举行，《红旗》发表社论：《文化战线上的一个大革命》。观摩会上演出的一些有影响的剧目，构成了后来"八个样板戏"的原型。

6月27日，毛泽东在《中央宣传部关于全国文联和所属协会整风情况报告》的草稿上，作出批示："这些协会和他们所掌握的刊物的大多数（据说有少数几个好的），十五年来，基本上（不是一切人）不执行党的政策，做官当老爷，不去接近工农兵，不去反映社会主义的革命和建设。最近几年，竟然跌到了修正主义的边缘。如不认真改造，势必在将来的某一天，要变成匈牙利裴多菲俱乐部那样的团体。"7月11日，毛泽东的批示作为中共中央正式文件下发。

7月2日，中共中央宣传部召开中国文联各协会和文化部负责人会议，贯彻毛泽东"6·27批示"；各协会再次开始整风。

7月初，根据毛泽东的意见，中央决定成立由彭真、陆定一、康生、周扬、吴冷西组成的文化革命五人小组，彭真为组长。

9月27日，毛泽东在中央音乐学院一个学生的来信上批示：古为今用，洋为中用。

《文艺报》第8、9期合刊发表编辑部文章《"写中间人物"是资产阶级的文学主张》和《关于"写中间人物"的材料》。

11月10日，《剧本》11月号发表翁偶虹、阿甲改编的京剧现代戏剧本《红灯记》。

12月《文学评论》第6期发表季星的文章《评周谷城的时代精神"汇合论"和他的反社会主义的文艺路线》，批判周谷城的"时代精神汇合论"。

《文艺报》第11、12期合刊发表《文艺报》资料室编写的综合材料：《十五年来资产阶级怎样反对创造工农兵英雄人物的?》。

1965年

2月18日，《北京日报》刊登廖沫沙的检讨文章《我的〈有鬼无害论〉是错误的》。

《人民日报》报道：京剧《芦荡火种》修改重排，改名为《沙家浜》。

3月1日，《人民日报》发表齐向群的文章《重评孟超新编〈李慧娘〉》，并加"编者按"，指出《李慧娘》是一株反党反社会主义的毒草。

4月，《戏剧报》第4期社论：《搞好"三结合"，坚持"三过硬"，创作更多的好作品》；《电影艺术》第4期社论：《"三结合"是繁荣创作的好方法》，另有一些报刊相继发表提倡"三结合"。

7月21日，毛泽东给陈毅写了一封谈诗的信，信中认为写诗要用形象思维，不能如散文那样直说。此信后来发表在《诗刊》1978年1月号上。

11月10日，《文汇报》发表姚文元的文章《评新编历史剧〈海瑞罢官〉》，揭开了"文化大革命"的序幕。

11月29日，《北京日报》转载姚文元文章时加"编者按"提出展开不同意见的讨论；11月30日，《人民日报》转载时加"编者按"指出："我们认为，对海瑞和《海瑞罢官》的评价，实际上牵涉到如何对待历史人物和历史剧的问题，用什么样的观点来研究历史和怎样用艺术形式来反映历史人物和历史事件的问题。这个问题，在我国思想界中存在种种不同意见，因为没有系统地进行辩论，多年来没有得到正确的解决。""我们希望，通过这次辩论，能够进一步发展各种意见之间的相互争论和相互批评。我们的方针是：既容许批评的自由，也容许反批评的自由；对于错误的意见，我们也采取说理的方法，实事求是，以理服人。"

1966年

2月2—20日，江青以受林彪委托的名义在上海同刘志坚、谢镗忠、李曼村、陈亚丁四人开始举行"部队文艺工作座谈会"，会议纪要经毛泽东亲自修改定稿为《林彪同志委托江青同志召开的部队文艺工作座谈会纪要》。《纪要》彻底否定了新中国成立以后文艺界的工作，认为"'写真实'论、'现实主义广阔道路'论、'现实主义深化'论、反'题材决定'论、'中间人物'论、反'火药味'论、'时代精神汇合'论，等等，就是他们的代表性论点，而这些论点，大抵都是毛主席《在延安文艺座谈会上的讲话》中早已批判过的。电影界还有人提出所谓'离经叛道'论，就是离马克思列宁主义、毛泽东思想之经，叛人民革命战争之道。"4月10日，《纪要》作为中共中央文件下发全党全国。

2月3日，中共中央文化革命五人小组召开扩大会议，彭真主持制定《关于当前学术讨论的汇报提纲》（即《二月提纲》），出席会议的有五人小组成员彭真、陆定一、康生、吴冷西以及许立群、胡绳、姚溱、王力、范若愚、刘仁、郑天翔，共11人。

2月7日，中央文化革命五人小组向中共中央提交《二月提纲》试图对学术讨论中"左"的偏向加以适当的限制。

2月7日，穆青等人写的通讯《县委书记的榜样——焦裕禄》在《人民日报》上发表。

2月9日，《南方日报》发表文章《三支射向社会主义的毒箭》，批判《海瑞罢官》、《谢瑶环》、《李慧娘》。

2月12日，中共中央同意并转发《二月提纲》。

2月22日，《人民日报》发表社论《文艺工作者，到农村去锻炼！》。

3月28—30日，毛泽东在杭州三次同康生、江青等人谈话，严厉指责北京市委、中央宣传部包庇坏人，不支持左派。说吴晗、翦伯赞是学阀，上面还有包庇他们的大党阀（指彭真），并点名批评邓拓、吴晗、廖沫沙担任写稿的《三家村札记》和邓拓写的《燕山夜话》是反党反社会主义的。毛泽东号召地方造反，向中央进攻，说各地应多出一些孙悟空，大闹天宫。毛泽东的这一谈话，预示着"文化大革命"的风暴日益迫近。

4月1日，《人民日报》发表何其芳文章《夏衍同志作品中的资产阶级思想》，系统批判了夏衍"对资产阶级民主醉心和鼓吹"、"歌颂人道主义的美妙"及"超阶级的'良心论'"。

4月16日，《北京日报》发表《关于〈三家村〉和〈燕山夜话〉的批判材料》和《前线》、《北京日报》的"编者按"。

4月18日，《解放军报》发表社论：《高举毛泽东思想伟大红旗，积极参加社会主义文化大革命》，全面公布了《林彪同志委托江青同志召开的部队文艺工作座谈会纪要》的观点和内容，在社会上提出了"文艺黑线专政"论。

5月4—26日，中共中央政治局扩大会议在北京举行。会议通过了由毛泽东主持制定的中共中央通知（简称《五·一六通知》）。《五·一六通知》标志着"无产阶级文化大革命"开始。

5月10日，《解放日报》、《文汇报》发表姚文元的文章《评"三家村"——〈燕山夜话〉、〈三家村札记〉的反动本质》；《人民日报》11日转载。

5月，郑季翘在1966年5月《红旗》杂志发表了一篇文章：《文艺领域里必须坚持马克思主义的认识论》副标题是"对形象思维的批判"。一开头就给形象思维作了判决式的定论："所谓形象思维论，不是别的，正是一个反马克思主义的认识论体系，正是现代修正主义文艺思潮的一个认识基础。"这篇文章成为从50年代开始的关于形象思维讨论的终点，也为"文化大革命"时期的种种文艺思想的发展在理论上扫清了道路。

5月28日，经中央政治局扩大会议的决定，撤销了原文化革命五人小组，成立中央文化革命小组（简称"中央文革小组"），组长陈伯达，顾问康生，副组长江青、张春桥等，组员有王力、关锋、戚本禹、姚文元等。该小组名义上隶属于政治局常委之下，实际上它逐步取代中央政治局和中央书记处，成为"文化大革命"的指挥机构。8月底，由江青代理中央文革小组组长。

6月1日，《人民日报》发表社论：《横扫一切牛鬼蛇神》，"文化大革命"在社会上迅速展开，风暴席卷全国。

6月20日，中共中央批转文化部《为彻底干净搞掉反党反社会主义反毛泽东思想的黑线而斗争的请示报告》，作为中央文件发布全党全国。报告提出，文艺界有一条又长又粗又黑的反毛泽东思想的黑线，必须对文艺队伍实行"犁庭扫院"、"彻底清洗"。

7月1日，《红旗》杂志重新发表毛泽东《在延安文艺座谈会上的讲话》，"编者按"称：这篇讲话针对以周扬为代表的30年代资产阶级文艺路线作了系统的批判。此后，全国各大重要报纸、期刊分别刊登有关批判周扬的文章。

8月1—12日，中共中央八届十一中全会在京召开，5日，毛泽东写了《炮打司令部——我的一张大字报》，8日，全会通过《关于无产阶级文化大革命的决定》（简称《16条》）。5月的中央政治局扩大会议和八届十一中全会的召开，是"文化大革命"全面发动的标志。

10月12日，《人民日报》发表劫夫等谱写的四首毛主席语录歌，开了"文化大革命"时期大唱"语录歌"之风。

11月26日，《人民日报》发表文章《贯彻毛主席文艺路线的光辉样板》，文中首次将现代京剧《沙家浜》、《红灯记》、《智取威虎山》、《海港》、《奇袭白虎团》，芭蕾舞剧《红色娘子军》、《白毛女》，交响音乐《沙家浜》称为"革命艺术样板"和"革命现代样板作品"，并特别突出江青的功绩，由此形成了"八个样板戏"的说法。

11月28日，首都举行文艺界无产阶级文化大革命大会。江青否定了新中国成立十七年文艺工作的成绩，第一次在公开场合攻击"旧中宣部"、"旧文化部"和"旧北京市委"，并对彭真、陆定一、周扬、林默涵等11人进行点名批判，称他们是"反革命修正主义分子"。

1967年

1月3日，《人民日报》转载《红旗》1967年第1期姚文元的文章《评反革命两面派周扬》。除周扬以外，还点名批判了夏衍、田汉、阳翰笙、林默涵、齐燕铭、陈荒煤、邵荃麟、何其芳、翦伯赞、于伶和茅盾、巴金、老舍、赵树理、曹禺等。

1月11日，《人民日报》发表朝晖的文章《为复辟资本主义效劳的美术纲领》，批判蔡若虹、华君武。编者按称他们是"美术界的反党头目"，美协是"裴多菲俱乐部式的反革命团体"。

2月17日，中共中央发布《关于文艺团体无产阶级文化大革命的决定》。

4月1日，《人民日报》转载戚本禹的文章《爱国主义还是卖国主义？——评反动影片〈清宫秘史〉》（原载《红旗》第5期），首次批判国家元首刘少奇。以此文的发表为标志，全国掀起对刘少奇及其《论共产党员的修养》的批判。

5月23日，现代京剧《智取威虎山》等八个"样板戏"同时上演；历时37天，演出218场。演出期间《沙家浜》等剧本在《红旗》、《人民日报》发表。

5月25—28日，《人民日报》相继发表毛泽东关于文学艺术的五个文件：《看了新编历史剧〈逼上梁山〉后给延安平剧院的信》（1944）；《应当重视〈武训传〉的讨论》（1951）；《关于〈红楼梦〉研究问题的信》（1954）；《1963年、1964年关于文学艺术问题的两个批示》。

5月29日，《人民日报》全文发表《林彪同志给中央军委常委的信》（1966年3月22日）、《林彪同志委托江青同志召开的部队文艺工作座谈会纪要》，文章《无产阶级文化大革命的重要文件》，并转载《红旗》第9期社论《两个根本对立的文件》。

5月31日，《人民日报》以《革命文艺的优秀样板》为题发表社论，称八个样板戏"宣告了反革命修正主义文艺黑线的破产"，"工农兵昂首屹立在舞台上的新时代到来了！被封建主义、资本主义、修正主义颠倒的历史，在我们手里颠倒过来了！"

5月，中央文革成立文艺组，江青任组长，戚本禹、姚文元任副组长。

7月19日，《人民日报》发表署名"首都批判资产阶级反动学术'权威'联络委员会"的大批判文章《京剧舞台上的一场大搏斗——彻底清算党内最大的走资本主义道路的当权派伙同彭真、周扬破坏京剧革命的滔天罪行》。

8月5日，《人民日报》头版套红发表毛泽东于1966年8月5日写的《炮打司令部——我的一张大字报》，并发表社论《炮打资产阶级司令部》。

8月31日，《人民日报》发表署名"中国戏曲研究院全体革命同志"的文章《张庚是利用旧戏复辟资本主义的急先锋》。编者按：张庚是中国赫鲁晓夫在戏曲界的代理人。

10月22日，《人民日报》发表师红游的文章《揭穿肖洛霍夫的反革命真面目》。编者按："外国修正主义文艺的中心是苏修文艺；肖洛霍夫、西蒙洛夫、爱伦堡、特瓦尔多夫斯基之流，特别是苏修文艺鼻祖肖洛霍夫的一些作品，流毒很大。"

11月9日、12日，陈伯达、康生、江青两次召集中直文艺系统部分单位军代表和群众代表座谈会，提出文艺界要再"乱"一下。江青说："像新影，像芭蕾舞剧团，这是属于捂着的，没有真正地搞好革命的大联合、革命的三结合"，"这样的单位，再乱一下是有好处的"。

1968年

2月21日，江青、姚文元、陈伯达在天津文艺界一次大会上，点名攻击方纪、孙犁等二十多位作家艺术家，诬陷一些文艺工作者"参与文艺黑会"和参与导、演"黑戏"《新时代的狂人》。

5月23日，《文汇报》发表于会泳的文章《让文艺舞台永远成为宣传毛泽东思想的阵地》，该文首次公开提出并阐释了"三突出"的创作原则，该原则受到江青等人的赞同和推广，被称为"文艺创作塑造无产阶级英雄人物必须遵循的一条原则"。三突出指出：在所有人物中突出正面人物，在正面人物中突出英雄人物，在英雄人物中突出主要英雄人物。

6月，上海市文化系统召开"彻底斗倒批臭无产阶级的死敌——巴金"的电视斗争大会。《解放日报》和《文汇报》接连发表批判文章，称巴金为"反共老手"。

7月28日,"工人、解放军毛泽东思想宣传队"奉命进驻清华大学,以此为开端,工宣队和军宣队相继进驻大学、文艺新闻单位和其他有关单位。

9月,除台湾省外,全国各省、直辖市、自治区革命委员会均已成立,《人民日报》、《解放军报》发表社论《无产阶级文化大革命的全面胜利万岁!》。

10月13—31日,中国共产党第八届扩大的十二中全会在北京举行。毛泽东主持会议说:"这次无产阶级文化大革命对于巩固无产阶级专政,防止资本主义复辟,建设社会主义,是完全必要的,是非常及时的。"会议给刘少奇戴上"叛徒、内奸、工贼"三顶帽子,作出了把刘少奇"永远开除出党,撤销其党内外一切职务"的决定。

1969年

3月9—27日,九大预备会在北京召开。毛泽东在预备会上提出九大的任务是总结经验,落实政策,准备打仗。它成为九大的指导思想。

4月1日下午5时,中国共产党第九次全国代表大会正式开幕,成为"文化大革命"的转折点。

6月19日,江青在人民大会堂接见几个文艺团体人员时说:"有些人就是搞真人真事,真是可恶之极呀!"这以后,江青、张春桥、姚文元等在不同场合一再宣扬文学创作"不要写真人真事","作品要离开真人真事","不提倡写活着的真人真事","可以脱离真人真事"等论调。

7月16日,《人民日报》发表署名上海革命大批判写作小组的文章《评斯坦尼斯拉夫斯基"体系"》,称斯氏戏剧艺术理论是"现代修正主义艺术理论基础"。

9月,《红旗》第10期文章提出要"学习革命样板戏,保卫革命样板戏"。

11月3日,《人民日报》发表上海京剧团《智取威虎山》剧组文章《努力塑造无产阶级英雄人物的光辉形象——对塑造杨子荣等英雄形象的一些体会》,文章提出了姚文元根据于会泳文章改定的"三突出"创作原则。

1970年

5月,《红旗》第5期发表样板戏《红灯记》1970年5月演出本,《红旗》第6期发表样板戏《沙家浜》1970年5月修订本。

7月15日,《人民日报》发表文艺短评:《做好普及革命样板戏的工作》，由此，所谓"唱样板戏，做革命人"活动遍及城乡，风靡全国。

7月，《红旗》第7期发表现代舞剧《红色娘子军》1970年5月演出本。

9月19日，《红旗》第10期发表清华大学革命大批判写作小组文章《"国防文学"就是卖国文学——揭穿周扬"国防文学"的反动本质》。

10月1日，革命现代京剧《智取威虎山》彩色影片在北京和全国陆续上映。这是"文化大革命"中我国摄制的首部艺术影片。

10月，为纪念抗美援朝20周年，各地重新放映《英雄儿女》、《打击侵略者》等五部影片，受到热烈欢迎。这是"文化大革命"中首次重映"文化大革命"前摄制的影片。

1971年

4月15日—7月31日，全国教育工作会议在北京举行。在会议通过并经毛泽东同意的《全国教育工作会议纪要》中，提出了所谓"两个估计"，即：新中国成立后十七年"毛主席的无产阶级教育路线基本上没有得到贯彻执行"，"资产阶级专了无产阶级的政"；大多数教师和新中国成立后培养的大批学生的"世界观基本上是资产阶级的"。这次会议作出的"两个估计"和提出的许多"左"的政策，使广大知识分子长期受到严重压抑。

7月，国务院文化组成立，吴德任组长，刘贤权任副组长，成员石少华、于会泳、浩亮、刘庆棠、王曼恬、吴印咸、狄福才、黄厚民。后于会泳任副组长。

9月13日，中共中央副主席林彪出逃，因飞机坠毁而死于蒙古境内的温都尔汗。此后，批林整风运动在全国展开。

1972年

2月，上海"虹南作战史"写作组体现"三突出"创作原则，由"土记者和农村干部相结合，业余和专业相结合"集体创作的长篇小说《虹南作战史》，南哨的长篇小说《牛田洋》由上海人民出版社出版。

5月23日，为纪念《讲话》发表30周年，以国务院文化组名义举办的全国美展和全国影展在北京中国美术馆开展，至7月23日结束。

8月14日，《解放军报》发表高玉宝的文艺短论：《文艺创作不能凭空编造假人假事》，驳"反真人真事"论，于会泳组织文章进行围攻，并称"这是有背景的"。

9月，全国工业美术展览会在北京民族文化宫和农展馆先后展出后，被"四人帮"诬蔑为是"试探性的"、"文艺黑线回潮的急先锋"。

1973年

1月1日，周恩来、叶剑英、李先念等政治局成员接见部分电影、戏剧、音乐工作者。周恩来根据人民群众的强烈反映，指出电影太少，"这是我们的大缺陷"，"总结七年来这方面的工作，还是薄弱的，文化组要把电影工作大抓一下"。江青却唱反调说："不是七年，是解放以来，二十几年电影的成绩很少，放毒很多，取得经验太少，很糟。"江青并指定于会泳、浩亮、刘庆棠抓创作，成立文化组创作领导小组办公室，由于会泳任组长。随之在报刊出现的"初澜"、"江天"就是这个办公室写作班子的笔名。

8月13日，国务院批准将原中央直属九所艺术院校合并，成立中央五七艺术大学。周恩来批示将中央歌舞团、东方歌舞团和中央民族乐团合并为中国歌舞团，下设东方歌舞队，并对组建中国话剧团和中国歌剧团作了指示。

11月，中央五七艺术大学成立，江青任名誉校长，于会泳任校长，浩亮、刘庆棠、王曼恬任副校长。

"四人帮"制造了"无标题音乐问题"事件。江青、张春桥针对周恩来圈阅的一份同意邀请两位外国音乐家来华演出的报告，从上海发难掀起一场全国性的批判运动，批判无标题音乐问题。他们攻击周恩来的表态是"开门揖盗"，表示要"与反革命修正主义路线斗争"。从12月15日，初澜发表《要重视文化艺术领域的阶级斗争》起，报刊共发表批判文章一百多篇。

12月，人民文学出版社重新出版李希凡、蓝翎的《红楼梦评论集》。作者在书前加有题为《中国小说史研究中的一场尖锐的斗争》的代序，书后附有题为《三版后记》的长文。

1974年

1月19日，新华社讯，彩色故事片《火红的年代》、《艳阳天》、《青松岭》、《战洪图》将在全国陆续上映。消息称，这是"把革命样板戏的经验运用于故事影片的一次可贵实践"。这是"文化大革命"以来首次上映新的国产故事片。

1月，《红旗》第1期发表初澜的文章《中国革命历史的壮丽画卷——谈革命样板戏的成就和意义》。

5月5日,《人民日报》发表初澜的文章《在矛盾冲突中塑造无产阶级英雄形象——评长篇小说〈艳阳天〉》。文章称:"长篇小说《艳阳天》这种把生活中阶级斗争日常的现象集中起来,把其中的矛盾和斗争典型化,在尖锐、复杂的矛盾冲突中塑造无产阶级英雄典范的有益经验值得我们学习和借鉴。"

7月12日,《人民日报》发表江天的文章《努力塑造无产阶级英雄典型》。

7月18日,《人民日报》发表方进的文艺短评:《要塑造典型,不要受真人真事局限》。

7月,《红旗》第4期发表初澜的文章《京剧革命十年》。此文系统地发挥了江青等从1968年开始鼓吹的所谓"空白"论、"创业期"论、"新纪元"论,称"过去的十年,可以说是无产阶级文艺的创业期","第一批八个革命样板戏的诞生"宣告了"中国社会主义文艺的新纪元的到来"。

8月13日,国务院文化组举办的上海、广西、湖南、辽宁文艺调演在京开幕。期间,报刊广泛宣传"小戏也要写阶级斗争",否则便是"无冲突论"。

9月20日,《中国摄影》复刊,这是"文化大革命"以来最早复刊的文艺刊物。

10月16日,《人民日报》发表梁效的文章《批判资产阶级不停——学习〈关于红楼梦研究问题的信〉》。

11月2日,《人民日报》发表初澜《谈文艺作品的深度问题》的文章,称"以党的基本路线为纲,敢于揭示矛盾冲突,深刻反映阶级斗争,这对于文艺作品的深度来说,有着重要意义"。

1975 年

1月,四届人大在京举行,原国务院文化组改组为文化部,于会泳任部长,浩亮、刘庆棠任副部长。春节期间,周恩来审看影片《海霞》,朱德、李先念等中央领导人也先后观看了此片,一致表示肯定和赞赏,建议有关部门放映此片招待国际友人。于会泳等人拒绝执行这一指示,并于6月间秉承江青意见,派人查封《海霞》全部底片和样片,发动对《海霞》的批判,称"《海霞》是黑线回潮的代表作"。影片编导谢铁骊、钱江上书毛泽东、周恩来。毛泽东于7月29日,在谢、钱信上批示:"印发政治局全体同志。"

2月，江青等人审看影片《创业》后，指责该片"在政治上、艺术上都有严重问题"，江青指使于会泳等给《创业》捏造了"十大罪状"，下令停止洗印，停止宣传，停止向国外发行。

7月25日，毛泽东对电影《创业》作者反映"四人帮"给电影《创业》安了十大罪名的来信写了批语："此片无大错，建议通过发行。不要求全责备，而且罪名有十条之多，太过分，不利调整党的文艺政策。"

7月31日，在邓小平主持下，中央政治局审看了《海霞》的两个版本（送文化部审看的片子和经过修改的片子），肯定了这部影片，决定将修改版在全国公开上映。

7月，根据毛泽东的指示，中共中央批准《人民文学》、《诗刊》等杂志复刊，批准举办聂耳、冼星海纪念演出会，并解禁了一小批被判为"毒草"的影片，还出版了鲁迅著作和其他少数文艺作品，文艺界的状况开始好转。但不久，就开始了"反击右倾翻案风"，文艺界的风向再次逆转。

8月14日，毛泽东就《水浒》发表谈话，说："《水浒》这部书，好就好在投降。做反面教材，使人民都知道投降派。《水浒》只反贪官，不反皇帝。屏晁盖于一百零八人之外。宋江投降，搞修正主义，把晁盖的聚义厅改为忠义堂，让人招安了。"姚文元闻讯后立即给毛泽东写信，称毛的讲话有重大的深刻的意义，请求印发毛的谈话和他的信并组织评论文章。毛泽东批示同意。随后，《红旗》、《人民日报》相继发表短评和社论，掀起所谓"评《水浒》"运动，将对一本古典名著的个人评价演化为政治思想战线上的一次重大斗争。江青等借题发挥，将批判矛头直指周恩来、邓小平，影射他们"架空毛主席"。

8月，《红旗》第9期发表一系列评《水浒》的文章：短论《重视对〈水浒〉的评论》；方岩梁的文章《使人民都知道投降派——学习鲁迅对〈水浒〉的论述》；北京大学、清华大学大批判组的文章《一部宣扬投降主义的反面教材——评〈水浒〉》。

9月15日，全国"农业学大寨"会议开幕。邓小平的讲话说："毛主席讲过，军队要整顿，地方要整顿，工业要整顿，农业要整顿，商业也要整顿，我们的文化教育也要整顿，科学技术队伍也要整顿，文艺，毛主席叫调整，实际上调整也就是整顿。"

10月28日，周海婴（鲁迅之子）写信给毛泽东，提出关于鲁迅书信的处置和出版、鲁迅著作的注释以及关于鲁迅研究等建议。11月1日，毛泽东批示："我赞成周海婴同志的意见，请将周信印发政治局，并讨论一次，作出决定，立即实行。"根据批示，国家文物局宣布鲁迅博物馆自1976年1月1日起归国家文物局直接领导，并任命李何林为鲁迅博物馆馆长兼鲁迅研究室主任。

1976年

1月8日，周恩来逝世。

1月，《诗刊》、《人民文学》复刊。

3月16日，在张春桥的授意下，于会泳等人召开文化部创作座谈会。京、津、沪、黑、鲁、皖六省市和清华、北大两校（"梁效"）写作组18名作者参加。于会泳在会上号召写"与走资派斗争的作品"。

3月下旬—4月5日，北京市上百万群众，连续几天到天安门广场悼念周恩来，声讨"四人帮"，形成声势浩大的群众性的革命诗歌运动。4月4日晚，中央政治局开会讨论天安门前群众活动的情况，会议认定是一次"反革命性质的反扑"，5日，天安门广场上的广大群众采取的抗议行动被宣布为"反革命事件"，遭到镇压。

4月18日，《人民日报》发表社论《天安门广场事件说明了什么》，号召把批判邓小平、反击右倾翻案风的斗争推向新高潮。

7月30日，一批新影片包括彩色故事片、戏曲片、美术片开始上映。为纪念鲁迅先生诞生95周年、逝世40周年而拍摄的彩色文献纪录片《鲁迅战斗的一生》也同时上映。

9月9日，毛泽东逝世。

10月6日，以华国锋、叶剑英、李先念等为核心的中央政治局，对江青、张春桥、姚文元、王洪文实行隔离审查。全国亿万群众随即举行盛大的集会游行，热烈庆祝粉碎"四人帮"的历史性胜利。"文化大革命"的十年内乱至此结束。

1977年

2月7日，《人民日报》、《红旗》、《解放军报》发表经汪东兴决定、报华国锋批准的社论《学好文件抓住纲》，公开提出"凡是毛主席作出的决策，我们都坚决维护，凡是毛主席的指示，我们都始终不渝地遵循"（即"两个凡是"）的方针，其实质是要把毛泽东晚年的"左"倾错误延续下来。

2月13日，《人民日报》发表文化部批判组文章《还历史以本来面目——揭露江青掠夺革命样板戏成果的罪行》。

4月5日,《毛泽东选集》第五卷出版。文艺界就第五卷中刊载的"双百"方针进行讨论。

5月18日,《人民日报》发表文化部政策研究室批判组的文章《评"三突出"》。

5月,为纪念《讲话》发表35周年,北京市京剧团选演了历史京剧《逼上梁山》的三场戏:《风雪山神庙》、《火烧草料场》和《造反上梁山》,这是"文化大革命"以来首次上演古装戏。

11月20日,刘心武的短篇小说《班主任》在《人民文学》第11期上发表。

11月21日,《人民日报》编辑部邀请文艺界部分同志座谈,揭批江青与林彪破坏文艺事业的罪行,并批判他们否定文艺工作成绩的"文艺黑线专政"论,指出"文化大革命"前的17年,文艺工作的成绩是主要的,这是任何人都否定不了的事实。

1977年的12月31日《人民日报》和1978年1月《诗刊》第1期发表了《毛主席给陈毅同志谈诗的一封信》。此后开始了对形象思维的第二次大讨论。这一讨论成为开启思想禁区的一个突破口,为此后的真理标准问题的讨论,新时期文艺的繁荣和文艺理论的发展,起了重要的推动作用。

1978年

1月20日,《人民文学》第2期刊登"马克思、恩格斯、列宁、斯大林、毛泽东论题材"、"高尔基、鲁迅论题材"。同期还发表批判"四人帮"有关题材问题谬论的文章。

2月,《文学评论》在北京复刊。

3月,邓小平在全国科学大会开幕式上发表讲话。他指出,四个现代化,关键是科学技术的现代化。我国知识分子,"总的来说,他们中绝大多数已经是工人阶级和劳动人民自己的知识分子,因此,也可以说是工人阶级的一部分"。

4月5日,中共中央批准中央统战部和公安部关于全部摘掉"右派分子"帽子的请示报告,决定全部摘掉"右派分子"的帽子。

5月11日,《光明日报》刊登题为《实践是检验真理的唯一标准》的特约评论员文章。当天,新华社转发了这篇文章。12日,《人民日报》和《解放军报》同时转载。

5月27日—6月5日,中国文学艺术界联合会第三届全国委员会第三次扩大会议在北京举行。会议批判了"四人帮"炮制的"文艺黑线专政论",并宣布中国文联正式恢复工作。

8月11日,卢新华的短篇小说《伤痕》在《文汇报》发表。

8月,大型文学刊物《十月》在北京创刊。

9月2日,《文艺报》编辑部在京举行短篇小说座谈会,围绕《班主任》、《伤痕》等作品进行了讨论。

12月5日,《文艺报》、《文学评论》编辑部在北京召开文艺作品落实政策座谈会,为杜鹏程的《保卫延安》,李建彤的《刘志丹》,陶铸的《思想、感情、文采》、《理想·情操·精神生活》,赵树理的《三里湾》,刘宾雁的《在桥梁工地上》,王蒙的《组织部新来的年轻人》,吴晗的《海瑞罢官》等作品和作者平反。

12月14—26日,中国社会科学院外国文学研究所和华中师范学院联合举办的马列文艺论著学术讨论会在武汉举行。会议讨论了关于现实主义问题、关于世界观与创作方法关系问题、关于悲剧问题等几个问题,展开争鸣,进行了广泛的学术交流。会议成立了马列文艺论著研究会。

12月18—22日,中共十一届三中全会在北京举行。十一届三中全会是新中国成立以来中国共产党历史上具有深远意义的伟大转折,这次全会从根本上冲破了长期"左"倾错误的严重束缚,开始了系统的拨乱反正,结束了1976年10月以来党的工作在徘徊中前进的局面,成为新的历史时期的开端。

1979 年

2月22日,中共北京市委作出决定,推倒林彪、"四人帮"强加在"三家村"头上的一切污蔑和不实之词,恢复邓拓、吴晗、廖沫沙的政治名誉。

3月16—23日,《文艺报》编辑部召开文学理论批评工作座谈会,这是粉碎"四人帮"之后第一次全国性的文艺理论工作问题的讨论会。

4月4日,中央组织部、宣传部、文化部、全国文联在北京召开全国落实知识分子政策座谈会。这是粉碎"四人帮"以来专门研究落实文艺界知识分子政策的一次重要会议。

《上海文学》4月刊发表"本刊评论员"文章《为文艺正名》,认为把文艺理解为"阶级斗争工具"不全面,也不科学。由此,先是在上海,后来在全国范围内展开讨论。讨论的内容也从"工具论"扩展到文艺与政治的关系上来。

5月3日，中共中央批转总政治部关于撤销1966年2月《部队文艺工作座谈会纪要》的指示，对受《纪要》影响被错误批判、处理的人员和文艺作品，要实事求是地予以平反。

5月29日，"社会主义文学创作方法学术讨论会"在西安举行，会上决定成立"高等学校文艺理论研究会"，推选陈荒煤为会长。

《文艺研究》第3期刊登毛泽东1956年8月24日《同音乐工作者的谈话》，为全面理解毛泽东文艺思想提供了研究材料。谈话中指出，"中国人还是要以自己的东西为主"，成为日后民族文艺思想的重要来源，并引发了相关的学术讨论。

《文艺研究》第3期刊登朱光潜的《关于人性、人道主义、人情味和共同美问题》。文章结合时代历史发展要求，谈到"当前文艺界的最大课题就是解放思想，冲破禁区"，以欣慰的笔触呼唤文学创作自由的境界，呼唤解放思想。

7月，文革时期颇有影响的手抄本小说，张扬的《第二次握手》正式由中国青年出版社出版。

9月，《美学论丛》创刊，由中国社会科学院文学所理论室编辑出版。

10月30日—11月6日，中国文学艺术工作者第四次代表大会在京举行。邓小平代表中共中央、国务院向大会致辞，提出"人民是文艺工作者的母亲"。会议选举茅盾为文联名誉主席，周扬当选为文联主席，巴金、夏衍等为副主席。

10月，大型理论刊物《美学》创刊。由中国社会科学院哲学研究所美学研究室与上海文艺出版社合编。

1980年

1月8日，中国作协举行主席团会议，强调1980年要以繁荣文学创作、活跃理论批判为中心，扎实地开展工作。下设作家权益保障委员会、理论批评委员会、外国文学委员会等部门。

1月9日，《光明日报》发表了程代熙的文章《人学·人性·文学》。作者从1928年6月12日高尔基提出他所从事的工作是"人学"开始，梳理了"人学"与"文学"相联系的理论过程，论证了马克思主义的人学含义，批驳了抽象人性论的观点，最后指出，文学不必逃离对人性的描写，关键在于对人性作出具体的刻画和具体的分析。

1月15日，《文学评论》第1期开辟了"文艺和政治关系问题的讨论"专栏，发表罗荪的《文艺·生活·政治》、梅林的《文艺和政治是上层建筑范畴内的问题》等文章。同期还刊登刘梦溪的《关于发展马克思主义文艺学的几点意见》，该文认为马克思主义文艺学没有建立理论体系，我们今后应当把建立完整的理论体系作为发展马克思主义文艺学的一个现实目标。这篇文章引发了理论界的争论。

4月19—21日，《文艺报》、《文学评论》、《文艺研究》编辑部在北京联合举行"关于马克思主义文艺理论继承和发展问题座谈会"。会议就如何估价马克思主义文艺理论体系等问题进行了讨论。

5月7日，《光明日报》发表了谢冕的文章《在新的崛起面前》，文中认为，对创作中出现的一批所谓"新奇"、"古怪"的诗应当给予宽容与支持。蓝翎在7月21日《人民日报》上发表《"看不懂"的推想》提示了不同意见。此后，各地报刊也就所谓"朦胧诗"问题展开了讨论。

6月4—11日，第一次全国美学会议在昆明举行。会议就美的本质、中国美学历史方法论以及艺术门类的美学、审美本质、形象思维等专题举行了报告会。同时成立了"中华全国美学学会"，朱光潜当选会长。

6月25日—7月3日，"毛泽东文艺思想学术讨论会"在长春举行。会议围绕如何正确评价毛泽东文艺思想、如何准确理解毛泽东文艺思想体系等问题进行了讨论。

6月，由全国高等学校文艺理论研究会主办的《文艺理论研究》（季刊）在上海创刊。

7月26日，《人民日报》发表社论《文艺为人民服务、为社会主义服务》，正式提出用"文艺为人民服务，为社会主义服务"的口号代替原来的"文艺从属于政治"或"文艺为政治服务"的口号。

8月27日，《人民日报》开辟"关于文艺真实性问题的讨论"的专栏，本期刊登了王蒙、李准与丹晨的三篇文章。

9月29日，中共中央转批公安部、最高人民法院、最高人民检察院党组的报告，决定为"胡风反革命集团"平反。

10月15—23日，全国马列文艺理论学术讨论会第二次会议在天津南开大学举行，集中讨论了人性、人道主义问题，中宣部副部长贺敬之到会讲话。这是新中国成立以来，学术理论界就这个问题首次举行的学术讨论会，会议讨论了"人性"、"阶级社会有无共同人性"、"共同人性与阶级性的关系"、"人性与人的本质"、"文艺作品与人性的关系"、"异化概念"、"马克思主义与人性论、人道主义的关系"几个问题。同时，从1981年到1983年之间，涌现了大量相关话题的讨论文章。

11月25日—12月2日，中国外国文学学会第一届年会在成都举行，会长冯至作报告。

1981 年

1月23日，我国第一个以研究比较文学为宗旨的群众性学术组织——北京大学比较文学研究会成立。该会决定出版会刊《比较文学研究会通讯》，并编选《比较文学丛书》。

1月，《上海文学》第1期发表徐俊西文章《一个值得重新探讨的定义——关于典型环境和典型人物关系的疑义》，第4期发表程代熙的《不能如此轻率批评恩格斯》的答辩文章，从第8期始又陆续有文章发表，就此问题展开讨论。

3月，《诗刊》第3期发表孙绍振的《新的美学原则在崛起》，第4期发表程代熙的《评〈新的美学原则在崛起〉——与孙绍振同志商榷》一文。4月29日，《人民日报》选载了程代熙的文章，《文艺报》、《诗探索》等刊物对此进行讨论。

6月13—22日，毛泽东文艺思想研究会1981年年会在延安举行，会议就如何认识运用和发展毛泽东文艺思想问题进行讨论，并计划出版《毛泽东文艺思想研究》论丛。

7月17日，邓小平在《关于思想路线上的问题的谈话》中指出，党对思想战线和文艺战线的领导是有显著成绩的，但工作中存在着涣散软弱的状态，对错误倾向不敢批评，而一批评就有人说是打棍子。他还批评了根据《苦恋》拍摄的电影《太阳和人》。

7月22日，《文艺报》第14期发表王春元的《关于马克思主义的"新人"说》，从第15期起陆续有文章发表，就什么是社会主义新人形象、塑造社会主义新人形象在文艺创作中的地位等问题展开讨论。

10月28日—11月7日，全国高等院校马克思主义文艺理论研究会在黄山举行学术讨论会，讨论典型环境中的典型性格、文艺的真实性与倾向性、艺术生产和物质生产不平衡关系、文艺批评标准等问题。

11月13—19日，中国社会科学院文学所文艺理论研究室《美学论丛》编辑部与华中师范学院中文系在武汉联合召开"《美学原理》提纲"讨论会。

12月18—23日，中国作家协会第三届理事会第二次会议在京举行，胡乔木同部分作家会谈，中宣部副部长、中国文联主席周扬在闭幕式上讲话。选举巴金为新一届中国作家协会主席。

1982 年

5月5—12日，中国文联、中国社会科学院文学研究所在北京联合召开"毛泽东文艺思想讨论会"，就如何科学评价、正确对待毛泽东文艺思想进行了讨论。

5月7日，胡乔木1981年8月8日在中央宣传部召集的思想问题座谈会上的讲话《当前思想战线的若干问题》经作者再次修改补充，在《文艺报》第5期重新发表。

7月7日，《文艺报》从第7期起开辟"关于现实主义问题的讨论会"专栏，刊登《现实主义和自然主义在真实性问题上的区别》等文章。

8月，《上海文学》第8期刊登冯骥才、李陀等人对高行健的《现代小说技巧初探》一书的评价意见，由此引发有关"现代派"问题的争鸣。《文艺报》第9期发表文章对冯骥才的观点发表异议，《文艺报》从第10期起开辟关于"现代派文学"问题的讨论专栏。《读书》、《人民日报》等报刊杂志也跟进讨论。

9月13—19日，中华全国美学学会、天津美学学会等联合主办的"马克思《1844年经济学—哲学手稿》美学问题学术讨论会"在天津进行，会议围绕马克思早期美学思想的特点和历史地位、实践美学思想的内容及其意义、美的规律等问题展开了讨论。

10月15—19日，《文艺报》举行第一次关于现实主义和现代主义问题座谈会，与会代表着重就现实主义的发展，如何研究、借鉴西方现代派等问题交换了意见。

11月7—13日，中国社会科学院文学研究所、南宁师范学院等单位在南宁联合召开马克思美学思想讨论会。70余名专家学者与会，会议主要讨论的问题有：《手稿》的评价问题；关于人的本质力量对象化、人化自然、实践与审美的关系、美的规律；马克思美学思想的哲学基础等问题。

11月8—9日，《文艺报》举行第二次关于现实主义和现代主义问题座谈会。

1983 年

1月7日，《文艺报》第1期继续开辟关于"现代化与现代派问题的讨论会"专栏。联系徐敬亚的《崛起的诗群》所持的文艺观点，就我国文艺创作的方向、道路、传统与革新等问题，展开了争鸣探讨。

1月10日,《当代文艺思潮》编辑部和中国文联理论研究室在京联合召开座谈会,讨论该刊第1期上徐敬亚《崛起的诗群》及该文所代表的一股否定革命文艺传统、否定文学是社会生活的反映的文艺思潮。

1月24—29日,《文艺报》、《文艺研究》、《文学评论》三家编辑部联合召开我国新时期文学与人性、人道主义问题的学术讨论会。冯牧、陈荒煤等人讲话。

3月1—7日,中国社会科学院主持的"全国文学艺术、外国文学学科规划会议"在广西桂林召开,这是新中国成立以来第一次将哲学、社会科学科研规划项目列入国家的五年计划。会议在文学方面落实了《美学原理》(蔡仪主编)、《中国当代文学思潮》(朱寨主编)等12个国家重点科研项目。

3月16日,《人民日报》刊登周扬在纪念马克思逝世100周年学术报告会上的宣读的论文《关于马克思主义的几个理论问题的探讨》,同时刊载黄枬森等在该会上对周扬论文观点表示异议的发言摘要。

3月19—27日,全国马列文论研究会纪念马克思逝世100周年学术讨论会在昆明召开,从马恩美学文艺学体系、美和艺术的本质等方面,讨论马恩对文艺学科的贡献及其现实意义。全国各地从事马列文论教学与研究的140多名代表参加会议,提交论文120余篇。

3月,为纪念马克思逝世100周年,人民文学出版社出版了《马克思恩格斯美学思想论集》、《马克思恩格斯斯大林论文艺》、《马克思论艺术和社会理想》、《马克思恩格斯美学思想论集》、《马克思恩格斯斯大林论文艺》等书籍。

4月5日,《文汇报》从即日起连续发表何满子《论浪漫主义》和郑伯农的《关于创作方法的几个问题》(5月24日)等文章,就浪漫主义和现实主义问题展开争鸣。

5月26日—6月1日,由四川省社会科学院文学研究所、四川省作协等单位联合筹办的全国毛泽东文艺思想研究会1983年年会在成都举行,讨论的问题包括如何运用艺术辩证法思想,研究文艺创作中存在的问题;探索民族化、大众化与现代化的关系等。

8月29—31日,由中国社会科学院和美国学术交流委员会联合主办的"第一届中美双边比较文学讨论会"在北京举行。美方代表有厄尔·迈纳、刘若愚、白之等10人代表团,中国代表团有王佐良、钱钟书、杨宪益、杨周翰等人。

9月13日,《人民日报》刊登综述文章《〈文艺报〉等报刊关于西方现代派文学与我国文学发展方向问题的讨论》。

9月17日,《当代文艺思潮》编辑部在兰州召开美学研究与当前文艺思潮座谈会,就美学为繁荣社会主义文艺服务等问题进行了讨论。与会者批评了当前文艺思潮中出现的"自我表现"等错误观点。

10月5—11日,为纪念毛泽东同志诞辰90周年,中国文联在山东烟台召开"毛泽东文艺思想学术讨论会",就在新的历史条件下如何进一步学习和运用毛泽东文艺思想的科学体系进行了讨论。冯牧作了《毛泽东文艺思想是发展社会主义文艺的指针》的发言,该文后来发表在《文艺报》第12期。

11月5日,中国文联主席周扬对新华社记者表示,拥护整党的决定和清除精神污染的决策,并就发表论述"异化"和"人道主义"文章的错误作了自我批评。

12月7日,《文艺报》第12期发表《鲜明的旗帜,广阔的道路》,认为要更高地举起社会主义文艺旗帜,应当注意"坚持马克思列宁主义、毛泽东文艺思想对文艺实践的指导","坚持反映社会主义的新时代";"坚持走群众化、民族化的道路"。

1984年

1月3日,胡乔木在中央党校作题为《关于人道主义和异化问题》的讲话。《理论月刊》第2期发表了这个讲话的修订稿。《人民日报》(1月27日)、《红旗》杂志(第2期)等报刊转载了讲话全文。

4月11—17日,为纪念列宁逝世60周年,全国马列文艺论著研究会在厦门召开第六届年会,讨论列宁的唯物主义反映论对文艺的指导作用、"两种民族文化"的学说等文艺思想。

4月19日,《当代文艺思潮》编辑部在厦门大学召开座谈会,着重就新技术革命形势下文艺学的现代化问题等进行讨论。该刊从第1期开始连续发表多篇运用"三论"方法(信息论、控制论、系统论)研究文艺学的文章。

5月9日,中宣部副部长贺敬之与《文艺研究》编辑部工作人员进行座谈会,提出新形势下的文艺要处理好三个关系,即破与立、理论联系实际、坚持方向的一致性与百家争鸣的关系。

5月15日,《文学评论》第3期发表刘再复的论文《论人物性格的二重组合原理》,这是作者《性格组合论》系列论文的首篇。论文引起很大反响与争议。《文学评论》第6期刊登有关刘文引起争议的综合报道。

《文艺报》从第9期起在该刊开辟"复杂性格"问题的讨论专栏。刘再复《性格组合论》一书的片段还在《文艺报》、《中国社会科学》、《读书》等多种刊物上发表。

5月19日，邓颖超在政协文艺界联组会上讨论时，就如何发展和繁荣文化艺术发表意见。她说，近几年文艺界是有成绩的，前一段在反对和抑制精神污染时出现的某种不适当的做法，党中央得知后，立即进行了纠正。"现在的中央下了决心，不能让过去的、深刻的、带血的教训重犯"。

10月24日，由中华全国美学学会、湖北省美术学会、武汉大学、华中师范学院联合举办的"中西美学与艺术比较讨论会"在武汉召开。会议的中心议题是，进行中西美学与艺术的比较研究，以探讨建立具有中国作风、中国气派的马克思主义美学体系。

11月，文学研究的方法论问题已成为文艺理论界普遍关注的问题。《文艺报》第11期、《文学评论》第6期就此展开讨论。《文艺研究》、《当代文艺思潮》也发表文章，强调文艺理论与研究方法需要更新和发展。

1985 年

1月10日，《文学评论》编辑部在京举行该刊优秀理论文章授奖会。钱中文的《论当前文艺理论中的现代主义思潮》获一等奖。

1月29—31日，"马克思文艺理论研究"编委会在京举行扩大会议，讨论文艺理论批评方法问题，会上就系统论、信息论、控制论、符号论、结构主义、审美经验现象和接受美学七种方法论和传统方法的联系问题展开了讨论。

2月，《外国美学》创刊，主编汝信，顾问朱光潜。

3月17日，《上海文学》编辑部、《文学评论》编辑部与厦门大学等单位在厦门召开全国文学评论方法论讨论会。

3月20日，全国高等学校文艺理论研究会第四届年会暨学术讨论会在桂林举行，各地代表就如何建设具有中国民族特色的马克思主义文艺理论，如何开创文艺理论研究的新局面，文艺理论研究的方法论问题进行了讨论。会议决定将该会更名为"中国文艺理论研究会"。

4月14—22日，中国社会科学院文学研究所、江苏省作协等12家单位联合举办的"文艺学与方法论问题学术讨论会"在扬州召开，代表们就如何看待文学研究引进并移植系统论、控制论、信息论等科学方法问题、新方法与传统方法、马克思主义哲学的关系问题进行了探讨。

6月7日，《文艺报》第6期刊登关于"复杂性格"问题讨论来稿综述《从生活出发，塑造多样化的人物形象》。该文介绍了《文艺报》从1984年第7期开始历时半年多的关于"复杂性格"讨论的基本情况。

6月8日，文艺理论家、诗人胡风在京逝世，终年83岁。

7月8日，《文汇报》发表刘再复的文章《文学研究应以人为思维中心》，文章发表后引起讨论与反响。同年，他在《文学评论》第6期发表《论文学的主体性》，其观点引起理论界、文艺界的重视，并由此展开长时间的讨论。

9—12月，应北京大学比较文学研究所和国际政治系、国际文化专业邀请，美国杜克大学弗·杰姆逊教授在北京大学开设有关当代西方文化理论的专题课，为当时的中国学界提供了新的资料，开拓了新的视野。

10月13—20日，中国艺术研究院外国文艺研究所、华中师范大学等单位在武汉召开全国文艺学研究方法论学术讨论会。与会人员就以马列主义为指导来正确解决马克思主义方法论与其他方法论的关系问题等进行了研讨。

10月29日—11月2日，由中国社会科学院文学研究所和外国文学研究所、北京大学、深圳大学等30多个单位发起，在深圳召开了中国比较文学学会成立大会暨首届学术讨论会。与会代表120多人。会议选举季羡林、杨周翰为正、副会长。

1986年

2月20日，中共上海市委宣传部召开"加强对西方现代文化思潮的研究"座谈会。3月17日，《文汇报》刊登伍蠡甫、钱谷融、蒋孔阳等人在座谈会上的发言摘要。

3月6日，朱光潜在京逝世，终年88岁。

6月2日，中国社会科学院文学研究所在北京举办"庆贺蔡仪同志从事学术活动60周年学术讨论会"，中国社会科学院副院长汝信到会讲话，肯定蔡仪对美学研究的贡献。

8月3—10日，全国民族高校文艺理论研究会第七届学术讨论会在贵州省镇宁布依苗族自治县召开。会议就民族风土人情及审美特征问题进行了讨论。

8月26日—9月11日，《文论报》刊登鲍昌的文章《为建设开放的、发展的、自我调节的马克思主义文艺理论体系而努力》。文章分为上、下两部分，分析了马克思主义文艺理论所面临的挑战，认为马克思主义理论的全部价值在于其是"批判的和革命的"。该文以宏大的笔触对马克思主义文艺理论的发展策略、进一步发展的方向进行深入分析，并结合当时中国理论环境提出，要为建设一个开放的、发展的、自我调节的马克思主义文艺理论体系而努力。

9月1日，由中国艺术研究院马克思主义文艺理论研究所主办的《文艺理论与批评》（双月刊）在北京创刊。

11月6—10日，中国社会科学院文学研究所、江苏省社会科学院、北京大学等单位在苏州市联合召开了"文学观念学术讨论会"，与会者围绕文学观念变革更新与文学本质特征、研究现状和走向等问题展开了讨论。

12月2—9日，国家教育委员会社会科学发展研究中心、北京大学、中国人民大学、复旦大学等15家单位发起的"全国高校第一届文艺学研讨会"在海口市举行。会议就我国现代文学理论的走向和趋势，我国现代文学理论的体系和形态两大议题展开探讨。

12月20日，宗白华在京逝世，终年89岁。

1987年

2月20日，唐达成代表中国作协书记处宣布《人民文学》主编刘心武停职检查、《人民文学》编辑部作出公开检查等项决定。21日《人民日报》刊登评论员文章《接受严重教训、端正文艺方向》。

4月14日，《人民日报》从本日起刊登林默涵和姚雪垠在全国政协六届会议大会上的发言《坚持而持久地反对资产阶级自由化》（14日）、《关于我国社会主义文学的发展方向刍议》（30日）。

5月10—12日，中国延安文艺学会、中国艺术研究院等单位主办的纪念《在延安文艺座谈会上的讲话》发表45周年学术讨论会在北京举行，余秋里、胡启立、邓力群等中央领导同志出席开幕式。王震在会上发言《满腔热忱地对待人民事业》。19日，中国作协和解放军艺术学院分别召开纪念会议；22日，中国文联和中国作协联合召开座谈会；23日，中国社会科学院文学研究所《文学评论》举办《讲话》研讨会。

6月8—11日，华东师范大学和浙江海宁市人民政府联合主办的首次国际王国维学术研讨会在上海举行，来自国内外的研究者80余人，对王国维的生平、学术思想等问题进行讨论。

6月20日，《文艺报》发表周崇坡文章《新时期文学要警惕进一步"向内转"》，并设专栏展开关于新时期文学是否"向内转"问题的讨论。

7月23—26日，由中山大学中文系举办的文艺心理学学术讨论会在广州召开，40多位学者与会代表们围绕"中国文艺心理学的现状及展望"这一议题展开讨论。

9月3日，黄药眠逝世，终年84岁。

9月19日，作协书记处决定恢复刘心武《人民文学》月刊主编职务，并派他前往美国作为期6周的访问活动。

9月21—22日，中国人民大学在京主持北京地区文艺学研究生首次学术讨论会，中国社会科学院研究生院、北京大学、北京师范大学的博士、硕士研究生就文艺学研究中马克思主义文艺理论建设等争议较大的问题展开讨论。

1988年

3月下旬，由中国作协鲁迅文学院、武汉大学、华中师范大学、中国社会科学出版社联合举办的全国第一次文学批评研讨会在武汉举行。与会40余位代表围绕建设文学批评的必要性和可能性，文学批评学学科的性质、任务与前途进行探讨。

5月5—10日，全国第五届文艺理论年会在安徽芜湖召开，会议的中心议题是"新时期文学的现实主义问题"。代表们就以下问题进行了研讨：关于现实主义基本含义与概念的界定；关于新时期文学中现实主义的问题；关于现实主义与现代主义的关系。

6月25日，一项专题讨论海峡两岸文学的大规模国际学术会议"当代中国文学国际学术会议"在台湾召开。大陆学者刘再复、谢冕提交了论文。

7月16日，中国社会科学院《文学评论》编辑部在京举行"胡风文艺思想反思座谈会"，许多专家对最近中共中央为胡风进一步全面平反表示欢迎，对胡风文艺思想进行了实事求是的评价。

8月27日，《上海文论》开辟"重写文学史"专栏，旨在重新研究并评价中国新文学史上的重要作家、作品和文学思潮与文学现象。此举后来引发广泛的讨论。

9月10日，《文汇月刊》第2期发表刘再复的《谈文学研究与文学论争》一文对姚雪垠及《李自成》重新评价。随后该刊第6期发表了姚雪垠的《〈刘再复谈文学研究与文学论争〉一文读后》，进行反批评。刘、姚之争引发广泛关注。

10月，由中国社会科学院文学研究所、外国文学研究所、北京大学、福建师范大学等16个单位发起举办的"文学理论建设与中外文化交流学术讨论会"在福州举行，与会代表认为文学理论建设的时机已经出现。

11月8—12日，中国文联第五次代表大会在京举行，邓小平等中央领导人出席开幕式。大会由中国文联党组书记吴祖强主持，夏衍致开幕词，胡启立代表中共中央和国务院向大会致祝词。曹禺当选为全国文联执行主席，林默涵致闭幕词。

12月3—8日，"西方马克思主义理论与美学理论学术讨论会"在成都举行。与会学者就西方马克思主义的概念、范畴、西方马克思主义文论美学的起源、发展、基本特征等问题进行了热烈讨论。

1989年

4月，《文学评论》第2期发表夏中义的文章《新潮的螺旋——新时期文艺心理学批判》，此文后来引起较大的争议。

5月15—19日，由中国作协等单位举办的全国首次胡风文艺思想学术讨论会在武汉举行。

5月16日，由《上海文学》杂志社举办的中国40年文学道路研讨会在沪召开。来自全国各地的作家、评论家及日本、新加坡的学者60余人参加了会议，与会者就毛泽东思想问题、毛泽东话语体系、社会主义制度与中国当代文学的关系、知识分子与民众、革命的经典与再浪漫化等专题作了发言。

7月24—29日，由北京师范大学、郑州大学、华中师范大学、陕西师范大学及长沙水电师院等单位联合举办的"全国文艺心理学研讨会"在长沙召开。与会代表就文艺心理学的任务、性质、方法以及中国古代文艺心理学思想的发掘等问题展开讨论。

9月8日，由中国电影文化发展中心、北京大学比较文学所和天津《文学自由谈》编辑部共同主办的"女权主义文学及电影"研讨会在京召开。与会者就女权主义批评对象的再界定，文学与电影中女权主义研究的比较、女权主义批评在中国等问题展开讨论。

12月18日，中宣部文艺局与人民文学出版社在京联合召开《邓小平论文艺》研讨会。代表们联系实际就《邓小平论文艺》的基本思想理论，其核心和精髓，对马列文论和毛泽东思想的继承和发展以及对社会主义文艺的指导作用和重要意义等问题进行广泛而深入的探讨。

1990 年

2月15日，中国艺术研究院马克思主义文艺理论研究所与《文学理论与批评》编辑部在京召开"关于文艺的党性原则问题"讨论会。与会者就文艺党性原则的重大意义、基本内容、党性与人民性的关系、党性与创作自由、创作个性的关系等问题进行了讨论。

3月17日，《文艺报》头版刊登茅盾1978年6月11日致林默涵的信，信中阐明：不同意十七年工作执行"左"倾路线的提法。

4月15—19日，中国文联、中国作协在河北保定联合召开文艺思想座谈会，来自全国各地的百位理论家、作家、艺术家就如何进一步肃清资产阶级自由化的影响、繁荣文艺创作、建设文艺队伍等问题展开讨论。

5月，全国毛泽东思想研究会成立10周年纪念会暨学术讨论会在延安召开，会议围绕如何坚持和发展毛泽东文艺思想，进一步发展和繁荣社会主义文艺等问题进行了讨论。

6月14日，《文艺理论与批评》编辑部在京召开"关于文艺的意识形态性问题"座谈会，围绕文艺的意识形态性问题进行了讨论。

11月2—5日，国家教委社会科学发展研究中心、山东大学等单位，在济南联合举办"文学主体性问题"讨论会。60位学者、理论工作者就文学的主体性问题进行了研讨。

11月10—14日，全国马列文论研究会第11届年会学术讨论会在广西柳州召开。讨论会的中心议题是坚持和捍卫马克思主义文艺理论，反对文艺领域内的资产阶级自由化思潮，澄清理论是非，并对西方马克思主义文学、美学思想进行了分析和评价。

1991 年

1月8日，受中国作家协会委托，《文艺报》在京举办马克思主义文艺理论研讨会。会议的主要内容是，认真地、科学地总结文艺思潮，进一步思考一些深层次的理论问题，进一步澄清被资产阶级自由化搞乱的思想理论是非和历史是非问题。

4月15日，中宣部文艺局等9家单位在京联合举行纪念毛泽东同志"百花齐放，推陈出新"题词40周年大会。

4月22—28日，中华全国美学学会等单位，在厦门举办"当代中国美学研究前景展望"学术讨论会，200余名与会代表分别就中西文化碰撞中的当代中国美学、传统中国美学的现代意义、美学如何面对文化中的文学艺术、美学的现实功用、美育与现代人的全面塑造等问题展开了讨论。

8月7—11日，《文学评论》、国家教委社会科学发展研究中心、《人民日报》文艺部等单位，在江西庐山联合召开马克思主义文艺理论建设讨论会。与会50位专家、学者就建设马克思主义文艺理论问题进行了讨论。

10月29日—11月3日，《文学评论》、中国艺术研究员马克思主义文艺理论研究所、《光明日报》文艺部等16家单位，在重庆联合举办全国新时期文艺论争学术讨论会。100余名与会者就反映论、人道主义、重写文学史、主体性、主旋律与多样化、本质论、新时期文艺论争的实质以及文艺理论队伍的建设等问题展开讨论与争鸣。

1992年

1月，中宣部文艺局编选的《当代文艺思潮的若干理论问题与重大事件》一书，由中国文联出版公司出版。

2月28日，美学家蔡仪在京逝世，终年86岁。

4月7日，为纪念《在延安文艺座谈会上的讲话》发表50周年，《文艺报》在北京举行座谈会。与会代表就如何在新的历史条件下坚持和发展《讲话》精神进行讨论。

4月11—13日，由四川省社会科学联合会主持的"邓小平文艺思想讨论会"在成都召开。会议就邓小平文艺思想中关于艺术与政治的关系、文艺的人民性、文艺的党性原则、文艺在精神文明建设中的地位和作用等观点展开讨论。

5月7日，中国社会科学院在北京举行纪念毛泽东同志《在延安文艺座谈会上的讲话》发表50周年学术讨论会。

5月18日，新版《毛泽东论文艺》（增订本）由人民出版社出版。

6月9日，中国社会科学院文学研究所在北京举办蔡仪学术讨论会。与会60余位专家学者就蔡仪的美学体系以及对文艺理论的贡献等议题展开讨论。

9月18日，《文艺报》编辑部在京召开"文学价值观"讨论会。与会者就"文学价值论"与"商品价值"的联系与区别、"文学价值论"与"反映论"的关系等问题进行讨论。

10月上旬，中国社会科学院文学研究所、外国文学研究所等17家单位，在开封河南大学举办1992年"全国中外文学理论学术讨论会"。与会者90余人就文学在商品经济大潮下的作用与价值、文学中的群体意识和个人意识、中西诗学中的异同和比较等问题展开讨论。

10月上旬，由中华美学学会青年学术委员会等单位主办的"文化变革与90年代中国美学"学术讨论会在青岛召开。与会50余位专家学者和青年美学工作者就美学自身的变革、美学对文化变革及整个社会变革的作用等问题展开讨论。

1993年

2月18日，华东师范大学一些师生举行了一次对话，主题为"旷野上的废墟——文学和人文精神的危机"，此对话后引起长时间的国内学者对人文精神的大讨论。

4月21日，中国社会主义文艺学会在京成立，陈涌当选为会长。在随后举行的理论研讨会中，与会者就如何繁荣社会主义文艺创作和文艺评论、如何看待文化市场、如何继承革命文艺传统、如何批评地吸收世界各国文化新成果等问题进行了讨论。

5月，中华美学学会在京举行"美学与现代艺术"学术研讨会。与会者围绕美学与现代艺术这一中心议题展开讨论。

6月，由《文学评论》、《文艺报》、黑龙江教育出版社、黑龙江大学联合举办的"建设有中国特色的马克思主义文学理论学术研讨会"在哈尔滨召开。大会以建设有中国特色的马克思主义文学理论为议题，对其历史、现状与对策等重要理论问题和实践问题进行了广泛、深入的探讨和研究。

10月22—24日，中国社会主义文艺学会等单位，在京联合召开"毛泽东与中国当代文艺研究会"，与会代表热情颂扬了毛泽东为中国革命文艺事业建立的丰功伟绩，同时就当前文艺现状进行了讨论。

12月23日，中国文联在京举行纪念毛泽东同志诞辰一百周年座谈会，与会者就在社会主义改革开放历史的新时期，如何深入学习马列主义、毛泽东思想和邓小平建设有中国特色社会主义的理论，做好文艺工作，如何使文艺为经济建设服务等问题展开座谈。

本年度，西方马克思主义成为学术界关注的热点话题，对于西方马克思主义的研究态度已经从最初的简单的唯物唯心二元批判转变为学术研究。对于"西马"的评价话语已经转变，抛弃了先前的"反马克思主义"论调；并开始积极探讨"西马"的发展状况，发展动因，而且将其置于马克思主义的发展大旗之下。

1994 年

5月6—8日,由中国比较文学学会后现代研究中心、北京大学英文系联合发起主办的"20世纪中外文艺思潮国际研讨会"在江苏连云港召开。

7月13—17日,由北京大学与加拿大多伦多维多利亚联合主办的"诺思洛普·弗莱与中国"国际研讨会在北大举行。

7月,"中国中外文艺理论学会"在京成立并召开座谈会,在京40余名专家学者参加并畅谈面向21世纪的中外文艺理论的大趋势。

10月21—28日,由中国社会主义文艺学会等22家单位联合举办的文化市场与文化建设问题学术讨论会在云南楚雄召开。与会者就在市场经济体制下文艺体制改革、文化市场建设的得失成败在于是否有利于充分调动文艺工作者积极性、创造性,有利于出作品、出人才,繁荣事业和满足需要,有利于经济发展和社会进步等一系列问题进行讨论。

10月下旬,中国美学学会、汕头大学"当代审美文化研究"课题组等单位联合在京举行当代审美文化前瞻学术研讨会。与会学者肯定审美文化在总体上是积极向上的,并指出要积极发挥理论在当代审美文化中的引导作用。

12月7日,《文艺报》邀请在京部分专家、学者举行"大众文化"研讨会。与会者认为"大众文化"是当前一个突出的世界性和时代性的文化现象。

本年年初,以上海学者为主在《读书》杂志上发起了关于人文精神的讨论,这个话题一直延续到了1996年以后。

1995 年

2月22—24日,全国作协工作会议在京召开,中宣部副部长、中国作协党组书记翟泰丰就作协工作和繁荣文学问题作了重要讲话。与会代表就如何落实党中央和江泽民总书记对繁荣文艺创作的重要指示等问题进行了热烈的讨论。

4月,《文艺报》在京举办"新人文精神"问题研讨会,与会者就人文精神的失落或危机、建设或重建等问题展开讨论。

5月,中国社会科学院文学研究所文艺理论研究室主持召集北京大学、北京师范大学、中国人民大学等单位的专家学者40余人,就精神文明建设与文学艺术的角色功能展开讨论。

8月6—10日，由北京大学、弗吉尼亚大学和大连外国语学院联合举办的"文化研究：中国与西方"国际研讨会在大连举行，会议探讨的议题主要包括：文化研究在西方的历史演变和现状；中国当代文化研究的可能性探讨；后现代主义和后殖民主义及其在中国和西方的批评性回应；文化研究与文学理论的未来等。

《东方丛刊》第3期刊登四川大学曹顺庆教授的文章：《21世纪中国文化发展战略与重建中国文论话语》，作者提出中国文论的"失语"问题，在学术界引发持久讨论。

10月9—11日，由北京大学比较文学与比较文化研究所和中国比较文学学会共同主办的"文化对话与文化误读"国际学术研讨会在京举行，来自25个国家的120多位代表分别就文化相对主义、东西方文化的多元性，以及文化转型期的价值重建等热点问题进行研讨。

12月7日，由中国社会科学院文学研究所理论室发起并组织的"精神文明与文艺的消闲性"专题座谈会在中国社会科学院文学研究所举行。会议由杜书瀛主持。朱寨、钱中文、童庆炳、何西来、姜昆等来自北京和外地文艺界、文艺理论界和批评界50多人参加了座谈会。王蒙写信对会议表示支持和祝贺。

1996年

4月，华中师范大学文学批评学研究中心组织的"文学史研究的方法与范式"研讨会在武汉举行。与会者就文学史与文学评论、文学批评的关系，过去文学史研究存在的问题，文学史的正名，文学史的观念、方法和范式，文学史的类型和功能等议题展开研讨。

6月28日，中国社会科学院文学研究所、《文艺报》等六家单位，在京联合举办蔡仪美学思想研讨会，与会者就蔡仪的美学思想在中国美学史上的地位等问题进行了探讨。

10月17—21日，由中国中外文艺理论学会、中国社会科学院文学研究所、陕西师范大学中文系联合举办的"中国古代文论的现代转换"学术研讨会在西安召开与会专家、学者围绕着中国古代文论的现代转换这一中心议题进行了广泛的学术交流。

10月25日，作家、文艺理论家陈荒煤在京逝世，享年83岁。

1997年

3月14日，中国文联第六届全国委员会第二次全体会议在京举行，会议强调今后文联工作要以邓小平建设有中国特色社会主义理论为指导，认真学习贯彻党的十四届六中全会决议，认真学习贯彻江泽民同志在第六次文代会和第五次作代会上的重要讲话。

4月1—3日，中宣部在京召开文艺评论工作座谈会，会议分析了当前我国文艺评论工作的现状，研究如何更好地坚持为人民服务、社会主义服务的方向，坚持百花齐放、百家争鸣的方针，加强和改进文艺评论工作。

5月中旬，中国社会科学院文学研究所在京举办"90年代文学态势与研究策略主体研讨会"，与会者呼吁文学批评家应深入生活。

6月24—28日，来自美、英、加与中国的45名学者在湖南师范大学参加了由中国社会科学院外国文学研究所和湖南师范大学外语学院联合举办的"批评理论：中国与西方国际研讨会"。美国杜克大学詹姆逊参会，研讨会围绕后现代主义和晚期资本主义的文化逻辑、"全球化"与民族性、詹姆逊专题研究三方面进行探讨。

8月，第三届全国文艺心理学研讨会在京召开，与会专家学者就文艺心理学的未来发展、90年代以来创作心理和消费心理的新特征等议题进行了深入讨论。

8月，《文学评论》第4期发表王逢振翻译的美国学者米勒的文章《全球化对文学研究的影响》，文中指出："不管我们多么希望情况不是如此，但事实是，在新的全球化的文化中，文学在旧式意义的作用越来越小。这个事实尤其使我不安。"这一观点成为21世纪初对"文学死亡论"讨论的先声。

10月16日，《人民日报》刊登张骏严的文章《"人文精神"讨论的新进展》，认为肇始于80年代中期的人文精神讨论在进入90年代以来开始转向大众话语，在学术界也有了新的进展，这是90年代针对商品经济中的拜金主义等消极现象而提出的。

12月上旬，中国古代文学理论学会和广西师范大学在桂林联合举办"中国古代文论的现代转换、古今文论融洽、中国古代文论在外国传播等新情况、新问题"研讨会。

1998年

2月下旬，由《文艺报》主办的"文化工业"问题研讨会在京举行，与会专家及从事文化产业的工作者对什么是"文化产业"，如何认识西方"文化工业"现象，以及"文化工业"现象在当代中国是否已经出现等问题进行讨论。

4月，由中华美学学会、贵州师范大学等单位联合主办的"百年中国美学"学术讨论会在贵阳召开，近80名美学专家围绕20世纪中国美学历程及其学术建构等问题进行了广泛深入的研讨。

5月7日，1998年是"真理标准讨论"、党的十一届三中全会召开20周年。5月7日，中国社会科学院文学研究所理论室邀请学术界有关学者、专家召开专题讨论会，讨论文艺学发展变化的历史进程，以及文艺学研究中的一系列重要问题。

6月9日，由北京语言文化大学比较文学研究所和比较文学学会后现代研究中心共同主办的"后现代主义之后的西方理论思潮"研讨会在京举行。

10月上旬，由中国中外文艺理论学会、四川大学联合主办的"西方文论与中国文论建设"学术研讨会在成都举行，会议的主要议题是世纪之交的中国文论建设问题。

10月29日，文化部在京召开全国邓小平文艺理论研讨会。

10月，北京语言文化大学、国际比较文学协会研究委员会、南京师范大学在南京共同举办"读解民族：文学和民族身份建构"研讨会。50余名中外专家、学者就文化接受及其在东西方的变形，民族身份在文学经典形成中的作用，一种民族身份在另一种文学文本中的表现，翻译和文学作品的误读，全球化和文化身份的建构，以及全球化与本土化的辩证关系等议题进行讨论。

1999年

5月17日，由中国中外文艺理论学会和南京师范大学文学院联合举办的"1999世纪之交：文论、文化与社会研讨会"在南京召开，来自全国各地的100余位学者与会，就文学理论、文化与社会的相互关系问题展开讨论。

5月28—30日，《文艺研究》为纪念创刊20周年举行的"世纪之交：中国文艺理论研讨会"在京召开，来自全国各地的文论家和学者就中国文论的学术资源和经验进行研讨，并展望文论在21世纪的发展趋势。

6月16—19日，由中国文艺理论学会、江苏省作家协会、南京师范大学文学院、《文艺理论研究》编辑部联合主办的中国文艺理论学会第七次年会在南京举行。会议的主要议题是"20世纪中国文论的回顾与展望"。

6月28日,《王朝闻集》出版暨王朝闻从事学术活动70周年座谈会在京召开,与会者就王朝闻同志的思想体系、理论建树、学术影响、文论风格等议题进行座谈。

7月,由山东大学美学研究所、广西师范大学等10家单位联合举办的《周来祥美学文选》学术讨论会在京举行,与会者对周来祥教授50年美学研究成果给予了充分肯定。

8月15—18日,中国比较文学学会第6届年会在成都举行,二百多位中外学者就面对新世纪与人文精神、亚太文化与文学、大众传媒与比较文学、文化与翻译、异质文化中的华文文学等问题展开讨论。

10月28—31日,由中国中外文学理论学会和安徽大学中文系联合主办的"新中国理论50年"学术研讨会在合肥市召开,50余位与会专家、学者对50年来的诸多理论现象展开讨论。

本年度《芙蓉》杂志第6期发表葛红兵《为二十世纪中国文学写一份悼词》,在文坛引起较大争议与影响。吴中杰在《文学报》(2000年4月6日)著文《评一种批评逻辑》对葛红兵的文章进行评论。此后,一系列争议文章出现。

本年度关于文学本体论问题在学术界展开了新一轮的讨论。朱立元的《当代文学、美学研究对"本体论"的误解》发表后,张弘的《作为美学基础的本体论的若干问题》、高建平的《关于"本体论"的本体性说明》等文章发表了各自的看法,陈英武的《美学与本体论建构——兼与张弘、高建平先生商榷》对以上两文进行了回应。

2000年

1月上旬,海南大学文学院、《文艺研究》编辑部在海南岛联合举办"现代性与文艺理论"研讨会,与会者围绕"现代性"术语的应用区分、西方文化的现代性问题、中国文论的现代性问题、中国文论的现代型——限度与越界等问题进行探讨。

1月13—15日,中国作协理论批评委员会首次全体会议在京举行,中国作协党组副书记王巨才讲话。28名委员对近年来文学理论批评现状及发展前景等问题展开讨论。

3月21日,《文艺报》发表两篇文章对葛红兵《为二十世纪中国文学写一份悼词》和《为二十世纪中国文艺理论批评写一份悼词》进行批评。

5月8—11日,"面向新世纪的马列文论研究"学术研讨会暨全国马列文论研讨会第17届年会在上海举行,与会者就马克思主义文艺学的回顾与前瞻、马克思主义文艺学的当代形态即其他一些相关问题展开讨论。吴介民当选为名誉会长，吴元迈当选会长。

5月30日—6月1日，中国社会主义文艺学会在京举办"社会主义与世纪之交的中国文艺"研讨会，70多位专家学者就如何正确评价社会主义文艺产生后的历史地位，如何展望社会主义与世纪之交的中国文艺等问题展开探讨。

7月23—26日，中华全国美学学会、中国中外文艺理论学会、武汉大学美学研究所、北京语言文化大学比较文学研究所、广西师范大学中文系等多家单位，在桂林联合举办"马克思主义美学的现状与未来"国际学术研讨会，50多位中外专家、学者就如何使马克思主义美学回归文本、面向当下、立足发展、东方马克思主义美学和西方马克思主义美学研究、文化"全球化"与马克思主义等问题展开讨论。

7月29—31日，北京语言文化大学、中国中外文艺理论学会、美国加州大学厄湾分校、山东大学等国内外多家单位在京共同举办"文学理论的未来：中国与世界"国际学术研讨会，百余名中外学者就"全球化"浪潮冲击下文学理论批评的未来前景、中国文学理论批评话语的建构、中国的文学研究者与国际学术界的平等对话、文学理论与文化研究的冲突与共融、马克思主义与全球化理论、20世纪中西方文论的历史回顾等理论课题进行交流切磋。德里达、詹姆逊、佛克马、伊塞尔等著名国外学者与会参与对话。

12月15—16日，中国社会科学院文学研究所文艺理论研究室和当代文学研究室在京召开"全球化时代的中国美学"与"90年代文学批评的回顾与检讨"研讨会，50余位专家和学者围绕当代中国美学的处境及发展方向、一个世纪以来接受西方美学的反思，以及传统中国美学的继承和发展、八九十年代文学批评的比较与评价、90年代文学批评与全球化语境、文学批评视野下的90年代文学创作等议题进行深入讨论。

2001年

1月18日，由北京语言文化大学比较文学研究所和文化学院主办的"迈入21世纪的比较文学：中国与世界研讨会"在京举行，50余位专家学者就比较文学现状以及在"全球化"时代的未来前景进行讨论。

3月15—20日，中国社会科学院文学研究所、《文学评论》编辑部、《东方文化》编辑部和华南师范大学等单位在华南师范大学举办"价值重建与21世纪文学"研讨会，50多位专家学者就新世纪的价值观念与文学体系、欲望与价值的分析、价值重建与西方文论的关系等问题展开探讨。

4月1—3日，北京师范大学文艺学研究中心召开"当代文学理论创新趋势与教学改革"研讨会，来自全国126所高校的219名代表出席会议，围绕文论的前沿问题与教学问题展开讨论。

4月23—27日，中国社会科学院文学研究所、《文学评论》编辑部、文学理论研究室和扬州大学等单位在扬州联合举办"全球化语境中的文论研究与教学"学术研讨会，与会50多位专家学者就关于全球化的认识、全球化语境中的我国文论研究的策略以及文学理论的教学改革、对文学理论学科建设的反思与前瞻等问题进行讨论。

4月29—30日，由北京师范大学中文系与北京师范大学文艺学中心联合主办的"文艺学与文化研究学术研讨会"在京举行，讨论文学与文化研究问题。

5月10—12日，教育部人文社会科学重点研究基地山东大学文艺美学研究中心揭牌仪式暨文艺美学学科建设与发展研讨会在济南举行。本次研讨会由山东大学文艺美学研究中心和首都师范大学联合主办。

6月14—16日，由北京文联研究部主办的"网络批评、媒体批评与主流批评"研讨会在天津召开。与会者就网络批评、媒体批评的兴起和作用，以及他们对主流批评的影响和三者之间既对立又统一的相互关系，从不同的角度进行了认真的探讨与交流。

6月22日，《中国20世纪文艺学学术史》讲座会在中国社会科学院文学研究所召开。

7月29—31日，由北京语言文化大学主办的"文学理论的未来：中国与世界"国际研讨会在北京举行，来自不同国家和地区的百余名专家学者共同探讨了全球化浪潮下的文学批评理论的未来前景、中国文学理论批评话语的建构以及中国的文学研究者与国际学术界的平等对话等问题，并成立了国际文学理论学会。

8月7—10日，中国社会科学院文学研究所和清华大学人文社科学院在京联合召开"文化视野与中国文学研究"国际讨论会，中外学者近百人就全球化时代的文学与文化研究所面临的重大挑战、中国传统文学的文化内涵与20世纪中国文学的民族、国家主题等相关问题进行探讨。

10月10—13日，厦门大学中文系、中国中外文艺理论学会等单位在厦门联合举办"新理性精神与文学研究方法论"全国学术研讨会，与会50多位专家、学者就在现代性条件下和后现代语境中，如何坚守理性精神、在全球化潮流中怎样凸显"中国立场"并发出"中国声音"等议题展开广泛的探讨。

11月2日，武汉大学中文系、《文艺研究》编辑部等单位在武汉联合举办"高新技术产业化时代文艺的发展问题"学术研讨会，50余名专家、学者围绕高新技术时代文艺的发展方向及其特征、网络文化及信息技术革命对文艺功能的深刻影响等问题进行了广泛讨论。

12月1—2日，《文学评论》编辑部、中国人民大学中文系在京共同举办"人的全面发展与文艺学建设"理论研讨会，与会学者就人的全面发展问题与文艺学的理论创新、马克思主义思想的当代发展、人文关怀、人文理性与人的现代性、多元社会与复杂人格的文学表现方式、全球化时代东西方人性观在文学中的碰撞、传统与时代——人的发展与文学的发展、多媒体时代人的审美趋向与文化变异等展开研讨。

12月18—22日，中国文学艺术界联合会第七次全国代表大会、中国作家协会第六次全国代表大会在人民大会堂开幕。江泽民、李鹏等党和国家领导人出席。江泽民同志作重要讲话。周巍峙当选文联主席，97岁的巴金老人第三次当选中国作协主席。

12月18—22日，第七次全国文代会第六次全国作代会召开，中共中央总书记、国家主席江泽民在会上发表重要讲话。他强调指出：努力建设我国的先进文化，使它在全国人民乃至世界人民中间具有强大的吸引力和感召力，与努力发展我国的先进生产力，使我国加快进入世界生产力发达国家的行列，都是我们实现社会主义现代化的战略任务。

2002年

3月27日，由《文学评论》编辑部、南京大学中文系共同主办的"文学研究中的跨学科发展研讨会暨《文学评论》编委会"在南京召开，与会专家就何谓文学研究中的跨学科发展及跨学科的几种分布方式、如何跨学科及跨学科的具体案例、跨学科的限度及方法论问题、跨学科的好处等问题进行了讨论。

4月，《文学评论》第2期刊登了高建平《论文学艺术评价的文化性与国际性》一文，本文提出"复数的世界文学"这一概念，试图在文学评价的相对主义和普遍主义之间寻找一种相互沟通的思想。

5月22日，中宣部、文化部等多家单位在京联合召开座谈会，纪念《在延安文艺座谈会上的讲话》发表60周年。

5月25—26日，由中国社会科学院文学研究所理论室、云南大学人文学院等单位联合召开的"文艺学与文化研究学术研讨会"在昆明召开，与会专家学者就文化研究与文艺研究、经济全球化与文化全球化与文化的民族性等问题进行了深入而热烈的讨论。

6月21—24日，由苏州大学主办的首届生态文艺学科建设研讨会在苏州举行。与会者认为生态文艺学的提出与建立对我国文论建设很有意义，对文学艺术的发展及社会思想文化的发展都将有积极贡献。

6月22—23日，"马克思主义与后现代主义"国际学术研讨会在武汉华中科技大学举行，来自海内外的四十余位学者参与讨论。

6月22—28日，中国社会科学院文学研究所《文学评论》编辑部、哈尔滨师范大学中文系在哈尔滨联合主办"世纪之交文化转型与文学发展研讨会"，学者们重点就全球化语境下的中国文论建设、文化研究及其对文学研究的影响、关于当下文论的困境及应对策略等问题进行了讨论。

8月2—12日，由中国中外文艺理论学会、陕西师范大学、新疆大学等单位主办的"全球化语境与民族文化、文学的前景国际学术研讨会"分两个阶段在陕西师范大学和新疆大学两校举办。会议的主题有三个：对全球化语境以及全球化概念的理解和态度；全球化语境下中国古代文论现代转换的命运及态度；树立自信的学术研究心态，坚持多元的学术研究方法。

8月23—25日，由山东大学美学研究中心主办的"审美与艺术教育国际学术研讨会"在青岛举行。国内外百余位专家学者以"全球语境下的审美文化与艺术教育"为议题，围绕当代审美文化研究、文化产业中的审美活动、艺术教育的规律及特点、美育的社会功能与实践等前沿问题展开了讨论。

9月22—26日，江西省南昌市召开"全球化语境下的中国当代文学理论建设与创新"学术讨论会。会议由山东大学文艺美学研究中心、中国人民大学中文系和北京师范大学文艺研究中心三个全国文艺学重点学科联合主办，江西师范大学文学院具体承办。40余位专家学者针对当代中国文论与批评现状进行了深刻的反思，提出了全球化语境中的中国文论与批评建设的诸多意见。

10月10—11日，由《文艺理论与批评》编辑部、西南师范大学中文系、四川大学文学院等单位主办的"人民美学与现代性"学术讨论会在重庆举行，与会者就重提"人民性"的现实意义与价值，并就建构"人民美学"的理论困境等问题展开讨论。

10月18—20日，由中华美学学会与北京第二外国语学院合作主办的"美学与文化：东方与西方"国际学术研讨会在京举行。这次会议是中外美学思想交流史上的一次盛会，吸引了分别来自英、美、德、意、日、韩、加、印度、荷兰、芬兰、希腊、土耳其、斯洛文尼亚、克罗地亚、澳大利亚和中国（包括台湾和香港）的近百名美学家。以汝信会长为代表的中华美学学会理事会主要成员、以佐佐木健一主席为代表的国际美学学会执行委员会的主要成员，均亲莅此会，参与讨论。在本次会议上，高建平首次提出的"美学在中国与中国美学"的区别问题，在学术界引起讨论。

12月1—3日，江汉大学人文学院与武汉大学人文学院在武汉联合召开"文化生态变迁与文学艺术发展"学术研讨会，与会30余位专家、学者就马克思主义美学与生态的关系，生态批评与文化生态，20世纪中国文学生态意识，文化生态与近现代中国的文学自治思潮，生态批评的"两难处境"问题，道家文化的三大理论及其对生态文学的启发价值，当下语境中的生态批评等话题进行深入探讨。

12月22日，"多元对话时代的文艺学建设与钱中文文艺理论研究"学术讨论会在中国人民大学召开，来自全国各地高校、科研院所的文艺理论界的知名专家、教授约60人围绕"新理性"精神与文学理论的发展、钱中文文艺理论研究及多元对话时代的文艺学建设与创新等议题展开讨论。

2003年

9月17—19日，由《文学评论》编辑部和四川师范大学文学院共同主办的"中国现代诗学研讨会"在成都举行，来自全国20所大学与研究机构的30多位专家就近十年来中国现代诗学的研究现状与问题，现代诗学若干重要命题，现代诗学体系诸题及研究前景等，作了广泛深入的讨论。

10月24—27日，中国社会科学院文学研究所与南阳师范学院在南阳市联合举办了"文论为何"学术研讨会。60多位来自全国各地的专家学者围绕全球化与中国文论的发展道路、西方思想的影响与中国文论的建构等问题展开了激烈讨论。

10月25—26日，由华中师范大学、中华美学学会等单位联合举办的"全国东方美学学术研讨会"在武汉召开，来自全国各地的东方美学专家就东方美学发展中的重要问题进行了讨论。

11月2日，人大复印资料《文艺理论》编辑部、《文艺研究》编辑部与首都师范大学文学院在京联合召开"日常生活审美化与文艺学美学学科"研讨会,与会学者就我国文艺学学科的研究现状、问题及未来发展等进行了广泛讨论。

11月8日,"俄罗斯形式学派学术研讨会筹划会并20世纪俄罗斯文论关键词写作讨论会"在北京师范大学举行,本次会议由中国社会科学院外国文学研究所文艺理论室和文学理论研究中心主办,40多位专家、学者与会。

11月16—18日,苏州大学、华东师范大学、《文艺理论研究》编辑部等单位合作举办的"文艺理论视野中的中国问题"研讨会在苏州召开。40余名专家、学者就中国文论是否存在"中国性"问题、中国现代性和理论原理建设等问题展开了热烈讨论。

11月,《文艺研究》杂志社召开"日常生活的审美化与文艺学的学科反思"国际学术讨论会。

12月3—4日,"第四届全国文艺学及相关学科建设研讨会"在广州暨南大学召开,来自全国文艺学及相关学科领域的70多位学者、专家参加了会议。会议的中心议题是"文艺学学科的拓展与边界",会议着重探讨了当下文艺学学科建设、文艺学与相关学科的关系等问题。

12月中旬,全国马克思主义文论学会第二十届年会暨"国外马克思主义文论与中国文论建设"学术研讨会在重庆西南师范大学文学院举行,来自中国社会科学院、北京大学、中国人民大学、北京师范大学、四川大学等高校和科研机构的代表出席了这次研讨会。与会者围绕外国马克思主义文论现状、发展趋势以及中国新世纪文论建设的有关学术问题展开了热烈而深入的研讨与对话。

12月26—28日,在毛泽东同志诞辰110周年之际,由华中师范大学文学院等单位主办的"毛泽东文艺思想和20世纪中国文学理论批评国际学术研讨会"在华中师范大学和三峡大学举行。国内外80余名专家、学者就以下几个问题发表了自己的看法。一、毛泽东文艺思想的本体研究;二、毛泽东文艺思想对20世纪中国文学的影响;三、毛泽东文艺思想所涉及的一些带有普遍性的文艺问题特别是文艺和政治的关系问题。

2004年

1月7日,复旦大学杜威研究中心正式成立,由刘放桐教授任中心主任;"杜威思想的当代意义"学术研讨会在复旦大学美国研究中心同时举行。

1月9—11日,中国社会科学院外国文学研究所文艺理论研究室和文学研究所文艺理论研究室联合成立"文学理论研究中心"。9日至11日，该中心在北京举办成立大会暨首届学术研讨会。会议主题为"跨文化的文学理论：问题与前景"。此次会议的议题主要有：一、当代中国文学理论所面临的挑战与我们的应对策略；二、跨文化视野中的文学理论、思想资源、发育空间、研究路径；三、现代外国文论关键词研究构想与中国文论关键词研究基本思路；四、近年来国外文学理论教材的最新状况与当下国内文学理论教材建设问题。

3月26—28日，由中国社会科学院世界文明比较研究中心、国际符号学学会主办，南京师范大学外语学院协办的"符号学与人文科学国际研讨会"在北京举行。

3月31日，按照中共中央关于坚持科学的发展观和促进文化发展的精神，文化部长孙家正邀请在京的哲学、艺术学部分专家就"文化建设与发展"问题举行座谈。

4月10日，《文学评论》编辑部、首都师范大学文艺学重点学科、《文学前沿》编辑部等单位，在北京联合主办了"身体写作与消费时代的文化症状"学术讨论会。会议就商品化、消费主义潮流不断向文化文学领域深入、文学中部分写作经历着由形而上向形而下、从上半身滑向下半身的运动等文化现象展开讨论。

6月6日，"全球化与本土化国际学术会议"在郑州大学召开，著名西方马克思主义研究学者詹姆逊与会。他认为，经济全球化不应当是文化霸权，而应当是文化的多样化。

6月10日，中国人民大学出版社出版四卷本《詹姆逊文集》。10日，由中国人民大学出版社与人民大学中文系联合主办的"'詹姆逊与中国'学术研讨会暨（四卷本）文集首发式"召开。本次研究会围绕"詹姆逊与中国的现代化"、"詹姆逊与中国的文化研究"等问题进行。

6月8—11日，由中国中外文艺理论学会与中国人民大学中文系主办、清华大学比较文学与文化研究中心等多家单位参与协办的"多元对话语境中的文学理论建构国际研讨会暨中国中外文艺理论学会第三届代表会议"在中国人民大学召开。来自国内外的三百余名专家学者参加了会议。

6月12—14日，由清华大学外语系和比较文学与文化研究中心联合主办的"批评探索：理论的终结？"国际研讨会在北京举行。参加单位有国际文学理论学会、美国芝加哥大学《批评探索》杂志以及中国中外文艺理论学会等单位。会议主要围绕如下几个论题进行讨论：当代文学理论的反思；一种阐释理论以沟通东西方；全球化语境下的文学研究；从中国的视角阐释西方文学；从西方的视角阐释中国文学；文学文本的语象阐释等。

6月14—17日，由中南大学文学院、《文学评论》编辑部、《文艺理论与批评》编辑部联合举办的"网络文学与数字文化"学术研讨会在长沙召开。会议围绕网络文学的性质、定位、价值导向等问题展开了广泛的交流和讨论，对数字技术时代的社会文化转型、网络图像审美嬗变等问题进行了深入探讨。

6月19—20日，由中国中外文艺理论学会、中国社会科学院文学理论研究中心、河北教育出版社、湘潭大学四家单位主办，湘潭大学文学与新闻学院承办的"巴赫金学术思想国际研讨会"在湖南湘潭市举行。来自俄、美、中等国的40多位专家学者出席了会议，就巴赫金的学术思想、在世界范围内的传播与影响、巴赫金与新世纪中国人文学科等重要理论问题展开讨论。

6月25—27日，中华美学学会第六届全国美学大会暨"全球化与中国美学"学术研讨会在长春市举行，本次会议由中华美学学会、吉林大学文学院和中国文化研究所联合主办。会议主要论题有：全球化背景下的美学和艺术学研究、中国传统美学及其现代意义、全球化时代的媒介和审美文化批评等。

6月28—30日，《文学评论》编辑部、四川大学文学与新闻传播学院以及四川师范大学在成都联合召开了全国"消费时代的文学与文化研究"学术讨论会。与会者就当前中国消费社会与消费文化中的种种现象和所面临的问题进行了讨论。

7月24—27日，《外国文学评论》杂志与苏州大学在苏州联合主办"外国文学与本土视角"学术研讨会，170多位学者与会。会议的议题有：全球化进程中的外国文学与现代价值观、当代文化的多元性与民族文学、民族文化前景；当代文学的生存方式与消费文化市场之间的关系；城市文学与乡土文学以及生态批评；文学翻译与外国文化的传播等。

7月25—30日，全国"文化研究中的话语实践"学术研讨会在乌鲁木齐举行。此次会议由湖南科技大学外国语学院与新疆大学外国语学院和《外国文学》杂志社联合承办，研讨会的主题有：全球化与文化研究；翻译的文化政治；理论还剩下什么；现代主义文学与现代性；少数族裔文学研究等。

8月6日，由中国艺术研究院主办、中国艺术研究院马克思主义文艺理论研究所承办的"邓小平文艺理论与中国特色文化建设"研究会在北京召开。

9月18—20日,山东大学文艺美学研究中心、山东大学文学与新闻传播学院、曲阜师范大学共同主办的"全国审美文化学术研讨会"在山东日照举行。

9月18—20日,由中国社会科学院哲学所美学研究室和北京第二外国语大学跨文化研究所合作召开了"实践美学的反思与展望国际学术研讨会"。

10月8—9日,由上海社会科学院上海研究中心、中共上海市委党校哲学部联合举办的"马克思主义与当代文化建设"学术研讨会在上海社会科学院举行,英国拉夫堡大学社会科学系默多克教授等学者参加了研讨会。默多克提出了"现代性死亡"的重要命题。

10月23日,法国当代著名哲学家、解构主义理论思潮的鼻祖雅克·德里达于10月8日逝世,在国际学界产生了极大的反响。清华大学比较文学与文化研究中心发起主办的"德里达与中国:解构批评与思考"学术研讨会在北京举行,学者们认为,德里达在20世纪的哲学界、文学理论乃至国际思想界的影响是巨大的。他的逝世是整个人类思想界和理论界的重大损失。

10月30—31日,由《文学评论》杂志社和复旦大学中文系文艺学博士点联合举办的"全球化语境下的文艺学应对策略"学术研讨会在复旦大学举行,与会学者就"全球化文化语境与文艺学研究范式的变迁"等前沿问题进行探讨。

12月21日,"中央实施马克思主义理论研究和建设工程"文学组第一次全国学术研讨会在江西师范大学召开。会议对当前中国文学创作现状、中国文学理论与批评现状、中国高校文学理论教材与教学现状和马克思主义文学理论四个调查研究报告进行了讨论。文学课题组的任务是,全面研究新时期以来文学与文学理论的创新发展,对所取得的最新成果进行调研总结,在此基础上编写出以马克思主义理论为指导的、反映当代文学和文学理论最新成果的新编文学理论教材,供全国高校使用。

2005年

1月29—30日,由中国传媒大学文学院和《文学评论》编辑部联合主办的"交叉与融通:文艺学学科建设2005高峰论坛"在京召开。

3月4—7日,由《文学评论》、《文学遗产》、郑州大学文学院共同举办的"文学—文化研究与学科建设学术研讨会"在郑州大学召开。大会就文学与文化研究的历史、现状、意义与价值以及相关的学科建设问题进行研讨。

6月18—21日,由西北大学文学院承办的"中国文学理论第14届年会暨国际学术研讨会"在西安召开,大会内容涉及中国古代文学理论的诸多问题。

6月26—28日,由华中师范大学文学院主办的"文学批评与文化批判"国际学术研讨会在武汉举行。美国著名马克思主义批评家弗雷德里克·詹姆逊提交了《什么是辩证法?》的论文。

8月13—16日,中国比较文学学会第八届年会暨国际学术研讨会在深圳大学举行,国际比较美学学会前主席佛克马,中国比较文学会会长乐黛云等到会。

8月19—22日,山东大学文艺美学研究中心在青岛主办了"人与自然:当代生态文明视野中的美学与文学国际学术研讨会",会议议题有:中国当下生态文学与生态美学研究态势;西方生态批评和环境美学;中国生态智慧和生态文化;生态伦理和生态美学。

10月16—19日,由中华美学学会主办、徐州师范大学承办的"美学在中国与中国美学学术研讨会"在徐州举行。

10月17日,中国作家协会主席巴金在上海逝世,享年101岁。

2006年

6月26—28日,由中华美学学会、中国社会科学院哲学研究所和四川师范大学共同主办的"美学与多元文化对话"国际学术研讨会暨国际美学协会理事会在四川成都召开,来自世界各国的20多名前任和现任国际美学协会会长、副会长、秘书长和理事,以及国内20余位学者参加了此次会议。会议主要讨论了"美学与全球化、多元文化的交流与对话、美学前沿问题"等热点话题,会议的部分论文收入《国际美学年刊》第11期。

7月16—19日,"新世纪文艺学的发展走向"学术研讨会在湖北举行,来自京、沪、鄂等地的60余位专家学者参加会议。

10月6—8日,由美国杜克大学和中国清华大学共同发起主办的第四届中美比较文学双边讨论会在美国杜克大学举行。本次会议讨论的主题为"文学与视觉文化:中国视角与美国视角",试图检视在中国和美国的文化语境下文学和视觉文化的重要地位和最新发展。

10月19日，为纪念马克思主义文艺理论家、美学家蔡仪先生诞辰100周年，由中国社会科学院文学研究所、深圳大学文学院、上海社会科学院三家单位联合主办的"蔡仪学术思想研讨会"在京召开，会后出版论文集《美学的传承与鼎新：纪念蔡仪诞辰百年》。

10月20—22日，由中国社会科学院文学研究所承办的"马克思主义美学与当代中国和谐社会建设"学术研讨会在北京召开，会议就"马克思主义美学在当代中国的理论创新"、"马克思主义美学与当代中国和谐社会建设"、"马克思主义美学在当代世界的发展"、"马克思主义美学在中国的发展以及老一辈美学家在中国美学发展中的贡献"等议题进行研讨。

11月10—14日，中国文学艺术界联合会第八次全国代表大会、中国作家协会等第七次全国代表大会在北京召开。胡锦涛同志在开幕式上发表重要讲话指出，文艺工作是党和人民事业的重要组成部分，在党和人民事业发展中具有十分重要的地位。

11月12日，在中国文学艺术界联合会第八届全国委员会第一次会议上，孙家正当选新一届中国文联主席。周巍峙被推举为中国文联名誉主席。同日，在中国作家协会第七届全国委员会第一次会议上铁凝当选新一届中国作家协会主席。

2007年

4月27—28日，由浙江工商大学人文学院、《文艺报》和《文艺争鸣》共同主办的"新世纪文学批评的建构"全国学术研讨会在杭州举行。来自中国社会科学院、中国文联、北京大学、中国人民大学、武汉大学等30多个学术机构和高校以及《光明日报》、《文艺报》、《文艺争鸣》杂志社等媒体的50多位专家学者从不同角度和层面对新世纪文学批评存在的问题及其建构展开了深入讨论与交流。

6月9—11日，北京第二外国语学院比较文学与跨文化研究所发起和主办了"文学与哲学的对话"国际学术研讨会，来自国内外20余所大学和科研机构的专家学者60余人出席了会议。本次会议采取主题发言与自由畅谈相结合的形式，就文学与哲学的界限、哲学化的诗歌与诗化的哲学、现代文学与哲学的审美主义、哲学与文学书写的未来等理论问题展开了深入探讨。

6月23—25日，中国中外文艺理论学会和华中师范大学文学院在华中师范大学联合主办了"文学理论三十年——从新时期到新世纪"学术研讨会暨中国中外文艺理论学会第四届代表大会。来自中国社会科学院、中国人民大学、清华大学等100多所高校、研究机构，以及美国、加拿大、日本等国家的近200位专家学者参加了此次会议。与会代表围绕30年文学理论研究实绩、研究新动向和新问题，以及未来文学理论新的走向等议题展开了广泛而深入的交流与探讨。

8月19—21日，中国社会科学院文学研究所主办的"文学史写作的理论与实践"国际学术研讨会在京召开，来自国内外有关专家学者近百人参加会议，本次会议提交论文70余篇。

9月22日，中国社会科学院文学研究所理论室、中国青年政治学院中文系联合英国诺丁汉纯特大学TCS研究中心，在中国青年政治学院共同举办了"消费社会与文学理论的新挑战"国际学术研讨会。与会学者就消费社会与消费文化对当前文学产生的实际影响，以及如何加强文学理论回应现实问题的能力等问题展开讨论。

10月22—24日，"马克思主义文艺理论中国化"学术研讨会暨全国马列文论研究会第24届年会在山东聊城大学召开。来自全国各地高校及科研院所近80位学者出席了会议，与会代表围绕马克思主义文艺理论中国化、建构科学的马克思主义文艺理论的基本途径以及国内外马克思主义文艺理论研究的发展等重大问题展开了热烈讨论。

2008年

4月19—21日，中国社会科学院文学研究所和河南大学在开封联合召开"改革开放30年与中国文学研究"学术研讨会，与会学者充分肯定了改革开放对文学研究的积极促进作用和深远影响。

7月16—17日，由中国中外文艺理论学会、北京师范大学文艺学研究中心、陕西师范大学文学院、西北大学文学院、兰州大学文学院和青海民族学院联合主办，青海民族学院文学院承办的"理论创新时代：中国当代文论改革与审美文化转型"学术研讨会在西宁市召开，来自国内70多所高校、研究机构和学术期刊编辑部的100余名专家学者，就改革开放30年来文学理论研究和审美文化研究的发展历程、取得的成就及未来发展趋势等一系列问题进行了广泛而深入的讨论。

7月23—27日，由南京大学文学院、哈尔滨师范大学文学院联合主办的"文学理论范式及其转换"国际学术研讨会在哈尔滨—黑龙江大兴安岭漠河举行，来自国内外的文艺理论专家学者共70余人参会。本次会议共设如下论题：文学理论范式及其演进、文学理论的知识形态、现代性和后现代性语境中的文学理论、"艺术终结"与"理论之后"、日常生活审美化与文学理论、文学理论与文化研究、跨学科研究与文学理论、现代大学体制与文学理论等。

10月18—19日，由中国社会科学院文学所理论室与天津师范大学文学院、天津市美学会共同举办的"马克思主义美学与当代社会"国际学术研讨会在中国天津举行，来自中国各地研究机构、大学，以及美国、斯洛文尼亚等国的专家学者约70人参加了会议。

11月14—16日，为纪念全国马列文论研究会成立30周年，由全国马列文论研究会和华中师范大学文学院联合举办的"马克思主义文论与21世纪"学术研讨会暨学会第25届年会在武汉召开。

11月，为迎接改革开放30周年，由中国作家出版集团和中文在线共同主办、《长篇小说选刊》杂志社和17K文学网共同承办的"网络文学十年盘点"活动正式启动。

12月4日，中国社会科学院举办了"第二届媒介文化与网络文学高层论坛"，来自中国社会科学院、中国人民大学、中国传媒大学、解放军艺术学院、北京语言大学等单位的40余名学者、专家和红袖添香、晋江原创网、17K等著名文学网站的主编参加了会议。

12月12日，由中国艺术研究院马克思主义文艺理论研究所主办的"回顾与展望：改革开放30年全国马克思主义文艺理论研究"学术研讨会在北京召开。

（丁国旗　安　静）

后　记

　　这部取名为《当代文论热点问题研究》的厚书终于完成了。这些年，我做过中国古代美学的研究，也写作和翻译了一些西方美学和文学理论的书籍和文章。长期以来，学术界一向认为，研究古代和西方的学问，才是真学问，而且是离我们的生活越远，学问就越大。顶了天的，是一些独门绝学。原因在于，那种研究要克服语言、时代和文化的障碍。研究中国古代，必须要有古文水平和能力，从古代典籍的阅读，到版本目录的知识，再到长期从事古典研究的经验，经过多年的磨炼，在一个方面有所成就。研究西学，首先要过语言关，外语能力越强越好，掌握的语言越多越好。不仅要掌握活语言，而且要会一些今天不再用的死语。不懂外文而仅借助翻译研究西学，与不能读古文而借助白话翻译来研究中国古代的学问是一个道理，会做得浅薄，如果还有人敢在这些领域口出狂言，只能成为笑料。光懂语言还不够，还要有西学的见识、修养，对西方文化了解，对所从事学科的长期训练。这一切，都是正确的。但是，这并不妨碍我们坚持这样一个观点：在一切学问中，最难做的还是人们生活在其中的当代学问。

　　当代的研究要有语言功夫，但关键还不在语言；要有资料功夫，但不能堆砌资料；要知识丰富，不可罗列知识。这种研究需要对现实人生发言。历史是纷繁复杂的，但当下的现实常常更加复杂。历史是重要的，但当下所面临的问题更加重要。许多历史著作，都有一个特点：不写到当代，而是与现实保持一段距离。为这种做法辩护的人，可以说，历史要与现实保持一段距离，让历史有所沉淀，从而具有客观性。苏轼诗云：不识庐山真面目，只缘身在此山中。但是，现实需要我们去研究，身在此山中之时，研究起来更难，但也不能闲着，再难也得去做。任何一个国家的当代文学的研究，都应该是文学研究的主体。同样，任何一个国家文学理论研究的主攻方向，都应该是当代文学理论。历史研究要为当代服务，历史上的文学理论研究，也要服务于当代文学理论的建构。

这部厚书是许多人合作的结果。这里，我要列举二十五位参与者的名字。他们的分工如下：

绪论　高建平

第一章　泓　峻

第二章　孟　远

第三章　张永清　张爱武

第四章　吴子林

第五章　张　冰

第六章　李世涛

第七章　高建平

第八章　杜书瀛　张婷婷

第九章　吕双伟

第十章　李世涛

第十一章　叶舒宪

第十二章　刘顺利

第十三章　刘方喜

第十四章　范玉刚

第十五章　段吉方

第十六章　金惠敏　刘玲华　李　勇

第十七章　陈定家

第十八章　丁国旗

第十九章　包明德　周晓风

第二十章　高建平

第二十一章　李媛媛

第二十二章　孟登迎

第二十三章　黎湘萍　张重岗

附录　丁国旗　安　静

采用这种多人合作的方法写书，目的是为了博采众长。开始接下这一写作项目之初，我们将过去60年的文学理论，梳理出20多个专题，邀请对这些专题曾经作过，或者有兴趣做专门研究的学者，参加到我们的写作组中来，共同按照一个体例来写作。在写作过程中，参加写作的各位多次以各种方式进行商讨，或开大会，或开小会，或个别接触，对一些学术问题和分工问题进行研讨。成稿以后，我又通读书稿，需要作变动的地方，再与作者联系。许多参加写作的学者，都是相关问题的专家，他们的见解，对我有很大的启发。因此，这一写作过程，对于我来说，也是一个学习和补课的过程。

在本书的成书过程中，文学所前所长杨义先生给予了大力支持和帮助，文学理论界的前辈学者钱中文先生更是以他对这段历史的亲身经历，对研究论题的选定提出了许多具有指导性的意见，杜书瀛先生、鲍明德先生都亲自参与到写作之中，谨在此表示敬意和谢意。在编辑过程中，刘方喜和丁国旗不仅参与写作，还协助做了许多组织工作，张冰几次阅读全书校样，丁国旗和安静承担了繁琐而繁重的大事记的编辑工作，出版社的郭晓鸿对本书的编辑也付出了大量的劳动，在此一并表示感谢。本书的部分阶段性成果，曾发表在国内的一些学术刊物上，产生了一定的影响，谢谢热心推介这些成果的刊物编辑们。最后必须提到的是，还有一些学者也为本书作出了一些努力，其中有一些稿件由于种种原因最后没能编入本书，但他们的热忱和他们所付出的劳动，是不能忘记的。

组织一些专门研究者，以专题为纲来写当代文学理论，这在国内文学理论界，还是一个新的做法，对于我们来说，这也是一个尝试。这种安排，可以直接面对问题的论争焦点，深入到问题的内部。每一次的文学理论的讨论，都与当时的国际国内的大环境，与政治文化的大风气相关，这一点，过去的各种当代文学理论著作，都已经作了很好的揭示。但是，每一次的文学理论论争，都有着自身的问题发端，逻辑理路，也与具体参与者的个人背景，理论上的创造力，对各种理论资源的运用，有着密切的关系。通过深入到细节来看历史，就会使研究有说服力，也有趣味。

当然，由于我们的能力有限，知识上也有盲点，加上时间仓促，出版计划也一再改变，许多地方还不尽如人意，在学界方家眼中，可能问题更多，还希望多多指正。研究当代，服务当代，我们的这个宗旨不会改变。在学界各位朋友的帮助下，希望我们能在此基础上，继续往前走，拿出更好的研究成果。

高建平
2015 年 7 月 23 日